孙犁文学奖
获奖作品集

（全三卷）　王　凤◎主编

第　一　届

河北出版传媒集团

花山文艺出版社

河北·石家庄

图书在版编目（CIP）数据

孙犁文学奖获奖作品集：全三卷／王凤主编. —
石家庄：花山文艺出版社，2022.10（2023.3 重印）
ISBN 978-7-5511-6138-1

Ⅰ．①孙… Ⅱ．①王… Ⅲ．①中国文学－当代文学－
作品综合集 Ⅳ．①I217.1

中国版本图书馆CIP数据核字（2022）第060585号

书　　名：**孙犁文学奖获奖作品集（全三卷）**
Sun Li Wenxuejiang Huojiang Zuopinji

主　　编：王　凤

策　　划：郝建国　李　爽
特约编辑：白雪玉
责任编辑：郝卫国　董　舸　卢水淹
责任校对：李　伟
封面设计：陈　淼
美术编辑：胡彤亮
出版发行：花山文艺出版社（邮政编码：050061）
　　　　　　（河北省石家庄市友谊北大街330号）
销售热线：0311-88643221/34/48
印　　刷：北京一鑫印务有限责任公司
经　　销：新华书店
开　　本：700毫米×1000毫米 1/16
印　　张：84
字　　数：1045千字
版　　次：2022年10月第1版
　　　　　　2023年3月第2次印刷
书　　号：ISBN 978-7-5511-6138-1
定　　价：228.00元（全三卷）

序　言

◎王　凤

2014 年，在河北省委、省政府的高度重视下，在省委宣传部的大力支持下，河北省"孙犁文学奖"正式设立。孙犁文学奖由河北省作家协会主办，旨在鼓励文学精品创作、促进优秀创作人才成长、提升文学冀军队伍建设、推动全省文学事业繁荣发展。孙犁文学奖在历届评选过程中关注河北文学创作现场，紧跟文学创作时代潮流，逐渐成为代表河北文学创作成就的最高荣誉之一。

孙犁先生是新中国文学史上久负盛名的小说家、散文家之一，亦是著名文学流派"荷花淀派"的创立者。他的作品以思想的深邃、文体的创新、鲜明的风格在国内外产生广泛影响，是河北现当代文学的一面旗帜。他的文学精神构成了河北文学最深的底色，流淌在每一位河北作家的血脉中。孙犁文学奖以孙犁先生的名字命名，是对孙犁先生所倡导并践行的文学精神的继承和弘扬，也是对这个时代优秀文学作品的关注与褒奖。

孙犁文学奖自初次评选以来，历经三届评奖，累计评选出 58 篇（部）作品，集中展现了河北文学在小说、诗歌、散文、报告文学、文学评论、儿童文学等各体裁门类的杰出成就。在获奖的作家中，既有成就卓著的前辈大家，也有风华正茂的文坛新秀，他们来自华北平原、太行群山、坝上草原、渤海之滨，他们来自广袤河北大地的各处，他们笔下的作品见证了河北文学与时代、与人民的紧密联系，见证了河北作家的不凡创造。

在获奖名单上，我们看到的是 58 篇（部）获奖作品，但我们更应该看到的是这些获奖作品背后的那个更加庞大、恢弘的河北文学创作现场，还有河北千千万万热爱文学、笔耕不辍的作家和文学爱好者。有限的获奖作品和更多没有获奖的优秀作品一道，构成了河北故事和燕赵精神的广阔世界，展现了新时代以来河北文学的勃勃生机和旺盛活力。

孙犁文学奖是一项荣誉，更是一种责任。近年来，广大河北作家牢固树立以人民为中心的创作导向，"深入生活、扎根人民"，积极关注现实、反映生活、记录时代，围绕建党精神、塞罕坝精神、脱贫攻坚精神等时代精神，改革开放 40 周年、新中国成立 70 周年、中国共产党成立 100 周年等重大节点，时代生活、世间万象等诸多社会热点话题，创作了一批反映时代精神、社会民生的精品力作，为河北文学赢得了荣誉，契合了孙犁文学奖积极倡导的创作方向。在新的历史时期，在新的历史方位，我们要如何书写民族精神和时代精神、弘扬新时代燕赵精神，如何延续河北文学现实主义优良传统、展现新时代河北文学新气象，都需要广大河北作家继续精炼写作技艺，在文学创作道路上继续努力探索，这也正是孙犁文学奖设立的初衷和意义所在。《孙犁文学奖获奖作品集》的结集出版，必将提高广大河北作家关注人民、书写时代的主动性、积极性，激发河北文学工作者不忘初心、潜心创作的紧迫感、使命感。

习近平总书记在中国文联十一大、中国作协十大开幕式上的重要讲话中指出："中国、中国人民、中华民族的未来无限广大。新时代需要文艺大师，也完全能够造就文艺大师！新时代需要文艺高峰，也完全能够铸就文艺高峰！"新时代的大幕已经揭开，新时代文学创作的广阔天空和无限可能正在等待着我们，广大文学工作者肩上的责任光荣而伟大。让我们在习近平新时代中国特色社会主义思想和习近平总书记关于文艺工作的重要论述指引下，继承和发扬孙犁先生的文学创作精神，延续河北文学现实主义文脉，推出更多人民群众喜闻乐见的文学精品，为新时代伟大征程吹响号角，为现代化经济强省、美丽河北建设贡献文学力量。

C目录
ONTENTS

散　文

报告文学

文学评论

长 篇 小 说

何玉茹，1952 年生于石家庄。中国作家协会会员。曾任《河北文学》小说编辑、《长城》副主编、河北省作协创作室主任、河北作家协会副主席。出版长篇小说《冬季与迷醉》《葵花》《前街后街》《瞬间与永恒》等 7 部，中短篇小说 200 余篇，多篇小说获奖和被书刊选载。

葵花（节选）

◎何玉茹

第一章

1

每天在前檐下晒晒太阳，已成了我这些年的习惯了。

如今有前檐的房子不多了，我这房子，前檐下还有几根粗壮的柱子，因为前檐伸得太长了。有时候老黑伸出舌头，我直想找根棍儿给它支起来，可总是刚起念头，老黑就把舌头缩回去了。我这前檐是永远不会缩回去的，它就像一个女孩子的裙裾，舒舒展展精精神神的，仿佛随时都会飞扬起来。

人一喜欢晒太阳，就说明身体不行了。年轻的时候，我喜欢的是阴雨天，一条一条的雨线从天而降，四面是高高的瓦房，院子成了雨线的容器，角角落落都盛得满满的。我靠着前檐下的柱子，想象自个儿是个天女，白色的披风，五颜六色的飘带，飘带一甩就是一片云彩。那一挂一挂的竹帘子似的雨线，正是云彩或说是我的飘带变的。

晒太阳之前，我是要干点儿活儿的，一是扫地，一是把鸡窝打开。地是屋里的，前廊上的，前廊下的院子的，全是老旧的方砖，每天扫，每天都能见到青色的砖末儿，风一吹，砖末儿不知到哪里了，留下的只是一块残缺。我用的是把黍穄子笤帚，扫得干净；不像高粱穄子的，扫过去会留下一道一道的痕迹。如今对我来说，扫地是件最要力气的活儿了，猫了腰，一下一下的，少说也得扫上大几百下。从前这活儿是蹲着干的，打今年就蹲不下了，腿关节就像车轴少了油，一蹲就咯吱咯吱响。身上的气力也差了不少，扫上几十下就要歇一会儿。但我还是要每天每天地扫，我害怕有一天停下来，就永远扫不动了。然后我就到西墙根儿，把挡在鸡窝口的石块、木板搬掉，看一群母鸡、公鸡活泼泼地跑出来。它们跟在我身后，从西墙根儿跟到东墙根儿，东墙根儿下有间石棉瓦搭的小房，小房里有陈年的玉米粒，我便抓一把撒给它们。这时我看见老黑卧在檐下的台阶上，不屑似的眯了眼睛。它对鸡本就是不屑的，这回的不屑大约也捎带了我，我带领一群鸡忽而这里忽而那里的，就像一只抱窝后的老母鸡。

老黑有十二三岁了，也到了去那边的年龄了，但它不像我，满头白发，满脸的褶子，它还是两三岁时的模样，大眼睛，大耳朵，墨黑的毛发，腿脚也没毛病，撒起欢儿来会吓得鸡们满院子乱跑。不过只有我知道，它已经老态得多了。从前它每天都要汪汪地叫上几回，午时还颠儿颠儿地往新街跑一趟；现在呢，是没完没了地睡在太阳地儿里，踢一脚都不肯动一动，有人来串门子，它都懒得叫一声了。

新街是我的儿女们住的地方，那条街全是两层的楼房。为让我搬到楼房，儿女们不知费了多少口舌，还是没能把我说动。我说给他们的理由，一是舍不得老房子，二是舍不得老街坊。离开这两样儿，我会少活几年的。一说少活，他们就没办法再逼我了。其实还有一个理由，我不好跟他们讲出来，就是，在这个院儿里，我不必看哪个的眼色，想做什么就做什么，想不做了就不做，这份自由，在新街任何一个儿女家里都不会有的。那阵子我的脑子就像有阳光照耀着，什么都想得清清楚楚明明白白的。有一回儿子把汽车都找来了，儿媳帮忙收拾着锅碗瓢盆，女儿抱起了床上的被子，可我坚定得就像院门外那盘石磨一样，最后还是让他们两手空空地走了。

院门外那盘石磨已经很多年没人理睬了，人过了时也是一样。儿女们的理睬，就看作是意外的幸事吧。

我坐在一把圈椅上，脚下蹬了只棒子皮编的蒲墩。蒲墩又厚又大，还是我去年秋天编的。每年我都要编几个，送给儿女们坐。他们住了楼房，有了沙发，已经不稀罕了，但碍了我的面子，他们都会装作高兴地收下。今年的玉米还没下种，估摸着长熟时，我身上的力气就更小了，编不动了。

我让圈椅靠了檐下西边的柱子，脸朝了太阳；到下半晌我会把圈椅挪到东边那根柱子处，脸还是朝了太阳。我就像院儿里种的葵花一样，太阳去哪儿，我就脸朝了哪儿。我惊异着自个儿的自然，人啊，就这么一天天一年年的，日头拽着似的，多么快啊！

2

葵花种在原来的东西厢房的废墟上，已经有一拃高了，小叶子茸乎乎绿扑扑的，看着就叫人喜欢。每年我都要种上一茬，这东西皮实，不挑土，不怕旱涝，只要有阳光，就噌噌地往上长。它们是那么喜欢阳光，想必是害怕黑暗的缘故。天一黑下来，我会及时把院儿里的照明灯打开，让光明陪伴它们度过漫长的一夜。儿女们都劝我改种蔬菜，自种自吃，省钱又环保，我没听，从他们搬走种的就是葵花。不为吃它们的子儿，只为看了好看，一棵两棵不显，要是几十棵上百棵地聚在一起，那气势就不得了了。风来了，雨来了，太阳出来了，各有各的气势，我总是看也看不够。我常常奇怪，它们怎么就长成了这样子？大脑袋，细身子，乍一看跟个人似的，会叫人吃一惊。它像是不参照不顾忌任何的同类，想怎么样就怎么样，自由极了，却又谦逊极了，永远向这个世界彬彬有礼地笑着……

儿女们搬走已有二十几年了，那时候的楼房是要自己盖的，为了省钱，他们就把东西厢房拆掉，拉走了砖瓦木料。他们当然希望也拆掉我住的五间北房，好让他们省更多的钱，但我不答应，他们谁敢动一动？我知道，那一次是伤了他们的心了，这条街上的瓦房都快拆光了，瓦房的砖瓦木料值钱。有盖不起楼房的也一样地拆，说是拆一间瓦房能盖两间平房。各家的儿女们长大了，娶媳妇的娶媳妇，嫁人的嫁人，房子住得紧巴了。

我也不是没动摇过，儿女们不富裕，帮帮他们是应该的，可帮了他们，自个儿的房子就没了，就要今儿住在老大家，明儿住在老二家，像一个挨家讨饭的了。村里这样的例子太多了，叫作"轮起来"。老人们见了面，最常说的一句就是，轮起来没有？我早跟儿女们说过，我是不要轮起来的，人又不是物件儿，挪过来挪过去的。而不轮起来最要紧的，莫过于有一处属于自个儿的房子了。

我这五间瓦房，在村里不是最好的，却已经是唯一的了。这是我亲眼所见，有一天毛毛骑三轮车拉了我，一条街一条街地转了一遍。总共九条街，待转完，我的眼圈都红了。这房子啊，拆个一间两间的不显，拆多了，就成了势了，跟葵花是一个理儿。可葵花是什么势，这拆掉的房子是什么势啊，断壁残垣，碎砖烂瓦，尺把高的野草……就像是死去的野狗，扔在哪儿就是哪儿了，车轧、鸡刨、苍蝇叮，也没人理会了。我要是有力气，就把那些地方都种上葵花，不能拍屁股走了，屎啊尿啊的臭着别人。在废墟之间，还住了不少的人家，就看那院儿里有树的，门口贴了对联的，门前有几道扫帚印儿的，一定是有人住的了。有一条短马道，印象中两边都是青砖瓦顶的，顶角一只只的龙头，马道的尽头是面大青砖垒就的后山墙。可如今，龙头没有了，青砖瓦顶没有了，后山墙也没有了，就像是一把断了扶手拆了后背的木椅，只剩了光秃秃的底座了。好在，左右两侧的荒草间，还各有几间平顶的砖房，几棵枣树、椿树和洋槐，砖房的烟囱里冒出淡淡的烟气，树们也还算蓬勃。唉，真难为它们了，孤零零的，还有这样的精气神儿。

一边转，我一边抑制着发酸的鼻子跟毛毛讲着老街过去的样子，成排的瓦房，成对的石狮子、上马石，高高矮矮的石阶……毛毛听着却笑了，说，这都什么猴年马月的事了，打记事我就没见过。

毛毛是我的孙女，1992年生的，她当然没见过。可她爸文海见过。毛毛说，我爸才顾不得说这些，他忙得饭都不在家吃了。我知道文海在大队部做事。我一说大队部，毛毛就纠正我，不是大队部，是村委会。大队部也好，村委会也好，反正是一样的，都是一群管事、挨骂的人。二十世纪五六十年代的时候我也在大队部干过，很知道里面的深浅，我劝过文海，还是别去蹚那浑水吧。文海不听，他说大伙儿选的，我得对得起大伙儿的信任。我说，呸，挨家挨户地拉票，以为我不知道啊？文海就嘻嘻地笑了，说，我不拉，人家会信任我吗？

如今的事我真是不懂了，信任一个人，不是靠他的品性，而是靠自卖自夸了。毛毛说，拉票算什么，还有送东西送钱的，有的送出去的钱都有几十万了。不过他们上了台，捞的可比送的多多了，什么事一过手，没点儿油水啊。毛毛这么个小人儿，竟是什么都明白的。我问她是不是听她爸说的，她说，这种事不用她爸说，傻子都知道，不图利不起早嘛。毛毛长了一张和她爸一样的眉清目秀的脸，这张脸有她爷爷的影子，而脸上的长睫毛、宽额头，却是打奶奶那儿来的。她举手投足快捷、麻利，嘴皮子也来得快，这有点儿像她的妈妈。我喜欢看见她，喜欢指使她做点儿什么，可我实在不想从她嘴里说出"不图利不起早"的话。望着她，我有些忧心忡忡的，如今的孩子都太聪明了，但愿她还知道，这世上还有不图利也肯起早的事。

回到我住的街上，心情稍好了些。这条街虽也拆掉了不少房子，但荒草不多，废墟上不是种上了老玉米，就是各样的蔬菜，还有的人家，利用残垣断壁搭起了塑料菜棚。这条街上的人，到底不一样。不过还是冷清多了，长长的一条街，竟没见到一个人影。从前，这街里可是最热闹的，卖烧饼的，卖卤鸡的，锔盆锔碗的，磨剪子抢菜刀的，吆喝声是此起彼伏。更不要说，两边的上马石上，带孩子玩儿的，聊闲天儿的，下象棋的，是永远坐了人，就没见闲着过。我问毛毛，知道什么叫上马石吗？毛毛说不知道。我不知该怎么跟毛毛说，这街里已看不到一块上马石了，"文化大革命"的时候，都被当四旧毁的毁扔的扔，最好的，也砌了猪棚、牛圈用了。那真是街上的一景，一对一对的，摸上去如捶布石一样平滑。可如今连捶布石都少见了，跟毛毛说了也是白说。唉，日子就像是跑过去的野马一样，过去了就永远过去了，再也找不回来了。

3

我住的街叫钟楼街，由来是街东头小学门口的一座钟楼。钟楼我是见过的，楼顶八个角，大飞檐，盖了小巧的筒子瓦，看上去就像是大鸟展开的精致又恢宏的翅膀。以下是和瓦色一致的青砖垛式女儿墙，顶下的大钟，足有一米多高吧，只钟下的开脚就有尺把长。仰头望去，隐约可见上面刻有图案，图间还有一行竖排的文字。听人说，那文字写的是：梁下县边良村公置，道光一十二年吉日造。如今小学早迁到新街去了，钟楼也拆掉了，那口大钟更不知去哪里了。记得文涛、文海都是在那儿上的小学，每天从街西头走到街东头，又从街东头走回来。路是不远，却要经常地鞠躬，因为小学老师多是钟楼街上的，和老师碰上不鞠躲是要挨罚的。文涛是文海的姐姐，文海倒没什么，见老师就扎下脑袋，把屁股一撅，很得老师的喜欢；文涛则是能躲就躲，躲不过去了只潦草地点头了事，有几年，她甚至每天从村外绕个大圈子上下学，冬天弄一身的寒气，夏天弄一身的露水。这个文涛，从小就执拗得要命，有点儿像我，却又总是跟我别扭着，就如同院儿里那只老母鸡和小母鸡，一天到晚地相跟着，却又动不动梗脖子瞪眼睛的。唉，还是不提她吧，一提她心口就有点儿疼，这地方像是单归了她，她一来就有动静。

边良是这村的村名，梁下呢，是我老家的县名。我老家的村名叫伊家庄，就是说，道光年间以及后来很长的一段时间，伊家庄和边良村还都属一个梁下县来着。我知道对梁下，边良村的人都是不屑提起的，因为边良村打五十年代就归了梁上市郊区了，跟梁下没什么瓜葛了，就仿佛扔掉的一件破棉袄一样。世上的人就是这么势利，即便我这个来自梁下的人，为后生们提亲时也绝没想过梁下的闺女，更不要说这里的闺女嫁到梁下去了。这就有点儿像梁上市和边良村的关系，边良村的闺女总想嫁到梁上市去，梁上市的后生却一样是不屑的。当然这都是文海、文涛那辈人的事了，到毛毛这辈，我就不大知道了，好像梁上梁下讲得不多了，讲的倒是有钱没钱了。我老家的一个侄子国庆，仗了这些年做生意赚了钱，求我为他儿子找个边良村的闺女。我说，边良的闺女可没见过一个往梁下走的。没想到他说，姑啊，这就是您跟不上趟儿了，如今只要有钱，别说边良，梁上市的闺女也巴不得呢。那回他像是有点儿感冒，不住地咳嗽，不住地吐痰，一口一口地全吐在了我屋里的方砖地上。我说，还是先管管你这嘴，再说梁上市的闺女吧。

我是19岁嫁到边良的。我常觉着，自个儿跟边良是有缘分的，做姑娘的时候，婆家这房子我就梦见过多次，青瓦铺顶，方砖砌地，长长的前廊，燕子翅膀一样的挺拔的飞檐……头一回去婆家，我简直都惊呆了，跟梦里的一模一样！我常做的梦，除了房子，还有葵花。那葵花金

灿灿的，铺天盖地，铺天盖地的，像是什么都没有了，天下净剩下葵花
了……我大名叫伊建和，小名就叫葵花。不过在这村里，除了家人还没
一个知道我的小名，大名也很少有人叫，都喊我仁嫂、仁婶的，因为文
海他爸叫仁，徐仁。仁从来都喊我建和，我在大队部时牛广义也喊我伊
建和。牛广义是那时的村支书，开会他总要一个个地点名。除了他俩好
像就再没人叫过了。对了，还有"文化大革命"我站在屋中央挨批的时
候，不少人也叫过它，谁跟谁我如今都想不起来了。我的小名只有婆婆
叫过，那还是在她去世的前一天，她和面忘了把袖子挽起来，便朝我喊
道，葵花，过来一下！我一时间怔在那里，记得还是文涛跑过去帮她挽
起来的。她平时总喊我仁媳妇，或者是文海妈，那声"葵花"，就像是
一下子把我和婆婆的距离拉近了。婆婆她叫了第一声，也是最后一声，
可在我这儿，却一辈子都会响着了。

　　我和婆婆的常态多是沉默，沉默着洗衣做饭，沉默着织布纺花，沉
默着收拾一切家务。婆婆她有一张大大方方的圆脸，一双充满善意的似
随时准备应答别人的大眼睛，嘴唇也不薄不厚，可不知为什么那嘴唇就
是不肯轻易地打开。开始我以为她是要端婆婆的架子，后来知道不是，
她和儿子和所有的人都这样。仁曾告诉我，他爷爷原来是这一带的名
医，开了药铺，置了家业，光一套套的四合院儿就占了半条街。可爷爷
也是个能糟钱的，有一年忽然抽上了白面儿，自个儿抽，还撺掇儿子
抽，没有几年，好好的家就给他们抽败了，药铺没了，四合院儿没了，
爷儿俩竟也前后脚地没了，现在住的这套四合院儿，还是婆婆拿自个儿
的体己钱换回来的。仁三言两语叙说了这事，我竟是一夜没能合眼，沉
默寡言的婆婆，原来还有这样惊心动魄的经历，这样的经历她都能搁在
心里不吐一字，世上还有什么值得她开口的事呢！不过，我还是觉得她
对我这个媳妇有点儿两样，比如家务，她总是天不亮就悄悄地起来，淘
米、做饭、打扫屋里屋外……待我们起来，这全套的活儿已经做完了。

11

吃过早饭，解放前是给人家拆拆洗洗，缝缝补补，解放后是为儿孙们忙碌，也总是以她为主，我若多干些，她便说，甭管了，我来吧。嫁给仁之前，我一直为八路军做事，几乎没在家待过，我想婆婆也许是要感化我，以使我老老实实做徐家的媳妇，再不要出去让人担惊受怕。解放后呢，我当了村干部，婆婆应是没这担心了，但像已成了习惯，屋里屋外仍能看到她忙碌的身影。她是一双小脚，每天忙下来，都要一圈一圈地打开裹腿，脱下鞋子，再脱下一双白色的粗布夹袜，将脚伸进热气腾腾的水里泡一泡。她的一排脚指头被裹在了脚心，脚面高高地拱起来，每回不经意地看到，我都会转开目光，不忍再看。她每天的洗脚，就像是对那可怜的脚的抚慰，第二天，被抚慰过的脚就又上了弦一般，开始轻轻巧巧地走动了。她的三角形的鞋子和夹袜都是自个儿缝做的，一针一线精致、匀称，鞋底是白洋布绲边，鞋帮是浆过的全黑春富呢，看上去黑白分明，棱是棱角是角，就如同模子里脱出来的。作为儿媳，我是一直想为她做双鞋子的，却一直没敢，因为做仁和孩子们的鞋子，我都是勉强应付，不是鞋帮上歪了，就是鞋底子纳走了形，很多回都要靠婆婆的帮忙才能完成。至于袜子，在我看来比鞋子还要无从下手，那几块布料的拼接，要什么样的精确度才能合脚啊。

　　若是仅这样度过我和婆婆的一生，我虽有遗憾，却还算是有福的，可在婆婆去世之后，我才从婆婆的一个侄子狗旦那里知道，婆婆其实是知道我婚前的事的，一切一切，她全都知道！她瞒过了儿子，瞒过了徐家所有的人，也从不跟我提起，她只踮着小脚去过离她娘家不远的南庄一趟，为的是核实她从狗旦那儿听到的消息。消息核实了，代价却是她很少再回娘家，且不准狗旦再来边良。直到她去世，狗旦才见了她最后一面。狗旦在灵前哭得昏天黑地，称姑姑是他一辈子最敬慕的人，可他却一辈子没机会孝敬。丧事办了三天，三天里狗旦对我一直不理不睬，边良村的人只当他是梁下县的村夫，不懂事理，便没去在意。直到第三天正午出殡前，狗旦才把我叫到门外，说出了真相。狗旦说，我本想也学姑姑的样儿，把这事带进棺材里，可反过来说，姑姑要早说出来，说不定还能多活几年呢，为了姑姑，今儿我也得当回恶人！狗旦对我是满脸的嫌恶，仿佛他姑姑是我害死的。那天的出殡我没能参加，因为我手脚冰凉，心跳加快，几次几乎昏厥过去。一向疼爱我的仁不顾族人的反对，硬是请一位中医陪我留在了家里。仁自是不知发生过的一切，那些天，我自个儿也直想随婆婆而去，使那发生过的事永远成为无人问津的陈年往事。可在几个昏厥的瞬间，我再一次看到了葵花，铺天盖地，铺天盖地的……以往我总是把它当成一种吉兆，那时我却清楚那不过是自个儿求生的欲望。我生来头一回讨厌起自个儿，也头一回想念起婆婆。我天天没事人似的，自欺欺人地以为事情会成为过去，却不知那事情就仿佛不散的阴魂，一直附着在了婆婆的身上……

　　一想起婆婆，我就知道通宵都不会有觉了。前些年，睡不着了吃片安定，管用得很，就像是阴间与阳间的一道门，吧嗒就关得死死的，让你睡得跟死猪一样，什么什么都不用想了。我心想人还真有法子，管胳膊管腿，还能管脑子。可后来，一片不管用了，得两片才能把那道门关死；再后来，两片也不管用了，三片、四片地加起来……安定是文涛送来的，她一次只肯送十几片，好像怕我有一天拿它寻死似的。我暗自好笑，说到底她还是不了解她娘，一个梦了一辈子葵花的人怎么会寻死呢？

　　如今，文涛送来的安定已经有百十来片了，我扔进一只空瓶子里，懒得再吃一片。那道门爱开着就开着吧，该来的，挡也挡不住，来来往往的人，来来往往的事，阴间阳间还不是一样？

4

　　南庄，那个婆婆曾踮着小脚去过的南庄，就仿佛是我这辈子的克星，什么时候沾到它，就一准儿会有灾祸找上门来。

那是 1937 年的事了，我刚刚 15 岁。

父亲白天下地，母亲在家带着我和两个弟弟。我有时带了两个弟弟玩儿，有时帮母亲缝缝补补，有时还趴在炕桌上写父亲教的字。我识的第一个字是人，第二个字是家，第三个字是国，后来识的字多了，就记不清哪个先学哪个后学了。我做针线活儿不肯用心，老是出错，母亲是个急脾气，一错就要骂上几句，父亲却从没骂过，他总是说，针线活儿没好有坏，傻子也会，念书傻子可就不行了。

我喜欢父亲在家，父亲一在家，天就黑下来了，星星们就上来了，母亲就不急不骂了，一切都变得好起来了。更好的，是父亲肚子里的戏文，那戏文多得就像他在院儿里种的葡萄，一串儿一串儿的。他讲《定军山》《阳平关》，讲《大保国》《二进宫》，讲《文昭关》《浣纱记》，还讲《李逵探母》《林冲夜奔》……讲着讲着，左邻右舍的也一个个地来了，招呼也顾不得打，接过母亲递给的蒲墩坐下来就听。我们家的院子不大，一个葡萄架一个菜窖就占严了，大家便坐在葡萄架下，摇了蒲扇，听父亲讲啊讲的。到了冬天，有的坐在炉前，有的坐在炕头儿上，四周都是暗的，唯有炕前的炉子一圈火红。大家的影子映在墙上，你挡了我我挡了你摆起来了似的，其实看看各人，谁在谁的位，全没什么相干。父亲像是有点儿人来疯，人一多就不一折一折地讲了，讲整出，比如《红鬃烈马》，他通常多是讲其中的《武家坡》《大登殿》，要讲整出可就长了，就要从薛平贵、王宝钏年轻时候的《花园赠金》讲起了；人呢，也不坐着了，站起来又念又唱又比画的。他记戏词一绝，段子再长人物再多也不会弄错。比如《文昭关》和《捉放曹》里都有一段二黄慢板，开头一句都是"一轮明月"，但一个是"一轮明月照窗前"，一个是"一轮明月照窗下"，父亲就从没有错过。父亲说，戏词是要押韵的，前是"安"韵，下是"啊"韵，韵错不了，词就错不了。这一说，大家就更佩服了，一样地扛锄头种地，他脑子里的东西咋就装得多呢？这时候母亲就说，他那东西没在脑子里，都在兜儿里呢。小时候，我当真就去掏父亲的衣兜儿，大家便哈哈地笑起来。我喜欢林冲这样的人，有本事，对娘子还好，不像李逵那么粗鲁，好容易孝敬老娘一回还让老虎把老娘吃了；也不像《文昭关》里的伍子胥，那么多疑，一路上多少好人帮他，他还非逼得人家寻死不能相信；更不像定军山里的黄忠，老了还不服老，人家越激他他越逞强。父亲对黄忠可不这么看，他说，那不是逞强，是忠义，要不是忠义，他 70 岁的人哪能打一仗胜一仗的？对伍子胥的多疑他也很能理解，说一个全家都被杀了的逃亡人，要是不多疑才怪呢。我不肯认输，就打岔问父亲什么叫逃亡，父亲说逃亡就是逃生。我说亡不是死吗，怎么又成生了？父亲说，亡在这儿就不是死的意思了，就是逃跑的意思了。这时候母亲就说，生啊死啊的，较这真儿有什么用？再说了，70 岁、80 岁还不是编戏的说了算，一个戏，又不是真事儿，一个比一个死相。母亲这一说，就把我和父亲的嘴都堵了，她不识字，不想听我们掰扯字的事。不过我从小跟父亲学识字，还是她撺掇的，弟弟建昌、建平学识字的事，她也开始跟父亲念叨了。母亲就是这么个人，什么事她说出来才能算数。

一块儿听父亲说戏文的，还有腊八叔、冬至伯、小五子、黑人儿爷爷、傻秋叔和傻秋婶子……他们大多姓伊，有远门的，有近门的，不姓伊的也是伊家的媳妇，比如傻秋婶子，她姓阎，叫个阎花。傻秋其实不傻，约莫 30 来岁，一个周周正正的文静人儿。别看他不识字，父亲讲过的段子，谁跟谁哪挨哪他都一清二楚，有人问起来了，人们都会朝他一指，问傻秋去。傻秋婶子阎花看上去倒是有点儿憨傻，粗眉毛，大眼睛，两片红嘟嘟的嘴唇，嘴唇厚得都快要拱到鼻子了，鼻孔害了怕似的，使劲儿朝天上撅着；而那眉毛，粗也不是那粗法，左右挨得近不说，还上上下下地长，就像两把乱糟糟的野草。母亲说，人甭看相，你婶子可不傻，心眼儿比筛子眼儿都多。我本就不信她那样的人会喜欢听戏文，果然后来就发现，她是来跟踪傻秋叔的，傻秋叔来她才来，傻秋叔走她一准儿走，有时候傻秋叔去趟茅房，她也要跟了去。有一回听母亲对父亲说，也难怪，傻秋有人儿呢。我问什么叫有人儿，母亲就呵斥我说，小孩子家少打听！不过我挺可怜傻秋叔的，周周正正个人儿，怎么就有了阎花那样的媳妇呢？仿佛是为了傻秋叔，我从不管阎花叫婶子，也很少跟她说话，躲不过了就嗯嗯啊啊的。她果真是不傻的，有一回就跟母亲说，你家葵花可不是一般人儿，眼皮子高。母亲说，她惹着你了？她说，没有，就算惹着了，我这当婶子的还不能让着她？我是掂量着，给她找个好人家呢。

阎花这话，母亲自是没当回事，阎花虽说还算近门的媳妇，也热心说媒拉纤儿的事，但母亲早说过，我们家的闺女 18 岁以前是不嫁人的。我知道她这是受了父亲的影响，父亲识文断字，这些年还跟小学校的几个老师常有来往，他们的话她也许不全懂，但她愿意做出懂的样子，她看不起那些只知道种地的死庄稼主儿。可她自个儿也没想到，我刚刚 15 岁，她竟是求上门去，找阎花说亲去了。

原因来自全世界都知道的那场日本鬼子的侵略。

1931 年日本先占了东北，到 1937 年又把军队开到了天津、北平，这俩城市一被打开，紧接着自然就是华北平原了。那以后每天都能听到各种各样的消息，有说日军在津平一带已屯兵几十万，只等一声号令，就往南开过来了；有说国军也不是孬种，那 29 军、52 军、53 军的将士，正在与日军浴血奋战，谁胜谁负还未见分晓呢；还有大骂日本兵的，说日本兵如何如何不是东西，见了男人就杀，见了女人就辱，天津、北平一些地方都血流成河了……那时的父亲显得忧心忡忡的，白天不拿家什就出去了，晚上还回来得挺晚，也不知在忙什么。有一晚好容易等到他回来，缠了他说戏文，他却叹口气道，国军节节败退，小日本的贪心又大得很,这一南下,恐怕就不只是华北的事了。我怔怔地看他,见他目光对了母亲,显然没听到我的话。就听母亲说,你呀,先甭想那么远了,先顾眼前吧,万一日本人来了,咱一家子逃是不逃?父亲说,看看再说吧,要逃也是你带孩子们走,我是不能逃的。母亲说,你不逃我们也不逃,要死咱死在一块儿。父亲急了说,我有我的事做,你留下来干什么?母亲说,哼,知道你革命是铁了心了,老婆孩子都顾不上了,那葵花呢,葵花的事可是大事。父亲说,家里大事小事还不是听你的,葵花的事你就做主吧。母亲说,要真听我的,你就不该没日没夜地往外跑,让人担着心。父亲说,大敌当前,你还说这个,你……父亲像是一时找不到说母亲的词儿了,忽然眉毛一扬,开嗓唱道:"我正在城楼观山景,耳听得城外乱纷纷,旌旗招展空翻影,却原来是司马发来的兵……"我知道这是《空城计》里的一段,平日父亲唱起来是喜兴、得意的,这时却眉头紧锁,一脸的严肃,嗓儿也有些沙哑,像是真的面对了成百上千的敌人一样。我便知道,父亲的心思已不在家里了,他要干大事情了,他的那双原本有情有义的大眼睛里,眼下似多了种我从没见过的东西。我想那东西就是革命吧?革命是什么?打仗?或者是父亲说过的忠义?父亲的个头儿不低,长得也算结实,葡萄架下那只石凳,多少人拎起都显勉强,他却能将它举过头顶。只是,戏里的打仗他见多识广,真刀真枪地干他怕是还没有过,真难想象,他能如诸葛亮一样"东西战南北剿保定乾坤",能如老黄忠一样"我要把定军山一扫平"。

父亲的样子让我心乱,他和母亲关于我的对话也让我发慌,我听说,小五子、春姐儿、桂平、大凤,这些十几岁的闺女都说下婆家了,小五子和春姐儿比我还小两岁呢。自然是为了逃生,有了婆家就有了主儿了,有了主儿就等于有了男人了,有了男人就不怕日本人欺侮了,一个闺女家,反正是要嫁人的,早嫁晚嫁还不是一样?听着像是个理儿,但细想想,从小在这个家里长大,媒人嘴皮子吧嗒几下,就得到另一个

17

家去，之前也不知人是什么样，家是什么样。人家古代的王宝钏还允许扔绣球选一选呢。再说了，有了男人就一定不会受日本人欺侮吗？闺女家就一定要有个男人吗？

但没人问我怎么想，事情该来的还是来了。有一天，阎花兴冲冲地推开了我家的院门，进门就喊，嫂子！托俺的事办成了！

（节选自长篇小说《葵花》，人民文学出版社 2013 年 6 月）

申跃中，保定清苑人，大学文化。1962 年 1 月加入中国作家协会。一级作家，享受国务院优秀专家特殊津贴。1956 年开始在省级以上报刊发表作品。著有长篇小说《挂红灯》《蓝火头》，中篇小说《宴席上下》，短篇小说《社长的头发》《一盏抗旱灯》等，曾两次荣获河北省文艺振兴奖。作品被收录于《中国新文学大系》，被译成英文和泰文。

张小鑫，二十世纪八十年代在故乡冉庄中学担任语文教师，发表处女作《小姑翠儿》。二十世纪九十年代调入河北大学工作，发表文艺通讯及散文。曾在"红袖添香"连载网络小说《窗里窗外》。在新浪网开博客写散文、诗歌、评论、杂文等。《母亲的"怀表"挂天上》荣获"介明杯"征文二等奖。

中和人家（节选）

◎申跃中　张小鑫

《中和人家》电视剧主题曲

她是她，我是我，

我们俩媳妇伺候着一个小女婿——几年后他变成了棒小伙儿。

老哥儿俩就只有他一个——南方叫"两房共一脉"；

咱北方为"一门两不绝"才娶来她和我。

可真是不是冤家不聚首，

且都有妻子的名分，不分高下，平起平坐。

谁服谁？谁怕谁？

成天价别别扭扭，碰碰磕磕。

没完没了的哀怨，

禁不住两腔炉火。

你就是大打出手，闹翻天，

谁能评说，谁对谁错？

哪里有什么中节、中庸、"致中和"？

这是中国真正的"一夫多妻制"，可日子没法儿过！

说什么"生贵子，抱孙子"，

"四世同堂"是杨家老太太最大的心愿和寄托……

可偏偏赶上七七事变起战火，

日本鬼子的屠刀往咱脖子上搁！

国有难，家不和，

一个媳妇"气裹血"；一个媳妇"血裹气"，经血不调——病在妇科。

怎妄想"借子生孙"，

两大股儿传宗接代，不断香火？

国事、家事、天下事，

里里外外受折磨。

到底是生活本身教育了我，

不杀死鬼子，自己没法儿活。

要保家，先救国，

别的事儿一律往后拖。

共产党反帝又反封，"一夫一妻"制度好，

粉碎了"一门两不绝"这陋习邪说！

砸烂了妇女身上一道道枷锁，

每个人都走向光明的未来，过上自己的新生活！

　　杨家的福儿十岁上娶了个媳妇，十一岁上又要给他娶媳妇了。娶头一个媳妇的时候，是说两大股儿守着这么一个宝贝蛋——因为他叔婶没拉扯起孩子来。可到这第二回娶媳妇的时候，又有了新的说辞：说是头一个媳妇算是他爹给他娶的，这回是他叔叔再给他娶一个。这一个新媳妇过了门，就得管着福儿的叔婶叫爹叫娘，生了孩子就管他老俩叫亲爷、亲奶奶。这样两边就都可以传宗接代延续香火了。这种"借子生

孙"的做法，叫作"一门两不绝"。——还有"一门三不绝"的。（南方叫两房共一脉或三房共一脉）

当然，杨家娶头一个媳妇的时候，好说也好办；可娶这第二个媳妇，要把家庭格局改造成"一门两不绝"，那麻烦可就大了！——这是二十世纪三十年代发生在华北平原一个小村子里的传奇故事。

1

叔叔当家，这几年他却为老来无子大伤脑筋。

人立村这个小村子里，有文化会打算盘的人不多，却常把工于心计、精打细算会过日子的人叫"肉算子"。福儿他叔叔杨老清（小名杨老二）就有这么个外号"肉算子"。加上他是当家人，成天价算了洋钱算铜子，算了铜子算票子，算房产，算地亩，算柴算米算油盐；算来算去，算了几十年，置房子买地过兴家，算到眼下，已经是个有了一顷二十亩地的财主了。

然而，人算不如天算。他杨老二的如意算盘打了半辈子，却偏偏没有拉扯起孩子来。这可叫他伤透了脑筋！其实，他也曾有过一儿一女，只因出花儿长疹子先后夭折了。到老伴再无生育能力的时候，他越来越感到老来无子是人生最大的缺憾。经过中华民国大改良，甭说那"不孝有三，无后为大"之类，就看着自家创下的这份家业，心里也很不安然呀！——新旧两套院，水地旱地一百多亩，一骡一马两套车，还有大八卦水车一辆。可是每每半夜里睡不着觉的时候，思谋起来，还真有些后顾之忧。万一要是老娘亲百年之后，老箍儿一散，家分了。人家老大有儿有媳妇，自己这边呢，空荡荡，干巴巴绝户老两口子，那日子还有什么过头！……然而，若是从本家世院哪一户揽过一个小子来过继，或是从别处要个外桩子，都等于将自己创下的这份家业让给外人一半。不行，不行！为这事，他杨老二这两年可没少费心思。

在这仅有一百多户的人立村里，杨家算不上首户，首户是北头赵万有家，赵家有二百亩地，但自家种的不多，大部分都租出去了。家里也有一挂二套车。此外，赵家的势头还在外边，他家在保定府和清苑县衙里都有关系，东大街还有自家一柜买卖，赵万有还当着村长。昨天，赵家管家的瞎老红来找老二问车，说是赵家三月初六到大东庄贺喜，那是赵万有他大姑侯家娶孙子媳妇。一辆车不够坐，才派人来问车。

杨家这几天正往地里送粪，本心里不愿意让赵家用车。可赵家那势头，是不能推托的。然而，老二忽然想起一件事，便问那管家瞎老红：

"哎，大东庄他姑侯家不是就老大家有一个儿子吗？去年已经娶了媳妇，那天也用我家的车去贺过喜了，怎么今年又……是娶二房？"

瞎老红用一只眼歪着头纠正说："那不叫二房。去年那是他爹给他娶的媳妇，这回是他叔再给他娶一个，这叫一门两不绝。"

老二睁大眼睛："一门两不绝？"

瞎老红点点头："是啊，一门两不绝。这也不新鲜，还有一门三不绝的呢！"

说者无心，听者有意："对呀！一门两不绝！一门两不绝！"问车的瞎老红走了之后，杨老二心里反复地呼叫。真是一句话点醒了梦中人，赵家管家的话如同仙人指路。前头有车，后头有辙。老二眼前闪出了一片光明。是啊！人家可以那么做，我杨家为什么不可以？天底下兴的！侄子福儿，去年十岁给他娶了个媳妇，算是归他爹那边，媳妇管他爹叫爹，管他娘叫娘。要是再给他娶一个，就算是我们老两口子给他娶的了。媳妇进门，就得管我们老俩叫爹叫娘。生了孩子，就是我们的晚生下辈，这就叫作"一门两不绝"，也是"借子生孙"。想来福儿这孩子自小有出息，听说去年一冬季就念了三本书：什么《百家姓》《三字经》，还有什么来着……对了，《弟子规》，这一季就念了三本书，若是一年呢？三四一十二本书，若是上三年学呢，好家伙，好几十本书，就是大学问家了。将来若能熬个一官半职的，其实娶俩媳妇还不算多呢？

这天，杨老二因为特别高兴，起得特别早，他老伴问他起得这么早是赶集上店，还是进城。

"待着你的吧！"老二从来不许老伴干涉他的家政。就像当年万岁皇爷不许娘娘干涉朝政一样。何况这还是他心里的秘密，更何况这是关系到他和老伴晚年的生活，关系到老娘、哥嫂，特别是侄子福儿。总之，此乃杨家整个家运之大计！越是事关大局，就越是不能随便说出口的。他杨老二办事历来有板有眼，讲究方法步骤。这么了不起的"伟大构想"，不经过仔仔细细、精精确确地反复思谋合计，他是不能轻易出台的。要不怎么叫"肉算子"呢？

过去，一想起自己这个家业的前程来，总不免要算除法，想到分；接着又不免要算减法，将是一天不如一天；今天呢，头脑里的肉算子一动就是添人进口，算加法，甚至要算乘法。家庭的格局，家庭的前途，要发生一个带有根本性的转变。所以，今儿个天一扑亮儿，他就走出屋来，见到院里那棵木槿树，本来还没抽芽吐绿，他却仿佛见到了满树的绿叶红花；再看猪圈里两头半大不小的猪，也好像已经成了膘满肉肥"哼哼哼"的大肥猪了。他走到里边东院，那一拉溜儿青砖到顶的五间新房，至今还没人住过。四间东房两间是牲口棚，一间碾棚，还有一间算是储藏室了。靠南墙根放着水车斗子和八卦轮子……所有这一切，往日里他看了不知多少遍，可从来没像今天如此这般地屋舍放彩，满院生辉。他轻轻地推开牲口棚的门，见小做活儿的斗儿还在睡觉，并没有惊动他。那铁青骡子和那匹大花马，在有一搭没一搭地嚼着干草。它们见老二进来便都抬起头，抽抽鼻子或竖竖耳朵，表示跟主人打个招呼。因铁青骡子劲头子大，拼命拉套不惜力，他叫它"舍命青"。可是大花马每逢要劲的关键时刻，它却要滑头，拉假。又因它那毛的颜色是一块块雪白加暗红，就像一块豆腐抹上一筷子面酱，再搅拌几下。老二常骂它"酱拌豆腐，大软蛋"。其实，就凭他对这两头大牲口的喜爱，也不肯分家破业或财产外流啊！

牲口们"呔儿呔儿"叫了两声，斗儿醒了。他一睁眼见当家的来了，以为天不早了，慌忙起身。

"甭慌！甭慌！今儿个是我睡不着，起得早了。"老二说。

斗儿今年十五岁了。自从那年直奉两个军头儿在本县开战，他爹被飞子儿打死他娘嫁了人之后，他就跟了这村里寡居的姑母。因姑母家与杨家也沾点儿老亲，从十二岁上斗儿就来杨家当小长工，还带着姑姑三亩地。此刻，老二见斗儿穿着衣服，看他身体又生发了许多，便说：

"你今年十五了吧？"

"嗯。"斗儿点点头。

"快长成人了。今年……再给你加一石米。"

斗儿也不知今天当家的为什么这么高兴。一听说要给自己涨工钱，他就脸红了。眼里充满着对当家人的感激之情。穿好衣服就忙去打水饮牲口，准备套车送粪去了。

杨老二心里一高兴，对牲口对人，对家里地里的一切，都充满了一种心爱和宽柔的情怀……

2

早早娶了媳妇的富家子弟，却巴结穷孩子们。

人立村这个不足二百户人家的小村庄，村子的中心，由东西、南北两路铁皮大车深深地轧了一个"井"字。从这里往南顺街走去，当快到出村处，路东有个高高的大门楼，两扇关得严严的大哨门，显示着这是

25

一户富裕人家。

这一天早饭后，大哨门突然一响，从里面跑出一个十来岁的小小子儿，他穿着长棉袍，外面罩着蓝士林大褂，头上戴着青缎子小帽盔，正顶端便是放着亮光的红帽疙瘩。他出了大门朝东一拐，便顺着胡同朝东跑去，不大会儿他又从东边回来。但在他那眉清目秀的小脸上，充满了扫兴和失望，好像是去寻找什么人没有找到，使他很不开心。他又在大门口放眼村外，从刚刚返青的麦田里望去，在那远远的清水河长堤上，只见疏密不匀的岸柳，却不见有人走动。他只好蔫头蔫脑地回了家。

其实，就在他回家不大会儿，大堤上就出现了剪影似的一行孩子们，从堤上下来慢慢走近了才看清楚他们都是穿的破衣烂衫，棉衣露絮，手里拿着镰刀、铁铲，或提篮或背筐，他们从老远老远的盐碱地里转了一个大圈，除了鞋头裤脚上沾盐带碱，好像从雪地里回来一般，却竟然一无所获。他们本想去挖些野菜来充实肚子，可是野菜刚刚在地下萌芽，并未钻出地面，叫他们白白跑了一趟，使本来空空的肚子更加咕呱乱叫起来。即使回到村，进了家，盛饽饽的篮子里，也没什么可吃的东西。然而，他们并不叫累叫苦叫饿，因为这已经习惯了。

这时，那个穿蓝布大褂的小小子儿，又从大门洞里跑出来，随跑随咬着一个棒子面饼子。当他来到一家寨篱门外，冲院里喊：

"强儿！……胜儿！玩儿呗?"

刚从地里跑回来的强儿，并不因为没挖到一棵野菜而垂头丧气。此刻，他正在屋里用心地缠绑着一个放羊的小鞭，忽听见外边有人叫他，就隔着已被春风吹破的窗纸朝外望去，见是杨家福儿来了，便拿着缠好的鞭子，一面抽着响鞭走出来。见了福儿便嘻嘻哈哈地说："他娘的！刚才我们去挖野菜，从东大窑到马家坟，又顺清水河大堤跑回来。可跑了半天，连个绿芽儿也没瞅见。"

"真操蛋！这才是什么时候，地里会给你们长出野菜来?"那穿戴整齐的福儿说，"非到清明节以后，地里才长野菜呢！你去看看灶王爷，现在离清明还有……"

福儿说到这里才想到强儿不识字，不像他已经上了一冬季私塾，念过《百家姓》《三字经》了，自然能认得出灶王爷上那二十四节气。他又啃了一嘴饼子，见强儿早已不理会什么清明不清明的事了，却眼巴巴直盯着他手里黄澄澄的净面饼子。他忙用手把饼子一掰，对强儿说："见了面儿，分一半儿。给你！"

强儿有点儿不好意思，还是福儿硬把那一半饼子塞在他手里。可是饼子一到他手里，他便张嘴咬了个大月牙儿。此刻，斜对门的淘气和梳着一条辫子的小凤跑了过来。俩人又是那么眼巴巴地望着他俩手里的饼子。好像淘气和小凤是闻着味儿来的。于是福儿又说："见了面儿，分一半儿。强儿，把你手里的饼子给淘气一半，我这块儿给小凤一半。"福儿说着将手里的饼子给了小凤；强儿不忍舍手，可饼子是人家福儿的，人家说了话，怎好不照办？他看看手中剩得不多的饼子，对淘气说："这么着吧：我再吃一嘴，剩下的全给你。"

"你可别咬大嘴！"淘气话刚出口，强儿一嘴下去，那饼子只剩下一个小小的月牙儿了。然而，淘气并不嫌少，接过来一手捂到嘴里了。此刻，强儿的弟弟胜儿在茅房拉屎。早听到福儿来了，并听说好像在分什么东西吃，便赶忙用土坷垃擦一下屁股，没等系好裤腰带，就一手提着裤子跑出来，只见强儿和淘气嘴里还嚼着东西，可是吃的是什么呢？只有小凤手里还有一块黄澄澄的棒子面饼子，他便一把抓过来，咬了两嘴，吃完了。

小凤被胜儿这么一抢，先是愣了一下，然后见自己的饼子被胜儿吃了，"哇"的一声哭了。接着她两手朝胜儿的嘴边，狠狠抓了两把。胜儿感到嘴疼，用手一摸，见手上带着点儿血，冲小凤吼道："你是猫吗？又抓又挠！"

"你赔我饼子！你赔我饼子！"小凤跺着两脚哭闹。

"胜儿！你……"强儿一见弟弟欺负人家小凤，便过来训斥胜儿。强儿不仅在胜儿面前有做大哥的样子，就是在大家面前也是很讲道理的。可是不管怎么说，黄干粮是没有了。小凤在一旁哭哭啼啼，不依不饶。这一下，胜儿傻了眼，强儿也没了辙。因为刚才哥儿俩从东大窑回来，把家中的锅里、盆里、篮里、罐里翻了个遍，也没翻出个饽饽渣儿来。现在小凤硬朝他们要黄澄澄的净面饼子，那实在是太难为人了。

福儿见小凤哭得那么伤心，也叫他心里很不好受。他不愿看她哭，他喜欢看她笑，她笑起来很美，很甜。现在，胜儿、强儿也没有办法，他想了想便对她说："小凤！你别哭了。我回家再拿一个来！"他说着撒腿往家跑去。

杨家的福儿这样心甘情愿拿自家干粮，给穷家主儿的孩子们吃，并非是一种施舍，而是一种巴结。巴结着年一年二的小伙伴们能跟他一起玩儿。因为自从去年春上，他这个十岁的小小子儿娶了个十七岁的媳妇之后，便不能和母亲一起睡觉了。家里的大人们要他像大人一样。稍有不妥，爹和娘、奶奶、叔叔、婶子都说：娶了媳妇，就是大人了。以后要懂规矩，懂得人恭礼法，不能再耍小孩子脾气了。特别是往日跟自己一起玩耍的小伙伴们，似乎也跟自己疏远了许多。还有那些家长们，张嘴就说："你可是娶媳妇的大汉子啦！以后可不许……"不许这，不许那，好家伙！娶了媳妇就像戴上了笼头、拴上了缰绳的驴。想自己没娶媳妇的时候，巴不得一下子长成大人；可自从娶了媳妇之后，每逢大人们拿自己当大人来要求，就感到浑身不自在。原来当大人是如此这般地叫人拘拘束束、别别扭扭。他觉得大人无论如何是当不得；一旦当了大人就不能随随便便，就失去了自由。尤其害怕的是失去跟他成天价玩耍打闹的一群小伙伴们。

此刻，福儿跑到家，蹬着风箱从吊着的篮子里拿出个饼子就跑出来。可出门刚刚往东一拐，见叔叔背着铁锨从村外走来，他忙把饼子藏进大袄里。因为在福儿眼里，全家人最令他敬畏的就是叔叔。叔叔是当家的，家里的大事都是他说了算。再就是，他佩服叔叔是个男子汉大丈夫，婶子在他面前只是低眉顺眼地随声附和，一切都是看着叔叔的模样过日子。当然，叔婶都很心疼他。平时有什么好吃的好玩的都想着他。只是叔叔的心疼，还多一层是对他的管教上。饭桌上就常教训他说："吃不言，睡不语。吃饭吃饱，别吃零嘴。"当然，更不准拿出整个儿饼子给别人吃。所以，他不能叫叔叔发现揣在怀里的秘密。他本想从叔叔跟前跑过去，可是当叔叔走到近前却停下了脚步，脸上十分高兴，笑盈盈地放下铁锨，用手摸了摸他的脑瓜儿，接着又弯下身子把他抱住。正当叔叔又要把他举过头顶的时候，（以前，特别是娶媳妇之前，叔叔高兴起来，常常这样。）福儿感到要坏事。果然那个黄澄澄玉米面饼子从怀里掉到地上。叔叔发现了那个饼子。福儿原以为叔叔要生气的，忙把饼子捡起来。然而，叔叔只说："一个大饼子，吃得了吗？"福儿忙说："吃得了！"说着撒腿就跑了。叔叔笑眯眯地望着侄儿跑去的背影喊道："跑慢点儿，别栽倒！明儿赶集我给你买个火烧卷肉！"

福儿不知道叔叔今天为什么这么高兴，高兴得连自己从家里朝外偷饼子，他都不仅不吹唬自己，还应许了集上给自己买个"火烧卷肉"。

福儿离开叔叔拿着那个饼子跑到强儿家。掰了一半儿给了小凤，小凤用感激的目光看了福儿一眼，就香喷喷地吃起来。胜儿两眼紧盯着福儿手里的另一半饼子；淘气望着吃饼子的小凤，不仅嘴里流了"哈喇子"，连鼻涕都流过了河，流过嘴唇。福儿又掰开剩下的饼子说："这一半给你们仨吃了吧！"

"给他们俩吧，我不吃了。"强儿做出了当大哥的样子。胜儿、淘气又多吃了一角儿饼子，很是高兴，小凤自己吃了半个饼子自然也很满意。大家都用满意和高兴的目光看待福儿，这对福儿来说，便是一种满足。如果没有了这种满足，他的生活就没有了趣味，也就没有了他童年的幸福。

3

新媳妇的梦想与杨老二的策划。

夜晚，一轮白净得叫人感到冰凉的圆月，带着早春的寒意挂在仍是光秃秃的树枝上。静静的杨家旧宅院里，偶尔从屋里传出一两声咳嗽和简短的轻声细语。加上那丝丝缕缕、似断非断焚香的烟云，更显得这个家庭的稳定、和谐与安详。从杨家这个旧宅来看，其房舍的布局简直没有什么章法和讲究。

北房五间，从有锅有灶的外间屋说起，西边一间住着全家至高至尊的老太太——福儿的奶奶。按说北房应以东边为上。可当初老太太说，西边窗下有棵木槿花儿树，我就住西边吧，隔着窗镜就能看见花儿。于是老人家就住在西头儿屋里了。西头儿屋子的西套间是粮囤粮缸，可以叫作仓房；东头儿一间住着老二两口子，里边的东套间没放什么重要东西。西房是三间屋子两头睡。南头儿是福儿他爹娘，北头儿屋里是福儿和他媳妇。这院子没有东房，该盖东房的地方是猪圈和靠东南角上的女厕所。二门朝南，出门朝西一拐才是大哨门。有个水井在东院。看得出这杨家还远不是什么名门大户，只是近年来才发旺起来的富裕人家。然而，在这盐碱窝里，日子能过到这个份儿上，也是三乡五里数得着的人家了。不然，福儿这么小小年纪能娶上媳妇吗？

娶来一年的媳妇，还该说是新媳妇。确切地说，仍是个名副其实的十八岁的大姑娘。现在，新媳妇屋里还保留着去年办喜事的新鲜与豁亮。新屋新炕新顶棚，桌、凳、板柜、梳妆台都是很新的。此刻，新媳妇在自己的新房里，用针尖拨亮了黑油灯，显出了她那一张灵秀的面孔。如果是白天你会看得更清楚，她那对双眼皮大眼睛，白霜霜的瓜子脸，略显瘦削，眉宇间似乎还带点儿不被人注意的闺中淡淡的清愁。然而，俊美的脸庞和苗条的身材仍透着浓浓的青春气息。因娘家几辈以上曾出过一个在大清国朝里做过官的人，所以其家业曾过到三顷地以上。后来兴了中华民国，家道中落，下边的众多子孙一分家，哗啦啦，便都成了平平常常的中等户。但在某些场面上，家中主事的人，仍要顾全那难以顾及的门庭的尊贵。所以，今天在这新媳妇身上，即使还保留着某些大家闺秀的风范，但一旦成为人妇，做了媳妇，就得按做媳妇的一套行事。每天不等天亮，爬起炕来，就得先收拾脑袋，梳拢好了头发还得抹油，生发油、桂花油都得抹上。接着端三个屋子的尿盆，然后在大锅里烧水，有了热水才能洗手，不然搽了油的手怎么能去叠被褥，还得给小女婿穿衣裳。弄清了炕上的，再去点火做饭，饭做熟了再扫地，最后放上桌子伺候一家人吃饭……一大早忙得团团转。此刻，新媳妇平静而安闲地做着无关紧要的针线活儿。

自从去年春天嫁到婆家来，伴着自己睡觉的，只是个孩子，一个不满十岁的小小子儿。他就是自己的小女婿，男人，丈夫。当时——六七十年以前，娶大媳妇作小女婿这样的家庭是不被人耻笑的。因为能当上小女婿的家庭，不是名门大户，也是富足人家。加上媒人和爹娘那些好听的话儿：有小不愁大呀！不等几年小女婿就是个顶门立户的男子汉。女儿找婆家图的是人家那份日子。只要那孩子不秃不瞎、不傻不呆就是好婆家。婚前，她这个入世未深的少女，已经懂得了：不论女婿大小，都是自己的终身依靠。可到底那孩子怎样？她要亲自相看相看。她哭着对娘说："耳听为虚，眼见为实。不亲眼看看，谁知他呆不呆、傻不傻？"娘传女儿的话，对老伴说，女儿要亲自相看。爹生气了："胡说！没过门的闺女家，哪能去看女婿！要相看也是咱爹娘的事。"她爹周义，幼年上过几年私塾，读过《论语》《中庸》《大学》，懂得"修身，齐家，治国平天下"，如今"治国平天下"不敢说，但洁身自好保持家风是不能含糊的。

就在二月初八龙堂庙会上，她爹娘去相看了没成亲的小姑爷。回来对英儿说，那孩子眉清目秀，像个有出息的孩子。过门后见这孩子果然不错。一年来，虽还是孩子气十足，但言谈举止，倒也有不少进步。只盼他赶快长大成人，顶门立户，做自己的一个名副其实的男子汉大丈夫。因为，在她还是封闭着的青春情怀里，还有一个完整的辉煌的春梦。然而，她万万不会想到，在她的好梦未成的此时此刻，就在同院北屋东头儿当家人她的叔公那里，一个改变家庭格局的"伟大构想"已经形成。这将会把她的青春好梦扯得零零碎碎，几乎影响了她一生的命运。

"英儿！抱他过去吧！"她叫金英，婆婆叫她英儿。她答应着便向婆婆屋里走来。结婚之后，小女婿经常还是在他娘屋里睡，不肯跟自己一起睡，只等他睡熟才抱到自己屋里来，服侍他脱衣睡好。

此刻英儿到婆婆屋里，见公公在炕头里边靠着被窝罗儿抽烟，婆婆身边的小女婿睡意正浓，她便伸胳膊抱起他来。开始，抱他的时候，她还十分害羞。可是自己的女婿自己不抱谁抱？现在，这已是每天的必修课了；与那些给公婆、婆婆奶奶拿脚盆、端尿盆、扫地、做饭同样是必修课一样，这才叫作媳妇。其中有的是自己没过门时娘家调教的，有的是自己过了门婆婆教做的。

然而，今天抱着睡着的小女婿，走进自己屋门槛时差点儿没栽倒。若是栽倒了，摔坏了小女婿那可不得了！不仅公婆要埋怨自己，还有上房屋里的老太太、叔公和婶婆都要怪罪下来。人家这里两辈人且又是两股儿守着这么一个呀！所以当她给小女婿脱了鞋袜和衣服，安顿他睡下之后，她心里一直没有平静。但是，在她不平静的心里，竟又热乎乎地高兴起来。她思谋着，刚才之所以差点儿没栽倒，是因为自己脚下不稳，之所以脚下不稳是因为上重下轻。到底是抱着个大活人呀！而这个活人的确是越来越大，越来越沉重了。比起去年她刚过门时他真是长大了好多，沉了好多！长吧，长得越快越好！虽说是女长十八，男长二十。可有的小伙子十四五就长成人了！是啊，快快给我长成一个大男人大汉子吧！——油灯下她望着睡梦中那十一岁的小女婿，那终生的希望、命运的寄托。……那年头，还是嫁鸡随鸡、嫁狗随狗、嫁个扁担挑着走的世道啊！这便是女人的归宿——妇道人家的为妇之道。

然而，这个还没有长大的小女婿，看现在就有个大丈夫的脾气。对媳妇常常没个好言语，尤其是自尊心特别强。有一回小家伙在睡梦里正和强儿，——不，没有强儿。是胜儿、淘气又在一起比赛看谁尿泡尿得高。可梦里的比赛还没个结果，他便醒了。因为已经尿了炕，被子褥子全湿透了。但他还要媳妇给他保密。有一回晒褥子晒出地图来叫人知道了，小女婿竟想起强儿的话：那是晒他的脸呢！于是，扬起拳头要打媳妇。可他才长到媳妇的胳肢窝那么高。她伸手攀住了他的两只小胳膊说："干什么？你这么个小小子儿，还想打人，真跟你动劲儿，你准行吗？"

别看他人小，却模仿大人。叔叔就是他的榜样，叔叔是当家人，从不把婶子放在眼里。加上去年冬季念私塾，老先生讲些三纲五常、封建道德，别看跟媳妇没什么亲爱，却懂得媳妇必须顺从自己，而不是自己顺从媳妇。可是，平时外人一夸他媳妇好，他也觉得满面荣光。刚办过喜事，人们说："看！人家福儿媳妇，长得细高挑儿，白霜霜的脸儿，散披儿辫子耷拉到屁股蛋儿上，真是好长相呀！"他听了心里挺美。

夜深了，她在睡觉前，总是靠着板柜想想今天和明天的事。对了，三月初八是娘家大西庄的庙会，明后天哥就来接自己去过庙。她高兴了，因为只有娘家才是自己的家，婆家是自己做媳妇的地方。

结尾曲——

她是她，我是我，

俩媳妇伺候着一个小女婿——几年后他变成了棒小伙儿。

可真是不是冤家不聚首，

且都有妻子的名分，不分高下，平起平坐。

谁服谁？谁怕谁？

成天价别别扭扭，碰碰磕磕。

没完没了的哀怨，

禁不住两腔妒火。

你就是大打出手，闹翻天，

谁能评说，谁对谁错？

哪里有什么中节、中庸、"致中和"？

这是中国真正的"一夫多妻制"，可日子没法儿过！

说什么"生贵子，抱孙子"，

"四世同堂"是杨家老太太最大的心愿和寄托……

可偏偏赶上七七事变起战火，

日本鬼子的屠刀往咱脖子上搁！

国有难，家不和，

一个媳妇"气裹血"；一个媳妇"血裹气"，经血不调——病在妇科。

怎妄想"借子生孙"，

两大股儿传宗接代，不断香火？

国事、家事、天下事，

里里外外受折磨。

到底是生活本身教育了我，

不杀死鬼子，自己没法儿活。

要保家，先救国，

别的事儿一律往后拖。

共产党反帝又反封，"一夫一妻"制度好，

粉碎了"一门两不绝"这陋习邪说！

砸烂了妇女身上一道道枷锁，

每个人都走向光明的未来，过上自己的新生活！

（节选自长篇小说《中和人家》，作家出版社 2013 年 7 月）

　　李浩，1971年生于河北省海兴县。河北师范大学文学院教授。曾先后发表小说、诗歌、文学评论等。有作品被各类选刊选载，或被译成英、法、德、日、俄、意、韩文。著有小说集《谁生来是刺客》《侧面的镜子》《蓝试纸》《将军的部队》《父亲，镜子和树》《变形魔术师》《消失在镜子后面的妻子》，长篇小说《如归旅店》《镜子里的父亲》，评论集《在我头顶的星辰》《阅读颂，虚构颂》，诗集《果壳里的国王》等，共计20余部。曾获鲁迅文学奖、庄重文文学奖、蒲松龄文学奖、《人民文学》奖、《十月》文学奖、《滇池》文学奖、河北文艺振兴奖等。

镜子里的父亲（节选）

◎李 浩

关于我的父亲……一提起他我就想起那个形象：站在镜子的面前，用一把电动的超人剃须刀在刮脸。他很少刷牙，他没有这个习惯，但剃须却天天坚持。镜子里的父亲……是的，我至少有两个父亲，或者更多。不，你不要误解我的意思，我的意思是……

要我从哪儿说起？

当然，需要一个支点，毫无疑问。有了这个支点我想我也许能够把地球撬起——当然，我要说的是我的父亲，讲述他并不需要撬动地球那么大的力量，不需要，但同样需要支点：要知道，有那么多的故事要讲，太多了，这么多的生命、事件、奇迹、地方、谣言交织在一起，一些稀奇古怪的事件和尘世间常见的东西紧密地混杂在一起，要知道，记忆从来都是混乱的、繁杂的、多重的，它们相互纠缠，时有粘接，时有断开，有时沉在水底，有时又浮出水面。即使浮出水面，它们也和另外的一些事、物相混杂——现实的、过去的、虚构的、想象的、误解的、不经意修改过的或者故意修改过的，表面的、不溶于水的、比水要轻的，有吸附性的、染有颜色的……真的是剪不断、理还乱。所以需要一个支点，就像找到一团毛线藏在里面的线头儿，以便我开始叙述，他，我的父亲。

最终我找到了镜子。

——为什么是镜子而不是别的，譬如，照片？日记？

我不信任照片，无论是使用 120 胶卷相机还是数码相机，80mm 标准镜头的哈苏相机，90mm 标准镜头、产自日本的玛米亚，135 海鸥相机，佳能单反，尼康 D7000，理光 GR Digital IV，徕卡 D-LUX5，使用乐凯富士、柯达胶卷，黑白还是彩色，在黑白照片上涂上红、绿、蓝等原色，20 万像素，800 万像素，1200 万像素，3000 万像素……我都不信。它们把生活的整体从中剖开，只抓住一个表面，甚至悄悄修改了拍摄者的表情：笑一笑。想一些美好的事儿，无论它多么少，无论你现在是愤怒还是悲痛，都把它们藏在后面，照片要抓住的是一个笑着的瞬间。后来，我们要喊出一个词：茄子，它不要求你联想到那种一年生草本植物，青色、白色或紫黑色，圆茄及长茄，它只要你的口形：茄子，说出它来的时候嘴角上翘，你的表情会接近于微笑，当然也就更接近于假象。它们还会把时间的整体从中剖开，将它变成停滞下来的瞬间，消失了连接感，像发霉之后被丢在地下的葡萄——照片是种假象。照片在正常的时候，不反映你的悲伤和忧虑、痛苦和呆滞，它只反映它想要的，合适的，得体的：我不信任照片，我的父亲也不信任照片，在这点上他比我表现得更为强烈：他很少去照相馆，除非是办理什么必需的证件。在我母亲病着的时候，我和妻子、弟弟想拍一张全家福，父亲拒绝了。他不想留下影像，他更愿意从我们的中间消失。他不信任照片，甚至还小有敌视，据我所知，他曾先后两次将照片们销毁，像销毁某些让人疑虑的证据：在奶奶死后，他烧掉了奶奶存在镜框里的所有照片，包括他的，也包括许多人的。为此我的大伯和四叔都明确表示了不快，四叔说，他没有这个权力，并且毁掉的也不只是你一家的；我母亲死后的当晚，父亲找个间歇，找个黑暗的角落，再次销毁了母亲所存的全部照片——如果不是我弟弟家里存有一张母亲和孩子的照片，需要放置我母亲遗像的地方将是空白。他的这一不可思议的行为让我们都有些……我不知道他为什么如此"仇恨"照片，他觉得里面留下了什么他不愿意见到的？还是，他极力希望篡改，把自己从我们中间悄悄抹去？

至于日记，我父亲就没有日记。一直如此。大概是一直如此，反正在我来到这个世上，见到他并且有了记忆之后，我就从来没有见他记过日记，虽然，他曾经写诗。日记，在我父亲那里没有这个词，不允许有这个词，这个词有别样的性质。他甚至反对我记日记，虽然没有给定任何的理由。反正不要记。记那个干什么？有什么用？他反对得那么强烈，在我初中的时候就压下了我记日记的念头。日记变成了一个阴性词，一个里面藏有幽暗、魔鬼的地域，一个可能的潘多拉盒：你不知道什么时候会把一些什么给释放出来。没有日记，因此它无法成为支点。

所以我选择了镜子。我喜欢镜子，镜子，放置在侧面。我用镜子对准父亲（未曾获得他的允许），并且不止一枚：这样，我就有了多个父亲，有了不同的侧面——镜子使父亲从单一中解脱出来，成为复数，获得形象的繁殖：镜子里的"父亲"远比站在那里、拿着嗡嗡作响的剃须刀修改胡须的父亲丰富得多，甚至真实得多。

第一枚镜子里，父亲哭着，闭着眼，像所有的婴儿。他在咒骂中出生，哭得那么声嘶力竭却难以说明真的有什么不满，紧紧的左手里面没有糖果也没有钱币，而右手则是伸开的，里面是无，同样的无也应当存在于左面。第二枚镜子里面，有一出木偶的戏剧，父亲像牵线木偶那样移动，躺倒，把自己摔出了泪水。第三枚镜子，它先照见父亲的大眼，然后朝下，照见父亲的鼻子和嘴。在镜子里的父亲相当瘦小，几乎可以被风吹倒，几乎像照片一样薄，几乎是，一把干枯的骨头。第四枚镜子里的父亲还是少年，他在镜子里露出牙齿，在牙齿宽大的缝隙里埋伏着：饥饿。第五枚，它只照见了很小的侧面，里面的父亲是模糊的，他在躲闪，想离开镜子，想把自己藏在镜子的后面，甚至，他想从镜子里面伸出手来，抹掉自己的这一形象——他甚至成功了。他就要成功了，

39

只是他忽略了自己掉到脚踝的裤子，墨绿色，已经洗得发白，一个不雅观的破洞可以伸得进一根手指；只是他忽略了自己的鞋子，它留在了镜子里，最显眼的位置，硕大而丑陋，上面沾染着树叶的灰烬和结核病毒。一片鲜艳的红色在波涛中漫卷，如同风大浪急的海洋，父亲在第六枚镜子的一侧，他的脸色也如同火焰……第七枚镜子是哈哈镜，里面的父亲比例失调：上半身缩成实际的三分之二，而下半身，尤其是腰部以下大腿以上的位置被镜子突然放大，尤其是……里面的父亲表情奇怪，带有三分痛苦、三分难受、三分莫名其妙以及半分的尴尬、半分的浮肿……他两只手都伸在衣兜里，捧着自己的下半身就像捧着一个将要破碎的水罐。车站在远处，哈哈镜把它推得更远，把它变得发黄，像是旧照片的那种——在这枚镜子的里面，我的父亲错过了历史，他因为一泡尿，这个难以启齿的原因让他没能搭上那列被称为历史的列车。他会在第八枚镜子的里面拼命追赶，等等我，我可不想被落在后面——那列火车，它发出巨大轰鸣，冒出白色的、含有大量焦油的烟，以四千马力的热情在铁轨上奔跑，在父亲的追赶中越来越远，直到消失不见。

　　第九枚镜子曾经被水或什么不知名的液体侵蚀，镜面发黑，上面还带有大大小小灰褐色的霉斑——我父亲曾在中学教过化学，那时教师稀少，父亲还兼其他的课：物理、语文、劳动、体育。化学课上，父亲曾经制造过数次规模很小的爆炸（父亲一直否认，但他的学生提供了细节），这枚镜子或许就是某次爆炸产生的后果。这枚镜子里的父亲影影绰绰，影影绰绰布满了整个镜子，如同是一张旧照片，如同旧照片里众人的合影——一直以来，我父亲想尽一切办法，包括使用他并不精通的化学，再制造一次可控的爆炸，把这枚镜子炸碎，碎成细小的玻璃，碎成无法拼接的碎片：如此发污的镜片应当不会再反射什么生活的光，记忆的光。一直以来，父亲都不愿意面对这枚镜子，他否认这枚镜子的存在，采取一叶障目，采取掩耳盗铃：这枚三十多年前的镜子，依然让他杯弓蛇影。是的，那些阴影早早地渗透到他的骨骼里，不被分解，却可以吞噬其他的细胞，使它们变成自己。

另一枚镜子里面，父亲蹲着，日期模糊的报纸遮住了大半张脸，他的专心有时只是一种假象，有时候，他的心会在别处，但报纸却好好地支着，仿佛在看，一字一句地看。他的心在别处，那枚镜子里的父亲被关进了笼子，笼子里的父亲显得木然、平淡，并且安静，他蜷缩着，如同早晨河岸上等待晒热身体的鳄鱼。只是他的两条腿在镜子里抖动着，它们修长、有力。镜子里的父亲：他会变化，像《西游记》里的孙悟空、猪八戒，三十六种或七十二种，譬如他在某一枚镜子里面会变成一只鸟。背景是被烟熏黑的天花板，父亲变成的鸟就像一个形容憔悴的苦行僧，脖颈和头项上没有一根羽毛，脸上布满了皱纹，眼睛上蒙着一层泛白的薄膜；他会变成一只蜜蜂，落在一张白色的纸上，在那里嗡嗡嗡嗡地转来转去。譬如，他会变成一只正在蜕皮的蝉，从坚硬的旧壳里慢慢蜕出，把自己的身体倒过来，倒挂在旧壳的上面。这样我又有了一个新父亲，他不让你看见他的艰难、挣扎，不让你看见他把自己的身体倒悬，经过一夜的时间，从旧我里最终脱出的过程——但镜子告诉了我。这个新父亲会在早晨的时候飞速变旧，长出胡须和皱纹，他还要使用那把超人剃须刀。某个早晨，他从一个令人不安的睡梦中醒来，发现自己突然变成了一只甲虫，即使有八条矮小的腿也无法从床上翻过身来，他还发现，自己虽然有了甲虫的硬壳，却没有长出翅膀。某些时候，父亲会变成猫，而另一面镜子则通过里面的影像告诉我们，此刻，父亲又变成了老鼠。

多数时候父亲变成什么并不由他确定。确定他变成什么、可以变成什么的是镜子。也许镜子也不能确定，谁知道呢。

从左到右，你看这里，我的父亲就像是石膏做的、泥巴做的，他的表情肯定使用了平时不用的颜料，这枚镜子里的父亲注定会怕水。

41

H_2O，它可以分解成氢和氧，成为易燃的物质——镜子里的父亲大概也怕火焰。他的体内曾经有一团小小的火苗，先是引燃了三株学校的树，那些树来自台湾。在这之后，父亲运用可怜的化学点燃了自己的心脏，像一块自燃的煤，他让自己燃烧了十二三年。再看，这里，父亲坐着，带着面对相机镜头一样的标准表情，灰蓝色中山装，衣兜上插着一支看不清牌子的钢笔——如果不仔细看，就会忽略掉细节，而细节却常常极为有用：父亲的背后，椅子的背后，再远一些，背景的背后，将那团模糊的、混浊的物体放大，放置于高倍显微镜下，移动装片，调光，调焦，旋转细准焦螺旋——看清楚了，那是一支猎枪的枪口。枪口的方向对着父亲的背，确切点儿说，是心脏偏左一点儿的位置。那支猎枪是我爷爷的，虽然后来不知去向……现在，将视线转向另一枚镜子，你看见，镜子的表面似乎凹凸不平：的确如此，它不是错觉，这枚镜子原本就存在质量上的问题。镜子篡改了他的形象，使他变得扭曲，超出所谓的现实：我猜测达利曾经拥有过这样的镜子，它使光折射多次，从而……父亲站在镜子面前，用剃须刀正在刮脸。如果不是早就确定，我几乎认不出他来，我几乎认不出，他，镜子里面这个扭曲着的男人也是我的父亲。刮完脸，他关掉剃须刀里的嗡嗡声，走开了，剩下这枚空白起来的镜子，外面，天还微微有些光亮，空气里有一层茫茫的薄雾，手机响起，电话里通知我的父亲，已经出发。父亲嗯嗯嗯嗯，他装作平静，若无其事，但所有的动作都显示了他的迫不及待。刮过脸，父亲变成了一个新人。在我母亲死后的第二年。

镜子说，我父亲曾遇见过魔鬼，千真万确。它被装在一个生锈的瓶子里。公元一九七六年六月，黄昏，父亲在漳卫新河的下游撒网，一网一网，一直一无所获。真的一无所获，连条小小的鲢鱼、鲫鱼也没有，连条小小的河虾也没有，连个鸭子偶尔下在河里的蛋都没有——以往河里可不缺这些。可以想见父亲的沮丧，父亲的沮丧还有其他，不止一例，它们在体内就像散开的蓖麻子，来回晃动，含着轻微的毒性——父亲一边撒网，一边默默数着不断增加的蓖麻子，他几乎已经愤怒，从他的脸色来看他已经中毒——最后一网。父亲的沮丧到达顶点，他自暴自弃，许多时候都一贯如此，最后的一网差一点儿把自己扔进河里。那时的河水已经发暗、阴沉、有力，仿佛里面隐藏着……最后一网，父亲打捞上了那个瓶子。那个瓶子现在还在。在父亲的房间里，和他的香烟、茶叶以及一套"5 IN ONE"的TOOLKIT工具盒放在一起。镜子说，瓶子的里面装着一缕烟，它实质上是个可恶的魔鬼，并不凶残，但却无赖。从那个黄昏开始，它就粘上了父亲，在他耳边说话，发出苍蝇的嗡嗡声，并把它的鼻涕涂抹在父亲的衣角上。父亲甩不掉它，久而久之，父亲甚至对它的存在有些上瘾，悄悄把瓶子打开，仿佛里面放置的是鼻烟，或者罂粟的粉——在魔鬼到来之后，必须承认，我又有了一个新父亲，他是由旧父亲一点点变过来的，过程还算缓慢。

我还选择了三枚三棱镜，折射，再次折射，把面部的白光投入镜中，另一端，它们被分解成七种单色。在这枚镜子中，父亲的更多复杂被取消，只强化了其中的一点：父亲孤独一人。说真的，他一直是孤独的。他的孩提时期可能并不孤独，因为在那个年龄，孤独还没有长成一个词儿，而且他有一个姐姐、两个哥哥（其中一个，我的大伯，他是被我们称为"大奶奶"的人生的，她死于自杀，生活和生活里的诸多让她厌倦，难以忍受。她空出了位置，后来才有我奶奶的出现，后来才有了姑姑、二伯、我父亲、四叔），但姑姑和二伯早天，他们的死只隔了一天。最初的时候，大伯和我父亲的关系不好，因为年龄的关系，大伯早于父亲品尝到了孤独，他咽下，咽得极为辛苦……多年之后父亲才开始在饭桌上见到它们，他同样咽得辛苦。和爷爷奶奶在一起的日子他也是孤独的，他们都有自己的生计，贫困的生活迫使他们只能忙于生计……并且争吵，不停地争吵，周而复始，我的父亲只得闭嘴，缩进角落，然后从角落里消失，像一只闯进屋子里的老鼠。何况还有爷爷反反复复的自杀。他和我母亲一起生活的日子是孤独的，他们不同，或者说过于不同，就像我的爷爷奶奶。于是，他们争吵，不停地争吵，周而复始，简直是上一辈人生活的翻版、上上一辈人生活的翻版——争吵之中他是孤独的，而争吵之后更是。争吵加重了孤独，同样加重他孤独感的还有时间：父亲的事业丝毫不见起色。他始终是一名普通教师，拿过一两个先进，但那更是对他失意的补偿，厨房师傅放在他饭盒里的菜也变得更少。二十岁，他有了第一个儿子，也就是我，两年之后他有了第二个儿子——和两个孩子在一起的时候他也是孤独的。那时，我的父母都有自己的活计，母亲忙于关系，父亲忙于教育，他还迷恋上了打麻将，按照某种可以理解的说法，我们两个的到来是揳入他自在生活里的硬木楔子，"只是在世事风云的变幻过程中被送到手上的小动物，他没有理由爱他们"。那时，我和弟弟先后被寄养在姥姥那里，父亲大约一周过来看我们一次，十分钟，不能再长，否则他将赶不上周长贵家的牌局。还有，他和几个少有的朋友在一起也是孤独的，他经常感觉被朋友操纵，有时被欺骗，甚至不知不觉地被出卖。他装作没有察觉，因为他的朋友实在少得可怜，然而必须承认，我父亲的演技实在拙劣。何况还有他暴躁的脾气。这时常让他后悔，他决定改，决心改，然后是再一次后悔，再一次，决定改，决心改。他的朋友越来越少，这倒不源于他过分苛刻，而是，他在朋友眼里实在没用。就是往他的班里塞一两个学生也不行，就是让他推销挂历和课外辅导也不行，就是让他派两三个学生去擦一擦玻璃也不行……他没有这样的权力。甚至，往学校里停车也不行，看门人没有顾及，让我父亲和他的朋友毫无面子。父亲很看重面子，可他不行，他没有，他不能获得。在我母亲病着的时候他是孤独的，虽然他从不爱她，虽然他也不存在什么温情，但出于责任和别的什么，我的父亲被困在家里。母亲在另一个房间，他的房间只是一个人。或者电视，二十四个小时，CCTV5，父亲盯着篮球、排球、足球、保龄球、乒乓球、冰壶、举重、象棋、国际象棋、肥胖的大力士和城市之间、体育新闻以及安踏、乔丹、奔马、耐克和可口可乐的广告——有电视的父亲也依然是孤独的，尽管它们从不间歇，尽管它们有着相当的喧哗。如此日复一日，整整五年。他偶尔会去母亲的房间，喝水？吃饭？撒尿？出来走走？他的问话很是例行，像被三棱镜过滤过，可以分解成单一的原色。在母亲死后他是孤独的，我在石家庄，弟弟和弟媳忙于他们的门市，何况在母亲去世之后他们的关系一度极为紧张……光从一个侧面射入，从另一个侧面射出，父亲在那里留有一条灰紫色的影子，色波长为410，单位是纳米——他在院子外面的草丛里坐着，腰部弯曲，穿有一双墨绿的胶鞋，已经磨损得不像样子。有些细细的风，它会撕扯父亲的头发，使它们更加凌乱一些，使他看上去也更苍老一些。父亲坐在那里，时间一秒一秒，一分一分，一个小时，又一个小时——他真的成了一个人，有那么多的孤独需要打发掉。

在镜子面前，用剃须刀修剪自己胡须的父亲仍是孤独的，孤独也许就像每日都在生长的胡须，只能将它刮短，从外表上看仿佛不再那么明显，却无法将它们彻底根除。他把自己修剪成一个六十九岁的新人，但一些旧痕迹还在。我猜测，他在打麻将的时候也是孤独的，清一色，他所要的八万被打出了三张，其他的三人一起和他钩心斗角，相互防备……我猜测，他在写诗的时候也是孤独的，所有的汉字都那么独立，方方正正，父亲努力寻找其中的连线，穿过这些字的针眼，将它们串在一起。必须承认，父亲所有的手工活儿都很一般，他不善于。

三棱镜的第二枚，取消了绿，分家的时候，父亲分到爷爷耕地的三分，他戴着草帽缓缓进到田间，那种笨拙的散漫让大娘和华哥哥、四叔四婶没少笑话；取消了赤，父亲曾是意志坚定的红卫兵，王小雨的骨干，东风吹纵队，如果不是他错过了那列被称为历史的蒸汽机车，也许会是另一番命运；同时也取消了蓝，取消了紫，现在，我专注于光谱中的橙：父亲，是一个乡村诗人，有许多年，他都躲在自己的时间里写诗，躲在自己的孤独和挫败之中："我不会消沉／不会流泪／更不会低头／——我会用我最后的力量／把自己的头颅昂起……"父亲说诗为心声。诗歌，是人的一面镜子。这简单的一撇一捺，足够你书写一生。说这话的时候我在场，但他没有真的去看镜子，甚至有意躲闪了一下。

第三枚：我选择另一个角度，反方向，也就是说，我把父亲身上的那些单色汇聚在一起，把镜子里的那些父亲，复数的、侧面的父亲，把孤独的父亲，饥饿的父亲，愤怒的和争吵的父亲，被火焰灼烧的父亲，落在水中的父亲，性欲强烈的父亲和热情高涨的父亲，错过历史火车的父亲，不甘于错过的父亲，蹲在鸡舍里的父亲，阴影背后的父亲，口是心非和口非心是的父亲，关在笼子里的父亲，变成甲虫的父亲，被生活拖累和拖累了生活的父亲，豢养着魔鬼的父亲……我把他们统统合在一起，折射，再次折射，让他们在三棱镜的内部混合，成为白光：那个站在早晨的生活中，空气和阳光里，三维的，身高1米78，体重72.5公斤的父亲，2011年6月，他凑近面前的镜子，用一把双圈剃须刀头的超人剃须刀刮脸。我和弟弟，和我的妻子在另一个房间，屋子外面有一层灰蒙蒙的薄雾。我的弟弟，用鼻孔重重地哼了一声。这时，父亲的电话响了，他换了一个彩铃。

……是的，我有两个父亲或者更多，一个是说出的，一个是沉默的，一个是看见的，一个是隐藏的；一个是那个与我有血缘的人，另一个，则在镜子里。镜子使父亲获得繁殖，由一生二，由二生三，由三生……镜子里的父亲不止三位一体，不止，远远不止，他是不断扩展的一个复数，现在，我要说的是他的简史，更是"他们"的简史。镜子，是我唯一可以找到的支点。

有了这个支点我才能谈论我的父亲，复数的父亲。

所以，我就从镜子里的父亲讲起。

哦，且慢，还有一枚镜子，必须提到，它的质地不是玻璃而是水晶，乳白色，不透明——它的确是一枚魔镜。它曾属于女巫皇后，白雪公主的继母，在她可怜可叹可恶的命运结束之后这枚魔镜一度不知去向，现在，它归我所有。"mirror, mirror on the wall, who's the most beautiful woman?"魔镜魔镜，谁是世界上最美的女人？——此刻，这不是我最关心的问题。它是一个变量，在白雪公主之后更是，三五年后，一个新的美人会重新出现，而且还有高度发展的整容术。前些年，众人说是苏菲·玛索，一个有才能的演员，现在大概已经不是了。我关心的问题是另一些，和我父亲相关，魔镜知道，它不说谎。我把魔镜里的父亲唤出来，唤到镜子的表面，向他询问：

——父亲，关于你自己，你想说什么？

我想说我这个人。时常，我会在一个人的时候想想，我，这个人。这一辈子。

——父亲，关于你自己，你想说什么？

我没什么可说的。没有。

——那，你为什么哭了？

因为伤心。我想起了伤心的事儿。想起了你的奶奶和你母亲。

——你为什么哭了？

没有。我的眼里进了多余的沙子。

——你为什么要向我说谎？

没有。我想我在说实话。

——你为什么要向我说谎？

因为实话像别的不存在的事务一样，看上去如同谎言。因为，我不准备和你说，我不想留下。我需要隐瞒。

——你为什么要向我说谎？

难道，我说的这些，不值得信任？

——你为什么要向我说谎？

因为恐惧。因为羞愧。因为谎言能够被人接受。因为我一向如此，它成了习惯。

——这些日子你是怎么过的，我的意思是……

就这样过吧。还能有什么？

——这些日子你是怎么过的？

是很艰难。反正……反正已经过来了。

——你和谁睡觉？

每夜，我和一个不同的女人睡觉。

——你和谁睡觉？

我一个人睡觉，我总是一个人睡。

——那，你……

我去接个电话。院子外面的草长得太高了，结了不少的种子。明年会有更多的草，那块地，我想种点儿白菜、丝瓜……今年的萝卜没有长起来。

（节选自长篇小说《镜子里的父亲》，北京十月文艺出版社 2013 年 9 月）

中 篇 小 说

　　陈冲（1937—2017），祖籍辽宁海城，出生于天津。1983年加入中国作家协会。原河北省文联创作室专业作家，中国作家协会河北分会副主席，河北省作家协会副主席。著有长篇小说《粉红色的车间》《腥风血雨》《送你下地狱》《铁马冰河入梦来》、中短篇小说集《无反馈快速跟踪》《会计今年四十七》《陈冲短篇小说集》《克拉玛依之梦》、电视连续剧剧本《皇亲国戚》等。曾获全国第七届短篇小说奖、第十七届金鹰奖最佳儿童电视剧奖、《当代》文学奖、《十月》文学奖、《人民文学》奖，并多次获河北省文艺振兴奖。

紫 花 翎

◎陈 冲

一

呼保信没等天亮就走了。水凤要送，他不让，可水凤非要送。水凤从枕头底下摸出一个布包，一晃，手里就攥着一把紫花大雁翎毛，呼保信搭眼一看，足有十来根，就伸手去接，水凤却把手往回一缩，问，想要？呼保信说，那当然了。水凤却说，让我送，就归你，不让，就不给。呼保信只好让步，不过有条件，出村之前，得离开最少四十公。白洋淀的女人们一向都是顺从男人的，如果不是太想看看呼保信使船的样子，人家已经说不让送了，她原是不该非要送的。现在人家已经让了步，她也见好就收，答应了。这样，呼保信先出的院门，她等了一会儿才出去的，才出去时还能看见呼保信干干瘦瘦的背影，就紧跟着。其实她还真拿不准四十公究竟有多远。白洋淀人对距离的概念比较模糊，比如你打听路，问，离大王庄还有多远？得到的回答往往是，不远，也就一望多远。"一望远"，就是能看见的意思，所以"一望多远"的意思，就是再走一阵就能看见了。在平平展展、没什么遮挡的淀上，一眼能望出多远，人的眼力不同，天阴天晴有没有雾也不同，所以四五里是一望，七八里也是一望。"公"这个长度单位，是五年前日本人来了以后才传开的。倒不见得是日本人带来的，实际上多半还是本地那些经常来往于天津卫的人带回来的，不过是日本人来了以后，用的人多了起来。开头还叫"公尺"，后来就简称"公"了。水凤知道一公相当于三尺，但对四十公究竟是多远的距离，却没有直观的经验，觉得只要还能看见他也就是了。可是呼保信走得实在是快，工夫不大，水凤就看不见他了。怪不得人家说呼保信有草上飞的功夫。幸好她知道他停船的地方。等她急急忙忙赶到淀边，呼保信的船已经离了岸。没看出他使船跟别人有什么两样，可她确实能感到那船虽说还没有使起来，却已经明显比平常人的船要快。几乎只是眨眼之间，那条船便驶进了夜色里，辨不出了，水凤不由得一跺脚，心里骂了声看把你能的！你说你现在把船使慢点儿还能怎么着了？于是她就只能站在淀边上，不错眼珠地朝那条船最后融入夜色的地方呆呆地看，看着看着，就觉得自己的心里越来越空，直到分明感到那颗心整个儿全空了。

呼保信是昨晚天擦黑时来的，当时水凤正在院子里织苇席。节令还在秋分里，天还长，到天色暗得已经看不清苇席的纹路时，她其实已经觉得很乏了，心里也恹恹的，却又不愿就歇了，苇篾子仍然在她的手指间懒洋洋地舞动着。白洋淀的女人们常年织席，织的时候根本不用看，可历年留下的规矩，这个节气里，到天擦黑，说声"看不见了"，就不织了。一是天长，织到这时候，总归是乏了。二是也到了该做饭的时候了。水凤赖在席上不肯起，其实也是因为这个。别的女人不织席了，那是得给一大家子人去做饭，可她呢，却是去给自己做饭。这种饭，做吧，真没意思，不做吧，饿。就在这时，她听见院门外有人轻轻叫了一声："房东？"

她顿时打了个激灵，然后就觉得手指头一热。可这时候她哪里会去管自己的手指头，她先是轻声地叫了一声："紫花翎！"然后又提高些声音答应了一声："唉！"这是个暗号。随着这声唉，院门咿呀一声被推开

53

了。等她跳起来，蹿过去，呼保信已经回身把院门关上，她直接就扑进了他的怀里，喃喃地骂："你个该死的，你还知道死回来呀！你个死鬼……"

现在她觉得做饭是天底下最值得去做的事情了。虽然做的还是一个人的饭，可这个人不是她自己了，而是她的紫花翎了。紫花翎不是她的丈夫，只是她的相好，可总归是她的男人。洗葱的时候，手沾了水，手指头又疼了一阵，她仍然没有在意。不就是让苇篾子割了一下嘛，割一下就割一下吧。苇篾子这东西，薄薄的，竖着说要多软有多软，横着说要多硬有多硬，软起来像柳叶，硬起来像小刀。织席的时候，柔软的苇篾子蛇一般一蹿一跳，上下翻飞，翩然起舞，几根手指就在锋利的刀刃之间绕进绕出，来来去去，可只要一个动作稍有差错，那刀刃也丝毫不讲情面，不出声儿就是一道血口子。若是往常，水凤会为这个很懊恼一阵。女人们在一块儿说笑时，见谁的手指上带了伤，常常会取笑一番，直到笑闹着问：想男人了吧？可这回这个口子是为紫花翎拉的，水凤一点儿都不在乎。她挓挲着那根手指头给紫花翎做饭，烙了两张白面饼，小一斤干面，使了油，搁了葱花，摊了俩鸡蛋，足足的油，也搁了葱花。等她把做好的烙饼摊鸡蛋端到堂屋，却发现紫花翎已经在炕上睡得酣熟，心想怪不得刚才没见他过来捣乱。站着看了一会儿，到底舍不得叫醒他。他今儿个肯定是累坏了。端着烙饼摊鸡蛋回到灶前焐在锅里。占了锅，就没法再给自己做吃食了，想了想，还有一块剩饼子，就拿来用灶膛里的余火烤了烤，吃了，等着看紫花翎啥时候能醒。

天开始蒙蒙地亮起来，一亮，便看出淀上有雾。淀上早晨常起雾，说是早雾，其实后半夜就起了，只不过天亮了才看得见。有雾好。她愿意今儿个淀上有雾，可也别太大，这样紫花翎就能看清道儿，而别人又看不见他，保他平平安安到达他要去的地方。至于他要去的地方是哪儿，她就不知道了。他不说，她也不问。她只知道他是雁翎队的游击队员，是个战士，但又是个重要人物。她知道的就这些，别的就不知道了，她也不打算知道。她甚至不知道他姓字名谁。人们管他叫呼保信，可那是个假名。游击队员都用假名，因为他们的家都在白洋淀上，家里都有亲人，用假名，或多或少能让那些亲人更安全一点儿。日本人则管他叫紫花翎，悬赏两千要买的也是紫花翎的人头。不为别的，就为那些死在他枪口下的鬼子汉奸特务，尸首旁总有一根紫花大雁翎毛。临走前给他的那一把雁翎，就是干这个用的。开头她自己也有点儿奇怪，当他面时，为什么不叫他呼保信，却按日本人的叫法叫他紫花翎。后来想想，八成也是一种炫耀吧。日本人不知道紫花翎就是呼保信，而根据地的人们，知道呼保信就是紫花翎的人也不多。紫花翎是她的骄傲。他让她帮他搜集这种紫花大雁翎毛，更让她觉得自己很重要。按说，秋分正是过大雁的季节，可自从日本人来了以后，兵荒马乱，响枪放炮的，在白洋淀停脚的大雁越来越少了。大雁本来就极警觉，雁群睡觉时，都专有大雁站岗放哨，猎手们都说，这几年简直就靠不到雁群跟前去。再说鬼子汉奸把紫花翎恨得牙根痒，你却悄悄搜集这种雁翎，能不担着凶险？最近安新城里的日本宪兵队出了赏格，一拉溜名单上，净是有头有脸的人物，唯独有两个例外：一个是呼保信的班长孙涛，赏格跟他们雁翎队的队长吴耕一样，三千；再一个就是呼保信了，赏格两千，虽然是最低的，他却是这张名单里仅有的一名战士。

天正经开亮了，水凤却仍旧站在岸边，呆呆地朝淀上看。傲归傲，心却是揪着的。按那些说评书唱大鼓的艺人们的说法，标了价的人头，长得就不结实。他上回走时就撂下过话儿：你可以想我，可别等我，上级说了，最近斗争形势的特点，是表面上没有大战斗，实际上全是有具体目标的硬较量。这种较量，格外用得着我，所以我这一走，什么时候再来，能不能再来，老天爷他爹都说不准。她知道这是实情。这也是今天她非要送送他的真正原因。虽说明知这样想带着几分不吉利，可她还是不愿意再犯两年前那种错误。

两年前，也是秋分刚过，她男人说要出门，跟人搭伴去趟天津卫，捎带着看看有没有什么生意可做。她是当年春分时节嫁过来的，过门才半年，这已经是她男人第三回跟人搭伴出去找生意了，所以也没有特别当回事。婆家的日子还算殷实，靠的也是男人识得些字，常能出去找点儿活钱回来。男人走的时候，她正在当院里坐在地上织席。男人腰里系了条褡包，肩上背了个小包袱，从屋里出来，朝院门走去，从她旁边经过时，说了声"我走啦"，她也就随话答音地回了句"路上小心着"，刚要起来，男人说"别起来了"，她也就真的没起来。不错，坐在地上站起来，是得费点儿劲，可你说那就真有多难吗？就这样落下了一辈子的后悔！男人这一走，半年音信皆无，直到第二年春分，又是过大雁的季节，家里来了一个人。是个生人，天黑透了才进的村，进了屋还透着几分鬼鬼祟祟。问明当面果是柳水凤，这才脚后跟一磕打了个敬礼，说是奉了长官的命令，来接嫂子，去咱队伍上"瞅瞅杨班长"。水凤一下子就蒙了。她知道自己的男人叫杨昌盛，可不知道那个"杨班长"是谁。然后她就懵懵懂懂地跟着那个生人上路了，心里却是一片不祥的预感。开头还知道是往东往北走，后来就只是跟着走，走了整整两天旱路，那生人说到了，她也不知究竟到了哪里，只看出那是一个山沟沟里的荒凉去处。然后她到了"队伍上"。那也是一支抗日队伍，只不过跟淀里的雁翎队不是一拨，打的是青天白日满地红的旗号。她没有瞅见"杨班长"，瞅见的是一座新坟——也不是很新，坟头上的土坷垃缝里已经长出了草芽芽。坟前倒是有块石碑，上面刻着三行字，第一行是"抗日阵亡国军将士"，第二行是"中士班长"，第三行是"杨昌盛之墓"。晚上，那位陪她到墓前祭奠的长官又来到她的住处，说杨班长一贯作战英勇，热心勤务，还说杨班长为国捐躯时，是一枪致命，没有任何痛苦。水凤听着这个话，怎么听怎么觉得里里外外全是凶险，可那长官的表情、语气，倒是诚心诚意的关怀、安慰。水凤只得劝解自己，或许他们行伍之人就是这种说法，左不过是个死，死前没受罪，就是万幸了。夜里，她前前后后地回想，怎么也想不出哪怕很模糊的迹象，能证明男人这次离家，是事先打算好要来这里投军的。不，他就是出来找生意做的，一定是遇到了什么变故，才走上这条路的。可他到底遇到了什么变故，却没人能告诉她了。她还有很多的不知道：不知道他是在哪里战死的，怎么死的，那是一场什么样的战斗，包括他怎么半年就升到了中士班长，虽说她知道他识字，能干，会处事，可还是有点儿太快了。现在她对他的最新鲜的记忆，就是他腰里系了条褡包，肩上背了个小包袱，从屋里出来，朝院门走去，说了声"我走啦"，又说了个"别起来了"，而她就真的坐在正织的席上没有起来送送他。第二天吃罢早饭，那个长官给她拿来十块大洋，说这是阵亡抚恤金。她收好后，就启程往回走，那长官把她送到了山沟口。半路上，他说我家里也有一位年轻的太太，长得和你一样漂亮，只是不知道哪一天，她也会和你一样成了寡妇。送到沟口他站住了，说路上你多加小心，又说，你还这么年轻，长得又这么好，遇到合适的，往前走一步吧。

　　天真正亮了，该回了，不然让人瞅见，一大清早就在淀边傻站着，呆呆地朝淀里张望，指不定会被人家猜什么问什么呢。不过她还是又磨蹭了一会儿。那年从那个山沟里回来，她没有往前走，那十块现大洋也压根儿没动过，直到遇见紫花翎。跟紫花翎头一回的时候，她还老大不愿意，只因搁不住他再三央告，说我就是想知道知道那事儿是怎么回事儿，为人一遭，知道那事儿了，就再没别的冤枉了，听着怪可怜见的，这才半推半就地从了。后来跟一个过得着私房话的姐妹念叨起这个，那姐妹只说了她一个字：傻！想想也对着哩，可不就是个傻。有了那回以后，就常常盼着紫花翎来。也不知道为个啥，莫非就是为了那事儿？守寡以后，没了念想，渐渐也就淡了，不想了，可有了紫花翎，不由得又想了。现在，站在淀边上的水凤，又想起了这个，想起了昨夜的云情雨意，止不住心里一阵阵乱跳。

身后的村子里远远传来几声人喊狗叫，水凤知道非回不可了。爬到坡顶，她又回过身来朝淀里望了一眼，心里拳拳地想：你可千万别真的不来了呀……

二

呼保信回到北田庄时，日头不过才三竿子高，淀上还带着清晨的微寒。刚进屋，小队长吴耕劈面就问："遇到情况了？"呼保信摆摆手说："扯，虚惊一场，不过耽误了不少工夫，就没往回赶，在西李庄休了。"这种情况常有，吴耕就没再往下追问，问开了任务："邸庄那边怎么样？"呼保信说："没情况，四班的同志们也好着哩。你的话都带到了，四班长说没问题！"吴耕点点头，呼保信的汇报就算完了。吴耕："忙吃饭去吧，有任务，别人都吃过了，就等着你呢！"听了这话，呼保信立时暗暗脸一红。昨晚偷偷去会水凤，一句话就支应过去了，按他的想法，这事能支应过去自然好，可他也有另外的思想准备。俗话说纸包不住火，不定哪回怎么一个没弄对付，就暴露了。真暴露了，也就认了，无非是挨顿训，顶大给个处分，警个告、记个过什么的，反正要抗日就得打仗，要打仗就用得着我，我呼保信又不想当个这长那长，用我打仗让我抗日就行了。可是听说因为这个影响了任务，虽然吴耕没说误了事了，可已经是让别人等他了，便觉得心中有愧，就讪讪地问："啥任务？"吴耕说："天没亮来了个送信的，支队姬政委让我去老河头找他，说是有个新任务要布置，还说那边有个机会，可他手上没战斗力，让我带上几个人，捎带着打个放几枪的小仗，捡点儿洋捞儿。"呼保信一听，心里更愧得慌了。像这种情况，吴耕要带几个人出去执行任务，肯定得把班长孙涛留下掌握部队。不能带孙涛，吴耕就必须带呼保信，所以这才宁愿等他，也不肯换人。不过，觉得有愧的呼保信也立时想出了补救的办法，说，要是这样，你们先走吧，我后头撵你们。吴耕想了想说，也行，你也不用太着急，一马平川地上走旱路，我们也不敢走太快。

不到一袋烟的工夫，呼保信就让自己吃饱了。战争逼着人从方方面面都向自己的极限靠拢。情况紧急的时候，就那么三分钟空儿，你不能让自己吃饱，那就得饿着，而且不知道多早晚才能吃着下一顿。急行军路上憋不住了，道边上拉泡屎，如果得三分钟才拉完，等你提上裤子，队伍早没影了，睛等着当俘虏吧！呼保信三口两嘴便吞下仨饼子，怕路上找不着水喝，又盛了一大海碗棒子糙粥，一边呼噜呼噜吸溜着，一边就端着碗去找班长孙涛。要说这世上还有一个人能让呼保信心服口服到五体投地，那个人就是孙涛。这话可不是空嘴白牙随便一说，仗打到节骨眼儿上，口子打开了，就要往里冲了，谁能一个命令就把呼保信撤下来？只有孙涛。别管呼保信怎么瞪眼怎么骂娘，到底还得俩手一抱脑袋就地蹲下，再不会往前挪动一寸，干看着别人去得战利品，没他的份儿。为什么这般刻薄他？不为别的，单为他手太黑。打从一九三九年秋天，雁翎队以排子船、大抬杆起家，到现在四年了，双方交火当中难以辨明的不算，单是被他用紫花大雁翎毛明明白白挂了号的，已是一十七条人命，可在他的功劳簿上，却没有哪怕一条抓个俘虏的记录。按他自己的说法，不是他心黑，是他的手不听使唤。只要手一抬，根本没过脑子，这一枪必是冲着要害而去，无奈他的枪法又像是天生地设一般，冲哪儿去的，想不打在那儿都难。就为这，凡是上级交代过要留活口的战斗，总是尽量不让他参加，实在难打非用他不可时，也是打开口子以后就把他撤下来，而紧要关头能当这个"恶人"的，只有孙涛。

关于孙涛是如何"降服"呼保信的，也有一个故事。那是一九四〇年秋天，已经由日本人"装备"得差不多了的雁翎队，打了有史以来最大的一场胜仗，伏击并截下了一队日本人往天津运粮的包运船。日本人被打疼了，从天津、保定调来了汽船汽艇，扬言"要把雁翎队就地全歼于白洋淀"。为了保存力量，上级命令雁翎队"跳出圈外"，成建制地转移到高阳、蠡县一带。按预定的转移路线，部队得经过一支友军经常活动的地盘。说是"友军"，其实原来就是一股土匪，可眼下人家也打着抗日的旗号，就是友军。何况别管人家动机如何，跟日本人作对确实不假。人家那大寨主就明打明地说过，老百姓手无寸铁，家徒四壁，抢老百姓，那算啥本事，又有多大油水？抢日本人的，那才叫英雄好汉！从友军的地盘经过，为了避免误会，就得提前跟人家打声招呼，叫作"借路"。这任务就交给了孙涛，允许他再带一个随从，孙涛就挑了呼保信。可有一样儿，孙涛虽然没有不让呼保信带枪，却收了他的弹夹，说，用得着你使枪时，再给你弹夹不晚。到了那儿，人家还挺给面子，二寨主亲自出面。这个二寨主，紫花小褂大背头，搭眼一看活脱一个日本特务，可态度倒还可以，虽说带着三分倨傲，余外那七分却够义气。听孙涛讲明八路要借路，不说行，也不说不行，微微一笑打了个岔，江湖上都说雁翎队的好汉枪法了得，本寨主极是想开开眼啊！说完站起，也不等孙涛说行或不行，兜里摸出一只半截小拇指大小的玻璃瓶，放在一个半人多高的花瓶几案边上，后退十多步，抬手一枪，那小瓶便给打了个粉碎，再看花瓶，却是毫发未损。孙涛入乡随俗，喝声彩：好枪法！二寨主面有得色，却一拱手，献丑献丑，该轮到兄弟我开眼长见识了。好个孙涛，不动声色地问，寨主还有那小瓶吗？二寨主摸了摸兜说，却是忘了给好汉也准备一个，我这就叫副官去找……没等他说完，孙涛仍是不紧不慢说道，不用了，我就在寨主的大背头上犁道沟吧。说时迟那时快，孙涛抽枪时随手一蹭，大小枪头便都张开了，那手仍是就势一扬，从出手到搂火，眨眼之间，一气呵成，只听啪的一声脆响，那二寨主还没弄明白咋回事儿，只觉得脑瓜顶上紧贴着头皮呼地一股热风扫过，伸手摸时，头顶上的大背头当当正正被犁出一道沟来，沟底剩下的头发，高不过一横指，直到这时，那被犁去的头发，才带着一股焦煳味儿落了下来。不过那二寨主也还算条汉子，等醒过味儿来，虽是脸还煞白着，却是又一拱手说，佩服，佩服！在下今天真是开眼长见识了。没说的，贵军路过敝寨时，在下理当酒肉相待，高接远送！这一枪，不光降服了那个友军二寨主，也降服了呼保信。从那以后，孙涛走到哪儿，只要说用他，呼保信就寸步不离屁颠屁颠跟到哪儿。若是呼保信有了什么好事，头一个想到的自然也是孙涛。这不，当他端着一碗粥来找孙涛时，料到孙涛对吴耕带他去老河头干什么早已知情，张嘴直接就问，班长缺啥不？孙涛便咧嘴一乐，说我啥都不缺，倒是咱班的田二狗，从伪军反正过来快仨月了，还是带着战功来的，可到现在还使着长枪呢，要是有机会，好歹给他闹支短的。呼保信抓抓头皮，吴耕说那只是个放几枪的小战斗，怕是难碰上好枪。孙涛说，要不我原本没朝你说呢，你既然来问，我也就这么一提，有更好，没有以后再说，也不必多么好，是支短枪就比长枪方便。一面说，一面已经要下呼保信手里的大海碗，说碗给我，你忙去追他们吧！

　　不过三里多地，呼保信就追上了吴耕他们。吴耕说得对，这节气，地里的大庄稼收得差不多了，过冬小麦刚耩下，一眼能望出老远。一个人走，怎么走都行，何况呼保信那走法特别，脚底下使劲儿，上身不显，打远处望过去，轻易看不出快慢来。等追上吴耕以后，就不行了。一共五个人，首先是不能聚堆儿，得一个一个地拉开，人与人之间相隔四五十公，那间隔还不能太匀，总之是即便让人看见了，也尽量不惹人起疑。旱地上比不得淀里，淀面宽宽敞敞，走哪儿哪儿是路，旱地上就这么一条路，只能顺着路走。呼保信追上走在最后的马四，离开还有四十多公，就放慢了脚步，只口含二指打了个呼哨。马四回头看了看，摆摆手，再往前递个暗号。三传两递，走在最前面的吴耕也就知道呼保信追上来了。

在旱地上行军，不管是列队行进，还是像现在这样散开走，也无论是带着整个三小队，还是像现在这样只带着小半个班，吴耕从来都是走在最前头。部队行军往前走，如果有情况，多一半也是出在前面，像放过先头再兜屁股打的伏击战法，是中国人的打法，日本人不会这样打。指挥员走在最前面，就可以最先发现情况，最快做出怎样应对的决定，他的头几个动作，就是对整个部队下达的命令。当然也不是都这样：像现在他要去见的支队政委姬国槐就正相反，行军时总是走在最后，以便统揽全局，避免只看见前面的情况，忽略了两翼和后面可能同时出现的情况做出错误的反应。好在八路军尚未颁布这方面的条例条令，指挥员可以自行选择自己的指挥位置。

就这样又走了十来里，吴耕忽然钻进了路边一块高粱地里。后面的人，便也一个接一个地进了高粱地。这块地里种的是晚高粱，到了这时分，大田里这种还没有收割的地块已经剩得不多了，前面不远就要过汽车道了，怕不一定再能碰上这样的地块。吴耕就决定在这儿聚个齐儿，一是都休息一下，万一过汽车道时遇到什么情况，也好有充足的体力应对，再者是捎带着强调一下过汽车道时的注意事项。这条汽车道，实际上是一条日本人修的从安新县到高阳县的公路。而他们要过的这一段，又是利用了原来的千里堤修的，路很直，路面高出平地两房多高，视界格外开阔，沿路还修了不少由伪军把守的岗楼。再加上公路是南北走向，而他们此刻正是由东朝西走，脚下的路跟那条公路正好是个十字大交叉，如果有人站在公路上瞭望，很长一段都在人家的视野之内。凡此种种，都使吴耕不能不格外多加小心。

歇得差不多了，部队再次出发。打头的仍然是吴耕，但跟在他后面的已经换成了呼保信。万一过汽车道时出了情况，能最快帮上吴耕的，自然是跟在他身后的那个人，可人跟人不一样，同样一枪打出去，打没打到该打的地方，差别可就大了，所以吴耕让呼保信跟在他后面，别人也都服气。这回出发，人们之间的距离靠得稍稍近了些，最远的不过四十来公，而呼保信离吴耕也就是二十多公。这也是吴耕的要求。这个时候，距离靠得越近，越容易引起怀疑，但若是真有了情况，也便于接应。所以这是一种两难之间的选择，自然要按指挥员的命令行事。不过吴耕还有另一个要求，就是到了真正过汽车道的时候，必须拉开了当子过。这就又有了讲究，因为你本来离前面的人并不远，过汽车道时却要拉开当子，又不能戳在道口那儿等着，所以走快走慢，都得脚底下量着尺寸走。好在都是老战士了，那尺寸自是早已熟稔于心了。

走到离汽车道还有二百多公的时候，吴耕把一直提在手里的枪关了机头，掖进怀里。动作不大，却足以让后面的人看见。所以谁走到了这儿，谁就不再提着张开机头的枪走路了。汽车道上看得远也看得清，让人瞅见过来一帮人，一人手里提着一棵"大镜面"，那就不是让人起疑心，而是自报家门了。又往前走了百来公，吴耕脚下略一慢，扭头朝呼保信使了个眼色，意思是"有情况"，呼保信点点头，意思是"我看见了"，同时举起手来竖起一根食指——这是给他后边那个人的暗号。没错，吴耕看见汽车道上从北边下来一个人，正在往南走，跟自己相隔约有八九十公，按眼前的距离和速度掐算，自己过汽车道时，那人也正好走到跟前。这可是最忌讳的事。如果停一停，或隐蔽一下，又晚了点儿，因为人家在高处，你能看见人家时，人家早就先看见你了，如果是特务，这种动作反而容易引起怀疑。细看那人时，虽说离得远些，看不清他穿的是什么，头上扎了条白手巾却看得分明，倒像是一位老乡。但也不能单凭这个就下结论，因为特务有时候也会化装成庄稼人或生意人。吴耕心里盘算着，实际上已经做了在汽车道上狭路相逢的准备，猛听得身后一声枪响，眼前那人一扬手就栽倒在汽车道上。

战士们谁使的什么枪，打起来什么动静，吴耕心里都有数。枪一响，他就知道是呼保信打的。紧接着，身后的呼保信已经踩着庄稼地，取直线朝那人被打倒的地方冲过去。这时也不用等谁下命令了，吴耕和另三个战士也紧跟着冲了过去。吴耕一面猛跑，一面朝前头的呼保信喊："过去干什么？"

"他身上有枪！"

"万一是个老乡呢？"

"是特务！"

"误伤了老乡，我毙了你！"

接近汽车道时，吴耕下意识地放慢了一点儿速度。这是战斗中养成的习惯：如果那个人真是特务，就得提防他没有死，冷不丁给你一下子。可是看见呼保信照直冲上了汽车道，吴耕也就重新加快速度跟上，因为这表明呼保信这一枪是冲着要害打的，而且必是打在了要打的地方。

等吴耕也冲上汽车道看时，那个躺在地上的家伙，侧脑门挨了一枪，白手巾掀到一边，露出了分头。呼保信撩开那家伙的黑夹袄，伸手一摸，就从死尸怀里抽出一支枪来。吴耕只觉得眼前蓝幽幽地一晃，知道是好枪，没来得及看清，呼保信已经把枪插进自己的腰里，又见他从怀里抽出一根紫花大雁翎毛，别在了那家伙前胸黑夹袄的扣眼儿上。这时候，北边敌人的庆庄岗楼上连响了三枪，东边紧跟着也响了两枪。吴耕把手朝西一指，说了声："撤！"领着四个战士回了原路，一口气朝西跑出了三里多地，然后拐到了另一条小路上，往西南扎了下去。吴耕知道，原来那条路不能再走下去了，再往西三里就是罗庄，那儿有敌人一个据点。汽车道上响枪，据点里的敌人肯定会格外警觉，很难再混过去了。仍然有枪响，冷枪，隔一阵嘎巴一声，隔一阵叭勾一声，有的能辨别方向远近，有的分不太清。这种射击未必有目标，你可以说那只是受了惊的敌人借此给自己壮壮胆，但实际上也是有效果的，因为它至少表明敌人正处在警觉状态，你不能不格外小心。看到前面不远处出现了一片半黄的玉米地，吴耕下了决心，一挥手说："隐蔽！"

进了玉米地，吴耕心里的生疏感更强烈了。这片地里的庄稼实际上已经收过了，不过只是把棒子掰了，秸秆却没动。吴耕听说过，这是平原地区老乡们为抗日做出的贡献。本来庄稼人过日子是离不开秸秆的，现在，往往一个村有一小半的大庄稼把秸秆留在了地里，以方便民兵、游击队隐蔽活动。虽然这跟淀里老乡割苇子时有意把苇子根留得长一些是同样的意思，但还是让吴耕更清楚地意识到，自己已经到了一个并不熟悉的环境。

"你怎么看出来那人是特务的？"等气儿喘得匀实一些了，吴耕问呼保信。

"凭咱的眼力呀！"呼保信得意地说，"离开还有一百二十多公时，我就盯上他了。那家伙原来戴着顶礼帽，后来瞅见咱们了，东张西望了一阵子，就猫到一棵大树后面，再露头时，礼帽变成了白手巾。再说我眼瞅着他是从北边下来的，北边庆庄炮楼里，住着敌人一个特务班。放心吧小队长，我呼保信枪下，绝不会有屈死的冤鬼！"

"你怎么知道庆庄有敌人的特务班？"

"这不是小队长你教育的嘛，叫俺们随时随地事事留心。这事儿还是听田二狗说的，虽说这一带咱们轻易不来，可难说哪天上级就派你去执行个啥任务不是？"

吴耕点点头，不再问了。没办法，眼力这东西是天生的，人跟人没法比。论起来吴耕的眼力就得说不差了，却真是比不上呼保信。呼保信呢，又比孙涛差着一小截。孙涛那是一双没掺半点儿假的老鹰眼，不光看得远，而且辨得细。实际上孙涛那双眼，外表长得就像老鹰的眼睛，如果有生人打问孙涛长得啥模样，最现成的回答就是那人长了一对老鹰眼。呼保信却长了一双又细又小的眯缝眼，还经常耷拉着上眼皮，睡不醒似的，可一旦那双眼冷不丁啪地一张，便有一道寒光猛然射出。人跟人比方方面面都有差异，而战争则把一些差异放大到极限。若在平时，你比别人看得远一截，真是说不上有啥好稀奇的，可到了兵对兵、枪对枪的节骨眼儿上，人家瞅见你了，你还没瞅见人家，那就啥都甭说了，你整个儿就是人家练枪的靶子！

天一过晌，麻烦就来了。先是渴劲儿上来了，接着是饥劲儿上来了，然后是这两股劲儿轮番闹腾开了。这里面还有个缘故，按说战利品里也没少见日本人那种行军水壶，可总是如数上缴，从来没人想到要留下一个。白洋淀上来来去去，随时随地一猫腰就有水喝，谁会挂着个那玩意儿丁零当啷地出洋相？得，这回到了旱地上，你就渴着吧！

饥渴到一定程度，呼保信开腔了："你说咱姬政委办的这叫啥事儿？他明明下到咱三小队了，可又不在咱三小队地面儿上待着，有任务用着咱们三小队了，好呀，你回来下个命令不就完了？可倒好，非把咱们大老远地叫这儿来布置任务……"

"呼保信！"

吴耕一声叫，打断了呼保信的话。呼保信这个话，说不上是对着谁说的，你说他就是跟自己说的也不为错。这个话也说不上到哪儿算个完，如果没人打断，没准儿就车轱辘话来回转下去，什么时候觉悟到该节约点儿唾沫了，什么时候打住。猛听见吴耕一声叫，他噌地就蹿了起来："去哪儿？"

这一问，倒把吴耕问乐了，说："哪儿也不去，"又收了笑说，"你给我老实待着，少犯自由主义。"

呼保信重新坐下，不吭声了，开始一口一口地咽唾沫。咽了一会儿，不咽了，觉得这样先在嘴里攒一口唾沫，再把这口自己的唾沫咽下去，根本不解渴，就不咽了。不过，在这当中，他倒是认识到了自己的不是。游击队员嘛，渴着了饥着了都是常事，为这个说说二话发发牢骚骂骂街，也平常。问题是，渴了你可以骂自己的嗓子，饥了你可以骂自己的肚子，却不该抱怨上级领导。夏天上级在部队里进行形势教育时，讲到过延安正在闹整风。这边虽然没有像延安那样让下边给上边提意见，但也进行了一些正面教育，反对什么什么和什么什么。呼保信别的没记住，只记住了其中的一个是反对自由主义。他能记住这个，不是因为听明白了，倒是因为没听明白。首先他想不通"自由"怎么会成了"主义"，还是个坏"主义"。游击区进行的正面教育，不是传达什么文件，或是哪位首长的讲话，而是一级一级地往下传达"精神"，像呼保信，能听到支队姬政委专程赶来给三小队做了一回报告，就得说很不容易了。到了呼保信这一级，姬政委是怎么讲的就不重要了，关键只在于呼保信是怎么听的。按他所听到的，姬政委讲的反对自由主义，主要就是反对自由散漫、无组织无纪律的游击习气。这就让他听不明白了，咱这儿本来就是游击区，打的就是个游击，怎么反对游击习气？人家主力部队讲一切行动听指挥，那是因为老有人在指挥着，咱一个人出去执行任务，听谁指挥？如果说这里面多少还有点儿能听明白的东西，那就是不能背地里议论上级领导，因为那也是自由主义的一种典型表现。这个他能接受，因为将心比心，如果有哪个他认为不如他的战士背地里议论他，他也不乐意。有一回，因为说到谁的枪法好谁的枪法差劲儿，呼保信撇了撇嘴说，有一回跟敌人遭遇，姬政委刚好在他旁边，眼见姬政委打得也很积极，乒乒乓乓没少开枪，可就是没见有一枪打到敌人身上。后来这话传到了孙涛耳朵里，孙涛把他叫去撸了一通，他倒是也能虚心接受批评，还实事求是地做了检讨，说班长你算说对了，我真是有点儿瞧不上咱们这个姬政委。

吴耕虽然喝止了呼保信，其实心里头也对姬政委有点儿不以为然。快入秋的时候，奉了上级的命令，支队化整为零。以前也闹过化整为零，可那是因为敌强我弱，听说敌人增兵了，要下来"扫荡"了，这一回却不像是这种情况，到很久后吴耕才听说，这一回就是因为队伍壮大了，所以才分散开，免得跟敌人发生大的战斗，损失实力。部队化整为零，指挥员也向下分散，支队政委姬国槐下到了三小队，三小队的小队长吴耕下到了一班。下到一班的吴耕一直跟随一班活动，需要了解其他三个班的情况时，或是自己去转一圈，或是从一班派个人去某个班联络一下，把要嘱咐的话捎过去，把那边的情况了解上来。下到了三小队的姬政委可不是这样，只是偶尔过来住上几天，多数时间都在安新县城还要往西的老河头一带活动，说是为了便于掌握整个支队的情况。吴耕曾经听到过一个传闻，说姬政委跟那边某村的一个女房东"有点儿那个"，倒也不怎么信实，但姬政委对那一带的地形、道路、敌情、我情全都熟悉，却是真的。战争时期，可以说游击队员的半条小命，就拴在这熟悉或不熟悉上。若是在大淀周遭，无论走到哪儿，吴耕都跟在自己家一样。从哪儿到哪儿有几条路可走，遇到什么情况怎么绕个弯儿过去，那地图全在脑袋里装着；到了哪个村，要宿营该找谁，要隐蔽该找谁，要吃喝该找谁，要了解敌情该找谁，要用船该找谁，那花名册就在心里边揣着。现在倒好，姬政委一个命令，走了半截就前不靠村后不着店地窝在了这儿。即便平时留着心呢，顶大也就是知道个庆庄、罗庄有敌人的炮楼，大白天也差不多等于两眼一抹黑。能遇到这么一片玉米地隐蔽起来，就算不赖了，饥了渴了，就只能忍着。即使你不怕冒险想找个老乡要点儿吃喝，进了村你知道该找谁不该找谁？人家谁认识你是谁？你又认识人家谁是谁？

直到天黑透，远远近近也不再响枪了，吴耕才带着他的四个战士出了玉米地，重新上路。夜行军，不用拉开距离了，一个跟一个，吴耕还说了声："跟紧点儿！"仍是手里提着枪，大小机头都张着。倒是没遇到什么敌情，可天黑路不熟，紧小心慢小心，还是把路走岔了，绕了个弯儿，摸索到老河头时，都快半夜了。

"怎么这时候了才来？"等得心急如焚的姬政委劈头就问。

"过汽车道时跟特务遭遇了。"吴耕简单地说，又问，"误事了？"

"可不，战机已失，那个捡洋捞儿的战斗打不成了。"

这当儿呼保信直愣愣插了一句："政委，俺们从清早儿到现在还水米没沾牙呢！"

姬政委一怔，想了想才摆摆手说："算了，先休息，喝水吃饭！"

三

姬政委连夜给吴耕布置了任务。话不多，吴耕回来时，人们刚躺下，还没睡着，半迷糊的呼保信咕哝着问，啥任务？有咱的份儿吗？

吴耕乐呵呵说，上级命令咱们把赵北口的特务队长王保华锄掉。

话音刚落，呼保信就噌的一声坐了起来。其他人也都跟着坐起来了。

吴耕也在炕沿上坐下，笑着问，这下来劲儿啦？

那当然啦！这还用说！众人七嘴八舌答应。不能说原来的气氛就有多压抑。对于游击队员来说，劳累饥渴都是平常事。可是吴耕把这个任务一宣布，那气氛的转变明摆着。人们立刻变得兴奋了。

吴耕仍然带着笑，可话里的意思却一转，你们别光想着赵北口的螃蟹远近闻名，忘了那可是个虎狼之地！那是白洋淀周遭几个大镇子之一，把着白洋淀的东边出口，是去天津的必经之路，日本人当然会派重兵把守。那里的特务队也比别处的"硬气"，最"硬"的就数那个特务队长王保华。别看他叫了个挺爱国的名儿，名儿底下那个人却是个铁杆汉奸。此人阴险狡诈，诡计多端，而且也真有些身手，不仅出枪又快又准，据说还会些太极功夫。

马四就不以为然了，说，小队长，你这不是要吓唬俺们吧？

69

吴耕扫了马四一眼，说，你就这么搁不住吓？实话告诉你吧，这种任务，通常是轮不到咱雁翎队的，那是县里锄奸队的活儿。县里几次下命令，让锄奸队把王保华锄掉，可是几次都没能得手，最近一次反倒自己折损了两名锄奸队员，县委这才想到咱们雁翎队，把任务给了咱们！

听到这里，呼保信一拍大腿接了话茬儿，妈的，这活儿干得过！说着又站到炕上比画着说，县锄奸队都没完成的任务，咱雁翎队把它完成了，那是多大的战功、多大的威名！

吴耕仰起脸看着站在炕上的呼保信，说，你站那么高干啥？不能坐下说？

呼保信嘿嘿一乐，坐下了。

吴耕却站了起来，说，忙睡吧，领了个好任务，明儿吃罢早饭咱就往回返。

呼保信的心气儿特别顺，到第二天吃罢早饭时，一直都是高高兴兴的。如果说另几个同来的战友昨天一天都挺憋闷，他的憋闷就轻多了。不管后来如何，他可是打死了一个特务，还得了一支好枪，这喜气怎么也扛得过憋闷。所以，当吴耕过来说姬政委叫他时，他想都没想会有什么事，就摇摇晃晃地跟着吴耕去了。他只是在心气儿特别顺的时候，走起路来才会这样摇摇晃晃。没想到一进门就挨了一通训，批评他昨天不该擅自开枪，万一误伤了老乡，就会造成无法挽回的严重后果，同时也是典型的游击习气，缺乏纪律观念、集体观念、任务观念，贻误了战机。姬政委批评的是呼保信，可他那些话最不爱听的却是吴耕。按吴耕的想法，那一枪虽是呼保信打的，可这个队伍是我带的，行动当中有错误，你作为支队领导应该批评我，我该解释解释，该检讨检讨，下来我再去批评我的战士，像这样当着我的面批评我的战士，算是哪门子路数哪行子规矩？虎着脸站在一边听着，却又连着朝呼保信使眼色，生怕他当面顶撞姬政委，自己夹在中间更不好办。不料呼保信倒是一副满不在乎的样子，别管姬政委训得多凶，他脸上居然还带着笑模样。按呼保信的想法，领导表扬，我也不会胖半斤，领导批评，我也不会瘦八两，我打死了一个特务，得了一支好枪，我心里美我自个儿的。所以，在他这儿，姬政委不管说什么，全等于是放空炮——这还是由于姬政委是支队领导，换了别人，那干脆就等于是放空屁。

姬政委训完，看了呼保信一眼，虽然没看出啥来，心想这么一通猛撸，终归会比原来乖一点儿，听话一点儿，就话锋一转，问："听说你得了支枪？"

呼保信那笑模样里露出了得意："有这回事。"

"听说是支好枪？"

呼保信就更得意了："是不赖。德国造大镜面，新媳妇似的，枪口还是方的呢！"

"你原来那支枪不是挺好使吗？"

"嗯，略旧了点儿，使着还行。"

"既然有枪使，新得的这支就该交上来。"

"噢，你想使？"

"该交就交，谁使你就别管了。"

其实，依呼保信的脾气，给他几句好话，他当场就能把枪摘下来交到你手上，顶多跟你要上三匣两匣子弹。而且那也就是个意思，呼保信不愁没有好枪使，也不缺子弹。可是，板起脸来论"公事"，他还真不跟你"公办"。更何况这个猴精猴精的人，立时就联想到刚才那顿训，原来就是为了要他的枪才这样故意压他。如果说他刚才还满不在乎，现在可就立马变成特别在乎了。只见他双眉一挑，呸的就是一口唾沫唾在地上："想使好枪，自个儿得去！我这支——对不起，早许给田二狗了。"然后啪地打了个立正说，"政委要是没别的事……"

"去吧去吧。"没等呼保信说完，姬政委就挥挥手让他走，那挥手之间还带着让他快走的意思。见吴耕仍虎着脸站在那儿，就朝他也摆摆手，"你也去吧，没事了。"

吴耕却只看着呼保信先走了，然后说："呼保信就是这狗脾气，姬政委……"

"没事儿!"

"枪的事，我回去再跟他提提。"

姬政委没再说话，不说让他提，也不说不让他提。吴耕这才察觉自己犯了回傻。刚才姬政委紧着让呼保信走，就是为了把这事儿冲淡，自己多了几句嘴，反而描浓了。呼保信那句"想使好枪，自个儿得去"，在游击队员当中，是句很挤对人的话，姬政委就是在躲这句话。毕竟人家是支队政委，不是战士。这么一想，吴耕也就赶紧敬个礼，出来了。

回北田庄的路上，吴耕开头还有点儿心里放不下，后来见呼保信大大咧咧没把顶撞姬政委的事儿放在心上，暗暗骂了声瞧这缺心少肺的东西，也就放在了一边，开始谋划锄掉王保华的任务。姬政委大老远特意把自己叫来布置这个任务，说明上级对这个任务很重视，姬政委也反复强调这一点，要求务必精心准备圆满完成。至于怎么个完成法，姬政委只交代了一点：整个行动要以孙涛为核心，以一班为主力。以孙涛为核心，不用姬政委交代，吴耕也能想到。干这路活儿，孙涛是理所当然的首选。既然让他干，自然是他带着一班去，也别说主力不主力，实际上根本用不上别的班，这种任务人太多了反而是忌讳。所以，吴耕心里就把姬政委的原则略略有所修改，变成了以孙涛为核心，以呼保信为帮手。这个任务，不管前头有多少曲折铺垫，最后还是得靠"一枪定乾坤"，孙涛之外再加上一个呼保信，等于不给王保华留任何的活口。只要这盘棋走到这一步，王保华不可能再有任何翻盘的机会。问题是怎样才能把棋走到这一步。赵北口虽然也在淀边上，但因为是在尽东头，雁翎队不常到那边活动，情况并不是很熟悉。要锄掉王保华，就得先解决怎样进去、怎样出来的问题，而要制订出这样一个计划，首先就得把赵北口的情况摸透。对于这个，吴耕心里就不是那么有底了。不过他相信孙涛能把这个问题解决好。孙涛在当上一班长之前，是雁翎队里由吴耕直接指挥的侦察员，对"摸敌情"很有一套，手里又有一个遍布白洋淀的情报关系网。这个网虽然不是党组织控制的情报网，没有那么严密的组织关系，却被孙涛运用得极其有效，因为其中的一些骨干成员，都是孙涛在这几年抗日斗争中结下的生死之交。

四

出师不利。

回到北田庄，吴耕就找孙涛商量锄掉王保华的事。

"先得把赵北口的敌情摸清楚吧。"吴耕说，算是开个头。

孙涛想了想才说："我已经有一阵子没去过赵北口了，这回再进去，得找个人先蹚蹚道儿。"

"你想找谁？"

"这事儿，非邓发顺不可。"

"你是说邵庄子村的我方村长？"

"对。"

"这人我倒是有些了解，不过这回的任务可非比寻常，你得跟我细说说。"

"行啊，那我就跟你说说。"

这也是当时残酷的战争环境下的一种特殊情况。像孙涛这样的侦察员，出入游击区、敌占区，就跟串亲戚似的，哪儿不得有几个关系户？孙涛手里的这些关系户，不光别人很少知道，吴耕也不是个个都了解。有的有些基本了解，也说不上细，像那关系是怎么建立的、怎么保持

73

的、怎么用的，就不是全都知道了。现在事关重大，他得了解得详细具体一点儿，才好下决心。

"这个邓发顺啊，"孙涛开始介绍说，"其实你不问，我也早就想跟你念叨念叨了。咱雁翎队能有今天，离不开人家邓发顺啊！"说着说着动了感情，"战争年代，人心是从事儿上看出来的，不是从一张嘴上听出来的。咱雁翎队靠排子船、大抬杆起家，打仗使的是大抬杆，水上行动使的是排子船。不到一年工夫，大抬杆全换成了洋枪，最不济的也使上了冀中造，咋来的？全是从敌人手里得的。船的问题就不能靠这个解决了，敌人的汽船汽艇运货船，缴获了也不会使，再说又没有洋油。有了洋枪，仗就不是原来那种打法了，咱们那三十多条排子船用不上了，到了要用船的时候，只有一条路，朝老乡借！我说得对不对？"

吴耕连连点头："这个我懂，不用你给我上群众路线课。"

孙涛接着说："借船这事儿，平时还好说，有借有还，再借不难。到了打仗时要用船，就不那么好借了。枪炮不长眼，由不得你使船的人做主，赶得不巧，把船丢了、沉了，都是难免的事，又没能力赔。白洋淀上，家里趁一条四舱，那可是全家最值钱的宝贝，一家人的生计也差不多全在这条船上，人家不愿意借，自是情理之中。每到这种时候，你吴耕小队长只要发句话'孙涛，去给我借几条船来'，得，剩下的就是我的事了。等我把船借来了，好多时候还是人家船主使着船送到咱雁翎队来了，咱们的吴小队长倒也知道礼数，总是请人家吃完饭再走，还出面陪着，也舍得说些好听的，可就是想不起问一声，这些船是我直接跟船主借的，还是通过谁的关系借的。"

吴耕抹了一下脸说："那得怪你不汇报。"

"我汇报那个干啥？"孙涛撇撇嘴说，"让你知道我孙涛也有借不出船来的时候？其实也不用瞒你，哪儿都备不住有打驳回的时候，唯独只要找到邓发顺，从来都是挑最好、最快的船借给你！"

"是啊，这就看出人心来了。"

"这还只是借船。到了还船的时候，尤其是船丢了、沉了，还不上人家的时候，跟邓发顺一说，人家也只是一句'你们别管了'，再不用第二句话。"

"那他怎么跟船主交代?"

"我也不知道啊！找他借船，人家什么都不让问，只要告诉他要几条，什么时候要，就全齐了。至于他自己是怎么开口跟老乡借的，丢了、沉了，又是怎么赔人家的，他从来不说，也不让你问。问了，也还是那句话：'你们别管了!'"

作为雁翎队长，吴耕心里早就装着一本账，他管这本账叫"恩德账"，平时没少教育队员，谁要是忘了白洋淀父老乡亲的大恩大德，谁就不配当雁翎队员。可是听了孙涛这番介绍，还是被深深感动了。像邓发顺这样的人，你再信不过，那就等于不认识自己的亲爹亲妈了！再说邵庄子村离赵北口又近，也是一个有利条件，所以他只是叮问了孙涛一句："人家可是个村长，干这种侦察员的活儿，行吗?"

孙涛轻轻一笑说："你放心吧，那家伙心灵脑子快，我都比不了。"

事情就这么定了下来。想到上级对这个任务的重视，吴耕就派马四再赴老河头，把行动计划的要点向姬政委报告，其中自然也有请示的意思。可是，本应第二天早早返回的马四，第三天才回来。他说那边形势突然紧张起来，过汽车道时发现路上经常有伪军来回巡逻，甚至还看见几回骑挎斗电驴子的鬼子，他在原来那片高粱地里一直猫到后半夜，才敢过汽车道。到了老河头，也没找见姬政委，原来那个备用联络点也没人了。幸亏最后找到了一个关系户老乡。据这位老乡说，姬政委他们已经转移了，不知道去了哪儿。老乡还介绍说，形势突然紧张起来，是因为庆庄炮楼里有个特务在汽车道上被打死了，惊动了安新县的日本宪兵队。不是因为这个特务有多重要，而是因为这个被打死的特务所穿的夹袄扣眼儿里，插了一根紫花大雁翎毛。日本人说，雁翎队的紫花翎在这一带出现，是一个非同寻常的新动向。他们怀疑八路军在这一带将有大动作，才会把紫花翎这样的精兵强将调过来，所以大大加强了搜查和戒备。估计姬政委也是因为这个才转移的。

吴耕听了马四的报告，心里直乐。又把孙涛叫来说了一遍，孙涛也乐，说，这个呼保信呀，别看支队领导对他评价不高，日本鬼子对他可是高度重视呢！二人边乐边商量，都觉得日本人现在把注意力集中在西边的庆庄一带，正是咱们在东边赵北口动手的好机会。既然一时半会儿找不见姬政委了，就先按咱们的计划干起来再说。

第二天，孙涛就出发了。按他的预想，这一去，五六天是他，十天半月也是他，得做长远打算，不能光图轻省，该带的都得带上。还带了一样特别的东西，就是他那支心爱的狗牌撸子。这支枪虽然不常使，却是他的心爱之物。孙涛原是侦察员，当了班长后，也短不了只身去一些大镇子甚至县城执行任务，带驳壳枪不方便，他就会带上这支撸子，虽说还真是一次都没用过，毕竟身上有支枪心里踏实。尽管这支枪只有七成新，可确实是支好枪。听人说这种枪是西班牙造，质量不整齐，好的真好，差的真差，刚得的时候，因为有两匣整匣的子弹，见枪膛里还装着两发，就用这两发试了试枪。其实这也是必须的，如果到了紧要关头一枪打出去，心里都不知道能打在哪儿，说不定你的小命就搭上了。你别说，这两枪打出去，还真是想打哪儿打哪儿。所以，这支枪虽然打那以后一弹未发，却始终保养得油汪汪的。这一回，他又把它仔仔细细擦了一遍，插进小包袱之前，装上一匣子弹，照了照枪口，又摸了摸枪身，认了认扳机，心里说了声道别话：兄弟，好好杀鬼子立功吧！

此一去，到了邵庄子，这枪就归邓发顺了。

不为别的，大丈夫一言既出，驷马难追。两个多月以前，孙涛带着他的一班，要在郭里口以北打一次小伏击。按说这里头本来没邓发顺的事儿，皆因一班要在邵庄子落脚，邓发顺听说要打伏击，就缠磨着非要跟着去。孙涛不乐意，说这是去打仗，又不是去赶集，带着个闲人凑热闹。邓发顺只好说实话，不瞒老弟，你看这都啥时候了，哥哥我还使着一杆汉阳造，我是想得支短枪，不拘新旧好赖，总比这杆破长枪使着方便。孙涛犹豫了一下。按道理，不管是论私交，还是论邓大哥对雁翎队的支持，都该给人家这么个机会，可是想到这位村长其实没怎么正经打过仗，还是别冒险为好，打仗可不是闹着玩儿的。答应了不好，不答应也不好，孙涛索性大方了一回，说这么着吧，把你那支长枪给我，我给你一支七成新的狗牌撸子，总行了吧？邓发顺眼珠子转了转，摇摇头，我自个儿从敌人手里得的枪，使着才硬气。孙涛看了看他，明白了，他是连那长枪也舍不得。纠缠不过，只好带上他。谁知仗一打响，那邓发顺得枪心切，不要命就往上冲。他那战斗动作又不行，急得孙涛一把将他摁在墙角，瞪圆了眼睛吼他，你给我待在这儿别动！动，我先毙了你！我可不愿意把伤亡算在我的账上！回头我白送你一支短枪就是了。孙涛那老鹰眼一瞪，没人不怕，邓发顺少不得也蔫了一下，说，你说话可得算数。孙涛说了声当然算数，就投入了战斗。等战斗结束，再见到邓发顺时，打蔫的可就是孙涛了。刚才清点战利品，缴获的东西倒是不少，可就是没有短枪，新旧好赖，一支没有！孙涛只好红着脸对邓发顺说，大哥，这支枪，就算我孙涛欠着你的，两三个月之内，不替大哥你得支枪，我这支让给你使！邓发顺连连摇手，那可使不得，早呀晚的，想着我这支枪就行了。又乐呵呵地说，这趟也不算白来，总算真刀真枪跟敌人干过一仗了！原来孙涛冲上去以后，邓发顺也从墙角钻出来，正赶上有一小股敌人溃逃，邓发顺举着他那杆汉阳造放了两枪，居然给他撂倒了一个伪军，把他给乐坏了。

孙涛觉得，这回把撸子送给邓发顺，不光是说话算数，也是物得其用。推己及人嘛，自己去大镇子侦察，知道腰里掖个硬家伙心里踏实，这回要请邓发顺去赵北口，还得靠近特务队，怎么好让人家赤手空拳去闯龙潭虎穴？确实，这一回的任务非比寻常。由于形势和任务的变化，雁翎队的活动重心逐渐往西转移，而且以打鬼子的运输船队为主。赵北口是这些船队的终点，打这些从保定出发的船，最好是在河道纵横的苇田里半路伏击，所以孙涛已经快一年没去过赵北口了，对这一年来那里的变化很少了解。可是另一方面，再往前推，赵北口却是他常来常往之地，加上他又是离那儿不远的圈头人，认识他的人想必不少，为了不惊动敌人，前期侦察就不得不劳驾邓发顺了。

具体安排也是谨慎的。孙涛先在邵庄子西南五六里的王家寨住下，然后才打发人把邓发顺找来。虽然孙涛对邵庄子的老乡信得过，但距离不到二里地的北邵庄情况就要复杂些。住在王家寨，不在邵庄子露面，就是为了万无一失，确保不会被敌人察觉。邓发顺很快就来了，听说有这么重要的任务交给他，顿时乐得不行，就像压根儿没想到这任务还有困难、危险的一面。及至孙涛把那支狗牌撸子交到他手里，那张大嘴就咧得再没合上过。虽然嘴上谦让着你看你看看这是这是这是咋说的，那枪他可是紧攥着不撒手了。他甚至都没说出保证完成任务一类的话——可也是，这话还用说吗？

二人当即商定，当晚天擦黑时，邓发顺混在去淀边收鱼的人们中间进入赵北口，第二天、第三天摸情况，无论摸到多少情况，傍黑时必须出来，时间长了容易引起敌人注意。不要指望一次就能把啥啥都摸清楚，这种事得有耐心。第四天上午，邓发顺要先在村里晃悠晃悠，傍响午再到这儿来找孙涛报告情况。邓发顺走后，孙涛人倒是闲了两天，可心一点儿没闲着。他一遍遍细细回想记忆中与赵北口有关的种种细节，谋划着最好在哪儿动手、怎样动手的种种可能。他知道现在的情况肯定会有很多变化，使这些根据原来情况所做的设想失效，但他还是想了又想。近一年没再去过的赵北口，重新变得清晰起来。

第四天傍晌，他带上包袱去村外等邓发顺。按他的计划，在听完邓发顺的报告后，他会提出一些要求，让邓发顺再做一次补充侦察，但是为了不惊动敌人，中间得隔上七八天，那时他会再来。可是邓发顺却没有按照预计的时间到，直至老爷儿都歪了，邓发顺才一脸惊慌满头大汗气喘吁吁地赶来，还没到近前就连声说："兄弟，坏啦！坏啦！出事啦！"

"有敌情？"孙涛胳膊肘一提，手已经放在枪把上。

"敌情倒没有，是咱们自己这边有了情况！"

"咋啦？"

"咱们上头说……说……说我是奸细，要就……就地处决！"

"这是咋说起的？"

原来按孙涛的安排，邓发顺在村里转悠得差不多了，回到村公所，正想歇会儿就来跟孙涛见面，忽见来了一个面生的青年，自称是新调去的县委交通员，有封紧急公事要面交村支书，因为不认识支书家，找到村公所来了，烦劳引个路。邓发顺正要去王家寨，说我是村长，交给我就行了。交通员说，县保卫员有交代，让务必面交村支书。听说是县保卫员有话，邓发顺觉得说不定有啥重要情况，不敢出了闪失，便亲自领着交通员去找村支书。支书接了信，拿在手里掂腾了两个来回，说，我又不识字，咋着好？要不你给咱念念？交通员说，我也认不得几个字。支书便把信交给邓发顺说，你给咱念念吧。邓发顺撕开封口，抽出一个二指多宽的小条，一看，不由得暗暗倒吸了一口凉气！那上面写着："经人检举，你村邓发顺是汉奸，见信后立即将其就地处决。"底下是县保卫员的名字，还盖了个手戳。也是人到急处生急智，何况邓发顺原本就是个机灵人，竟是不动声色将那小条重新装进信封里，交还给交通员，说，这公事是给北邵庄子村支书的，这儿是邵庄子村，说白了是南邵庄子，你送差了。倒弄得那交通员一拍脖颈子，懊恼地说，瞧我这人生地不熟的！邓发顺也真沉得住气，陪着交通员回到村边系船的地方，指明了去北邵庄子的河道——生人进了那河道必定迷路。站在水边上，他望着交通员把船使出十来丈远，这才转身一路小跑，也顾不得回家撂个话，便从村子另一头抄了条船，直奔王家寨，来找孙涛拿主意。

"兄弟！"邓发顺望着孙涛，眼泪扑簌簌往下掉，"你要是也信我是奸细，不用挪地方，就这儿你一枪杀了我，死在你枪口下，好歹落个干净利索。你要是不信……"

孙涛不信。邓发顺若是奸细，天底下就不会有好人了。可孙涛不信顶啥用？孙涛听说过，上面正在开展一个清除内奸的运动。如今县保卫员发了公事，别看二指宽一个小条，却是令出如山，要人性命！正在运动头上，这种事急切间如何剖白得清？想到这里，就在地上解开了包袱，取出里面多时存下的两块大洋，和零零整整的一把老头票，塞到了邓发顺手里："大哥，上天津卫吧！找找在那边的乡亲，凑点儿钱做个小本生意，好歹混口饭吃，等打败了日本人，再看机会回来吧！"

"可我还想抗日呢！"

"唉，眼下不让你抗了，你咋着个抗法？心到神知吧。"

邓发顺接了钱，再没别的话，就开始介绍他独闯赵北口摸到的情况。他说，孙涛听。他说得板是板眼是眼，孙涛听着听着就开始心里发紧头皮发麻。本想让他先摸外围，没想到他竟会摸到特务队门口去了。早知道这样，就该告诉他别带枪去。在敌人的心窝子里，以他的身手和枪法，又是这样一支没多大劲的小撸子，不光救不了急，反而容易招祸。

正想到这儿，邓发顺已经掏出那支枪来塞到孙涛手里，哽咽着说："兄弟，不瞒你说，这支枪我还没稀罕够，可既然我不能抗日了，就让它抗日吧！"

孙涛把邓发顺送到了靠近敌占区的边缘地带。考虑到那个交通员早已到了北邵庄子，事情必定已经败露，所以他们还特地往正南绕了一段路。虽是这样，孙涛心里还是直打鼓，真要是遇见了追捕邓发顺的，他还真不知道该怎样对付。那可是自己人呀，总不能动手吧？也只能到时候再见机行事。总算万幸，这种尴尬事未曾发生。到了边缘地带，邓发顺站住了，朝孙涛一拱手，说，兄弟，请回吧！到了这儿，我就算安全了，可你要是再往前走，你就不安全了。往回走的路上，孙涛心里来来回回地琢磨这个话，越琢磨越不是滋味。你说这他妈的叫个什么事儿？原本一目了然的敌我，怎么一下子变得颠颠倒倒了？

回到三小队，向吴耕汇报时，孙涛也只能编瞎话。说我把一个县委要处决的汉奸给放跑了？再怎么信得过吴耕，这话也说不出口呀！他只能说邓发顺不知上哪儿去了，找了两天没找着，只好自己进了一趟赵北口，再把邓发顺跟他说的那些情况，变成他自己的所见所闻报告了一遍。

"不是说，"吴耕听完以后想了想，才皱着眉头问，"先扫外围，避开敌巢吗？你怎么一下子就靠得敌人那么近？"

"靠那么近，都没见敌人有什么动静嘛！"

"不对呀，"吴耕摇了摇头，又问，"邓发顺能去哪儿呢，怎么就找不着他了？"

孙涛知道不能再让吴耕问下去了，就把老鹰眼一瞪说："我要是知道他去了哪儿，不就找着他了嘛！"

五

姬政委又下到三小队来了。虽然老河头那边更便于掌握整个支队的情况，可那边敌人加强了巡逻，动不动还来一次突击搜查，实在不安全，所以姬政委又到这边来了。他在老河头时跟他一起行动的一小队二班，也跟着他一起转移过来，根据分散的原则，他们没有住在北田庄，而是住在了北田庄东北二里开外的马堡村。这就形成了一种很奇特的格局。姬政委本人的身份，决定了他在哪里，哪里就是一个指挥所。他首先是支队政委，这里就成了支队的指挥所；然后他又是在这个特定的化整为零阶段被指定"下到三小队"，所以这里也是三小队的指挥所。他作为一个指挥员，身边没有参谋人员，甚至也没有警卫员、通讯员，但是却有一个班，而这个一小队的二班，实际上已经脱离了一小队的指挥序列，成了他的"直属班"。对于吴耕来说，这是在他的活动区域里出现了一个不归他指挥的班。要知道，在白洋淀一带，从雁翎队成立直到眼下，最大的战斗也就是相当于排一级规模的战斗，而且总共只打过几次。尤其是抗日战争进入相持阶段以后，敌我双方都在有意避免发动较大规模——也就是相当于排一级规模的战斗，而在这样的背景下，一个班已经是一个相当可观的战斗力单位了。不过，吴耕对这个一小队二班究竟有多大战斗力心里又没底。这个班一直跟着姬政委，可是姬政委要打一个捡洋捞儿的小仗，却以手上没有战斗力为由，特地让他带着半个班过去打这一仗，他来晚了，姬政委宁可坐失战机，也没有动用直属班。莫非这个班不是用来打仗的？

姬政委转移到马堡村，没有惊动吴耕，住宿伙食警戒等，都是自己安排的。等安顿好了以后，才派人把吴耕叫过去。他先让吴耕汇报三小队的情况和这一带的斗争形势。等吴耕讲完，他点点头，说，嗯，不错，形势很好，又让吴耕讲锄掉王保华的行动计划。等吴耕讲完，他又点点头，说，嗯，不错，计划挺好，就先这么干吧！不过这回加了一条他的新指示：以后就把这次行动称为"拔牙行动"吧，虎口拔牙嘛。吴耕也觉得这么叫挺好，笑了笑说，还是姬政委想得周到。接着就向姬政委介绍了派孙涛去赵北口摸敌情的经过。听完以后，姬政委再次点点头，说，嗯，不错，干得好！不过还加了句评论，孙涛没找见邓发顺，也算是歪打正着，真找见了，说不定倒有麻烦——听县委说，邓发顺是个汉奸！

吴耕着实吃了一惊：咋说？邓发顺是汉奸？

姬政委不慌不忙说道，所以说斗争形势越来越复杂，我们务必要提高革命警惕性呀！经革命群众检举，邓发顺是个受敌人派遣混入我们内部的奸细，县保卫员已经命令当地党组织将其就地处决，可是不知怎么走漏了风声，让那小子给跑了。

这回是吴耕点了点头，说，噢，原来是这样。话是这么说的，心里想的却是，回去得好好问问孙涛，不过这是三小队的事，还是我来处理吧。

正事说完，姬政委这才不经意地问了一句："呼保信最近怎么样？"

"挺好的呀！就是孙涛去赵北口没让他跟着，有点儿小情绪。"

"他在庆庄得的那支枪交了没有？"

"哎呀，这事我还真是忘了，等我回去问问，再给政委个回话吧。"

"那好，这事儿问问清楚。呼保信说我想使他得的那支枪，这不是胡扯吗？我又不是没枪使。当然，我这支枪准头儿差点儿，想换一支不假。呼保信的问题是组织纪律性不强。一切缴获要归公嘛！"

吴耕笑笑说声"知道了"，就没再说别的。他原本想说，你打枪准头儿差不能怨枪，得怨你的枪法，可话到嘴边又咽了回去。这层窗户纸，还是等别人去给他捅破吧。政委喜欢讲唯物主义，常批评别人是唯心主义，所以你跟他讲枪法是种天分，他多半听不进去。驳壳枪击发时有抖动，单靠练瞄准是练不出来的，要打得准，全凭心里和手上的感觉，而这种感觉几乎就是天生的。

回到北田庄，吴耕头一件事就是把孙涛叫到村边一片小树林里。先问那支枪的事。孙涛却不忙着回答，先反问，咋着？姬政委还想着那支枪？吴耕说可不是嘛。孙涛就沉下脸来说，我知道支队领导不待见呼保信，可也犯不着为这么个事去挤对一个战士嘛。吴耕说，别扯这些了，只说那支枪。孙涛说，其实这事原本在我身上，听说你们要打一个捡洋捞儿的小仗，呼保信出发前我就给他交代了，有机会的话，给田二狗弄支短枪，所以呼保信一回来就把枪交给了我，我又给了田二狗。咋着？不行？没关系，不行我再去朝田二狗要回来。不过话说在头里，田二狗可是带着战功刚反正过来的，只怕觉悟还没怎么提高，万一因为这个，觉得心气儿不顺，跑回家了，甚至又跑伪军那边去了，可别赖我。

吴耕可不是平白无故就能当这个小队长的。没有一点儿真本事大气量，手底下这一帮人尖子刺儿头，凭什么就能服你、听你的？孙涛这番话，明摆着是在护着呼保信。这也罢了，战争时期，人与人的关系就是如此，没有这种为战友两肋插刀的义气，凭什么在以命相拼的战斗中肩并肩一块儿冲锋陷阵？可是，孙涛为了护着呼保信，却把刀刃冲着吴耕亮了出来。可吴耕却是既不急也不恼，只把眼来看着孙涛，看着看着，孙涛那双老鹰眼就闪到一边去了。这就叫服软，吴耕要的就是这个，而且也就是到此为止。

"咱不说呼保信了——谁还能把呼保信咋的了？咱说说邓发顺！"

孙涛的目光收了回来，看着吴耕。这一回，那目光软软的。从一双老鹰眼里，居然流出这种软塌塌的目光，分明就透着几分可怜相了。然后，他的眼皮耷拉下来，说："不错，邓发顺是我送走的。"

"什么？我说孙涛你可真行呀你！我还以为邓发顺只是你放跑的，原来竟然是你送走的！行啊，你把他送到了哪儿？"

"安全地带。"

"什么叫那个？"

"就是再往前走，他就安全了，我就不安全了。"

"你想过没有，如果半路上遇见咱们追捕他的人，你怎么办？"

"想过。"

"怎么办？"

"我就一枪打死他。"

"为什么？"

"他自己说的，他宁愿死在我的枪口下，起码落个干净利索。"

"嘻，"吴耕摇摇头，"你说你干的这叫个什么事儿！"

"要叫我说，值！"

"嗯？"

"邓大哥是为抗日立了大功的人！"

吴耕默然半刻，点点头说："按说倒也是。"

孙涛的目光重又回到吴耕脸上，而且那老鹰眼里射出的目光变硬了，"小队长，不瞒你说，这事儿你不找我，不定哪天我也会找你，一是这事儿当时也只是想瞒过一时，二是这里面还有一件敌情。"

"行啊，你连敌情也敢隐匿不报了。"

"不是隐匿不报，是火候不到。这个敌情，是邓发顺摸来的，是他在那儿的内线关系提供的，咱在那边没有这种关系。如果我当时就汇报，你必定要问情报来源，我就没法说没找见邓发顺了。"

"别扯这些了，谁也不会把你当傻子卖了，快说说那个敌情吧。"

"天津有那么一拨奸商，隔三岔五地往保定倒腾东洋货。过去都是走旱路，不敢走白洋淀。最近出了几个胆大的，直接走开了水路。胆大，是因为跟王保华勾搭上了。运的都是不占地方又值钱的东西，一两条四舱，东西放在舱里，不高出舱沿，远看就跟空船差不多，只不过吃水稍深点儿，再由王保华派特务队的人护送，从赵北口送到新安镇，送一趟四十块大洋，王保华靠这个正经敛了不少不义之财。"

吴耕冷笑一声说："这个王八蛋，把特务队鼓捣成镖局了。"

"可不是嘛，"孙涛接着说，"所以我当时没报告，就是想自个儿琢磨琢磨。"

"对呀，按说这事跟咱们的拔牙行动没多大关系——王保华不会自己出来押镖的。"

"要不怎么说我得自己先琢磨明白了，才能向你报告呢！邓发顺跟我说起这个，必是觉得这个情况与锄王有关，却又没说有关在哪儿。这有两个缘故：一是当时很匆忙，来不及多说；二是他自己想得也不怎么透。"

"行了，别绕弯儿了，直说你是怎么琢磨的吧！"

"还记得我报告过的吧，邓发顺摸到了很靠近特务队的地方，差不多快到他大门口了，冒了这么大险，还是没摸到多少有用的情况。为什么？因为里面没动静。他大门口有岗哨，里面又太平无事，自然就没咱们的机会……"

"打他的镖船？"

"对！他送一趟就收人家四十块大洋，丢了镖船少不得要赔，不怕他不乱！他一乱，咱的机会就来了不是？"

六

一个周密的行动计划很快就制订出来了。第二天，孙涛带着马四去了赵北口，吴耕则带着呼保信到王家寨一带看地形。对吴耕、呼保信来说，白洋淀水旱两路的地形，早已烂熟于心，这次竟然还要特意看一回地形，是因为这个动手的地点必须选得恰到好处。其中的一个关键之处，就是要离赵北口足够近，不仅能让押镖的特务及时回去报信，还得让得了信的王保华觉得带人把镖船抢回来是有可能的。可是又不能太近，以免王保华带人来抢之前我方来不及撤走。另一点难度更大，就是必须选一个靠近岸边的地方动手。如果还像雁翎队习惯的那样，在靠近苇田河道的地方动手，不给敌人逃脱的机会，谁去报信？

他们在借船时遇到了麻烦。按吴耕的设想，这次行动不会有多么激烈的战斗，关键是能把对方的船拦住、逼住，所以人倒不用太多，但至少得有六条船。一班自己有三条船，因此还得再借三条。在王家寨一带动手，自然就近借船最方便，而过去只要是在这一带借船，总是到邵庄子找邓发顺。倒不是别处没有船，也不见得就借不出来，只是走什么路，迈哪条腿，有了啥事去找谁，都是习惯成自然。吴耕虽然也犹豫了一下，但还是去了邵庄子。到了村公所，只见着一个稍有点儿面熟的老头。老头不咸不淡地说，这儿没有村长啦，老村长跑啦，再没人愿意当这个屌毛村长啦。吴耕见不得要领，只好去找村支书。支书听说要借船，抓抓头皮说，上级倒是跟我谈过让我当村长的事，可是我没有同意呀。吴耕也就无话可说，因为游击区的村支书是不公开的。二人折回到王家寨。王家寨是个大村，有船的人家多，估摸着可能比别的村好借。村长听说要借船，脸上便带了苦相，却是不说行，也不说不行，只把那杆一巴掌多长的烟袋，在烟荷包里挖呀挖呀挖。终于挖满了烟袋锅，叼在嘴里，拿出火镰火石噼里啪啦一阵敲打，点着了火绒，吹得旺了，再把烟袋点着，吧嗒吧嗒地抽。直抽到烟叶烟末全烧没了，只剩下烟袋油吱啦吱啦响，这才在板凳脚上把烟袋磕干净，站起身来，说了声"我去试试"，就出去了。工夫不大，回来了，连来带去，未必有刚才抽那袋烟的工夫，却说，难哪吴队长，在村里整整转了一圈，有船的人家转了个遍，一听说是打仗用，竟没一家肯借的。唉，说吧也是，淀上人家打条船不容易，一家人辛辛苦苦三年五载都未必攒得够一条船钱。你们借船，是去打仗，不比串门走亲戚，万一丢了沉了，咋办？可说的，吴队长咋不去邵庄子借？邵庄子好借！借的船丢了沉了，雁翎队不赔，人家邓发顺包赔！至于他是怎么赔的，拿什么赔的，他不说，别人不知道，反正我是不知道。这事儿，唉，你看这事儿闹的，这叫这叫，唉唉唉！从这儿往下，就只是唉唉唉地叹气，再没说辞了。吴耕也就再一次无话可说。都说白洋淀上的人不缺心眼儿，能在白洋淀上当个村长，不用打听就知道，必是人精里的人精。村长这番言谈举动，就再好不过地让你明白什么叫"精"！王家寨那是多大的村子，他一袋烟的工夫就在村里转了一圈？就把有船的人家都问了个遍？神仙他爹都办不到的事嘛！这就是用不明不白的说辞，再明白不过地告诉你，不是老乡肯不肯借给你，而是我不肯替你去借！

出了王家寨，吴耕决定往回走。走着走着，呼保信突然间就咯咯咯地乐起来，吴耕心里正不受用，瞪了呼保信一眼，说，乐什么乐？有什么好乐的？呼保信不乐了，可仍然挂着满脸坏笑。吴耕又说，咱可不能笑话人家王村长！这是咱手背朝下手心朝上跟人家借船，人家肯借，那是仗义，不借，那是该当应分。呼保信眉毛一扬，说，我干吗要笑话人家王村长？我是笑话你！吴耕就有点儿不乐意了，说，我有什么好让你笑话的？呼保信说，其实也不全是笑话你，其实……怎么说呢？其实我觉得你明明知道邓发顺让上面愣给挤对跑了，就不该再去邵庄子，更不该再找王家寨。吴耕问，为什么？呼保信说，这里面的道理，我说不周全，咱这么说吧，白洋淀上，老乡们的抗日觉悟高，这没的说，谁都知道，不打败小日本，咱就过不上好日子。可事到临头，关键节骨眼儿上，还得分对谁。就说邓发顺吧，咱雁翎队要军粮，说好晌午要，绝不让咱等到老爷儿歪，说要用船，要几条给几条，还都是好船快船。凭什么？凭的是他跟咱雁翎队的交情，尤其是跟孙涛的交情。换了别人，打比方说来了个根本没照过面的人，说是八路军军长派来的，要借条船使，你猜他能不能借给？我看八成不借！咱们又不是没从王家寨借过船，王村长怎么这回不肯借了？那是替邓发顺打抱不平！就这么点儿事，连我这个缺心少肺的都看得出来，早知道必是这个结果，谁承想吴队长竟然不明白，找了这个找那个，吃了鸭鸡吃窝脖……呼保信正说得嘴顺，冷不防脚底下给绊了一下，哎哟一声摔了个大马趴。他啐了一口坐起来，这才听见吴耕说，知道这叫什么吗？这叫狗啃泥！这一摔，摔得呼保信没了脾气，情知吴耕下这种绊儿是拿手好戏，无人能防，可按呼保信的想法，一个游击队员，吃了这种暗算，就得认输。站起来掸掸土，不再吭气了，只把眼来朝吴耕翻了一下又一下。吴耕说，翻什么白眼呀你！明明知道自己缺心少肺没心眼儿，就不知道嘴上派个把门的？事是那么个事，可话不能那么说，懂吗？冲你这张臭嘴，回去关你三天禁闭绰绰有余！呼保信就把眼皮耷拉下来，说，可你已经绊了我一个大跟头。吴耕强忍着没乐出来，说，那也不能把三天禁闭全顶了。这么着吧，回去以后，这三条船我就冲你要了，还不能在北田庄借，听明白了吗？呼保信说，听明白了，现放着那么多会做群众工作的人不用，偏让我这个会放枪的人去借船，不就是要罚我吗？吴耕笑笑说，怎么？罚罚你不应该？实话跟你说吧，让你去借船，是因为你对船式讲究，换了别人，没准儿是条船就凑合了，让你去借，不是好船绝看不上，即使旧点儿，肯定出快。又收了笑认真地说，这次战斗，咱们的船必须出快！

呼保信对这事倒也怵。吴耕不让在北田庄借，是因为一班已经在这儿住了不短的时间，烦扰老乡的地方很多了，不能逮着暄乎土猛掘，这道理呼保信懂。何况他正巴不得呢！转天一大早，呼保信就上路了，晌午头上，带着两条船回来了，还是本主使着给送来的。这样借船，显得情分更重，因为人家本主还得走旱路回去。毕竟这边离邵庄子远，没受邓发顺事件的影响，雁翎队要用船，没人打驳回。呼保信跟两位船主一块儿吃晌午饭，吴耕也过来陪着，无非是客气。吃完饭，两位船主自去旱路回家，呼保信又使了船出发。吴耕说，要不然明儿再去吧。呼保信笑笑说，耽误了，我怕你又要关我禁闭。吴耕也就没再拦，心想摔了这小子一下，倒摔出积极性来了。

第二天头晌午，呼保信把第三条船借回来了。不过这回船主没有跟着送来，是呼保信把那条空船系在自己船上拖回来的。三条船借齐了，呼保信去交差，吴耕很满意，说将功补过，这就算把你那三天禁闭顶了，也没问这条船是从哪儿、跟谁借的。幸亏没问，问了，呼保信还真是不好说——这条船是水凤的！

后来呼保信竭力回想这次去找水凤的经过，可是能想起来的，全是他跟水凤说的那点儿缠绵话儿，办的那点儿缠绵事儿，至于除此而外的前前后后，却怎么也回想不清，至少是回想不起是不是有什么破绽。不过，既然当了这么多年游击队员，他当然知道谁在明里、谁在暗里是件很难说清的事。你觉得你是在暗里，可阴差阳错，人家看见你了，你却没看见人家，那么实际上就成了你在明里，人家在暗里。无论如何，他不能不承认这一回确实有点儿大意。一路上把船使得飞快，早早就到了，原想等天黑了再去水凤家，却又按捺不住，老爷儿刚偏西就去了。原想着天不亮就离开，可一夜缠绵之后，天傍亮时两人都睡了个酣熟，睁眼时天已大亮，水凤又非要他吃了早饭再走。想想也是，还得拖着一条空船，要多耗几分力气，吃点儿东西比空着肚子强。这光天化日之下的一进一出，你觉得没看见什么人，怎么知道有没有什么人看见你？又怎么知道有没有你不知道的仇人在盯着你？几年来，你枪口下拎着十几条人命，而且多数是汉奸伪军特务，撂倒以后，得便的也就是给插上一根紫花大雁翎毛，从来没想过关心一下此人家住哪里姓字名谁。你只想着杀了他是民族大义，他爱是谁是谁，可世上之人都有三亲六故，知道是你杀的人，焉知就不会找你报他的私仇？

不过这都是后话。事在当时，呼保信可是既不显山，也不露水，即使是他向吴耕提出，行动时他就使他最后借来的这条船，也没引起吴耕的疑心。吴耕只是问，那船行吗？战斗当中你的任务可是很重要啊！呼保信说，我试过了，这船不赖。实际上，他确实试过，水凤这条船不常使，多少有点儿轴。不过，他还是愿意使这条船，一是别人使他不放心，怕万一有个闪失，不好跟水凤交代；更重要的是，他想着这也是让水凤为抗日做点儿贡献，虽然人没出力，可她的船出力了。

又等了几天，马四回来了。吴耕听完马四的汇报，立即下令一班紧急集合，三言五语布置了战斗任务，一摆手说，出发！因为是要打伏击，行动必须隐蔽，六条船虽然是前后脚离的岸，但到了淀上就分开了，各走一条路，而且都是不慌不忙的模样，不能显出急来。如果能从王家寨借出船来，就不用费这道手了。天傍黑时，六条船在离伏击点不远的一个小村边重新会齐。拴好船，众人便随吴耕进了村。因为看地形时吴耕打过招呼，食宿安排都已有准备。吃罢饭，吴耕又把众人召集到一块儿，仔仔细细地讲了战斗要求，谁跟谁一条船，行动时应该出现在什么位置，起什么作用，战斗结束后怎样把截获的船和人押回去，都分派得一清二楚。还一再叮嘱，咱雁翎队用这种战法打伏击可是头一遭，哪条船出了问题都可能影响整个战斗的胜败。直到这时，呼保信才明白，吴耕说他战斗中的任务很重要，不是白说说的。这让他有点儿担心，水凤这条船还真是不怎么出快，不过再一想，别的船大都是两个人，这条船上就他自己，毕竟人少船轻，出不了大差错。

拂晓前出发，六条船各奔各的伏击隐蔽点。船身人影很快便融入夜色里，紧接着连使棹拨水的声音也听不见了，呼保信现在只能听见自己的棹摇动时发出的咿呀声，和棹头拨水时发出的啵啵声。白洋淀上人们管船桨叫"棹"。那咿呀声和啵啵声都轻到了极点，因为呼保信是在以最省力的节奏使棹，而棹头的刃又是以最省力的角度切入水面。不着急，他悠悠地想，心里还有点儿乐，因为淀上的女人们才这样使船呢。六条船里，他离隐蔽点最近，而仗打响之后，他的出击时机又在最后，用天津卫的话说，着吗急呀！

又一个早晨降临辽阔而美丽的白洋淀。天刚蒙蒙亮的时候，最先看到的是淀上的雾。等到真正的天明时，雾也就渐渐散了。按马四的情报和吴耕的估计，工夫不大，果然迎面就有一条四舱由东向西而来。呼保信确实好眼力，那船刚能看见不久，也就是还有一望来远的时候，他就看出了那条船虽然说不上重载，吃水却不浅，而它走的道，也正是贴着北边的岸在走，却又靠得不是很近。这正是一种有戒心的走法：离岸不远，便于有情况时紧急靠岸；又不是贴得太近，以免受到来自岸上的偷袭。工夫不大，呼保信的视野里陆陆续续又出现了五个小黑点。当然，那是五条船。不过，这五条船不是聚成一伙，而是星星点点地分布在淀上，却又全都从最先那条船的左侧或后侧向那条船逼近。等离得稍近时，呼保信便听得叭勾一声枪响。呼保信又乐了。这一枪一听就是三八大盖打的。为什么大伙儿都服吴耕？不服不行！这么细密的心思，只有吴耕想得出。因为游击战的需要，现在一班的战士都有短枪了，全班只有一杆没人使的三八大盖，算是"官用"，吴耕却能想到带上它，而且就在这紧要当口独独让它打了一枪！绝了！三八大盖射程远，准头儿好，在这开阔的淀面上，是最有威慑力、最能吓唬人的火力了。

呼保信乐了没有多一会儿就不乐了，因为出现了一个意外情况！按吴耕的计划，那五条船从东、南两个方向扇子面压过去，乃至开枪吓唬人，就是为了逼敌人那条船靠岸。而按吴耕的估计，战斗当中人都会有一种与对方拧着来的心理，你越是逼他靠岸，他越是不肯靠岸，反而会拼命往前跑，直到看明白肯定跑不掉了，才会靠岸。没想到吴耕的这个估计可是差了壶了，也不知道是船上那两个押镖的特务格外胆小，还是王保华早有交代，枪响过后不久，呼保信眼见得目标船的船头就开始朝里手偏过来。呼保信叫声不好，抄起长篙奋力朝岸上一点，脚下的船便箭一般向淀上射了出去，不等那长篙的力道用老，便右手握棹左手牵绳，全力摇了起来。摇了一阵，搭眼一看，便知道有点儿来不及了。要知道他是在目标船的前方路上等那条船，而吴耕给他的任务，是要求他在目标船靠岸的同时也赶到那里，控制住那条船。现在那条船提前掉了头，两船之间的距离一下子就远了一大截，而他手底下这条水凤的船又真是不怎么出快，情况就显得极其不利了。把牙一咬，又加了一把劲儿，已经不是在使出全力，而是在使绝力了，可以说呼保信从小到大直到现在，这辈子还没有这样用绝力使过船。饶是这样，离目标船还有三四百公的时候，眼见得人家那船马上就要撞岸了。呼保信不由得叫开了自己，呼保信呀呼保信，自打参加抗日，你可是从来没有完不成任务的时候！好个呼保信，急中生智，只见他猛然间腰身一拧，手中棹先是深深插入水中，再使绝力横着一搅，船头便突然直朝着岸上冲去。就在眼看着要撞岸的一瞬间，呼保信飞身跃起，船头撞到岸上的同时，他的双脚也落在了岸上。上了岸的呼保信没有再回头看一眼水凤那条船，拔腿就朝目标船冲去，同时已经提枪在手，那枪也张开了大小机头。他这个账算对了，在岸上猛跑，比水里行船快多了。目标船触岸时，他距离那船还有五十多公，所以只能眼睁睁看着两个特务从船上跳到岸上，一溜烟往东逃窜，他冲到船前时，俩特务也是跑出了五十多公远。分辨特务很容易，因为特务虽然穿的是"便衣"，可他们的"便衣"全都是差不离儿的同一种模样，等于是制服。他往船上看了一眼，船上还有两个人，一个显然是使船的船工，还站在船尾棹位那儿；另一个却是城里店家的伙计打扮，应该是被货主派来跟船押货的。判明这一边没有危险，再去看逃走的特务，已经跑出了六十多公远。呼保信喊了一声"站住"，可那两个毫无站住的意思，看看已经跑出了七十多公，呼保信也就不再耽搁，枪口一顺就搂了火，那跑得稍慢的特务就像被人从后面推了一把，直接就往前扑倒了。呼保信心里就是一乐，知道这一枪正是打在了想打的地方。这事儿可有讲究。首先，他刚才耽误的那一会儿，除了确实需要先判明这边有没有危险，也因为此前那一阵猛冲，少不得会气喘吁吁，这时候宁愿让敌人多跑出几十公，也要等自己出气儿平稳些再动手更有把握。不过实际上他这时候的呼吸也就是刚刚不再大喘气，还不是很平稳，所以仍不是很有把握，这就要靠看敌人倒地时的姿态，来判断打得准不准了。打中的部位不同，他摔倒的姿态也不一样。有了信心，枪口一偏就开了第二枪。我的妈，这一枪，直到左手二拇指收紧的最后一刹那，呼保信才想起来打这一仗的目的，枪口又往上抬了抬。饶是这样，还是不放心地又看了看，见那特务跑得更快了，心里才又一乐，估计那小子必是能觉出有一股热风从头顶上呼啸而过，自然会更加不要命地跑。忙回去给王保华报信吧！这样想着，又回过头来，冲船上那两个人喊，都给我坐下，谁也不许动，谁动打死谁！一面喊着，一面又开了一枪。这时候呼保信的气息已经平稳了，所以这一枪也打得更见手艺，不偏不倚把那棹绳打断了。白洋淀人使棹，要靠拉拽棹绳配合，打断了棹绳，船就不好动了。又抬眼看了看淀上，见那五条船都已赶来，为首的吴耕那条船距离已不过百十余公，知道不会再有情况，便摇摇晃晃地去看那被打倒的特务。那一枪果然打在了后脑勺上，所以尸首是趴着的。呼保信把他翻过来，伸手一摸，便从他怀里抽出一支枪来，看了看枪口，插进自己腰里，又去摸他身上和衣袋，觉得手上一硌，掏出来一看，竟是两块锃光瓦亮倍儿新的东洋手表！想了想，明白了，是这个特务从船上的货里偷的。监守自盗，看来挨枪子儿的正该是你，一面想着，就把一根紫花大雁翎毛，别在了他胸前的小褂扣眼儿里。装好战利品往回走，就听见田二狗正朝他喊，呼保信，你的船跑啦！呼保信原来正摇摇晃晃地走，听得这声喊，噌地就蹿了出去。那可是水凤的船啊。当初他从船上跳到岸上，都没顾上回头看一眼，哪里顾得上把船拴住？等他再跑回来看时，那船已经漂出去了好几丈远。不过，只要还能看见，他也就放心了，三下五除二，就脱得浑身精光，只剩下一条大裤衩子，身子一缩一弹便入了水，连水花都不曾溅起一星半点儿。这也有个说道。此时天气已经很凉了，水里不冷出来冷，所以不能把衣服湿了。追上那船以后，他也没有上船，而是踩着水把船推回来的。上了岸，用拧了水的裤衩把身上擦干，裤衩就不穿了，别的衣服全是干的，穿上后工夫不大，身上就暖和过来了。不过他也发现，那原来裹成一团的衣服已经动过了，心里就又是一乐——往回推船的时候，他看见吴耕带着俩人往这边来过。少不得见他已经把船追回来了，不用再管他了，捎带着看看他得了什么战利品，也是有的。看就看呗，他又没想藏着掖着啥东西。

果不其然，回到北田庄，安顿完了之后，吴耕就悄悄问他："得了支枪？"

"得了支枪。"

"交了吧？"

"当然，我要那么多枪干吗？"

"还得了点儿别的？"

"两块手表。"

"也交了吧？"

"当然，战士又不让戴表。"

"嗬，挺明白的呀！"

"敢情！不过……让我戴两天过过瘾行不？"

"行啊，那有什么不行的？要不——要不这样吧，过两天找个事儿，你去一趟马堡，捎带着把枪交给姬政委得了。"

"行啊，你咋说咱咋办。手表也交给姬政委？"

"手表就算了吧，"吴耕想了想说，"姬政委已经有一块西洋怀表了，怕是看不上这玩意儿。"

这倒是实情。怀表揣在兜里，不容易磕着碰着，实用。再者说了，手表戴在手脖子上，天儿一凉，袖子就把表盖住了，谁知道你戴没戴表？哪如怀表，虽说表在兜里，却有个挂头，小表链一耷拉，那才神气！所以人们普遍认怀表不认手表，得是大部队里的首长们，才知道喜欢手表。

天擦黑时，孙涛也带着马四回来了。由于情况基本是按照设想走的，他的收获很实在。那个从呼保信枪口下捡了条命的特务急忙忙回到赵北口，工夫不大，王保华就急忙忙带着他的特务队去抢被劫的船。人头、武器装备，都被隐蔽在不远处的马四看了个一清二楚。约莫半个来钟头以后，一个愣头青闯进了空落落的特务队大院。此人穿的也是标准的特务制服，下身一条大挽腰肥腿裤，黑裤腿白裤腰，上身一件宽襟紫花小褂，偏分头上打了稠稠的凡士林，骑一辆半旧不新的僧帽自行车，蹬得飞快，一溜烟照直就冲进了大院里。特务队虽然几乎全体出动去抢船，门口还是留了站岗的。等这个站岗的连喊带叫地追过去，那小子差不离儿已经到了二门口。下了车，就推着车跟那门岗搭话，说是圈头炮楼特务班的，奉了崔班长的令，来给王队长送封信。门岗说，王队长外出公干了，你把信撂下吧。那人就拿出一包大樱花烟卷，抽出两根，一人一根，又划火柴点着，这才说，来时班长有话，信要面交王队长，王队长若不在，原信带回。那门岗便不多问，笑笑说，这年头儿，派你送的是公事，可公事里头说的是不是公话，鬼才知道！说话搭理之间，那人喷出一口烟，又嘘着气把烟吹散，赞了声嚯，你们这个院子真够气派的，比我们那儿强多了。门岗说敢情，你们一个特务班，自然不能跟我们特务队比。那人连说那是那是，就借着这个话，把自行车就地一支，走到二门口往里看了看，又说声嚯，这里院比外院一点儿不小呀！依实说也就看了那么一眼，看得多了会让人起疑，可就在那一瞥之间，该看的全进了那双老鹰眼。再回到自行车前时，又掏出了那盒大樱花，抽了五根递给门岗，说照道理这盒烟本该给老哥全留下，不合小弟出来时走得匆忙，只带了这一盒，小弟回去时路上还得抽几根，只好委屈老哥了。没说的，见面就是缘分，日后老哥得便时，到俺们圈头逛逛，小弟恭请老哥吃回花酒。说着已推上了那自行车朝外走，却又不经意间问，我刚才看那里院角上还有个小门，莫非再往里还有一进？那门岗说，敢情！再往里还有一进小院，那是我们王队长待的地方。那人也就连连点头，是啊是啊，这回我是真明白了，特务队跟特务班就是不一样。一个特务队长，那可不是谁想当就能当上的，虽说在日本人面前低声下气，当着中国人，那可是神气着哩，威风着哩！

七

呼保信很喜欢他得的这两块表。他一个手腕戴一块，把袖子翻起来，摇摇晃晃地出来进去，腿抬得不高，胳膊却抬老高。别人见了，先还跟他开开玩笑，可头一天还能夸夸他神气呀派头呀之类，第二天那玩笑里就带上了一点儿亲昵的嘲笑，三天过后也就没啥可说的了。没了别人起哄架秧子，他自己也就觉出了没意思。找水凤还船的时候，他就没把表戴在手上，不过还是揣在兜里了。在女人面前显摆显摆，不算犯错误。水凤把表一手一块拿在两只手里，左边的看了一眼，右边的也看了一眼，说了声，嗯，不赖，就还给了他。呼保信觉得挺泄气，搭讪着问，想不想要一块？水凤撇撇嘴说，我要那玩意儿干啥？呼保信觉得挺不长脸，只好落个嘴上硬，说，咱就是说说，你想要，咱还真不敢给，八路军有纪律，缴获要归公，私自给了你犯纪律。水凤抿嘴一乐，说，你还知道这？你往我这儿跑，就不犯纪律？说得呼保信半天没吭声。要说这人，哪儿都机灵，唯独嘴拙，憋了半天才嘟囔出一句说，那个值，这个不值。

呼保信回到北田庄，正碰上吴耕。吴耕说，姬政委来了，正找你呢，忙去吧。又朝他挤了挤眼说，把那支枪带上。呼保信一乐，说知道。呼保信这个"知道"，自然指的是吴耕的"指挥意图"。按他的想法，在老河头为枪的事顶撞了姬政委，看来是让吴耕两头为难了，现在吴耕想把这事儿模糊过去，也好。不就一支枪吗？交给谁也是交。他自己倒不在乎姬政委对他印象如何——隔着好几级呢，还能咋的？不过既然吴耕愿意这样，他也愿意听吴耕的。回住处取了枪，想到因此能在吴耕那里落个好儿，也省得不定啥时候又给冷不防下个绊儿，也不赖，便摇晃着去找姬政委。

他是带着笑推开门的，一进门，姬政委也朝他转过脸来，呼保信看得清楚，那张脸转过来之前还是个平常模样，转过来以后，啪嗒一声就耷拉下来了。呼保信不由得脸一黑，脸上那笑也不见了。

"听说你又得了战利品？"

姬政委这一问，挺严肃，不过倒不算太严厉。呼保信就从怀里抽出那支枪，放在了桌子上，原来想着跟姬政委说说这枪虽不是很新，却准头儿忒好，这下也就免了。

不想姬政委皱皱眉头，口气里多了几分严厉："我指的不是这个！你不是还得了点儿别的吗？"

"还有两块表，手表。"呼保信答得很痛快，他原本就没想瞒着谁。

"为什么不交？"

呼保信没有立刻回答，而是想了想。这一想，就多了个心眼儿。如果说别人多个心眼儿时往往显出了精，他可是显出了傻。当初还是他主动跟吴耕提出连枪带表一块儿交给姬政委，可吴耕说姬政委不一定稀罕这东西。现在想，那意思分明是让他想交时交给吴耕。这么一想，就觉得说不定吴耕答应过谁。游击环境，谁想使个啥，从来没有等着上级发给你这一说，都是自个儿从敌人手里去得。话说回来，你想使什么，不见得敌人就给你准备下了，一时半会儿得不着也常有，这就有了个相互串换的问题。三小队就没少跟人家一、二、四小队"动员"个这呀那的，保不齐人家也跟吴耕打过招呼，赶对付了帮咱闹块手表啥的，只不过这种事吴耕不好跟咱明说罢了。想到这儿，就想好了一句话，咱保证回去就交给小队长，不料还没等他把这话说出口，姬政委已经劈头盖脸地训下来了："你以为我不知道？我一到北田庄就听说了，不光不交，还自个儿明目张胆地戴上了。好嘛，一个手上一块，还故意把袖口挽起来，高抬胳膊低抬腿，出来进去地晃，屋里晃了街上晃，知不知道这在群众当中造成了极其恶劣的影响！"

姬政委的训斥越来越严厉，呼保信的脸也就越来越黑，黑到开始发白的时候，就迸出了一声很轻的发问："怎么？这表你想戴？"

"我戴不戴不用你管，你是个战士，不够级别戴表，我命令你立刻上交！"

呼保信却冷笑一声说："我明白了，我不够级别，你够级别，对不对？所以我得的表要交给你，是不是？行呀，我交给你！"一边说，一边倒替着手把两块表撸下来，猛然间双眉一挑，大喝一声，"我交给你！"只见他双手一合，两块表脸对脸相互一磕——别看他长得干巴瘦小，却是手劲极大，接着两手一扬，两块被磕得稀烂的表就扔在了地上。碎了的表蒙子，走了形的表盘，弹出来的发条零件，扬了一地，他这才冷笑着问："这回行了吧？"不等姬政委回答，他掉头扬长而去。

原说要在北田庄住两天的姬政委，当天下午就回马堡了。吴耕一直送出了村，二人边走边谈，说这道那，吴耕等着想听姬政委说起呼保信磕表的事，姬政委却绝口不提，到末了吴耕只好主动开口问。他一问，姬政委才一笑，就像你不提我早忘了似的，摆摆手，问，这事他跟你说了？吴耕说，他跟孙涛说了，孙涛就来告诉我了。姬政委说，不是什么大事，呼保信就是那么个东西，我能跟他一般见识？当然了，也不能再这么惯着他了。不过那是你的事，抓得紧一点儿，管得严一点儿，该批评批评，该教育教育，别等着犯了大错误，想救都没法救了。

八

十天里孙涛又去了两趟赵北口，这两回都是带着呼保信去的。如果说上次只是一般的摸情况，而且劫镖船要用呼保信，那么现在虽然还是摸情况，却是要在摸情况当中考虑具体的行动计划了，自然就要把呼保信带上。行动计划出现了两种方案。第一种方案是直接潜入特务队，处决王保华。最先考虑的实际上只有这一个方案，因为这是雁翎队的通常做法。直至感到这样做确实困难太大，才不得不考虑是不是还有别的办法。从潜入特务队到能够靠近王保华，首先要过三道门，而且，那道小门里面的小院究竟是怎么个情况，包括王保华睡觉的地点，一时很难掌握。正面不好进，孙涛就想到了从后面进。从正面看，小院处在特务队的深处，戒备森严，另外一面不是特务队的地盘，说不定有机可乘。谁知一打听，更傻眼了，原来那头竟是日本人的一个仓库。这情况也是邓发顺的那个关系提供的。这人叫邓家福，是邓发顺的一个本家。由于了解的情况越多，就觉得困难也越多，孙涛想到恐怕得让邓家富发挥更大的作用，可是邓家富愿不愿意，开头并没有多大把握。直到三进赵北口，邓家富告诉孙涛，说邓发顺从天津捎来了口信，让转告孙涛，他已经在天津落了脚，吃喝都有，好歹能闹个肚儿圆。还嘱咐邓家福，凡是孙涛让办的事，就是我邓发顺让办的事。孙涛心里才踏实了。邓家富这话还真不是白说说的，很快就给孙涛提供了一个情况：王保华爱看戏。邓家富说他自己很少看戏，这情况是辗转打听来的。赵北口正街上有家戏园子，开在那儿有年头了，早年太平时也曾兴旺过，最红火的时候，能从天津请来河北梆子名旦金刚钻，一天三开箱，场场座无虚席。日本人来了，兵荒马乱，戏园虽是勉强支撑，隔三岔五，也还能请到周遭一带一些中小戏班来唱上几日。赵北口毕竟是个四面八方水陆交汇之地，终归有闲人也有闲钱，锣鼓一响，总能上个三五成座。不过也皆为这个，戏园子在请戏班子时，就不挑剧种了，京剧、落子就不用说了，这两样最多；其次是河北梆子、保定老调、清苑哈哈腔，也颇受欢迎；远一点儿的，像河南梆子、山西梆子甚至石门丝弦，也都请过；即便是极雅的昆曲，极俗的本地弋腔，偶尔也会演上三天两日。说王保华爱看戏，其实别的全都一般，真迷的只有哈哈腔。只要来了哈哈腔，他每晚必到——戏园子会给他留专座。听了这些情况，孙涛想不动心都难，听说当天晚上正好有戏，便带上呼保信、邓家福去看了场戏。那晚的戏码是保定老调《太平城》。老调这个剧种，正是在白洋淀周边农村花会中的俗曲"河西调"的基础上发展出来的，在这里自然受欢迎，那晚居然上到了六七成座。孙涛等就混在这三百多观众当中，不显山不露水，把戏园子里里外外都踩了一遍，到时怎么进来，怎么动手，怎么撤走，心里也就有了个大概。看呼保信时，却是一副闷闷不乐的模样。回去的路上，这小子说了实话：行倒是行，可总觉得憋闷得慌。这叫啥？这叫打黑枪，往最好里说，也只能叫个暗杀是不？明人不做暗事，乘人不备下黑手，算不得英雄好汉。倒是回去以后，吴耕做了结论：战术服从任务，杀了王保华就是胜利！吴耕这么一说，呼保信就不再犟了，还说，杀王保华不在话下，到时候只要他来了，有班长和我的两支枪在，他就算是活到头了。

接下来的几天，孙涛和呼保信仔仔细细地谋划了几套动手的方案，最后由吴耕确定了第一方案。按这个方案，因为王保华的专座是在戏园子的正面中间略靠前，所以动手时呼保信要在园子的左前方，孙涛要在园子的右后方，这叫对角夹击。动手的号令由孙涛发出，办法是在他认为合适的时机，突然站起来大喊一声"八路来啦"。这有个讲究：戏园子里地面是平的，大家都坐着看戏，王保华的前后左右都有人，很可能被什么人挡住，孙涛这一喊，王保华应该是反应最快的人，而他能做出的反应，十有八九是站起来朝右后方看，那么这一瞬间，他的整个后脑勺就交给了呼保信的枪口。不用说，呼保信最待见的就是这个方案，因为其中的核心，就是班长下令他出手。所以当吴耕决定把它列为第一方案后，那一整天他出来进去都是在摇摇晃晃地走路。

万事俱备，只欠东风，就单等着邓家福派人送信来了。这是邓家福的主意。他说，戏园子啥时候能请到哈哈腔，是个没准儿的事，雁翎队就别在赵北口留人了。不料替邓家福送信的人还没等来，县委却来了命令：各部队重新化零为整，开展冬训。虽然不清楚冬训都有哪些内容，但部队集中过冬却是惯例。天寒地冻，白洋淀结冰，苇子收割，旱地里也没了大庄稼，都不利于部队行动，敌人很少出动，我们也少有主动出击，部队集中后便于管理，也可搞些练兵和思想教育活动。这样一来，三小队的四个班全部回到了瑞村。瑞村是个大村，乡一级的建制。虽然战士们都分散着住在老乡家时，一家顶多住上三四个，但却有一个三小队的队部。那是一个独门独户的院子，房子不多，可院子不小，足能站下整个三小队的五十来号人。从北田庄把人带过来，再在瑞村安置好，作为班长的孙涛少不得为这事那事的张罗操心，而赵北口的任务，也只能心里暗暗着急。眼瞅着一天比一天凉，真到了淀上结了冰，就会增加很多额外的麻烦。尤其是有一段时间，水冻住了，冰又不够结实，既不能走船，也不能走爬犁，如果赶上要在这当口行动，万一动手之后被敌人黏上，要摆脱敌人的追击就相当困难了。

那天，孙涛正在自个儿琢磨这件事，马四从外面回来，说支队姬政委来了，还是带着他那一个班，不过余外还有个女的。女兵？不是，女老乡。正说着，来了传令的：全体到队部集合！

虽说是游击队，毕竟也是部队，四个班到齐了，就在队部院里站成了一个方队，不过那站法却是按这院子的宽窄编排的。当然，班长站在前面，所以孙涛面对着队部那间房，离得也近。队站好了，却没人出来，只有队部门口站着两个姬政委带来的人。孙涛这时想起来了，他来的时候，一小队二班那些人就在院门外站着，到现在也没进来。多年的老侦察员了，自然对这种"架势"格外敏感，这样一想，心里就有点儿翻腾。这时他看见队部的窗户被人从里面支起来多半扇，支开的地方露出了两张脸，一张是姬政委的，旁边那张是个四十多岁的胖女人的，估计就是马四说的那个女老乡了。姬政委先往这边指了一下，胖女人的脸跟着转了过来，然后又往这边指了一下。孙涛看得明白，指的虽然不是他，却是他们一班。我们一班怎么了？一班的谁怎么了？正想着，那窗户已经放下了。不一会儿，队部的门开了，姬政委先出来，他身后跟着吴耕。

姬政委脸色凝重，用威严的目光将面前的方队扫了一遍，突然发出一声断喝："孙涛！"

"到！"孙涛答应一声，前跨半步，脚后跟一磕，打了个立正。

"带着绳子没有？"

"带了。"孙涛伸手朝后一摸，把手里的绳子朝前举了举。对于游击队员来说，绳子的用处少说也有十几种，所以每人都会随身带着一根。

"好，把呼保信给我捆起来！"

"是！"

孙涛答应得挺脆生，动作却有些迟疑。他先看了看姬政委，又看了看姬政委侧后的吴耕，见吴耕点了点头，又抬了抬下巴，是让他动手的意思，这才转过身来，朝队列里走。前面的人纷纷闪开路，他就从这闪开的人缝里，一步一步走到了呼保信的面前。四目相交，他看出呼保信眼里有些慌乱，不由得心里一个大动——自打呼保信加入雁翎队见过第一面，他还是头一遭从那双小眯缝眼里看到这种眼神。不过，这时呼保信已经转过身去，并且把并拢在身后的双手朝他伸了出来。孙涛心里说了声，兄弟，委屈你了，便把绳子在那手腕上绕了几圈，再系了个扣。这不是个真正的死扣。姬政委的命令是"捆起来"，没说怎么捆。孙涛那几圈绕得并不紧，再加上这个扣，需要的时候，呼保信是能够自己把它解开的。

等孙涛再回过身去，站在队列前发令的已经不是姬政委而是吴耕了："呼保信押起来，孙涛留一下，其余的，解散！"

吴耕把孙涛领到队部旁边一间厢房里，给他撂下一个烟笸箩，闷闷地说，就在这儿待着，哪儿也别去！

孙涛用老鹰眼翻了吴耕一眼，关我的禁闭了？

吴耕却把眼看着别处说，待会儿有特别任务，说完就走了。

孙涛盘腿坐在了炕上，闷了就卷根烟抽，倒也跟敌情紧张时在老乡家躲情况差不多。游击队员嘛，这样啥事没有不动地方熬时间也是一种功夫。晚饭有人送来，孙涛吃罢，又有人来收拾走了。然后姬政委就来了。孙涛要下炕，姬政委摆摆手示意他不必下来，站在他对面，很严肃地说："你班里的战士呼保信，犯了严重错误。南齐庄的老乡把他告到了县里，说他强奸、霸占民女，更严重的是，受害人还是个友军烈属，影响极其恶劣。所以县里非常重视，不仅下了公事，特派员还专门把我叫了去，责成支队务必严肃处理。你看，这偏偏又赶在了整顿纪律的关头上，我这个支队政委也没法保他，这是他咎由自取了。"

"处理人，总得有凭据。"

"你没见？检举人现场指认，一眼就把他认出来了，那还能有错？"

"呼保信呢？他承认了？"

"他？哼，他还反过来跟我要见证呢！"

"我也觉得总该有个见证，不能光凭那个胖娘儿们张嘴一说。"

"这你放心，共产党向来有政策，不会放过一个坏人，也不会冤枉一个好人。何况呼保信是个有战功的人，这一点谁也无法否认，包括你会护着他，我们领导上也能理解，他这事儿究竟是有还是没有，也得让大家伙儿心服口服。所以嘛，我已经把他放了。"

"放了？"

"对。不是要凭据吗？俗话说耳听是虚，眼见为实，对不对？咱们就来个实的。你现在就去趟南齐庄，守在那个受害人家里，若是一宿无事，呼保信这个案子就算结了；可如果他真去了，那就没啥可说的了，你给我就地打死他，看他还说不说冤枉！"

这么一安排，还真让孙涛说不出别的来。

从瑞村到南齐庄走水路四里多地，走旱路稍微绕一点儿，但孙涛还是选择了走旱路。虽然到这时他还不相信那事儿是真的，可下意识里他还是想到得防着点儿，别在半道上跟人家撞个正着。按吴耕后来给他介绍的方位特征，天黑透了以后，他翻墙进了水凤家。两间北屋，就水凤一个人在。悄没声儿推开门，一闪身进了屋，把水凤吓了一大跳，孙涛赶紧竖起食指嘘了一声，说，别怕，我是三小队的。水凤听说是三小队的，立时满脸笑意，起身就要去烧水沏茶。孙涛伸手一拦，让她去炕上坐好，不要吱声，也别点灯。水凤见来人板着张脸，说话虽是声儿不高，却并不友善，也收了笑，带点儿忐忑去炕沿坐了。孙涛待眼睛习惯了屋里的光线，扫了那女人几眼，心中却也有些扑腾起来。眼见得那女人的身条模样，不由得想起了一句老话，叫作英雄难过美人关。一边想着，用脚钩过来一个小板床，在水凤隔斜里坐下，张开机头的枪提在手里，一双鹰眼眯缝着，似开似闭，等了起来。说是等，心里却想，你小子可千万别来呀！

怕什么有什么。约莫二更时分，外面响起了脚步声。孙涛心里骂，你个不争气的东西，还真来了！凭脚步声，他就听出来正是呼保信。展开鹰眼瞪了水凤一下，意思是老实待着别作声，一面屏息静听。外面的动静轻到了极点，也就是孙涛，又是有心，方听得出来人翻墙进了院，回身拉开了门闩——这是为了万一有情况好有退路，然后才踅到窗户根儿下，声儿不高不低地叫了声："房东！"孙涛心里骂，你个鬼猴子，不叫"大嫂"叫"房东"，是防着屋里有男人，若是有男人搭话，少不得鞋底抹油——开溜。外面的人等了等，见屋里没动静，便朝门口走来，脚步声唰唰唰几响，看看来到门口，只差抬手一撩门帘，就进屋了。孙涛心里却说了声不好，真要是脸对脸打了照面，这事儿就不好办了。说时迟那时快，孙涛咳嗽了一声，外面的人一听扭头就跑，孙涛紧跟着一蹿追了出去。追到院门口时，前头那小小的身影，跑出去不过二十几步，孙涛扶着门框，眼瞅着那身影又跑出去十几步，这才抬腿追下去。一个前头跑，一个后头追，追出了村，孙涛不追了。呼保信是朝大淀方向跑的，一准儿是使船来的，可孙涛是从旱路来的，没船。孙涛转身上了回瑞村的旱路。也是合该如此。如果两人都走水路，孙涛使船不比呼保信快；都走旱路，更难说追得上他。而现在这样，呼保信的船使得再快，终是有个限度，比不上孙涛，其实也就是前二里小跑了一阵，后面只是比平时快走略紧些个，等呼保信在瑞村淀边把船拴好，孙涛已经悄没声儿地站在了他身后。

"班长……"呼保信低着头，小声说。

"把脸给我抬起来！"

呼保信刚把脸抬起来一点儿，就被孙涛劈面狠狠地扇了一巴掌。

"你小子真他妈的没出息！"

呼保信耷拉着脑袋不吭气。

"呸！"孙涛又骂，"你小子这会儿倒挺老实！"

"我知道自个儿做得不对，班长骂我、扇我，都是应该的。"

"知道不对还要做？说你缺心少肺，你连屁股眼子都没长？"

"我……我实在是太喜欢她了。"

"喜欢，那是该你喜欢的？人家那是良家妇女，还是友军的烈属，知道不？"

"这我能不知道？我跟她起过誓，等打败了小日本，我保证明媒正娶八抬大轿……"

"那是以后的事！现在可倒好，看不出来？他们要杀你。"

"看出来了。姬国槐这小子要官报私仇。"

"你这么说不对！姬政委是按上级指示办事——人家告到县里了，县委做的决定。"

"哼，听他的！"

"反正你有错误！"

"可我不是强奸，到不了杀头的罪。我今晚去找她，就是想问问她这强奸一说是打哪儿来的！"

"说你糊涂，你倒学开猪叫了。现在是啥时候？是战争时期！有罪就是有罪，还能分什么轻罪重罪？莫非这根据地、游击区还能建个监狱，关你两年？一不留神让你跑了咋办？再怀恨在心投了敌咋办？呸，想想万一安新特务队里有了个呼保信，我都头皮发麻！"

"我宁可死在自己人手里，也投不了敌！"

"你这么说我倒是信，可别人能都信？不说这个了，你打算怎么办？"

呼保信半天没吱声，最后憋出了三个字："不知道。"

孙涛也沉默了半晌，说："要不然，你跑吧，躲过这一阵，再回来剖白清楚。"

呼保信摇摇头，冷笑一声："跑？往哪儿跑？根据地里躲不住，敌占区里正悬赏我的人头呢。还真是除非叛变投敌去当特务，不光能保住命，还能吃香的喝辣的，抖几天威风。可这样一来，我还是个人吗？我对得起水凤吗？如果将来让人们说呼保信是因为水凤才当了汉奸，水凤会怎么想？"

孙涛沉默了。他不知道该说什么了。

"那……"呼保信又转过身去，把并拢了背在身后的双手伸出来。

"你回班里去吧。谁要捆，谁动手，我不捆。等等，你身上带着烟吗？"

"只剩两根洋烟卷了。"

呼保信走了，孙涛坐在淀边的堤坡上抽烟，抽完一根，直接把另一根对着了接着抽。淀上有风，而且越来越冷，飕飕地冷。树叶子哗哗响。淀水在堤岸下起起落落，发出沉闷的汨汨声。

起床以后，姬政委就差人把孙涛叫了去。

"昨晚上呼保信去了没有？"

"去了。"

"怎么没打死他？"

"我刚巧咳嗽了一声……"

"就知道你不会下手杀他！不过，这回你可是亲眼所见，没冤枉他吧？"

"他不是强奸，只是作风问题。"

"谁说的？"

"那女的说的，说呼保信答应过抗战胜利后娶她。"

"说得轻巧！能信吗？"

"我信！我了解呼保信。还有你带来的那个胖娘儿们，当时只觉得眼熟，后来想起来了，她好像就是个卖大炕的……"

"孙涛！话到这儿，我不能不给你敲敲警钟了！你打仗勇敢，有战功，这都不假，可别忘了你是个党员，要有党性！起码先得站稳阶级立场！"

"是！"

"回去好好想想！不光自己要想通，还要掌握好部队情绪！"

"是！"

回到班里，呼保信已被捆起来带走，听说押在队部旁边一间小破屋里，单等午时三刻要在队前公开行刑。本班的人全在，好多外班的战士、班长也都过来了，见孙涛回来，呼的一声围上来，鸡一嘴鸭一嘴，商量要找姬政委去保呼保信。有人红头涨脸地说，杀咱们的人，他得拿出真凭实据来！有人退一步说，就算呼保信真是犯了错误，难得一条好汉，留条命让他戴罪立功打鬼子，强过咱自己把他杀了。乱说了一阵，齐声要孙涛拿主意。可孙涛只是铁青着脸，生生一句话没有。众人一时更加没了主张，也都不说话了，满屋子人，却静得只听见呼呼喘气的声音。就在这安静之中，只见孙涛走到了炕前，取出了他那个青布小包袱，慢悠悠解开了，浮头便是那棵狗牌撸子和两匣子弹，先往枪里装了一匣，另一匣装进了小褂内兜。下面是他攒下的二十多匣驳壳枪子弹，不慌不忙地一匣一匣拿起来掖在身上。那么多人不错眼珠地盯着他，他却根本没看见人似的，迈着不紧不慢的步子出了屋。后来人们回过头去琢磨，才咂摸出味儿来，这是表示他要做的事跟众人没关系，一人做事一人当。他一出屋，众人相互使个眼色，也都跟着。孙涛来到小屋前，见门口有一小队二班的人站着岗，先不打招呼，走过去隔着小窗户往里看，看清呼保信确实关在里面，这才对那站岗的说："伙计，我再帮你加个岗！"

说完，把前襟扣子解开，露出斜插在腰里的枪，在门口的另一边，就地盘腿坐下了。

整整三天三夜，孙涛寸步不离地守住了呼保信，就连上厕所，也是警卫押着呼保信上厕所时跟着一块儿去。战士们给他送饭、送水、送烟，还时常有人站在一边陪着，可是没人能替换他。守在这里的不光是孙涛这个人，更是他的威名和战功，才能挟制住对方不敢贸然下手杀人。三天三夜，就像熬鹰一样，孙涛的一双老鹰眼也熬红了。孙涛的眼一红，整个三小队顿时笼罩在一片不祥的气氛里。吴耕也急了，冲着姬政委吼叫起来："倒是怎么着，你赶快拿主意呀！要么杀，要么放，你发句话！再这么拖下去，队伍可就没法带啦！"

其实孙涛这样做，原没有明确的计划和目的，只是想保住呼保信的命再说，拖一天是一天，拖一会儿是一会儿，说不定就拖出什么变化来。

果然，第四天来了县委的特派员。吴耕吼叫，姬政委怕担不起这个责任，不敢拿主意，只好向上报告。特派员来了以后，听姬国槐汇报了情况，用探究的目光把姬国槐打量了半天，直到把姬国槐打量得浑身上下都不自在了，才问了一句，你真是这么不会办事儿？姬国槐吭哧了一下，却没有搭话。这话还真不好回答。特派员又把他打量了一阵，才又说了一句话，你这是右倾机会主义！也不再等他回答，转身吩咐去叫孙涛。不一会儿，去的人回来报告，孙涛不肯离开禁闭室。特派员微微一笑，说那好，我去找他。

听说来了县委特派员，孙涛觉得有了点儿希望。及至特派员亲自来到禁闭室门口跟他谈话，很和蔼地让他讲意见，鼓励他怎么想的就怎么说，说错了也没关系，顿时让他觉得就像见了亲人一样，把呼保信怎么有冤情，平时作战如何勇敢，怎样屡建战功，竹筒倒豆儿一般倒了出来。特派员一边听，一边连连点头，等孙涛说完，低头想了一想，很果断地说："我早就听说呼保信同志了，看来确实是个革命坚决的同志。当然，同志犯了错误，我们也是要处理的，不能姑息迁就，对不对？既然你说情况还有出入，那就等查清了再处理，好不好？嗯，你就去把他放了吧，对，就由你去放，不过有一点，你是班长吧？好，你得给我担保，可不能让他跑了。"

呼保信放了。整个三小队都松了一口气。稍后还传出一种说法，说特派员来到就批评了姬政委，批评姬政委是右倾机会主义。游击队员们哪懂这主义那主义，只有吴耕一知半解，听说了以后觉得很受教育，原来这才叫右倾，看来以前的理解根本就是猴吃麻花——满拧！

九

天气一天比一天冷，淀上结冰的日子越来越逼得近，正在孙涛心里越来越着急的时候，邓家福派人送信来了：戏园子请到了清苑县专唱哈哈腔的振声班，三天后开唱！

这个机会可不能错过了，干！

吴耕也说，干！

可是临到出发前，吴耕又把孙涛叫了去，说姬政委提了个建议，这次行动就别让呼保信参加了，一则他的问题还没查清，再则他目前情绪也免不了受点儿影响。我觉得姬政委这个意见有道理，那种情况下，真是容不得有半点儿闪失，弄不好不光任务完不成，再把你俩搭上，雁翎队都没脸再跟老乡要军粮了。见孙涛还在犹豫，又说，要是你真觉得离了呼保信不行，那我去跟姬政委说说，以后再找机会。

孙涛摇摇头说，不，干！白洋淀眼看就要封冻，不能再等了。

代替呼保信的是马四。论战斗经验和素质，包括枪法，一班除了孙涛和呼保信，再往下数也就得数着他了。即日出发，一路无话，诸事顺利，一切与事先计划好的分毫不差。到那王保华在他的专座上落座时，已经在右后方等候多时的孙涛不由得想起了呼保信说过的那句话：到时候只要他来了，有班长和我的两支枪在，他就算是活到头了。

时机的选择恰到好处。一通急急风刚刚煞住，那员武将台口一个亮相，手中长枪还在颤巍巍地抖，正是整个戏园子里没有声响的当儿。孙涛猛然站起身来，大喊了一声："八路来啦！"眼见得不出所料，那王保华头一个噌地站了起来，背转身朝他这边看过来，随后就是一声枪响。听到这声枪响，孙涛心里就算一块石头落了地，转身就要往戏园的出口抢，按计划，那边枪一响，敌人的注意力就会转到那边，孙涛得再在这边制造一个混乱，来掩护那边的撤退。可是，就在他刚把身子转过去的同时，心里却咯噔了一下。不对。他第一个想到的是那枪声不对。然后他觉出那声枪响比他预计得晚了那么一点点。这时他想明白了，那边开枪的不是呼保信，是马四。等他再转过身来，他看见王保华正朝戏园子的左前方扑过去。也就是说，那个本来应该已经被开了瓢的后脑勺，现在完整地交给他了。不用也不容多想，他抬手就给了那后脑勺一枪。搂火的一瞬间，他知道王保华在动，但已经没有别的机会了。他看见王保华扑倒了，顺势一抬枪口又直直地往上开了一枪。三声枪响，戏园子里已经乱成一团，再加上王保华已被击中，一部分特务自然要去救他们的队长，剩下的也无人指挥，孙涛顺利地撤了出来，又顺利地在预定地点与马四会合，然后更顺利地出了赵北口。来到淀边，弃岸登舟。直到把船使到了淀里，马四才嗫嚅着说，他正要开枪时，射界突然被一个冷不丁站起来的人挡住了，怕伤着老乡，只好急忙抬高了枪口。事已至此，何况并没有放过王保华，孙涛也就不再多说什么。其实马四不说，他也料到了八九不离十。马四的枪法虽然也不差，但出枪却远不如呼保信利索。在戏园子里，你不能把枪提在手里，听到孙涛发出喊声，得从拔枪开始。就差这么眨眼之间，换了呼保信，绝不会等到有人站起来挡在了中间。

虽然已经安全撤出了战斗，二人还是不敢大意，轮换着把船使得飞快，三十多里水路，只用了两个多时辰。船到瑞村，看看拢岸，忽听得岸上有人问："是班长吗？"

"是我……"

"哎呀，班长你咋才回来呀？坏啦！"

孙涛听出是田二狗，心想可真是的，出去执行个任务，还用着跑出来接，啥规矩呀！一边想着，见马四已就近把船斜了过去，离堤坡还有三四公远，飞身跳到岸上，不想脚刚落地，就被田二狗扑过来一把抱住。孙涛本能地略闪了闪身，还是被田二狗抱住了，只听得田二狗哇哇哭着说："坏啦！班长，这回可坏啦！"

"咋啦？"

"坏啦，坏啦！班长你咋不早点儿回来呀！"

直到这时，孙涛才有点儿明白过来，脑子里轰地一下，身上一抖甩开了田二狗，厉声喊道："别哭了，咋回事？快说！"

田二狗伸出手臂，一根指头指着西边瑞村方向，指了半天没说出话来，猛然间又把胳膊收回来，摊开两个巴掌把脸一捂，哇哇哭着喊道："呼保信呀！我的好兄弟啊！"

啊，呼保信，呼保信，呼保信！

孙涛心里念了三声呼保信，嘴上可是一个字没有。他愣在了那里，好半天一动不动。倒是后面过来的马四觉得不好，推了他一把，又叫了声班长。听到这声叫，孙涛点了一下头，隔了会儿，又点了一下头，又隔了一会儿，再点了一下头，这才答应一声"哎"。接着却是猛然间右膀一提，唰的一声抽出了怀里的匣枪，一带之间，大小机头早已张开，同时挂上了连发，抬起胳膊把枪口朝西指了指，又放下。再陡然转身朝东，右手一扬，哒哒哒哒……满满一枪膛子弹，朝着白洋淀的浩渺淀水，和罩在淀上那深不可测的夜空，曳着一道弧形的火光倾泻而去……

等孙涛来到虎着脸的吴耕面前时，反而是他的脸色比小队长的要好看些。

"杀王保华的任务完成了。"孙涛说。

"好，知道了。"吴耕说。

"我想看看呼保信的尸首。"

"还在那儿停着呢，没人不让你看。"

"呼保信再有天大的罪过，毕竟是个有战功的人，就算连战功也一笔勾销了，看在我孙涛的脸面上，给他一口棺材吧。"

"这个我已经跟姬政委提过了。"

"他怎么说？"

"他说买口棺材也应该，只是根据地财政困难，买口便宜的吧。"

"行啊。"

"可是买棺材得去端村，人进去都难更别说还要运一口棺材出来！"

"我去。"

天亮以后，孙涛独自去了端村，天擦黑时，运了一口棺材回来。吴耕跟着孙涛来看，好嘛，四五六的柏木板，三遍大漆，财主也不过就是这讲究。

"这就是全端村三家铺子里最便宜的。"孙涛说。

"好，知道了。"吴耕说，等了一会儿，忍不住，还是小声问，"花了多少钱？"

孙涛没有回答，过了老半天，才咬着牙根说："没花钱，小日本听说要用它装殓紫花翎，乐呵呵白送的。"

邓家福派人送信来了：王保华死了。后脖梗子上挨了一枪，送到医院折腾了一天多，到底没救活，死了。孙涛听说，老鹰眼瞪了个圆，眼看就要噼噼啪啪往外冒火星，猛然间从怀里抽出枪来，一甩手扔在了地上。又跟过去狠狠踩了两脚，还不解气，一猫腰捡起来，就开始拆，喊里咔嚓，转眼间就把那棵"大镜面"拆了个七零八落，开膛破肚一般，大小零件摊了半条炕。吓得班里战士谁都不敢靠前，急忙把吴耕叫来。吴耕虎着个脸，说，孙涛你这是干啥？拿自个儿的吃饭家伙出什么气？孙涛说，你没听见？这玩意儿咋就那么不争气，生生让那王八蛋多活了一天！太便宜了那个王八蛋啊！吴耕冷着脸说，也不算便宜吧，临死还让他多受一天的罪嘛！孙涛不吭气了，不说话了，也不动了，只把一双老鹰眼盯着吴耕看。看着看着，那老鹰眼里涌出了两包热泪，顺着面颊流下来，啪嗒啪嗒落在了地上，这才一转身扑倒在炕上号啕大哭起来。要到三天以后，他才把那句没说的话说出来：换了呼保信，能让那王八蛋多活这一天吗？

十

　　直到两个月以后，水凤才知道紫花翎死了。

　　一个多月没来，水凤就预感到紫花翎不会再来了。她的心里不断翻腾着他撂下过的那句话：你可以想我，但别等我。我这一走，什么时候再来，能不能再来，老天爷他爹都说不准。她也来回想着那天天黑后来过的那个自称是三小队的人，那人明显是来者不善，不然，已经到了门口的紫花翎，也不会听到他一声咳嗽转身就走了，而那人紧接着就追了出去，再没回来。她觉得这事跟紫花翎不再来了有关系，可又想不出究竟有什么关系。反正不是好兆头。她还清楚地记得紫花翎在窗根儿下叫的那声"房东"——这是他给她留下的最后的声音，而她却没有答应。预感归预感，她还是从心里不肯信实，直到两个月后得着实信。那天天擦黑时来了一个人，也是自称三小队的，但跟上回不一样的是他自己报了名儿，说他叫田二狗。他说他来这儿就是为了报个信，呼保信殁了；至于怎么死的，为什么死的，你就别问了，你问我我也不知道。他又说，他和呼保信虽然相处时间不长，却是刎颈之交，呼保信临死之前，托付他给如此这般一个叫水凤的大妹子捎句话，就一句，说大妹子别等我了，自个儿好好往前走吧！皆因一直不得便，这早晚了才把这句话捎到，大妹子也别怪我。说完正正经经地鞠了个躬，转身就走了。

　　水凤怔怔地站在那里，也不知站了多久，好像忽然间苏醒过来，就点了一盏灯，然后端着灯进了那间放杂物的厢房，开始在各种农具、船具间翻找。她隐约记得看见过一根钢钎，当时并没留意，现在记不起放在哪儿了。也不知翻了多久，终于找到了。那是一根早已生满了锈的，而且磨得只剩下一尺多长的钢钎。想想也是，她男人家里从上一辈开始已经不怎么使这种家什了。端着灯回到北屋，从枕头底下摸出一个布

115

包，打开，里面是一根紫花大雁翎毛。从上次拿走，到现在才攒下一根，好在一根也就够了。揣进怀里，提了钢钎，吹了灯，就往外走。出了屋，没有关屋门，出了院，也没有关院门，出了村，仍是没有回头，下了堤坡，进了淀，踩着冰，径直朝大淀里走去。

这里的风俗，还没过门的媳妇，死后不能进婆家的坟地，至于没有经过明媒正娶的，尤其是那种暗里来往私自相好的，男的殁了，女的要殉情，都是跳水。按老辈子流传下来的说法，淀水深处有龙宫也有龙道，那龙道是跟各道各处全都连着的。水凤想，她虽然还不知道紫花翎埋在哪里，可只要有心去找，总能找到的。她踩着冰往淀里走了半里多地，知道冰下的水够深了，便停下来，开始用钢钎戳打冰面。又不知戳打了多久，直到浑身上下再没了半点儿力气，这才当嘟一声把钢钎扔在了冰上，扑通一声跌坐在钢钎旁边。钢钎太短，重量也轻，使不上劲儿，何况她又是个原本力气有限的女人，直到用完了所有的力气，圈出来的那不大一块冰面上，也只是白白的一片印痕，最深的地方，不过下去三四寸。里外衣服都已被汗水湿透，坐下不一会儿，就觉出了彻骨的冰凉。心里猛地一激灵，暗想如果冻死在这儿，埋在哪里可就不由她了。鼓一口气站了起来，再拾起冰上的钢钎，又回到了家里。进院门，回身上好了门闩，进屋门，回身把门关严。既然白洋淀现在还不肯收留她，她就要为紫花翎好好活着，再熬俩月，等化了冰，好去跟紫花翎相会。

可是她没有等到两个月。

半个多月以后，她家里又来了一拨人。她到最后也没有弄清一共来了几个，反正只有两个人进了屋。一个长着"国"字脸，在她正面，跟她说话，另一个长着长方脸，站在侧面，没开过口。国字脸告诉她，他们是一小队二班的，来找她是因为要执行上级的一个命令。他说，支队的一个领导犯了错误，因为听信了坏人诬告而错杀了一名战士，现在那个领导已经受了处分，他们今天要执行的任务，就是要让那诬告者为被错杀的战士偿命。水凤安安静静地听着，实际上并没有听明白多少，不过她还是抓住了她觉得最重要的问题，问，是不是杀了我，紫花翎就清白了？国字脸吭哧了一下，说，好像没那么简单，不过你怎么想都行，反正都一样。水凤便正了正身子，说，那就开枪吧。国字脸说，是这样，上级说念你是友军的抗日遗属，让给你留个囫囵尸首，你跟我们走吧。

听了这话，水凤两条好看的眉毛猛然向上一挑，一直平平静静的脸上，顿时绽开一个明媚、灿烂的笑。她知道白洋淀上有一种冬天里对付仇人的死法，叫蹾冰窟窿。

"那好，"她笑着说，"太谢谢啦！"

她带着笑，把手朝枕头底下伸去。国字脸很麻利地抽出了腰里的枪，看到她从枕头底下摸出来的只是个布包，又把枪插回腰里。水凤取出布包里的那根紫花大雁翎毛，揣进怀里，说了声"走吧"，就朝门外走去。

淀边上停着两挂爬犁，国字脸让水凤坐在其中的一挂爬犁上，她身边是一领半新不旧的苇席。水凤彻底放心了，蹾冰窟窿时，正是要用席把人卷起来。两挂爬犁在冰面上很出快，眨眼就出去了半里多地。停下以后，就有人开始用钢钎在冰上戳窟窿。水凤过去看了看，说别戳那么大了，怪费劲的。国字脸说，小了下不去。水凤就又淡淡一笑说，你们留着劲儿打鬼子吧，到时候我不用你们拿苇席卷，自个儿脱光了跳下去就是了。国字脸看了她一眼，问，真的？水凤说，当然。

窟窿小，很快就戳成了。国字脸走到水凤面前，说，动作麻利点儿，不然又冻住了。水凤又说了声，当然，就走到了冰窟窿前，背朝着那些男人，先掏出那根紫花大雁翎毛叼在嘴里，然后一件一件地脱衣服。脱一件，往冰面上扔一件，直到身上一丝不挂，从嘴里取出那根雁翎毛，喊了一声，隔了一会儿，又喊了一声，再把那根紫花大雁翎毛重新叼在嘴里。

冰面上不见了那个赤身裸体的女人，那两声带着无限欢乐的喊声还在空荡荡的冰面上回响：

"哥——"

"妹子来啦——"

又一个美丽的清晨来到了美丽的白洋淀，明亮的阳光照在明晃晃的冰面上。冰冻的白洋淀空旷而静谧，就像严寒不但冻住了淀里的淀水，而且把淀上的空气和声音也都冻住了一样。冰面洁白而干净，只是在一个极不显眼的地方，有半截紫花色的大雁翎毛，颤抖着露出了冰面。不知道是不是因为水凤最后没能把它叼住，在冰窟窿重新冻住以前又浮了上来，最后又被冻住在这里，恰好成了水凤的墓碑。

（原载《人民文学》2014 年第 2 期）

　　胡学文，1967 年 9 月生。中国作协会员，河北作协副主席。著有长篇小说《有生》等五部、中篇小说集《麦子的盖头》《命案高悬》等十六部。曾获鲁迅文学奖，《小说选刊》全国优秀小说奖，《小说月报》第十二届、十三届、十四届、十五届、十六届、十八届百花奖，《十月》文学奖，《北京文学中篇小说月报》奖，《中篇小说选刊》奖，《中国作家》首届"鄂尔多斯"奖，青年文学创作奖，鲁彦周文学奖，《钟山》文学奖，花城文学奖等。

风 止 步

◎胡学文

一

　　那个人是从后面抱住王美花的。往常这个时候，王美花肯定在地里。那天她去了趟营盘镇，回来快晌午了。天气晴好，王美花想把闲置的被褥晒晒。被褥是儿子儿媳的，每年只有春节前后用那么几天，大部分时光躺在西屋昏睡。但每个夏季，王美花都要晾晒两三次。晾出一床被子一条褥子，抱起第二床被子时，意外地瞥见燕燕的花布棉袄。王美花顿时僵住。西屋用来堆放杂物和粮食，窗户用黄泥封着，仅留半尺宽的缝儿，光线不怎么好，但王美花一眼就认出来了。棉袄被压皱了，那一朵朵紫色的小花没开放便枯萎似的，蔫头耷脑。眩晕漫过，王美花扶住旁边的架子。

　　被抱住时，王美花结结实实吓了一跳。但"啊"到一半便及时而迅速地收住，像坚硬的东西撑胀了喉咙，头跟着颠了几颠。她闻到呛鼻的老烟味，整个村子，只有他一个人抽老烟。王美花奋力一甩，没甩开，便低声呵斥，放开！他不但没放开，反用嘴嘬住她的后颈。王美花再一甩，同时掐住他的手背。他的胳膊稍一松脱，她迅速跳开，回头怒视着他。

马秃子一半被光罩着，一半隐在阴影中，这使他的脸看上去有几分变形。左眼下方那一团鸡爪似的褐痕格外明显。他笑得脏兮兮的，咋？吓着了？

王美花往后挪了挪，竭力抑制着恼怒，你疯了？怎么白天就过来？

马秃子欲往前靠。王美花呵斥，马秃子定住，不痛快？你明白我为啥白天过来。你明白的。这半个月你黑天半夜进门，天不亮就走，你让我啥时过来？

王美花艰难地吞咽一口。嗓子里什么也没有。我干活儿去了，谁干活儿不这样？我没躲你，真是干活儿去了。你快走，大白天……不行！

马秃子目光从王美花脸上移开，往四下里戳，寻找什么的样子。王美花闪过去，竖在马秃子和被垛中间。不能让他看见那件小棉袄，绝不能。马秃子歪过头，叼着古怪的笑，不行？

王美花声音硬硬的，不行！

马秃子又问，不行？

王美花喘了一下，说，不行，大白天，你别这样。已经带出乞求。

马秃子的笑抖下去，我就要干，干定了。你不痛快，我还不痛快呢。嫌我大白天过来，你再躲，我去地里找你。要不你试试？来吧，你自己脱，还是我替你脱？……今儿我帮你一回吧。

王美花叫，别过来！

马秃子已经抱住她。你大声喊嘛，声音这么低，谁听得见？

我……自己……来，出去……别在这儿……王美花像摔到石头上的瓦罐，哗啦成一堆碎片。

马秃子说，这就对了嘛，又不是我一个人痛快。

王美花带上西屋门，出去关院门。院子大，多半一块被矮墙隔成菜园，从屋门到院门那段路便显得狭长。走到一半，王美花心慌气喘，但她没敢停步。阳光像剥了皮的树，白花花的。两侧的门垛各有一个铁环，王美花把丢在一侧的橡子穿进铁环，院门就算拴住了。其实是个摆设，从外面也能轻易抽开。刚才就是插上的，马秃子还是闯进来。门前是一条小街，经过的人很少，王美花仍吃力地却又装出若无其事的样子往两边扫了扫。返回的时候，她睃巡着左右。其实两边都没人住。左边的房盖起不久，院墙还未来得及垒，那对结婚不久的夫妻便打工去了。再左边是马秃子的院。右边倒是老户，三年前老汉就死了，住在县城的儿子封了房门，再没露过面。再右边是菜地。王美花住在村庄的孤岛上。但她仍怕得要命，毕竟青天白日。一只鸡赶上来，在她脚面啄了一下。王美花蹲下去，那只鸡却跑开了。起身，王美花借机回回头。一束又一束的日光竖到门口，密密匝匝的。王美花掸掸袖上的灰尘，把慌张死死摁在心底。

马秃子已扒个精光，除了脑顶不长东西，他身上哪个地方都毛乎乎的，两腮的胡子多半白了，胸前腿上的毛却一根比一根黑。王美花发呕地扭过头。马秃子催促王美花快点儿，他憋得不行了。王美花扣子解到一半，又迅速系上，然后把裤子褪到膝盖处。马秃子拧眉，就这么干？王美花骂他老杂种，想干就痛快点儿。马秃子说我不是驴，王美花说你就是驴，比驴还驴。马秃子欲拽王美花的裤子，王美花挡着不让。你滚吧，你他妈快点儿滚吧，你个死东西。马秃子缩回手，看来，你非要等天黑啊，我有的是工夫。王美花被他捏到疼处，边骂边把裤子蹬掉。

王美花火辣辣地疼。她好几年前就绝经了，身体与村东的河床一样早就干涸了。她强忍着，一声不吭。马秃子喜欢他干的时候骂他，她偏不。老东西六十多岁了，一下比一下猛。王美花觉得什么东西滴到脸上，她抹了抹，同时睁开眼。马秃子嘴大张着，一线口水还在嘴角挂着。马秃子的牙黑黄黑黄的，唯独上门牙左边那颗通体透白。镶牙的钱是她出的。王美花没再闭眼，死死盯着她的钱。钱已长在他嘴巴里。她想象那是一棵树，那棵树疯长着，疯长着，终于戳裂他的脑袋。马秃子啊了一声，脸上却是心满意足的痛快。

王美花迅速穿了裤子，抓起马秃子的衣服摔他身上。马秃子磨磨蹭蹭，终于穿上，却赖着不走。王美花恶狠狠的，你要死啊，滚！马秃子说偏不滚。王美花的手突然攥紧，顿了顿，又慢慢松开。声音出奇地平和，说吧，还要怎样？马秃子说这阵子手头紧，借我几个钱。王美花胸内有东西杵出来，瞪视数秒，很干脆地说，没有，我哪来的钱。马秃子挠挠脸，我知道你去镇上了，去邮局，干什么，你清楚。王美花说，你休想！马秃子说你也是一个人，要钱干什么？……好吧，没有就算了。

王美花看着马秃子的背，他迈过门槛那一刹那，叫住他。王美花背转身，摸出一百块钱。钱带着她的体温，热乎乎的。马秃子捏了，说，再来一张，再来一张就够了，我会还。王美花的目光在他胡子拉碴的脸上咬了几下，掏出来，同时低喝，滚！

马秃子闪出去，却又退回来，你记住暗号，我白天就不来了。

王美花咬住嘴唇，嘎嘎巴巴地响，像干裂的柴。她瘫下去，歇了好大一会儿。随后换了衣服，洗了手洗了脸，把留在身体上的老烟味儿抹得干干净净。燕燕的棉袄仍在那儿团着。揣在怀里发了会儿呆，放进柜里。那节红柜专门放燕燕的东西，鞋，衣服，布娃娃，彩笔，手推车，干脆面的卡片。燕燕吃干脆面似乎就是为了搜集这些卡片。然后，王美花把余下的被褥全晒出去。

那只褐鸡又啄她脚面了。王美花晓得它馋了，撒了两把麦粒。王美花养了七只鸡，别的鸡懂得去他处觅食，褐鸡却是又馋又懒。王美花并不讨厌它，它一只脚残了，跑起来一跛一跛的。王美花坐在门口，看着褐鸡啄麦粒。啄一下，看看王美花，再啄一下，看看王美花。

阳光仍然白花花的。没那么粗，也没那么硬了，柔软得像麦秸。好像什么事也没发生，王美花很安静地倚着。褐鸡吃饱，大摇大摆地离开。王美花终于想起一件事。她从被垛底摸出手机，还有那张硬纸片。

纸片上记了两个号码，一个儿子的，一个女儿的。女儿在东莞，儿子儿媳在北京。女儿在什么厂子，两年没回家了。儿子儿媳都在收购站，过去每年都回来，今年不会回来了。王美花知道的。拨了两通才拨对。女儿很恼火也很紧张，说过白天别打电话，怎么记不住？王美花慌慌地说钱收到了，我有的花，别寄了。女儿说知道了。王美花发了会儿愣，犹豫好半天，还是拨了儿子的电话。儿子没那么恼火也没那么紧张，好像刚睡醒，声音松松垮垮的。王美花说是我，儿子说知道。王美花说鸡蛋攒一筐了，我一个人也吃不了。儿子说吃不了就卖，没人收就卖给小卖部。王美花说舍不得卖，如果捎不到北京，她打算腌了。儿子说你看着弄吧，腌也罢卖也罢，就这事？王美花顿了一下，声音不自觉地压低，燕燕……还好吧？儿子没答，王美花以为儿子要挂，她的手有些抖。儿子没挂，她能听见他拉风箱一样的喘息。王美花快要撑不住了，鼻子又酸又涩，我就是……问问。儿子终于挤出一个音儿：好！

二

男人穿了件夹克衫，可能是风大的缘故，往前冲的时候，夹克衫蝶翅一样张开。嫌疑人不像电视中演的那样戴着头套，他的脸裸着，脖子细而长。男人动作猛，但仅砸了一拳便被警察扯住，倒是他暴怒的声音一浪又一浪，余音久久不去。

那天，他们就是看完这段视频后争吵的。有那么几分钟，左小青微垂着头，表情复杂，双手不停地绞着。吴丁觉得他的话起了作用，但她还在挣扎和犹豫。毕竟，这是个艰难的选择。这需要一个过程。只要迈出第一步，不，哪怕半步，吴丁就会推着她往前走。吴丁语气适度，这没什么可耻，隐忍那才可耻。看起来一切过去了，与你没关系了，其实是欺骗式的遗忘。一个人是很难骗自己的。被垃圾蹭到，再脏也要捂着鼻子丢进垃圾箱，今儿绕过去，说不定明儿还会被蹭上。

左小青突然抬起头。她眼睛大，睫毛长，如波光粼粼的深潭。即便她生气，吴丁也喜欢凝视，甚至有跳进去的冲动。此刻，深潭结冰了，透着阴森森的寒气。

你就是为这个才跟我在一起的，是不是？

吴丁叫，你想哪儿去了？我怎么会？这怎么可能？

左小青叫，你就是！你就是！！她的脸青得可怕。

吴丁试图抓住她，左小青狠狠甩开，你别碰我，我是个脏人，脏货，垃圾。吴丁没想到她如此暴怒，退后一步道，你别乱想，我们在一起这么久，你该明白我的。

左小青挥舞着双手，我不明白，也不想明白。

吴丁劝，你冷静些。

左小青哽咽，你撕我的伤口，还劝我冷静，你个冷血动物。难怪你第一个女友会疯。她是被你逼疯的，她跳楼也是你逼的，你个凶手！

血呼地涌上头顶，吴丁脑袋涨涨的，你别提她！

左小青叫，就要提！你怕碰自己伤口，凭什么给别人伤口撒盐？

吴丁大叫，这不是一回事！

左小青毫不示弱，这他妈就是一回事。你还想把我逼疯吗？还想逼我跳楼吗？你还想当凶手吗？你上瘾了是不是？

吴丁动手了。后来，吴丁一遍遍回想当时的场景，懊悔得直想把自己剁了。他劝左小青冷静，自己却昏了头。他的巴掌并没落到左小青脸上。挥过去的同时，触到左小青冰冷的眼神，迅速回撤，还是慢了些，指尖掠过她的鼻翼。吴丁不是暴躁的男人，也没长出打人的样子，整个学生时代，一直是被欺负的对象。那样的举止他自己都吃惊。没挨到左小青的脸，也是打了。事实上，他当场就认错了，抓着左小青的胳膊让她打他耳光。左小青甩开，他抓住她一条胳膊。吴丁一遍遍地咒骂自己，并以实际行动惩罚自己。左小青仍要走，怎么劝也不行。那时，十点多了。吴丁让左小青留下，他离开。他被逐出门外，这总可以吧？左小青一言不发，执意离开。吴丁揪心地说，黑天半夜的，你去哪儿？左小青终于将冰冷的目光甩过来，她一直低着头的。不劳你操心，地方有的是。吴丁央求她明天走，至少要等到白天。左小青讥讽，你担心什么？我被强暴？你煞费苦心，不就想让我当证人吗？我成全你！你会拿到证据的。从未有过的痛肢解着吴丁，左小青拽门的一刹那，吴丁及时从身后抱住她。不让她走，有些要横的意思。左小青仰起脸，对着门，一字一顿，你还想把我逼疯吗？吴丁松开，左小青闪出去。

吴丁木然地站着，许久，突地给自己一个嘴巴，追下去。哪里还有左小青的影子？她的手机关着。吴丁仍然拦了出租。转了数条街，直到午夜，没有收获。皮城不是很大，八九十万人口吧，转遍每条街也是不可能的。左小青不会失去理智，故意在深夜的大街上游荡，那么说不过是气他。但整个夜晚，吴丁没有合眼。他候在电脑前，一遍又一遍地给左小青留言。她的 QQ 头像是灰的，但她总会上线的。他觉得已经挖出自己的心，那么，把五脏六腑都掏出来，让她瞧个清楚。

黎明时分，吴丁进入了正义联盟 QQ 群。这个 QQ 群是他建立的，三年了。在这里，他是令狐大侠，是盟主，他把所有可用的时间都交到这儿。他在这个世界能嗅到现实世界嗅不到的东西。这个世界是吴丁进入现实世界的通道。永远有人夜半不寐，吴丁进去不到一分钟，便有人和他打招呼。

三

燕燕离开那日，天阴沉沉的。从医院出来，径直去了车站。王美花小声提醒，昨儿个燕燕说想去公园。儿子没反应，王美花便闭了嘴。儿子走得快，后面的王美花只能看到儿子那一头乱发。车站广场两侧挤满店铺，王美花给燕燕买了一瓶饮料、一包饼干、两包干脆面，交款时，瞥见架上的雨衣。儿子已经买了票，正四下寻找她。王美花紧赶两步，凑上去，把东西往燕燕手里塞。儿子皱着眉问，这是什么？王美花说雨衣，没准要下雨。儿子狠狠咂巴着嘴，在车里坐着，哪会淋到雨？王美花说到了北京，回家不还得两三个钟头吗。儿子看着她，谁说北京要下雨？儿子眼睛赤红赤红的。王美花说，万一……儿子说，用不着，你拿着吧。王美花知道儿子窝着火。王美花和儿子耗了一个通宵，凌晨时分，儿子终于同意了她的决定。她吃的咸盐多，知道怎么做更合适。不，那不叫合适，是没办法的办法，是没选择的选择，是钝刀子割肉。往远想想，也只能这么割。不是她说服了儿子，是那个理由压住了儿子。儿子要把燕燕带到北京。没有任何征询的意思。王美花没说什么。能说什么呢？

从县城到北京的车要经过营盘镇，走了一段，王美花和儿子商量能不能回家一趟，燕燕的书包还在家里。儿子在王美花前排，没有回头，但王美花看到了他的神情。票都买了，回什么回？王美花说燕燕冬夏的衣服……儿子打断她，北京什么都有，你别操心了。王美花闭嘴。她不怪儿子，过去儿子没有过这种口气。

在镇上下了车，王美花有些惊恐地看着客车远去。那么快，霎时就没了影儿。王美花站了好一会儿，嘈杂的声音终于爬进耳朵。从镇上到村里十几里，平时也就一个多小时，根本不停歇的。但那天，她走了一段，腿就成了软面团。她打算稍歇歇，坐下去，身体彻底成了摊饼。疙疙瘩瘩的云悬在头顶，要砸下来的样子。王美花大睁着眼，等待着。云层翻卷变幻，却不肯触碰她。她一声又一声地哀叹着。

看见村庄，已经是下午。王美花立住。她仔细拍打着衣服，把衣服上的沙尘一粒一粒择干净，然后蘸着唾沫，将头发捋顺。后又反复揉搓脸，觉得不那么死僵僵了，才往回走。她没去地里，是从县城回来的，得有从县城回来的样儿。燕燕闹了点儿小毛病，在医院住了三天，没事了，儿子把她带到了北京。什么事也没有，没发生过别的事。对于一个村庄，一个女娃随父母进城不是什么重要新闻，但总会有人问的。

王美花怎么也没想到撞见的第一个人竟然是马秃子。其实也不奇怪。王美花和马秃子都住后街，是邻居。马秃子常常坐在门口的石头上晒太阳。王美花要么从东边进院，从西边进院必经马秃子家。从镇上回村恰是走西边。王美花看见他的刹那，血液几乎凝固。本打算从房后绕到东面，马秃子已经看见她。王美花低头疾走。她不是怕他，是不想看那张老脸。没发生什么事。她什么都不知道。她吞咽着唾液，吞咽着血，吞咽着刀叉棍棒。她没看见石头，没看见石头上那个出气的东西。

经过马秃子身边，王美花突然定住。不知道自己咋就定住了。并不想停下的。她吞咽得鲜血淋淋，那一刻却怎么也吞不下去了。那一块东西飞出来，射到马秃子胡子拉碴的脸上。

畜生！

马秃子抹着脸，什么也没说。

王美花终于拔起脚，后背始终有东西扎着。王美花已经懊悔了。她把那层膜捅破了。刀子都吞进肚里，咋就咽不下一口气呢？王美花走了三天，鸡都饿坏了，特别是那只褐鸡委屈地往她腿上靠。王美花飞起一脚，褐鸡甩到墙角，哀怨地咕一声。王美花愣了愣，扑过去将褐鸡抱在怀里。

马秃子就是那个晚上叫门的。天才黑了不久。王美花胡乱塞了一口，独自发呆。先是敲玻璃声，王美花打个激灵，问谁呀。听出是马秃子，王美花的胸顿时炸了。马秃子让她开门，他有话说。王美花让他滚，滚远远的。马秃子没滚，反敲得一声比一声响，话一句比一句高。

王美花慌了，老东西不怕，她怕。

王美花几乎是把马秃子拽进来的。插上门，挥手就打。已经捅破，还装什么装？马秃子并不躲，伸长脸挨着。她要打青打紫打碎打裂。打了几掌，脑里什么东西闪了一下，她骂着畜生，蹲下去，爆出凄厉的哀号。就那么一声，戛然而止。她洗过脸，逼视住马秃子，说真想杀了他。

马秃子胡子重，那张脸看不出什么变化。他说，我也想杀了自个儿呢。你动手吧，我不躲。

菜刀在案板上，两人都看得见。

王美花骂，你是个畜生。

马秃子说，我早就是畜生了。

王美花压制着恼怒，问他还想干什么。

马秃子说，人交给你了，蒸也好煮也好，你咋解恨咋来。

王美花吐了一口，吐到地上。我嫌恶心呢。别在这儿戳着，赶紧滚！

马秃子问，撒完了？

王美花大叫，滚！

马秃子摸摸头，往前移移，竭力看清王美花似的。呛鼻的老烟味儿扑到王美花脸上，王美花没躲。你下不去手是吧？那就去告发我，让政府惩罚我。

王美花猛地哆嗦一下。她扭过头，不让他看她的脸。

马秃子不说话，似在等王美花回应。好一会儿，他说，我去自首。

马秃子转过身，王美花一阵狂抖。马秃子推开门，王美花怒喝，你他妈站住！马秃子回头，王美花恶恶地叫，你不能去！马秃子盯住王美花，眼四周的肌肉往中间缩去。他看穿了她，她捅破那层膜的时候就看穿了她。自首不过是虚张声势，不过是试探她。可是她怕呢。她撑不住。王美花不是没有主心骨，可万一呢？马秃子已经坐过三次牢，再坐一次又能咋着？一个六十几岁的老东西，牢里牢外都是政府的累赘。他豁得出去，她不行。

不是王美花剐他，是他在割王美花。王美花已经露出白森森的骨头。他仍嫌不够，问为什么不能自首？她不就盼他千刀万剐吗？王美花叫，我说不能就不能，没有为什么。马秃子说，我正想找个养老的地方，你成全我吧。王美花戳着他的眼窝，你个畜生，看你敢去！马秃子反问，我一定要去呢？王美花拍打着炕席，喘息一会儿，声音软下去，别去了。马秃子说，是你求我的对不对？王美花说，是我求你的，咋？马秃子再次靠近王美花，我是畜生，还没坏到脚底流脓的地步，我听你的。不过，你也得帮我个忙。我会对你好的，我会牢牢管住嘴巴。王美花看出他打什么主意，一点点退到屋角，顺手抓了一把铲子。只要他再靠近，就让他脸上见血。她的家什挡住了他，却不能挡隔他锯齿般的声音，你不想让我管住嘴巴？

四

出了墓地，吴丁在花坛边沿上躺下去。广场不大，花坛更小得可怜，水泥边沿倒是很厚实，吴丁可以把整个身体丢上去。吴丁一两个月或两三个月来一趟墓地，凭吊，也是积蓄能量。他精疲力竭、放弃的声音在耳边回响时，就往墓地跑。在墓地里面并不太久停留，时间都耗在花坛上。那次竟然睡着了，滚翻到花坛中央。不知道什么原因，花坛里从来没长过花。三年了，吴丁来过十几趟，没见过一枝花。吴丁往里撒过花籽，再来的时候，小小的幼芽从杂草中冒出来，第三次来，看到的只是枯干的花茎。吴丁每年都撒，从未见到花开。

除了清明节，墓地很冷清的，偶尔有人过来，也不理会躺在花坛上的吴丁。信心无声无息地往体内输送,吴丁听不见,但能感觉到。从大地深处,从前女友躺着的地方冒出来,穿过花坛,流进身体。

为买这块墓地,吴丁买断了工龄。这个疯狂的决定,震惊了所有认识他的人。这等于自断后路,他参加工作刚满五年。没人能阻止吴丁,吴丁不想用借债的方式偿还债务。一块墓地并不能勾销他和前女友的一切,有些债,永远还不清的。他更不会因此而心安。毕竟,他做了一些,为她做了一些。做,总比不做强。前女友的父母想把女儿运回老家,女儿孤单地躺在这儿,他们不忍。你会经常看她?他们问。吴丁发誓会,经常。他们又说,城里一个墓用二十年,二十年以后呢,你还管吗?吴丁再次发誓,他会,永远都管。

躺下,吴丁从来不看时间。他得躺够。他知道什么时候不够,什么时候够。就像手机充满电,信号灯会亮起来一样,他心中也有一盏灯。灯亮,吴丁便弹起来。刚才还是软软的一摊,此时已是充了气的轮胎。暂时遗忘的那一切重新回到脑里,他不敢再待下去。那么多事等着,一分一秒都是宝贵的。

清早没吃饭,吴丁等公交车的时候,顺便买了一张煎饼。倒了几趟车,到批发城快中午了。吴丁在旁边的饭馆买份面条给左小青送上去。左小青在二楼卖文化用品。她爱吃面条,吴丁连着送三天了。左小青仍在生气,面条留下,但不和吴丁说话,也不回复吴丁的任何信息。她吃他买的面,那就意味着,她多少还有一点儿在乎他。他喜欢她。他用了两年时间才从伤痛中走出,不久便遇到她。这三天,吴丁反复用左小青的话审问自己,究竟是喜欢她这个人,还是因为了解她的过去而与她在一起。结果挺沮丧的,他确实喜欢她。与后者也不是一点儿关系没有。但他与她在一起的目的绝不是她说的那样,把她当作证人。绝不是的。如果她永远沉默,他当然尊重她的沉默。这肯定让他不舒服,连自己爱的人都无法说服,凭什么又怎么可以说服他人?但他仍然会同意她的决定。他不会也没资格强迫她，更不会犯像对前女友那样鲁莽的错误。自然，他会劝说，劝她改变主意。他和左小青的日子会伴随着争吵。对和错不就是在争论中才露出各自真正的面目吗？

从批发市场出来，吴丁去了自己的单位。准确地说，是混饭场所。只一间屋，挂的是某杂志社的牌子，社长也就是老板承包了某个杂志的下半月，刊发收费论文，据说一年纯利润上百万。吴丁买断工龄后，推销过半年保险，后经朋友介绍进了这个杂志社。不用坐班，房间小，也没法坐，领了任务回家完成，正合吴丁心思。然后，吴丁又跑到出版社。他在那儿揽了校对文稿的私活儿。就这，还常常入不敷出。有些开销在别人看来毫无意义，完全可以省下来。但他知道，那不可以。他不会停止。

回到家，吴丁埋头便干，几个懒腰伸过去，屋子已经暗下来。泡了碗面，他打开电脑。昨晚，他和那个白衣仙子聊到半夜。她告诉吴丁，她是医生，那个女孩是她收治的。她把那个过程讲得很清楚。很多天了，她心口都堵着石头。那样稚嫩的一个女孩。在吴丁的追问下，她一点一点往外掏。吴丁问女孩的姓名住址，她却沉默了。过了一会儿，她回复不知道便下线了。她不会不知道，吴丁理解这种简单借口后面的担心。吴丁有办法撬开她的嘴巴，只要她上线。他盯着电脑屏幕，耐心等待。

五

王美花躺在马秃子身下，用能想到的所有恶毒的语言喷射他。不得好死，断子绝孙，头长疮、脚流脓，肉腐烂、骨化粪，死后也遭雷劈、入火海、下油锅。骂他的爹娘、爷爷奶奶、太爷太奶，骂他的老祖宗。骂过去再骂过来。骂他也骂自己。她恼恨自己。她脏了，臭了，和他一样猪狗不如。后来，她发现她骂得越狠他干得越欢，就闭上嘴巴。疼得难以忍受时，就死死咬住嘴唇，有一次竟然把嘴唇咬破。他抹一抹，然后竖起蘸了血的手指，这是何苦？她吐他一口，马上封住嘴。他捏住她的七寸，也不能什么都让他得逞。

起初，马秃子只有那个目的，后来就开始借钱，她不掏，他就不走，像在县政府乡政府那样。马秃子好多年前就不种地了，没钱就往政府跑。躺在大门口，是吃惯拿惯的无赖。北京开什么重要会议，就是马秃子的节日，乡政府早早地送来米面，送来油和肉，还有钱。那年，乡里专门把马秃子请到乡里住了半个月。当然有专人看管。对马秃子来说，这不是问题，有吃有喝就行。马秃子盼北京一年三百六十五天都开会，那样对他来说每天都是节日。北京不开会，马秃子就没那么重要，没有谁再惦记他。马秃子就得自己找上去。偶尔会往北京跑一趟，虽然北京没有重要会议，但跑一趟，县、乡政府就不敢再忽视他，他往门口一躺，总会有收获，回来多半是专车。有吃有喝，马秃子会老实待在村里。马秃子不种地，日子一点儿也不差，有时会带一块熏肉给王美花。王美花绝不吃他的东西，他前脚走，她后脚就扔了。马秃子借钱当然不会还，王美花很清楚。但他赖着不走，她就害怕。马秃子把对付政府的招用在王美花身上，王美花咋能不怵？

夜晚对于王美花一直是难熬的，自马秃子敲门，就更加难熬。何止是难熬，简直就是噩梦。她怕他来，耳朵却又时时竖着，门一响，她马上打开。不然，他会一直敲。她的惧怕，倒像在惦记他。她有这种感觉，马秃子也有，那次进门就涎着老脸说，早就等上了吧。王美花有捅了他的冲动。

王美花惹不起，只能躲。天不亮就离开村庄，估摸马秃子睡了才回家。她和儿子的地包出去了，只留了两亩菜地。空闲时间她就到外村打工。往年也是这样。清早，雇人的车停在村口，收工再送回来。那时，王美花惦记燕燕，下车一溜小跑。现在，等着她的是一具老皮囊。她看上去是往家的方向走，走一段便拐到村外，随便一躺。一次竟然睡着了。若不是梦中男人那两巴掌，没准睡到天亮呢。

那个白天之后，王美花不敢再躲。他黑夜过来，总比白天保险。就当养条狗吧。想不出别的办法，只有和他耗。他六十好几了，她相信自己能耗过他。他总有干不动那一天，总有闭眼那一天。

所有的安慰和妥协，都像薄脆的玻璃，经不起敲。特别马秃子站到她面前的时候，她的火气一股一股往上蹿。

那天傍晚，王美花进院就看到门垛上那块砖。马秃子夜里要过来。老东西！王美花咬牙切齿。抓起砖块狠狠往墙角一抛。她没进院。从菜地穿过去，沿林带走了数百米，靠树坐下。翻翻包，早上带的干粮吃完了，仅剩半瓶水。燕燕在那会儿，不管干多重的活儿，从不觉得累。想起燕燕，王美花眼角湿润了。好多天了，儿子没打电话，她不敢给儿子打。自发生那件事，王美花就成了罪人。儿子并未拉下脸斥责她，可是她不能原谅自己。每个夜晚，王美花都反复审问自己。判自己的刑，加起来有上百上千年了。王美花用审判打发孤寂的长夜。

觉得差不多了，王美花顶着繁星往回走。坐得久了，腿有些麻。她是从西边绕回去的。马秃子家没大门，院墙很矮，整个院子黑漆漆的。马秃子落空了。他以为捏住王美花的七寸，他的话都是圣旨？王美花暗暗冷笑。像打了胜仗，王美花有说不出的得意。已是午夜，她没凑合，生着火，痛痛快快吃了一顿。备好干粮，仍意犹未尽，洗了两件衣服才躺下。

次日一早，王美花便候在村口。那天的活计是锄草。雇主雇佣过王美花，知道王美花是干活儿好手，悄悄往王美花手里塞十块钱，是让她打头的意思。她在前面带头干，别人就不好偷懒，这种"头钱"王美花不是第一次拿，起初有些别扭，后来也习惯了。其实没头钱，她也会卖力干。挣人家的钱，却磨磨蹭蹭，她做不来。前半晌，王美花还欢实，后半晌就蔫下来。渐渐地，锄头不听使唤，眼睁睁地把菜苗斩断。马秃子说会到地里寻她。不是没可能，一个敢在政府门口睡大觉的人什么做不出来？仿佛马秃子已经在地头候着，王美花噌地站起。干半截拿不到工钱，可相对于马秃子的威胁，那八十块钱实在不值一提。王美花不是没主心骨的人，可在这个事上，她赌不起，也不敢赌。

王美花是走回村的。日头还没落，她到小卖部买了一袋盐、一袋碱面、一包花生。顿了顿，又买了一瓶酒。店主什么也没问，她仍装出随意的样子解释，累得不行，酒解乏。王美花有意绕到西边，马秃子会看见她。昨晚他落了空，今儿她早早赶回来了。王美花看到自己的无耻，可必须这么做。不能惹急他。事情弄到这一步，她完全没有料到。可已经这样，就只能顺着他。慢慢耗吧。脏一次和脏一百次也没有多少区别。

王美花差点儿叫出声。马秃子在自家门口的石头上坐着，距他几步远，果果正在踢毽子。果果和燕燕一个年级，燕燕在的时候，果果常过来玩。仿佛脚底埋着地雷，王美花每走一步都心惊肉跳。终于站到马秃子面前。马秃子像没看见她，对果果说，踢到一百了，这盒泡泡糖奖励给你。王美花劈手夺过去，扯着果果的胳膊就走。果果叫，奶奶，你抓疼我了。王美花稍一松，马上又抓紧。到院门口，果果说什么也不进去，踹着王美花的腿。王美花说把燕燕的玩具拿给她，她才老实一些。王美花给了果果几张卡片、一个塑料小鸡，还有燕燕没来得及吃的干脆面。王美花问果果，咋会给马秃子踢毽子。果果说她经过，马秃子问她会不会踢，能踢到一百就奖她一盒泡泡糖。王美花压低声音，是第一次给他踢吗？果果点点头。王美花说，不要再给他踢了，更不能要他的泡泡糖，什么东西都不能要他的，他那么脏，吃了会得病，记住没有？果果扑闪着眼睛说记住了。王美花把泡泡糖撕开，扔到地上，狠狠踩了几脚。

王美花倚在门框上，看着果果离开。果果是往东去的，拐过弯就是另一条街。她家在那条街。王美花仍慌得要命。喂了鸡，打算烧两壶水，划了半盒火柴，好容易点着火。本来要和面，手一闪，整个舀子掉进盆里，结果面不成面、汤不成汤。只好切点儿葱熬糊糊。糊糊还冒着热气，就往嘴边送，结果摔了碗。她失魂了，得寻回来。

王美花仍是平常的步态，再慌也不能让人瞧破。果果的父母也是常年打工，在呼市。果果跟着爷爷奶奶。奶奶腿不利索，几年前就卧床了。爷爷身体还硬朗，像王美花一样打零工，基本也是天亮走天黑回。王美花和他们没有多少来往，但有些话，得和他们说说，必须说说。看到果果家的大门，王美花却慢下来。有声音从斜里扑出，像褐鸡一样啄着她的脚。离门口越近，啄得越狠。站到门口，整个尖喙刺进王美花的肌肉。王美花站立不住，往后闪了闪，慢慢顺原路返回。差点儿犯了大错。庄稼人脑里没那么多弯，可……再简单的脑子也闲不住。王美花不能说别的，只能委婉地提醒他们看管好果果。他们自认为是看好果果的。先前，王美花也自认为是看好燕燕的。王美花现在知道，她犯了大错。他们还不知道，需要有人提醒。可是，他们的疑问也会随之而来，他们问谁说我们没看管好果果？怎么就算看管好了？她怎么答？就算他们很客气，对她的提醒心存感激，不问什么，他们闲不住的脑子会往别处想，自然也会往燕燕身上想。王美花惊出一身冷汗。

听到门响，王美花慢慢转身。马秃子穿着红背心，褂子有些大，快到膝盖了。马秃子的衣服都是白来的，没几件合身。王美花没插门，这种示好，马秃子会明白。也正因为知道他明白，愤怒和屈辱像门板一样紧紧夹住她，瞬间呼吸就不通畅了。

脸咋这么白？不舒服？马秃子想摸王美花，被王美花打开。马秃子看到柜上的酒和花生，脸绽得要崩开了，我就知道有好吃的。

畜生！

马秃子不恼不急，说，我知道自个儿是畜生，你不用老是提醒我。他欲拧瓶盖，王美花突地夺去。马秃子稍愣一下，咋？给别人买的？

王美花盯住他，你是不是打果果的主意？

马秃子说，别这么凶嘛，谁说我打果果的主意？我就是想看看她踢毽子。

王美花恶狠狠地说，你再祸害果果，我砸烂你的头。

马秃子偏过头，好像看不清王美花，她是你什么人？

王美花叫，别祸害她！

马秃子说，好吧好吧，不过，你不听话，我就会生气，生气难免干什么坏事。

王美花愤愤地，我连屎尿都不如了，你还要怎样？

马秃子说，你别装糊涂。

王美花说，你个老种驴，少干一次，你能死呀？

马秃子笑，你这是夸奖我呢。

王美花把酒瓶重重搁柜上，神速地扒下衣服，躺下的同时骂了一句，老叫驴！

六

到营盘镇已经是下午。吴丁先到县城，白衣仙子说要和他见面，吴丁在她指定的地点等了两个多小时。没等到，也联系不到她。她想得太过复杂，有太多的担心。好在她说了女孩所在的镇和村庄。她说记不得女孩的姓名了，显然是搪塞。这倒不打紧，一个村庄能有多大？

镇不大，有几栋楼，多数还是平房。吴丁转了转，选中一家旅店。吴丁问能不能借自行车用，他付押金。老板说押金倒不用交，就是自行车有点儿破。吴丁说不要紧。他不是来享受休闲，享受休闲，也不会到这么个地方。老板从旮旯推出来，吴丁才明白老板为什么有点儿不好意思。自行车锈迹斑斑，灰头土脸。老板说好久没人骑，还说到北滩打车也就十五块钱。吴丁说就它吧。不是心疼这几个钱，是不想引人注目。不是见不得人的事，但那个秘密捅破前，他须慎之又慎。骑自行车不招摇，当然也有省钱的意思。跑一趟肯定什么也做不成，他清楚。也许十趟，也许二十趟。和打仗差不多，就是打仗，没有硝烟的战争，没有经费的战争，没有摇旗呐喊的战争，没有喝彩的战争，一场孤零零的战争。

蹬上那个缓坡，吴丁歇了一会儿。车链子生锈了，嘎嘎吱吱的，骑起来特别吃力。北滩就在缓坡下，不大，几十户人家。吴丁在村口打听学校的位置，得知学校很久以前就撤了，孩子们都在宋庄念书。吴丁稍愣了一下，转念一想，这样更便于行动。吴丁看看表，尚有时间，便急急赶往宋庄。宋庄在北滩正东七八里。

那个老师四十几岁的样子，头发杂乱，脸色晦暗，对吴丁记者的身份没有表示任何怀疑。听说吴丁调查乡村教师生存状况，马上说先把学生打发走。吴丁问到放学时间了吗？老师无所谓地说没个准点儿，几时放学我说了算。老师一定要吴丁去他家看看。调查生存状况，不去家里咋行。他家就在学校院内，和教室并排。其实就是一间教室。屋内飘荡着浓烈的药味。角落搁一张床，床上躺个女人。看见吴丁，女人要坐起来，老师制止，你躺你的，人家不是来看你的。女人就没动，但吴丁觉得她一直在看他。地上乱七八糟，难以下脚，老师说你看看就行了，咱到外边说话。

老师说他原先住在村里，后来四年级以上的学生都集中到镇上，他就搬进了学校。曾经的四个老师，一个调到县城，两个调镇上去了。他没门路，调不走。就算能调走，也不能去。你都看见了，女人常年闹病，到城里活不起。所以，一个人在村里教书，他没任何意见，也没特别的要求，但起码的尊重应该有。老师突然愤愤的。女人有病，他买不起营养品，想着养只山羊，女人可以天天喝点儿奶。没多久就有人告状，说他把学校当成羊圈。白天山羊是拴在外面的，放学后他牵回来。怎么解释也没用，上面说不把山羊处理掉，他就得搬出去。他在村里的土房破旧得不能住了。不得已，只好把山羊卖了。可气的是，随后村里就把学校院当成了牲畜圈。村里把外村跑进草场的牛呀羊呀关进学校院，交了罚款方可把牲畜认领走。有时关半天，有时会关两三天，学生去厕所都得他领着。他向上面反映，上面让他和村里协调；他找村里，村里说只是临时借用，他养山羊是长期的。不养山羊只影响他个人，村里这么做则关系到全村人的利益。村里没有牲畜圈，学校院是村里的，村里用自己的院子关牲畜没什么不妥。他妈的，这是人话吗？老师愤愤地骂，晦暗的脸扬起片片青色。他还让学生家长出面反映。村里不再把学校院当牲畜圈了，他也因此得罪了村里。原来每个春节上面的救济下来，村里都给他一袋面一桶油什么的，自此什么也没了。他问村里，村里说他挣工资，不需要救济。他确实挣工资，可他的困难他们都清楚。我不能离开，离开就没工资，留下来，就得憋着窝囊气，你说，我该怎么办？

老师的情绪渐渐激动，吴丁不好打断，当然，也不愿意打断。吴丁想到两个词：控诉和倾听。但愿老师的控诉能冲淡心中的怨气。倾听也是吴丁帮他的唯一方式。吴丁不是记者，是记者又怎样？老师的委屈与许多事比，实在算不了什么。吴丁问到学生的情况，老师说共十五个学生，北滩七个，宋庄八个。三个月前北滩一个学生进城了，现在只剩下十四个。转走的学生和吴丁同姓，叫吴燕燕。

七

躺下不久，王美花就听到雨声。她坐起来，揭开被子。尽管刚刚冲洗过，仍觉得身上有老烟味。她想赤裸站在院里，没在雨水中。她曾经那么站过。那次，男人打得狠，把她半颗牙打掉了。她昏睡了三天，三天后便下了地。那时年轻，有个头疼脑热，扛扛就过去了。现在怕是不行了。自己倒下不打紧。马秃子有半口气，她就得留在世上。她没看管好燕燕。那比捅她还难受，就算捅一万刀，也不能把时间倒过来。她能做的，就是捂住马秃子的嘴，捂住这个秘密。她要耗死马秃子，她必须结结实实的。

她又缓缓躺下，脸还有些疼。她和马秃子干架了，三个多月，第一次和马秃子干架，在她的炕上。

挺后悔的。天大的痛都忍了，干吗在意他的破嘴？没想到马秃子那么大火气。她没骂过他的女人，骂遍他的祖宗三代，没提过他女人。她忘记马秃子还有过女人。这个狗×的，快忙活完了，还嫌弃她，抓着她松弛的肚皮嘲讽，她顺口就还击回去。他打她一巴掌，她的火噌地蹿上来。两人不管不顾地撕打着。马秃子突然号啕大哭，她顿时蒙了。好一会儿才意识到还抓着他的胳膊。她一点点松开，往后退了退。马秃子边哭边打自己，不是装的，是真打。她愣了一会儿，突然扯住他的手腕，就势用毛巾捂住他的嘴。马秃子倒配合，硬是将哭声闷回去。这是她没见过的马秃子。马秃子还会流眼泪？真是稀奇。静默老长时间，她沉不住气了。难不成要坐到天亮？她撺他，他没耗着，却硬邦邦地警告，你骂谁都行，就是不能骂她，我是畜生，她不是。她喉咙痒痒的，终是忍住。

风小了，雨密集了许多。王美花挖了半天，也没想起马秃子女人的模样，只记得她很瘦。没人能听懂她的话，马秃子也听不懂。她的脑袋有点儿问题，谁也不知道她是怎么走到村里的，马秃子收留了她。他四十大几了，仍光棍一条，也只有他这样的人才会收留她吧。马秃子和整个村庄闹翻就是因为这个女人。马秃子让村里给她分地，他和那个女人没有合法手续，这个门槛挡住了他。马秃子不死心，弄了张纸，挨门挨户让村民签字。当然，没一个人签。马秃子把整个村庄骂遍了，尤其喝了酒，站在当街，骂得极脏。所以他女人闹病，没一个人借钱给他。女人死后不久，村长家的柴垛被点着，马秃子第一次坐牢。那个女人，王美花没记忆，别人也差不多吧？没想到马秃子还挺有情义。若不是当面，真不敢相信这个老东西还会流眼泪。他哭得那么伤心，看上去有点儿人样，咋就不积点儿德？咋就畜生一样活着？

清早，雨仍滴答着。这样的天气不能干活儿。王美花想擀点儿面条，热乎乎地吃一顿。柴火受了潮，火不旺，蓝烟一阵一阵往外扑，呛得王美花直流泪。可能是性格原因，王美花爱吃硬巴一些的东西。烙饼要带糊的，米饭要粘锅的，面条也须是硬面的。火势软，面条煮得时间久，一捞就断。吃得不那么爽，鼻尖仍冒了汗。收拾完，她摸出手机。好几天没给儿子打电话了，儿子也没给她打。不知北京下雨没有。燕燕跟她在一起的时候，天稍阴一点儿，她就让燕燕带上雨披。老天爷的脸谁说得准呢。上午晴天，下午稀里哗啦也是常事。如果燕燕忘了带雨披，她肯定送到学校，不管手头正干什么。什么也没有燕燕重要，燕燕是她的宝。千惦记万惦记，还是……身边住着恶人，想想心就滴血。

拨弄几次，终是没敢摁下去。万一儿子正送燕燕去学校呢，他听不见，听见也不方便接。等一会儿吧，不急。等了一会儿，又想儿子可能已经忙上了。儿子说他那儿挺忙。忙当然好，不忙老板就挣不上钱，老板挣不上儿子自然也挣不上。忙着的儿子接电话，老板会不高兴吧？算了，还是算了，晚上打，晚上一样的。可是，王美花手痒痒，不给儿子打给女儿打。问问女儿东莞下雨没有。她不知东莞在什么地方，只知道比北京远多了。这会儿女儿也上班了，女儿不让上班时候打电话，王美花没忘记，可是忍不住。就问一句，一句还不行吗？

王美花正要摁下去，看到窗外立着人。她惊了一跳，马上把手机塞到被垛底下。来人披着黄色雨披，面孔陌生。他敲着玻璃，大声问他可不可以进来。王美花怔了怔，问他找谁。男人说，我就找你啊，婶，你打开门。王美花稍一犹豫，打开。大天白晌的，怕他什么？

男子摘掉雨披，王美花帮他挂在门上。男子说谢谢婶。王美花把毛巾递给他，他又说谢谢。看样子是城里来的，乡下人没这么多客套。随之，疑问也扑上来，城里来的找她干什么？她没有城里的亲戚。男子三十岁上下，瘦得像吃不饱饭，脸也没通常城里人那样白，有些黄有些晦暗。

你找我？王美花脑里的问号胀得越来越大。

男子笑笑，额头亮亮的，是呀，我来好几趟了，今儿终于见到你了。

王美花说，我不认识你呀。

男子又笑笑，现在不就认识了吗？

王美花愣怔着，不知他要干什么。

男子说，我叫吴丁，喏，这是我的身份证。

王美花没接男子的身份证，只是扫了一下。身份证上确实是那个名字。她不认识他，他叫什么和她毫无关系。

吴丁说，我不是骗子，婶放心。

王美花说，我不认识你。骗子我也不怕，这个家什么都没有。

吴丁说，婶是痛快人。

王美花说，别给我撂好话，找我干什么？

吴丁说，我是来做调查的。

王美花不由得一哆嗦，调查什么？

吴丁又笑笑，掏出一张表格。挺简单的，农村外出人员状况和留守儿童调查。婶说我填就是。

王美花问，你每户都调查？

吴丁说，每户都查，喏，这是你们村的调查表。

王美花认识那些名字，暗暗松口气。她给吴丁沏杯茶，问吴丁看得清楚不，要不要开灯。然后坐吴丁对面，他问，她答。有些问题能答上来，有些问题答不上，比如儿子女儿一月挣多少钱。只知道儿子最近忙，女儿挣钱多，就是离家太远。女儿很久没回来了。

问到燕燕，王美花被锥子扎了一下，心一阵抽搐。

孙女在，婶好歹有个伴儿，她一走，家里就你一个人。你不舍得她离开吧？

王美花说，当然不舍得。舍不得也不能霸住她不放。这孩子和爸妈在一起还是好，村里的学校破，城里的学校再差也比村里的强。只要孩子好，我一个老婆子咋着都行。

吴丁笑笑，婶可不老，瞧我的白发都比你多。

王美花说，不多也老了。她的白发是近几个月才冒出来的。

吴丁和王美花拉会儿家常，转到燕燕身上。燕燕学习不错吧？口气就像说自己的妹妹，特别自然。

王美花点点头，还行。随后转移话题，你孩子多大？

吴丁笑笑，我还没结婚。

王美花说，你们城里人结婚晚。有对象了吧？

吴丁说，有了。

王美花啊哎一声，瞧我这话说的，咋会没对象呢？你们城里为啥结婚那么晚？不想养孩子？还是电视里演的那样，买不起房？

吴丁说，可能都有吧。我和别人不太一样，我有点儿特殊。

王美花看着吴丁暗黄的脸，没说话。

吴丁的目光移到后墙。墙上有一面镜子，镜子的图案是喜鹊登枝。我和女友张罗结婚那一阵，有一天下夜班，她遇到了坏人。

王美花瞪大眼睛。她本来有问题的，嘴唇有些抖，说不出来。

吴丁说，想起来我就难过。我对不住她。平时我都去接她，那天我喝醉了。

王美花突然站起来，我得去地里了。

吴丁问，下雨也去？

王美花很艰难地挂出一丝笑，庄稼人，分什么雨天晴天？

吴丁说，那我改天再来。

王美花愣住，干吗？

吴丁说，我还有话。

王美花说，后生，给别人讲吧，我听不得苦故事。

吴丁说，不是我的……我想和你说说燕燕。

王美花警惕道，燕燕？燕燕有什么可说的？

吴丁说，燕燕不久前才转到城里的吧？

王美花大声道，这关你什么事？你想干什么？

吴丁说，婶，你听我慢慢说。

王美花不耐烦地挥手，我不听，快走，我要锁门了。

吴丁说，你让我走我就走。我肯定还会来。婶，你为什么不听我说完？

王美花瞪他一会儿，气呼呼地坐下，痛快说，我可没闲工夫。

八

开口是很难的。难也要说，他就是为这事来的。吴丁话没落地，王美花噌地站起来，腮帮子像装了鼓风机，突突地抖，谁说的？谁这么造谣？吴丁说谁说的并不重要……王美花往前一拱，几乎撞着他。她的脸是青的，双目喷着血汪汪的火，咯吱声不知是从她嘴里发出，还是她身体某个部位迸开了，异常骇人。

吴丁下意识地往后移了移，和她拉开距离。她紧逼过来，牢牢焊住他。她的目光胀粗了，铁棍般戳着他。这个样子是要动手了。撕了他？咬了他？吴丁预料不到。预料到也不会逃。吴丁没有路，这就是他选择的路。这几年，吴丁接触过各种类型的，挨揍也是常事。头发一绺一绺揪下来，身上青一片紫一片，脱光衣服就是豹子。劝说那对夫妻，男人一拳砸他眼眶上，他捂着眼跑到医院。眼底出血，他挺紧张。眼睛恢复得不错，倒是头疼了两个多月。还有动刀子的，那个报案又撤案的父亲，操着水果刀横在门口，摆出同归于尽的架势。吴丁是从派出所探到消息的，他不敢硬闯，折身劝警察一同前去。没少费周折，终是让那个父亲改了主意。

吴丁不是硬汉，身板不是，性格更不是。他怕，镇静是装的，怕也不能逃。怕挨打又期待挨打，只要不致命。他的经验，挨了打，反更容易被接纳。这些人憋着气，自然要找出气口。他就是。

吴丁遇到各种各样的人，挨过各种各样的打，但没一个人有王美花这样吓人的表情。那些人的表情可以形容，王美花的不能。他迅速在脑子里搜刮着，找不出合适的词语。

你再说一遍！再说一遍！！

吴丁又往后挪挪，她的脸顺势贴过来。吴丁的脑袋被她戳得满是窟窿，冷风往脑仁深处穿。吴丁盼她动手。她这样不要说交流，喘息都困难。

咽回去！

吴丁叫声婶。

咽回去！！

吴丁突地甩自己个嘴巴。他撑不住了。她不像别人那样动手。他代劳。

吴丁准备甩第二掌的，王美花突然笑了。她在笑，表情也瞬间恢复正常。

大兄弟，是不是吓着你了？好端端没招谁没惹谁，你给我泼脏水，搁谁也生气。再年轻几岁，不撕你的脸我就不叫王美花。脚正不怕鞋歪，干吗和你一般见识？我孙女有多清白我心里清清楚楚。我不知谁在造谣，不知你为什么信谣言，你别说了，要不我又生气了。雨停了，我真得下地，不像你们城里人，坐着就来钱。庄稼人就得干活儿。王美花转身，从角落拎起一个筐。

吴丁赔着笑，婶，我帮你干吧。

王美花嘘一声，你这么金贵，我可雇不起。

吴丁说，义务的义务的，我怎么会要婶子的钱？

王美花拉长声调，哟，你这是做好人好事来了？那就更不敢了，我没生你没养你，你又没欠我的债，凭什么让你干活儿？想做好事，大马路上找去。

王美花推吴丁一把，吴丁摇了摇，定住。

大兄弟，我和你没仇吧？王美花语气硬，表情却绸布一样柔软。她把火，把气，压在最深处。

吴丁说，婶说得哪里话。

王美花问，你说，我和你是不是有仇？

吴丁老实答没有。

王美花拱起满脸笑，这不结了。你和我没仇，我和你也没仇，你干吗和我过不去？

吴丁恳求她听他说完。王美花说，你想待着也行，走的时候把门带好。没值钱东西，看哪件顺眼就带走，只要不拆房。吴丁琢磨跟着她还是耍点儿赖皮在屋里等。王美花滑了一跤。吴丁跑出去扶她，她推开吴丁，自己爬起来。袖子和腰以下全沾了泥水，王美花嘀咕，看来今儿真是不顺。

王美花换过衣服，说天不早了，劝吴丁吃了中饭再走。吴丁苦苦一笑，想她真有一套。王美花说，放心，不收你饭钱。

王美花烙饼，吴丁蹲在灶坑烧火。油味烟味呛得吴丁一阵阵咳嗽。王美花打趣，瞧瞧你们城里人金贵的。吴丁笑笑。他咳嗽半年多了，不闻油烟味也咳。他不敢再说什么，得缓缓。王美花脑里是死弯儿，一下子掰直几乎没有可能，需要时间。

吴丁和王美花同时出门。他想还是不能赖着，尽管某些场合赖过，现在还不是赖的时候。王美花不简单。她不是他的敌人，她和像她一样的他们都是他的战友、他的帮手。但在她和他们接纳他、被他说服前，她和他们会敌视他甚至仇视他。张弛适度，他懂。

吴丁没回旅店，直接去了网吧。吴丁带着笔记本电脑，旅店没网线。镇上唯一的网吧，空间狭小，烟味浓重。他一坐下就一阵咳嗽。

王美花饼烙得不错，吴丁吃得多，晚上十点才觉出饿。

泡了盒方便面，简单洗了一把。刚躺床上，收到左小青的短信。吴丁一阵狂喜。她上 QQ，却不理他，他每天发十多条信息，她一条都不回。

左小青说青园街有家专做麻辣小龙虾的大排档，她晚上经过，流口水了。左小青爱吃麻辣小龙虾，吴丁和她交往一年多，吃过差不多百次。她这样说，自是怒气消散，打算与他和好了。她就这样，没前奏，突然生气，又突然不生气。

吴丁回复说在外地，回去请她。她问：干吗？吴丁还没摁上去，她的信息就来了：我知道你在干吗，忙你的正事吧。吴丁再说什么，她都不回了，打过去她也不接。

两人住在一起，左小青才晓得吴丁的主要精力花在什么上面。她当时淡淡地说，人的爱好千奇百怪，你这样的爱好还真少见。想当英雄？那天夜里，吴丁向她讲了过去他和前女友的一切。她叹口气，不再说什么，脸却含着隐隐的忧伤。

这个故事是最好的答复，吴丁不想多说。打过交道的民警都问过吴丁。吴丁也就是笑笑，故事都懒得讲。吴丁只想让犯下罪行的人受到应有的惩罚，让这个世界干净一些。他不是英雄，充其量是一把扫帚。

九

暮色从窗户爬进来，将整个屋子，还有发呆的王美花染成一个颜色。王美花在地里转一遭就回来了。干什么都没心思。路上摔了两跤，进门摔了一跤，加上之前那一跤，一天摔了四跤。

哪里出了问题？王美花一遍一遍敲着脑壳。她没说，儿子不说，马秃子也不可能。她下作得不像个人了，马秃子不会不明白。他不会乱嚼。村民不会知道，如果知道，她能从他们的表情和眼神窥出来。她可没那么笨。那么，哪里出了问题，一个陌生的城里人竟然知道了燕燕的事？王美花几乎将脑子敲裂。医生？王美花猛一哆嗦。除了她、儿子和作恶的马秃子，只有医生清楚，没去镇医院，特意跑到县里。千盘算万盘算，还是……王美花还记得那个女医生的样子，瘦瘦的，戴着眼镜。王美花并没得罪她，她为什么这样？

儿子不同意王美花的决定，不报警咽不下这口气。王美花用整整一夜说服儿子，几乎把嘴说破。有一件事，她始终藏在心底，没把男人打她一辈子的真正原因告诉儿子。忘掉，很难，但必须忘掉。王美花是深思熟虑的。在她的逻辑系统里，忘掉是最好的治疗。被马秃子要挟，王美花没想到。为了燕燕，她忍，什么都可以忍。

吴丁突然造访，给了王美花当头一棒。

王美花开始揪自己的脸，先左边，后右边，恶狠狠地骂，让你说！让你个破嘴说！王美花把自己当成那个医生，狂怒地惩罚着她，直到双脸麻木。打够骂够，也只能这样，不能把医生咋的，把医生剁了也没有用。关键是怎么对付那个城里人。她猜不到他的用意，非亲非故，无冤无仇，他大老远跑到村里和她说这个，究竟想干什么？肯定是有所图的。图什么呢？不会像马秃子那样。一个黄脸婆，能当他娘了。想来想去，无非是想要钱。他怕是穷疯了。看上去挺斯文，心黑着呢。许光义家的二小据说在城里当老板，常给家里寄钱，后来判刑，人们才知道二小干的是敲诈勒索的勾当。这个吴丁和二小无疑是一路货。林子大了什么鸟都有，一个城里人跑乡下敲诈。

如果不涉及燕燕，王美花绝不害怕。一命抵一命又能咋的？现在，她怕，太怕。燕燕是她的心肝，也是她的软肋、她的死穴。他的口气显然还会来。还没捞上什么，当然会来。要钱，给他。燕燕比钱重要，比什么都重要。她拎得清。

王美花僵直的身体有了活气。她打开柜，寻出藏钱的盒子。盒子里有一千六，她身上有三百，存折上还有三千。城里人胃口大，五千块怕是喂不饱。还有一万定期，给燕燕存的，不能动。王美花当即给女儿打电话。那边很吵，好像在大街上。王美花把声音放到最大，女儿才听清楚。这么晚，女孩子家竟然在大街。女儿哎呀着，说城里又不是乡下，夜晚比白天还亮堂。王美花想女儿胡说，哪里的夜晚也不会比白天亮。她问女儿有人陪着没有，女儿说有。王美花问是男的吗？不知道女儿处上对象没有，问过多次，女儿嫌她烦。现在又忍不住。女儿说信号不好，没事挂了。王美花急叫，别，别，给我寄三千块钱，明天就寄。可能王美花语气不对，女儿顿了片刻，问出什么事了，刚刚才寄过的。王美花说想买两只羊。女儿叫她别受累。她打断，命令道，你寄也得寄，不寄也得寄，算借你的，有了还你。她第一次这么严厉地和女儿说话。女儿肯定不高兴了，你这是咋了？给你寄还不行吗？

儿子的声音传来，王美花仍有些紧张，一紧张舌头就僵。儿子喂了两声，你倒是说话呀！王美花这才问，北京下雨没有？儿子似乎愣了一下，下雨？下什么雨？王美花说，村里下了一夜雨。儿子啊一声，说北京好着呢，又问她有什么事。王美花顿了一下，小心翼翼地问，燕燕还好吧？儿子很吝啬地说好。王美花说想和燕燕说话。儿子没答，呼吸嘶啦嘶啦响。王美花忙说，不，不说了。那边却传来燕燕的声音。王美花叫声燕燕，突然哽住。燕燕连着声喊奶奶，王美花喉咙堵塞，整个过程只说了一句话：奶奶听见了。

王美花憋得够呛。跑到院里，大口大口吞咽着空气。

第二天，王美花起得晚了些。她想去镇上把钱取出来。吃饭时，突然想到一个可怕的问题。出钱，就等于承认了那个事实。要是吴丁胃口很大呢？今儿打发走，明儿又来呢？身子可以一次次给马秃子，闭了眼，一次和两次没什么区别。她没那么多钱，不能就这么让他捏在手心。没别的招儿，只有躲。他不会老在乡下耗着，耗不过自然会离开。

王美花躲到自家地里。除了包出去的地，剩下的也就二亩多，一半种了胡麻，一半种了土豆。锄过不久，杂草还没长出来。再锄一遍也没坏处。中午吃了点儿干粮，躺在地头睡了一觉。被噩梦惊醒，日已西斜。脸上手上叮了许多包，她拍打一阵，抹了些唾液。

夜色把田野盖得严严实实，王美花才往回走。快到门口，她前后左右扫了好几圈，确信没人，长长地舒了口气。喂了鸡，烧开水，做好饭，刚端上桌，有人敲门。王美花一惊，整个人被冰水浇了似的。好一阵，听出是马秃子，竟然如释重负。

王美花埋头吃饭，不理马秃子。饭简单得不能再简单，马秃子看不清楚似的，往前探着身子，说你不能这么对付呀。然后把拎着的塑料袋在王美花眼前晃了晃，搁王美花面前——一只酱猪蹄。见王美花不动，马秃子找出菜刀，切成几瓣。那天打了你，这个猪蹄算我赔罪，你别生气了。王美花冷冷地撇撇嘴。马秃子说，我是畜生，我真是畜生，好吧，我替你打个耳光。当真打了一掌，极响。王美花仍绷着脸。马秃子说，要是不解恨，你打？再不解恨，我去自首。

王美花突然抬起头，狠狠瞪他一眼。她是恼怒的，却又说不出地慌。马秃子当然看出来了，笑得就有几分诡异。我逗逗你，怎么会呢，就是嘴巴烂掉，我也不会。王美花顿了顿，夹了一瓣猪蹄。猪蹄倒是酥烂，但嚼不出味儿。她吃了马秃子的东西，尽管仍是嫌恶的表情，可她非常清楚，她已经向马秃子示好。马秃子说，这就对了嘛，又不给你下毒，我自己都舍不得吃。

王美花竭力把头埋下去，实在不想看那张老脸。

今儿在哪儿干的？马秃子靠着柜，手指敲着。回来得这么晚。

王美花没抬头，咋？去哪儿还要告诉你？

马秃子说，瞧你这火气，不是惦记你嘛。今儿有个人找你，在我那儿待了半天。

找我？王美花猛仰起头，死盯住马秃子。

马秃子说，搞什么调查的。

寒气蹿向脑顶，脑袋顿时麻了。牙被骨头硌着，她龇龇腮，没好气道，从什么破地方买的，牙都崩掉了。

马秃子往前一蹿，我瞅瞅。

王美花用筷子点他一下，滚开吧，稀罕你！

马秃子涎着老脸，我这么好的身体，你咋会不稀罕。

王美花骂，少扯！那个人调查什么？

马秃子说，乱七八糟的，我也没兴趣听。咋？你害怕？

王美花不屑地哼了哼，我连你都不怕，还怕什么？

马秃子嘿嘿笑，你不怕我，自然好。

王美花问，他都问你什么了？

老东西显然瞧出王美花的担心，说，我没乱说，和他胡侃了半天。

王美花警告，乱嚼，小心你的头。

马秃子拍着胸脯保证，然后眯了老眼，你对我这么好，我怎么会？

王美花不再说话。收拾过碗筷，把炕扫干净，铺上褥子。不慌不忙很平静地解开扣子，躺下去。马秃子爬到身上，她闭了眼。胳膊箍住马秃子的腰，松松垮垮。以前绝不会，第一次。马秃子粗糙的腮蹭着她的脸，她躲了躲，定住，任由马秃子放肆。马秃子身上的烟味很重，王美花竭力忍着，不让自己咳出来。

马秃子又借去二百块钱。王美花没犹豫，只是往他手里塞得猛了些。

王美花兑了半盆温水，蹲下去。洗了没两下，她抽自己一掌，脏货，洗什么洗。猛一踹，盆子翻了，水往四下漫去，鞋湿了。她如枯死的树一样立着。

照例没睡好，脑袋灌了脏水般。天空晴朗，阳光金灿灿的。王美花把被褥晒出，喂了鸡，搬个凳子坐在门口。她不敢再躲。应该想到的，马秃子常在门口戳着，她不在，吴丁会找他搭茬的。躲是下策，得尽快把他打发走。如果这个世上有一个人想把马秃子生吞活剥，肯定是她王美花。但是，现在她和马秃子在一条船上。不把那个城里人打发走，和马秃子就白绑了，罪也就白受了。更重要的，还不是这个。

吴丁还真来了。王美花招呼他，让他把自行车推进院。吴丁边扇汗边说，我以为婶又走了。王美花说，今儿不舒服，歇一天，正好晒晒被子。你怎么又来了？有事吗？吴丁说，我就是想和婶唠唠。王美花说，我一个老粗，你识文断字的，和我有什么唠的？吴丁重重地叹口气，婶讨厌我，我明白，也理解，刀扎肉疼，那比扎肉还疼，既然疼，为什么不报案？让法律惩罚罪恶？王美花说，我听不懂你的话。吴丁说，婶，你不可能不想，你的心早就在流血，为什么流血还忍着，让罪犯逍遥法外？

王美花站起来，抓把麦粒撒到院里。鸡已经喂过，她堵得慌，得透透气。吴丁似乎要追过来。她绊了一下，及时扶住，没摔倒。

吴丁问，不要紧吧？

王美花纳闷儿，要什么紧？

吴丁说，婶脸色不好，如果你不舒服，我改天再来。

王美花硬硬的，我没开店，你想来就来？

吴丁干笑一下，对不起，婶，你再讨厌我，也得听我把话说完。我能找到你，肯定是我知道些什么。不然，你我又不认识，我干吗找你？

王美花问，你听谁说的？什么人乱嚼舌头？就不怕烂嘴巴？

吴丁说，谁讲的不要紧。实话告你，我是套出来的，我向你保证，没告诉任何人。

王美花说，我孙女是干净的，你别乱泼脏水。

吴丁说，没错，她是干净的，永远是干净的，不干净的是作恶的家伙。作恶就应该受到惩罚，这是天理。

王美花想，她肯定说不过他。如果是别的事，绝不会白白让他诈，现在，没必要再费唾沫。于是，她笑笑，人最难的就是活着。以前，我认为只有乡下人不容易，后来知道城里人也不容易。没个靠山再没点儿本事，就更不容易。你大老远来了，也不能白来，说个数吧。

吴丁很难过似的，婶，你误会了。

王美花又笑笑，别装了，说痛快的。

吴丁叫，婶，你真误会了。我不是……

王美花重声道，鬼才信！说吧，想要多少钱？

十

　　铃声响起，吴丁正在洗头。下午起风了，刮得灰头土脸。他瞄过去，是左小青。顾不得滴淌的水珠，抹把手，迅速抓起手机。左小青的声音很虚，我被……撞了。吴丁轰的一声，大叫，伤得重不重？你在哪儿？那边已没了声音。吴丁哆嗦着拨过去，再也接不通。

　　吴丁匆匆收拾了就去退房。老板的眼神有些怪，吴丁偏偏头，镜子里的自己狼狈不堪，扣子串错门了，头发顶着白花花的泡沫，眼睛流进洗发水的缘故吧，血染了一般。吴丁简单捋了一把。

　　天已经暗了。酒馆的灯箱次第亮起。吴丁走到平时客车停靠的十字街，几个出租车司机围上来，问吴丁去哪儿。这么晚早就没客车了，打车吧。四百多。吴丁连连摆手。司机散去，一个矮胖司机却咬着吴丁不放。等了一会儿，吴丁决定打车。不知左小青生死，他心急如焚。司机让先交钱，吴丁搜遍全身也没凑够。卡上倒是还有，但镇上没有取款机，取钱只能到柜台。吴丁说到皮城就给他，司机连连摇头，短途可以，长途不行，他被骗过。吴丁费了半天口舌，司机说他宁可不挣。吴丁撇下他喊别的司机，也是不行。吴丁返回旅店，问老板能不能借他一百块钱，他不是骗子，过几天肯定会回来，他可以用身份证作抵押。店老板看了吴丁几分钟，摸出一百块钱。

　　吴丁不停地拨左小青的电话，直至电量耗尽。左小青和他一样，在皮城没有亲戚，朋友倒是有。左小青第一个电话肯定是打给他的，完后就不通了。这意味着，她没有可能打第二个电话。

　　到皮城已是深夜。吴丁不知左小青在哪家医院，转遍几家大医院，天色放亮。昨晚有收治出车祸的，没有左小青。衣服汗透数次，吴丁再也流不出汗了。口干舌燥，火燎了似的。灌一瓶矿泉水，仍燥燥的。也许伤得不重，像他一样，只是手机没电了。但还有另一种可能，她仍在马路上。肇事司机跑了，没人送她到医院。横祸不该砸着左小青，她已经遭遇过不幸，老天不能这样不公。祈求没有任何意义，老天常常犯困，不公的事实在太多。

吴丁跑到批发市场，期望打听左小青昨日的行踪。还没开门，吴丁蹲在墙角，腮帮子一瘪一鼓，似乎什么在乱窜。目光如煮过火的面条，软唧唧地摊开。公交车吃撑了一样摇过来，停靠在站牌处。这个站点的上下乘客总是很多。那个熟悉的身影就这样撞进吴丁的视线。吴丁叫一声，想冲上去，腿麻着，不能动。

左小青走过来，几分意外，几分欣喜，你回来啦？

吴丁上上下下打量左小青，完好无损。他怔怔地，说个你，随后噎住。

我没事，咋……你不是盼着我出事吧？我进去了，晚上等我啊。

吴丁嚅嚅嘴，没喊出来。左小青竟然开这样顽皮的玩笑，不，简直是愚蠢。他一遍遍拨打她的电话，疯狂地到处找她的时候，她其实在睡大觉。费了好大劲儿，吴丁才抑制住，没有追进去。

吴丁昏睡了一整天，左小青进屋，他还在床上赖着。左小青挂了包，问就这么欢迎我？吴丁吃力地笑笑。左小青边往床边靠边脱衣服，钻进来已是光溜溜的。左小青极疯狂，像换了一个人。平息后，左小青捏捏吴丁耳垂，你说要请我，不许赖啊。

青园街的大排档果然红火，已经没了位置，老板临时支了张小桌子。旁边有几家烧烤摊，整条街烟熏火燎。没几分钟吴丁就咳嗽起来，且持续不断。左小青问，要不换个地方？吴丁摇头，换个地方也一样，没关系。喝几口水，终于压下去。左小青建议他去查查。吴丁凄然一笑，老毛病了，我自己清楚。两瓶啤酒都打开了，左小青说你别喝了，我承包。左小青倒是有些酒量，但让她独饮有冷落她的意思。吴丁不忍，倒了多半杯。左小青半眯了眼，有些揣测的意味，馋了吧。吴丁笑笑，憋了许久的话终是说出来，你怎么作践自己？左小青瞬间没了好气，不那么说你会回来？吴丁说，你把我吓坏了，昨天夜里，我满医院找你。左小青说对不起。吴丁说以后可不能开这样的玩笑。

麻辣龙虾端上来，左小青不再理吴丁，一门心思吃起来。吴丁慢慢剥着毛豆，目光从她身上离开，很快又移到她脸上。她的吃相可谓饕餮，但有几分可爱。她看上去是安静的，平时也这样，可只要疯起来，那可是不管不顾。去年中秋，半夜了，她突然想去太平山看月亮，吴丁当然就着她。他总是就着她。她本性偏豪爽，不会隐忍的，可在那件事上，她固执地沉默，不容他触碰。

怎么？相面？左小青偏着头问。吴丁夹一张餐巾纸递给她。左小青把嘴角一块虾壳拭掉，擦净手。实话对你说，我打算和你分手的，想到你的好，又下不了决心。你不在乎我受过伤，不在乎我的过去，比许多男人大气。但是大气得过了度，时时琢磨着把我的伤亮出来。我宁愿自己舔。忘掉，再大再痛的事也不算什么。和你在一起做不到，你总是帮助我回忆，提醒我记起来。你不愿意沉默，我只有离开。咱俩这么长时间了，我不是快刀，很矛盾。所以……那不是玩笑，不是恶作剧。知道我为什么高兴吗？你在乎我。你不高兴，但是我高兴。来吧，碰一下。还生气？

吴丁说怎么会……

左小青说，我知道你生气，也不能老耷拉脸啊。黑天半夜的，吓唬谁？

吴丁没忍住，笑出声。

吴丁计划一周后返回营盘镇，还店老板的钱，更重要的，他未完成自己的使命。虽然只看到女孩的照片，但她楚楚的样子却刻在脑里。在他所知的受害者中，她的年龄最小。他清楚难度比以往更大，但绝不会退缩。他选择的路就是在刀刃上行走。

吴丁说要离开几天。左小青反对。过去，她对他的"抱负"虽然不感兴趣，但并不阻拦。如果不涉及她，更不会与他争吵。彼此是有空间的。数日时间，她突然变了。当然，原来她可能忍着，现在忍不下去了。她说他不能再这么不务正业，得找个正经事做。别人这么说也就罢了。让罪犯得到应有的惩罚，让世界变得干净些，他是在清扫，或者说在拯救。左小青问他有什么好处，吴丁说他不图好处。左小青说她不能这么过下去，她想和别的女孩一样结婚，生小孩。吴丁说没问题呀，只要你乐意，这没什么不可以。左小青冷笑，问他有什么能力养孩子。吴丁被扎痛。他没想过，可能是不敢想。现在，左小青把这个问题抛过来，他不能再回避。他无法回答，他所有的钱都花在"爱好"上。左小青逼问，你说呀？吴丁黯然垂头。

冷战了几天。左小青的话给了吴丁不小的触动，不能一直这么下去。开始做的时候，确实没想过。可是，现在结束又不甘。他讲了那个小女孩的事，保证是最后一次。左小青质问，在他心中，她不如一个小女孩？

两人再次发生了争吵。

左小青出门不久，吴丁给她发了信息，背包上路。

已是两周后了。

十一

王美花把存折上的钱取出来，加上家里的，凑了五千。等了两天，吴丁没来。几天后，女儿寄的钱也到了，吴丁仍没影子。王美花不知怎么回事。被她呛着了？真不图什么？不会的，天底下没有这样的人。城里人好面子，诈钱也蒙块遮丑布。他来，她慌；他没影儿，她却紧张了。狗见了骨头，不会轻易放手。或许在打别的歪主意。会是什么？王美花想不出来，难不成去城里找儿子？王美花猛一抽搐。定了好一会儿，脑袋仍一波一波地晕。他不会找见儿子的，北京那么大，找不见的。

收菜的季节到了，菜贩子开始往乡下跑。一夜之间，工钱涨了许多。王美花待不住了，耗一天损失一百多。工钱一天一结，收工时就揣在兜里。这个该死的吴丁，害她不浅。

王美花人在地里，魂却在别处游荡。一心二用，难免出错。直到雇主愤怒地喊起来，她才意识到。给芹菜打包，这是技术活儿，不能松也不能紧，上下各捆一道即可。而王美花打包的芹菜，每捆都是五花大绑。王美花涨红脸，跪在地上，挨个儿松绑。雇主没好腔调，要脑袋干什么，当夜壶用啊。王美花一声不吭。傍晚收工，雇主说只能给王美花五十，王美花说今天的工钱我不要了。

工钱以天计算，雇主算盘打得精，哪天也得十几个小时。回家再怎么晚，王美花也不忘往门垛瞅瞅。只要马秃子发出暗号，次日她会想尽办法早回来一点儿。得把马秃子团拢住。

马秃子再次发出暗号，次日，王美花回来得却没那么早。她往马秃子院子扫了扫，黑灯瞎火的，猜老东西睡了。王美花不是故意躲他。躺下却不踏实，翻腾一阵，匆匆穿了衣服，敲马秃子的门。王美花还没去过马秃子家。王美花把自己骂个狗血淋头，却未阻止自己的双脚。马秃子大为意外，直叫，我那个天呀我那个天呀。待马秃子滚下去，王美花感觉整个身体碎成一块一块的。可是，她不能在马秃子炕上歇，挣扎着坐起来往外挪。马秃子劝她干脆睡这儿算了。王美花连瞪眼的力气都没有了。推门那一刹那，马秃子忽然说，找你那个人又来了。王美花顿时注射了鸡血似的，整个人胀直了。她回过头，死死盯住马秃子。马秃子忙说，我没说，我可什么都没说，要是不放心，你缝了我的嘴。王美花盯他一会儿，很平静地说，你睡吧。

王美花一早起来就等上吴丁了。半上午，吴丁才到，仍骑着那辆破得不能再破的自行车。王美花不愿让他瞧出她在等他，带了些许吃惊和佯怒，你怎么又来了？吴丁勉强笑笑，说，我说我要来的啊。王美花说，你可真烦。吴丁说，婶讨厌我，我理解，可是……王美花哼一声，不再理他。

王美花忙活了一会儿，觉得冷落够了，才拽出个凳子推给吴丁。然后，她充满火药味地直视着吴丁。

吴丁尴尬地咧咧嘴，婶恨透我了吧？

王美花很干脆，依我过去的脾气，早把你剁了。

吴丁说，我和许多受害人及其家属打过交道，开始，都很生气。

王美花说，看来你是吃惯了。

吴丁说，婶别误会我。

王美花问，你父母干什么的？

吴丁稍显意外，很快笑了笑，我接受婶的盘查。我父亲在一个小县城教书，母亲是家庭妇女。

王美花说，听上去像个正经人家，怎么养出你这么个货色？

吴丁叫声婶。

王美花说，你年轻轻的，干什么不好？就不怕撞大狱门子？

吴丁说，婶别误会。

王美花激动起来，误会？乡下人傻，好赖人还分得清，我误会你？

吴丁说，婶有多少火，一块儿撒出来吧。

王美花说，撒出来能把你烧成灰。

吴丁说，只要婶不再堵心就好。

王美花狠狠损吴丁一顿，必须让他清楚，她不是好欺负的。但是，她又明白，轰不走他。钱早就准备好了，但不能太顺利地让他拿走。吴丁不恼不急，必是看出来，王美花样子凶、心里虚。

婶，你喝口水。

王美花怔了怔，说你这样的无赖还真少见，不知你脸上贴了什么皮。算了，不和你计较了。想你肯定不容易，混得好也不会干这种坑蒙拐骗的缺德事。我一个人，钱也没大用处，就算帮你一把。她起身翻出那五千块钱。你听好，我不是怕你给我孙女泼脏水，只是可怜你。

吴丁几乎跳起来，婶，你这是干什么？

王美花叫，咋？嫌少？

吴丁的脸有些青，好一会儿，青绿褪掉，他缓缓坐下。婶，你想哪里去了？

王美花冷笑，装什么装？你大老远跑到乡下，不就是为这个？

吴丁一阵剧烈的咳嗽，脸再次乌绿乌绿的。

王美花想把女儿寄回的那三千拿出来，顿了顿，又把手缩回。她是想痛快地打发走他，可就这么让他轻易敲诈，又不甘心。

不管婶信不信，我对老天发誓，我绝不是图钱。

王美花问，那你图什么？我是老了，不过，你要是想……

吴丁目光惊惧，婶！

王美花问，那你说，你图什么？

吴丁摇摇头，我真的不图什么……如果婶非要我说图什么，我只图一样：把坏人送上法庭。婶，我知道你怕什么，可是，你想想，你不声不响会纵容坏人，会害更多的人。

王美花嚷，我孙女是清白的。

吴丁显出痛苦状，你这是自欺欺人。

王美花大叫，少来这套，你嘴巴没几根毛，教训谁？还大老远跑乡下教训人，真有精神头儿。

吴丁垂了头，我没有教训婶的意思。

王美花喘了一会儿，又笑了。干吗抬这个杠？咱俩说走题了。你别在这儿耗了，拿上钱赶快离开。我没闲工夫支应你。苍蝇也不会抱住一个蛋死叮的，你去别处下蛆吧。

吴丁说，我今天离开，明天还会来的。

王美花恼恼的，咋？还没个完了？不是我吓唬你，你再来，我非砍了你。

吴丁把半袖往上捋了捋，露出光膀子。两道疤非常明显。这是受害者家属砍的。

王美花吸口凉气，却不示弱，你什么意思？我不敢砍还是觉得你自个儿是铜做的？

吴丁说，没别的意思。如果这种方式能让婶出气，我愿意承受。只是，砍完你要答应我。

王美花说，你倒是说个数啊，我才知道能不能办到。难不成你要金山我也答应？

吴丁苦苦一笑，婶，你别往钱上靠。我不是为钱。

王美花问，那为什么？

吴丁说，又绕回来了。就这么绕，永远绕不清楚的。你不相信我，我说再多也没用。

王美花说，那就闭嘴。

吴丁说，婶，我给你闭上，你就不怕我在别处……

王美花猛地绞住吴丁，凶蛮地警告，你要是乱嚼舌头，我和你拼命。

吴丁忙道，我不会，绝不会。

王美花大嚷，滚！你他妈的滚！

十二

午后的阳光喷溅着火星子，路面被灼焦了，腾起阵阵烟雾。两旁蒙着尘土的蒿子、杂草无处躲避，均蔫头耷脑的。走了没几步，吴丁便咳嗽起来。前胎瘪了，只能推着。爬上缓坡，吴丁在一棵老榆树下停住，想凉快凉快。突然一阵眩晕袭来，自行车倒在地上，吴丁压上去，硌得肋骨铮铮响。吴丁喘了好大一阵儿，才把身体从车架上挪开。风吹过来，热辣辣的。

吴丁舔舔嘴唇，看到一个打着阳伞的女孩慢慢摇过来。吴丁再次咳嗽起来，要窒息的样子。女孩在吴丁身边停住，吴丁终于喘上气，嗓子却干得要命。女孩问，你没事吧。女孩二十岁左右，虽然打着阳伞，脸却仍有些红。吴丁问她带水没有，女孩蹲下去，一手撑伞，一手拉包。她穿件圆领背心，领口本来就松，蹲下胸前的一片便露出来。吴丁迅速移开目光。女孩拿出半瓶矿泉水，有些难为情，说是她喝过的。吴丁说没关系。吴丁没敢喝光。女孩让吴丁都喝了，她不渴的。吴丁也就不客气，他已经喝过，还给女孩也不合适。

吴丁问女孩去哪里，听口音不是本地人。女孩说她是推销农药的，拿出资料和样品让吴丁瞧。简单聊了一会儿。女孩大学毕业，找不到工作，这份差事还是朋友介绍的。一个月八百，推销出去有提成。吴丁问，你一个女孩子，孤身往乡下跑，不害怕？女孩说她倒是想坐办公室，没那个福气。吴丁说那也该搭个伴儿。女孩说她有个伴儿，到镇上就分头行动了。吴丁说一个人走路，更要警惕，比如刚才，你干吗给陌生人水喝？你该躲得远远的。女孩好笑道，咋？你是坏人吗？看你也不像。吴丁说坏人没写在脸上，我是不坏，万一我是呢？女孩笑得更浓了，你是干什么的？老师？吴丁严肃地说，妹子，独自在路上，长心眼儿没错。女孩说谢谢啦，你不买我的产品，不跟你浪费时间了。

吴丁盯着女孩的背影，重重叹息一声。女孩和前女友如此相像。不是长相，是对他人不设防，总认为自己对别人好，别人也会一样对自己好。如果她对同事有一丝戒备，也不会……眼泪淌出来，霎时就干了。

吴丁饿坏了，要了一盘西红柿炒鸡蛋、两碗米饭。吴丁在这个小饭馆吃过几次，老板娘挺厚道，鸡蛋总比西红柿多。其实，吴丁更爱吃西红柿。吴丁空着肚子去的，以为王美花会像上次那样留他吃饭，没想到被赶了出来。不该用那样的话激她。也就是说说，他不会那么做。她把他想歪了。在他游说的受害者中，还没人用这种方式打发他。图什么？他当然明白，这是个简单的问题，但又很复杂。和左小青都说不清，和王美花就更说不清了。但是，必须让她明白，他绝不是图钱。

吴丁没去网吧，实在困得厉害。回到旅店，往床上一摔，鞋还没蹬掉，眼皮已重重合上。迷糊中，听到敲门声，但眼睛睁不开。敲门声持续着，还喊他的名字。吴丁坐起来，确信是叫他的。

王美花堆着满脸笑立在门口。怀里竟然抱颗西瓜。吴丁甚是意外，婶，你怎么来了？王美花说来看看你。她将西瓜搁桌上，问吴丁有刀没有。吴丁摇头，王美花转身出去，回来手里拿着水果刀。吴丁不安道，婶，你破这个费干什么，我该请你的。王美花说，又不是金瓜，你是客人，轮不到你请。抓起一大块递给吴丁。吴丁说你也吃。王美花顿时怅怅地说，我吃不下。吴丁歉意道，给婶添堵了。王美花说，你吃你吃，别管我，哎呀，你脸这么红？是不是病了？不等吴丁答，手已经摸住吴丁的额头。发烧了啊，吃药没有？吴丁说没事的。王美花说，那怎么行？热感冒更拖不得。不顾吴丁阻拦，硬是买回药，看着吴丁喝下去。

婶，我对不住你。吴丁眼睛有些潮。

王美花嘻一声，什么对住对不住的，谁还没个难处？杀人放火也是逼得没法才走上绝路的。你有啥难处我不清楚，但肯定是有难处。你刚走我就后悔了，不该冲你嚷嚷，我追过来，给你道个歉。

吴丁叫，婶，你说这话可折煞我了。

王美花说，咱别兜来兜去的。我刚才跟邻居借了三千，给你凑了八千。八千也不多，实在拿不出了，好歹是个心意，帮你渡渡难关。老牛吃草也懂得挪个地方，你识文断字，更明白道理。拿上钱，该去哪儿去哪儿，见了面，谁也甭搭理谁。

王美花的话如锥子般直刺吴丁心里。吴丁的脸几乎变形，婶，我绝不是为了朝你要钱，我向老天爷发誓。

王美花说，我知道，你是正派人。是我想给你，不行吗？

吴丁极其干脆，不行，我不要。

王美花说，钱是干净的……嫌少？她的眉毛竖起来，片刻工夫，目光就柔软了。求吴丁高抬贵手放过她。她一辈子没享过福，到老了儿女不在身边，出门一个人进门一个人，要多孤单有多孤单。论年纪能当吴丁的娘了，求吴丁看在她一把年纪的份儿上，可怜可怜她。王美花的声音哽咽了，眼泪滚出来。

吴丁慌了，婶，你别这样。

王美花说，饶了我，行吗？

吴丁说，我是想帮您啊。

王美花说，不用，受不起。

吴丁浑身无力，直冒虚汗，好吧。

王美花马上追问，你什么时候走？

吴丁苦笑，该走的时候我自然会走，只是有句话还想问问婶，你是惧怕那个人还是和他私下解决了？有一对夫妻，吴丁印象深刻，一千块钱就私了，那个人是男方的朋友，酒后失德。但吴丁猜，不是因为朋友或朋友喝了酒，而是一千块钱的作用。何其愚蠢！

王美花的话再次带出火药味儿，我听不懂你的话。

吴丁说，婶可以想想，如果那个人不改本性，早晚有一天会撞警察手里，不是每个受害者都保持沉默。那样，他会把你孙女的事交代出来。

王美花直弹起来，吴丁没有防备，瞬间被她扑倒。血红的目光直捣吴丁眼窝，睫毛上的泪珠甩到吴丁脸上，啪啪乱响。她的头发炸乱，你再胡嚼！你再胡嚼！两只结满硬茧的手揪住吴丁左右脸，拽了几把，忽又掐住吴丁的脖子。吴丁想要反抗，她却死死勒着他。他的胳膊稻草一样乱摇，渐渐地，稻草垂下去。她的嘴巴在动，听不清骂什么，那张恐怖的脸越来越模糊。

王美花突然松开。

吴丁大张着嘴，贪婪地吸了几口空气，随后剧烈地咳嗽起来。王美花闪到一边。吴丁从床沿滑落，抵着床腿，胸被撞了似的，一波一波地跳。好半天，喘息均匀了，他回过头。不知王美花什么时候已经离去，门掩着。桌上的西瓜似乎冒着热气，旁边是那沓钱。

十三

夜漫长得像没有底的洞，王美花直线坠落。她想抓住什么，但周围除了黑暗，还是黑暗。

王美花想不起自己是怎么回来的，只记得撞到树上，脑门撞破了。她吓蒙了。再用些力，吴丁就被掐死了。吴丁死在旅店，不出一小时警察就会把她揪回去。她不怕死，如果保守住燕燕的秘密，死一百回也不怕。她不能死，马秃子还活着，得等马秃子先死。吴丁已经答应离开，她咋就昏了头？钱倒是留下了，不知道吴丁能否就此停止。她心里没谱。

挨到天亮，王美花再也躺不住。摸到手机就给儿子打电话。她给儿子保证过，旁人不会知道，显然说大了。现在，不仅有人知道，还诈钱。她不信他的鬼话，他就是弄钱的。

出什么事了？儿子劈头就问。听到儿子惊慌的声音，王美花突然意识到，又犯傻了。怎么可以给儿子打电话？不能让儿子知道，万万不能让儿子知道。儿子更急了，你倒是说话呀，出了什么事？王美花说丢了一只鸡。儿子明显松了口气，我以为怎么了，吓我一大跳，以后别这么早打电话，没别的事我挂了。

王美花泡了口饭，带门出来。坝上昼夜温差大，中午下火一样，清早却异常凉快。村口空空荡荡，王美花站了站，出了村。不想困在家里，又没地方去。就这样慢慢走着，没有说话的人，没有商量的人，只能自言自语。突然，她惊恐地闭上嘴，只能在心里说。一遍两遍一千遍，也只能在心里说。

王美花不是躲谁，躲不过去，她也不怕。可是，太阳升高，热浪袭来，她开始发慌。她其实是在躲他。她其实是怕的。明知躲不是办法，还要躲。明知怕没有用，还是怕。

如果吴丁不再上门……如果他说话不算数呢？她不知道怎么对付他，只将牙齿咬得嘎巴巴响。

中午，王美花转回村庄。这样的热天，马秃子竟然还在石头上坐着，不知长的驴皮还是马皮。自王美花主动上门，马秃子脸上便多了一样东西，是把王美花彻底拉下马的得意。马秃子叫住王美花，说那个人又来找她。嗡的一声，王美花眼前群蝶飞舞。马秃子审视着王美花，他干吗一趟趟找你？王美花说，他要我儿子的地址，我不想给他。马秃子说，是不能给，谁知他打什么主意。王美花问什么时候走的，马秃子说前后脚，你早回来五分钟，就碰上了。

王美花进了院，从后墙翻出去，绕到村外，往南疾走。半小时后，追上在榆树下歇凉的吴丁。他脸上有明显的青色，脖子则环着一圈紫痕。

吴丁站起来，惴惴地叫声婶。

王美花盯住他，问他为什么说话不算数。

吴丁说，我给你送钱的，我不能要你的钱。

王美花冷笑，那你不白跑了？

吴丁说，婶相信也罢不相信也罢，我不是骗子。

一辆摩托经过，荡起一阵灰尘。吴丁咳嗽几声。王美花说，我也不请你到家里坐了，找个说话方便的地儿吧。吴丁没异议。王美花带着他穿过田埂，走进林带。两人相对坐下，隔着约一米距离。

吴丁再次把钱递过去，婶，你点点。

王美花冷冷地看吴丁几分钟，说，你提条件吧。

吴丁说，我没条件。

王美花说，没条件？哄鬼呢？

吴丁说，婶不信，我现在就走。

王美花慌慌地喝住他，不能走！

吴丁诧异道，不是你赶我走吗？我走也不成了？

王美花说，走可以，把钱带上。

吴丁的脸扭得很难看，婶，我明白你想什么。可是，我怎么能拿你的钱呢？拿上我就真是敲诈了。

王美花说，我是自愿的，放心，不会告你。

吴丁大幅度地摇头，不，我不会要你的钱。

王美花说，不拿钱你就甭走。

吴丁说，婶的逻辑是错误的，你以为我拿了钱，就封住我的嘴了？

王美花叫，那你还想怎样？

吴丁说，不想怎样。你忍着自有你的理由，我不要你的钱，也不会乱说。

王美花问，那你要什么？

吴丁凄然一笑，我非得要点儿什么吗？

王美花说，无利不起早，你不图这个图那个，总有图的。

吴丁僵了一会儿，说，我是有所图，但不是从你身上图。其实，要找那个人并不难，我猜跑不出村里的人，只要逐个排查……

王美花猛一抽搐。

吴丁说，我不会那么做，我没那个权力。就是让你放心，你沉默，我想坏都没有可能。

王美花说，水不怕泼，人怕，一泼就脏了。

吴丁说，钱我是万万不能拿的，婶不让我走，我先不走。

王美花盯吴丁一会儿，慢慢解扣子。脱了褂子，褪下背心，两个瘪长的奶子裸出来。

吴丁惊叫，婶，你这是干什么？

王美花说，我老了，还能用。

吴丁声音走了调儿，你疯了呀，婶！王美花解裤子，吴丁欲往起跃。王美花将他扑倒。王美花力气大，吴丁奋力挣扎，还是被王美花撕掉上衣。吴丁叫着，很快嗓子就哑了，只发出短促的低音。吴丁又是一阵剧烈的咳嗽，脸呈现出紫黑色。他示意要吐痰，王美花松开。他往旁边一滚，迅速爬起，落荒而逃。

王美花没追，呆呆地看着他离去，随后仰面躺下，像一具尸体。她快要死了，就这么死了算了。一只蚂蚁蹿到瘪长的奶子上，走走停停，又从胸口溜到脖侧，似乎累了，不再动。

听到脚步声，王美花以为吴丁返回来了。他的自行车还在。偏过头，触见马秃子的老脸。以为是幻觉，再瞅，确实是马秃子。

马秃子在王美花身边蹲下，掂掂王美花的瘪奶，脸色渐青，难怪不稀罕我，想吃嫩草？王美花骂他别胡吣。马秃子说，我瞅见那个鬼崽子了，我说你咋翻后墙呢，原来是痒了。王美花有撕他老脸的冲动。马秃子攥住王美花的奶，王美花打开他，坐起来。马秃子看到王美花身底的钱，眼睛染了似的变幻着颜色，这么多钱，哪儿来的？王美花忙护住。马秃子说，我数数，数数还不行？王美花叫，不行！马秃子欲从王美花怀里掏，王美花狠狠咬他一口。马秃子呀呀甩着手，风葫芦一样转着，而后盯住王美花，算你狠！走几步又回头，王美花，你以为把我嘴巴焊牢了？

王美花瘫下去，眼睛阵阵发黑，唯有胳膊紧紧搂着。片刻，迅速爬起来。这才发现，裸着的上身到处是伤，左奶瘀血一样青。

王美花把吴丁的自行车推到镇上，停在旅店门口。

她买了一只鸡、一瓶酒，割了二斤肉，又买了些别的东西。回去的时候，步子轻快许多，像有什么喜事在前方候着。进门先把鸡用电饭锅炖上，接着剁馅包饺子。准备妥当，天刚刚黑。王美花抹抹额头的汗，摘掉围裙，敲开马秃子的门。

十四

吴丁发疯地寻找左小青。三天了，没有左小青的任何音讯。批发市场的人说她已经辞职，她的朋友们说她是讲过要离开，至于去哪里，她们也不知道。她的手机号已停用。他和她的家中，她的东西和她本人一样消失得无影无踪，包括卫生间那支干掉的口红。她用那种口红过敏，没舍得扔，一直在角落竖着。吴丁一趟又一趟往那些麻辣小龙虾的大排档跑，期望发现她的身影。吴丁瞪大眼，挨个儿盯大排档的女郎。天热，女郎穿得少又透明，吴丁的神情在别人看来不免有几分诡异。那天深夜，被泼了一脸啤酒。那个青皮骂骂咧咧地要揍吴丁，被他的同伴，一个穿小背心的女郎拽住。吴丁试图解释，结果招来怒斥。

左小青可能离开皮城了。吴丁嗅不到任何蛛丝马迹。一周后，吴丁再次找到左小青最好的朋友，求她告诉他有关左小青的消息。朋友说不知道，真不知道，知道就告你了。吴丁说你告诉我吧，她想离开我是她的自由，我得见她一面，必须见她一面。朋友生气了，我说了不知道，你这个人怎么回事？吴丁厚着脸皮赖在沙发上，恳求帮帮他。后来，朋友的丈夫把吴丁推搡到门外。

吴丁在皮城的大街走了整整一夜。清早，在包子铺要了一笼包子、两瓶啤酒，没喝完便趴到桌上。包子铺共四张小桌，吴丁一个人就占去一张。包子铺的两口子摇不醒吴丁，打了110。吴丁在警务室睡到天黑，警察听说吴丁喝了不到两瓶啤酒，嘴都笑歪了。

上了一夜网，早上关掉电脑，吴丁终于明白，他找不到左小青了。确认了这一点，他反而踏实了，像一个赌徒，输得干干净净，什么都无所谓了。吴丁不是赌徒，可输得更惨，他还欠着债。她在墓地躺着，永远不会追讨。但他忘不掉。他抹不掉。

清扫垃圾，言之凿凿，他这么回答别人的疑问，也这么回答自己。是一个理由。让人惊异，但确实是一个理由。在行善，他也这样说，换一种说法，意思是一样的。惩罚罪恶，替天行道。每个词语，每个理由，都金光闪闪。那个傍晚，王美花给他送西瓜那个傍晚，他和左小青通了电话。那是他最后一次听到她的声音。他说出那些金光闪闪的词语，左小青冷冷地说，得了吧，你不过是在赎罪。寒冷袭上吴丁的脊骨。原来她早就把他看穿。他清楚，却不敢正视，更不敢说出。金光闪闪的理由没有任何掩饰功效，那么轻而易举地被左小青洞穿。

从墓地出来，吴丁有些踉跄。横在花坛上，喘了许久。一个女友走了，另一个女友也走了。方式不同，却都走得那么彻底决绝。

晚上，房东来收房租。吴丁搜刮一番，不够一年的，问先交三个月行不。他是老住户了。房东不同意，必须一年，五天后交不上就另找地方。

　　生计的紧迫逼到头上，别的得先搁搁。有些时日没到杂志社了。老板说把该干的干完，到另外一个星球他也不管。没有什么比这份工作更适合吴丁。杂志社门上贴着封条，吴丁目瞪口呆。几个电话打过去，才知道打擦边球的杂志社确实惹麻烦了。吴丁的财路突如其来地断掉，好在还有出版社的私活儿。老同学说书稿倒是有，吴丁上次校对的稿子错字率过高，他挨了批评。吴丁垂头丧气。老同学动了恻隐之心，还是帮吴丁敲定这份私差。老同学再三叮嘱，吴丁说你放心，我不会给你丢脸。

　　吴丁不出门不上网，眼睛熬得血红血红。揪出一个"罪犯"，顿时一阵狂喜。铅笔勾画掉，就像射出一枚子弹。校稿带给吴丁的快感一点儿不少。各校三遍，看完最后一页，已是凌晨三点。吴丁没有困意，洗了个冷水澡。站在镜子前，看着瘦削的自己，想左小青离开他是对的。他养活自己都困难。但他也清楚，左小青蒸发，是为了把她的秘密重新封存。她告诉他，肯定后悔了。

　　说是一稿一结，并不是过手就能拿到钱。两天后，房东再次催租，吴丁给老同学打电话，老同学说财务休假，怎么也得七八天后吧。问吴丁是不是急用。吴丁说不急。借，他说不出口。他想干脆回家躲几天，房东不至于把门撬开。

　　两年没回家了，不是对家没感情，是怕见父母。他买断工龄，跟父母撒谎说和同学开公司。后来父母问能不能把他唯一的妹妹安排到公司。搪塞多了，父母不再提这个茬儿。吴丁松口气，愧疚感越发深重。

　　赶到车站，却犹豫了。可以在电话中蒙骗父母，但面对他们，信口雌黄却没那么容易。坦白，还是待他们戳穿，或继续装下去？

　　吴丁坐在候车室的硬椅上，从早上到正午，从正午到下午。看着一拨一拨的人被车拉走。不知该回还是不回。从未有过的犹豫，从未有过的沮丧。候车室空空荡荡，要锁门了，吴丁站起来。没直接回所谓的家，随便在路边找个大排档。耗到深夜再说。

许警官的电话打进来，吴丁正嚼着毛豆。许警官告诉吴丁，那个孔××在山东落网了。吴丁并不认识孔××，但他的出逃和落网与吴丁有关。是吴丁说服受害人报的案。这是半年前的事了。

吴丁原本没有去营盘镇的意思，虽然不甘心，但决定放弃。那个女人的疯狂超出他的想象。但许警官的电话又将吴丁的信心点燃。

十五

门锁着，窗插着，王美花进屋，第一件事还是往被垛底摸去。八千块钱在被垛下藏着，她还不敢存。吴丁有些日子没来了，王美花并不踏实。她不相信，叼到嘴里的肉，他会轻易松开。就算不来，他到底是知道那个秘密的，那根刺深深扎在王美花心上。

这阵子不顺的事多。丢了两只鸡，和儿子顺口扯的谎竟成了事实。打了几天工却没拿到工钱。菜价掉得厉害，菜主几万几十万地赔。王美花和数十个打工的乡亲上门讨，菜主撂下狠话，他们逼他，他就抹脖子。没人敢逼他，分摊开，欠每个人也就几百块钱。他抹了脖子，工钱是一万个要不上了。当然，也有让王美花宽心的消息。女儿搞上对象了，是东莞本地人。燕燕所在的私立学校秋天要合并到北京的正式学校。如果不是扎那样一根刺，王美花每个夜晚都会睡得安稳。香甜谈不上，这辈子她不会再有香甜的觉。

那天，王美花给土豆拔杂草，中午没回家，打算吃点儿干粮继续干。肚子填饱，心却空得厉害。想起被垛下的钱，竟有些抖。于是拔起腿，慌慌往回赶。

看到那个刻在脑里的瘦影，王美花的呼吸几乎停止。他到底是回来了。僵了几秒，王美花松弛下来，坦然地慢悠悠地走过去。吴丁不在她门口，正往马秃子院里张望。他回过头，讨好地叫声婶。王美花瞟他一下，问，找谁？吴丁忙说，婶，我正想打问大爷呢，没想他也不在。吴丁跟在王美花身后，王美花问，你的自行车呢？吴丁说，我下车就来了，还没住。王美花嘲讽，你倒是上心啊。吴丁说，婶想骂就骂吧。王美花冷笑着哼哼鼻子。

进屋，王美花的脸色温和了许多。她不想让他看出她的紧张，尽管后背已经湿了。她怕他来也等着他来。他来了，她慌。

王美花倒杯水给他，他说谢谢。王美花说，我最讨厌酸唧唧的人。吴丁讪讪地笑笑。

王美花抱住膀子，钱还给你预备着，这次还不拿？

吴丁说，婶，你咋还不信？我不会要你的钱。

王美花问，那你来干什么？

吴丁说，我给你看几段录像。

王美花说，你可真有磨劲儿，直说嘛。

吴丁说，婶先看看。

吴丁打开电脑。视频不长，但十几段播下来，有一个多小时。王美花先前站着，后搬凳子坐下。人不动，脸却变幻着颜色。

吴丁合上电脑，王美花问，干吗让我看这个？

吴丁说，这是抓捕嫌疑人的场面。受害人举报，才能把这些人绳之以法。

王美花问，你就图这个？

吴丁说，是，与钱无关。

王美花问，图这个又是为什么？只为痛快？

吴丁顿了顿，婶想听听我的故事吗？

王美花说，没缝你的嘴。

吴丁讲讲停停，气力不支似的。

王美花说，要我说，你女朋友是被害死的。

吴丁眼睛有些红，可能吧。

王美花声音冷硬，什么可能？明明就是！你害了女朋友还嫌不够，还琢磨着害别人？

吴丁说，你看过录像，我绝没有害谁的意思。我对女友的错在于在她不同意的情况下，擅自报了警。后来这些受害者，是他们自己报的案。

王美花问，要是他们不报呢？是不是你也会自作主张？

吴丁摇头，不会的。我不会那么做。

王美花冷笑，狗改不了吃屎，我看你是上瘾了。

吴丁说，真不会的。要不，我一趟趟跑什么？

王美花说，你把我说慌了呢，我的心好乱。

吴丁让她想想，他明天再过来。王美花留他吃饭，说天不早了，索性吃了再走。吴丁犹豫，王美花稍稍绷了脸，你别害怕，婶不会再干傻事了。吴丁提出给王美花打下手，王美花说，算了吧，你笨手笨脚的，还没我一个人利索。

王美花手脚麻利，不到半小时，端上两碗炒饭。她说简单了点儿，凑合着吃吧。吴丁说在镇上的饭馆吃过炒莜面，很香的。王美花说庄稼人的饭就是填个肚子，哪有城里的香？城里人就爱说假话，嘴上一套心里一套。吴丁说婶的嘴可真厉害。王美花问他喝酒不，吴丁摇头。王美花说那就吃你的饭，少废话。

吴丁吃饭速度极快，王美花吃了不到半碗，他的碗已经空了。王美花看他，他不好意思地笑笑，说学校养就的习惯，饿死鬼投胎。王美花问他吃饱没有？锅里还有。吴丁摆摆手。王美花给他倒杯水。吴丁提出去院里转转，王美花声音低沉，我不想让人看见你一趟趟往我家跑。吴丁重新坐下，嘴巴咧了咧。很突然地，吴丁坐不稳似的，龇了嘴，弓了腰，手抓住腹部。王美花问，怎么了？难受？吴丁说肚子有些疼，不要紧。王美花说我给你找颗去疼片吧。吴丁点头，脑门湿漉漉的。王美花翻箱倒柜，吴丁催促，婶……快点儿。王美花没找见，让吴丁坚持一会儿，她去买。

合上门，王美花没有马上离开。她咬着嘴，重重将头抵在门上。她也难受，比他还难受。她拼命地想，拼命地想。燕燕的笑脸，一根巨大的刺，刺戳着燕燕的脸。

王美花发出痛苦的呻吟。

屋里传出沉闷的声响。

锁上门，出了院，王美花深深地吸了几口气，脸上已平静许多。天色已暗，半个村庄都空了，碰个人并不容易。当然，王美花也不怕谁看见。她不慌不忙，平稳得不能再平稳。先在村外转了转，折到小卖部买了瓶酒。打开门，目光跳了跳，仅仅是跳了跳。吴丁倒在地上，仍弓着腰。如果不看脸，和睡觉没什么区别。王美花蹲下去，把他的衣服扒下，用酒仔细地擦洗一遍。再穿，有些困难，但终于穿上了。她把他的兜翻过来，一一清点过，又放回去。她往他嘴里塞了一枚硬币。然后找出白布，将吴丁一圈圈缠住。只能这样了，不可能给他打一具棺材。

你过得也不容易，早去那边早投胎，投个有钱人家，就不用一趟趟往乡下跑。

我没害过人，是你逼的。我挨一辈子打，我不能让燕燕和我一个命。

你要真有良心，就该去陪你女朋友。

你不来这一趟就好了。你来，我不能放你走。

王美花一边忙一边说。她不张嘴，但她在说。

午夜时分，王美花把吴丁拉出村外。土豆地顶头有一片沙地。王美花每年在那儿点向日葵，向日葵长不高，更没结过子。她挖得深，把吴丁埋好，摊平土，整个人被汗水浸透。她打算在新土上点红豆。这个时节肯定熟不了，还是要点。

月亮升起来了，四扁不圆的。夜晚因它而格外祥和。王美花没急着离开。好像吴丁仍竖着耳朵，她悄声说，你不会孤单的，那个人就在你旁边。他比你坏多了，你俩能说到一块儿去。

周遭的昆虫狂鸣起来。王美花面露微笑。

（原载《长江文艺》2013 年第 9 期）

短 篇 小 说

　　张楚，1974 年生。著有《樱桃记》《七根孔雀羽毛》《夜是怎样黑下来的》《野象小姐》《中年妇女恋爱史》等。曾获鲁迅文学奖、郁达夫小说奖、茅盾文学新人奖、林斤澜短篇小说奖、华语青年作家奖、《人民文学》短篇小说奖、《中国作家》"大红鹰文学奖"、《北京文学》奖、《十月》青年作家奖、《十月》文学奖、《小说月报》百花奖、《作家》金短篇奖、《小说选刊》奖等。被《人民文学》和《南方文坛》评为"年度青年作家"。

野象小姐

◎张　楚

一

　　我曾经想过跟宁蒙离婚。如果没有记错的话，这是第二次。

　　"你都闹几天了，还有完没完？"宁蒙慢慢揉着我的肩，"别这样。听我的。"

　　向来都是他听我的。他手劲更大了。他有双灵巧的手：会煮正宗的韩国大酱汤、会在海礁上钓乌贼、会修进口摩托车、会叠纸鹤、会接烧断的保险丝、会组装淘宝买来的古怪书橱，还会用刻刀在橄榄核上雕菩萨……

　　我说："别碰我。"

　　他不说话了，低头摆弄着手里的樱桃核。他用樱桃核雕了十八罗汉。

　　我默默走到窗边。楼下是停车场，一位老人被担架从救护车上抬下来，急匆匆奔往门诊；还有个全身用白床单紧裹的人，被号哭着的女人们连拽带搡地塞进一辆红色面包车。他们的身形都那么小，那么扁，仿佛沙漠里被热风吹向天空的沙粒。每天都有那么多人进来，又有那么多人出去。他们都明白，这里是鬼门关。

"中午想吃啥?"他从后面搂紧我,商量着问道,"清炖乳鸽好吗?"

我转过身看他。这么多年,无论白天黑夜,无论他醒着还是睡着,我曾无数次细细打量过这个同床共枕的男人。他的鼻子还像以前那样挺耸,鼻毛修剪得干净整洁;嘴角微微上翘,那颗土橙色的痣静趴在唇边,像粒干涸的苍蝇屎。除了眼角的两条细浅皱纹,他一点儿都没老。

"只是随便聊聊的……"他喃喃道,"能有什么狗屁事?"

我盯着他的瞳孔。我一直没有跟他提过,当他说谎时,他的瞳孔就会骤然胀大。

"好了,"他压着嗓门说,"别没事找事。他们回来了。"

我掸掉他试图攀缘上我肩膀的大手。我什么都不想说。这些日子,我早习惯了仰躺在病床上,目光像夜航飞机的翼灯在黑暗中不停磷闪。房顶上除了几条蜿蜒成玫瑰状的裂缝,什么都没有。有时,我恍惚看到传说中的那个人剪影般贴在屋顶。这个婴孩蜷缩在圣母玛利亚的怀里,嘴唇贪婪地伸向她饱满多汁的乳房。

二

他们散步回来了。

他们是我同房的病友,安姐、华妃、翠翠和她的男人臭脚。

安姐照例没说话,蜷在病床上听单田芳的评书。华妃则打开电脑戴着耳机目不转睛地看《甄嬛传》。她说已经看过三次。她让我们管她叫"华妃",而不是教师证上的名字刘淑芳。翠翠呢,让臭脚给她按摩,不时发出一两声野猫般的喵叫。

"你儿子很久没来了,"华妃摘掉耳机,愣愣地瞅着安姐说,"该给他打个电话了。"

"他忙,"安姐慢条斯理地说,"在北京混,等于光着屁股滚刀刃。"

华妃叹息一声，转身问我："美人，脸拉得比丝瓜都长，有烦心事？不妨说与姐姐听。"

我跟大多数人一样不怎么喜欢她。"都晌午了，你还没给本宫请安，本宫以为你眼里没哀家呢。"

华妃咯咯地笑。她跟游戏里那只愤怒的小鸟长得一模一样，嘟嘟脸，小噘嘴。"你的头发还没掉，"她说，"不过再做两个疗程，也变灭绝师太了。"她戴着顶假发。假发箍在圆滚滚的头上，像胡乱编织的劣质草帽。她还在"草帽"上插了排熠熠闪光的发簪，说是弟弟从乌鲁木齐的大巴扎买的。

我们四个，前后脚动的手术。化疗时又被安排到一个房间。一个疗程六天，出院休养二十天，再到医院化疗……我觉得我们还真是有缘，这是第四次了，还从来没有拆过帮。我觉得她们就是那群既让我讨厌又让我无法厌弃的穷亲戚。

翠翠嫌臭脚按摩时手重。华妃说："臭脚要把你掐死了，就让野象嫁他，反正她还是黄花闺女。"

翠翠嗲声嗲气地说："小点儿声啊华妃。她来了呢。"

野象真的来了。我们听到了她"咚咚"的脚步声。即便在略显嘈杂的楼道，她的脚步声也还是那么铿锵响亮。我们仿佛看到她那两条肥壮的巨腿正艰难地、迟缓地挪动，水缸般的腰身上，一绺绺赘肉随着悲壮的步伐前翻后涌。为了让心脏跳得安稳些，她会暂时放下手里的扫帚、簸箕和墩布，在狭窄昏暗的楼道里叉腰站立片刻，然后趿拉着四十四码鞋子的大脚又开始"咚咚"地敲击地板，直到地板发出砖头摩擦毛玻璃般的呜咽。说实话，我还真的从未见过这么胖的女人。我觉得她一只胳膊就能将我举起来扔到月球上。

"把你们的矿泉水空瓶统统给我，"安姐说，"记住，踹扁了再给我。"

我怏怏地说："宁蒙，怎么这样没眼力见？"

他一直用手机打游戏。他"嘿嘿"地笑了两声，将床底下的塑料空瓶扒拉出来，用手捏扁，这才讨好似的笑着问我："野象来了吗？"

三

野象是医院的清洁工。她好像在这里干了很多年，无论年老还是年轻的医生、护士、护工，包括那些耷拉着嘴角、满面愁容的老病号，没有一个不认识她。她总是套件紧绷着巨乳的蓝色罩衫，走起路来仿佛一头杂技团的慵懒大象。我不晓得她绰号的来历。为何叫野象？而不叫大象、家象？在我印象里，大象是种笨拙温和的动物，像所有的食草动物一样，它们铺满褶皱的眼睛总是让我想起终年卧床不起的肺结核病人。野象除了扫地、拖地板、打扫厕所，还收集空瓶。后一项是医院明令禁止的，她总是神神秘秘地问我们，有矿泉水瓶吗？"矿泉水瓶"四个字从她嘴里吐出时，她灰蒙蒙的眼珠瞬息明亮欢快起来。后来熟了，她连话都不用讲，只是吐着舌头晃我们两眼，右手的大拇指和中指伸出，重重地摇一摇，我们就赶快将空瓶偷偷递给她。我们闲得无聊，后来在安姐号召下，都将瓶子直接踩扁，这样就不用野象挪动她沉重的大脚了。"你们真是好人，"她买了个宽甸西瓜送给我们，逼迫我们每人吃了四五块，"以后我就把袋子放在你们屋了。"

她将空瓶都藏进尿素袋。原来她打游击战，今天将袋子放在男厕所，明天将袋子放在女厕所，还曾将那个鼓鼓囊囊、散发着浓烈化肥味儿的袋子悄悄塞进医办室的衣柜。现在好了，她把它踢进安姐的床底下。下班前她会扒着门框小声喊："宁蒙，宁蒙！"宁蒙稍稍一愣后，马上以百米冲刺的速度冲到电梯口，从十楼坐到一楼，绕过收发室跑到停车场。野象换完衣服，就将尿素袋从楼上直接扔下。她不去练射击真是可惜了，那个袋子在空中飘游几秒钟后会稳稳落在宁蒙脚边。她搓搓蒲扇般的大手，朝我们挥一挥，瓮声瓮气地说："再见啊，美女们。"

我们一般都是化疗六天，六天后出院。我们不住时，别的病号肯定不如我们这样心肠软。我感觉她对我们格外亲近。她忙完自己的活儿后，通常来我们病房闲聊。她总是倚着门框斜站着，如果护士来量体温，只能从她的胳肢窝下钻进来。她最喜欢跟安姐聊天。安姐脾性好，不像华妃那样老是逗她。

"你为什么不去当举重运动员？"华妃说，"真可惜了这副好身板。"

"我小时候很瘦的，"野象貌似羞赧地舔舔嘴唇，"我那时最想当的是体操运动员。真的，我做梦都想在平衡木上做狼跳和屈体后空翻。"

华妃拉着脸说："幸亏你没练体操。一跳上去平衡木就塌了。裁判除了给你零分，还要让你赔器材钱。"

"你说得没错，"野象哀伤地说，"像我这样的穷人，还真赔不起。"

"人穷就穷了，志可不能短，"安姐说，"你也就是胖点儿。可大眼睛双眼皮，也算个漂亮人。你就不能穿件像样的衣服？浑身总是股剩饭的馊味儿。"

"可不是吗，"野象像在反问我们，"我怎么总是股馊味儿？真冤枉死我了。我特爱干净，一个月就洗一次澡呢。"

我突然想起，店里的剩货里有条孕妇裙。等下次化疗时顺手带了过来。"哎呀妈呀，真是送我的？"她眨着厚眼皮盯着那条碎花裙，半晌才忧心忡忡地问道，"能……能把我套进去吗？"我说肯定没问题，本来是个很胖的孕妇订购的，可后来她流产了。"太好了，我真喜欢这颜色，一朵朵的喇叭花，喜气洋洋。"我说那不是喇叭花，是郁金香。她咧着大嘴笑了，"我喜欢郁金香。世界上我最喜欢的花儿就是郁金香。"

等她穿着那条布满郁金香的孕妇裙来上班，我们都惊呆了。她做了新发型，茂密的头发像温水泡开的方便面一条条耷拉到肩上，嘴唇是狰狞的猩红，脖子上戴了条贝壳项链，连脚指甲也染成了紫色。

"你谁啊？"华妃说，"世界选美小姐到医院来做公益活动吗？"

野象笑得连隐藏的大金牙都龇出来："真的漂亮吗？"

"那当然，"华妃说，"要生在唐朝，还有杨玉环什么事？"

"就是裙子有点儿短，"安姐上上下下打量一番，"穿双长筒丝袜，就更耐看了。"

"中午我就去买，"她喜滋滋地说，"华联超市这几天正打折呢。"

我没料到她走过来，一把将我揽怀里。她身上是浓郁的花露水味儿。"太谢谢你了"，良久她才将我松开。我有些尴尬地瞟着她，她说："等我有钱了，请你吃牛排。"

那天，医生、护士、病人都像看怪兽般看着她在楼道里拖着两条粗腿晃来晃去。见到熟人都会大声地打着招呼，人家瞥她一眼，她就迫不及待地说：裙子漂亮吧？我妹给我买的。你知道这是什么花吗？郁金香！人家有一搭没一搭地应她一句，她就嘴角喷着唾沫星子问，有空瓶没？有的话给我攒着！

她就是捡空瓶时出事的。

据说那天医院的领导来检查卫生。他们到洗漱间时，发现巨大的白垃圾桶边垂着两条硕腿。走在最前面的是医院的办公室主任，他盯着让他讶异的粗腿以及箍在屁股上的裙子，半晌没说上话来。后来他上前拍了拍她的腰，野象才缓缓地把头从垃圾桶里伸出，方便面头上粘挂着白菜叶，手里攥着俩空瓶，龇牙咧嘴地问道："你拍我屁股干吗？"

主任说："你这样会吓死人的。"

野象愤愤不平地说："谁家病人这么缺德！把瓶子扔进垃圾桶。扔垃圾桶也算了，还要扔进一堆屎里。"

主任往后倒缩几步，紧紧捂住鼻子问："瓶子不扔进垃圾桶，难道要从窗户里扔出去？"

野象拍拍胸脯，喘着粗气说："不是有我吗？我就是垃圾女王啊。"

主任问："你收瓶子干吗？"

这倒让野象惊讶了，她用手纸擦拭着污秽的瓶身，慢条斯理地说："卖钱呗。一个瓶子一角钱，二十个能卖两块钱。两块钱，能从超市买五个橘子呢。"当她说完这句话时，她立马后悔了。她方才发现，这个戴眼镜的秃头男人背后，还站着脸色铁青的护士长。当然，她还没有意识到问题的严重性。当半个小时后接到解聘通知时，她仿佛才明白是如何一回事。她瘫坐在楼道的角落里不停颤抖，偶有病人从她身边走过，好奇地瞄她两眼，她就朝人家龇牙咧嘴地笑笑，鼻翼两侧的眼泪混合着灰尘，让她的笑容滑稽又陈旧。她像是马戏团里年老多病、只得躲在牢笼里吃料草的一头大象。只不过这头大象身上，还裹着那条开满郁金香的孕妇裙。

四

我很长时间没搭理宁蒙了，想离婚也不是无理取闹。上次化疗时我妈一直陪着，我就让他回家了。出院那天我特意炒了几样小菜，开了瓶朋友从澳大利亚带回的红酒。他一个人全喝了。后来他靠着椅背就睡了。他的手机就放在桌边。

我一直后悔看了他的手机。他和那个女人的聊天记录淫秽不堪，我看了都脸红心跳。最让我气愤的是，那个女人对我们家了如指掌，我们的住址、儿子的姓名、我的工作单位……她甚至知道宁蒙当年追求我时，曾在我家门口攥着束玫瑰枯坐了整宿。按照宁蒙的说法，他从没见过她，是偶然在网上认识的。

"就是空虚，你不在家，闲极无聊扯淡玩。"

"天边远吗？"

"远。"

"滚天边去吧。"

他老老实实地去睡书房。

我偷偷哭了一宿。我得的乳腺癌，两个乳房全切除了。说实话，我没想到会这么严重。从拿到切片结果到躺上手术台，只不过隔了三个小时。宁蒙的表舅是这家医院的副院长。本来床位很紧，主治医生又在北京协和医院进修。但表舅一个电话，主治医生就开车从北京跑了回来。当他手里捏着寒光凛凛的手术刀时，迷迷糊糊的我还能感觉到他急促的呼吸声。

而现在，我不得不跟宁蒙妥协："表舅没出差吧？"

他略带惊喜地看着我说："应该没有吧。"

"你给他打个电话，让野象接着上班吧。"

"没问题！"

我看着他走出病房去打电话。我们分居很久了。我曾仔细想过，乳房对于女人的意义，以及对男人的意义。想来想去也想不明白。后来我在医院的一本破杂志上偶然读到首诗，是个叫巴勃鲁·聂鲁达的智利人写的。他说：你的乳房仿佛洁白的巨大蜗牛/你的腹部睡着一只斑斓的蝴蝶/啊，你这个沉默的姑娘！于是我知道，我的乳房沉默了，我也沉默了。我也知道，对宁蒙来说，他不仅仅是失去了洁白的巨大蜗牛。

"我跟表舅说了，没问题。"宁蒙笑着说，"我们又能看到野象了。"

我们确实又能看到野象了。只不过她现在不敢收集空瓶了。打扫完卫生，她通常蹑手蹑脚地走进我们病房，靠着墙壁跟我们聊天。华妃还是喜欢逗她玩。

"这次真是有惊无险啊。"

"你说我怎么那么笨？专往枪口上撞。护士长前天就警告我，说这几天检查卫生。可我一看到垃圾桶里的瓶子，怎么都忍不住，就想把它捡出来。"

"沾了屎你也捡？"

"在你眼里有屎，在我眼里是钱。"

"你命好，命里有贵人相助。"

"真的吗？"野象讪讪地说，"吓死我了。你说我要真下岗了，到哪儿找份得心应手的工作？胖人没胖福的。"

"可不是吗，"华妃摸摸假发髻上的银簪，"还不谢谢你的救命恩人？"

"救命恩人？"

"是大美女找人给你说情，你才没被开除。"

这样，野象第二次拥抱了我。我没有闪躲，而是任她近乎夸张地勒着我。她硕大的、柔软的乳房顶着我的胸脯，让我的眼眶不禁潮湿起来。

"你是个好人。"她在我耳畔嘀咕道，"唉，为什么好人总是多灾多难？"

从那以后，她到我们病房跑得更勤。当然，她很少空手来。我们很快吃到了野象腌制的萝卜条、爆炒的绝辣海螺丝、新煮的玉米洋芋，以及形形色色从来没有吃过的大餐。比如有次她端了个塑料盒，里面盛着奶嘴般的红色食物。我们的筷子在手里摆弄几个来回，谁都不敢第一个品尝。还是华妃忍不住问："这是什么？"

野象得意地说："保密。你们尝了就知道了。"

我们就更不敢吃了。野象用筷子夹了一块，强行塞进我嘴里："吃吧。这是我从荷花坑早市买的猪乳头。老中医不是说过嘛，吃啥补啥。"

我们都沉默了。最后安姐说："难得野象有这份心，你们还愣着干嘛？哎哟，味道还真不赖，你们尝尝！尝尝！"华妃瞅我一眼，也夹了一箸子，吧唧吧唧地嚼。安姐说："你慢点儿吃。还人民教师呢，坐没个坐相，吃没个吃相。"

我们都知道安姐最近心情不好。她儿子快两个月没来医院了，电话也极少打。

她的头发也全掉光了。我们病房真成尼姑庵了。

五

安姐儿子终于来了。这是个安静的小伙儿，见人三分笑，身形纤细，有点儿驼背。医生来时他点头弯腰，说："您辛苦了，请多关照我妈妈。"护士来时他点头弯腰，说："您辛苦了，请多关照我妈妈。"野象来时他点头弯腰，说："您辛苦了，请多关照我妈妈。"野象就问："你谁啊？"他眯缝着眼说："您辛苦了，我是安长河。"

安长河手脚勤快，将安姐的桌子擦了，又将我们的桌子全擦了。我们不让他擦，他就尴尬地看着我们笑，我们只好让他用干净的白纱布来来回回蹭着脱皮的破桌面。当他干完这些，他瞅了眼安姐。安姐绷着脸没言语，他就开始擦玻璃窗。我怀疑那几扇玻璃从建院以来就没有擦过。他忙活个把小时，才将玻璃擦得晃人眼。他又腰站在那里，望着窗外说："妈，我明天还要去深圳出差，上午十点的飞机。"

"你有事就回去吧，"安姐说，"千万别耽搁了工作。你现在还是部门副经理吗？"

他扭过头看着安姐，半晌没有说话。

下午他说出去买矿泉水，结果半天没回。安姐有些坐卧不安。华妃说，你呀，一辈子瞎操心，二十多岁的大小伙子，膀大腰圆，能出什么事？安姐说，你不知道，这孩子胆小如鼠，八岁了看到螳螂还吓得直哭，真随了他那没出息的爸。华妃说，再没出息，人家现在也是北京人，当了部门经理，出差都坐飞机，你还想怎样？安姐这才有点儿笑模样，说，他学习确实不错，当年可是咱们市的理科状元。

安长河回来了，窄仄的怀里搂着十来瓶矿泉水。瓶子像金字塔般搭垒得齐整稳当，最上面的瓶口紧紧抵住他的尖下巴。白色衬衣全湿透了，两根肩胛骨突兀地支出来。"我想买些冰镇水，可楼下没有，去了商店，竟比超市贵一毛钱。没想到超市那么远，"他羞怯地笑着，"幸亏我是飞毛腿。"说完他怎么就腾出只手去擦汗，结果在我们的"哎呀"声中，怀里的矿泉水噼里啪啦地全掉下来，有几瓶甚至滚到了门外。

"你个傻子！没出息的傻子！"安姐突然咆哮起来，"我怎么生了你这么个没用的东西！超市的水再便宜，总共便宜不了一块钱！你腿脚再快，有车快吗？你就不会打辆出租?!"

我们都愣住了。我们从来没见过安姐发脾气。她说话向来滴水不漏，做事总是先考虑别人。谁都没敢吭声，全直勾勾盯着安长河。多年后我还会记得当时的情形：安长河突然跪下了。他跪得那么突兀，似乎有双无形的手在他麻秆般的细腰上猛击了一拳。他跪着蹭到安姐床边，将头埋在安姐两腿中间抽泣着说："妈！我没用！没让您过好日子，还天天惹您生气操心！"他狠狠扇了自己俩耳光，"我是个没用的东西！我是个没用的东西！"

"真是随了那个老不死的！唉，怪谁呢，蛤蟆的儿子不长毛。"

野象不晓得何时进的屋。她张着大嘴看看安姐，又看看安长河，这才迈着粗腿"咚咚咚咚"地挪过去，一只手揪住安长河的衣领，轻轻松松就将他拎起来，摸了摸他头发，盯着安姐说："蛤蟆的儿子不长毛，怎么能怪孩子爸呢？"

"那怪谁呢？"

"怪你呗。"

"怎么就怪我了？我在地毯厂干了三十年，年年是先进工作者！还当过市里的劳动模范！"

野象淡淡地扫我们一眼说："怎么不怪你？你摸摸自己的脑袋就知道了。"

安姐狐疑着摸了摸头，"扑哧"一下笑出声。我们也都笑了。可不是，她头上可是一根发丝都没有。

"儿子大老远的来看你，摆着张臭脸给谁看？"野象嬉皮笑脸地说，"难道我们还不知道吗，你心里其实美滋滋的。"

安长河是晚上走的。走时他挨个儿向我们鞠躬，让我们多照顾安姐。那是个伤感的傍晚。窗外的晚霞余光斜射而进，让我们的脸颊都抹了层绯红的光晕。我紧紧攥着宁蒙的手，他粗大的骨节扎疼了我的掌心。

回家时，我让他从书房搬到卧室。那天晚上，我们做了很久。他没有像往常那样亲吻我的乳房，他的糙手只是犹豫着在那里碰了下就果断挪开。我为他的犹豫有点儿难过。

更让我难过的事，发生在几天后。

宁蒙请了几个哥们儿到家里吃饭。他和那个女人聊天的事，他们全知晓了，半荤半素地在我面前数落起宁蒙的不是。宁蒙垂着头，一副追悔莫及的神态。他总是忍不住将自己的糗事告诉朋友，仿佛只有如此，才能让他的心里干净。那帮酒鬼早早喝醉，不到八点就散了场。我带着儿子去街上溜达，宁蒙在家里洗碗。等回来时他正在上网，见到我时他的瞳孔忽就胀大了。我说你跟谁聊天呢？他说没什么，有个老顾客问我们还有没有剩货，想抽空挑件衣服。我二话没说将他从椅子上拽起来，"你陪儿子睡觉去吧，"我虎着脸说，"这里没你什么事了。"

他杵我身边，一动不动。

他果然是在跟老顾客聊天。这个顾客我认识，是政府公务员，以前来宁蒙店里买衣服时低眉敛眼的。她丈夫是我们这里最大建筑公司的董事长。他做梦都不会想到，娇小娴静的妻子是如何跟野男人调情的。

"多长时间了？看样子是老情人了。"

"你胡扯什么？人家可是良家妇女。"

"良家妇女？这样，我约她晚上过来。她要是来了，我就杀了你。"

他结巴着说："我、我、我……"

我用宁蒙的口吻继续跟她聊天。我说，你嫂子还在医院化疗，晚上有空过来坐坐？我酱了牛肉，可以喝点儿日本清酒。女人很快回信，说等我半个小时，我先洗个澡。

我关了电脑。宁蒙坐在阳台上闷闷地吸烟。半个小时后门铃响了。你能想象到她看到我时的表情：嘴张得比河马的嘴还大。"嫂子回来了？我跟宁蒙约好挑几件衣裳，"她反应倒是很快，"你的病如何了？"

我笑着将她请到客厅，然后告诉她，约她出来的不是宁蒙，而是我。她的眼睛就直了，蜷坐在布沙发里，手神经质地揪着丝袜的一根跳线。我说，你没有必要解释什么，我都清楚。怪只怪我生了病，糟钱糟物，他心情不好是难免的。多谢你这段时间陪他说说体己话，让他缓解缓解压力。你看，我头发全掉光了，命不好，可我谁都不怪。

她哽咽着辩解说，他们什么都没有。虽然什么都没有，可还是为自己有过这样的想法感到羞愧。她以后不会再跟宁蒙联系了。她希望我不要将这件事告诉她的丈夫。最后她抱住我的肩头小声抽泣起来。

"不会的，"我递给她张湿纸巾，"擦擦眼泪吧。假睫毛都掉果盘里了。"

六

野象问："宁蒙怎么没陪你来？"

我说宁蒙的祖父生病了，他陪床呢。

野象说："你怎么又瘦了？小脸还没巴掌大。我可得给你好好滋补一下。"

安姐这次没来，据说病情有些恶化，转到北京的医院去了。我们打她的手机，七嘴八舌地抢着跟她讲话。她的声音跟平时一样，淡淡的，说那里环境不错，等出院了就来看我们。还特意叮嘱翠翠不要老欺负臭脚，叮嘱华妃不要总看电视。翠翠呢，照样整天腻着臭脚，如果说臭脚是匹瘦马，那么翠翠就是一只粘在马尾上的果蝇。华妃的《甄嬛传》已经看到第五遍。她换了顶假发。这次假发上戴了朵粉色蔷薇。"漂亮不？"她细细捻着绢布花瓣，"皇后这个歹毒的女人，怎有我这般天香国色？"

宁蒙是两天后来的。我看都没看他一眼。他买了我最爱吃的猕猴桃，剥后小心翼翼地递给我，我没接。他低着头自己吃了。他沉默的样子让我心疼。午饭后他说出去一趟，我没吭声。这时野象来了，她大概刚扫完厕所，满头是汗。我说，野象你有空吗？她瓮声瓮气地说，刚忙完，累劈了。

我从楼上俯瞰着野象穿过停车场，朝医院门口缓缓走过去。我知道她肯定不是个好侦探，对于她的新职业，她似乎也并不热衷，很快我看到她挺着乳房折返回来，在楼下弯弯腰，扭扭屁股，开始做起广播体操。她的广播体操很惹人眼：除了常规动作，她还将一些奇妙的动作糅合进来，比如高抬腿——如果你看过大象表演，那么我可以说，她的动作比大象还要缓慢优雅；比如龟步，肥胖的双手一前一后地机械戳探，脖颈一伸一缩，同时粗腿弯曲着迈着碎步。很快她身旁就聚了群病人指指点点。她这才整理整理衬衫，将露出的肚脐盖好，一点儿一点儿朝传达室方向蹭去。等见到她时，她神神秘秘地将我拽到墙角说："我跟他走了两条街。"

"他去干吗了？"

"这傻小子，买了火腿肠和啤酒，喝得有滋有味。"

我点点头。她又说："宁蒙这傻小子，你有什么不放心的?"

宁蒙是下午回来的。回来也没怎么说话，分给臭脚一根香烟，两个人躲到阳台上去吸。

他们都睡着了，只有我睁着眼死盯着屋顶。房顶除了几条蜿蜒成玫瑰状的裂缝，什么都没。我以前常常恍惚看到传说中的那个无所不能的人剪影般贴在上面，他蜷缩在玛利亚的怀里，嘴唇贪婪地伸向她的乳房。而现在我什么都看不到了。我瞅瞅睡在简易床上的宁蒙，他的呼吸均匀安稳。我蹑手蹑脚地将毯子盖在他身上，这时有人拍了拍我的肩膀。

是野象。她压着嗓门说："跟我出来趟。"

我狐疑地跟她出了病房。深夜的楼道里一个人都没有，但是我知道，肯定有无数的幽灵在这里飘荡徘徊。他们都是不甘心的灵魂。在医办室的电子秤前，她停住了脚步。

"看好了，我到底有多沉，"她眨了眨厚眼皮悄悄地说，"我要表演魔术了。"

"我眼睛又不近视，"我撇着嘴说，"一百零五公斤。"

她说："过两分钟后你再瞅瞅，我到底有多沉。"

值班的医生趴在桌上睡了，墙上的钟嘀嗒嘀嗒地挥着表针。她轻轻咳嗽了一声，我又瞅了瞅电子秤，说："一百零二点五公斤。"我有点儿不相信似的看了看她，又看了看秤，"你捣什么鬼?"

"我才没捣鬼。这是我的秘密。"她神秘兮兮地说，"小时候偶然发现的。"

我搀扶着她从电子秤上迈下来。她说："你知道那五斤秤的重量跑哪儿去了吗?"

我摇摇头。她说："那五斤，就是魂儿的重量。"

我哑然失笑。她翕动着硕大的鼻孔说："真的。我什么都不想的时候，就是灵魂出窍的时候，体重就减轻五斤。"

我说："胡扯。电视上说，人的灵魂是二十一克。"

"不管是五斤还是二十一克，说明人除了这身肉，还有点儿别的。"

"那倒没错，"我恍惚地看着她。

"也许，那点儿别的更重要。这身肉死了，烧了，变灰了，可魂儿还在。也许它一直待在墓地里，也许它随着风到处乱飘。知道不？那些郁郁寡欢的人，就是死后魂儿也整天绷着脸，不受待见；那些快活的人，死了也是快活的，它跳来跳去，在电线杆上跟麻雀唠嗑，在野地里跟田鼠抢麦穗，在马背上跟跳蚤讨论下届的美国总统是谁。"

我只是傻笑。笼罩在光晕下的庞大躯体仿佛不再是那个为了空瓶锱铢必较的人，而是一位肃穆着布道的牧师。她的眼睛那么亮，仿佛有小小的火焰在瞳孔里燃烧。

她又说："你不要整天攒着眉，人人欠了你五百吊似的。你运气够好了，虽然是乳腺癌，却是早期。安姐那样才闹心，本来是良性，没想到癌细胞转移了。"

我盯着她重又灰蒙蒙的眼珠，不晓得说什么好。我知道她这是逗我开心。可是我怎么开心得起来？"我没事，我挺好，"我垂着眼睑说，"也许是化疗后遗症，整天疑神疑鬼。"

"你明白就好，"她舔舔厚嘴唇，"不过我得纠正你，人的魂儿不是二十一克，而是五斤。"

"好吧，"我笑着说，"你体重比我沉，魂儿也比我沉。"

回到病房，宁蒙正轻声轻语地接电话。我说谁啊？这么晚了还骚扰别人。他怯怯地瞥我一眼连忙掐掉。我说，把手机拿过来给我看看。他犹豫了片刻。我走上前一把抢过手机。他愣了会儿，然后嘴里嘟囔着推了我一把。我根本没想到他会动手，踉跄着跌到床边。他慌里慌张地跨过酣睡的臭脚来搀我。我顺势从他手里抢过手机，狠狠朝墙上摔去。

手机破碎的声音在夜里那么响。华妃先醒了，她摸摸头上的蔷薇一惊一乍地问道："我的妈呀，氧气瓶爆炸了，还是地震了？"

宁蒙低头走出了病房。他没有再回来。如果他在街上冻死了，那么，就让他死吧。

七

"你们这些年轻人，总是为了屁大点儿的事动肝火。"第二天中午了，华妃还在唠叨我，"他容易吗？在家里哄孩子，在医院哄你。你就不能让他省点儿心？"

野象给我带了罐蒜末海带丝，她说滴了好些香油，最是下饭。然后试探着问："晚上……我请你看演出吧？"我问什么演出？她支支吾吾起来。我看着她扭捏的神态忍不住笑了。她两眼放着光问："你答应了？太好了！晚上七点半，我在医院门口等你。记得打扮得漂亮点儿。"

我没怎么打扮，精心打扮的是华妃。她穿了件华美的旗袍。旗袍有点儿皱，让她簌簌地站在秋风里时老忍不住用指甲蘸着唾沫抹一抹，再拽着布料抻一抻。我很好奇她的乳房为何那般高耸圆润，却没好意思问。"你说，她会不会请我们看歌剧？收音机里说，今晚燕山剧院有黑山歌剧团的《塞维利亚的理发师》。"但她马上把自己否定了，"野象那么小气，"她用唇膏狠狠地刮弄着嘴唇，"最大的可能就是请我们看场二人转。唉，她向来既俗气又没品，毕竟只是个清洁工。"

本来翠翠也要带臭脚来，后来华妃对她耳语一番，她才嘟囔着留在病房。见到华妃时，野象有点儿吃惊，不过也没多问。华妃倒是拉着长音说："要是看二人转，我这旗袍就白穿了。"

野象闷头闷脑地乜斜她一眼说："穿着旗袍去泡迪厅，我还是头一次看到呢。"

196

说实话我没想到野象会带我们去迪厅。这辈子我去迪厅的次数屈指可数。估计华妃也是如此。在门口检包盖荧光印章时，华妃出了点儿意外。她死活不肯让保安保管那把陈旧的瑞士军刀。后来我和野象不得不将她揪到一旁。“这把瑞士军刀是我前夫送的，我一直带在身边，要是保安弄丢了怎么办？”华妃噘着嘴说，“没准他们看着好，自己就私藏了。”我跟野象好说歹说，她才恋恋不舍地把军刀递给保安，又逼着人家打了一张欠条。

里面的人真多啊。野象给我跟华妃找了两个座位，又给我们点了饮料，然后悄悄离开了。华妃坐在高凳上，不时抻拽着旗袍袖口。谁也不会料到，我们是两个没有乳房的女人。

“太吵了，”华妃说，“简直比学生出操还吵。这些都是什么人呢？”

“像我们一样的人。”

“我就知道，这笨女人根本不会把我们带到什么好地方。”

“我挺喜欢这儿的。”

“喜欢个屁。一群乌合之众。”

野象很久没回来。我跟华妃就傻傻地盯着那群跳舞的男人和女人，以及分不清是男是女的人。“你想喝啤酒吗？”华妃问，“我以前一斤老白干不在话下。”我说这里的酒很贵。她不屑地瞥我一眼，“瞧你那小家子气。”

我们就喝起了啤酒。我很久没喝了。我记得以前没意思了，就跟宁蒙在家里喝酒。他喝不过我。想到宁蒙时，我的酒就喝不下去了。

“我的乳房漂亮吗？”华妃嬉笑着问，“是不是很性感？”

“我一直没好意思问，你戴了什么玩意？”

她说：“你不知道吗，医院食堂的白面馒头，蒸得又圆又大又软。唉，我真是‘皓腕高抬身宛转，销魂双乳耸罗衣’啊。”

我们在那里有一搭没一搭地瞎聊着，场子的灯光忽暗下来，人群也静下来，然后光柱尾随着音乐摇摆到一根钢管上。我们的下巴都快掉下来了。那根明晃晃的金属钢管旁，站着一位超级肥胖的女人。她有头蓬松的栗色头发，一张宽阔猩红的嘴巴，以及两只大力水手才有的臂膀。她身上裹着件镶嵌着无数金属箔片的黑纱衣，站在那里，仿佛美艳的菲律宾女佣。

"她、她……是野、野象吗？"啤酒沫沿着华妃的嘴角喷出来，"她疯了吗？"

"是她。"我抚着胸口说，"我们最好先溜到那边，防止她从台上跌下来。"

可我们都没动。我们看着野象随着音乐开始扭动她肥硕的臀部，看着野象绕着明晃晃的钢管风姿绰约地抛媚眼、抖乳房，间或微微抬起她大象般的前腿。她或许以为她还是个七八岁的小姑娘，在平衡木上做狼跳或霍尔金娜后空翻？当我看着她双手艰难地握住钢管，左腿直立，右腿和左腿劈成九十度角时，我的心脏都要跳出来了。

"厉害啊，"华妃呃摸着嘴说，"我们给她加油吧！野象野象！宇宙最棒！"

我就跟她扯着嗓子喊起来。可我们的声音太小了，很快就被全场疯了般的口哨声、掌声和歇斯底里的尖叫声淹没。如果没记错，野象的最后一个动作是双手托住乳房，双腿来了一个一百八十度劈叉。我一直没想明白她为何不双手撑地，好让粗圆的膝关节有个更稳妥的支点。当她面色潮红地站起来时，我看到她的黑纱裙被撕扯开一角。她缓缓地从舞台上走下来时，有人伸手去摸裸露出的大腿。她浑不在乎，在明灭的霓虹灯下，穿过涌动的人群朝我和华妃一点儿一点儿挤蹭过来。

"一晚上四百块钱，"野象得意地喝着啤酒，"我可是这里最受欢迎的舞者。"

我跟华妃不约而同地点点头。

"开心吗，大美人？"她的鼻孔还剧烈喷着热气，"没想到妹妹有这一手吧？这个迪厅的老板邀请了我三次，我才赏脸光临呢。"

我敬了她一大杯喜力。我确实很开心，却也无比难过。我突然想起她说的那个灵魂，那个随着野风流浪，在马背上跟跳蚤聊天、或许重达五斤的灵魂。

八

对于那天晚上的迪厅之行，我跟华妃都保持了沉默。翠翠一个劲地盘问我们到底看到了什么精彩演出，后来华妃撇着嘴说："无聊得很，就是东北演二人转。"

野象见到我时，杵着墩布羞涩地笑了。我朝她伸出大拇指，她咧着大嘴扒拉掉我的手，瓮声瓮气地说："记得下次给小费啊。"

可是一个人时，仍然会想起宁蒙。我母亲打电话说，你怎么让宁蒙先回来了？一个人在医院能行吗？要不我下午就过去？我说不用了，这里有很多姐妹，还是让宁蒙在家好好照顾孩子吧。再说这是最后一次化疗，两天后就彻底出院了。母亲叹了口气，什么都没说。

医生说我恢复得很好，回家后静养就行，以后定期检查。华妃也要回县城了，那件旗袍她穿了好几天才肯脱下来。翠翠就更高兴，他们家的栗子今年收成不错，她还极力邀请我们明年春天去山上看栗子花，据说万里飘香。我们还约定，以后有空了互相串串门，毕竟住院住出来的好姊妹，是同患过难的。可我也清楚，只是说说而已。那天我看报纸，那个总是戴着墨镜的香港导演在接受记者采访时说：我们常遇到些人，他们在特定的时空出现在我们的生命里，让我们记忆深刻，然后他们就消失了，这辈子再也见不到。他说得没错。

出院的前一天晚上，野象说请我吃牛排。那家餐厅我知道，是快餐厅，以物美价廉著称。我在那里坐了良久，她才气喘吁吁地从门口进来。让我惊讶的是，除了她自己，还有个男孩儿。那个男孩儿坐在轮椅上，远远地就朝我招手。

"叫阿姨。"野象对孩子说，"阿姨是医院里的菩萨呢。"

男孩只歪着头笑，嘴角不时流出涎水。野象掏出手绢麻利地擦掉，这才跟我面对面坐下。

"这是谁家的孩子？"我忍不住悄声问，"他得的什么病？"

野象好像并没有听到，而是继续挺着腰板、耸着巨乳、有板有眼地点餐。等服务员离开，她才小声说道："他生下来时难产，结果头部受损，得了脑瘫。除了不会走路，他什么都懂。乖乖，给阿姨背首唐诗。"

男孩抬起下颌，将小手老老实实地背到身后，开始有板有眼地背诵起《静夜思》。他大抵背过很多遍了。背完后他佝偻着掌心定定地瞅着我。野象赶紧往他手心里塞了粒奶糖。

"是你亲戚家的孩子吗？"

"不是，"她久久地盯着我，"他是我儿子。"

我一时不晓得说什么才好。据我所知她还没有结婚。我斟酌着问："孩子的……父亲呢？"

她灰蒙蒙的眼珠更暗了，"他没有父亲。"她的牙齿咬噬着厚厚的嘴唇再次重复了一遍，"他没有父亲。"

她只是说了这么一句，就扭头去给孩子擦涎水。我思忖半晌方才嗫嚅着说："认识你这么长时间，野象野象地叫你，也不知道你到底叫什么名字。"

她"嘿嘿"地笑着说："我姓鲁，我叫鲁叶香。你叫我叶香就好了，"她有些羞涩地说，"我还没结婚，叫叶香小姐也成。"

孩子能自己吃牛排。他用刀叉有条不紊地切割着牛排，仿佛是个技艺精湛的厨师。"我常带他来，"野象目视着孩子说，"为了他，我什么苦都吃过……"

那是顿难忘的晚餐，野象和她的儿子总共点了四盘七分熟的牛排、两份水果披萨和六个冰激凌。她本来还想点一瓶红酒，可是被我拒绝了。她也就没再坚持。她儿子饭量委实不小，她时不时地抚摸着他焦黄稀疏的头发，犹如一头疲惫的母象爱抚着一只羸弱的、永远只能坐卧的小象。他的眼睛和她一样大，只不过瞳孔亮晶晶的。

这是我最后一次见到野象。宁蒙早晨来医院接我时，野象还没有上班。已经是秋天了，我在家一心一意拆洗衣物棉被，然后将阳台晒得满满的，连阳光都射不进来。我曾经接过华妃的电话，她说她去上班了，如果再见不到那些可爱的孩子，她肯定会得抑郁症。快立冬时，我还接到了安长河的电话，他吞吞吐吐地说，安姐已经过世了，过世前她给我们病友每人留了份礼物，等有空了，他会专程开车送过来……我握着手机，一个字都说不出来，只是眼泪流个不停。我已经很多年没流过眼泪了。

我跟宁蒙还是老样子，整天说不上句话。他开始接些活计，专门给人雕刻佛珠，或者将檀木手串卖给摩托车俱乐部的哥们儿。尽管报酬并不丰厚，总比游手好闲强些。有天晚上他的左手不慎被刻刀割破，血流满了手背，我慌忙地翻找云南白药和纱布，帮他细细包扎起来。当系好最后一个丝扣，他突然用右臂抱住我的腰，喘息着将我硬生生地按到沙发上。他的力气还是那么大，让我不禁眩晕起来……当他的嘴唇犹豫着亲吻上我扁平的胸部时，我只是漫不经心地摩挲着他短短的头发。灯还亮着，我茫然地盯着屋顶。屋顶上有条裂璺。我仿佛又看到那个无所不能的人。他还是个孩子的模样，蜷缩在玛利亚的怀里，满脸的焦灼不安。

等宁蒙睡下，我简单冲了个澡，坐在沙发上看电视。我很少看电视。可是那天我播到市台的广告频道时，再也没有换台。那是则不停滚动播放的痛风广告。一个花枝招展的胖女人对着镜头傻乎乎地说：

> 我得痛风三年了，双膝疼痛、僵硬、肿胀积水，蹲不下去，站不起来，上下楼还得斜着身子走，每个月要靠输液和吃药控制病情。由于病情恶化，医生建议我置换关节，在这焦急绝望之时，一次偶然的机会，丈夫在台湾的联谊会上通过战友知道了蚁王痛风舒胶囊……

接下去，无非是通过吃胶囊痛风得到根治。为了验证医疗效果，女人还扭起了东北大秧歌。她的四肢如是庞大笨重，舞动起来犹如一头灰扑扑的大象在音乐声中滑稽地起舞，舞着舞着她忍不住咧开大嘴笑了一下。

说实话，那是我漫长、卑微、琐碎的一生中看到过的最动人的笑容。

2013 年 9 月 15 日

（原载《人民文学》2014 年第 1 期）

刘荣书，满族。中国作家协会会员。作品见于《山花》《江南》《十月》《花城》《人民文学》《当代》等刊物。有多篇小说被选载并收入各种年选。著有长篇小说《一夜长于百年》，中短篇小说集《冰宫殿》《追赶养蜂人》。

浮　屠

◎刘荣书

【浮屠】1. 佛陀。2.〈书〉和尚。3. 佛塔：七级～。
——见《现代汉语词典》

在冀东平原，塔是不存在的事物。

而苏双先生的晚年，却致力于画那些留存于记忆中的"塔"。他的笔下，"塔"实则是早年间粮站的尖顶粮仓。借助于苏双先生的画笔，我们有幸看到那旧时代的产物：粮仓的基身是浑圆而笨拙的，比起平原上常见的屋顶，粮仓的顶端只见些微微凸起，仿如被雨水冲刷过的坟冢。画中粮仓一律纯白颜色，透着某种圣洁质地。也或可说，是苏双先生强加给它们的定义。除这些白色粮仓占据画面的显著位置之外，我们还会看到乌鸦及如血的夕阳，附着在画面一角……他描绘着同一种事物，并且冠以同一个标题：浮屠。

这种对俗常事物近乎执拗的表述，很快在业界引起关注。有评论家说，苏双先生在借用他的画笔，向人们传达着他的某种情愫。"粮仓"是早年间用来囤积农民上缴公粮的必备之物，这样一种有着明显时代特征的产物，却被画家冠以一个"颇有禅宗意味"的标注——苏双先生的画意不言自明，他是在用画笔不遗余力地批判和祭祀那个旧的时代。

一辆牛车缓慢驶近米镇。

少年苏双坐在车厢板上，腰背挺直。肩上斜搭一条草绿色背带，书包被他稳稳托在膝上。母亲坐在车辕右侧，绛紫色的水瓮被她小心翼翼抱在怀里。牛车上装了一方橱柜、几件简单的被褥和衣物，还有几只鸡，一只抱窝的母鸡惊慌失措，却故作淡定地卧在坏了半边的箩筐里。

短途的迁徙令苏双极为兴奋。因他听大人说过，米镇是方圆数里之内最大的一个镇子。有小学校、商铺、卫生所……当时他并未听人提及粮站。当他随意向四处窥望时——那白色的尖顶粮仓，在平原蓝色天空的衬托下，倏忽撞进他的眼帘。愣眼瞅去给人一种异样感觉，尖顶的群落就像平原上的塔群。

"塔！"他兴奋且痴迷地叫了一声，抬手指着那个方向。

苏双的喊叫引来车上人的注意。赶车人先是扭头看了看他，然后顺着他手指的方向看去，不禁笑了，说，什么"塔"啊，那是粮站的粮仓。

是塔！苏双仍在叫。并征询般看着他的母亲。

不是塔，是粮站的粮仓！母亲也低声这样说。她显得有些疲惫，临出门时用清水抹过的额发全都披散开来。

怎么会不是塔！苏双嘀咕着。快速将托在膝上的书包打开，抓出一沓小人书，快速翻检着。最终挑出一本没了封皮的出来。手沾了唾沫，快速翻到某页，向前托举着，你们看你们看，塔不就是这样子的嘛！

两个大人谁都没看。几乎同时说，那是粮站的粮仓。咱们这儿，哪来的塔啊！

天黑之前，低矮的土坯房始终有人在进进出出。坐在炕首的是一些女人。男人则借由寻老婆的机会，闯进屋子里来，目光马蹄一样磕在苏双母亲脸上，又诺诺退将出去。在院子里站定，几个男人开始闲聊。他们低肩，伸着脖子，从灰旧窗框里，仍能窥见苏双母亲干净的面庞，脸

205

上竟至漾起莫名其妙的笑来，耸动着喉结说，不错，挺嫩的。给了马传这家伙，糟蹋了。几个人哧哧笑。马传能不能行啊？平时都是又开腿走路的。他那玩意儿从来就没在人前晾出米过……他们又哧哧笑。一个男人叹口气，说，这女人嫁给马传，确实可惜了。你们不知道，人家是工人家属呢，他男人在南方一个工厂里工作，听说去年回来，是来办手续的，准备将女人孩子带到南方去，不想在家里染了败病，一命呜呼。真是可怜，不然的话，这朵鲜花怎么会插在一摊牛粪上。

苏双坐在炕尾，腰背笔直，翻着小人书。书包搭在膝头，书包带仍挂在肩上。他的样子就像来这家里做客的客人，准备随时离去的样子。母亲迅速转换了姿态，她以女主人的身份和乡邻寒暄着。几个孩子被小人书吸引，头凑过去，看不过瘾，伸手去拽苏双膝上的另外几本。

苏双在尖叫。他的尖叫迅速将屋子里的说笑声遏止。

母亲看了苏双一眼，说，你手头有那么多本，看又看不过来，分给大家看看嘛。

苏双还在尖叫。高分贝的叫声令靠近他的一个小女孩儿捂住耳朵。苏双瞪着母亲说，不——那是我爸给我买的。为什么要给他们看！

母亲皱皱眉说，那好，那你去西屋待着吧。

说完向马传示意一眼。马传斜拧着身子，赔着笑脸抱起苏双，谨慎的样子像是抱了一件欲碎的瓷器。苏双却任由他抱着。

妇人们继续说笑。她们对这陌生的女主人充满了兴趣。而那些小人书则像块磁铁，吸引着孩子们。他们跨过堂屋，又不敢贸然进入，将西屋的门帘掀开一角，窥视着——傍晚的光线迅速黯淡，那拥有小人书的孩子躺在杂乱的物什中间，两臂抱头。灰尘在罩住他的夕光中缓慢飞舞，仿如流萤。他似乎睡着了。那只绿色书包，仍挂在他的肩上。

天完全黑下来，人们散尽。母亲来到西屋，见苏双睡了。小心翼翼为他脱掉鞋子，又拿件薄被盖在他的身上。

马传端着灯，在漆黑的堂屋里迎候着她。苏双的母亲走在前面，马传尾随在身后，他的手以一种奇怪的姿势悬空着。像是护住被风吹得乱晃的火苗，又像是欲对女人图谋不轨。他盯着她的背，那件浅蓝色对襟褂子的肩头，有一处破绽。女人漆黑的发髻松散开来，露出一段白皙脖颈……直到他们一同走进东屋，马传也未敢对她造次。煤油灯限制了他，又似乎是他胆子太小。但在马传的意识里，他的手已搭上了女人的肩头，抚摸着她肩头处的破绽，心里万般怜惜。

女人在炕沿揣手端坐。马传将煤油灯放在身后的一张凳子上，搓着手，谦恭地弯腰说，门都闩好了，没人会来了。由于灯摆放的位置较低，将马传的身影无限放大，完全罩住了对面的女人。

女人"嗯"一声，仍旧坐着。

马传趋前一步，手抚在女人发上。

女人不动，此时马传的心如擂鼓般激荡。寂静里，忽然传来苏双在隔壁喊"娘"的声音。

马传的身子一松。女人站起来，看了他一眼，说，今晚我要陪孩子睡！你别见怪。即使他生身父亲从南方回来，也要夹在我们中间，这孩子生来嫉妒，脾气大着呢……日子还长，或许等明天，他就会适应的。

继父待苏双不错。

他虽不能像死去的父亲那般带给他许多新奇的东西，但每次从田里回来，总不忘采些野果，当作零食送他——却无法讨得苏双的欢心——他说话操女人腔，每逢遭到母亲呵斥时，抬起的一张脸，如秋风中蔫掉的茄子，竟是堆着笑的。他和从南方回来的高大父亲简直无可比拟，跟这个人叫"爹"，对苏双来说近乎是一件羞耻的事情。有事相求，也只会喊一声"喂"。对于苏双的忤逆，母亲却是袒护和纵容着的。有时无缘无故地，年幼的苏双就会冲继父发了脾气。这在别人看来，娘儿俩简直是要合起伙来欺负这可怜的男人。

有人窥伺过这家庭中的秘密，说是半年多过去，女人竟还未同马传同房。那些来他家串门的妇人，从那被褥摆放的样式，以及屋子里浑浊的气味中，分辨出了端倪。

很多人在为马传抱不平——既然她甘心嫁了他，为什么不肯让他睡——是瞧不起马传啊！工人家属怎么了！要是换了我，我让她躺着，她绝对不敢侧着。我让她"掰"着，她绝对不敢"抿"着。而另一种猜测，则直指马传——是她不肯让马传睡，还是马传真的不行？

在这无端猜测中，发生了一件事。

正是麦收时节，农忙的人吃完中饭，来到田里，往往要在树荫下歇息一会儿。等毒辣日光有所收敛，才各自散去忙碌。

几个男人围住马传，问：马传，你是不是不行啊？是不是个骡子？

骡子是马和驴交配所生的产物，体形较大，却不能生育。是乡村中对那些性无能的男人的统称。

马传不说话，抬手擦着眼垢。他用这样一种动作掩饰着什么。他的掩饰给了男人们更多探究的兴趣。

几个男人使个眼色。一人绕到马传背后，抚住他的肩膀，一下扳倒了他。众人一哄而上。

马传不知他们要做什么，嬉笑着，拧着身子。有人碰了他的腋窝，他以为大家在挠他的"痒痒"。直到裤带被解开，他才惊慌失措地叫起来。

众多的男女围在身边。有人提了水瓮和镰刀正从大路上源源不断走过来。起初大家并不知道这些男人在闹什么。直到围住马传的那几个男人哄笑着散开。一些未成家的姑娘，捂着脸迅速跑开去。更多的人开始哄笑。有手拿汗巾朝女人脸上扇风，女人的脸也"腾"地红了。

马传未穿短裤。况且他光着膀子，这样，他便全身赤裸暴露在众人的视线之下。他上身呈古铜色，而下体白得近乎耀眼，仿如一个怪物。他用手捂着下体，想去别人手里夺回自己的裤子。那手便在裆前交替舞动，丑陋也便纷繁地乍现开来。

马传扭曲着脸，说不清是苦笑还是狰狞。他真的生气了。忽地跪坐起来，见裤子抓在一个男人手里。便一手捂着私处，一手晃荡着去追那男人。等到马传扑近时，男人出手一扔，裤子便如击鼓传花，到了另一个男人手里。

众人都听到从马传嘴里发出的怪异咆哮声，却充耳不闻，只是惊诧地注视着赤裸的马传。他彻底放开手来，去捕捉戏谑他的人。阳具在胯间无耻跳荡，伟岸而硕大。

苏双母亲脸色苍白，面冷如霜。众人将目光扫到她的脸上，揣摩不透她内心的情绪。她似乎对眼前发生的一切视而不见，只是微仰着头，看着不远处的一株矮树——有人将裤子丢在了那棵树上。马传的裤子是家织土布做成的，土布织好后，买来染料在锅里蒸煮。自然这种漂染方式经不起洗涤，洗过几次，颜色便黑不黑灰不灰。样式是抿裆裤那种。而腰带呢，则是一条灰不溜秋的布条，此时垂挂在树杈上，像一根绳子。马传扑向男人的最后一个动作，显然用了大力气——整个人纵身前扑，身子腾空，似脱离了地心引力。而拿裤子的男人灵巧一闪，致使马传整个人扑跌在地。马传哀哀抬头，他的嘴巴和鼻子上扑了灰土。目光与妻子交会，女人合了一下眼睛。马传的样子丑陋极了，也可怜极了。苏双的母亲似是不想看，迅速把头扭开。而马传望向她的目光里，充满了乞怜和求助——他或许想求助于她将树上的裤子摘下来，哪怕是远远丢给他呢。丢到他的脸上，或是羞红着脸抱怨几句那些捉弄他的男人，或是啐几口——这样都好啊。这样方能证明他们是睡在一个屋檐下的夫妻呀。也不至于让他太过尴尬——但苏双的母亲没有这样做。她不但将头扭开，且提了水瓮，朝另外一个方向迈开步子。

这样，苏双母亲便没有机会看到马传恼羞成怒的样子了。平日里他驯顺如绵羊，但愤怒起来却仍可抵一头雄狮。马传的目光扫到旁人丢弃在旁的一把镰刀上，迅速抓在手里，身子一个侧翻，将镰刀横扫在那跳将出去的男人腿上。

那倒霉的男人脚踝几近被砍断，失足跌坐在地。双手抱着脚踝，额头渗出豆大汗珠。只有很少的人看到了镰刀横扫出去的那一幕。等大家围拢去时，血已从男人指缝间汩汩涌出。

众人的喊叫并未阻止苏双母亲的脚步，她正走在通往麦地的田埂上。而马传呢，从树杈上摘下自己的裤子，慢条斯理地穿将起来。他一只脚抬起伸向裤管，单腿抖了一下，险些跌倒。又站稳，倚住树干，一边系着腰带，一边拿目光瞟着苏双母亲远去的背影。

在后来漫长的时光里，那个被砍伤脚踝的人成了一个不折不扣的跛子。马传一生中灵光乍现的凶悍，近乎毁掉这人半生的平坦。马传还算是个汉子——众人私下里评价说。但苏双母亲却错失了一个重新审视马传的机会。在她后半生孤独的记忆里，这个后来失足落水的男人始终是个懦弱而庸常的形象。

那一年春天，苏双母亲怀孕。这是马传的亲骨肉无疑。猜测不攻自破。很多的夫妻甚至在做夜课时，回想着马传裸体被戏弄的那一幕。借由马传阳具的尺寸，众多的妇人在暗夜里羞辱着她们的丈夫。

那一年大旱。《县志》中有这样简短的记载：春大旱，井泉大竭，黄风时作，飞沙漫天（米镇尤甚），粮食几近绝收。妹妹在这样一个年份里出生，仿佛一个不祥的印记。

那年秋天刮着粗硬的黄风。黄风吹过荒芜田野，戏谑着低矮破败的屋舍，它们像一把巨大扫帚，将街道上清扫得不见一根柴草。从田野深处裹挟过来的黄沙，夜里在村口慢慢堆积，筑起一个个小小丘冢。有手脚勤快的人，拿了家什将它们铲除，想不到一个黑夜过去，风又将黄沙挪移，在村口堆积，似有要将整个村子掩埋的决心……几个挎枪的男人黑着脸，在村街上游走。领头的人戴一顶毡帽，夹袄斜披在肩上。他们敲开一扇扇关闭的屋门，催促着人们到粮站去交公粮。

有人诉苦说，打下来的粮食或许刚够今年冬天和来年春天一家人的口粮，再交公粮上去，就甭想填饱肚子了。他们的申辩满含了委屈与哀怨。挎枪的人不讲话，起初他们也曾有过解释，但解释来解释去，早已口干舌燥。只愤愤地说，就你家要吃饭，就你家要填饱肚子……上头的指派，三天之内，公粮交足………说完便转身离去。他们排着整齐的队伍，鱼贯走出那家人的院子，又排队走在街上。

当挎枪的人走进马传的家里时，见马传弯着腰，正用一只马勺从缸里舀粮食。不等他们发话，马传便笑嘻嘻说，知道了，知道了，我这就到粮站去交公粮。马传的话让这些人很是受用。领头的人正了正帽子，从兜里掏出旱烟来卷了吸。两三个民兵也将枪从肩上除下，去水缸里舀水喝。他们散漫地在马传家里走走看看。嘴上说，就是嘛就是嘛，交公粮是老规矩，雷打不动，你不能说今年歉收，就欠下公家的吧！欠谁的都可以，就是不能欠公家的，早晚都是要还的。

马传撅着屁股说，是啊是啊。他张着一只胳膊，半个身子栽在水缸里。布袋像一具尸体，委顿在地。马传舀一勺粮食，要用另一只手去撑开布袋，把粮食喂给它。然后松开布袋，又去舀粮食。马传重复着这样一个动作，显然，他是需要帮手的。

你老婆呢，马传？

苏双想他爷奶，娘儿俩去李庄串亲戚了。

来人走出院子时，那只干瘪的布袋已被粮食喂得打起了精神。它立在粮缸旁，马传将袋口向外一层层翻卷，使之张开如一个圆形嘴巴，吞吃着源源不断添送进去的粮食。

直到粮食快溢满了封口，马传才停止了动作。找来一根蒲草，在水里浸了浸。又用膝盖抵住粮袋，腾出两手，用嘴巴衔住蒲草。两手用力，将粮袋拎起，朝地下蹾了蹾。满溢的粮袋瞬间委顿。那年雨水不调，粮食在成色上也在撒谎。马传便又拎起马勺，从缸里舀了几勺出来。等到粮袋撑得不能再满，这才用蒲草将袋口扎紧。

马传扛着粮食走在街上，很多人都看到了他。这些为粮食忧愁的人，站在街上，只是为了看一看眼前的形势。但有很多人似乎家底殷实，一点儿不为口粮发愁——你比如马传。街上已出现几个背着粮袋朝粮站赶去的人。

等到半下午时，人们又看见了马传，看那样子他并不是交粮回来，他的手上空空如也，没有瘪下去的粮袋，也不见交粮后的轻松。他在街上慢跑，撒开他那独有的步子，腰肢扭来扭去的。有人问：马传，你交了公粮回来吗？马传冲他们一笑，说，没有。交粮的人多着呢！我排了半天，好不容易轮到我，一称斤两，还差那么几斤，我是回家去取那不足的斤两的……说到这儿，他的步子放慢，以一种炫耀的口吻说，往年，少半袋粮也就够了。今年这丫头一落草，不仅多了一张吃饭的嘴，还欠下人家公家的了。

傍晚时分，有米镇人赶到李庄。

对于此次去李庄串亲戚，母亲老大不情愿。但苏双很想他的爷奶。自打嫁到米镇，苏双母子一次也未回过李庄。只去年年末时，爷爷借赶大集之名，看了一回他的孙子，并带过来一扎用油纸包着的煎饼馃子。

暮色将来自米镇的黑衣人涂了一层灰暗的云翳。他们凑在母亲身边说话，又不时向身旁的爷爷奶奶解释几句。他们张着惊慌失措的眼睛，脸上是错愕与阴郁的表情。母亲保持着沉默。她怀抱婴儿，连夜随那几个黑衣人赶了回去。

直到三天之后，苏双才回到米镇家中，是由爷爷用独轮车推着送过来的。走到米镇村口时，他又看到那错落在平原上犹如塔群的尖顶粮仓。伸出手指，对爷爷轻声说，塔。

声音再无初见时的惊喜，自然引不起爷爷的兴趣。而此时乌鸦盘旋于塔群之间，黑色羽翅修剪着淡蓝以及纯白，使之鲜明地叠印在少年苏双的记忆深处。爷爷忧心忡忡看他一眼，咳嗽了一声。

家里并无多大变故。年幼的苏双只是感觉到些微变化。当他走进屋里时，见马传光着膀子坐在炕上。像这样的辰光，以前马传断不会这样闲坐，他不是在院子里忙碌，便是背了一个拾粪的筐子，村前村后奔走。实在无事可做，也要帮母亲烧火做饭，支着膝盖坐在灶口，手里拎一根拨火棍，娴熟的动作很符合他单身多年的身世……而此时妹妹正扒着炕沿号啕，鼻涕拉了老长。马传背对屋门而坐，仰头看着东面的墙壁，仿佛那黑乎乎的墙壁上藏了什么玄机。听到动静，马传扭过身来，见到爷爷，脸上堆起笑容，慌忙从炕上跪坐起来，双手打揖说，不用催啦，欠下的那些粮，我这就交到粮站去。

爷爷说，我是苏双的爷呀！又没来找你催粮。苏双他娘呢？

母亲从外面回来。往日里梳得溜光的鬓髻松散开。爷爷问她：那袋粮找到了吗？

母亲摇头：谁也不承认，都说没见过那袋粮。

提起这件事，母亲总是懊悔不已。她想如果那天不带苏双回李庄，说不定她就会跟了马传去粮站交公粮了。那件事就不会发生，马传就不会变成现在这个样子……但话又说回来，即使不去李庄，她又有可能跟了他去粮站吗？说什么都是没有用的，母亲叹口气，总是暗自悲叹说，这都是命噢！

粮站门口，口袋们排了长队，那一个个鼓胀溜圆的口袋，全都是家织粗布缝制而成。由于粗细不匀，便高低不匀。细一点儿的高一些，粗一点儿的矮一些。粮袋的主人们三五成群聚在一旁闲聊，或互相交换了旱烟来抽。只待队伍向前移动时，口袋间拉开距离。有懒怠动的，便会吩咐比自己辈分小的人说，去，把口袋往前挪挪，要不有加塞儿的。

粮站是方圆数里唯一的一个粮站。每年交公粮时节，人喊马嘶。除米镇人近水楼台，背一口袋粮食便来交粮，外村人往往要套了驴车牛车，几家人披星戴月，结伴前来。粮站验质员被大家簇拥着，走到一袋粮前，袋口早已打开，粮袋的主人堆着笑脸，看验质员抓一把粮食，托在掌中，用手拨弄着粮食的颗粒，然后拈起一粒，放到牙根下"嘎嘣"一咬，朝前挥挥手，便说明粮食通过了检验。沉下脸说你这玉米临来时怕泼了水吧，便说明粮食还未干透——而那又恰巧是个外村人，便紧了脸说，从棒子掰下来便在房顶晾着，哪有不"干"的道理。这话验质员不爱听，梗着脖子，扭身说，你这么说，那就是我胡说八道了。你说我瞎掰，要不这差事你来干好了。被训斥的人脸色更加难看，张着嘴，一时语塞……或许是因今年粮食歉收，外村交粮的虽有，却鲜见车马载粮的盛景，只几辆独轮车戳在一旁，也不见验质员的身影。外村人零星扎堆，他们嫉妒米镇人，加塞儿的往往是他们。他们人多势众，独霸一方，外村人往往敢怒不敢言。

马传的粮袋移到最前面时，验质员只随便看了看，便由两个人用绳子将粮袋捆了，用木棍横担，钩在杆秤上。参照马传的交粮本，秤砣直接附上了秤星，却险些砸了脚。验质员慌忙用手托住，说，不够不够！马传说，还差多少？验质员用手赶了一下秤砣，说，七斤八两，回家再拿八斤，准够。

粮袋如死猪样被丢在脚下。马传说，我这就回家去取。验质员不耐烦地说，把这袋粮先移走。你没长眼，看多碍事！马传抱了那袋粮，塌了屁股，轻缓移步。但后面的队列里却找不出塞进一袋粮的空缺，他又向后挪移了有四五米距离。直到瞅准一个空隙，把粮袋塞进去。抬头看，见一个眉毛粗重的外村男人瞅着他，显然对他的加塞儿心有不满。马传嘿嘿一笑，扭头对前面几个背对他的米镇人说，给我看着点儿啊，我回家取些粮食。

事后据一些米镇人回忆，马传说这话时，他们谁也没有听到。这些当事人的言外之意，是暗指马传粗心大意——他并未把那袋粮郑重地托付给其中的某一个人，而是随口一说，那句话好像是说给大家听的。正所谓众不担责，便没有人负起为他看住那袋粮的义务了。

马传行色匆匆自街上走过，其间和人打过两声招呼。自成家之后，光棍马传的眉眼间常满溢了欢喜，有时自己做着什么，也会兀自暗笑几声。在这饥荒年景，他就这样欢喜着眉眼，在人们的记忆里游走。丢粮的谜团已被岁月磨砺得难见波澜，再无当年的惊心动魄。那补足斤两的粮食是被马传盛在一只簸箕里的。正欲锁上屋门，忽又觉得内急，慌忙下了锁，将簸箕放在一只竖起的石碌上，褪了裤子，去茅厕里蹲了有小半个时辰。出来时，见一只公鸡跳上石碌，正在啄食簸箕里的粮食。马传跺脚呼喝，惊飞了那只鸡。

马传回到自己放粮袋的位置时，那袋粮却不见了。

抬头看，见面前站着的，是一个脸膛黑红的外村女人。马传说，咦，我的粮呢？

女人高高大大，垂眼看马传，也不搭腔。马传便端了簸箕，弯腰向后查看，不见，便又转过身来，挨个儿朝前寻看。粮袋们形态各异，有的七成新，有的打了颜色不一的补丁。袋口有用蒲草扎住的，有用麻条扎住的。有精明的人家，用毛笔在布袋上写下自己的名字，是工工整整的小楷……一直寻到验质员过秤的地方，那袋粮仍是不见。马传抖着嘴，问：我的粮呢？

验质员没工夫理他，抬粮过秤的壮汉嫌他碍事，出手推搡了他一把。

盛粮的簸箕落在坚硬的水泥地上。金黄粮食像汁液一样迸溅开来。马传凄厉的声音犹如拉响的警报，在喧嚷的粮站上空响彻——我的粮呢！我的粮谁看到了？

起初马传还算镇定。他先是找到那几个米镇人，跺脚问他们，我让你们看住的那袋粮怎么不见了？那样一个拘谨的荒年，丢一袋粮甚至比丢一条命还紧要。当下大家便说，你让谁看着的？马传翻着眼白说不出个子午卯酉。忽又转转眼珠说，我后面有一个眉毛粗重的外村人，会不会被他拿走了？

事不宜迟，大家便跑到验质员那里进行了一番查证，确认那眉毛粗重的外村人交完粮刚走。便人多势众，簇拥着马传追赶在颠簸的乡路上。未出米镇地界，撵上了那外村人。马传青黄着脸说不成话，由米镇人上前质问。那汉子倒显得镇定，冷眼说，谁偷了你的粮了！

米镇人说，你不把那袋粮交代清楚，就甭想走出米镇。

还有人说，把他押到村部，让干部审一审他。说着，出手上前，欲缚住那高大的汉子。

汉子性情刚烈，粗重眉毛一拧，跳脱开身子，挥挥手中扁担，大吼一声：谁敢！看谁敢动老子一根汗毛，老子就叫他脑袋搬家！

和汉子在一起的同村人也愤愤不平，说你们不能这样欺负人。又说那汉子从家里带了多少多少粮食，交公粮时差了几斤几两，那差头是和同村的谁谁借的。那被借粮的就在一旁，也随言附和。说你们如若不信，可到验质员那里去查证。他若偷了那袋粮，还会和旁人去借！那么一口袋粮食，他若偷了，那粮又去了哪里？总不会被他生生吞吃了吧。

米镇人都不说话。心内发虚，为自己找台阶下说，那我们就到粮站的登记簿上去查证一下！那汉子不去，却经不住众人的软硬兼施。一行人便闹哄哄奔粮站而来。此时马传已走不动路了，几次落在后面，汗珠顺蜡黄的脸一劲往下流淌。两个米镇人架着他，跟在人群后走。慌急的行路中，那两个架住马传的人，感觉到马传的身子如秋风中的树叶一样瑟瑟抖动，朝他脸上看，忽见他欢喜着眉眼古怪地笑了一下，嗓子眼里咕嘎有声。

此事惊动了米镇的干部。整个巡查过程显得既严肃又缜密。外村人的嫌疑基本排除，却还是被他们扣押在村部里，说是协助调查。村部门前围观者众。和这袋粮有牵连的人被逐一问询。那个最主要的当事人马传，被叫到屋子里进一步求证时，大家发现他神情异样。好像丢了的那袋粮与他无关，他只是一个旁观者，一个与此事有牵连的嫌疑人……他嘿嘿怪笑两声，将搭在凳子上的腿拿下来，抖了一下，哈腰对村里的干部说，不够斤两的粮食，我已拿到粮站去了……

干部走出去，叫过一个米镇人，悄声俯在他的耳边说，马传的脑子坏了，丢粮的事他一点儿不记得，你还是赶快把他老婆叫回来吧。

马传疯了。

米镇的人都这样说。当年的米镇有两个疯子。一个男疯子，在部队上因没入了党，想自己了断，他把长枪用手托住，枪管含在嘴里。脱了鞋子，用脚指头去扣动扳机。试了几次，枪栓的保险都忘了打开。自己号啕一场，在哭声中幡然醒悟，拎了长枪去找指导员算账……他是疯了之后被遣送回家的。每日里拎一把木质长枪，见鸡打鸡，见狗射狗，如若看人不顺眼，便破口大骂，找了掩体，将身子隐蔽起来，用长枪向人瞄准……他卧倒匍匐的动作娴熟而迅捷，仿佛身临战场的战士。只是嘴里模仿出枪响声之后，见被他射杀的人仍笑眯眯站在那里，安然无恙，这奇怪的疯子便会仰天咆哮，痛哭失声。有时人们为了逗他开心，故意在他的枪声中应声倒地，这疯子便会镇定自若地撇一撇嘴角……另外一个是女疯子。她的丈夫战后留城，娶了个女学生做老婆，一纸休书下来，这女人便疯掉。疯掉的女人对年轻貌美的男子异常仇视，路遇，便会上前用脏污的指甲去挠人家的脸。有时发病得厉害，这女疯子还会将自己脱得一丝不挂，躺在街心任人瞻仰……

马传是那个年代里米镇的第二个疯子。依据他发病前的性格，他注定会成为一个文静的疯子。

白天他几乎闭门不出，有来家里串门的人，听到他常说的一句话就是：不够斤两的粮食，我拿到粮站去啦，只是他们还没过秤……他把每个人都当成了催粮的干部。至于那袋丢失的粮，几乎成了一个难解的谜团——谁把它偷走了？怎会做得如此滴水不漏？据那个眉毛粗重的外村人回忆，他确实看到一个男人将那袋粮搬走了。但他是谁，有什么特征，他并没在意。他甚至连看都没看他一眼。当时已近正午，他甚至盼着排在前面的粮袋全部搬走才好呢……

苏双被母亲安排在东屋里睡。一家四口挤在一铺大炕上。有时夜半，被妹妹的哭啼惊醒，见身边母亲和继父的被窝摊开，人却不见了踪影。这就知道，母亲一准又去追那夜色里游走的疯子了。年少的苏双，也便担起了照顾妹妹的责任。

每当夜幕降临，这文静的疯子便会穿戴齐整，悄悄拉开门闩，去夜色里游走。他的游走漫无目的，先是走遍米镇所有的街道，然后便会拐到村外。越是月光照彻的夜晚，这疯掉的人越是亢奋。他的脚板丈量着村外荒瘠的土地，夜色将他的身影拉长，由于移动得缓慢，他像一棵枯死的树，借由月光的还魂，起死回生在大地上。

马传的第一次游走，母亲并不知道，是一个早起的人发现了他。这疯子行走在拒马河的河滩里，一如行走在宽阔平坦的大路上。幸亏是拒马河的枯水期，不然这疯子也就被淹死掉了。当那个早起的人将浑身精湿的马传交到母亲手上时，不无责怪地对她说，这是个病人哪，你可要耐心照管他啊。说不定哪天，就掉进井里啊河里啊淹死了。

母亲苍白的脸瞬间红透。正是初春，马传在乍暖还寒的天色里瑟缩着身子。母亲赶忙拿了一件棉衣，替他将湿衣服除下，披在身上。马传嗓子眼里咕噜有声，似是受了无尽委屈，翻着眼白看了母亲几眼，瑟缩身子，几乎扑跌进母亲怀里。

自此母亲便颠倒了黑白。夜里她大睁着眼睛，辨听身边的每一丝动静。除去亲人们细微的鼾声之外，除去老鼠的游审，窗外暗涌的鸡啼以及夜鸟的呜咽，原来那老屋的每一样物件却都是有生命的。屋顶的椽子，借由黑夜的滋养，它们会被唤醒记忆，无端记起生长于山林的逍遥。它们会和屋角的木箱遥相呼应，彼此抻拉着筋骨……黑夜里总是会响起这样莫名的抻拉筋骨的爆响，不是连续的，而是在不经意间，偶然猝响一声。相对那疯子来说，这奇怪的声响里肯定隐藏着什么秘密，他会从沉睡中醒来，不声不响穿好衣服，又怕惊动了家人似的，蹑手蹑脚，穿好鞋子，打开屋门，门轴在他的轻缓动作里细声呻唤，仿佛为他扑向夜色时欣喜若狂的神态发出着感叹。

白天的母亲显得疲惫不堪，有时奶着妹妹，便会倚墙睡去。有时做着针线，眼皮耷拉下来，头几乎沉重地跌进膝弯，针便失手扎了她的指尖。她搞不清这安静的疯子为何有深夜游走的癖好。他就像个奇怪的梦游者——但梦游的人如被唤醒，自会回到正常的状态中来。为此她想过各种办法，每晚临睡前，将各种陶罐灌满水，摆放在出门去的必经之路上，但疯子的脚就像长了眼，绕开它们，照旧投奔到那广大的夜色中去。她甚至狠心将捕鼠器错落有致地摆放在堂屋，却也是无用，幽冥中有老鼠投身做了探路者，而马传的脚，则毫发无伤。她真是毫无办法。那整个大半年的时间里，她几乎没有好好睡过。每晚和衣而卧，静候疯子的出游。为了不致让自己睡过去，她找来两个铃铛，挂在门扉之上，铃铛的脆响绞杀着她浑沉的睡意。直到多年以后，她都听不得那清脆的金属声响，那声音令她感觉到恐惧，她恨那种声音。

深夜游走的马传成了一个怪物，母亲拽着他的衣襟让他回家。他非但不听，反会转过身来，出手将母亲推倒，如若再劝，便会凶狠地扑上前来，掐住她的脖子。母亲白皙的颈上，常有被勒红的指印，她的眼睑和脸颊处，也会生着大块的黑斑和瘀青。

久之，母亲便再不敢劝了。她只能跟在马传身后，成了一个漫游者的陪衬。在他将要走到一处危险的地方时，便会上前牵起他的手，引领他走上一条正确道路。而在这寂静凄冷的夜色里，母亲是多么无助和疲累啊，她会留意走过的路上，有无柴草或枯断的树枝，顺手捡拾起来，抱在怀里，带回家中，当作烧柴之用。

母亲在马传疯掉的日子里性情大变，她变成一位贤惠仁德的妇人，脸上再无当初的漠然与高傲。她甚至不容许苏双对他的疯子继父有丝毫的怠慢。

真正的饥荒是在马传死掉的那一年到来的。在苏双的记忆里，那一年的树木仿佛也生得瘦骨嶙峋。春夏之交，天地里却看不到一丝绿色。那些树仿佛还生长在冬天。生发出来的嫩叶被饥饿的人们蚕食一空，枝杈间空空荡荡，树皮也被人剥掉。每一棵树都像一个赤裸的人，疤痕的鲜湿处，渗着黏稠的汁液。

苏双在那一年的秋天才得以走进那空寂廓大的粮站，靠近了他心目中幻化而出的塔群。粮仓与粮仓之间间距开阔，却常常令这孤独的少年迷失。每当他用手触摸粮仓椭圆形基身时，心中常掠过一丝轻微的战栗。每每仰头仁望，总觉得淡蓝天宇被切割成多种图形，奇幻而破碎。麻雀、乌鸦、穿行的风、如血的夕阳，这些在塔群中经常出现的事物，复制进他的梦里，使他认为那是塔群不可分割的一部分……而当他有幸爬上粮仓的通风孔时，看到了粮仓的内部。他是借助传送带一步步爬上去的。将脸贴近方形的、镶着木棂的窗框，起初他的眼睛并不适应那神秘空间内的黑暗，借助从对面窗框中投射进的亮光，仰着头，苏双先是看清粮仓穹形的尖顶结构，空间如此廓大。若干年后，在欧洲的某个国家，当苏双先生第一次走进一间教堂的内部时，不由自主仰头看了看教堂那高大的穹顶，便不由自主想起记忆中粮仓的尖顶结构——虽然它们之间的构造差之千里——是未曾加工过的粗大圆木，像是松木的那种，树皮暴突着，能分辨出它褐红的材质。三角形的支架撑起经纬，用来加固基础的另外一些圆木，则像人的根根肋骨……等眼睛适应了粮仓里的黑暗，苏双的视线向下倾斜，他叫了一声。光线呈聚光状投射在静卧于粮仓内的粮食之上，粮堆的顶端并不是平形的，而是略带鼓突，有曲线形的起伏。随着眼睛的逐渐适应，那些沉寂的粮食竟在微弱的光线里有了色彩上的变化，先是略微的金黄，然后是橙红，进而像火焰一样在少年的眼睛里寂寂燃烧……

那一年，留在米镇人心中的记忆影像，是一个脏兮兮的孩子，挎一个破旧的竹篮，经常出入于粮站戒备严密的大门口。而另一幅画面，则是粮站门口那个挎枪的男人，对他视而不见，嘴上叼着烟，有时会和他说些什么。

至于这孩子和那男人之间的故事，许多人心知肚明。

而当若干年后人们重提这段往事，米镇人还是会问一句：那个粮站的治安员是姓陈吧？他老家是哪儿的？

好像是四十里之外杨村的。我前些年去过杨村，还见过那人的老婆，背驼得像一张弓了，始终没有改嫁呢。

说话的人是一个弹棉花的匠人，当年他走村串乡，对很多人、事都很了解……记得那年，姓陈的女人是挺着大肚子到粮站来的吧，我那次在杨村，还见了她那肚里的孩子，胡子拉碴的，和他爹一样是个高个子……嘻嘻，你说怪不怪，讲话也磕巴。你们还记得那姓陈的老婆吧，她哭的时候一句话不说，原来她也是个磕巴——那孩子随他娘的毛病了。

苏双第一次见到粮站治安员陈武，是在一个很深的夜里。

他是被马传的吵闹声惊醒的。倏然从梦中醒来，见马传浑身精湿，被人扭进屋子。男人身形粗壮，将马传按倒在炕上之后，马传还在挣扎，却敌不过男人粗壮的手臂。两个男人的扭打令苏双倍感恐惧，他哭叫着。直到看见随后跟进来的母亲，见母亲面色从容，脸上只有深深的疲惫，这才安下心来。

每晚都跑出去？男人问。

嗯。母亲说。

真难为你了……男人讷讷自语。抖了抖肩膀。苏双这才看见，他的肩上斜背了一支长枪。长枪的枪管在微弱灯光下幽幽闪亮。

他们同时朝躺在炕上的疯子看了一眼。马传变得安静，竟然呼呼睡去。

男人说，天快亮了，你也睡吧，我走了。

母亲什么也没有说，只是默默跟在男人身后，送他出去。静默里听到门扉关闭的声响。母亲脚步踉跄回到屋里，仰面躺在炕上。

他是谁？苏双小声问。

听不到回应。扭头看去，见母亲如一团乱絮般摊在熹微晨光里，已经睡着了。

疯子马传在那一年里显得极为亢奋。他喜欢上了架在拒马河上的那座木桥。踏着夜色，仿佛与它幽会，踏出屋门他便径奔那木桥而去。坐在木桥的桥栏上，身子悬空，两脚朝向河面。而那一年的拒马河汛期提前，夜色里看不见流水的样貌，只听见湍急的流水声。那流水声迎合着马传的胡言乱语，仿佛众多鬼魅在召唤一个向往冥界的人。

母亲吓得魂飞魄散。抓住马传的胳膊，任由马传腾出一只手来，掐她的脖子，挠她的脸。或许是母亲的惊叫与哭啼，引来夜巡的粮站治安员陈武。而在后来的几次，陈武已彻底掌握了制伏这疯子的诀窍。他先是冲上去给他一掌，然后将挎在肩上的长枪端在手上。长枪直指马传，而此时，全身绷紧的马传竟像被除去魔咒，身子松软，乖乖跨下桥栏。一声不响地在前面走，后面跟了端枪的陈武和疲沓的母亲。待马传的脚跨上错误的路线时，只需陈武抖抖枪身，呼喝一声，马传便会收回脚步，踏上回家的路。

陈武长得异常高大。在苏双的印象中，他和在南方工作的父亲竟然有些相像。只是记忆中父亲那张脸，是干净而谦和的。而这陈武，生了一脸络腮胡子，由于常年值夜的缘故，眼睛通红，又有些浑浊。只当他笑起来时，黧黑粗糙的脸上，才会有一丝温和浮现。

那个饥荒的年月，每个人都在为一口吃食奔波忙碌，即使年幼的苏双也不例外。他每天会挎一只破旧的竹篮，去镇子外的野地找寻可以充饥的植物。而当他路过粮站，坐在门口一块石头上的男人会冲他喊一声。苏双扭过头，看到陈武。此时的陈武似乎还未睡醒，冲苏双笑一下，却又不由自主打个哈欠。

每次看到这瘦骨嶙峋的孩子，陈武总会冲他打招呼。那招呼在外人听来，不像是亲热，倒像是大人逗弄小孩儿的一声恫吓。而苏双却似乎不想理他，有时甚至看也不看他一眼。

有一天，苏双再次路过粮站门口时，又听到陈武那恫吓般的招呼。陈武对他招着手。那双伸出的大手蒲扇一般，手指朝他那个方向勾动着，头却是朝下低垂着的。他向这孩子发出指令，或许是闭着眼睛，他似乎对自己发出的指令胜券在握。

苏双挪步过去。陈武先是将一只大手抚在这男孩儿头上，胡噜一下，出手有些重。另一只手变戏法似的拿出一个黑窝头，托在掌上。苏双愣住，眼睛随即迸出巨大的惊喜，一把抓在手里。陈武又低下头，伸出手掌，只不过手指的勾动是反方向的。说，去吧，去吧……

很多个夜里，梦境中的苏双总能感觉到一只大手的触摸。只不过这黑夜里的触摸是要比白天的胡噜轻柔许多。而在这样的感觉中，苏双总会在枕边发现一个黑黑的窝头，就像是梦境中得到的礼物——他就会知道，那一定是夜里陈武协助母亲，将疯癫的马传送回家时，塞给他的。由此他每天都要去粮站的门口转转，即使他要去的是村外野地的另一个方向。路过粮站门口，他也会扭着头，一步一停顿。更多时候，那陈武睡眼惺忪坐在门前的石头上，有时在粮站深处，也会看见他高大的身影晃来晃去。

大约有五天的时间，苏双看不到陈武了。

苏双把身子缩在粮站门口，探头朝里面窥望，也不见陈武那高大的身影。他心里空落落的。而在那短暂的五天时间里，苏双并不知道，陈武是回家休假了。像休假这样简单而平常的事，却似乎改变了很多人的命运。

也就是在那短短的五天时间里，疯子马传失足落水，淹死掉了。

关于马传的死，似乎不能归结于陈武的休假。但从某种意义上分析，却似乎有着千丝万缕的联系。如果这样设想——起初若没有陈武深夜里的阻拦，疯子马传的病情或许发作得没有这般厉害。是陈武的阻拦加剧了马传的疯癫。他在陈武休假离开的那个夜晚，爬上拒马河的桥栏。母亲的劝阻极其微弱，让马传感觉不到真正的威胁。枪与男人粗壮的力量，在很长时间里给他以禁锢。而那天，禁锢似乎解除，他得以解放，他的发作便变本加厉。那天晚上拒马河的流水显得极其安静，泛起的细浪被皎白月光照彻，河床上犹如铺满细碎的稻米。马传像个毅然赴死的人，他跳下桥栏的动作，堪与他挥动镰刀砍人脚踝时相媲美，也算是马传作为一世男人的第二次美妙定格。

陈武休假回来，坐在粮站门口，见苏双臂上戴了黑纱，不由得一愣。走过去拉住这欲挣脱而去的孩子，问：咋了，你家里出了什么事？

苏双咧嘴一笑，轻声说，疯子……死了。

马传的葬礼虽显潦草，但米镇人却在心中感叹：这个打了半辈子光棍的人，应该知足了。母亲在整个葬礼上未掉一滴眼泪，她素净着脸，只是眼睑有些浮肿。所有的米镇人，对她的冷漠都未置一词。马传发病的这段时间，母亲的所作所为大家有目共睹，她成了米镇乃至方圆数里人人拥戴的妇人典范。

但在陈武来家里探望的那个夜晚，母亲的表现却令苏双深感诧异。母亲先是号啕，或许又觉得弄出这样的动静会让别人笑话，便尽力压抑着。但从心里流溢出的悲痛却已是滔滔不绝，越是压制便越是无以挽留。手脚痉挛，大张着嘴，腮上的肌肉颤动不停，鼻涕与眼泪顺着下巴滴淌下来，在下巴的凹陷处汇聚……母亲的举动令陈武以及苏双感到手足无措，陈武抖了抖手中的旱烟，烟星零乱落在身上，也不掸掉，只是眉头蹙得更紧。而苏双蜷缩在炕角，她对母亲的悲伤无能为力。此时的母亲，大概是需要更多抚慰的，悲伤和委屈就像蓄积已久的夏季洪峰，无以释放，却又得不到身边两个男人的解救，便抓过身边的婴儿，将脸贴住她的小小胸口，依偎着，纠缠着。而这样却又吓住了那小小的婴儿，惊心动魄地哭叫起来。那尖利的啼哭甚至压过了大人的呜咽，竟致大人将悲伤打住。怎么哄都不管用，只好撩起衣襟，又想到坐在对面的男人，便侧侧身子，露出一段白皙的胸腹，将乳头塞进女婴嘴里。

马传死后的第三年，那袋粮食终于有了下落。是被马传砍伤脚踝的那个人搬走的。出于报复，他搬走了那袋粮。马传对他的伤害致使他伤残了半生，而因他的偷窃，马传却丢掉了性命。在那个饥馑的荒年，这个被砍伤脚踝的人，并未因这袋偷窃而来的粮食保全家人的性命。他的老婆和儿子在那一年全部饿死了。一次醉酒之后，他痛哭流涕地将这件事公之于众，仿佛内心里驻扎了魔鬼与冤魂，让他不由得开口。

二十世纪九十年代中期，苏双先生借由单位组织旅游的机会，中途下车，回过一次米镇。

透过车窗，他看不到那片尖顶的群落。灰蒙蒙天宇间，米镇作为一个新农村样板实验基地已兼具雏形。镶了瓷砖的楼宇拔地而起，这里一幢，那里一簇，怪模怪样，颇像后现代画风里奇形怪状的树。街道也找不见当年记忆中的一点儿影子，倒是一两幢即将颓圮的老屋，撞入他的眼帘。老屋的门窗像被大火舔舐过，黟黑中透着一股速朽的味道。瓦楞上生了茅草，一侧的屋檐，不知是地基陷落还是屋角坍塌，歪倾着身子，不在一个水平线上。见有门楣上贴了福字或对联，这才知道，老屋还有人在居住。街上冷清，不见闲聊或晒太阳的人。凭借记忆，苏双先生找到他记忆中的粮站。从大门口经过时，瘸腿的看门人拦住了他，并对他告知，粮站早已弃之不用了。像粮食局这样的单位，也早就解散啦。农民也不用交公粮了，国家的政策多好啊。现在的粮站被个人买下了，是一个搞建筑的老板。他之所以买下这个粮站，据说地皮有可能会升值。之所以雇用他这个看门人，是因为现在的粮站是当作储备建筑材料的仓库来用的。

旧日粮仓低矮陈旧，再不见当年高耸巍峨的影子。涂在粮仓表面的白色斑驳脱落，露出被风雨雕琢过的印痕。粮站的地面全部用水泥浇筑，凹陷的地方积存了少许昨夜的雨水。在靠近凉台的一座粮仓背面，苏双先生弯下腰，将头抵近墙面去看。他发现了一些黑色的印记，那些印记显然是一个身高不足一米的孩子涂鸦上去的。苏双先生心动了一下。那些印记虽时隔久远，但因在背面，少人问津，又不受风雨侵蚀，所以留存到现在……守门人尾随在他身后，充满戒备地打听着他的来历。当苏双先生说自己是从省城过来采风的画家时，守门人脸上仍是一副错愕的表情。

他问苏双先生：你以前是不是在米镇待过？

苏双先生看着他，摇了摇头。

对故地的探访，竟让苏双先生有些失落。

他举起相机，一次次按下快门，将现实中的"塔群"储存在胶片上。期望借助高科技的存储，能唤醒更多的关于"塔群"的记忆。而当他回到生活的城市之后，在幽暗的冲印房里，苏双先生却发现，那些现实中的粮仓，与记忆中的"塔群"竟有着如此大的差距。遂将所有的胶片毁掉，只留下一张为瘸腿看门人拍下的留影——满脸沧桑的看门人坐在一张板凳上，手搭在膝头，在相机的聚光中，他皱着眉，表情相当拘谨。他身后的布景，便是那些即将被现实淹没的尖顶粮仓，他说不清它们像什么——感觉就是这样奇怪，当他再次提笔作画时，竟找不到最初的感觉。现实的侵入似乎破坏了他艺术的触觉，他甚至对那次贸然的回归后悔不迭起来。

但记忆却仍旧在不管不顾地大踏步后退。

现在的苏双先生，会时时记起一种叫作"虎头"牌的一号电池来。像这种型号的电池，在现代人的生活中几乎被弃之不用。那种电池在当年，是手电筒的必用之物。

粮站治安员陈武巡夜用的手电筒，是要比普通手电筒还要大一号的。他把两个手电筒合二为一，将手电筒的筒身用锡焊焊接，普通的手电筒用两节或三节电池，他的手电筒用五节。每当按下开关，光源像一柄利剑，脱壳而出，刺穿夜色。肩上的长枪以及这把巨型手电筒，成了那个年代陈武身上的显赫标志。

年幼的苏双对这两样东西几近痴迷。但对他最具吸引力的，当属陈武身上的长枪。但长枪陈武是碰都不会让他碰的。苏双每到粮站，去陈武的宿舍玩耍时，甚至都不会轻易看到它。长枪更多时候是被锁在一只橱柜里。丢在床上的那把巨型手电筒，在白天则百无一用，黑夜方显它的魔力。倒是被耗尽的电池，成了苏双爱惜的宝贝。那电池里面，有他最初的画笔。

227

废弃的电池从表面按下去，会出现一个浅浅的坑凹，就像母亲因饥饿而浮肿的双腿。苏双将电池的封皮撕开，用镰刀割破银灰色铅封，将漆黑的石墨除净，中间那根黑色的正极碳棒，成了苏双手中的画笔。

偌大的粮站角落里长着各种野菜。苏双母子用来充饥的菜汤里，大多是这种深绿色植物。有时，苏双还会从苦涩的汤里吃到面糊的香味儿，未曾碾碎的米粒黏附在牙床上。苏双问他的母亲：哪来的粮食？一边说，一边伸出小指，将那米粒剔除下来，牙齿咬碎米粒，发出磕碰的声响，再搅动舌头，混合着唾液，很响地咽进肚子里。

母亲不答，只是用勺子搅拌着锅底，舀起一些黏稠的汤汁，喂给老是啼哭的妹妹。

粮站深处的那些野菜近乎成了苏双一个人的专属。他不急于收获它们。更多时候，他会在空寂的粮仓间跑来跑去，仰头看被粮仓尖顶切碎的淡蓝天宇，以及粮站上空飞来飞去的乌鸦以及鸟雀……当发现粮仓中那些堆积的粮食时，苏双突发奇想，偷偷转到粮仓背阴处，用碳棒画了一扇门。门扉虽矮小，却足以令他隐身进入。他在门扉的右侧画了逼真的把手，期望伸手能推开它……他回家对母亲说，粮仓里有好多粮食啊。这样说着，竟真的从裤兜里掏出来一把麦子，母亲诧异地问：你从粮站偷的？苏双笑而不答，直到母亲大声呵斥他，并告诫他再不许到粮站去时，苏双这才解释道，是从凉台的缝隙里捡到的。往年交公粮的盛景还留存在母亲记忆里，有不合格的粮食，会被人们晒在凉台上，凉台的缝隙间自会遗落下这弥足珍贵的粮食……苏双还告诉母亲，他在粮仓的墙上画了一扇门。要是能进去多好啊！他这样说，期望能换来母亲的欣悦。但母亲却"哼"了一声，对他的想法不予理睬。苏双再次去粮站，便在那扇画出的门上添了一把锁，一把扣死的大锁，将他幼小心思里的奇异想法彻底锁住。

碳棒最先唤醒了潜藏在苏双身上的绘画才华。陈武总是看见那孩子蹲在粮站的偌大凉台上，鼓捣着什么。便好奇地走近前去，站在他身后亦步亦趋地看。凉台上已涂满各种奇异的画图，有尖顶的房子、长嘴的鸟、向同一个方向拂动的粗疏线条、云朵状的东西、表情各异的小人……陈武不禁好奇地问：你画的这是什么呀？苏双抬起被炭笔涂黑的手，揩了一把鼻涕。跑到画图开始的地方，为陈武讲解道：这是"塔"。那塔已经他的篡改，是仿照小人书中的样子描画出来的。这是乌鸦，这是风，这是火烧云……

那这些呢？

苏双指着一个长头发的小人说，这是我娘。又指着一个光屁股的小人说，这是我妹妹。

那这些是谁？陈武问。

陈武站着，阳光将他的身体在凉台上拉出长长的影子，他是用脚点上去的。他的脚踩上了一个按比例来说算是"大人"的画像。

那是我爸！苏双说。用两手抱住陈武的腿，不客气地挪开。

马传吗？陈武问。

苏双瞪了他一眼。不满地说，是我爸！这个才是马传。

陈武顺苏双手指的方向看去，便看到了另一个人像，却比第一个小了一些，脸部表情有一些苦涩和狰狞，确乎符合了马传疯掉后的形象。便哈哈大笑，挪了挪脚，点着另一个画像问：那这个呢？

苏双抬起头，看了陈武一眼，说，是你。

在陈武的笑声中，苏双又拿着碳棒继续画起来。

陈武侧头看，看得饶有兴致。

噢，他说，是一把枪……

苏双不答，继续描画。直到把整支枪勾勒完毕，陈武这才发现，那支描画出的长枪直指他的头部。在枪与人像之间，苏双的画笔仍未停顿，从枪口射出的子弹，呈断续状向前延伸，一直连缀到人像的头部，并且拐了个弯，钻进人像的嘴巴。

臭小子，你想打死我！陈武做恼羞成怒状，胡噜了一下苏双的脑袋。

苏双认真地说，那不是子弹，是麦子。你饿了，枪里面会有很多的麦子。

枪里面确乎仅有一颗子弹。每晚巡夜时，治安员陈武都会把它压进枪膛。粮食的重要提示着那支长枪的意义。子弹在枪膛里沉睡，会让陈武倍感踏实。和枪打交道多年，陈武却从未放过一枪。清晨收队时总是小心取出子弹，锁进抽屉。长枪的保险在巡夜时也是没有几次打开来过……他以前在更远的粮站工作，每次休假，时间大多会耗费在路途中。靠了老乡的关系，才调来米镇粮库。休假前的当天下午，他会迫不及待地办完交接手续，迈开大步，星夜兼程走在回家路上。至午夜时分，便能叩响家中门扉。结婚多年，他那磕巴老婆始终未能怀孕，调来米镇粮库以后，陈武的勤奋已初见成效，磕巴女人害喜了。对于女人，年富力强的陈武总是感觉到饥渴。他的脚夯实着铺满月光的道路，鼻子里嗅到麦子扬花时沁人心脾的香味儿，眼前老是晃动着一段女人白皙的胸腹……

陈武巡夜的路线几乎是固定不变的。他绕着粮站四周逡巡，夜鸟的扑棱与动物的游窜惊扰不了他。只有人的脚步才会让他警觉地张大耳朵。他搜寻着各种人的踪迹，有时站在村外，平视那沉沉睡去的村庄，不由得想到低矮错落的屋檐之下，熟睡着无数忍饥挨饿的人，他们或许会在睡梦中梦到粮食，嘴里发出暗哑的呢喃，慈悲之心不由得顿从心生。他会抖抖肩上的长枪，迈开脚步，错误地走上通往村中的一条小巷。拐过巷口，收住脚步，朝被黑暗掩埋的低矮屋舍长久伫立，又抖一抖长枪，不发一言转身离去。

这么多年过去，苏双先生始终想不起自己那晚缘何出门，是去做什么……那晚的月光真好，村街上的一切都被奶白的物质发酵，阴影挥发散去，屋舍、柴垛、树冠……所有的东西都在融化，只是它们吸纳了月光，便要比月光直接投映在街道上显得更为浓郁。

是去和伙伴们做游戏吗？不可能——饥饿的孩子们不会这样无谓地去消耗体内残存的热量。那么便是去村中间的广场上看电影？但苏双先生记得，电影在乡村放映，还要再等上几个年头。那晚出去到底是去做什么呢——他实在想不起来。他只记得那晚的月光真好。他走在回家路上，头晕目眩，脚底像踩了棉花。

柴门的门扉是敞开的。那时的人家几乎没有院墙，泥坯垒砌的院墙也很少见。只用高粱秫秸在院子与街道的交界处，编一道篱笆。秫秆篱笆耐不住风吹雨淋，只能挺一个年头。马传活着时，那道篱笆墙是每年常新的。如今剩下孤儿寡母，糟朽的篱笆被野狗钻了无数个破洞，也无心打理。灯光投影在窗前。苏双还未走到门前，便听到从屋子里传出的奇怪响动。苏双并未在意，弯腰到窗台下去拎起夜用的尿壶。他小小年纪已担起家中的诸多琐事。抬头的瞬间，从破开的窗洞里，屋内的景象令苏双深感诧异。

他先是看见那个叫陈武的男人跪伏在炕上。他的身子半明半暗，于后方墙壁投下浓重黑影。那黑影是起伏不止的，仿佛油灯悬挂于风中，在墙壁上制造着动态的影像。陈武穿着上衣，他的脸上是一种令人搞不懂的表情，迷醉而痛苦。他看见母亲的身体，在昏暗中浮起一层白皙。母亲两条光洁的腿叉在陈武身体的两侧。胸脯是整个敞开来的，乳房在昏暗中袒露，解开的衣襟摊开在身体两侧。陈武的头时而低垂，伏在母亲胸前，用嘴将乳头狠狠衔住。而另一只手，则贪婪地揉搓着另外的一只乳房。苏双惊恐地张大嘴巴，他的视线向后挪移，看到了母亲的脸。母亲眼睛半闭，嘴里咀嚼有声，她在吃什么东西，样子有些贪婪。只待她将手伸向嘴巴时，苏双这才看见，母亲的手里，攥着一块雪白的馒头。

窗外的响动惊扰了两个饥饿中偷情的男女。待慌乱穿好衣裤，出门查看时，只见窗前那只摔碎的瓦罐。

苏双彻夜未归。第二天早起母亲才在柴垛里找到了他。她为他端上那个年月里最为丰盛的食物——两个雪白的馒头。苏双却看也不看，病恹恹地打不起精神。

日子还在朝前行进，而饥饿似乎有所缓解。秋收前的田地里已经长出可以充饥的粮食，粮站内也做好充分的征收秋粮的准备。如今土地虽是归了集体，但征收的任务确乎比合作化之前还要令人轻松。陈武与母亲的偷情似乎难以为继。自那个夜晚之后，即使苏双不在，母亲也会拒绝了他。这令饥渴的陈武感到费解。他有些猜不透这令他痴迷的女人，她怎会毫无来由便要拒绝了他——这样恩断义绝。在惶惑与焦虑中，陈武却得到了苏双母亲的暗示，是在他百无聊赖坐在粮站门前的一个午后。女人挎着竹篮，竹篮里装着野菜，女婴缚在身后，歪在肩头已睡了。他向她打声招呼，没想到女人却径直朝他走来，小声吐出一句话：今晚过来吧。说这句话时，她的脚步甚至没有丝毫停顿，给人的感觉，就像是她走错了一段弯路，如今却要挺直腰背，继续向村里走去。

那晚苏双的母亲告诫陈武说，只要苏双在家，你就不可以造次。苏双不在家，你来什么样儿的都可以。像那种偷偷摸摸的事情，以后再也不敢做了。陈武听了暗自发笑。他问苏双去哪了？女人在他的身下说，去李庄他爷奶家了。

陈武再看到苏双时，亲昵中竟会多了一丝莫名的情感。这情感想来不免令人发笑——他把苏双当成了自己的儿子。但他会无意间从苏双投向他的目光中，察觉到一丝异样。他不知道——这少年的内心，已蓄积起对他的怨怒与仇恨。

深秋的雨下个不停，似给这久违的丰收年景笼罩了一层不祥的寓意。晨昏雨幕里多了许多在田野间游走的人。越是这饥馑荒年将要结束时，窥伺的眼睛便越发多了起来——饥饿的人想偷走一些粮食，聊以果腹；而村里则增派了更多的人手，护秋守夜。陈武在临收队时便遇见两个护秋的人，押着一个头发稀疏的中年人从粮站门前走过。中年人失魂落魄地走在雨地里，臂上挎了一个篮子，篮子里是几株还显青嫩的玉米。雨水从他稀疏的发顶蜿蜒流下，流淌在脸上。他的脸上便不知流淌的是雨水还是泪水。他的嘴是嗫动着的，嘴角粘着嚼碎过的玉米的残渣。他的脚上只穿了一只鞋子，另一只脚光着。押解他的守夜人身披简陋雨披，头戴雨帽，熹微晨光里，依旧能看清他们枯瘦脸上严肃而庄重的表情。

陈武叹息着推开宿舍的屋门。将长枪从肩上摘下来，靠在床头的一方橱柜上。脱掉雨披斗笠，探出半个身子，去外面抖落掉雨水。一抬眼，见苏双挎着篮子，躲开地面上的水洼，跳跃着朝这边跑来。

陈武又是兀自叹息一声。这叹息没了先前的沉重，倒多了一丝舒心和惬意。他找出剃刀和肥皂，又端起暖瓶，向脸盆里倒些热水。今天是他回家休假的日子，他要收拾齐整，去见他那磕巴女人。

狭小屋内水汽弥漫，对面镜子上罩了一层水雾。陈武动作很大地洗了头脸，听到细碎的脚步声。他用毛巾胡噜着头发，头也不回地说，来了，这么早就出来挑野菜，是不是家里又断粮了。

听不到苏双的回答。陈武扭了扭头，见苏双身子倚着床沿，不知在看什么。便又向脸盆里加了些热水，用肥皂将两腮揉出泡沫，拿起剃刀，将脸对向墙壁上的镜子。镜子上的水汽越发凝重，浮起细微的水汽颗粒，有一两道向下坠落的水痕，在镜面上拉出粗疏线条。陈武伸出手掌朝镜面抹了两把，将脸抵近镜子。刚刚伸出剃刀刮了两下，忽觉身后异样，从迷离恍惚的镜子中，他看见苏双正在摆弄放在床边的那只长枪，便呵斥一声，别乱动！放那儿。

镜中影像一时令陈武感觉到迷乱。剃刀刮破了他的腮，刀口处渗出浓浓血液。他平镗剃刀，用刀身抹净白的泡沫和红的血液，镜子中忽然晃过一道阴暗冰冷的反光，忽地戳在那儿，静止不动了。陈武的身子一凛，慌忙伸手又去抹了一把镜面。从瞬间清晰起来的镜面中，看见一把长枪直指着他，枪身的末端，一个孩子的眼睛，正冷静而戏谑地与他对视。

陈武的嘴巴难看地扭动了一下，像是在苦笑，又像是想要说些什么。

这么多年过去，苏双先生始终沉浸在梦魇之中。当他端起那把长枪，黑洞洞的枪口瞄向陈武宽阔的后背时，他沉默的戏仿里虽隐藏着某种杀机，但他确乎只是想那么比画一下，借以发泄他对母亲被玷污的羞恼。但奇怪的是，那天长枪的保险是打开了的，子弹虽仍旧于沉睡的姿态在枪膛里沉睡，却无时不做着被唤醒的姿态……一切都来不及了，在现实与戏仿里，少年的大脑出现了一段短暂空白。扣动扳机之际，他的脸上闪过一丝邪恶的坏笑。长枪像一只欲蹿出他怀里的蛇——他想不到，长枪会以这样一种罪恶的方式成全了他。爆裂的声响令他耳际发烫，身子后错。子弹像一颗灼热的麦粒，迫不及待飞出枪膛，看不到图画中断续的飞行轨迹，只周围的空气被摩擦得近乎燃烧起来。子弹炸开了陈武的头颅。

陈武高大的身躯晃动了一下，背对他仰面倒下。撞翻身边的脸盆，又砸在一只暖瓶上，狭小空间里接连响起爆裂的闷响，却被外面的雨声裹紧。

苏双因惊恐而放大的瞳孔里，看到的是一面斑驳的镜子。

水汽再次裹紧镜面。喷溅在镜面上的一抹鲜血，看上去竟是如此鲜艳。

（原载《人民文学》2013 年第 8 期）

诗　歌

　　李南，1964 年出生于青海。1983 年开始写诗，出版诗集《妥协之歌》《小》《时间松开了手》等。曾获首届昌耀诗歌奖、第四届徐志摩诗歌奖、《十月》年度诗人奖等。现居河北石家庄。

李 南 的 诗

◎李 南

下槐镇的一天

平山县下槐镇，西去石家庄
二百华里。
它回旋的土路
承载过多少年代、多少车马。
今天，朝远望去：
下槐镇干渴的麦地，黄了。
我看见一位农妇弯腰提水
她破旧的蓝布衣衫
加剧了下槐镇的重量和贫寒。
这一天，我还走近一位垂暮的老人
他平静的笑意和指向天边的手
使我深信
钢铁的时间，也无法撬开他的嘴
使他吐露出下槐镇
深远、巨大的秘密。

238

下午 6 点，拱桥下安静的湖洼
下槐镇黛色的山势
相继消失在天际。
呵，过客将永远是过客
这一天，我只能带回零星的记忆
平山下槐镇，坐落在湖泊与矮山之间
对于它
我们真的是一无所知。

羞　愧

我羞愧是因为分辨不出
二月和三月，泪水掉进酒杯的味道
是因为我每天吃神赐的米和蔬菜
却不如一棵香蜂草更有用
苍鹭斜斜地插进水面
天空长满银刺，幻觉将我和生活分开
羞愧啊！面对古老黑暗的国土
我本该像杜鹃一样啼血……
再有一年，我就活过了曼德尔施塔姆
却没有获得那蓬勃的力量！

谁的手编织着花篮

谁的手编织着怎样的花篮？
什么样的飞鸟，它的羽毛最美？
哪一颗恒星不与大地交汇？

为什么一滴水是你心中的一片汪洋？

唉，短命的小蜜蜂啊

你这是急着赶往哪里？

年轻的时候，我叽叽喳喳

爱倾诉也爱聆听。

当岁月把这些美丽又好奇的疑问

运送到了远方

我见到过一些沧海桑田。我想

耐心地等到这个年龄

就是为了让沉静的话语

向着心里走啊，走。

询　　问

你甚至了解一首诗的确立。

每一个命运背后，藏着的狰狞鬼怪。

而我，不过是这烈焰烘烤中

侥幸存活的那一个。

女神，你为何偏偏选中了我？

一粒砂的飞行。你相信？

难道我真能沿着干涸的河床，找到永恒

——那秘密的涌泉？

总会有一个人

总会有一个人的气息

在空气里传播，在晦暗的日子闪闪发亮

我惊讶这颗心还有力量——
能激动……还能呼吸……
和那越冬的麦子一起跨过严寒
飞奔到远方。
总会有一个人
手提马灯，穿过遗忘的街道
把不被允许的爱重新找回。
总会有一个人吧！
在我失明前变成一束强光
照彻伤口和泪痕、我经过的山山水水。
冷杉投下庄严的影子
灰椋鸟忧伤地在林中鸣叫
仿佛考验我们的耐心，一遍又一遍。

这儿是外省，这儿是他乡

陕西是我籍贯，青海是我故乡
而这儿该把它叫什么？

公园里有假山
大街上挂满了标语
缓行的云朵偶尔会遇到彩虹
有时，我独自在洋槐下发呆……

这儿是外省，这儿是他乡
这儿既没有世亲也找不到仇敌。

帝王的墓——阳光下的小土墩儿

空气颤抖——誓死要把异乡人的野性驯服

唉，假如非要我给它一个名称

这儿，是最终埋葬我的地方。

呼　　唤

在一个繁花闪现的早晨，我听见

不远处一个清脆的童声

他喊——"妈妈!"

几个行路的女人，和我一样

微笑着回过头来

她们都认为这声鲜嫩的呼唤

与自己有关

这是青草呼唤春天的时候

孩子，如果你的呼唤没有回答

就把我眼中的灯盏取走

把我心中的温暖也取走

（选自诗集《时间松开了手》，九州出版社 2014 年 3 月）

简明（1961—2019），当代著名诗人、评论家，国务院政府特殊津贴专家，原诗选刊杂志社社长、主编。著有：诗集《高贵》、《简明短诗选》（中英）、《朴素》、《山水经》（中英韩）、《八方》（中英）、《简明长诗选》（中德）、《手工》、《大隐》（中英韩）等15部，长篇报告文学《千日养兵》《感恩中华》等5部，评论随笔集《中国网络诗歌前沿佳作评赏》（上下册）、《中国网络诗歌十年（2005～2015）佳作导读》（上下册）、《读诗笔记》等5部。作品曾获1987年《星星诗刊》全国首届新诗大赛一等奖、1989年《诗神》全国首届新诗大赛一等奖、1990～1991年度全国优秀报告文学奖、河北省文艺振兴奖、闻一多诗歌奖、陈子昂诗歌奖等，诗歌作品入选上百种权威选本。

简 明 的 诗

◎简 明

卡夫卡自传

我在地球表层刻下一刀
简洁的刀法，与我的命运相似

飞鸟留在天空中的体温
只有天空才能感知
风，什么痕迹也不会留下

一直往低处走，反而成为高度
我从未超越过别人，只完成了自我
我走了相反的路

我的偏执抑或深刻
羞于后人勘测

天空：头顶上的道路

背上行囊，就拥有了一切
属于我的财富，从来都这么不多不少
我把它们均匀地撒在路上

夕阳通往墓地，月光越走越西
我知道：不甘沉沦的事物沉沦下去
第二天还会觉醒

我目光中只有灿烂的事物
阳光、雪山、湖泊和草甸，表里如一
像布达拉宫

还有雪线，与我梦中的视野一样
辽远；还有雪线下面的甬道
让万物日夜兼程

还有紫外线：自上而下
尘埃，天光与地气
它们在天亮时就能融会贯通

天空隐藏着万千表情
我执着地拒绝笑，其实严肃
才是人类最大的幽默

身心净，如香炉
藏香迷恋虚无。愿它们
永远像它们自己

我爱是因为我深爱过，还不曾爱够
一块雪地腐烂了，要怎样的灵丹妙药
才能让它们回归从前

瞬间消融的雪景，绝不会在山顶
停留，它们一步紧跟一步
追赶未来的河流

我只在路上辨别真伪，或同向或相向
太多的往事，拥挤在唐古拉山隘口
我真怕认出其中一二

路是不分新旧的，时间站在原地
它们用精确的刻度打量今昔
近景使远景历久弥新

远离雪山吧，它们翅膀雪白
极少打开，始终一尘不染
谁也无法效仿

远离湖泊吧，它们表情淡定
道行幽深，万年修成平常心

谁也无法效仿

远离草甸吧，它们生长在
雪山与湖泊中间，左右逢源
每一片草叶都有正反两面

远离旧事吧，它们鲜为人知
宽容像雪，覆盖面积正如辽阔的疆域
有时也下雨，只为深入人心

远离爱情吧，它们还不曾发生
爱一个人，一定要爱透
像路通达所有的地方

远离亲人吧，亲情无疆
它们像湍急的雪水，深深刺骨
但只有亲人，会呼唤你返乡

远离此刻吧，它们太真实
我在穿越黑暗之前，现在必须
融入黑夜

身体里总有一部分是暗淡的
比如指甲，比如疾病
虽然它们刚刚经历了正午

疾病是肉体的经历

它们不像指甲，可以任意修剪

历史的病灶繁花似锦

我脚下盛产坎坷，即使是在夜里

它们也会排列有序，它们不发光

但是引领着追随者

有人执迷是因为还不曾深悟

正如头羊身后的羊群

草在哪里，它们就出现在哪里

忘掉食粮吧，忘掉水

它们完全支配了你的意志

行就是忘

忘掉灯吧，忘掉眼前

我们一直在前行，怎样才能

走得更远呢

忘掉里程吧，忘掉寒冷

雪山上裸露的石头少而又少

阳光使它们无处藏身

忘掉身体吧，腹腔里有太多

堆积物，这些欲望的脂肪

随时可能燃烧

忘掉沐浴节吧，一年的劳顿
或许只收获了半载，洗洗吧
洗一次干净一年

我的身体，有时轻有时重
忽东忽西的归属感，使它
漂泊天涯

我的内心，有时充实有时会
空出一片天地，它在等待灵感
或者另外一个人

什么人能够把它再次填满？
它那么博大，又那么渺小
与昼夜互为一体

同伴中，没有我憎恨或者鄙视的
有人在中途退却了，等他们醒悟时
我还能看到

胆怯或背叛，是因为太容易做到了
看看彼此的脸，没有愧疚！曾经的赞美
我还能听到

黯然失色的消息，总能够走很远
它们处处留行，像杯中的残液
宿醉方知酒香

擦肩而过的旅人，相貌各异
有的像拉萨，有的像北京
他们已经习惯了躬身

一次次叩拜，源自内部的引力
我的劝诫，不仅仅是为了
心脏或者身体

同为背井离乡，常常迷失方向
犹豫使道路弯曲。不要等
我一直走在前方

沿途中的欠债，要牢记但是不必
偿还，一路上会欠下多少
不留姓氏的陈述

三言两语的点化，恩重如山
情是还不完的，香火
是一种相托

一个人行路，会抛弃许多人和事
如同每天的悔过自新

脚步因此轻快

有人在帐前止步，一盏灯
便是途中故乡，转世的赝品
早已司空见惯

酥油灯坐在帐内，光明磊落
天将降大任于斯人也
彻夜难眠

我睡在帐外，搂着夜色
空寂无边无际，草木和鸟
踪影全无

舍　　得

像秋天一样舍得
放下果实，放下一树一树的黄金叶
舍得秋色

像火车一样舍得
放下旅人，放下一车厢一车厢的站台
舍得别离

像蚂蚁一样舍得
放下身体，放下身体里的天空

251

舍得伟大

像农民一样舍得
放下土地，放下子孙后代的口粮
舍得富贵

像诗人一样舍得
放下笔，放下悲悯和大义
舍得良知

像伊拉克一样舍得
放下刀枪，放下种族的恩恩怨怨
舍得疆土
舍得头颅

在华山上，与徐霞客对饮

"再走一步，你将到达山顶
但是没有人能够越过自己头顶"
你的影子像刀子一样快
影子里居住着最后一个升仙的道长
我越想靠近你，你就越高
最高处永远是一个人的舞台
你坐在阳光身旁，神情不温不火
我承认：我追不上你的影子
正如华山上的植被，紧贴岩壁

却无法钻进华山的内心

华山以孤高名世，普天下
谁能与它齐名？云越低
越孤独，树却越高越独立
根扎一尺，树高一丈
一动不动的飞翔，才是真正的
飞翔！天地之间的行云流水
游人只观喧闹，喧嚣背后的故事
落在诗人笔下。诗人写春秋
也写风月，古往今来
只有一个名叫徐霞客的人
醉生梦死过一回

我渴望与这位独具风范的行者
在山顶上相遇，我们席地而坐
简明望着徐霞客
徐霞客望着简明
其实人生只有上山与下山
两件事，上山与下山
如同从二十岁走向六十岁
上山，你只管举目
下山，你必须把姿态和心
沉下来

山的身体里藏着另一座山

一双青花瓷碗在夜色中手谈

声音到达之前，我们前仰

或者后合，我们之间隔着一碗酒

和另一碗酒，隔着一个朝代

和另一个朝代

一碗酒一个百年

一碗酒几个乱世好汉

酒是液体的华山，四十五度不低

六十五度不高：酒是山中山

华山是固体的酒，四十五度不高

六十五度不低：山是酒中酒

一碗不醉人，五碗不醉心

我们像一面旗帜为远景所包围

凡人行走在去天堂的路上

仙人在归途

灵　隐　寺

一九十九。在灵隐寺

我已然忘却了顽固的失眠

侧面是一座叫北高峰的山

清脆透彻的木鱼声，循循入耳

禅意自藏经楼溢出，像夜色一样

弥漫开来。我从"一"开始数

等待着"九十九"的降临

然后，让身心入静

该来的注定会来，该去的
不一定会去。我把此行的参悟
写在明信片上，一天写一封
十天，却只寄出九张
无悟之悟，已经装入行囊
那是我后半生的行程，而前半生
邮差会把我的心之所得
告知天下

信使是为往事剃度的人
信使是为后事上香的人
他们也许难以分辨
谁是我的亲人和朋友
谁曾经有意无意伤害过我
但他们会沿途弘扬：向善的佛心
我的快乐包括你们的快乐
我的宽容包括你们的宽容

老 句 式

我不舍昼夜，但不会给逝水
分行。几十年来
我一直都在给诗歌分行
它们足够绕地球一整圈

朋友一分行就有了三教九流

财产一分行就有了富贵贫贱

光阴一分行就有了生死别离

有人想给《康熙字典》分行

有人想给美利坚合众国分行

想法多么诗意

但我不会参与

我脚步蹒跚，像拐杖一样

传统。已然漂白的头发

怎能越抹越黑

我将老在原地，淡出江湖

铁扬油画之赵州梨花

在梨花的版图上，赵州为岛，梨花为海

赵州的深呼吸，吸进去的是鱼

吐出来的是1：1浓度的花粉与醉花客

赵州在石家庄东南方向

省会咳嗽了，想吃雪花梨了

天气预报一准刮西北风

赵州不大，恣肆疯长的梨树下

间种着：刚满六十岁的县政府

和一千四百岁的赵州桥

赵州梨花沿着民间的海岸线绽放
一树一树又一树，口口相传
像花蕾接应花瓣，果实接应芬芳

梨花一年只涨一次潮
弯腰劳作的梨农
一年只抬一次头

汹涌的梨花
从道行幽深的柏林禅寺退潮
留下一地诵经的贝壳

（选自诗集《朴素》，河北教育出版社 2013 年 10 月）

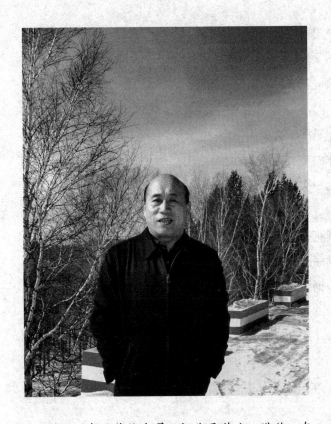

　　北野，中国作协会员，河北承德人。满族。在《人民文学》《诗刊》《中国作家》《十月》《青年文学》《民族文学》《散文》等发表诗歌、散文、评论等。出版诗集《普通的幸福》《身体史》《分身术》《读唇术》《燕山上》《我的北国》等多部。作品收入多种选本并译为英、法、俄、日等文字。

分身术（组诗）

◎北　野

1. 空剧场

"生是偷生，死是该死"
你可以换去一座房子
但不能换走一副身体
虽然用旧的血液还在奔波
虽然破碎的心脏还挂在那里
虽然忧患和悲苦还在
但苦难的人生依然一片茫然

舞台后的转换我没有看清
而聚光灯下的时间那么空荡
山贼和帝王都逃出了国界
乞丐和诗人也都走散了吗
如果这是一个春天
谁在背后接下了她的繁华和辉煌
谁把纯洁的人群都放在了乡下

谁把城市杜撰得如同草莽

盗墓贼在坟墓里接受了暗示

开始在街头施舍怜悯和金钱

而善良的天使流落于民间

早已带走了她的枷锁和嫁妆

而在今夜，我是那个要合上大幕的人

我是那个要关闭灯光的人

我在等着自己，最后一个退场

2. 热天气和来自高处的雨

那些熟悉的人在迟疑。那些陌生的人

在回避。行色匆匆的头皮冒着白烟

发黄的草叶低于树根和水。绝望的庄稼

站在田野上，风把它们的枯叶剥去了

一层又一层。水洼里的风车急速转动

被扬起的泥浆，转眼变成了飞尘

河堤高了，河床矮了，双眼像灯笼

在暗中充血。缰绳崩断的时候

浮尘和山冈跟着牛群在飞奔。而唯一的

一片阴凉汇聚在悬崖下，卧在那里的

看家狗，已经把自己的露珠舔尽

庙宇的人群在扩大，牺牲和虔敬的心

冒着热气。而每一个滚烫的敖包

都使内蒙古草原一阵阵战栗

爬上山坡的人，提前听到了高处

那追赶人群的闷雷，回旋在头顶

而雨声顺着身体的伤痕流下来，大地

是惊涛一样的回音。上帝的天堂已被

上帝留下，而我自己的天堂正在崩溃

3. 乌鸦和它眼中的迟暮

时间在集中。匍匐于大地的田野

已经混沌不清，漆黑的云团

顺着旧居的周围滚滚而来

乌鸦叫喊着：黄昏！黄昏！

炊烟把它们的身影烧尽。而途经

威逊格尔围场的乌拉岱河

却像命运一样深。泥鳅成群结队

潜伏在水底，我的手触到它

灰色的光芒，触到河流的历史

和它们背在脊背的光滑的碑文

乌鸦在飞过田野之时，看见了

那棵干枯的胡桃木，一段做成胡琴

让一个盲人漆黑的内心，跳出火光

一段削为木剑，让飘在四处的鬼魂

为一个男巫追赶。公鸡在树顶打鸣

但它绝不是在赞美同类，而是

惊讶于镜子里那片突然飞起的红云

蛇和它的闪电只在草丛里照耀自己

261

而月色却贴着脊骨悄悄爬上来
哦，大地，现在已经没有人
比我更熟悉这片浓荫

4. 秋风中的调笑令

薪火燃尽。秋霜变白，落叶有时
翻开岩石，使泥石流缓缓而行
或穿过日常的远景，取自风雨
到达深渊，沿途带走了胡杨和羌笛
带走了蒙古马、弯刀和毡房
孤狼在低处长嚎，落魄人在楼头
独饮。偏爱塞外风光的蔡姬
就居住在我的隔壁，她在声声暮鼓里
吹亮烛火的时候，大漠孤烟
直取魏晋。她面目安详，心中汹涌
迷信自己又沉溺古籍，她在山中
小路荷月沉吟，却偏偏从一阕古词间
翻出了自己的前生。正是这些
似曾相识的白露，使她开始怀念
远处的事情。秋风起，红唇薄
叶独鸣。叶是八百年前的银杏叶
一面脉络如金，一面有她的留言：
谁见得，原上草，又枯荣?!

5. 孔雀东南飞

落叶踢翻了柞树的根。秋风掀开
百花的骨灰，四处飘香的松果
穿过空气，飞向大地，被梦中的
鼹鼠接住，放于头顶。时间
缩得很小，闪电慢下来，而河流
加深。大雁在空中加快了速度
这急迫的时光使小狐狸，爱上了
最后一个猎人。激动的麋鹿
在枫叶上停下，开始产仔，麝香
漫上了我空洞的内心

谁在背篓里藏下松菌和灵芝？
谁把琴弦弄断，让翻山越岭的少女
看见了沟渠？而寂寞的淘金人
两手空空，进入归途，在走出山口的
时候，他频频回首。而大雪已经
埋伏在一个消息里。高处的苍鹭
肯定提前看见了她的光辉
苍鹭在叫，苍鹭使我的心
陷入了一种无言的疼痛

6. 牧羊人

山花椒不是树。山花椒是空中之花

她和一朵白云并生在高高的悬崖

我把羊群赶进云里，我把篝火点亮
我服从了太阳的暖意和空中的家

岩缝里的水，流经大山的心脏
也煮沸锅里的鸟蛋和山茶

鼹鼠是地狱的灵车，当它发现我
它将开始一次新的逃亡，它的
身影，飞行在明亮的地下

高翔在头顶的大鹰，在炫目的阳光里
把一道燃烧的门，突然打开了

而我放下牧羊铲，依在一块巨石上
纷繁的世界把我心中的影子也带走了

7. 致特朗斯特罗姆

瘟疫里的马群，接受了一棵大树的指引
在一个隐喻的烟尘里狂奔。楸树之上
天空正深。而落叶下，鼹鼠笨重的肉体
在时光中缓慢前进。四条公牛走过来
夏天仍能看见深渊的影子和攥紧的拳头
仍能看见喧嚣在黑暗中吐着火焰

和喷出浪头的海岸响着巨大的鼻息
只有风是孤立的，像青铜小号
挂在头顶。死亡从来都是安静的
尤其在热风带，她从不激起涟漪
像沉船，灾难犹如爱情，她温暖地
抓紧桅杆和船员，突然浮上海面
露出百年前冰冷的脸孔。而"唯一的
幸存者必须坐在北极光的炉旁，聆听
那些被冻死的人的音乐"，我看见
灰鲨的肚皮里，装满了碎头发
忧伤的目光和虚弱的灯
而巴尔干半岛的森林正在腐烂
地铁站已经停运。时间正在下沉
乌鸦用歌声吹动着死者的亡魂
虚弱不堪的人群，离开自己的身体
和塔尖上敲钟的人抱在一起
如一件灰袍子，在天空里漂浮

当音乐骤起。岛屿重现。黎明再次
响起敲打声。这是又一个星期过去了
半完成的天空悬挂在无垠的大地之上
灵魂回到肉体。躺倒的兽类重新找到
骨骼和野性。湖泊再次成为地球的眼睛
而初生的婴儿正在蹒跚学步
和哭泣着通往语言的途中。天使的足迹
带着光泽，爱神的唾液一口一个钉

但这并不能改变什么，勉强生存的人
依然生活得漏洞百出。像熄了灯的船
它无法和港口一同安眠，它无声的撞击
使这块发亮的陆地像漏风的凉亭
"感到身体被慢慢地吹到了远处"

其实一个诗人根本无法为此坚持一生
哪怕是几分钟？"像黑暗坠泻的
体育场上那些披光的赛跑者"
特朗斯特罗姆，我看见你顺着时光而来
你驼着背，举着一块巨大的玻璃
说：别碰我！而后我突然听见了碎玻璃的
响声和你的喘息，哦，不！但我
无法伸出手，"把你从忧伤中捞起……"

（选自诗集《分身术》，长江文艺出版社2014年8月）

　　殷常青，1969 年出生于陕西眉县。中国作家协会
会员，河北省作家协会理事。曾参加第 16 届青春诗
会。出版有《岁月帖》《春秋记》《沿途》《纸上烟
岚》等诗歌、散文随笔、评论集多部。先后获中华铁
人文学奖、河北文艺评论奖、河北省十佳青年作家、
中国石油十佳艺术家、河北省德艺双馨文艺工作者等
奖项和称号。

岁 月 帖

◎殷常青

沉 溺

那么多人涌向字里行间，涌向了生活的流水，

那么多人忍住喧腾的心，和说不出的话。那么多的人

安静不下来，把小小的身躯，交付于对命运的敬意里。

那么多人经过道路，爱情，走走停停，唉，那么多的人，

来来回回的人生啊，像一列火车轰隆隆驶在列车时刻表中，

多少年，山河一晃而过，大好前程一晃而过。

那么多人，在风中走着各自的命，那么多人的爱

来自乌有之乡，那么多人从此流落街头。哎，那么多的人，

清晨出发，稍晚返回，年轮就像一个个小旋涡，

他们的血液是祖国的，但生活的蜜不是他们的，

那么多人在内心拐一个弯又一个弯，活得专心，规矩，习以为常。

那么多人，笨拙，懒散，喘着粗粝的气，一齐从村庄跑往城市，

然后蜷缩在一幢楼的底部。那么多的人鲜亮，时尚，

像一头头迷路的小驴子，在一座村庄衣食住行，终于成为亲人。

那么多人的日子就这样绿着，没有香气，

那么多人低眉，顺目，安于现状。唉，那么多的人，

他们可以被称为我的父亲母亲或者兄弟姐妹，

他们不是生活和文字，而是那些天天升起来的明亮的炊烟。

百 合 花 开

我被这羞涩的白所迷醉，我羞涩于：百合无所遮掩的

敞开，我爱这个世界，不能自持。这是一个把脸埋进羞涩的

少女，把乐队埋进羞涩的胴体，它急迫，幸福，安详，

我嗅出黎明的味道和杂含其中的星光气息。百合花开——

它与这世界汇融，向黑暗交出自己，用月牙之光，传递：

我们的悲哀与喜悦，以及彼此的惦念。百合花开，迎面扑来——

我被这羞涩的青春溅起火花，它如新娘身披婚纱，

自足而缓慢，它如白蜡烛，只许燃烧，不许流泪。

多少年了，我空空的心从来没有如此清澈和澄明，

它欲言又止，小心翼翼，只有轻轻的呼吸，和那么多人想爱的身躯，

它应该拥有颂歌，但它躲避，如水中出浴，羞涩，隐约。

"我与它的依恋将不分时日"——仅仅为了这一句话，我要在今天

写下这首诗，写下它的清洁，它的香气逼人，等到它闲下来，

等到它闯进一个人的心里，成为一小块月亮，等到起风了，

一切安静下来，屋檐，树叶，灰尘……安静下来，我读给它听，

读给一切聆听者和不出声的世界。百合花开——

花开三千里，花开一昼夜，羞涩地开，无遮掩地香，

百合将忘记对时间的怨恨，在有情人终成眷属的那一天。

269

把风撕开

把风撕开，不仅仅是为了暮年的回忆，不仅仅是为了像童年，

蜷伏在母亲的怀里，不仅仅是为了回忆的蜜糖。

把风撕开，把胆怯的萤火虫撕开，把夜晚撕开，为了生活不埋没什么，

把深藏的树根、封存的陶俑撕开，否则，仿佛它们就不配闪光的意义，

否则，它们只是一地的荒凉。把风撕开，把镜子打碎，

拉出那背后闪躲的人，用一列火车运走，像运走从前的一阵风。

把风撕开，让大海转身，转向生活的呼吸、心跳，

有人试图举起大海，他得到的仅仅是一杯酒，

有人试图握住命运，他握住的只是起伏不定的瞬间。

把风撕开，我看见也只是看见，我沉默，只是无话可说。

把风撕开，在夏天的傍晚，在身后度过的冬天，在离开故乡的

一条小路上，那些要去远方的人，像风一样把风撕开，

撕开坚硬的疾患，时间犹如被排出体外的废渣，

撕开最细小的毛细血管，时间犹如被过滤掉血浆的水。

把风撕开，谁在叹息：活了这么久，在自己的影子上，

走了这么远的路，在经过的地方。多么难得啊——

把风撕开，群山低鸣，水继续从天堂涌出，

世界啊，这个噬骨的春天，我已经无力推挡和防御。

不 原 谅

不原谅一个人，他有许多怨言，从不让人看见，

不原谅另一个人，他对生活厌倦了，习惯了，热爱着，却忍耐着，

不原谅他在人群中,是一个人走,他衣衫很久不洗,多有灰尘。

不原谅! 除了时间,留下爱上别人的余地,

除了上帝身边的人,有时也是欠债不还的人,除了他的尴尬,

除了一群少女,一个婴孩,一只蝴蝶,一对唱诗班的小天使,

除了你,如果真的是生活欺骗了你,除了一些爱情,

是另外一些,除了一些爱情,是没有归宿的石头,

绝不原谅一个人在石壁上,写下早年的无边梦想。

绝不原谅一个人提前开始回忆:回忆是一场持续的病,

是一个松散的下午和一个远逝的年代,是一个醒着的词和从掌心

流走的水,绝不原谅一个人就这样放弃了可能的新生活。

不原谅那些欢乐,被我们忽视或省略的小小的欢乐,

不原谅那些啜泣,被我们用来教育和鼓动,

它们仿佛一对相互修补断牙的齿轮,在生活中反复运转。

不原谅一个人,他这样热爱我们的窘困,一往情深,

不原谅另一个人,他在黑夜省下灯油还在叹息,这是我必须熬过的夜,

不原谅他是我的兄弟又是我的仇人,如今沧桑满面。不原谅!

旅 行 记

祖国过于广阔,我羡慕这旅行的生活,这离开地图

指引的方向,火车或飞机像蝗虫般奔向无数想要去的地方——

它们远,是山川无穷,它们近,是白云朵朵,

我只是旅行者,远了,就是近,近了,还远着。

我经过它们,其实是经过很多美好的,或让人沮丧的地方,

我发现它们,又将在新的旅途中忘记它们,

它们是一山的寺院，一庙的天机，它们是宽慰眼睛的

大海和蔚蓝，它们被逐向无垠的旷野，被命名，点亮，

让我在想象中怎样仰望，行旅中就将怎样匍匐。

祖国永远没有终止，到处都是画卷，日夜苏醒，

一小片彩陶，一本手绘文书，行旅中饮马对弈，诵读经文，

拥有一小块不再移动的山河。一个异乡人的眩晕，从辽阔到细致，

他的行动越来越有耐性，他说：原来祖国还可以这么美好，

美好得都不像真的。多年来，我一直把旅行当作一种生活方式，

一直把对人间的爱放到尘世的路上，慢慢地走，

慢慢地消化，是的，我只是想做一个生活的慢步者，

让自己慢下来，让亲爱的祖国接受我的到来，让那些翠鸟

停落到我的肩头，我只想在缓慢的行旅中品尝活着的幸福滋味。

他 的 慢

他的慢是刻意的，他身体健康，牙齿坚固，却绷着弦

来爱她，来爱这火焰，这肝肠寸断。他像一棵饱经风霜的

桉树，每一根枝条的生长都是慢的，慢慢地天然，

慢慢地纯粹，慢慢地硬朗。他的慢不是矫饰，虚伪，

更像一把精致的小锤，一寸一寸把寂静的骨头敲碎，

更像一只快乐的乌鸦，让虔诚的老妇女慢慢双手合十，

他的慢，如大海在你看见时才变蓝，他的慢是对这个

不完整的世界的爱，就像蜜蜂是为花粉，而不是为蜜飞舞。

他的慢是刻意的，他宽恕了自己在这个世上的焦虑，

他将像一个旅途中的孩子消失在旅途。他累了，单薄了，

他越来越慢越来越细密的动作，仿佛泪水与叹息，

隐没了他的身体。他的慢，在加速前进的时间中，

在生活愈合的伤口里，他的慢，在青青的叶子上，

在躲在绿叶中娇羞的女儿眼睛里，他的慢，是自己露出的

痛，藏在白发、皱纹和肌肤里。他的慢，就在你的对面，

被无数的声音敷衍，像我的草人儿在田野站着，

在时光里萧瑟。他的慢是包容、宽厚、仁慈和呵护，

他的慢是刻意的，仔细地缝补着我们心中的那些豁口。

割 草 机

一个下午的时光，我都在听那台割草机唱歌，

那些正在前进的小草，正在结婚的小草，那些风没有吹弯的小草，

那些在草叶里吻作一团的蚱蜢，在午睡里发出鼾声的小蚂蚁，

开始尖叫，打滚，一位退休的老园丁说："它们在骂娘。"

这是盛夏，一台割草机制造了风吹草动，制造了无病呻吟，

制造了"寒意无限"。一个下午的时光，多少往事成烟，

多少时光之水越河而去。割草机像死亡的领唱者，

一些生命新鲜的液汁与一些生命的老年下意识地在镜中重逢，

一些未到期的牺牲者，一些小草腥甜的气息，

只想请世界的剃须刀放过它们，连同所有的岁月。

在这个盛夏，这个下午，割草机在草地缓缓移动，

以及宽广、嘹亮的哀愁。是的，一场爱，就是一次蓄意的冒险，

就是互相折磨，或重或轻，就是针尖上那绵绵软软的疼。

割草机如这道符咒，这巨大的隐衷，它让小草们心有苦痛，

还要勇敢地活下去。一个下午的时光，一片吼叫声中，我纹丝不动，

如一叶最后的小草，从割草机的歌唱中经过，我已经习惯了

273

在这个夏天等待割草机的下一次，或许我们已经有这样的命运，
或许我们还需要它，但这一段往事依然不能停下来，随意放在一边。

（选自诗集《岁月帖》，长江文艺出版社2014年12月）

散　　文

　　刘萌萌，河北昌黎人。中国作协会员，鲁迅文学院第36届高研班学员，河北文学院签约作家。文字散见于《散文》(海外版)、《散文选刊》、《北京文学》、《芙蓉》、《中国作家》、《百花洲》、《雨花》、《山东文学》、《山西文学》、《青年作家》等期刊。著有散文集《她日月》。曾获首届《黄河文学》双年奖，河北省第三届十佳青年作家。

戏院街（三章）

◎刘萌萌

戏　院　街

　　戏院街。事实上，我一直叫它戏园街。想来，原该有一处堂皇的戏园子，安扎此处。露天沐风的大戏台，也可能穹顶深远如天幕的戏院，在渐深的夜色里借着一出出满堂红的戏目还魂。眉眼如画的青衣，风神俊朗的小生，在灯光下纠缠辗转。板胡咿呀，一嗟三叹，一脉声线似断还连。车辇、戏装、旗袍、香烟、茶水、人力车夫、颈上横搭的毛巾……台下人影如尘，暗香憧憧，叫卖声叫好声叠至一处，戏里戏外，竟是一派悄恍。

　　然而，这不过是我多年后望文生义的想象，时光里的空穴来风。彼时，我跟从母亲，东张西望行走在这条叫作戏院街的街道上，远远未能领会汉字幽深之境。院子里抖着一双小脚走路的贾奶奶叫它戏院街，耷拉着一蓬白胡须的麻爷爷叫它戏院街，但没有人对我提过戏园子这回事。早年里，小城有城墙，比现在严密得多。东西南北四个方向各开一城门，有专人把守。城墙是早就不见了，城门就此无有立足处，只留下了东关、西关、南关、北关的叫法。这也不新奇，很多的小城镇上都流传着这种称谓。但就像那些早已干涸的护城河，只有在老辈人的回忆里，哗啦啦掀起如银白浪。如今没有谁能像那些上了年纪的老人一般，把个旧名叫得自然妥帖。吸引我的，不是四重城门，而是传说中的"显得神"。贾奶奶盘坐炕头，手中麻线刺啦刺啦作响，在鞋底上左右翻飞穿梭。夜色越来越沉。我趴在炕沿，目光投上窗外黑黢黢的院墙。"显得神高高大大，长长的毛发纷披如雄狮，没人见过他的面目，也不晓得是神是鬼。一大早坐在西城墙上，露出白花花的牙齿，黑毛遮盖的长腿垂在地上……"话音未落，奶奶稍稍一抖，指端沁出细小的血珠。房间里安静了。灯光在墙上投映出巨大的暗影，我感觉脊背上升起阵阵寒意。院子里啪啦一响，一下没了声息。我紧紧盯住院门，仿佛那里有一个长臂长腿的怪物，旋即推门而入。

我眼见的戏院街是最热闹的主街之一。二十世纪八十年代的小城，远不能惊动"繁华"一类字眼，清冷、嘈杂、落后、新奇、懵懂，是小城骨子里的面貌。长长的街道，汇聚文武全行。布匹店店堂进深幽暗，店员在柜台后晃来晃去，眉目隐约；新华书店隔街而望，深紫的隶书悬于门楣之上，长日寂寂，书香落寞。由北而南，渐次嘈杂：饺子馆、小吃部、钟表修理店，刻印图章的老者埋首窗下，不问春秋。冷饮部白底红字，临街而立。水产公司紧傍其侧。戏院街好就好在宽容，变戏法卖杂耍的均能混迹于人群果腹谋生，黑白胡椒辣椒面亦不例外，闹市里争得一席之地，堂而皇之大呼其声。小店铺，大门市，招牌幌子参差罗列自见秩序，如旧时韵脚平平仄仄，一路行来，朗朗上口。

八十年代初期，自行车是小城里仅有的交通工具，尚未成为主流。徒步是更为习见的出行方式。无论冬夏，戏院街上人丁兴旺，男女老少济济一堂，棉衣单衫，提篮担担，言笑间口沫横飞，脚下腾起一片尘埃。你中有我我中有你，才见得摩肩接踵的人间热闹。忽而一辆马车不合时宜地挤出人群，占去大半边路面。悠然自得的行人并不惊慌，侧身之际微觑一眼，照旧走路行事。马蹄踏在沥青路面上，嗒嗒之声清晰可闻。记忆中的赶车人，单剩下一团黑罩衫，手执长鞭，挥舞起来咻咻作响。牲畜稍有懈怠，一鞭下去，便又奋勇如前。车身随即在一阵哐里哐啷中迅速远去。也有例外。马车尚未近前，远远就见满街人侧目掩鼻，仓皇避让，这时车尾必有两只雄健的粪桶，黄汤漾荡，壮士般当街睥睨，赶车人则渺小得多，厕身于粪桶之间，目不旁视。有时，马车换成驴车，驾辕的母驴身边，往往跟着一头小毛驴，忽闪着长睫毛，支棱起两只长耳朵，低着害羞的大脑袋，啪嗒啪嗒地走着，稚拙的背影孤单又伶仃，仿佛失怙的少年藏着心事在人群里躲闪。神气的红缨穗垂在额间，脖颈上拴着铜铃，跑起来叮当叮当响得欢快。可是，一头驴穷尽一生，能有多少自在的时日？吃料、长大、拉车、赶路……疼痛和鞭笞，不晓得从哪一片天空挥落下来。多年后，我从一头毛驴的身上，依稀看到更多的命运和际遇。

陌　生　人

我不知道，那些异乡人是如何来到这座小城，最终又出现在戏院街上的。他们大多有着黧黑的面目，风尘仆仆，满面倦容，操着滑稽怪异的口音，站在这条陌生的街道上，动用语言、表情、肢体和道具，旨在招徕众人的注意。在那些繁复的旧时章回小说里，不断出现他们辗转的身影，耍把式打擂，卖艺卖药，说书唱曲……跑遍各地大小码头、长街短巷，他们有一个共同的称谓：跑江湖。跑江湖，那是需要真功夫的，没有一身好把式，是跑不动江湖的。

锡锣。这名字听起来尽显几分游侠气。流落民间的乐器，在长街人群中，闪烁金子的光泽。小巧的鼓槌儿，缚一条红布，最适合粗糙干燥的大手，另一只手，势必提着那面小小的锡锣，这一长一圆，看似风马牛不相及的物件，静静对峙。然而，只要鼓槌儿重重地敲上锡锣，飞扬的红布条立刻就有了风的姿态，一通喤喤喤过后，人群如四散的蚂蚁循声而至，隐匿江湖的英雄，迅速被人群黑压压围拢于街道中央。这个落魄江湖人，当即双眼放光，仿佛自身分蘖而出的另外一个，闪展腾挪左挥右舞，那阵势，十八般武艺，无人能敌。

在戏院街，一年当中，总要见过几次这样的场面和人物。然而，也并非总是如此。那名着蓝色衣裤的干瘪老者，改变了我幼年一贯的记忆。他的头发已经很白了，像一层稀疏的白雪，遮覆住苍老的头颅。我看不出他的年纪，褴褛衣衫掩盖住皮肤上的褶皱，还有一路上的风雨尘埃。吸引我的，是他肩膀上那只穿着红马甲、绿短裤的小猴儿，它蹲在主人的肩头，睁大好奇的眼睛，细长的尾巴遮在身后，目光里藏着一丝惊慌。主人把它从肩头赶下，浑浊的喉咙里咕哝着一种怪异的语言，那是小镇人闻所未闻的。猴子立即在人群围成的圆圈里走动起来，两只毛茸茸的前爪搭在一起，向着众人拱手作揖。人群里哄地笑开了。

越来越多的人围拢，不断有人拥上来，将我拦在身后。我试图用手扒开一条缝隙，从大人们的身侧挤过去，可那些强壮的胳膊大腿壁立成林，让我的努力化作泡影。透过灰色蓝色的丛林，我看到猴子正在卖力地翻筋斗，它的功夫显然比祖师爷逊色好几个回合。细弱的手臂略显笨拙，惊慌的眼神泄露内心的恐惧——它惧怕什么呢？想当年，孙大圣可是一个跟头十万八千里的，驾上祥云，腾空而去，更不必提火眼金睛降妖除魔以及七十二般随心变化。如今，祖师爷仍在传说里摄人心魄，单单留下它流落人间，饥一顿饱一顿，为果腹在街头终日奔波。虽没有七十二变的本事，却也要做出好些把式花样取悦于人。锡锣声越来越密集，仿佛豆大的雨点，淋湿了猴子的身姿和表情。绿色的开裆裤暴露出通红的猴腚，似乎是羞赧的缘故，在人群前忽闪着，翻过来又翻过去。它的马甲真漂亮，大红的绒布，金灿灿的丝线，搭在一起耀人眼目。这身行头显然穿了很久，衣角上怯怯地显出肮脏。锡锣声一下紧似一下，猴子便在如雨的鼓点中跳腾穿梭。哪一个动作倘不够满意，老头儿便爆发出低沉的呵斥、恐吓的眼神。诚惶诚恐的猴子眨巴着无辜的猴眼看着主人，小心翼翼察言观色，战战兢兢又无比敏捷地完成一个又一个动作。父亲远远站在人群外面叫我，我只管装作没听见。我看到有的父亲把孩子竭力推到最前面，或者举上头顶，那些娃崽们的嘴里发出尖锐的笑声，快要把场子翻上天。

在主人的奖赏与斥责中，猴子马不停蹄地换着花样儿，把它这辈子学会的玩意儿悉数抖搂一遍：钻环、跨越障碍、打鼓……它努力表现得比一个孩子更乖巧。人群筑起越来越坚实的围墙，里三层外三层。老头儿和猴子也越加卖力，有人观看，总是一件好事。跑江湖卖艺，要的就是个人气。只有在这些流浪的异乡人那里，围观群众才实实在在落实为衣食父母。终于，表演在最后一声悠长的锡锣声里宣告结束。主人摘下褪色的帽子，猴子心领神会，接过它捧向人群。猴子毛茸茸的手臂托举着帽子，细长的尾巴拖在身后，绕着场子，依次走过围观的众人。有人从口袋里掏出硬币或毛票，投过去，也有人双手紧插裤袋，一脸讪笑，低头瞧向地面，或看着旁处，就是不肯将手从口袋里拿出来。更多的人，则呼啦啦散去，一阵风似的消失在纷乱的街道上。被人群抛弃的一老一小，像破旧的道具，颓丧地站在戏院街中央，仿佛有些回不过神。很快，主人把帽子戴回头上，一手牵住猴子颈上的链子，像一对风雪中的父子，摇晃着蹒跚的背影，在八十年代的时光里渐渐走远。

变 戏 法

魔术一词，较之于变戏法，堂皇得多也正式得多。变戏法，更多流露出古中国的民间气息，神秘、变化、无中生有，在狐疑与惊叹中赢得叫好声一片。没有西洋魔术的华丽舞台与灯光效果，没有演出服，道具也是简陋的，一只破碗、一双竹筷、一枚铜钱，信手拈来，皆可入戏。《崂山道士》里，老道士与人饮酒，奈何无以消遣，遂剪纸为月，掷箸为人。世间本无神怪，想来，皆是障眼之法、后世戏法之雏形。

我最早亲见的戏法表演，是在戏院街上。那时候，小镇人口稀少，似乎闲散者甚众，时间像一条潺潺的小河，寂静无声地淌过。镇子上但凡有个风吹草动，人在千里之外也能闻风而至，里三层外三层，围成一个圆筒，兴致勃勃袖手观望。一个外地人被人群圈在当中，四下环顾一番，抱拳作揖，操着不够纯粹的普通话，嘴里念念有词，总无非是多包涵多捧场之类的客套话。众人心里着急着呢，想知道这家伙到底身怀何等绝技，是飞檐走壁还是点睛成龙？或许，真能应了老人的传说，凭空捞了大把的票子出来？

人群安静下来。屏息凝神，生怕漏掉任何一个细微的环节。异乡人从褡裢中取出一块红布，置于地上。三只青花瓷碗，依次分别举起，向众人昭示，里面空无一物。"现在，往这里看——"所有的颈项瞬间提起，齐齐看向其中一只瓷碗——一只寻常的碗，远离日常的餐桌，众目睽睽之下，被一只通灵的手抚过的一刹那，在它空荡荡的内部，究竟发生了怎样山河移易的变化？电光石火间，奇迹向众人洞开——三只黑亮、状如药丸的圆弹，整齐地排列在碗下的红布上。这一黑一红，仿佛映现出人世最大的奇景，骚动的人群发出一片咋舌之声。随即，跟从表演者翻飞的双手，人们再次沉入奇幻之境：那三枚弹丸，神出鬼没地，在三只瓷碗下轮番出现，这里一只，那里两只，伴随异乡人那双呼风唤雨的上帝之手的轮转，众人不停地发出惊讶呼喝与叫好声。

然而，这只是热身的前戏，随后的戏法层出不穷。最让人叫绝并深感困惑的一幕出现了：异乡人自负地举起双手，左摇右晃，证明手中别无一物之后，当空一抓，手中即有满把钞票在握，香烟、围巾之类自不在话下。几个来回，屡试不爽，表演者面有得色，颔首致意。人群一下子躁动起来，议论纷纷，激动兴奋之情溢于言表，恨不得立刻伸出手去，向空中捞取诸多物件，而这一切不费吹灰之力。

许多年过去，我一直都记得身边那位丰满壮硕的姑娘，她有着苹果一样纯真的面孔，红扑扑的脸上，溢出喜悦和憧憬。她有些语无伦次，激动地问身旁的中年男子，是不是她学会了，回到家里，就可以给父亲变换出很多香烟? 她的叙述里，浮现出一位乡下父亲的轮廓：脸庞模糊，半生勤劳艰苦，躬身稼穑，干活儿的间隙，总要卷上一支烟，享受地眯起眼来，鼻孔中喷出缕缕烟圈儿……周围的嘈杂淹没了她急切的诉说。更多的人拥上前去，向表演者讨教戏法底里。事实上，他们和那名姑娘一样，也想习得探囊取物之法，只是囊本无形，寓于空中。

仿佛早有准备，异乡人一口应承，并且说早已为大家定好了传授之地，就在戏院街东南角上"大众旅馆"的一间客房里。但有言在先，自古以来，拜师学艺须得略付薄酬。有意学习者，须先付人民币五元。

五元钱在那时不是个小数目，二十元钱即够三口之家支撑半月的吃喝用度，一番迟疑，仍有相当数量的人稀里哗啦地跟着上了旅馆的二楼。这其中，包括六岁的我和父亲，还有那名苹果般的姑娘。事实上，我的父亲和她的父亲一样，嗜好抽烟。父亲在异地上班，下班之余，单身宿舍里，除了和人下象棋，抽烟是他唯一排遣寂寞的方式。在母亲的极力反对下，从两天三盒，变为一天一盒、两天一盒。但就是不能彻底戒掉。母亲只有压缩他的日常开销，以此要挟。那天，我牵着父亲的手，跟着人群糊里糊涂地上楼，不知是否父亲也存了和那个姑娘一样渴望的心思。

房间极其窄小。床上坐不下，人们就站着，乱哄哄满室。人们以为，进了这间屋子，就抵达了真相，一得真传。然而，传授者显然老于世故，他算准了众人的心思，抽丝剥茧般，吞吞吐吐。真相仍藏在深处，葳蕤的语言遮蔽了它。终于，一番兜兜转转，他再次提出新的价码：想得到真传，须再交十元学费。

隔着时间的回廊，我仍能听见那扇房门的开合声，悄悄地，然而是迅速的，有人影子往外走。我和父亲就在门扉不断的开合声中，快步走出房间。"大众旅馆"，那是我们第一次，也是最后一次进入其中。它是专为那些异乡人准备的，接纳陌生的身体和语言，包括新鲜、蛊惑的气息，不明所以的事件……仿佛一阵风，从寂静而熙攘的街道上吹过，终于，什么都未曾发生过般重归平静。

我和父亲从街道上走过，就在我们刚刚围拢的地点，人群消散得干干净净。有些人直接沿着街道走掉，如同看过一场玩笑；有些人心怀虔诚，步入旅馆求教，然后又两手空空失望而归；也有人，继续留在那里，等待着最后的戏法。那名天真孝顺的姑娘，就是坚守者的一员。由于我的中途退场，她最后是否如愿以偿，我不得而知。那些留在房间里的人，包括那个表演兼传授者当日里最后的结局和下落，成为永远无从揭秘的戏法。

（选自散文集《她日月》，花山文艺出版社 2014 年 6 月）

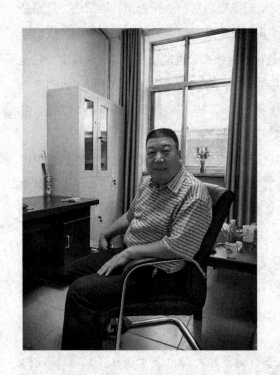

　　李树泽，作家、文化学者，策划人、出版（媒介）撰稿、编辑。河北阜平人。晋察冀文艺研究会会员，北京《史记》研究会会员，河北作协廊坊师专97届作家班成员。二十世纪八九十年代至今，在报纸杂志发表散文、小说、诗歌、文艺评论若干。2000年至今，策划出版历史文化及生活保健类出版物10部。

美殇，盛唐

◎李树泽

一、向佛的女皇

玄奘，对于中国历史上的盛唐文化来说，是引燃大唐璀璨光芒，从而让帝国繁荣的文化与艺术走向耀眼夺目的那个人。而玄奘身后气势恢宏的大唐文化，对这块处在文化十字路口上的绿洲之地敦煌来说，一场更大的佛教文化甚或文化艺术盛宴，正从中原大地穿越河西走廊向这里徐徐行进着，走向大幕开启。敦煌城外的莫高窟的佛窟营造工匠们，已经做好足够的迎纳准备。

玄奘圆寂的那一年，唐帝国皇帝的帝位已传至三世李治手中。而武则天，这位中国历史上唯一的女性帝王，在此时莽莽苍苍的白鹿原上为玄奘送行的葬礼队伍里，是寂寞无名，还是峥嵘初露呢？

实际上，在事关玄奘身后而举行的这场盛大而隆重的礼仪上，已经是处处可见武则天以女性的视角，雄视天下的影响了。这时，经过从感业寺回宫后不断为我所用之下利欲当头的你死我活的斗争，在与帝王李治情浓似火的恩爱中，大有取代本朝王皇后的意思，而满朝群臣中，来自反对派当中很大的一股势力，让武则天静待着大利于己的时机。

武则天称帝后的尊号是"慈氏越古金轮圣神皇帝"，这位从小就在佛教熏陶下长大的女子对佛虔诚笃信，对佛教世界有着深深的向往。

武则天14岁入宫成为唐太宗李世民的才人后，虽不能随意自由地出入佛寺，却在公元645年的帝宫里有幸见到了当时知名度最高的现世佛——玄奘法师。那是玄奘取经归来，太宗在洛阳宫仪鸾殿设宴接见的那一天，武则天侍立在侧，近距离地领略了玄奘法师的佛身魅力。玄奘与唐太宗李世民畅谈异域风情，畅谈佛法、佛性的场面，让武则天向佛的心灵得到洗礼。

但经历过唐太宗李世民身边的冷遇，遭受过感业寺被"软禁"一般的修行，从太宗李世民才人到高宗李治嫔妃微妙关系中走出，此时正在长安帝宫的女人们之间，甚至是权贵们当中经受着"你死我活"斗争的武则天，开始在唐高宗的身边步步得宠，这些年来，武则天一直在寻求着一件能让自己所有的斗争变得正当化的利器。在中国，一个女子，或者说一个智慧与手腕并存的女子，想要在随时都能找到自己把柄的皇上跟前立足，想要在随时可能像老虎一样"吃"掉自己的帝王身侧保全自己，同时还要不灰心、不泄气地努力去成全自己的"得宠"之下僭越朝廷权力的梦想，那是要多难，就有多难。在中国，儒家讲"唯女子与小人难养也"，道家讲男尊女卑，武则天深知生自帝国的文化与人伦秩序，是自己僭越王权统治的最大障碍，而只有借助佛才能利益自己的权力运转，有利于国家统治。

在武则天借助佛教氛围僭越王权统治的欲望心路上，玄奘以帝国长安文化思想界领袖的巨大影响，为武则天制造着强劲的文化舆论风向，极大地满足并烘托出武则天走向僭越王权的理所应当。史书说，玄奘圆寂，唐高宗李治甚为伤感，以致罢朝数日，多次对身边的大臣说道："玄奘之死，朕失国宝矣！"而武则天利用高宗李治患头疾不断加重的机会，早已是进行帝国太多太多重大决策与处理重要事务的第一决断之人了，如此想，已被时代推到举国万人之上的武则天，面对玄奘的死去，心头不会无动于衷的，她在巨大的悲痛中觉得只有抓牢佛，通过佛法开启民心，才能给自己更猛烈的图霸之心赢得更多的理所应当。

想到此，武则天带着巨大的向佛企图，内心已有些急不可待了，她带着更大的权欲梦想，向着僭越王权统治的理所当然，而全力行进着。先是成为皇后，接着就是与帝王并驾齐驱的"天后"，接着是在中宗、睿宗时以天皇太后的身份临朝称制，时间在武则天持久当政的风气推助下，让武则天立国做皇帝的日子越来越近。

当政天下的武则天做皇帝前，曾授意，下诏改正僧道名次，诏文以帝国意旨明确规定："释典与玄宗，理均迹异，拯人化俗，也是教别功齐。自今以后，如有法事聚集，僧、道应该齐行并集，今后已往成为永式，僧尼仍诏在道士女冠的上首。"自此，明确了武则天更宠佛教，而且将其立于国之教化大宗的位置。

公元684年，武则天长期笼络下的僧人薛怀义、僧发明等人循迹佛典经卷伪造《大云经疏》来讨好武则天，在"弥勒下世，女子成王"之说与朝廷要员不断制造的祥瑞图谶氛围里，将她推向立国做皇帝的宝座上。

公元690年10月16日，67岁的武则天继位，成为中国历史上以最高龄做了皇帝的帝王，而她也用行动验证了太宗时"唐三世之后，女主武王代有天下"的预言，成为中国历史上唯一的女性皇帝。

佛教，在武则天临政的岁月里，地位得到彰显，在武氏的教化与影响之下，实现了佛法对民心的又一次巨大融入。

当武则天在帝都长安、在中原洛阳彰显着一个女性帝王的胸襟与胆识时，敦煌莫高窟也在举国浓郁的佛事气象中，让砂岩上的开凿营造之事，迎来了它鼎盛的时期。

敦煌莫高窟气势恢宏的九层楼，正是在这样的背景下走向营建的。

二、大唐佛土

敦煌莫高窟的弥勒大像营造之前，因为《大云经疏》"弥勒下世，女子成王"之说盛行，在群臣的呼喝声中，武则天心生建造巨大弥勒佛像的意图。动工后，却遭到此时的御史张廷珪上疏劝谏，刚刚登上大周帝王宝座的武则天，听从了这次劝谏，并在长生殿召见廷珪御史，大加赞赏之下还赐以丰厚的金帛之物。但中原大地因为武后称帝大兴弥勒佛像建造的风气，还是很快传到了敦煌莫高窟。

武则天时期，落身于敦煌莫高窟的弥勒大像及其大像殿建筑，花了12年建成，这尊目前在世界佛像范围内排名第三的弥勒大像，仿武则天面容而塑，着唐朝妇女的装束，着龙袍，雍容而华贵。佛像左手摊开意为满足众生愿望；右手作推状，意为推众生之烦恼。它依崖凿成石胎，然后用草泥垒塑，再用麻泥细塑，最后用色料着彩，处处体现出当时营建者高超的塑造智慧。

如今，它落身于莫高窟第 96 号窟中，为我们留存下女皇武则天容颜、姿态的大佛像，到底是谁参与建造的呢？敦煌学者们通过敦煌藏经洞遗书和制作于公元 865 年唐人墨书题写的《莫高窟记》为我们揭开了这个谜底，这两件可考的文献都提到"又至证圣元年（公元 695 年）禅师灵隐共居士阴祖等造北大像"，北大像，即今莫高窟第 96 号窟大佛像。

这尊弥勒大像容身的楼阁飞檐式洞窟建筑，最早为三层楼，建成之后，历经劫难，唐末五代时地震，大像窟外建筑倒塌后，随之窟内壁画尽毁，后历经七次重修，从最初的三层楼阁到五层，清代又重修为四层，而今天的九层楼为 1928 年王道士四处化缘之下历经十二年的那场重修，此次为弥勒大像的木构建筑加顶九重楼阁的巨大工程，再让莫高窟 96 号窟的大佛重新变成室内佛。

今天，当你站在莫高窟第 96 号窟的九层楼前，你会充分领略到它壮观而宏伟的气势。它建在石窟群靠南侧的崖壁上，独特之处是它特殊形式的高大窟檐。北大像窟的九层楼下七层依山靠岩而建，上两层是上翘的星状的顶盖，保护着 35.5 米高的弥勒像头部，鲜艳瑰丽的飞檐，土红的大柱和栏杆，浑然天成。整个楼身的建造充分利用了地形地势，檐牙高啄，轮廓错落，白壁丹楹，今天，它作为研究敦煌莫高窟重要历史的史证建筑，已成为敦煌莫高窟的标志。

三、"吴带当风"到敦煌

敬重佛的武则天，以女性肉身当上皇帝而且还是史上执政时间最长的帝王之一，在敦煌、在中原大地留下许多带有自身容貌、气度的女性弥勒佛，但却一样躲不开世上万物兴衰的发展规律。

生命走向终结的 82 岁的武则天在老迈疲惫中先是迎来了来自朝廷新生势力的政变倒戈，这年正月，张柬之、桓彦范、崔玄暐、敬晖等人联合右羽林大将军李多祚发动政变，逼武则天退位，迎中宗复位，恢复唐朝旧制。同年十二月，武则天留下遗诏："去帝号，称则天大圣皇后。"不久，黯然去世。这个执政帝国让手中权力达到顶峰的女性帝王，最终还是遵从了中华帝国漫长男权社会留给女人的"女德"空间，"祔庙"、"归陵"、去"帝号"，以皇后的身份与之前的唐高宗李治合葬于长安城外的乾陵。

武则天善谋心计，心狠手辣，兼涉文史，富有才气。她把自己活成极度"理所应当"，更让自己带着中国历史上少有帝王的宏略，以唯一的女性帝王姿态，把自己的一生耸立成一座令后来人仰望的无字丰碑。

武则天时代之后，唐中宗李显、唐睿宗李旦两个皇帝都执政时间短暂，这哥儿俩的人生中都有过前后两段做皇帝的经历，但都昙花一现。前一段为武则天的傀儡，后一段则是"贞观遗风"后时代的交替，总之做得都不怎么太英明。

公元 712 年，唐睿宗李旦禅让帝位于他的儿子李隆基，李隆基登基执政后，又为武则天身后唐王朝短暂的天下纷乱挽回了一点儿局势，但唐王朝还是不太平。公元 713 年李隆基改年号为开元，自此，大唐帝国开始步入"开元盛世"。

李隆基当政，走向开元盛世的唐王朝，它雍雅大气的文化精神，缔造出更磅礴宏大的大唐气度，中华佛教文化艺术史上的又一个巅峰时代已经来临。"吴带当风"吴道子，此时已经 30 多岁，深谙画理的他正在长安影响着一种绘画风气；开一代李白诗风的李白，已成少年人；诗圣杜甫一岁；而后令后来李隆基"倾城倾国"的美貌女子杨玉环，也在上帝的安排下等待着降生。此时，引领大唐文学艺术的各类领军人物，都在向着这个时代进发着，营造一场盛大的文化气象。与此同时，一种来自大唐的极致艺术呈现，开始在敦煌、在莫高窟铺展。

在敦煌莫高窟落生的那些彩塑与经变壁画辉映呼唤着，来自大唐长安的画风与当时最时尚的生活元素，穿越河西走廊，让塑身佛陀的艺人和精熟壁画绘制的画师们，携带着帝都最新的流行，呈现在敦煌莫高窟。

那些独当一面的艺人和画师们，在寂寞与清苦中、饱暖不济的光阴里，使经变画和彩塑走向艺术的大美真境。

那些菩萨塑身在彩塑经历过"曹衣出水"所呈现出的"褒衣博带"与"秀骨清像"的中原风格后，经过隋到初唐以来的岁月沉淀，佛菩萨们的造像在更加逼真中走向他们出自佛境的此时内心，追求形神兼备之下，吴道子影响下的"吴带当风"让他们在工匠们的良苦用心之下，呼之欲出。

而经变画，这种纯粹为中国人依照人间美好愿景所构筑出来的天国景象，也通过画师们尽情铺展的手，在日益浓郁的美好佛化愿景中，融此前绘画史上不同的风格、理念，将佛菩萨、将佛出世之后广为传扬的经典故事，作为莫高窟壁画题材而大量呈现。

彩塑、经变和飞天，作为敦煌文化与历史盛装交拜衍生下留在莫高窟崖壁上的珍贵遗存，在塑造与勾描中以美妙的艺术传达，回应着来自长安、中原的盛唐气象，让这场人类文化史上的人心向美的虔诚交拜，多了一些中华精神、中国气势。

四、风向与转变

历史上，在西域丝路的影响下，敦煌是最早接受佛教等西方文化的地方，但到武则天及其后的盛唐时期，敦煌的文化地理意义开始发生变化，它由最先承载一种西来文化的传递，以此影响不同时期中原汉人与汉文化帝国的地域特性，转为接受唐帝国中原文化影响，进而向西方社会传播。

中国历史上的隋朝统一了南北二分的中国，政权存在很短，急匆匆经历了隋文帝、隋炀帝两位皇帝走向灭亡。

公元618年，唐朝继替大隋。唐王朝一登场就显示出它空前一统的强大姿态。而这个政权在众望所归之下，最让中国佛教文化受益的是，大唐让这种教化走向有史以来的黄金时代，而且还是有史以来佛教繁荣发展的最高峰，让佛教在高宗、则天武后、玄宗等历代天子的保护之下，有着极其辉煌的发展。

当时的大唐长安，佛寺林立，高僧辈出，竞相研究佛教精华，在这种风气之下，各大寺院备齐一切经典，而且这些经典抄写后还分藏于各重要佛寺。武则天时曾兴建大云寺，中宗兴建龙兴寺，玄宗则兴建开元寺，同时各州建立这些官寺之后，佛教在当时还成为国政的组成环节，普及全国，兴盛无比。

唐朝在河西地方设立了凉州、甘州、肃州、瓜州、沙州等五州，648 年征服焉耆和龟兹之后，便将安西都护府设在龟兹，作为前线基地，积极开展西域的经营。敦煌是唐朝势力延伸西域的据点，此时愈加显示出它的重要性，成为东西交通的汇合之地而繁荣一时。

根据 737 年途经龟兹的新罗比丘慧超的记述，敦煌此时也兴建了大云寺、龙兴寺等唐朝的官寺，由来自长安的汉僧任住持之职，弘扬大乘佛教。我们从敦煌出土的文献中，也可见敦煌的许多寺院中，的确有过大云寺、龙兴寺及开元寺等大寺，由此可见，唐朝的佛教政策已普及到这些偏远的地区。

在敦煌石窟出土的文献中，属于这个时代的古手抄经典很多，这些文献多用端正秀丽的楷书写下来，每行十七个字，所用的纸张均为黄麻纸。这是一种染成黄色的质地极好的纸，宽一律为二十五厘米，而这种纸张制式，是佛寺经库为了便于收藏所规定的尺寸。

像这种规格，乃是印刷佛经出现之前从未有过的标准抄经形式，而且统一由专业写经僧抄录，是当时最为正式的官方经本。而在敦煌，很早就设有官营的抄经机构，后来发现这一时期所抄的经典很多，其中，很多经本卷末都有详尽的抄写人、抄写时间以及用纸情况的记载。

后人在一份《成实论》卷十四的尾部，发现有这样的记载：

> 经生曹法寿所写，用纸廿五张。永平四年岁次辛卯七月廿五日，敦煌镇官经生曹法寿所写论成讫。典经帅令狐崇哲、校经道人惠显。

　　在敦煌藏经洞发现的此类的抄经共有十一卷，年代都集中在永平四年到延昌三年，这段时期，敦煌行政管理上实施"镇"的制度，而所谓的"官经生"就是属于敦煌官营抄经机构的抄经僧。据推测，这些抄经生抄了相当数量的"一切经"。之前所谓的"一切经"就是由一千四百六十四卷的经典所构成，而到了唐代，"一切经"的分量陆续增加，据730年编纂的经典目录《开元释教录》的记载，一切经已经达到一千零七十六部五千零四十八卷之多。

　　当时，要把这么多的经典都抄写下来，分送给各州的开元寺等官寺保存，并不是一件容易的事，从种种迹象看来，敦煌也是为了这个需要，曾进行过大规模的抄经活动。在敦煌石窟至今发现的标准抄经之中，夹杂着这个时期大量的长安官方写经机构所抄的经本，书体及装订都很好，有三十卷左右。

　　据考查，这些都是中央分配给各地作为范本的经典，当时敦煌的那些写经僧就是看着这些经本进行抄写的。在敦煌出土的抄本中，还包括昙鸾的《赞阿弥陀佛偈》的711年抄本，可见广行长安净土宗的典籍，也来到了敦煌。由此亦可知，大唐中央机构管理的顶级佛教经卷，曾源源不断地流向敦煌这个边城所在。这些都表示了佛教界对敦煌的影响极为显著。

　　隋唐之前的时代，敦煌佛教界所吸收的佛教还比长安更早一些，在前凉和西凉的时代里，它积极地吸收了来自四方的佛教，形成了极为兴盛的情形，而且敦煌在地理情势的因素之下，也曾接受过西方影响，并由此影响而进一步影响中原汉文化的佛教等流行文化的存在。这是事实，但更值得注意的是，敦煌在武则天之后的时期，吸收佛教等流行文化的方向则完全相反，它接受来自东方中国的佛教，并将之传给西方，可谓有了一百八十度的转变。可以说，此时的敦煌佛教已完全进入了汉土中央鼎盛的流行文化权威之下。

从这个角度看，这个时代的敦煌正是最接近汉文化中央，并与中央的佛教等文化发展并驾齐驱，在各方面都有新成就的时期。事实上，千佛洞一带新开凿的许多佛窟，其中具有代表性的北大佛和南大佛，就是在这个时期完成的。

五、舒爽与畅达

遥望敦煌，遥望莫高窟雄壮的艺术阵列，从马踏飞燕到公孙大娘的剑舞，再到张旭草书落墨的飞扬，对于向往飞翔的中国人，飞天，让他们的人生在快感与快意中找到写意，找到"飞"的舒爽与畅达。

敦煌莫高窟，几乎是每一窟中都有飞天这种表现形式的呈现。

飞天是敦煌壁画的灵魂，飞天，作为佛窟僧众愿景的形式呈现，来自印度神话中的娱乐神和歌舞神，相传其周身能散发奇妙的香味，故又称香音神。它飞翔在佛界，是佛国的自由使者的化身，它出现在敦煌莫高窟后，是佛窟顶端象征天宫的这一位置中主题壁画内容上最生动的呈现符号。但它出现以来，也是几经变化，从莫高窟早起飞天的"V"形态朴拙写意的粗犷豪放，到隋唐时逐步变为舒展修长，它在灵巧多姿中进入盛唐，带着行云流水的动感完全融入中国，更以一种婀娜多姿的灵性之美融入过多的中国女性的风采。今天，我们赏视这些扑面而来的飞天，你会感到它来自盛唐，来自长安宫廷舞者们曼妙的身姿流转，中原舞与胡旋舞，那一场场欢宴上盛装簇拥下的场面和那曲在历史尘埃中反弹琵琶的绝唱，离我们并不遥远。

敦煌莫高窟的"飞天"艺术，走向盛唐，带着唐人的情思、意趣，将中国人带着当下肉身愿想的"飞"，通过疾飞如风的舞之炫，把一种意在挣脱当下生活烦恼的向往，带向淋漓尽致的生活再现。

莫高窟勾描流畅线条的画师们，带着"飞"的思绪，在将落墨下笔的题材放到当下最风尚的生活时，他们置身于新近开窟空间里那些新塑的佛像，在匠人们不断走向形神兼备的创新中，也将酝酿佛境大美的视角放置到对最前沿时尚生活的关注上。实际上，关注生世、关注最新生活，甚至是关注人间的最新风尚之事，早已成为莫高窟营造佛国庄美与艺术纷繁的巨大推手。

敦煌莫高窟走向盛唐的博大与繁荣，正是得益于这种巨大的推动力。而到盛唐时，他们对于来自长安、来自中原，包括来自西域的人间当下最新生活的情思传达及有序的接受已经走向体系完备的程式。

一千多年后，敦煌研究者们通过藏经洞遗书发现，很多的敦煌泥塑、壁画，其造型与效果，不少是来自长安城中画坊画师精心创作之下提供的样稿。通过藏经洞的遗书文献，学者们发现，帝都长安的画坊样稿传到敦煌莫高窟，也会通过僧侣们的交流传播到四方，莫高窟盛唐时期的第172窟的《观无量寿经变图》中的凤凰堂佛教建筑现身300多年后最终依样落成在日本京都，这也有力地说明敦煌莫高窟的塑造、绘制艺术，具有充足的艺术创作支撑，也有着广泛的影响力。

六、酣畅淋漓

葡萄、美酒、琵琶反弹，那是欢宴盛唐中最酣畅淋漓的一幕。西域的飘香美酒、胡旋舞，已走向长安。盛装之下的大唐，雍容中她满身华贵的醉意里，又不仅仅是霓裳吧，那是一个不可复制的欢畅时代。

莫高窟的工匠们，依照来自大唐风气的塑像图式与壁画画样，最先一定是想到唐帝国营造流行风尚的宫廷生活，这是体现唐人幸福指数最高甚至是最具至高无上身份的人群，他们的生活，他们情思意趣之下的举手投足，他们的着装、居住于宴饮歌舞之事，甚或是他们带着生世愿想被当时文化影响下的那些夸张表现，都是这些画师们心中真实天堂的幻影。

来自西域的葡萄美酒，和来自巴尔喀什湖和咸海一带哈萨克人的胡旋舞，深深地感染了大唐的帝王，而唐明皇李隆基与杨玉环也在长安宫廷的玉阶上牵手，飞，因为怀结愿想的情绪表达，而舞梦飞旋中，来自西域的胡人，与唐以肥为美的女子的蛮腰，在舞动之下，让不同的风情糅合成大唐的节奏。

杨贵妃善舞，而她倾城倾国的背后，是大唐的一国帝王。在唐王朝舞动飞旋的风尚中，42 岁的李白被李隆基召进长安帝宫，安禄山此时也开始发迹。李白，这位以创作浪漫主义诗歌著称于世的男人，在被唐明皇诏见之前，受中国道家的影响，带着"好剑术、喜游侠"的心性在行游中写下大量的诗作。而安禄山经商到 30 岁时才从军，他带着圆通于人事的商人资本，让他从军后，在李白被朝廷召见的那一年，也做到了家乡朝阳古城所在行政区的最高统帅——平卢节度使。

李白和安禄山，身上都留有胡人的血，同作为胡人的后裔，他们于李隆基当政的大唐天下相遇，而唐帝国的皇帝和皇后也格外喜欢这两个人，尤其是杨玉环。李白作为宫廷诗创作的一流写手，写过很多赞美杨贵妃的诗，也在杨贵妃领衔之下的诸多歌舞场面中提笔落墨描绘了当时的盛况。而胡人背景下长大的安禄山更好胡旋舞之风，这位此时因为身体原因，也因为发迹，体重已达 300 多斤，但他为博得皇帝的恩宠，为赢得干娘杨玉环的更加喜欢，常令左右架起，以男儿的柔韧尤佳的身段，在张弛自如中，来一段旋转成"疾风"的胡旋舞。

帝王好艺人之事的梨园浸淫，而帝后又是好为"霓裳舞"的人，因此，帝都飞旋好舞的风气，让来自胡人的"胡旋舞"成为基本的生活娱乐表现，从而风靡帝国的各大都会，李白应该见识过这种场面，而且很多时候，以诗的形式用简洁文字展现了当时一个个曼妙华美的瞬间。敦煌莫高窟第112窟的《反弹琵琶图》，可谓是反映这一时期宫廷梨园演艺之事的生动写照。

《反弹琵琶图》壁画所在的112窟，为一小型洞窟，窟室为方形覆斗顶窟，内塑一佛、二比丘、二菩萨五尊像。在莫高窟的壁画中，很多时候，一幅壁面上分别画多幅经变内容，而《反弹琵琶图》自该窟南壁东起是观无量寿经变和金刚经变中的内容，这整个铺满南壁的经变壁画中有众多菩萨佛观赏乐舞的盛大场面，平台上六身伎乐呈"八"字形分坐左右，右侧伎乐持琵琶、阮咸、筚篥，左侧的持鸡娄鼓、横笛和拍板。在平台下方，另有四身菩萨两两相背，亦持乐器演奏。在伎乐的中间，一伎乐和着音乐翩翩起舞。舞者屈身吸足举琵琶至颈后，左手上举右手弯曲呈弹拨状，人们习惯地称她为"反弹琵琶"。

莫高窟第112窟的《反弹琵琶图》，是反映唐人安逸生活背景下歌舞演艺之事的经典作品，在这幅经变壁画中，画中的菩萨脸相、身段丰满中充分体现了盛唐审视女性"以肥为美"的风气。在这里，演奏者，人、服饰、热烈而庄严的表情，优美而流转的舞姿，都在无声的演奏中传达着一种人间生境的现实存在。它虽然展示的是佛国经变世界的隆盛与庄美，但它饱满的线条与浓烈而热情的色彩，却把盛唐时代的皇室贵族的演乐风行之事，把唐人中贵族群体的生活风尚为我们鲜活地呈现。

曹议金在五代的后唐同光二年接任归义军节度使，走向一方势力统治的位置，在曹议金时期，河西一带回鹘（回纥）、吐蕃势力逐渐强大，曹氏的势力范围后退，仅据敦煌和瓜州一带。曹议金独立政权所以能够维持将近一百三十年之久，这主要是因为他们与于阗、甘州的回鹘王缔结婚姻关系，而加深了政治和经济上的联系。在第98窟前壁的入口左右，有于阗国国王及其妻曹氏的供祀像，于阗国国王的供祀像是莫高窟中最大的，从这件事也可以看出两者关系之密切。据说曹议金时期设置了官办画院，专事于敦煌仙佛洞的壁画与写经之事，第98窟有曹议金夫妇出行图，一定是出于画院的画师之手。

第61窟画了整个内壁的大幅五台山图是宋代的代表作品之一，在《华严经》里有文殊菩萨住于东北方的清凉山的记载，由于名字和有五个山顶的条件相符合，所以山西省的五台山成了信仰的圣地。制作五台山图最早的记录是唐高宗龙朔元年，不久流传到吐蕃和日本。这个第61窟里的图似乎是根据唐末的五台山图而画的，天空中显现出各种灵异，在五峰当中有清凉寺、佛光寺及大小一百七十多座建筑物散在各处，下方画了参诣五台山的信徒、耕田的农民及小贩等，是传达了当时的风俗的名胜图绘，颇耐人寻味。

据说党项族建立的西夏灭了沙州归义军是在1036年左右。在西夏支配期间，敦煌没有营造新的洞窟，不过，许多窟里的壁画都重新画过了。第409窟的东壁入口左右画着身穿龙袍看似西夏王的供祀像，大概是由于长年累月的侵蚀而变色，人物的画法看起来像儿童画，可是风味独特，技法熟练，使人推测五代、宋以来的画院传统仍然存在于这个时代里。西夏于13世纪初亡于元，此后的莫高窟的壁画就只有一些西藏情调的密教绘画了。

莫高窟的壁画所画的本生、佛传、经变等佛教绘画的主题，固然是莫高窟壁画中最重要的内容，可是，事实上，当时的壁画家们对印度这个国家一无所知，所以，他们对印度所传佛本生里面出现的生活情景是完全没有体验过的。因此，他们最初一定是一边看着印度或西域的僧侣们所带来的底本，一边加以模仿描绘的。残留在莫高窟的壁画告诉了我们，当时的画师们虽然受到宗教上的限制，可是，他们仍然能够基于自己的生活体验，把当时的风俗、习惯、生产活动等，表现于绘画上面。后来，他们开始根据自己直接或间接的生活体验来表现佛教的世界。也就是说，它的绘制与参与者们通过宗教艺术把自己对现实生活的认识表现出来。而这种认识又成了宗教绘画内容的"部分"。因此，尽管这些绘画所画的是佛像、本生、经变等富有浓厚宗教色彩的东西，可是，作品本身却曲折委婉地反映了当时的生活情景及审美意识。

唐代以后，经变的绘画与书写，更加盛行起来。莫高窟的净土变里面，有了楼阁、殿堂、宝池和伎乐、舞蹈等高雅人的生活，甚至于一般民众的农耕生活及狩猎、婚嫁、葬祭等普世生活的生活情景，在这里也都有所体现，从而反映了各个时代的社会生活和民风习俗，使得这些佛教内容超越了佛境营造的限制，在普世文化的真实记录中走向生动。

（选自散文集《丝绸之路上的佛光塔影》，甘肃人民出版社 2014 年 1 月）

报 告 文 学

　　傅剑仁，湖南人，1970 年入伍，1994 年转业到河北任公职，2016 年退休。著有长篇小说《一师之长》，长篇报告文学《千日养兵》（与张国明合著）、《可以公开的丛林密战》、《上访》，散文集《家有两个活菩萨》、《史记》随笔（《从〈史记〉出发》《观〈史记〉汉风》、《品〈史记〉四帝》）、《春秋卦》、《战国谣》、《秦汉诀》等。曾获全国优秀报告文学奖、河北省文艺振兴奖、河北省"五个一工程"奖、解放军文艺优秀奖、鄂尔多斯优秀散文奖。

上访（节选）

◎傅剑仁

前　言
——太多太多的话想说

上访与改革开放相伴相生，改革深入到哪里，上访就跟进到哪里，改革进入深水区，深层次的上访也就出现了……

当熙熙攘攘的上访大军围堵各级政府，堵铁路、堵公路，尤其是聚集到北京，穿梭在中南海、使馆区，递状子、拦车子、跳金水桥、自焚等情况反复上演之后，上访对促进我国民主法治建设的进步意义被湮没得看不清了……

上访，是一个沉重话题、敏感话题。

沉重，源于上访这个庞大的群体。围堵在各级政府大门，坐在城市交通要道，甚至堵国道、堵铁路的人群中，没有党政干部、公务员，没有穿西装打领带的。参与群体上访的，无疑是我国的基层群众，甚至是弱势群体。是什么原因迫使他们这么做？他们的有些做法显系违法，为什么司法机关不对他们依法处置？换个角度说，他们怎么会有这样的勇气和胆量，用违法的方式上访？

敏感，源于对这个话题的分寸拿捏。毫无疑问，很多上访，是政府一些部门出台政策失当，或做出的决策损害一个地方、一个群体的利益所引发的。虽然有些政策并无不妥，决策也未损害群体利益，但事先没有公开论证，没有广泛征求群众意见，真理捏在少数领导手里，没有让群众掌握，导致群众担心自己的利益受损而发起上访。这，无疑也是政府或主管部门的失误。但如果沿着这个思路把群众上访完全写成是政府的责任，显然有失公允。毕竟我国仍处在社会主义市场经济体制的探索、健全、完善时期，摸着石头过河的浅水区基本过去，潜入深水区的游弋才刚刚开始，如何看待这个阶段的群众上访，需要一定的政治智慧来进行分辨。

…………

序　章

——联合接访聚焦"访累""访效""访序"的期盼

群众到省直政法部门来上访，近的要走半天一天，远的要走两天三天。因有些问题不是一家能解决的，故上访群众不得不今天访公安，明天访检察院，后天访法院……

几乎没有开小车来上访的，没有穿西装打领带来上访的，他们住不起旅店，挤在火车站候车室、地下人行道过夜……

成立省涉法涉诉联合接访服务中心，把公检法司的接访力量聚合起来，聚焦的是解决"访累""访效""访序"的期盼……

公元 2009 年 10 月 26 日，是河北省政法系统，也是河北省应铭记的日子。

这一天，河北省涉法涉诉联合接访服务中心正式挂牌成立。

　　这个接访中心聚合了省法院、省检察院、省公安厅、省司法厅的接访力量，由省委政法委牵头搭建平台，组织省直政法部门敞开大门，迎接各类访客。

　　26 日不到上午 8 点，我来到石家庄市新华区朝霞街 9 号省接访中心的门口，几十位早在那里等候的上访群众，有的提着布兜、尼龙袋，有的挎着背包，有的手里捏着一卷材料，等待着大门的开启。8 点 30 分，门打开，人们汹涌而入，争抢着冲到登记台前。接访中心工作人员和执勤民警引导大家排队，嘴里不停地念叨：不要挤，一个一个来，都能接的。

　　我随后走进这个大厅。正对着大门的登记台前，人群熙熙攘攘，已经领到挂号的人被工作人员引到了接访室，更多的人则在两边的椅子上坐着，观看两边墙上电视滚动播放的接访中心简介。

　　自 2003 年 9 月河北省委政法委部署第一次集中处理上访活动以来，全省性的统一动作就没断过，有自行部署的，有中央政法委部署的，频率越来越高，力度越来越大。在一批又一批涉法涉诉问题得到妥善解决的同时，一批又一批涉法涉诉上访连续跟进，使人回头望去，觉得没完没了，甚至越来越多。

　　一方面，群众上访很辛苦，焦虑劳神不说，仅时间、金钱的花费就是一笔很大的负担。

　　另一方面，政法部门很迷茫，有没有完？出路在何方？

　　六年过去，是该回过头来总结、分析、研判、探索了。

　　2009 年下半年，河北省委政法委领导班子成员经过反复酝酿、思考、讨论，并报省委领导同意后，决定成立河北省涉法涉诉联合接访服务中心，聚焦解决“访累”“访效”“访序”三个问题……

第一章　大接访

——拨动上访乱象背后的民主法治旋律

民主是一匹良马，性情骄烈，必须用法治的缰绳套着……

在全部涉法涉诉信访案件中，百分之八十是有理的，百分之八十是完全能够依法解决的，百分之八十是基层政法部门依靠党委政府能够解决好的——这不只是判断，更是态度……

上访像割韭菜一般没完没了，是因为民主法治的发育成长，需要风雨滋润，需要时间磨砺……

我们无法回避这样一个社会现实：群众上访，与改革开放相伴相生，改革开放深入到哪里，群众上访就跟进到哪里。

这似乎是个悖论。

但如果深思，我们会发现，群众上访是伴随改革发展的一种社会进步，改革到哪里，群众上访就跟进到哪里，改革到深层次，深层次的上访问题也就出现了。

改革是全方位的，决定中国发展进步的改革，主要是政治体制改革、经济体制改革、社会管理体制改革和文化传承体制改革等。在这些事关中国前途和命运的改革中，任何一项都离不开人民群众的理解、支持、关注和参与，都必须广泛听取社会各界和人民群众的意见。因而改革到哪里，上访跟进到哪里，上访本身就是改革所不可或缺的重要组成部分。因为改革是前无古人的探索，不能只听一种意见，不能没有全社会各方面的不同声音。群众上访，就是各种不同声音的特殊表达。虽然表达的方式有些不符合规矩，也不被很多并不上访的群众认同。但要看到，蕴含在其中的社会法治意识、民主意识、民权意识与改革开放同频

309

同步，已经成了改革发展的无形推手。

正因为这只推手是无形的，所以需要我们沉下心来进行感悟……

第二章　截访稳控
——压力传导的加码变奏

越级访，成了上访群众的普遍选择。

多数越级访，是逼出来的。

截访，就是把越级到省里，尤其是去北京上访的群众拦住；稳控，就是把拦住或从北京接回的上访群众看住。

于是，上访群众千方百计摆脱截访稳控，当地干部千方百计把上访群众拦住看住。双方千方百计地角力，勾画出一幅乱象图……

越级访，成了上访群众的普遍选择。

越级访的存在并带有普遍性，自有其理由。

该县级政法部门解决的问题，县级政法部门不履行职责，上访群众只好越过县到市里去反映，市里不管就去省，省里还不管就去北京。通常情况下，群众上访是为了解决问题，县、市或省哪一级把上访群众反映的问题解决好了，群众也不用再访了。

但也有例外，不少群众第一次上访就选择北京。因为他们知道，北京传导的解决问题的压力，比省、市要大得多。从实践看，上访群众做这样的选择不无道理。党和国家领导人批示下来，或全国人大、全国政协、中纪委监察部、国家信访联席会议办公室批转下来的信访案件，各级都比较重视，解决起来要快得多。尤其是中央领导批示的上访案件，下面解决起来更快。但到北京上访的群众也清楚，他们几乎没有可能把信访件送到中央领导手里，而到公开设置的信访部门去递诉状，转到各地以后，下面的重视程度大打折扣，办理的速度也达不到期望。于是，拦截中央领导同志的坐车，到中央领导的家门口去上访，包括到天安门、府右街去上访，到外国使馆区去告洋状，便成了一些上访群众到北京上访的选择，目的是引起党和国家高层的重视。为达此目的，有的上访群众采用跳金水桥、跳天安门城楼，甚至往身上浇汽油自焚等过激方式，以引起中央领导的重视。

中国很大，人口众多，一个县每天一个人上访不算多，但都跑到北京去，就是近三千人。哪怕一个地级市、区去一个人，汇聚到北京也是三百多人。在这些人中，再有几个拦车的、跳天安门城楼的、对着洋人的电视镜头哭诉的、浇汽油自焚的，整个北京的秩序，乃至北京在全世界的形象就糟透了。

正是因为这个原因，党中央亮明态度：畅通群众上访渠道，县、市、省，包括国家信访局、全国人大、全国政协、中纪委监察部、中央政法各部门及其他部委都设立专门的接访场所，敞开大门接待上访群众。而天安门、中央领导办公场所、中央领导住地、外国使节居住区，因不是接待上访的场所，不能到这些地方去上访。凡到这些地方上访的，属于非正常访；凡是非正常访，各地在帮助上访群众解决问题的同时，要对其进行教育，讲清不能到这些地方上访的道理。

上访群众可不管什么非访不非访，越不让去的地方越去。有的上访群众甚至认为，这是中央怕上访群众去这些地方。你不是怕吗，你怕我不怕，你越怕，我越去。有的上访群众就是打算用这种方式，逼得中央领导出手，给他们的上访做出批示，促使地方更快更好地解决他们所反映的问题。

于是，国家信访局变招，对到天安门、府右街、中央领导住地、使馆区上访的非访名单，通报给各地，并按上访群众的数量由高往低排名。

　　于是，上访群众变招，有的上访群众一次进京，天安门、府右街、中央领导住地、使馆区各去一趟，一次就给当地的排名增加四人次。有的更绝，住在北京的亲戚家，或住在北京打工的朋友处，每天到这四个地区去"画一道杠"，即登记一次。河北省有一个姓梁的上访群众，一个月在北京非正常访 119 次。

　　于是，国家信访局又变招，对在天安门等四个场所非访的群众，由北京警方将他们带离，送到国家信访局设置的接待处，登记其姓名、住址、上访诉求后，由各地接回。

　　不接走显然不行，如果登记后让群众自行离开，他们中的大多数还会跑到天安门、使馆区等不是接访的地方去。如此一天天累计起来，北京就不只是增添一道风景了，而是秩序的叠加混乱。

　　接人就得在北京设置专门机构，租旅馆吃住，配备车辆和通信工具。既然是当地来人接，上访群众回家的差旅费自然是不用掏了。这又为上访群众选择越级到北京上访埋下了隐患。

　　河北省这些年出台传导压力的措施很多。诸如把化解到北京的非正常访，纳入领导班子、领导干部政绩考核，记入领导干部实绩档案；诸如到北京非正常访人数排名靠前的市、县（市、区），主要领导到省信访局来说明情况，其实就是来接受批评；诸如对到北京非正常访的群众，一律由县级领导分包，包上访诉求的解决，包上访群众的稳控；诸如被包上访案件不能按时解决，涉案群众再次到北京非正常访的，对包案领导在全省通报批评；诸如对到北京非正常上访人数多，或上访人数虽不多，但造成不良影响的，对上访群众所在地实行综合治理一票否决，免去主要领导的职务……

　　2012 年全国两会期间，张家口市某区和邯郸市某县分别发生一起非正常进京上访事件，区党工委书记和该县包案的检察长，被就地免职。

可以说，河北出台并实施的这些招数，招招对着领导，招招都是压力。

压力传导在市、县（市、区）接续加码，一大批非正常进京访所反映的问题得到比较宽松的解决。比如，在涉法涉诉问题得到法律解决的同时，倾斜了民生救助，办低保、给补偿、帮助其未就业子女安置工作，等等，以此安抚上访群众不再上访。

如此引发的连锁反应是各级领导始料不及的。原先已经解决问题的一些上访群众，认为自己没有得到民生救助的倾斜，吃亏了，于是重又踏回上访之路。当然，重新上访的诉求，不是没有得到照顾性救助，而是各种各样的涉法理由。诸如事实没弄清、程序不合法、接访人员态度不端正，等等。而问题尚未解决的一些上访群众，有民生倾斜的化解实例比着，要价更高了，有的上访群众省、市信访部门干脆不去了，直奔北京，直奔天安门、使馆区等地，创造条件进入国家信访部门的通报中，以给当地领导传导压力。

如此一来，压力传导开始变异。

正是在这种情况下，各地的截访、稳控措施纷纷出台了。

简单说，截访，就是把上访群众在进到北京之前截下来。稳控，就是把拦截下来包括从北京接回的上访群众，派人死盯死守，下地干活儿跟着、上街买菜跟着、走亲戚串门跟着，就是不让去北京，去进入国家信访部门的通报行列。

稳控的方法五花八门，且花样翻新。有的在受领稳控某上访人的任务后，该上访人是男性，好喝两口，便每天提着当地产的白酒，带上花生米、熟食，陪着上访人喝，一直喝到都迷糊了才散，第二天还来喝；有的上访人不爱喝酒，就喜欢打麻将，负责稳控的就陪着打小麻将，从早打到晚，且要拿捏好输赢的分寸，让上访人小赢，不能让他输得不打了去上访，因为隔天还要来陪打；有的领着上访人到外地旅游；有的跟上访人说好，只要不去北京访，每天给一百块钱，当天兑现；还有的把稳控对象集中到当地风景区学习，每天早上由乡镇干部领着来，傍晚领着回，白吃白喝白游览，还不用掏门票。2012 年全国两会期间，不少地方换了招数，雇专门的保安在稳控对象家门外盯着，二十四小时不间断，上访人一出门就报告，责任部门的人就赶过去做工作，无论如何不让去北京。当然，重大国事活动结束，类似稳控也就结束。一般情况下，重大国事活动结束，上访群众进京访的数量随之减少。

如此稳控，实在不是妥当的做法，但也实在是无奈。

秦皇岛市一个妇女，重大国事活动期间经常到北京天安门、领导住地、使馆区等地上访，给当地传导了巨大压力。为稳住她，当地政府给她办低保，给救助，过年过节给她送粮油，每逢重大国事活动，提前给她一两千块钱。她女儿在家闲着没事，想外出打工赚钱，她说：打什么工，你赚的那点儿钱，还不如我访几次挣得多。有的上访群众在重大国事活动前，主动找当地领导，提出要去某地旅游，除自己外，还要带几个朋友。2012 年全国两会前，保定一个老上访户提出要去海南三亚旅游，从三亚返回登机时，他对领着他去的镇领导说：明年两会，你陪我去台湾……

第三章　领导接访
——群众感情与严格执法的对接

领导是化解上访案件的最大资源。

某老汉土改时先被错划成富农，家产被贫下中农分了，后改划为中农，分了的家产再也要不回了。老汉从二十世纪八十年代开始上访，北京、省里访了无数次，访回的是同情。县委书记接待他，问题得到圆满解决。

领导接访，收获的不只是为群众办实事的喜悦，还有心灵的洗礼。

2011 年 12 月 30 日下午，河北省涉法涉诉联合接访服务中心，接待了一位来这里上访 86 次的上访人李振花。

李振花且哭且诉的案件是：李家与刘某某家因汽车引发纠纷，2008 年 12 月 8 日晚，李振花和丈夫田某某等八人到刘家去要车，刘家夫妇和刘妻弟田某，拿板斧和尖刀，将其丈夫田某某捅死了。李振花认为当地公安机关不作为，有意包庇刘家，把故意杀人改为故意伤害；市法院枉法裁判，没有判处刘某某和其小舅子田某死刑。李振花上访的诉求是，讨还公道。

省接访中心组织专家对这个案子评查过，结论是：案子办得没有问题。

案子办得没有问题，为什么还访？接访中心为什么还接？在访和接之间，是不是存在机制上的缺陷？

完善机制的探索再次启动。省接访中心组织评查专家约谈李振花，先听李振花的诉说，且让她一口气全部说完，而后开始提问。

问：2008 年 12 月 8 日晚，你们夫妇请张某等六人在家吃饭，喝了两瓶白酒，商议到刘某某家去开车，是不是这样？

李振花不予回答。

问：12 月 9 日凌晨，你们夫妇共八人，拿着木棍到了刘某某的汽车旁边，准备开车，因为刘某某睡在车里，车没有开走，是不是这样？

李振花说：我们去开车是事实，但刘某某家人拿着刀，拿着板斧，杀死我丈夫，是事先预谋好的。

专家组成员没有立即回答李振花提出的问题，而是根据案卷材料，包括涉案双方人员的笔录，以及从电信部门提取的电话通话单等，给李振花还原案发现场：

李振花夫妇等八人喝完酒后，拿着木棍来到刘某某家停放的汽车旁时，是 12 月 9 日凌晨零点 20 分左右。刘某某就睡在车里，随身带着一把尖刀。当他发现李振花夫妇等人后，即打电话给妻子田某某，叫她赶快叫她弟弟来帮忙。她弟弟出门时拿上了一把斧子，赶过去帮忙打斗。混战开始了，刘某某的妻弟田某某刚出门就挨了一棒子；从汽车里出来的刘某某挥舞着尖刀喊叫，被打倒在地后，拿着尖刀乱捅；刚出门就挨了一棒的刘某某的妻弟，爬起来又往前赶，又被人从后面打了一棒子，他戴的六百度近视镜被打飞了，只好抢着斧子左右乱砍……直到李振花的丈夫大喊"我被扎住了"，双方才停止打斗。刘某某说"是我扎的"，并叫妻弟赶快报警。

电信部门的通话记录证明：12 月 9 日零时 41 分 49 秒，刘某某妻弟拨打 110 电话报警。公安机关刑警大队迅速赶赴现场，将刘某某夫妇和其妻弟控制。同时，对李振花等人分别进行讯问。公安机关从刘某某家门前胡同提取单刃木柄尖刀一把，刀上有血迹，经鉴定是李振花丈夫所留；从刘某某家大门洞的三轮车上提取斧头一把，斧头上未发现血迹；从刘某某家西南院墙外提取木棒一根，木棒中部有血迹，经鉴定为刘某某妻子田某某所留；从地上、车上提取的血迹是李振花丈夫所留……

专家组成员给李振花还原的这一案发现场，李振花虽参与在这个现场之中，也未必完全清楚。在做了这样一番铺垫后，专家组成员开始做李振花的明理释法工作：

——这一悲剧的诱因，是李振花及家人采取不当的做法所致。民事纠纷可以到法院去打官司，而不能组织人去抢夺，这样做本身就是违法的。李振花夫妇对引发本案过错在先。

——刘某某睡在车里，就是怕你们去抢车，当发现你们后，打电话叫家人去帮忙，情有可原。双方在打斗中互有受伤。刘某某把李振花丈夫捅伤致死，并非事先预谋，而是在黑夜中打起来以后引发的后果。所以刘某某的行为不构成故意杀人罪。

——刘某某用刀捅伤李振花丈夫后，叫妻弟田某某报警，而不是放任不管，或畏罪潜逃。刘某某夫妇及妻弟归案后，如实供述自己的罪行。他们这样做，在法律上叫自首情节，可以获得从轻处理。

——公安机关及时出警，控制现场，迅速勘验，不存在失职和包庇犯罪问题；法院定性准确、量刑适当，不存在枉法裁判问题。

——李振花所提附带民事诉讼请求中，属于民事诉讼赔偿范围的予以支持。李振花四十一岁，所提"丧失劳动能力又无其他生活来源"的赔偿请求，不予支持。

当然，专家组成员与李振花的交谈，不似我写的上述这段文字这么呆板。他们手握法律、依据事实、娓娓道来、入情入理的解释和劝导，使李振花有所触动。虽然李振花对专家组的解释没有当场提出任何质疑，但她在离开以后的日子里，仍然没有停止上访。她上访的诉求还是"丧失劳动能力又无其他生活来源"的赔偿诉求。

2012 年 1 月 12 日，河北省召开政法工作会议，明确提出要求：对人民群众的感情必须"零距离"，对群众急需急盼的事情必须"零懈怠"，对群众深恶痛绝的事情必须"零容忍"，对提升群众工作能力必须"零松懈"。省委政法委将省接访中心作为群众工作培训基地，安排省直政法部门处级以上干部轮流集中接访，把接访作为一次增强与群众间的感情、提升群众工作能力的强化培训。领导干部要做好送上门来的群众工作，不仅要包接访，还要包督办，包化解，一包到底。

…………

第四章　疑难案评查
——集专家智慧的是非追向

从久拖不结的成千上万起信访案件中，挑出 500 起"骨头案"，组织近百名法律专家、学者集中评查，评查出来的不只是震撼，还有我国司法实践走过来的路径。

案件存在的问题，很大程度上并非专业素质问题，而是职业操守问题，是责任心和工作态度问题。监督不力、违法违纪成本过低，是症结所在。

在涉法涉诉案件中，有一批陈年老案、"骨头案"，当事人访了又访，绝不停歇；办案部门接了又接，烦得不行；上级部门督了又督，没完没了。

一方面是群众不息诉罢访。

另一方面是办案部门认定案件办得没有问题。

谁是谁非，听任何一方意见都有失公允，必须找出第三方，站到中立的位置，对案件进行剖析，对是非曲直进行追问。在此基础上，拿出意见，政法部门办错了的，督导纠正；办得没错的，向上访当事人解释清楚。这是解决涉法涉诉上访案件中创造的一个新举措——案件评查。

河北省委政法委在实施案件评查前，进行了广泛的调查研究。时任省委政法委副书记、秘书长的马玉蝉，反复召集办案部门的领导、专家、学者座谈论证，拿出了一个评查方案。这个方案预设了两个前置条件，一是评查的级别问题。案子由下往上一级一级办，显然由县级或地市级政法部门评查自己办理的案子，上访群众难以信服，上级也不是很放心。因而评查的级别定为省直公检法司部门，或由省委政法委牵头组织专家评查。二是评查的人员组成问题。全部从省直政法部门抽调办案人员来评查，上访群众也可能信不过。因而除了从省直政法部门抽调人员外，还必须从律师、各大院校的法学教授、省直政法部门退休的专家中抽调。其考虑是，律师是上访群众比较信得过的，第三者的中立特点具备；各大院校的法学教授，他们不但具备中立特点，而且法律水平高，又不直接办案，他们的能力和智慧，完全能把案件的是非曲直追问清楚；省直政法部门退休的法律专家，有丰富的办案经验，退休在家，不受单位、领导的管理制约，过着寻常百姓的日子，可以对案件的是非对错做冷眼旁观的法律评判。当然，有些复杂案件，还必须有医院、科研部门等一些复杂技术鉴定方面的专家参与，这就得随案而定，随时去请。

设置这样的前置条件，可见用心良苦。

2010 年 9 月 15 日，厚厚的一本 500 起信访案件的评查报告出炉。这个报告把 500 起信访"骨头案"作了全方位的解剖，不但拉直了上访群众多年来积在心中的"?"号，而且让政法部门的领导从活生生的案例中，看清了执法问题的症结所在……

第五章　瑕疵案
——上访群众与办案部门交织的疼

办案，是良心活儿。瑕疵案，是偏离用心办案的良善之道所致。

一份判决，不足五页，错漏字达三十四处。

一个嫌疑人在留置室上吊身亡，勘察报告对留置室的记载，是宠物猫进去都转不过身来的空间。

瑕疵案断不了根，将长期交织着上访群众与办案部门的疼。

办案，是良心活儿。

瑕疵案，就是偏离了用心办案的良善之道，活儿做得不细致、不周全、不认真，玷污了法律的严肃性，损害了涉案群众的合法权益，损毁了人们对法律的信任度。

从我接触的瑕疵案看，绝大多数实体处理都还好，没有超出法律和事实的界定范围，闻不到导致瑕疵的铜臭，也看不出人情、关系在瑕疵中的作用。但比比皆是的瑕疵案，已经成了我国实施依法治国基本方略的一个病灶，不但造成涉案群众的大量上访，而且政法机关为化解瑕疵案浪费了大量的司法资源，交织着上访群众和办案部门的疼。

林林总总的瑕疵案，其成因基本上都能从"不认真"和"不规范"两个问题上找到病灶。

瑕疵于不认真。似乎所有瑕疵案的成因，都可以归结为不认真。但我以为，不认真也是可以分出层级的，第一个层级的"不认真"，就是马马虎虎，凡事过得去就行，能凑合就行。案件办得不扎实也看不出不扎实，案件办得有漏洞也看不出有漏洞。这种不认真，套用一句法律用语，就是没有主观故意，心是好心，事没办好。第二个层级的"不认真"，是第一个层级不认真的延续，具体表现是缺乏责任感，缺乏对人对事的负责精神，对案件线索不刨根问底，浅尝辄止，所办案件留下的缺口、漏洞心里有数。这个层级不认真办的瑕疵案，不属于好心没把事办好，也不能归类于"心眼不好使"的行列。第三个层级的"不认真"，就是缺感情，缺同情心、慈悲心。这似乎更像人性和道德领域的问题。但无数的上访案反复告诉我们：面对涉案当事人的悲惨遭遇，面对生命被非法剥夺的血溅场景，面对上访群众从心底发出的哀求，如果我们的心不为所动，对上访群众同情不起来，对犯罪分子恨不起来，从嘴里蹦出来的语言，似扔出来的冰棍一样，这样的人，法律水平再高，办案能力再强，也绝不可能把案件处理好。

因为，感情是办案的灵魂，是弥合涉案当事人伤口的天地良药。

还因为办案，是良心活儿啊！

办案，确有个法律效果和社会效果的统一问题。这个社会效果，就是人心。

…………

第六章　错案查究

——捍卫司法公正的特殊战斗

　　错案是执法实践活动的一个怪胎，其践踏法律的危害主体，是熟知法律运作规则、从事法律工作而又十分清楚法律是神圣不可侵犯的人。

　　一些被金钱玷污的错案，几乎除了案件当事人之外的任何人，都难以看清其中的猫腻。

　　错案制造者，就类似战争年代的叛徒、内奸，其破坏力，不只是法律本身，还包括执政党的形象、人民对执政党的信任……

　　本章涉及的错案，主要是被金钱、人性、关系扭曲法律的案件。

　　错案在全部办理的案件中所占的比例极小，但它对法律的破坏、对当事人利益的损害极大。

　　错案是执法实践活动的一个怪胎，其破坏法律、践踏法律的危害主体，是熟知法律、熟悉法律运作规则、从事法律工作而又十分清楚法律是神圣不可触犯的人。这些人之所以敢以身试法，是因为他们太熟悉法律了，以致他们能从法律的任何一个缝隙中撬开牟取非法利益的口子，找到隐蔽自己的合法外衣。有些被金钱玷污的错案，几乎除了案件当事人之外的任何人，包括负责法律监督的专门机关，如果不进入案件，掰碎了各种证据进行分析，都难以看清其中的猫腻。

　　深层次的原因是，站在事实这个平台上的执法者，是一个个活生生的人，人的生长环境、智商、教养、人生态度各不相同，自律能力有大有小。有人面对金钱、美色不为所动，有人就抵挡不住，甘做俘虏。虽然这样的人为数极少，但破坏能量却极大。就像艰苦的战争年代队伍中的叛徒、内奸一样，是极个别人，但其泄露的军事部署、兵力调动方案，将给我们的队伍造成巨大的杀伤力，有的甚至是灭顶之灾。如今的错案制造者，就类似战争年代的叛徒、内奸。其践踏法律、损毁法律尊严的破坏力，就不只是法律本身了，还包括了执政党的形象、人民对执政党的信任度。

这可是根基上的损毁啊！

河北省委政法委搭建接访中心这个平台，以及直接组织的 500 起信访积案评查，瞄准解决的问题之一，就是查究错案，剖析制造错案的主要原因，追究制造错案者的法纪责任，让错案曝光在全省政法干警面前，从中吸取教训，受到警醒……

第七章　接访督办
——推动问题化解的多方角力

接访中发现的问题，督导解决很难。

难在自我纠错很痛苦，

难在各种关系难摆布，

难在付出情感、责任不情愿。

这是一种社会现象折射出来的角力，是对与错的角力，是干净与不干净角力，更是执政理念的角力……

河北省涉法涉诉联合接访服务中心一项重要的制度设计，是接访督办。接访人员接待上访群众后，认为反映的诉求有理，就采取转办或交办的方式，交给应当受理的政法机关。这之后便是督办，限期两个月内办结。接访中心专设省公检法司人员组成的督办组，电话与上访群众联系，询问政法机关是否与其约谈；与办案人员联系，了解案件的办理进展情况。如上访群众反映政法机关没人约谈，或反映办案人员虽约谈了但态度不好、办理不认真等，督办组的同志还要下去督查核实。采取这种督办方式，不但加快了上访群众所反映问题的办理进度、办理质量，而且对办案机关形成了严格依法办理、快速办理的压力，为上访群众解决了很多问题，收到了良好效果。

下面让我们进入具体的案件之中，看接访督办的情况吧！

第八章　领导接访故事
——是非曲直的真心诠释

领导接访，就是群众给领导上课。

群众上课讲的，没有套话，没有空话，有的是实话，是家长里短，是柴米油盐，是世代生息、放之四海而皆准的真理。

请把你高贵的头/尽可能地平视/在求助者的行列里/有几个不是我们的衣食父母/再把你生冷的言语/尽可能地添几分热度……

领导是化解信访问题的最大资源。这是我国现行的社会管理体制决定的。领导或大或小，手里都握有一定的执政资源，把这些资源调动起来，去集中化解某个上访案件，通常要容易得多。

某县县委书记接访，接待了一个因土改划成分而引发的上访问题。来访的是一位七十多岁的老人，他家土改时被工作组大笔一挥划为富农，于是他家的房子、农具、耕牛全分给了贫下中农。后来这家主人找工作组长反映，认为自己达不到富农的标准，工作组长跟大家一商量，改为上中农。上中农是团结对象，其家产是不能分的。可是，已经分了的房屋，早被贫农住上了，农具、牛也分到贫农家了，他去要人家不给，工作组又没有帮他要回来，他家只好挤在一个狭小的破院里熬日子。那时以阶级斗争为纲，农村是贫下中农当家做主，上中农属于团结对象，得看贫下中农的眼色行事，这家人虽有满肚子委屈，也只能咽在肚里。我国实行改革开放后，废除了以阶级斗争为纲的基本路线，农民没有阶级地位的高低，一律平等。从此以后，这家人开始上访，诉求是要回房子、农具和耕牛。从乡到县到市到省，接待这位老人的接访人员很是同情，但又都觉得不好办，只好把他反映的问题转到当地，请当地给予妥善解决。事实上，上级接访后把这位老人的诉求转下去，还是落在信访部门的接访人员手中，接访人员只有同情，而没有解决的办法。这位老人的逐级上访，以及各级给他转办下去的空转，转了很多年，结果遇上县委书记接访，县委书记也很同情这家的遭遇。县委书记的同情与接访人员的同情，举措和效果就大不一样了。他立即把县民政局和乡、村有关干部调来，问清事情的缘由后，当场拍板，明确已经分了的房子不要再去要了，村里给他家划一块宅基地，建房的费用连同当时分掉的农具、耕牛，县民政局给予适当补偿。老人一听，"扑通"一下给县委书记跪下磕头，老泪纵横。县委书记把老人扶起来，对参加协调的人员说：一个月之内办妥，如果老人再上访，就拿着你们的帽子来汇报。

这位访了十大几年的老人，从此再没有上访。

虽然这位县委书记如此果断地拍板，在程序上有值得挑剔的地方，但在时下，在我国依法执政的机制尚处于探索、健全、完善的大背景下，一些历史遗留问题，特别是涉及基层群众根本利益的问题，以这种快刀斩乱麻的方式处理，也不为过。

2012 年 1 月 12 日，河北省召开的政法工作会议，做出了政法系统厅、处级干部轮流到接访中心连续接访五天的部署。所有的厅、处级干部，在连续五天的接访中，都亲自接访、督办化解了数量不等的涉法涉诉上访案件，因为督办的困难、化解的艰辛，给人们留下了深刻印象。

第九章　接访花絮
——忧虑并快乐着的接地气

上访群众说："冀主任，你上次给乡里打电话后，他们把我的身份证和包还给我了，但上吊的绳子乡里还没还给我……"

上访群众指着省法院审监二庭庭长骂道："张睿！你这个狗法官，我就骂你狗法官！"骂着骂着将吃剩的半个馒头砸过去——用这种方式表达对"狗法官"的爱。

接访，忧虑并快乐着接地气。

河北省政法部门把安排人员到接访中心接访，叫作"接地气"。

所谓"接地气"，简单说就是与普通百姓打交道。到接访中心来上访的，都是基层群众，且是家庭比较困难的群众。安排政法部门的人员轮流接访，一次接访半年，每人平均接访几百名不同的上访群众，听几百个涉不同案件群众的倾诉，灌在耳朵里，留在心灵上的，就不是单纯的案由和诉求了，而是基层群众看案件处理的不同视角，基层群众因涉案引发的所思所想，基层群众打不起官司的现状，以及受冤了伸张起来很难的处境。这对于接访的政法干警来说，无异于深入认识社会现状的补课。讲课的是文化不高、不懂法或懂得很少，但思维单纯、感情纯朴的上访群众。他们讲课的方式，有心气平和，有战战兢兢，有断断续续，有翻来覆去，有颠三倒四，有大喊大叫，有大哭大闹……他们用基层群众最常用的方式，为接访干警的灵魂扎根于大地进行授课。如不立足中国社会现实，不扎根脚下这片热土，不与基层群众打交道、接地气，悬在半空的灵魂是不可能找到归宿的！

从我接触的接访人员看，半年接访下来都有所变化，怎么变的，说不确切，但能隐隐约约感觉到变在内心世界。如原先办案魄力大的变得谨慎些了，原先说话口气大的变得缓和些了，原先处事张扬的变得低调些了。虽然接访过去一段日子了，但一谈到接访这个话题，就像闸门打开一样，大家抢着说。接访时受到的委屈，回忆中变成了一种快乐，接访时留下的忧虑，回忆中变成了接地气所获得的人生财富。

…………

后记　言犹未尽还说说

"花钱买息访"，依法平事的手艺。

有的上访群众钱花完了就上访，是政法部门丢了手艺惯出来的。

有的上访群众成了上访骨干，是政法部门丢了手艺培养出来的。

这是报应……

人民群众是活佛，你为群众办实事、谋福祉，你不用烧高香，不用磕响头，你就积了大德。这是更大的报应……

本书即将完稿时，仍觉言犹未尽，还有很多话想说。2013 年 5 月 7 日下午，我讲课，全省 1172 个政法部门视频网络会议室、34757 人参加听课，我讲了化解涉法涉诉上访的三个理念。

第一，"依法平事"的理念

多数信访案件产生本身，就是一开始不依法办案造成的，形成上访了，我们有的部门还是不严格依法办理，结果形成了重复访、越级访。这里有两种情况值得我们重视。一种是，上访人亲自签的息诉罢访保证书，不认账了，继续上访。其中缘由可能很多，但主要还是因为，签订息诉罢访保证书之前政法部门承诺解决的问题、答应的条件不兑现，引发群众上访。这个责任在政法部门，虎头蛇尾，缺那么一种"再坚持一下"的努力精神。另一种是，"花钱买息访"。办案中的问题不依法纠正，办案中的瑕疵不依法弥补，不是"拿法平事"，而是一味地"拿钱平事"。造成的后果是，"拿钱平事"平息不了，上访群众钱花完了就上访，一访又给钱，钱没了又上访，访了给，给了还访，没完没了，恶性循环。不但培养出了上访的"钉子户"，而且培养了一批专吃"上访饭"的人。对于这种社会现象，我们有的同志一肚子委屈、一肚子牢骚，有的说"这都是惯的"。谁惯的？有的说"这都是刁民"。谁培养的"刁民"？不用问，惯是我们丢了手艺惯的，"刁民"是我们丢了手艺培养出来的。政法部门的看家本领是拿法律平事，你有法不用，怕艰苦，怕麻烦，留下了上访群众抓住说事的把柄，再让党委政府和基层去稳控。稳控又不能违法，怎么办？只好没完没了地"拿钱平事"。"拿钱平事"后患无穷，必然反复，且会引发攀比，引发连锁反应。所以说，解决涉法涉诉上访，既不能在法律上让步，以牺牲法律来求眼前的息诉罢访，这种息诉罢访靠不住；又不能在执法上不作为，给涉案群众留下上访的把柄，给基层稳控造成被动。

目前一些地方稳控的做法明显不恰当。每逢重大国事活动，如党的十八大、全国两会，有的地方把上访群众集中起来办学习班的做法，带有限制人身自由的嫌疑；有的领着上访人外出旅游，惯出了一些人的毛病，以致有的上访人从三亚返回时对稳控人员说，明年两会咱去台湾，我还没去过台湾呢。有的地方给上访群众发钱，给你两千、三千，这次两会你就别去了；还有的陪打麻将，小赌博，陪喝酒，等等。这些做法都是不当的。事实反复告诫我们，不坚持原则，不依法办事，靠小恩小惠做稳控工作，是靠不住的。解决涉法涉诉信访问题，第一位的是严格依法解决上访人的合理诉求，该纠错的纠错，该道歉的道歉，该赔偿的赔偿，该问责的问责。在社会救助、困难帮扶上可以让步，而且让得大一些也行。但在法律上，不能让步，尤其不能以维稳为由，突破法律的界限，求得一时的息事宁人；在执法的作为上，不能缺位，不能失职，不能在执法上留下把柄，让群众抓住没完没了上访。

坦率地讲，基层采取的这些稳控做法，也情有可原。就我省来说，重大国事活动提的要求过高、过严，如"一个也不能去北京""零上访"。再如，去了就通报，甚至摘县委书记、县长和稳控干部的帽子。每个干部的官帽都不是天上掉下来的，都是小时候刻苦学习，走上工作岗位不懈努力，一步一步、一个台阶一个台阶干出来的。因为上访群众稳控不好，被摘掉帽子，实在不值。在当前我国人民内部矛盾凸显的大背景下，每个地方都不是鸟语花香、和谐稳定的圣地，各种社会矛盾触点多，燃点低，关联度大，对抗性强。在这种情况下，我们实行涉法涉诉工作改革，一个至关重要的方面，是各级领导要有承受能力，不提过高过严的要求，不轻言摘基层领导和稳控干部的帽子。可以要求基层尽可能把上访群众稳控在当地，但稳控不能违法，稳控不住到了北京，也不要大惊小怪，把人接回就可以了。

第二，上访群众是弱势群体，需要格外关照的理念

党的十八大绘就了中国梦的宏伟蓝图，让全中国每个人公平地分享改革开放的红利，让改革发展的成果惠及每个中国人，是实现中国梦的必然归属。但这需要一个过程，一些体制机制包括政策的调整，需要一个漫长的过程，也需要以更大的财力来做支撑。就拿上访群众来说，当老板的、搞经营的、拿公薪的，上访的很少，省接访中心几乎没有见到坐奔驰来上访的，穿西装打领带来上访的，来的都是些基层群众、困难群众。从承德、张家口等地来的上访群众，住不起旅店，有的在车站候车室，有的甚至在过街天桥、地下人行道过夜。不管他们的上访是否有理，但他们是基层群众，他们家境不富裕是不争的事实；在他们遇到矛盾纠纷的初始阶段，没有当官的靠山帮助说话是不争的事实。我做过个案解剖和概率分析，但凡长期上访的，家人和亲戚中几乎没有人是端公家饭碗的，发生矛盾纠纷后，没有当官的帮助说话。但凡家人和亲戚中有在党政部门工作，哪怕是乡镇干部、村支书、村委会主任，在发生矛盾纠纷的初始阶段，有这样的人出面撮合，矛盾纠纷也就化解了。大量的矛盾纠纷，就是没有这样的人撮合，群众上访了也不当事认真办，结果年复一年，小事拖大了，成了积案、"骨头案"。今天我问一句参加听课的全体人员：你们家有人上访吗？我想没有。因为你们包括我，都是端公家饭碗的，家里发生矛盾纠纷，跟有关方面打个招呼，不要求违法或偏袒，只要求依法公正处理，也就处理好了。正是从这个意义上说，上访群众是弱势群体，需要格外关照。

格外关照上访群众，我认为要坚持"四个倾斜"。第一，政府部门和群众之间的利益纠纷，化解时要向群众倾斜。因为政府部门掌握着大量执政资源，应该对群众多一些宽容，应该做出适当的让步。第二，企业与群众之间的利益纠纷，化解时要向群众倾斜。企业与群众之间的纠纷主要是劳务纠纷、权益纠纷，在这种情况下，企业是强势的一方，有责任和义务向普通群众做出一些让步。第三，富人与穷人之间发生经济纠纷，化解时要向穷人一方倾斜。现在贫富差距已经很明显，富裕的一方更多地享受着改革开放的红利。因此，有了纠纷以后，向困难群众倾斜是应该的，也有利于促进社会和谐。第四，因历史原因造成的信访问题，要向上访群众倾斜。有些问题虽然是历史遗留的，但长时间给一个人一个家庭造成困惑，甚至是苦难，我们有责任面对、有责任解决。

第三，要把人民群众包括上访群众，当作"活菩萨"对待的理念

从大的方面说，今天讲课的听课的都是人民群众。但从现实情况看，我们这些人又都是"当官的"，而人民群众与当官的之间出现了很大的鸿沟。党中央三令五申，要求各级领导干部切实转变作风，深入基层一线，密切联系群众，但现状是深入不下去，联系不起来。当官的联系当官的，小官联系大官，吃饭一起吃，喝酒一起喝，下歌厅一起唱，到洗浴池一起泡，打个牌、玩个麻将，包括夏天纳个凉，都是官与官在一起。与此相对应的另一个现象是，如今庙宇多，庙堂高，大小庙堂终日香火缭绕。进庙堂的有普通群众，但其中也夹杂不少各级官员，花几十、几百、几千、上万元买高香的，有不少是官员，有的甚至逢庙就进，逢佛就拜，花大钱，烧高香，求保佑。这里就有一个重大理念问题。究竟谁才能保佑我们？共产党执政，我们当法官、检察官、警官，共产党如果被推翻了，反对派上台执政，还让你戴着法官、检察官、警官的帽子吗？他们首先要改的是宪法和法律，首先要清洗、要撤换的就是各级党政干部和我们这些人。这是被改朝换代及东欧剧变、苏联解体反复证明的历史事实。共产党执政，靠谁保佑我们政权巩固、江山永续、实现中国梦？没有他人，唯有人民群众。人民群众是国家的主人，人民的拥护、爱戴、支持，支撑着我们政权的巩固，支撑着国家的发展繁荣。正是从这个意义上讲，人民群众是活佛，你为人民群众办好事、办实事、办善事、谋福祉，你不用烧高香，不用磕响头，你就积了大德，不但能为我们的江山永续增砖添瓦，而且你本人也能得到保佑，你的子孙后代也会得到庇荫。

写于 2013 年 5 月 13 日

（节选自长篇报告文学《上访》，作家出版社 2013 年 11 月）

　　李春雷，男。1968年2月生，河北成安县人，国家一级作家，现为河北省作家协会副主席，中国报告文学学会副会长。主要作品：长篇报告文学《钢铁是这样炼成的》《宝山》等21部；中短篇报告文学《木棉花开》《夜宿棚花村》《朋友——习近平与贾大山交往纪事》等200余篇。曾获鲁迅文学奖、全国"五个一工程"奖、徐迟报告文学奖等。入选中宣部"文化名家暨全国四个一批人才"，系享受国务院政府特殊津贴专家。

朋　友
——习近平与贾大山交往纪事

◎李春雷

农历癸巳年末，河北作家康志刚在其博客上贴发了中共中央总书记习近平于1998年发表的一篇悼念文章《忆大山》，记述了一段尘封的往事，情真意切，感人肺腑。文章经《光明日报》及多家报刊转载后，引起国人强烈关注。腊月二十三，我赶到正定，拜访了几位当事人。旧事重温，感慨良多……

1982年3月，习近平到正定县任职后，登门拜访的第一个人就是贾大山。

但是，两人的初次见面并不顺利。

关于这次见面的地点和人员，坊间流传多种说法：有说是在大山家里，有说是在其办公室，有说他正在与众文友聊天，还有文章明言在座者只是李满天。

采访中，笔者曾多方考证，得到的事实是：当天晚饭后，习近平请李满天陪同，一起去寻访大山。先是去其家里，不遇，后又赶往其供职的县文化馆。

李满天不是他人，正是经典歌剧《白毛女》故事的第一位记录整理者，时任中国作协河北分会主席，在正定县体验生活，是大山无话不谈的好朋友。

彼时，大山正在办公室里与几个文友讨论作品。他当过老师、编剧、导演和演员，博闻强识，口才极佳。那是一个文学的年代，到处是文学青年，到处是文学论坛。他的屋内，更是常常访客盈门。

李满天是常客了，不必客套，而习近平穿着一件褪色的绿军装，虽然态度谦恭，满脸微笑，但毕竟年轻啊，像一名普通的退伍兵，又像一个青涩的文学青年。或许正是因此，当两人进来的时候，谈兴正浓的大山才没有停止他的演说。

近平悄悄地坐下来，静心地听，耐心地等。

等了一会儿，趁大山喝水的间歇，李满天上前介绍。大山这才明白，面前这位高高大大、清清瘦瘦的青年，就是新来的县委副书记。

接下来，贾大山的反应让习近平印象深刻。2009 年 7 月号出版的期刊《散文百家》，整理发表了他 2005 年回正定考察时的录音："我记得刚见到贾大山同志，大山同志扭头一转就说：'来了个嘴上没毛的管我们！'"

我们实在无法臆想当时的场景，抑或大山的语气和表情。但可以肯定的是，此时的贾大山还不到 40 岁，已获得全国大奖，作品收入中学课本，声名正隆，风头日盛，加之天生淡泊清高的性格，面对这个比自己年轻十多岁的陌生的县领导，有一些自负是可以想象的，也是可以理解的。

但是，习近平并没有介意，仍然笑容满面。

现场的空气停滞了一下，似乎有一些尴尬。但不一会儿，气氛就重新活跃起来。主人和客人，已经握手言欢了。

习近平在《忆大山》一文中记录了当时的情景："虽然第一次见面，但我们却像多年不见的朋友，有说不完的话题，表不尽的情谊。临别时……我劝他留步，他像没听见似的。就这样边走边说，竟一直把我送到机关门口。"

那是一个早春的晚上，空气中飘浮着寒意，也一定弥漫着芳香。因为，所有的花蕾，已经含苞待放了……

正定古称常山、真定，春秋时期为鲜虞国。秦立三十六郡，常山有其一。自汉至宋元，真定始终居于冀中南龙首之位，与北京、保定并称"北方三雄镇"。明清至民初，包括石家庄在内的周围 14 个州县，皆属正定府辖区。

正定城墙周长 24 华里，设四座城门。每座城门均用青条石铺基、大城砖拱券，并设里城、瓮城和月城三道城垣。这种格局十分鲜见，足以说明正定作为京南屏障的特殊地位。高大的城圈内，有九楼四塔八大寺，更有着众多的商铺、戏院、酒肆和茶楼。"花花正定府，锦绣洛阳城"，此之谓也。

古城正定，敦厚、传统且深邃，像一株繁茂的大槐树，绽放着细密的叶芽和花穗，散发着浓郁的清香和氧气。

贾大山 1942 年 7 月生于古城西南街，祖上经营一家食品杂货店铺，家境小富。说起来，他的出世颇具传奇。父母连着生产八个姑娘，直到第九胎，才诞下这个男丁。他从小备受宠爱，吃、穿、玩、乐悉听尊便。他喜欢京剧，爱唱老生，还能翻跟头、拿大顶。他更爱好文学，中学期间便开始发表作品。

高中毕业后，因为出身等原因，大山未能走进大学。他先是去石灰窑充当壮工，后又被下放农村。

正是这种特殊的人生际遇，他熟悉了市井文化和农村文化。这两种文化交融发酵，蒸腾升华，促使他成为一名作家。1977 年，他发表短篇小说《取经》，震动文坛，并在首届全国优秀短篇小说评奖中折桂，成为河北省在"文革"之后摘取中国文学最高奖的第一人。无限风光，一时无两。

大山身材中等，体魄壮实。关于他的面貌，他的朋友铁凝曾经有过一段精准的描述："面若重枣，嘴阔眉黑，留着整齐的寸头。一双洞察世事的眼：狭长的，明亮的，似是一种有重量的光在里面流动，这便是人们经常形容的那种'犀利'吧。"

贾大山，的确是一位奇才。

他的创作习惯也迥异常人：打腹稿。构思受孕后，便开始苦思冥想，一枝一叶，一蘗一苞，苞满生萼，萼中有蕊，日益丰盈。初步成熟后，他便邀集知己好友，集思广益。众人坐定，只见他微闭双目，启动双唇，从开篇第一句话，到末尾最后一字，包括标点符号，全部背诵出来，恰似京剧的念白。他的记忆，犹如一个清晰的电脑屏幕。朋友提出意见后，他仍在腹内修改。几天后，再次咏诵。

三番五次之后，落笔上纸，字字珠玑，一词不易，即可面世。

几天后的一个晚上，贾大山走进了习近平办公室。

关于他们相约的方式和过程，我专门采访了当年的县委办公室副主任朱博华和王志敏。他们告诉我，那时没有别的通信手段，是近平打电话到文化馆，与大山约定的。

县委大院在古城中心，坐北朝南，历史上即是正定府衙所在。走过门口的两棵老槐树，在过去正堂的位置，是一座主体建筑——穿堂式组合瓦房。瓦房的北面，是两条甬道，甬道中间和两侧，共有三路五排平房，灰砖蓝瓦，南北开窗。近平的办公室兼宿舍，就在西路最前排的东段。

只有一间屋子，两条板凳支起一个床铺，一张三屉桌，两把砖红色椅子，一个暖瓶，一盏灯泡。没有书架，成群的书们，或躺在桌面上，或站在窗台上。屋内最醒目的物品，是窗台上的两尊仿制唐三彩：一峰骆驼和一匹骏马，那是北京朋友赠送的纪念品。

坐下之后，他们认真地互通了年庚。大山属马，近平属蛇。大山年长 11 岁，自是兄长了。

然后，开始一边喝茶抽烟，一边聊天。茶是那种最普通的花茶。烟呢？名曰"荷花"，每包 2 角 6 分钱。聊天的内容由远及近，先是古往今来、国外国内，后来便集中于正定的历史和现实。

他们的确有着那么多的相似啊。

都曾因家庭问题而下乡。"文革"开始后，年少的近平受父亲冤案的牵连，挨过批斗，受过关押，到陕北农村插队时，他还不满 16 岁；大山因为出身商人之家，被打入另册，1964 年即被迁出县城。

都在农村里风雨磨砺。那些年，近平种地、拉煤、打坝、挑粪，什么累活儿脏活儿都干过，窑洞里跳蚤多，他被咬得浑身水泡；大山一年四季干粗活儿，秋后种麦拉石砘，两个肩膀红肿如绛。

他们又都在磨砺中收获成果。为了拓广农田面积，寒冬农闲时节，近平带领乡亲们修筑淤地坝。他还组织村里铁匠成立铁业社，增加集体收入。后来，他被群众推举为大队党支部书记。大山在村里担任宣传员，自编自演了多部小戏，不仅搞活了小村的文化生活，还多次获得河北省和华北地区文艺会演一等奖。

最让人称奇的是，他们的知青岁月，竟然都是七年。

对现实问题，他们也有着惊人的相同看法。比如对正定"高产穷县"的剖析，对如何修复和整理正定文物，对社会上某些不正之风……

两人分手时，已经凌晨三点了。

县委大院已经关闭，门卫的窗户漆黑漆黑。大门两侧是两个高大威武的砖垛，中间是两扇铁门。铁门下部是生硬的厚板，上部是空格的栏杆，足有两米高。

两人面面相觑。夜半天寒，实在不忍打扰熟睡的门卫。

这时，近平蹲下身去，示意大山上去。大山不知所措，却又别无选

择，只得手把栏杆，小心翼翼地踩上肩膀。近平缓缓地站起来，像一台坚实的起重机，托起了大山。大山练过功夫，身手矫健，双手一撑，"噌"地一下，便翻越而过……

两人相视一笑，隔门道别。

以后的日子里，每隔一段时间就要约见一次。有时是在近平办公室，多数是在大山家里。

晚饭过后，近平安步当车，款款而来。

走出县委大院，沿府前街南行，路东是常山影剧院和百货商店，路西则是一些小商铺、酱菜厂和服装厂。府前街尽头是中山路，西北拐角处便是大山家世代经营店铺的原址。西行 20 余米，路南是文化馆、印刷厂和建筑公司，北侧则是各种杂货门市和住户。走到育才街，向南300 米，左边的一个低矮的门楼，便是贾府了。

大山老宅是一个东西狭长的院子，院内有一棵大槐树。夏天到了，槐花如雪，满院馨香。

近平见过大山爱人，颔首，微笑，称一声"嫂子"。

嫂子和大山便把客人迎进北屋。这是大山夫妇的卧室兼会客室，只有十平方米，里面有一床、一柜、一桌、一对沙发和一张茶几。

宾主落座，女主人在茶杯中注满开水后，便到隔壁孩子的房间休息去了。

总是有着说不完的话题。

大山是地道的正定通，对家乡历史的来龙去脉，每一座塔，每一尊佛都了如指掌。初来乍到的近平，在不长时间内也能对本土文化说古论今、谈笑自若，着实让他刮目相看。大山二十多年来潜心钻研戏曲、文学等，但没有想到的是，近平对这些领域的阅读和思考同样广泛深入，很多见解令人耳目一新。大山年届不惑，历经坎坷，对社会人生深有体悟。然而，比自己年幼十多岁的近平，与他的很多看法竟然不谋而合。

当然，他们也有着诸多差异。

近平看书多且杂，更侧重于政治、哲学和经济，而大山尤专注于文学、史学和佛学。对于现实，近平是一个积极者，即使身处逆境，前途迷茫，他也始终乐观，胸怀梦想。当时，知识青年"返城热"余波未了，城市青年"出国热"高潮渐起，别人都在想方设法地回城或出国，他却主动申请回到农村去，从基层干起。而大山则是一个逍遥派，淡泊名利，无心仕途。他上学时未入团，上班后未入党。省作家协会多次调他去省城工作，他坚决不去；专门为他举办了一次作品研讨会，他居然没有出席。

但大山毕竟是一名作家，职业特点就是关注现实，解剖现实。他得奖的《取经》《花市》等作品，就是以政治视角描写基层干部和普通农民。对这座县城、这个国家、这个民族，他有着深深的热爱和关注，心如烈火燃烧，眼似灯盏明亮。

所以，在根本上，他们又是相同的。

同与不同，相互沟通，互通不同，通而后同。

这样的聊天，不知不觉就到了午夜两三点钟。

为什么总是这么晚呢？他们都是"文革"的过来人，开会到凌晨是家常便饭，而且当时也没有别的娱乐形式，读书，或与好友聊天是知识分子最好的消夜方式了。最关键的，还是他们心意相通，志趣相投，言之有味，言之有物，相守难舍。

出门后，大山会执意相送。于是，他们便接续着刚才的话题，一路边走边聊，直到县委门口。如果大门关闭，大山会自然地蹲下去。这时，近平也不再客气，踩上肩膀，轻手轻脚地翻越过去……

关于他们聊天的日期，我也常常疑问。近平身为县委领导，每天工作繁忙，而且又是嗜睡的年龄。他们相约深谈的时间，是否多在周六晚上？因为只有这样，他才能利用第二天的休息日（当时每周只休星期日一天），补充睡眠。

我曾就此询问时任副县长的何玉女士，她说这属于私人交往，工作日志没有记载。而大山夫人则说，大山没有日记，具体日期无法查询。

这期间，正是近平最忙碌的时候。他马不停蹄地奔走于各个公社和大队之间，以最快速度熟悉着县情。

县委有两辆吉普车，他很少乘坐。他总是骑着自行车，穿梭于滹沱河两岸。从河北到河南，是一片大沙滩，常常需要扛着自行车前行。

老干部张五普回忆说："那时我在西兆通公社任书记，他一个人来调研，骑一辆旧自行车，下自行车就和我握手。我问：'习书记怎么你自己来了，你认得路啊？'习书记用衣袖擦一擦满头大汗，说：'打听，我打听着就来了。'"

这一年，习近平办成了一件最令正定人振奋的大事。

正定县是全国闻名的农业高产县，却又是有苦难言的"高产穷县"。多年来，国家规定每年上缴征购粮7600万斤，每亩平均负担200多斤。由于征购任务过重，很多老百姓口粮不继，不得不到外地购买红薯干度日。习近平了解这些情况后，无比痛心。可要摘掉"高产县"的帽子，无疑是自暴其丑，虽然能够减轻老百姓的负担，但县委有关领导却有可能"犯错误"。

是坐等中央调整政策，还是主动向上呼吁？

县委主要领导考虑到习近平刚来工作，不愿让他出面，担心会对他造成不利影响。可习近平说："实事求是向上级反映问题是我党的优良传统，你们不用担心。"于是，他和另一位县委副书记吕玉兰一起，多次跑省进京，向上级部门如实反映正定人民的生活状况和现实困难。

1982年初夏，国务院终于派出调查组。这一年秋后，上级决定把正定粮食征购任务减少 2800 万斤。

这是一件影响正定历史的大事，为正定农业结构的调整和未来的大发展奠定了坚实的基础。

在他分抓的领域，更是事必躬亲，脚踏实地。

县委门口的两株古槐，花开花落，几多春秋，大家熟视无睹。有一次在文化局参加座谈会，近平问槐树是什么年代的，众口无语。他提出请林业专家鉴定。结果竟然是元末明初，是这个古城里年龄最大的植物。于是，围上铁栏，写明文字，加以保护。

城里有一家玉华鞋店，是土地革命战争时期中共在正定县成立的第一个秘密工人党支部，他指示修缮保护。

"岸下惨案"是 1937 年 10 月日军侵占正定时发生的一起屠杀事件。近平请人挖掘整理，将发生地开辟成爱国主义教育基地，并亲自审定纪念碑碑文……

1982 年 12 月 23 日下午，近平打来电话，约大山见面。

"好啊。但是，今天你就不要去机关食堂了，在我家吃晚饭吧。"大山说。交往就要一年了，近平还从来没有在家里吃过一顿饭，作为地主，大山总是自责呢。邀请过几次，他总是笑笑说，君子之交淡如水，我们每次都喝茶水，已经够奢侈了，何必要喝酒呢。今天，大山再次提出了这个请求。

近平怔了一下，居然答应了。

那天晚上，大山准备了几个精致的小菜：雪里蕻炒肉、莲藕片、花生米和凉调菜心。主食呢，就是涮羊肉。没有专用火锅，把铝盆放在蜂窝炉上，权当涮锅。虽然器具简陋，但材料，却不含糊：麻酱、韭花、蒜末、香菜、酱豆腐一应俱全。

近平如约而至。陪同者仍然是李满天。

炭火红红，蒸气腾腾，几杯小酒下肚，话题也热烈起来，不知不觉就聊到了县文化局。文化局下属剧团、新华书店、文化馆、文保所等七家单位，三四百人，大都是知识分子和演员，情况复杂，矛盾重重。最主要的是，正定有九处国家级文物，这在全国各县中也是屈指可数的，却长久失修，没有发挥应有的作用。

李满天半开玩笑地问："大山，如果让你当局长，能收拾这个摊子吗?"

大山从小与这个圈子打交道，现在又是文化馆的副馆长，自然深知其中矛盾根蒂，于是，借着酒兴，脱口而出："当然可以，只要给我权力，让我说话算数。"接着，便豪情万丈地谈起了自己的"施政纲领"。

这时，近平果断地说："好，就让你当局长!"

大山惊呆了。

原来，针对文化局的乱象，作为县委分管领导，近平一直在暗暗地寻找和选择。正定作为一座历史名城，无论对内还是对外，文化系统都需要一位硬邦邦的领军人物。考虑多日，他和主管文教工作的副县长何玉想法形成一致：最合适的人选只能是贾大山。大山成熟稳健、刚直正派，不但善写小说，而且也很有行政能力，最关键的是他对文化事业有着近乎痴迷的热爱。但大山不是党员，无意仕途。不过，经过这么多次的深入交往，他对大山的个性又是了解的。于是，在多方征求意见并与主要领导沟通后，在常委会上，他提议大山担任文化局局长，并获得了通过。那天晚上，他就是前来通报的。

近平说："你不能只是自己写小说，还要为正定的文化事业做贡献啊，而且要把你的好作风、好思想带到干部队伍中。"

大山难以置信，"可是，我不是党员啊。"那个年代，党外人士在县里担任领导干部，而且是部门正职，是不可想象的。

近平说："你不用担心，组织已经有了安排。"

原来，县委常委会已经形成决议：文化局由局长主持全面工作。

第二天上午，非中共人士贾大山，从文化局下属的文化馆副馆长，连升三级，直接上任文化局局长。

正定历史上，这是绝无仅有的！

习近平在《忆大山》一文中，全面评价了他此后几年的工作："上任伊始，他就下基层、访群众、查问题、定制度，几个月下来，便把原来比较混乱的文化系统整治得井井有条。在任期间，大山为正定文化事业的发展和古文物的研究、保护、维修、发掘、抢救，竭尽了自己的全力。常山影剧院、新华书店、电影院等文化设施的兴建和修复，隆兴寺大悲阁、天宁寺凌霄塔、开元寺钟楼、临济寺澄灵塔、广惠寺华塔、县文庙大成殿的修复，无不浸透着他辛劳奔走的汗水。"

士为知己者死。大山是一个文化人，却又是一个血性汉子。

在这里，且讲述几个细节。

常山影剧院，被称为正定的"人民大会堂"，县里重大会议都在此举行。但这座新中国成立之前的木结构建筑，已成危房。近平提议重新建造。为了保证质量，为了保证工期，大山毅然决然地把铺盖搬到工地，日夜监工，虽然他的家就在千米之内。

正定隆兴寺是闻名世界的宋代大型寺院，更是一处国宝级文物。但由于年代久远，破破烂烂。若要全面修复，需要资金 3000 万元。如此巨大的投资，是当时全国文物系统除了布达拉宫项目之外的第二大工程。为此，近平频频出面邀请国内权威专家前来考察评估，而大山则奔走于首都、省城和县城之间，往返数十趟，直累得心力交瘁、胃肠溃疡。他蜷卧在吉普车后座上，牙关紧咬，冷汗直流。由于长期出差在外，药罐只得带在身边，白天跑工作，晚上熬中药。最后，终于得到上级部门大力支持，落实巨资。

这项浩大的工程，还需要征地 60 亩、拆迁 60 户。其中困难，可想而知。

经过千难万难，隆兴寺修复工程终于圆满完成。

至此，隆兴寺真正成为正定最鲜亮的文化名片！

春节期间，是别人最欢乐、最放松的时候，却正是他最紧张、最揪心的时刻。九处国保单位，全是砖木结构建筑，最易着火。每逢此时，他昼夜巡视，废寝忘食。别人劝他，他说："祖宗的遗产、国家的宝物，我负责守护。出一点点问题，我就对不起正定，对不起县委，对不起习书记啊！"

正定的文化事业，进入新中国成立之后的最辉煌时期。

历史已经证明，贾大山用自己的聪明才智，按照自己的理想，为家乡的文化事业尽到了最大力量。虽然极其苦累，但也极其快活，极其酣畅。

贾大山不啻是那个时期全中国最得意、最幸福的文人！

⋯⋯⋯⋯

这期间，近平升任县委书记，工作更忙了。但他仍然忙中偷闲，一如既往地和大山相约见面，夜聊。

春雨润青，夏日泼墨，秋草摇黄，冬雪飞白。岁月如歌，他们共同享受着友谊的芬芳⋯⋯

1985 年 5 月的一个午夜，大山已经休息。突然有人敲门，近平请他去一趟。

原来，近平要调走了，第二天早晨 7 时乘吉普车离开。白天交代工作，直忙到半夜，送走所有同事，才腾出时间约见老朋友。好在，这个时间，正是他们最畅快的时光。

关于这一次离别，大山后来从未提起。倒是在近平的笔下，有一段清楚的记载："……那个晚上，我们相约相聚，进行了最后一次长谈。临分手时，俩人都流下了激动的泪水，依依别情，难以言状。"

两人分手时，正好又是凌晨三点。近平最后一次送他到县委门口，四目相对，心底万千话语，口中竟无一言。与往常不同的是，这一次，县委大门敞开着。

采访时，大山妻子告诉我，那天晚上，大山回来时，怀里抱着两尊唐三彩：一峰骆驼和一匹骏马。他一言不发，倒头便睡，直到第二天中午。起床后仍是呆呆地发愣。

妻子以为他病了，催他吃药。他摇摇头，慢慢地说一句："习书记调走了。"

49 岁那一年，大山辞去局长，功成身退，回归文坛。

这个时候，整个文学评论界惊奇地发现，他的小说已经发生了脱胎换骨的蜕变。"梦庄记事"系列和"古城人物"系列数十篇短篇小说，微妙而又精确地发掘出文化和人性的敏感共通之处，禅意浓浓，芳香四溢……

大山已经完全醉心于文学。如果说早年的他曾有过文人孤傲的话，那么后期的他，则十足是佛面佛心了，慈眉善目，与世无争，笑看风云，其乐融融。

这其中，有一个细节让人惊叹：大山闻名遐迩，却从无一本著作出版。那些年，文学市场凄凉。虽然出版界和企业界不少朋友主动提出帮助，但他笑笑说，不要麻烦你们了，还是顺其自然吧。

贾大山，肯定是全中国唯一没有出版过任何图书的著名作家！

他的书房里，悬挂着两句自题诗：小径容我静，大路任人忙。

344

近平在南方的工作越来越繁重了，但他没有忘记正定，没有忘记大山。每遇故人，都要捎来问候；每年春节，都要寄来贺卡。

但大山却鲜有回应。他知道，他的年轻的朋友，肩上有着太多太多的担负。除了满心的祝愿和祝福，他不忍心有任何打扰。

1995 年底，大山不幸患了绝症，近平十分挂念。1996 年 5 月，他听说大山在北京治疗，便特意委托同事前往探视。春节之前，近平借去北京开会之机，专门去医院看望。近平后来写道："我坐在他的床头，不时说上几句安慰的话，尽管这种语言已显得是那样的苍白和无力……为了他能得以适度的平静和休息，我只好起身与他挥泪告别。临走，我告诉他，抽时间我一定再到正定去看他。"

近平没有食言。仅仅十多天过后，1997 年 2 月 9 日，正是大年初三，他专程赶到正定。在那个他们无数次晤谈的小屋里，两人又见面了。

还是那张桌子，那个茶几，那一对沙发。只是眼前的大山，枯槁羸弱，目光暗淡，再也没有了当年的红光满面和言辞铿锵。

近平强作笑颜，佯装轻松，提议合影。大山说，我这么难看，就不要照相了吧。话虽这样说，他还是努力地坐起来，倚靠在被垛上，挺直身子。近平赶紧凑过去。

11 天后，大山走了。

这是大山在人世间的最后一张留影。陪同他的，是他的朋友，他的好朋友。

癸巳年末，我去正定采访。

大山的家里，一切依旧，还是三十年前的模样。当年的房屋，当年的木床，当年的书桌，当年的茶几。坐在那里，凝视时空，如幻如梦。恍恍惚惚中，我仿佛看到了当年的影子；隐隐约约里，我似乎听到了那时的笑声。唯有那两尊唐三彩骆驼和骏马，依然新鲜如初，精神而挺拔地伫立着，伫立在时光的流影里，相互顾盼，心照不宣，像一对永恒的朋友……

哦，朋友，朋友，两心如月，冰清玉洁，肝胆相照，辉映你我。

（2014 年 4 月 20 日新华社通稿播发，21 日发表于《光明日报》）

　　雪小禅，中国作协会员，其作品《裴艳玲传》与《那莲那禅那光阴》均入围第六届鲁迅文学奖，第六届老舍散文奖、第十一届河北文艺振兴奖，全国短篇小说佳作奖。出版小说及随笔集五十余本，其作品多次入选中学课本读物，并多次登上畅销书排行榜，同时被翻译成多国语言，畅销日本、越南等国家。繁体版《无爱不欢》《刺青》《我爱你，再见》已经在台湾地区上市。曾为《流年》杂志主编。迷恋戏曲，曾任教于中国戏曲学院。

裴 氏 艳 玲

◎雪小禅

　　跟随裴先生一年多，写下关于她的洋洋二十几万字的传记——猛然回首的刹那，心里却是空白。倘若一直在一个人的身后，她会遮住你的光芒，但你又愿意被遮住，我现在的感觉，便是这种淡然心情。

　　裴先生到底是怎样一个女人？我想，她首先是一个女人，有夫有子有家有生动的爱情。接下来才是一个戏子，一个艺术家，一个前有古人或许后无来者的一代红坤生。

　　她是长发"男儿"，她是饮誉梨园的文武坤生。她一出场，就有一种跋扈不可一世之感。我为君王，豪气冲天，惊艳全座。

　　她悲欣交集的大半生同样充满传奇，亦歌亦泣。她演出的《钟馗》《夜奔》，前无古人。再看，你会问上一句：可有后来者?!

　　她注定是一个传奇。

　　写裴先生的文章太多，浩如烟海，随便一篇都是裴先生的戏如何好，人如何凛凛，但真正读懂裴先生的有几人？陌上尽是看花客，真赏寒香有几人？有人看了她一辈子的戏，谁知道她内心的孤傲苍凉？谁知道她可以真的为戏生、为戏死？

　　她少年便红到苍茫茫，不自知之间，天地玄黄里，梨园圈就有了她这一号——五岁登台，九岁挑班，十几岁给毛主席演戏，又因一场微妙爱情惊天动地，再加上人红是非多，小小年纪，早就一把苍绿。

但她仍旧少年心，一心扑到戏上。她晚年《响九霄》中唱道：戏是我的天，戏是我的命，戏是我的魂，戏是我的根……其实是她一生的写照。她说如果不唱戏不知道自己还会干什么。我不同，不写作，不当作家，我或许会过得更好更幸福，也许当一个普通女子，鲜衣美食，庸俗而日常地活着。可是，裴先生不同，她只能选择唱戏，或者说，是唱戏选择了她。彼此确认，别无选择。

她不好吃，简单小菜，包个饺子，煮个面条……年轻时架个电炉子烤馒头片，散了戏，就个小咸菜，吃得又香又美。老了，又有钱又有名气，仍旧朴素贞静，大饭店她吃得不香。我们去香港演出之前，在她家包饺子。她就着几瓣大蒜，边笑边说：好吃好吃，家常饭我最爱吃。她吃饭很踏实认真，那大蒜，算是最爱。家里餐桌上总有剥出的几头蒜。

亦不好穿。衣服就那么几件。可是，穿出来就真是大气凛然呀。因为只是属于裴艳玲的衣服——一水儿的中式对襟衣服，老裁缝做的，一缝几套。春夏秋冬都有了，因为永远传统，所以永远前卫。宽袍大袖，再裹上一条肥裤子或在印度花三十块钱买来的男人穿的裙子，天生一个裴艳玲。

唰，往那儿一站，所有人全矮下去，她霸占了那个气场。

这没办法，有些人天生为舞台而生，她喜欢"戏子"二字，说自己是天生的戏子。再有气场的人，往她旁边一凑，立刻矮半截。去香港演出的时候，跟裴先生后台化妆。她脱去外罩，再脱去秋衣，露出一件男式大背心。老牌子，天津"白玫瑰"牌，看后心里一酸，继而喜悦——大家就是如此，管他呢，舒服就得了，八块钱背心一穿，到台上照样华盖全场。

她自然不知有内衣叫维多利亚的秘密，亦不知有包叫 LV、GUCCI ……她亦戴名表，但不知名表牌子，那是戏迷所赠，给她的生日礼物。这些奢侈品于她就是日常品，无半丝炫耀机会，因为她不自知。她只知，戏演不好，是天大的事。

又几乎不用化妆品，清水洗脸，用两块钱一盒的雪花膏……哪懂什么牌子不牌子。但皮肤又这样好，于是偷偷看她到底用什么？总是看到那盒雪花膏，两块钱，如此而已。

她爱茶，家里养几百把紫砂壶。养紫砂壶如养人，每把壶脾气不一样，她都懂得。亦爱和真正的茶家论茶，大红袍如何？太平猴魁如何？何时喝什么茶，她讲究。到她家喝茶聊天谈戏，是很多艺术家曾经亲身体会并欢喜的，一定要谈到后半夜，一定要谈到尽兴——有一次在廊坊"白鹭原"茶馆谈戏，不知不觉天都亮了。散了的时候已经凌晨五点，已经有人出来跑步。

她不管你听不听，一路谈下去，只是戏，无他。越谈越上瘾，慢慢中毒，成为戏痴，然后一路随裴到天涯，跟着她演的《钟馗》《夜奔》，也哭，也笑。

她骄傲狂气，一般人不放在眼里。不放在眼里便沉默，一言不发。倘若逼着她发，她便也发——站起来破口大骂，才不管你多大名气，才不管你什么权贵。这样贞烈品格，几乎是独一无二。裴先生身上有一种凛凛气息，不容靠近。那是一种特别高贵特别干净的气息，看得到，也嗅得到，可是一般人，做不到。

有时候觉得她既没有性别也没有年龄，其实是人生最高境界。有哲人说，人的最高境界，雌雄同体。她站在那里，宽衣长袍，短发凛然，眼神又似少年，有人说她是戏神，她是自己的神。又似一块干净琉璃，动人之处，散发光芒，但这光芒让人心服口服。

六十五岁，依然英姿飒爽，有时似孩童，奔跑着扮个鬼脸，又喜爱那田野间的自然之物，去挖红薯、剥花生……家里仿佛大自然一样，最原始的木材自己做成床，大俗，到大雅。

原本是民间或农村的老东西，乡间轧场的碌碡、水井边的石头、喂马的槽子、二十世纪六十年代的农村木窗……搬到她家里，成了艺术品。

客厅是一个纯木头的大茶几。老粗木的椅子在前方，茶几两边是两条长的木板凳，蓑衣，犁，锄头，石臼，石磨……茶几居然是小石磨。到了裴艳玲的家，就仿佛到了五六十年代的农村。她的民间情结之深体现在很多居家细节上。

裴艳玲从农村来，带着地气，她喜欢这些东西，也迷恋那大地散发的气息。坐在木桌前，喝茶，养那些紫砂壶，抱着小狗说话，听戏，这就是她的生活了。简之又简，素之又素。

很多人慨叹，这才是裴艳玲。与众不同，一花不与凡花同。有几次看她在后台候场，满后台是花红柳绿的女演员，假睫毛，华衣，低胸，精致发型……只有她，素着一张脸，宽衣袍素色衣，男孩儿一样的短发，安静凛然看着前方……她就这样以最清冽的方式打败那些浓妆艳抹的脂粉之气。

彻底倾倒。

裴先生演了一辈子戏，最后不懂了：我到底要什么？

她不停追问。

其实人到高处，总是在问。

就像沈从文先生最后也在追问，但最后终于给出答案：照我思索，能理解我。

有多少人理解裴先生呢？她演了一辈子男儿身，都是大英雄。私底下，也未免有了几分男儿英气——有时远远看她，她站在那里，像风，一道永远看不清的风，她自己的风。只是不像凡间的老太太。

她六十五岁了，却依然是少年样，眼神忽而露出狡黠，忽而又是单纯干净似孩童，只是没有老年人的暮气。真是奇了。她修成自己的神，却又不自知。

　　每每有戏迷千里万里追赶，亦有追随几十年的粉丝。她有时记得，有时不记得。早已"静闻真语世情空"，只演自己的戏。好像台上只有她一个人，她无视台下，也根本不必要讨好观众，这一辈子，她只负责讨好了戏台——她问自己够一个"戏子"了吗？戏子，多好听的一个词，她愿意生为戏子死为戏子，来生来世，还是戏子。

　　去香港演出，她化好妆坐在镜子前。化妆室只有我和她。她看着镜子中的自己，我看着镜子中的她，一言不发。

　　足足有十分钟，镜子中是一张没有年龄的脸，演了六十年戏，每一场都有每一场的气息，她或许早把自己当成戏中人了。而我站在她身后，看着以戏为天的裴先生，忽然觉得难言的幸福——或许我喜欢戏曲半生就是为了等待写她？这是因缘，是定数？

　　戏散了，台下疯狂了。她跳上鼓师的背，吹着口哨，仿佛少年。我呆立在侧幕条旁边，潸然泪下——无数个夜晚，她亦提起自己曾经如何不易，被孤立，被围攻，被伤害……但她依然如野草，春风吹又生。她依旧站在戏台中央，兀自光芒万丈，无人可以取代。"只要能唱戏就好，只要能唱好戏就好……"她三句话不离戏，离了戏，她活不了。

　　有时候忽忆前生，她也感慨："有一年我去香港算了一卦，说我曾有三父，曾有三母……"三父，生身父亲、养父、现在的师父。三个母亲，生母、两个继母……细说前情，总是一句话：跟你最亲的人，有时候和血缘一点儿关系也没有，这也是前生注定。

　　人到最后要什么？剩下什么？她多数时候一个人，守着一堆老家具的大房子，养着六七条小狗，抱着复读机听戏。总是听余叔岩，她说："老得好，老得有味。"有一次到她家去，正是秋天，小院子里铺满了细碎的阳光，透过窗户看到先生，坐在椅子上睡着了，屋子里响着余叔岩老先生的《十八张半》。她身边倒着几只小狗也在睡觉打呼噜，阳光打在她的脸上，呈现出一种金属的光泽。那一刻，忽然悟到她说的话：

"人到最后，剩下的只有自己，和自己身上的那点儿玩意儿。"

裴氏艳玲，所有一切，都是她自己的前世与今生。

前面的路还有多长？她并不知道。

可是，她一定知道，无论还有多长，她的前世或今生，一定还会选择唱戏。

你听，她在唱："戏是我的梦，戏是我的魂，戏是我的命，戏是我的根。"

你看，她的脸上身上，闪现出一种动人的光泽——假如世上真有戏神，一定降临在这个叫裴艳玲的女人身上了，那是一种无法复制也无法模仿的光，只有一生追寻它的人才能得到。

真正的大师，都是内心深处的呐喊，是大音希声、大象无形。

她扭过脸来，所有的人都看到了。

她浑身披着一层光。

而她一步步向着光的方向走去，走去……那更光亮的地方，是她所向往的，所追求的……她一个人走得很坚定，带着一意孤行的眼神，带着所向披靡的神态。

她，就是一代宗师，裴——艳——玲。

（选自长篇报告文学《裴艳玲传》，海峡书局2014年1月）

梅洁，湖北郧阳人，现定居北京。国家一级作家，中国作家协会会员，国务院政府特殊津贴专家。大学经济系5年本科毕业，1980年开始文学创作。现已出版《爱的履历》《生存的悖论》《一只苹果的忧伤》《一种诞生》《泪水之花》《飘逝的风景》《西部的倾诉》《寻找家园》及"汉水移民三部曲"《山苍苍，水茫茫》《大江北去》《汉水大移民》等诗歌、散文、中长篇纪实文学33部（集）、700余万字。获全国第二届鲁迅文学奖，全国首届、三届、五届徐迟报告文学奖及优秀奖，全国首届孙犁散文奖(《散文选刊》举办)，全国第八届"五个一工程"奖，全国第二届、第三届女性文学奖，河北省一、二、三、五、七届文艺振兴奖，第八届北京文学艺术奖（北京市政府最高文艺奖）。以及《十月》《作家》《长城》《黄河文学》《中国作家》《散文选刊》《人民日报》等报刊奖，计80余种文学奖项。2015年出版七部文集《梅洁文学作品典藏》。

《童年旧事》《不是遗言的遗言》《贺坪峡印象》《通往格尔木之路》等作品入选《中国百年散文经典》《百年美文》《百年百篇经典散文》《中华百年游记精华》等230余种文学经典选本，《跋涉者》《童年旧事》《楼兰的忧郁》《谛听水声》《白发上津城》等被收入人教版、冀教版、鲁教版、苏教版、鄂教版中小学语文课本、读本及文学教材，以及高考语文试题和高考语文模拟试题。

为了润泽北方大地

◎梅 洁

南水北调中线工程，汉水流域 82 万移民，在长达 50 余年的岁月里，为了解救北方水困境，他们背井离乡，痛失家园。他们所经受的巨大磨难，北方受水区人不知道。北方人不知道自己所处的干渴处境，不知道水源区人民的牺牲与奉献，甚至不知道中线调水。即使知道，也不知调的是长江水还是汉江水。有人说，我们不屑知道，有没有水那是政府的事。再说，水管里哪天没有水呀……

有没有水，真的只是政府的事，与自己没有干系吗？十几万个家庭、几十万人在为此受苦、为此奉献，真的不屑知道吗？水管里的水从哪儿来的、还能维持多久、真的不想知道吗？

一

中国是极度贫水国家，人均水资源量仅为 2000 立方米，是世界人均水量的四分之一，相当于美国的四分之一、日本的二分之一、加拿大的四十四分之一，在世界排名第 110 位以后，被联合国列为世界上 13 个贫水国家之一。

联合国审议人与水资源短缺标准为：人均水量在 2000 立方米以下

就是缺水国家；人均水量不足 1000 立方米，即为严重缺水国；人均等于或小于 500 立方米，为生存极限缺水国。

以此标准，包括京津冀在内的北方 16 省市，人均水资源全部不足几百立方米，已是生存极限缺水！许多地方不及阿拉伯沙漠国家人均水量的二分之一或三分之一。我们就像一群搁浅在沙滩上的鱼……

北方不但有河皆干，而且有水皆污！

据全国水环境监测网对全国九大流域七百多条河流水质监测评价，结果表明，在 11.4 万公里的河长中，不能饮用的四类、五类和劣五类水竟长达 4.8 万公里！

北方因缺水，年经济损失高达 4700 千多亿元人民币！3 亿多人用不上健康、卫生的饮用水！中国每年发生成千上万起环境污染纠纷，因环境和水污染问题引起的群体性事件以年均 20% 多的速度递增。

没有水怎么办？打井超采地下水！从二十世纪七八十年代开始打井，年年打，年年超采！眼下，240 万眼机井已将华北地下水几近抽干，大地已被打成筛子眼！北京公主坟一带的地下水早已打到了基岩，打到基岩的概念就是地下水一万年都难以恢复。

全民打井的结果，最终使黄淮海三片出现 9 万平方公里的漏斗区，成为世界漏斗区之最……

惊人的是，至 2005 年仅河北一省就出现 5 万平方公里的地下水开采漏斗区和地面沉降区！为世界最大漏斗区，已占去河北平原面积的三分之二！漏斗中心区地下水最大埋深已达二三百米！地面沉降最大已到 2.2 米！北京市区地面沉降已达一米还多，天津已沉降 2.6 米！

我们脚下的土地在沉陷！房屋在开裂！建筑物在倾斜倒坍！海水在倒灌！土壤在污染！庄稼在枯死！

二

北京，这座远离江河湖海的国际都市终因水资源的先天不足和人口、经济的巨大膨胀，最终遭遇了城市生存和发展的最大障碍。

应该说，从二十世纪八十年代至今，干旱一直横扫北京。在北京历史上作用非凡的泉水如今已全部销声匿迹，二十世纪五十年代以来兴修的大小八十五座水库，现在只剩官厅、密云水库两盆水，且官厅水库从二十世纪九十年代以来一直是污染严重不能饮用的四类、五类水。由于连续干旱和上游工农业及经济的发展，官厅、密云的来水已越来越少，全市入境水量锐减到四亿立方米。以永定河上游的官厅水库为例，二十世纪五十、六十、七十年代年平均来水量分别为 19 亿、13 亿和 8 亿立方米，八十年代每年来水只有 2 亿多立方米，九十年代只剩 1 亿多立方米。

半个世纪以来，永定河上的官厅水库在向北京人提供了 400 亿吨生命之水后，它满目疮痍了，连年的干旱使它常常降到死库容以下，即使在二十世纪八十年代、九十年代北京持续干旱、许多水库塘堰干得亮了底之后，水量已降到死库容的官厅水库还坚持着向北京供水。它流淌了近半个世纪以后终于躺倒了，因水量不足加之沿途的工业生活严重污染，1997 年，它不得不退出向北京提供饮用水，有限流来的污染水只能为少数工业所用。

北京人偌大的一个水盆就这样说没就没了！

而这时的母亲河永定河呢？自官厅水库建成后，永定河上共修了 3 座大型水库、19 座中型水库、28 座小型水库，修水库就是在江河上建大坝拦截江水或河水，层层建坝，层层拦截，最终，北京的母亲河断流了，干涸了，一个生命之河死亡了！

　　二十世纪八十年代以来，北京一直水资源紧缺，为了满足城市用水，三家店以上永定河水几乎全部引入市区，使三家店以下七十多公里的河道长年断流，河道两边土地沙化，近些年永定河沙石采盗猖獗，致使河道内沟壑遍布，河床裸露，每到冬春季节，西北风顺河而下，京城顿时风沙弥漫。由于根本无水补给永定河，加上严重超采地下水，北京西部地区第四纪地下水已经全部疏干，永定河的生态系统已经受到严重破坏。昔日的"卢沟晓月"已经不再，饱经七百多年风雨沧桑的卢沟桥，孤寂而衰败地架立在荒草萋萋、流沙滚滚的永定河床上。人们只是在想起那场战争时才偶尔想起它，唯独桥栏上七百多尊石狮阅尽了人世沧桑。

　　2013 年 5 月，北京水资源再度告急——人均水资源量降至仅有 100 立方米！这是个极为恐怖的数字——人均 100 立方米水量仅是中东沙漠国家人均水量的三分之一啊！而 2000 多万人口的北京依然在无忧无虑的消费水中欢乐着、享受着……

三

　　与北京一样，在汉水、长江水到来之前，天津水荒一年接一年，不舍昼夜！

　　在漫长的几十年中，天津不得不喝咸苦水，人们说，"天津人炒菜不着盐"。

　　泥沙滚滚的黄河，曾经断流了 21 年的黄河，仅为三类、四类水质的黄河，哺育了流域内几亿人的黄河，曾 5 次千里迢迢北上，解困嗷嗷待哺的天津。

　　二十世纪八十年代，十几万义务劳动大军修筑的"引滦工程"，在 22 年里为天津人送来了 168 亿立方生命水之后，不堪重负的潘家口水库的水已降到死水位，一个原本29亿库容量的水库，年入库水量只有1亿立方米。

面临断水的天津又连连向中央呼救。于是，2000年之后，国务院又连续四年做出"引黄济津"应急调水的决定。

与京津的干渴一样，人均水量仅有270立方米的燕赵大地饥渴难耐。

河北东部几百万人因喝深井抽上来的超标准高氟水而经受着氟骨病的折磨：黄牙、牙齿脱落、骨质疏松、驼背、腰腿变形而失去劳动能力。衡水、沧州地下水位已降至300米以上，机井打下去数百米也难抽上水。即使这样，嗓子干得冒烟的河北，为保卫首都，2008年迄今，已从黄壁庄等四座水库向北京送水16亿吨……

然而，不知道北方干渴处境的人们却依然对水挥霍无度。几亿人寄居的中国北方、几千万人寄居的北京，却难以使用中水，用从几百米深的地层下抽出的宝贵饮用水冲厕所、洗车、浇草坪打高尔夫球、冻冰凝雪造人工滑雪场……一个高尔夫球场、一个滑雪场用的水是几百、上千个家庭一年的用水量！

而人均8千立方米水量的美国、人均8万8千立方米水量的加拿大依然在百分之九十地回收中水，依然在发明"雾水收集法"……

四

一方面在对水挥霍无度，一方面国家在花巨资给北方调水。

南水北调中线工程2014年10月即实现汉水北上，北方将有1亿多人受益。北京每年将获得12亿吨补充水量，天津年均将获得10亿吨，河南年均获得38亿吨，年均获水量35亿吨的河北90多个县、80%的平原地区都将受益于汉水。汉水三千里迢迢北上，将极大地缓解北方四省市水困境，沿线的环境、生态、人民生活等都将得到极大的改善。

在这个世界上罕见的引水工程背后，无数鲜活的生命为此而牺牲着、奋斗着。正如水源区一位移民工作者说的那样：南水北调中线工程是建设者的汗水，移民工作者的苦水，移民的泪水和烈士的血水共同铸就的一座无言的丰碑。

早在1959年12月26日，经过10万筑坝民工长达10年的奋战，汉江丹江口工程截流合龙。三千里汉江在人们高呼"万岁"声中被拦腰截断了……

此后，汉水和丹水开始倒流……

48万库区移民（湖北十堰28万，河南淅川20万）开始了艰难的迁徙之路……

处在"大跃进""文革"那个特殊的历史时期，移民的方式也错综复杂，移民在简单、粗暴、无序或"以水撵人"中历经了太多的困难，在人均只有几百元迁建费中他们含泪走向异乡，即使这少得可怜的费用也是统一使用，并不发给移民本人。移民有投亲靠友的，有举家迁往外县外省的，有后靠到本地荒山野岭的。

但无论哪种迁徙方式，他们都上演了中国水库移民史上最悲惨的一幕。

人们扶老携幼、一步一回头地含泪离开了故乡，他们号啕着、眼睁睁地看着倒流的江水吞没着自己的家园，他们祖祖辈辈赖以生存的汉水两岸的肥田沃土瞬间被水葬在江底，他们遮风避雨的房屋在一片"命令声""呵斥声"中被拆除。

在那个一切"以阶级斗争为纲"的年代，移民们被迫走上了异乡之路。由于生活的艰辛、劳作方式的不适应，思乡的移民开始成千上万地返迁，他们不顾一切地又回到了各自的故乡，哪怕是一路乞讨要饭。但他们在故乡已没有了一切：没有户口、没有房屋、没有土地，他们属于"黑人"。根据当时的政策，故乡的政府根本不可能收留他们，除了劝说、办学习班外，就是强行催撵。于是，他们撵了就跑，跑了又回来。他们成为一个庞大的游民群体。

他们在河边、库边、城边搭茅庵睡席片，库水上来了，他们就跑；库水下去了，他们就在江边消落的泥地上撒把种子，收多少算多少。在一些公路、码头、城区边，返迁移民的庵棚长达数公里。

丹江口库区，如同一位贫病潦倒的老人，在风雨中艰难前行……

五

从 1990 年长江委在库区进行了长达两个多月的实物指标调查并下了禁建令，至 2008 年 10 月国务院南建委宣布南水北调中线移民工程启动，在这 18 年中，工程一直处在"要上马"的时紧时松的喧嚷声中，库区百姓和政府就再也不敢建设、也不让建设了。2002 年，南水北调中线工程再度启动，次年，国家正式下达停建令，规定 172 米水位线下一律不准再建任何项目，否则一律不予补偿。自此，库区经济、人民生活完全处于"冻结"状态。

一晃 18 年过去了，他们错过了中国改革开放后经济发展最辉煌的年代！

对于几十年来依然生活在艰难、贫困之中的库区移民，他们时时都在大声疾呼：要搬快搬，我们实在拖不起了！我们的房子都拖塌了！我们的媳妇都拖没了！

湖北丹江口市均县镇书记张兆华说："1992 年，库区开始执行国家停止建设的'禁建令'，均县镇发展停滞，镇上不建车站、村里不修公路，村民房屋变危房便租用帐篷度日以待搬迁。本以为等一等就要移民了，而这一等，就是十七八年。十几年来，我们镇几乎没有变化。市里一位领导前年过来视察时说，这里比十年前还破落。全国其他农村的'村村通'工程在这里被取消了。建了也白建，还是要淹没，建了也不赔偿。洪家沟那几个村至今未通水泥路，一到雨天，泥泞不堪，孩子们上学要坐船到十几里外的村子。许多村民的土坯房不断出现裂缝。到2008年，眼见着有几户房墙裂缝大得能伸过手臂，风一刮就摇摇欲垮。但移民的命令还没有下，不得已，镇上给村里有危房的家庭发了救灾帐篷，有几户村民一家老少三代都挤住在帐篷里。帐篷冬冷夏热，许多家在帐篷里一挤就是好几年。"

湖北十堰一位35岁男性移民在网上这样感慨："南水北调让我惆怅，这里将是一片汪洋。漫长的等待呀，不知让我们搬向何方？哪里将会是我们新的村庄，何时我才能找到我的新娘？暂时的住所呀，如今我像被逐出家门的小羊……"

我曾沿着汉水、丹水走了三个月，三个月里，我仿佛总在听到一个焦灼的声音：南水北调，你到底什么时候上马？我们实在等不起了！

六

2008年10月，国务院第32次常务会议和国务院南水北调工程建设委员会第三次会议终于决定，南水北调中线移民工程正式启动，湖北丹江口水库2013年开始蓄水，2014年汛期后往北方四省市送水。

消息传来，作为有18万移民的十堰和有16万移民的河南淅川，便开始了规模宏大的、远比三峡移民更为复杂、更为艰辛的一场大移民行动！

南水北调中线工程，是从湖北丹江口水库调汉水一路北上，缓解河南、河北、北京、天津的水危机。蓄水量为290亿吨的汉江丹江口水库，原定 2010 年开始每年向河南、河北、北京、天津输送 95 亿吨生活、生产用水，后因种种原因，改为 2014 年开始向北方四省市送水，2030 年以后，每年将输送 130 亿至 140 亿吨水！丹江口水库将成为中国北方人最大的一口水井！

湖北十堰，将成为中国的水都！

丹江口大坝加高至 176.6 米开始蓄水，三千公里的库岸线，290 亿吨水，相当于 20 个十三陵水库、7 个密云水库的库容。一千多平方公里的水面将淹没湖北十堰、河南淅川数千公里公路、一千多个码头、数百家企业、十几个集镇，损失非常巨大，这么多基础设施的恢复需要时间，困难可以想象。

而真正的困难是移民！二十世纪六七十年代，丹江口大坝建成蓄水，48 万移民离别了家园；眼下，南水北调迫在眉睫，34 万移民又进行了感天动地的故园大迁徙。

中央领导说：中线调水成败的关键在移民。鄂豫两省领导说：中线调水移民是天大的事！

今天的移民与二十世纪六七十年代的移民，处境已是天壤之别！

"一切为了移民，为了移民一切！必须把移民安置点建成社会主义新农村的典范"，这是水源区政府对移民安置的刚性指令。

举全省之力，完成移民的外迁、后靠，保证一江清水按时送北京，已成为鄂豫两省各级政府和人民强大的行为动力！

面对紧迫的调水倒计时，河南省委、省政府提出"四年任务，两年完成"，这便要求南阳淅川县 16.2 万农村移民搬迁完成时间，由原计划的 2013 年年底提前到 2011 年 8 月底。全省上下按照这一决策，万众一心，众志成城，排除万难，历尽艰辛，在中原大地展开了一场波澜壮阔的移民大搬迁。

湖北省委、省政府规划"四年任务，两年基本完成，三年彻底扫尾"，即"四二三计划"。

面对紧迫的"四二三计划"，湖北省委书记李鸿忠说：南水北调工程是党中央、国务院交给我们的神圣政治任务，必须确保完成。完成好这个任务，是全国的大局，没有代价好讲，我们是共产党员，是一级政府的负责人，我们在岗在位，就必须承担这个政治责任，这是岗位职责所在、党纪政纪所在。也可以不干，不干就不要戴这个帽子，让出这个帽子才可以不背这个政治责任。

鄂豫吹响集结号！

百万名库区移民包保干部宣誓："忍辱负重，在所不惜！一切为了移民！为了移民一切！"

七

作为湖北省唯一有 18 万移民任务的移民大市十堰和唯一有 16 万外迁移民的河南省淅川县，政府要人们在 2010 年这个春节后开始移民，大家都有一种莫名的心紧。心紧的原因就是大搬迁要开始了。除了数不清的工作要做、数不清的矛盾要化解之外，他们还要等待安置区房屋建设完工，而恰恰是建房过程中，移民对房屋质量的敏感和不满意每每上访、围堵政府；他们心紧的还有一个原因是那个决定他们政治前途的"时间节点"：34 万移民要在两年或三年内搬迁完毕！这是一个什么速度啊！三峡大移民 18 年才外迁 16 万人，秭归也是一个县，10 年才迁了 3 万人！中线移民 34 万只有几个月啊。如果把 2009 年一年的前期工作算上，也只有一年多时间，真是天大的工程、天大的任务、天大的艰难啊。

时任湖北十堰市委书记陈天会在大会上强调"移民是十堰市天字号

工程"。他说:"移民工作做好了了不得,做不好不得了!"又说,"我们处在这个地区,赶上了为国家做贡献、为国家建功立业的时代,不能错过这个机会,不当功臣,便当罪人。"

陈天会的讲话在库区各县市引起巨大反响,一个声音、一个意志、一个纪律,在各级移民干部心中轰鸣:"不当功臣,便当罪人!"

为了缓解北方水困境,丹江口库区 34 万移民开始了大迁徙。

不能忘记:

那位 95 岁被担架抬着上移民车的老爹爹告别的眼泪!

那位病重的大姐坚持到达几百公里外的新家后才安然闭上双眼!

那个出生六天的婴儿和刀口还没拆线的母亲一起迁徙!

把老家的一串钥匙埋进父亲的坟里而后含泪离去的儿女!

夜色里,舒家沟移民齐刷刷站在路边、含泪向故乡望去最后一眼!

几百人站在山梁上放声大哭,然后齐声大喊:洪家沟,再见了!

还有:

为了一江清水北送而给移民亡亲下跪的移民干部!

为了一江清水北送而倒下、累死的 20 多位年轻生命!

还有:那些宁死也守在主人家废墟上的万只忠犬!

这是一场没有硝烟的战役,前面没有一个敌人,战胜的全是自己!

这是一场没有硝烟的战役,但却必须用意志、信念、责任和血肉之躯穿越枪林弹雨!

鄂豫两省儿女蘸着汗水、噙着泪水,践行着"祖国在上,我把家乡献给你""万众一心,一江清水送北方"的郑重承诺。

2011 年 8 月 25 日,河南省农村移民历时 211 天,完成大规模搬迁 193 个批次,投入搬迁车辆 3 万台次,共转移移民财物 30 万吨,搬迁行程1700万公里，成功完成了16万人的大迁徙，做到了不伤、不亡、不漏、不掉一人，实现了河南省委、省政府既定的"四年任务，两年完成"的目标。

在这场举世瞩目、艰苦卓绝的移民大搬迁中，全省上下经受住了严峻的考验，在人类移民史上留下了浓墨重彩的一笔。

2010年11月28日，是湖北移民史上值得纪念的日子。

全省完成丹江口市、郧县、郧西县、武当山特区4个县（市、区）、21个乡镇、163个村的移民外迁，十堰市共组织119批次、18023户、76652人迁往湖北省9个市，武汉、襄阳、荆门、荆州、天门、黄冈、潜江、仙桃和随州等9市所属的21个县81个乡镇、194个安置点全部安全接迁。十堰市先后出动搬迁车辆10333台次，累计行驶里程超过850万公里！做到了"车不掉漆、人不破皮、不伤亡不漏掉一人"，实现了平安、有序、和谐的搬迁。

就在移民外迁落下帷幕之际，湖北十堰又开始了10万移民的内安、后靠，移民们在更高更远的山岗上创建家园。仅仅一年零9个月的生死鏖战，2012年9月，13个城集镇建设和10万人的农村移民全部竣工和搬迁。

至此，湖北18万移民，在"四年任务，两年基本完成，三年彻底扫尾"的号令下，全部如期顺利迁徙，这是中国乃至世界水利移民史上从未有过的奇迹！

滚滚北上的汉水不会忘记万众一心的峥嵘岁月，在长达1000多个日夜里，鄂豫两省各级政府官员、数百万移民干部和建设队伍、34万移民全部卷进了南水北调中线大移民这场没有硝烟的战役之中。无数的艰难、困苦，不尽的血汗与泪水，诠释了一个国家的意志、一个执政党的信心，一个以局部的牺牲赢取全局利益的大政只有在中国才会实施、才会成功！

2014 年 10 月，三千里汉水就要北上，站在美丽汉水就要滋润的土地上，愿每一个受润的生命怀一颗感恩的心，庄严向南一鞠，然后说一声"谢谢"，然后倍加珍惜每一滴来之不易的生命之水！

2014 年 7 月完稿

发表于《人民日报》2014 年 12 月 3 日，有改动。

文 学 评 论

李致，1976年5月出生，河北大学文学院副教授，文学博士。主要从事中国现当代文学研究，目前主要研究领域是二十世纪三十年代左翼戏剧与文学。在《文学评论》《中国现代文学研究丛刊》《鲁迅研究月刊》《文艺理论与批评》《戏剧文学》《新文学史料》等刊物上发表论文20余篇，主持国家社科基金项目1项，主持河北省基金1项、省级教改项目1项；参与国家社科基金项目3项、省部级社科基金多项。主编教材1部，参编教材、专著6部。

五四传统与左翼戏剧观念内核的建构

——以"艺术剧社"为中心的发生学阐释

◎李　致

摘要：围绕"艺术剧社"研究左翼戏剧兴起，具有发生学意义。戏剧因时而动以及从文学运动中寻求未来发展方向是五四以来中国现代戏剧的两大传统，深藏其后的是五四以来现代戏剧重构的工具论观念。论文围绕"艺术剧社"的成立与发展，集中从戏剧与政治、戏剧与文学、左翼戏剧观念等不同层面剖析五四传统与左翼戏剧之间的精神联系，认为左翼戏剧在中国现代话剧的启蒙戏剧观中注入政治元素，将戏剧改造为参与中国社会政治革命进程中的一个有力工具。这是早期左翼剧人在新的时代条件下对五四以来现代戏剧传统的继承和诠释，是对五四以来戏剧工具论观念的全新扬弃。

关键词：左翼戏剧　艺术剧社　政治　文学

关于左翼戏剧在中国的兴起，研究者多从日本左翼话剧运动对中国话剧产生的影响角度进行研究[1]。从人员构成来说，艺术剧社中的许幸之、沈西苓、司徒慧敏、陶晶孙、石凌鹤、夏衍等一批重要分子都有留学日本的文化背景，并且许幸之、沈西苓等人还有过在日本筑地小剧场实习演出的经历，毋庸置疑中国左翼戏剧的发展是受到日本无产阶级戏剧运动影响的。但从艺术剧社的整个戏剧活动和发展过程来看，过于强调其兴起原因中的日本因素是无异于深入认识中国左翼戏剧发展规律的。事实上，五四以来现代中国戏剧发展的传统才是左翼戏剧兴起的内因，而日本因素不过是其兴起的外因。但研究者在以往的研究中给予这一内因的关注还有待加强。本文围绕"艺术剧社"的成立与发展做一考察，从戏剧与文学、戏剧与政治、左翼戏剧观念构建等角度来描述与探讨五四以来中国现代话剧发展过程构建的戏剧新传统之于左翼戏剧发生与兴起的内在精神联系。

围绕"艺术剧社"研究左翼戏剧兴起的原因，具有发生学意义。艺术剧社提倡的"普罗列塔利亚戏剧"，正式标志着左翼戏剧在中国戏剧舞台上的兴起，由此左翼戏剧创作和戏剧运动也不断发展，并最终形成了二十世纪三十年代戏剧舞台上的生力军。它的成立与出现，是中国戏剧运动发展到一定阶段具备了相关条件之后的必然结果。左翼戏剧的兴起不是偶然的，促成左翼戏剧兴起的原因是多方面的（包括来自国际左翼文艺思潮的影响），但从根本上说二十年代戏剧在不断发展成熟的过程中形成的戏剧观念和传统才是中国左翼戏剧兴起的深层动因和逻辑前提。

一

现代中国的话剧发展，从来就不曾构成一部独立发展的纯艺术史，而是一部与中国社会和政治相纠结的艺术史。其得失非本文要探讨的重心，这里只是要阐明一个常被研究者忽略的事实：中国话剧发展具有一种与生俱来的艺术传统，即借助于政治发展的"势"来实现艺术发展方向的变更。这一点在"艺术剧社"提倡无产阶级戏剧运动的过程中表现得非常明显。

1929 年 6 月 5 日，"艺术剧社"成立。虽然，"艺术剧社"在现代话剧史上是以首倡"普罗列塔利亚戏剧"口号而著称，但"艺术剧社"成立时却并非一个具有政治色彩的剧社，充其量是一个具有进步色彩的纯艺术团体。而"艺术剧社"之所以成为一个政治色彩鲜明的剧社组织，与当时的政治环境和政党组织的介入演剧活动有直接关系。

以戏剧为工具宣扬某种政治主张，是当时政治环境的产物。三十年代，不论是共产党地下组织还是国民党政权都充分利用和刻意追求文艺的宣传政治的功用。国民党政权为了达到利用戏剧服务其统治的目的做了很多尝试和努力。蒋介石为首的国民党建立南京国民政府之后，出于加强统治的政治需要，一方面继续清理和改造国民党组织，采取一系列政治的、军事的措施建立自己的政治权威；另一方面又不断加强对文化界的独裁渗透，压制具有进步的、激进的革命倾向的文艺发展，同时试图用"三民主义"思想规范文艺行为。在戏剧方面，国民党政权积极扶持宣扬"三民主义"的戏剧团体，比如"青白剧社"，其宗旨就是："本社专为发扬三民主义，训练话剧人才，研究艺术，导进社会为宗旨"[2]，旗帜鲜明地站在了"三民主义"的文艺旗帜下，虽然这个剧社在演剧活动方面并未产生什么影响。对于那些积极从事"三民主义"文艺活动的人员，国民党政权当局会以多种形式给予支持，包括政治的和经济的手段：1934 年 2 月，向培良组织"怒潮剧社"，社长是复兴社的罗海沙；1935 年 3 月，陈大悲、宋春舫、徐公美建立上海剧院（也称乐剧研究所），国民党内 CC 系大员潘公展是后台老板。除了直接建立"发扬三民主义"主张的剧团，国民党政权还试图拉拢一些曾产生了广泛影响的进步剧人和剧团为其服务，结果多不能如意。比如 1927 年南京国民政府总政治宣传处艺术科聘请田汉当顾问并主持电影股，结果促使田汉产生新的觉悟，认为真正的戏剧"应该由民间硬干起来"[3]；1932 年，国民党浙江省党部试图用每月八十元的津贴拉拢；五月花剧社，结果因为五月花剧社不肯按照当局的意图来演出而宣告失败[4]，等等。与之形成鲜明对比的是中共地下组织对戏剧界的引导。中共中央从1929年9月就成立专门的文化工作委员会，加强对文艺界的领导和引导；蒋介石在大革命中对共产党和革命群众的无情屠戮，致使广大的戏剧工作者对其政权产生广泛的不信任，对服务于蒋介石独裁政权的"三民主义"文艺进行抵制，戏剧工作者多方探求着"三民主义"文艺之外的戏剧发展之路，但没有一定的方向。这种情况很快被中共地下组织注意并加以及时引导，三十年代中国文艺界的版图上才被赋予了红色的印记。

因此，艺术剧社祭出"普罗列塔利亚戏剧"旗帜，首先是中共领导的直接产物。这一点，在"艺术剧社"提倡无产阶级戏剧运动的发展轨迹中也表现得非常明确。艺术剧社成立于1929年6月5日。根据郑伯奇的回忆，艺术剧社成立最初，不过是郑伯奇和"热心戏剧的学生们"成立的一个业余剧团："我办'文献书房'，同热心戏剧的学生们商议成立剧团，初组成的时候，社员不固定，排了《抗争》，没有演出，等到书店停了，才租下房子来正式办剧社。"[5]没有固定的社员和社址，没有一定的政治目的。艺术剧社在成立之后一段时间内（1929年6月5日至10月之间），也没有举行正式公开的演剧活动。笔者查阅了当时曾报道剧社成立的《申报》，这段时间内未见有相关艺术剧社演出的报道，这极可能意味着剧社在这段时间内一直处于为舞台演出做准备的阶段，包括学习戏剧基本知识和人员培训，这和它成立时宣称的"提高演剧运动，养成戏剧人才，唤起群众对戏剧之同情与理解及促进我国文化为宗旨"[6]是一致的。从其人员构成（创造社、太阳社和上海艺术大学的部分学生）来看，剧社成员有进步的倾向，但仍然是一个纯粹戏剧团体，剧社尚未自觉地将自己的演剧活动纳入政治过程中。艺术剧社转而倡导无产阶级戏剧运动，与政治结缘是以艺术剧社的重要成员参加左联筹备为契机的。据有关回忆材料显示，左联筹备委员会成员共12人，其中夏衍、蒋光慈、郑伯奇、冯乃超、钱杏邨等都是艺术剧社的重要成员。艺术剧社的转向与筹备成立左联的关系就显而易见了。夏衍曾回忆 1929 年 10 月，党指示要给"很少关心政治的剧团打打气"。当时的具体情况，应是在筹备"左联"的过程中，有人提出"组织一个剧社来推进革命戏剧运动"后，夏衍、郑伯奇等完成了对艺术剧社的改造。从此，艺术剧社获得政治生命和社会影响，直至 1930 年 4 月艺术剧社被封，艺术剧社作为革命戏剧组织的形象深入人心。后期艺术剧社因提出"普罗戏剧"的口号而被赋予新的生命力，关键是中共政党对戏剧活动的组织介入。

二

从文学运动中寻求戏剧运动的未来，是二十世纪二十年代戏剧发展的重要传统。五四以来中国戏剧发展的一种重要传统就是从文学运动中寻求戏剧发展的启示，文学与舞台共谋合力推进中国现代戏剧的发展。《新青年》时代，胡适、傅斯年等人就倡导戏剧改革，力图将"戏剧是工具"的观念注入现代戏剧发展的进程中。这一努力影响深远。1921 年 5 月，"民众戏剧社"成立，发起人有沈雁冰、郑振铎、陈大悲、欧阳予倩、汪仲贤、徐半梅、张聿光、柯一岑、陆冰心、沈冰血、腾若渠、熊佛西、张静庐等十三人。在《简章》中，他们曾这样表述自己的戏剧理念："萧伯纳曾说，'戏场是宣传主义的地方'。这句话虽然不能一定是，但我们至少可以说一句，'当看戏是消闲'的时代，现在已经过去了。戏院在现代社会中，确是占着重要的地位，是推动社会使前进的一个轮子，有时搜寻社会病根的 X 光镜；有时一块正直无私的反射镜：一国人民程度的高低，也赤裸裸地在这面大镜子里反照出来，不得一毫遁形。"[7] 无须费力爬梳，我们轻易就能在这个宣言和文学研究会的成立宣言之间找到天然内在的联系，它完全把"为人生"的文学观念移植到了戏剧领域；而且就剧社发起人而言，沈雁冰、郑振铎也正是文学研究会的十三个发起人之二。尽管如此，中国现代戏剧并非文学运动中的槲寄生，如影随形般地与其伴生在文学发展的路上；相反，现代戏剧发展过程中非常注意保持戏剧艺术的主体性。洪深在回顾"民众戏剧社"对中国现代话剧发展的历史贡献时，曾归纳了六个方面："第一是娱乐的重视，即是戏剧教导观众而外，给观众以正当的娱乐，也是基本要求之一"；"第二，他们主张有'舞台上的戏剧'，即是仅有些'纸面上的戏剧'，艺术的工作，是还没有完成的"；"第三，他们以为当时已经译成的西洋剧不能适用而主张改译或自己创作"；"第四，他们主张剧场建筑和前后台的管理与组织的改删"；"第五，他们主张戏剧的从业人员，以演出进步的戏，来增进伶界在社会上所处的地位"；"第六，他们主张用非职业的戏剧，来改革商业戏剧的弊病"[8]。这六个方面综合起来看，无非是对"民众戏剧社"成立宣言和宗旨的具体理论总结。

　　这里值得我们注意的有三点：第一，从舞台艺术角度思考而非从戏剧文学的角度进行理论探索，在注重戏剧的教化功能的同时强调娱乐功能的回归。戏剧的娱乐功能，在一定程度上是被从文学角度提倡戏剧改良的胡适等人所忽略的。戏剧具有不同于文学的独特艺术形态，是独立于文学艺术之外的综合性舞台艺术。思索戏剧艺术改良绝不能仅仅从文学角度着眼。第二，主张演进步戏，这实际是对"为人生"的戏剧的更具体的讨论。如果说先前胡、傅等人将戏剧改良"当作社会问题"进行讨论，还基本限于戏剧文学层面的讨论，仅仅是昭示了戏剧发展方向的可能性；那么"民众戏剧社"的人们则以其舞台实践证明了这种戏剧观念的可行性。第三，主张戏剧活动发展的道路是"非职业的戏剧"，这一点也是为了保证戏剧改革能够坚持自己的道路而避免受到商业演出干扰而提出。几乎在"民众戏剧社"倡导"非职业的戏剧"同时，陈大悲也在北京倡导"爱美剧"运动与其遥相呼应。虽然二者的主张和做法存在区别，但是其运动的精神实质却不妨归一，即试图以一种业余的、非职业的演剧活动推动中国现代戏剧的发展。尽管"非职业的戏剧"和"爱美剧"运动由于其固有的弊端而受到蒲伯英和洪深等人的质疑或反对[9]，"然而由于非职业主张恰好适应了当时正在学校兴起的学生业余演剧活动的需要，得到了广泛的响应，'爱美剧'的口号遂迅即传播开去，形成一个颇有声势的运动"[10]，构成二十年代中国戏剧发展的主要方式。第四，也是最重要的一点，就是它实际上也逐渐形成了二十年代话剧运动的一种传统，即戏剧运动自觉从文学思潮中寻找发展动力，让戏剧成为推动时代和社会发展的助推工具。文学给戏剧运动以发展可能，舞台使戏剧运动得以最终实现，并在一定程度上修正来自文学界的理论不足。这种传统也被左翼戏剧运动所承袭。

三

因为中国现代戏剧发展过程中形成戏剧与文学的特殊关系与传统，左翼戏剧运动兴起无疑也受到中国左翼文学思潮的影响。创造社和太阳社同人在共同发动"普罗文学"运动的同时，很快就发现了读者在理解和接受文学作品时存在的障碍，以及戏剧在"改良社会"和宣扬社会主张方面具有文学无可比拟的优势，"我们又为什么要特别注意于戏剧运动呢？这就是因为中国百分之八十以上的人，都是文盲，我们不能拿诗歌文字给他们看，唯有用最现实最具体的戏剧做工具，只要听得懂，看得见，便可接受它的意思。"[11]因此，致力"普罗文学"的积极分子就把相当的精力转移到发展中国"普罗戏剧"的运动上来。这一做法和十年之前的五四文学革命的做法遥相呼应，都是在发挥着"戏剧是工具"的观念。因为，他们已经清楚地意识到戏剧运动有助于对中国民众进行革命启蒙。

从艺术剧社成员构成来看，艺术剧社的成员主要由这样几部分构成：创造社、太阳社和一部分留日归来的人员及艺术大学的学生。领导者主要来自创造社和太阳社。据夏衍的回忆，艺术剧社的主要成员中，郑伯奇、冯乃超、李初梨、陶晶孙、龚冰庐、钱杏邨、孟超、杨邨人等人都是创造社或太阳社的重要成员[12]。1929 年 10 月，由太阳社和创造社共同推动的"无产阶级革命文学"运动已经有一年多的时间。创造社和太阳社之间、两个文学社团与鲁迅、茅盾等人之间，尽管关于"革命文学"的认识存在论争，但在无产阶级文学作为新时代文学发展的方向这一点上却是具有共识的。否则，不会有二十世纪三十年代的各方联合成立左联。创造社和太阳社倡导无产阶级文学以及围绕革命文学发生的论争已经是文学常识，这里毋庸赘言。郑伯奇、沈端先、冯乃超、钱杏邨、孟超等人作为历史的当事人，如何由文学而戏剧，将文学观点横向移植到戏剧的过程和细节倒是一个令人感兴趣的话题。不过，这已超出本文的讨论范围。我们只需要指出一个事实：先有创造社和太阳社共同推动的革命文学，后以两个文学社团的重要成员为核心组成艺术剧社，并且喊出"普罗列塔利亚戏剧"的口号。从两个文学社团的文学活动上来看，戏剧也同时是他们从事革命文学运动中的关注对象：《太阳月刊》曾刊登孟超的《铁蹄下》（独幕剧，《太阳月刊》1928 年 3 月号）、冯乃超的《同在黑暗的路上走》（独幕剧，《文化批判》1928 年第 1 期）和《支那人自杀了》（《文化批判》，1928 年第 3、4 期），以及申东造介绍苏联戏剧的文章《苏联的戏剧》（《太阳月刊》1928 年 5 月号），等等。较之太阳社，创造社对戏剧给予了更多的关注。1928 年以后，《创造月刊》刊登的剧作有：被洪深称为"十六年的唯一的反映时代的"[13]独幕剧《抗争》（郑伯奇，《创造月刊》1 卷 8 期），以及《轨道》（郑伯奇作三幕剧，《创造月刊》2 卷 4、5 期）、《县长》（冯乃超作三幕剧，

《创造月刊》2卷4期）、《佳期》（郑伯奇作独幕剧，《创造月刊》2卷6期）、《资本轮下的分娩》（李白英作，《创造月刊》2卷6期）等；发表过翻译剧作《群众＝人》（Ernst Toller作，李铁声译，《创造月刊》，2卷3期）、《逃亡者》（威特福格尔作，独幕剧，李初梨译，《创造月刊》，2卷5期）；还节载过倡导"无产阶级戏剧运动"的论文：沈起予的《演剧运动的意义》（《创造月刊》，2卷1期）、冯乃超的《中国戏剧运动的沉闷》和毛文麟的《演剧改革的几个基本问题》（《创造月刊》，2卷2期）、冯乃超的《革命戏剧家梅叶荷特的足迹》（《创造月刊》，2卷3期）、沈一沉（叶沉）《演剧运动的检讨》（《创造月刊》，2卷6期）等。这些论文后来被收入艺术剧社出版的《戏剧论文集》[14]，成为早期中国无产阶级戏剧运动最可宝贵的理论收获。另据李初梨回忆，大概在1927年10月，李初梨、成仿吾、冯乃超等留日学生曾有过搞戏剧运动的计划，但后来，"李初梨等人邀请成、冯到京都开了一个会，决定放弃搞戏剧运动的计划，从事无产阶级革命文学的倡导"[15]。不论最终是否坚持搞戏剧运动，戏剧都是李、成、冯等人从事文学运动计划的一部分。

1929年，戏剧界开始转向左翼戏剧时代，很大程度上是左翼文学运动推动下的一种必然，这也是历史事实的一个侧面。摩登社的成员之一赵铭彝在回忆上海剧坛在1929年以后普遍左转时，特别强调指出了无产阶级革命文学影响这一深层动因："也就在这一年里，提倡革命文学的创造社喊出了无产阶级文学的口号，另一个新锐的太阳社更加猛烈地竖起无产阶级文学的大旗，对于我们这一批一向只喊模糊的'民众戏剧'口号的青年，是一个重大的刺激，逐渐受到感染，慢慢地向左转了。"[16]赵的回忆是符合历史事实的。当时左翼文艺的倡导者比较普遍地接受了"文艺是宣传"的观点："我们注重的是教导，所谓彻底于大众就是大众接受我们的教导，实行了我们的教导。"[17]当无产阶级革命文学进行到一定程度时，文字对于大众教化作用的不足便被一些理论家所强调："文字在理论斗争上是绝好的武器，然而在大众的教导上却几乎是一种敌对（Antagonism）。"[18]因为大众大多不识字或识字有限，在阅读上存在障碍。文字的此种不足，不但被当时革命文学运动理论家意识到，而且还有被夸大之嫌。因此，在无产阶级革命文学进行过程中，就不断有理论家发表类似的意见："能与大众接近的艺术的形式，自然是绘画、戏剧、影戏、音乐（广义的音乐）。我们应该把我们从前的努力多多地用到这一方面来。换一句话，便是希望长于这一方面的朋友多多地做一番积极的工作。"[19]这篇文字尽管是郭沫若1930年发表的，但这种认识想必不是突发灵感。从后来的艺术剧社以创造社的成员为核心成立的情形看，这种意见在1929年左右当具有相当的普遍性。

行文至此，论文需要补充强调一点：中国左翼戏剧的发生是受到中国左翼文学思潮和运动的影响，尽管中国的左翼文学思潮和运动是受到红色三十年代国际上左翼文学思潮影响而发生发展的，但这与左翼戏剧直接受国际左翼文艺思潮的影响有着本质的区别。国外的左翼思潮在中国引发和推动中国左翼文学运动发展的过程，同时也伴随着中国的左翼文学家进行解码和信息重构的过程，正是后者使得左翼文学也同时纳入中国文学自身发展的逻辑和轨迹中来。

四

前面在围绕"艺术剧社"倡导无产阶级戏剧的发生时，集中从戏剧与政治、戏剧与文学等方面分析左翼戏剧是如何在政治力量和文学影响的合力中发生以及这背后所涌动的一些五四以来的现代戏剧传统。下面我们换个角度，从戏剧观念层面分析五四传统与左翼戏剧之间的深层精神联系。事实上，左翼剧人在戏剧功能方面的观念也承袭着五四时代的戏剧和人文精神。

《新青年》时代，胡适、傅斯年等新文化运动的先驱就倡导戏剧改革，力图将"戏剧是工具"的观念注入现代戏剧发展的进程中，赋予现代戏剧以改良人生和社会的崭新使命。五四文学革命以来，戏剧改革构成文学革命的重要部分。《新青年》群体倡导的戏剧改良运动，重新赋予了现代戏剧运动以"戏剧是工具"的功能，开启了现代戏剧改革与发展之门。刘半农、胡适、傅斯年等人在提倡文学革命的同时，也积极地从事现代戏剧的理论探索，将戏剧革新作为文学革新的重要部分加以倡导，明确赋予戏剧运动以社会使命。这种意见集中体现在以胡适和傅斯年为代表的《新青年》作者群体对于戏剧改良的理论探索中。当时，他们对戏剧改良的讨论是站在戏剧文学的层面上进行的。

文学革命的先驱者之所以对戏剧革新运动给予了相当程度的关注，并且在大的发展方向上保持共同立场，是基于他们对于"戏剧是工具"启蒙艺术观所达成的共识。1918 年 6 月出版的《新青年》4 卷 6 号是"易卜生专号"，对易卜生主义及其戏剧进行了较为全面的介绍和翻译。胡适作了《易卜生主义》一文，对"写实主义"大师易卜生的艺术观及其戏剧的社会意义进行了充分肯定，指出："易卜生把家庭社会的情形都写了出来，叫人看了动心，叫人看了觉得我们的家庭社会原来是如此黑暗腐败，叫人看了觉得家庭社会真正不得不维新革命：——这就是'易卜生主义'。表面上看去，像是破坏的，其实完全是建设的。"[20] 他号召新的戏剧家要敢于创作揭露社会弊端、致力社会问题剧的创作。在易卜生《娜拉》的影响下，胡适还创作了我国现代文学发端期为数不多的优秀白话剧作《终身大事》。洪深在考察胡适关于戏剧改良所发议论之后，得出这样的结论："胡适的教人去学习西洋戏剧的方法，写作白话剧，改良中国原有的戏剧，他底目的，是要想把戏剧做传播思想、组织社会、改善人生的工具。他诚然没有很明显地把这个目的，在他底文字里说出过；但在他底重视易卜生这个事实，完全可以看出他底用意了。"[21]胡适的这种"戏剧是工具"的戏剧观，在傅斯年那里得到了回应。

胡适、傅斯年等人尝试从文学界推动戏剧改革的同时，一批从事舞台艺术演出的有识之士如欧阳予倩、宋春舫等人也加入到讨论中来，与胡适等人的意见互为补充。一方面，他们的意见补充了胡适等人因为缺少舞台实践而存在的不足。胡、钱、周、傅等人对戏剧作为一种综合舞台艺术而具有的不同于文学的艺术特质的重视是不够的，因此其观点普遍带有偏颇倾向；而欧阳予倩、宋春舫等人更多地从舞台效果角度来对戏剧改良进行探讨，对其无疑是有力的补充。张厚载等人作为胡适们的反对派出现，也从一定程度上对他们的观点进行了纠偏。另一方面，胡适等人从戏剧文学角度提出戏剧革新问题，极大地影响了整个戏剧界的发展方向，使欧阳予倩等富有舞台实践经验的戏剧工作者认识到戏剧改革的必然性而愿意接受其启迪，走上创造新剧之路。我们从现代戏剧发展的历程可知，真正从舞台角度践行戏剧革新思想的正是那些在胡、傅等人启迪下的演剧界人士，包括"非营业性演剧"和"爱美剧"运动的倡导者和积极实践者们，如陈大悲、欧阳予倩、熊佛西、洪深等人。1921年5月，"民众戏剧社"成立，从《简章》中我们不难发现他们的《宣言》也同样闪耀着"戏剧是工具"的慧光。

《新青年》时代所倡导的戏剧改良最终结果是，"戏剧是工具"的观念在戏剧界进行了推广和普及，将戏剧与国家的命运紧密连接在一起。这构成了五四以来现代戏剧传统的重要部分。在五四新文学运动之前，中国话剧也曾一度被作为宣传革命的手段，有力地推动了辛亥革命。但辛亥革命失败之后的短短几年里，话剧在发展中渐渐遗落了它对于时代与社会的使命感，同时也迷失了戏剧自我，"文明戏"在社会上的地位迅即陷落。通过《新青年》群体改良戏剧的努力，现代话剧被重新赋予同文学一样的社会与时代的使命，这为现代戏剧发展提供了新的契机。不管我们如何评价戏剧被赋予的社会和时代的使命，都不能忽视这样一个事实：《新青年》群体倡导的戏剧改良运动，将"戏剧是工具"的观念重新带回了现代戏剧运动发展中来，并成为二十年代以后一切进步的戏剧工作者所普遍接受的戏剧思想。

左翼戏剧运动承袭了这一戏剧观，进一步在中国现代话剧的使命意识中注入政治元素，将戏剧改造为参与中国社会政治革命进程中的一个有力工具；同时，又保持了戏剧的主体独立意识，不断提高戏剧的艺术性，为中国现代话剧的发展做出了不可磨灭的贡献。一个剧团的活动背后的戏剧观念及其社会目的，最终都可以通过舞台演出表现出来。"艺术剧社"成立之后有过两次公演，上演剧目是《爱与死的角逐》《梁上君子》《炭坑夫》《西线无战事》及创作剧《阿珍》（冯乃超、龚冰庐）。从内容看，这几个剧目充满了政治暗示和指向。比如第一次公演的《爱与死的角逐》一剧，是罗曼·罗兰所作的以法国大革命为背景的历史剧。剧社在演出此剧时进行了较大改动：原剧中人物佛雷本是一个反皇室的共和党人，在爱与革命的抉择中，终于忘却了自己所从事的革命事业。经过剧社文学部的改编，这个人物充满了坚韧不拔的革命精神，佛雷的身份变为二十世纪的一个小资产阶级出身的革命青年，在革命与爱情的矛盾中一度铤而走险，最终通过内心的强烈斗争毅然摒弃一切重新投入革命事业。[22]第二次公演的独幕剧《阿珍》，主要的剧情是写兵荒马乱之中每天都有穷人饿死，还动不动就有人被拉出去枪毙，地保和城长之流则趁火打劫，压迫穷苦人家。共产党则频繁地活动，很多穷人都去投奔了共产党。铁路沿线一家人濒于破产，已经一天没有饭吃，阿珍的两个姐姐因为和共产党有关系而被杀害。得到女儿死讯的母亲悲痛欲绝，悲愤地质疑："共产党，共产党，这仅仅是一个可以用来杀人的名字吗？"阿珍则认为大姐和二姐都是好人，绝不是地保所诬蔑的土匪，相反她们都是为了千千万万受压迫的穷人摆脱被饿死的命运而牺牲的。正在此时，地保和城长出现，借口阿珍的两个姐姐都是共产党而敲诈阿珍一家。被逼向绝地的阿珍父亲终于发出饱含反抗政治煽动性的怒吼："我们还可以让这些东西放任下去么？假使我们怕这枪毙，结果是会饿死的！"艺术剧社的演出，其目的和意义的确就像冯乃超在第一次公演之后所指出的："我们的公演事前是有计划的，我们的目的和任务是说明过的，说到这次公演意义，那可以说，我们在没有方向的戏剧界里找出了一条路线了的，我们所提出的几个脚本，对现社会是比较地有意义的。"[23]他所说的"一条路线"——从剧社的戏剧活动及后来在艺术剧社影响下，整个上海乃至全国戏剧界的左转情况看——就是实现戏剧演出充分政治化！"艺术剧社"在中国戏剧史上第一次喊出了"普罗列塔利亚戏剧"的口号，开始了中国共产党对戏剧运动直接领导的崭新时代，以此为契机引导中国现代戏剧发展找到了一条新路，通过与政治的联姻来实现对社会重建的参与。

左翼戏剧运动的终极指向，不在戏剧，而在国家和民族。左翼剧人在剧运中保持的对政治的强烈参与意识，体现了左翼剧人以国家和民族为己任的担当精神，这既是时代的召唤，也是对"以天下为己任"的中国知识分子传统的回应，更是对五四以来戏剧工具论观念的全新扬弃。因此，尽管中国现代话剧在其发展中被赋予了太多社会使命而显得异常沉重，但是在有着千年"文以载道"传统文艺思想的中国，赋予现代话剧艺术以社会和时代使命，对其自身而言又何尝不是一种拯救！

（原载《文学评论》2014 年第 1 期）

注释：

[1] 宋延平的论文《近代日本对中国的戏剧影响及两国传统戏剧的演出交流》

是其中比较具有代表性的一篇。参见《日本研究》，1995（2），第66－71页。

　　［2］《申报·申报本埠增刊③》，1929年12月26日。

　　［3］《我们的自己批判》，1930年3月20日出版《南国》月刊，第2卷第1期，第52页。

　　［4］舒绣文：《忆五月花剧社》，《中国话剧运动五十年史料集》（1），北京：中国戏剧出版社，1958年，第210页。

　　［5］《中国剧运先驱者怀旧座谈会》（尤兢、赵慧深记录），《光明》第2卷第12期，第1533页。

　　［6］《申报·申报本埠增刊》，1929年6月10日（2）。

　　［7］《戏剧》月刊1卷1号，民众戏剧社编辑，中华书局发行，1921年5月31日出版。

　　［8］洪深：《现代戏剧导论》，洪深：《洪深文集》（4），北京：中国戏剧出版社，1959年，第36、38、39、41、42、43页。

　　［9］洪深在《现代戏剧导论》一文中评价"非营业的戏剧"运动时，认为"爱美剧"不是拯救戏剧的根本办法。（洪深：《洪深文集》（4），北京：中国戏剧出版社，1959年，第44页）而蒲伯英则在1921年9月发表《我主张要提倡职业的戏剧》一文对"爱美剧"进行反对。1922年冬，蒲伯英在北京创办了一个人艺戏剧专门学校，推行职业的戏剧。不过，人艺戏剧专门学校很快就被迫关闭。相反，"爱美剧"运动则在二十年代蓬勃展开。

　　［10］葛一虹：《中国话剧通史》，北京：文化艺术出版社，1990年，第53页。

　　［11］田汉：《戏剧运动之开展》，田汉：《田汉文集》（14），北京：中国戏剧出版社，1987年，第561页。

　　［12］沈端先在解放后的回忆文章中一直强调自己不是太阳社成员。不过，据杨邨人在1932年回忆，夏衍是太阳社成员："最初的社员除发起的四人外，孟超介绍王艺钟、刘一梦、徐迅雷；我介绍洪灵菲、戴平万和林伯修；后来加入的很多，冯宪章、沈端先、楼建南、徐殷夫、祝秀侠、卢森堡诸君都是社员。"（杨邨人：《太阳社与蒋光慈》，《现代》3卷4期，第473页）

　　［13］洪深：《现代戏剧导论》，洪深：《洪深文集》（4），北京：中国戏剧

出版社，1959年，第120页。

［14］冯乃超：《中国戏剧运动的沉闷》，收入《戏剧论文集》时名为《中国戏剧运动的苦闷》；毛文麟：《演剧改革的几个基本问题》，入集时题名《演剧改革的几个根本问题》。

［15］史若平：《成仿吾研究资料》，长沙：湖南文艺出版社，1981年，第26页。

［16］赵铭彝：《回忆艺术剧社》，《新文学史料》，1980（1），第260页。

［17］麦克昂（郭沫若）：《普罗文艺的大众化》，《艺术》月刊，第1期，北新书局，1936年3月16日出版，第30页。

［18］同上，第28页。

［19］同上，第28页。

［20］胡适：《易卜生主义》，胡适：《中国新文学大系1917—1927·建设理论卷》，上海良友图书印刷公司，1935年，第188—189页。

［21］洪深：《洪深文集》（4），北京：中国戏剧出版社，1959年，第27页。

［22］凌鹤：《出演〈爱与死的角逐〉与〈炭坑夫〉之后》，《沙仑》月刊，1930年6月16日出版。

［23］《艺术剧社第一次座谈会速记》（邱韵铎、龚冰庐记录），《艺术》月刊，1930年3月16日出版。（原载于《文学评论》2014年第1期）

　　郭宝亮，毕业于北京师范大学文学院，获文学博士学位。文学评论家。现任河北师范大学文学院二级教授，博士生导师，河北省优秀教师，河北省政府特殊津贴专家。中国作协会员，河北作家协会副主席，中国当代文学研究会理事，中国小说学会常务理事，中国新文学学会常务理事，首届河北百名优秀创新人才支持计划入选者，曾任第八届茅盾文学奖评委、第七届鲁迅文学奖评委、中国小说学会年度小说排行榜评委等。

　　曾在《文学评论》《中国现代文学研究丛刊》《文艺争鸣》《当代作家评论》《人民日报》《光明日报》《文艺报》等报纸杂志发表论文160余篇，出版《王蒙小说文体研究》《语言·审美·文化》等专著6部。主持完成国家社科基金项目2项。成果曾获第七届中国文联文艺评论奖二等奖，第八届河北省优秀社科成果三等奖，第十一届、第十五届河北省优秀社科成果二等奖，第九届、第十一届河北文艺振兴奖等。

李建周，1974 年 11 月生，博士毕业于中国人民大学，现为河北师范大学文学院教授、博士生导师，中国新文学学会理事。主要从事当代文学研究。在《文艺争鸣》《南方文坛》《当代文坛》《诗刊》《诗探索》等刊物发表论文 70 余篇，多篇被人大复印资料全文转载。出版学术专著《先锋文学的兴起》《流动的先锋性》《新时期小说文体形态研究》（合著），编著《中国新诗百年大典》《王亚平诗文集》《先锋小说研究资料》等。主持国家社科基金 1 项、教育部人文社科项目 1 项、河北省社科基金 1 项。曾获《诗选刊》年度诗歌评论奖、河北省社科优秀成果奖、河北省文艺评论特等奖等。

周雪花，1998 年毕业于河北师范大学中文系，获文艺学硕士学位；2010 年就读于北京师范大学文学院，获文学博士学位；2018—2019 年在美国艾奥瓦州立大学做访问学者。现任教于河北师范大学文学院，副教授，硕士生导师，河北省作家协会特约研究员，石家庄市政协委员。主要研究领域为铁凝小说研究、中国当代小说与电影。出版著作《永远的瞬间——铁凝小说叙事研究》获 2011 年第十三届中国当代文学研究优秀成果奖、2013 年河北省文艺振兴奖；《新时期小说文体形态研究》（合著）获 2015 年孙犁文学奖、2016 年河北省社科优秀成果二等奖。发表论文 40 余篇，其中《铁凝近作的三维立体叙事》，获 2013 年河北省文艺评论一等奖；《80 后作家的炫酷与时代镜像》，获 2017 年河北省文艺评论二等奖等。

王丽杰，1984 年 1 月出生。现为河北师范大学讲师。曾在《文艺报》《名作欣赏》等报刊发表小说短评、学术论文多篇，主持完成河北省教育厅青年基金项目 1 项，参与完成国家社科基金项目 1 项，参研省级科研项目多项。参研成果曾获河北省第十五届社会科学优秀成果二等奖。

论新时期"谐谑—狂欢体"小说的空间与时间及时空体形式[1]

◎郭宝亮　李建周　周雪花　王丽杰

摘要：新时期谐谑—狂欢体小说有着独特的空间和时间形式，即广场性空间和循环性时间形式。而空间与时间构成的时空体形式则表现为共时性的。这种共时性历史时空体展露出这类小说对历史轮回实质的洞透。

关键词：谐谑—狂欢体　小说　时间　空间　时空体

在对新时期小说的文本的广泛阅读中，我发现一些在文体形态上具有高度相似性的作品。这些作品往往表现为以戏谑、调侃、反讽为主要手段，以俗对雅，以下犯上，以诙谐对严肃，以狂欢、笑闹来挑衅和解构乃至颠覆正统秩序的尊严为基本特征的一种文体形态。具有这一形态的最为典型的作品为刘索拉、徐星、陈村、陈建功、王朔、刘震云、王蒙、莫言、王小波、余华，以及徐坤、韩东、述评、朱文等晚生代作家的一些作品。这些作品在现行的文学史上显然不可能归为一类，但从文体学的角度看，它们尽管各有个性，但其在语言风貌、叙述方式、风格特征及审美形态诸多方面都具有了共同的趋向，它们显然成了"共同的一类"，因此，我把这些小说称为谐谑—狂欢体小说。

在这里我使用"谐谑—狂欢"这一组合式概念，主要表明这一文体形态的形成过程。"谐谑"是诙谐逗笑的意思。《词源》言:"诙谐逗趣,犹今言开玩笑。"《现代汉语词典》释义为"(语言)滑稽而略带戏弄。"因此,"谐谑",主要侧重于语言上的调侃诙谐。"狂欢"借用于巴赫金的"狂欢化"理论。巴赫金在《陀思妥耶夫斯基诗学问题》一书中,对这一理论进行了精彩的阐述,巴赫金认为,陀思妥耶夫斯基的复调小说,从历史文化诗学的角度来看,都属于"狂欢体"小说的一种,而这些小说都与西方民间的狂欢节有着直接的关联。因此,巴赫金区分了狂欢节、狂欢式、狂欢化三个重要概念。所谓的狂欢节是民间的一种节庆活动,它是一种全民参与的具有打破等级、消除贵贱的欢庆笑闹的仪式性特征的一种活动。所谓的狂欢式,是指狂欢节式的庆贺、仪式、形式的总和。而狂欢化则是指这种狂欢式以及它所体现的世界感受转化为文学的语言,"狂欢式转为文学的语言,这就是我们所谓的狂欢化。我们正是从这一转化的角度,来突出并研究狂欢体的某些因素和特点"[2]。巴赫金从狂欢化理论出发对陀思妥耶夫斯基小说的复调性的研究,特别是对拉伯雷小说的狂欢体特征的创造性的精彩研究,都对我们研究中国的这类小说具有重要的启示意义。不过,我们在此使用的这一概念,并非依葫芦画瓢式地照搬,而是部分借用。中国的这类作品与巴赫金所言的狂欢体虽然有着许多的相似性,但由于中国没有西方意义上的狂欢节,所以,狂欢化的程度与指向上有着许多的不同。我们必须回到文本,回到活生生的创作实际中去,一切从文本出发,这就是我们的原则。因此,我将"谐谑"与"狂欢"组合起来使用,主要就是从创作实际出发,强调这些作品的"笑"与"闹",有些作品笑多闹少,有些作品则闹多笑少,有些则又笑又闹。"谐谑—狂欢体"组合扩大了这类文体的范围,强化了其演化创生的过程性。

关于"谐谑—狂欢体"小说,它在语言、叙述、结构以及人物形象等诸多方面都有自己的特点。该文主要探究其在时间与空间形式上的特点。

一、广场性空间形式

在谐谑—狂欢体小说中，故事发生的地点、场景，往往都在广场上或类似于广场的空间。比如道路、走廊、门槛等巴赫金称之为具有危机意义的所有空间形式。王朔小说中的酒店、发奖的会场、街头，即便在家里，也是打牌的场所，或者就是谁都可以随便出入的准公共性空间（比如石岜的家，人人都有钥匙，《浮出海面》）；刘索拉《你别无选择》中的教室、琴房；王小波的"批斗会"现场，薛嵩的大堂；刘震云笔下经常出现的是"新军"训练、阅兵仪式、两军会战、万里迁徙、万众共捉斑鸠、捉蝴蝶、全民大办食堂、大炼钢铁等，而在《故乡面和花朵》中，"丽晶时代广场的露天 Party"、"丽丽玛莲大酒店的大堂"、"故乡的打麦场"、"粪堆和牛屋旁"、《一腔废话》中的"疯傻辩论赛"、"疯傻模仿秀"等。余华《兄弟》中李光头游街、"文革"游行、李光头求爱、"处美人大赛"的现场，莫言笔下的高粱地、戏台、刑场等。这些空间场景，往往集聚了众多的人群，主人公的行为不可能成为单独的个体行为，而必须成为一种被观看的表演，戏剧化的表演性成为广场式空间的主要功能。

我在王朔的小说《顽主》中的那场"三 T 奖"颁奖大会上，看到了这种表演。没有著名作家，没有市委领导，连掌声也是事先录好的，然后却有了评奖委员会主任杨重的讲话，有了假市委领导同志的讲话，有了录音机里传来的假掌声和于观的"呀呀呀"。这是一场真正的表演，一场群众性的狂欢。颁奖会结束，抢酒喝的戏剧才刚刚开始：

> 两扇几乎高达天花板的包着皮革的巨门被缓缓推开了，……走在最前排的是清一色高大强壮、身手矫健的青年男子，他们轻盈整

齐地走着，像是国庆检阅时的步兵方阵，对前面桌上的啤酒行注目礼。尽管不断涌进的人群给他们的排面形成越来越大的压力，他们仍顽强地保持着队形，只是步伐越来越快，最后终于撒腿跑了起来，冲向所有的长条桌，服务员东跑西闪，四处躲藏，大厅里充满胜利的欢呼。在震耳欲聋的喧嚣声中，最先跑到桌边的人开始挨个杯子喝下去，飞快地、不眨眼地喝光一杯又一杯。源源不断的人群挤到桌边，无数只手伸出去抢酒瓶、抢杯子，把几十张长桌上的酒水一扫而光。

——王朔《顽主》

这种表演性在刘震云的笔下，则表现为无穷无尽的争吵、辱骂、殴打和喧闹。比如在丽晶时代广场的 Party 表演、众人哄抢夜壶风波、打麦场上众人暴打脏人韩的行为、影帝瞎鹿因摘了墨镜被影迷认出而引发咖啡馆骚乱、众人一起整治白蚂蚁的场面等。当然这种表演不是几个人的表演、争吵、殴打和喧闹，而是整体性的、全民性、众声喧哗的，它引发的是全民性的笑闹。比如，关于"俺爹"赶集买夜壶的一段描写：

俺爹撒丫子就向家里跑去。见俺爹这么做，……全村人都行动起来，兴起了一个轰轰烈烈的赶集运动。一时人声鼎沸，大呼小叫。村庄说开了锅，可就开了锅了。接着在村西的土路上，非男非女们，非老非少们，都穿上过节的和过年时才穿的新衣服，骑马的，骑驴的，推车的，挑担的，敲锣的，打鼓的，扭秧歌的和跳霹雳舞的，说书的和唱戏的，跳大神的和挑剃头挑子的——连影帝瞎鹿和剃头匠六指都出来了——向集上滚滚而去。

——刘震云《故乡面和花朵》

这难道不正是农村赶集的夸张式的描写吗？在这里全民参与、全民表演、全民狂欢，在这集体赶集的路上开场啦。

莫言的小说几乎都充满了戏剧性的表演。他的《红高粱家族》里的"颠轿"场面，罗汉大爷被剥皮的场景；《丰乳肥臀》一开始就像一台大戏，日本人打了过来，村人们在司马库的大喊大叫准备仓皇撤退，沙月亮正准备阻击，而上官家的黑驴与上官鲁氏同时临产……这场大戏的舞台确确实实像一个广场；《檀香刑》干脆就把高密地方戏猫腔搬进了小说中，莫言在本书的《后记》里说："就像猫腔只能在广场上为劳苦大众演出一样，我的这部小说也只能被对民间文化持比较亲和态度的读者阅读。也许，这部小说更适合在广场上由一个嗓音嘶哑的人来高声朗诵，在他的周围围绕着听众，这是一种用耳朵的阅读，是一种全身心地参与。为了适合广场化的、用耳朵的阅读，我有意地使用了戏剧化的叙述手段，制造出了流畅、浅显、夸张、华丽的叙述效果。"[3]可见，莫言有意识地强化了广场化的戏剧场景，那万民观看行刑的场面与猫腔的相互辉映有力地强化了这种广场化的戏剧表演效果。《生死疲劳》中，"锣鼓喧天群众入社""庆喜讯社员燃篝火""广场猴戏"等章节中这种广场化的表演也比比皆是：

> ……于是，一支锣鼓喧天、彩旗招展的队伍就上了街，从街东头游行到街西头，又从街西头游行回街东头，吓得槐树上的老鸹狂叫惊飞。最后，游行队伍汇聚到杏园养猪场中央。在我的猪舍西侧、在那二百间沂蒙猪舍北边，在那块曾经醉倒过沂蒙野猪刁小三的空地上，用那些因建猪舍而砍伐的杏树枝杈，莫言胆大妄为地点起了一堆篝火。火苗子熊熊，生出猎猎风声，散发着燃烧果枝的特有香气。……人们欢天喜地，圈里的猪惊心动魄。……
>
> ——莫言《生死疲劳》

余华的《兄弟》中，几乎处处都是广场式的表演，而每个表演都有群众的广泛参与。"文化大革命"来到时，刘镇大街上人山人海；李光头向林红求爱时，刘镇大街上也是人山人海；"处美人"大赛时，刘镇大街上还是人山人海……成千上万的人在参与表演，成千上万的人们都在开怀大笑，这实在是全民的狂欢节日。这样的狂欢节般的笑，非常像巴赫金所说的狂欢式的笑："狂欢式的笑，第一，它是全民的（上面我们已经说过，全民性是狂欢节的本质特征），大家都笑，'大众的笑'；第二，它是包罗万象的，它针对一切事物和人（包括狂欢节的参加者），整个世界看起来都是可笑的，都可以从笑的角度、从它可笑的相对性来感受和理解；第三，即最后，这种笑是双重性的：它既是欢乐的、兴奋的，同时也是讥笑的、冷嘲热讽的，它既否定又肯定，既埋葬又再生。这就是狂欢式的笑。"[4]可以说，全民性的表演与笑谑构成谐谑—狂欢体小说的空间的广场性特征。

二、循环性时间形式

谐谑—狂欢体小说在时间形式上也有着相似的追求。这就是对时间的一种不同于常规的理解和设置。回溯新文学史，五四启蒙主义叙事与革命现实主义叙事在时间形式上基本都遵循着一种线性时间观来展开。这样的时间观实际上是与自近代以来中国知识分子普遍信奉的进化论思维方式有关。认真梳理中国近代以来的思想史，我们就会发现，对后世中国产生重大影响的思想方法是进化论和马克思主义中国化的阶级斗争学说。前者如改良派的代表人物康有为的"公羊三世说"所宣扬的历史观正是一种借圣贤之道来"托古改制"的进化论历史观，而严复的《天演论》所宣扬的进化论的世界观则影响了好几代中国知识分子。李泽厚在《中国近代思想史论》一书中这样评价严复的《天演论》："人们通过读《天演论》，获得了一种观察一切事物和指导自己如何生活、行动和斗争的观点、方法和态度，《天演论》给人们带来了一种对自然、生物、人类、社会及个人等万事万物的总态度，亦即新的世界观和人生态度。"[5] 资产阶级革命派的孙中山的哲学思想中，进化论仍然是其哲学世界观的一个基本内容。孙中山说："民权之萌芽，虽在二千年以前的罗马希腊时代，但是确立不摇，只有一百五十年，前此仍是君权时代，君权之前便是神权时代，而神权之前便是洪荒时代。"（《民权主义第一讲》）[6] 甚至早年的鲁迅、李大钊、陈独秀等五四新文化运动的主将们也是相信进化论的。进化论的要点是对传统的历史循环论的挑战。在当时进化论起到了革命启蒙的进步作用，其功绩是不可抹杀的。然而，进化论把时间赋予了价值，时间成为一种神话，[7] 这种线性的历史进步论，催生了激进主义的昂扬，进步与落后、新与旧、革命与反革命、前进与后退等二元对立也在进化论的框架下形成了。

中国进入现代时期，马克思主义传入中国，迅速为进步的中国知识分子所接受，这说明马克思主义与进化论在具有实用理性传统的中国知识分子心理上是有着较大的一致性的。正由于此，进化论和唯物史观成为文学叙事的元叙事规则。因此，我们在启蒙主义叙事中，看到的仍然是对新人和未来的寄托。即便绝望如鲁迅者，也要在《药》的结尾填上几处花环，在《故乡》的结尾写上"世上本没有路，走的人多了也便成为路"这样的话。在革命历史叙事中，时间更具有优先的重要价值。比如《红旗谱》中的朱老巩护钟事件，作为小说的《楔子》，在整篇作品中举足轻重。它是以后朱老忠性格发展赖以成立的基础。而护钟时间选择在清末民初，即二十年代共产党成立以前，这样一个时间内所展开的叙事，便先在地具有了一种规定性。即朱老巩的反抗必须失败，因为在这个时间段内，其形象主体由于没有正确领导，他的失败就是必然的，而且他的失败也正是为以后的时空中的朱老忠的活动提供参照。三十年以后，朱老忠回来，直到三十年代的"保二师学潮"止。这个时间段中，朱老忠的活动范围也有了一个规定性，即农民所天然具有的反抗性质随着时间的展开，便有了新的可能性。因为这一时期党的成立与革命活动的形势，使朱老忠终于遇到贾湘农的帮助，朱老忠在"反割头税"和"保二师学潮"的锻炼中终于成熟了。这样的例子我们还可以在高晓声的《李顺大造屋》中看见。李顺大三十年造屋，历经三起三落，前两落分别是在五八年和"文革"时期，这两个时期，便先在地决定了不成功的下场。只有在第三落即新时期才有了成功的可能性，因为在这个时间段内，政治和意识形态要求李顺大必须成功。可见，这样的小说从一开始它的时间就是有目的的，是被规定的。这样的时间与主人公的成长同时壮大，主人公一般都表现为由小到大，由幼稚到成熟，由弱到强，由失败到胜利，由个人到集体等的变化，主要取决于时间的发展。这样的时间是完整的、统一的、连续的螺旋式上升的曲线。

谐谑—狂欢体小说的时间形式则呈现为片段式的、循环性的，甚至是凝滞的特征。王朔的小说里，时间只有当下，通过当下的对过去时代话语的戏仿，断片式地呈现历史。刘震云的小说从《故乡天下黄花》开始，就主要截取不同的历史片段：民国初年、四十年代抗战时期、1949年土改时期、"文革"时期；而在《故乡相处流传》中，则截取了三国时期、朱元璋明朝初年、清末太平天国陈玉成时期、新中国成立后的五十年代末六十年代初期；《故乡面和花朵》则抽象性地写了异性关系——同性关系——生灵关系——灵生关系。王小波小说中的时间，总是善于把王二的现实世界的时间与虚构的古人或未来人的时间并置在一起，每种时间都变得支离破碎。王蒙则干脆把自己的小说称为"季节系列"，季节的更替不是线性的而是循环性的。莫言的《生死疲劳》用六道轮回表述时间的轮回与循环，"驴的潇洒与放荡、牛的憨直与倔强、猪的贪婪与暴烈、狗的忠诚与谄媚、猴的机警与调皮"，这些动物的不同表情分别对应不同的时代，莫言并没有赋予时间以优先的价值，而在第五部《结局与开端》中，预示着新的循环的开始。余华的《兄弟》实际上写了两个时代：政治化狂欢时代和市场化狂欢时代。主人公李光头与宋钢也不是传统意义上的成长人物，两个时代的对比成为余华小说时间的某种戏谑化的循环。

当然，时间不能脱离空间独立存在，时间与空间的组合，构成小说的时空体形式。谐谑—狂欢体小说这种循环性时间与广场性空间的结合，构成其独特的时空体形式。

三、共时性历史时空体

时空体是小说赖以成立的结构性坐标。通过时空这一坐标的内在变化，可以窥视作品情节所承担的意识形态内蕴。正如巴赫金所说的，时空体首先具有"情节意义"，"它们是组织小说基本情节事件的中心。情节的纠葛形成于时空体中，也解决于时空体中。不妨干脆说，时空体承担着基本的组织情节的作用。"[8] "与此同时，时空体的描绘意义也引人注目。在这些时空体中，时间获得了感性直观的性质。情节事件在时空体中得到具体化，变得有血有肉。……时空体是小说里展开场面的最佳点；……时空体作为主要是时间在空间中的物质化，乃是整部小说中具体描绘的中心、具体体现的中心。小说里一切抽象的因素，如哲理和社会学的概括、思想、因果分析等，都向时空体靠拢，并通过时空体得到充实，成为有血有肉的因素，参与到艺术的形象中去。"[9]

谐谑—狂欢体小说诸作家在具体的时空体上实际略有不同，刘震云和余华可以称为"广场时空体"，王蒙为"道路时空体"，王小波则可称为"古今时空体或虚实时空体"，等等，但他们在时空体的总体方式上却比较接近。就是善于在空间里写时间，通过特定空间的时间片段的循环重复，展示历史时空的永恒轮回和历史的换汤不换药的欲望之核。

在《故乡天下黄花》中，刘震云写了四个不同的历史时期：民国初年、四十年代抗战时期、1949 年土改时期、"文革"时期。这四个历史的时间框架，构成了刘震云的历史意识的支点。对于刘震云来说，这四个时期都是历史的转折点，在这一转折点上，历史的混乱与激烈的外在冲突形式，最大限度地引逗了人性的各种活力。这一活力不是善和正义，而是主要以恶的形式出现，成为历史前行的动力。而"故乡"则为历史人事的在场提供了空间。不过，这里的"故乡"已不是通常意义上的那个令人魂牵梦萦的情绪式的故乡，而成了一种"东方"的象征。刘震云在一次答记者问时，就曾解释过《故乡面和花朵》里的"故乡"，他说："故乡可能是一个地理概念吧，但是我觉得这个地理概念中间不包括任何情绪，它仅仅是代表世界的东方这么一个地方。"[10] 也即传统老中国的象征。这一说法自然也包括《故乡天下黄花》《故乡相处流传》《故乡面和花朵》，甚至包括《一腔废话》中的五十街西里。在故乡这个大的空间中，刘震云设置的是一个一个广场式的空间，而每一个广场就是一个舞台，《一腔废话》干脆就以"场"来命名每一章节，就是突出这种空间的表演性质。从表演的角度看，时间并不具有重要的主导作用，时间转化为空间，空间具有了共时性特征。这样，使几个时代的场面并置在一起，特别到了《故乡相处流传》《故乡面和花朵》，时间虽然也选择了几个历史片段，比如，三国时期、朱元璋时期、清末和本世纪五十年代末到六十年代初，但其中的人物永远不死，跨越几千年的时空，杂然共处各个不同的时代空间，且每一时代的用语都混然杂用。比如："曹丞相要检阅'新军'了。他（猪蛋）又说：'苏修必败，刘表必亡！'"又如："（朱元璋）说：个人服从组织，少数服从多数，全体服从皇上。""白蚂蚁当即让白石头唱了'打虎上山'一段，大家鼓掌。……朱洪武要把我们迁徙到延津去，我们却不知将来的延津是个什么模样。"再如:"我们在朱(元璋)的带领下,一边背毛主席语录,一边前进。大家身上果然又有了一股劲头。"在这里,"新军""苏修""刘表""朱元璋""打虎上山""毛主席语录"都是不同时代(时间)的事物,这种戏仿性混杂,实际上起到了取消时间、凸现空间的作用。小说所写的时代只是四个不同时期的片段,但小说人物千年不死,且一律俗化,三国时的曹丞相与袁主公同延津的猪蛋、孬舅、六指、瞎鹿、白蚂蚁、白石头、小蛤蟆、小麻子、柿饼脸、沈姓小寡妇等,均是一丘之貉。文治武功的曹丞相是个"满脚淌黄水""屁声不断"的糟老头子,据说还"拾过粪"。曹操同袁绍的官渡之战的起因只是为一个沈姓小寡妇。"马上皇帝"朱元璋则是一个形容猥琐、爱说大话、爱玩政治猫儿腻的胖头和尚。慈禧太后是在朱皇帝时迁徙路上与六指搞对象的柿饼脸姑娘,而太平军首领陈玉成则是沈姓小寡妇在瘟疫中生的小麻子等。这些俗化漫画化的人物构成了历史活剧的演员,共同上演了一场令人忍俊不禁的滑稽剧。它昭示我们,历史时代虽然不同,但其实质是一样的,当曹丞相高高抛起钢镚便使无数人头落地;而朱元璋的钢镚也高高抛起,决定了人的背井离乡的迁徙。曹丞相到延津要玩妇女,袁主公也要玩,小麻子来了也要选美。且个个都有脚气,都流黄水,连六十年代当了支书的孬舅也长了个大包,需要有人给捏包。五七年反右,所谓"引蛇出洞",五八年"大跃进",所谓"超英赶美",放卫星炼钢铁,不也同曹与朱的政治游戏庶几相同吗?更有那根"猪尾巴",从汉末一直到当今,而且一律津津有味,甚至蹈死不顾——这让人自然联想到百年孤独中那根叫布恩地亚家族忧心忡忡的猪尾巴来。加西亚·马尔克斯是借它来象征拉美文化的种种固陋和缺陷,我想,刘震云的这根"猪尾巴"该是我们华夏民族传统中固陋、诙诡、昏昧和容易满足等根性的隐喻吧。[11]这一个个相似的情境,又岂不是永恒的轮回吗?永恒轮回使历史停滞在一个一维平面的空间上,时间仿佛凝固,历史的荒谬本质便昭然若揭。

《故乡面和花朵》则更进一步，虽然也写了异性关系、同性关系、生灵关系、灵生关系和合体时代几个不同历史时期，这些时期只是失去所指的能指，因而实际上已取消了时间。三国时期的袁哨、曹成，朱元璋时的柿饼脸、白蚂蚁、白石头、瞎鹿、"我"（小刘儿）还有冯·大美眼、荷丝·温布林、基挺·米恩、巴尔·巴巴、莫勒丽等外籍同性关系者回故乡等成员，都共处一个大空间，构成一特殊的时空体，时间弱化，空间收缩。在这样一个时空体中，为作家表达迥异于传统的历史意识提供了新的可能性。

王蒙小说的道路时空体，[12]属于广场时空体的变种。王蒙狂欢体小说的时空体形式是历史情景的循环性描写。所谓历史情景的循环性描写，是指在王蒙的小说中常常出现相似的历史情景、相似的历史场景、相似的历史人事，从而把不同的历史时空连缀成相似的历史时空。这种相似乃至重复的历史时空，王蒙称之为"报应"。正是通过对这种循环、重复乃至报应的描写，王蒙把历史时间的线性流程转换为环状舞蹈，在这种环状舞蹈中，展现出王蒙对历史的全部感慨与哲学体悟。曾镇南曾认为王蒙的历史报应思想是他小说中的一个重要的主题。[13]

我觉得这种说法并不到位。历史报应只是王蒙描写的一种历史现象，这种现象的更深层次则是对历史——政治荒诞性的体悟。当我读到《布礼》中的宋明的遭遇时，我感到历史的玩笑和荒诞本质。一九五七年的钟亦成的遭遇，在一九六七年几乎原封不动地被宋明遭遇了。历史循环了、重复了、报应了，"那个津津乐道地、言之成理地、一套一套地、高妙惊人地分析钟亦成所说的每一句话或者试写过的每一句诗，证明了钟亦成是彻头彻尾的资产阶级右派"的宋明同志，在十年之后，也被"革命造反派"分析成是"一贯包庇重用反革命修正主义的理论家"跟着区委书记老魏陪斗。宋明甚至没有钟亦成的坚强，他选择了自杀，也许只有这种极端的选择才可以证明他的清白吧。同样我们在《失态的季节》里看到的曲风明也许正是宋明的扩展。一九五七年曲风明也像宋明一样对萧连甲和钱文进行过分析，他的风度，他的语言，他的逻辑，他的深入浅出、颠扑不破、不温不火、入情入理、原则灵活、苦口婆心、雅俗共赏、无坚不摧、请君入瓮，都使萧连甲不能不感到由衷的折服；他对钱文的诗的无限上纲，使钱文不能不感到惊心动魄。这样一个"左派"，一个管右派的革命干部，却在一九五九年被划成"右倾机会主义分子"与被他管过的右派一起劳动改造，一起被嘲笑被揶揄，"文革"中他的命运更悲惨，他不得不也走上自杀的不归路。这真是"斗人者人恒斗之，划人者人恒划之，整人者人恒整之"啊！然而，王蒙并没有把他们漫画化，甚至没有指责，而是带着极大的同情心怜悯心描述了他们的遭际。王蒙通过这种历史的循环、轮回、报应，使不同的历史空间时间化了，使孤立的历史事件成为整个历史进程中的必然的环节。王蒙愈是不动声色，政治的险恶、历史的荒诞就愈加鲜明地凸现出来。

如果说，宋明与曲风明的身上都还带有令人讨厌的"左"的胎记，那么张思远则带有更加正当的理由来施行他的书记的职责。一九五七年他义无反顾地把纤弱的如小白花般颤抖的海云抛出去了，"文革"一开始，他又高举阶级斗争之剑，毫不留情地把一个又一个同志抛了出去，最后把自己裸露在斗争的前沿了，他落了个同样的下场。历史的报应使张思远感受到强烈的自我分裂，感受到自我身份认同的危机，感受到了前所未有的自我变形。张思远的变形，是历史的荒诞性、政治的游戏性之表征。《相见时难》中的翁式含对三十年后与蓝佩玉的相见，不也蕴涵着三十年河东三十年河西的世事变迁的荒谬感吗？这与钱文在五十年代末对苏联变修的不解是一个问题。政治与历史的荒诞性、游戏性、残酷性是任何想象力都难以企及的。作为一个革命历史的政治生活的亲历者，王蒙的体验是刻骨铭心的。当了二十多年右派的闵秀梅在改正右派的时候，才知道当年的右派根本就没有批准，因此也无须改正；还有那个十七岁的女打字员，因撕奖状撕出的右派；那个单位的负责划右派的头头因发牢骚发出的右派；那个因憋不住一泡尿而"尿"出的右派……这种种政治生活中的真人真事不比那一部小说更富戏剧性吗？这实在不亚于萨特《墙》中的那位本想戏弄敌人，却反被世界戏弄的游击队长伊皮叶达的荒诞感。在《狂欢的季节》里，王蒙写到祝正鸿时，回忆彭真在一次动员老知识分子改造思想的会上，正颜厉色地说："不要成为为旧社会殉葬的金童玉女！""他祝正鸿听之心惊，觉得这话字字千钧，泰山压顶，带有通牒和震慑的意味：我们正在埋葬旧社会，你们如果不改造思想，我们也埋葬你们。想不到讲话的人也迅即变成了被铁定埋葬的对象，文革一来，他老人家也成了殉葬品了。这正像七届四中全会上就批判高岗、饶漱石问题，少奇同志说过：'帝国主义已经或者正在我们的党内寻找代理人，不这样提问题就不是马克思主义。'他祝正鸿读了这个文件也是心惊肉跳，五体投地，面如土色。过了若干年，毛泽东说他刘少奇就是睡在身边的赫鲁晓夫——这么说他老说的代理人不是别人正是他自己。这世间的事就应验得这么邪！……"这是王蒙从现实生活中读出的历史的报应，这"应验得这么邪"的历史难道还不够荒诞吗？

王小波小说的古今时空体或虚实时空体，也是把时间压入空间的一种方法。从大的方面看，王小波的《黄金时代》《白银时代》《青铜时代》正好写的是现在、未来、过去这样三个时间序列，但王小波的用意显然不再模拟进化论线性时间神话的价值功用，而是以游戏戏仿的方式，消解这种时间神话的魔力，以反乌托邦的话语，将过去、现在、未来植入无尽循环时空中，从而彰显人类专制社会无智、无趣、无聊的实质。因此，在具体处理时间和空间的关系时，通过古今并置、虚实交融的双线结构来安排情节，从而使时间空间化，空间成为共时性甚至无时性的空间。在《万寿寺》里，现实（实）时空序列是王二在社会科学院历史研究所（万寿寺）里的无聊庸俗的生活，"我"（王二）整天被允许干的事就是写一些诸如《唐代之精神文明建设考》之类无聊的文字；而古代的时空序列则是唐代纨绔子弟薛嵩在长安城和湘西凤凰寨与老少妓女和红线的故事，而这样的故事则是"我"——因车祸失去记忆的王二的小说手稿里的虚构，王二通过再次阅读手稿，将这个故事叙述得支离破碎，作者似乎有意识地在穷尽小说叙述的多种可能性，通过不同的讲法，将薛嵩的故事变成一个又一个的"时空截面"，这样的时空截面去除了时间的历时连缀，成为共时性的点式集合；而这些共时的点又与"我"的现实生活无限趋近，"我一会儿是薛嵩，一会儿是薛嵩的情人，一会儿又成了薛嵩的表弟；这好像也是一种毛病。但我忽然猛醒到，我在写小说。小说就不受这种限制。我可以在任何时间、任何地点。我可以是任何人。我又可以拒绝任一时间、任一地点，拒绝任何一人。假如不是这样，又何必要有小说呢。"可见写小说的行为就是一种驰骋想象力的狂欢化行为，也是一种逃避庸俗现实的，追求智性、有趣、诗意、自由的人生理想境界的行为，而这所有的一切都是在"我"失忆的情况下才能实现，因而，薛嵩的长安城与凤凰寨注定要归于虚无。当"我"恢复了记忆，失忆的"我"与过去的"我"重合，"我"只能"眼睛绝望地看着黑暗。这是因为，明天早上，我就要走上前往湘西凤凰寨的不归路。薛嵩要到那里和红线会合，我要回到万寿寺和白衣女人会合。长安城里的一切已经结束。一切都在无可挽回地走向庸俗"。

王小波的《白银时代》更像奥威尔的《1984》，小说对未来世界的描述，明显具有反乌托邦的性质。"未来世界是银子的"，这是一个关于未来的美好的谜语，"希腊神话里说，白银时代的人蒙神恩宠，终生不会衰老，也不会为生计所困。他们没有痛苦，没有忧虑，一直到死，相貌和心灵都像儿童。死掉以后，他们的幽灵还会在尘世上游荡"。这个虚幻的对未来的承诺，被王小波戏谑化地翻转过来。"未来的世界是银色的"这一谜语的谜底是："在热寂之后整个宇宙会同此凉热，就如一个银元宝。众所周知，银子是热导最好的物质，在一块银子上，绝不会有一块地方比另一块更热。"这实际上正是一个高度统一、高度专制的世界。在这个世界里，人们必须按照统一的规则生活，没有个性，不需要创造力，人们在公司里每天的工作就是两件事：枪毙别人的稿子或者写出自己的稿子供别人枪毙。人被异化为机器，失去了思考、判断、行动的能力，公司规定好了统一的准则，组织生活、集体生活，甚至连隐秘的夫妻生活也被规定："听到我传达的会议精神，我们室的人忧心地回家去。在晚上的餐桌上面露暧昧的微笑，鬼鬼祟祟地说：亲爱的，今天公司交代了要过生活……听了这句话，平日最温柔体贴的妻子马上也会变脸，抄起熨斗就往你脸上砸。第二天早上，看到血染的绷带，我就知道这种生活已经过完了。"可见，未来世界的时空仍然是现实生活世界时空的翻版，从这个意义上说，未来世界并没有随着时间的迁移而现出进步的价值取向，因而，未来也不过是现实时空的一个共时性的循环而已。

（节选自《新时期小说文体形态研究》，中国社会科学出版社 2014 年 8 月）

参考文献：

[1] 该文为国家社科基金一般项目"新时期小说文体形态及其演变规律研究"（06BZW058）的阶段性成果。

[2] [苏] 巴赫金：《陀思妥耶夫斯基诗学问题》，白春仁、顾亚铃译，《巴赫金全集》，第五卷，石家庄：河北教育出版社，1998 年版，第 161 页。

[3] 莫言：《檀香刑·后记》，北京：作家出版社，2001 年 3 月版，第

517—518 页。

［4］［苏］巴赫金：《拉伯雷的创作与中世纪和文艺复兴时期的民间文化》，夏忠宪等译，《巴赫金全集》第六卷，石家庄：河北教育出版社，1998 年版，第 14 页。

［5］李泽厚：《中国近代思想史论》，合肥：安徽文艺出版社，1994 年 1 月，第 259—260 页。

［6］转引自李泽厚：《中国近代思想史论》，合肥：安徽文艺出版社，1994 年 1 月，第 351 页。

［7］唐晓渡在《时间神话的终结》（见《文艺争鸣》1995 年第 2 期）一文中对时间如何成为神话有精彩的论述。

［8］［苏］巴赫金：《小说的时间形式和时空体形式》，白春仁译，《巴赫金全集》第三卷，石家庄：河北教育出版社，1998 年版，第 451 页。

［9］［苏］巴赫金：《小说的时间形式和时空体形式》，白春仁译，《巴赫金全集》第三卷，石家庄：河北教育出版社，1998 年版，第 451—452 页。

［10］见河北电视台《读书新体验》节目，周晓丽对刘震云的访谈。

［11］参看葛胜华：《沉重的轻佻　泣血的玩耍》，《当代作家评论》，1994 年第 3 期。

［12］关于王蒙小说时空体的论述，请参看郭宝亮《王蒙小说文体研究》第二章，北京：北京大学出版社，2006 年版。

［13］参看曾镇南：《王蒙论》，北京：中国社会科学出版社，1987 年版，第 18 页—31 页。

　　金赫楠，1980 年生，河北保定人。毕业于河北大学人文学院，现就职于河北省作家协会，主要从事当代作家作品研究。中国作协会员，鲁迅文学院第五届高研班学员，中国现代文学馆第三批客座研究员。出版文集《我们这一代的爱和怕》《我们怎么做批评家》。曾获河北省第十二届文艺振兴奖、第三届十佳青年作家、《文学报》第三届优秀评论新人奖、2016 年获年度青年批评家表现奖、河北省第十一届文艺评论特等奖、茅盾新人奖提名奖等。入选省宣传文化系统"四个一批"人才、省青年拔尖人才。

《第七天》：盛名之下的无效文本

◎金赫楠

一

如果一部长篇小说雄赳赳、气昂昂地宣称要表现最当下的中国现实，"正面强攻时代"，那么我为写作者的勇敢和担当喝彩，同时也为他捏足一把汗。

我们可能比任何时候都更急切地渴望书写当下的作品，千呼万唤、左等右盼。我们渴望那些对应着中国当下经验的叙事，除了穷形尽相地铺展罗列当下的五光十色与光怪陆离，更经由它们打量和探究当下之惑、之痒、之兴奋癫狂、之苦痛艰深。就在我写作这篇文章的时候，放在桌上的手机频繁响起，订阅的手机新闻接踵而至，不断刷新，发布着刚刚发生的一个又一个中国新闻：世纪大案的庭审记录、"表哥"受审、被挖眼的六岁男童、车祸、工业原料泄漏……当你还来不及为上一则新闻中的遇难者唏嘘悲痛的时候，下一个更让人瞠目结舌的事件已经发生。我们身处一个速度飞快且姿态决绝的奔跑中的当下中国，城际、动车、高铁、磁悬浮，中国速度在短时间内不断刷新、屡创新高；希望与无望同在，生机勃勃与垂头丧气共生。这就是我们身处其中的复杂中国，一个多层次错落交叉缠绕着的立体多面体，一个无法名状的巨大存在。在这目不暇接之中，我们比以往任何时候都更急切地渴望关于时代的某种言说与阐释，想要通过文学去厘清时代的脉络、接近现实的底色、理解他人的真理。

而讲述一个正在发生着的中国故事，却是难度巨大的。难度之一在于，如何与身处其间的现实保持一种审美距离。我们往往都同现实如胶似漆、不能自拔，因为身处其中，因为休戚相关，所以很容易从个人立场和现实境遇出发去看待、理解正在发生中的人和事，把自己的思考和创作局限在直接经验当中、局限在当时当地的逻辑秩序当中，缺少理性过滤和美学沉淀。讲述当下的难度还在于，写作者与读者共时地生活在文本所描摹的现实中，同书写历史的作品相比，更容易面临读者"像"与"不像"的追究。所以，也许与当下拉远距离的叙事更容易实现优美、引人入胜、深刻与厚重。大概因为，站在历史的前置最高点，作为一个置身其外的叙述人回望岁月，他所讲述的本就是安放在历史中自洽的段落，它们是相对静止、清晰、完成时的，很多甚至已经被明证和检验。而且，隔着厚厚的尘与埃，旧时光往往都会无端地平添了几分诗性与传奇性，这些都增加着小说的内在张力和美学力量。

如果著名先锋作家余华笃定地表示，这是他"迄今为止最好的作品""比《活着》更荒诞，比《兄弟》更绝望"，那么作为余华的一个长期关注者，我满怀期待，同时也深表疑虑。

余华的写作一直贯穿着一个主题：他想要呈现中国式的苦难与残酷，同时探寻中国式的救赎应对之道。从《十八岁出门远行》《往事如烟》到《活着》《许三观卖血记》，及至《兄弟》，莫不围绕着这一主题铺展叙事。在《兄弟》之前，面对中国式的苦难经验，余华还是有力量的，至少他自认为是有力量的，他在罗列苦难的同时致力于探究苦难的救赎之道。余华呈现出的承受与救赎除了如很多评家所言"温情地受难"，除了《活着》和《许三观卖血记》，还有《现实一种》那种从承受苦难到施加苦难、升级暴力的急遽转身。余华前期的作品部分地实现了对这一主题的有效书写，福贵和许三观一定程度上成为中国式苦难的代表人物。但是余华也一直存在一个致命的问题：他言说的有效性，往往是通过牺牲人物的生动、生气，牺牲生活的枝蔓和汁液，牺牲世界的自在逻辑来实现的。余华一直使用一种极端主观化、概念化的方式来把握世界，他笔下的人物，从《十八岁出门远行》的"我"到山峰山岗兄弟，从自虐的历史教师到为活着而活着的福贵，都是余华表达自己理念的工具和道具，不是血肉丰满、个性生动的人，只是符号化了的一个存在。人在具体的环境下基于自身逻辑的荒诞性与合理性，人的现实困境和灵魂灾难，人的最个人化的内心细节，这些都被余华忽略了，有意和无意地忽略了。

饱受诟病的《兄弟》之后，再次闭关多年后写下的长篇小说，余华这一次能为这个时代提供自己的什么独特发现与思考？他一直是时代大命题的勤奋思考者和探索者，他从未湮灭和掩饰自己巨大的写作抱负与野心，面对当下如此复杂丰富的世事人心，面对时代的迷惑与迷茫，余华能从中感受发现什么？中国式的苦难和承受，在时代高歌猛进的狂欢中依然存在，且以更复杂更诡异的方式分布在各个阶层各种人群，余华怎样延续和拓展他的主题关注？我满怀期待，更不无担忧：他会不会延续之前的旧方法？他会不会在《兄弟》的惯性下继续媚俗？他的新作，会不会让我和我这样的读者心理扑空、感觉失望？

二

小说名为《第七天》，扉页上引着《旧约·创世纪》中的文字，而文本中的结构方式与叙事框架，却分明对应着中国传统葬仪中的"头七"。一个亡灵，因为没有将以安息的墓地，在地狱里游荡了七天，每一天都邂逅更多的孤魂野鬼，知晓各种各样不可思议的死亡。余华选择了这样一种荒诞的结构方式，从现实世界结束的地方开始他的亡灵故事，七天七个章节，通过七天的地狱之旅串起了一系列的社会热点事件。现实世界和现实逻辑中本不可能近距离发生关系的杨飞、鼠妹、死婴、袭警者与警察等人通过这种结构轻易地实现了相遇和熟识；卖肾、强拆、袭警、车祸、爆炸、食品安全等触目惊心的社会事件经由这一结构简单地被串烧在一起。结构从来都不是单纯的技术问题和形式选择，文本结构很多时候反映着写作者如何理解和介入他所书写的人和事，如何处理各种经验。具体到《第七天》，荒诞结构的使用让小说获得了一种开放性，方便着作者塞进一个又一个本来毫无瓜葛的热点事件。但是在同时，这种碎片化的结构方式，也恰恰暴露了余华从整体上去考量、思虑和把握中国当代现实的无力，而这种无力早在《兄弟》就已显现，面对纷繁芜杂、泥沙俱下的时代与现实，余华只能给出一种碎片化的呈现、平面化的描述。

文学应该在什么层面去介入现实、去讲述正在发生着的时代？那些人和事，我们早已通过新闻、微博等媒体方式，通过茶余饭后口耳相传的八卦方式详细地知道，那么，当余华作为小说家面对和介入的时候，读者为什么还要耐下性子听他再讲一遍？他介入这些旧新闻的独特视角、独特之处在哪里？当下中国，不缺少耸人听闻的案例，不缺少匪夷所思的事件，不缺少焦点热点和各种敏感词。我们每天浸淫其中，主动或被动，自觉或不自觉。当人们已经被这些信息包围、浸泡之后，如果要重新温习那些事件，其中的惊悚、荒诞其实已经很难对我们这些近乎麻木的心灵产生有效的击打与震撼。习惯刷微博的人都知道，没有最荒诞，只有更荒唐，没有最不可思议，只有更匪夷所思。那么，余华把这些微博热点和新闻焦点汇总串烧到他的小说叙事里，他要怎样处理、怎么去完成一次有效的叙事？

　　至少，他必须重构那些事件，重构那些作为小说基础材料的当下经验，完成一个既同现实紧密相关、同时又自成一体的文本天地。小说早已不是时代的留声机和书记员，穷形尽相地描绘、呈现所谓的世相真实太嫌表象和简陋。当新闻中的人和事进入小说，成为叙事对象，他们的命运也发生了变化：从被简单播报起因经过结果的对象、从被单纯道德评价与法律审判的对象、从被围观被八卦被同情被讨伐的对象，变成了写作者悉心揣摩、体恤同时又冷峻审视、追问的灵魂。又或者，他们作为叙事素材，恰恰对应着写作者心中的某种契合，成为作家阐释自我言说世界的一个支点。当新闻意义上他人的事件与命运进入文学叙事，他们都变成了"作家自己"，作家自己的欢喜与疼痛必须注入他所书写的对象。《安娜·卡列尼娜》的写作就缘自一则当时的社会新闻，19世纪70年代俄国新旧交替的历史大变革时期，托尔斯泰感慨于时代风云中家庭伦理和妇女命运的变化，以一则妇女自杀的新闻为素材写作《安娜·卡列尼娜》。在写作中，托尔斯泰凭借自己对时代、社会、家庭、个体的深入观察思考，成功地重构了事件中的人物和人物关系，使这部小说从最初只表现由一个妻子的不忠实而引发的家庭悲剧，发展成为一个通过讲述家庭的故事，反映六七十年代广阔而复杂的、正在经历剧烈变动的俄国社会生活的宏伟的历史画卷。鲁迅名篇《药》的写作灵感也来自秋瑾被杀的社会事件，他的写作没有局限在扼腕喟叹，他从现实之痛切入了历史之殇，从此时此地的时代伤痕切入了历史文化根系的探究和反思，在叙事重构中实现了深刻的国民性批判。现实变成小说，新闻进入叙事，当然要有复杂而深刻的一系列变动，没有变动，它就只是新闻，这种变动是作家必须要有效完成的。而在《第七天》中，余华用事件的堆积，向我们展示了纷繁、烦乱的当下社会生活，仅此而已，他未能深入其肌理和血肉，实现之前我所说的重构。

　　这里，请注意，我想强调的是，没有任何一个时代是从天而降、倏

413

忽而成的，所谓时代风云和现实百态，我甚至想武断地说，单纯地记录这些，无论如何地离奇曲折，如何地叫人唏嘘感叹，其实在小说的谱系中，这原本是没有价值的。各种大事件，各种纷繁乱象与光怪陆离，如果它们在小说叙事中是有价值和意义的，那么一定是在写作者确认了这些刚刚发生在身边的事件与现象，它们产生和存在的源头、与之有关的文化根系在哪里。在这个时候，它们才具有了小说美学上的审美价值。一言以蔽之，事件本身不足以构成小说审美的对象，现象背后各种驱动力的纠葛缠绕的巨大张力才是价值所在。基于上述理由，《第七天》纵使用力十足，却怎么看也不过是剪报本和串烧段子。

阅读余华，一直觉得他缺乏一种耐心。从前是，现在还是，及至《第七天》的写作，余华的小说读来仍有速成之感，虽然号称七年磨一剑，但文笔间分明有匆忙、潦草、未及深入体会思考的嫌疑。之前的不耐烦，也许是他太笃信自己所选择和秉持的观念、主义、思想，他认为这些足以笼罩笔下的经验世界；而现在的不耐烦，则是余华失去了有效的思想资源，失去了观察、理解当下的思考力与表现力。《第七天》中感受到的余华，更像是一个时代的旁观者。从《十个词汇里的中国》到《第七天》，余华以为他可以在十个词汇里、七天的地狱之旅中写明白当下中国，他实在是简化了时代、也低估了读者。在《兄弟》之后，余华再一次地把中国当下的众生百态、把我们这个民族的复杂经验简单化了，他在潦潦草草地感受当下，"匆匆忙忙地代表中国"。在《第七天》中，余华不是用心去打量和体察现实，不是用灵魂来写作；而是在用鼠标点击现实，用键盘转发中国。

从《兄弟》到《第七天》，能感受到余华作为一个作家的现实焦虑与介入激情。面对复杂丰富的当下中国，余华给出的解决之道是：再造一个世界，一个疏离于既有现实世界、既有生死轮回的所在："死无葬身之地"。他没有足够的力量去理解、阐释、应对当下中国荒诞的存在，于是他简单地、粗蛮地将那个存在彻底摒弃和放逐，再造了一个乌托邦；"那里树叶会向你招手，石头会向你微笑，河水会向你问候。那里没有贫贱也没有富贵，没有悲伤也没有疼痛，没有仇也没有恨……那里人人死而平等。……那是什么地方？……死无葬身之地。"这个地方，看起来很美，但是这种再造对中国当代现实是无效的，完全无效的。

三

坦白说，余华不是我喜欢的作家类型。当他以一篇篇惊世骇俗的小说活跃在 80 年代中后期的时候，我刚上小学一年级；而当我开始阅读余华的时候，他和他的小说早已位列文学史，已经笼罩有太多的光环，所以当我怀着一种先期的热情和敬畏进入文本阅读的时候，我很失望。这种失望，一度令我怀疑自己的口味和品位，甚至愧于告诉别人，因为一直有一批专家和学者，在不遗余力地假设、论证、总结着余华小说的深刻与伟大，意义非凡与意味深长。《兄弟》出版那年，我曾经写过一篇恶狠狠的文章，将余华甚至先锋文学批评得一无是处，其中的一些观点我现在仍然坚持，但也发现自己当时严重的偏颇与片面。关于先锋文学，我越来越认可，先锋写作在某种意义上说是一种找回，一种对真正的文学传统和文学语言的找回。1977 年开始的新时期文学的演进，那长达十几年的命名更迭、高潮迭起的思想潮动和叙事实践，从伤痕文学开始，都贯穿着一种找回的焦虑和努力，找回属于文学的语言方式、情感方式、灵魂方式。作为先锋文学的代表人物，从初次阅读余华开始，我就一直心存疑惑，小说家余华在他前期的作品中为何如此笃爱暴力和鲜血，难不成他真的"血管里流的不是血，是冰碴子"？我曾经以为这只是他的一种写作策略，但现在想来似乎又不全是。记得读他的《1986年》时，可能作为一个女性读者我的承受能力有限，伴随着阅读的深入我甚至有生理上的不安，那血肉模糊的文字，露着骨头碴儿的叙事。后来我看到余华的一段自述，他说："我和我的哥哥经常在手术室外活动……这也是我童年经常见到血的时候，我父亲每次从手术室出来时，身上都是血迹斑斑，即使是口罩和手术帽也都难以幸免。而且手术室的护士几乎每天都会从里面提出一桶血肉模糊的东西，将它们倒进不远处的厕所里。"余华的父母都是医生，他的童年就是在医院度过的。这样的童年经历，使得"血肉模糊"这样一个让常人惊悚的意象，在余华的童年记忆里面却似乎司空见惯。当然，我们不能仅仅因为这些，就把余华童年记忆中的血迹斑斑与他小说中的血腥联系起来，要知道，一个人的童年记忆，该是多姿多彩的吧，有很多场景很多感受作为画面保存在记忆里。而当他长大成人之后，童年记忆将怎样从存储中跳出来，影响一个人的当下？我理解，记忆是需要被激发的，当一个人在当下的现实中遭遇了什么，这种遭遇会激发出他内心深处与之契合的童年回忆，回忆中的氛围、气味、感觉又会反过来影响一个人对于现实的感受与认识。余华该是被"文革"影响至深的一代人，"文革"开始的时候他刚上小学，"文革"结束的时候他高中毕业，也就是说他个人的生命成熟与心灵成长几乎就是在"文革"中完成的，在成长中他目睹了太多的暴力，他的青春期就置身于浩劫的现场。批斗现场的血淋淋，与父亲医院里面的血肉模糊，这两种记忆相互交织在余华的记忆里面，构成了他心中关于那个年代的一个意象。"文革"带给几代人身体和心灵上的创伤，而浩劫结束之后，几代人又都在各自选择不同的方式来平复自己与整个社会、整个民族的创口。前面我说过，那十来年的岁月在余华心目当中是"血色"的，而浩劫带来的创痛感，使得作家有一种叙事的需要：他需要通过鲜血的渲染来涤荡心中的血色，他需要通过暴力的迷醉叙事来抵抗心中对暴力的恐惧与厌恶。童年记忆与现实遭遇碰撞下，余华下意识地而又是有意识地选择了一种表达方式，选择了血腥、暴力与死亡在文本中的肆虐。我甚至觉得，余华在渲染暴力血腥的时候，字里行间是有快感释放的。这是余华作为一个作家选择的写作方式，也是一个受伤的心灵选择的疗救方式，"说出了它就战胜了它"。

所以，那个时候当余华用个人化的细节宣泄内心的时候，个人的创痛感其实就是历史的创痛感，这里面已经包含了一个作家的历史反思与现实承担。余华前期的写作，他介入大命题大历史的方式是找到了一个时代特征显著且又契合自己内心敏感点的切入角度。而那时的写作所呈现出的美学力量，恰是来自作家理性层面的现实承担、历史反思与作家无意识中个人内心释放的共同作用。而现在，尽管余华一再强调"写下中国的疼痛之时，也写下了自己的疼痛。因为中国的疼痛，也是我个人的疼痛"，但我在《第七天》的阅读中感受不到他的疼痛，他不是身处疼痛现场的亲历者与见证者，他不过就是那个刷屏触动转发键的微博大V，旁观，多少伴随着唏嘘感慨、愤怒同情，隔膜、苍白。他的打量和思虑，只在新闻事件层面，超过的情节内容、溢出的情感心灵，显在事件以外的前世今生和前因后果，其背后更为复杂丰富的世事人心，都被他忽略了。余华说："我所有的努力都是为了更加接近真实。"余华还说过："作家要表达与之朝夕相处的现实，他常常会感到难以承受，蜂拥而来的真实几乎都在诉说着丑恶和阴险，怪就怪在这里，为什么丑恶的事物总在身边，而美好的事物却在海角。"我想，有时对一种真实的过分强调，往往会遮蔽和忽略另外一种真实，当余华把叙事的着力点过重地落足在展示时代的显在伤痛之上时，他忽略了背后太多的复杂与丰富，太多的立场与角度，太多的真实与合理性。

想起不久前喧嚣热闹、毁誉参半的另一部大师新作《带灯》。同样是野心勃勃、毫不掩饰自己"正面强攻"时代的巨大意图，贾平凹也意欲书写最当下的、正在发生的中国社会现实。《带灯》与《第七天》，贾平凹和余华，两位名列一流的小说家，面对当下的无比丰富与复杂，他们的"强攻"看上去都败得很惨——如果不算发行量和稿费的话。他们一面经由书房的窗口眺望现实，安享着一线著名作家的种种优越，一面又试图为时代代言、为他人疼痛，这本身就是矛盾的。我也承认，余华也好，贾平凹也罢，一旦他们的写作直指现实，引发争论、争议，甚至恶评如潮，那简直是一定的。前面说过，时代和读者是渴求和苛求的，在一个通过转发就可以轻松传递和获取资讯的网络社会，在一个人人都能随时发布点评、议论甚至价值观的自媒体时代，一个写作者必须具备强大的思想力与技术力，才能满足读者的阅读期待，才能在目不暇接的信息中凸显文学的力量和价值。而我们这些即使所谓一流的作家们，偏偏思考当下、消化现实的能力又真的很弱。况且，所谓正面强攻，这个词可能本身就是一个无效的文本概念，当一个写作者秉持这样一种文学意图去逼近世事人心的时候，他很容易忽略太多的丰富与复杂。小说，还是该贴着人去写，想要写透一个时代，其实只要贴着时代当中一个或几个人在现实中的滚打摸爬，他们的现实境遇和心灵状态，写好了人的小事件、小心思，时代的大模样自然而然也就呈现出来了。

（原载《文学报》2013 年 10 月 10 日）

附　录

第一届孙犁文学奖获奖作品名单

（2013—2014）

长 篇 小 说

《葵花》　何玉茹　人民文学出版社 2013 年 6 月

《中和人家》　申跃中　张小鑫　作家出版社 2013 年 7 月

《镜子里的父亲》　李　浩　北京十月文艺出版社 2013 年 9 月

中 篇 小 说

《紫花翎》　陈　冲　《人民文学》2014 年第 2 期

《风止步》　胡学文　《长江文艺》2013 年第 9 期

短 篇 小 说

《野象小姐》　张　楚　《人民文学》2014 年第 1 期

《浮屠》　刘荣书　《人民文学》2013 年第 8 期

诗　　歌

《时间松开了手》　李　南　九州出版社 2014 年 3 月

《朴素》　简　明　河北教育出版社 2013 年 10 月

《分身术》　　北　野　长江文艺出版社 2014 年 8 月

《岁月帖》　　殷常青　长江文艺出版社 2014 年 12 月

散　文

《她日月》　　刘萌萌　花山文艺出版社 2014 年 6 月

《丝绸之路上的佛光塔影》　　李树泽　甘肃人民出版社 2014 年 1 月

报 告 文 学

《上访》　　傅剑仁　作家出版社 2013 年 11 月

《朋友——习近平与贾大山交往纪事》　　李春雷

《光明日报》2014 年 4 月 21 日

《裴艳玲传》　　雪小禅　海峡书局 2014 年 1 月

《为了润泽北方大地》　　梅　洁　《人民日报》2014 年 12 月 3 日

文 学 评 论

《五四传统与左翼戏剧观念内核的建构》　　李　致

《文学评论》2014 年第 1 期

《新时期小说文体形态研究》　　郭宝亮　李建周　周雪花　王丽杰

中国社会科学出版社 2014 年 8 月

《〈第七天〉：盛名之下的无效文本》　　金赫楠

《文学报》2013 年 10 月 10 日

孙犁文学奖
获奖作品集

（全三卷）　　　　王　凤◎主编

第 二 届

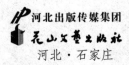

河北出版传媒集团

花山文艺出版社

河北·石家庄

C目录ONTENTS

中 篇 小 说

　　刘建东，中国作协全委会委员，河北省作协副主席。1989 年毕业于兰州大学中文系。鲁迅文学院第十四期高研班学员。1995 年起在《人民文学》《收获》等发表小说。著有长篇小说《全家福》《女人嗅》《一座塔》，小说集《情感的刀锋》《午夜狂奔》《我们的爱》《射击》《羞耻之乡》《黑眼睛》《丹麦奶糖》《无法完成的画像》等。曾获鲁迅文学奖、人民文学奖、十月文学奖、《小说月报》百花奖、首届曹雪芹华语文学大奖、河北省文艺振兴奖等。多次入选中国小说学会年度小说排行榜。

阅读与欣赏

◎刘建东

那一年，我师傅冯茎衣 30 岁。

我依然记得当时她风姿绰约的样子。她站在太阳地里，背后是车间的操作间，斑驳的墙上还写着"备战大检修"的大字标语。太阳就镶在她身后的房顶上。她微笑着，露在外面的黑色长发被微风吹拂着，头顶红色的安全帽干净明亮得能照出人的影子。我踏进院子的那一刻就想呕吐，显然不是因为七月耀眼的阳光，而是处处存在的混合着汽油、机油、铁锈的味道，角落里那些废弃的铆钉、螺丝、法兰、阀门、换热器更助长了味道的扩散。那是个孤独的欢迎仪式，我只是在她伸出的绵软的手心里，找到了一丝安慰。我不知道，跟着一个女师傅，是福还是祸。

刚刚从大学中文系毕业的我，迎来了最失意的一个夏天。本来分配我来厂里是到子弟中学做语文教师的，但不幸降临，就在我来之前的半个月，学校停办了。我只好被临时改派到了检修车间。那个夏天，我的命运就像是风雨中的小船。

劳动人事处的杨干事在把我分配到检修车间时特别安慰我说："按说应该把你留在政工部门，可是宣传部、党委都人满为患，你还是到车间锻炼锻炼，对你的成长也有好处。你师傅是个顶呱呱的技术能手。她是全厂最好的班长。她在上厂技校时就参加过市里的技能大赛，拿过第一名。她一定会对你好的。"

我刚刚和车间主任王铁汉分手，他把我从劳动人事处领回来，一路上都阴沉着脸，我明显感觉到他对我的排斥，从办公大楼到车间的路上，坐在电瓶车里的主任只说了一句话，那句话让我在工作生涯的起始点郁闷而无奈，对自己辛苦学来的知识彻底失去了信心。他说："不是我想要你，而是你师傅。我磨不过她。"

"老王怎么没跟你一起回来？"师傅问我，她看我不明白，又补了一句，"就是王主任。"

"他去材料处了。"我愁眉苦脸地说。我回头看了看，主任和他乘坐的电瓶车早就没影了，可我还是觉得主任那张黑脸就跟在我的身后。

其他人都去干活儿了，院子里就我们俩。她把我领到车间里，把安全帽放在桌子上，坐到一张藤条椅子上，指了指那张长条凳。坐下来后我还是没有正眼看她，她和我印象里的女工不一样。

"是我把你要来的。劳动人事处的杨姐天天和我坐一个班车，她说起你来很是犯愁，不知道该把你分到哪里。你成了他们的难题。你不知道吧。我说，我这里缺人手呀，让你来这里。你是不是觉得来车间里委屈了你？"她丝毫不掩饰我地位的尴尬。

我急忙站起来，"没有。没有。"

"那你知道我为什么非缠着主任把你要来吗？"师傅眼睛在火红色的安全帽的映衬下，黑得那么彻底和纯粹。

"不知道。"我有些局促不安。

师傅笑了笑，她笑的时候，嘴角有两个小小的酒窝，"我也是有自己的私心。我听说你是中文系毕业的就动了心。上大学，学中文，那可是我从小的梦想。你别看我现在天天和那些装置、设备打交道，我小时候可是语文课代表，我喜欢看书，喜欢写作文，我的作文是我们班的范文呢。"

"上小学中学时我最不喜欢的一门课就是作文课。可是我却上了中文系，真是造化弄人。"我愁眉苦脸地说，"就如同现在一样，我没想来检修车间，却来了。"

"直到现在，我都羡慕那些能写写画画的人，连厂里在厂报上发表文章的通讯员，我都羡慕。你来正好，你一边学习铆工技术，一边可以当我们的通讯员。"此时，她已经摘下了安全帽，头发卷卷曲曲地垂落到肩上。

我小声嘀咕道："我可不是来当通讯员的。"

"那你想干什么？"

"写小说。"我的话一出口就有点儿后悔，我担心会不会给未来的师傅留下一个不务正业的印象。

师傅笑了，"那正好啊。这里有那么多的人物、素材，每个人都有不同的故事。每天发生那么多的事情，等着你去挖掘呢。这可是个生活的宝藏啊。毛主席不都号召要深入生活嘛。你就当是深入生活吧。"

我权当这是师傅的安慰，心情仍然无法兴奋起来，倒是师傅随后的一句话让我郁闷的心舒展了许多，她说："我特别喜欢看小说，现在每月都买《小说月报》，你哪天把你的小说让我欣赏一下呗。"这句普普通通的话，在以后的二十多年时间里，都是我写作的动力和座右铭。

我像是得到了大赦一样长舒了一口气，从她的表情中看到的是真诚的期待，我急忙说："一定，一定，请师傅多批评指正。"

"以后别这样酸溜溜的，跟工人阶级少说这种酸文人的话，要不你在车间待不住的。"

小说，是我意想不到的一个开始，更令我意想不到的是，它竟然成了我和师傅之间一条紧密相连的纽带，直到如今。

我成了冯茎衣的第八个正式徒弟。工种是铆工，我特意在字典里查了这两个字，却没有查到，只是一个"铆接"的条目里这样写道：连接金属板或其他器件的一种方法，把要连接的器件打眼，用铆钉穿在一起，在没有帽的一端打出一个帽，使器件固定在一起。事实证明，不管我怎么从理论的高度去接受这个工种，在以后的实践中这些字眼都是苍白的。

第一天，师傅把我领到了一联合车间，登上催化塔，塔有三十多米高，站在上面，整个厂区一览无余，大大小小的装置塔、设备、密密麻麻的管线尽收眼底，环视这些时师傅的眼神里充满了自豪和骄傲，她说："你看到没有，这就是一个巨大的丛林，成功的机会多，也隐藏着重重的危险。这些装置、设备、管线，以及它们上面的每一个螺丝、法兰、垫片、衬里，甚至是管线中的每一滴油，都是这个丛林中的一分子，它们就像是狮子、老虎、大象、猴子、蛇，等等。如果它们其中的任何一位不高兴了，闹别扭了，使小性了，炸窝了，这块丛林就不太平了。而我们就像是猎人，我们不杀戮，我们只是给它们一个小小的警告。"

我第一次才惊奇地感觉到，我眼前的女师傅是不同凡响的，"师傅，你的想象力太奇特了。"

师傅摇摇头，"这和想象力无关。我天天和它们打交道，我知道每台设备的脾气秉性。"

正式上班的第三天，师傅把50块钱塞到我手里，对我说："你得摆谢师宴。你刚来，还没有工资，算我借你的。"

酒桌上的师傅豪气冲天，这让我一个不胜酒力的小伙子羞愧无比，师傅批评我说："你怎么能不会喝酒呢？不会喝酒怎么行呢？"令人称奇的是，师傅划拳的本事奇高，她教了我半天，我也没有领会其中的奥妙。她干脆抛开我，和张维山、小曹几个徒弟划拳喝酒，她的划拳声在屋子里回荡着，在我已经恍惚的意识里格外响亮。

在他们不管不顾地拼酒期间，我看到一个中年男人推开我们包间的门，在门口站了一会儿，犹豫片刻又退了出去。之后师傅包里的 BP 机就一直响个不停，师傅说："烦死了，烦死了，还让不让人喝个痛快。"到底她还是从包里拿出了寻呼机，看了看，然后推开椅子说："烦死了。我出去一下。回来再跟你们几个小子算账。"她站起来，摇摇晃晃地走出了包间。

过了十几分钟还不见师傅回来，张维山对我说："你去叫师傅回来喝酒，她就在隔壁房间里。我去洗手间时看到了。"

我没有质疑张维山为什么不去而非要我去。我不假思索地站起来，跨出房门时，我听到了身后张维山不怀好意的笑声。

果然不出所料，他们在隔壁的房间里，只有两个人，那个中年男人抓着师傅的胳膊，他们正在激烈地争吵着什么，这就是我推开房门时看到的一切。我发誓我是被张维山误导着闯入的，因为那个中年男人对于我的莽撞非常愤怒，他大喝了一声："出去。"

我还没有反应过来，就听到师傅说："是我让他来的，这是我新收的徒弟，大学生，学中文的，会写小说。你看书吗？你不看的。跟你说也是白说。"

中年男人穿着西服，脸上的表情焦躁不安，他对小说和对我，根本没有什么兴趣，只是草草看了我一眼喊道："你想找死呀！还不出去。"

"别走。你坐下。"师傅看着我，坚定地说。

在初出茅庐的我眼里，师傅是最大的官，所以我听从她的话，坐在圆桌的另一边，盯着那个男人，眼里没有丝毫的恐惧。如果当时我没有喝酒，如果我当时知道他就是厂里管销售的副总工程师王同信，我无畏的目光早就跑到九霄云外了。有长达五分钟的时间，我们就那样僵持着，我借着酒胆，也没有感到有什么尴尬，而他们两人，彼此盯视着对方，因为我的打扰，他们的谈话无法继续下去了。最后，男人坚持不住了，他丧气地说："不管怎样，我答应你的，我绝不食言，我希望你也是。"

师傅抢白说："我没有答应谁任何事，我从不承诺。"

男人松开她的胳膊，气呼呼地向外走，走到我身边时，狠狠地看了我一眼。我站起来关心地问师傅："师傅你没事吧。"

"有什么事?"师傅毫不在乎地说，"走，喝酒去，不醉不归。"

那天晚上，师傅真的醉了，我把师傅搀回了生活区的家，这个家她不常住，平常她都会回20公里之外市区的家。家里简洁而明净，从阳台上能看到远处燃烧着的火炬。这让我想到她的安全帽。师傅头上的火红色的安全帽永远是全厂最新的，仿佛刚刚从仓库里拿出来一样。这是她的招牌。我把师傅放到床上，刚要转身离去，手突然被师傅拽住了，她惺忪的眼里布满了忧伤，她问我："你说，我是个坏女人吗?"

师傅的话问得莫名其妙，也只是在以后的时间中我才慢慢地体会到她这句话的深意，此时此刻，我被她问得张口结舌，不知如何回答。好在，喝醉了的师傅并不需要一个答案来满足自己的忧伤，她很快就松开我的手，落入了软软的床上。

而那个夜晚的忧伤、师傅眼中的忧伤，却深深地铭刻在我的心里，因为，在那之后几年的时间里，我很少从她的眼睛里找到那直抵内心的忧伤了。而她所有的生活，几乎被一个词所笼罩：放荡。

我父亲就是个工人，所以在得知我得从学徒干起时，他没有过多的埋怨，而是传授了我许多做徒弟必须要有的基本素质，比如早晨上班前给师傅泡好茶水。我从生活区的小卖部里买了一小袋茉莉花茶，第二天起了个大早第一个来到车间，到茶炉室打了开水。有一张四方桌是师傅独有的，黑褐色，核桃木的。它坐落在车间的一角，桌明几净，符合师傅的风格。桌子上摆着一个鱼缸，里面养着几条凤尾。凤尾鱼比我更早地送走了夜晚，它们在小小的鱼缸里追逐得正欢。桌子上还有一个瓷杯子，上面画着仕女的图案，很雅致。我猜想这就是师傅的喝水杯吧。我计算着师傅到的时间，她乘坐的班车从市区到厂区大概 45 分钟，从厂门口走到车间需要 10 分钟，这样算下来，她到达车间的时间基本是固定的，八点半。我提前 5 分钟泡好了茶，不住地向车间外张望。终于看到了师傅，她穿着淡蓝色的连衣裙，那种明亮的蓝色在色调单一的院子里很轻盈很显眼，像是缓缓飞过的燕子。换好了工作服，她坐到了桌子前的藤椅上，先看了看鱼缸里的鱼，我急忙把泡好的茶递到她手里。她接过来，看了看，扑哧一声笑了，她说："我不喝茶，只喝茉莉花。而且，这也不是我的喝水杯，它不过是给鱼缸添水用的。"她停顿了一下，"这样吧，你单身，也没什么事。你以后就替我打理一下我家里的茉莉花，收集新鲜的茉莉花朵吧。我天天回市区，没有时间照料，那些茉莉花都蔫头耷脑的。"师傅给了我她生活区家里的钥匙，我时常会给她的茉莉花们浇水施肥，她的阳台就是一个花房，只种植一种花，在我的精心照料下，那些茉莉心情大好，分外卖力地开花。

师傅对我的手艺大加赞赏，"茉莉花很难伺候，看来你用心了。如果你在铆工上多下些功夫那就更好了，唉，算了，我看你当我的徒弟也不会久，你的心不在这里。对了，你不是让我看你的小说吗?"

我仍然有些拿不定主意，"我还以为师傅说笑呢。师傅要真的喜欢，我明天就给你拿来。"

师傅认真地说："怎么是说笑呢。我是真喜欢看小说，《牛虻》《青春之歌》《钢铁是怎样炼成的》，我中学就看了。我同情冬妮亚，她有对自己未来命运的选择的权力。为什么非得要走保尔那样的路呢。我上初中时，我的语文老师喜欢名著，他家里的柜子里全是这些。有一天，他把我领到他家里，让我参观他家的藏书，我一下子就喜欢上文学了。"

师傅说起了她不久前看过的《绿化树》，她说她也不喜欢这个小说中的女主人公马缨花，她觉得这个女人是作家凭空想象出来的，她说，你们作家把女人写得像是挂在树上的桃子，而不是脚踏在地上的人。

"想象，真是个害人的东西呀！"她的观点真让我吃惊。

师傅主动要看我的小说，这比教我铆工的手艺还让我兴奋，第二天我便把已经完稿的中篇小说《情感的刀锋》交给她了。当她接过那摞用300字的稿纸抄写的小说稿子时，我觉得比把它投给《人民文学》还神圣。

一天一夜，我都忐忑不安。第二天一上班，师傅顾不上喝一口我泡好的茉莉花水，便把我叫到面前，对我说："你这篇小说不好。"

我对这个中篇信心十足，正准备把它寄给《人民文学》，没想到遭到了师傅的无情打击，我反驳她说："为什么不好呢？"

"这么说吧，你里面写的女人不真实。你看看你师傅我。"她盯着我。

我茫然不解地看看她，眼睛、头发、安全帽，没有看出任何的不同。

师傅淡然一笑，"像我，才是女人，知道吗？女人就应该享受到做女人的一切，爱，被爱。"

虽说我已经上班一个多月了，可是对于师傅，对于一个女人的真实生活，我是一无所知。就是那天，我告诉师傅，我把我的宏大的计划透露给她，我说正在着手写一个现代家庭的长篇小说，女人是主角，她们在爱与被爱的旋涡中徘徊和挣扎。

师傅未等我说完，便打断了我的兴头，突然问我："你谈过恋爱吗？"

我张口结舌，很奇怪她怎么会问这样的问题，"我，我，没有。"

"那你了解女人吗？"

"我，我可以凭我的想象。"

师傅大笑着说："你们听听，他说女人可以凭想象得出来。女人是什么，连我自己都摸不清。凭你多上了几年大学？鬼才相信。"

　　一个一心想要写作的我，是检修车间的另类。我受到了工友们的嗤笑，整整一天，我都因此落落寡合，师傅的怀疑削弱了我对自己能力的判断。但奚落显然不是师傅的目的，那天下班时她的一句话才让我释然，"我晚上要去跳舞。你跟我去吧，你应该到女人们活动的第一现场去感受一下，见识一下女人的生活，那样你才能写好女人。"

　　师傅，她突然向我打开的生活，那些陌生而新奇的生活，那些色彩绚丽、爱恨交织的生活，令我有些猝不及防。

　　舞厅，那是我师傅充分施展她女人魅力的地方。一周一次的舞会安排在周末，在厂工会的多功能厅。周六的夜晚是师傅雷打不动的固定节日，那晚，她会成为一个舞厅皇后。早就听小曹说过师傅在舞场上的风采，而一旦见到，我才真正领略到什么叫作曼妙。其实，我是舞厅中的多余者，我尾随师傅进入舞厅，像是一个毫无自信的密探。师傅一进入舞厅就仿佛踏入了自由的天地，像是鱼儿入了大海。而我完全失去了主张，张皇失措，不知道自己应该干什么，感觉到所有人都在用探询的目光看我。我突然想起师傅的嘱咐，急忙找到一个靠边的椅子坐下。整整一晚上，我都如坐针毡。而这样的情形，持续了将近有半年，他们都说，舞会上的我是个落入湖中的兔子。

　　我并没有在乎他们强加于我的角色，保镖、跟班，或者什么湖中的兔子。我只是清楚地记得第一次，第一次踏入舞会的慌乱感觉，我坐在角落里，在昏暗的光线中，目光追踪着师傅的身影，她的舞伴时常在变换，这让我无法辨认那些舞伴的样子。一个男人，中年男人，大概50多岁，现在，我已经知道了他的身份，他是王总，大权在握的副总工程师。让我欣慰的是，他和我一样落寞。与我的紧张不同，他有些心神不宁，他俨然没有了平时坐在主席台上的淡定自如，他看到了我，然后坐到了我的旁边，我叫了他一声"王总"，他没有回答，眼神落在舞池之中。舞曲交换期间，他试图约师傅。但是师傅没有答应，她硬生生地把我拉起来，步入了跳舞的人流中。我觉得我的身体像是被捆绑起来一样，我说："师傅，我不会。"师傅在我耳边轻声说："别说话。不会跳，还不会装呀。"那尴尬的时刻我真希望早点儿结束。我几乎是在被师傅拖着跳。可想而知，舞曲还没有结束，师傅便大汗淋漓了，她又拖着我来到了工会舞厅外，冲着满是星光的夜空长出了一口气。师傅没有怪罪我，这让我心安许多。更多的时候，不识相的男人不会出现，他一定顾及自己的身份。而没有他在的舞会，我可以完全待在椅子上，做一个合格的看客。

我师傅向我叙述了王总是如何从主角沦为彻底的看客的。她讲述的过程平静而镇定，仿佛那不是她自己的生活一样。

"我并不喜欢他，但是我跟了他两年。男人是脆弱的，幸福的或者不幸的。他也一样。你是个书呆子，你不懂这些，以后你会有喜欢的女人。你就会发现，女人就是找到男人脆弱的钥匙。我是万能钥匙。"她笑了笑，接着说，"我接近他是为了从他手里拿到汽、柴油的油票，再把它转手。你不知道有多抢手。他是个刻板而严谨的男人，总是拒人于千里之外，但是他只有一个爱好，就是爱跳交谊舞。我以前根本不会跳，为了接近他，我在市工会请了一个专业的舞蹈老师，一个月就出徒了。我第一次进入厂工会的舞厅时可没你那么紧张，开始我并没有刻意地去直奔主题，主动和他套近乎。而是脚踏实地，用我的舞技来引起他的注意。一个漂亮女人，而且我自认为舞蹈水平比那些平庸的女人们要强许多，自然会在那狭小的空间引起别人的关注的。我相信，他也注意到了这一点。但是我观察他，好像这并没有起到任何作用，他仍然和他固定的舞伴在一起。他的舞伴是雷打不动的，检查科的副科长，那女人姓徐，都叫她小徐。她是抚顺石油学院毕业的，身条很好，一米七的个子，但是长相平庸。多年来，王总从来没有换过舞伴。两人总是成双入对地出现，小徐因为生病缺席了，舞厅里便也看不到王总的身影了。要拆散他们真是费了我不少心思。我先是找借口与小徐成了好朋友，因为我们俩同在市里的军区大院里住，每天坐一辆班车上下班，很容易成为朋友。然后在小徐要去金陵石化进修一个月时，我适时地向她提出了我的要求，同时加上一条真丝的围巾，我特意强调，等你回来的那一天，我原封不动地把他还给你。真丝围巾戴在小徐脖子上真的很漂亮，她整个人的气质都变了。她说，他又不是我家的，更不是我专用的，我和他说。事实上，一个月之后，你想想看，你师傅我的魅力，王总再也没有回到过小徐的身边。从那以后，我和小徐也成了冤家路窄的对头。她把那条丝巾剪烂扔到了我的脸上，而且发誓再也不回到舞场了。我和王总，我们两人谁也没再提那个过客小徐，就像她从来没有出现过，犹如那个和他在舞厅里成双入对的人一开始就是我。即使是这样，要想向他说出我的想法也不能一蹴而就，他铁面无私，是党的好干部。我陪他跳了整整半年的舞，才找到机会。在一个风雪交加的夜晚给了他致命一击。"

我不合时宜地插嘴道："什么致命一击？"

师傅打了我一下，"你这个笨蛋。女人给男人致命一击，当然是在床上。你脸红什么，又不是你。在市里，我们在市区吃完饭，走出饭店时突然发现已经大雪封路，他无法赶回厂区了。那晚之后，我们的关系便突飞猛进，我再说什么都水到渠成了。他好像白活了四十多年似的，如饥似渴地扎入了爱情的海洋。他会找到各种理由和机会与我单独相处，在他家里，在市区的宾馆中，在已经废弃的操作间里，在出差的路途上。他的想法层出不穷，像是一个发明家。"

"那他妻子呢？"我又冒失地问。

师傅看着我，像是看一个怪物，"你的想法太奇怪了。我从来没想过类似的问题。实际上他也是，他好像突然对其他的一切失去了兴趣，家庭、事业，甚至名声，有一次他竟然带着我去开一个关于销售的会议。我们一路从黄山到漓江、三峡，总共十几天。他根本不去想，在我们出去的这十几天里，关于我们的风言风语是如何在厂里的各个角落疯狂地生长着，如同夏天的野草。在长达两年的时间里，虽然没有人和我说过，但是我知道，他们把我描绘成一个什么样的人。就和你们书中写的那些女人一样。我看你的眼神，是不是也要把我写成那种道德败坏的女人？"

师傅如此直接的问话让我无法正面回答，我支支吾吾地表白了我的态度："反正我是不赞成的。"

"你喜欢也罢，不赞成也罢，那都是你们的观点。反正我是快乐的。我遵从我内心的需要而活着。"这就是我师傅的生活格言。她没有想过要说服我。她从来没有被流言左右，即使多年之后，她决然选择了截然不同的生活方式。

我虽然不认同师傅的生活方式，但是她率真和诚恳的态度又让我对她的生活欲罢不能。我像是一个小心翼翼的探险者，明明知道前路崎岖多险阻，却乐于前往；又像是一个吸毒者，她美丽而带刺的生活像是毒品一样吸引着我。

在我师傅给我讲述她和王总的故事之后，我的长篇开始了，我这样写道：

　　妈妈那时穿着我们家唯一的一双皮鞋，那是一双猪皮皮鞋，颜色并不鲜亮。但是它平凡的外表并不能掩盖一个事实，那就是它的的确确是一双皮鞋。为了保护好它，我妈妈坚持要每天擦一遍，擦皮鞋的任务落在爸爸的肩上。爸爸为了能把妈妈的皮鞋擦得亮一些，想了许多办法。没有鞋油，他就找来了猪油，每次擦鞋他都往上擦点儿猪油，那样，皮鞋就四季保持一种颜色，而且在灯光下还能闪闪发亮。

在我写下这个开头的第二天，我和焊工毛小宁打了一架，地点是厂区食堂。毛小宁是个技校生，比我还小一岁，但已经是个老工人了。我打了饭来到他那一桌时，他正和其他几个工友眉飞色舞地讲着什么。看到我过来都窃笑不止。毛小宁故作严肃地对我说："小刘，你过来，离我近一点儿，我说的这些事你肯定没听过。"

我不明就里，便挨着他坐下来。他开始绘声绘色地讲我师傅的风流韵事，他讲的那些事远远比我师傅告诉我的王总的故事要丰富许多。我没有听完便怒不可遏地站起来，抓住了毛小宁的后脖领子。他的声音瞬间变了调，像是公鸭似的厉声说："你要干什么？"

我愤怒地说："给造谣者一个教训。"

因为我和毛小宁在饭堂打架的事，我们俩人都背了一个处分，而我的实习期也因此延长了整整一年。但是当我鼻青脸肿地站在师傅面前时，我仍然没有一丝的悔意。师傅什么也没有说，她没有责怪我，只是把我拉到厂区外面的小饭馆，把一瓶酒放到我面前，命令道："把它喝掉。"

受到了委屈的我像是得到了一瓶温暖的安慰剂，我听话地抓起酒瓶，狠狠地灌了几大口。在那个寒冷的小酒馆中，我师傅异常冷静的表现让我终生难忘，二十多年过去了，透过迷茫的眼神看到的美丽而充满爱怜的师傅仍然浮现在我的眼前。半个小时的时间，我不知哪里来的勇气，竟然把一瓶酒喝了个精光。师傅把我架到了她生活区的家里，我在她的床上昏睡了足足两天，当我醒来时，我看到未施粉黛的师傅坐在床边，轻声对我说："他说的都是事实。"

我摇摇头，头炸裂似的疼，"我不信。所有人都这么说，你自己也这么说，我也不信。"

师傅伸手摸了摸我的额头，叹了口气，"也许我不该把你要来，也许你不该做我的徒弟。"

在我昏睡期间，师傅没有回市区，她一直守在我的身边，我真的想象不到，她就坐在像是一个死人的我旁边，读着我刚刚开始的小说。此刻，她突然转换了话题，欢欣地说："我喜欢你这篇小说。"

我立即感觉不到头疼了，我问她喜欢书中的哪个人。她说："徐琳。我觉得你应该把她写成一个敢作敢为、不受任何束缚的姑娘。"

我老实地说："师傅，我得向你坦白，当我构思这个角色时，我想到的是你。"

"你会写我吗？"

"我不知道她是不是你。"我有些迷茫地说，"母亲的角色，你不喜欢吗？"

师傅想了想，然后回答道："就像你不能确定你写的那个人是不是我一样，我也无法确定，我喜欢不喜欢这个角色，母亲。唉，真是一言难尽啊。"

师傅的感叹之后没多久我就知道了原因，当我看到那个衣着讲究、烫着大波浪卷发的中年女人在家庭和情人之间奔波时，我似乎明白了师傅的基因出自哪里。

师傅对我的过分信任，使得我和她之间有了某种互相配合的默契，我甚至觉得自己是她的帮凶。对于男人的热爱使得她年轻而精力旺盛，她时常会在和男人约会之后，把我拉到酒馆里，让我喝各式各样的酒，白酒、啤酒、葡萄酒、雷司令……在很短的时间里，我就告别了不胜酒力的历史，她培养了我喝酒的能力。我听着她和她频繁更换的男人的故事，像是在上一堂堂有关女人、有关社会、有关欲望的社会课。在那些绚丽闪烁的故事情节中，我师傅，那个叫冯荃衣的女人，已经不再是一个看得见摸得着的人，她渐渐地成为一个我艺术想象中的人物，美丽、奔放、放浪形骸。她像是浓艳的花，开得热烈而凶猛。

有时候，师傅会让我做一些更加私密的事情，比如为她和她的那个男人望风，我虽然一百个不愿意，痛恨自己的所作所为，却又无法拒绝。最让我难以忘怀的是在厂区以外的玉米地里，从厂东门向东约一千米。在秋风里，我骑着自行车，载着师傅和她的情人去约会，风已经有些微微的凉意，师傅坐在自行车的后座上，反复地叮嘱我，你要是无聊就看看我给你买的书。师傅时常会从市里的书店给我买一些书，在邮局里买一些文学杂志。那几年里，我看到的《收获》《人民文学》都是她买的。她刚给我买的书是塞万提斯的《堂吉诃德》。在每一本书的扉页上，她都会工工整整地写上一句话，都是鼓励我发奋努力的话，这本书上写的是：

> 赠我的徒弟刘建东　一个疯子的故事，真他妈的疯狂！冯茎衣

她的字隽秀、干练，一点儿也不拖泥带水。她说她临过庞中华的字帖。

迎面而来的男人并不是我们厂的，他是在炼油厂施工来的省安装公司的一个项目经理。男人看上去挺年轻的，戴着眼镜，师傅附在我耳边说，和你一样，大学生，西安交大毕业的。那个交大毕业的项目经理在长达一年的时间里都和我师傅保持着亲密的关系，直到他负责的工程结束。我师傅的男人，就像是飞来飞去的候鸟。

男人看到我，略微地有些意外和尴尬。仅此而已，他并没有因为难堪而放下与师傅的幽会。他们抛下我，钻入了华北平原浓密的玉米地中，而我，则支起永久牌自行车，坐在玉米地的田垄上，读起了《堂吉诃德》：不久以前，有位绅士住在拉曼却的一个村上。他那类绅士，一般都有一支长枪插在枪架上，有一面古老的盾牌、一匹瘦马和一只猎狗。在堂吉诃德与风车做着殊死的搏斗时，浓郁而汹涌的玉米秆已经淹没了我师傅和她的男人，除了听到堂吉诃德誓言般的高谈阔论之外，我

相信，那强劲的风声也来自遥远的十七世纪，来自堂吉诃德和桑丘共同征讨过的土地。

我并不是刻意去渲染我师傅冯茎衣的艳情故事。这不过是她生命中的一部分，而且是重要的一部分，甚至我可以断定那是流淌在她血液里的，是与生俱来的。虽然，在若干年后，这个过程会以悲壮的方式结束。我至今记得师傅的忠告，要写真实的女人、真实的人，不要只靠想象。现在，我就是这样做的，我在记录一个完全顺着自己内心的意愿生活的女人。

师傅的母亲进入我的视野中是在冬天。

奉师傅之命，我提着一个塑料袋子站在棉六生活区一栋宿舍门外，袋子里装满了各种各样的药，治感冒的、治鼻炎的、治糖尿病的、治口舌生疮的、治失眠的；消炎药、止泻药；中成药、西药。五花八门，应有尽有。我纳闷为什么一个人需要这么多的药，师傅说："从小我们家就像是一个药铺子，桌子上、茶几上、书柜里、电视上、床头边，到处摆满了药。我妈妈爱好这个，有时候我觉得不管什么药，只要吃下去她就觉得心安。"

我站在门外十分钟也没有等到有人来给我开门。我只好放弃了。我的手里还攥着一个纸条，上面提供了另外一个地址，看来，师傅早就预料到了。我坐 5 路公交车去了桥西的一处省直住宅，那个生活区看上去要整洁干净许多，中央还有一个大大的喷水池，只是池子中的水已经结成了冰，上面散落着一些枯萎的树叶。给我开门的就是师傅的母亲，她身后站着一个花白头发的男人，男人文质彬彬。她警惕地看着我，目光犀利，看上去比实际年龄要年轻，也就是四十多岁的样子，穿着一件朱红色毛衣，头发黑黑的，发型是时髦的大波浪。

我急忙说："我师傅，冯茎衣，她让我来送药的。"

"她怎么不来？"师傅的母亲仍然没有放松警惕。

"我不知道，"我摇摇头，"也许她有更重要的事。"

她没有礼貌地请我进去，只是随手接过了药，冷冷地说："我收下了。"

我尴尬地站了一会儿，便知趣地告辞而去。走到二楼时，文质彬彬的男人追了下来，抱着歉意说："我来送送你。她就是这样，对谁都这么冷淡。"

我说："谢谢叔叔。没事，我的任务完成了。"

不管我如何拒绝，花白头发的男人坚持把我送到生活区门口，路上他不停地说着一句话，那就是："她是个好人。"他说的是师傅的母亲。

在那个冬天里，我总共见过师傅的母亲三次，另外两次给她送去的是一条香烟和我们厂发的一箱苹果。基本上都是在省直住宅，有一次我还看到师傅的母亲和花白头发的男人手挽手从生活区大门外归来。她的脸上洋溢着幸福的笑容。我想起了自己的父母，他们几乎天天在吵架，我对师傅说："你父母的生活真美满。"

师傅对我的评价未置可否，几天之后，一个寒风凛冽的傍晚，我跟随师傅坐班车到了市内，她把我带到一个饺子馆。我注意到，那个饺子馆距离棉六生活区不远，一条窄窄的小路上并排着几家小饭馆，饺子馆是其中之一。师傅随身带着一瓶大曲酒。一边喝酒，师傅一边向我炫耀她最新的战利品，安装公司的项目经理早就成为历史，最近这个男人和她一个小区，马上要结婚了。师傅说起那个准新郎爱上她的情景，在小区的小卖部前，他买了一包烟却发现忘了带钱，师傅解了他的围。师傅的一个媚眼就让他爱上了师傅。我揶揄她："你的爱情就像是空气一样，说来就来。"

"其实没有爱。"师傅笑着喝了口酒，"我早就不相信爱了，我只是喜欢在其中的感觉。我喜欢这种状态。我想爱的时候就毫无顾忌地去爱。我问问你，你们男人最想成为什么样的男人？"

"我就想当一个小说家。"我诚实地回答。

因为喝了酒的缘故,师傅的脸色微红,在酒馆昏暗的光线之中,分外迷人,"那只是你现实的理想。你通过自己的努力,可能达到。但是你们每个男人心里都藏着另外一个遥不可及的梦想,那就是让天下所有的女人都爱你们。女人也一样呀。我看到我喜欢的男人对我垂涎三尺,我也会心花怒放。"

"我不同意。"我声音提高了八度,"要都是你这样的想法,社会不都乱了套。也许每个人心里都或多或少有这样的想法,但每个人都不是独立于社会之外的,所做的每一件事,不仅要对自己负责,还要对社会负责。责任会纠正你内心的冲动、盲目和错误。"

师傅举起酒杯,"喝酒吧。你说服不了我。这足以证明你们文人是多么虚伪。"

在冬天的小酒馆,我们的争论继续着。借着酒胆,那天晚上我问了师傅一个十分刻薄的问题,问完我就后悔,但是师傅淡然的回答让我释然了。对于我,她真的太过包容。我的身份已经超越了徒弟的角色。

我问她:"师傅,你到底有多少男人?"

师傅默默地想了想,"七八个是有的吧。我算不清楚了。这还不算对我有企图的人。唐文生副厂长,主管人事的,胖胖的,你认识他吧。他是实权派,他一直在追求我。但我就是不喜欢他,主要是他说话的声音,别看长得粗粗壮壮的,说起话来却像个妇人。"

这就是那个年代的师傅冯荃衣,她的世界是自我的、封闭的,她沉浸在情欲的暖流之中。她放荡不羁、随心所欲,把我善意的揶揄和劝解当成耳旁风。唐副厂长,在那之后我曾经观察过他,他是个一本正经的领导,没有任何的不良嗜好,对一切事情精益求精,关于他最让我印象深刻的是一次厂报上的名字风波。厂报一版的消息后来我找过来看了看,那张报纸在我的工友们之间传来传去,已经变得油渍遍布,像是刚刚擦过工具。我艰难地在油渍中间寻找到了那条位于头版的报道，就像传言中的一样，报道的副标题是这样写的："康文王副厂长做检修动员"，一字之差，报社的主编欧阳险些丢了官位。此事闹得沸沸扬扬，唐副厂长开始不依不饶，非要把欧阳调出宣传部门，不知何故，后来突然偃旗息鼓。而那个书生气十足的欧阳主编，也张口闭口地夸赞唐副厂长。这个世界，许多事情都是在暗里进行的。

冬天的夜显得悠长而温润，饺子馆不大，人来人往，已经换了好几茬人。一瓶酒也快要喝完，我看了看表，因为我还要赶末班车回厂里。师傅突然打了一下我的手背，轻声说，你注意一下我身后第三张桌子上那个人。我的目光越过师傅的肩膀，看到一个年老的男人，弓着背，刚刚坐到桌前，他沙哑的声音在不大的饺子馆里回荡："三两饺子，三两酒，一盘花生米。"

我问师傅："你认识他？"

师傅示意我不要说话，"看着他。"

男人有六十多岁，头发乱糟糟的，像是几天没有洗脸，眼神恍惚。酒壶端上来之后，男子颤抖着手从口袋里掏出一个白瓷酒杯，用袖口擦了擦，举在灯光中照了照，又擦了一遍，这才放到桌子上，倒了一杯，仰起脖，响亮地喝了一口。低下头又看了看杯子里，再次仰脖，喝了一下，这次因为杯子里没有了酒，声音尖锐刺耳。因为观察男子，我们喝酒的速度明显放慢了，师傅则把身子斜向墙壁，她似乎是怕被那个男子看到。男子把三两酒喝完，饺子才端上来。三两酒下肚，男子的手很明显颤抖得不那么厉害了，他夹起筷子，在盘子里拨拉着，突然，动作停了下来，坐在那里的落魄男子愤怒了，腰挺直了，脖颈儿向后仰着，头发愈发凌乱，他尖叫道："服务员。服务员。"

女服务员跑过来，问他什么事。

男子的手又开始颤抖，声音有些结巴，"饺子，一两几个？"

"六个。"

"我买了几两?"

"三两。怎么了?"

"三两总共多少个?"

服务员说:"十八个。"

"那你数数。到底多少个? 到底多少个?"

服务员怯怯地数了数,小声说:"十七个。您,不会是吃了一个吧。"

就是这句话惹恼了男子,男子拔身站起,手麻利地抓住了女服务员的胳膊。女服务员吓得尖叫着哭出了声。幸亏老板及时出来,阻止了男子做进一步的动作。老板赔罪道:"不管怎么着,我们店奉送您老一两饺子成不?"

男子摇着头,"什么叫不管怎么着,她就是少给了我一个饺子,我是讲理的人。我只要一个饺子,一个也不多要。我是个讲理的人。因为我付了钱,那个饺子就属于我,而不属于你那个煮饺子的锅。"

男子把十八个饺子快速地吃完,这才站起身,慢腾腾地向外走。师傅说:"我们也走。"

出了饺子馆,我们跟在男子身后,他走得很慢,走几步就停下来,像是想心事。师傅说:"你知道他要干什么去吗?"

我几乎是惊呼道:"你认识他?"

师傅拧了我胳膊一下,"你不能小点儿声吗,一惊一乍的。我当然认识,他是我爸。"

这次,惊愕让我无言以对,我曾经看到的那些场景在我脑海里交织错落,把我的思想搅得杂乱无章。"这,这怎么可能?"

师傅小声说:"这是事实。他的的确确是我爸。你前几次见到的那个和我妈在一起的人不是我爸爸,他是我母亲的相好。已经有二十年

23

了。"

"这怎么可能?"语言仿佛从我的思想里溜走了,世事太难预料,也太令人意外了。

"这个时候,他只有一件事可干?"

"这怎么可能?"我仍旧沉浸在巨大的疑惑之中。

师傅打了我一下,"他是我爸,我都不吃惊,你看你那点儿出息,什么都没见过,你怎么能写出好故事来,怎么写出生活的深刻来。"

我连连点头,"他要干什么?"

"打人。"师傅轻描淡写地说。

我心急火燎地说:"那我们还不去制止他,你看他那样子,摇摇晃晃的,只有被别人打的份儿。"

师傅叹口气:"他哪敢打别人呀。他打我妈妈。"

那天晚上,关于师傅的父亲和母亲,有太多的疑问郁结在我心头,因为末班车的时间缘故,更因为师傅已经没有了讲述的兴致。我匆匆忙忙地瞥了一眼那个蹒跚的男子,师傅的父亲,他已经坐在路边的便道上,把头埋在两腿之间,像是要睡着了。而师傅,则显出了疲惫之态,今天,我们在催化车间干了整整一天的活儿。

"我爸爸是个懦弱的人。他胆小怕事。我从小就看不起他。"说这话时,已经是数天之后,我和师傅坐在常减压塔的上部,塔离地面有三十多米高,天空很近,而地面的人看上去很小。她坐着我的安全帽,她的安全帽在我的手上,大红色的安全帽能映出天上的云朵。我坐在坚硬的铁板上,闻着四处弥漫的铁的味道、油的味道,听她讲述父亲母亲的故事。

"我父母的婚姻从一开始就是错误的。母亲是那种特别强势的人,她说一不二,而父亲则唯唯诺诺。母亲从来没有对父亲正眼相看。从我记事起,我就知道母亲在外面有一个男人,那个男人长得很标致,浓眉大眼，国字脸，一看上去就是电影里的正面形象。我也很喜欢和他在一起，我们都叫他杨叔叔。他关系很广，经常能给我妈妈弄到一些票，买到紧俏的东西，比如排骨、白面、白糖，我们家的那辆红旗牌自行车也是他给找来的票，包括后来12英寸的黑白电视。他还经常有出差的机会，我最喜欢的是他去上海给我们带回来的大白兔奶糖。杨叔叔的存在，对于我们小孩子来说并没有什么，因为我们也无法去弄懂杨叔叔、母亲和父亲之间的关系。我们只是觉得他很亲近，见到我们就笑容可掬的。初中三年级时，我才意识到杨叔叔对我们家是一种威胁，才意识到这个笑容可掬的男人背后隐藏着一颗定时炸弹。从那年春天开始，父亲开始酒后殴打母亲。酒后的父亲陌生又令人惊奇，完全变了一个人，他像是一头凶猛的豹子，特别有攻击力。遭到父亲殴打时，母亲并不还手，也从来没有喊叫过，她都拼命咬着牙把疼痛咽到肚子里。当第二天，我们看到母亲脸上和身上的伤痕时，真的不知道母亲是如何强忍着疼痛的。而父亲的疯狂也只是昙花一现。第二天酒醒之后的父亲又如此一辙，又变回了那个邋遢、猥琐、目光飘移的男人。唉，该如何评价我自己的父亲呢？这真的是一个难题。"在她的身后，平时看上去高耸入云的火炬此时并不高大，熊熊燃烧的火焰在蓝色的天空背景下更加浓艳。

师傅父母的故事，给了我极大的写作空间，"在以后的许多天里，爸爸妈妈都处于一种冷战的阶段中，他们尽量都在躲避着对方，以免稍不注意就点火烧着了。实际上爸爸是最痛苦的，因为他经常用自行车驮着我到处乱逛，所以对于1980年的爸爸我最为了解。我时常在后座上听到他一边骑着自行车一边发出一声长叹。我爸爸一叹息我脚下就有些慌张，我的脚没有着地，它一慌就往车辐条里面钻，所以在我爸爸病倒之前的那些日子，我的脚经常被车辐条无情地卡出斑斑血迹。所以在我6岁时，我的脚上经常涂满了紫药水。而我的哭喊成了爸爸那个最灰暗的日子的一段悲怆的伴奏。现在每当想到这里，我都会流下眼泪。"这些小说中的段落，在那些岁月里，就像是一扇通向社会的窗口。那个时候，我也不再感觉到炼油厂的偏僻，也不再感觉到我身处一隅的孤独，我仿佛来到了嘈杂的集市，芸芸众生之中，看到了他们的喜怒哀乐。

而我的师傅，冯茎衣，她的喜怒哀乐，对我则是一个永远无法解开的谜。身处嫌疑之中的王总突然来了一个华丽的转身，不仅没有受到任何的处罚，相反，在秋天到来之际，他从副总升为了厂里的总经济师。那是一个令人疑惑的年代。他又开始频繁地出入舞厅。他身边的舞伴换了一个又一个，却终究无法忘怀师傅冯茎衣，于是在他升为总经济师两个月后，我的师傅，让我失望地又成了他固定的舞伴，那些场景，舞厅中的场景，从其他人的描述中，已经变成了一个曲折而淫荡的情爱故事。我的失望开始燃烧成怒火。

"师傅，我对你有意见。"那是第一次，我与师傅面面相觑，面色凝重。我语无伦次地向她诉说我内心的不安，我告诉她当我听到舞厅里发生的一切时，我的焦虑，我对她的失望。我喋喋不休的话语丝毫没有影响师傅美好的心情，她吃着香蕉，伸出左手摸了一下我的脑门，故作吃惊地说："你发烧了吧？你做了我两年的徒弟，铆工的活儿没见你长进多少，奇谈怪论可是学了不少。这不是我教你的吧？"

"这可不是奇谈怪论，师傅。"我诚恳地说。

师傅把香蕉扔到地上，香蕉的味道围绕在我们四周，暂时压制了车间里的机油的味道。师傅也是那么少见地严肃起来，她告诉我："我不是一个水性杨花的女人，我和你在小说里看到和写到的女人不一样。我只是一个现实而利己的人而已。这没有什么大惊小怪的。你以为你写作，你的思想境界就比别人高一等，你就能脱离了低级趣味，不食人间烟火？"

她说得我哑口无言，脸红红的，憋了半天才挤出几句话："我不想让别人对你指指点点。"

"你是不是觉得做我的徒弟脸上无光了？"

我急忙否认，"我不是那个意思。我，我，我也觉得你做得太过分了。"

她想了想，"有那么一句话，这是谁说的，但丁吧，走自己的路让别人去说吧。当好你的徒弟，干好你的活儿，写好小说，让别人去说吧。"

师傅调侃似的话语并没有完全打消我内心的顾虑。师傅的形象变得越来越模糊，越来越难以捉摸。当夏天来临，整整两个月的大检修期间，师傅的身影在常减压塔上，在蒸馏塔上，在密密麻麻的管道之间上下穿梭，看到她干净的红色安全帽，看到她坚毅的目光，我才觉得这漫长的检修期总有结束的那一天。即使这样，她可以两周不回家，吃住在车间里，可是这阻挡不住她和王总的约会。她会突然消失几个小时，彻底脱离我们的视线。等夜幕降临，她迎着我满是疑问的目光走过来时，她打了我一下，"没见过男人女人约会呀。"

但是在一次检修的间隙，消失了一上午的师傅并没有去约会。她回到检修现场时，递给我一本书，她说这是她特意跑到市里给我买的。她说："你好好看看这本书，我看不懂。好多人都在买。你看后给我讲讲。"她给我买的那本书是弗洛伊德的《梦的解析》。那几天，在塔顶，在管道之间，在工作的缝隙之中，我狂热地爱上了弗洛伊德，看完那本神奇的书时抬头看了看天，晴空万里，可我却意识到，黑夜温柔地降临了，我感觉周围的人，那些头戴安全帽、身穿工作服、忙忙碌碌的人，那些塔，那些设备，都宛如梦中。而所有的人，原来都是拥有着无数个奇奇怪怪、五花八门的异想的人，是一个个难以解读的梦中人。

有人推了我一把，"做梦呢？干活儿去。"是师傅。

我拎上风把、工具箱，跟在师傅后面，来到换热器旁。风把开动前，我问师傅："师傅，你做梦吗？"

师傅瞪了我一眼，"不做梦那还叫人嘛。当然了。我每天都做。"

"那你都做些什么梦？"我紧追不舍。

"做什么梦。干完活儿再说。"师傅恼怒地说。

那是疲惫的检修期。我们像是机器和装置一样上紧了发条，平日里轰鸣作响的装置此时像是在温柔的梦境中一样，难得有休息下来的机会，安静地被我们修理着。也许，当检修期结束，它重新踏上另一个漫长的工作周期时，它会怀念这段日子，怀念我们。也许，它也有潜意识，在它的梦境里，师傅、我，还有我的工友们，都是它梦境中的一分子。

"我经常做同一个梦。我的身体轻飘飘的，我在跑步。和别人一起站在跑道上，我以为自己跑得飞快，可我总是落在最后，我发现跑道上只剩下我一个人。特别恐惧，周围雾蒙蒙的，天空是灰色的。不知道他们是早就跑完了，还是我自己把他们甩下了许多。我总是在这个时候被惊醒。"在一联合车间的操作间里，我们坐在长条椅子上，师傅才回答我那个问题。小曹他们几个跑到墙头外面去偷偷抽烟了，操作间里只有我和师傅。

我一本正经地坐端正了，感觉自己就像那个拿着雪茄的白胡子老头弗洛伊德，"其实你是孤独的，你潜意识里是不想做某件事的。你只想和别人一样，跑在他们当中，既不想跑到他们的前面，也不想落在他们之后。你潜意识里是痛恨某件事的。"

"什么某件事？"

"就是，和男人们之间的事。"我鼓足勇气说道。

师傅重重地打了我一拳，"你瞎扯什么。那本书里就是这样讲的呀，那就太肤浅了。"

我辩解道："我分析得有道理吧。梦境反映了你真实的内心世界。

潜意识里的那个你才是真实的你。现实生活中，你最为突出的表现往往和内心里的那个你是相反的。"

"你是想劝我是吧？你觉得你能成功吗？"师傅盯着我的眼睛。这让我心虚得直冒汗。

"不能。"我老老实实地说。

没有人能够阻挡师傅的脚步，即使我借用那个叫弗洛伊德的老人也没有用。远来的和尚在我师傅这里行不通。就在我以为，我的师傅冯茎衣要在她认定的道路上一路狂奔时，却出现了意想不到的转机。她随心所欲的生活停在了痛苦的十字路口。

检修的记忆停在了秋风之中。周一，师傅一反常态地没有来上班，王主任还问我和小曹，师傅怎么没有来。我和小曹都摇摇头。到下午的时候，我接到了师傅的电话，电话里师傅的语气很沉重。她让我给主任请个假，说她要休息几天。她没有说请假的原因。我追问了一句，请什么假呢？师傅沉默片刻说："你随便说吧。"

下班后我去了市区。她沉重的语气一整天都在我脑子里回荡。师傅一个人独自在家，她打开门，屋子里的灯光很昏暗，灯光似乎在她背后很远的地方，她的脸掩在黑暗之中，无法看清她的表情，她怔在那里，反应了几分钟，似乎才看清是我，她把我抱在怀里，失声痛哭起来。一向乐观的师傅，从来没有在我面前表现出她软弱的一面，所以，在她的拥抱下，在她号啕的痛哭之中，体味着她的泪水，我一时手足无措，我的双手支在她的肩膀之上，不知道应该做什么。我轻声道："师傅，师傅。"哭泣持续了十分钟，师傅泪眼婆娑地宣布："我要死了。"

死了的人不是师傅，而是师傅的丈夫。她的丈夫姓杨，叫杨卫民，在部队大院长大，父亲是军分区的首长。以前从来没有听师傅说起过。在我的感觉里，师傅一直回避谈到他，她可以向我敞开她父母的生活，可是却从来不去触碰她最亲密的那个人，我不知道她在躲闪什么。师傅悔恨地说，他是因为我死的。据师傅说，杨卫民和师傅大吵了一架，然后摔门而出，她怎么叫也叫不回来。他开着一辆军用吉普。师傅说她听到了楼下吉普车发动的声音，仿佛是他愤怒的吼叫声。"他离开的时间是晚上 7 点钟左右。"师傅说，"我接到电话是夜里 11 点，是他妹妹杨卫宁给我打来的。我再见到他时，他躺在医院里，身体已经完全变了形，他的车在谈固大街和裕华路口出了事故。杨卫宁埋怨我，都是因为你，他失去了理智，和一辆重型货车撞在了一起。她说那句话时，我看到了我婆婆愤怒的目光，她坐在楼道一角的椅子上，身体完全躺在椅背上，脸上全是泪水，虽然在我和她之间，不断地有人走来走去，可是她脸上的怨恨却那么有力，像冬天的狂风那么强劲，我一辈子都不会忘记。"

"我是一个罪人。"师傅悲伤的表情使那个夜晚凝重而凄凉，秋日的夜晚，师傅最早感受到了凉意袭人，她蜷缩着，身体瑟瑟发抖。我拿过一条毯子，盖在她身上，"一个不可饶恕的罪人。不管我说什么，解释什么，都徒劳无功。人毕竟是死了，人死不能复生。"

背上沉重的心理包袱的师傅，是无法被安抚的一个受伤的女人，她呆滞的目光、绝望的神情，都在酝酿着生活中转机的开始。在那个充满了忧伤的夜晚，我和师傅相对而坐，我都忘记了对师傅滥情的不满，忘记了师傅留在我印象中的形象。

"我们之间没有什么爱情可言，从一开始就是这样，我看中的是他的家世和地位，他看中的是我的美貌和容颜。"凌晨时分的师傅，在自责与悔恨之间徘徊不前，"我与丈夫，我们俩结婚八年了，没有孩子，所以更没有了维系我们之间情感的东西。他是个浪荡公子。从结婚那天起我们就形同陌路。我不过问他的事，他也从来不过问我的事。在远离市区的炼油厂，你肯定会意识到，我是自由的。我自由地按自己的意志生活着。我想，是我自由过分的生活给他造成了影响，这八年中，他一事无成，每天游手好闲，和一帮朋友搞外贸、开公司，没有一个办成功的。我想，都是因为我，因为我自己的放荡无拘、随心所欲，所以他才会放任自己，放纵自己。最后铸成了大错。"

师傅把丈夫的死归因为自己的过错，这个阴影在她之后的生活中始终挥之不去，我的师傅，一夜之间性情大变，她告别了以前喜爱而热衷的生活，告别了男欢女爱，告别了情人与浪漫，断绝了与王总的关系。我曾经见过疑惑不解的王总在施工现场委屈地站在师傅的身边，请求她重新回到舞场上，回到他的身边。异常冷静的师傅，没有停下手中的工作。在嘈杂的风把声中，她不做任何的解释，只是告诉王总，她的心以后只会放在这里了，她只会和风把，和装置，和需要修理的设备、换热器在一起了。我看着落寞而去的王总的背影，不知道怎么却有些兴奋不起来。以前我不欣赏她颓废而糜烂的生活方式，而如今当她告别过去，迎来新生，我却有些莫名的惆怅，我一直不知道这种惆怅来自何处。直到在随后的日子里，我师傅冯茎衣，不断地走上主席台接受奖励，各种名誉纷至沓来，她的身上渐渐笼罩上光环时，我才意识到，我无法接受一个人能够脱胎换骨，能够变得不像自己。而哪个师傅更加真实，我疑惑了，茫然了。

据说，失意落寞的王总再没有出现在舞场之中，他尝试着找到一个能够替代师傅的舞伴，比如那个曾经的最佳搭档小徐。小曹看到过小徐，他说小徐像是焕发了第二春，她身材愈发苗条。但这只是昙花一现，小徐的第二春还没有完全绽放便步入了冬天。失去了师傅的王总对舞蹈也失去了所有的兴趣，即使身在舞场之中，他也像个幽灵一样。没过多久，王总也从工会舞厅消失了。对师傅的突然转变，王总有些不明所以，一天，他把我叫到他的办公室，简单寒暄之后，他便毫不隐讳地和我谈起了师傅，他说："我知道你师傅对你最信任。她什么话都和你说。"

我紧张地站在王总对面，他的办公桌上摆着一个金属的永动仪，它就在我眼前不停地晃啊晃。王总显然也没有意识到我一直站在那里，我的局促不安，他想着的是他的心事，他继续说："她不是一个追求上进的人。她对那些名呀、利呀，从骨子里不喜欢。她是一个享受生活的人。你觉得这正常吗？"

我突然之间不知从哪里来的一股勇气，紧张陡然间从我脑门的汗珠里、从我手心的汗里溜掉了，我盯着他沮丧的脸，有些愤慨地说："王总，恕我直言。你到底喜欢哪一个师傅，是以前那个水性杨花的，还是现在这个一心扑在工作上的？"

王总其实一直就没有正视我，听到我的话，他万分诧异地看着我："你这是什么意思？"

我说："我就这个意思。我就想知道我师傅在你眼里是什么样的人。"

"我可是为她好。"王总在我的逼视下目光明显胆怯下来，"你回去告诉她一句话。"他顿了顿，摆摆手说："算了，说这些还有什么意义。"

我走出王总宽大的办公室时，狠狠地吐了一口痰，我从心里有些瞧不起他。说到底，他心中的师傅只是颜色艳丽的一朵花而已。

我曾经陪同师傅，在无数个周末、在节假日，去杨卫民的父母那里。她压根就没有想得到他们的原谅，尤其是杨卫宁和她的婆婆，她们的冷漠甚至仇恨并没有随着岁月的流逝而减退，她们把师傅送的礼物扔到她的身上，扔到屋外，她们冷冰冰的目光就像是刀子。有一次杨卫宁破天荒地走到楼下，她铁青着脸，质问师傅："你想得到什么？"

师傅略微犹豫了一下，她没想到杨卫宁这么直截了当，她说："我想得到妈妈的原谅。"

"妈妈心里没有原谅这个词，你也别想见到她。在她心里，你和杨卫民都已经死了。"

杨卫民车祸后的第二年，师傅的婆婆收回了属于她儿子的那套房。当杨卫宁来告知师傅这一决定时，师傅二话没说，当天就让我找来一辆皮卡车，搬走了属于她的日用品。坐在回厂区的路上，师傅的整个家就在车的后备厢里，显得是那么轻、那么简单。我以为我能从她的表情中读到悲伤，但是没有，师傅异乎寻常的平静。她看了一眼我，笑着说："哪里不都是一样。"

如此绝情的态度，我的师傅都没有退却。我想，师傅这么做只是想得到自己内心的安慰。她不在乎他们拒其千里的冷漠。她赎罪的过程残忍而又漫长，一个雪天，我们俩站在冰天雪地里，她抬头看着楼上那紧闭的冰冷的窗户，她多么希望，那扇窗户能为她打开。我劝她："师傅，算了吧。你不可能改变她们。"

师傅的脸被雪映得白灿灿的，自言自语道："为什么呢?"

她不需要答案。她的疑问与忧伤都融化在了那漫漫的大雪之中。我知道，任何多余的解释和回答都是徒劳的。

但是她没有告别自己的外表，她仍然注重自己的容貌，她的红色安全帽仍然是全厂最干净的，我经常把她的安全帽当成镜子。戴着明亮安全帽的师傅，当她的心思完全用在工作中后，竟然成了炼油厂一颗冉冉升起的明星，她带领她的班组，在几次重要的抢修工程中大显身手。尤其是催化装置加热器泄漏事故中，她在装置上待了整整一晚上，当第二天凌晨，黎明伴随着装置重新启动时，师傅也昏倒在临时搭起的架子下。她的红色安全帽跌落在她的身边，我注意到，安全帽上满是油污。

就是那次抢修，改变了我的人生轨迹。

下半夜，浓浓夜色包裹住的光亮显得逼仄而拥挤，像是一团徘徊的云朵。而我，是云朵洒下的一滴雨。在光亮之外，是焦急等待的厂领导们，他们的目光都聚集在我师傅身上。师傅的技术，加上她的勇气和胆量，是厂长们能够从容围观的理由。他们相信事故会很快结束。但是抢修工地上突然响起了师傅的怒吼，她吼的是我，我拿错了风把。她骂我是个猪，跟她学了三年还一事无成。在那么多关注的目光中，我无地自容。我灰溜溜地从架子上爬下来，跳上电瓶车，落荒而逃。重新拿到大号风动扳手的我仍然是那晚的落寞者。我知道，没有人会注意我，人们的注意力只是在与时间赛跑的抢修。我偷偷地看着师傅，她的身体随着风把的抖动而晃动着，她冷峻的面庞与那个娇艳的女子判若两人。

"师傅，我要从车间调走。"我向师傅摊牌时，深夜抢修时的景象还在我脑海里闪现，师傅的吼声犹在。师傅刚刚在车间的休息室睡了一觉，她揉着眼睛，满是疑惑地看着我，她不明白我要说什么。

我解释道："我感觉自己在车间里是一个多余的人，在这里没有任何前途可言。正好有一个机会，厂纪委监察室缺一个人，原先的那个张娜大姐，调到齐鲁石化了。他们需要一个写材料的。"我手里拿着一个崭新的红色安全帽，那是我刚刚从材料员那里替师傅领来的。

师傅接过安全帽，"不是因为我骂了你吧？"

我摇摇头，"绝不是，师傅。"

师傅又问："那就是你再也不屑做我的徒弟了，你一直不喜欢我的生活方式和态度。"

"师傅，这更不是了。"我辩解道，"再者说，你都已经……"

"已经什么？改过自新了？"师傅笑着说，"算了，你不用解释了，我早就预言你不会在这里干长久的，你的志向不在这里。去吧，到那里，你好歹还能和文字打打交道，不像在车间里，除了那些风把、换热器，就只能天天看到一个道德败坏的女师傅，烦不烦呀。"

我知道这是师傅的玩笑话，并没当真。师傅同意我离开，这才是最让我感动的。"但是，"我补充道，"事情可能并没有我想象得那么乐观。"

"怎么了?"

"唐副厂长不同意。"

我调动的难题出在主管人事的唐副厂长身上。他与纪委书记长期不和,所以,凡是纪委想进个人,他总有理由推三阻四。

师傅稍微犹豫一下说:"唐厂长的事我来解决。你准备好去纪委吧。"

我是多么迫切地想要调到机关工作呀。那时的我爱慕那一点点虚荣,羡慕那些和我同时进厂的大学生们,他们可以在那座十层的大楼进进出出,那是身份的象征呀。不像我,进厂这么久了,还是一个工人。因此,那点儿急切的虚荣心、骄傲的自私淹没了我的判断力,当时我没有去想师傅如何去帮我解决。我只是兴奋而情不自禁地说:"谢谢师傅。"

秋夜难眠。想起白日师傅的允诺,我突然意识到了问题的严重性,她有什么资本与唐副厂长做交换?我想起了那个秋夜师傅曾经说过的话,便冲出宿舍。刚跑到师傅住的宿舍楼下,我便看到师傅从楼门洞里出来,纵使光线昏暗,我也看得出来,师傅是精心打扮过的,那件红色的裙子已经很长时间不见她穿了。"师傅。"想躲已经来不及了,师傅已经看到了莽撞而来的我,我只好硬着头皮冲上前去。

"你来干什么?"师傅并没有等我回答,便说:"你来得正好,我正要去见唐厂长。你送我过去吧。"

他们见面的地点约在厂里,今天晚上唐厂长在厂里值班。我骑着自行车,师傅坐在我身后。还不到换班的时间,通往厂区的公路空荡、寂寥。两旁的白杨被风吹动着,在暗夜与路灯光的交错中,黑色而互相碰撞的树叶像是在诉说着黑色的故事。一路无话,我内心挣扎着,在心灵深处,有一个我在呼喊着停下来,让师傅停下来,可是我的身体并没有听它的指挥,我骑车的速度虽然慢一些,却并没有停止。我能听到师傅平静的呼吸声，能够闻得到她身上散发出来的茉莉花香。她也一路无话。来到厂区办公大楼下面，我抬头向上望去，幽深的夜里，大楼显出几分神秘，对于我来说，它是一个通向梦想的阶梯。我和师傅挥手告别，我们俩像是有某种默契似的，谁也没有开口说一句话。师傅转身而去的时候，轻松自如，就像以前任何一次，我去送她约会的场景再现。唐副厂长的办公室在大楼的三楼，向阳的一面。我听着师傅的高跟鞋声渐渐消失在大楼里，心里突然像是被谁揪了一下似的。我在大楼下面徘徊了整整一夜，没有勇气冲上楼去闯进唐副厂长的办公室，夜色残忍如勒紧心脏的尼龙绳，而那座大楼却如此友好地在黑暗中召唤着我。

我一直想忘记那一幕，师傅第二天清晨从大楼里出来的那个场景。她微笑着，头发整洁，红色的裙子随风摆动。

那就是我，二十多岁时的心智，为了早日离开车间，能够在办公室里工作，早日脱离工人岗位，师傅的境遇早被我抛到了九霄云外。如今，二十多年过去了，想起那个秋夜的我，便羞愧难当。

在我离开检修车间的前一天，师傅再次把我带到了催化塔的顶端，我们一起俯视整个厂区，师傅形容的丛林面积更大了，装置在不断地向南扩展，尽头那些绿油油的麦地显得弱小而可怜。师傅问我怎么看待这片广阔的丛林。我老实地回答："师傅，这么多年了，我没有觉得这是片丛林。"

"在你眼里，它是什么呢？"

我想了想，"它是一道障碍，就像赛马比赛里的障碍。"

"你是想越过它。我知道，这里不是你的丛林，它是我的。"师傅感伤的话语像是一片叶子，慢慢地飘落到装置上、设备上、管线上。

第二天我就离开了检修车间，如愿去了纪委检察室，在那栋大楼的六楼拥有了一间办公室。那一年我师傅35岁。我去报道那天，和我一屋的马大姐一见面就问我："你是冯茎衣的徒弟？"

我笑盈盈地说:"是啊。你认识我师傅?"

"她呀,天下谁人不识君。"马大姐引用了一句古诗词,脸上神秘的笑容很短暂,很快就消失了。

如果说35岁之前师傅的盛名还是被负面的传言所堆积起来的话,那么,这之后的师傅,她的名声越来越大,也越来越令人尊敬,她成了名副其实的"铆焊大王"。她的名声是与无数次的抢修、无数次的彻夜奋战、无数次的上台领奖联系在一起的,虽然,我的办公室在象征着权力与欲望的办公大楼的六楼,我也由衷地感觉到,我必须要仰视她,用另外一种眼光去迎接她已经变化的坚毅的眼神。在短短的几年时间里,师傅威名大震,她的事迹不仅局限于厂报、《中国石化报》、《河北日报》,而且已经上了《工人日报》《人民日报》,在通往成功的道路上她一路狂奔,令人目不暇接。她从厂劳模,到区劳模、市劳模,一跃成了石化系统和省里的劳模,在五一前夕还受到了表彰。据马大姐说,下一步就要提拔她做检修车间的副主任。马大姐感叹道:"你说,你师傅怎么可能成了这样一个人!"按照马大姐固有的想法,我师傅就应该是35岁以前的冯荃衣,她就应该风流成性、招蜂引蝶,这是她的宿命。马大姐的消息很可靠,因为她丈夫是劳动人事处的处长。马大姐补充了一句让我很是不满,她不屑地说:"转变得跟神似的,不见得是什么好事。"就是那天,我和马大姐为了师傅争吵了几句,我提醒她别忘了电影《流浪者》中那句经典的台词"法官的儿子永远是法官,贼的儿子永远是贼",那天我说了很多过激的话,就差没说出她以前不过是个办公室的打字员的话。马大姐显然比我有城府,她生气归生气,却并不像我那样慷慨激昂,她说:"我不跟你抬杠,不信咱们走着瞧。"

我师傅,在变化着,我能够深切地感受到。我和师傅的关系,并没有因为我离开车间而疏远,反而更加亲近。我们几乎每天都会见面,我把我写的长篇的新章节交给她,听听她看过的前面章节的意见,虽然那些意见并不大被我采纳，但是我仍然喜欢她那种越来越较真的样子，她投入的表情，沉浸其中的情绪，仿佛她就是小说中的人物。当自己的一部作品被一个人如此看重时，我内心的欢喜还是不言而喻的。还有的时候，是她在倾听，她在倾听我的想法和意见。她的发言稿，她每次在台上令人振奋的故事都出自我的手。她的每一件先进事迹、每一个抢修场景都是我头脑中的一条神经，那些密密麻麻的神经都能在深夜里像水一样汩汩流出，在我伏案时化作一串串或是高昂或是煽情的词语。所以说，我师傅在走向成功的道路上也有我的一份功劳。而师傅，也越来越依赖我，离不开我，我就像是她前进路上的大脑，成了她的一部分，所以当石化系统的劳模巡回讲演开始时，她向党委于书记提的唯一的要求就是带上我，替她酝酿和撰写稿件。没想到的是于书记欣然应允，于是我和她踏上了漫漫的巡回讲演之路，在历时一个月的时间里，我们先后去了东北的抚顺炼油厂、北京的燕山石化、河南的洛阳炼油厂、山东的齐鲁石化、湖南的岳阳石化、湖北的荆州石化、南京的金陵石化。旅途劳顿，不出半个月我就感到疲惫不堪了，我师傅却始终保持着旺盛的精力，每换一个地方，她都像是首次演讲那样激情四溢。她很在意每一个细节，每次讲演结束，她都会虚心听取我的意见，以便下次改进。团里有一个来自燕山石化的丁劳模，一表人才，声音浑厚有力，每次都邀请师傅去当地的舞厅跳舞，他眼光很毒地说：“一看你就是你们厂的舞星。”师傅每次都婉言谢绝，她说她真的不会，而且对跳舞没有丝毫的天分和兴趣。一个月中，丁劳模都在锲而不舍地向师傅发出邀请，最后告别时，他还请师傅到金陵石化招待所的花园里去赏月，师傅没去，代替她去的是我，我代替师傅向丁劳模传话说：“希望我们在各自的岗位上努力拼搏，实现自己的人生理想和价值。”我说完话，没等观察丁劳模的反应就匆匆离去。在房间里，师傅还在等待着和我一起讨论这次巡回讲演的汇报总结如何写呢。后来丁劳模并没有死心，回去之后他给师傅写过十封信，师傅根本没有拆开，她把那些信通通交给我，让我来处理。那些信我也没拆，我把它们放在了我的箱子里。

师傅的变化不仅仅是在身份上，更多的是在心理上。她的自信心在泛滥。她觉得在任何事情上她都掌握了主动，而且她想当然地以为，那个深刻在自己头脑中的阴影也会从此烟消云散。4月30日上午，省总工会的表彰大会，作为省劳模代表，师傅要上台领奖，她提前把两张票送给了婆婆家，她希望她们能出席。我师傅天真地以为，她的成功会化解她们之间的仇恨。会场上师傅穿着一套乳白色的裙子套装，很有职业女性的范儿。坐在前排的师傅，我能感觉到她的心神不宁。她不停地转头向我这边张望，我知道，她看的不是我，而是我身边的两个空荡荡的座位。直到表彰大会结束，那两个位置都没有人来。我知道师傅的失望有多深。所以散场之后，我安慰她说："她们也许有别的事，赶不过来。"

师傅淡然一笑，"她们只有一件事，那就是恨我。我都习惯了。没关系，还有下一次。"

她的责任心也在不自觉地膨胀。她觉得自己有义务让她的父母重归于好，成为一个完整的家，她断绝了父亲的零花钱，希望切断他喝酒的资金来源。但是父亲仍然能从母亲手里拿到钱。母亲无辜地说："我早就对他没有任何指望了。"母亲的意思是说，听之任之吧。而对母亲，她满指望能做通母亲的工作，停止与杨叔叔的来往。母亲的反应异常激烈，"你还不如杀了我"。母亲的话就是一个宣言。师傅所能做到的唯一的一件事是把她们全家拉到一起照了一张全家福，拍照时我在场。丽人照相馆。照相师傅很有耐心，不停地引导他们要表情自然，要发自内心地露出幸福的微笑，可是没有用，我至今记得照相那天的情形。师傅的父亲穿着一件深蓝色的中山装，胸前的油渍虽然洗过，却依然顽固。他的头发还是被师傅强迫着去理发馆理的，所以看上去比平常要精神许多，眼神却怎么也是浑浊的。母亲的左脸颊有一块瘀青，那是她父亲三天前的杰作。她擦了一些脂粉，却还是没有能完全遮盖住。她的弟弟，一个卡车司机，根本不在乎什么拍照，他进来时还穿着蓝色的牛仔工作服，油迹斑斑的。师傅训斥了他一顿，让他临时穿着照相馆的一件灰色西服。而妹妹，则因为穿着太过艳丽同样被师傅批评一番。好在人是到齐了。不管照相师傅多么努力，那张拍于1994年的全家福都并不成功。照片出来后，每个人的表情各异，除了师傅是发自内心的微笑之外，其他人都像是藏有心事似的，要么板着脸，要么哭丧着脸。师傅叹口气说，好歹也是张全家福。那天晚上，当我在宿舍里写作时，看着摆在我面前的师傅的那张全家福，我突然灵光闪现，立即冲到楼下给师傅打电话，我像是能触摸到那个词一样，它就在我的心尖上跳动，我兴奋地告诉师傅："我想好了我这个长篇的名字，就叫作《全家福》。"师傅沉吟了一下，"好啊。这个名字挺好的。"一连好几天，我都被那个小说的名字感染着，亢奋、干事毛手毛脚。连马大姐都看了出来，她问我这几天是不是受什么刺激和打击了。我脱口而出："马大姐，你们家照过全家福吗？"

"有啊，有啊。"马大姐第二天就拿来了他们家的全家福，一共是八张，照全家福是她们家的传统，一直延续到现在，从她十岁那年开始，每四年照一张，马大姐给我介绍着每张照片拍摄的时间、背景、人物，她感叹道："不能看照片，一看照片就感觉到自己老了。"那八张照片，风格基本上是统一的，每个人脸上的笑容也都是一成不变的，唯一变化的就是悄悄爬到脸上的皱纹。马大姐的那些照片我早就忘记了，但师傅那张唯一的全家福，多年之后我还记忆犹新，那上面的每一个人、每一个表情，似乎都散落在我小说的章节中。

实际上，师傅即将被提拔的消息不是空穴来风，组织部门已经找她谈过话。师傅丝毫没有走上新岗位的紧张，那个位置好像早就在那里等她似的。坐在我对面的师傅，目光中透露的是信心和对未来的憧憬。她在滔滔不绝地给我说着她当上副主任之后的设想和规划，我不忍心打断她，直到她停下来喝口水，我才提醒她："师傅，你说的这些宏伟理想，好像都应该是主任去想、去做的。"

师傅说："早晚有一天，我也能当检修车间的主任。"

我相信，按照正常的轨道，师傅的豪言壮语并不是夜郎自大，我也相信，师傅完全能够胜任车间副主任乃至主任的重任，但是事与愿违，我师傅的仕途还没有开始就夭折了。

那天上午 11 点半，我正在办公室写材料，消失了一上午的马大姐推门进来了，她突然冒出来一句话："不是不报，时机未到。"

我问马大姐："你说谁呢？"

马大姐故作神秘状，"谜底很快就要揭晓。"

我没想到马大姐所说的谜底与师傅有关。是旧案，王总多年前抹平的倒卖成品油事件重新发酵，被纪委立案调查了。马大姐所说的很快其实就是第二天，我们成立了一个调查组，我和马大姐都是调查组的成员。因为证据确凿，重要的证人也在河南濮阳被抓，所以王总没有坚持多久就全部说出了实情，除了倒卖成品油之外，更令人震惊的是他们在买原油过程中的以次充好、以水代油。王总的头发仿佛一夜之间就白了许多，年龄也老了十岁。马大姐让他说说走上邪路的心路历程。王总抬起绝望的脸，突然间就泪流满面，他忏悔道："我以前不是这样，我奉公守法、克己自律。都是因为她。"

王总所说的"她"就是我的师傅冯茎衣。一听他提到师傅，我立即有些紧张，马大姐显然注意到了我的这个变化，她盯了我一眼。我镇定了一下情绪，继续听他深挖思想根源，"大家都知道，我只有一个爱好，就是超级爱跳舞，尽管如此，我的思想也并没有任何改变，我兢兢业业，可以说为这个厂做出了巨大贡献。都是因为冯茎衣，她是我的克星。"我是在越来越愤怒的情绪中听完他的陈述的，在他的描述中，师傅是一个邪恶的魔鬼、女妖精，用尽各种妖术迷惑他、引诱他，以至于他迷失了前进的方向，走上了犯罪的道路。"她的欲望是个难以填满的沟壑，我所做的一切都是为了她。"我终于忍不住插话道："她要那么多钱干什么？"

王总斜眼看了看我，"那谁知道呢，买衣服，打麻将，买房子，买车，总之她太多的欲望需要我去满足。"

我还要问，马大姐善意地提醒我说："与本案无关的不要问。"

在他的供述中，我师傅是那个具体的操作者，他只是通过打电话疏通关系，搞到油品，而具体实施的是我师傅。师傅从运销部门拿到油票，然后再找到下家，以高价卖出去。王总悔恨地说："我是鬼迷心窍了，对她百依百顺，失去了对事情的判断力，放松对自己的要求。"

他把自己包装成一个无辜的受害者，这让我无法接受，在谈话结束之后，我对马大姐说出了我的忧虑。马大姐说："我们不会冤枉一个好人，也不会放过一个坏蛋。"她补充道，"你师傅有没有事，不是我们说了算，也不是他说了算，而是事实说了算。"

我不知道是不是马大姐和白帆处长说了什么，约谈我师傅时，我意外地成了主角。马大姐坐在我身边做记录。她充满激励的眼神并没有给我足够的勇气。看着师傅走进来时，我的脸上感觉到热辣辣的，羞愧得低下了头，就像是我做了天大的错事。我从来没有想过，我们师徒会在如此的场合下见面。师傅今天没有穿工作服，她穿着一件淡紫色的紧身西装。师傅却很坦然，她坐在我对面，像是什么事情都没有发生一样，她说："你问吧。你该怎么问就怎么问。别把我当你师傅。有什么我就说什么。你们问完我，我还要去参加区里的人大会。"我这才抬起头，理了一下思路，才开始提问。

"王同信，"师傅不假思索地说，"我们早就认识了。他是厂里的副总，没有人不认识他。我知道你要问什么，我来说吧，我不是因为他舞跳得好才与他好上的，而是他手里的权力。我以前根本不会跳舞，就是为了能和他接触才学的。90年的春天，通过跳舞我们慢慢地走到了一起。"

"你是不是通过他从厂里领出油票，然后再高价卖出？"

"是的。"

"什么时间？"

师傅想了想，"90年到93年间。"

"一共领过多少次，有多少张？"

"我不记得了。"

"得到多少钱？"

"一万多块钱吧。"

"是你主动做的，还是在别人的指使下做的？"马大姐皱了下眉。

"我自愿的。"

"你为什么要那么做？"

师傅笑了笑，"那时的我就是那样，爱慕虚荣，贪图享乐。现在回想起来，那真是一场虚假的梦境。我现在经常在想，为什么当时我会是那样的一个人，我会那么随波逐流，为什么我的思想境界会那么低下，那么形而下。究其原因，是因为我的世界观是漫无止境的，是天马行空的，是不加约束的。这是极其危险的。"

"你痛恨以前的那个冯荃衣？"

"是啊。"师傅目光坚定，我觉得坐在那里的师傅，就像是一个庄严的教师，有着强烈的责任心和正义感，"现在想来，我自己都在问自己，那是我吗？真是一场梦啊。好在，这场梦现在醒了。我看清了一切。"

我听到了马大姐敲击桌面的声音。我知道我的思路被师傅引导了，我接着问："你知道你为什么能得到汽油和柴油的油票吗？"

"当然知道。因为王同信。我一个破工人怎么会有那么大的本事。"

"这么说，你是受王同信指使的？"

师傅还没有回答，马大姐就果断地中止了我们之间的谈话。她把记录本合上，说，今天就到这里吧。

那次约谈，很明显没有向处长所要求的正确方向前行，按照白帆处长的说法，它步入了一潭泥泞。白帆处长凝重的表情是对我工作的否定，他告诫我，一个纪委干部，感情用事是大忌，是大敌。我没有做任何的解释，事实是不容辩驳的，我心情郁闷，明明知道私下去见师傅是违背职业道德，仍然无法克制住内心的情感。我约师傅在生活区北边的麦田旁见面。毕竟这有违我的良心，所以，我特别挑选了那么偏僻的地方。那是一个阴沉的夜晚，夜色浓重得像是无法推开的山，没有一丝的星光，黑暗中我看到了一束微弱的手电筒的光亮，那光亮艰难地推开了山一样的夜，畏畏缩缩地向前挪着。走近来，师傅埋怨我不该来这个鬼地方，她说："前两周机工车间的小余就是在这一带被坏人强奸的。"她手里的手电筒光在路边的麦田里晃来晃去，更增添了恐怖的气氛。我幽怨地说："师傅，再害怕也抵挡不住我的担心。"

"你担心什么？"她抓住了我的手，很显然，她也被周围森然的气氛吓住了。

茫茫的夜色仿佛是一块坚硬的地板，我们的脚步声被放大了，它比平日里更加响亮。那越来越大的声音不仅敲击着我的耳膜，还敲击着我的心。我的手也用上了力，我能感觉到师傅的手心里凉凉的。我说："你知道我担心什么。"

师傅叹了口气，"你不用为我担心。我做的事绝不反悔，也不会后悔。我知道这一天会到来的。只是晚了一点儿。"

那个夜晚，我的劝说基本上是无效的，我希望她不要被王总牵着鼻子走，不要把责任往自己身上揽。师傅却轻描淡写，她用手电筒的光指着暗黑无界的夜空，"你看看这夜，你再怎么去描绘它，去形容它，它都是黑的，它不可能是白天，这一点是不会改变的。"

我的师傅，再次遵从了她内心的安排，她没有像王总那样，把责任全部推开，她说出了她所有参与的倒卖油票的事情，她对我和马大姐说："我为以前的我感到羞耻。"她说的是肺腑之言，如今的师傅冯荃衣脱胎换骨，一身正气，装置哪里出了问题她就会出现在哪里。她在全厂的表彰大会上慷慨激昂；她在区人大、市人大的会议上激情澎湃。

王总进了监狱，而师傅背上了一个党内严重警告的处分，她的梦想就此断送了，我不知道她还做不做当车间主任的梦，我只知道，这件事给她的打击是巨大的，她付出了沉重的代价，相继丢失了厂、区、市、省、中石化劳模，被区人大和市人大罢免了资格，副主任也成了天上自由的云朵。在那段难熬的岁月里，师傅有她自己独特的方式打发她的绝望与落寞。有时候她会拉上我，两个人漫无目的地骑着自行车，大部分时间都是在炼油厂厂区附近的乡间公路上，我们一言不发地就那么骑着，仿佛我们的世界就是那些四通八达的乡间公路。但偶尔我会随着她不知怎么就骑到了市区，她熟练地穿过裕华路，拐上建华大街，我们汇入了中山路滚滚的车流之中。我留意到，在我们骑行的路线中，我们先后经过了长安区人大、市人大的办公地点。到了门口时，师傅都本能地停下来，向里张望片刻。她的脸上露出怅然若失的表情。返回的途中，一直一言不发的师傅突然张口道："你知道我今年的提案是什么吗？"

"不知道。"我回答，其实那个提案是我帮她写的。

师傅沉默了一会儿说："我想呼吁一下，让全社会都重视一下技术工人，大力开展技术工人的培养。你想想看，社会不就靠技术在推动着吗？你再看看像我们这样的技术工人，厂里重视吗？国家重视吗？没有。你觉得这个提案可行吗？"

我说："可行。我支持你。"

失意的师傅开始和我探讨她的提案，怎么合理，怎么搞调查，怎么写。尽管这已经是重复在做的一件事，我仍然随声附和着她，我觉得她完全沉浸在自己辉煌的日子里，我又何必打搅她呢。

最后，在我们看到炼油厂的火炬时，师傅发出绵软无力的叹息，那声音在乡间公路上如尘土般细弱，"可惜了。只差半个月，我就能把提案提出来了。"

她还会突然把我叫到她的家里，像以前那样铺上稿纸，准备好钢笔，这是要写发言稿的架势。我看了一眼桌子上的一切，心里发酸，我叫了声师傅，便不知道再说什么。师傅却淡然一笑，"我都习惯了，你让我一下子改变不可能。你知道我当初从那样一种放任自流的姿态变成这样有多难，付出的代价有多大，我的丈夫走了，我和我丈夫的家人成了仇人。这一次，我的代价更大，因为我的心死了。"

我把师傅揽在怀里，在我的怀抱中，她的身体竟然那么娇弱。我能感觉到她的眼泪流到我的肩膀上，渗透衣服，渗到了皮肤上，凉凉的。我安慰她："师傅，生活总是要继续下去的。"

师傅突然推开我的怀抱，她抹去脸上的泪水，粲然一笑说："你放心吧，我想了一夜，已经想通了我的人生，它就是海上的一艘小船，想漂到哪儿就漂到哪儿吧。不过，你看看我，为了写发言稿，买了那么多的稿纸，不能就这样浪费掉。我想好了，我给你誊写小说吧。你就在我家里写作，你写完一章我给你誊写一章。"

于是，在无数个夜晚，我的长篇原稿就放在师傅家里的梳妆台上，她仔细地辨认着我歪七扭八的字体，认真地抄写着。对于十几年都很少拿笔的师傅，其实这不是一个省心省力的活儿，相比她遇到的那些检修、抢修，这更难。我坐在她的书房里，侧身看着卧室中的师傅，几次不忍心让她放弃，但是我还是重新理清了思路，回到我的故事中。我觉得，那个与我同处一室、逐字逐句阅读并抄写的师傅，何尝不是活在我虚构的故事中的人物呢？

跌落到人生最低谷的师傅，已经彻底无法改变她工人的身份，她像是没事人一样，甘心做着她的工作，做好一个铆工工人、一个班长、一个好师傅。按马大姐的说法，你师傅是一个胸大无脑的人。我虽然不喜欢她用的那个词，但是师傅这样的心态也让我放心许多，因为我非常担心她会想不开，会钻牛角尖。在那一年，有两个从技校毕业的学生成了她的新徒弟，一男一女，男的姓童，女的姓黄。按照惯例，师傅又自掏腰包让他们请客，并特地叫上我。两个小徒弟有着与我当时一样的青涩与拘束。那天晚上师傅喝醉了，她趴在桌子上不省人事，把两个小徒弟吓得脸色发白，张皇失措。第二天一上班，小黄就在办公大楼门口堵住我，向我请教如何当好一个徒弟，我想了想说："你会种茉莉花吗？"

她摇摇头，"什么花我都不会种。"

我说："那你好好学学吧。"

在师傅的阳台花房里，茉莉花已经被冷落，它在日渐凋零和枯萎，开花的季节早就过了，但它们仍旧固执而孤独地想念着花团锦簇的日子。

师傅纷繁生活的谢幕远比那些茉莉花要悲凄。

一个冬天的夜晚，这让我想起师傅丈夫出车祸的那个夜晚。不过，这次师傅的语气显然比上一次更加令人不安，她说："你快点儿过来。出大事了。"已经是夜里九点，我知道她回了市区，快下班时她让我在办公大楼下等着她，她把她家里的钥匙交给我，嘱咐我好好写作，她回市区给母亲做寿。她笑着说："我妈今年六十了。不知道我活到她这个年龄会是什么样。"她轻松的样子不像是要发生什么大事的前奏。

我赶到她家里时她并没在家，家里只有她的小外甥，正抱着小猫，瑟瑟发抖，我问了半天，他才断断续续地说出他们已经去了医院，他姥爷摔了一跤。去往医院的路上，我也没有意识到问题的严重性，开车的小张以前也是师傅的徒弟，他还埋怨师傅小题大做。

47

医院里哭成一团，师傅的酒鬼父亲，已经告别了人世。我没有看到他躺在那里的情景，我只看到了蹲在走廊墙角的师傅，她蜷缩着身体，比一只受伤的小猫还可怜。她看到我，眼泪才流下来，只说了一句话："我害怕。"

她父亲死了。送到医院的那一刻停止了呼吸，喝得烂醉如泥的他顺着楼梯滚了下去，脸都变了形。他不是自己摔下去的，"我也是疯了，我就那么轻轻一推，谁知道他的身体像是一个空壳，像是空气似的，那么轻，那么没有重量，就像是一个板凳。"具体的细节是在她母亲多次的言谈之中拼凑出来的，她自己始终不肯去回忆当时的情景，她说她宁愿那个摔下去的人是她自己。在记忆中还原的事实是这样的，最先疯狂的是她的父亲，为母亲祝寿的酒宴还未结束，父亲就开始殴打母亲，他不知道哪里来的那么大的劲，他把师傅母亲的头打出了血，但仍旧没有停止下来的意思。父亲向外拉扯母亲，拽出了门，仍然挥舞着拳头击打着母亲的头部和脸部。愤怒的师傅追出来，轻轻一推，就像她形容的那样，父亲就像一条板凳一样滚落而下。最让师傅感到痛心的是母亲的反应，满脸是血的母亲第一反应是狠狠地推了她一把，大声吼道："谁让你多管闲事。"

师傅，她三十七岁的生命到此画了一个大大的句号。因为过失杀人，她获刑五年六个月。怨恨像是夏天的野草，师傅的母亲一直不愿意去见她，当我去劝说她时，我看到她和那个被师傅叫作黄叔叔的老头儿在一起，他们俨然是一对和睦的老夫妻，她的头发明显地白了许多，"她的心理负担很重，不吃不喝。她需要你哪怕去见她一面，什么都不说。"我这样劝解她。黄叔叔也在一旁帮腔，她心动了，答应了我。我兴高采烈地给师傅拍了一个电报，告诉她，下个月的 13 号我和她母亲一起去看她。不知道师傅看到电报的心情如何，我是感到宽慰的，我甚至在设想着她们相见时感人的场景。和我在小说里写得一模一样。

那个月的 13 号,坐在去省女子监狱的长途公车上的只有我一个人。车窗外的风景灰秃秃的。师傅的母亲临阵却变了卦,不管我说什么,她都紧绷着脸一言不发。后来还是黄叔叔无奈地对我说:"算了,也许时间能改变一切。"

师傅看到我时,脸上惊讶的表情一闪即逝。她没有问母亲的事,我也没再提,仿佛我没有给她拍过那样一封报喜的电报一样。

我把刚刚写完的长篇小说《全家福》递给她,师傅问我带稿纸了吗。我一时没明白过来,问师傅要稿纸做什么。师傅说,我在这里面也是闲得无事,我一边看,一边替你抄写,你不是说我的字好看吗?我鼻子酸了,我有心劝她别再替我做这些事了,可是看着她期待的目光,我说出口的是"好吧,我回去给你寄过来"。

在随后的两个月时间里,她几乎每两天就会给我写一封信,信里什么都写,写监狱里的女犯人,写院子里那棵杨树,写抬头看到的不完整的天空。她就是不写自己,在她的信里,我想找到她的影子,我发现,她不过是两只眼睛,而她的思想、她的灵魂,都在那不完整的天空中飘荡。两个月后,她抄写好的稿子清清爽爽地摆到我面前时,我脑海里一下子就想到了我初次见她时的情形,那个长发披肩、手拿火红而明亮的安全帽的师傅,那个风姿绰约的师傅。

后来我调离了炼油厂,多半是因为我不想再看到那些装置、那些检修的场面,一看到它们我就会心痛地想到监狱中的师傅。十几年过去了,我仍然不知道,我是不是懂得师傅,是不是懂得师傅这样一个女人。她的风花雪月,她的劳模风采,她的监狱人生,在我的梦里,始终搅和在一起,无法分清。

在师傅刑满即将释放的那年,我意外地碰到了杨卫宁,师傅曾经的小姑子,她来申请加入省作家协会,她是个诗歌爱好者。她看到是我,先是愣了一下,继而笑容可掬,"你在这里工作呀。"她急迫地想成为作协会员的心情使她对我畅所欲言，她甚至提到了我的师傅，她以前的嫂子，"我听说了她的事，唉，真是可惜。其实她心眼儿不错的，就是太水性杨花，你说一个女人如果太随意了，那还能有什么好下场。"看来这么多年过去了，对于师傅固执的看法仍然没有改变。

我苦笑了一下。

她继而神秘地向我透露了另外一个令我震惊的信息，"这件事，我本来想烂在肚子里，一辈子都不说的。但是谁让我遇到你了，谁让我有文人的悲悯情怀呢。你知道吗，其实这么多年她都背着一个沉重的黑锅。她自己看不到，我看着呢。当年我哥哥出车祸的事情你还记得吧。我们全家都把责任推到了她身上。因为她的名声不好我们早就知道，那天晚上，我哥哥是和她吵了一架负气离家的，然后他出了车祸。所以顺水推舟，让她穿上道德的审判衣，没有什么可指责的。她四处招蜂引蝶是个公开的秘密，但是有另外一个秘密，除了你师傅，我们全家都在小心谨慎地保护着。那个秘密是有关我哥哥的，他们两人的婚姻早就名存实亡了。我哥哥在外面有一个女人，姓袁。女人还给他生了一个儿子。那个胖儿子当时已经七岁了，我和妈妈去看过，他和我哥哥小时候一模一样。我妈特别喜欢他，私下里给了那孩子不少钱。再说那天夜里，我哥哥和你师傅大吵一架，然后出了门，他和小袁母子去国际大厦吃了饭，我哥哥还喝了点儿酒，然后开车回我哥哥给小袁买的房子，就是在路上出了车祸。最先赶到医院的是我，哥哥还有一口气，他吃力地拉着我的手，嘱我一定要把他的儿子带大，他没有提你师傅。小袁也在车祸中去世了，只剩下那个孩子。他此后一直跟着我生活。现在已经上了初中。"

我疑虑重重，"为什么不告诉我师傅真相？"

杨卫宁叹了口气，"告诉她又有什么意义呢。活下来的孩子才是最重要的。"

"那你知道从那以后，我师傅就一直被赎罪感压得喘不过气来，它比一座大山还重，这件事改变了她的性情，连生活轨迹都因此而改变了。你们不觉得这对她不公平吗？"

杨卫宁说："我觉得生活对谁都是一视同仁的。你觉得那之前的冯茎衣的生活是正常的吗？虽然炼油厂离市区那么远，可是她的那些风流韵事我都知道。如果说那件事给她带来了什么影响，那也是正面的，我就不用说了，她成了劳模，上了报纸、电视，到处去演讲。有一次，她还给我寄了两张门票，让我带着我妈去大会堂听她演讲。你说这样的改变对她不是更好吗？"

我无言以对。我没有权利指责任何人。

我一直承受着巨大的压力，拿不定主意，是不是该把杨卫宁所说的真相告诉她。一直等到她出狱的那天，我借了辆车，很早就出发去女子监狱，平时只需两个小时的路程，我走了六个多小时，到达时已近黄昏，夕阳挂在山尖处，就要被刺破。黑暗就躲藏在它的身体之中，它一整天的美丽、光彩夺目，似乎都在酝酿着一个阴谋，让无尽的黑暗如魔鬼般汹涌而出。

师傅肯定已经在那里等了许久，因为我说过要来接她。在夕阳中，她的眼睛是红的，多出来的皱纹是红的，连她的笑容都是红色的，她笑着说："我已经等了五年，你还要让我等多久。"

她的笑容一下子让我释然了，那一刻我决定把往事放下，我突然感觉到黄昏中天地是那么宽。我手里拿着师傅最后戴过的那顶红色、鲜亮的安全帽，把安全帽端端正正戴到她头上，我说："师傅，不用等了，就现在，检修开始了。"

（原载《人民文学》2015 年第 3 期）

　　唐慧琴，汉族，生于河北省新乐市闵镇。曾在《收获》《十月》《长城》《朔方》《小说月报·原创版》《天津文学》等刊发表中短篇小说数十篇。出版长篇小说两部、小说集一部。作品曾获河北省文艺振兴奖，河北省、四川省精神文明建设"五个一工程"奖，多次入选河北小说排行榜。中国作家协会会员，鲁迅文学院第十九届高研班学员，河北文学院签约作家。

树上鸟儿成双对

◎唐慧琴

一

尽管早有预料，可事到临头，德顺还是有点儿蒙。生死攸关的事，德顺想跟人说说。瞌睡当不了死，其实说说也没啥用。可德顺就是想说说，就好比傍黑在喇叭上放黄梅戏，别人听不听是一回事，他愿意放是另一回事。

说给谁呢？德顺想来想去，脑海里倒是钻出两个人来：一个是宝成。一个是小蚊子。按理说，人遇到了过不去的坎儿，最先想起的应是自家的亲人。德顺父母双亡，一人吃饱全家不饿，只有一个本家侄子就是宝成。宝成曾经过继给德顺，只是后来两人闹掰了，宝成一怒之下自立了门户。尽管德顺与宝成早已不相往来，但真有了大事，德顺第一个想到的还是宝成，手机电话本上存的第一个号码也是宝成。德顺盯着宝成的号码，想起宝成的绝情，心底的火开始往上冒，他想关掉手机，却错按了呼叫键。看着屏幕上忽闪忽闪的宝成，德顺叹口气，把手机放在了耳边。手机提示音是空号，看来宝成换了号码却没有告诉他。怎么可能告诉他呢，宝成媳妇瑞枝已经在大街上宣布了，与德顺划清了界限。德顺想起瑞枝那张油腻腻的大脸，心里恨恨地说，宝成这小子，耳根子

53

就是软，弹不了自家的婆娘。小蚊子的电话倒是打通了，小蚊子说他在河南。没容德顺说第二句话，小蚊子就把电话挂了。小蚊子说话不大靠谱，尤其是在电话上，德顺经常见他人在月亮湾，却歪着嘴说在外地。

两个最想说的人都断了弦，德顺的心里有点儿空。他站在医院门口的洋槐树下，左看看，右看看，像是迷路的人在分辨方向。医院门口来来往往的人很多，没有一个面熟的。数伏以后，天一天比一天闷了，空气中弥漫着黏糊糊的潮气。树上的知了扯着嗓子吱吱地叫，叫得德顺心里乱绞绞的。德顺瞅着进进出出的人，每个人的脸都跟这鬼天气一样，阴沉沉的。到这个地方来的人，不是病就是伤，怎么可能有笑容呢？德顺看不到自己的脸，但能想出，肯定跟割了蛋的驴一样。想想世界上的人，谁不怕死呢？德顺觉得自己没有吓瘫已经蛮不错了。去年小蚊子偶尔头晕，吓得三天三夜没合眼，生怕得了半身不遂。想想小蚊子的熊样，德顺有了底气，自己好歹也活了五十八岁，比起七老八十的有点儿亏，比起那些年纪轻轻就走了的可就赚大了。横竖也就一个死，躲也躲不过，干脆就活一天赚一天吧。这么想着，德顺就觉得自己应该四处逛逛，最起码到饭店撮一顿。已经是数着指头过日子的人了，再不抓紧吃点儿喝点儿，恐怕以后再也没机会了。

医院东侧有一家面馆，小蚊子请德顺吃过一次，里面的面条现擀现煮，非常筋道。还不到正午，面馆里没有顾客，只有一个中年妇女低头擀面。中年妇女的围裙有点儿脏，手腕处有一圈面饹馇，脸也油腻腻的。中年妇女见德顺进来，放下擀面杖，在围裙上抹了一把。德顺心里咯噔一下，不等那女人招呼，就急匆匆地出了面馆。

从面馆出来，德顺有点儿后悔，一个被医生判了死刑的人，还介意什么脏净呢，人家不嫌晦气已经不错了。这事要是让小蚊子知道了，肯定会挖苦他。小蚊子经常挖苦他穷讲究。江山易改本性难移，腻歪也好，讲究也罢，都是娘胎里带来的，想变也变不了。德顺忽然哪儿也不想去了，他生在月亮湾，长在月亮湾，最后还得埋在月亮湾，月亮湾才是他最该去的地方。

德顺上了开往月亮湾的公共汽车，破旧的车厢里弥漫着一股刺鼻的柴油味儿。车上人不多，前后都有空座位。以前德顺喜欢坐前面，尤其是副驾驶的位置，视野开阔，眼前敞亮。这次他却坐在了后面，下意识觉得坐在后面是一种推迟和拖延。

车开动后，后面颠簸得厉害，德顺想换到前面。可一看前面那个座位的邻座是个女人，烫着鬈发，乱蓬蓬的像绵羊的尾巴。德顺最看不惯女人烫头发，一看心里就无抓无挠的慌。德顺不想换了，他觉得坐在"羊尾巴"的旁边，还不如颠簸的滋味好受。

公共汽车走走停停，不断地有人上车下车。德顺忽然想，人活在世上，就像这车上的乘客，什么时候上车，在哪个站点下车，都是有定数的。德顺心里一阵轻松：既然自己到站了，那就准备下车吧。

一个穿红裙子的女人上车了，德顺心里一惊！这个女人怎么那么像"那个人"啊。德顺心里像是突然闯进了一只兔子，怦怦乱跳。女人在德顺旁边坐下，德顺赶紧朝里挪了挪。德顺斜眼偷偷瞅女人的脸，越瞅心里越慌乱。女人圆圆的脸，大眼睛，双眉弯弯，似笑非笑，除了年龄不符，简直跟"那个人"一模一样！

德顺很想跟小蚊子打个电话，告诉小蚊子他看到了"那个人"——不是，是看到了跟"那个人"一样一样的人。车又颠簸起来，女人的头一仰一仰的。德顺不由得担心起来，很怕车突然一停，磕碰着她。德顺站了起来，要跟女人换座位，让女人坐在里面。女人冲德顺微微一笑，德顺眼前顿时一片明媚，觉得女人更像"那个人"了。

女人要下车了，德顺站起来给女人腾位置，动作磨磨蹭蹭，一副很不情愿的样子。女人侧身从德顺身边走过，动作轻盈灵活。

德顺眼巴巴瞅着女人的背影，心里万般不舍，恨不得跟着下去。隔着车窗，德顺看到女人像一簇火焰在跳，越来越远，越来越小了。

德顺心里的火焰一点儿一点儿着起来了——临走一定要把"那个人"带上！

二

宝成爹会一手烧砖窑的手艺，钱挣得不少，却都填了外面女人的野坑。自家的老婆孩子住着鸡窝一样的房子，却帮衬着别人家的老婆孩子盖了好几处新房，娶了好几房媳妇。

男人年轻时血性旺，偶尔犯点儿花事也算正常，划拉划拉哪个村没有几段风流韵事？况且男人大都懂得取舍，一般都是要上几年就收心了，回家跟老婆孩子踏踏实实过起了日子。那些痴情的女人，遇到这样的事情，往往能沉得住气，她们像是宽容的母亲在等候贪玩的孩子，耐心地数着日子，熬着岁月。也许一两年，也许四五年，也许时间更久一点儿，总之，只要她们有足够的耐心，总能守得云开见月明。

宝成娘守了一辈子也没有等回那个负心男人。宝成爹到了知天命的年纪，不但没有回心，反而跟着一个唱戏的女人跑了，从此活不见人、死不见尸。

儿女姻缘，一看人，二看财，三看门风。宝成爹臭名远扬，宝成姐姐在本村连个好婆家也寻不下，只好嫁到了遥远的山西。宝成长得跟他爹就像一个模子里刻出来的，谁家姑娘敢冒这个险？谁家姑娘不怕走宝成娘的老路？光景不强门风不好，甭说本村的姑娘了，就是十里八乡的，只要一打问，亲事就黄了。

眼看着比自己小的人都当上了爹，宝成着了急。宝成娘也愁得吃不下饭，睡不好觉，娘儿俩经常大眼瞪小眼唉声叹气。说媳妇这种事不是着急就能解决的，你就是急破了脑袋，媳妇也不会从天上掉下来。为了给宝成成个家，宝成娘甚至动了让女儿离婚给儿子换亲的念头。五尺高的汉子牺牲姐姐的婚姻成全自己，还不如杀了自己好受呢。宝成跟娘发了一通火，夹起一个草席到村南的河堤上躺了一天。

宝成从河堤上回来，一个点子已经成竹在胸了——那就是，改换门风过继成别人家的儿子。宝成反复想过了，给外姓当儿子得改名换姓，也不现实。现在的人都不傻，半路多出的儿子不一定靠得住。再就是目的性太明显，为了娶个媳妇，改名换姓会被人耻笑，一辈子在村里抬不起头来。月亮湾没有比德顺更合适的人选了：单身一个，无儿无女，又是宝成的本家叔叔，从辈分上跟宝成爹一个级别，过继给德顺顺理成章，天衣无缝。

宝成被自己这个想法搞得很激动，但他不敢跟娘提，怕娘伤心，只好拐弯抹角地提德顺。宝成娘的心像窗户纸，宝成把话一描，娘就领会了儿子的意思。娘说，德顺比宝成爹强百倍，名声光景在村里都不错，宝成跟了德顺就等于媳妇上了半块炕。宝成跟了德顺，两股家产一股承，甭说德顺手里的积蓄了，单凭德顺那处宽宅大院就能给宝成晃个媳妇。

结干亲、认亲家、收养过继这类事一般都找个中间人。宝成娘说，这种事终归不体面，由她出面比较好，当娘的为了儿子，磕头作揖都不算丢人。

月亮湾的人都知道德顺是个腻歪人，没想到这事德顺答应得挺痛快，宝成娘去了一次就说成了，三天后就召集乡邻喝了认亲酒。

宝成过继给德顺不到仨月，就有点儿后悔了。人都说，不是一家人，不进一家门。可宝成进了德顺的门，却与德顺融不成一家人。

宝成心眼儿活，说话做事喜欢揣摩别人的心思，很容易与人打成一片。德顺心眼儿实，认死理，笼络不住人心。村里红白喜事随礼，宝成认为自己和德顺成了一家，他随了，德顺就不必再随了，礼尚往来人家也只回一份。德顺认为，乡里乡亲抬头不见低头见的，他不随礼面子上不好看。德顺这样搞得宝成很被动，不随吧，自己岁数还小，别人会认为他看不开事，有损他在村里的声誉，随吧，明摆着是吃亏。

宝成也看不惯德顺的矫情。一个大男人，每天像女人一样换两套衣服。到建筑工地干活儿换上工作服，下班回家穿得跟国家干部一样。庄稼人吃饭，如果家里没客来，一口锅、几个碗，怎么省事怎么来，吃饱了就行。德顺别看是个光棍，吃饭的程序搞得挺复杂，饭菜必须上桌，即使一把花生豆、一根老黄瓜，也得用盘装了。还有晚上睡觉，庄稼人谁不是把鞋一脱抬脚上炕呀。德顺晚上脱下来的鞋要放在固定的地方，而且还要并排着站队。有时候宝成忘了，德顺就会嘟嘟囔囔，弄得宝成哭笑不得。

出门打工，宝成是谁出的工钱高，他就跟谁干，老板让怎么干他就怎么干。德顺干活儿不说工钱高低，只要跟老板对脾气了，就跟着干，不对脾气了，就拍屁股走人。现在的老板，讲究的是速度和效益，德顺却坚持慢工出细活。装修贴地板砖，别的工人一天贴三十块，德顺连二十块也贴不了。有一家房主埋怨德顺干活儿磨蹭，德顺找来一根铝合金横杠在地板上画，让房主仔细听。德顺贴的地板砖，无论朝哪个方向划，发出的声音都是一致的。德顺再用横杠在别人贴的地板上画，磕磕绊绊的，声音不一致。德顺跟房主解释说，不是贴得不平整就是下面空，所以发出的声音不一致。房主彻底服了德顺，坚持要其他人返工。德顺虽然证明了自己干活儿的水平，却把老板和一块儿干活儿的工人都得罪了。宝成劝他，干活儿不随主，纯粹二百五，你睁一只眼闭一只眼大家都欢喜。德顺梗着脖子跟宝成嚷，干活儿要实在，做人要厚道。

尤其让宝成受不了的是，只要一有空闲，德顺就跟宝成显摆自己的房子。德顺说，房子是他三十岁的时候盖的，整整一年才盖起。一个大工没找，只找了一个小工和泥搬砖。一砖一瓦都是他自己垒起来的，黄土掺着白沙,最后用水泥勾的砖缝。房顶的檩条,都是上尺子量了的,两头一般粗。椽子也都是四面见线,每一根都上刨子推出了光面。为了找到好芦苇,他一连赶了五趟集。这么多年过去了,房顶的芦苇没一根烂的。

德顺的房子当时在月亮湾村算是好房子,可现在早就过时了。宝成忍不住跟他抬杠,让他跟小臭子的房子比,德顺绕过来绕过去,还是说自己房子的好。德顺经常洋洋得意地对宝成说,不是我吹,这房子再住五十年一点儿问题都没有。

什么事都有个磨合期,磨合期一过,也就顺了。宝成慢慢习惯了德顺的脾气秉性,虽然有些事看着不顺眼,但也就睁一只眼闭一只眼了。

庄稼人过日子,没别的窍门,只要肯出力,日子就能过得好。宝成身强力壮,干活儿舍得下力气。德顺一年四季也不闲着。两个壮劳力打工挣钱,家里的光景一天比一天瓷实。

有了梧桐树,不愁招不来金凤凰。很快就有媒人登门了。

三

德顺从医院回来,直接就去找小蚊子。

小蚊子这次没说谎,家里只有他老婆一个人。小蚊子的老婆模样不丑,就是有点儿缺心眼儿,吃凉不管酸,小蚊子每天到哪儿做什么她从来不管不问。德顺经常笑话小蚊子,娶这样的老婆纯粹是聋子的耳朵——摆设。小蚊子嬉笑着说,有总比没有强,反正晚上有个配套的。德顺哼了一声,宁吃仙桃一口,不吃烂杏一筐。小蚊子说,有肉谁吃豆腐,要是爹娘给咱一副好皮囊,就凭咱这本事,还不娶个七仙女回来?

小蚊子这话说得虽有点夸张,却有一半是实情。小蚊子长得像个小老鼠似的不起眼,可嘴皮子好使,死人能被他说活,活人能被他说死,是月亮湾有名的呱呱雀。小蚊子没有什么正经职业，东一榔头西一棒槌的，经常有陌生人来月亮湾找小蚊子要债。每年一到腊月，小蚊子就不见了踪影。正月里人们见到小蚊子，问他到哪儿去了，他装出无奈的样子说，别提了，在外面要账，外面欠我的钱老多了，都要回来，在月亮湾能盖一处别墅。

小蚊子的话，人们这个耳朵听，那个耳朵跑，没人愿意跟他打交道，怕一不留神，被他忽悠了。月亮湾被他忽悠的人不少，其中吃亏最大的是德顺。几年前，小蚊子给德顺领回来一个外地媳妇，四十岁上下，模样俊美，双目有神。明眼人一看就是个"鹰"，德顺却鬼迷了心窍，给了小蚊子一万，拿着小蚊子不知从哪儿弄来的结婚证四处炫耀。他粉刷了房子，找了一群妇女做被褥，杀了一头三百斤的大肥猪，演了两场戏，大张旗鼓地把女人娶进了门，结果新媳妇跟了德顺七天就飞走了。

七天被骗了一万，村里人都为德顺抱不平，都说新媳妇是小蚊子放的鹰，都骂小蚊子丧尽天良。宝成抄起铁锹，先把小蚊子家的锅砸了，然后逼着小蚊子退钱。小蚊子喊冤叫屈，说女人是他在县城的婚介所找的，事先也经过了德顺的同意。宝成骂小蚊子放屁！小蚊子喊叫着让德顺过来对质。

俩人吵得不可开交的时候，德顺过来了，人们都为小蚊子捏了一把汗。德顺看了看宝成，宝成用目光为他打气，德顺又看了一眼小蚊子，小蚊子鼻涕眼泪一脸委屈。德顺回头对围观的乡亲们说，这事算个球，一万元就当是死了一头牛！

德顺的话把乡亲们逗乐了。有人说德顺这句话说得高明，否定了宝成，蔑视了小蚊子，更恶心了那个跑了的女人，她只不过是德顺买回的一头牛！

其实，在德顺的内心，对小蚊子也有点儿不满，一万元毕竟不是个小数目，是他的血汗钱。但是他的不满终归不是那么理直气壮，小蚊子办这件事之前，征得了德顺的同意，小蚊子只不过在他的面前多说了几句女人的好而已。

女人跑了以后，德顺也怨过恨过，但德顺无论怎么想，都觉得自己如果真的被骗了也是心甘情愿，与小蚊子没有多大关系，小蚊子充其量算是个媒人。德顺更介意的是，他给小蚊子的那一万都给了谁，女人到底得了多少？女人虽然只跟了他七天，可不知为什么，从德顺的内心深处，已经把她当成自己的婆娘了。

小蚊子指天发誓说他没得一分，一万元全给了县城的中介所，至于中介所分给女人多少他不知道。小蚊子还慷慨激昂地说，如果德顺咽不下这口恶气，他愿意陪着德顺去找那个女骗子，依着他小蚊子的人脉关系，她就是飞上天，也能把她抓下来。

小蚊子的大话说得好，但德顺跟着他跑了俩月，连一个人影也没找见，倒是又贴进去了两千多。

找不见女人，小蚊子带着德顺去找中介所闹事，可那个中介所早已人去楼空。小蚊子一边大骂中介所丧尽天良，一边为德顺找平衡。小蚊子问德顺，睡了女人没有？小蚊子一问这个，德顺就脸红脖子粗的。小蚊子一看，就知道德顺得手了，于是他就振振有词地说，既然得手了也算不亏了，就当是找了高价小姐吧。德顺恼了，怎么能把这事跟找小姐扯在一起呢，他德顺可是顶天立地的大男人，从来没干过偷鸡摸狗的事。

正如小蚊子所料，德顺的确是得手了，而且还不是一次，可他行的是堂堂正正的夫妻之事。那七天之中不是一般好，是相当相当好。女人很温柔，一举一动，一颦一笑，都是情意。这样的好怎么可以说出来呢，说出来糟践了女人也糟践了自己。这是德顺的秘密，也是德顺的幸福，虽然只有七天，但足够德顺回味一辈子。

　　小蚊子一听德顺提女人就挖苦他，骂他没出息，逮到个母猪也成七仙女了。小蚊子愿意听德顺骂女人，总嫌德顺骂得不解气，似乎不这样就无法洗脱他的嫌疑。其实小蚊子越这样，越让德顺觉得此地无银三百两，只是德顺不愿意再深究，与女人的好比起来，小蚊子的那点儿疑问算什么呢。当然有时候他也顺着小蚊子骂几句，但他骂得轻描淡写，一点儿也没有气势。每当德顺想起那七天的好，就对女人没了怨恨，对小蚊子反而有了一种感激。

　　德顺跟小蚊子打了好几次电话，小蚊子都说回不来。德顺跟小蚊子发起了火，小蚊子有点儿摸不着头脑，问，有啥天大的事呀？德顺冲着电话吼，我得了送死的病了，你看着办吧！小蚊子赶紧问，顺哥，说啥呢？德顺啪地把电话挂了，任小蚊子再怎么打，他都不接了。

　　小蚊子的电话停了以后，德顺心里空落落的，觉得刚才跟小蚊子发火有点儿不应该。人家小蚊子又不是自己什么人，回来是情分，不回来是本分，自己有什么理由指派他。德顺想给小蚊子回电话，拿起手机又觉得没必要，俩人交往又不是一天两天了，德顺什么样的脾气小蚊子又不是不知道。德顺在小蚊子这儿好像有特权，想说什么就说什么，即使说得不对，小蚊子也不计较。俩人也有抬杠红脸的时候，可不出三天，小蚊子就憋不住了，主动跟德顺说了话。每次俩人和好，小蚊子都唉声叹气地说，顺哥，我算是拿你没办法，一物降一物，卤水点豆腐，你就是我的克星啊。每次听到小蚊子这么说，德顺心里都美滋滋的，很有成就感。

　　果然，不到半天时间，小蚊子就现身月亮湾了。德顺一见小蚊子的面，眼圈就红了。小蚊子连忙说，顺哥，这不回来了嘛！一听你有事，我爹翅就飞回来了。德顺心里一热！觉得整个月亮湾就小蚊子跟他近，像他的亲人。

小蚊子眨巴着小眼在德顺的脸上扫来扫去，德顺的脸上挂着一层霜。小蚊子拽条板凳坐在顺德旁边，顺哥，到底咋回事？

我到医院检查了，肝上长个瘤子。德顺的眼圈红了。

小蚊子急问，检查结果呢？

德顺说，扔了。

小蚊子说，顺哥，人吃五谷杂粮，哪有不得病的。现在科技这么发达，换心换肝都能做，长个瘤子算个屁！我听说东北一家医院专门拉瘤子。

德顺打断了小蚊子的话，看病的事以后再说，现在有一件更重要的事想让你办。

小蚊子赶紧说，顺哥，你就是要天上的星星，我也想法给你摘下来。

德顺的心一热，眼忽地潮了。他起身给小蚊子沏了一杯菊花茶，雪白的菊花在水里轻轻摇晃。德顺叹口气说，小蚊子，我找你没别的意思，就是想让你划拉划拉，看看周围有没有合适的女人。哥是有日子的人了，到了那边不能再孤单了。

小蚊子有点儿蒙。按说人到了这般田地，早就万念俱灰了，没想到德顺还有这样的心思。

见小蚊子不搭话，德顺有点儿急，小蚊子，说话呀。小蚊子只好敷衍说，中，中，想找个啥样的？

德顺跟小蚊子讲了在公共汽车上见到的"那个人"。小蚊子有点儿糊涂，你的意思是让我去找车上那个女人？

德顺摇摇头。不是，跟"那个人"差不多就行，岁数别太小了，最好是圆圆的脸，大眼睛……德顺说着说着，脸突然红了。只要能找到，我肯定好好待人家，装裹买最好的，寿材用松木的，迎娶的仪式也按咱月亮湾的规程办。

　　小蚊子终于听明白了，原来德顺是想结一门阴婚。小蚊子连连摇头。德顺的想法太荒唐了！阴婚是什么？是死人与死人的联姻。德顺是得了绝症，但还活着，活人娶个死媳妇，这在月亮湾的前前后后再前前后后，是绝无仅有的事。况且配阴婚的都是未婚男女，德顺这么大岁数了，还配什么阴婚？这不是笑话嘛。

　　小蚊子以为德顺尝到了女人的滋味，想媳妇入了迷，就笑着问德顺，顺哥，手里有多少钱？能从村东铺到村西不？

　　德顺也笑着答，村西铺不到，铺到十字街没问题，当然得换成一毛一毛的碎票。

　　小蚊子一拍大腿，那就成了，跟我走！我让你过过媳妇的瘾！

　　德顺明白，小蚊子是要带他去找小姐。小蚊子以前也说过这样的话，德顺也动摇过，有一次还跟着小蚊子去了县城，可他一闻美容院的脂粉味就恶心，扭头就出来了。小蚊子总拿这件事笑话他。自己到了这般境地，小蚊子还拿这个取笑他，德顺有点儿难过。小蚊子，别看咱哥儿俩这么好，你还是不了解我……说着说着，德顺的眼窝湿了。

　　小蚊子赶紧解释，哥呀，你就想开点儿吧，这么大岁数了，还结什么阴婚呢。城里的女人多的是，胖的瘦的，丑的俊的，只要你愿意，天天娶媳妇，夜夜当新郎。

　　德顺噌地站起来，气呼呼地说，小蚊子，别说了！

　　小蚊子瞅了德顺一会儿，叹口气问道，顺哥，真想结门阴婚？

　　德顺点点头。

　　小蚊子把胳膊一挥，既然你真想结，兄弟就帮你办。可咱丑话说在前头，你家宝成同意不？

　　德顺把眼一瞪，这事跟他无关！

四

宝成过继给德顺后，也犯了跟德顺一样的毛病，东挑西拣，亲事总也定不下来。

人们都觉得纳闷，宝成不是个腻歪人啊，莫非被德顺传染了？其实，宝成不是腻歪，而是心里早就有了人，那个人是房子后面赵家的闺女瑞枝。

瑞枝是德顺看着长大的，说话像开机关枪，开步就跑，没一点儿稳当劲儿。瑞枝年纪不大，却经常东家长西家短地念是非。尤其让德顺看不惯的是，瑞枝处事比较玄。

有年夏天雨水多，赵家的猪窝塌了，找德顺攒忙垒猪窝。小蚊子不请自来，搬砖和泥搭下手。攒忙是人情，晚上要酒菜招待。赵家没有儿子，只有瑞枝一个姑娘，瑞枝娘几年前去世了，饭菜自然是瑞枝张罗。那天晚上，赵家的菜数量不少，八个盘，摆满了桌子，名字也好听：芹菜炒肉、萝卜炒肉、豆角炒肉、尖椒炒肉、干菜炒肉、大葱炒肉、蘑菇炒肉、胡萝卜炒肉。可仔细一看盘里的素荤搭配，只有菜尖上趴着几片肉。德顺用筷子扒拉着盘里的菜，如坐针毡。抬脚走了吧，好像在争吃争喝，不走吧，实在难受！并不是德顺没吃过肉，而是觉得赵家这样招待是在小看他。瑞枝爹是个实在人，觉得这样的菜实在说不过去，一脸尴尬地赔着笑脸。为了找回点儿面子，瑞枝爹拿出了两瓶瓷瓶装的老白干，比别人家高了好几个档次。

小蚊子心眼儿多，偷偷到厨房转了一圈儿，看到案板上还放着有半斤肉。也就是说，瑞枝用半斤肉炒了八个盘。小蚊子回到桌上，暗暗给德顺使眼色，俩人不吃菜，光喝酒，一根烟的工夫，一瓶酒就见底了。那天晚上，德顺和小蚊子喝了赵家两瓶老白干，仔细算账，赵家也没省了。

小蚊子的嘴，比风还快。第二天，月亮湾就流传开了：瑞枝的菜——半斤肉，八个盘。村里人再说到谁不实在，就不直接说了，而是说谁谁就是瑞枝的菜。

德顺觉得小蚊子这样宣传一个姑娘不厚道，毕竟他俩喝了人家两瓶老白干。可德顺再怪罪，小蚊子话说出去了，也收不回来了。于是，德顺见了瑞枝爹就有点儿不好意思。

瑞枝听说小蚊子这样宣传她，堵着小蚊子家门口大骂了一场，引来一街筒子人围观。一个没结婚的姑娘，像泼妇一样骂人，怎么说也不是一件光彩事。瑞枝爹费了好大劲，才把瑞枝拖回去。

瑞枝的举动让德顺心里的那点儿内疚一下消失了，对瑞枝的厌恶又增加了几分。他心里恨恨地说，哪个男人娶了她，倒了八辈子血霉！

德顺做梦也没有想到，这个倒了八辈子血霉的男人竟然是他的侄子宝成！德顺知道宝成跟瑞枝处对象后，三天三宿没让宝成睡觉，磨破了嘴皮也没让宝成回了心。德顺说，瑞枝模样一般般。宝成说，模样不能当饭吃，好看的女人是非多。德顺说，瑞枝是个电驴子，饭都做不熟。宝成说，生的营养高，我的胃口好，不怕。德顺说，瑞枝心眼儿多，不实在。宝成说，心眼儿多不会被人骗。德顺给宝成讲"半斤肉八个盘"。宝成说，这样的女人会打算，娶了她光景只会朝上走，不会向下溜。德顺说一，宝成答三，理由比德顺还充分。宝成说，瑞枝是个独生女，娶了她就等于多了一份家产。瑞枝家就在咱家后面，将来可以翻盖成前后院。宝成的话德顺听了很反感，觉得宝成过继给他的目的并不单纯，好像也是在谋他的家产。德顺对宝成冷冷说道，你想得太长远了吧，你是娶媳妇还是娶房子？宝成赶紧改口说，我当然是娶媳妇了，赵家家族大，瑞枝爷爷死的时候九辆大车，咱家家族小，娶了她就等于在村里有了靠山。

宝成的话德顺越听越不顺耳。宝成年纪不大，鬼心眼儿倒是不少，娶媳妇还想着寻靠山，太势利了！既然宝成跟了他，他就是宝成的爹，他就有义务管教他。德顺忍下火开导宝成，人生在世，靠天靠地不如靠自己，只要咱行得端，坐得正，就没人敢小瞧。媳妇娶来是要过一辈子的，人好才能过得顺心如意。

宝成不以为然，觉得德顺只是嘴上的功夫。如果他现实点儿，也不至于打一辈子光棍。宝成说，叔，我可不想跟你一样，我的想法很实际，找个女人，生俩孩子，安安生生过日子。

宝成这样说，等于揭德顺的短了。德顺的脸火辣辣的，张口想骂宝成几句，宝成却扭身走了。德顺又急又气又委屈，觉得宝成到底不是亲生儿子，根本没拿他这个爹当回事。看着宝成的背影，德顺恨恨地说道，你小子就是找个蛤蟆绿豆回来，老子也不管了！

德顺在气头上说狠话，真正事到眼前他还是放不下，眼看着宝成跟瑞枝越来越黏糊，德顺又着了急。德顺想，宝成岁数再大，没成家之前在他跟前还算是个孩子。婚姻是人生大事，关系着一辈子的幸福，他不替宝成把好关，就是失职，就对不起祖宗。什么叫远？什么叫近？整个月亮湾村，除了宝成那个没影儿的爹，还有谁比他跟宝成近？如果没有家族血缘，如果不是这个远近，他吃饱了撑的过继个儿子给自己惹气生。

宝成一点儿也没有回头的迹象，除了吃饭干活儿，整天长在了瑞枝家。眼看着俩人好得如胶似漆，德顺只好去找宝成娘。

宝成娘叹口气说，咱家的男人啊，一个比一个死性，哪个也不让我省心。

宝成娘这句话德顺听着耳熟，娘活着的时候也经常这样说，德顺心里热乎乎的，觉得宝成娘肯定站在他这边。没想到，宝成娘转口又说，世上没有十全十美的姻缘，都是凑合着过。

德顺心里酸酸的不是滋味，他气呼呼地说，你窝窝囊囊过了一辈子，舒心吗？

宝成娘眼圈红了，我也知道瑞枝不像咱家的女人，可宝成这么大了，万一他跟你一样，张罗不下媳妇，不埋怨我这个当娘的吗？

德顺听出来了，宝成娘是在堵他的嘴。德顺二十啷当岁的时候，正是说亲的好年纪，德顺娘挑挑拣拣，比德顺还细致。宝成娘一直认为，德顺没成个家，也不沾他娘的光。听宝成娘这么说，德顺心里很不舒服，他皱起眉头，斜了宝成娘一眼说，我可从来没有埋怨过娘，我的亲事跟娘一毛钱关系都没有，如果真遇到可心的女人，娘可做不了我的主。

宝成娘的脸上挂不住了，她淡淡一笑说，你娘做不了你的主，俺就能做得了宝成的主？

德顺无话可说了。瑞枝不好，可宝成觉得可心，宝成娘确实做不了宝成的主。道理德顺是想明白了，可宝成娘的态度，让德顺有点儿心凉，有一种热脸贴了冷屁股的感觉。皇上不急太监急，既然人家亲娘都这么说了，他这个过继的"爹"，何必操这个闲心呢，干脆就做个甩手掌柜，让人家娘儿俩看着折腾吧。再退一步说，即使宝成娶了瑞枝过不好，也怨不得他德顺，反正月亮湾的人都知道，他与宝成的关系，也就是个名分，就像腿肚子上扎刀子，离心远着呢。

宝成知道德顺的犟脾气，说服他比登天还难，干脆一不做二不休，把生米做成了熟饭。瑞枝的肚子里有了宝成的骨肉，德顺也只能妥协了。

本来德顺打算把房子翻盖了，再给宝成娶媳妇，由于对宝成有了成见，德顺就取消了盖房的计划，把旧房装修了一下，就把瑞枝娶进了门。从此，宝成对德顺有了芥蒂，觉得自己到底不是亲生儿子，德顺舍不得花钱给他盖新房。

瑞枝结婚后，由于记着德顺的恨，一点儿也不给德顺好脸色，经常找碴儿跟德顺拌嘴，抓空儿就朝宝成的耳朵里灌输德顺的不是，搞得宝成对德顺也很不满意。

德顺认为宝成耳根子软，怕老婆，对宝成也很失望，觉得老了也指望不上他，开始后悔把宝成过继过来。他几次去找宝成娘，想让宝成回到他娘那边，但一看到宝成娘那张苦凄的脸，就张不开口了。

宝成和德顺虽然住在一起过日子，其实心已经远了。

五

德顺从二十来岁开始说亲，相看的对象足足有一个加强连，都是他挑三拣四腻腻歪歪错过了机会。

德顺二十六岁的时候，娘去世了。临终前，把德顺的婚事托付给了宝成娘，求她务必给德顺说个媳妇。宝成娘给德顺说的媳妇也不少，德顺一个也没看上。眼看着德顺快三十岁了，宝成娘着了急，咬牙保媒说娘家的堂妹。堂妹人是人，个儿是个儿，可以说是百里挑一。见面那天，半道街的人出来看，都说这次只要人家姑娘愿意，德顺肯定没的说。果然，一见面德顺就相中了，宝成娘以为这个媒人酒她是喝上了。没想到，俩人赶了一趟集，回来就散伙了，还是德顺先提出来的。宝成娘质问德顺，人家姑娘哪儿配不上你？德顺说，姑娘第一眼看着漂亮，一接触就觉得不顺眼了。德顺的理由把宝成娘气得三天没吃饭，她觉得德顺纯粹是胡说八道，姑娘又不是孙悟空，怎么可能今儿好看明儿就丑了。宝成娘拉下脸来，冷冷说道，德顺，你要是不愿意就明说，不要拿着不是当理儿说。德顺还是那句话，就是越看越不顺眼。宝成娘二话没说，连明彻夜继续保媒，把堂妹说给了本村另一户人家。结婚那天，宝成娘为了赌气，故意让花轿在德顺门口停下，一口气吹了半个钟头的唢呐。

宝成娘的堂妹嫁过来后,生了一儿一女,日子过得跟红灯似的。时间久了,宝成娘的怨气也消了。有一次,宝成娘的堂妹在大街上领着俩孩子玩耍,正好德顺出来了,宝成娘指着堂妹和孩子偷偷问德顺,兄弟,眼气不?德顺点头说,眼气。宝成娘又问,后悔不?德顺摇头说,不后悔。宝成娘心里的火腾地又上来了,她觉得德顺没说实话,从此再也没有给德顺说过媒。

后来小臭子娘也走了宝成娘的老路,而且比宝成娘上的火还要大。那个时候德顺已经三十多了,媒人已经很少登门了。小臭子娘把娘家侄女说给德顺,比德顺小七八岁,模样不丑,配德顺绰绰有余。也许是岁数大了,德顺没了底气,亲事很快就成了,娶亲的日子也定下来了。月亮湾的人都以为,这一次德顺娶媳妇的饸饹是吃上了。可是万万没想到,临到结婚的前一天,又出了岔子,女方突然提出要一台缝纫机,不然明天不上轿。事到临头突然加码,的确是不厚道。可日子定了,彩礼给了,猪羊杀了,食箩也准备好了,亲戚朋友也发了喜帖,院子里的大小灶也点着了火,一点儿回旋的余地也没有了,就像羊儿钻了套,除了等着挨宰没别的选择。

结婚盖房是人生大事,乡邻们争着给德顺凑钱。德顺说,一台缝纫机的钱他有。当家的赶紧安排人去买。没想到德顺拦住了,他说,这个媳妇我不娶了!德顺的话把一院子的人都震愣了。人们都了解德顺的脾气,说出的话轻易不改。可现在是什么情况?绝对不是赌气耍愣的时候。大家都劝德顺千万不要意气用事,亲事黄了损失的不是女方而是德顺,钱财就不用说了,传出去十里八乡都是一件丢人的事。当家的甚至说,缝纫机的钱他出了。宝成娘把德顺拉到一边劝,因为是本家嫂子,因为事情紧迫,宝成娘的话说得也不客气,兄弟,抖劲也要看时候,你不是二十啷当岁的小伙子了,要掂量好自己的分量,就凭你现在的条件，能说上媳妇算是巧摸了，过了这个村可就没这个店了。宝成娘话说得够到位了，人们觉得德顺该答应了，可是德顺反而更上劲了，他郑重其事地对宝成娘说，嫂子，这可不是一台缝纫机的事，跟这样的人过一辈子，她愿意我还不愿意呢。德顺这股拧劲儿，宝成娘无可奈何又哭笑不得，她认为没必要跟德顺再废话，他脑瓜子糊涂了自己可不能不清楚，宝成娘决定摆出嫂子的架子硬做主，先凑钱把媳妇娶回来再说。宝成娘作为一个远房嫂子，这样做也算是尽了全力，谁知德顺一点儿也不领情，气呼呼地跟宝成娘嚷嚷，要娶你娶，反正我不娶了！管事的人见德顺不说正经话，抬脚走了。乡邻们也觉得德顺太过分，也都散了。

为了一台缝纫机，媳妇没娶成，损失了钱财，得罪了乡亲，跟小臭子娘成了仇人，鸡飞蛋打一场空，德顺在十里八乡出了名。原来人们以为德顺就是腻歪点儿，经过这两次黄了的婚事，都认为德顺脑袋瓜子不清楚，堂里不亮。从此以后，再也没有媒人登门了。

宝成结婚以后，瑞枝经常跟德顺拌嘴，宝成夹在中间两头为难，就起了给德顺张罗一个老伴儿的念头。一开始瑞枝不同意，怕花钱还多个累赘。宝成开导媳妇说，找个老伴儿不是年轻人娶媳妇，摆几桌热闹一下花不了几个钱，说不定咱还能收点儿礼钱呢。宝成的话让瑞枝动了心。宝成娘体弱多病，连个孩子也照看不了，德顺如果娶个老伴儿，就等于家里多了一个免费的劳力，带孩子做饭就不用她操心了，自己可以腾下身子打份工，就是给小臭子家拔鸡毛一个月也能挣个千儿八百的，既补贴了家里的杂花，又可以落个好名声，外人也会说他们孝顺，连老人的终身大事也操心。

瑞枝想通了，积极性也上来了，四处托人给德顺张罗老伴儿。也许该瑞枝露脸，放出消息不到俩月，本村一个大车司机突然车祸去世了。大车司机只有一个独生女儿，家里的房子是新盖的。现成的新房摆着，一个姑娘又没有负担，这样的人选可是千载难逢。宝成和瑞枝暗暗商量，说什么也不能让这个机会错过了！为了把这盘"好菜"装进自家的篮子，宝成和瑞枝费尽了心机。瑞枝没事就去笼络这个寡妇的四邻，听说谁跟她关系好，她就跟谁套近乎，一把青菜、几个北瓜就收买了人心。宝成听说这个寡妇和支书是远亲，家里的事都是支书帮忙做主，支书喜欢喝酒，宝成没事就买俩小菜找支书喝酒，一来二去，宝成和支书拉近了关系，加深了感情，酒桌上就把德顺的亲事说成了。

宝成和瑞枝以为大功告成，剩下的就是喝喜酒了，没想到最后关头德顺又蹿了稀。寡妇提出了一个条件：俩人不领结婚证，活着的时候搭伙过日子，死了她还埋在原来男人的坟里。寡妇比德顺小十多岁，男人刚去世不久，提出这样的条件也算是人之常情。宝成觉得这个条件根本不算回事，完全可以接受，先把这辈子的事办好，下辈子的事谁见了？况且时间久了，俩人在一起过得有了感情，寡妇改变主意也说不定呢。宝成把这些道理跟德顺念了三天三夜，也没把德顺念通，他认准了一条理儿，不领结婚证就不是合法夫妻，埋不到一个坟里更不算妻。最主要的是，德顺认为寡妇的心里没有他，跟她结婚没意义。

宝成和瑞枝破财费力不讨好，竹篮打水一场空，火上大了。瑞枝半年没跟德顺说话，宝成也不给他好脸色。这样僵持了一年，双方的气才消了一些。

没想到，德顺放着煮熟的鸭子不要，却要娶天上飞的鹰，宝成和瑞枝好说歹说，磨破了嘴皮，也没让德顺回了心，他像是童话中那个光屁股的皇帝一样，轰轰烈烈地上演了一场婚礼秀。

六

月亮湾一千多口子人，能被人经常挂在嘴上的也就那么几个。宝成自认为不是个秕子，站在月亮湾的大街上跺两脚，多少也能起点儿狼烟。月亮湾名头最响的一个是支书，一个是小臭子。支书有权，可他在宝成眼里，也就那么回事。老子英雄儿好汉，支书的爹、支书爹的爹都当过月亮湾的老大，支书沾的是老子的光。脱了支书这层皮，他跟宝成一个球样，论干活儿出力气他跟宝成没法比。小臭子在月亮湾最有钱，可宝成也不服他，他的钱来路不正，卖的是注水的鸡肉，挣的是昧心钱。而他宝成呢，六亲难靠，本以为远房叔叔德顺是个依靠，没想到半路净身出户。别人过日子，多少都有爹娘的积蓄垫底，而他宝成却是半路搭窝棚、平地起高坡。都说四十不惑，可宝成四十不到，就把月亮湾的枝枝蔓蔓摸得门儿清，谁家跟谁家近，谁家跟谁家有芥蒂，谁心里打什么样的小算盘，藏什么样的小九九，宝成都一清二楚。他见什么人说什么话，在月亮湾混得顺风顺水。

可人活在世上，不可能诸事顺心，德顺是宝成的一块心病。无论在什么场合，只要有人一提德顺，宝成立马黑脸。

都说一朝被蛇咬，十年怕井绳。宝成觉得德顺纯粹是猪脑子，被小蚊子耍得晕头转向，却一点儿也不醒悟。小蚊子在村里名声很臭，宝成从心里看不起他，可德顺却跟小蚊子胳膊不离大腿，没事就跟小蚊子凑在一块儿唠瞌。不管是冬天还是夏天，也不管是喝酒还是喝茶，面前总是摆一方桌，俩人分坐对面，跟会儿女亲家一样。庄稼人除了过年待客，平时谁喝茶呀，可德顺和小蚊子就经常一起喝茶。其实也算不上茶，无非是一些菊花、猪牙草什么的用开水泡了，可德顺愿意叫这些花花草草——茶。

宝成一见小蚊子进门，扭身就出去了。开始德顺看不出宝成是在故意避开，次数一多就察觉了，于是德顺就不高兴，说宝成不懂礼数，家里来客了，应该陪着。宝成心里哼了一声说，小蚊子算什么客呀！月亮湾谁拿他当回事，迟早有一天被他忽悠了，你就败火了。

宝成只猜对了一半，小蚊子不知从哪儿弄来个女人，骗了德顺一万元，德顺却一点儿也没败火。宝成找小蚊子算账，德顺却远近不分，是非不明，当着一街筒子的人说，这事算个球，一万元就当是死了一头牛！德顺当众挖了宝成的脸，瑞枝气得夺过宝成手里的铁锹，咣的一声扔在德顺的脚下，大声嚷道，从今天起，你不是宝成的叔，宝成也不是你的侄子，我们一刀两断！

瑞枝在大街上把话说出去了，宝成也只好就坡下驴，收拾东西搬到了瑞枝的娘家。

宝成与德顺闹掰后，德顺在自家房上安了一个高音大喇叭，每天日头一落山，喇叭就会响起，比村委会的喇叭还响亮，吵得四邻不安。小臭子找德顺理论，德顺一点儿不认理，我在自家放喇叭，关你啥事？小臭子说，吵得慌。德顺说，这么好听的戏，怎么会吵得慌呢。小臭子气得脸红脖子粗也无可奈何，两家做邻居这么多年，小臭子了解德顺的脾气，认准了的理儿，天王老子也不听。要不是这股拧劲儿，为啥好好的男人连个媳妇也说不下呢，总是少根筋缺根弦，总有一窍不通，总归是脑瓜子不清楚。小臭子觉得，娘当年给德顺保媒纯粹是瞎了眼。宁跟清楚人打场架，不跟糊涂人说句话。小臭子按下心里的怒火，低声下气地跟德顺商量，顺叔，要不咱换个别的听听，比如流行歌曲什么的。德顺说，流行歌曲都是亲嘴扭屁股的，听着恶心。小臭子心里的火苗突突地朝上蹿，要是放在往年，小臭子早跟德顺干上了。但是现在他不能这么做了，往年他跟德顺一样，都是村南月亮河里的小蝌蚪，现在他成了金光闪闪的小金鱼，再与德顺一般见识，不是自我轻贱嘛。

小臭子跟德顺讲不清，就去找宝成评理。宝成虽然知道德顺安喇叭是跟他斗气，但他与小臭子不对眼，嘴上说我跟他不来往，心里却说，左邻右舍都不吭声，就你闲得蛋疼！

德顺的喇叭放的最多的是黄梅戏《天仙配》。一个大老爷儿们听软绵绵的黄梅戏，一个老光棍听《天仙配》，本身就是个笑话。人们一听到喇叭里唱"树上的鸟儿成双对"就偷着乐。小臭子故意问德顺,顺叔,你啥时候成双对呀?德顺笑眯眯地答,快了,快了。每当宝成看到这样的情景,恨不得找个地缝钻进去。

宝成趁德顺白天不在家,从墙头上跳进去,把喇叭摘了扔到村南的河里,正巧被小蚊子看到了。小蚊子不知轻重,嚷嚷着说要告诉德顺。宝成横眉立目地对小蚊子吼道,你算哪根葱!敢胡咧咧我收拾你!

没人告诉德顺,德顺也知道是宝成干的,别人谁有这样的胆子?小蚊子鼓动德顺去找宝成算账。德顺叹口气说,老子和儿子的账,怎么算?小蚊子有点儿纳闷儿,不是划清界限了吗,怎么又算不清了?德顺咬牙切齿地说,这个兔羔子,他有劲儿偷,我就有劲儿买!

于是,宝成头天偷了喇叭,德顺第二天就买回新的。这样拉锯了几次,宝成觉得一个喇叭一百多,白白扔了实在可惜,也就不去偷了。于是,德顺的喇叭就长久地保留下来,傍晚的黄梅戏也就咿咿呀呀地一直唱着。时间久了,人们也就习惯了,几天听不到喇叭响,就会相互问,德顺干啥去了?

德顺的喇叭好长时间没响了。傍晚听不到喇叭响,人们还有点儿不适应,总觉得少了点儿什么。人们站在大街上,话题总会扯到德顺的喇叭上。有人说,好像有十天不响了。有人说,比半月还长。

德顺的喇叭不响,对于别人没什么,顶多是说说而已,但对小臭子来说可是件好事,耳根子总算清净了。小臭子以为德顺出门打工去了,一留意却发现德顺就在家里。人在家,喇叭却不响,很不寻常,很蹊跷。小臭子跟德顺面和心不和,两家因为德顺的亲事闹得很生分,好多年连话也不说。小臭子发家后,见识广了,肚量宽了,就主动跟德顺说了话,见德顺岁数大了,在建筑队卖苦力,挣的工资也不多,就不计前嫌找德顺给他家的屠宰场打工,出的工钱比建筑队还高,却被德顺拒绝了。小臭子自认为是个聪明人,月亮湾的人都在他的掌控之下,他相信没有钱办不到的事，没想到在德顺这儿碰了软钉子。小臭子有个毛病，巴结他的人他看不起，不拿他当回事的人他倒很在意。小臭子没事的时候，就站在街上观察德顺，越观察越觉得他不顺眼，心里越恨得痒痒。

德顺最近出门很少，有时两三天也不见踪影，偶尔有一次遇到了，小臭子与他搭话，德顺耷拉个脸，点点头就急匆匆地走了。小臭子瞅着德顺的背影，既生气，又好笑，一个穷光棍，抖的什么劲！

小臭子让老婆翠兰到德顺家摸摸底。翠兰撇嘴说，光棍汉的家脏兮兮的，我不想去。

翠兰是睁眼说瞎话，德顺家可不脏，院子干净得跟城里的广场一样，又耙扫帚全放在西南角的小房里。棉花柴也剁成一尺来长，绑成小捆垛得整整齐齐。光混汉过日子，最难的是针线活儿，被褥好几年才拆洗一次。德顺的被褥，伏天拆一次，腊月拆一次。每次让女人们帮忙拆被褥，他都搞得跟过节一样，三荤三素六个菜，饮料管够。女人们一走，宝成娘就数落他，吃喝的钱比买一套新被褥还多，也不知你图的啥？德顺说，拆洗过的被褥有一股味儿。宝成娘奚落他，是女人的味儿吧。德顺急赤白脸地辩解，不是女人味儿，是日头的味儿，是娘的味儿。

翠兰探出来的消息让小臭子更加迷惑不解，德顺像是得了什么病，小蚊子在他家，在商量结阴婚。翠兰哼了一声说，小蚊子还能干出正经事来，无非是又想骗德顺俩钱花花，德顺就是个傻蛋，好了伤疤忘了疼，又抻着脖子等着挨宰。

七

德顺相看过的女人不少，有丑的有俊的，有高的有矮的，但是印象最深的是那个跟了他七天的女人。只要一闭上眼，德顺就能想起第一眼看到女人的样子：女人坐在小蚊子家堂屋的椅子上，见德顺进来，站起来冲德顺浅浅一笑。女人圆圆的脸庞像宝成娘，低眉顺眼的样子让德顺看到了娘的影子。

依着以往相亲的经验，第一次见面，俩人的谈话时间不会太长，说的也都是一些陈谷子烂芝麻的客套话。这一次俩人谈了一个多小时。女人没有问德顺多大啦、家里有什么人、家境如何，是那种天马行空的随意闲谈，好像跟老朋友拉家常一样。女人说话的声音很好听，每一句话德顺都听着顺耳。这样的谈话德顺觉得贴心，比跟小蚊子聊天还过瘾。德顺说话的时候，女人从不插话，只安静地倾听。德顺一下拉开了闸门，竹筒倒豆子一般。德顺当时都说了什么，因为太兴奋太激动，已经记不大清了，好像什么都说了，又什么都没有说。德顺只记得他把那件事也说了：有一年他骑自行车驮着娘去县城赶集，路上遇到一个小伙儿跟他赛车，德顺后座上驮着娘，总也超不过小伙儿。德顺急了，对娘说，娘，娘，你下来！等我超过那个人再回来接你。德顺追了三四里，终于超过了那个小伙儿，才心满意足地返回来接娘。虽然挨了娘一顿骂，但德顺觉得挺自豪的。回家后就跟人讲，没想到大伙儿听了都当笑话传。小蚊子说他二，劝他以后不要再讲了。德顺梗着脖子跟小蚊子抬杠。小蚊子问他，你超过那个人有用吗？他想了一下答，有用，超过他我觉得高兴，高兴我就觉得值。

德顺跟女人讲这些时，情绪有点儿紧张，怕女人也跟别人一样笑话他。女人的确是笑了，不过她笑得非常灿烂，像初秋盛开的向日葵。德顺忐忑地问女人笑什么？女人说，我觉得有趣呀，第一眼看到你，就觉得你跟别人不一样，没想到你这么有趣。

这些特别"有趣"、"跟别人不一样"的话，德顺从来没听过，女人的话像一轮暖暖的太阳，把德顺的心照热了。

谈话结束，女人提出到德顺家里看看，德顺既高兴又担心。瑞枝不爱拾掇，家里乱糟糟的。

宝成没在家，瑞枝见女人进来，黑着脸，爱答不理的。女人一点儿也不在意，亲切地跟瑞枝打招呼。瑞枝哼了一声，找借口出去了。德顺的心一直悬着，生怕事情有变。

女人从家里出来，看到门口的竹子停下了脚步。女人用手摸着竹叶问，是你种的吗？德顺说，是娘种的。女人欢喜地说，太好看了！月亮湾的人不光有趣，还这么浪漫啊。女人说的是月亮湾的人，德顺听着就是在说他，月亮湾除了他德顺，还有谁家有竹子！

女人跟德顺说，就冲门口的竹子，我嫁给你了！

德顺欣喜万分！看着竹子下的女人，德顺心里偷偷说，娘，我终于找到喜欢的女人了，她跟你一样，也喜欢竹子。

婚事定了，总得赶趟集吧。德顺曾经跟两个女人赶过集，一个是宝成娘的堂妹，一个是小臭子娘的侄女。一开始德顺看着两个女人都挺俊，都是在赶集的过程中德顺看着不顺眼了。两个女人在集上的表现差不多，扭扭捏捏的，攥着拳头让德顺猜。其实德顺早就看出来了，她们都愿意多花点儿钱，什么东西都愿意买最好的，生怕自己吃了亏掉了价。德顺在集上看中了一条毛线围巾，色彩艳丽，特别适合宝成娘的堂妹。宝成娘的堂妹也看中了这条围巾，但一问价钱，立刻说太便宜，不要了。德顺的心立刻凉了。至于小臭子娘的侄女，德顺更不舒心，这个女人上辈子像是个乞丐，见什么要什么，好像集上的东西不要钱一样。

德顺觉得女人一到了集上，就从绵羊变成了饿狼，他不知道这个女人在集市上的表现如何。由于对女人有了极好的感觉，德顺有了包容之心。小蚊子说过，女人结婚前在男人眼里是宝，结婚后就变成草了。这句话以前德顺听不进去，现在觉得有道理。既然是宝，就应该有宝的价钱。德顺暗下决心，自己岁数不小了，只要女人在集市上不要金山银山，就咬牙从了吧。

　　由于有了心理准备，德顺在集市上表现得很大方，不断地提议女人买东西。女人却连连拒绝，只买了一身衣服，价钱也不贵。女人说，买那么多衣服没用，当下穿不着也是浪费。德顺大为惊讶，宝成和瑞枝一直跟他念叨，婚介所的女人都是骗子，德顺心里也多少有一些疑虑。见女人什么也不买，德顺多了一个心眼儿，想试探一下她。德顺带着女人到了首饰店，鼓动她买一条金项链。女人看了一眼，拽着德顺出来了。女人说，她一个庄稼人，又不是青春少女，配不上这么贵重的东西。女人的话，让德顺感动万分，所有的纠结和疑虑一下子消失得无影无踪，取而代之的是心甘情愿地慷慨付出。德顺让女人买一件贵重物品，女人不买，德顺就赖着不回家。女人实在拗不过德顺，只好顺着德顺的意，坚持只买了一条红裙子。德顺高兴地说，我就喜欢女人穿裙子，我娘说，穿上裙子就能转出风来。裙子穿在女人身上，立刻增色十分。德顺两眼发亮，不顾集上人多，对女人说，转一圈儿，我看看。女人像个听话的孩子，转了一圈儿，像一阵风，更像一团跳动的火焰。德顺的心里突然有了女人说的那种浪漫，他一定要像电视上那样，给女人一个不一样的婚礼。

　　德顺一夜没合眼，终于想出一个特别的点子：德顺看出来，女人喜欢红色，德顺决定婚礼全用县城红色的出租车，至少要八辆，排成一个长队。新郎车用一辆新五征牌农用车，预示着他们踏上了新征程，过上了新生活。

　　德顺的婚礼果然把月亮湾的人震了。德顺戴着大红花站在新五征上，像首长一样向乡亲们挥手致意。整个月亮湾沸腾了！德顺望着欢笑的人群，心里得意地想，他德顺的婚礼，后一百年不敢说，前一百年谁也赶不上！

　　婚礼的过程中，有个给亲戚长辈磕头的仪式。宝成反复叮嘱德顺，女人不是咱当地的，多个心眼儿没差。磕头的时候让女人前后左右都磕一下，好让乡亲们看清她的相貌，以防她逃跑的时候乡亲们都不认得。德顺嘴上说完全没必要，但是搁不住宝成不断撺掇，只好默许了。德顺怕女人不愿意，就跟女人撒谎说是月亮湾的风俗。

女人磕头的姿势既标准又优美，德顺看着像舞蹈一样。看着女人前后左右地低头弯腰转身，德顺心疼得要命！德顺心里不住地骂宝成，觉得宝成是在故意要笑他，出他的丑，几次想停止这个累人的把戏，都被女人制止了。女人摆手说，按咱月亮湾的风俗办，我不累。德顺既欢喜又自责，觉得自己辜负了女人。

新婚之夜，德顺才知道女人并不傻。德顺讪讪地问，既然早看穿了，为啥还照做？女人瞪他一眼，为了你的面子啊。我怕人家说，德顺媳妇不懂事，况且我又不跑，还怕人看？

女人的话，让德顺掉了泪。那一刻，德顺对女人完全没有了戒心。抱着女人美妙的身子，德顺觉得这么多年的寻找和等待都值了！什么结婚后女人是草，他要一辈子把女人当成他的宝！

新婚第七天，女人说，按着娘家的风俗，七天后要回门。宝成强烈地阻拦，德顺一句也听不进去。趁宝成和瑞枝不在家，德顺偷偷把女人送到了汽车站，并塞给女人三千块钱。

女人含着泪说，竹子喜水，别忘了浇水啊。

德顺点点头。

不出十天，我就会回来。女人信誓旦旦地说。

谁知，女人这一走，就肉包子打狗一去不回了。

八

德顺想结一门阴婚不是心血来潮，这个念头早就在他的脑海里忽闪。

半路的光棍难当。原来德顺体会不到这句话的滋味，自从娶过那个女人，他觉得那滋味不是难当而是难熬了。人就是有这样的贱毛病，没吃过的东西也就那么回事，一旦尝过了就有了想头，而且想头还很强，比他妈的过年吃不上肉还难受。小蚊子经常讥笑他，就过了七天，有那么想吗？德顺一会儿觉得有那么想，一会儿又觉得没有。别说小蚊子不信，有时候德顺也怀疑自己的感觉，甚至觉得荒唐可笑。女人跑了以后，德顺在人前表现得满不在乎，一旦剩下他一个人时，他的眼前都是女人的影子。女人的一颦一笑、一言一语，像电影上的慢镜头，在他的脑海里一点儿一点儿地回放。女人的每一句话都说得恰到好处，都与他心灵相通，好像钻进他心里看了一般。尤其是到了晚上，女人就像传说中的狐仙，在他的身边缠绕，让他辗转反侧、彻夜难眠。

渐渐地，德顺觉得自己的身体有了变化，先是腰疼腿疼找上门来了，紧接着头发也白了。最明显的是吃饭，原来两大碗还吃不饱，现在一碗就撑了。人是铁，饭是钢，饭吃不下去了，力气自然是小猪尾巴一溜细了。德顺勤快，一年四季，除了侍弄庄稼，一天也不闲着。德顺在建筑工地当瓦工，干得多挣得多，德顺的工资在建筑队都是拿头等，最近几年，渐渐地成了尾巴。

人活在世上，能吃饭能干活儿才是福气，吃不下干不动就算是废了。德顺心里清楚，自己快到头了。德顺预后，什么事都愿意早做打算早安排。女人刚走的那两年，德顺一直想着再找一个，没事就到村里几个爱说媒的女人家里坐坐，去的时候带点儿孩子喜欢的瓜果。能说媒的女人都是人精，德顺嘴里不说，她们也明白德顺的意思。几个媒人都先后替德顺张罗过，可是德顺一个也没对上眼，都是只看一眼就没戏了。

随着年龄的增长，给德顺说媒的人渐渐少了，偶尔有人张罗一个，也都是歪瓜裂枣，不是有毛病，就是有残疾，要么就是半痴半傻。这也怪不得媒人，一个五十多岁的人，能找到个母的已经很不错了，水灵灵的黄花大闺女，能嫁给你德顺？这些话有些人干脆当着德顺的面说，德顺嘴上不言，也觉得人家说得有道理，但是从他的内心深处，总有那么一点儿不甘心，总不愿意就这么迁就了。娶媳妇为啥？月亮湾的小孩儿都会念："小小子儿，坐门墩，哭着喊着要媳妇儿。要媳妇儿干啥？点灯说话，睡觉生娃。"德顺觉得这首儿歌真好。点着灯才能看清媳妇长啥模样，好看了才愿意说话，不顺眼自然就没话说，睡觉生娃娃更是无从谈起。"点灯说话"就是德顺找媳妇的标准，就像《天仙配》中的鸟儿成双成对叽叽喳喳。德顺认为，这样的要求不算过分呀，可为啥就是找不到呢？世界那么大，那么多的女人，难道就没有一个跟他对眼的？不是已经有了一个嘛，小蚊子介绍的那个，虽然只有七天，但跟他对眼，能跟他"点灯说话"。那七天，睡觉生娃娃的事做得不少，话说得更多。女人跟德顺讲了很多关于她的故事：她是个苦命人，丈夫因为跟她赌气喝农药自杀了。虽然现在看来，她讲的故事可能是半真半假，或者假的多真的少，但有一句话，德顺觉得女人说的是真话。女人说，德顺啊，你是个好男人，如果有下辈子，我还想做你的老婆，你还愿意娶我吗？女人说这句话的时候，眼里闪着晶莹的泪花。德顺当时被女人的眼泪弄得意乱情迷，他当然一连声的愿意愿意了！女人跑了以后，她的那句"真话"在德顺的心里打了折扣，失了分量，想是想，娶她是另一码事。德顺这辈子下辈子要娶的女人，一定是比这个女人更好，她只要跟了德顺，绝对不是七天，而是一辈子。

德顺一边在这辈子寻找自己的女人，一边开始考虑寻找下辈子的女人了。当他感觉到自己的身体一天一天走向衰弱的时候，这个念头一天比一天强烈了。只是这个念头一直在他的心里打转转，不敢轻易说出来。德顺活了五十多岁，何尝不清楚这世上的道道呢。要想找下辈子的女人，只有一个途径，那就是结一门阴婚。按着月亮湾的风俗，结阴婚的一般都是早逝的年轻未婚男女，爹娘出于疼爱儿女的心情，认为生前没能为孩子成个家，死后也要为孩子完婚，这样才算是尽到做父母的责任。结一门阴婚花费很大，尤其是男方，给女方的彩礼比活人还要高。这几年青壮年男子意外死亡的比女人多，死亡女子的身价一直水涨船高。按着德顺的岁数和财力，结一门阴婚在月亮湾是一件不可思议的事情，要被人笑掉大牙的。

德顺是个单身，对于别人的说三道四他可以完全不在乎。关键的问题是，还有一个宝成。尽管宝成与他脱离了关系，但宝成是他的侄子谁也变不了，因为他的事让宝成受奚落是理所当然的，宝成跟着他丢面子已经不是一次两次了。德顺的内心深处，其实对宝成是有亏欠的，尽管俩人秉性不同、脾气不和，但是一些事宝成是为他好，德顺还是明白的。每次一想到这些，德顺的心里就纠结不安，结阴婚的事，在他的心里打个旋儿也就过去了。

可是，德顺得了绝症，可是，德顺在公共汽车上看到了"那个女人"，这件事他就不能再犹豫，不能再等了。德顺思前想后，觉得这阴婚一定要结，必须要结。如果不带个可心的女人到那边，他觉得自己这辈子白活了！

九

别看瑞枝喜欢念是非，可她分得清里外。别人家的事她可劲儿地念，自己家的事尤其是不好的事即使全村人都知道了，她也是掩耳盗铃紧闭嘴巴。德顺要结阴婚的事，早已成了月亮湾的大新闻，她仍旧是装聋作哑。

翠兰在月亮湾和县城有两个家，算是半个城里人，偶尔进出一句话让人听着新鲜。她说瑞枝是在"裸奔"。"裸奔"这个词月亮湾上岁数的人听不懂，年轻人都知道是咋回事，哧哧地笑不言语。翠兰为了显摆自己的能耐，用月亮湾的话做了解释，"裸奔"就是光着屁股在大街上跑。

月亮湾屁大点儿地方，什么事都包不住，翠兰的话像风一样，很快就传到宝成的耳朵里。宝成喝了半斤酒，抄起菜刀就朝门外走。翠兰的烂嘴在月亮湾是出了名的，谁也不跟她一般见识。为了一句话动刀子有点儿太夸张了，瑞枝明白自家的男人只不过是虚张声势做做样子，他心里真正的火不在翠兰身上。

媳妇不让闹，宝成就偃旗息鼓就坡下驴。宝成这么听话并不是他怕媳妇，而是他压根就没打算闹。好男不跟女斗，他只不过是借这个由头出出气。媳妇能明白他的心思，给他找了个台阶下，宝成很满意。别人都说瑞枝不实在，宝成一点儿也不在乎。实有实的好处，虚有虚的妙处。在宝成看来，别人的媳妇是娶来用的，无非是吃饭睡觉生娃娃，而他的媳妇是用来品的，时间越久，越能品出好处来。月亮湾的女人，哪个脑袋瓜子比瑞枝转得快？要不是媳妇在家里掌握着方向盘，他能过成这样的光景？如果媳妇心眼儿死，不会揣摩他的心思，顺着他来，说不定他真的拿着菜刀去找翠兰闹，那么后果就像翠兰说的那样——他又"裸奔"了一次。

想到"裸奔"，宝成的心像是被刀子划了一下。翠兰的话虽然说得刻薄，但却一下戳到了他的痛处。宝成觉得现在他就像翠兰说的那样——在"裸奔"。因为这个感觉，他已经三天没有去上班了。建筑工人一天工资一百多，三天的损失就是好几百，比剜他的肉还疼。两个儿子都不小了，正是花钱较劲的时候，总这么闲着也耗不起。宝成也有自己的人生规划，奋斗几年，也和小臭子一样，在县城买一套房子，当上城里人。瑞枝就更不用提了，一分一厘都在她的肋骨上串着，虽然什么话也没说，但脸上的冷风却一阵阵地朝宝成脸上吹。瑞枝劝宝成去上班，先过好自家的日子最要紧。

　　宝成人虽然在工地上班，心却在德顺那里，干活儿的时候总走神儿。宝成原以为与德顺脱离了关系，德顺就跟他再不相干。没想到德顺一直贯穿在他的生活当中，德顺荣他也荣，德顺耻他也耻。现在德顺得了送死的病，他能袖手旁观吗？宝成倒想这样，可他的心为什么像压着一块石头呢？宝成清楚德顺的家底，手里的积蓄足够他住院看病。再说了，现在有了新农合，住院也花不了多少钱。宝成实在想不明白，为什么德顺不去住院，而是要结什么狗屁的阴婚。难道找个死老婆比自己的命还要紧吗？命都没有了，还要死老婆作甚？

　　听说又是小蚊子给德顺张罗结阴婚，宝成气得咬牙切齿。他觉得小蚊子跟着德顺瞎胡闹，是存心让德顺在村里闹笑话。打狗还要看主人呢，德顺是不争气，可他的身后还站着个宝成呢。小蚊子这么捉弄德顺，就等于没把他宝成放在眼里，不给小蚊子点儿颜色看看，乡亲们会说他窝囊草包。上次放鹰骗钱的仇还没报，这一次老账新账一起算！

　　一个中午，宝成见小蚊子从德顺家里出来，截住他说，小蚊子，知道我是谁吗？小蚊子眨巴着小眼说，当然知道了，你不是宝成嘛。宝成瞪着眼说，知道就好，俺家的事你少掺和。如果敢打我叔的主意，小心你的腿！

　　警告了小蚊子，宝成开始考虑德顺的后事。他想得很清楚，虽然他跟德顺名义上脱离了关系，但他跟德顺的叔侄关系变不了。德顺不去住院，乡亲们会笑话宝成不孝顺，等于在村里有了污点。德顺死了，打幡摔碗的还是他宝成，没人会替他干这个活儿。当然德顺的家产，也只能归他宝成，别人一点儿也沾不上边儿。想到德顺的家产，宝成有点儿急，小蚊子一天到晚长在德顺家，说不定又在图谋德顺的钱财。德顺病了，脑袋瓜子又不清楚，万一又被小蚊子骗了，损失的可是他宝成。

　　瑞枝对德顺的病不关心，但对德顺的钱财很上心。听宝成说小蚊子可能在谋德顺的钱财，瑞枝赶紧出主意。德顺的钱肯定都在信用社存着，咱先断了别人的后路，在信用社找个熟人，把德顺的钱先冻结了。宝成觉得瑞枝这个办法不错，但信用社又不是自家开的，谁肯帮忙办这样的事？瑞枝说，小臭子的表弟在信用社当副主任。为了这种事去找小臭子，宝成舍不下脸来，怕小臭子小看他。瑞枝赶紧说，男人的脸大，女人的脸小，这种事你别管，我去。

不到半天，瑞枝就回来了，脸上喜滋滋的。她关上门，小声对宝成说，我买了两条好烟，一条给了小臭子，一条给了小臭子的表弟。小臭子的表弟偷偷查了一下，德顺的钱还不少，有六万多呢。宝成一惊！没有想到德顺存了这么多钱。宝成有点儿高兴还有点儿心酸，他知道，这些钱都是德顺一分一厘攒下来的。

瑞枝把事办得这么妥当，宝成心里高兴的同时也有了一种担忧，事情是通过小臭子办的，宝成觉得自己在小臭子那里有了短处，万一这件事小臭子告诉了翠兰，翠兰肯定会四处宣扬，到时候乡亲们会笑话宝成不关心德顺的死活，只关心德顺的钱财。

瑞枝眉飞色舞地做起了规划：如果德顺不住院，这笔钱基本就算落下了。至于德顺以后的丧事，乡亲们上的礼钱就足够了。德顺平时随礼不少，丧事办完，肯定还有剩余。如果真是这样，那就太好了，家里的积蓄再加上德顺的六万多，在城里买套房子的首付基本就够了。瑞枝越说越高兴，好像半路捡了金元宝。

宝成望着瑞枝那张发光的脸，心里突然涌起一阵厌恶。他第一次觉得德顺说得有点儿对，自己老婆的心眼儿实在不咋样，眼睛里除了钱，什么也看不见。

那天晚上，宝成怎么也睡不着，与德顺在一起的点点滴滴，开始在他的脑海里闪现。平心而论，德顺除了脾气与宝成不合，对宝成还是很不错的，跟亲生儿子没有两样。尤其是吃的方面，德顺一点儿也不吝啬。他心疼宝成干活儿苦，隔三岔五到商店割几斤肉，自己不舍得吃，留着给宝成改善伙食。原来宝成不讲究穿衣打扮，自从跟了德顺，宝成显得利索多了，德顺一年给宝成买好几身衣服，过两天就逼着宝成换洗。宝成嫌麻烦，德顺就瞪眼说，晃媳妇的年纪了，不讲究穿戴可不成！宝成觉得好笑，叔讲究了一辈子，咋没晃个媳妇？德顺就瞪眼说，你小子别着急，说不定哪天我给你晃个婶子回来。宝成的眼前闪现着德顺瞪眼的样子，想到这张脸过不了多久就会在这个世界上彻底消失，宝成心里一揪一揪地疼，眼里不由得掉下泪来。

瑞枝见宝成翻来覆去睡不着，以为宝成跟她一样，也在为德顺的钱激动，就安慰他说，赶紧睡吧，钱跑不了。

这一次瑞枝非但没猜对宝成的心思，说出的话还让宝成非常恼火！他猛地坐起来，拉开灯冲着瑞枝狠狠地说，如果你多要死了，你还睡得着吗？

十

月亮湾的女人喜欢在大门外种丝瓜点梅豆。一到夏天，家家户户门外的院墙上不是挂着水蛇一样的笨丝瓜，就是挂着一串串深紫色的梅豆角。

月亮湾有两家跟别人家不一样。一个是宝成娘家，一个是德顺家。宝成娘爱花，她家的大门外种的都是花，前年种的是对叶梅，去年种的是牵牛花，今年种的是送闺女花，不知道明年种什么。德顺家的大门外不种豆也不栽花，他家门外是一大片竹子。竹子是南方的草木，月亮湾极少见，人们也不喜欢它。丝瓜梅豆可以入口，宝成娘的花儿看着养眼，竹子不开花不结果百无一用，只有德顺说它雅气。月亮湾的人左看右看，看不出这一片绿油油的植物雅气在哪儿。论叶子它比不上野地里的灰灰菜茂盛，论枝干它比不上槐树、枣树的风骨。人们觉得德顺的话矫情，跟他南蛮子的娘一个德行。

德顺的房子在宝成娶亲时重新装修了，屋里院里都不是原来的模样了，只有门外的竹子留了下来。瑞枝进门以后，几次都想把竹子砍了种上丝瓜梅豆，都被德顺拦了下来。德顺护门口的竹子跟蝎子粑粑似的，瑞枝气呼呼地对宝成说，竹子就像你叔的娘！

瑞枝还真说对了，竹子就是德顺娘留的根儿。德顺娘是南方人，用月亮湾的话说是个南蛮子，十五岁的时候被德顺爷爷买回来给德顺爹做了老婆。有人问过德顺娘是哪里人，她一会儿说是云南一会儿说是广西，搞得人云里雾里。德顺也问过娘的老家到底是哪里，娘叹口气说，她被卖到月亮湾时，已经被转卖了三次，老家到底是哪里她已经记不清了，只记得门外有一大片竹林，是个有山有水的地方。

德顺娘嫁到月亮湾后，就在门口种了几棵竹子。竹子喜水，只要水分充足，它就长得欢。等到德顺满地乱跑的时候，门口的竹子已经串成一大片了。德顺娘没事的时候，就坐在竹子下发呆，眼里雾蒙蒙的。小时候的德顺见娘不欢喜，就问娘怎么啦？娘说，想起了南方的山水。

自从德顺病了以后，总是想起娘来。娘跟月亮湾的女人不一样，身材娇小玲珑，肤白如雪，眉眼弯弯像初月般明亮有神，说话轻声慢语像春天柔和的风。德顺想娘的时候，就到竹子下站一会儿。风吹竹动，德顺仿佛听到了娘的耳语，嗅到了娘的气息。德顺记得娘说过，她之所以嫁给爹，是因为月亮湾，她一听到这个村名，就觉得熟悉亲切，好像找到了家一样。娘说这些话的时候，德顺记得爹在场，德顺很为爹抱不平，原来娘嫁给爹不是看上了爹这个人，而是因为一个村名。德顺爹是典型的北方男人，脾气暴躁，一生气就砍门口的竹子，却从来没跟娘发过火。而娘跟爹生气的时候总是恨恨地说，你铲了竹子，也留不住人，我迟早要走的。因为娘这句话，小时候的德顺一直有一种恐惧感，总怕娘像一片云彩飘走了。

在德顺的印象中，娘和爹还算是恩爱的，可有时候德顺又觉得娘跟爹并不是那么好，娘的心好像一直在云彩中飘着。娘是五十多岁的时候去世的，可她的装裹衣裳早就预备下了，一针一线都是自己缝制的，每年夏天都拿出来晒。月亮湾女人的装裹一般都是套三：白褂、小袄、大袄。德顺娘的装裹多了一件裙子，藏青色的底，绣着粉红的荷花和一对戏水的鸳鸯。每次晒的时候，娘都抖动着这条裙子对德顺说，顺啊，娘走的时候，千万别忘了给娘穿裙子，穿上裙子娘就能回家了。说完这句，她还会再说一句，我死后千万不要给我烧纸钱，烧了我也收不到。德顺搞不明白，为什么穿上裙子就能回家了？娘说，穿上裙子一转圈儿就会旋转出风来，风儿会把娘带到有山有水的故乡。

德顺一直搞不明白为什么娘年纪轻轻就预备下了装裹。娘这么迫切地想走，是因为想念故乡还是想念故乡的人？那对鸳鸯代表了什么？德顺影影绰绰听宝成娘念过是非，说娘的心里根本没有爹，不然为什么结婚十几年才有德顺？为什么生了德顺再没怀过？宝成娘的话一直都在德顺的心里萦绕。德顺记得爹临去世的时候，对娘说了一句狠话：我一辈子也没穿过一双合脚的鞋！德顺娘的针线活儿在月亮湾可是出了名的，她绣的花儿跟活的一样，可她为啥给自己的男人做不出一双合脚的鞋呢？难道娘真的像宝成娘说的那样，心里没有爹？可是德顺怎么想也觉得不可能，爹卧病在床的那几年，德顺亲眼看到，娘端屎端尿悉心地侍候。爹去世后，娘也经常瞅着爹的遗像哭，也经常说要走的话，但一直到死，娘也没走出月亮湾一步。

想完了爹娘，德顺又想身边的人。小蚊子夫妻根本没法提，两人正如小蚊子自己所说，也就是晚上睡觉有个配套的。宝成和瑞枝，德顺更不看好。瑞枝心眼子多得像马蜂窝，连眼睫毛都是空的。如果不是给宝成生了两个儿子，瑞枝在德顺的心里连三分也拿不到，宝成跟瑞枝根本就不是一路的，可是月下老人却给牵了红线，配了姻缘。小臭子和翠兰，表面是夫妻，心是两张皮。小臭子与其说是翠兰的男人，还不如说是翠兰的领导，德顺从来没见过小臭子好好跟翠兰说过话。德顺听小蚊子说过，小臭子发家后，经常在外面找小姐，翠兰好像也知道，可德顺一次也没听见翠兰跟小臭子闹过。德顺不明白翠兰这么忍是为了什么。还有那个跟了他七天的女人，她的男人为什么自杀呢？女人当时没有说，德顺也猜不出来。还有宝成娘和宝成爹，德顺一想他们就来气，对于这个远房哥哥，德顺只有一个态度，那就是嗤之以鼻！至于宝成娘这个嫂子，他是又气又恨又怜，觉得她为这样的男人耽误自己一辈子，太不值了！小臭子爹和小臭子娘，郎才女貌特别登对，俩人又是一见钟情。小臭子爹和小臭子娘曾经是德顺心里的样板夫妻，可是仔细一观察，还是看出了很多不和谐的地方。小臭子爹爱喝酒，醉酒后爱耍酒疯，这一点德顺就很看不惯。他认为，男人不论是清醒着还是醉了，都不能作践自己的老婆，作践老婆的男人最没出息。小臭子娘在德顺眼里原来是个刚性人，后来发现她变窝囊了，尤其是小臭子爹瘫痪以后，她简直变成了一个面团，见谁都矮三分，没囊没气，任人宰割。

德顺左思思，右想想，怎么想都觉得他眼前的这些夫妻不和谐、不对路，都不是他心中想的那样。可这些不和谐的夫妻却成双入对地过了一辈子，只有他德顺落了单。

一阵风吹过来，竹叶随风轻轻摇曳。德顺想，不知道小蚊子能不能给他找到可心的女子。如果能找到，他该给女人准备装裹了，装裹里面一定要多个裙子，他想带着媳妇飞到南方去看看娘。

十一

霜降以后，天一天比一天冷了，院子里的老槐树开始掉叶子。原来德顺喜欢看落叶，黄灿灿的像满地的黄金。现在看着树叶一片一片落下来，德顺心里一片凄凉，觉得自己就像落叶一样，很快就要被泥土吃掉。

　　尽管吃了不下十个中医的药，德顺的病还是一天比一天重了。肝部越来越疼，疼起来就是一身的汗，脸色也越来越黑。明明睡了一晚上，第二天一早还想睡。德顺记得娘说过，人全凭精气神儿活着，精气神儿没了，人也就不行了。德顺感觉到，自己的日子已经不多了，说不定哪一天睡着了就再也醒不过来了。德顺原以为自己想开了，可事到临头他还是有些不舍。每天睁开眼，他在屋里屋外来回转悠，看看这儿，摸摸那儿，家里的每一件东西，都能让他想起过去的日子、过去的人。

　　德顺的炕头放着个枣木柜子，这是德顺亲手打制的第一件家具。德顺十六岁的时候，突然迷上了木匠，初中没读完就说什么也不上了，一门心思研究木工。娘希望德顺好好念书，一见德顺摸木工家当，就用棍子敲德顺的手。爹却认为儿子学一门手艺比读书强，就到城里给德顺买了一个新刨子。为了这个，娘跟爹生了好长时间的气。为了让娘高兴，德顺学会木匠后，亲手给娘打了一个枣木柜子。别人做的柜子，画的不是喜鹊登枝就是鸳鸯戏水。德顺打的柜子，画的是青山绿水和翠绿的竹林，竹枝上落着两只小鸟，一只抬头，一只低头，一唱一和恩恩爱爱。娘看见柜子，欢喜得不得了，说柜子上面画的就是她家乡的样子。

　　娘去世这么多年了，好多东西都丢了，唯独这个柜子德顺一直留着。柜子已经破旧不堪，竹林也已经模糊，德顺还是舍不得扔，一直放在炕头上。

　　自从病了，德顺就经常打开柜子看看。柜子里的东西不多，一红一绿两个绸子被面、几张存折、一把木工用的刨子。被面是娘为德顺结婚预备的，娶那个女人的时候，宝成娘说，绸子被面早过时了，也没有派上用场。每次看到被面，德顺心里都很难过，觉得娘在埋怨他，结阴婚的念头又增添了一分。存折是德顺一辈子的积蓄，不多也不算少。以前德顺看见存折觉得踏实，现在看觉得也没什么意义，只不过是几张废纸。刨子是爹买给德顺的，希望德顺学好木工养家糊口。德顺不到二十，就成了村里有名的木匠，可惜后来木匠已经过时，除了偶尔给乡邻攒忙干点儿小活儿，已经没有什么用处了。德顺摸着爹买给他的刨子，觉得自己这辈子一事无成，既对不起爹，又对不起娘。

天气晴朗的日子，德顺会到街上走走，见到乡邻就像见到亲人，眼里不知不觉就潮了。

宝成娘门口的送闺女花还没开败，像宝成娘年轻时明媚的笑脸。看着红艳艳的送闺女花，想想宝成娘凄苦的一生，德顺忽然很想去找宝成爹，即使找到天涯海角，也要把他找回来，给宝成娘一个交代。但仅仅是念头而已，天地这么大，他到哪儿找去呢？况且自己时日不多了，即使有决心找，也不可能实现了。想到宝成娘以后的日子，德顺心里隐隐担忧，瑞枝不情理，对宝成娘不孝顺，以前有德顺在前面戳着，瑞枝不敢太造次，没了他这个长辈护着，万一有一天瑞枝给婆婆气受，谁还肯为宝成娘出头呢？想到宝成娘以后没了依靠，德顺心里一揪一揪地疼。

宝成娘看见德顺，就泪眼婆娑地劝德顺去医院。任宝成娘磨破了嘴，德顺也不去。德顺说他只相信中医。宝成娘说，如果人人都像你这样，医院早关门了。德顺说，关门不关门我不管，反正我不去，你见咱月亮湾哪个得了癌的人在医院治好了？宝成娘端出长嫂的架子，你不去也得去，赶明我就让宝成架着你去！德顺梗着脖子，拿刀杀了我我也不去！叔嫂俩急赤白脸地争吵，吵来吵去宝成娘就抹眼泪。宝成娘一哭，德顺就住了嘴。

原来德顺从来不去小臭子家，现在他每天都偷偷到小臭子家门口转一圈儿，但却一次也没有进过小臭子家的门。德顺对小臭子家有一种复杂的情感。这么多年，他之所以跟小臭子不大来往，是不愿意想起与小臭子家的一些旧事。

小臭子爹三十多岁的时候，因为一次醉酒，从马车上摔下来，轧断了双腿，瘫在了床上。家里三个孩子两个老人，只有小臭子娘一个劳力挣工分，日子过得很艰难，有时候连饭也吃不饱。德顺当时是生产队的饲养员，掌握着牲口饲料。生产队的饲养员朝家里偷饲料，几乎是生产队公开的秘密。德顺单身一人，从来没有朝家里拿过一把饲料，但是看着小臭子娘单薄的身影和孩子们可怜巴巴的眼神，德顺破了例。为了不被人发现，德顺挖空心思想了一个办法，隔段时间就让小臭子娘给他拆洗被褥，趁机把粮食装进枕头里，大明彻亮地送给小臭子娘。

这件事除了德顺和小臭子娘知道，直到现在还是个秘密，这是德顺这辈子干的最不光彩的一件事。

小臭子娘感激德顺，有一天晚上，来到牲口圈里，低着头对德顺说，兄弟，嫂子没有别的报答你，如果你不嫌弃嫂子老，长得丑，嫂子愿意……德顺的心怦怦乱跳，他沉默了好一会儿，硬起心肠对小臭子娘说，嫂子，别这么说，你小看兄弟了，我这么做了，还算人吗？

其实，在月亮湾，喜欢德顺的女人不少，也有给德顺抛媚眼的，德顺的心里只是动动而已。遇到嫂子辈的，也就说说荤话，过过嘴瘾，真枪实弹的事他可从来没干过。并不是德顺不通风情，而是在他的心里，这些女人都不是他的菜。他对小臭子娘，除了怜悯，没有任何想法。小臭子娘的相貌身材、言谈举止，德顺都不是很喜欢。

小臭子娘为了挽回自己的面子，就把娘家侄女说给德顺。结婚的前一天，为了一台缝纫机，德顺说什么也不娶了。小臭子娘流着眼泪求德顺，兄弟啊，你有个三回九转行不？你这么做，咱俩在月亮湾可就都没有脸了！德顺不为所动，坚持把婚事黄了。德顺再让小臭子娘拆洗枕头，小臭子娘把枕头里的粮食倒进猪圈，咬牙切齿地说，你不要脸，俺还要脸呢！

小臭子娘的话，像鞭子一样抽在德顺的脸上。从此德顺再也没有踏入小臭子家半步。小臭子娘去世那天，德顺不止一次想过，人死为大，不要再跟她计较了，再怎么说，她为自己说媒，也是情分。小臭子娘出殡的时候，德顺在小臭子家门口徘徊了好几次，但最终也没有进门。

如今，德顺站在小臭子家门口，眼前闪现着小臭子娘流泪的脸，想到自己时日不多，很快就要见小臭子娘了，心里涌起一阵悲凉。只是他还是想不明白，为什么没跟小臭子娘的侄女结婚，他就没脸了。

终于有一天，德顺又在小臭子家门口转悠，被小臭子遇到了，小臭子顺嘴说，顺叔，家里坐会儿？德顺趁势进了小臭子家的门。从此以后，德顺每天都到小臭子家里坐一会儿，跟小臭子什么都聊，好像与小臭子成了比小蚊子还铁的朋友。话说得多了，也就随意了，小臭子就问德顺为什么不给他打工，德顺振振有词地说，人敬我一尺，我敬人一丈。你一次都没到家里请过我，凭什么给你干？

德顺还主动跟小臭子提了以前的旧事，说小臭子娘当年给他说过媒，对他有恩，他一直记着小臭子娘的好。小臭子见德顺这么说，心里很高兴。小臭子问德顺，当年人财两空后悔不？德顺摇摇头说，娶了才后悔呢。小臭子有点儿不高兴，当年那个女人毕竟是自己的表姐，否定她就等于没把他小臭子放在眼里。德顺不顾小臭子的眉眼高低，接着这个话题朝下说，男人娶老婆，跟搭伙做买卖不一样，伙计搭不好，一拍两散了，两口子过日子，不顺心可是一辈子，从小到大我是舒着蔓儿长的，窝憋着过我不愿意。

小臭子心里一动，不由得看了一眼在屋檐下黑着脸的翠兰，忽然觉得德顺的话好像也有点儿道理，自己娶了翠兰，虽然说不上窝憋，但也不是很舒心。

话不说不明，灯不拨不亮。德顺把话说开了，小臭子的心结也没了，再看到德顺也就顺眼了，他不仅开着车拉着德顺四处找中医，还主动去找宝成，让他劝德顺去住院。宝成嘴上说，我娘的话他不听，我说了也白搭。但是小臭子发现，宝成到大街上的次数多了，到了德顺门口，脚步明显慢了。小臭子看得出来，宝成是挂念德顺的病，只是碍于面子，不愿意主动求和。小臭子想帮德顺和宝成解开这个疙瘩，翠兰说他吃饱了撑的，人家的家事，轮不着外人瞎操心。翠兰的话说得难听，却有几分道理。家里的矛盾就像夫妻打架一样，外人越掺和，事情越复杂。宝成和瑞枝都不是省油的灯，尤其是瑞枝，什么事到她那儿就成了一路十八弯，说不定事情办不好，反惹一身骚。

小臭子打消了念头，但只要一有空闲，他就观察德顺的动静。德顺上房的时候多了，宝成就住在德顺家的后面，德顺上房只有一种可能，他想宝成了。小臭子看着德顺在房上孤独的身影，心里酸酸的不是滋味。他忽然觉得，跟德顺做了一辈子邻居，对德顺的了解太片面了，只看到了他的缺点，没看到他好的一面。小臭子忽然希望德顺能活得长久一点儿，他想跟德顺在一起喝场酒，唠唠嗑儿。小臭子只要一天看不见德顺出门，就指挥翠兰去看，生怕德顺死在家里没人见。

德顺的确是想宝成了，他每天上房就是为了看宝成一眼。虽然多数时候看到的是瑞枝，但是他也没有那么气了。仔细想想，瑞枝也不是没有一点儿好，最起码会过日子。俗话说，外面有个好耙子，家里有个好匣子。瑞枝就是一个好匣子，宝成挣下的钱，她一分一厘都算计着花，几年下来，省下了一份不错的光景。除了供俩孩子上学，还翻盖了她爹的旧房。看着瑞枝在家里放下铁锹拿起扫帚，德顺有了一丝困惑，难道宝成对了他错了？德顺不由得扪心自问，如果让他娶一个瑞枝这样的媳妇，他愿意吗？无论怎么想，答案都是否定的。他生来就是这样的人，宁可没有，也不要凑合。

德顺看着瑞枝的身影，心里不由得想，如果他死了，宝成会不会给他料理后事？瑞枝会不会哭？虽然答案不是很确定，但是德顺还是很安慰，因为他觉得，如果他死了，整个月亮湾只有宝成和瑞枝跟他有关联。他的家产也只能由宝成来继承，别人谁也没有这个资格。想到了家产，德顺忽然有了一丝内疚，宝成好歹跟了自己一场，他留给宝成的也只有这么一处旧宅了。

这么想着，德顺从房上下来，回屋从柜子里拿出他的存折，一共六万八。德顺看着手里的存折，一会儿觉得这只不过是几张废纸，一会儿又觉得很重要。结阴婚要花钱，看样子一时半会儿花不出去。并不是小蚊子不尽力，小蚊子倒是给他张罗了两个。一个是个十六岁的姑娘，得白血病死的。德顺说，岁数不般配，自己能当人家的爷爷了。一个岁数相当，生前的照片也看了，德顺也满意，可德顺不知听谁说的，女人是个瘸子。德顺说什么也不娶了。结个阴婚也这么挑剔，小蚊子有点儿烦，要不是德顺答应他事成后给他三千元跑腿费，他早撒手不管了。

阴婚的事如果生前办不了，死后交给谁呢？德顺侧面试探过小臭子，小臭子似乎也不愿意帮德顺这个忙。小臭子说，人死如灯灭，一切都是虚无。看来人选似乎只有宝成，可德顺对宝成不放心。宝成对他结阴婚很反对，瑞枝又见钱眼开，钱只要到了她手里，再想抠出来就难了。小蚊子倒是支持德顺，但是把钱给了小蚊子，他还是有点儿不放心。跟小蚊子的关系再好，他也是个外人。如果宝成和小蚊子都靠不住，二者选其一，德顺宁可选宝成也不选小蚊子。肥水不流外人田，这个道理德顺还是分得清的。想到这里，德顺对宝成有了怨恨，自己得病也不是一天两天了，非亲非故的乡亲都到家里看望了，宝成两口子却门边也没登过。德顺几次看见宝成在门口站着，但一看到德顺从家里出来，扭身就走了。德顺觉得宝成的心太硬了，不由得在心里骂道，你小子别牛×，我看咱俩谁耗得住谁？反正这天底下，没有老子跟小子低头的道理。德顺骂着骂着，心里又渐渐委屈起来，你小子再牛×，也是个小辈，给叔低下头也矮不了几分。

德顺越想越难过，就去找小蚊子。德顺坐在小蚊子的对面，却不愿意跟小蚊子提宝成。德顺跟小蚊子说，我想到南方看看，找找娘的故乡。小蚊子说，南方大着呢，你到哪儿找去？德顺又说，想看一眼公共汽车上的女子。小蚊子说，看一眼又能咋样？德顺又说起了那个跟他七天的女人，小蚊子瞪眼说，你就死了那条心吧。德顺心里更难过了，娘的魂儿去了南方，那个女人也不知飞到了哪里，阴婚的事也没有影儿，看来他死后只能是孤零零的一个人了。德顺不由得一阵悲伤，问小蚊子，我走了，你想我不？小蚊子眼也没眨，当然想了。德顺心里暖了一下，那你去移几棵竹子吧。

德顺等了几天，也不见小蚊子去移竹子，心里有点儿失望。过了几天，小蚊子来了，只字不提移竹子的事，倒是问起了德顺的钱财。德顺淡淡地说，钱算什么，身外之物，生不带来，死不带去。小蚊子问德顺有多少，德顺本来想说六万，结果顺嘴说了八万。小蚊子眼一亮！问德顺，存折放在什么地方？可别让宝成偷了。德顺说，就在炕上的柜子里，谁愿偷，偷去！小蚊子忌恨宝成，故意挑事，说宝成威胁他，说你家的事让我少掺和，不然就打断我的腿！

德顺听了，虽然嘴上说这小子纯粹是吃饱撑的，但心里还是有了丝丝暖意，觉得宝成到底还是自家的亲人。

小蚊子走后，德顺赶紧把存折藏到了另一个地方，但一想小蚊子这么精明，藏在哪儿他也有可能找到，就赶紧去找小臭子，让他帮忙去找信用社的亲戚，说万一有一天自己突然走了，钱除了俺家宝成，谁也不能支取。

小臭子看着德顺，想起前段时间瑞枝找他帮忙冻结德顺的账户，忽然觉得宝成和瑞枝太他妈地差劲了！

小臭子没有到信用社去找亲戚，而是直接去了宝成家，他先把德顺的话说了，然后说，你叔把心都掏出来了，你们就看着办吧！

十二

德顺去住院了，是宝成娘拿着农药瓶子逼着去的。宝成娘跟德顺说，你死了，宝成还活着；你不去住院，宝成就没脸活，我也没脸活。

德顺前脚去医院，宝成后脚就到了。宝成见到德顺，叫了一声叔，眼圈就红了。德顺看着宝成，气呼呼地说，你小子纯粹是多管闲事！

德顺在医院住了一个多月，宝成在医院侍候了一个多月。结阴婚的事，德顺一直念叨，反过来倒过去还是让宝成去找小蚊子。宝成道理讲了一箩筐，德顺一句也听不进去。宝成见说不通德顺，就敷衍他说，等出院了他亲自帮他张罗，德顺才放了心。

瑞枝一开始抱怨宝成对德顺太上心了，后来见宝成非但不听她的话，还横眉立目跟她吵，就见风使舵改变了态度，没事也经常到医院看看。当然每次从医院回来，她都在大街上添油加醋宣讲一番。在她的讲述中，宝成成了大孝子，待德顺比亲爹还要好。而她也成了宽容贤惠不计前嫌的儿媳，待德顺跟亲爹一样。为了让乡亲们相信她的话，她经常到村里的超市买点儿糕点拿到医院。一开始瑞枝的行动有表演的成分，时间久了，看到宝成跟德顺和睦相处，她也很受感动，终于开口叫了德顺一声叔。瑞枝这声叔叫得德顺泪流满面。瑞枝看到德顺掉泪，眼里也湿了。

尽管宝成尽了全力，但是德顺终归没有过了年，腊月二十三，灶王爷上天的日子，德顺死在了自家的炕上。宝成，宝成娘，瑞枝，邻居小臭子，朋友小蚊子都在身边。德顺临走的时候回光返照，他用这段时间，交代了自己的后事。存款除了住院的花费还剩四万，一万办丧事，两万让宝成留着给他结阴婚，剩下一万给宝成娘当养老的钱。宝成娘眼泪唰地流了下来，说什么也不要。德顺说，嫂子，这辈子我就听你的话，你也听我一回。见宝成娘不松口，德顺突然火了，你这个女人怎么比我还拧劲儿呢！宝成娘见德顺着急，赶紧说，好，兄弟这份情意，嫂子领了。房子不用说，留给了宝成。德顺看着宝成说，叔这辈子对不住你，没给你盖处新房子。宝成眼圈红了，叔，说啥呢，等你病好了，咱俩攒劲把房子翻盖了。炕席子底下压着三千元。德顺说，这些钱给小蚊子，阴婚的事儿小蚊子虽然没有办成，可是人家也费劲了，他答应过给小蚊子跑腿费，就一定得给。小蚊子赶紧用眼看宝成，没想到宝成冲他点了点头，从席子下面把钱找出来，递给小蚊子。小蚊子说什么也不要，涨红着脸说，顺哥是我最好的朋友了，拿这个钱，我还算人吗？小蚊子的话让小臭子大受感动，望着炕上的德顺和守在身边的小蚊子，小臭子忽然想，如果他有一个像小蚊子这样的朋友该多好！

德顺的丧事办得特别隆重，乡亲们都过来捧场，尤其小臭子，特别卖力，洗碗烧水什么都干，一点儿也没有老板的架子。

出殡的时候，宝成举着灵幡，放声大哭，瑞枝也哭天喊地。在小蚊子的提议下，葬礼唢呐的曲子换成了《天仙配》，小蚊子说，这是德顺最喜欢听的。人们听着"树上的鸟儿成双对……夫妻双双把家还"的曲子，都连连感叹，德顺一辈子也没成双成对，不知到了那边，他甘心不？

三天后，上坟烧圆三纸。小蚊子突然倒地昏迷，睁开眼后，说自己是德顺，神态语气与德顺一模一样。

人们都惊了，不知如何是好。只有宝成娘比较淡定，她问附在小蚊子身上的"德顺"，兄弟，还有什么没交代清的，跟嫂子说吧。

"德顺"说，嫂子，我在那边太孤单了。说完，埋头大哭。

宝成娘似乎明白了什么，赶紧吩咐糊了个纸扎的女人，烧在德顺的坟前。可是附在小蚊子身上的"德顺"仍然不走。

宝成娘叹口气说，兄弟，没想到你死了还这么挑剔。

"德顺"不满意，就继续糊。糊了不下十个女人，"德顺"还是摇头。

一只鸟儿飞过来，围着德顺的坟头转了一圈飞走了。

宝成娘看着远去的小鸟突然说，兄弟，我明白了。

宝成娘就亲自糊。宝成娘糊的纸人，圆圆的脸，大眼睛，眉眼弯弯，似笑非笑……

宝成娘糊的纸人烧在德顺的坟前，小蚊子把头朝后一仰，倒在了地上，长长地出了一口气，恢复了正常。他打量着周围的人，疑惑地问，我这是怎么啦？

又到了春暖花开种瓜点豆的季节，宝成和瑞枝收拾德顺的遗物。不知为什么，宝成对德顺门口的竹子产生了兴趣，他对瑞枝说，今年咱家门口不种丝瓜了。

瑞枝问，那咱种什么？

宝成说，我想把叔门口的竹子移几棵过来。

（原载《长城》2015 年第 5 期）

　　阿宁，河北省作家协会创作室专业作家，中国作家协会会员，河北省书法家协会会员。河北省有突出贡献的中青年专家。河北省第十届、第十一届人大代表。出版有中短篇小说集、长篇小说《狼如羊》《坚硬的柔软》等十余部。小说曾获十月文学奖，《人民文学》优秀中短篇小说奖，《小说月报》优秀中短篇小说百花奖，《中篇小说选刊》优秀中篇小说奖，《北京文学》中篇小说奖，《中国作家》短篇小说佳作奖。河北省第七、第八、第十一届文艺振兴奖。有影视作品多种。

病人的私事

◎阿 宁

猜一猜这个人是谁

在我们这个城市里，有人害怕夜晚。

他不是孩子。害怕夜晚不是从童年开始的，小时候他反而是个胆大的孩子。他害怕夜晚是从两年前，据他自己说，自从参加了一个晚宴后他就对夜晚有一种奇异的感觉，既盼望又拒绝，就好像进入青春期的青年，苦恼之中又有些迷恋。

这苦恼他只告诉了身边最亲近的人，实际上人们也都知道了，每个人都小心地守护着他的秘密。晚上没有公务，他会早早躺下。他让秘书在阳台放了一张床，他躺在那里看夜晚的天空，繁若春花的星辰。

就像一首歌里唱的那样，他数着星星。星河灿烂时他数不过来，月明星稀时他重复着来回数。三个小时后他把不多的星辰数了二十多遍，这时，星星们会像雨一样一颗颗落下来，天空中闪过一道道雨丝，这时他就该睡着了。

突然来了电话，或者来了一件紧急公务，他再躺下要重新一遍遍地数，直到星星再次像雨一样落下他才能入睡。你听明白了吗？他入睡时间至少要三个小时以上，一个典型的失眠症患者。

一到晚上他就把所有电话关掉，在他身边工作的人，也会替他挡掉一部分电话。有一个电话他不能关，那是一部红色的内部电话，人们习惯于叫作红机子。

假如这个电话响了，不管多么不情愿他也得爬起来。电话里的事情都处理清，星星雨往往不能如期而至，这就是他绝望的开始。

他躺在那里，再也无心数天上的星星。他回想自己一生经历过的许多事，星星再不能看到了，一张张脸会在空中出现，这些脸和他有关，在这些脸之后，往往会出现一张他最不愿意想起的脸，一个漂亮女人的脸。他极力逃避。并不是所有回忆都美好，他的手会揪住自己的头发，或者握住自己身体上的某一组肌肉，极力把思绪引开。

他想起白天路过市政府门口时，看到几百个人在那里围着，他们是为超人集团造成的污染上访。他让司机绕开大门，从另一侧进了大院儿。在那里，那个他不愿意看到的漂亮女人的脸出现了。她依然楚楚动人。她没有发现他，他完全可以悄悄进入，但他改变了主意，对司机说：不要停车。

他离开市政府，去了另一个地方。

不是患者，不是大夫，他算什么？

季月英的诊室永远是满满的，挂她的号要提前一个月。她对挂号室说，每天不能超过八十个号，多了她就不看了。实际上她每天都看将近一百个病人，除了正常挂号，总有通过各种关系找到她的。他们拿着方方面面写来的条子，赔着笑脸。她不能正常休息，每天都要加班一个多小时，对一个中医大夫来说，这是成功，也是苦恼。

她的学生给她出主意，把挂号费再提高五十元。她拒绝了。她现在的挂号费是医院里定的，一个号五十元，这是医院里顶尖的。她激起了很多同事的嫉妒，如果再涨五十元就不是嫉妒而是恨了。

人们说她去了北京，挂号费至少要二百元。自从出了一个叫张悟本的中医，人们便认可了中医的挂号费可以超过千元，并且把这看成是成功的标志。她没有去北京的打算，她习惯于把找她看病的人称为我的病人。在她看来，北京没有她的病人。

一个穿西服的麻脸男人走进诊室，她的助手和学生纷纷站起来，她看了一眼，没有理睬。她正给一个病人把脉，那个病人唠唠叨叨地说着病因，大意是她的儿子本来找了个不错的对象，打算明年五一结婚。两周前突然吹了，他们没有吵闹，女方也没有出国或者到外地合资企业工作的打算。在别人看来，这些根本算不上病因。季月英却饶有兴味地听着，季月英说："你为什么不问问你儿子到底为什么"？

病人说："问了，他不说。"

季月英说："为什么不让他爸爸问问？"

病人说："我儿子跟我最知心，连他什么时候过的初夜我都知道。"

季月英说："那就是说，这原因可能跟你有关。"

病人说："我就是想不明白。"

季月英说："想不明白就别想了。"

病人说："当妈的哪能啊！我整夜整夜睡不着。"

穿西服的麻脸在旁边听着他们的谈话，看到季月英在病历上简单地写着：思虑过度，焦虑。失眠约两周。月经不调，胸腹胀满，口苦消渴。接着又写了她的诊断：肝阳上亢，脾肾阴虚。

季月英的几个学生还站着，麻脸男人示意他们坐下。一片落座的声音。他饶有兴味地低下头看季月英写方子。他猜季月英一定会用柏子仁、党参、炙黄芪、川芎、朱砂之类的药，实际上他猜的那些药季月英一味都没有用。

他说："我永远搞不懂你。"

季月英问："什么意思?"

他说："病人失眠多虑,你给人家调理脾胃干什么?"

季月英问："你看病吗?"

他说："不不。"

季月英又说："要不,你替我看几个病人?"

他红了脸,说："我哪有那个本事。我同意,病人还不同意呢。"

他红脸季月英看得出来,脸上的麻子红了。他们近似调侃地聊着,季月英已经开好了方子,病人千恩万谢地走了。病人并没有因为麻脸的质疑,就不相信这个方子。看着病人鞠着躬的样子,麻脸感慨地说:"大夫当到你这份儿上,真跟神仙差不多了。"

季月英已经在招手叫下一个病人。

他说:"等等,我有事跟你说。"

季月英说:"下了班再说吧。"

他说:"不行,我急。"

季月英说:"那你就赶紧说,快一点儿。"

季月英已经把手指搭到了另一个病人的手腕上。他说:"我得单独跟你说,这不是一般的小事,是大事。"

季月英说:"那你还得再等一个病人,我已经叫号了。"

这是麻脸男人早就预料到的。他耐心地站在诊室里,看着季月英给人号脉、开方子。她身边围着四个年轻大夫,都是她的学生。其中一个还是通过他的关系进来的。他跟那个学生说:"先停一下。"那个学生看了看季月英,见季月英没有反对,停止了叫号。

诊室里的病人都走后,他坐到季月英对面的凳子上。这通常是病人坐的地方,季月英也习惯性地把手放在脉枕上。她用略带嘲讽的眼神询问着他。

他说："你太累了。"

这通常是他有求于她时最常用的一句话。季月英说："要不，明天你来替替我吧。"

他憨厚地笑了笑，说："病人都是傻子，他们只相信有名气的大夫。"

季月英说："医院是病人和大夫待的地方，我有时候就纳闷儿，你不是大夫，又不是病人，天天在医院里干什么？我看你天天还那么忙。"

他笑一笑："我的忙跟你的忙不是一回事。"

季月英说："说吧，什么事？"

他说："我跟你商量一下，把你的挂号费提高到八十。"

季月英说："那别的大夫怎么办？"

他说："你不用考虑这些，这不是我决定的，是市场决定的。"

季月英说："算了吧。"她已经冲助手示意，准备叫下一个病人了。

麻脸用手势制止了她的助手，说："你太累了，挂号费提高一点儿，你能减少点儿病人，别的大夫也能增加点儿门诊量，这对他们是好事。"

季月英说："如果你要是问我，我就说不同意。"

他问："为什么？"

季月英说："我的病人花不起那么多钱，现在的挂号费我都觉得太贵了。"

他说："要不，咱们把提成比例调一调，提高到百分之五十。"

医院里规定，挂号费百分之四十归大夫，百分之六十归医院。提高到百分之五十，就意味着季月英每月收入能增加一万五千元，这消息让旁边的学生们兴奋起来，他们一齐抬头看着季月英，觉得这是天大的好事。

季月英问："为什么？"

他说："因为你太累了，我不忍心。"

季月英用最简单的话回答他："我不累。"

他问："提不提?"

她说："不提。"

他说："你不提，别的大夫也不能提。"

她说："我不管别人，我不提。"她转过头对助手说，"叫下一个病人吧。"

助手看了看麻脸，见麻脸无可奈何的样子。

他说："你再考虑一下吧。"

季月英说："不用考虑，我不为钱看病。"

一个颤颤巍巍的老人走进来，他不好意思说自己的病症，只是不断地跟季月英说："老了，没出息。"

扶着他的妇女说："我爸夜里不睡觉，我们说他他也不听。"

季月英按着脉问："是不是小便不受控制?"

老人说："老了，没出息。早就该死了，每天早晨我都问自个儿，这是活着呢，还是死了，再一看，儿女都在旁边，活着呢。怎么想死的反而死不了呢?"

季月英已经开好了方子，说："你吃了这几服药，放心大胆地睡。社会天天进步，好日子还在后头呢，干吗要死!"她对老人的儿媳妇说："他是怕尿了床。"又对老人说，"吃了这三服药，不行再让儿媳妇陪着你来。"

妇女说："我爸就是信你。"

老人颤颤巍巍地走了。季月英问麻脸男人："你还不走?"

麻脸男人问："你怎么知道那是他儿媳妇?"

季月英说："在闺女家，他就不怕尿床了。"

麻脸男人对几个学生说："这就是好大夫啊，当一个好中医可不只是会开方子，得什么都懂才行。"

季月英不高兴了，说："你要是再不走，就真影响我了。"

麻脸说："我还有一件事要跟你说呢。"

季月英放下笔："说吧。我知道你现在才进入了正题。"

麻脸说："有个人想找你看病。"

季月英："这事他用不着找你，自己来就行。我又不怕病人多。"

麻脸说："不是人家找我，是我找人家。"

季月英问："为什么?"

麻脸说："这是个特殊病人，我是接到市政府办公厅的电话才知道的。他们问我咱们医院有没有好大夫，我推荐了你。"

季月英说："以后你可别这么推荐了，没看我有多忙吗?"

麻脸说："给他看病有好处。"看到季月英脸上不满的神态，他立刻改口说，"对咱们医院有好处。"

季月英以为他要加号，她说："今天的号已经挂完了，最快也只能是明天来。"

麻脸说："不是那个意思。他来不了，得咱们过去。"

季月英说："过去?"

麻脸说："就是咱们去市政府，我陪你去。"

季月英说："你自己去吧，我不去。我这里的病人都看不过来，看他一个，得耽误多少人。你告诉他们，我从来不出诊。"

麻脸说："这话我怎么说得出口。这是个特殊病人，是秘书长打来的电话。"

季月英问："谁?"

麻脸说："我现在不能说，见了你就知道了。"

季月英说："咱们医院这么多大夫呢，你找别人去吧。下一个。"看到季月英坚决的样子，麻脸无奈地走了。

另一个办公地点

市里最好的酒店叫太谷酒店。

在这家酒店里，发生过许多故事，比如一个香港老板曾经长年包租了这里最高的二十三层和二十四层，使这里灯火辉煌、流光溢彩。

五年以前，公安部来了一个侦破小组，他们化装成澳门生意人住进了二十二层。三个月后一个特大赌博集团被侦破了。从那以后，二十三层和二十四层正式对外开放。

前年，这里住进来一个银须银发的老人，身边跟着一个靓丽女子，老人说那女子是他的学生，女子却说她是老人的太太。老人对她的说法也不否认。他们住在一个套间里，还包了一个大会议室，除了带着那女人到外面游览、赴别人的宴请外，老人就在会议室里作画。

他说他今年已经八十三岁，有人开玩笑问，这个年岁还能让太太满意吗？老人笑而不答，女子替他回答："他各方面都很优秀。"

据他自己说，他是齐白石的最后一个弟子。因为年轻时好色，齐白石发现后把他赶出了师门，不再承认他是学生，但他在画技上得到了白石老人真传，京城没有不知道他的，只是报纸上从来不宣传。

老人说他的画被美、英、法、意各国艺术馆收藏过，收藏证书由太太保存。看别人不信，那女子立刻拿了出来，众人不得不信服。年轻时的劣迹斑斑使他的这些成就一直被埋没，他对别人说："我为年轻时的好色付出了代价。"

人们扫一眼他身边站着的靓丽女子，问："为什么现在仍然好色？"

老人说："好色是一种基因，就像同性恋一样，是改不了的。再说我该付出的代价已经付出了，为什么还要改变？"

老人说国家虽然不宣传他，但他的画作在海关是限制出境的，这只是海关内部掌握，没有对外公布。因为这个原因，他跟许多高级领导人有交往，有些还成了好朋友。他让女子拿出他的影集，跟他合影的都是身份显赫的人，市里许多人认为他不光是一个画家，还是一个有通天本事的人，他被这些人看成是资源。

轿车开进太谷酒店，他下了车。

昨夜的失眠使他眼圈儿发青。好长时间他不愿意来这个酒店，这里有他的房间，也在二十三层，他在最东边，画家在最西边。酒店老板特意把他安排到这里，希望他和老画家成为朋友。这自然是为他的升迁考虑。但市里另一位领导先他一步跟画家混在了一起，他不得不敬而远之。

有一次画家在电梯里对他说，要送他一幅荷花，画家说他身上有高洁的品行。他笑着对画家表示感谢。画家后来并没有真送他，他也没有找画家索要。发现另一位领导经常上二十三层后，他便不肯来这里住了。

市政府门前上访的场面，昨晚失眠时在脑海里反复出现，那个漂亮女人使问题复杂化了。他离开市政府到了这里。老画家已经走了，后来再没有在本市出现过。画家曾对那位领导说，可以把他提成副省级，条件是他要先拿出三百万，事成之后再付二百万。这几乎是天方夜谭，但他的影集和十几本收藏证书证明他有这个能力，领导没有说这不可能，也没有答应给他钱，本市一个企业家自告奋勇为领导出了三百万，领导默许了。

这个诈骗案破获后，那位领导被免去了职务。酒店的生意受到很大影响。他一直以为，是那个失足的领导救了他。如果不是因为对方先他一步跟画家交了朋友，他也会成为画家的朋友。

那位领导被免去职务后，他接替了领导的职务。他不仅避了祸，还升迁了。一切都在一念之间，不能不承认冥冥之中有命运在主宰。履新后他到省城看望一位老领导，老人谆谆教诲道："从政是个高风险职业，头脑要时刻清醒！"

进到房间里，他立刻通知和大门口上访事件有关的人员到这里开会。他当时虽然躲开了，但事情不能拖。一个小时后，由十三位有关部门领导组成的紧急工作小组成立了，散会后立刻分头开始了工作。他对自己的效率很满意。当下属们从这里离开，困意浮上来，但他不打算睡觉。

现在睡着晚上更难以入睡。他倒愿意在这时想一想和那个漂亮女人有关的一切。他们的相识是二十五年以前，每一个浪漫故事都是一个感伤的故事，这样的故事其实每一位年过五旬的人都愿意回味。

医院里的金木水火土

季月英的生活是两点一线，从家里到诊室，从诊室到家里。她不接受别人的宴请，慢慢别人也就不再请她。从一结婚她就没有做过饭，开始是婆婆做，婆婆去世后她爱人做，这几天她爱人到外地开会，她不得不自己做。她有特殊的做饭方式，把几种菜放到清水里煮了，蘸着酱油吃，另外再煮一个鸡蛋，或者一杯奶，就足以支撑她近百人的门诊量了。

走到单元门口，她看到麻脸在等着，手里提着一箱伊利牛奶。她料定他会来这里，说："你也知道，我从来不到外面吃饭。"她边说边往上走。

麻脸跟着她上楼，说："我没地方吃了，来你这里混一顿不行吗？"

季月英说："恐怕不方便吧？我老伴儿在外地开会。"

麻脸说："那有什么。你每天给我吃六十克枸杞，我都没坏心眼儿了。别忘了，我已经是快退休的岁数，在我老伴儿那儿早就退了休。"

季月英的笑容一闪即逝，她默认了他的说法。她开了门，他跟了进去。

家里乱得一塌糊涂，到处是杂物，到处是书。麻脸一进屋就开始收拾，他把茶几上的沙发垫放到沙发上，把沙发上的水杯放到茶几上，把客厅横倒着的拖把放回卫生间，把卫生间的书搬到客厅的书架上。季月英不干了，说："你别动我的书。"

麻脸说："别的地方我不动，只把卫生间里的书拿出来不行吗？"

季月英不再反对。她说："其实你拿出来也没用，以后我还得拿进去。"

麻脸说："我觉得老黄娶了你挺倒霉的，你不光不做女人该做的事，还像一个没有家庭卫生观念的孩子。"

季月英说："我也这么想。我不会做饭，只会煮白菜，你真的打算在我这儿吃？"

麻脸说："那当然，这是健康食品。我能把你各个屋的书，放到一起吗？"

季月英说："不能，我已经说过了，原来在哪儿放的，还放在哪儿。"

麻脸说："好，好。"

麻脸小心地把书拿开，用抹布擦去家具上的灰尘，再把书放回原来的位置。他说："老黄收拾一回屋子，比一般家庭妇女收拾一回还累。"

季月英说："他不收拾屋子，只管做饭。屋子我一周做一次扫除。"

麻脸做了一个不可思议的表情。后来他们不再说话，麻脸兢兢业业地打扫着，季月英在厨房里不知做着什么，麻脸不看也不问。他已经下了决心，不管季月英做出什么，他都要暴饮暴食一次。

看得出来季月英家不缺钱，用的东西都是高档的，将近二百平方米的房子，换一个能干的主妇会收拾得温馨、舒适，到了季月英这里只不过多了一些放书的地方。她阅读很广泛，甚至在金庸的小说里也画了记号，有的还打了重重的问号、感叹号。床头放着一本毛泽东的《矛盾论》，是一九五六年版的那种小册子。麻脸拿着小册子来回看，觉得以前小看了这个女人，以前关于她的那些传说，不过是她故意涂抹出来的保护色。

在一个书架上，他发现了一包已经打开的卫生巾，他拿起来看了看。正好季月英出来，说："你这人怎么这么低级。"

麻脸说："我是无意中发现的。"

他看见季月英的脸红了，说："你真优秀，我们家那位不到五十岁就不用了。"

季月英说："讨厌。"

麻脸说："这种东西应该放在卫生间，别人看见，难免会想入非非。"

季月英说："没人敢来我家，我今天本来就不该允许你进来。"

麻脸说："你现在后悔已经晚了。"

麻脸走进小餐厅，发现季月英不光煮了菜，还煮了一条鱼。他夹了一口鱼尝了尝，说："美味。想不到你还有这一手，真是人不可貌相啊"。

季月英显出孩子般开心的笑容，她说："你今天从一进门就变着法儿夸我，都夸到妇女用品上了。说吧，想让我干什么？又是让我到市政府出诊吗？"

麻脸放下筷子，沉下脸说："错了，我今天是来批评你的。昨天在诊室里当着你那些学生，我不好意思说你，回家想了一夜，觉得你有些思想是不健康的，对你也是有害的，我必须要跟你好好谈一谈。"

季月英有些莫名其妙。

113

他说："你昨天说的那是什么话，我不是病人，也不是大夫，你的意思是说，我在这个医院里多余是吧？"

季月英向他道歉。他说："这不是道歉的问题，是要改变思想观念，你带着这种思想成不了好大夫。"

季月英笑了一下，心想，我是不是好大夫也不是你封的。

麻脸说："是的，我虽然也是学医出身，但已经将近二十年没给人看过病了。我不是大夫，但我在这个医院里并不是可有可无。你季月英看病，是让病人的机体有效地运转，阴阳相合，五脏六腑相互协调，对不对？"

季月英不得不说："嗯，你还真懂中医。"

他说："我是要让这个医院阴阳相合，每个医生各司其职，每个部门互相协调，医院里这么多科室，别说 CT、核磁、X 光、化验，大大小小十几个手术室，就是最不起眼的门卫出了问题都不行。"麻脸说着夹了一大块鱼肉放到嘴里，嚼了嚼说，"真他妈的好吃。"

季月英看着他，心里想：他到底要干什么？

麻脸缓和了口气，继续说道："金木水火土，心肝脾肺肾，上中下三焦，十二条正经，八条奇经，十五条络脉，不光人身上有医院里也有，我得让它们相互配合，心往一处想劲儿往一处使，医院没有你季月英行，没我这个院长一天也运转不下去。"

季月英说："你说了这么多，不就是想让我出诊吗？"

麻脸说："我今年五十八岁了，去年就到了退二线的年龄，上面不让我退是因为找不出能接我的人。我不指望升迁，我的孩子在德国，已经有工作了，我老婆退了休无欲无求，并不是我个人有求于市政府，是咱们医院需要大头儿的支持。住院部大楼人满为患，走廊里到处是躺着输液的病人，我想再建一座大楼，就得跟市政府要钱，你季月英再有本事，一下也挣不出这么多钱来。"

季月英的笑容里有些嘲讽，但实际上她已经被感动了。她说："我要是出一趟诊，最快也得少看二十个病人，我不能为一个人耽误二十个人看病。"

麻脸说："我不强迫你，一切你自己决定。"

季月英又说："我不愿意进市政府大院儿，我一辈子没进过那儿，也一样给人看病。"

麻脸说："可以不进大院儿，但肯定不能来医院。要不，到太谷酒店怎么样？"

季月英说："他到底是个多大的官儿？"

麻脸说："你想吧，能想多大就是多大。不过，他是咱们本市的官儿。我这么说吧，在市政府里就是最大的了。"

季月英疑疑惑惑地问："市长？"

麻脸说："我一直以为你是个书呆子，来了家里才明白，你可不光看医书。"

季月英说："我看别的书也是为了看病。到了我这个岁数，得医外求医。"

麻脸说："好一个医外求医，你不妨把这次出诊，也看成是一次医外求医。"

季月英无话可说。

为了不让她尴尬，麻脸转换了话题，他跟季月英探讨什么是最佳烹饪方式，清水煮菜可以使菜中营养成分损失最少，但这种方式也有软肋，要依赖不同的汁料实现不同的味道。他没有说季月英桌上摆的三种汁料是不是最佳，只是把桌上的鱼和菜都吃了。

临别时他问季月英："我可不可以理解为，你已经答应了我的要求？"

季月英坚决地说："不可以。"

我们都有年轻的时候

他包里放着十几份文件，都是急件，本来想在太谷酒店里安安静静地批阅。看到第五份文件时他站起来走到窗前。这是一份通报，本省另外一个市由于河道大面积污染，造成几千只鸭禽死亡，七个孩子到河里玩耍，两个经过抢救脱离了危险，两个没有抢救过来死了，另外三个还处在深度昏迷中。

国务院三部委组成了联合调查组，中纪委也提前介入，调查重大污染事件背后的腐败。国内大大小小几十家媒体进入了该市，一些国外媒体也随之潜入。

一个月前他曾经跟该市市长一起开会，对方原来也是常务副市长，刚刚提拔为市长就推出了宏大的发展规划，要在五年内让该市的经济总量翻一番。这自然是为下一步升迁创造条件，现在这么多媒体聚集到那里，他的升迁之路恐怕不那么平坦。

他有些同情这位市长，排污企业并不是这位老兄批准兴建的，就像现在市政府门口的乱子也不是由他造成的，他是现任市长，出了大事就得免他的职。窗外灰蒙蒙的，一种叫 PM2.5 的微粒在空中超标悬浮着，市里抗议的人明天可能增加一倍，谁能说这位老兄经历的事情，不会在他身上发生呢？

他后来遇见过前任市长，对方说现在很好，无官一身轻，享受自由自在的生活，真是那样就不会说这种话了。失去权力的滋味很难受，无事可做的滋味更难受，许多人说超人集团跟前任市长不是一般关系，他在外市当副市长时就一力支持这家民企，调到这里当市长时把这家企业也"带"了过来，市里人对他痛恨不已。

超人集团的老板是一个五十多岁的胖子，笑容可掬又满脸横肉。随着空气中恶臭的味道越来越难以忍受，市里对这位胖老板和前任市长的关系也传得越来越邪乎，直到去年前市长被免职，传说才平息下来。

令人不可思议的是，真正的老板并不是那位胖子，换成了一位衣着华贵、容貌可人的漂亮女人。满脸横肉的胖子变成了谦恭的随从，大院里的干部们感慨，人家把城东的空气都搞臭了，真正的老板才浮出水面。

她刚才在市政府大院儿里站着，是等着和他见面吗？他们在公开场合见过、握过手、合过影，但他一直不肯在私下里会见她，她似乎也没有刻意要求过。双方都在回避。

他上高中时两家在同一个大院儿住，那时她刚刚上初中，彼此的吸引是不自觉的，他们忘了自己还是中学生。她比现在略胖一点儿，脸上一双大大的眼睛，黑黑的眸子看人很专注，脸色红润，像鲜艳的水果饱满而多汁，他在一本小说里看到过"秀色可餐"这个词，上课时常常浮现出来。

他生了病，整夜整夜睡不着，失眠的毛病就是那时落下的，很难理解那时对一个尚未了解的人会产生强烈的好奇，他有无穷的想象力，她身体的每一个暗处，皱褶、细密的毛发、流淌的唾液，都是他想探究的。在课堂上他脸色苍白，昏昏欲睡，她却越来越健康、乐观，发出没缘由的笑声。

他们每天在操场见一次面，县二中正在搞基建，要借用他们学校的操场。上午十点，他留心看着初中的各个班级，她和她们班的同学一起迎面跑来，她看见了他，朝他笑一下，他还她一个笑，每天如此。

放学后才是他们的天地，双方父母本来就是朋友，对他们经常在一起从不干涉，他们的借口很多，比如她要问他一道题，他要跟她借一本书，等等。她家房子多，总有一个单独的房间属于他们。本来不爱说话的他变得侃侃而谈。他突然发现了自己的才华，理想突然而至，目标清晰明确，世界呈现在他面前。

有时他们突然静下来，她不再问，他也不再回答，他们静静地相对而坐听着对方急促的呼吸声，那份安静中的激动是一生的享受，他们只要看着对方，千言万语就在空气中流动着，回到家后，他久久平静不下来。

他在深夜里站起来，看着外面的星星。她的身体宁静、姣好，在空中飘浮着，有时像云朵，有时像棉絮。有时朝他缓缓飘过来，浓浓地裹住了他。

即将高考时，他的身体再一次出现问题，他记不住刚刚学过的单词，已经理解了的数学公式变得似是而非，他怀疑老师讲错了，又不敢举手提问。

每天下午低烧，去过医院好几次，医生们查不出原因便说这是青春期现象。一个周末的下午，他的体温达到了 37.6℃，到医院后却正常了。从医院返回时，他看见她在一个小巷口站着，他不知不觉走过去，她朝他笑了一下，转身向小巷更深处走，他不知道怎么办，看见她在不远处朝他笑着，正在犹豫，她悄悄做了一个招手的动作，男人的勇气就是这么激发起来的，他忘了还要上课，忘了母亲还在家里等着，跟着她走进最里面的院子里。

他注意到她把院门随手锁上了，一切都是有预谋的。她牵引着他走进屋里。他手心里都是汗，她也同样。这是她表姐的家，表姐出国了，钥匙交给了她母亲。母亲觉得这里安静，却不知道是把无边的寂寞交给了她。

他随着她进到里屋，一张双人床映入眼帘，这种床在当时算豪华的，小县城里刚刚兴起，它的宽大是暗示，他看了她一眼，她的脸红了，他听见了自己的心跳声，像街头铁匠铺里打铁的声音。

离开时他带着强烈的负罪感，她却显得如释重负。她站在门口送他，歪着头的样子让他想看又不敢看。他的低烧从那以后就好了，体温总是36.5℃。在学校两个人彼此躲着，他在操场上再也看不到她，就是看到了，她的目光也不再看他，有时能听到她的笑声，但那是笑给别人的。

一天晚上他又去她表姐家，听到里面有放音乐的声音，再敲门，音乐声小了，却没人给他开门。门上有个猫眼，他看见猫眼暗了一下，随后再也没有变化。他等了一会儿，离开了。失望使他的头脑变得正常，他用十分钟就背下了语文课上的《木兰辞》，数学题重新变得有乐趣，英语单词都用汉字标出发音，他总能轻松地在汉语发音和英语发音之间转换。他的脸色依然苍白，在教室里常常沉思，他在一个下午完成了由孩子到男人之间的转换，可惜没人承认，唯一一个应该承认的人正在疏远他。拒绝没有打垮他，反而使他变得深沉起来。

他上大三时，她考入一所中专院校，他们在同一个城市，两所学校相距不过三站地。一个偶然机会他们见了面，两个人却像从来不认识似的。他们在别人的介绍下握了手，短暂的问候之后留下了联系方式。他以为她不会再理他，没想到她很快就到学校里找他了。

初中时她不过是个美人坯子，现在出落成了真正的美人。浑身散发出的成熟气息，似乎也不是她这个年龄应该有的。他有些陌生和胆怯。宿舍里的同学相继离开，一个同学朝他挤了挤眼睛。他有些不自然。

他早就期待着这次相见，想象中的亲昵没有如期而至，一切都是客客气气的，他问她为什么后来不理他了，她看了一会儿窗外，说："我怕影响你高考。"

这句话让他感动了半生，一到夜深人静，或者在电视剧里看到某个情节，这句话都会跳出来。他相信这是真话。记得那次在她表姐家，她跪在床上仔细看着他身体的各个部分，当时他昏昏欲睡，她说："我要记住你的全身。"

现在回想，她当时就决定要疏远他了，她抚摸着他，充满留恋。现在她坐在他对面的床上。他想过去和她并排坐在一起，刚刚站起来她就说我要回去了。

他送她。以往的感觉已经不在，似乎存在着某种障碍。后来他到她的学校里看望过她，她指着身边一个男人介绍说："这是我的朋友。"

那人不是学生，一个成年人，他推断比她要大十几岁。尴尬在他脸上一闪而过，热情迅速覆盖了不快。对方却不冷不热的样子，他只好离开了。他听见她在身后解释说："就是一个老乡。"从那以后，他再没有找过她。他们已经走在不同的路上。

最晚出现的"我"

季月英是个好医生，她把手放在我手腕上，只十几秒钟就盯视了我一眼，说："你没病！"我告诉她，我是个失眠症患者。她说："你睡眠好得很，身体没有任何问题，也许你是心里有事吧。"

我让她开几服药，她说，药都有毒，有病的人吃了治病，不需要的人吃了有害。

补药呢？

她说："补药也是药。"

想跟她多聊会儿，她的目光已经转向了后面的病人。我在走廊里等着，等到她下班再邀请。我曾用这种办法等一位国企老总，如愿与他共进了晚餐，她却说她从来不在外面吃饭。再想多说她已经走了。这是个冷漠、无趣的女人。

晚饭是和院长吃的，我怀疑她这么拒绝我，和我是一个漂亮女人有关，我跟男人打交道基本都是成功的，差不多所有女人都排斥我，姿色平平的女人没有喜欢我的。院长说不是这么回事。

院长说："同性相斥的原则对她不灵，她算不上什么女人。女人该做的事，她一样都不会，不会做饭，不会收拾屋子，孩子是婆婆替她带大的，衣服从来都是丈夫洗。她只是一个好大夫而已。不过，她倒是能生孩子，生了一个。"

我笑了，仍然对她好奇。

院长介绍说，她在这家医院工作了三十多年，做过十年西医，调过七八个科室，跟所有领导都不冷不热。她叫不出院长的名字，一个已经调走两年的院长，她还以为仍然是她的领导。领导对她当然也不重视，所有的学习、进修机会都没有考虑过她，更不用说各种评奖、评先活动。现在的名医推介栏上，她的内容最少，但是找她看病的人最多，这是谁也没办法的事。

在中医最不景气的时候，她要求改中医。当时这位院长还连副院长都没当上，他们是同学，他问她为什么改行。她的理由让他觉得可笑：我只想跟病人打交道。她的意思是中医可以独自看病，不用求助别人配合。现在再想这话一点儿也不可笑，当一个好中医有一个脉枕就可以，用不着领导的支持。

她总有需要帮助的地方吧？我问。

院长摇头，她什么都不需要。

什么都不需要？不可能吧？

真没见她在乎过什么，她只需要病人，这又是她最不缺的。

这么说，这是个没有软处的人，我又偏偏喜欢找别人的软处。我自言自语。

那没用，她不缺钱，送礼对她没任何作用，平时她也不跟别人打交道。她唯一的爱好是看书，家里也不缺书。她油盐不进。

我没遇到过油盐不进的，只要是人，总有可以攻击的地方，我一边吃饭一边暗自想着，首先要把这位院长稳定下来。我问他："我能帮你什么忙?"院长说:"你不用考虑我,咱俩目标一致。你只要能让她给市长看病,就是对我最大的帮助。"

他想给医院盖一栋住院大楼,投资差不多将近一个亿,一年多以前找到我,我告诉他现在有更重要的项目,一时还顾不上。市里好些市民要求我们搬迁,我再在这里投资还有什么意义?我没有把口子堵死,只是说要等一等再考虑。他肯定仍然希望我投资,正像他说的一样,我们的目标一致,我需要市长,他也需要市长。

我说:"你组织医院的大夫到欧洲考察一下医疗机构吧!费用我出。"院长摇头说:"她对出国不感兴趣,以前组织过类似的活动,她从来不去。"

她不洗衣服,送她一套洗衣设备好不好?

院长说:"她家早就有洗衣机,还是名牌的呢。"

我说的是那种豪华的,带烘干设备的。

院长说:"这是帮她丈夫,对她没用。"

帮她丈夫她不高兴吗?

你不能按常人的思维想她的事。

对了,她不是爱看书吗?我到古籍书店里,给她买一套宋版的线装医书。北京有一个大收藏家,专门收藏这类东西。

院长沉思着。

我说:"十几万元一套的那种。"

院长说:"那得买对了,她从来没看过的书可以。"

你知道她想要什么书吗?

院长说:"我也不知道,她看的书,我都没有看过。"

那我也有办法。我打电话给北京的办事处让他们负责这件事。二十四小时之后,他们告诉我,有明代的《外台秘要》,还有元丹贡布的《四部医典》,忽思慧的《饮膳正要》和清代叶天士的《临证指南医案》。这让我有了信心。

我再找季月英时，仍然挂了她的号，但不再让她给我号脉。我告诉她，想自己学一学中医，以后给自己做一些调养。

她说："那我们不就失业了吗？"

我理解她对我还有好感，不然不会跟我幽这一默。我说："我们再学，也代替不了职业医生，不过是懂一点儿养生知识而已。"我家里有一些古医书，以前也看一看。她用怀疑的目光看着我，问："都是什么书？"

我便把北京那边告诉我的几本书说了。她说："《外台秘要》不是明代的，是唐代的。后来不同朝代都有人整理过。《四部医典》的作者也不是元丹贡布，元是元朝，丹贡布才是真正的作者。"我心里暗暗叫苦，北京那边工作不细心，让我现在出丑。

我给自己解释："我古文底子差，看得似懂非懂。也许您能看懂吧？"

我不过是天天看。

我趁机说："哇，天天看？那这书真应该归您。"

她说："《外台秘要》有四十多卷，一些卷我看过，还有十几卷没看过。不知道你有哪些卷？"

我压抑住兴奋，说："我也记不得了，回去看一看告诉您。"

她说："你不用再跑了，打我手机就行。"

她把电话号码告诉了我。我大喜过望，但仍然说："您这么忙，怎么好意思打您电话。"

她说："下班以后再打。"

从医院出来，我把北京的下属狠狠批了一顿，告诉他们立刻把《外台秘要》全部买来，一本也不能少。我听他们口气有些犹豫。加重语气说："不管花多少钱都买，这件事要快，一两天之内办好。"

院长听说季月英给我留了电话，显出钦佩的样子，说："太厉害了，到底是当老总的，就是比我们本事大。"

我跟他说了事情的经过，请他配合。他说："一定一定，季月英要是问起来，我会把你说成中医世家出身。"

我说："那也不用，只要说我某一位亲戚是北京的医家就行。"

我们成了两个密谋的人，而且是针对一位一心为病人服务的女大夫，这有些不舒服。院长解释说："我们都是出于善良的目的。"

胖子的多此一举

这里是贫困市，历届领导都不愿承认贫困，总想弄成经济强市。无奈这儿没有地下资源，边缘几个县倒是有一点点铁矿、煤矿，少得像胡椒面儿。

市民的致富热情并不低，人人都在做致富梦，一些县建起了小商品批发市场、农机配件市场、废旧汽车市场……周围农民进行相应的生产，一轮下来，富了一些人。可惜市场上假冒伪劣横行，很快又衰落了。

各县又用政策招商，减免各种税费，引来了一些小资金，大项目还是招不来。市领导下达招商引资指标，各县完不成的不光不能提拔，还要调离。土地的价值开始显现，有些县甚至提出了零地价，我白给你地，你在我这里建厂。

引来的仍然是小企业，看着其他市经济排名一步步往前走，领导们急啊！前任市长把超人集团引来时，人人都以为天上掉下了馅饼，几十个亿的大项目，听说真正的老板是香港的，胖子是中方代理。

那时谁看见胖子都觉得亲切，给市里解决了多少就业啊，一年上千万的利税，据说全部投产利税能达到近亿元，领导们觉得抱了个大金娃娃。

投产后，周围居民觉得臭。臭味儿丝丝缕缕，好像漂亮女人放了一个臭屁，羞答答、怯生生，装出与己无关的样子。投产两年后企业成了生育多年的老妇，屁放得公开、响亮、有恃无恐，臭味儿越来越不堪忍受。市民冬天没法儿出去散步，散步得戴口罩，夏天不敢开窗通风，开窗得等刮大风。

一家机构检测，发现地下水被污染，自来水管道里流出的水，合格率不到百分之三十，重金属超标几倍，这比臭还可怕。市民们听不懂专家们说的指标，不合格是一个抽象概念，就像都听说过鬼，谁也没见过鬼。总觉得危险像一个谁也没见过的怪兽，虽然凶猛，却离他们很遥远，直到周围有人得了癌症，得了白血病，人们才明白鬼真来了。

在超人集团厂区周围的居民开始上访，找市里，市里让找区里，找西市区，区领导让找西关办事处，西关办事处说要请示区领导。市民们掀起了一轮更大的上访。一些人决定到省里，市里自然要阻止，这些市民答应不再去省里，却在深夜上了通向省城的火车，第二天省信访办给市里打电话，区里派了几辆大轿车，带着面包、香肠、矿泉水，隆重地把上访市民接了回来。

前任市长派了最信任的一位副市长给市民们开会，告诉他们市里正在想办法解决，但协调需要时间。第二天，市委书记亲自过问，和前任市长一起进入超人集团，这次考察没有带新闻单位，有记者听说后赶了过去，市委办公厅严令他们回去。市委书记和前任市长一起把全厂的生产环节都视察了一遍，让他们百思不得其解的是，没有一个环节是排污的，所有排放都经过了处理，排出的废气和污水都是合格的。

两位领导当然明白是怎么回事，都是久经沙场的老将，什么游戏没玩过。两个人互相试探，市长让书记先说，书记让市长先说，前任市长只好先亮出了底牌。

他认为应该由超人集团负责向市民们做好解释工作，由西市区组织市民代表，进入企业参观，企业高层亲自给市民讲解生产和环保流程。超人集团不领这个情，他们说跟群众越解释麻烦越多，跟领导解释清了就行。这让前任市长很不高兴。

市委书记是最后做指示的，他要求超人集团给市里写一份真实的报告，不敷衍，不说假话，把真实情况说清楚。他说："我们这几个领导好糊弄，群众比我们眼睛亮，如果你们仍然认为自己没有排污，我就从北京、上海请一个专家组来，让他们来考察，找出市里的污染源。"据说超人集团的老板当时脸色就白了。

这话很快在市里传开，市民们对市委书记很有好感，说这是市委书记向老板的一次"亮剑"，他在市民中加了分，也把与市长的分歧公开化了。

胖子低头哈腰送走市领导，却没有按期向市里交报告，这个报告没法儿写，不如实写书记不饶，如实写只能招来更多专家。

市里催，他跟领导解释说，我们也在请专家帮助查找漏洞。虽然拖不是办法，现在只能拖中求变。胖子每天笑眯眯地接待各方领导，暗中却调动起上层所有关系，帮助市委书记升迁，市委书记当然不知道，但他们给书记做这种好事，是想让前任市长尽快提起来当这里的一把手。根本用不着市委书记知道。

三个月后，传来了市委书记要提拔的消息，前任市长的事却没有动静。这时胖子把老画家请了过来，介绍他和前任市长相识。几次交往后老画家为前任市长鸣不平，说你早该提成市委书记了，可惜你只懂实干，不懂跑官，老画家说了许多顺口溜，什么"不跑不送，原地不动"，什么"背心改乳罩，虽然是平调，位置更重要"，等等，酒桌上笑声不断。

胖子就在这时候提出来说："你上面那么多关系，也开发开发嘛。"

画家在关键时刻不含糊，用广东话直白地说出来说："你拿五百万，我给你搞定。"

胖子说："把你的画儿送几幅就可以，还要什么钱。"

画家说："有人画可以，有人画不可以，要不你先付我三百万，剩下的用我的画。事成之后再给我二百万画钱。"

前任市长矜持不语，做出要走的样子。胖子赶忙说："市长不干这种事，钱我给你。明天先给你划三百万，剩下的二百万你也朝我说。我这人愿意帮助朋友，朋友的成功就是我的成功。"

这是男人的宴席，豪爽、义气，慷慨、豁达，想的都是大事，做的都是好事，这个世界没有算计，没有坑骗，没有尔虞我诈，没有弱肉强食，都是帮朋友的，没有拆台的，都是不求回报的，没有斤斤计较的，前任市长虽然不动声色，内心已经泛起阵阵感激。

老画家是怎么变成江湖骗子的，连胖子也搞不明白。他们认识了十几年，多次使用过这个老家伙，只要钱花到了没有不灵的。他知道他画的不是那么回事，所谓齐白石的学生，只是愿景，可是他在上面的确有些关系，他的画不怎么样，但拿着叫门还是能叫开一些的。这次怎么就不灵了呢？

本来是一个完美的设计，画家现了原形，后面就一塌糊涂了。胖子后悔多此一举，他本来可以自己办，为了在前任市长那里增加感情分，特意让画家出来唱戏，没想到戏唱砸了。

幸福家庭是什么样子

季月英在家里总是烦躁。她在医院里耗尽了耐心，每个病人都想多问她几句，多说一些症状、病因。听病人的主诉像在选矿，要从一大堆啰啰嗦嗦的废话中听出有用的来。季月英看似漫不经心，其实耳朵像雷

127

达一样运转。

每天近百人的门诊量让其他大夫心生妒忌，对她却是无尽的消耗。家里的沙发旁边有一张躺椅，丈夫在上面铺了厚厚的被褥，她回到家就躺在那里，等着丈夫把饭做好了叫她。

这是一个倒置的家庭。丈夫在劳人局当了十六年科长，毫无升迁希望，他从来不跟领导一起吃饭，下了班就走一分钟都不耽误，因为他得给老婆做饭，以前有一任劳人局局长曾经跟下属说过：两种人不能提拔，不孝顺父母的、怕老婆的，第二条就是对着他说的。后来的局长基本上都沿用了这两条。

季月英在躺椅上坐下，他走过去把遥控器递到她手里。季月英不发愁看病，却发愁找不到好台，太刺激的她不看，太贫嘴的她也不看。她对新闻节目没有兴趣，阿富汗和利比亚打仗她都不关心，那些从战场上抬下来的伤员是西医的强项，跟她没有关系。国内 GDP 的增长、物价指数的提高，她都听不懂，她从来不在外面买菜，涨不涨价跟她也不发生联系。

《动物世界》是个好节目，只是腻歪看动物交配的场面，空中飞的、地上跑的、水里游的、土里爬的都做这种事干什么。人跟动物其实没多少区别，爱情是吃饱了撑的没事的人杜撰出来的，土鳖虫也追求雌性，那也是爱情吗？

她知道自己有个好丈夫，但有一点儿不如意仍然火冒三丈，丈夫永远在迁就她，这跟爱情无关，却跟习惯有关。如果她有爱心的话，也是对病人的。她对自己的孩子都没有耐心，孩子跟她是淡漠的。她知道，没有丈夫，她无法过现在的生活。

丈夫极少到外地出差，偶尔出差也一定会把她吃的、用的准备好，告诉她都放在哪里。有时她躺在躺椅上幻想丈夫死了，她成了寡妇，这么一想她就很恐惧，对丈夫的依恋会浓浓地升起，心里升起许多歉疚。

现在她躺在那里，听着丈夫在厨房里传出的刀铲碰撞声，除了看病她没有生活，生活需要精力，从医院回来她哪还有精力。她的生活都是耳朵里的。炒菜的声音、做家务的声音、洗衣服的声音，是丈夫演奏给她听的。什么是爱情，能让她踏踏实实地看病就是爱情，能让她听到过日子的声音就是爱情。

丈夫心情不错，他第一次到张家界开会，回来两天了心情还沉浸在青山绿水中，他说："你真应该也去看看。"

她说："卫生部应该让大夫在各地轮流上班，那样旅游就不耽误看病了。"

丈夫说："那也不行，咱们市里有的是景点，你去过吗？"

她说："我没时间。"

她脑子里跳出那个漂亮女人，她不是看病的，也不像是来学医的，到底要干什么？虽然长得年轻，仔细一看怎么也得四十往上了，这个年纪的人不可能再当大夫，那她为什么天天在医院里转悠？世上没有无缘无故的事吧？不过她倒是很希望看到那套《外台秘要》，她手里有一个皮肤癌病人，她渴望在这些经典书籍中找出办法。

丈夫说："我们单位……"看到季月英在听，他才接着说，"过几天组织到黄山考察，每人可以带一个家属，这是不是太阳从西边出来了？"

她说："没你的事，你刚从外面开会回来。"

丈夫说："我也这么想，领导说第一个就是我，是赞助单位定的名单。"

季月英认真了："点名让你去？"

我猜他们不是冲着我，是冲着你的。我沾了你的光。

丈夫这么说是讨好她。季月英却猜出了大致的脉络。她问："什么地方赞助你们？"

丈夫说:"超人集团。那个胖子亲自找到局长。说不可能全去,一年去十个人,连家属二十个。"

季月英说:"你去吧,我不去。"

去吧。天天出门诊太耗人了,你不想活动活动?

病人等着我呢,我去了病人怎么办?

丈夫说:"那么多大夫呢,没你地球就不转了?"

对你,没有我地球照样转。对他们不是,没我地球就是不转。

对我才是地球不转,对人家不是。

季月英说:"你说得恰恰相反。"

这就是季月英的思维。今天那个皮肤癌病人又找她了,说宁死也不做放、化疗,想高高兴兴地死,她的目标是给这个病人延长五年以上生命,至少在这五年里,地球照样转动,她能不重要吗?

这就是医家的自恋。

她又想起那个漂亮女人,她说可以给她搞到《外台秘要》,她记得在二十三册上有关于皮肤癌的方子,当然不叫皮肤癌,症状却跟现在的皮肤癌完全一样。她年轻时在一个老先生家里看过这本书,现在想不起来了。

记得那个老先生跟她说过,有一种恶疮很难治,这种疮长着嘴,如果把饭粒放在疮口上,一会儿就吞没了,甚至连肉它都能吃下去。老先生说:这种疮已经成了精,一百个郎中九十九个都治不好,他见过一个能治好的郎中,那人的方子是从《外台秘要》上来的。

从那以后,她就搜集《外台秘要》,可惜也只是看过二十八册。老先生死后家里的藏书很快散佚了,他的孩子没一个学医的,这些古书在他们眼里形同废纸。现在她寄希望于这个漂亮女人,又不敢表现得急迫。

对方看出急迫,会给她开出高价。

她猜这个女人是来卖书的。这类医书买家不多，有些医生不知道它的珍贵，知道的也花不起大价钱。她却想好了，不论多高的价她都要买下来。

手机响了，一个陌生号码。她本来不想接，今天心情不错就把手机拿了起来。对方声音甜美，像是在跟一个男人说话，季月英听出来是谁，猜想她这么说话可能已经习惯了。

季大夫，那套书我从家里拿来了。

噢，好。她尽量不兴奋。

这种书拿到医院不太方便，我们还没让自己家以外的人看过，我请你到一个茶室里，一起喝喝茶好不好？

季月英心跳加速，就好像当初有人通知她跟现在的丈夫第一次见面一样。她矜持了一下，说："我不习惯到别的地方，你来我家里好吗？"

我当然愿意，只是不好意思到您家里打扰。茶室是我一个朋友开的，跟我从来不收费。您就权当出来散散心好不好？

季月英答应完就后悔了。她的学生说过，在高档茶室喝茶比吃饭还贵，对方说不收费也许是真的，但天下没有免费的午餐，这个道理她懂。

丈夫把饭端上来，对她说："我陪你去。"

吃饭时，丈夫说，他不后悔在科长的位置干到退休，还有那么多副科都没当上的人，跟人家一比自己不冤。不过他有时也在想，如果他提成了副局长、局长会怎么样，过去最大的失误就是仅仅把这看成是一个职务，却没想过这职务给人带来的横向、纵向关系。

他问："你觉得我还有提拔的可能吗？"

季月英说："那你得改正怕老婆的缺点，你想改吗？"

他果断地说："不想改！"

就是想改也不能说出来，他老婆知名度越来越高，高层人士都在想办法结识，他怕了半辈子老婆刚怕出成果，现在说改不是傻吗？他说："局长说，超人集团出资让我们到黄山考察，是希望结识你。你同意去，就能给我在局里加分，这不影响我继续当一个怕老婆的人，局里人反而支持我怕老婆。"

季月英说："别想让我用这种办法支持你，我离不开病人，这早就跟你说过。"

这么说，你真不打算去。

当然。

局长说，超人集团这么巴结你，是希望你能给一个朋友看病。

那还不好办，挂号就行了。你给他写一个条子，拿着到挂号室挂号，要不就早晨六点半以前排队。

他们不想去医院。

让我出诊？

丈夫点头。

季月英想起麻脸跟她说过的那个人，说那人是市长，怎么又成了超人集团的？

她说："市长让我出诊我都不肯。"

丈夫说："那就算了，反正人家也知道我做不了你的主。"

季月英笑了，她安慰地抚摸了一下丈夫的头，说："一会儿还陪我去喝茶吗？"

陪你。丈夫永远是无怨无悔的。

这里是春来茶馆

漂亮女人把车开到楼下，季月英跟丈夫上了车，她不懂什么是高档轿车，但车里的宽大舒适她感觉到了。

这车很贵吧？她问。

漂亮女人一边打方向，一边说："劳斯莱斯。"

季月英没再问，再问就显得没见识了，她不知道劳斯莱斯跟迈腾的差别。第二天她的学生告诉她劳斯莱斯的价格，她隐隐升起了反感。

现在她跟漂亮女人客气着，说："又不远，干吗还来接。"

漂亮女人说："我对有本事的人永远敬重。"

这话让季月英颇受用，她看了丈夫一眼，示意他记住这女人的话。

走进茶馆，迎宾小姐都是一样的装束，却想不起来为什么这么熟悉，姑娘们轻声致意：欢迎光临春来茶馆。她想起来，是京剧《沙家浜》里阿庆嫂的装扮。

漂亮女人把她让进一个雅间，里面的空阔、雅致让她震撼，她跟外界真是隔绝太久了，诊室过一日，世上已千年。

一个怀抱古琴的男子走进来，朝他们轻轻点了点头。漂亮女人指了一下凳子，他便坐下弹奏起来。季月英急着要看古书，又不好意思表示。好在她听了几声，便跟着音乐进去了。小时候，她爷爷在家里弹古琴，这些曲子她不陌生，反而勾起了许多回忆。只是弹古琴的人穿着郭建光的衣服，让她觉得不伦不类。这个失误漂亮女人也发现了，她对手下人颇不满意。

她是学公关出身的，公关就像做一道大菜，一个细节的疏忽菜的味道就不对了。幸好季月英没有显出烦躁。她让手下人打听出来，季月英的爷爷是本市一位颇有名气的古琴演奏家，这一招看来奏效了。

一曲过后，她问："怎么样？"

季月英说："还行。"

以后想听了，您就打电话，我接您来这儿听。这个雅间我让他们长年给您留着，不安排别的客人。

季月英差一点儿答应了，她忍住，抬头看了看屋里，说："这屋子真大。"

漂亮女人说:"您在这里看病也行。"

季月英警惕地看了她一眼,说:"我是来看书的。"

漂亮女人打了一个电话,一个穿着精干的小伙子捧着书送进来,书放在精致的檀木匣子里,漂亮女人打开时季月英有一种久别重逢的感觉,她不知怎么就认定,这就是她老师的那一套书。

进到屋里的所有不快烟消云散,郭建光从她脑海里消失了,哪怕让她到这里出诊,现在她都会答应。她拿起书的时候,先用茶几上的纸巾仔细擦了手,漂亮女人从匣子里拿出一副手套,那手套就像比着她的手做的,不大不小正合适,她戴上小心地捧起一本,慢慢地翻动着。

书的品相很好,所有字都清晰完整,虽然那里的方子有些是刻在她脑子里的,她仍然觉得有用。这不是书,是一个亲人。她已经不是在阅读,而是爱,用心在体味它的气息。

她问:"多少钱?"

她已经决定不管多少钱都要,还是做出太贵了就不买的样子。

漂亮女人说:"这书是家传的,多少钱都不卖。停了一会儿,她又说:不过我愿意送给您。"

她两手抱住自己的胸,不让激动表现出来,冷静地问:"为什么?"

这书是无价之宝,能让我出手的只有情谊。

我们认识的时间不长!

那没有关系,有些人交往了几十年,仍然不是朋友。朋友也有一见钟情的。

季月英开心地笑起来,她认可对方的话。不过,对方的意图也看得越来越清晰,她毫不松口,说:"这么贵重的东西,你就是给,我也不敢要。我只是想查一查里面的一个方子。"

漂亮女人说:"那我借给您。你只管看,什么时候您舍不得还我了,我再送给您。"

她认定季月英不会还她。

季月英说："谢谢，谢谢。"

她无心再在这里喝茶，说："那我就告辞了。"

漂亮女人让小伙子捧着檀木匣子，送他们上车。季月英再一次感受到劳斯莱斯的大气、安静。这车像在水中滑行一样，不一会儿进了他们小区。

太谷酒店的主人

白天他走进太谷酒店时，看到大门口搭起了脚手架。工人们正在把原来的太谷酒店四个字取下来。他没有在意。

午饭他让秘书送了盒饭。省审计厅来了一位副厅长，商业厅来了一位巡视员，省发改委来了一位副主任，他都没有出面。要不出面就都不出面了，想自己在房间里吃了饭好好睡一觉。他眼窝是青的，忙碌了一上午显得更青了。批阅文件时他总是发困，真躺下要睡了又睡不着。打了一个盹醒来，再看文件，脑子清楚多了。

一连批了四十多个"阅"，一个字一个文件，这些文件加起来约有十五万字。从政别人看着风光，那份压力、劳累、孤独得自己承受，有秘书，有司机，这些人一样要你操心，风险都在不经意间出现，一放松就滑过去了，再出现时已经不可收拾。

前任市长就是秘书给他安排跟那个画家见面的，他自己没有收胖子的好处，秘书收了一张三万块钱的购物卡，这就是前任市长倒霉的开始。

你当了官，还有可以信任的人吗？

下午三点是蜀津集团的开工仪式，他得出席，为了让超人集团搬迁，他们加大了引进项目的力度，大项目他都亲自出面。省里有关部门领导来了他不出去吃饭，大老板的饭他一定要吃。

两点半离开酒店时，看到太谷酒店四个字已经被砸掉了，正在吊装的字他没看清楚，只看见漂亮女人在旁边站着。他问："怎么哪儿都有她？"

秘书说："这儿现在是她的地盘。"

怎么回事？

秘书答："画家出事后高档客户都躲着这儿，酒店经营不下去了，原来的老板只好退出，超人集团接了过来，要把太谷酒店的牌子摘了。"

他问："改成超人酒店？"

秘书说："超人集团名声不好，他们也不敢用。改成晋阳国际酒店。"

他悠悠地说："一改国际就大了，你什么时候知道的？"

秘书说："前天。"

他说："前天知道了怎么不告诉我？"

秘书无语。

他又说："市里天天有人上访，他们知道我在超人集团的酒店里办公怎么看，你一点儿政治敏感都没有。心里想的是，他不会也收了人家的购物卡吧？"

秘书跟了他六年，最大的优点是话少，最大的缺点也是话少。他对秘书说：一会儿我上台讲话，你过来把我的东西搬出来。

秘书答应着。

他当了八年常务副市长，曾经为不能升迁苦恼过。前任市长太干练，像金钟罩一样罩着他。人家升不上去他还有什么戏！熬到后来他都死心了，直到一把手和二把手的矛盾公开。

市委书记和市长一有矛盾，常务副市长分量就重了。他是市委常委，在常委会上可以用明的、暗的方式力挺书记的主张。在市政府，市长的许多思路要靠他来落实，他可以让市长的意图落到实处，也可以让市长的想法泡了汤。

大部分市，书记和市长都有或明或暗的矛盾，就跟两口子一样，天天表达着亲热，天天有摩擦。常务副市长要在里面拱火，没个挑不起事儿来的。

这是把双刃剑。表面上一、二把手有了矛盾对常务有利，矛盾公开了也不好办，左了不是，右了不是，搞不好火能烧到自己身上。常务的下一步就是转正，转不转正，一、二把手都有很大影响。书记的态度最重要，市长要是坚决反对，事情也弄不成。两个人有了矛盾能尽量不激化，这才是常务副市长的明智选择。

他与前任市长相处得很好，这个人爽快能干、思路清晰，有了问题敢拍板，出了事情敢负责，只是跟超人集团关系有些特殊，开始说前任市长儿子在国外的费用都是超人集团支付的，后来又说超人集团里有前任市长的股份，他对这些话不太相信，又不敢完全不信。

内心里他赞同书记的主张，常委会上却没表态。把一个大企业搬走了拿什么补这个窟窿？人们都说环境重要，GDP 也是环境，经济总量上去了省里另眼看待，老百姓钱包鼓了，闹事的就少。群众看不明白就认为里面全是腐败。人们说不是有特殊关系，超人集团怎么会给画家一下子支付五百万？

纪委调查的结果是，前任市长跟超人集团没有经济关系，他儿子没出过国，是某市国税局的公务员，把超人集团所有股东都查了，都跟前任市长没有关系。胖子多事，前任市长垂下眼皮没有表态，本来一帆风顺的命运就变了。

前车可鉴！

上级领导说，交友要慎，尤其不要跟老板交朋友。新项目是从成都引来的，不交朋友也不行，几十亿的资金人家投到哪里都成。第一次见面他就喝多了，在卫生间里吐得一塌糊涂，他当然没真醉，表现的是诚意，那么大的国企老板比他级别还高，不喝行吗？人家看见你的弱点才能放心你。

回到办公室，一位副市长告诉他，超人集团来了一位新总裁，是个女的，身材窈窕，容貌姣好，刚来就想拜访他。他说："现在没时间，以后再找机会吧！"

他们还是见了面，不过不是在他的办公室，是在一个公开场合。人没有到，香气先悠悠地飘过来，他握住这位漂亮女总裁的手，软绵绵的，柔若无骨。没说话先笑了，笑得跟铃铛一样，是小姑娘的笑。再仔细一看，他出汗了。

认识。

笑还是原来的笑，长得还有原来的样子，只是气质变了。两个人彼此客气着，谁也没有挑破。她也认出了他，或者说早就知道他在这里，这么一想，就觉得紧张了。

今天的开工仪式这女人也来了，明明记得是他先离开酒店的，当时这女人还在指挥工人换酒店的招牌，结果比他到的还早。他想起来，中间他停下办了点儿事。

他在台上讲话时，她在下面看着。她仰着脸的样子让他想起中学时代，那时他们每天在操场上向对方展示一个笑容。多么纯真！彼此除了好感没有别的！

仪式结束后，他看见她在路口站着，他猜她是在等他。他故意跟别人多说了几句话，希望把她错过去。她仍然在那里等着。他只好走过去。

市长好！

你好！

我来半年了，早想去看望市长，只是市长太忙，没给我机会。

你们也忙，这不也见面了吗？

我想单独跟市长汇报企业的一些情况。

噢，另外约个时间吧。他轻轻地推掉了。

他接任市长职务已经快一年了，超人集团仍然每天在排放臭气，地下水的污染没有改观。据环保部门汇报，她来了以后超人集团的排污量不但没有减少，反而增加了。

他说："我原来一直以为胖子是超人集团的老板，你什么时候上任的？"

她说："我是集团董事长兼总裁，他是这个分公司的董事长兼总经理，他给市里惹了乱子，我把这个分公司的董事长也兼起来了，他仍然是总经理。"

噢，好啊，好啊。

他一边说着，一边往车里走，她在旁边小跑着追赶，他喜欢这种感觉，愿意让市里人看到他对超人集团的冷淡。他相信，市里人很快就传开了。

前任市长出了事后，上访潮下去了，人们相信他能公正地处理污染企业。

上访也有好处，能给领导下决心的理由。上访平息了，他没有直接处理超人集团，而是加大了招商的力度，想在下一轮上访前把经济总量抓上去。

他知道会有一次摊牌，只是需要时间，需要契机。市委书记是新来的，他们在一起交换过意见，跟他的思路完全一样。只是见到这个女人后，他反而犹豫了。

他上了车，看到她在外面频频招手。这个小巧的女人有多大能量！她怎么走到今天这一步的？看着柔柔弱弱，其实从来都是她在操控别人。他们在一起完全是她主动，她说："我怕影响你高考！"一句话就化解了疑问。后来分开也是她的选择，连解释都没解释。当初站在她身边那个长着浓密胡须的老男人呢？

也许只是她路边的一道风景，他的命运其实一样。很难想象过去的她会成为今天的样子，仔细一想又毫不奇怪。她总在决定别人。

这一次恐怕要别人决定她了。

市政府门前聚集着越来越多的人，他想原谅她都不可能。内心里他害怕事情闹大，同时又在渴望给他一个理由。

车开了，漂亮女人又几步抢到车窗前，他放下车窗问："还有事吗？"

听说你睡眠不好？

是啊，年轻时就有失眠的毛病。

她笑了。他后悔，干吗要这么说。

她说："我认识一个不错的中医，让她给你看看吧。我有一个茶室，很清静的。"

再说吧。这就是他的拒绝。

她却不依不饶，追着车说："回头我跟您的秘书联系。"

车开走了。

名医都不是书呆子

上楼时，季月英对丈夫说："明天上午你有要紧事吗？"

丈夫说："有个短会，然后就自由了。"

季月英说："散会后你跟领导请个假，到外面买一台复印机，要质量好的那种。"

丈夫问："往哪里放？"

季月英说:"当然是家里。"

丈夫问:"干什么?"

季月英说:"让你买,你买就是了。把复印纸也买上。"

她从书里查到了好几个方子,哪一个有效还得试。有些药现在没有,比如说金汁这味药,你到哪里找去?

古书上说这药清肠胃之火有奇效,实际是把健康人的大便放在一个罐子里,埋在土里经过三个寒暑再倒出上面的清汤服用。这听起来荒诞,其实不过是古人的细菌培植法,健康人的肠道里有若干有益菌,用这种古老方法培植后再服下,可能会对患者有效,但这药现在没处找去。季月英只能让患者服她的药时,补充一些酵母或者多酶片。

有一些是剧毒药,蝎子、蜈蚣、毒蛇,还有的是重金属药,朱砂、雄黄、铅丹,她每次做这种冒险都很谨慎,光是中医的阴阳五行理论远远不够,需要现代科学知识。

这让她产生了好奇与兴奋,她埋在书里看到深夜三点,毕竟是快六十岁的人了,早晨起来头不舒服。她给自己冲了一杯中药粉,喝以后好多了。

冲剂里是四味中药,用粉碎机打成粉,简称四物汤。每个病人都得精神饱满地看,脑子不能糊涂。

三天后,漂亮女人再一次给她打电话,请她到茶室里坐坐。她去的时候让丈夫捧着那个檀木匣子,丈夫把局里的公车开回来,直接拉着她去了茶室。看他们捧着匣子进来,漂亮女人略略显出惊讶。

她说:"这么快就看完了?"

季月英说:"大部分我都看过,没看过的只是十几本。"

她说:"那也够快的。"

季月英一笑。

她又说:"我不是说过,送给你了吗?"

季月英说："我也说了，不敢要。"

两个人都笑了笑，都不自然。

她说："万一您以后还需要查什么呢？"

季月英说："我有办法，顶多再找你借就是了。"

这一次弹古琴的换了装束，中式对襟上衣，扣子是手工盘的襻儿，头发梳得光洁锃亮。《高山流水》是个老曲子，现在还在弹，可见从古至今知音都是难觅的。她回想起市长当年离开她时目光里流露出的不解，那个男人比她大十六岁，脸上是横七竖八的疙瘩，胡子却浓密旺盛，他嘴里浓重的气息让她难以忍受，时间一长也就习惯了。那个时候她有雄心，但是没有实力，她有青春，但是没有机会，阿基米德说给我一个支点我能撬动地球，没有人给她支点。

谁能给她支点，谁就是她的丈夫。这个男人能给。她看中的是他内心的软弱、精神的苍白，这个拥有庞大企业集团的男人，看起来成功，其实却离不开她的抚慰，可惜周围都是敬佩他的人，却没有人抚慰他。

他是出车祸死的，死前她已经把所有财产过到了自己名下。她接任董事长顺理成章，公司里没有不认可她能力的，他有三个孩子，她视同己出，对他的前妻也一样关照，他死了，公司依然是完整的，家庭依然完整。

许多人追求她，她不想再嫁了。再嫁她在公司里还有什么凝聚力？婚姻是个工具，已经起到了该起的作用。她解决性的方式是去做美容，躺在那里让面膜爱抚她，有时她睡着了，大部分时间她都睡不着，似睡非睡，她会回到自己的青年时代，回忆自己交往过的男孩子，这时候财产变得不重要了，反而成了她恨的对象。

一曲终了，她问季月英还要不要再弹一曲。季月英点头。这是个优秀大夫，成功的方式是几十年如一日的生活，一点点积累，一点点推进，直到病人认可。她受不了这种方式。她的成功是快速的，方式是不择手段地追逐，眼花缭乱地变身，她们谁更幸福？她比大夫钱多，大夫比她多了一个捧着匣子的丈夫。

她要让这位大夫改变原来的生活，让她知道外面的世界，改变她的两点一线，让她有欲望、有野心。这跟她的计划无关，只是想做一个试验。

古琴必须在心静的时候听，现在她听不下去了。她挥一挥手，演奏者下去了。走上前的茶艺师很漂亮，表演的是茶道。

她的婚姻是由一连串机谋构成的，支撑这些机谋的是欲望，她的欲望和对方的欲望。其实谁不是这样呢？欲望支撑了世界。死去的丈夫明白这一切。

自从他们结了婚，他总是喜欢自己开车。恋爱的过程自始至终是她主动的，她猜他后来对前妻充满了负疚感，前妻比她更聪慧，她比前妻更有进取心。前妻的大度是一把无影剑，时间越长，伤口越深。跟那些哭天抢地、跳楼上吊的女人一比，这才是杀人于无形的高手。他开车狂飙，不过是他忘掉伤痛的一种方式。

想到这里，茶艺师已经表演完毕。

她做了个请的手势，季月英端起茶盏放到唇边闻着，茶香清淡、悠长。季月英轻轻地点一点头，说："真好。"

茶艺师说："这是明前的西湖龙井。"

季月英说："怪不得。"

她说："您很懂品茗之道啊。"

季月英说："哪里？我不过是怕失眠，晚上不敢多喝，只敢闻一闻。"

她说："怎么不早说。"又对茶艺师说，"给我们换普洱吧。"

茶艺师有些不舍，说："这么贵的茶，五千呢。"

她说："请刚才那位演奏古琴的先生品吧，他演奏得很好。"

茶艺师换了普洱。

季月英却警惕了："为什么请我喝这么好的茶？"

她说："因为我钦佩你，我对各种专家都尊敬。"

季月英说："那太多了，你尊敬不过来。"

她说："像你这样的不多。看起来都是聪明人，能做到极致的有几个呢。"

季月英说："我也算不上。"她抬起眼看一下匣子，说，"没看过的书还很多呢。"

她说："我说过，这书归你。"

季月英摇摇头："你这么帮我，一定是想让我做什么。说吧。"

她说："想让你给一个人看病。"

季月英猜出是谁了，说："让他挂号。"

她说："当然可以，但是，他不能在你的诊室里看，我们选一个时间，请他来这里喝茶。你也来，好不好？"

季月英说："他为什么这么特殊？"

她说："当然特殊，因为咱们只有一个市长。"

季月英说："我们院长跟我说过，我没答应。我这里没有市长，只有病人。我来这里给他看病，一来一往，要浪费好些时间，我的病人在诊室里等着我。"

她说："为什么要在上班时间呢？我们约在晚上，比如现在这个时间段，我们不说是来看病，就是聊聊天，你给他把一把脉，开个方子。这是一种业余活动。"

季月英差不多被她说服了。

她又说："其实，我还不只想让您给他看病。更主要的是，想让您跟他成为朋友，通过不断地来往，给他提供一种理念。"

季月英问："噢？什么理念？"

她说："讲一讲您的经历，讲一讲你这些年做出的牺牲。不论是一个人，还是一个城市，发展总是有代价的。没有人做出牺牲不行。"

季月英很认同她的观点，说："是啊，天上掉不下馅饼来。"

她拍着腿说："就是这个意思。"

季月英说："我到现在还不知道你是谁，只知道你去诊室里找过我，你家里有一套好书。你开的车不一般。我猜你大概很有钱。"

她说："您把我看成一个女人就行，一个跟您谈得来的女人，一个愿意帮助您的人。我是超人集团的董事长，您叫我赵总也行，叫我小赵也行。"

季月英问："别人怎么叫你？"

当然叫我赵总。

那我叫你小赵。

她一怔，笑了。说："这才是您，与众不同。"

季月英说："我猜你喜欢别人叫你小赵。"

她说："当然。真能留住以前那个小赵才好呢。可惜留不住了。什么都有代价。我成了现在的我，但是小赵没有了。"

季月英听出来，她还是愿意让别人叫她赵总。她说："赵总，我挺想答应你，不过，我答应不了。每个行业都有每个行业的规矩，我没有在诊室之外看病的先例。"

她用手把匣子推到漂亮女人前面，说："谢谢你借给我这么好的书。"

出大事了，你摊上大事了

事情是这样的。超人集团附近五个小区的居民准备到省里上访，西市区领导知道后，向每个小区派驻工作组做疏导工作。他们说："超人集团的问题，一定要解决，但需要给领导时间，超人集团的员工有两千人，公司一下停产，这些人怎么办？搬迁到外地，搬到什么地方，这些员工是跟着走，还是失业，都需要解决。"

居民们把五个危重癌症患者抬到了会议室，他们说："我们受了十年害，从第一次上访到现在已经过了八年，八年时间抗日战争都打胜了，还解决不了一个污染问题吗？超人集团比日本鬼子还难对付吗？"

区领导向市里汇报，居民们在市政府门口等着消息。过了半个月没结果，他们组织了一个单车旅游团，两千人骑了两千辆自行车，沿着省道向北京进发。

离开省境后，每辆单车上打出一面小旗帜：××市××区抗议超人集团污染请愿团。消息很快传回本省，到了省市领导的办公桌上。市里紧急组织了几百名干部，坐着几十辆大巴追赶到了省道上。

他们赶到时居民们正坐在路边吃面包、香肠，喝矿泉水，对领导们的到来他们并不奇怪，这是预测到的结果，也是最好的结果。他们并不想把事情闹得特别大。

在规劝他们返回时，一个干部态度粗暴，跟一位居民互相纠住脖领子，旁边的人很快参与进来，演变成一场干部与居民的群体冲突，幸亏区领导当机立断，宣布给予那个干部纪律处分，居民们的情绪才平息下来。

省领导对这一事件很重视，两位主要领导都做了批示。

事件发生得这么突然，市长的失眠症加剧了。如此大规模的上访在本市还是第一次，这是一个重大维稳事件，市委召开常委会，决定立刻向超人集团派出检查组，具体落实交给了市政府。

市长知道，如果派出一个像以前一样的检查组，可能又是一个模棱两可的结果。他决定新的检查组由技术人员组成，知名环保专家要占三分之一，这些专家主要从北京、天津等外省市科研机构聘请，行政人员只负责组织，不干涉他们的检查结论。宁可慢一些，也要把工作做细、做扎实。

消息传得很快，许多市民给市委、市政府打电话，对市里的决定表示感谢。

当天晚上，漂亮女人给市长打电话，约他到茶室喝茶。他叹了口气说：我晚上不喝茶，怕影响睡眠。漂亮女人说："我知道你常失眠，只是借用一下那里的环境，想跟你在那里坐一坐，听听音乐。我请了一位中医，据说她治好了不少失眠症患者。"

他说还有别的公务，推辞了。第二天她又打电话，他答应了。

他们肯定免不了有一次见面，既然有一位大夫在，他觉得也很好。到了那里，发现根本没有大夫。他问："你说的那位大夫呢？"

漂亮女人有些尴尬，说："她原来答应来，我去接她，说家里临时有事，今晚来不了。真对不起。"

演奏古琴的师傅悄然进入，漂亮女人要请他演奏。市长挥了挥手说，算了，我桌上还堆了好些事，咱们聊聊天就走吧。你找我肯定有事吧？

她说："是为派检查组的事。"

他说："那不是好事吗？"

她说："好事？要是这样派检查组，我们超人集团只能从本市撤出。"

他问："为什么？"

她说："我们不可能达到规定的排污标准。达到规定的标准，需要再上五千万治污设备。最悲哀的是，花了这五千万我们也没法儿生产，因为再生产的话，要比现在的市场定价高出六分之一，我们坚持生产，要么卖不出去，要么降价，降价就意味着赔钱。"

他无语。

心里想，这个责任不该由市政府负，当初你们申报项目时所有排污指标都是达标的，市里每次检查，你们都信誓旦旦地说，你们从来没有排污，你们的废水是处理过的，废气是过滤、净化了的。为什么要欺骗市民？

当面指责毫无用处，他的责任是让她理解市政府的难处。他说："你也听说了，几千市民集体上访，这是重大维稳事件，我们不认真处理，省里也会认真处理。让省里来处理，你们集团更被动。"

什么集团，你也相信我们是什么集团吗？只不过是把同样的工厂办了三个。这些企业都不是我建的，是我老公活着时建的。他死了，他们家的人把董事长的帽子扣到我头上，这些企业完蛋了，我就是他们家的罪人。他们家的人饶不了我。她说着要哭。

你只想你们家的人，为什么不想想全体市民。他们一代一代要在这里生活下去，他们都希望健康、长寿。他却不好意思这么说，只是说："超人集团只有一条路，就是让企业达标，时代不同了，全体市民都有了共识，我就是想保护也保护不了你们。"

她说："政府想保护，总有办法保护。过去你们保护得了，为什么现在不能？"

他想说，那不是我，现在我是市长，我得为市民负责。

他把话又咽了回去。

她说："我知道，你首先得保自己，你保护了我，自己的官帽子就没了。"

他说："我没想过自己。"

她说："那你想谁？想老百姓？笑话，我还没见过想别人的人，更没见过想别人的官。人人都是为自己的。"

他说："那你为什么要求别人想你？"

她说："我没要求别人，是要求你。难道我们过去的感情不算了吗?"

他说:"这跟工作是两码事。"

她说:"只要是人,就不是两码事。"

他看着她!

她说:"过去的事,你忘得了,我忘不了!你知道我为什么结婚,知道我的感情属于谁,知道我真正爱的是哪一个!这些年我是怎么过来的,是靠一遍一遍回忆过来的。"

他想站起来走开,很后悔来了这里。她拿过桌上的纸巾,一张一张地抽着,不停地抹着汹涌而出的眼泪。他终于还是没有站起来。

大学毕业他分到省城一家建材公司,在办公室接电话写公文,对一个底层出身的孩子这已经是相当不错的出路,他满足,心里隐隐又有些不甘。一个周末,她突然来到公司。那时她已经开上了自己的捷达车,一副珠光宝气的样子。

在他简陋的宿舍里,她告诉他,你不该是现在这个样子,这家公司天地太小,公司办公室主任才是科级,你天天看一个科级干部脸色能有什么出息,你应该有自己的未来,别自暴自弃,想办法到一个更大的天地里。

他苦笑。一个县城出来的孩子能有什么办法,能进入这家公司已经不错了。

看着他为难的样子,她说:"没路子是不是,你不用管,一切交给我。"

他没有说感谢的话,因为他压根儿不相信。想到她为了一个老男人弃他而去,他就觉得她所有的承诺都毫无意义。快到吃饭时间了,他说:"我请你到外面吃饭吧。"

她摇头,说:"我知道,你恨我。"

他别开脸。

　　她上前抱住他，把脸贴到他胸前，说："别恨我，总有一天你能明白我。"

　　他漠然地看着窗外，唤不起丝毫热情。

　　她说："人是有等级的，有国王，就有乞丐，有公主，就有女佣，有领导，就有百姓。世界像一个金字塔，下面的人承受着最重的重量，上面的却活得最风光。我年轻，还有几分姿色，这是爹妈给的，我不能让人在上面压着我，我不这么选择，只能在下面被压死。"

　　他笑。

　　她说："你笑？为什么？他是老，是丑，可是他能改变我，他在这个社会的上面。我不可能不付出代价，毛主席说要奋斗就会有牺牲，我不牺牲给他，也一样牺牲给别人。"

　　他想，这是什么样的女人啊！

　　她仰着脸看着他，亲吻着他，说："别看不起我，我的心是你的，我有你，比别人得到的也不少。她们有爱情，我也有爱情，我也什么都有。"

　　她一边说一边流泪，用柔软的胳膊搂着他的脖子，一点点地把他的身体弯下来，她亲吻着他，脸上的泪水流进他的嘴里。

　　她的话震动了他，这么赤裸裸的人生宣言，不是特殊关系不会这么说，不知道为什么，他在不认同的情况下也产生了感动，这个女孩子比他想象的要苦。

　　她在他的宿舍里待到第二天凌晨，四点钟他还在沉睡，她叫他，他醒不来，说："快醒醒，我要走了。"

　　他说："天还黑着。"

　　她说："我得早早走。"

　　他却又睡着了。

　　她把他抱起来，把乳头塞进他的嘴里。他一会儿又睡着了，实在是太累了、太困了。她用冷毛巾给他擦脸，他仍然睡着。她有些无奈，就抱着他让他睡。后来她一遍一遍地亲吻着他，从头亲吻到脚，把吻印满他的全身。

他终于醒来。

将近两个小时里，他们不知疲倦。他觉得身体好得很，他有时说很粗野的话，她仍然笑着，抚摸他的脸，用手指拭去他额上的汗。这情景后来让他一次次回忆，心痛如割。

六点钟她走的时候，他又睡着了。她吻了吻他的脸，把灯拉灭，轻轻地关上了门。他一直睡到下午三点才醒来，一睁眼发现她不见了。宿舍里收拾得干干净净，桌上放了一张请柬，上面写着她婚礼的日期，时间却已经过了。

在他沉睡时，她刚刚举办了婚礼。他后来想，她实际上是提前把婚礼举办了，这让他在痛苦中感到些许安慰。这是个什么样的女人？他想不明白。但他知道，她不爱她的丈夫，根本不爱。

半年后，省委组织部通知他到省委政策研究室工作。别人祝贺他时，他显得有些愕然，他事先一点儿不知道。后来他想起她曾经说过："没路子是不是，你不用管，一切交给我。"

他高兴不起来。

这次调动改变了他的命运，他在省委大院儿工作了三年，被派到一个县当县委副书记，算是走上了从政之路。离开省城时，曾经想过要跟她告别一下，毕竟这是至关重要的帮助，想到上一次在宿舍里的告别，他打消了念头。

一个带着压抑感从政的人，爆发出的上进心是惊人的，没他吃不了的苦，没他受不了的累，没他经受不了的委屈。有一次，地委一位领导到他所在的县检查工作，酒席间倒了满满一茶杯白酒，足足有半斤，领导说："你把这杯酒喝了，检查就算通过了，不喝你们的检查通不过。"

领导当然是开玩笑，可谁说玩笑不会当真呢？领导就是领导，他说开玩笑就是开玩笑，他说不是开玩笑，就不是开玩笑。

他端起茶杯喝了，一道火舌滑进胃里。送领导走的时候，他东倒西歪、满嘴胡话，领导后来跟别人说："这小伙子实在，要好好培养。一年后他当了县长，听说是那位领导力荐的。"

那位领导调到另一个地区当地委书记时，把他要了过去，提拔成了县委书记，这两步都挺关键。他一直怀疑领导这么器重他，不是因为他喝酒实在，是另有原因，但领导自始至终没说，他也没问。直到领导退了，他也没问。

没听说那个领导跟她有什么联系，但许多事都是私密的，谁又说得清呢。

他有个信念，不论谁帮，都离不开自己干得好。什么叫干得好，吃苦多，受委屈多，就是干得好。能忍别人不能忍，就是干得好。只要能给县里引来项目，老板他也可以礼让三分；只要能给县里要来资金，在部、省的处长、科长面前，他一样可以弯腰鞠躬。他在三个县当过县委书记，每个县经济都搞上去了。

本来要提拔到市里，老领导一退，又放下了。他能做到不怨、不忿、不消极，别人给他鸣不平时，他说："我能当到现在这个职务就不错了，已经超过了我的能力。"

选拔副市长时，内定的人并不是他，但那个人犯了作风错误，被女方的老公堵住了，做了许多工作，女方不再告，把那人调到了市里另外一个局。虽然是平调，政治前途却彻底葬送了。人们都说这家伙太傻。

他不会犯作风错误，有一个女人已经让他知道了什么是女人，就像在酒席宴上大吃了一顿，再看见肉都反胃了。

他也不贪财，她是为了财变成这样的，他知道那叫异化，如果跟她一样，他这一生还有什么价值？以前他听别人说过，女人是男人最好的教科书，他信。她帮助他改变了命运，也给了他最大的屈辱，想到她的命运，他并不恨她。

从在这个市一看见她，他的失眠症就犯了，人们说回忆是美好的，对他不是，回忆是一把剑，在原来被刺痛的地方，做着重复的切割。他彻夜难眠，为自己，也为她。鲁迅说悲剧是把人生有价值的东西毁灭给人看，她亲身向他证实了。

现在她在拭泪。看得出来，她一直在克制。想到别人随时可能进入茶室，他有些不安。走又不合适，把一个正在流泪的女人留下，人们议论更多。不过她很快止住了眼泪。她到卫生间里补了妆，再回到茶室跟平常完全一样。

她的确与众不同。她的善解人意和自制力远非一般女人可比。在她有克制的宣泄面前，他想过退让，但他知道不行，他身后站着几十万市民，人家允许他退吗？一个女人有再大魅力，也不能跟几十万市民比。

现在，到了该离开的时候了。

他说："就这样吧，我还有事。"

她说："你再考虑一下，为我考虑一下。"

他说："我不敢答应你，就是答应了也不算数，这是市委常委会研究决定的。"

她说："具体执行是你啊，一切都在你。市里的事终究还是领导说了算，再大的专家也是听领导的，有时一个暗示就能解决，只要你想帮我。"

他想，怎么可能，几十万老百姓都不是傻子。但他不说话。

她说："我们三家企业面临一样的问题，当年我的先生不会做别的，我们来这里是你们请来的，那时把我们当成了金娃娃。我们给这个城市贡献了好些利税，怎么能忍心一脚踢开。如果是你们一家这样我也认了。这里的垮了，另外两个企业也办不长。我怎么办？"

他仍然不说话。

她说："看来，我真是老了。老得没人愿意管了。"

她又要流泪。

他觉得该说一些话，真诚的话，他想了想说："过去的事我没忘过，你说你是靠回忆活过来的，我也是一路失眠过来的。我在夜里一遍一遍地数星星，一遍一遍地念1、2、3、4、5，我的家在省城，我一直不肯让老婆到这里工作，我有家，却大部分时间是单身，我选择聚少离多的生活，你觉得我幸福吗？"

她看着他。

他说："想一想你是怎么过来的，就能体会我。"

她说："你够冷酷的。"

他说："不是冷酷。市里以前给了你们机会，你们放弃了。许多事不是一个人能定的，再大的领导也不行，任何人都得跟着时代走，你要么彻底治理，要么离开。"

她说："那我们几十年辛苦挣来的这份家业，就彻底完了。我能甘心吗？你忍心让我破产吗？"

他站起身，提起桌上的包。

她拦住他，说："就算我求你行不，你的儿子求你也不行吗？"

他说："儿子？"

她说："要不要我把他叫来，跟你见一面？"

他又坐下了。

市长没事，就是累的

市长在开会时突然晕倒。

进入八月，本市连降大雨，昨晚市长从茶室回到市政府大院，暴雨突然倾盆而下。他在雨声中几乎彻夜未眠，想那个女人说的儿子，他相信是真的，一个女人不可能拿这种事胡说，她应该早点儿告诉他，如果不是企业面临关停，他可能永远不知道，她是怎么让她老公打消疑虑的？

雷声越来越大，闪电蛇一样从窗前闪过，暴雨打在玻璃上噼啪作响，他站起来看着窗外，在密密的雨帘里，看见大院里的积水越来越多。这雨到了农村怎么样，还有山区，暴雨的面积有多大，有多少县遭了水灾？

深夜四点他让办公室值班员给市气象局打电话，市气象局说，这场暴雨几乎遍及全省范围，本市的降水量最大，其中市区和市区东边的一些县降水量达到120多毫米，为十年来最高的一次。一些县已经形成了灾害。

凌晨五点他起来布置救灾工作，把有关局室领导从被窝里叫起来，由他牵头组成救灾领导小组。雨一直下到早晨九点，市区主要路段严重积水，交通阻塞达三个小时，有些领导是蹚着水徒步赶到市政府的。

市政府办公室报来的情况是，有六个山区县遭受严重洪水袭击，其中一个县城，四个乡镇受灾严重，三十多个村庄被冲毁，受灾群众达三十几万人。

市政府紧急跟驻军联系，解放军和武警部队在第一时间赶到灾区，为灾民送帐篷、被褥、方便面、矿泉水，因为山区交通设施不足，部分路段被冲毁，救援的车辆被阻在半路，他召开紧急救灾电话会进行协调，刚刚布置完，突然倒在了会议室里。

消息很快传开了，一些干部群众给市政府打电话，询问市长的病情。市政府秘书长说："市长没事，就是累的。一时感动了很多人。"

卫生局听到市长晕倒，立刻组织专家到市政府大院儿，专家们会诊的结果是，市长没有大的器质性病变，只是因为睡眠不好又加上太累，导致短暂休克。

西药治疗失眠没有好办法，市长已经吃过太多的安定、利眠宁，而苯巴比妥、速可眠、安眠酮又容易产生耐药性，甚至成瘾，专家建议用中药调理。

卫生局长问麻脸院长："你们医院的季月英不是治失眠不错吗？让她过来。"

麻脸院长面有难色。

秘书长说："让我的司机开车去接。"

麻脸院长只好说出实情："季月英从不出诊。"

秘书长指着他的鼻子说："你这院长也当得太窝囊了吧？连个大夫都调不动。"

麻脸院长说："你说我窝囊也行，其实别人当院长也一样。别说她退休了，不退休也没人请得动她，退了休外面有八十家私立医院等着请她，我们好不容易把她返聘回来，天天拿两只手捧着，生怕让人家抢走了。"

秘书长问："那怎么办？"

麻脸院长说："不管是谁，想看病就得去她的诊室，还得挂号。"

秘书长跟麻脸院长在走廊里说，市长在里面听到了，喊他们进去，问怎么回事。

秘书长说："中医院有个叫季月英的大夫，我们想接她给你把把脉，院长还为难。一个普通大夫，院长硬是调不动。"

院长脸上的麻子坑儿都红了。

市长说："那就去她的诊室好了，这有什么。不过，今天我得去灾区，来不及了，明天我去。"

市长这么大度，感动得麻脸院长不知说什么好。

市长其实并不真打算去诊室。昨晚，漂亮女人说要把季月英请出来，大夫推托家里有事，没有去。漂亮女人说，打算今天晚上把季大夫请到茶室，到时候，他的儿子也会在茶室里出现。

许多官方途径做不到的事，民间能做到，大夫不拿院长当回事，不见得不拿企业家当回事。至于她用了什么办法，她不说，他也不想问。请一个大夫看看病，本来也算不了什么事。他想，如果晚上在茶室里看了，白天就不用去诊室了。

两个护士进入市长办公室，准备给市长输液，市长说还要去灾区，秘书长只好临时给市长换了一辆七座的面包车，让护士到车上扎液，市长到了灾区，差不多正好输完。市长同意了。

他其实更相信中医。西医无非是输一些能量合剂，治不了本。救灾关键时刻，一点儿觉也睡不了，他怕顶不下来。

昨天夜里他一夜没睡，不断地回想同事家的男孩子、亲戚家的男孩子，想象即将见到的孩子长什么样。他脑子里闪过一个个帅哥。女儿降生时他喜欢得不得了，跟老婆说女儿比儿子好，女儿是爸妈的贴心小棉袄。现在他渴望见到儿子。车在市区行驶，他看着车窗外的大街，路边走过的每一个男孩子都让他神往。

他的胳膊上还输着液，一个护士一个大夫守在他身边，女孩子不停地笑着，男大夫显得沉稳些，他希望他的儿子像这个女孩子一样快乐，又像这个男大夫一样做事沉稳、不卑不亢。车进入县里，沿路看到许多被雨水倒伏的庄稼，一些冲毁的路段无法行驶，司机只好小心地绕开，护士紧张地用手扶着输液瓶子，他问用不用把针拔掉，护士看着大夫，小伙子果断地说："不用。他站在护士旁边，两个人扶着。"

车窗外一个小伙子刚刚从地里出来，大大咧咧地唱着歌，听得出来，学的是腾格尔的调子。他打开车窗问："你们家的地受灾严重吗？"

小伙子说："你看吧，有不严重的不？"

他问："那你还唱。"

小伙子说："那我也不能哭。"

他问："为啥？"

小伙子说："男人哭，女人咋办？老婆在那边看着呢。市长哭我都不哭。"

他问："你咋知道市长哭？"

小伙子说："上头有大官看着他呢，再受两回灾，他就升球不上去咧。"

路边几个农民笑了，车里的护士也笑。

他关了车窗，苦笑。

那一路他跑了三个受灾最严重的县，下午四点，她给他打电话，问晚上能不能在茶室见面。他说："今天赶不回去，明天吧。"

第二天晚上到茶室，她已经在等着他。他问："大夫呢？"

她说："儿子去接了，马上就过来。"

他心里热乎乎的。

他不说儿子，跟她说了市里的受灾情况，她说："今天上午我们集团开过会，董事会决定，向灾区捐款二百万元。"

他说了声谢谢，心里想的是，有这钱为什么不把污染彻底治理一下，想用钱改变超人集团在市民中的形象是不可能的。公司排出的废水污染了双龙河，洪水一冲，死鱼冲到了岸上，农民家的狗吃了死鱼在院子里口吐白沫，二百万不算少，却减少不了农民对超人集团的仇恨，解决不好，仇恨会转嫁给政府，转嫁给市领导。

他说："尽快把污染问题解决了，让市民看到你们的诚意，这比什么都好。"

她说："我们准备立刻进行整改，市里能不能先不派检查组？"

他想，那又为什么？既然想改，就没有怕检查组的道理，显然又是一个拖延战术。他说："派检查组是市委常委会定的，我怎么能改变？

你不要以为我是市长就能决定一切。"

手机响了，她拿起来问："接到了吗？对方显然说没有接到。"她说，"那你先上来一下。"

他紧张起来，觉得心在跳。深深呼吸了几次才让自己平静下来。迎宾小姐领上来一个小伙子，长得很帅气，高高的个子，清秀的脸庞，他从那张脸上真看得出跟自己相像，她没有说谎，这是他的儿子。

她介绍说："这是妈妈年轻时的朋友，咱们市的市长。"

小伙子说："市长您好。"

她说："不，你应该叫大大。"

这里人的方言，管伯伯叫大大。

小伙子说："大大您好。"

他说："你好。他拍着旁边的沙发说，坐下吧，你多大了？"

小伙子说："二十八了。"

他说："成家了吧？"

小伙子说："还没有。"

母亲说："他去年刚从英国回来，我严令他不能找外国人，一定找咱们中国人。"

他说："有朋友了吗？"

小伙子说："有一个，我妈不同意。"

他说："噢，为什么？现在恋爱自由嘛，当然，也要征得家长的同意。"

母亲说："我这么大的企业，儿子的婚姻可不敢掉以轻心，一定得找一个可靠的、品行端正的，容貌还得说得过去。"

他对小伙子印象不错，这也算富二代了，一副知书达理的样子，没有一点儿狂狷气，他母亲当年多么任性，孩子却谨慎老实，他在性格上应该更像父亲。

母亲问："怎么没接来季大夫？"

小伙子说："她说她不出诊。我告诉她是市长，她说晚上有事。"

母亲说："她那天明明答应了我的。"

小伙子说："她说，破了这个例，以后就没办法拒绝别人了。"

母亲说："好，那你下去吧，妈妈跟大大说事儿。一会儿我们走的时候给你打电话。"

小伙子冲他点了点头，轻轻地走了。

他不由得站起来，真希望这个孩子不要走。她冲他做了个手势，让他坐下。他又坐下，望着小伙子的背影在门后消失，他好长时间说不出话来。心底升上来的温暖几乎融化了他，他突然对眼前这个女人不恨了，埋藏了几十年的疑虑荡然无存，反而生出一分感激。

她不容易。

所有成功都要付出代价。把孩子生下来需要勇气，培养成人也得处处小心，她老公身边那么多人，没人怀疑过吗？所有艰难她没有说，也许对她来说，已经习惯了吧？他转过头看她，发现她在拭泪。

他不问了，再问让她伤感，也没有意义。

她站起来去了卫生间。

回来她已经补好了妆，显得很平静。年轻时她就比他敢想敢为，现在她似乎更有信心了。自古就有母凭子贵的说法。坐在他面前的，现在已经是两个人。

她说："我只有一个儿子，集团将来肯定要交给他。"

这是在逼迫他。

她说："我把儿子养大了，得把他培养成人，让他继承事业，还得把事业发展起来。"

他说："靠现在的企业不可能发展，污染企业没有出路，不光是你，别人也一样。"

她说:"总得给我们时间吧。"

他不说话。他知道,跟她说什么都没用。人不可能改变对方,却可以坚守自己。他不是白白失眠的,在不眠之夜他已经想好了出路。他可以向省里写辞职报告,以严重失眠为理由,要求调到别的地方工作。

省里会安排他到二线岗位,不过,这也等于断送了升迁之路。

他说:"你死了这份儿心吧,专家检查组不可能取消。"

她问:"为什么?"

他说:"我失眠症严重,无法在市长任上继续工作,就是答应了你,也没有用处。"

她有些慌:"失眠又不是大病,可以治呀!"

他说:"西医治标不治本,对付失眠没好办法,除非我能摆脱开繁重的工作。我已经准备辞职了。"

她说:"那就中医,让季月英给你治。"

他说:"我一个市长,不可能天天去她的诊室,你能让她到市政府来吗?"

她不说话,猜测他的意图,是不是在拒绝?

他说:"你看,一个医生尚且不肯改变自己,何况我是市长!"

她说:"在我眼里你不是市长,你是县中学的一个高中生,建材公司的一个小职员,穷县城里的一个小县长,还是……"

他站了起来。

她说:"不就是出一趟诊吗?我能让她出来!"

《外台秘要》的价格

第二天她去了季月英家。

事先她没打电话,站在外面敲了半天季月英才开门,脸上显出不认识的样子。问："你找谁？"

她说："季大夫，忘得好快啊。"

季月英说："我天天见的病人多，记不住。"

她不相信季月英忘了，说："还记得那套《外台秘要》吧？"

季月英显出想起来的样子，说："噢，请进。"

一个大夫的门都这么难进，时代真是变了。季月英甚至没给她倒一杯水，只是坐在那里看着她。她看见客厅里放着一台复印机，是日本松下的，好像是新买的。她想，都以为这个大夫是书呆子，其实她不是，只是不按规矩出牌罢了。

她说："那套《外台秘要》还是送给您吧，我不搞医，在我那里放着没用。好东西应该给真正用得着的人。我儿子在下面，我打电话让他拿上来。"

季月英说："我已经用不着了，那上面最想知道的两个方子，我已经抄了下来。"

她说："以后，难免还会在上面查些什么，您不用客气。"

季月英说："我帮不了你什么。你要是看病，只能到我的诊室，我一定尽心看。"

她把路堵死了。

她说："我需要您的帮助，帮助我就是帮助全市的人。现在正是抗洪救灾的关键时刻，市长天天夜不能寐，他怎么工作？"

季月英说："你不是超人集团的董事长吗？什么时候成了市政府的？"

她说："我跟市长是私人朋友。"

季月英说："私人朋友？就算是我的私人朋友，我也不能破坏自己定下的规矩。我也犹豫过，可我答应了你，还怎么面对我的病人。"

她说："跟您直说了吧，那套《外台秘要》是我花大价钱买来的，就是为了跟您认识，为了让您帮我这个忙。"

季月英说："那时候还没下雨吧？"

她被问住了，说："是。那时候还没有洪水，不过，市长那时候就失眠，我跟他是私人朋友，想帮他。"

季月英问："那套书多少钱？"

她看着季月英，不说。

季月英说："你不说我也知道价格不菲。私人朋友，这个忙帮的也代价太大了吧？市长出来看一次病，就这么难？"

她说："价格不菲我也送给您。"

季月英说："我不要，无功不能受禄。"说着季月英站起身说，"对不起，你先坐一下，我去吃点儿药。"

季月英进了里屋，过了十几分钟，季月英仍然没有出现。季月英的丈夫从里屋走出来，对她说："赵总，月英有些不舒服，你先回去吧！"

她站起来："我能到里屋看看她吗？"

季月英的丈夫说："她让我告诉你，要还是原来的事，就不要再来了。"

她说："打扰了。"

离开季月英家，她心情很不好。她是不是操之过急了？因为洪灾，市里暂时还顾不上超人集团的事，听说专家已经联系好了，只等市长一句话。市长再忙也等不了多少时间，她必须让他尽快改主意。

儿子开着车，问她去哪里？她说回公司。快到公司时，她又给季月英打电话。

季月英说："你已经说清你的意思了，我也回答了你。"

她问："为什么？"

季月英说："我也跟你说过了。"

她说："你看不起我可以，难道连市长也看不起吗？"

季月英说："在我这里没有市长，只有病人。他真想把病治好，不会在乎来一趟我的诊室。他要不想治，就是我去了他的办公室也一样治不好。"

她问："不想治？是不是市长跟您说过什么？"

季月英说："我不认识他，我说的只是一个道理。"

她问："那部《外台秘要》，您大概复印了吧？"

季月英问："你怎么知道？"

她说："我看见您家有一台复印机，是新买的。"

季月英说："是，我复印了。"

她说："《外台秘要》是孤本古籍，你没有经过我同意就复印，这怎么说？"

季月英停顿了几秒钟，问："你说怎么办？有什么条件你可以提，我都答应你，但是出诊除外。"

她心想，我才不会提出诊的事呢，出诊要你主动提出来。

她说："我的条件是您把这套书买下。"

季月英说："可以。你说价儿吧。"

她说："八百万。"

她知道季月英挣钱不少，八百万谅她也拿不出来。

季月英说："八百万？你是超人集团的董事长，这么讹诈别人不怕有损你的声誉吗？"

她说："这钱我不要，直接捐给灾区，怎么会损害我的声誉。"

季月英口气缓和下来，说："我付不起你这么多钱，你可以提别的条件，咱们再商量。"

她说："我没别的条件，有别的办法，你提。"

季月英说："那好，只有一个办法，你到法院起诉我，让法院解决。"

沉默。

她说:"您觉得走到那一步,有必要吗?"

季月英说:"书是你的,我有什么办法!"

她说:"那好,您等着吧。"

车停下,她下车,进入集团大楼。

董事长办公室在十六楼,站在办公室窗前能看见市政府大楼,市长楼在市政府大楼后面,是一座普通的灰色小楼。

企业刚刚建成时她悄悄来过一次,市里没人知道她来,公司内部也只有高层几个人知道。那时她就站在这里看着市政府大楼。她知道他在这里当常务副市长,她不出面,是为了他的安静。

当初要不要到这里发展,她也曾犹豫过。并不想再见到他,也不想让他庇护什么。现在他当了市长,到了从政的黄金时节,她的企业却遇到了最大的危机。不是生死攸关,她怎么会把儿子的事说出来。

这个秘密她是准备带进骨灰盒里的,说出来,是逼他出手相救。

想到这里,她恨那个姓季的大夫。

季月英的妙方

赵总走后,我也失眠了。

治失眠的大夫失眠,是不是挺好笑?其实很正常,病人得的病医生一样得,医生能把病人治好,却不一定能治好自己的病。

从一见到这个漂亮女人,我就觉得她不一般。她目光飘忽不定,走路快捷轻灵,看得出来,她脑袋里同时动着七八个念头,别人说一句话,她心里有四五种反应。她说话并不快,跟她的动作正好相反。动作反映了她的天性。我小时候,大人告诉我不能嫁这样的男人,这种男人心太活,靠不住。她说话慢却是长久修炼的结果。不是干大事的女人不

165

会用这种语速说话。

她眼睛挺亮，一闪一闪的。她看着我时，我觉得眼睛后面还有一双眼睛，为什么会有这种感觉我不知道。我天天接触七八十个病人，什么样的眼睛没见过？平时我不怎么注意眼睛，更注意舌头，各种舌像印在我脑子里。不过，这样的眼睛我是第一次见。当时她问我能不能到外面看病，我拒绝了。

说起来是我不好，不该复印《外台秘要》，那是人家花大价钱买来的，我实在是太需要它了。我知道怎么得到它，从她一跟我提起这本书，就明白她的意思。

谁让我出诊都不行。为什么我不说清。出一趟诊没什么了不起，就算是耽误一点儿时间也能想办法补回来。我就是不出诊。

丈夫问我："出去就低了你吗？"

我说不是低不低的事，医生地位高不高全在你看病。看不好病，在诊室里坐着也是低的，看得好病，出诊也是高的。我不出去是我的习惯。一个人什么都好改，习惯不好改。

她走后，我后悔复印了她的书，我愿意赔偿她，八百万显然是个笑话。她说八百万是想逼迫我，我一辈子没向病认过输，也没向人认过输。为此我付出了代价，没有后悔过。

我答应把复印的那些也交给她，她说："我怎么知道你复印了几份？"

这难住了我。不过，越是这样我越不出诊。这件事院长跟我说过，丈夫跟我说过，后来这个漂亮女人又说。听说市长天天失眠。失眠原因很多，肾虚、阴虚都会失眠。最大的原因是心虚，心虚又跟血虚有关，血不养心，心当然会虚。我心虚，是因为复印了不该复印的东西，人家不答应自然焦虑。一般医生治疗失眠都从思虑过度上用药，我用养血的办法比别人有效。其实，最好的办法是找到心症。如果能找到一个办法，不用我出诊，市长也看了病，这比什么药都有效。市长何尝不是如此！

那一夜我凌晨四点才睡着，早晨八点上班。我走进诊室时，丈夫就出了事。

他在机关里上班可以迟到，我离开家后他才骑着电动车出来，走过一个弯道，一辆奥迪突然从左侧超过来，他刹不住，电瓶车撞了奥迪的后腰。

中午回到家时，他一瘸一拐的。

交警判他全责，我没觉出有什么不对。奥迪的司机给了他五百块钱，让他自己修一修电瓶车。人家走后，他才想起自己腿疼。到医院里拍了一张片子，左腿胫骨上有一条裂缝。五百块钱连修车带修人，肯定不够。不过，在交警判了他全责的情况下，奥迪司机还给了他五百块钱，我觉得这司机还不错。

午饭是我自己做的，我不能让一个腿骨折了的人给我做饭，现在得我伺候他。他伺候了我这么多年，我正想有一个机会告诉他，我是把做饭的机会让给了他。吃饭时他告诉我，司机说那辆奥迪是超人集团的，我就觉得不对了。

事情能这么巧吗？

晚上漂亮女人又给我打电话，没有提我丈夫被撞的事，只是问我能不能出诊。我告诉她，我丈夫腿骨折了，我得照顾他，不光不能出诊，诊室我都去不了。

实际上我不可能不上班，再大的事都不能让我不出诊。我母亲去世那一天，我仍然出了半天诊。我离不开我的病人。

上班时我一直惦记着丈夫，我用十二味中药熬制了一罐子药膏，一天两次抹在他腿上，不到一天他就能在地上走动了。上午看到三十个病人的时候，我给家里打了电话，他说他的腿已经不疼了。中午他能

167

做饭。

那天夜里，他说敷药的地方痒得厉害，我把药揭开，给他换了一帖新药。我在原来的药膏里加了一味新药，再敷上问他怎么样，他说虽然还痒但是可以忍受。

我们说话时，听见客厅里一声巨响。我奔到客厅，看到玻璃碎了，一块砖头从窗外扔了进来。我走到窗前往楼下看，外面黑漆漆的，什么也看不见。丈夫问怎么了？我说没事。让他接着睡。

我把客厅的灯熄灭，继续往楼下看。过了十几分钟，一辆黑色轿车开走了。

丈夫从里屋走出来，问怎么回事？我说没什么。我拿出手机，打了110。民警听我说了经过，说他们很快过来。

等民警时，我跟丈夫并排坐在沙发上，我们两个人紧紧靠在一起，彼此的手紧紧握着。我有些难过，一切都是我惹出来的，丈夫没有埋怨我。我除了看病什么都不会，在这个家里，他像一个大人，我像一个孩子。有孩子任性的时候，没有大人任性的时候，有孩子不讲理的时候，没有大人不讲理的时候，我给这个家里惹了祸，承受这一切的是他。

我问他："你后悔吗？"

他问："你说什么？"

我说："娶了我，你后悔吗？"

他说："不后悔！谁后悔谁是小狗子！"

我们都笑了。

来了两个民警，一个瘦高个子，一个矮胖子，他们看了现场，问我：这些日子你们是不是得罪了什么人？

我坚决地说："没有！我是个大夫，除了看病，跟别人没有来往。经我看过的病人，没有不感谢我的，我给他们看好了病，怎么会得罪他们？"

瘦高个儿民警说:"实话跟你说,你要是提供不出什么线索,这案子真不好破。砸一块玻璃对你们家是大事,到了我们局里就是小案子,杀人的还有三起没破呢,哪有时间管这些小社会渣滓的事。"

我流了泪。

矮胖子安慰我说:"不过也没事,有时破了别的大案,顺便也能把小案子带出来。我们留心就是了。"

他们走后,丈夫问我为什么不提超人集团的事。我说:"提了又有什么用?说不定提了,案子更不好破了。"

丈夫不再说什么。

我一直等着那个漂亮女人再给我打电话,当晚却没有打。我以为她死了心。没想到第二天下午三点她打来了电话。我正在上班,还是接了。我说:"我一直等着你的电话。"

她说:"你怎么知道我会打?"

我说:"当然知道。"

她说:"那我也不客气,还是原来的事,求你出诊。"

我说:"我不出诊,谁求都没用!别说砖头,就是拿刀求也没用!"

她说:"你说哪儿去了,我听不懂你的话。"

我说:"你能懂,当然懂。说完我把手机挂断了。"

下午五点半,也就是快下班时,院长陪着市长来到诊室。我从来不看电视,不知道他是市长。我正在把脉的一个病人看到他们进来,站起来,说:"市长来了,您先看吧。"

我终于等来了他。在他后面,我看见除了我们院长,还跟着两个男人。再往后,站着那个漂亮女人。她看见我看她,冲我笑了一下。

我没笑,把眼神收回来看着市长。市长的脸是青的,眼圈儿发黑,眼睛里闪着几道血丝。我示意他把胳膊放到脉枕上,他的脉象迟而涩,困扰他的远远不只是失眠。我让他伸出舌头,舌体胖大,舌苔厚腻,这种舌象绝不是简单的补就能改变。

我说:"市长,你来得太晚了。"

市长说:"怎么?难道我的病治不了吗?"

我说:"那倒不是,只是病积累得多了,光吃几服药就不行了。"

市长说:"你让我来几次,我就来几次。"

我给市长开了药,告诉他不要让药房煎,最好自己在家里煎。

市长说:"我这里没有家。"

漂亮女人笑着接过话头:"我给你煎。"

我看着市长,想说不要让别人煎。话到嘴边我改了说:"还是自己煎好。你要是信得过我,我晚上给你煎也可以,让我的学生给你送去。"

市长说:"那怎么好意思?我的秘书能煎。他煎和我煎一样。"

站在他后面的小伙子,接过了我手里的药方。

市长却不走,看着我,问:"我的病能治好吗?"

我说:"当然。一个市的病都能治好,何况一个人的病。"

市长低了头,我知道他在想什么。他又问我:"能不能告诉我,为什么从来不出诊?"

我说:"习惯。出一趟诊就少看二十个病人,我不能为一个人耽误二十个人。另外,我还想告诉市长一件事,我的老伴儿被车撞了,接着我们家深夜飞进来一块砖头,随后一辆黑色轿车驶出我们小区,小区的门卫告诉我们的车号,竟然跟我老伴儿撞的是同一个车号,你觉得奇怪吗?"

市长一怔,说:"有这种事?"他扭头对身边的人说,"通知公安局,查一下那辆车。"

我看着那个漂亮女人,说:"谢谢市长。"我看到她的脸色很不好看。

市长说:"不用谢,你不肯出诊,不会是不喜欢我这个人吧? 咱们市里,不喜欢我这个市长的人多吗?"

我说:"在我这里无所谓市长,我只有病人。你来了我这里才是我的病人,你不来,就不是我的病人。"

市长看着我,听着。

我又说:"从我一参加工作,就因为固执显得不合群,领导都不喜欢我。那时候我夜里也失眠,我在深夜里对自己说,我是大夫,领导喜不喜欢不要紧,病人喜欢就行。"

市长说:"是啊,这就不容易。"他站起来,跟我握手,说,"我是病人,我喜欢你。"

我说:"你有了自信,失眠自然就好了。"

茶室里,最后一次见面

案子很好破,因为是市长布置下来的。

大街上有监控,季月英住的小区里也有监控。调出来一看就明白是同一辆车,车是超人集团的,把司机请到公安局里一问,知道那两个时间段他没有开车,把车交给了老总的儿子。

事情汇报给了局长,局长请示市政府。秘书长说:"市长有话,依法办事。"

想不到这个文文静静的小伙子,心这么黑,手这么狠,干警们吃的也是自来水管道里的水,呼吸的也是本市的空气,对超人集团早就恨透了,听到是漂亮女人的儿子,自然要照顾一下。

办案不能打人,把他跟谁关到一起却是干警的权力。正好刚刚抓了两个惯犯,从监狱里刑满释放不久又犯了抢劫罪,干警把小伙子推进那个房间时冲两个惯犯使了个眼色,两个人就全明白了。

儿子被抓，漂亮女人坐不住了。她赶到看守所，看守所不让探视，花了很多钱，请客、送礼，终于见到了儿子，她一看儿子满身的伤痕就哭了。

到了这时候才明白钱没用，花多少钱都摆不平市里人对她的仇恨，所有干警都对她客客气气的，都为她的儿子惋惜，都劝她别着急，都说这孩子不该这样。她买了九千块钱一条的烟，人家当着她撕开了抽，却说放是不可能的。你就是给我们抽二十万一条的烟，我们也不敢枉法。

钱没用，市长有用。

当晚七点她去了茶室，在那里给市长打电话，无论如何要见一面，不见我活不下去了。

市长问什么事。

她说："你快来，电话里说不清。"

市长姗姗来迟，有省里的领导，有北京的客人，有浙江的老板，他都要接待，赶到茶室已经晚上十点了。漂亮女人觉得每一分钟都熬不下去了，她像温水里的青蛙，随着水温的上升以秒计算着时间。市长走进茶室时她的眼睛已经哭肿了，到卫生间快速补了妆，出来刚刚跟市长说了两句，泪水又把妆冲了，她索性不再补妆，就这么肿着脸跟市长说着经过。

市长直直地望着她，好长时间不明白她说什么，那个清清秀秀的小伙子，甚至有些腼腆，有些拘谨，他把砖头砸进别人家窗户里，把人家的腿撞到骨折，他怎么会这么干？

他问："谁让他这么干的？"

漂亮女人不说话。

他又问："他是个孩子，心怎么这么狠，是谁让他干的这种事？"

迟疑了半天，漂亮女人终于说："我。"

他又问："为什么？就因为季大夫不肯出诊？"

漂亮女人说:"做企业哪那么容易?"

他说:"这跟做企业有什么关系?"

漂亮女人说:"靠正常手段,连百分之五十的问题都解决不了。

那谁容易?你以为当大夫容易,当老百姓容易?他们在家里看着电视,在街上走着路,祸从天降!他们老实本分地活着,腿好端端地骨折了!

她笑了:"你说什么都晚了,儿子进去了。"

谁的儿子?

你的。

我没有这样的儿子,这世上也少见你这样的母亲。你指使自己的孩子犯罪,天下有这样的母亲吗?

你不就是想说,我不是人吗?我不是人,也不是从现在开始的,几十年前就不是了。从嫁给那个老头子起,我就不是人了!

那你是什么?

我是动物,我是要钱、要势的动物,你满意了吧?

他不再理她,心里想下一步怎么办?难道真把那个孩子送进监狱吗?可是,他能让一个罪犯逍遥法外?他有这个权力吗?

漂亮女人看着他流下眼泪。她说:"从我结婚那天起就不是人了,但我在你面前是人,因为我真心爱你,我在儿子面前是人,因为我真心爱他。"

他站起来走到窗前,看着茶室外面的天空,看着满天星斗,他细细数着天上的星星,不一会儿就数乱了,他听见她在身后抽泣。

他故意不理她,让她哭吧!她把这个城市的空气和水都搞坏了,让市里好些人得了怪病,自己发了财。她指使自己的儿子犯罪,把孩子推进了看守所。她告诉你,她心里有爱,她爱自己的儿子,还爱……你。你相信吗?

173

相信。

他相信那个在床上抱着他的女人真心爱过他，当时他困得眼睛都睁不开，她把乳头塞进他嘴里，让他吸吮。她在凌晨给他留下一个婚礼的请柬就走了，她的爱什么时候变了味儿呢？

她走到他身后，从后面抱住他，把脸贴到他宽阔的后背上。他想起来，中学的某一天就是这样，当时他感觉气氛不对，她不说话，用火一样的眼睛盯着他，目光中有一些咬牙切齿。他站起来说："一会儿还得上课，我走了。"他走到门口，她突然扑上来从后面抱住他，他能感受到两个乳房在他背上，她呼出的温暖气流吹着他后背最敏感的部位，随着泪水一滴滴地落下来，他的身体在变化，某些地方膨胀了。

他爱过吗？

爱过。那一瞬间他转过身，把她拥到怀里，觉得自己病好了，觉得无数次的寻医问药，就是为了等候这一次治疗。觉得身体里憋屈了一个世纪的力量，蓦地打开了一个缺口，终于可以汹涌而出了。

当他相信这是神圣的爱情时，她却忽然离开了。她只是给他留下了一个奇迹，使他迅速成长为男人，爱却无影无踪。

他说："你这样没用。"

她松开了他，说："你要怎样？"

他说："我不是以前那个中学生。"

她说："儿子的事你也不管吗？"

他说："那是故意伤害罪，已经到了司法机关就要依法办事，我无能为力。"

她说："瞧瞧你这副嘴脸，多么大义灭亲！你这个态度，我就也不管不顾了。我打算把脸扔了，不要脸了，我去跟他们说这是市长的儿子，是我跟市长的儿子。"

他说："我的儿子不会是罪犯。"

她说："那就做个鉴定。"

他说："我在任，没人敢做这种鉴定。"

她说："那我也有办法，我发到网上。我把所有经过都写出来，我像别的女人那样写一篇自传体小说。"

他看着她，相信她做得出来。他张了张嘴，很想说一句有力的话，却没有说出来。他说："我知道你有这个本事，按你说的做吧。"

这话好像打了她一记耳光，她突然跪在地上抱住他的腿恸哭。她说："别怪我，我已经无路可走，别让我失去控制，你把我逼到这个份儿上，只能鱼死网破。"

她的发髻顶着他的下体，鼻涕眼泪涂到他腿上。他往后退了几步，她用手揪着他的衣服不肯松开。她终于下了决心，说："我答应你，把超人集团所属企业都关掉，我们搬走，再不给市里排放污染，只求换回我的儿子。行吗？"

他说："那当然好了。"

她问："什么时候能接回我的儿子？"

他说："我……我不知道。"

她问："你……什么意思？"

他说："告诉你一个秘密，明天我就不是市长了。"

新闻：我累了

一个黑影从楼里走出来。

不是普通的楼。那栋楼在市政府办公大楼后面，是一座六层小楼，俗称市长楼。时间是凌晨五点，大院里只有一些安保人员，不远处有几个提前上班的保洁工，他们经常看到市长在院子里散步，也没人在意。如果不求他办事，人们其实都躲着市长。

175

他在院子里走走停停，一会儿望望天空，一会儿望望外面的马路。一个保洁工悄悄议论：市长大概又睡不着了，说是市长，其实也挺不容易的。

他不容易什么？你不容易才是真的。

市长似乎听到了他们的话，扭身回到楼里。上午九点钟，秘书长找市长请示工作，却发现找不到市长了。

秘书长也迟到了，他凌晨五点才躺下，醒来就到了八点多，到市长办公室时还怕市长责怪他。他拿着一份文件敲了半天门，却不开。问市长的秘书，秘书说："我刚才推门也不开，大概是睡着了，我就没再敲。"

秘书长说："这儿有一份省政府的急件，得叫醒他。"

秘书用钥匙打开门，却发现里面没人。市长难道飞了？再一看，桌上放着一封信，是写在一张打印纸上的，只写了几个字：你们不用找我，我累了！

秘书长的手在哆嗦。"我累了"三个字很大，一笔一画写得很工整。最后是三个很大的惊叹号。他不知道市长在写这封信前，其实还写了很多，后来都销毁了，只留下了这三个意味深长的字。

他的第一个决定是封锁消息，怎么可能，下午就有媒体记者赶到了。市长不可能无故消失，只有一个解释，是他自己躲到了什么地方。秘书长想到了马航，想到了失联，但他不愿意用这个词，他对媒体的解释是，市长长期承受着巨大压力，患有重度抑郁症，可能在什么地方休息。

压力从何而来？为什么抑郁？记者们穷追不舍。

秘书长说不出来。他回想起昨晚十一点，市长突然给他打电话，让他陪着找一个大夫。这么晚到哪里去找，他又不认识那个大夫家。打听了市中医院的一个亲戚，让人家带着找到季月英家，时间已经是深夜十二点了，季月英很不高兴，不过看到是市长，脸色平和了。

她说:"我不在家里看病。"

市长说:"不是看病,是来跟你商量事。"

季月英听了半天终于听明白,市长想让她从公安机关撤回那个案子。秘书长不明白这案子对市长有什么要紧,不过市长求季月英,他也跟着求。

想到请季月英出一次诊都那么难,市长并不抱什么信心,他不过是在尽一个父亲的心而已。查办此案的指示是他下的,撤回的话他不能说,他只能想办法让受害者和犯罪者达成谅解,人犯放出来,《外台秘要》归医生。

如果季月英问为什么,他该怎么回答?承认自己的心事,他恐怕没有那么大勇气,只能说这件事不解决,他的失眠会更严重。

季月英却什么都没问,只是说:"我答应你。"

事情就这么意外地解决了。

市长说:"太谢谢了,我还怕你不同意呢。"

季月英说:"本来就是因为我复印了人家的书在先,也不能全怪人家。再说,毕竟是一个年轻人,送进监狱就毁了。"

市长点点头。

看到事情这么容易解决,秘书长松了口气。市长脸色很不好,在苍白的日光灯下闪着绿光,笑得也很不自然。他陪着市长回到办公室,两个人又聊了好长时间。他不知道这个案子跟市长有什么关系,对方是超人集团老总的儿子,市里早就传说市长跟超人集团有什么关系,不过这种话前任市长在任时就这么传过,他根本不相信。看到市长的样子,他心里明白了七八分,但市长不说破,他也不问,他们扯了一会儿市里别的事情,市长说你回去吧。

他走了,到了家里,已经快凌晨五点。

他走后,市长把该批的文件都批了,把要处理的几件事都写清楚,最后他打算写几封信，写给自己的妻子，写给自己的女儿，写给同事，写给朋友。当然，最主要的一封信是写给那个漂亮女人的。

那些信他一封也没有写出来，他到楼下转了一圈儿，还是写不出来。写出来的，总不是他想说的，他的心事永远不会被人知道，即使知道，也不可能被人理解。废纸篓里扔满了他写的纸头，最后都扔到碎纸机里粉碎了。

他回忆自己的一生，发现那些真正忘不掉的都无法诉说，许多重要节点的回忆都是失败，是一次次失败叠加起来，成就了他今天的地位。他唯一的成功是掩盖了这一切。他本来以为季月英会拒绝他，想不到一说就同意了，现在回味，那才是一个胜利者的大度。

他写道：我累了！！！

（原载《花城》2015 年第 2 期）

　　梅驿，原名王梅芳，河北人。中国作家协会会员，鲁迅文学院第二十届高研班学员。中短篇小说见《十月》《花城》《北京文学》《中国作家》等，有作品被《小说选刊》《中篇小说选刊》转载或收入年选，出版中短篇小说集《脸红是种病》。获第二届"十月青年作家奖""第六届《中国作家》剑门关文学奖"等，小说入选年度中国小说学会优秀作品排行榜。河北省第三届十佳青年作家。

班　车

◎梅　驿

一

我们管它叫金子河。

天儿好的时候，阳光透过窗户照到这条小水流上，那原本看不出什么颜色的水面上霎时就泛出一层薄薄的金色，一闪一闪地耀着人的眼，一度混沌的水流也清澈了许多，凝凝神，似乎还能听得见悦耳的流动声，这情景，仿佛带动着整个岗位也明净起来，我们这些工人也不再邋遢，也懂得了欣赏似的，个个眯缝起眼，像模像样地注视着这条金光闪闪的小河，脑子里盘算着它能放几个大罐，能出产多少原料，能卖多少钱，发到我们工人手里的工资又能有多少——我们盘算得理直气壮，这条小水流是我们过滤工人过滤出来的，是我们的劳动成果，可不就是我们的金子吗？

欣赏完，我们必要到板框间里大干一场，滤液滤出来了，剩下的渣滓，也就是菌丝，还在板框上哪，我们得把它们弄下来，然后用铁锨攒成堆儿，再运到外面去，干这些活儿时，我们往往一声高过一声地说笑着，金子河已然开始流淌，只剩收收场，再累再脏，又有多大关系呢。

"快来看咱们的金子河！""真是金子哎！"说多了，这条小水流就成了一只被我们养大的小狗，有一根长得不能再长的尾巴，滤液多的时候，整条管道一涌一涌的，就像小狗欢快地摇着尾巴，滤液少的时候，它也就只好乖乖地趴在那里自惭形秽了。这是我们的世界。外人很难进得来。别说进到我们岗位，就是整个盛达制药公司，也有三四年没进过人了，这种大型国企本来就人满为患，企业效益又接连几年大滑坡，现有的人员不下岗就不错了，进人恐怕不好说。

可是，这一年的秋天，我们刚到岗位上不久，组长宋春风就领着一个小伙子进来了，"这是李冒，分到咱们岗位了"，宋春风介绍。小伙子长得浓眉大眼、白白净净的，只是身子骨儿略显单薄，看起来软软的，不够挺拔。小伙子跟我们打完招呼，抽了两下鼻子，脸上的兴奋表情迅速被一脸疑惑所代替，顿了一下，终于忍不住，小心翼翼地问宋春风："组长，怎么——怎么这么大的味儿？"

宋春风看了他一眼，说："什么'味儿'？哪有什么'味儿'？今天又没有滤液！"小伙子瞅瞅宋春风的神色，没说话。"走，跟我转转岗位去。"宋春风领着小伙子出去了。我们猜测，这个小伙子一定有不小的背景，要不分不到我们盛达制药公司来，然而背景肯定又不是特别大，不然，有那么多好岗位不去，偏偏要来我们岗位？

他们回到操作室时，我们正在擦洗工具柜，没有滤液的时候，我们通常都会对岗位进行一次彻底的清洁，李冒也笨手笨脚地帮我们干，一边干，他还一边问东问西，很虚心、很勤勉的样子。上午头下班，我们干得差不多了，就一排溜坐在椅子上休息，李冒坐了没两分钟，就从座位上一弹而起，然后站在地上抽鼻子，接着又去了板框间，在十几台岿然不动的板框跟前转来转去，不时伸出鼻子闻闻这儿，嗅嗅那儿。折腾了半天，他又跑到金子河畔，蹲下来，冲着那条空空的小水道抽了几下鼻子。最后，他显然失望了，走进操作室时一张白净的脸涨得红红的，问宋春风："都这么干净了，怎么还有'味儿'？这'味儿'到底是从哪儿来的？"

宋春风明显有些不满："来咱们岗位，首先得过了'味儿'这个关！我们这些人，谁不是打那儿过来的？我当年，差点儿因为这个……"

"这个"是什么呢？是发酵出来的酸臭味，是菌丝带出来的酸臭味，是金子河泛出的酸臭味，合到一起，刺鼻，浓烈，丝丝缕缕，筋筋扯扯，没有丝毫间断，能呛人一溜跟头。而且，极难祛除，洗澡、换衣服、喷香水，都不管用。想想看，一个人天天在这种味道中浸淫，一年三百天，浸上个十年八年的，会是什么样儿？因为"这个"，差点儿什么的都有。宋春风差点儿换了岗位，车间主任给了他个组长当，他才没走。我呢，差点儿和老婆离了婚。说起来，我好歹大专毕业，而且自认为还算爱干净，到这个岗位后，变得更爱干净了，每天头下班都会洗了澡，换上干净衣服才回家。可老婆不干，明明洗了澡，她总疑心你没有洗，必须在家里再洗一次，无论什么天儿，哪怕就是下冰雹下刀子，也得再洗一次，才能上床。我们家又没有那么充足的暖气，每当我在热水器下一身鸡皮疙瘩地冲二次澡时，我就想跟这个女人离婚。这还不算完，洗完澡，我还得把我穿过的衣服放到另一间屋里，卧室是坚决不能放的。第二天早上，不管多冷，我都得从被窝里钻出来，去另一间屋子里取我自己的衣服。就为这个，我这个赤身睡了二十多年的人，穿起了睡衣，可在那些三九寒冬的大早上，穿一件睡衣出门，只相当于身上糊了一张纸，这个时候，我他妈的更想离婚。

婚却是离不了的。离不了婚，我就只能跟老婆过这种怪异的生活。有时候，我恨不得剥下自己的一层皮来，来看看一个人的皮肤里到底能隐匿多么深的"味儿"。没错，"味儿"闻多了，我们就明白了，"味儿"是有深度的，它可以无限深入到一个人的皮肤里。宋春风开导我，啥职业没有职业病？当老师的得咽喉炎，煤矿工人得尘肺病，坐办公室的还得颈椎病呢，咱们的"味儿"，就相当于职业病啦！职业病的说法让我稍感安慰，毕竟我们每个工作日比没"味儿"的岗位多拿了 0.2 元，这算是对我们的一种补偿。

可是，仔细想想，也有例外的，我们岗位上唯一一位女工，刘艳霞，就从来没有表现出对这种"味儿"的深恶痛绝，她甚至连提也很少提，这让我感到很是不解。还有，宋春风后来也不说这种"味儿"有多么多么难闻了，有人说这种话时，他还很不高兴，所以，他很不喜欢李冒这种腻腻歪歪的样子，他把他自己刚到这个岗位上的样子全忘了。我忍不住想，也许这种"味儿"根本就没有那么难闻吧。甚至，有时候，根本就是没什么"味儿"的，尤其是在金子河流淌的时候，我们谁不是蹲在金子河畔欣赏它波光粼粼的样子，那阵儿，怎么没有人说什么"味儿"不"味儿"的？

李冒却欣赏不了金子河的美。原来看什么都觉得新鲜的李冒变得蔫蔫的，一个喷嚏接着一个喷嚏地打，后来又变成两根手指分别摁着两个太阳穴，把眉头蹙得高高的。这是真真切切在嫌恶了。我们了解到，李冒来自省城，是学机械制造的，对化工制药根本就不懂，懂了就好了，我们寄希望于此，况且，一个从省城来的小伙子吃过什么苦？能待下去就不错了。我们当然希望李冒能待下去，我们岗位确实缺人，8 个定员，只有 6 个人。可我们又没有多大的把握，我们这样的岗位，凭什么能留住一个来自省城的大学生？

李冒干活儿倒不惜力，冲板框时，穿着大雨靴，小细胳膊擎着水龙头，一擎就是一个钟头，像憋着一股劲儿。一般情况下，冲到两个钟头，一侧的金子河就会蓄流，然后涌动出流畅的波纹。只可惜，那两天天儿不好，没有阳光透过窗户照射进来，金子河完全失去了筋骨，变得暗淡、混浊、模糊、面目不清，完全不像一条金子河了。这似乎让李冒找到了反驳我们的证据，李冒说，什么金子河？怎么能叫金子河？你们是……他顿了顿，没有说出来，但我们知道他要说什么，你们是想钱想疯了吧？是，我们是要想钱，这半年多以来，金子河有时候流淌，有时候不流淌，就是流淌，也不如以前汹涌，这可是滤液呀，是制成药品的第一个环节，没有这个一，哪有后头的二？可以说，不仅仅我们岗位，整个盛达公司三分之一的人都是靠这条金子河吃饭的，万一哪天，这条金子河干涸了，我们这个饭碗不是要"啪"地一下摔得粉碎吗？

二

李冒在我们岗位待了三个月。

他从我们岗位走的那一天，刚好是立冬，那天中午，我们没有在食堂吃饭，而是去饭馆里吃了饺子，还稍稍喝了点儿酒。回到岗位上，李冒迟迟疑疑地跟我们说，他要调走了。调到哪儿？我们都很吃惊，印象中，这个小伙子有话还是肯跟我们说的，不过，调岗位怎么说也是个大事，口风紧一点儿没错。李冒看看我们，终于还是说出来了，去当司机。当司机？我们又吃了一惊，宋春风几乎喊了出来，你本科毕业，怎么能去当司机？说实话，我们对这个小伙子的印象很不错，刚来的时候，他对一些事情很看不惯，表现得也很激愤，后来，慢慢地，就随和下来了，工作起来也很努力，唯一让我们不满意的是，他仍然习惯不了我们岗位的"味儿"，我们估计，这应该是他要调走的主要原因，可也不能去当司机呀，当司机能有什么前途？

开班车的付师傅下周就要退休了，我去替他。李冒说。

李冒的神色并不忧伤，甚至没什么惋惜。接着，他告诉我们，他的父母都在省制药集团公司工作，他母亲是普通工人，他父亲当了一辈子灯检员。灯检员需要好眼力、好耐心和敏锐的反应力，更适合女性干，他父亲一个五大三粗的男人，工作成绩却超过任何一个灯检女工，他创造过漏检率低于千分之五的纪录，那年，还被评为全国行业劳模。他能进盛达公司还是沾了他父亲当劳模的光呢。集团公司的老总说，不能让劳模的孩子大学毕业了没工作！可是，他万万没有想到，他工作的岗位是这么一个地方。好在，他现在又有了一个新机会，他父亲虽然不主张他换岗位，可拗不过他，最后告诫他说，咱老李家的人，可都是老老实实干活儿的人，你今后无论在哪个岗位，都要给人家好好干！我当然要好好干，李冒说，我虽然没有大的志向，但总得比我的父母强吧？

下个周一一上班，我们看到了开班车的李冒。

是在板框间北侧的窗户旁，我们一边换工作服，一边朝外望，这是我们这么多年形成的习惯，我们看到的是盛达公司的北院。

盛达公司的北院和南院是完全不同的，北院是办公区，南院是生产区。虽然在北院上班的人几十倍的少于在南院上班的人，但每天上班时分，北院都显得比我们南院热闹，这是因为北院的整体设计就比我们南院华丽美观，办公楼前的大广场正中是一座圆形喷泉，喷泉两侧是银杏树，排成弧形，像合抱的手掌，再侧是草坪和花池，从整体上看，也是弧形的，是另一个更大的合抱的手掌，在大手掌和小手掌之间的甬路上，除了斑驳的落叶之外，还停着一辆班车。

班车是粉红色的，有些年头儿了，看起来有些破旧，却很是大肚能容，每天都会在广场上的喷泉开喷时，摇摇晃晃地开进来，然后敦敦实实地停下。接着车门一开，形形色色的男人女人就一个接一个出来了，全总、贾副总、吕副总、刘副总、工会柴主席、陈总工程师，还有各个部门的经理，包括各个车间的主任，足有20来个，分成三个一群、两个一伙，有说有笑地迈步向办公大楼走去，这是我们盛达公司的一景。

这一景也有变化，除了广场上花草树木等衬景的变化外，最主要的变化来自领导们本身，比如说穿着打扮，这是刘艳霞关注的内容，什么质检部的王经理穿了件深咖色的羊绒大衣，圆滚滚的，像头熊啦；什么设备部的杜经理穿了双过膝长筒靴，更显得窈窕了，等等。我和宋春风关注最多的是全总，全总身材魁梧，只是后脑勺全秃了，这让我们一逮一个准儿，有一段时间，这个后脑勺遍寻不见，一打听，说是公司资金出了问题，全总跑钱去了，又过了几天，我们终于看到了那个光亮的后脑勺，我们便放下了心。

有时候，也会看到让人大跌眼镜的镜头。老包领着七八个人大闹班车那一次，就被我们在窗户后头看了个透亮。老包这个人，在我们盛达公司知名度很高，因为他包一样东西——"闹"。老包的包"闹"比现在的医闹可早得多。老包是当地人，因土地被征用而得以在盛达公司上班，但老包上的班又不那么舒心，刚开始是因为老包工伤之后赔偿跟不上，后来就不清楚为什么了，反正总见老包"闹"，"闹"了几次后，长了经验，老包居然也开始帮别人"闹"，方式不外乎闹总经理办公室、搅乱大会会场等。当然，大家也都明白，天下没有免费的午餐，老包肯定不会白帮人"闹"。

拦截班车这回，是老包"闹"的又一次新尝试，七八个人，扯根白条幅，在门口一拦，要想过去，除非从条幅上轧过去，一个条幅不打紧，条幅后头可全是人呀。老包在旁边稳妥妥地站着，他们不能开除他，老包这个人，久战沙场，绝不会让公司捉到他个人的把柄。听说那回是为单项奖分配不合理，还听说当时坐班车的刘总经理当场就安排给财务部霍经理去落实了，之后班车才低沉地吼了一声，开进了广场，这一天的工作才算开始。

看完北院的班车，我们一天的工作也就开始了，上料、冲板框、打扫卫生等，那天，我们一边干着这些活儿，一边说起了从班车上跳下来的李冒，这个小伙子的背影看起来虽然很单薄，但动作异常轻盈、明快，应该是很满意自己目前的状态。那是，开班车多好哇，干干净净的，活儿又轻省，再说了，这可不是普通的班车，是领导们坐的班车呀，给领导开车，那还错的了！说不定什么时候，哪个领导一赏识，李冒就能混个好前程呢！刘艳霞说。

刘艳霞说出了我们盛达公司班车的与众不同之处。

这要从班车的来源说起。我们盛达公司投产于20世纪80年代，隶属县经贸委。到了20世纪90年代后期，因亏损严重，被省制药集团兼并。省制药集团下派了一些人担任盛达的重要官职，这些人提了个要求，这么远，就是起早贪黑也不好赶啊，能不能派个班车？盛达就卖了一个大罐，买了一辆中巴，专门用来接送他们上下班。十几年来，中巴换了两次，中巴里的人也换了不少，唯一没换的是当初配备班车的初衷——接送领导们上班。

谁能想到打破这个局面的是李冒呢。

初入社会的人都有一种表现的热情吧。李冒有一次就表现了一把，那时，他正弓着腰检查发动机，站起身来时，发现领导们刚刚入座，他就挓挲着两只脏手，朝领导们笑了一下，然后转过身，准备下去，洗个手，这时，他听到全总说话了，这不，小李师傅，也锻炼出来了！他不喜欢别人叫他"师傅"，很工人阶级的感觉，而他即使是司机或者是工人，也是以工代干，是干部身份，可全总毕竟是盛达公司最大的领导，他能叫他"师傅"，说明他是认可他的开车技术的——这让他脑子一热。脑子一热，人就容易表现，而这时候，国主任、贾副总也开始附和全总的话，这让他更加忘乎所以，他就指着后头的一溜空位，说，全总，嗯，全总，我一直想跟您提个不成熟的建议呢，您看这班车里空着这些座位，空着也是空着，不如——不如让工人们也坐几个上来吧。他说得很恳切。可还没待全总搭话，一旁的国主任就接口道，这是接送领导的班车呀！顿了一下，也许是觉得自己太没有群众意识了，国主任转而又说，再说，那么多工人呢，谁坐谁不坐？这让李冒又捉到了话头，他看了国主任一眼，说，这个好说。按家距离咱们公司远近排呗！远的上。这说明李冒是做了准备的，这就比一般初入社会的人多了点儿头脑。李冒跟我们说这些是在我们岗位上，他是来给我们送结婚请帖的，这是自离开我们岗位后，他第一次回来。

当时，我就想起了宋组长，宋组长家那么远，要是坐上班车就好了！李冒说。

我们都笑，宋组长家是远，但宋组长家在盛达公司南边的一个城镇里住，班车可是从盛达公司北边的省城开过来的呀，方向完全反了，但我们都没有说破。

真的，这事马上实施，不信你们看着！当时全总就跟国主任说了，下来就办！原话！李冒以为我们不信他说的话，又信誓旦旦地说。

李冒离开后，我们讨论了这个事，班车上有7个空位，我们早就知道，也知道是一直都空着的，不是李冒开起了班车才空的，这话李冒也说过——空了这么多年，愣是没人说这个事，邪门儿了！李冒不知道，不是没人说，是没法说。班车接送领导，那可是十几年秉承下来的传统呀！何况，现在国企的干群关系跟过去能一样吗？过去，厂长就从工人中产生，厂长就在生产现场办公，还跟工人一个锅里抢马勺，现在，老总们天天喊着下基层，落到实处的又有几次？就是下去了，也是走马观花转一圈，我们盛达公司还发生过老总坐着桑塔纳转岗位的事情呢，有首歌谣就是这么唱的"刘书记，真叫好，领着党员满山跑，张老总，也不差，查岗坐着桑塔纳……"，到现在这个全总，情况才好一点儿。这个全总上任还不到一年，据说是个改革派，前段时间刚搞了个集体办公制，因为不成功，半年后又恢复到了原状，愣是让我们工人看了场笑话。国企就是在这种毫无意义的内耗中耗去自己的生命的。现在，理顺一下班车问题也不是没可能，再说了，再约定俗成的事情，有人提意见和没人提意见毕竟是不一样的。既然李冒这个愣头青提了，那就试试吧，再怎么说，也是对工人的一种体恤，是好事啊！

时间不长，我们真在食堂的大门上看到了一张通知。宋春风这个没文化的家伙，总把贴在墙上的通知称为"告示"，我们一伙儿工人端着大号铝制饭盒，围在食堂门口看这个"告示"，"告示"是一张 4k 白纸，上面用黑体字写着乘坐班车的原则，自愿报名，按远近筛选，筛够 7 个为止。宋春风在寒风中吸溜了一口面条，口齿不清地对我说，我是不行了，老郝，你报个名呗！

三

我这一报名，居然还真的入选了。

我家是在省城到盛达公司那条线上住，距离盛达公司也比较远，但到底是第几远，我闹不清楚，毕竟盛达公司是个有着 800 多人的大型国企，而相当一部分工人是住在这个县城里的，比如刘艳霞。刘艳霞得知我第二天就要坐班车上班，立刻叮嘱我问好到底在哪儿停车，时间是几点几分，还让我记好李冒的电话，然后，她忽然叫了一声，说，哎呀，忘了，咱们岗位上可是有"味儿"呀，那些人会不会……她停住不说了。记忆中，刘艳霞很少主动提到我们岗位上的"味儿"，今天这是怎么了？我看着她意味深长的眼神，明白了，她这是要隔岸观火呀，我心里立刻觉出了不舒服。

我自然也想到了这一点，不过，在我内心的忐忑不安中，还是夹杂着一种兴奋，能坐班车，毕竟可以风不吹雨不淋，还可以享受迟到不罚款的好处。在我们公司，还真发生过这种事，工人和班车里的领导们同时迟了到，工人罚款，领导们不罚款。国主任解释得好，一坐上班车，就相当于上班了，而工人们一骑上自行车，算不算上班，却没人回答。这相当于两个阵营，而我成了具有优越性阵营中的一分子，怎么说，也是好事吧。而说到"味儿"，这段时间，我们过滤岗位没有滤液，像我，进到岗位上，根本就闻不到什么"味儿"，这样，我身上又能有多大

"味儿"？而且，我从始至终都是一个爱干净的人，这么多年，每个工作日，我都会洗两次澡，虽然后一次是迫于老婆的压力，但洗和不洗是不一样的，所以，我觉得以我现在的洁净程度，这个班车我还是能坐的。

为保万无一失，那天晚上，我还去了澡堂子，在一个单间的澡池里足足泡了一个钟头，我希望我皮肤深处的"味儿"能留在澡池里一部分，然后随着下水道永远消失。我知道肯定还会留下一部分，但我希望我能借助外力模糊这一部分，比如我换上了新衣新裤，还喷上了点儿花露水。当我焕然一新要出门时，别说老婆笑话我像个娶媳妇的新郎官，我自己都觉得自己是一个新郎官。

现在想来，我还是太幼稚了，一个40多岁的人，还会患幼稚的毛病，实在是不可原谅——

班车并不像公交车，虽然都是载人，虽然都是交通工具，虽然都是来来往往、开开停停，但性质是不一样的。我也偶尔会坐公交车，别人也会略有嫌恶，但这已经构成不了对我的伤害。班车不同，班车里都是熟人，这些熟人还都是领导，有我的直接领导，也有间接领导，这些领导自然都是具备领导的水平的。我和另一个工友一登上车，领导们就都扭过头向我们表示了祝贺——我们7个全坐在后头。全总说，都全了吧？好，这才对嘛，不要搞特殊化，有资源，大家共享嘛。旁边几个人立刻附和，陈总工程师还说了句笑话，这回，大家伙儿可是上了一条贼船啦！我们803车间主任方军坐在靠近门口的那个位置上，这时也偏了偏身子，扭过头，冲我们笑了笑。气氛看起来很融洽。李冒估计也很得意，"噌"一下发动了这辆粉红色的班车。

我略略放了心，开始研究起领导们的后脑勺来，现在从我这个位置，只能看见领导们的后脑勺，没研究几个，就听有个女声说，怎么一股臭味儿？接着，班车前头的一些人都扭过了头，说，是啊，是啊，怎么一股臭味儿？中间的一些人也扭过了头，这些头就都扭向了后头的我们，那当然是因为我们，我们是新来的，再细究，那当然是因为我，过滤工人老郝。我只觉得血一下子涌到了头顶，同时我的脸颊两侧好像在瞬间生成了无数触须，还好，我感觉到我的左右工友们并没有把头全扭向我，这让我感激涕零，这让我还能坐得住。这个时候，我觉得只要能坐得住，就不会出大问题，可是我忽然听到了自己的名字，老郝，老郝！是你们过滤岗位上的"味儿"吧？是国主任在喊。还好，他提到了岗位，没有直接说是我身上的"味儿"，这让我仍能坐得住。没办法了，我说，是啊，是我们岗位上的"味儿"。然后，我看到一些人扭回了头，还有一些人，倒直接把头都扭向了我，像在等着我解释，我就开始解释，我们过滤岗位上是有一股子发酵的"味儿"，类似于咱们常吃的"臭豆腐"，对，就是"臭豆腐"那种"味儿"，这些，领导们都知道吧？

我说的是实话，我这么说，也自然是想把我们岗位上或者说我身上的"味儿"日常化，让人们都能接受。然而，我白费了心机。不一会儿，我看到班车前面的窗户打开了几扇，这可是冬天呀，窗户一开，嗖嗖的冷风钻进来，女士们把脖子里的围巾围了一圈又一圈，男士们往上抻了抻衣领，缩了缩脖子，却没有一个人要求关住车窗。我装作看不见，我想，只要还能坐得住，只要过了最初这一关，接下来就会好得多。我们岗位上的人谁不是打这个阶段过来的？

到盛达公司时，那些领导下了车，第一次没有三个一群、两个一伙有说有笑地往办公大楼走，而是一个个皱着眉、掩着口，几乎一溜小跑着上了楼，我在心里骂，这也太明显了吧？故意的吧？半个月没有冲板框，我身上能有多大"味儿"？瞎他妈的装什么装！这是真的。这段时间，因为资金紧张，缩减了生产量，我们岗位上已经半个月没见一点儿料了。没有了水流的冲击，我们那条干涸的金子河已经长出了一棱子一棱子的皱纹，看起来凸凹不平、粗陋不堪，再好的天儿、再灿烂的阳光，照出来的也只是苍老和贫瘠。这种不景气的状况下，谈论我在班车上的遭遇，就带上了那么一点儿悲壮色彩，我说，真不想坐这个班车了，受不了这个气！刘艳霞不以为然，说，干吗不坐？你是选上的，是光明正大坐的！我听出了刘艳霞口气里"唯恐天下不乱"的柴火味儿，但刘艳霞说的未尝不对，我坐班车是你们选的呀！宋春风的态度倒是处变不惊，先坐坐看，说不定过几天他们就习惯了，咱们不是都习惯了吗，能有多大"味儿"？宋春风的口气，就像一个护犊子的家长在说自己犯了错的孩子，能有多大"事"？

还不到下班时分，刘艳霞就提醒我早点儿收拾东西。我洗了澡，换了衣服，出了车间门，走到甬路上，遇到下班的工人，我一边跟他们打招呼，一边加快了脚步，我是可以比不坐班车的工人们早10分钟出公司门的——为了按时坐上班车，这让我一时忘了情，走起路来，像一阵风。

广场上，三三两两的职员正往门口走，看到唰唰喷着的喷泉，大都会注目一下，一侧的班车打开了车门，有人正往上上，我看到李冒在班车一侧站着。李冒见我过来，往前凑了凑，跟我寒暄了两句，又迟疑了一下，接着说，郝师傅，一会儿坐班车，你好不好跟方军主任换换位置？稍一愣神，我便明白了他的意思，这倒是个好主意，但由李冒嘴里说出来，让我有点儿不舒服，他毕竟是从过滤岗位走的呀。

我上班车时，方主任已经在靠近门口的那个位置上坐好了，我走过去，提出来跟他换一换位置，方主任愣了一下，随即就同意了，我就坐在了那个位置上，然后，我打开了右侧的窗户，并把头扭向窗户，留给车里人一个沉默的半拧着的后背。这是一个S形的姿势，不算很优美，但幅度拉到了最大。我刚洗过的头发被风刮起来，一股洗发水味儿。我希望车里的人闻到的也是这种味儿。车里没有一点儿动静，只有呼呼作响的风声，到底心有不甘，我稍稍扭过点儿头，发现车上的领导们全都用手捂着嘴，捎带着托着下巴颏儿，像在思考什么了不得的大事。没有一个人说话。只有班车自己发出的"嗡——嗡——"声，钝钝的，像怀着一肚子的心事。

我知道换位置，其他人也知道。第二天我一上车，就发现班车里的位置发生了变化。班车里的位置本来是固定的，比如，全总坐在司机后头第二排，一个安全、温暖的位置，另外几位老总环绕在他旁边，采购部的安经理虽然是一介女流，但也夹杂在他们中间。余下的，是车间主任和部门经理，虽然坐的没有什么规则，但也是固定的，这点，我已经看出来了。可现在，这个格局被打破了，质检部的王经理、设备部的杜经理、包括806车间的王艳主任等，一共五六个女的，一人戴着一个大口罩，全坐在了班车里侧，这就占去了两个老总的位置，挤得两个老总只能坐在外侧。肯定抢座了吧，我能想象出这几个女士紧锁着眉头抢座的场景，在这方面，男士们只得怜香惜玉，把座位让给女士们坐。可我对这一切无能为力，我只有拧着我那个S形的后背，在寂静中奔向我的岗位。

可是，寂静也不存在了。打破寂静的正是采购部的安经理。安经理干巴瘦，嗓门却高，也尖，说，老郝。我听到了，竖起了耳朵，但没有扭过头。只听安经理又说，老郝，这几天不是没滤液吗？安经理的意思显而易见，没滤液，怎么还有这么大的"味儿"呢？我装作不懂她的意思，扭过头来说，是啊，已经老长时间没滤液了，总有——我沉吟了一下，接着说——总有半个月了吧。我这句话的重点在"半个月"上，我希望能借此转移人们的注意力，半个月没有滤液，对于一个制药公司来说，已经是一个不祥的讯号了，当然，班车里坐着的除了我们7个工人，都是领导，领导们自然是知道这个情况的，但知道是知道，提出来是提出来，二者是有区别的。果然，方主任说话了，就是，都半个月了，再不进料，后续生产可就一点儿都跟不上了，得赶快想想办法了！

这是我坐上班车后，方主任第一次说话，我把这理解成对我的声援，果然，声援起了效果，设备部的杜经理也说话了，806 车间马上要认证了，可还有一部分资金没有到位，再到不了位，装修队可就停工了！销售部的崔经理着急了，说，可不能停工呀，美国辉瑞正等着要货呢，再不供货，就属于违约了！一时间，车厢里乱乱嘈嘈，莫衷一是。见此情景，国主任坐不住了，瞅个空隙，说，公司现在是遇到点儿问题，不过，大家也得沉得住气嘛，有全总在，有领导们在，就没有过不去的火焰山！

像要证实国主任的话，全总开口了，什么时候办公会挪到班车上开了？口气中带了几分愠怒。

正嚷嚷得起劲的人们互相看看，停了嘴，班车里又恢复成一片寂静。我又把头扭向了车窗外。盛达公司连年亏损，今年尤甚，眼看着工资都两个月没发了，但这些事却不能在班车上议论，不仅仅因为班车上现在有我们这些工人，还因为班车毕竟只是个通勤工具，现代企业讲究的是什么场合做什么事情，不能越位。

是不是寂静会放大一些东西？比如，委屈？愤怒？甚至，"味儿"？我不知道。当我拧着我那个 S 形的后背体味着这种寂静时，我忽然听到两声尖细的喷嚏声，然后是一股风声，像是一个纸团飞了起来，我本能地觉得那个纸团是冲我来的，我迅速扭过头，那纸团已经落在了我前头的垃圾桶里，"噗"的一声。我刚刚放下心，就听那尖厉的嗓音说，小李师傅，开慢点儿，我快要晕了，以前从不晕车呀，今天不知怎么回事，恶心得厉害，想吐！李冒没吭声，车速慢慢降了下来，可安经理那边还不消停，喷嚏倒是不打了，变成了"啊啊"的干呕，伸出脖子，埋下头，用纸巾捂着嘴，一声接一声，然后是更细更尖厉的声音，小李师傅，车开平稳点儿好不好？我真受不了了，这样下去，班恐怕也上不了了！傻子都能听出来，这些话针对的不是李冒，而是我，我忽然觉得嗓子里堵得厉害，正坐立不安，不想李冒说话了，安经理和各位领导都坐好，前面路不平，别真晕了车了！李冒这话说得很艺术，既巧妙地回应了安经理的指桑骂槐，又解了我的围，让我的心"扑通"一下落到了肚里。

可能真的因为路途坎坷，安经理"啊啊"的声音更大了些，也顾不上跟李冒计较了，一时间，大家都若有所思地望着窗外，窗外是千篇一律的村庄和树木，过眼烟云似的，飞快地朝后头逝去。我扭着头，拧着我那个执拗的 S 形的后背，脑子一刻都不曾闲着，我不敢确定这种平静能坚持多一会儿，也许下一秒就会被打破，好在一刻钟后，我看到了盛达公司广场上的喷泉和两侧的银杏树。我站起身来，车门旁已经积聚了几个人，我只好又坐下，看着人们争着抢着往下走。不一会儿，车上就只剩了我一个，不，还有一个，李冒。意识到李冒还在车上，我叫了一声，李冒。李冒扭过头来，看了我一眼，什么都没说，眼里空洞无物，我很想感谢一下李冒，但我们岗位上没有这种文绉绉的习惯，想了想，我说，后悔提那个让咱们工人坐班车的建议了吧？

这句话我是笑着说的，我只是想调侃一下我们现在的状态，没想到李冒一下子沉了脸，说出来的话也冷冰冰的，实在不行，郝师傅，你就别坐这个破班车了。

为什么？我明知故问。

这还能坐吗？李冒急了。

怎么不能坐？是他们千挑万选，让我坐的！我也急了。

好，你坐，你坐。李冒一下子很烦躁。昨天他们就开始指责我，说我惹的麻烦，我处理！你让我怎么处理？李冒"砰"一下关住车门，下去了，待我关好中间这个车门，下去后，李冒已经迈着大步朝办公大楼走去了。

岗位上，大伙儿都在操作室里闲坐着，没有滤液，卫生也搞了好几天了，除了看看操作规程，看看仪器，大伙儿不知道还能干些啥，宋春风一看我进来，就说，老郝，在班车上听到什么新闻没？新闻？我说，公司快倒闭了算不算新闻？宋春风瞪了我一眼，说，早就说快倒闭了，都说了两三年了，这连旧闻都算不上！刘艳霞插话道，老郝，今天坐班车，感觉怎么样？我明知这个女人是要看我的笑话，可我还是抑制不住地讲了。果然，刘艳霞听完，乜斜起一双眼，说，老郝你个大笨蛋！你就这么跟那个女人说，你是修了条好命，要是轮到你去过滤岗位上班，就你这娇气劲儿，怕是连命都要保不住！气死她！

刘艳霞开了头，大家都开始嚷嚷，有说公司太欺负人的，有让我自认倒霉的，说胳膊什么时候拧得过大腿？不就是一张脸吗，咱工人什么时候有过脸！听着这些乱糟糟的话，我忽然心绪全无，就起身出来了。

金子河干涸久了，越发粗陋不堪，沟底干净得没一点儿杂物，看起来却异常得脏，沟壁呈现出颜色不明的渗出物，几乎有些风化的感觉。我点了一根烟，一看，宋春风也过来了。宋春风也在金子河畔蹲下来，跟我一左一右，然后也点了一根烟，又对着那条小水道狠狠地抽了一口，才说，别生气，没什么大不了的。就是你自己得长点儿心眼儿。不过，时间长了，他们总会习惯的吧？说着，他探过脑袋，朝我身上闻了闻，说，哪有什么"味儿"？我怎么一点儿都闻不到？真是！

事情到了这个地步，我已经骑虎难下了。

我只好硬着头皮去坐班车，这种情况下，就看出我老婆的好来了。我坐班车这几天，我老婆变了一个人似的，她原来把我身上的"味儿"视同洪水猛兽，这两天，却频频把脑袋伸到我胸前闻，说，哪有什么"味儿"？那些王八蛋欺人太甚！还百般盘问我坐班车的细节，并给我出主意，我一迟疑，她就瞪起眼，像要替我去拼命。作为她这种态度的佐证，她也不坚持让我洗二次澡了，这让我哭笑不得，我万万没有想到，我坐班车坐出来的好处居然是这点。

带着老婆给我的鼓舞，我到了岗位上，我没想到，岗位上的情况才是真的让人受鼓舞呢，宋春风正带着刘艳霞他们在板框间忙活哪，有料了，真的有料了，那是我们岗位这半个多月以来来的第一批料，我立刻换上大雨靴，跟他们一起一遍一遍地冲着板框。那天天儿也好，半晌午，阳光透过窗户照射进来，我们脚下的金子河也一点点涨了起来，到水波涌动的时候，我们看到了那久违的金色，只一层，薄薄的，但那么均匀，那么严实，笼罩在那条小水流之上，并随着小水流一起微微荡漾，真是好看。我们一边干着活儿，一边大声说笑，这种场景仿佛好久不曾出现过了。到休息的时候，我和宋春风一左一右蹲在金子河畔，我们没有抽烟，金子河流淌的时候，我们是不能抽烟的，但我们仿佛都闻到了香烟的味道，这种味道远远盖过了其他任何味道，我忽然明白了一个道理，我看着宋春风，说，要不，我明天不坐班车了？宋春风愣了一下，说，就是，不坐了！有咱们的金子河，坐那个破班车干啥?! 决心一下，我浑身都轻松起来，我想，下班后再坐最后一回班车，明天一早，我就给国主任打电话，就说我们岗位有滤液了，我得提前到岗位，不坐班车了。

谁知计划赶不上变化，我们盛达公司的班车，就在我第三次坐的这天，坏了，坏到了半路上。

四

自那天之后，那辆粉红色班车再也没有在我们盛达公司出现过。

这几乎结束了一个时代。

我自然是没有班车坐了，没有班车坐就会比坐班车到岗早，所以，我又恢复了跟工友们在板框间北侧的窗户旁，一边换工作服，一边朝窗外望的习惯。实际上，这个习惯动作只有 3 天没执行。回想起来，这 3 天坐班车的日子，简直就是一场噩梦，而噩梦醒来的部分，就在最后这一天的返程路上，车本来开得好好的，忽然往后一蹾，停住了，再启动，怎么也启动不了了，只"哼哼"地响，车上几个懂车的，包括李冒，都下去查看了，说发动机出了问题。接下来，就只有各想各的辙了，我是让老婆骑电瓶车接走的，老婆先是埋怨，后来便说班车坏得好，坏了正好谁都别坐了，很解气的样子。我心里也一阵轻松，明天不用坐班车上班了，假如这车很快得以修好，我还得坐班车上班，我也有话说，这班车这么容易坏，我可不敢坐了，要是又把我扔到半路上，我就回不了家了，我老婆说了，下回不管接！说说笑笑中，就把态度亮明了。这才是不显山不露水地全身而退呢。

这辆班车却没能修好，据说，那天拖到修理厂，修理厂认为根本就没有维修价值了，就又拖走了，至于拖到了哪里，我们就不得而知了，我们知道的仅是，领导们开始坐出租车上班了。每天上班时分，北院的广场上，一辆又一辆出租车开进来，一位又一位衣冠楚楚的领导从车上下来，你进我出，车头对车尾的，好不热闹。有时候赶巧了，几辆出租车还开出了鱼贯而出的味道。

当然是权宜之计。这一权宜就是 5 天，5 天之后，长远之计出台了。我是通过国主任的电话得知这个长远之计的，曾经也坐过 3 天班车的其余 6 个工人肯定也接到了国主任的电话，国主任在电话中很是抱歉，也很无奈，捎带着还有些遗憾，说，老郝，有个事跟你说。嗯——迟疑了一下，仿佛不好开口，终于下了决心似的，说，哎呀呀，真是对不住呀。你也知道咱们公司今年的情况，很不好，很不好啊，咱们公司这么多车间，可哪个车间都半死不活的，光亏不赚呀！嗯——你知道咱们公司的班车坏了，拖到修理厂，人家不给修。买辆新的吧，咱们公司又没钱。可领导们总得上班啊！就租了辆班车。嗯——租这辆班车呢，哎呀呀，真是对不住，就 20 个座，座多的，它费用高哇！真的，费用很高……我实在听不下去了，接过话头，说，没啥，我骑电瓶车上班，挺好！说完，我迅速挂了电话。

第二天，我和宋春风在板框间北侧的窗户旁，看到了盛达公司租的那辆班车，是一辆蓝色车身的中巴，看起来是比那辆粉红色的班车小一些，也轻便一些。从蓝色班车里下来的领导们一个没变，依然是三个一群、两个一伙，有说有笑地朝办公大楼走去，这就相当于新瓶装的依然是旧酒，而且是，最原始的旧酒，至于我们这7个工人呢，最多算是一次不成功的试验，是他们要抹去的一部分。

如果不是那条汹涌了将近一个月的金子河又一次面临干涸，我们可能就真的成了那被抹去的一部分——

那是这一年的最后一个25号。没在盛达公司待过的人，可能永远也体会不出25号对我们的重要性——我们盛达公司是有自己的"纪"月传统的，虽然我们的一个月在天数上跟自然月相同，但周期不同，我们的一个月，是以上个月的26号为始，这个月的25号为终。这自然是为了留出几天时间盘点、结算、清账等。我们普通工人不管这些，我们只知道25号是这个月终结的日子，那么，也便是发工资的日子。25号对于我们来说，就像一个节日。我们在这一天领工资，领了20年。忽然有一天，这个节日不再盛大，但好歹还是一种喜悦，到后来，连喜悦也不存在了，变成了失望；之后仍然是失望，深深的失望；到最后，剩下的，便只有骂娘了。

先是宋春风骂，宋春风在板框间骂得很有气势，可他的骂，纯粹是瞎骂，屁用不顶。要是今天发不了工资，就已经3个月发不了工资了，怎么，让我们工人喝西北风？宋春风只会骂这个。

但3个月不发工资，对于我们来说，毕竟是顶了天的大事。我们也纷纷开始骂，最会骂的数刘艳霞，她历数了我们这一年辛辛苦苦冲的板框数，虽然有时候冲得多，有时候冲得少，其中还有两次间断，包括这一年的最后一个月，冲了半个月，又间断了半个月，但这并不是我们工人不想冲，怎么到了最后，会连工资也发不了？最后，我们建议宋春风去车间问问到底是个什么情况，宋春风去了，回来时耷拉着一张脸，恨声说道，没钱！方主任在财务部待了一上午，一分钱都没有要到，别说发工资了，连进料的钱都没了！这样下去，咱们公司早晚得关门大吉！

在本该发工资的这天，听到这样的说法，我连饭都不想吃，不定什么时候就真的吃不上饭了呢。可饭毕竟还得吃，接到李冒电话时，我刚从食堂打回饭，李冒在电话里跟我说，别吃了，到"木舟港"来吃，我有事找你。想了想，我把饭盒里的饭倒到了垃圾桶里，这是李冒第一次约我吃饭，而且这个点才约，一定有急事，我不能不去。

"木舟港"离盛达公司不远，是个小饭馆。现在虽然正是饭点，可里面人不多，只有三三两两几个散客，不像以前 25 号这一天，闹哄哄一片人，我看到李冒在一个挂着半截粉色门帘的小单间里向我招手，我一掀门帘，进去了。这是自不坐班车后，我第一次正面见到李冒，李冒仍然干干净净的，只是脸色不太好，很疲惫的样子，一双大眼睛泛着血丝。看我坐下，李冒先递给我一根烟，又把桌子上的打火机推给我，说，先抽根烟，菜马上就上来。

我朝里侧挪了挪，我本能地要远离人，这是这么多年当一个过滤工人形成的习惯，尤其现在，我对面坐着的是一个来自省城的大学生，再说，自上次我们在班车里不欢而散，我就感觉到了，这个大学生对我有些敌意，我知道这是源自我身上的"味儿"。可我发现，今天的李冒好像跟以前有点儿不一样，他对我的动作丝毫没有反应，或者说一点儿都不在意，看我没有点烟，他打着打火机，还想往我跟前凑，我赶紧止住了他，自己点着了烟。

等我抽完几口，李冒说话了，郝师傅，你知道今天是几号吗？我诧异地望着他。

25 号！我上午去财务部了，见到方主任了。你知道方主任去财务部是干什么的吗？李冒又说。

太简单了，要钱。我觉得李冒幼稚得可笑。也不能怪他，一个初入社会的人哪里懂得这么多弯弯绕。别怪我们这些老工人喜欢在年轻人面前摆老资格，老资格也是一种资格，是最公平的一种资格，靠时间和经验就能获得，这也是我们这些老工人唯一能摆的一种资格。于是，摆出了老资格的我，用一种宽容而又含有一定优越性的目光看着李冒。李冒并没有在我这种目光下萎靡，而是表现出了一种不服气的劲头，像是发现了公司什么了不得的秘密一样，开始跟我竹筒倒豆子。

郝师傅，你知道吗？公司把给你们车间进料的钱挪用了——实际上，这不叫挪用，什么时候钱到不了车间账上，什么时候钱变不成原材料，这钱就不能算是有了准头。可是，郝师傅，公司资金这么紧张，一些人该怎么还怎么——公司资金紧张了可不是一年两年，总有十年八年了，那些人可不是该怎么还怎么，你想要怎样，你想让老总们节自己的衣缩自己的食搞生产？可是，不会破产吗——破产？我们都等着破产呢，破产就好喽。破产总会有个说法吧，破产了总会有个安置吧？这么半死不活晃荡着，前，前进不得，后，后退不了。人都给吊死啦！那么，郝师傅，什么事总得有个章法吧——章法？啥叫章法？赚钱就叫章法！可现在赚不了钱呀！我刚来盛达公司的时候，觉得一个这么大的国企，一定会有发展前途，哪知道是这种情况啊！——这种情况影响不了你，你肯定会有发展前途，好好干吧，你还这么年轻，有的是机会。可这个地方太让我失望了，真的太失望了。我今天上午去财务部，你知道咱们公司租这辆班车，一个月花费多少？

这回我没有接他的话头，这是他的领域，我不懂。

一个月小3万呢！

这个数目确实不小，我吃了一惊。李冒一定也估计到了这个数目能打击到我，又重复了一遍，真的，3万块呢！3万块正是进一罐料的价钱，我脑子里马上打起了算盘，可在一个初入社会的年轻人面前，我还是保持住了一个见过世面有些阅历的老资格形象，我笑了笑，埋头吃起了菜。

3万块就够进一罐料了呀！一个月3万，一年就是36万呀。李冒把目光从我身上挪到我正在吃的一盘菜上，说，我们还有菜吃，可公司正在等米下锅啊！

这下，我好像不能再吃菜了。我抬头一看，面前这个小伙子已经急得面红耳赤了，他还隔着那盘菜，把脑袋往我跟前凑了凑，像不认识似的瞪着我，而这时候，他已经完全忘记了我身上还有一种难闻的"味儿"。他说，还有，你知道吗，郝师傅，这个字还是我签的！我签的呀！

什么字是你签的？我糊里糊涂的。

我不签还不行！我是班车司机，我得在账目单上签字，然后是国主任签，再后是财务部那个霍经理签，最后是全总签——我不签还不行，国主任找了我好几次！

我明白了。这个3万块的签字，在小伙子心目中不亚于签了个出卖灵魂的契约，这让我觉得好笑，但细想想，又一阵心酸，好吧，这个情我领了。我说，你不是没办法嘛。签就签了吧，你不签也自有别人签。再说了，不是原来那辆班车坏了吗？修也不能修了吗？不租这个班车，领导们怎么上班？很奇怪，我说的都是国主任的词，但那些词从我嘴里说出来，居然顺溜得很。

李冒仿佛对我说的话感觉更奇怪，瞪大了眼，说，你知道什么呀！谁说原来那辆班车不能开了？还能开！我是司机，我知道，是我把那辆班车送到修理厂的。不让开那辆班车，还得租一辆新班车，纯粹是因为——李冒停住了，愣了一会儿神儿，接着说，纯粹是因为你！你还蒙在鼓里，傻不楞登的，替人家说话！

因为我？我更加糊涂了。

可不是因为你！你这家伙，真值钱啊！

我明白了一切。

这很好玩。比我在盛达公司经历的任何事情都好玩。明白了一切的我和李冒，有一阵，没有多少话好说了，只一个劲儿地喝酒，后来酒劲儿上来，我们又开始说话，我说他听，他说我听，但到底能听进去几句，就没人知道了。我只记得李冒说，他当灯检员的父亲训了他一通，说他当工人当不好，当司机也当不好，这辈子怕是没有什么希望了，我记得听到这儿，我抬头看了李冒一眼，李冒没有感觉到，仍然大着舌头说，他让他父亲失望了，彻底失望了。这样嘟囔了一阵后，李冒就醉了。他醉了，我就自己喝。喝到最后，我们都趴在了桌子上。

五

我已经牙疼两天了。

自和李冒喝完酒第二天开始，也就是从旧一年的 26 号、新一年的第一天开始，我的牙就疼了起来，往外吹气和往里吸气都疼，疼得嘶嘶的，疼得腮帮子都肿了。刘艳霞说我是下馆子下的，宋春风说我瞎操心操的，我没有告诉他们李冒在"木舟港"说的话，说也奇怪，我坐班车那几天，一到岗位上，就会迫不及待地把发生在班车上的事情告诉他们，而现在受到如此奇耻大辱，我却不愿意说了，总也得给自己留点儿面子吧。

我牙一疼起来就得好几天，在这几天里，我只能吃面条和稀饭，好在食堂每天都有面条。这天，在食堂打好面条，我和宋春风往外走，看到食堂门口又围了一圈人，是又有新"告示"了。等那些人撤了，我和宋春风过去看，"告示"居然是李冒的停职令，上面明明白白写着，因李冒在驾车岗位上酗酒，违反了公司的有关规章制度，而且态度恶劣，经公司领导研究决定，给予李冒调离原岗位等待分配的处理。怪不得这两天早上，从班车上下来的司机不是李冒呢！宋春风说。我在寒风中吸溜了一口面条，牙就像被软绵绵的面条给割破了一般，疼得我差点儿跳起来。

回到岗位上，我就那么"嘶嘶"着嘴，给宋春风他们讲了我和李冒在"木舟港"喝酒的来龙去脉。这顿酒我们是一起喝的，喝完后，我没事了，最多只是牙疼上三天五天的，李冒却仍然不能释怀。他一定去找他们理论了，不然不会"态度恶劣"，不然也不会被贴在食堂的"告示"上，在我们盛达公司，能贴在食堂"告示"上的人都是受表彰的大人物，像李冒这样的，还是第一个。

大伙儿都很吃惊。刘艳霞差点儿蹦起来，说，太欺负人了！他奶奶的！没有咱们过滤岗位的"味儿"，哪有盛达公司！转而又说，这就叫阴险，这就叫算计，专门针对咱们工人！宋春风像是不敢相信，又伸出脑袋，在我身上闻了闻，然后痛心疾首地说，没有多大的"味儿"啊，我真闹不明白，这些人干吗放着好好的料不买，放着好好的工不开，去搞这些乱七八糟的事？刘艳霞今天的脑袋瓜子分外好使，说起话来一针见血，不仅仅是"味儿"的事，我看哪，他们是不想让工人跟他们坐一辆班车，真要坐在一起，还怎么分得清谁是领导谁是工人？

我很清楚这种声援的意义，虽然大家发起牢骚来，很是愤愤不平，但也就是个发牢骚，发完也就算了，这事到底因我而起，与他们没有多么密切的关系，我还能指望他们为我做什么？我一个人从操作室出来，走到板框间，点了一根烟，面前的金子河只是一条丑陋的水泥管道，烟灰落到上面，马上就消失不见了。我抬头看看，今天天儿很好，可就算天儿再好，金子河也兴不起半点儿涟漪了。算起来，它又干涸了两个来星期了，而且，据小道消息说，公司这回很有可能会放弃它。原因类似于丢车保帅。公司前段时间为806车间申请了欧洲认证，这种认证不好通过，需要大量的投资，公司把能划拉到的钱全用到那上头了，匪夷所思的是，806 车间通过了认证，可就在认证后第三天，停产了。现在，对于盛达公司来说，最重要的就是要重新启动 806 车间，我们车间就只能往后靠一靠了。问题是，如果 806 车间能够恢复生产，我们车间就还有一线生机，如果这个车间恢复不了，我们的下场也就一种，停产，下岗。所谓唇亡齿寒。

那天下班，看别人都走了，我才进更衣间拿外套，往身上披的时候，我站到了板框间北侧的窗户旁，我很少在这个点往北院看，一般下了班，我们工人都急着往家走，根本没有别的闲心。那天，我实在不愿跟别人并肩往外走，才留在了最后，我透过窗户看到了班车，蓝色车身，从省城的公交公司租的，一个月需要 3 万块钱租金的那辆，现在，那辆班车上坐满了人，车门一关，很是骄傲地出了北院门，上了路。

估计李冒那孩子以后也开不了班车了。我听到身后有人说话，一扭头，是宋春风。宋春风竟然也没走。我知道宋春风的意思，都调离原岗位了，很难再回去了，好马不吃回头草啊。看那辆班车开得没影了，宋春风又说，走，咱们去外面吃点儿饭，吃完饭，跟我去找一个人。找谁？我问。找谁？老包！他答。

我估计宋春风去找老包的初衷不过是诉诉苦，得一点儿安慰，我当然也是这个想法。我们谁都没想到，一到老包家里，我们就完全改变了思路。

老包在一幢高档小区里住，我们遵照他电话里的指示，左拐右绕才找到了他家，一摁门铃，老包就从门里迎出来了。几个月没见，这家伙更胖了，也更会说话了，一边叫着稀客，一边把我们往屋里让，然后又是点烟又是倒茶，弄得我们倒有点儿不好意思了。说起来，老包曾在我们车间待过几年，我们跟他都是十几年的工友，据宋春风讲，当年他还跟老包在一个宿舍里待过几年。刚开始，老包因为工伤的问题，跟公司

"闹"的时候，还找宋春风商量过，宋春风还替他写过材料，但还没待老包的问题得到解决，他们就闹起了别扭，原因是宋春风那一年当上了职工代表，老包以为是公司给了宋春风点儿甜头，从而分化了他们。实际上，宋春风的这个代表是我们车间一个老职工代表退休后，方主任给安排的。安排宋春风当这个代表，一是因为宋春风资格老，他是建厂的第一批工人，是车间最早任命而又没有得到升迁的大组长；另一个是因为宋春风这个人只会发牢骚，只会逞嘴皮上的能，从来就不会行动。当然，这些都是后来车间其他人总结出来的。

现在，这个只会发牢骚的人到老包家里发牢骚来了。

老包的家很适合发牢骚，一人一杯茶，一人一盒烟，茶水喝了两杯就撂下了，烟却是越抽越凶，一边用中指嗒嗒磕烟灰，一边不停地抽，不停地发牢骚，抽到第五根，我们的牢骚发完了，老包开始发言。这个精明的家伙，刚开始还跟我们遮遮掩掩地打官腔，看我们一脸冷峻，才转了方式，跟我们好好说起了话，说是好好说话，也做了半天铺垫，无非是电视上我们常听的那套，到说到问题的核心，老包的神色一下子变得凝重了，我们也停止了抽烟，把烟头摁在烟灰缸里，挺直身体坐着，瞪大眼睛看着他。

你们这事好解决！依我看，没有别的办法，取消班车！现在咱们公司不是没自己的班车了吗，那就取消租用班车！老包说。

这话掷地有声。我们像是被这声音给震慑到了，半天没有说话。说实在的，我敢保证，我和宋春风，包括车间的大部分工人，都在脑子里设想过这种情况，他妈的，哪天他们自己也骑电动车上班就好了！但我们只是想想而已，这又怎么可能？班车在我们盛达公司的存在，是一种秉承了十几年的传统呀，几乎象征着一种权威，象征着一种不可动摇的格局，这种东西一旦要触动，会牵一发而动全身，可不是要造成一种大范围的混乱？

　　怎么不可能？老包欠了欠屁股，给我们一人点上一根烟，自己也点上一根，抽了两口后，他在烟雾缭绕中笑了，笑得很是神秘莫测，接着，他开始给我们讲如何把这件看似不可能的事情变得可能。

　　老包果然是老包，除了包"闹"，还是个包打听。他说他早就知道面对现在这种岌岌可危的状况，公司下一步准备怎么办。怎么办？集资！老包说。集资可不是个小事，不能一开始就闹得沸沸扬扬的，就一直没向外面公布，但集资又涉及全公司职工的切身利益，必须得通过职工代表同意，才合法有效。也就是说，不出半个月，公司就得临时召集一次职工代表大会，好通过职工集资的决议！老包接着说。

　　我们又吃了一惊。集资，对于我们这个摇摇晃晃的盛达公司来说，不是个新鲜名词。3年前，我们就集过一次资，那次没有通过职代会，而是层层动员，层层施压，以"不集资就别上班"为条件，要挟职工，最终得以集资成功。但不到一年，那些有些门路的职工就开始支取集资款，后来，到两年期限后，我们按当初公司的承诺支取了集资款和利息。虽然从款额上计算，我们个人并没有吃亏，但集资这种事，跟在银行存款毕竟是不同的，风险很大，我们这些小工人，自然不想把辛辛苦苦积攒下来的钱拿去集资。

　　这是最后一个办法了，不集资，咱们公司根本过不去这个坎儿！老包像是看透了我们的心思，说，你愿意公司现在就破产，然后咱们这些四五十岁的人都出去找工作，还不一定能找得上，还是愿意拿出一部分钱来，支援一下公司？现在的老包，忽然变成了国主任的角色，开始对我和宋春风循循善诱。

　　破产？我记得我跟李冒说过破产的事，我说，破产就好喽。我说，我们都愿意来场轰轰烈烈的，生也好，死也好，都痛快点儿，别用钝刀子割肉。但实际上，我们内心又都很恐惧，就像老包所说的，我们已经四五十岁了，我们这些年积累下来的工作技能和工作经验，只在制药公司里有用，一旦制药公司不存在了，我们还能干啥？可能只能去做些体力活儿了，而以我们现在的岁数，我们又能有多大的体力？

大部分工人都会选择集资的，你们也一样！老包一语中的。

可集资跟班车有啥关系？不是在说班车吗，怎么扯到集资上来了？我们忽然找出了问题所在，瞪大眼睛，问老包。

当然有关系！你们想，要是在职工代表大会上，那些领导收到一份取消租用班车的建议，上面还有大多数职工代表的签名，他们会怎么办？老包很是得意，一双深陷在眼窝里的眼睛凸了出来，嘴角上还挂着一丝轻蔑的微笑，这是技痒了，这是按捺不住了，我忽然觉得老包有些可怕。但这种感觉却丝毫没有抵消老包带给我们的震撼。我和宋春风，我们谁都没有想到，去了一趟老包家，只一趟，我们3个就一拍即合地结成了一个行动小组，我们制订了计划，分了工，老包负责收集情报和联合其他职工代表，我负责起草文件，宋春风负责在职工代表大会上扔手榴弹——老天，宋春风正好是职工代表，这一切就像冥冥中自有安排一样。

我们的条件是，如果不同意我们这个建议，我们就不同意集资。

从老包家出来，我们谁都没有说话。我脑子里乱哄哄的，那些不久后就会出现的轰轰烈烈的场景一直在眼前蹦，领导们多么震惊，工人们多么高兴，我和宋春风又是多么得意——我不断修订着自己的想象。想想我自己从小到大这几十年，小学、初中、高中、大专一路上下来，毕业后进了盛达公司，开始当工人，这一当就是十几年。而且，后半辈子也基本定了型，不是继续当工人，就是下岗。跟别的工人唯一不同的是，我坐了3天班车，原以为坐班车能让自己跟其他工人不一样，最起码得到一点儿虚荣吧，没想到这3天班车却成了我心头的一根刺，而现在，我要把它拔出来了。

我就这么任脑子汹涌澎湃着回了家，进了小洗澡间，开始洗澡。不坐班车后，我又开始在我家的热水器下洗二次澡，倒不是老婆要求的，老婆后来根本没有要求过我这一点，是我自己要去洗的，我也不知道自己为什么进了家就直奔小洗澡间而去。而这天，是我在家洗二次澡洗得最痛快的一次，我第一次觉得我的身体很庄严，第一次觉得我的身体无比重要，好像我必须找一个安静的地方来盛放它，而这个小洗澡间是最适合的。从洗澡间出来，我仍在胡思乱想，我就这么折腾了一夜，而第二天一早，当我看到第一缕晨曦出现在窗户外头时，我一下子就后悔了。

可我不会表现出什么，我不愿意做一个孬包。岗位上，我和宋春风待在金子河畔抽烟，我在左边，宋春风在右边，中间隔着二尺见宽的金子河。烟灰噗噗落在金子河上，金子河固执地一如既往的干涸着，引导着我们的愤怒，不过，我们这时的愤怒已经有了节制，我们不会任它蔓延，我们学会了隐藏，我们知道，事情必须周密，不能出一点儿差错。宋春风朝操作室里看一眼，说，连刘艳霞他们也不能有半点儿觉察！而我从他的眼里，看出了他对他那些下属的羡慕，是的，宋春风也后悔了，后悔我们采取了这样一种激进的方式来试图打破这个坚固的堡垒，我们不知道结果将是什么，也许这个结果将会累及我们本已经庸碌透顶的人生，但我们已经别无退路。

六

一个周三的上午，职代会终于召开了。

是在北院的办公大楼召开的，我们工人很少有机会去北院，尤其是去办公大楼，这所据说花了几百万建造的5层建筑，对于我们来说，多少有点儿神秘。今天不同，今天办公大楼上一下子涌现出了好多穿蓝色工作服的工人，让这座平日里一副严肃面孔的办公大楼显得很热闹，我也夹在他们之中。老包却没来，老包在电话里说，他临时有点儿事，出门了，来不了。我们觉得很奇怪，还有比这件事更重要的事情吗？你就不怕出点儿意外情况？老包答，什么意外情况？绝对不会出！做什么事情全在谋划，谋划好了，就不会出意外！我转念一想，马上明白了他是故意不来的。他不是职工代表，他也不曾坐过三天班车，他为什么要出现在闹事的现场？但他肯定没在远处，他一定时刻关注着事态的发展。我跟他不一样，我不能不来，我要给宋春风壮胆。好在，职工代表人多，没人注意我，可时间一到，这些职工代表全去了最里头的大会议室，办公室里就剩下了我一个工人。

我的牙疼仍然没有好，其实，不能叫没有好，是两天前又犯的。两天前，公司传出了要集资的传言，这说明职代会马上就要召开了，而我们早在一个星期前就从老包那里得知了这个消息，并在老包的带领下开始了我们的谋划，这说明一切全在老包的掌控之中，但我的牙还是不可抑制地疼了起来，疼得"嘶嘶"的，疼得腮帮子都肿了。办公室文员小刘以为我在等医务室的老孙，就说，老孙今天请假了，不来！我点点头，却并没有离开，小刘诧异地望着我，望了一会儿，说，等职代会消息？集资集定了！就是数目上还没定！我说，工人们最关心这个了。小刘说，可不。不过，听说跟上次差不多，上次是工人每人5000、班组长8000、车间主任一级的10000吧？

我就这么有一搭没一搭地跟小刘拉呱着，耳朵却始终留意着大会议室的门，门倒是开了两次，全是工作人员出来拿东西，这个工作人员从办公室门前经过时，对我视若无物。第三次开门，仍然是那个工作人员，不过，这回从办公室门口过时，这位工作人员愣了下神，然后快步走到我跟前，说，你们组长宋春风行呀！又恍然大悟似的，盯着我看了一会儿说，你这家伙，也行呀！

小刘不知道什么意思，我一清二楚。现在，大会议室里想必已是翻江倒海，好，很好。我这一放松，牙疼好像也轻了些，但随即又剧烈地疼了起来，娄子肯定是捅下了，结果是个什么样？慢慢地，办公室积聚了十来个人，不过都是后勤职员，都是来探听职代会消息的，眼看着这个会越开越长，他们你一言我一语地议论着到底让他们出多少钱集资，他们却不知道这个职代会还有一个别的议题。临近下班时分，他们终于看到大会议室的两扇玻璃门打开了，职工代表们也一个个从会议室里出来了，他们先听到一个消息，工人每人 8000，班组长 10000，车间主任 13000，这个数字不在他们的预料之中，他们哇哇叫了一阵，接着又听到一个消息，还通过了一个决议呢，取消租用班车！

这句话，让他们全都愣了。班车？取消租用班车？这都哪儿跟哪儿呀！他们不相信。是真事，以后领导们也不坐班车上班了！有人解释。他们这才回过神来，说，原来这个会开得这么长，是为这个呀。也值了，班车早就该取消了，真该取消！这下，谁也没有特权了！也许是这件让人高兴的事情冲淡了集资款带给他们的郁结，毕竟资肯定是要集的，而取消租用班车一项，是从天上掉下来的惊喜。他们好像都高兴得什么似的，把这个消息你传我，我传你，传了个遍，然后一伙儿人议论纷纷地往楼下走，一时间，办公大楼整个空间里好像都充斥着嗡嗡的回声。

这种场景却让我心头一惊，这么一来，取消租用班车倒有益于集资了？我只觉得胸口一阵阵发闷，这种感觉却不能跟宋春风说，虽然宋春风并不像那些工人们一样，主次不分，但他现在的担心跟我完全不一样。

据宋春风讲，当时，他提交那个提案的时机没有把握到最好，早了点儿。按我们的计划，肯定得在正式开始讨论集资事宜之前提交，宋春风也是这么做的。大会一开始，工会柴主席讲了讲话，全总讲了讲话，就要进行下一项议程，这个时候，一片寂静中，宋春风举起了手，他说，我这一举手，全会议室的人都扭过头来看着我，我狠下心来，从一个个人背后穿过，把提案交到了主席台上，然后我就在底下瞪大眼睛看着主席台，那个时候，我知道自己已经不是孤军奋战了，因为提案上有半数以上职工代表的签名。这时，再看主席台上，工会柴主席、全总、贾副总等领导们全变了脸色，然后，柴主席宣布，他们要临时开个小会，会后给大家答复。接着，他们打开这个大会议室的另一个门，一个跟着一个地进了里间。不到 10 分钟，他们就出来了，各就各位后，柴主席把他跟前的话筒往全总这边推了推，全总稍稍往前探了探身子，开始说了，全总说话的声音很洪亮，我们在下面听得清清楚楚，他说，各位代表，刚才宋春风代表大伙儿交上来一份提案，我们几个人研究了一下，原则上同意大家的提案，下来后，我们再具体研究实施细则，请各位代表监督！下面呢，我们开始进行下一个议题，研究集资问题！

事情就这么简单。

然后就是按议程往下进行，在正式的议案提出来之前，先设立议案委员会，设立监票人、计票人，这些都通过以后，工会柴主席开始宣读集资方案，方案分两部分，一部分是内容，包括集资目的、集资方式与集资金额等，另一部分是集资款的管理，包括使用权限、使用范围以及集资人的权益等。会议开到这个时候，宋春风说，我忽然感到心里没了底，你想啊，他看着我，狠狠地抽了一口烟，说，咱们提这个提案根本没有这些程序做保障，虽然领导们都同意了，但万一他们反悔呢，只是个口头同意呀！我要是晚点儿再交咱们这个提案就好了，也让大家投投票，也设个监票人、计票人！我安慰他，咱们这样应该也有效吧，有这么多职工代表的签名呢！

宋春风却仍然不放心，坚持要给老包打电话，老包在电话中说，你们俩瞎操心，一点儿问题都没有，放心吧！电话很快就断了。这个老包，自从职代会召开后，就再没跟我们主动联系过，我们联系他，他的口气也显得很不耐烦。他这是要跟我们撇清关系呢，可这狐狸尾巴也露得太早了吧？宋春风看看我，眼神一下子变得很凶，仿佛现在站在他面前的是老包，而不是我，或者，我也会弃他而去似的。

我没办法弃宋春风而去，虽然我很容易弃他而去，我并不是职工代表，我并没有签字。我跟老包还不一样，老包盛名在外，我不过是一个坐了三天班车的过滤工人，一无所长，我想要抽身很容易，但我不能。我跟宋春风在一个岗位上，天天见面，看见他，就相当于又一次体会到了我在班车上遭受到的奚落，这让我觉得日子愈发难熬。

一周过去了，我们已经按照规定集了资，我们工人每人 8000、班组长 10000、车间主任一级的 13000，这个资集得顺顺利利的，没有听到一点儿不合拍的声音，我大略算了算，差不多得有 800 万。

之后便只剩下等待了。我们在岗位上打扫卫生、学习章程、发牢骚、抽烟，同时竖起耳朵听着来自北院办公大楼的风吹草动，一天过去了，两天过去了，三天、五天、一个星期、十天……办公大楼很安静，而那辆蓝色车身的班车却很热闹，一如既往地进进出出，仿佛职代会从来就不曾开过，仿佛宋春风从来不曾在会上提出过什么，就像刘艳霞说的，宋组长，你折腾了半天，管个屁用啊？

而这个时候，我们岗位已经快两个月没料了，也就是说，那条金子河已经干涸了快两个月了，它就像一个遭到抛弃的怨妇，不修边幅，自暴自弃，浑身上下没有一点儿神采，只剩下越来越多的皱纹，好像一下子老去了几十年，马上要完蛋似的。这天，我实在看不下去了，擎着水管子，开始用清水冲洗这条小水道。要有料了？刘艳霞从操作室里奔出来问。一般情况下，接到料下来的通知后，我们才会冲洗小水道。

没有。我头也没回。

冲洗过后的小水道清清亮亮的，像雨后的天空。我满意地舒了口气，这时候，我闻到了一股子"味儿"，像臭豆腐，不过，没有那么冲、

213

那么浓烈，而是轻轻的、淡淡的，像浮起了一层雾气，但是，确实有。这个时候，我才意识到，我好像已经很长时间没有闻到我们岗位上的"味儿"了，要不是今天冲洗了小水道，我差不多都要忘记这种折磨了我们工人这么多年的"味儿"了。

也就是从那天开始，不知怎么回事，我开始想念我们岗位上的"味儿"，我下班后不再先洗澡，回家后的二次澡更是不洗了，衣服换得也没那么勤了，我知道这是因为我自己的心灰意冷。另外，还有一层原因，我希望自己能积攒出来一点儿"味儿"，好让我不至于再把它忘掉，最好搞得浑身臭烘烘的，哪怕让老婆骂一顿呢。

实际上，这个"味儿"来临的时候，完全不像我想象中的那样，而是带着一股冲天而起的势头，一下子就弥漫了我们整个岗位，是的，我们有料了，我们有板框可冲了，我们的金子河又要流淌了。那个时候，我才明白，不只是我一个人在这段灰色的日子里想念过这股子"味儿"，我听到岗位上别人也在说，哎呀，可算闻到咱们岗位的"味儿"了！

我们就在这股子"味儿"中，大干了一场，休息时，我们又听到了一个消息，从明日起，那辆租来的蓝色车身的班车将不再运行。这是职代会开后的第三个星期，事情总算尘埃落定。我和宋春风互相看看，心一下子落到了肚里，我们无法忍受的，始终是耍弄。就在我们一身轻松地要抽根烟时，岗位上的电话响了，宋春风接了后，脸上的表情全变了，像是对什么事情难以置信，然后又一脸僵直，接着倒松松垮垮地一笑。

老郝，老刘，你们有班车坐了！宋春风指着我和刘艳霞说。

谁也没想到，事情会发展到这个地步，我和刘艳霞一下子也难以置信——几乎在给我们车间进了料的同时，公司又买了两辆新班车，是的，是两辆，一辆玫红色车身的，一辆青灰色的。玫红色车身的 20 个座，刚够领导们坐下；青灰色车身的 45 个座，是给工人们坐的。这辆青灰色班车从省城方向开过来，接上住在沿线的工人，然后横穿县城，接上住在那条线上的工人们，最后再朝盛达公司开去。

我和刘艳霞就在青灰色车身这辆班车规定的线上住。

说起来，刘艳霞第一次坐班车，心情比我还紧张，这跟她在岗位上的表现很不一样。头天晚上很晚了，她给我打了个电话，让我先给她在旁边占个座，我们好坐在一起，这是怕自己身上的"味儿"让工友们嫌恶啊，我答应了，我当然也不愿意让工友们嫌恶我。第二天，等我们都坐上去，我们才发现，我们完全是杞人忧天，倒不是说，大家对我们的"味儿"一点儿感觉都没有，而是车厢里什么"味儿"都有，有我们过滤岗位上的酸臭"味儿"，还有环保岗位上的腥臭"味儿"，还有机油味儿……这些味儿混合在一起，就相当于什么味儿都没有，这是我们工人的哲学。或者，实际上，根本就没什么"味儿"？

不过，司机肯定不那么想，因为我们班车上的司机不是完全意义上的工人，或者说，这个司机，还没有在工人岗位上待到足够的时间，所以，他并不懂得我们的哲学。他闷头闷脑地坐在驾驶座上，慢吞吞发动了班车，我和刘艳霞对望了一眼，我们本来想跟他打声招呼的，后来也懒得打了。刚开始，我听说李冒要来开这辆班车时，还给他打过电话，李冒在电话中支支吾吾，什么都没说，实际上，我也不知道说什么，我不知道他当灯检员的父亲会怎么看待他这次的选择。现在，我倒理解了他，总有一天，他会成为一个像我一样的工人，总有一天，他也会理解我们的哲学，我们得给他时间。

班车曲里拐弯拐进一个高档小区，老包上来了。老包夹着个包，坐在前头，可一个劲儿扭过头来，跟这个跟那个打招呼，当然也跟我打了个招呼，我知道他表面上跟我很热络，内心里却恨不得不认识我，而我也一样，恨不得从来就没有认识过他，更没有找过他，回想整件事，我总觉得自己始终还是被耍弄了，到最后，倒成了两辆班车！而我又无法拒绝坐上班车的诱惑，我不坐，难道这辆班车就不开了？可是老包怎么会坐上班车的？他并没有在这条线上啊。下了车，我问刘艳霞。刘艳霞告诉我，老包能坐上班车，是费了点儿周折的，当然，他们不敢不让他坐。到底怎么回事？我又问。刘艳霞说，你不知道，当初，工人班车的行车路线是经过领导们研究决定的，横穿县城时，只经过两个小区，这两个小区全在旧城区，是咱们工人们的集中居住点，那几年，你还记得吗，咱们公司效益好那几年，好多工人在那两个小区买房子。我点点头。可是老包不干呀，老包也得坐班车，国主任说，你居住的那个小区只有你一个人，又在新城区，去拉一趟你，太不划算了，再说，班车路线都已经定了。老包哪里肯听，又去找了全总，结果，这辆班车就改道啦。我愣了愣，叹了口气，说，这个老包，还真行！

刘艳霞看了我一眼，说，你不知道的事情还多着呢。这次职代会前，领导们私下里决定的是，工人每人集资 5000、大组长 8000、车间主任一级的 10000，到了职代会上，才现改了额度，这事你肯定不知道。刘艳霞眉飞色舞，你别不相信，是老包喝醉了亲口说的，不过，你可别向外说呀！

我相信。

可是不管怎么说，又一个春天降临到了我们这个地方。我们公司北院广场上的银杏树开始冒出绿芽，一侧草坪上的草也更绿了一点儿，衬得广场上的喷泉更加如珠玉一般清凉干净，我们在这样暖融融的早晨从班车上跳下，奔到岗位上。现在，我们过滤岗位也充满了生机，我们换上高靿雨靴，冲上两个小时的板框，那条小水道就会一点点蓄满水流，如果天儿好，阳光透过窗户照射过来，那条小水流上就会泛出一层薄薄的金色，然后荡出一圈一圈的波纹，这是我们的金子河。休息时，我们会蹲在金子河畔，欣赏金子河波光粼粼的风采，但我们不再大声说笑，每一天的工作都是如此。

　　这样的日子不过过了两个月，因为天气持续雾霾，有一天，宋春风从车间开会回来，耷拉着一张脸，这是要限产了。一段时间以来，我们一直担心的事情终于还是发生了。接下来，谁都知道，金子河又将面临干涸，这是金子河没法摆脱的命运，也是我们没法摆脱的命运，对这点，我们已经习惯了。

　　下班时分，北院广场上的两辆班车早就虚位以待了，一辆玫红色车身的，一辆青灰色车身的，一个停在广场东，一个停在广场西。宋春风因为住在城南，没有班车坐，心里自然不平衡，这个原来只会发牢骚的人，经历了职代会，仿佛变了一个人似的，也去找了公司，先是去找国主任，后来又和一帮人一起去找了全总。回来后，他向我们转述结果，说好多人去找全总，光针对班车这一项，就有两拨，他们这拨是没有班车坐的，要求也派一辆班车，凭什么他们能坐，我们不能坐？另一拨是离公司比较近的，不要求坐班车，要求派发补助，我们给公司省了钱，这钱就是我们的！全总怎么说？我们问。能怎么说？来回绕着说呗。不过，我们不会放弃的，宋春风说。

　　我安慰不了宋春风，我说什么也脱不了站着说话不腰疼的嫌疑，这让我坐班车时，总有些负疚感，时间长了，也便无所谓了。现在，每天下班，我都和刘艳霞一道去北院乘坐班车，我们坐在那辆青灰色的班车中，透过车窗，看到全总、贾副总、吕副总、刘副总、工会柴主席、陈总工程师等领导们从办公大楼上下来，一个接一个地上了前头的玫红色班车，接着，车门一碰，那辆班车就发动起来了，然后我们这辆青灰色班车也紧跟其后，开了出来。在经过门岗上的电动门时，这两辆班车都会减一下速，穿过门口，便加快了速度，一个向东，一个向西，分别疾驰而去。

短 篇 小 说

　　张玉清，1966年出生，籍贯河北省香河县。中国作家协会会员，廊坊市作家协会主席，《人民文学》签约作家。多次获得《人民文学》优秀作品奖、冰心儿童文学奖、河北省文艺振兴奖。多年从事儿童文学创作，出版作品三十余部，代表作有《小百合》《画眉》《地下室里的猫》等。亦从事成人文学创作，多篇入选《小说选刊》《小说月报》和各类年度选本。并有《蜘蛛茧》等八篇进入《人民日报》《文艺报》等发表的中国年度短篇小说述评。偶涉文艺评论，有文论《短篇小说的触点和落点或猜测卡夫卡》等问世。

一 百 元

◎张玉清

　　我往画夹里夹了五十张纸，带了一本《瓦尔登湖》，把颜料画笔连同衣服毛巾一股脑塞进旅行箱，然后拿起电话给张骏拨过去："画完了，你过来吧。"

　　二十分钟后张骏到了，看了我案上的画，说："色彩浮了些，你这阵子心不静吧。不过也行，我收。"我得承认他眼力不错，虽然他只是一个画商。他从包里掏出一个信封，放到案上。我拿起来塞进旅行箱，我没有看，知道里面是一万元。

　　在我的画还是只能卖一百元一张的时候，张骏跟我签订合约，一张一万元收我的画，但从此我的画只能卖给他一个人，也就是说把我买断。从那以后我每个月画一张画，一个月能有一万元的收入，成了白领了。缺钱的时候，我就每个月画三张。被买断的好处是我有了稳定收入，从此不再为面包发愁，也不用整天担心被房东赶出去；坏处是我从此失去了自由，我得每天按照张骏的要求画，不能再像过去想画什么画什么，比如我想画鱼，张骏偏要让我画马，我就得画马；我要画个黑脸蛋的女人，可张骏非要个白脸蛋，我就得画白脸蛋。有一次我实在郁闷，和张骏据理力争。张骏说："有什么办法？不这样画卖不出去，这世界上的人就是喜欢白脸蛋的女人不喜欢黑脸蛋的女人；就是喜欢听人话供人驱使的牛马不喜欢自由自在的鱼，因为他们自己也在做着牛马。"

我就这样过了几年，攒了点儿钱，买下一个小房子，房子不大，一室一厅，够我用。我在卧室里睡觉，在小客厅里画画，足不出户，一张脸闷得格外白净。

张骏说："你得加把劲儿了，上个月一张没画，这等于两个月才画了一张。"

我说："我画不出来，有什么办法？"

张骏说："画不出来？房子有了，没动力了吧？你想想，你还没车呢。"

我说："车什么车？我不稀罕。"他一提车我就胸闷，一辆车二十万，我得为它耗掉一年多的生命画二十张白脸蛋的女人或者二十张傻乎乎的牛马，并且同时还要跟他上二十次床。

张骏说："得了吧，你看看现在谁没有辆车？再说，就是不要汽车，你还可以换个大点儿的房子。"

我说："房子越大，心就越窄。"

张骏说："打住打住，咱不探讨生活哲理。说正事，"他迟迟疑疑地，"你还是画个自画像吧，裸体的，我能给你卖二十万，你就能买一辆车了。"这个事已是他不知第多少次劝我了，我一直没理他。

我说："快滚吧你，二百万我也不干。"

张骏说："你有病了你。我这多好的创意呀，我都舍不得给别人用。"

我说："我是有病了，我就像养在水里的蒜苗，水水灵灵干干净净，但说不定哪一天就会悄无声息地突然死掉了。"我指着窗台上我养的那盘蒜苗。

张骏没感觉地说："好好的，说什么丧气话，我只知道，在这个世界上，没有钱你就不能活。"

张骏拿了画走了。我拎了旅行箱背了画夹下楼，手机也不带，谁也别找我。我在街上拦了辆出租车，司机听我说出路线后有些吃惊，迟疑着按下了计价器。按照高咏梅帮我联系的她表姐的地址和路线。车子出城，上高速，一路狂奔，然后是下公路，走小柏油路，走乡村土路，走一路问一路，最后就到了那个小村庄。我看一眼计价器，已然跑出了五百里。

这是一个偏僻的小乡村，连地上的泥土都显出干净，周边的田野绿色极浓。车到村头，几个乡下女人坐在土台上闲话，一个抱着小孩儿的年轻大嫂迎着我们的车子走过来，朝我笑。这就是高咏梅的表姐，小村子一年也来不了几回车，因此她能够轻而易举判断出我的身份，彼此通了姓名，确定无疑，我回头就打发走了出租车。说了几句客套话，高咏梅表姐就说："走，我这就带你去找房。"

我向高咏梅表姐提出的条件是：一要安静，二要干净，三要善良。由高咏梅表姐引领着，我十分用心地选择。每否定一家，高咏梅表姐就表现出一次替这人家惋惜：在这个偏僻的小乡村里，我出的租金可是一笔不小的收入呢。否定第四家时，一出院门，高咏梅表姐忍不住小声对我说："这家挺好的，符合你的条件，他们祖上做过大官，孩子在县城上班，都是好人。"

她的话属实，那家的老头儿一看就是一个好人，可就是眼睛太亮，显得有些精明，我不喜欢。我抱歉地一笑，说："再看看吧。"

到了第六家我才点了头，首先是这家的几棵果树给了我某种打动，院门外两棵，院门里两棵，分别长在门的两侧，都贴着院墙，这样的摆布是为了节省空间。院门外的两棵，一棵是枣树，一棵是杏树。院门里的两棵，一棵是桃树，一棵是李树。在正房靠窗根那儿，还有一架葡萄树。这几乎涵盖了在北方农家常见的果树品种的一半。在我赞叹这几棵树时，这家的主人说："没啥，就是孩子吃着方便。"

主人是一个老汉，五十多岁，脸敦厚朴实，不精明，一看就是个勤劳健康的人。

小院收拾得格外干净，连牛棚也透出整洁的味道，一头健壮的小牛正在棚里吃草。老婆儿有点儿怕见生人，让座让水里外张罗着，其实是为了避免与来人做更多的应答。这个家里，一切都是老汉做主，他领着我和高咏梅表姐看房间，正房的东屋是他和老婆儿住着，西屋住着他们上初二的女儿，准备租给我的是一间厢房。听高咏梅表姐当场介绍，老人还有儿子儿媳，在村南盖了新房子另住，一个六七岁的小孙子跑来跑去两头住，现在这小家伙就尾随在老汉身后，他自己的身后则尾随着一条黄狗，黄狗一点儿不凶，刚见我们面时叫了两声，完成了报警的职责，之后便友好地冲着我摇尾巴。

我对这家人很满意，朴素、安分，连黄狗都让人感到放心。我说："好了，就这里了。"

我一说出每月出一百元租金，房东老汉就使劲地点着头："行，行！"看得出我出的价码超出了老汉的预期，一百元在他心里一定是一个颇有分量的数目。时间已是黄昏，老汉和老婆儿忙不迭地为我收拾房间，移走杂物，打扫尘土，抱来拆洗一新的被褥，那小孙子和黄狗极其兴奋，里出外进地跟着添乱。安顿完，房东的女儿也放学回来了，推着半旧的自行车进了院子，这竟是一个长得很好看的小姑娘，脸蛋干净清爽，见来了生人，好奇而腼腆。

晚饭和房东家一起吃，乡间的粗茶淡饭却别有味道。我说，好，从明天起我就要自己做饭了。

晚上，睡在一个陌生的环境里，四壁散发着老房尘土的气息，周围静得没有一点儿声响，我想这就叫万籁俱寂吧，我在灯下读了几页《瓦尔登湖》，灭了灯懒散地躺着，很是惬意。

最先与我混熟的是小孙子和黄狗。第二天早晨起了床，我还没有备好厨具，没法做早饭，我正坐在炕沿想着要去买东西，小孙子从门框边伸进一个脑袋来，接着是黄狗的脑袋，他们忽闪着眼睛观察我，我说："进来吧。"他们就从门框边闪进身来，凑在我面前，小孙子悄悄地咬指头，黄狗呼呼地摇尾巴。

我说："你带我去村里的小卖店买东西好不好？"

小家伙说声："好。"和黄狗跑在前面，高兴地为我带路。

我在小卖店买了一个饭锅、一个炒锅以及勺子、铲子、碗筷、水壶什么的，还有酱油、米醋、味精、油盐等，安家一般，一应俱全，东西真不少。我双手端着锅，锅里装满零碎，小孙子也帮着我连拿带抱，但还是有一个水壶拿不下。我正无计，小孙子却好像自然而然地把水壶往黄狗脸前一塞，黄狗就听话地一张嘴把水壶提梁叼起来仰着脑袋走，不能不承认这是个令人莞尔的灵感。于是黄狗走在前面，小孙子走在中间，我跟在后面，我们三个一拉溜走在村里，黄狗嘴里的水壶吱吱晃响，小孙子不时掉下一两件东西，弯腰去捡这个时那个又掉了，我自己则被手里的赘物迫得步乱气促全没了风度。我们三个看上去都有些滑稽，沿途几次被大妈大嫂看了笑话。

好容易回到了家，我动手布置新居，小孙子坐在门槛上看着我忙碌，我把一根刚买的火腿肠塞给他，作为奖励。小孙子咬开火腿肠香喷喷地吃，黄狗凑在一旁，痴痴地盯着他手里的火腿肠。小孙子吃了两口，见黄狗好馋，就一伸手搂过来黄狗的脑袋，把火腿肠举到黄狗的黑嘴上，让黄狗咬了一口吃，小孙子又接着吃一口，然后再给黄狗吃一口，他们就这样你一口我一口地吃着火腿肠，我看得有点儿目瞪口呆，一根火腿肠快要吃完了，我才想起说："哎呀，脏！"小孙子说："不碍事。"我说："以后不许这样吃，再这样吃，阿姨就不给了。"小孙子嘻嘻地笑，黄狗却好像听懂了什么，有些难为情地低下了头。

　　我就这样在乡下住了下来。每天的作息时间是早上六点钟起床，这时房东老婆儿已经起床了，她的第一件事是点火做早饭，我就在她的动静里也起床，在院子里洗漱，在葡萄架下洗脸，在桃树下刷牙，做完这些事，再用小炉子熬我的小米粥。之后房东女儿也起床，也跟我一样在院子里洗漱，她在窗台上支起一面小镜子，认认真真地梳头，等到她梳好了头，脸蛋鲜亮起来，她妈妈也把早饭做好了。匆匆吃过了早饭，她骑上车子上学。这时候我的粥熬得刚刚好。

　　院门一响，房东老汉回来了，他才是这个院里第一个起床的人，天还没亮透时，老汉就早已出了门，到田里锄草去了。老汉放下锄头，手里拿着一把清凌凌的野菜，分一半给我，用作早饭的菜，另一半他们自己吃。几乎每天如此，老汉锄草归来都会带回野菜，这是他锄草的副产品，老汉锄草时很细心，他不把野菜野草混一起。野菜不只是一样，他有时带回的是这一种，有时带回的是那一种，总共有七八种，野菜的味道也不一样，有的偏酸，有的偏苦，但无一例外都清爽鲜灵得要命，洗净了切成半寸长小段，已是芬芳扑鼻，加上盐，淋上香油，在盘里一拌，吃上一口，满嘴都是田野的鲜味。

　　我坐在门槛上，面前放一只小凳，一边喝着粥吃着野菜一边赞叹："真好吃，真好吃呀！"

　　老汉磕着烟袋锅说："你放的香油太多，遮味。香油不是这个吃法。"

　　我一笑，没说什么。我见过老婆儿放香油，她把一根筷子探进香油瓶里去，抽出来，盯着筷子头从上往下滴香油，滴到野菜上，如果滴够了三滴，就算好了，偶尔没有滴够三滴，她就把筷子再往瓶里探一次。我觉得这个方法既新颖又更能体现香油的味道，只是想到这不太卫生，才没有跟着学。

　　吃过了早饭，我背起画夹上路，到田野里去画画，去寻找值得我画

227

的和我想画的田园风光。直到快中午才回来，我放下画夹给自己做饭。

伙食简单，做一个主食，做一个菜，做一个汤，就是午饭了。我没有太多的做饭经验，在城里时我很少自己做饭。我喜欢过这样简单的日子。菜是房东给我准备好的，从他家的菜园里摘来，我每次都估量了那菜的价钱，给房东付钱，这是我们事先讲好的，我住他家的房子付房租，而另外吃他家的米面和菜，我另付钱。有一次我曾试着在早晨老汉送我野菜时也付钱，但老汉坚决不要，他说我吃他家菜园里的菜收我钱，因为那是他种的，野菜不是他种的，取自野外，因此不能收钱，他分得很清，因此更赢得了我的尊重。

简单安然的生活，真的是很美好。

最美的是下雨的日子，细雨霏霏，又与城里不同，雨点打在地上，唰唰轻响，让人深切体会到那个词"淅沥"，被雨滋润过的土地，泛起清新的泥土气息，让人感觉到活着的确是幸福的。而城里呢？雨声掩不住喧嚣，浮躁的城里人并不懂得下雨天需要安静，下雨了，工人也要上班，商人也要谈判，画家也不会停了手中的笔，连主妇下雨天也要出去买菜，美其名曰"工作"，其实是奔波，整个一座城市的人绑在一起奔波。在城里，雨给人带来的是不便，是心烦；而在这乡下，给人的是安适，是美。

连勤劳的老汉下雨天也停了劳作，歇在炕沿上抽烟、咳嗽。老婆儿在灶上炒开了花生，自家地里产的，平时并不吃，似乎就为着留在这下雨休闲的日子里来享受。烟火气在温润的雨气里弥漫，氤氲着人间温馨。

我静静坐在门槛上，望着院里的雨，今天不画画，也不乱想。这样的乡间，这样的日子，这样的雨，什么也不用想，不用想房子，不用想车子，不用想张骏，也不用想刘静云的画一平尺三千、何家英的画一平尺三万，不用想齐白石的画卖到了三千万、李可染的画创下了天价。思维还是有的，头脑并不停转，因此有诗句浮上来："细雨湿衣看不见，闲花落地听无声。""无边细雨湿春泥，隔雾时闻小鸟啼。""青箬笠，绿蓑衣，斜风细雨不须归。""山茶相对阿谁栽，细雨无人我独来!"

我的眼里轻轻地洇上一层湿润。

我非要跟着老汉去田里，老汉无奈，只得答应我。老汉扛了锄头，又扛了一杆小扒网，手里还拎了个小盆子，默默走在头里。到了田间，老汉也不跟我多话，开始干活儿，我在田边支了画夹画他锄地的背影。

中间休息时，老汉持了小扒网在田边的小水沟里捉小鱼。我惊讶这么小的一个水沟里竟然会有鱼，水浅浅的，还长满水草，因为没有什么打扰，水很清，但小扒网一下去，水底就漫起了混浊，水里却真的就有了惊慌窜动的小鱼的影踪。小扒网提起来，里面已经逮到了好几条小鱼，也有小虾和不知名的水虫子。小鱼小指大小，个别最大的也不足拇指大，还有更小的不及半寸长，老汉把大些的拈到盆里，不及半寸的重又扔回水里去。我问，为什么扔回水里? 老汉说，太小了不能吃，扔回去让它们长大。

老汉扒一下换一个位置，动作轻缓，很爱惜小水沟的样子。水沟大约有一百多米，但积水处只有几十米长，再浅的地方就没有水了。老汉很快把小水沟扒了个遍，小盆里已经连水有了多半下小鱼小虾，老汉欣喜道："够吃一顿了。"

盆里盛了水，小鱼小虾都还是活的，小鱼有五六种，我叫不上名字，但看得出是十分寻常的小鱼，我只认得其中一种跟鲫鱼很相像，只是小得多。我问老汉："这些鱼是您养的吗?"老汉说："不是，水里自己长的。"

我望了望这条几十米的小水沟，它哪里也不通，是死水，哪里来的鱼呢? 老汉看出我的疑惑，说："自古有水就有鱼，鱼是草籽变的。"

我不信服"鱼是草籽变的",但老汉从小水沟里逮到了活生生的鱼却是事实,而且这鱼够得上吃上一顿美餐。老汉说他家从来不用花钱买鱼,但除了冬季,他家一两个月就能吃上一顿小鱼,都取自这个小水沟。当初分地时,别人都不愿要这挨着水沟的田,因为水沟边土质不好,多给三垄地也不要,是他主动要下的。土质差不怕,多给了三垄地呢,只要多上粪肥,三五年就治好了,何况,水沟还可以逮鱼。

我说:"水沟也分给你家了吗?"

老汉说:"不是,但我的地挨着它就能往里放水,换了别人不会放。这些年越来越旱,下雨少的年头儿,指望雨水是养不起这小水沟的,要不是我在浇地时顺便往里放水,这水沟早就干了,也就没有鱼了。"

我说:"水沟又不是你自家的,别人就不会来逮鱼吗?水沟这么小,都来逮就没有了。"

老汉自得地说:"别人不知道。也有的,知道了也看不上眼。"

老汉说着,脸上是有些狡黠的表情,很为自己的智慧自得。我颇为感佩,是啊,这也确实可以称得上是智慧啊。

那天我们把小鱼带回家,老婆儿把小鱼熬了,老汉叫了我来吃,真的是鲜美极了,我仿佛从未吃到过这么鲜美的小鱼。

初夏的黄昏凉爽安谧,老汉坐在屋檐下的小凳上吧嗒吧嗒吸着烟袋,这个忙碌的老汉整天有着干不完的活计,只有在这黄昏饭后安详地坐在自家院里吧嗒吧嗒吸旱烟,才是他一天中最大的享受。身旁刚刚吃过饭的小方桌已然收拾干净,上面只摆着一件烟笸箩,老汉守着烟笸箩一锅一锅地吸烟,总要吸上十几锅,过足了瘾,才罢。

我把一张一百元的钞票叠成了一个小元宝,握在手里,来到老汉面前,张开手掌,说:"给您。"

这是这个月的房租,一转眼我已住了一个月了。这一个月我们相处得亲近和睦，没有一丁点儿房东和房客之间的身份隔阂，我把钞票叠成小元宝是不愿将它平展着递向老汉，我不喜欢在我们之间弄出那种直了了的交易感觉。

老汉先是没理解，及至看出了那是一个一百元的钱，忙不迭地伸手来接，我把它轻轻按在老汉的手心里。老汉从嘴里拿出烟袋，仿佛不好意思马上揣进兜里似的，把手里的小元宝放在了一旁的桌角上。

也许是因为有了一小笔收入心情格外好，老汉随手递给我一个小凳子，让我坐，跟我一递一句地闲聊天。平时，房东老汉对我的背着画夹进进出出并不赞赏，较少跟我多话，看得出在他心里，与种田做工相比，画画不是一个实在的营生。

"姑娘，你这整天地画画，能养活自己呀？"

我说："能。"

"你这画卖多少钱一张呀？"

"一百元。"我说。

"一百元？"老汉说，"倒是不少，四张就能顶我种一亩地呢。那你整天画，也能挣不少钱呢。"

我说："整天画，也画不了多少，有时候一个月也画不了一张呢。"

"那你不是连房钱也不够了？"

"有时我画得多呀。"

老汉在台阶上磕了磕烟袋锅，笑眯眯道："那你还不如种田呢，也能挣出这收入。"

我也笑道："可我哪有种田的力气呀？"

老汉往我身上掀一眼，说："那倒也是。"

"您家里几亩田呀？"我想算算老汉的收入，在我眼里这个生存方式简单而又知足的老汉的收入一直让我很好奇。

老汉说家里四亩田两季庄稼，吃的不算能卖上一千六百元钱，小牛养大了一卖，能挣一千元。几只鸡，一年也有上百元，几棵果树的果子，一半送人，一半也能卖上几百元。全年，可以收入三千多元，足够花了，负担小，儿子单过去了，只女儿上学的钱，一年八九百元，再扣去日常的开支，算下来，一年能攒下一千元呢。几年下来也能攒下点儿钱了，要比过去连吃的也不够的时候，强多了。

我默然，有些感动，打心眼儿里羡慕老汉一家的生活，他们的日子不富裕，但他们活得安静而笃定。

老汉连吸了几口烟说，就是女儿明年要上高中了，听说要不少钱，前街的小英子去年考上县中学，交了七千多呢。不过不用愁，这几年有了积蓄，再加上今年明年的收入——收入是稳定的，算算到了明年女儿上高中时，刚刚可以凑上七千元钱。

我忽然想：不知道老汉计算收入时，有没有把我的房租算进去。

高咏梅表姐让我到她家接电话，这小村里只有几家有电话。高咏梅说张骏找我，然后电话那边就传来了张骏的声音。我说高咏梅，我不让你告诉他电话，你怎么还告诉他了？高咏梅说他逼得我没办法了。张骏说别闹了，你跑乡下去干什么呀，你画了几张画了？我还等着收呢，又有主顾了。

我说我一张也没画呢。

张骏说这么长时间一张也没画？这哪行啊？

我说怎么不行，我又不缺钱花。

张骏说真不知你想的是什么，放着一张画一万元的事情不干，跑到乡下去画什么。

我说我来乡下不是为画画。

那你为什么？

我沉吟两秒钟，知道跟他说不懂，就说，什么也不为。

张骏说，咱别斗嘴，你必须得画，我们是有合约的。

我说，我不画，你不给我钱不就得了？

张骏说，那也不行，你不画我就赚不到钱。我的一张画，张骏能卖到两万元，他赚一半。

我说，我管你赚不赚到钱，合约上并没有写你可以强迫我画。

张骏说别闹了，我有一件好事告诉你，我真的找到了想买那张画的老板。

哪张画？我问。

就是那张呀，我一直让你画的那张。

他声音暧昧，我听出来，高咏梅在一旁他不便明说，但我已明白他说的是什么。我说我说过了不画，你别打主意了。他低声说人家开价三十万，比我预想的还要高。我说三十万怎么啦？我现在不缺钱。他说别错过机会，你认真考虑，赶快回来。

我说我不会答应，我现在过得很好，不想要那么多的钱。

从高咏梅表姐家回来，黄狗在院门外迎着我，它关切地望着我的脸，好像是看到我回来了才安心。我摸摸它的头，感到一种有别于人与人之间的不带交易色彩的亲近。

回到屋里，我倚在炕上，捧起《瓦尔登湖》，翻来翻去。

星期天，房东女儿在家里，看书看得累了，跑进我屋里来跟我玩。她翻看着我画的田园速写，喜欢得不得了。

我说："让我给你画一张像吧。"

我给小姑娘摆了个姿势，让她保持不动，就开始给她画速写。小姑娘一边让我画，一边和我说着话。

"阿姨，画家都是靠画画生活呀？"

我说："不都是，专业画家是，业余画家不是。"

233

"那你是专业画家不？"

我说："就算是。不过专业画家也分两种，画院的美协的专业画家都有一份国家给的工资养着，所以他们不能说是完全靠画画生活，他们不画画也能生活；另一种专业画家是没有工资的画家，完全靠画画生活，画一张卖一张就有收入，不画，就没收入。我就属于后一种。"

"噢，"小姑娘分析了一下，说，"那你这种画家，其实跟我爹也差不多呀，我爹是不种地就没有收入，你是不画画就没有收入，区别就是一个种地一个画画。"

我笑着说："对呀。"

小姑娘说："不过，要我说还是当画家好，风吹不着，雨打不着，你看你多漂亮啊，比小姑娘还白呢。听我爹说，你画一张画就能卖一百元呢。"

我说："不止卖一百元，我没跟你爹说实话。"

"那卖多少元？"

我说："我说给你，你得给我保密，不许跟别人说。"

"我不说。"

我说："9997.5 元。"

"啊？"小姑娘的嘴愕然成一个"O"形，"真的呀？"

"真的。"

"那顶我爹种二十亩地呢！"小姑娘有点儿魂不守舍了，"阿姨，我跟你学画画得了，以后也当画家，你说行不行呢？"

我望着她干干净净的小脸，一笔一笔勾勒着线条，没有回答，我不想敷衍她。

"9997.5 元。"小姑娘忽又念叨了一句，似是发现了什么问题，"阿姨，为什么有这么多零头呀？为什么不是一万元呀？那多整齐。"

我说："要扣除成本。"

"哦，是纸笔吗？那成本很低的呀，这真是一本万利。"

我笑了笑，不再说什么。其实我说的"成本"不是纸笔，而是避孕栓，是扣除和张骏上床用掉的一枚避孕栓，张骏从来不自带避孕用具，这项花费要我自己出，因此我必须扣除。每当跟别人说起我的画卖多少钱一张时，我都是说"9997.5 元"，并解释"要扣除 2.5 元成本"，没有人深究这是怎么个成本，还有人以为是纸张笔墨的材料钱，笑话我把账算得过细。

我很快把小姑娘勾勒出来，想了想，又在画面上填了背景，画上了葡萄架，小姑娘坐在葡萄架下，阳光斜洒在身上，美极了。小姑娘见我画好了，蹦到画架前来观赏，她快乐地尖叫起来，引得院里的小孙子和黄狗飞快地蹿进来，小孙子见了画，立刻吵着要我也画他和黄狗。

我忽然心里一动，一个念头闪出来，我要正正式式地画一画这个小院，画一画这一家人，还有这只颇通灵性的黄狗。

我想好了要画一张很好的画，画房东一家，可是在构图上总也拿不定主意，原因是我想把小院的所有东西都画进去，我太喜欢门里门外的果树，绿莹莹的葡萄架，干干净净略带点儿锈的压水井，整洁的窗子，以及它们的主人。我拿不定主意如何摆布这些，怎样把这些都纳入我的画面里。比如这几棵树，如果画门外的就没法画门里的，画门里的就没法画门外的，只有一个办法就是把它们都画在门里，可是那样的构图又违背了我眼前的真实，尽管那符合艺术的规律，可我还是不情愿那样做。真是左右为难，艺术总是与现实有距离。

多日的踌躇，我终于把构图想好了，艺术毕竟不等同于现实，不得不有所舍弃，院门外的树不画了，紧贴院门里的树也移到院子的中央来。总体上从正面取景，画房子和大半个院落，女儿在葡萄架下读书，母亲在暗影里的灶下做饭，老汉画一个背影，表明他刚刚从田里回来，老汉的手里握着一把清凌凌的野菜，这曾经是最打动我的图景。小孙子和那条黄狗我早就想好了，只要让他们在院里跑闹就行，画小孙子跟黄狗围着果树快乐地玩耍，活泼生动。时间我选定为早晨，早晨的阳光清新明丽。

从这天起，我不再出去写生，而是在院门边支起画夹，全身心投入地画这小院。我还没有给这幅画取出名字，想了几个都不行，我想一时想不出更好的，等以后有了合适的再说。

一星期过去，房子画出了，压水井、树和葡萄架画出了，一侧的牛棚和那头有着缎子一样皮毛的小牛也画出了，母鸡在地上寻食，公鸡在傲然行走，为了画那缕橘黄色的阳光，我起了好几个大早。主要的背景画面都画好了，下一步就是画人物。

女儿画出来了，一个清纯美丽的小姑娘坐在小凳上读书，脸蛋在灿烂的阳光里闪着光彩。老汉老婆儿也完成得比较顺利，老汉是画背影，老婆儿在暗处，画得虚，我避开了对他们面部的表现。说实话我这样做有点儿取巧，也有点儿无奈，老汉老婆儿都太忙，没有时间给我做模特。

还剩下小孙子和狗，这两个小东西几乎天天都在我跟前玩耍，可是我却对他们最拿不定主意，我想把他们最活泼最生动的一瞬间画到纸上。

我把自己旅行箱里的几袋鱼片给了房东的小孙子，讲好，要他带着黄狗在院里玩，随便玩，跑也行闹也行，我坐在屋门口，支起画夹，想捕捉一个最好的瞬间。我的这幅画马上就可以完成了，现在只差小孙子和黄狗这一小处空白。我有些激动，我预感这会是一幅极好的作品，会是我这些年来画出的最好的作品。虽然它肯定卖不上一万元，也不大可能会在画展上获奖。但我画这幅画，本来也不是为了卖钱和获奖。

小孙子欢天喜地，接过鱼片，退到一边大吃，黄狗仰脸望着他，也想要，小家伙慷慨地给了它一片，他把鱼片抛起来，黄狗凌空跃起，一口吞下，却似乎如猪八戒吃人参果，没有品出味道。我看着好玩，也把手里的鱼片向黄狗抛去，黄狗仍是准确地跃起吞下，意犹未尽。我不禁莞尔一笑，小孙子见我高兴看，就把鱼片撕下一小块一小块花样翻新地抛出去，而每次黄狗总是准确地跃起一吞，鱼片就百无一失地被它吞进了肚里。小孙子得意地跟我说："我驯得比马戏团还好！"

我又拿出半袋大白兔奶糖给小孙子做奖赏，小家伙给我玩出了更好玩的花样，他剥开奶糖吃了，却故意逗黄狗，把糖纸团起来，一抛，黄狗依然跃起一吞，很快觉出味道不对，想吐却吐不出来了，黄狗发觉上当，不满地哼哼两声。小家伙哈哈大笑，为自己的恶作剧很是得意。

我终于捕捉到了满意的画面：小孙子顽皮地抛出鱼片，黄狗跃出优美的曲线去吞空中的美味。我迅速地把它画成一幅速写，过几天它将栩栩如生地出现在我那幅画上，成为点睛之笔。

在我的画上，小孙子和黄狗已有了一个轮廓，我画得非常用心，调动了全身的血液，每一笔都是全身心地投入。

小孙子和黄狗不知为了什么事欢呼着跑进了院子，我歇下画笔，走出屋，我正好要观察一下黄狗眼睛的颜色。

老汉这天收工早，正坐在葡萄架下守着烟管箩吸旱烟，黄狗讨好地围在老汉身边转，小孙子却几乎骑到了老汉的脖子上。想起又该交房租了，我转身回屋把一个事先叠成了小元宝的一百元钞票拿出来交给老汉，老汉接过来，未及收起，却被小孙子一把抢过去。

老汉说了声："别弄破了，这是钱，玩会儿给我。"就任小孙子把玩去了。

我把黄狗搂过来，看它的眼睛，它温顺地与我对视，眼珠黄色透明，近看很清澈，给人以单纯，却又似有一种说不清的神情在里面，好像它也有心灵，我第一次知道狗的眼睛里也会有神情。

我的内心被一种柔软的东西触动了一下，用心默记着它的眼神，我想我要好好画画它的眼睛。我正要回屋去接着画我的画，高咏梅表姐的声音从外面传来，她又是来叫我去她家听电话。我知道准是张骏，肯定还是为那事，我烦闷地出了门，跟着高咏梅表姐往她家去，走出不远，发现黄狗也跟来了，我说："回去，别跟着我。"黄狗不听，仍然跟着，贴着我的腿走。高咏梅表姐就踢了它一脚说："你跟着干什么？回去！"我说："别踢它。"高咏梅表姐说："我家小花最怕狗了。"黄狗挨了踢，情绪受到打击，犹豫了一下，停住，坐下，又目送我走出十几步，折转身回去了。

接了电话，果然是张骏，他让我马上回城里去，说是那个要画的主顾已经把价码涨到了四十万，这么好的事打着灯笼也难找。

我不想跟他废话，就没有直接拒绝，只说我现在正在画一幅非常好的画，等画完了再说吧。

张骏焦急地说等你画完了黄花菜早凉了，创意已经被另一个画商知道了，那家伙正在找女画家运作呢，如果被他抢在前面那就全完了。

那让他去运作好啦。我说。

张骏说那怎么行！那就没咱们的份了，这个"女画家的裸体自画像"，你得明白是这个创意值钱，而不是裸体画值钱，裸体画多的是，哪会值四十万？这里的关键是自画像，还得是女画家的自画像，还得是稍稍有点儿名气的女画家的自画像，人家买的就是这个"点"。但是你要明白，可不是只有你有这个"点"，还有好多女画家都具备这个"点"，谁抢在前边就是谁的。

那就让她们去抢好了。我说。

我操！你他妈的吃错了什么药了？张骏气死了，恶狠狠地骂我，又听到他在摔东西。

我不管他，挂断了电话。

回到房东家，已是黄昏，走近院门，忽然感觉空气有些异常，莫名其妙地让我起了一身鸡皮疙瘩。进了院门，一个超乎意料的惨烈景象近在咫尺地出现在了我的面前，好像一柄巨大的铁锤猛地击在了我的胸口，猝不及防，我叫出了一声"啊——！"

院门里，那棵矮桃树上，黄狗血淋淋吊着，已被开了膛，白花花的肠子正从敞开的腹腔里挂出来，腹腔里面是残忍的空荡，一根细绳系住了黄狗的颈子，另一端拴在桃树的横杈上，黄狗早没了气息，不再有任何挣扎的可能，松松垮垮悬垂着，头颅倒因绳子的拉伸而向天昂起，好似不平，一双眼睛却紧紧地闭上了。

一旁，小孙子哼哼唧唧在哭："赔我的狗，赔我的狗。"

房东老汉和老婆儿不理他，自顾自在忙碌，老汉持一把尖刀，将一个血污的肉团剖开来（后来我知道那是黄狗的胃），翻转，从里面找出了一个小东西，打下手的老婆儿端来了一盆水，老汉忙把那小东西在水盆里面清洗。待到老汉拿出手来，我看明白那是我叠的那个一百元的小元宝。

老汉仔细检视，说了声："没事儿。"

扭头看到我在一旁看，就跟我解释说：是小孙子逗狗，把小元宝抛起来，让黄狗吞了，幸亏将狗杀得及时，这钱才没有损坏。

我的心尖一阵颤动，好像嗅觉刚刚复苏，这才感受到巨大的血腥污秽气息伴着恶臭正从黄狗的身上，从倒挂的白花花的肠子上，从翻转的血污的胃上，铺天盖地压过来，我的胸腔里一阵翻涌，我紧紧捂住嘴巴，不让自己呕出来，逃也似的跑进了自己屋里。

我扑倒在炕上，胃里阵阵揪痛，难耐的揪痛，我很想号啕大哭，但我只是用被子蒙住头从喉间发出几声压抑不住的哽咽，我不能让房东家听到我的哭声，我不能像小孙子那样，我哭黄狗名不正言不顺，我甚至不知道我应该发出什么样的声音，我只是蒙住了头悲怆地自语：我不该赶它回来，要是让它跟着我去接电话……但我终于明白在这个世界上，总会有突兀的事情发生在你的身上或是出现在你的眼前，猝不及防，而"假设"不能解决这个世界上的任何问题。

第二天，我收拾东西离开了房东老汉的家，离开了那个小村庄。

那幅画我卷起来带走了，但我知道我不可能完成它了，我甚至不知道我该怎样处置它，我差一点儿完成了它，只差一小处空白，但这空白永远无法补上去了。

（原载《人民文学》2016 年第 1 期）

　　闫岩，保定人，现居邢台，曾在《小说界》《作品》《长城》《山东文学》《四川文学》《青春》《海燕》《广西文学》等杂志发表作品若干。

群 支 付

◎闫 岩

一

　　我被"献血哥"董国强邀请进公益微信群。收到邀请信息我正犹豫着同意还是拒绝，手机"当啷"一声来了短信，还是董国强。他的短信内容连标点八个字符：请支持我的善良。赤裸裸的道德绑架，我不能不支持善良。

　　群里已有一百多人，董国强仍在辛勤耕耘。不断有人加入，出现了较多熟悉的面孔。队伍越来越壮大，土地越来越肥沃。我瞅了一会儿热闹，把聊天信息设置成消息免打扰，继续干我的活儿。

　　我知道董国强的名字比认识他这个人要早。那时我在企业宣传部做外宣工作，部门订着各类报纸，当地报纸上经常翻到与"献血哥"董国强相关的新闻报道。董国强是一位单身爸爸，儿子董小龙得了"再生障碍性贫血"，这种病是需要长期输血来维持生命的，为了给儿子筹措治疗费用，他每半个月就到血站献一次血小板。这种博大的父爱深深地打动了无数不相识的人，网友给他起了个亲切的绰号，叫"献血哥"。

　　认识董国强本人就晚很多了。那时我已脱离了原先的单位干起了影视传媒，还在当地电视台做了一档民生栏目。一次去医院拍片，正赶上

"献血哥"董国强带儿子董小龙来住院，院长不失时机地以救治董小龙为例讲述了他们的以人为本，主要是针对贫困家庭一些费用的减免。由此，董国强父子走进了我们的镜头，儿子小龙的小脸儿被激素催得胖胖嘟嘟，董国强的眼里闪过泪光。

　　我要帮帮这一对父子！我不止一次这样想过。怎么帮呢？钱，我是真的没有。我刚贷款买了车，房也是贷款，每月光还贷就得五千多，有时还不起，想法儿办了三张信用卡倒腾着还。我就是打肿脸也充不起胖子。

　　我拾掇拾掇儿子的衣裳，包了一大包袱。儿子长得快，衣服还新着就小了，董小龙的个头儿穿着应该正好。我又联系了一本杂志的编辑，想写一篇关于父爱的纪实文章。一是凭着对文字的热爱，二是想把稿费捐给董小龙治病，即使是杯水车薪，那也算尽了绵薄之力。结果，两样儿都泡了汤。衣裳的事儿有点儿不凑巧，那天我有事儿出门，一个做义工的朋友路过我家想找点儿旧衣裳，儿子拿出我包好的包袱说，这是妈妈准备捐的，朋友就顺手拿走捐到了山里。杂志的编辑也来了回复，说主编嫌这题材不新鲜。

　　事隔两年后，我还是帮了董国强父子一次。也就是今年春节期间的事儿。在老家过年很清闲，我躺在炕上看朋友圈，发现了董小龙在医院监护室浑身插满管子的照片。是位媒体朋友发的，说董小龙身体出现异常，正在医院急救，呼吁爱心人士献出爱心。看到状况我一刻也没犹豫，当即从微信转账六百元给那位媒体朋友，拜托他转交董国强。董国强随即打电话过来说了一大堆感激涕零的话，又通过号码加了我的微信。

　　从老家回来听说董小龙已脱离危险并出院在家休养，我倍感欣慰。进公益群也就在我从老家回来没几天的时候，我一般情况下只看热闹不

243

说话。熟面孔基本都不说话，说话的群员话题跟献血也不着边，五花八门鸡毛蒜皮。群里最吸引人的是红包，隔几分钟就会蹦出一个，我抢过两次，一次一分一次五分，伤神又无聊，自嘲地笑笑，发誓再也不干这种事儿了。董小龙也在群里，他每包必抢，抢完即发一个女人披头散发拼命磕头说谢谢老板的图片。董小龙偶尔会发一个大哭的图片，那是他没抢着红包的举动，这时就会有群员给他发一个单包，红包上写着"董小龙专属"，然后紧跟上一句，谁抢了翻倍还给董小龙。还真有不长眼见红包就抢的，结果就翻倍还回来。没人贪污这点儿给"患儿"的小钱儿，能进这个群的人，肯定都是支持善良的人。

我确信，我不仅支持善良，本身也善良无疑。朋友为山区失学儿童组织义卖，我奉献过三十本读过的名著；截瘫姑娘自强写作需要一台电脑，我捐了二百；博客获奖我分文未领，全部转交给了癌症病人；每次去采访贫困儿童，我都忍不住掏光钱包；特别是汶川地震，我头一热一万块都甩出去了……首先申明我不是大款，我真不是大款，到现在我的房贷十五年才还了七年。我就是爱冲动，冲动是魔鬼，为这魔鬼我也付出了惨痛的代价，丈夫放弃了我，已经成为我的前夫。

我还献过血，献过几次我忘了，反正好几次。听说献血可以不得脑梗、可以不血稠、还可以救人，我就去了。血稠也不好，我妈一年要去医院输四回液体稀释血液，平时还离不开药。

二

一天我在群里看到董国强在组织献血队伍，想到自己也有一年没献过血了，就报了名。之后我的名字赫然登上董国强名单的首座，后缀引用了"著名作家"一词。实际我的身份是下岗工人，电视台的节目属于承包，现无岗无业坐在家里码几篇小故事挣点儿小钱儿花，跟作家都沾不上边更不用说著名。这滑稽的高帽我可戴不得，私下对董国强说，血我可以去献，"著名作家"那四个字赶紧抹掉。董国强反驳我，在他眼里我就是作家。多说无用，我命令他必须抹掉。董国强还是抹掉了，职业那栏儿空白着。我名字下方有某某，电视台著名记者；再下方是某某某，报社著名记者；再再下方还是著名这个著名那个；再再再下方我没往下看。这献血队伍，简直高大上。

按董国强提供的时间，我准时来到血站，血站门口站着董国强和端摄像机的女记者小雅。我曾和小雅一起做过节目，很熟悉，她对我了解，镜头躲开了我。董国强让小雅拍我，小雅说姐不爱上电视。董国强说上电视多好，我光想上电视。董国强忙着招呼到来的人，也没顾上和我多说话。我看来了不少人，但董国强说的那些著名这个、著名那个的，我一个也不认识。认识不认识也无所谓。我是来献血的。

人来得差不多了。为了配合镜头，董国强指挥这些人在大门口站队往里走，我没去，坐在屋里的沙发上和董小龙说话。董小龙并不抬头看我，专心玩手机，我问一句他答一句。

你多大了？

十三。

在玩什么？

聊天。

才问了两句，他的手机里传来一个女人的尖叫声：抢红包了。几秒钟后，董小龙抬头冲我笑着说，抢了八分。然后又低下了头。在他抬头冲我笑的一瞬间，我看到他的左脸一片紫红。

我惊悸地问，脸怎么回事儿？

他平静地说，淤血，该住院了。

董小龙并没有抬头。我问他，你多长时间住回院？

十天半月吧。他说。

他还在看手机。我看了一眼窗外，小雅正指挥着献血队伍一遍又一遍地走来走去。

下一个环节是填表签字，我填了也签了。接下来是验血，我也验了。我第一个验血，血完全合格，我上了献血床。我发现和以前的献血设备不一样便问护士，护士说这是献血小板不是全血。我不知道什么是血小板，护士为我解释血小板是从血液里提炼出来的一种成分，是救治癌症病人的，对人身体无害的。既然无害又救人，那就献吧，我脱了上衣伸出一只胳膊。

"噗"地一下疼，针刺进了我的血管，血液从我的血管流到了一个机器里。我不懂也不问。董小龙隔着玻璃给我拍照，我挥手阻止他，他不懂我的意思，跑进来问我怎么了？我说不许拍，你不能侵犯我的肖像权。他就笑，牙上还是血。

外屋看起来还很热闹，董国强指挥着一切，小雅端着摄像机拍来拍去。玻璃很隔音我什么也听不到。董小龙出去拍照了，举着手机东拍一下西拍一下，不亦乐乎。

我是个头脑简单四肢发达的女人，躺的时间一长就迷糊，正迷糊着，听到董国强问我，感觉咋样？我睁眼说，还行。再看玻璃窗外，人已所剩无几。我问他，献血的人呢？他说血都不合格，就三人合格。我不禁窃喜，我身体原来这么棒，这应该是坚持跑步打球的缘故。

我并不是个喜欢运动的人，可我老头痛，一直以为是鼻炎，结果做中医的同学为我把脉说不是鼻炎，是供血不足叫我多锻炼。为了身体我开始跑步，早晚各一小时，业余时间还打打篮球，我也不会打篮球，拿起球往篮里使劲投就是，关键是运动。运动出了效果，我更得坚持。

小雅来屋里采访那两个男的，一个是年轻人，一个是中年人。年轻人说了一堆，到最后总结成一句话：帮助别人快乐自己。中年人说的跟年轻人差不多，总结为：献血利人利己，何乐而不为。

献完血小板还领到一百块交通费，真是意外。我也是俗人，也爱钱，只是懂得君子爱财取之有道。董国强把我的那份给了我，其余的两份他们商量好去外面吃饭。董国强让我也去，我说我得管孩子就回家了。吃过午饭我躺在床上休息，习惯性地看手机看群，董小龙已把我的照片发到了群里，幸好是侧面没露脸。我是最不喜欢露脸的。董国强也有话说，他说我真给他长脸。他的意思我明白，他是群主又是这次献血的组织者，二十多人才三个合格，女的仅仅我一个，可不就觉得我给他长了脸呗。随他怎么说吧，沉默是金。

三

周末，儿子的语文老师留下一篇作文，题目是《一件有意义的事》。儿子唠叨语文老师是个磊货，这个作文题目自一年级以来已经留过不下五十次，可有意义的事儿是有限的。儿子上六年级，嘴里时不时冒出个网络新词。比方他说他爸爸是废柴，他解释废柴的意思就是废了的柴火，不得志。我问他磊货怎么解释，他说磊货就是让人哭笑不得匪夷所思的货。原来是这么个意思，我不禁一种苦楚的心酸，说不定哪天我在他眼里也成了废柴或成了磊货。儿子揣摩了一个上午，半字未写在纸上，看着他满脸苦相，我说我带你去做件有意义的事儿吧。

我带着儿子去见董小龙，儿子准备的礼物是几本《漫画派对》和《查理九世》，那是他平时最喜欢读的。和董国强联系后得知他家的住址，不远，溜达着就可以过去。那是一条老街，老得掉牙，青砖房石板路，每条小巷口都坐着几位晒太阳的老人，他们饱经风霜的脸上布满条纹，或谈论或张望，表现是喜是悲已很难辨别。

董国强在街上接应我们。是一条差不多一米宽的小巷，小巷深邃曲折而风景无限，有被岁月侵蚀得犹如缕缕白发般的木门和锈迹斑斑的老

247

锁，有光滑如镜的青石板台阶，有垂头塌翼结满石榴的老树，墙角还有堆积多年已生出众多野草野花的土堆。拐了七八道拐再经过一间小房，前边便出现了两扇黑色的木门，木门大开着，董小龙站在木门旁朝我们笑，手里拿着手机，信息的响声不间断地从手机里传出。

木门里面是一个正屋一个侧屋。侧屋没门，乱七八糟地放着一些无用的杂物。正屋有三间，屋子的四周摆满各样东西，大东西有衣柜、桌子、床和缝纫机，其余都是锅碗瓢盆油盐酱醋笤帚簸箕一类的小东西，零零碎碎摆了一地，能下脚的地方已是不多。儿子不注意这些，书放在床上，已经和董小龙商量好了下象棋，我便坐在床边和董国强聊天。

董国强靠着斜对床的一张旧桌子，桌子上放着一台很小的电视机，盖着白布，我想这台电视机应该不超过十四英寸，而且肯定是台黑白的。董国强的背后是他正在充电的手机，这部手机和床上的另一部手机很有点儿不甘寂寞的架势，不断发出各种不同的声音提醒主人不要冷落它，尤其那个尖嗓子女人"红包来了"的喊叫声特别激动人心。

我问他，你不上班了？

我不上班能干个啥？厂子搬家了正装修。

我问，那得装修多长时间？

他嘿嘿一笑说，我也不知道。

我不想多问。两个孩子棋下得挺激烈，你要悔棋我也要悔棋，我扭头瞅了一眼俩孩子，董小龙一说话我看见了他的牙，被一层黄色的牙屎包裹着，如果不是他有病我会觉得很恶心。董国强拿起了手机，手指在屏幕上划拉了一会儿，脸色突然阴沉下来，气哼哼地放下手机说，王雪芹真他妈不是个玩意儿，长成那么个小逼豆样还想整我，滚她妈个蛋。

我的身上皱巴起来，转头接着看俩孩子下棋。董国强又用手指在手机屏幕上划拉，他手机的各种声音暂且停止，床上手机里那个尖嗓子女人还在不时地尖叫一声，有红包了。

董国强说，小龙快去抢一下香菇发的红包，大个儿的。

董小龙从床上抄起手机就划拉，划拉了两下又放下。

董国强笑眯眯问，多少？

三毛六。董小龙又开始下棋。

我说是个大个儿的吧，我抢了四毛六，比你多一毛。董国强喜滋滋的，像是占了个大便宜。

俩孩子又为悔棋争论开了。董国强转眼脸又阴沉了，对我说，我拉你进另一个群吧，就是王雪芹在的那个群，你上去整整她。

我说不进了，没时间折腾那么多群。董国强解释说，那是我和廖哥建的群，我和廖哥都是群主，王雪芹还是我拉进去的，现在倒好，没几天就跟廖哥好上了，就像她是群主，天天儿在群里炸蹦炸蹦的，这个哥哥那个妹妹不知道她是谁了。

我找话题问话，你现在干什么活儿？我觉得他总不能歇着吧。

他又放下了手机说，找不着活儿，什么都不好干，也事儿多，这事儿那事儿的，小龙十天就得住回院，就等着他们装修吧。

俩孩子下完一盘儿棋，董小龙站起来就往外走，我以为他是去厕所，董国强却吼住了他说："干啥去？"

董小龙已经跨过门槛，回头说，饿了，去买个吃的。

董国强接着吼："叫你吃饭你不吃，不让去。"

董小龙顶撞他，我不想喝粥，连个菜也没。

董国强说，那馒头你也不吃，我看你就想挨揍。

看着他们父子争吵，我说，小龙别去了，阿姨给你摊个鸡蛋饼吃。

董小龙笑着返回了屋。董国强说没鸡蛋了。我掏出二十块钱给了小龙，你去买二十块钱的鸡蛋吧，回来给你摊。

董小龙哼哼唧唧不愿意去，董国强从他手里拿过二十块钱说，你个懒货。然后出门了。

俩孩子又开始摆棋，我在屋里找到炒锅想刷一下，水管却用铁丝上下缠着，拧不开。看来是水管坏了，水管滴答着水，下面接着一个桶，桶里已有半桶水。我拿瓢舀水刷了锅，把锅搁在外面的火炉上，然后找到面袋挖了勺面在盆子里拌了面糊糊。油和铲子都找到后我把面糊摊到了锅里，面糊快熟时正好董国强回来，我在饼上磕了两个鸡蛋。

董小龙吃着饼，我跟儿子也该回家了。董国强往外送我，我在巷子里想起了他家的水管，对他说，水管修修吧，多别扭。

我给房东打过好几次电话了，他就是不来修。不修拉倒，滴答水我还省水费。董国强又露出占到便宜的那种笑。

董国强站在巷子口，我和儿子走出了很远还能听到他手机的各种声响：有红包了。有红包了。

回到家，儿子说没觉得去董小龙家有什么意义。

我说多有意义啊，你和董小龙玩象棋让他很高兴，还给了他一些书让他长知识，妈妈还做鸡蛋饼给他吃，我们帮助了一个有病的孩子，多么有意义的一件事儿啊。

儿子顺利完成了他的作业。第二天语文老师给他批了个甲。

四

这天早上我刚锻炼回家董国强就打过来电话，他说在微信里给我发过来一个东西，让我帮他看看。我看了看，是一个倡议书，内容大致是写如果群里谁的车保险到期就到陈凤娟那里交，她把返点都拿出来捐助董小龙。我对董国强说我不懂公文，但是觉得文字还算通畅，也能让人看懂是什么目的。董国强回过来一个"哦"字。第二天这个倡议书就发到了群里，是倡议书的发起者陈凤娟发上去的，倡议人有三个，三个名字我都很陌生。

倡议书发到群里，群里热闹起来，这个说支持那个也说支持，还说了一些祝董小龙早日康复的话。董小龙不时跳出来说一句"谢谢"。一个新进群的名叫荔枝的女群员随即发了一个红包，写着"董小龙见面礼"。结果又被一个不长眼的抢走，董小龙第一时间发了一个大哭的表情符。荔枝大怒，说让他还回来。其余的群员紧跟其上，让他加倍奉还。不长眼的发了冒汗的表情符，说我给董小龙私包发回去。不大会儿，董小龙发来了熊二笑眯眯的表情。荔枝问，董小龙，多少？小龙说，一百一。荔枝说，还不错，涨了十块。不长眼的又发出个点头的表情符。

董国强在群里又组织第二批献血队伍，还发出要到山区义捐的通知，通知内容着重说明会有报社和电视台跟踪报道。接下来，他列了两份名单，一份是献血名单，人名后缀依然是著名某某著名某某某。另一份是义捐名单，人名后面表明捐赠的物品。董国强还@了我一下，希望我能参加。我没回复，他又单独发信息给我，希望我能参加这次义捐活动。他的日期正好是清明节，我得回老家就拒绝了他。

天气转暖，红花绿叶竞相争春，透过家里的窗子都能看见空中放飞的风筝。和儿子商量好周末要到河岸去放风筝，儿子说，带上董小龙吧，我和他一起玩儿。我满足了儿子，给他俩一人买了一个风筝。他俩比赛看谁放得高，我拿着手机给他们拍照。看着照片中的董小龙我忍不住伤感了片刻，随后把照片发到了朋友圈，图片注解：儿童散学归来早，忙趁东风放纸鸢。

孩子们玩儿着，我在河沿上走了走，看看水摸摸花，还用手机拍下一些小草小花的。我找了块石板坐下来，有心把这些小花小草发进朋友圈，顷刻之间又放弃了，突然感叹起光阴的无情。光阴这样急急匆匆，转眼又过了一个冬天迎来了一个春天，这样一个个的冬去春来，恍然间已到中年。想想还能有多少个这样春光明媚的岁月？自己又在春光明媚

251

的岁月里留下了什么？真是荒废了岁月荒废了年华。

董国强打过电话来，问我看到了没，他看着放风筝的照片挺好把照片放到了公益群里。我划拉了一下群，群里乱哄哄的，董国强和他们聊得热火朝天，说我是一个如何有爱心如何有才的女作家，还让大家去网上搜我的名字。结果有人真的去搜了，还把我发表作品的内容什么的贴了过来。我打电话告诉董国强，赶紧停止对我的吹捧，我最烦这个。董国强嘿嘿笑，说不是吹捧，事实就在那儿摆着呢。我急了，告诉他如果再这样我马上退群。他马上说不聊了，要过来找我们。他儿子在，我没有理由不让他来。

董国强骑电瓶车来了，他没去看两个孩子直接奔我而来，他坐在我旁边的石板上。他说，晚上我请你们吃饭吧。我说，我请吧。他说，我请得起。我说，我也请得起。他手机又是各种响声不断。我喜欢静，对他说，关成静音吧。他说行，捣鼓了一下，失去一种声音，而另一种"唧唧唧唧"的声音还在。我没再提醒他关掉，我觉得我没有资格老让人家干什么。何况那是他的手机，根本和我无关。

我看着眼前的水沉默起来。董国强问我，听说你单身？

我很忌讳别人问我这样的问题，和任何人聊天我都不愿意涉及家庭，我烦透了，我怕烦。

我转换话题反问他，你前妻结婚了吗？

没有，前几天还来过一次，我把她赶走了。

为什么？

董国强露出气愤不已的样子说，她事儿多，老想管我，嫌我这嫌我那的，还想管着我不让我出去。她啥都不懂，我哪儿能光在家里，外头那么多事儿。

她也是为你好。

才不是，她啥都不懂，一个大字不识。

她在外地？

嗯。

还是把他妈叫回来吧，孩子还是有个妈妈照顾得周到。

不让她回来，没用。

…………

本来说好了我请他们吃饭的，我孩子的爸爸打来电话说想带孩子回老家，这饭就没吃成。

五

有一天快中午了，董小龙给我打电话，他说他饿了，身上又没钱，想到我家吃饭。我问他在哪儿？他说就在我家附近。他也只知道我家的大概位置。

我把董小龙接过来，问他想吃什么，他说还想吃我那天在他家摊的鸡蛋饼。我马上给他摊了两个，他吃得精光。他说他早上就没吃饭，他爸只做了锅玉米糊糊，他不想吃。我问，没菜？他说有，咸菜，已经吃了好几天了，更不想吃了。我问他，是不是你爸真的没钱买菜？董小龙说，才不是，他一天一盒烟就好几块钱，我妈说过让他戒烟，他还骂我妈事儿多。我问，你爸没在家？他说，带着别人去血站献血去了。我想起来了，群里是说过这天去献血的。

为了赶一篇小故事，我让董小龙在书架上找本书看，儿子的书也不少。董小龙不想看书，他要我家 Wi-Fi 密码。为了防止他手机不断发出的各种声音打扰我，我让他关掉了所有声音。

写完故事我给董小龙做了一碗鸡蛋汤。我问他爸爸知不知道你来我家了？他说不知道。我怕董国强找他，让他回去，他说爸爸正在饭店里吃饭呢，顾不上他。他把手机拿过来给我看，公益群里还发出了很多人

253

一起吃饭的照片，又是碰杯又是拥抱的。再过了一阵儿，群里发出了几张董国强和别人一起在 K 厅唱歌的照片。我是急暴性子，再也忍不下去了，给董国强发微信问他怎么能不管孩子？董国强回信说他和电视台报社的人一起吃饭，一会儿就回去。我再对他说，你应该先管孩子，他是个病人，孩子早上就没吃饭。董国强没回，一直都没回。

下午我放弃读书决定陪董小龙好好聊聊，董小龙玩着手机有一搭没一搭地回答着我的话。看他根本没心思听我说话，我拿起了本书。我正读着，董小龙又开始和我说话，阿姨，我告诉你个秘密吧，你千万不要对我爸爸说。

我说这么神秘哪。他笑着说，我妈就要回来看我了。

原来是这样一个秘密。我问，她要回家，你爸肯定会知道的吧。

董小龙摇头说，不知道，她不回家，就在广场上见我，给我二百块零花钱。

为什么不回家？

我爸一看见她就要钱，打电话也是要钱，我妈不敢见他。

你妈也该给你看病的，你爸该跟她要钱的。

我妈没有多少钱，一年给我爸两三次，她还得租房子还得吃饭。

你每次住院得花多少钱？

不知道，不过住院就是输血小板，血小板的钱可以报销的，别的费用我就不知道了。

…………

一个下午，董国强也没给董小龙发一个信息打一个电话。吃了晚饭我给他打电话，让他去广场这边接董小龙。董国强说，他喝多了，回来就倒头睡了，现在就来接孩子。

董国强来时我已经和董小龙在广场上溜达了半个多小时，我告诉董小龙要多锻炼身体，在家多做做家务。董小龙说不做家务，做不好他爸就骂他。溜达着，董小龙还是不停玩手机，我问他是抢红包吗？他说有时候是，有时候是跟同学说话。我问他抢红包一定抢了很多钱吧，他说到了整数他爸就跟他要走了，他爸还让他用红包里的钱交话费。

董国强见了我不好意思地说，真喝晕了，怎么回来的都不记得。我让董小龙跟他爸爸走吧，董小龙哼哼唧唧地想让我送他一段。走着路，董国强问我，你那双鞋多少钱？还是球鞋走路轻，我也想买一双。

我没敢说我的鞋花了八百多块，我说没多少，一百多。董国强说，一百多还少啊，你是有钱人我是穷人，我买个几十块的就行了，前面就有个卖鞋的，我去买一双。

我和董小龙在旁边的桥边说话，董国强在那里挑鞋，足足磨蹭了半个小时他才提溜着一双鞋过来，他举起鞋说，四十。我不知道我该说句什么，就什么也没说。

去他们家的路口有几棵丁香，花开满树芳香四溢。闻着花香，我说我要有一个小院子，就种上满院子的丁香花。董国强说，这花好闻？我怎么觉着可难闻了，我死活闻不惯这味儿。

六

自从进了公益群，群里就有好多人要加我微信，我都拒绝了。有天晚上，一个自称董国强朋友的人说有事儿找我，我才通过验证。我问他有什么事儿，他问我是不是在跟董国强搞对象。

这是哪儿跟哪儿呀，我说这不可能，我有老公。董国强朋友说，董国强说你是单身，还经常请他吃饭呢。这又是哪儿跟哪儿呀。

接着，他说他就是看我很单纯想给我提个醒，董国强那人不能交。他说他不正干，以前他们在一起干活儿，碰上酒场他就罢工去喝酒，还在外面找了个情人，和媳妇儿离了婚，那个女的后来看清了他不理他了。可看他孩子可怜这伙哥们儿也给他捐了不少钱，他根本不正干，捐给他钱他也不给孩子看病。现在孩子就是在维持生命，他连饭都不给孩子好好做，成天就是玩手机，认识几个电视台的报社的就觉得牛得不得了。现在整天就是想着别人怎么给他捐点儿钱，东跑跑西颠颠，成天不干正经事儿……

这个人一条条发着信息，我只管听也不回话。他正说着，董小龙给我打来了电话，哭着说他爸爸打他，他要来找我。

正好，我与董国强朋友商议了一下，一起去他家看看孩子。

董小龙在巷子口等我们，我们问他爸呢，他说躺在床上玩手机。

我们进了屋，董国强才从床上起来，他好奇地问，你们怎么一起来了？

他朋友说，怕你把孩子打死了。

我问，你为什么要打孩子？

董国强笑着说，我哪儿打他了，就推了他一下，他光犟嘴。

董小龙还在犟嘴，你凭什么拿了我的钱不给我？

董国强的脸阴下来说，家里的钱怎么就成你的钱了？你从哪儿弄的钱？

董小龙说，那是我妈给我的，让我买东西吃。

董国强喊，你妈给你的钱也是给我的，我得给你看病，不给你看你早就死了。

董小龙说，那你怎么不带我去北京看病？就给我检查检查就行，要是真不能治了，我就不治了，再也不花你的钱了。

董国强说，我没钱。

董小龙说，你有钱。

董国强指着董小龙气急败坏地对我们说，你们看你们看，就这德行，气死人。

我们站在门外看他们父子俩吵，我不知道该说什么，估计他朋友也不知道说什么。

董小龙哭了，坐在了门口的地上。董国强从兜里掏出一沓子钱，红艳艳的，抽出两张扔给董小龙说，给，以后你再也别跟我要钱了啊。

董小龙把钱捡起来就往外走。我问他干吗去？他说他饿了，要去买吃的。

董小龙走了，我们进了屋。他朋友说，董国强你这可不行，你得好好给孩子做饭。

董国强梗着脖子说，我怎么没给他做呀，还有半锅粥，他就是不喝。

他朋友说，你就不能给他做点儿别的，上顿粥下顿粥，让谁谁也得喝烦。

董国强不吭气了。不知为什么，我一句话都不想说。后来我说有事儿就先走了。

过了两天，董国强在微信里问我，都市报的鲍磊你认识不？

我问他怎么了？

他说王雪芹竟然在群里挑拨他和鲍磊的关系，他说王雪芹不知天高地厚，也不问问鲍磊和他是什么关系，那是他哥们儿，他说让鲍磊办什么事儿，他立马给办。他还把当初鲍磊在都市报发的两篇关于他的报道截图给我看，一篇是鲍磊呼吁社会救助董小龙，一篇是社会各界人士为董小龙捐助了七万元。

我真是烦得要命，一时性急，把这段话发给了鲍磊。鲍磊只回了一个字：切。

董国强还在给我发微信，说，你从那个群里退出来吧，我已经和王雪芹彻底闹掰了，就给董小龙买过一套破衣服还值当在群里摆活摆活，我呸！

我说我根本没进那个群。他说他气晕了。

这时董小龙打来了电话，他说他现在正往我家走，他爸光玩手机不给他做饭，还说玩手机都是为了他。

此刻，我善良尽失，邪恶油生。

我说，别来，我没在家，出差了。

（原载《小说界》2016 年第 4 期）

　　康志刚，1963 年生于河北正定县，中国作家协会
会员，现为石家庄市作协副主席。已在《人民文学》
《中国作家》《光明日报》《长江文艺》等全国几十家
报刊发表小说及散文 200 万字，有多篇作品被《小说
选刊》《小说月报》《作品与争鸣》等选刊转载，并收
入年度选本。短篇小说《醉酒》《天文现象》获河北
文艺振兴奖、《凝眸》获江苏《雨花》杂志优秀小说
奖；长篇小说《天天都有大太阳》获第二届《中国作
家》"剑门关文学奖"大奖、河北省"五个一工程"
奖，并改编为影视剧。《归去来兮》入选中国小说学
会评选的"2016 年度中国小说排行榜"、第三届宁夏
《朔方》文学奖。中篇小说《麦香，麦香》获首届贾
大山文学奖。出版小说集《香椿树》《稗草飘香》等。

归 去 来 兮

◎康志刚

给四喜子烧了三七纸，梅香就要走了。

如今村里的习俗是可以随便更改的。从前，在葬礼的第三天，人们要为死者举行一个隆重的祭祀仪式，名曰伏三。不知从何时开始，村里人把这个仪式提前到了第二天，因为，像待客的锅灶碗筷、桌椅板凳等，都是临时租用的，改为伏二无疑减少一天的租金；而且，葬礼上买的肉呀菜呀，还有米饭馒头，多放一天还会少些新鲜。伏二和头七是两个顶重要的祭祀日子，以后，还有三七、五七，一直到七七，这时离亲人去世已经四十九天了，烧完七七纸和百天纸，祭典才算告一段落，而一直笼罩在人们心头的那层悲痛才会淡去一些。但并不意味着要将逝者忘掉，不是的，只是把对亲人的思念深埋在了心里。

和前几次一样，这次上坟回来，一大家子依然在四喜子家吃伙饭。几个凉菜，几盘热菜，男人照例还要喝酒，女人们不喝酒，喝露露和高橙，人们说说笑笑，已经没有多少悲伤的气氛了。

吃罢饭，女人们开始收拾碗筷。看着天气不错，大喜拎只椅子从堂屋里出来，他坐在院里，边晒太阳边吸烟。的确是冬天一个难得的好天气，天空湛蓝如洗，暖阳高照，似往院里铺了一层明灿灿的金子。

大喜抽了两支烟，第三支刚续上，身边传来了梅香的声音："大哥，我，我该走了。"

大喜扭转头，见梅香一边拿着毛巾擦手，一边望着他。他装作吃惊的样子，目光盯在梅香脸上："啊，你走，去哪呀？"

"我，我想回娘家住几天。"梅香的声音依然很小，怯怯地像蚊子哼哼。

"好哇，"大喜停一下，做出关心的样子，"你，你今后打算咋办呀？"

梅香躲开大喜探询的目光，两只手叠压在一起来回搓着，声音依旧怯怯的说："大哥，我，我也不知道该咋办。"

气氛就显得有些凝重了。大喜愣怔一下，眼里迸出一丝亮光，但马上又熄灭了。他伸出一根手指弹弹烟灰，用语重心长的语调说道："你年岁还不算大，以后有了合适的就往前走一步吧，老了也有个伴儿。"因为保养得不错，如果不是花白的鬓角，还有微秃的闪出一抹亮光的脑壳，没人相信他已经七十开外了。

梅香用手抵住鼻子，眼睛里洇一层泪光，紧盯住地面看。她脚上是一双襻带棉布鞋，刚才洗碗时落上油渍，黄乎乎的像粘上几点儿泥巴。她狠劲咬住嘴唇，哽咽道："谢谢大哥的好意。我，我就先回娘家；不过，大哥，我，我还有个想法——"

大喜眯起眼睛，从眼缝儿里射出两道锐利的光亮。好呀，她终于要吐口了。这些天，他们等待的就是这个呀。于是所有人都屏声敛息，都把目光落在梅香那有几分憔悴的脸上。她的脸，黑，瘦，因为有点儿背头，眼窝就比一般人要深一些，俩漆黑的眼珠子像摁上去的两颗干扁豆。

大喜原本要和她开个玩笑的，说那你就说吧，咱还是一家人哩。然而，脸上的笑很快僵住了。其实心里早做好了回击她的准备。他嘬一口烟，慢慢地吐着，目光盯在梅香眼睛的最深处，突然觉得好笑。哼，你这个妮子，还想和我要心眼儿呀，你还是个雏儿。想着自己这一生的丰富经历，先是当大队长，后来又在商海摸爬滚打，什么人没见识过？什么事儿没经过？于是，又不动声色地笑了笑。

"大哥，四喜子的情况不用我说，这些年，我们没积攒下多少钱。除去这次的开销，还剩不到五千。这，这钱我带走，其他的我一概不要！房子嘛，我更不要！"梅香似乎没有注意大喜脸上神色的变化，仍怯怯地说道。

什么？她不要房产？起初，人们以为自己耳朵出毛病了，及至弄明白这话真出于梅香之口时，都禁不住呆了，震惊的程度不亚于往院里扔一颗炸弹。嘿，这，这怎么可能呢？这次看四喜子不行了，她才肯回来，不就是奔着遗产来的吗？怎么又自动放弃了？这到底是怎么回事？咦，黑夜里出太阳了？于是人们互相交换一下眼神，像征求各自的意见，以便决定下一步棋怎么个走法。

其实，大家也清楚四喜子和梅香的家底。这些年，四喜子一直在大哥家的板材厂干活儿，梅香患有慢性肾炎，平时就在家里给四喜子做做饭呀、洗洗衣服呀，四喜子一个人挣的钱俩人花，还能剩下多少呢？还有，除去电视、冰箱，他们再没有什么值钱的东西了，就数这座房子值钱。房子是 20 世纪 80 年代末由大哥张罗，兄弟三个共同出资盖的。那时候，他们的父母已经年迈，没能力管这个了。虽说是旧房子，也是青砖到顶，大玻璃门窗，明亮宽敞，在当时的村里数一数二。院子尤其大，足有半亩。如今人们去城里和镇上买楼房的不少，但听说村里将来要搞新民居，说不定什么时候就要拆迁，这一拆迁，就能得到一笔非常可观的补偿款。这可是一夜暴富的好机会，因此从前不被人放到眼里的平房，转眼间变成了宝贝。这处平房连同院子，按时价少说也能卖到十万元。十万元，可不是个小数目。可以说，这些天他们一直琢磨一直守护的那个底线，就是这处房产，也不知背着梅香凑一起念叨过多少次了。大家你一言我一语，唯独大哥不吭声，像个局外人似的，只是一个劲地吸烟，嘴角的线条是凝重的，脸上的神色也是凝重的。只是那道深邃的目光，偶尔扫向大家。在他们看来，大哥的不表态其实也是表态。大哥喜怒从不在脸上流露，大哥城府极深。再说，这事儿他比谁都要恼，因为梅香等于打了他的脸。依他的脾性和处事方式，哪会善罢甘休呢？因此他们是齐心协力来守护这处房产的，其实更是以此来维护他们的自尊。这些天，大家表面上对梅香一团和气，但暗地里结成了统一战线，要同仇敌忾地对付这个山里来的女人，不能让她的目的得逞。想不到梅香却主动放弃了，这竟让他们有些泄气，就像一个披甲戴盔的将士刚摆开阵势要和敌人决一死战，对方却乖乖地缴械投降一样，你说，能不让人感到扫兴吗？

　　然而，他们马上又明白：他们小瞧了这个瘦弱的病秧子似的女人了。她明知道这房产不会轻易归她的，别人不说，大哥那一关她就过不去。如果张口嘛，半张嘴就能把她顶回去。四喜子生病正需要你时，你干吗去了？如果你在跟前，这次四喜子犯病也不至于把命丢了吧？你没尽到做妻子的责任，就别怪我们不客气！可万万没有想到，她自己倒主动提出放弃了。也好，这样做双方都有面子，看来她到底还是个明白人。

　　显然，事情没有按照他们料想的那样发展，这就意味着这些天他们白凑在一起磨牙费脑筋了。但就这么轻易让她走了？那不太便宜她了？便宜了她，怎么能对得住刚刚死去的四喜子呢？何况，梅香自打从娘家回来，对他们没有表示过一点儿歉意，一点儿也没有，这个女人太不像话了呀。因此，看上去他们都平平静静的，但每个人都在心里憋足了劲，专等着这个时刻的来临。就好似一个灌满水的蓄水池，终于等到提闸放水的时候了。

　　于是，人们都将探询的目光投向了大哥，看他究竟怎么办。大哥是他们的主心骨，更是个人精，在家里是，在村里也是。不然，他怎么能当那么多年的大队长呢？如果不是"文革"结束，他也许还会照样干下去的。下台后，他率先办起了板材厂，因为经营有方，短短几年就成了村里第一批先富起来的人，照样是个人物，照样吃香喝辣。是的，不管世事如何变化，他都有办法让自己立于不败之地，总做人上人，这不是能耐又是什么呢？因此，在家里就连父母都听他的。那一年，他非要把支书的女儿说给三喜。支书的女儿长得丑不说，在村里也是出了名的厉害。见大家不同意，他抄起一根麻绳就要上吊。二老跑上去央求他，三喜也抱住他两条腿，哭道，大哥，快下来吧，我娶她就是了。他这才下来了。

今天，他们都不错眼珠地盯着大喜，看他如何来收拾这个局面，又如何来对付这个女人。其实村里人也都在观望呢，都是看戏的那种心态。你不是要强了一辈子吗？你不是个大能耐人吗？去年四喜子得中风，梅香却把他丢给你们，拍屁股回了山里的娘家，这不是给你弄大难堪又是什么呢？看你敢把人家怎么样！尽管二喜三喜也都窝了一肚子火，在人前感到脸上无光，然而有大哥在，他们心里就踏实。他们都在等着大哥给四弟出这口窝囊气！即便他们知道该如何办，但同样的话也得由着大哥说。谁让他是大哥呢！又那么有能耐。他们那么尊重他，因为他对这个家贡献最大，为四喜子也操心最多。毫不夸张地说，这个家是由大哥来支撑的。

别看这些天大喜一直不言语，但心里对梅香的怨恨一点儿不比大家少。常言说，一日夫妻百日恩，这女人怎么就一副铁石心肠呢？她不爱四喜子不假，但毕竟在一起生活了十来年，就是一块石头也早焐热了。她万万不该在正需要她的时候，扔下男人走了。

这么想着，大喜就用极复杂的目光，悄悄地扫了梅香一眼。梅香呢，一碰到大喜的目光，就赶忙低下头。但从这匆匆的一瞥中，大喜还是从她的眼里发现了一缕哀求。没错，她是心里有愧呀，她想得到他的宽恕哩。他这么想着，心猛地一沉，脑海里浮现出四十年前那双惊恐的眼睛。只是和梅香不同，当年，那女人是跪在他面前的，仰起浸满汗珠的脸，向他哀求：大哥，只要你肯放了我，不给人说，不让我游街，我，我就把我给你！她说这话时，手早揪住了裤带儿。这是个有几分姿色的女人，三十来岁，俏眉俊眼，面色又白净红润，头上包一块花头巾，穿一件红碎花的确良小褂，胸脯高挺像扣俩大馒头。几只绿莹莹的玉米棒从她身旁的包袱里滚出来。其实，那个年代人人都有偷秋的习惯，认为偷队上的不算偷。那时的大喜正值壮年，那种男性的欲望就像熊熊燃烧的野火，能把他瞬间烧化的，他恨不得将那女人扑倒再撕成碎片。但他还是把持住了自己。那年他刚当上村治保主任，发誓要抓个典型，杀鸡给猴看。他就在心里这样一遍遍地告诫自己：一定要挺住啊，心软了没人把你当回事儿。他就像电影里那些意志坚定的革命者。不知怎的，此时这双眼睛穿越时空和梅香的重叠在了一起，两双眼睛就像两颗哀怨的星星，在他的眼前闪动着，搅得他心里乱糟糟的。其实，这双眼睛几十年来就从没在他脑海里消失过。

　　正是这双眼睛，让大喜觉得今天的事情变得复杂而棘手了。是呀，十年，多么漫长的岁月；一个女人，和一个半傻子在一起生活这么长时间，也真难为她了。

　　四喜子的智障是从娘胎里带来的，也就是说天生的。在大喜看来，这都是上天的安排。而村里人却说，他们家的智慧都让大喜占了，可不得出个傻子呀。父母相继离世后，作为家里的顶梁柱，大喜自然有责任为四喜子张罗婚事。如果四喜子成不了家，终究还是他的一大累赘。可谁又肯把女儿嫁给一个智障男人呢？在平原上不好找，他就利用自家是平原人的优势，托人从山里寻觅。还真有那么两家有了那个意思。媒人按照大喜的叮嘱，只说四喜子人太憨实，没别的毛病。然而，见面时人家却发现四喜子远不是这么回事儿，是三句话不打锅。即使彩礼再多，

265

也没人肯把女儿往火坑里推。后来，大喜自掏腰包，花五千元买来个四川女人。那个面容姣好、说话像唱歌一样的四川妹和四喜子生活了没几天，就在一个月黑风高的晚上，趁四喜子呼呼大睡之机溜了。原来是放鸽子的。但大喜不气馁，又经多次努力终于如愿以偿。梅香的男人是做皮货生意的，有钱后就把梅香甩了，而且俩孩子一个也不让梅香带走。于是，梅香就糊里糊涂地嫁给了四喜子。她还以为四喜子只是个闷葫芦呢，哪会想到竟然是个智障。她像一只受过伤害的小鸟儿，哪里还经得起再折腾呢，何况又做了绝育，成了一只不下蛋的母鸡，只好死了心。但大喜还巴不得她不能生育呢，因为不必担心四喜子再生个傻子，他只是给四喜子找个伴儿。就这样，四喜子和这个山里来的女人生活了十来年。白天，四喜子就去大哥的厂里干活儿，憨人不会耍滑，只知道吭哧吭哧地傻干，没别的心思。晚上回来，除了笨手笨脚地折腾梅香，就是睡觉。累了一整天，头一挨枕头就呼呼睡去，打都打不醒。

看大喜没别的意思，梅香认为自己不必再待下去了。她都在这个空落落的家里待了二十多天了。一天到晚陪伴她的，只有那条小黑狗，她叫它小黑。她要再次回到山里的娘家，然后就等着上天对她的人生进行重新安排。她一走，日子还是日子，但日子在这里永久地画上了一个句号。大喜可没有理由不让梅香走。但他不能让她走痛快了。他早给她准备了一肚子难听话，不，其实不用准备，只是随便几句就会让梅香羞愧难当，让她只能灰溜溜地走出这个家门，不仅给四弟出了那口恶气，也为大家挽回了面子。可他的喉咙此刻却像让什么东西堵住了，他恍若又看到了那双绝望的眼睛，里面还满含了对他的怨恨。因为他拒绝了她，这就意味着那女人不仅要受到扣工分的惩罚，还要游街示众。而相比前者，后者更让他战栗。因为害怕，她紧缩着身子，显得越发瘦小了，似乎光剩下个花头巾。那花头巾在他眼前飘呀飘，像让风追着似的，一直飘到了天边。那女人有四个孩子，因为男人太懒，不愿意干重活儿，每年挣不下多少工分，家里日子自然就过得很紧巴。无毒不丈夫——这是大喜一直遵循的人生格言。让他庆幸的是，在这个关键时刻，他的心没有一点儿松动。

"天早哩，再歇会儿吧，喝点儿水。"大喜完全乱了方寸，说的都是些客气话。

梅香自然没想那么多。她回答大喜，说一百多里地呢，还是早点儿动身吧。她有意识地强调了路程的远。一百多里的确不近，但更主要的不是这个，她想马上离开这里，一刻也不想待下去了。她对这个家一点儿也不留恋吗？也不全是。她喜欢这个宽敞的院落，喜欢春天时院里大槐树上喷香的槐花。当然，她更喜欢平原上相对富裕的生活。然而，所有这些还需要有一个力量来支撑，还需要一缕阳光照亮。可她的生活里就缺少了这些。她说的还是那种硬碴碴的山里话，或许这意味着她终归不属于这大平原。说完，她就去屋里收拾东西。一条黑色紧身裤，将她的下半身箍得凹凸有致。暖阳把她的身影抻得很长，像一条影子一样晃进了屋里。

莫非，大哥就这样让她走了不成？人们都有些疑惑，都用不解的目光望着大喜。三喜哪还沉得住气，他走近大喜，说："大哥，这事儿你可得做主。"他没再往下说，其实什么都说明白了。弟兄几个数他脾气暴躁，又长得腰圆背顶，像个猛张飞，然而，却是有名的怕老婆。却没人笑话他，如果他不怕老婆，人们才奇怪呢。二嫂呢，本来是站在堂屋门口的，这时也凑近大嫂，低声说，也忒便宜她了吧？二嫂性格最温和，就连她都有些沉不住气了。三嫂倒沉得住气，她一直倚着门框，低头拿剪刀剪指甲，一双像锥子般尖利的眼睛，透过垂在额前的秀发，不时朝院里瞟一眼。以她的脾气，早拿巴掌抽梅香的脸了。但她却克制着，为了大哥。她尊重大喜，是因为大喜当年顶着巨大压力让三喜娶了她。她爱三喜，但又要控制三喜，让他总是对自己俯首帖耳的。

　　而大嫂呢，大嫂心里何尝不急？除了要狠狠地数落梅香，还得让她给大家道个歉，把这口恶气出了。这次四喜子病重时，她曾发下狠话：梅香即便回来，家里的财产也甭想有她的份儿。平时，妯娌几个都瞧不起梅香。在梅香面前，她们都有各自的优越感，因此，怎么能容忍在各方面都不如自己的梅香，做出对不住她们的事情呢？大嫂长得富富态态的，穿一件深红色毛衣，头发烫成了大波浪，怎么看也不像六十多岁的人。她和大喜是很般配的一对儿。

　　都收拾好了，梅香再一次来到了大哥面前。"大哥，我就走吧——"她在向大喜和这个家做最后告别。

　　大喜依然坐在那里吸烟，身上已被太阳晒得暖融融的了，这让他闻到了一股好闻的阳光的味道。他突然从梅香眼里瞥见了一丝感激，仿佛又看到那个女人。那个女人被民兵押着游街，那几只玉米棒用麻绳穿在一起挂在她脖子上，像戴条硕大而奇特的绿项链。但围观的人没有一个被她这副滑稽样儿逗笑，脸上似敷一层沉重的铅。晚上，那女人上吊了，幸亏被家人发现救了下来。而大喜的目的也终于达到了，村里偷秋的风气不仅被刹住，他还有更大的收获：没过多久，就由治保主任升为副大队长，几年后又成了大队长。而且，没人敢给他使绊子。然而以后的几十年，这双充满怨恨的眼睛，像是牢牢地镶在了他心里，抠都抠不掉了。就因为这件事，那女人的大儿子三十多岁才寻上媳妇。有一年，那女人在路上碰到他，似要和他打招呼，他却扭头走开了。事情都过去了几十年，人家也许不再怨恨他，可他哪有勇气面对那双眼睛呢？他躲这眼睛，一直躲了几十年。他不想再让另一双同样的眼睛，也印在他脑海里。

　　"大虎，你过来。"他扔了烟头，转身喊大虎。

　　大虎走过来叫："爸——"

　　"去，给我拿两千块钱！"

大虎没动弹，不解地望着父亲。

大喜白他一眼："还愣着干吗？快去呀。"

大虎眼珠一转，朝父亲伸一下舌头，不再问了。他早和父亲达成了默契，父亲的一个眼神、一点儿暗示他都能心领神会。他转身朝停在院门口的那辆奔驰车走去，再回来，手里捏着一匝钱。

大喜接了，又扭头递向梅香："这是两千，你拿去花吧。"

大家好半天没反应过来。即便退一万步，不给梅香弄难堪，让她顺顺当当地走也就罢了，怎么还能给她钱呢？这不是大哥的做事方式呀。他们都尊重大哥，却又都无法理解他今天的这个做法。于是，都大眼瞪小眼，谁也不吭声，仿佛嘴被胶带粘住了。

看梅香犹豫，机灵的大虎朝她一挤眼睛："拿着吧，婶子。不能让你白给俺们当婶子呀。都当了十年，没有功劳也有苦劳。家里的东西嘛，只要你喜欢，就随便拿。"

人们顿时明白了。大哥不愧为大哥，大哥不缺钱，大哥是在用钱羞梅香的脸哩。更佩服大虎的聪明，同样的话让他说出来就比大哥有分量得多呀，他是晚辈。看这孩子和他父亲演的这出戏，青出于蓝而胜于蓝，将来肯定要超过他父亲。这几年，大喜把厂子的大权交给了大虎，名曰放权，实则当起了幕后指挥。他是在故意锤炼大虎。大虎也很争气，小小年纪就能独当一面了。

然而，又转念一想，是呀，梅香和一个缺魂儿的男人生活了十年，真不容易。话说回来，如果没有梅香，他们还不知要为四喜子操多少心呢。这样一想，对梅香的怨恨渐渐消失了。尤其是大喜家两个女儿，大玲和小玲，她们年岁和四喜子差不多大，大玲还比四喜子大了两岁。四喜子是和她们一起玩大的，疼起她们来也是傻疼，很做得起叔。事实上，四喜子也很乐意她们把他当长辈，喊他四叔，每当这时，他就咧开一张大嘴傻乐。大玲和小玲出嫁后，只有春节才来拜个年，例行公事似的，哪里还瞧得起这个傻乎乎的四叔呢，更瞧不起梅香，这个瘦瘦弱弱的山里来的女人。待四叔永远离开这个世界，才明白原来自己对四叔也是有愧的。正是这个让她们一直瞧不起的女人，竟然默默地伺候了四叔这么多年，真有些不可思议。她们应该感激这个女人才对。大玲和小玲的日子过得都不错，大玲在城里教书，女婿是个局长；小玲呢，虽说没吃公家饭，但家里开公司，城里就有三套房，什么也不愁。

对四喜子心生愧疚的，还有他的三个嫂子。平时，谁家有了重活儿，比方说夏天收麦、锄地，秋天收棒子、起圈，往田里运肥，这时她们就想到了四喜子。在她们眼里，四喜子就是一架干活儿的机器，是一个符号。是对四喜子的愧疚，让他们原谅并理解了梅香。怪不得，大哥这些天一直不发表什么看法，嗨，还是大哥，大哥高明啊，不佩服不行！

"梅香，这里永远是你的家，今后路过这儿，一定回来看看！"

"小婶子，俺们都不会忘记你，其实，你给俺们帮了大忙。钱不多，是我的一点儿心意。"

"婶子，俺们都感谢你哩。你让俺四叔过了十年好日子！"

这个山里来的女人，感觉眼前的一切像做梦。可又不是梦，她手里真的被塞进了沉甸甸的一些钞票。这些钞票几百元上千元不等，除了嫂子们的，还有大玲小玲的，还有其他几个侄子侄女的。她仿佛第一次感到他们真的是她的亲人。然而她就要离开他们了，也离开这个生活了十来年的家。她的脑海里一片空白，只感觉心里涌起一股热辣辣的东西。渐渐地，眼前的一切都模糊起来，像隔了一层毛玻璃。

扑通，梅香双膝一弯，给大喜跪下磕了一个响头。

"大哥，我一辈子也忘不了你们，忘不了这个家——"她哽咽道，"其实，我心里有愧，我对不住四喜子，更对不住你们！"

大虎开车送梅香回娘家。除了梅香要带走的衣物，大虎还把那台电视机给她塞进车里。

当梅香走出院子，拉开车门，抬起一只脚正要上车时，小黑摇着尾巴跑来。虽说是一条土狗，却非常聪明，它要跟着主人一起走，便渴望地盯着梅香。但梅香不能带走它。它永远属于这个家，而她呢？她还要往前走，尽管并不知道前面的路有多坎坷，面对她的又是什么，可她必须要往前走！

梅香弯下身子，轻轻地抚摸小黑光滑油亮的脊背，抬头对大喜说："大哥，小黑就托付给你们了，它在这家里也待了十年了。"

（原载《朔方》2016 年第 5 期）

诗　　歌

　　韩文戈，男，1964 年生，冀东山地岩村人，现居石家庄。1982 年开始诗歌写作并发表第一首诗，已出版诗集《吉祥的村庄》《渐渐远去的夏天》《晴空下》《万物生》《岩村史诗》《虚古镇》《开花的地方》，荣获各类诗歌奖项多种，习诗至今。

晴 空 下

◎韩文戈

开花的地方

我坐在一万年前开花的地方

今天，这里又开了一朵花。

一万年前跑过去的松鼠，已化成了石头

安静地等待松子落下。

我的周围，漫山摇晃的黄栌树，山间翻涌的风

停息在峰巅上的云朵

我抖动着身上的尘土，它们缓慢落下

一万年也是这样，缓慢落下

尘土托举着人世

一万年托举着那朵尘世的花。

晴 空 下

植物们都在奔跑。

如果我妈妈还活着，

她一定扛着锄头，

走在奔跑的庄稼中间。

她要把渠水领回家。

在晴天，我想拥有三个、六个、九个爱我的女人。

她们健康、识字、爬山，一头乌发，

一副好身膀。

她们会生下一地小孩，

我领着孩子们在旷野奔跑。

而如果都能永久活下去，

锁头、冬生、云、友和小荣，

我们会一起跑进岩村的月光，重复童年。

我们像植物一样，

从小到大，再长一遍。

去车站接朋友

一个多年不见的朋友打来电话

某日他要经过我的城市

转车回他外省的老家

同行的还有另一人

也是多年的好友

只是这些年，老朋友音信全无

现在，故友重逢

这真是一件开心的事，回忆当初

青春剽悍又残酷

我到宾馆定下最好的房间

备下了好酒，计划故地重游

那一天，我去车站接他们

却只看到给我电话的兄弟，他独自一人

一脸疲态

背着一个黑色行李。那时白天即将结束

暮色渐渐在城市上空升起

当他看出我的诧异

默默地，把黑色行包轻轻卸下

然后说：他，在这里

宿　　命

（读陈律）

我的一生注定走不出那个伟大的孤独

我也从不像聪明人幡然醒悟

我有着在现代人群里保持古典性的本能

我亦有着配得上那份伟大孤独的伟大专注

最后一次陪父亲返乡

最后一次陪父亲返乡，是在 2003 年冬天

十二月的北中国，一片荒凉

我坐在父亲的边上，父亲睡在

一个小小的木头房里

过桥时我念出桥的名字，进城时
我念出城的名字，渡河时我就念出

河的名字，穿风时我也念出风的名字
我要让父亲记住这些回家的路标

汽车疾驰在返乡之路：我突然想起小时候
爸爸的马车颠簸在乡间路上

拉满垛得高高的玉米秸。我躺在晃动的
车上，仰脸数星星

霜雪已下过两场，地里秋粮渐少
月光照着父子回家的路，像小浪花的河

在流。村边的小学操场
即将放映露天电影。在夜色里

有时马车装满被雨洗净的高粱穗
有时，车上是一大包一大包的棉花

宛若一车酣睡的绵羊。北风吹光冀东山地
燕山准备过冬，失却了往日的喧闹

在那清贫的日子，劳动真的美丽
这不是牧歌，是记忆的珍宝

在深秋闪光。而如今
父亲偶尔也会走出他的安息地

"如果我活着，"他问我
"那匹红马和马车、那些乡邻、那些四季的雨水

可还好？"最后一次陪父亲返乡
是在多年前的冬天，天气晴朗

但十二月的北中国
一片彻骨的荒凉

一匹死去的马如何奔跑

那些跑过草原的马，活着的时候
也跑过暗夜里的滩涂

在一年又一年的奔跑里
我看到了它们，孤独的马领着孤独的马群

当我再次遇到它们
那些远去的脊背上，落满了雪花

我正目送它们老去，喘息
大地留不住飞起来的蹄子

它们就像夏天成群的闪电
消失在秋季的天空

在雨洗白的死马骨架里
我用马头琴安顿下我的灵魂

请远方的野火，在星光下告诉我
死去的马如何更靠近心脏和草地

请那些停止了嘶鸣和呼吸
却依然张开颌骨的马头，落泪的死马头

在逆风中告诉我
一匹死去的马，如何在死亡里继续飞奔

我们是我们，他们是他们

外边来的人管那叫山，我们管那叫西关山
外边来的人管那叫河，我们管那叫还乡河
外边来的人管那叫风景，叫古老的寂静
我们管那叫年景，叫穷日子和树荫下的打盹儿
外边来的人管那叫老石头房子
我们会管那叫"我们的家"

外边来的人管那叫山谷里的小村

现在，我们会心疼地谈起它，管它叫孤零零的故乡

（选自诗集《晴空下》，河北教育出版社 2015 年 8 月）

　　刘向东，1961 年 5 月 5 日出生于河北兴隆，当代诗人，一级作家，中国诗歌学会驻会副会长、河北省作家协会副主席、原《诗选刊》主编。出版有诗文集《母亲的灯》《落叶·飞鸟》《诗与思》《沉默集》《读诗记》以及英文版《刘向东短诗选》和塞尔维亚文版《刘向东的诗》等 26 部。作品入选《中华人民共和国 50 年文学精华》《中国新诗 50 年 50 首》《中国新诗百年百首》等两百多个选本和英、俄、法、德、日、波兰、捷克等国家诗歌选本。

记忆的权利

◎刘向东

鬼 子 坟

这个鬼子
一脚就踏上了错误的道路
故乡在他的大头靴里
征途在遥远的他乡终结

埋地雷的人
把他
埋在了
埋地雷的地方

鬼子坟
是不是另一种形式的占领？
这是我们的土地
连孩子也知道
我们的！

要不就让他留在这儿?
让他反思其实并不遥远的历史?
让他说说
都看见了什么?

你不是我们请来的
或许也不是你情愿来的
不管怎么着你都得想想
为什么你来了
却不能回去

鬼子坟
对于我们古老的乡土
永远也不会成为风景

消 息 树

山梁上有独立之松
那是当年我爷爷他们抗战时
扶着消息树的地方
前几年还有老人朝高处随手一指说:
"看,消息树……"

——题记

悠悠高于春秋的树木
在枪林弹雨中抵达峰顶

所有的年轮

围绕一颗心

而每一片叶子都是眼睛

悠悠高于生死的生命

与生相依

以死命名

倒下去是为了站起来

呈现不屈的灵魂

悠悠高于自然的造型

被偶然确立于仰望之中

于是所有松柏

沿着山脉向上

不顾风雨阴晴

诗 人 田 间

人生一首诗

一首写在墙头的诗

闪现在人民英雄纪念碑的深处

"假使我们不去打仗

敌人用刺刀

杀死了我们

还要用手指着我们的骨头说：

'看，这是奴隶！'"

用血泪写在泥土上的诗
和纸上诗歌就是不一样
路过的人看一眼就永远记住
热血就沸腾
腰杆子就硬

把诗写在墙头上
你就上太行山打仗去了
一个使用真刀真枪的诗人
骨头里带着不朽的铭文
血脉里流动着血写的《诗经》

司 玉 荣

伤员周雨明在高烧中
娘啊，娘啊，叫个不停
叫得她心颤
"哎"——轻轻地，闭上眼
她答应一声

从此战士们都叫她大娘
其实她也才二十多岁
和年轻的八路一样年轻

鬼子追赶他们
深山老林越钻越深
"娘"
"哎"
跟娘走的孩子不怕鬼
不丢魂

新中国听到她的声音
曙光看到了她的身影
一纸奖状像喜鹊飞来衔着大印
太阳一样鲜红

可惜把她的名字写错了
"司玉荣"变成了"司桂荣"
好在她不识字,也不在乎
"反正都是我——怎么都中!"

还有一件老皮袄
中央慰问团的奖品
让人急忙忙拿走了
说是为了展览暂时用用
用了六十年再无音信
(有一回她拉住我的手说:
我老了,怕冷,上北京帮我打听打听)

那时她重病躺在炕上

咬着牙从怀里掏出一个小小的药瓶
说是热河报的记者张峻给的
一九五六年给的
实在顶不住了吃一片儿
起先还管用
（那是早就过期的止痛片，
已经止不住她的疼痛）

后来我在抗战博物馆里
找到了她的被错写的名字
还有一只水桶
以及旁边浪漫的说明：
"她靠接露水给伤员做饭
一桶一桶的露珠儿
千斤万斤的黎明"

露珠儿敢以万斤论
历史又该有多么沉重
其实仅仅一滴
就能作为灵魂
我在心里叫着：娘！娘！
我在心里叫着
她不答应

直叫得一颗心空空荡荡
没人答应

突然想到我该叫她老奶奶

她已经走远了

过了清明

无名烈士墓

幸存的是你的坟墓

年年清明

老师带着孩子来祭扫

没人知道你是谁

不知道对你说什么

一鞠躬

赶夜路的时候怕响动

路过你身边突然跑几步

忍不住停下来回头看

越想越觉得你的灵魂在

死神只带走了你的姓名

你是谁

埋地雷的人

我的大伯,姓刘名申

一个有些计较和自私的人

村里宰牛杀羊

他拽着牛头羊头不撒手

不管怎么说，要，要，而且要便宜
要论个儿，不能论斤

埋地雷炸死敌人的事迹
被我写进《鬼子坟》里
好多人争着抢着说是自己埋的
那有什么好争好抢的呢，他说
把鬼子炸死不就结了
谁埋的地雷还不一样

记忆的权利

鬼子来了，究竟是怎么来的
他不知道，他还小
只记得黑夜里野狼的绿眼
比树还绿
而白天到处是明晃晃的刺刀

他记得妈妈养猪养羊
想要养到过大年
可无论如何也养不下去了
白天鬼子来抢
夜晚野狼来叼
有几回险些连他也抢走
有一回叼走了他的烂枕头

他记得爸爸被抓走了
抓到关外去了
还被抓走一杆烟袋
（后来他去瑷珲寻找亡灵
连一缕烟也没找到）

我父亲刘章，如今已老
作为诗人想把一切想得美好
想来想去不能忘记
烧心的往事从不潦草

那么多年过得不像人
忘了山桃花儿开，忘了酱滋味
而血债至今还不曾讨还
他们呢，他们之所以忘性大
是家里还有锅碗瓢盆
还有大酱缸，还有樱花
一树一树地开过去

（原载《人民文学》2015 年 8 期）

大解，原名解文阁，1957 年生，河北青龙县人，现居石家庄。主要作品有长诗《悲歌》，诗集《个人史》，小说集《他人史》，寓言集《傻子寓言》《别笑，我是认真的》等多部。作品曾获《人民文学》《诗刊》《星星》《十月》年度奖，首届"中国屈原诗歌奖"金奖，天铎诗歌奖，鲁迅文学奖等多种奖项。

诗 歌 散 记

◎大 解

河 套

河套静下来了　但风并没有走远
空气正在高处集结　准备更大的行动

河滩上　离群索居的几棵小草
长在石缝里　躲过了牲口的嘴唇

风把它们按倒在地
但并不要它们的命

风又要来了　极目之处
一个行人加快了脚步　后面紧跟着三个人

他们不知道这几棵草　在风来以前
他们倾斜着身子　仿佛被什么推动或牵引

2007 年 4 月 6 日

原野上有几个人

原野上有几个人　远远看去

有手指肚那么大　不知在干什么

望不到边的麦田在冬天一片暗绿

有几个人　三个人　是绿中的黑

在其间蠕动

麦田附近没有村庄

这几个人显得孤立　与人群缺少关联

北风吹过他们的时候发出了声响

北风是看不见的风

它从天空经过时　空气在颤动

而那几个人　肯定是固执的人

他们不走　不离开　一直在远处

这是一个事件　在如此空荡的

冬日的麦田上　他们的存在让人担心

2002 年 12 月 18 日

衣　服

三个胖女人在河边洗衣服

其中两个把脚浸在水里　另一个站起来

抖开衣服晾在石头上

水是清水　河是小河
洗衣服的是些年轻人

几十年前在这里洗衣服的人
已经老了　那时的水
如今不知流到了何处

离河边不远　几个孩子向她们跑去
唉　这些孩子
几年前还待在肚子里
把母亲穿在身上　又厚又温暖
像穿着一件会走路的衣服

2006 年 9 月 13 日

秋　天

在河水北部，几个汉族人在田间劳作。
云片已经飞到了天外，仍被秋风追逐。

平原尽头突然冒出一列山脉，
有什么用啊，能阻挡谁啊。

时间？流水？盗贼？
那出现又消失的，多数是幻影。

汉族人在田间劳作，没有抬头。

几千年前也是如此。

人们日出而作，日入而息。
啊，秋天来了，我不能在此久留。

2014 年 9 月 3 日

在 河 之 北

在河之北，并非我一人走在原野上。
去往远方的人已经弯曲，但仍在前行。

消息说，远方有佳音。
拆下肋骨者，已经造出新人。

今夕何夕？万物已老，
主大势者在中央，转动着原始的轴心。

世界归于一。而命运是分散的，
放眼望去，一个人，又一个人，

走在路上。风吹天地，
烈日和阴影在飘移。

在河之北，泥巴和原罪都有归宿。
远方依然存在，我必须前行。

2014 年 7 月 29 日

北　风

夜深人静以后　火车的叫声凸显出来
从沉闷而不间断的铁轨震动声
我知道火车整夜不停

一整夜　谁家的孩子在哭闹
怎么哄也不行　一直在哭
声音从两座楼房的后面传过来
若有若无　再远一毫米就听不见了
我怀疑是梦里的回音

这哭声与火车的轰鸣极不协调
却有着相同的穿透力
我知道这些声音是北风刮过来的
北风在冬夜总是朝着一个方向
吹打我的窗子

我一夜没睡　看见十颗星星
贴着我的窗玻璃　向西神秘地移动

2002 年 11 月 30 日

春　天

阳光太强了　即使站在树下

也能看见她的耳朵和半边脸　干净而透明

她有七八个姐妹　叽叽喳喳地议论着什么

除了说笑　动作多于表情

这些女孩子　如果不是来自学校

就是来自于天堂　上帝给予她们的快乐

被青春所吸收　然后完全释放

在空气中

这是城中的一个车站

在等车的短暂时间里　我把树影让给她们

假装看着别处　以便她们放肆地

笑成一团　弯腰拍打

毫不在意远方的薄云　为此稍做停留

2011 年 4 月 18 日

（选自诗集《诗歌散记》，四川文艺出版社 2016 年 9 月）

　　孟醒石，原名孟领利，1977 年生于河北无极，毕业于石家庄学院美术系。曾在《文艺报》《中国作家》《诗刊》《星星》《天涯》《延河》等报刊发表诗文。曾参加诗刊社第 30 届青春诗会，鲁迅文学院第 31 届中青年作家高研班。出版《诗无极》《子语》等书。曾获首届贾大山文学奖、第三届河北省"十佳青年作家"、核心期刊《芳草》杂志第五届汉语诗歌双年十佳、中国诗歌网 2015～2016 年度十大好诗等奖项和荣誉。现为石家庄日报社《燕赵晚报》编辑，中国作家协会会员，河北省作家协会理事，河北文学院签约作家，石家庄市作协副主席兼秘书长。

藏锋（组诗）

◎孟醒石

塑料模特

早春是穿新衣的季节

可她却没有衣服穿

被人抛弃在街角花园，裸体

躺在荒草垃圾中

她有着天使的面容

完美的曲线，性感的腹肌

曾经站在橱窗上，受万众瞩目

可是没有人爱她

人们只爱她身上的时装

只爱耶稣，不爱支撑耶稣的十字架

当她脸色暗黄，肌肤泛黑时

被人卸下双臂和下半身

踩上几脚，成了废品

沦落街头。直到垂柳发情，连翘叫春时

她被一个疯子捡走

搂在怀中，有了体温

像花园里的荒草，在暖阳下获得了新生

疯子扬言：不在乎她的过去

不管她能否怀孕，"我爱的是

她的灵魂，在空心的塑料躯壳中

藏着人性的黑暗，与我们每个人相同"

藏　　锋

在喧嚣的三岔口，驻足

等车流通过。赫然发现

对面高楼的外墙

画着一幅长江水系图

精确到每一根毛细血管

走近了再看，原来是爬山虎的叶子落尽

只剩下虬曲蜿蜒的藤蔓

寂静的冬日，残荷干枯

茎秆挺立，莲蓬焦黑

倔强赛过八大山人

槐树驼背，站在风雪中

哮喘，剧烈咳嗽

震落几点败笔，洁癖不输倪瓒

榆木哪怕满身疙瘩

也紧抓着树根，在黑暗中

撰写石头记。原来每一种生物

都有一支生花妙笔

在茂盛的季节，藏锋。繁花落尽

举世荒凉时，才显现出来

最令人羞愧的当是史笔，那是鸟儿

衔来干草、树枝、草根、羽毛

混合着唾液、鲜血、泥土

一笔一画

在树梢上，在危檐下，在悬崖边

筑的巢

早　晚

向上的白杨，早晚会戳穿乌云的黑袍

这一点，我毫不怀疑

只是寒流将继续下行

叶子很快会被洗劫一空

大雪趁机降临，以洁白自居

道德的说教，纷纷攘攘，又能遮蔽几时？

其实，它更心虚，早已暗暗融化

早就汗流浃背，早晚泥泞不堪

耐心等待，冬天早晚会过去，万物复苏

莫怪春雷沉闷，短促，拙嘴笨舌

闪电一次次分裂自己，不过是

像树根一样，把光明种进泥土深处

底　片

叶子一旦出现黄褐斑，就无法再修复
用细雨保湿，用白雪滋润，只能加速衰老
即便从去年秋天，硬撑到今年春天
仍然会被新叶挤下枝头，流落风尘
苍天为何连一片柔弱的叶子也不放过？

因为每一片叶子都是时光的底片
从叶脉的肌理，可测绘河流的纹理
可探究闪电的药理，可研析大地的病理
而大地顽固不化
唯有疯狂推陈出新，才能掩饰不安的心理

天　书

滹沱河有失眠的病根
有时细流涓涓，有时汪洋一片
爱得不知深浅
鹅卵石有裸睡的习惯
任凭流水缠绵入骨，也不为所动
恨得顽固不化
万物都有改变对方的冲动
在爱与恨之间相互砥砺
又相互消磨

有的棱角尽失

有的犬牙交错

太行山层层叠叠，似经书万卷

又如此残破

月亮常常爬到山顶

低头一页页默诵

表情沉静，神形落拓

我也是读书人，却看不懂天书

只看到月亮时圆时缺

所有的星星，都在同一条河流里

宽恕了彼此，原谅了自我

耐　心

初次见到大海，六岁的女儿

嘴角上全是浪花，一浪接一浪

大海先把女儿拉进水中

轻轻抚摸，待她彻底放松

猛地一个大浪拍过来

女儿尖叫，浑身湿透

更开心，干脆坐在沙滩上

任潮水一遍一遍漫过

我也曾给女儿很多惊喜

从棒棒糖到冰激凌

给她甘，给她甜，给她蜜

却从未像大海这么有耐心

往她的鞋里掺沙子

往她的嘴巴灌海水

给她咸，给她苦，给她涩

还把她拍倒在地

让她不以为然，全不在意

酣　畅

越干涸的人，越向往大海

在北戴河海滩，放眼望去

男女老少，大多不会游泳

靠游泳圈在浅水中嬉戏

他们和我一样，来自内陆

有的甚至更往西，来自沙漠腹地

那里半年没下一滴雨

皮肤干涩，嘴唇皲裂

只有舌尖是湿润的

只有爱才能解渴

在沙漠腹地，一个男人吻一个女人

就像黄海与渤海这两条蓝色的舌头

纠缠在一起

风浪越大，越酣畅甘冽

（原载《诗刊》2016 年 5 月两岸青年诗歌创作座谈会特刊）

散文

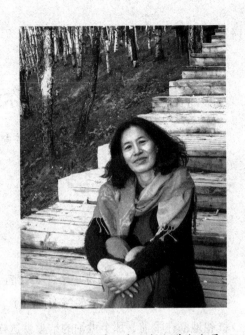

　　张秀超，中国作家协会会员，中国散文学会会员，中国少数民族作家学会理事，曾在鲁迅文学院进修。著有《等一等日子》《骨笛》《飘荡的乡音》等多部著作。创作的小说散文作品在《北京文学》《民族文学》《散文选刊》《青年文摘》《人民日报》《光明日报》《中国艺术报》《文艺报》等报刊发表或转载，散文作品被选入《中国散文年选》等多种选本文集。曾获第四届全国冰心散文奖，《民族文学》散文创作奖，《中国作家》中篇小说创作奖，梁斌小说奖，中国小说学会全国短篇小说创作奖等多种奖项。有作品被选入语文教材。

谁能够让你站起来

◎张秀超

一

年来到的时候，哥哥患了不治之症的独生儿子，没有迈过这个年关，青春的生命水流花落般飘逝而去了。一家人惧怕的那道关山，就这样忽地横在眼前，那个可怕的结果就这样铁骑突出刀枪明了：那个水葱般鲜活的生命就变成了包裹在白布片里的一具尸骸了！

死丧在外的亡人，是不能够回到村子里再看上一眼了，不到二十岁、早夭了的孩子，是进不了祖坟的。就在寒冬的暮霭里，我们把孩子装殓入一口杨木棺材里，埋入村外鸡冠山脚下、哥哥家种萝卜的地里。一个新新的土丘，就那么突兀地耸立在萧瑟寒凉的黑土地上了。哥哥添上最后一把土，他拍打着那土堆，对他的孩子说："你别怕，我很快就来陪你！"

哥哥的话，如卷着沙砾的风，在苍凉的大地低走，凄切，沙哑，拉心拉肝……

二

自从儿子走进医院，自从那一张张化验单如一扇扇黑漆漆的铁门，关闭了儿子通往生之路，哥哥就如一个物件，在骤然而起的风暴中旋转、飘荡。现在，风暴过去了，他落在地上了，他如被大风洗劫撕裂的一条空口袋，他已经不是那个他了，他年不过半百，可是胡子、头发都白了，他高大魁伟的身子，如遭了雷击的老树，枯干委顿，一副老迈之相。

佛说苦海无边，苦难的人生，要过许多的坎儿。哥哥的一生迈过了无数的坎儿，这个坎儿，他能迈过去吗？也就是说，哥哥的日子，还有明天吗？哥哥还能在这个灾难后，往前再走上一程吗？

似乎，总有一种阴凉的预感，哥哥的命，也要随着萝卜地里的那个土丘，画上句号。

哥哥的好多举动，都似在做着了结或告别的准备。

院后有两棵大杨树，他对我们说，这树能打两口棺材，一口就成殓我，一口给孩子他妈。

他让我给他拍一张照片，不在屋前，也不在树下，他要在没有任何物件的空地拍照。我们老家有风俗，人死后，要在棺材上摆一张不带任何东西的相片，然后带走，那照片收进去什么都不好，阴阳不清。

三

办完丧事回城的时候，哥哥给我一个小木匣，他说你带上吧，对你或许有点儿用。

他曾说，他这一辈子，经了别人几辈子都没经的事，等闲了的时候，抽空把这几十年过往的一些事情写下来，给我提供一些写作的材料。可是一直没有空闲，他零零星星地写下一些，让我拿回去看看。

我回家后，打开那个木匣，里边是一些碎纸片，有包烟卷的锡纸，有孩子作业本子写了字的背面，有灰白色的包装纸，还有的是医院的处方笺……上边是铅笔字或是黑色墨字，有多有少，少的几行，多的写满了一片纸张。

我读着这纸片上的文字，有时候从字缝里听到的声音，有浪涛拍岸般的豪迈高亢；有时候听到的声音，又像是秋后荒野上的星星草，在风中瑟瑟颤响；有的时候，我也从那字空间，听到愤怒而悲壮的吼喊：去你妈的吧，老子干不过你，也不再跟你滚下去了，老子不奉陪了！

哥哥在文字中，在回念他的命，回想他如何勇士般与命做过殊死搏斗，他在悠长的命途中，屡战屡败，屡败屡战，可灾与难总像泛滥的水浪头，气势汹汹生生不息，总之是说命欺辱了他，命是个嫌贫爱富欺软怕硬的东西……

看着这些纸片，我总是泪水潸然，哀伤总像烟云一样缭绕在心空。

四

是啊，命与哥哥，真的像是一对打上火的冤家对头，没有给过他一丝喘息的余地。

哥哥命运的小舟，搁浅在生命河流中，是从那个夏日的傍晚开始的。

那个夜晚，闷热，一家人坐在黄瓜架下歇凉。在三十里外的镇子上读书的哥哥，身背牛毛毡子卷着的花被子，走进院门，把行李扔在地上，哭了。半晌，家里人才知道发生了什么事情：哥哥因为我大娘的历史问题，不能够升学读书了。

我年过半百的光棍大伯，他娶的老伴儿，也就是我大娘，嫁过五个男人，那男人中有的是地主，还有一个与土匪有瓜葛。

我大娘这个时候也在我们家的黄瓜架下，她倒着烙铁尖一样的小脚，嘴里哭喊着，快让我死了吧，我死我活该，我咋能祸害人家孩子，她奔院外的水井跑去，人们把她拉住。大娘的哭声像被风剐碎的猫的号叫，尖锐、凄厉、哀伤……

此后，无论我们家想了啥法子托人求情，任凭大娘怎样四处去诉说哀告，哥哥都没有能够再回学校读书。

哥哥是个读书的料子，他是我们那个沟里唯一一个念到山外去的人，他喜欢古文，喜欢读文学书，还喜欢写文章，他梦想着将来到大地方去读大学，可他的读书梦就这样被中断了。

十几岁的哥哥回村种地了。

哥哥还没有长成，却走在一群粗壮的男人中了。他拿锄头耪地，力气不够，翻出的新鲜土，一段一段的，中间不连通，管工的说他偷工留门槛，为此，大人挣七分，给他三分。死热荒天，从早到晚，他不比别人晚下地一刻，也不能够比别人早收工一时，可挣的工分却不到别人的一半。

他上坝打草，那比他胳膊还长的刀，捆绑在比两个他还长的木杆子上，在苍茫的草趟子，哥哥手里的扇刀直打晃，就是不敢甩开胳膊去打草，他怕一动手，草没有撂倒，先把自己从脚根底下撂倒，哥哥哭了。可是，哭过后，哥哥还是要拿那摇摇颤颤的扇刀，学着左右开弓，去撂倒那蓬蓬勃勃直蔓延到天边的苍茫的草。

即使是这样严酷的现实，也没有让哥哥心里的梦幻世界彻底地荒芜坍塌。

就在草场的野地上，在用桦木杆子支起的人字架窝棚里，哥哥的牛毛毡子下，还放着《红楼梦》《三国演义》。他在草丛中看到好看的花草，都爱惜地采起来，夹在书里。他用白草编巴掌大的蝈蝈笼子，装上绿绿的蝈蝈。哥哥唯美浪漫的心性，让他觉得天高地阔的世界，不能够没有好的人生，眼下只是个瞬间，是个过门，生活总会有好日子的。

他的好日子真的是说来就来了！

那年，队里抽苦力，到外边去筑路修桥，哥哥被派去了。

不想，哥哥怀着幽暗的心境，竟然梦游般步入花明柳绿的人生境地。

那个工地的人来自四面八方，人多气势也好，什么都不缺，就是缺能舞文弄墨的人，哥哥能写爱画的才能，在这里得到了充分的展示。哥哥在水泥杆子上刷标语，在板报上写美术字，大喇叭上广播他写的稿子，报纸上也登他写的文章，他成为那个工地上很有名气的才子。

后来，我看到哥哥用装石灰的牛皮纸袋子剪裁的本子上，粘贴着他那个时候发表在报纸上的文字、画作等。

他从这里看到生活灿烂的曙光，他还在这儿找到了爱情，在住地的村庄，有个俊美的姑娘爱上了他。

可这一切都随着那工程的结束，宣告灭亡。

那条路修好了，桥铺上了，工地要转移，工地管事的要带上哥哥，可是我们家乡的人说什么都不放，非要把哥哥带回来不可。那个姑娘要死要活，非哥哥不嫁，可是那姑娘的父母，在与我们这里去的人见了一面后，说什么都不让女儿嫁哥哥了。

哥哥又回到了原来的日子，不，要比原来的生活还要惨淡，哥哥被打发到坝上深山老林里去拖木头了。

哥哥无法与强大的身外的势头抗争，可是在婚姻上，他无论如何都不想妥协，他说，就是一辈子一个人过，也不能找个没有爱情的人凑合。

哥哥的才气和人样子，让村里好几个姑娘心生爱意，可她们都在父母的呵斥下，哭哭啼啼地嫁了人。

一直快到三十岁的时候，哥哥才在父母的劝说下，与一位素不相识、又患过重病的人结了婚，婚后五年才有了儿子。

做了父亲的哥哥，也迎来了春风拂面的好时光，哥哥人生的小舟，在这个时候，才挂起帆，起了航。他经营着分在自己名下的责任田，农闲的时候，做买卖，供儿子读书。孩子毕业后，他给儿子买了车，搞起了货物运输。哥哥不止一次在喝过几盅酒后，演讲一样地说，人，到什么时候，都不能够丢失对日子的信心。他对自己多年在那样的岁月，没有对生活失去信心，无比自豪。

可是，他怎么也想不到，致命的灾难又向着他袭来了……

那个噩耗霹雳一样，炸响在我们的头顶：哥哥那一米八大个子、英俊仁义、刚刚近二十岁的儿子，患了不治之症。哥哥不吃、不喝、不睡，他眼睛盯住一个地方看，许久不挪窝，似乎要看穿那地心的深处，看那黄泉路是往哪个方向伸展，也像是在发狠地寻找什么，要与什么来个鱼死网破……

独生儿子，是哥哥的命，他活了几十年，风风雨雨，从生活那里，只得到这一枚可以给予他慰藉的果实。可是，命运，又这样强盗一样，毫不眨眼地从他的手中把这果实掠夺走了。

哥哥成了一个空壳，他没有了依托，没有了指向……

五

哥哥的生命交响，是到曲终人散的时候了！

从乡下回到城里，我一直还觉得有什么事情，隐隐地等在前边，让我的心虚悬着。我总觉得哥哥是活不过去了，我时刻不思也在想，哥哥是采取什么方式自行了结呢，还是如一垛浸泡在水中的土墙，在哀伤的侵蚀中，哪一刻轰然倒塌。

我总是提心吊胆地度着日子，不断地从亲友们的口中，打探着哥哥的状况。

家里人来信说，哥哥总是不能够平静下来，他总是在家乡的山上不

315

停地游走，每到黄昏的时候，他就到儿子的坟前，抽烟，坐着。

后来，人们告诉我说，他走到外边去了。

临走，他把家里的大红马撒到坝上马场，他对放马的人说，到秋后我来抓马就给你工钱，如若我不来，这个马就是你的了。

他到曾打过草、栽过树的山上住了两天，到拖过木头的林子里走了一遭，还到他放了一年马的叫大甸子的地方待了几天，又有人说，他还到他当年修路架桥的那个地方看了看。

人们说他是去收他的脚印了。

乡里老人说，人在要离开人世的时候，要把他走过的路，再走上一遍，把撒下的脚印收回来带走。

哥哥是去与过往的日子告别了？

哥哥不怕什么了，不怕疼痛了，不怕揭开什么了，如同打破了的盆子，任里边的水肆意蔓延。

我知道，在哥哥的心目中，有些地方和人，是不敢对视的。

他对早年的恋情，和那生发恋情的地方，是从不提起的。我曾多次问过他当年的事情，他都支支吾吾地不肯说。

几年前，我在电视台搞新闻的时候，报道一条高速公路的开工仪式，在那仪式上炸毁了一座老桥，而后要在那里建一座与高速路匹配的现代化新桥。

哥哥看后，第二天就来找我，问我能不能把这个节目给他录一份，他要留个纪念。这个时候，我才知道，那被拆掉的旧桥，就是哥哥当年建的那座桥。

那次，哥哥给了我一张照片，是他与那个姑娘的合照，他说，再去那里你把它烧了吧。

后来，我又去了那个地方。让我想不到的是，那个村里稍有点儿年纪的人，没有一个不知道，那个姑娘与哥哥恋爱的事，甚至有个老太太告诉我，他们俩把一个小树林子里的树叶子都撸光了。

这让我惊讶万分，哥哥在那样的年月，谈了一场怎样的恋爱！

那村子的人说，当年姑娘的家人不让她嫁哥哥，后来给她找了个人家，可嫁过去不几年，那姑娘就死了。

我没有烧掉那张照片，至今，这照片还留在我的书柜里。

侄子出事后，我不止一次看这照片，那是哥哥最美好的日子，也是他最美好的一张照片。那个姑娘扎两条油黑的大辫子，羞涩地笑着，紧挨在哥哥身边，哥哥比那姑娘高一头，他身穿黑裤子、白褂子，黑亮的短发，浓眉大眼，一副英武的样子，猛不丁看是那么的美妙，可是细一看，就让人异常辛酸——哥哥的白褂子，两个衭襟一边长一边短，伸展不开的死褶子是那么明显，哥哥说那是打石头压的，又没有别的可换一下的衣服，只有穿它照了这一张照片。那无法抚平的褶皱，就如哥哥怎么也伸展不开的日子……

六

哥哥这样的游走，让我们恐慌，似乎有什么可怕的事情，就要降临。

我们要想点儿办法。

我捎信让哥哥到我这来待几天。

那年，哥哥来城里，正遇上大雪，班车不通了，他在我家待了一天。这一天他不知道怎么过好了，我要出去给他买几件衣服，他说哪儿都不去，要趁这难得的一天，看看我的书。我的书房里有数以千计的藏书，哥哥爱惜得不得了，他从书架上一本本拿，似乎不知道拿什么好，季羡林的《牛棚杂忆》《我的人生感悟》，史铁生的《好运设计》，贾平凹的《贾平凹谈人生》《我是农民》《秦腔》，余华的《活着》，王蒙的

《我的人生哲学》……，"这可真是好，我们那个时候，可没有这么多好书，我多少年没顾上看这么好的书了！"他不住地翻动着，不住地感叹说，你看看人家写了这么多！人家这一辈子人活得！我不敢接他的话……我知道他内心的痛。

他对一套书，产生了极大的兴趣，那是一套有点儿传记性质的作家丛书：《我是王蒙》《我是从维熙》《我是冯骥才》《我是蒋子龙》……我给他包上，让他拿回家去读，可临走的时候，他还是放下了，他说回去没有时间看，也没有地方摆，怕是把书弄脏了。

此后，我在书房，望着琳琅的书，总想到哥哥，我的心总像被什么击打着，心生一种疼痛甚至是负罪感。哥哥自小就爱书如命，在我还上小学的时候，就从他那里看《红岩》《钢铁是怎样炼成的》《林海雪原》，我到今天都纳闷儿，在我们那穷乡僻壤的小山村，在那样的岁月，哥哥是以多么大的热情，是从什么渠道弄来那样多的书。我之所以能够喜爱上文学，走上创作的道路，是从哥哥那儿启蒙的，我难以想象，若是没有哥哥，我会不会走上写作这条路……

哥哥与我一同生活在那个小山村，我们有着同样的梦想。可哥哥在那样的年月，就因为一个荒唐透顶的理由，被粗暴地断送了一切。

我也从那个小山村出发，一路走来，一道道大门，轰然敞开，在春风中远行，写了那么多的文字，曾登上这样那样的领奖台。

曾一次次面对着媒体的访谈，你是怎么走的？我扪心自问，常常热泪盈眶……

我是怎么走的？这是我走的吗？这仅仅是我自己走的吗？

如果没有这样的好时代，纵然是有天大的才能，我能够走到今天吗？

七

　　我想让哥哥来城里走走，看看书，或许心情会好起来。

　　哥哥没有来。

　　他给我捎来信，让我帮他找一个小女孩儿和一个北京出租车司机的电话或者是地址。

　　哥哥说的小女孩儿，是一个也患了和我侄子一样绝症的女人的孩子。那个女人浑身肿胀，眼睛肿得只能闪开一条细缝，坐起来都困难，可她还在给女儿做布娃娃，她说自己十三岁就没了妈，女儿才七岁，她要给孩子做六个布娃娃，陪伴女儿到十三岁，她就能够自己照顾自己了。她每天都给女儿扎十几个小辫子，孩子满脑袋都是小辫子，很可爱。

　　那天早上，她给孩子扎小辫，她对我们说，她死后就没有人给女孩儿扎辫子了，她说："要不是女儿，我早走了，就是放不下她，我得给她找个地方……"我们问她家里的人，她说没有别人，只有她们娘儿俩……

　　那天晚上，那个女人，就被推到太平间去了。

　　哥哥说的那个司机，是在去北京求医的时候认识的。那天，我们去郊区的一个中药店，那家的老中医说能够治侄子的病，给开了方子。哥哥拿着这个方子，就像抓住了儿子的命，他怕抓过了药，人家把方子留下，他手拿那个药方，没有去柜台取药，而是疯狂地跑出来，也不管天呀地呀的什么地方，他竟然出门把一张纸按到一个出租车的前脸上，手哆嗦着抄那个药方子，车子里的司机起先还不耐烦地敲玻璃，后来就不再敲了，容哥哥抄完了那天书一般的药方子。

　　买了药，乘了这个师傅的车奔车站，师傅知道我们是为重病的孩子来求医的，送到车站是四十八元钱，师傅说什么也不要车钱，说给孩子买点儿吃的吧，这让我和哥哥很感动。

现在，哥哥忽然问起这两个人的地址，不知哥哥要做什么？

八

我觉得再也不能够这样逃避着了，我决定回去看看。

大半年里，我提心吊胆地眺望着哥哥，也在设法拯救着我自己。自从侄子得了病，我就同哥哥一起，为挽救年轻的生命东奔西走，备受煎熬，事情过去，我身心疲惫至极。

更可怕的是，我的精神，遭遇到从来没有过的危机。

我的神经似乎比纤丝还细弱！

我的心似乎比春天的冰凌还要薄脆。

每到夕阳西下的黄昏，我站在阳台上，望着山顶那一点儿快要掉到山后去的霞光，我会忽然泪流满面，我的心好像没有一个地方存放了，没有地方投奔了，我不知道我思念谁，我不知道该到哪里去。

我从来不知道心病了是怎么个状态，这个时候我才知道这要比身病更可怕、更痛苦！

论说，走了那么远的路，读了那么多的书，写了那么多的文字，不该被一个事件击打成这个样子。

我想，这或许不是一日之功了。只是多年里，总是匆匆忙忙的，像那跑道上的运动员，双眼盯着前方奔跑，无暇观望身边或者脚下的什么，忽然地被路障绊倒在地，没有任何准备的，忽然地走到那样的地方，看到那么多鲜活的生命，在病的魔爪下，水泡一样消失。

就如梦游一样，到叫生死边界的那个地方看了一眼，到叫人生尽头的地方摸了一把。

这让我对来自生命本位的思索，深沉而又滞重。

这让我的灵魂总在远方孤独地游走，如一粒沙，在大漠中呼号！我一时融入不了眼前的日子。

若在以往，每到心态不好时，我就会收拾行装，回老家去，在那山山岭岭走走就好了，我的许多关坎都是这样度过去的。可是这次不行，我不敢回去！那个新坟压在我的心头，故土成为悲伤的源头！

可是，我还是要回去了。

九

这是秋天的时光。

我在村外下了车，迈过清清的白水河，远远地，我看到在埋葬着侄子的那块萝卜地里，地界边儿上停着一辆马车，车的一旁有一头大黄马和一头小马驹在吃草。

脚下碧绿的胡萝卜，油绿油绿的秧苗散散落落的，如一棵棵飘摇的小树，蓬勃而妖娆。就在那胡萝卜地的中央，兀然耸立起一大片向日葵，那葵花金黄金黄的，像无数光芒四射的太阳，悬挂在天地之间。走进葵花丛中，看到了侄子的坟丘，不，那不能说是坟丘，因为那高大的土堆上，你见不到一丝的沙土，从上到下一圈圈地摆满了红红的胡萝卜，坟前还有扫帚梅、夹竹桃、蚂蚱菜等各色鲜花，盛开绽放。

坟顶上几支点燃的香烟，飘绕着丝丝缕缕乳白色的烟雾。这是葵花护卫着的一座城堡，侄子的坟丘，就像一座金碧辉煌的宫殿，那烟雾就像炊烟，主人正在殿里，燃起炊烟，在烧制美味的晚餐……

我如梦如幻！

正四下张望，葵花林一阵簌簌颤响，是哥哥走进来了。

他见了我，有些吃惊，"你看，这好吗？"哥哥指着侄子的坟说。

我惊愣着，不知说啥……

你知道，这孩子活着的时候，就爱看花，我让他天天能闻到花香。

他爱吃新出土的嫩萝卜，明儿要起萝卜了，我先给他起了些放在那儿。

他爱抽烟，活着时，我没少为这骂他，今儿，让他抽个够。

我看哥哥虽有些苍老，可精神却是好的。

十

"你……可好……吗……"我望着哥哥，问他。

我，过来了。

哥哥坐在地上，卷了支纸烟，抽着烟对我说："我知道你惦记我，怕我活不下去。年初的时候，我真的是觉得过不去了，家里的地种上，都没有办法往回收拾，咱家的汽车是你侄子开，我摆弄不了，我咋想都觉着没有活路。家里的马，我也没有心思喂养它，把它撒到坝上，我都不知道我还能不能去往回牵它。

可以后，我日日到山上走走，同埋在地里的先人们说说话。咱这山里安歇的先人，一辈辈的，老的少的，男的女的，谁不是山一路水一路地走过来的，做了他们该做能做的事，安安然然地走了。想想他们，就觉得咋都得往前走！

我又出去走了走，往后看看，那掌管不了自己的日子，一步步都是沟坎，可也过来了。可往前看看到处都热气腾腾的，人人都在好日月里往前奔，我不该就这样了结……

这不，要收萝卜了，人家都用卡车拉萝卜去卖，我开不了汽车，我想就拴马车拉萝卜吧。昨儿，我去坝上抓马，大半年不见，大马还下了个小马驹，明年就能拉犁了。"

哥哥说，秋收后，他要去找那个死了母亲的小女孩儿，他说，他非要见见那个孩子不可，若孩子有什么需要，能帮上的，他一定要帮助那个孩子。

他说，那个出租车司机，他一定要去看看他，那个司机在路上说过，山里的新鲜小米好吃，他特意种了二亩地的白谷子，他用手推的石磨碾成小白米，给那司机送去，让他尝尝新下秧的小米的味道。

哥哥正说着，一匹枣红色的小马驹撒着欢儿跑过来。

哥哥扔掉烟头，他说，不说了，我去牵马，咱回家。

<h1 style="text-align:center">十一</h1>

我什么也说不出来了，我木木地站在那儿，一时，似乎不知身在何处，不知谁人在与我说话！

活过来了！

出产着五谷，埋葬着先人尸骨的故土，劝慰了哥哥……

流淌着血泪，埋葬着哥哥华年的脚印，警醒了哥哥……

哥哥是在告别中，寻找到了活下去的力量！

我这个时候才觉得，哥哥在那灾难的旋涡中飘转的时候，他就已经开始打量了。灾难，降临在那么多家庭，那些看上去如小草一样平凡的人们，都把那灾难踩在脚下，往前赶路了，没有一个门庭在那灾难的淫威下全军覆没。

当看到这点，人性的凌厉巍峨就开始昂起头颅了！

是的，我记得，那个扎一脑袋小辫子的女孩儿，握着妈妈已经僵硬的手，撕心裂肺地哭喊，哥哥抱起那孩子，满脸泪水，当一个中年女人抱走孩子时，哥哥让我一定记下那女人的地址和电话。

从那个时候，哥哥已经从自身的苦难开眼看别人的苦难。

"生命的顶峰是对生命本身的理解！"是生活的本身，给了哥哥站起来的力量！

<h1 style="text-align:center">十二</h1>

我的心胸中，有一股热流，犹如春天薄冰下的水流，在喧嚣涌动。

我只觉幽暗的心里，堵塞着的什么，坍塌了，哗地闪开了一条通路，一下明媚起来。

我跪在松软的沙地上，捧起一把热热的土，泪如泉涌……

（选自散文集《等一等日子》，中国文联出版社 2015 年 11 月）

　　桑麻，本名王治中，中国作家协会会员，出版散文集《在沉默中守望》《归路茫茫》《心是苍青的岛屿》《回归大地的种子》《以右臂的代价》《邯郸道》等六部，多人合集《原生态散文13家》一部，曾获第三届冰心散文奖、第十五届中国人口文化奖、河北省第十二届文艺振兴奖、第一届浩然文学奖，作品入选中国散文排行榜、"二十一世纪中国文学大系·散文卷"等。

木箱深处的碎花被面

◎桑　麻

　　母亲的那场大病，我在事先没有半点儿预感，这让我对心灵感应一说产生了怀疑。后来又想，母亲卧病多年，身体十分虚弱，因而不可能将更微弱的信息传给正在数十里开外求学的我；另一个原因就是我太粗心了，那个可能的信号在传递过来时，被忽略了……

　　当我被叫往操场去的时候，心里有一种不祥的猜测。我远远望见操场上的两个人，他们来自我的老家。他们走近我的第一句话就是：你娘病了。你爹让接你回去……他们的语气尽可能地平静和缓，但我的脑袋还是一下子就大了。我感觉有一只坚硬而膨胀的拳头猛烈击打我的胸壁，瞬间的紧张差一点儿使我栽到地上。母亲病了二十年，我时刻都在担心来自家里的坏消息，而当它传来时，我还是觉得突如其来，一切发生得太快了。他们看出了我的紧张，不住地劝慰我，你娘真的没事，只是比上次厉害些……

　　我不相信。我想母亲已经走了，但随后又否定了这个想法。我的母亲应该活着！一路上，我在肯定与否定的猜想中煎心熬肺，心里堆积着沉重的压力，涌起无限感伤。

　　到家了，我没有看见门上的白纸，狂跳的心才稍微平静了一些。家里有许多亲戚和邻居出入，他们闪开身子，让我进到北里间。母亲被扶坐在炕上，脸无血色，嘴唇苍白，大口大口地喘息，又大口大口地呕吐。每一次呼吸都仿佛要抽尽浑身的力气，每一次呕吐又仿佛要把五脏六腑吐出来。她已经两天两夜不能吃东西了，吐出来的全是黄绿色的胆汁。我心跳加快，赶紧上了炕，死死握着她的手。她的手冰凉无力。她看到我，嘴唇微微抽动，眼里闪着泪光，难以抑制地大哭起来……她哭一阵停一阵，停一阵又哭一阵，经过好几个小时，嗓音变得沙哑。她反复说着一句话，我不能给我儿成家了……大家都明白这句话的意思，也都清楚她说的是真话，满屋的人都陪着她流泪。

母亲本来还好，这次犯病全然因为受了刺激。这刺激来自郭仓。郭仓要成家了。

郭仓是我的邻居。站在他那条街的街口，能看到我家的屋顶。他在街口说话，我们可以听到。郭仓大我六七岁，他、他爹，还有他弟郭金时常端着饭碗到我家串门聊天，现在，郭仓要娶媳妇了。

郭仓是个苦孩子，他很小的时候娘就死了。他爹学会了女人才会的手艺。对这个家庭而言，生活充满艰苦和辛酸，而迎娶新人，是多么让人高兴的事啊。他爹来到我家，邀我母亲婚礼那天去吃酒席，母亲当时已行动不便，但还是高兴地答应了下来。

头天下午，郭仓家的高音喇叭唱起来了。喇叭安放在他家房顶上，与我家直线距离不过 30 米，声音太大了，这是可以想象的，可是喇叭一响，我母亲受不了。一方面因为声音太吵，孱弱的心脏难以承受；一方面是郭仓结婚的事实，让母亲无法面对。她联想到自己的处境和未来了。郭仓娘没有看见郭仓娶媳妇，母亲的身体状况决定了她也看不到我娶媳妇。一个母亲在世上最重要的事情之一，不但注定无法亲手完成，而且连看一眼的可能性都没有，怎能不让她绝望呢？她哭起来，谁也劝不住。这次她不是为自己的疾病感伤，而是为她的人生感伤，为没有未来的生活感伤，为提前预知的那个真相感伤。病弱的母亲此刻能做什么呢？年轻时她为我奉献了乳汁和心血，现在能够奉献的，也只有无奈又可怜的泪水。这哪里是缕缕清泪，分明是从母亲心里淌出来的鲜血，是她一寸寸的生命在流失。她再也无法承受这个现实，心脏病发作，一下子晕厥了过去。

我成亲的那一天，我娘到底没看上。她如果不生闷气，如果不是经常地哭泣悲伤，可能会多活几年，有可能看上这一天。可是她经常生闷气，经常暗自流泪。她的身体越来越糟，最后彻底垮下来。她离世的前几天，并没有躺倒在床上，只是觉得身上很不舒服。她的腹部鼓胀，出现压痛。她走的那一天是周末。午饭过后，她突然就不行了。医生正在中厅跟父亲说话，我坐在对面的床上。妹妹在里屋大声喊我父亲。我们进去时，母亲已经没有了呼吸。医生做了紧急抢救，但无济于事，母亲就这样突然地走了。她微微睁着眼睛，这说明她在离世的那一刻依然在想心事，她是带着对亲人和家庭的牵挂离开的。时间是 1980 年 6 月 15 日下午 1 点多。那年她 40 岁。就在这天上午，父亲让我到县煤矿去理发。事实上他已经知道我母亲将不久于人世，只是没有告诉我和妹妹罢了。医生此前断定母亲腹部的压痛，是因为肝脏出血了。父亲安排我去理发，是他预感到母亲的大限就要到了，我之后必须要蓄发为母亲守孝了。

那一年端午节，我们送母亲上路。事后发现，屋后好好的一棵梧桐树，本已主干如股，高过屋顶，却很快褪去一身青葱，不久竟然不明不白地死掉了。

我婚礼的头天下午，天即将黑下来了，长辈们把我叫到屋里，他们张罗好了纸箔祭品，让我给母亲去上坟，实际上是借此告诉我娘我要办喜事了。他们说这是你的大喜日子，让你娘保佑你平安顺利吧。他们还说你要记住，到了坟上不要哭，一定不要哭啊！我的一位表姐陪我到坟上去。走过那条不算长的土路，要下坡了，我能看到母亲的栖身之地了，眼泪不听话地流了下来。我是来向娘报喜的，可我娘在哪儿呢？坟前枯草寂寂，四围空旷无人，满眼荒寒。我所能做的不过只是自我完成一个仪式。我多想能见母亲一面，让她抱住我，或让我抱住她……我茫然地来到她坟前，一头扑倒在地，失声痛哭起来……

娶亲要上路了，我从家里走出来，向着母亲安息的方向又一次跪了下来。

娶亲回来，家里早聚集了许多人，真的热闹异常。我想来人再多，也无法弥补母亲不在的缺憾，更无法让我格外高兴起来，而这一天，母亲是最有资格接受儿子儿媳深深的一拜，也最有资格分享我们的幸福与快乐。父亲当然很高兴，但他此时能不忆起我的母亲吗？如果母亲在场，这将是怎样完美的一天！妻子后来谈起，她没见过婆婆，没能与她相处些时日，没能在月子里得到婆婆的照料，是一生的遗憾。若婆婆在的话，这个家该有多么幸福啊……

整理母亲遗物时，我发现她自己的东西很少，不过几件洗得干净的旧衣物而已。她长年患病，疾病限制了她的行动自由，她对生活的需求也变得极其简单。过年时，她不让给自己添置新衣。她说，像我这样的人，哪也去不了，还要给家里添麻烦，年不年的都一样，衣服干净就行了。她给我们，给这个家庭却留下了很多东西。在那个物资匮乏的年代，在有钱人看来，她留下的东西可能不值钱，我们却异常珍视。这些东西不外乎普通百姓的家常日用，它饱蘸了母亲的心血，甚至是以消耗生命的代价换来的。对于清扫一次屋里地面都要歇好几次的母亲来说，完成它们是多么不容易。

母亲卧房有一只桐木箱子，箱子里整齐地码着她亲手纳的鞋底，成双成对地用针线穿在一起。上面是一双双做好的鞋子，有条绒面的，有春风呢面的，两者加在一起，足有五六十双之多。这是母亲平时做给父亲、我和妹妹的。她心里其实早在做着自己离开以后的打算。两个男人，妹妹又小，她一走，缝穿鞋袜自然就成了困难，而她做好的这些却足够我们穿很长时间，我们不至于因为穿戴问题而走不到人前去。

329

在另一只柜橱里，上下两节几乎完全被家织布填满，全都是当时最时兴的样式，那些花样多出自母亲自己的设计。瘦弱的母亲不仅与疾病较劲儿，也在与时间赛跑。春闲时节她在家中安上织机，中午和夜里不停地赶着进度。她身旁的桌子上，要么放着中药汤，要么放着白开水和药片，她是靠吃药来维持着大强度的劳动。我那时不知道她的病有多么厉害，站在织机边动手动脚，影响了母亲的速度，她便赶我离开。她的脸上仿佛永远飘着两朵红晕，那是心脏病人特有的表征，只是现在更加好看，而她的额上已然沁满细密的汗珠。到她不能上机的时候，她还亲手设计图案花样，或指定样式，请别人代织。一旦辞机了，她的脸上会露出轻松满足的笑容。她裁下一匹布给人家作报酬，其余的全部打包好了留下来。那些布有方格的，有条纹的，有的图案简单，有的图案很复杂，却一律厚朴结实，透着母性的气息。就其功用，有的可用作被面，有的可制成褥里儿，有的可缝为床单，有的可裁作褥单儿，有的可选为门帘，还有些蓝色的，母亲的用意是让我将来用作孩子的小褥子和尿垫……

母亲没有看上我的新婚，但依然给我带来了祝福。新婚的一条棉被，居然是她生前早早为我准备的。那是一条当时流行的人造棉被面，粉红的碎花非常好看。在粗布被面普遍存在的年代，这条被面显得柔软别致，卓尔不群。新婚之夜，除了要盖传统的红被子之外，细心的妻子特意把它拿了出来。

父亲告诉我，这床被面母亲在我十二三岁时就备下了，时间是20世纪70年代的中期，这件事后来在表姐那里得到了证实。它来自一个叫淑村的地方。那一年春天，母亲跟别人一块儿到淑村赶庙会，相中并买下了它。淑村离我家13里地，有几段土路，也有几段岗坡路，土路比较平坦，而岗坡路则崎岖难行。母亲是步行去的。她上午过去下午才回来。这应该是她患病之后，靠脚力完成的最长的一次跋涉。这段路对健康人来说不算什么，但对母亲来说，走下来十分困难。我记得她到我姥姥家去时，来到村校后面的陡坡上，就得坐下来歇一歇，即使在冬天，她也会满头大汗。我总是嫌她走得慢，不住地催她快走，根本不知道她的难受。等不及了，我先跑到姥姥家，舅舅问我你娘怎么没来，我说她在后边歇着呢。我和表姐、表哥回去接我娘，而我娘极有可能仍然在那里坐着。这段路不过才两三里，再往前走，她至少还要歇两次。可以想象到，13里路，母亲要歇多少次才能走回来。

被面买来以后，母亲用布单精心包好，放进柜橱里。每年春秋两季，她总不忘把它拿出来晾晒，然后又包好，放一颗樟脑丸在里面收起来，所以，犹如血液是人体的构成部分一样，樟脑的气味成为那床被面的构成部分，它好闻的气味时常让我迷失在阳光弥漫的日子里。现在，无论我走到哪里，在哪里休息，总会情不自禁想起我家被子上樟脑的味道，在想象的满足中慢慢睡去。

母亲走了多年之后，她朝思暮想的日子变成了现实。按照她生前的打算，那条被面在新年即将来临之际，成为一条厚厚的然而却是轻暖的棉被，经过她祝福过的儿媳的手，温暖地覆盖了我的新婚之夜……

那条被子至今被我们珍重地保存着。我想母亲虽然没有赶上我的婚礼，但她绝对不止一次设想过那个场面，也绝对不止一次设想过亲临现场的情景。她虽然没有亲自参加的福分，但作为一个母亲，因为在心里一次次筹划和祈祷，那刻骨铭心的体验一定不比别的母亲逊色。她其实是早已提前参加了我的婚礼，也体验过做婆婆的幸福，只不过应该在婚礼仪式上相见的亲人们错过了特定的时间和地点。我相信，不能从容等待，更不能亲自参加我婚礼的母亲，她心底的爱将比任何一位健康的母亲更丰沛更强烈，对儿子的祝福也更深刻更久远，因此可以说，与他人相比，我其实已经数倍地得到过母亲的爱了，而母亲也完全有理由永享安息！

（选自散文集《邯郸道》，北岳文艺出版社 2015 年 10 月）

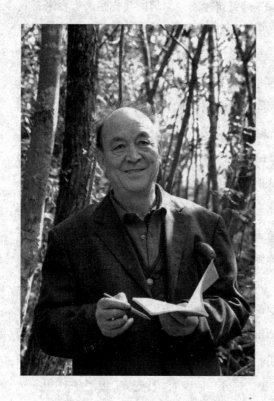

　　尧山壁，1939 年 6 月 16 日生于隆尧县南汪店村，1962 年毕业于河北大学中文系，申请到农村工作，1965 年调任省文联专业作家，1986 年任河北省作协主席。现任中国散文学会顾问、河北省散文学会会长。

忆 贾 大 山

◎尧山壁

　　1972 年《河北文艺》试刊三期，张庆田老师主要精力抓李永鸿的《红菱传》，我看散文，发现正定县贾玖峰的两篇作品——《金色种子》和《在窑上》，不像一般作者拿捏姿态，故作多情。他善于捕捉情节细节，运用群众语言。一篇发表在试刊一期，一篇发在 1973 年创刊号上。没多久贾玖峰来找我，却不是为散文，为他正写的农业学大寨的剧本。创刊号同期有我的叙事诗《渡"江"曲》，写吕玉兰的故事。他的家乡正定是中国北方第一个过"江"县，粮食亩产超过 800 斤。这时他说了真实姓名，贾大山，31 岁，以工代干，一头沉。

　　面前这位兄弟，小平头，敦实个儿，紫红脸儿，疙里疙瘩，棱角分明，身板笔挺，像京剧里的武生。说话慢条斯理，十分稳重。

　　这年冬天，省里搞戏剧会演。"文革"后首次露面，各地都铆足劲儿，天津地区的《迎风飞雁》、承德的《烈马河畔》、张家口的《董存瑞》、石家庄的《向阳花开》（贾大山执笔）。讨论《向阳花开》时，一些人习惯了样板戏式的豪言壮语，说它生活化的语言不够突出政治。我说了不同意见，因为是《河北文艺》剧本编辑，七年前写《轰鸡》的余热还在，得到一致认同。最终《向阳花开》拿了创作和演出两项大奖。

　　李满天是我的忘年交，亦师亦友，他正在正定深入生活，任县委常委、革委会副主任。邀我去正定，到了大山的一亩三分地，他话多了，摘去少年老成的面具，露出嘎小子一面。一见如故，还因为我俩都是戏迷。大山的道行比我深，我住过集镇，两个戏院。他生在县城，四个戏院。我是看野台子，高粱地的玩意儿，他进过街道业余剧团，训练正规，有板有眼。我只会青衣、小生，他生旦净丑全活儿，还会翻跟头，当导演。我只写过三个小戏，一个大戏，他已经写了《棉田风波》《比翼齐飞》《半篮苹果》等四出小戏，一个大戏，还有一个连台本，他的台词写得好，"没有春天风沙打，哪有夏天麦子黄。没有夏天日头晒，哪有秋后五谷香。天上下雪又下雨，就是不下商品粮"。

我俩到一起，还有个共同的话题，回忆苏金蝉，一位河北梆子名角。解放前在我们那一带演出，长相一般，没有下巴，扮出相来很漂亮，所以她男人平日不让卸妆。天生一副好嗓子，顺风能传二里远。民谚说："不吃油，不吃盐，也得去看苏金蝉。"解放后，任正定县梆子团团长，"文革"时下放赵县，配给了一位老农民。

每次都是骑自行车，一个小时到正定，这是李满天的劳动点。他把大山叫来，摽着膀子干活儿。对太阳光的反映，李满天是黑，脸上背上一层黑釉，自称非洲人。大山是红，红得发紫，戏称印第安。幽默是他俩的黏合剂，碰到一起就笑话连篇。李满天说起来眉飞色舞，指手画脚。贾大山是冷幽默，不动声色，绷着脸，活像一对相声演员，你逗我捧，包袱不断。劳动休息时，找个树凉儿，唱两口《打渔杀家》，大山的萧恩，我的桂英，李满天的丁郎。《沙家浜》，大山的刁德一，我的阿庆嫂，李满天的胡传魁，别看他官大，还得演小人物。

写剧本红火了几年，大山有些发蔫儿了，紫红脸更像霜打的茄子。诉苦说写剧本不是人干的事儿，"三结合""三突出"，末了还得"三堂会审"。作者像跪在堂前的妓女，任人说三道四，横挑鼻子竖挑眼，动不动就给上纲上线。领导出思想，几个领导就有几个意见，不听谁的也不行。下次讨论会，专听自己的意见被采纳了没有。好好一个剧本，改得面目全非，气得光想跳河。

李满天嘿嘿一笑，跳什么河，滹沱河，河水淹不了脚面，只能洗手。洗手不干，写小说吧，文责自负，没有婆婆小姑子。其实大山早就写小说，初中时有一篇，发在《河北日报》，插队时有一篇，发在《建设日报》上。李满天拿来看了，不如剧本写得好。说你有写剧本的功夫，结构、冲突、对话，小说的路走了大半。李满天是短篇小说的高手，《白毛女》小说的作者。1964 年大连小说会，最被推崇的是赵树理，短篇圣手；第二个就是李满天，茅盾先生对他的短篇小说集《力原》评价甚高。李满天向贾大山讲赵树理，从《小二黑结婚》到《卖烟叶》，一篇篇掰开揉碎，条分缕析。大山聪明，一点就透，一通百通，在李满天帮助下，陆续写出《取经》《花市》《小果》《村戏》，摘到全国短篇小说大奖，成为一颗冉冉升起的明星。他背后有一个老教练。

顺风顺水，如日中天，走着走着面前又一个十字路口。县委要改变正定文化工作面貌，希望大山出来担任县文化局长，派李满天去动员。老李问我的看法，我觉得突然，说你老人家是省作协主席，让我当常务，是"捉大头"。他嘿嘿一笑，说非也，是"抓壮丁"。又说县委认为大山有担当、有智慧，是不二人选。老李做了充分准备，想了几套方案，要打攻坚战、持久战。想不到大山听了，吃惊之后，沉思片刻，爽快地答应了，只提了一个条件，"那得我说了算"。问题迎刃而解，皆大欢喜，听说大山还在家摆了一桌。我想关键问题是，县委领导和贾大山相互了解和信任，不仅仅是伯乐与马，更是高山流水遇知音，同志加朋友。

大山很快进入角色。这时县委建立顾问团，我也忝列门墙，与他交往更加名正言顺。正定有 2400 年历史，天垣如矗，九朝胜迹，浮屠林立，寺宇星布，"国保""省保"不计其数。1933 年古建学者梁思成，

335

不顾兵荒马乱，自措行旅，两来正定，历时半月，究诸营造，嘉评精粹十八处，拍了照片，写了考察报告。可惜年久失修，满眼破败，令他这个正定人汗颜，从这个意义上讲，大山也是临危受命，哀兵必胜。

步行上阵，一切低调，让大家"看好门儿，管好人儿，别出事儿"。他自己则殚精竭虑，只争朝夕。桌上堆起三座书山，历史、佛学、古建，天天晚上挖山不止，白天马不停蹄，防水、防盗、保安全。除夕夜独步隆兴寺，为断壁残垣的庙宇守岁，百亩大院，八进之深，反复步量；大殿小楼、老槐古松，一一问候。直到满城烟花散尽，鞭炮绝响，才迈着沉重的脚步悄悄走出，回到家中，吃一碗等凉了的饺子。

铺开古建修缮战役，一年一个工程。古建是最吃钱的事情，"省吃俭用，不够填一个砖缝"。计划、申报、疏通、争取，月月跑部，日日化缘，紧急关口，有病发烧也要上阵，披一件军大衣，旧吉普车就是病床，四面透风，顶篷上挂着吊瓶。司机是老实人，没他的命令，一不得对家属传话，二不得向领导汇报，憋不住就朝野外喊两嗓子：一马离了西凉界，不由人一阵阵泪洒胸怀……

申报国家历史文化名城成功，正定县声名远播，四面八方游客蜂拥而至，文艺界人士看了隆兴寺、临济寺、西游记宫、荣国府，还要见识贾大山。以往有过交情的他都要出面，说不然失礼。作家们来了我都陪同，来人多了，害怕打搅，就自买票进去。门卫认识我，电话打过去，他就急忙赶来，亲自解说。大山饱学多识，业务精通，加上作家的语言表达能力，堪称一绝。对不同的对象有不同的套路，文物古迹、佛学经典、地方名人、逸闻趣事，如数家珍。喜欢历史的加上南越王赵佗、常山赵子龙；喜欢文学的加上白朴、元好问、蕉林书屋；喜欢医学的加上金元四大名医，刘守真、李东垣；喜欢近代史的加上王士珍、正太铁路。大山的一根手指就像音乐家的指挥棒，掌声笑声此起彼落。台湾诗人文晓村说，走遍世界，这是他见到的最好的讲解员。学者史树青说，他是讲解"国保"的"国宝"。作家汪曾祺说他,"神似东方朔,家傍西柏坡"。正定县无山,贾大山成了一个著名的人文景观。

散文

大山身处闹市,公务繁忙,而淡泊名利,心态宁静,生活轨迹只是一点一线。一点是正定,一线是石家庄—北京—承德,心无旁骛。例外仅二,一次五台山,一次白洋淀,都是被朋友强拉去的文学活动。说得我怪心疼、内疚的。作家协会就是协作开会,凡会都会想到他,但是出头露面的事他一概不来。出省交流采风年年有,他一概拒绝。文化局局长当了九年,到县政协任副主席,照样如此。1993 年在北戴河开张立勤、郭淑敏散文讨论会,我硬是通过省里领导发命令,才搬动大驾。大山第一次见到大海,异常兴奋。别人在歌舞厅里热闹,他一个人坐在礁石上,为大海相面,一坐就是两个钟头,第二天说了一句,唯大海是真。台湾出版家马先生,给张立勤出过一本书,与他同居一室,听大山口吐莲花,妙语连珠,佩服得五体投地。

也是在这次会上,发现大山忌酒了,让我大为吃惊。想当年每到正定,必然以酒相待,三个汉子一壶酒,李满天怯阵,说热酒伤肝冷酒伤胃,大山夺过酒杯,说无酒伤心,带头干杯,脸愈发地红,成了赵云的二哥关公。有酒润嗓,他的唱腔愈亮。现在酒不喝了,肉也不吃了,专挑肉边菜。不过米饭馒头不少吃,身体也还健壮。

1995 年中秋节那天,大山动了食管癌手术。我去看望时还不大显病态,握手很有劲儿。几个月后已经能骑车满城转悠,以为这一关他闯过去了,想不到病情很快恶化,再去看他时,已经卧床不起,十分消瘦,面色苍白。因为烦闷,烟也复辟了,脾气也大起来,为此弟妹小梅常常暗自落泪。见我一来他像打了兴奋剂,坐起来,谈笑风生。说得最多的是三个汉子一壶酒,地头《打渔杀家》,可惜老兄李满天先走了,三缺一。说到这里他忍不住告诉我一个秘密,《河北文学》要调他去当主编,肖杰力荐,他以各种理由回绝了,其实真正的原因就一个,还不能说。

李克灵写了《省委第一书记》，上边恼了，要处分，下放当工人。李满天仗义执言，接受以往教训，不要先整人，后来再平反。一场风波，小李没受处分，老李被停了职。这事无法面对，李满天有恩于我，人走了影子眼前晃，这一关我过不去。大山是硬汉子，没见他哭过，说到伤心处，眼泪扑簌簌往下掉。

我抹了一下脸，说话题就此打住，想听你再唱一段，再过一下瘾。大山挣扎着坐起来，唱了几段马派《空城计》，从西皮慢三唱"我本是卧龙岗散淡人"，到二六"我正在城楼观山景"。喘着气问我感觉如何，我说飘逸不如马前（期），苍劲倒似马后，更接近暮年诸葛的性格了。他说久病在床，常常一个人念戏，品味剧情、唱段，琢磨人物性格，还真有发现。你说司马知道是空城不？知道。列举了一些道白和对话，只不过心照不宣，两个高人知己知彼，也包括互相敬重，也和《华容道》一样，但是司马比曹更老到一些。听得我茅塞顿开，连连点头，到底是小说家，剖析人物都深入骨子里了，应该写成一篇论文。此时我嗓子直痒痒，真想像20年前一样再陪他唱一回，可是看到他形容枯槁的样子，于心不忍，不能让他再激动了，只有心里默默祝愿他早日恢复健康，没想到成为绝唱。

1997年正月十四，我们的大山倒了，一盏理想之灯熄灭了，一颗文学之星陨落了，从手术到去世，应了那一句话，"八月十五云遮月，正月十五雪打灯"。享年五十四岁，与诸葛亮一个寿数，都是鞠躬尽瘁。造物忌才！

追悼会上，大山灵前没有摆上一部书，让我追悔莫及。像贾大山这样的小说名家，得了全国大奖，好评如潮，怎么生前就没有看到自己的著作出版呢。怨我也怨他自己。1980年上海文艺出版社来信，主动为他出一本小说集，他没答应，说："我是河北人，如果出书也只能先在河北出。"河北出版界刚刚由计划经济转到企业管理，自负盈亏，坐上没底轿，谁出书都要自己负担一部分经费。大山不干，说自己花钱出书，我的作品还谈何价值。那时我正办作家企业家联谊会，一个厂长愿意赞助，大山一听更火了，说那样更丢人。知道大山的脾气，不敢再往下进行了。如今大山走了，我和康志刚编了《贾大山小说集》，收入他全部短篇小说82篇，由省作协出资。未经请示，敬请老弟原谅。

大山一生在文学艺术的蜀道上艰苦攀登，走着一条独异的路。从戏曲和民间文学汲取营养，广泛涉猎，多才多艺如赵树理。又喜欢读《聊斋》和《阅微草堂笔记》，学习孙犁，描绘风情，洗练文字，不"山药蛋"也不"荷花淀"，自成一家。作品与人品一样高尚，绝无媚俗，从不逐潮，在乡土和幽默中完成一个作家的社会责任和美学追求。30年只写了几十个短篇、一个半截中篇，然而他的艺术分量远远超过了许多大红大紫、"著作等身"者。

大山不假，中国当代文学的一座大山。

（选自散文集《流逝的岁月》，花城出版社2015年1月）

报 告 文 学

　　程雪莉，河北省作家协会副主席、石家庄市作协主席、中国报告文学学会青委会常委、河北省散文艺委会副主任。代表作有《寻找平山团》《故国中山》《梦想家园》《立雪散文》等，曾获河北省"五个一工程"奖第三届、第十二届河北省文艺振兴奖、第四届全国冰心散文奖、第六届徐迟报告文学奖等，2018年荣获河北省第三届"十佳青年作家"称号。

寻找平山团

◎程雪莉

向前走，别退后，

生死已到最后关头。

同胞被屠杀，土地被强占，

我们再也不能忍受！

亡国的条件我们决不能接受，

中国的领土，一寸也不能失守！

同胞们！向前走，别退后，

牺牲已到最后关头！

七十七年前，十七岁的平山团二营战士范明堂唱着这首歌走向了抗日战场。今天，这歌声从九十四岁范明堂的胸腔再次发出，依然清晰、铿锵、明亮！在歌声中，我们走进了那段烽火烟云的岁月……

当兵打鬼子

1937 年 10 月 3 日，在晋冀交界洪子店镇，一支戴大草帽、穿草鞋、背着步枪、斜挎着空瘪子弹带的部队长途跋涉而来。他们是八路军 359 旅的"战地救亡团"。

救亡团结合冀西特委、平山县委，迅速组成多个扩军小组，张贴扩军布告，把"抗日救国、人人有责""参加八路军，赶走小东洋"的口号喊彻了平山的深沟大梁。

在平山，有一支号称"红军北上抗日先遣队第 108 支队"的队伍，在栗再温、姜占春等人的领导下，坚持着极为艰苦的武装斗争。此刻，衣衫褴褛、隐蔽多时的队员们，终于盼来"真正"的红军……

很快，一些农家子弟一队队结伴而行，流向了洪子店。"当兵打鬼子！"是他们的誓词。

猫石村，地处深山，仅有几十户人家。县委委员梁雨晴带头报名，全村党员全部参军，一下子走出了三十四名青壮年。梁雨晴成为后来的平山团第一营第一连第一排排长。

霍宾台，这里是平山党组织创始人于光汉的家乡。李法庄是于光汉发展的平山县第一个农民党员、第一位农村党支部书记，六十多人的队伍被李法庄带到了洪子店，全部参军。

紧邻平山城西回舍镇的几个村庄里，几天就组成了一个营。苏家庄小学教师韩勋从本村开始，在郭苏河一条沟里就动员出了一个连……

北贾壁村的医生刘光锡，已经四十二岁，是平山县有名的医生，开着一家医院。他去兵站报名，报名处的干部看他岁数大，身体羸弱，不敢要他。他打听到陈宗尧团长的行踪，辗转四天，跑了几百里山路，终于追上了陈宗尧。刘光锡表示要把自己的医院一起捐给部队，作为随军医院。陈宗尧答应了。刘光锡匆忙返回，动员医院全体人员，加上子侄共十四人，一起参军。

南沟村外的山岭上，栗政通、栗吉子、李汉民、孙大文几个十三四岁的孩子正在割草。他们看到哥哥、父亲们参军去了，小心眼里都在琢磨事儿。政通把镰刀砍在土中，说："咱们要能亲手打死几个鬼子，才叫过瘾呢！"活泼的吉子说："我爹都当兵了，还说不让我去，我偏要去!"他们在山坡上商量了一会儿,最后决定,现在就去兵站报名。李汉民忽然问:"咱们的镰刀、绳怎么办?"是啊,如果送回家,大人看见说不定就走不成了。政通果断地说:"大眼(孙大文的小名)太小,才十二岁,跑不动,不能参军,你把我们的镰、绳捎回去吧!"说完三个人不由分说把镰、绳交给大眼,飞快地向北冶镇兵站跑去了。

在一个月的时间里,一千七百名平山子弟齐聚洪子店(其中有两百多名党员,占全县党员总数的三分之一),组成了平山团。队伍中多是父子兵、兄弟兵、亲戚排,筋骨相连,血脉相通。

当我寻找平山团来到洪子店时,那支穿着农家衣裳、呼喊着响亮口号、在滹沱河滩训练的队伍,已镌刻在百姓们心头,蜿蜒在历史长河中。

一位乡亲告诉我,平山团和其他队伍不同:平山团是用村名点名的!

果然,耄耋老兵范明堂,能一口气"点"下去:"东黄泥、西黄泥、南庄、北庄、西柏坡、朱豪、唐家沟、朱家沟、秘家沟、上文都、下文都,还有中古月、南古月、北古月、岗南、田兴,这些村多了,我说不完……"

铁的子弟兵

我们的寻找,从太行山西开始。

1937年11月7日,平山团告别家乡,到达山西盂县上社镇,正式整训改编为八路军120师359旅718团。我查找了许多资料,抗战期间,一个县的子弟集体参军,并组成一个主力团的,仅此一例。

1938年春节,沦陷后的华北,死一般沉寂,村落已不燃鞭炮。平山团战士们端起一碗白开水,加上几粒盐,再盛一碗红高粱米粥,就是大年初一的早餐，许多战士吃着吃着就哭了……

3 月的一天，晋西北的风依然寒冷，小雪零星。田家庄村外的旷野，分外宁静。

原来日本的一个运输中队拂晓前从原平开往崞县，陈宗尧团长决定打一个伏击战。两个连已经和敌人接火了。须臾，陈团长奔上一个山头，指挥三营一个新兵连投入战斗，他边说边挥手："上去，上去！新兵靠在战斗中锻炼。没有枪，到敌人手里去夺呀！"拿着大刀、红缨枪的战士们，上阵搏杀，消灭了鬼子两百人的一个中队。烧毁汽车十辆，缴获重机枪四挺、轻机枪十五挺、大批枪支弹药，以及白面、大米、罐头等生活物资。战士们面对大批物资，兴奋地唱起了"没有吃，没有穿，自有那敌人送上前，没有枪没有炮，敌人给我们造……"。

当地的老百姓慰劳战士们，送来了烙饼、馒头，吃了三个月高粱的平山团战士第一次吃到了馒头。但是，栗政通含着一口馒头，久久难咽。在胜利的最后一刻，拿着木枪冲向战场的栗吉子，被一个老鬼子击中胸部倒地。栗政通和几个战士惊慌地拆卸鬼子汽车的门做担架，但是，吉子的全身迅速变得冰凉。他赤裸的脚面上冻裂肿胀，黑红的血液渗出，脚板上刚刚磨破的皮肉，鲜血正在一点点凝结。在晋北的寒风里，一个还没有弄清死亡是什么的孩子，一个当兵却没有穿上军装的战士，过大年都没有穿上新鞋的栗吉子，没有来得及见到同在部队当兵的父亲，就匆匆离开了……

鲜血的浇灌，枪林弹雨的洗礼，平山团在创建晋察冀根据地的战斗中开始以惊人的速度成长。那一年，359 旅的战史上密密麻麻地记载着平山团的战绩，岢岚、浑源、大同、应县、广灵、灵丘，晋西北的群山中，活跃着他们奋勇杀敌的身影。

贺龙师长经常在队伍前亲自动员。王震旅长几乎每次亲率平山团出征。在看家楼阻截日寇时，王震让人从老乡家里借来一口棺材，站在上面，大声喊："日本鬼子没什么可怕的，我王震领头向前冲，要死我先死。死后就钻到这个棺材里边！"他的脚把棺材踩得咚咚地响，令人十分震撼！也恰恰在那一仗里，王震被日军毒气所伤，差一点儿真的躺在棺材里，幸亏被赶来的白求恩大夫精心救治过来。

白求恩大夫的手术室多次跟随在平山团后面。白求恩在日记中时常提到"八团"（平山团）。他喜欢这些能战斗的农民战士，称他们是"朴实可爱的孩子""穿着军装的劳动人民"。他这样描述："他们平均年龄是二十二岁……通常是些大个子，六尺高，强壮而黝黑，一举一动又沉着，又有明确的目的性。有一种果敢的风度。为他们服务，确实是一种幸福……"

平山团淬火成钢，变得勇敢而机智。邵家庄阻击战中，日军以千余兵力向平山团猛烈进攻，平山团顶着日军炮火，激战了两昼夜，阵地岿然不动！其中7连两个步兵班，在主佛寺阵地前的树林和古庙建立隐蔽阵地，等日军向主阵地进攻时，突然出击，从侧后近距离杀敌。用伤亡九人的代价，换得了毙伤日军两百余人的战绩……

1939年5月，五台山的春天到来了，灯盏花刚刚露出萌萌嫩绿。

日军一部，从8日开始，向台怀镇一带活动的717团包抄而来。陈宗尧率领平山团急行军，奉命行进至神堂堡附近，援助717团突围。到达上下细腰涧，这条沟的地形狭窄、地势复杂。陈宗尧报告王震旅长，决定诱使鬼子钻进口袋，啃掉这支装备精良的日军，遂和已经跳出包围圈的717团分南北两头堵击日军。日军如困兽，出动飞机，施放催泪瓦斯，疯狂突围。但是，地助我，敌人的重武器一时间失去了威力；天佑我，飘起了雪花，鬼子的大皮鞋如同脚底抹了蜡，跑起来打滑，顿失往昔威风！

上下细腰涧一片战火硝烟，敌人的尸体堆积如山，平山子弟的鲜血也染红了皑皑白雪。激战七昼夜后，我军完胜，歼敌一千五百余人，战利品摆满了神堂堡祝捷大会的十二亩土场。此战创造了 359 旅对日作战以来最光辉的范例。

捷报迅速传回家乡平山的晋察冀军区司令部，聂荣臻挥毫书写嘉勉令，号召全区"永远保持并发扬平山团的光荣"。5 月 20 日通令嘉奖。今天，我们依然能在《抗敌报》上读到那激昂的段落：

"平山团全体指战员同志们！你们无限英勇顽强的战斗精神，在我晋察冀军区的抗战史上已经留下了不可磨灭的光荣的一页。你们不屈不挠，流血战斗的光荣胜利，已经证明了你们是八路军的模范部队之一，是中华民族最忠诚的后裔。你们是平山的子弟，边区的子弟，生长在太行山脉上，你们执行了捍卫家乡，捍卫军区、边区的任务。这特别证实了你们是平山子弟的优秀武装，边区子弟的优秀武装，你们是"太行山上铁的子弟兵！"

人民子弟兵的称号由此而来。平山团之外，灵寿营、阜平营、曲阳营、回民支队，以及冀东、冀中、冀南无数子弟兵团队奋勇杀敌在抗日战场，悲歌慷慨的故事层出不穷……

"俺还叫王家川"

上下细腰涧战后的第九天，灵丘县平山团政治部突然走进一位风尘仆仆的青年，政治部同志问道："同志，你什么事？"

青年说："顶替王家川的缺额当兵的。"

"你叫什么名字？什么地方人？"

"平山人，俺叫王家川！"

这不对啊！烈士王家川在细腰涧战斗中杀敌八名，成为平山团的英雄，烈士抚恤金也发放了……

接待的同志上下打量这个青年，从个头、身段、脸庞都和王家川很像，于是试探地问："你是王家川的兄弟吧?""是!"

"你来当兵打日本我们都很欢迎。可是你不能再叫王家川。你说你的真名吧。"

青年生气地质问："俺为什么不能再叫王家川? 俺没有别的名字。"

"王家川上了烈士册，你再叫王家川，不就乱套了吗?"

青年着急地带着哭声大声嚷道："不改，就是不改! 不仅俺叫王家川，俺与敌人打仗牺牲了，家里还有一个十六岁的弟弟，他也还叫王家川，俺村还有上百个青年，他们都叫王家川……王家川是死不了的!"

青年坚强的话语，让在场的人流下热泪，答应了青年的参军请求……

要求参军的这个青年是王家川的二弟王三子，是村青年抗日先锋队队员，他听到哥哥牺牲的消息后，向爹说了自己的打算。爹悲痛地说："你哥哥刚牺牲，你在家里干活儿扛大梁，你走后，家里农活儿受连累是小事，万一你……"爹哽咽得说不下去了。三子懂事地不言语了。第二天一早，一夜难眠的老父亲，把三子叫到炕前，说道："俺想通啦，国家不安宁，我们也别想过好日子……你是爹娘的儿子，哪个青年不是爹娘生养的! 在这国破家亡的紧要关头，就得为国出力，常言说'国难出忠臣'，咱们一家都当忠臣，三子你去吧!"

县里的领导听说了，专程来送。送别会上，三子说："俺今天去平山团打鬼子了，大家伙儿都应该参加平山团，咱平山人要多多为国家出力。"伙伴们异口同声地说："对，你和家川是英雄好汉，俺们也不是稀泥软蛋，万众一心，一定把鬼子打出去!"

就这样，三子带着通行证、介绍信，背着干粮，一路喝溪水、睡麦秸垛，辗转来到了平山团驻地。

在平山团的家乡，几百张烈士证书，虽然让悲凉覆盖了村村落落，家家戴孝，户户志哀，但无数双父母的泪眼，凝视着平山团——平山人要挣这口气！平山团不能减员，平山团的旗帜不能倒下！

平山大地又掀起一轮参军高潮。团里的扩军干部计划到 9 月底征召八百五十名新兵，结果只用了一个多月的时间，报名人数达到一千一百五十八名。一队子弟兵，穿着由聂荣臻司令员亲自参与设计、用槐花漂染的黄绿色新军服，融入抗战洪流之中。

整个抗战期间，平山县持续为平山团以及其他八路军部队输出一万二千零六十五名子弟兵。他们用铮铮热血男儿的身躯，筑起抗日的长城。

滹沱河里血泪多

滹沱河，滹沱河，滹沱河里血泪多。

张家花大姐，鬼子奸淫过，大姐眼里含泪水，泪珠流到滹沱河。

东洋狗强盗，杀人满山坡，满山满谷血横流，鲜血流到滹沱河……

这是作家魏巍写于平山，发表于《晋察冀诗抄》的一段诗歌，他用悲愤的笔，记录下饱受日寇蹂躏的平山家园。

在平山团的故乡，在一次次寻访中，听着父老乡亲们的倾诉，一个个血腥的场面冲进我的脑海，异常残酷的镜头让我心头骤紧、热泪横流。

在中央档案馆里，我翻阅抗战胜利后，边区人民政府组织调查的平山"八年寇灾统计表"，心被那些触目惊心的数字灼烤。抗战期间，日军一次次对平山进行残酷"扫荡"，制造了骇人听闻的辛庄、驴山、焦家庄、西柏坡、岗南、柏叶沟等一百多起惨案，屠杀无辜百姓一万四千多人。平山因战祸、瘟疫致死的群众达三万四千多人，是晋察冀牺牲最惨重的县。

我抚摸着柏叶沟惨案纪念碑，读着上面"八十一个不知道"的碑文，那是多么铿锵不屈的高音！

在这起惨案中，鬼子黑田从人群中抓出一个名叫丑小的孩子，说："谁是干部？八路藏在哪里了？说出来有糖吃，不说，看到那个人了吗？死啦死啦的！"丑小用稚嫩的声音说："不知道！"并把鬼子递过来的糖块扔在地上。汉奸也上来哄骗，但是还是"不知道"！鬼子一把拎起丑小，狠狠摔在台阶上，丑小口鼻流血昏死过去。他的父亲梁文贵，怒火万丈，大骂着努力挣脱绳索冲向鬼子。鬼子用枪托猛砸他的脑袋，他猛然往前一扑，咬住鬼子的手指，鬼子哇哇叫着，举刀砍死梁文贵。

又一个人被揪出来，他是村干部梁贵武。几番询问都是三个字"不知道"！鬼子把他的棉衣脱下来，一瓢瓢滚烫的开水浇在他的头上、身上，红肿的水泡一片片凸起。接着鬼子把他推到门口的锅里煮，拎出来，又把他推进火堆里烧。这个共产党员早已全身血肉模糊，火舌还在"滋滋滋"地将皮肉烤焦，痛彻心扉的折磨让他把舌头咬碎……灵魂在烈火中凛然，他的喉咙决不吐出一个字！

一个接一个的"不知道"！鬼子气疯了，去人群里乱抓乱刺。一个青年猛然拨开鬼子刺刀，飞快向门口跑去，门口的鬼子追上，将他砍死在地。其余的人也跟着要冲出门去，鬼子的机枪、步枪一齐扫射……这次死难的八十一个男人中有五名受伤的八路军战士，虽然他们最终也被鬼子杀害，但群众始终把他们拥在人群的最中央……

残酷的屠杀，让平山抗战杀敌的怒火越聚越浓。平山有七万人参军参战。"子弟兵的母亲"戎冠秀们，做军鞋，送军粮，救护伤员，送上自己的亲骨肉；放牛的孩子王二小，参加儿童团，站岗放哨；人称"韩猛子"的韩增丰烈士，率领八区队，战斗在家园；文艺子弟兵曹火星为平山团谱写处女作《上战场》……

在聂荣臻司令员（抗战期间，聂荣臻在晋察冀六年的时间里，三年零两个月在平山）驻扎的寨北村南不远，陈家院村河滩上，一万名军民举行抗日宣誓："不做伪事！不当汉奸！不给日本人粮食……"

在岗南惨案之后，东、西岗南两村一百二十名青壮年，人人头戴白色孝帽，在会场直接报名参军。他们发誓要为亲人报仇，不打败日寇不回家。乡亲们含着眼泪送别这支"岗南孝帽军"。

一次采访中，有文友告诉我，他的妻子是岗南人。妻子曾听老人们讲述：惨案后的那年正月十五，社火照常在村子里举行。人们打起精神来，为新的一年祭祀祈福。妇女们没有穿红戴绿，全部穿着黑色的丧服，发髻上都插着一朵白花……他说他最被这个景象打动：乌压压的人群里一朵朵白花跳荡，让他久久忘不掉那战争岁月的悲凄。

在惨案中，最让人慨叹的是："宁可跑着死，也不能像绵羊一样等着挨杀！"无论大小惨案，没有一处不反抗！

在驴山惨案中，一位年长者为保护几十个藏在洞里的村民，毅然挺身出洞，引开鬼子，用自己的胸膛迎向鬼子射来的子弹……

水渣村一位老年农民，为了不当汉奸、不给敌人带路，扭住一个日本鬼子一起跳下山崖。

杜家庄一青年农民，他埋设的地雷，炸死十个鬼子，最后一次被围在山头，弹尽粮绝时他把步枪拆碎抛下高山，毅然跳下悬崖壮烈牺牲。

正是这种不屈和反抗精神，彰显着中国脊梁的不屈风貌，为平山团的豪迈成长接续着浓浓的底气，让平山成为不折不扣的"晋察冀抗日模范县"。

南泥湾向南

我沿着平山团足迹一路向西，越黄河，进陕西，继续寻找。

1941 年 3 月的一天，初春的微风里，一支战斗的部队开进了南泥湾。一匹大青马走在队伍里，马上是位慈祥的长者。战士们把兴奋的目光投向长者，这就是他们敬仰的朱德总司令。如此朴素亲切，八路军的最高指挥员，只带着一名警卫员，融进这个子弟兵的队伍里。平山团的战士们没有想到，总司令要和他们一起垦荒了。

"自己动手，丰衣足食！"在大生产运动中，战士们举起的不只是锄头，更是有力的武器！

平山团战士一直保持着全旅领先的开垦纪录。三营模范班长李位，带领全班经常保持平均每人每日一点五亩以上的纪录。他自己使用的那把镢头，足有五斤重，六七寸宽，一撅一大片。在一次比赛中，他一天开荒三亩六分七，激励了全团同志的斗志。那是比战场更艰苦的岁月！战士们住在玉米秸窝棚里，晚上跳蚤爬满两腿，连皮肤是什么颜色都看不见了。跳蚤拉的屎，把白色的被单染成了红色。但劳动的疲惫，仍然让他们倒头便睡。最大的困难是吃不饱。开荒伊始，每人一天只有几两带壳的粮食。严重的营养不良让许多战士累倒了……

团长陈宗尧率领战士们展开竞赛，独臂政委左齐为战士们烧水送饭，全团齐上阵。1943年春，《解放日报》醒目位置上报道了平山团的事迹。毛泽东主席在陈宗尧的笔记本上，写下"英雄团长"四个大字。

在垦荒的间隙，平山团不忘练兵，全团涌现出许多"朱德射击手""贺龙投弹手"，还有大批"飞毛腿"。这为接下来的南征打下了坚实的基础。

1944年初冬，延安东关飞机场。风萧萧，别梦寒。

当年太行山上、黄河两岸磨砺的宝刀又将出鞘！他们把口号喊得震天响。

在王震、王首道、王恩茂率领的队伍中，平山团是唯一成建制的团，是南下支队主力。在之后一年多的岁月中，南下支队越黄河，跨铁路，穿越日伪军的封锁线，重新打回了湘鄂赣。

平山团子弟兵也把"铁军"声威传遍南国。

南下支队路过衡阳一个叫栗木街的小镇。几千人的队伍静悄悄地夜宿街头的大坪，连店铺的门板都不动一块。清晨，老乡们弄清楚了，奔走相告："当年的老红军又回来了！"连忙打开家门，烧开水招待部队，但是战士们已经捆绑行装，准备出发。人们看着南下支队远去的背影，喃喃地说："真是了不起的部队啊！比岳家军还硬！"

南征的战斗频繁而艰苦。在鄂南的大田畈村，平山团和千余日伪军激战，主阵地上的岩石被敌人炮火炸成蜂窝。当时担任青年连连长的栗政通，抗战胜利后给家人讲述时，曾提到这次战斗："……一小股敌人在一座庙里顽抗，用机枪向我军扫射，几次组织攻打，都未拿下，而且造成了较大伤亡。最后首长命令我连冲上去把敌人干掉。这时，我一咬牙，把上衣一脱，豁出命，也要把顽敌消灭。我带了几个手榴弹，冒着敌人的机枪扫射，冲了上去，迅速从窗口扔进了两颗手榴弹，轰的一声巨响，庙里的机枪哑了。敌人全部被炸死……"家人说，栗政通在讲述时，眼里满含着泪水，最后哽咽着说："死了那么多战友，我当时就没有想能活着……"

1945 年 6 月 6 日，南下支队和日伪联军在小湄村一带遭遇。平山团三面受敌，正在顽强突围。陈宗尧团长亲自到前沿阵地指挥。在打垮敌人第六次冲锋也是最后一次冲锋时，一颗子弹飞来，打中陈宗尧的腹部！鲜血喷涌而出，顷刻间染红了他的腿部，他用手捂着伤口，倒在草丛中。他大声叫来警卫员，传令 2 营向敌人发起进攻……平山团冲出包围。战士们艰难地用担架将受伤的陈团长抬出，但是，敌人还在追逼，陈团长坚持不让部队停下来做手术，最后牺牲在途中。平山团的战士们悲怆万分。素来刚强的王震泪水横流，悲愤地举起手臂，大声地说："宗尧同志，你永远活在我们的记忆里，而我们，将永远活在你的事业中！"

在南征部队将要到达广东时，日本投降，抗战胜利。他们奉命北返到河南，参加中原突围。经过艰苦的"第二次长征"，行程两万七千余里，苦战几百次，这支"王者之师"胜利回到延安。

北返途中，毛泽东主席在一个月的时间里，给习仲勋写了九封信，细致入微地安排如何接应南下支队。在信中，毛泽东从兵力配置、行军路线、物资保障甚至伤病员收治以及组织欢迎会等，都有周到考虑。殷殷深情，浸透纸背。对于平山团英雄团长陈宗尧的牺牲，毛泽东非常痛惜，说这是南下的一大损失！

在这"血的征程"上，大多数子弟兵魂留南国。平山团出发时一千两百人，归来不足两百人……

在解放战争中，平山团依然是 359 旅主力，保卫延安，三战三捷；打扶眉，战兰州；越沙漠，赴新疆，一直是西北野战军的先锋。新中国成立后，平山团开赴最为艰苦的南疆塔里木河上游，驻扎在阿克苏。1952 年，平山团转业垦荒，成为新疆生产建设兵团农 1 师 1 团。

心中的丰碑

七十年后，重庆，细雨蒙蒙的一天，我走进陈宗尧夫人田英杰的家。年过九旬的老人，说起陈团长，依然泣不成声。她说延安机场送别时，陈团长为她尚在腹中的孩子起名"陈离延"，这是父亲留给儿子的唯一纪念。1983 年 6 月的一天，田英杰经多方帮助，找到陈团长埋葬地，凭着一颗镶金的假牙、一颗锈迹斑斑的子弹，确认了英雄遗骨，迁葬湖南茶陵，让英魂归故里。

在南泥湾马坊村，当年的平山团驻地，我找到淹没于荒草之中的抗日烈士纪念碑。这是平山团南征前立的碑，碑上几百名烈士多不知详情。在平山南沟村外的山坡上，我凝视着烈士栗政通的墓碑。这位十三岁放下镰刀打鬼子的战士，跟随平山团南北转战，成为营长，在新中国成立前夕，牺牲在陕西扶眉战役中，年仅二十六岁。他的哥哥用一辆牛车，从千里之外将他的灵柩运回故乡。那天，整个山村的人都来瞻仰英雄遗容，山野哭声一片……平山团前赴后继、兄终弟及、铁血抗战的精神，是永远耸立于人民心中的一座丰碑。

初秋，北京，当我走进平山团战士齐复华的家时，斯人已去，老伴说不出他的任何工作上的事情。他从 1938 年起，就在延安守护着一部特殊电台，保证了党中央和共产国际的联络，译电员只有他一人。开国大典的现场直播电台是他亲手调制。1976 年，毛泽东去世的消息他很早就知道，他把自己关在屋里哭了几个小时，当儿子问他发生什么事情时，他只有一句：下午四点听广播吧。他一生守卫着国家机密，到死没说一个字、没写一个字！

初春，在西柏坡夹峪村，我来到刘梦元老战士的家里，九十二岁的他，一个人住在两间破旧土坯房中，窗户被烂砖头堵死。我只好在房檐下采访他。他曾经是踊跃参军的模范，戴着大红花游行。如今，他默默生活在村庄里，没有一丝抱怨。他的院子里梨花正白，菜畦青青，粉红的蔷薇盛开，他热爱着他的生活……

还有齐阙声、郄晋武、康励志、王冠章、刘增英、段金锁、张俊卿……每一个老战士，从来没有讲述过自己的生活，而每每提到牺牲的战友时，都哽咽难言。我也在泪眼婆娑中，有了个梦，要让更多的年轻人了解那段真实的历史，了解他们为民族浴血奋战、英勇捐躯的过往，继承他们忠诚、不屈的精神遗产。

（节选自长篇报告文学《寻找平山团》，作家出版社 2015 年 8 月）

　　周喜俊，中国作家协会会员，国家一级编剧，全国优秀青年文艺家、河北省省管优秀专家、清华大学吴冠中艺术研究中心特邀研究员。历任河北省文联副主席、石家庄市文联主席、石家庄市作协主席。从事创作40余年，在《人民文学》《中国作家》《光明日报》《文艺报》《中国艺术报》等省以上媒体发表各类文艺作品900余万字。出版八卷本《周喜俊文集》，另有长篇纪实文学《沃野寻芳——中央工艺美院在河北李村》《人民的艺术家——齐花坦与河北梆子》等图书14部公开出版。长篇电视剧《当家的女人》、长篇小说《当家的男人》《我的幸福谁当家》等30余部作品先后获中宣部精神文明建设"五个一工程"优秀作品奖、飞天奖、金鹰奖、河北省"五个一工程"优秀作品奖、河北省文艺振兴奖等奖项。

沃野寻芳

——中央工艺美院在河北李村（节选）

◎周喜俊

吴冠中与"粪筐画派"

吴冠中在巴黎留学三年，新中国成立之初，满怀美术报国的热情回到祖国母亲的怀抱，想用从西方学到的绘画艺术来表现本民族的生活、感情和精神世界。

在北京高等学府的课堂上，面对学生们一双双渴求知识的眼睛，吴冠中感到如鱼得水。他满怀激情侃侃而谈，介绍古今中外的艺术发展规律，探寻艺术的本质，出示从国外带回的各式各样的流派画集，讲艺术是疯狂的事业，讲凡·高为艺术献身的感人故事，他想培养出适应世界潮流的新艺术家。他坦率地向学子们表现自己的艺术观点，要求学生们不仅要继承中西方文化遗产，还要在中西艺术优化融合的基础上创造出属于自己的新艺术！

白天，他在课堂上把自己学到的知识毫无保留地传授给学生，晚上，他回到家中，整夜整夜翻译凡·高的书信，他被凡·高对艺术的忠诚和献身精神感动得泪流满面，甚至号啕大哭。他清醒地认识到，从西方取来的经简单照搬是不行的，必须经过翻译、咀嚼，化为己有，他立志要发现只属于自己的，令外国的著名画家无从比拟的独特艺术素质，创作出无须翻译，让东西方观众都能一见倾心的现代中国绘画。为了这个愿望，他要不惜一切代价！

吴冠中是一个视艺术为生命的画家，他热爱祖国、热爱土地、热爱人民，而对政治却不大关心。试想，在一个刚刚诞生的新中国，在全新的社会主义制度正在建立巩固阶段，他要宣扬和译介不同社会制度国家所流行的新艺术，不管用意多么良好、意识多么超前，也是不合时宜的，这种热情注定会遇到当头棒喝。

但他仍不肯随波逐流，每天除了教学，就是不顾一切地作画。他没完没了地画，为了购买画画的材料，把自己有限的工资都搭了进去。此时他已是三个孩子的父亲，顾不上管家，顾不上照顾妻儿，就连按时吃饭、睡觉都做不到，妻子生气地唠叨："你整天画来画去，有什么用啊？"

是啊，当时他画这些画真是看不到前景，没地方发表，没地方展出，更不会走向市场，可他觉得只要是按自己的意愿画出来的作品，心里就感到很满足。

然而，这种自我满足的作画权利很快被剥夺了。1970 年 5 月，中央所属的艺术院校下放到驻扎在河北获鹿的部队农场后，是不许画画的，这让他内心极为痛苦。

1972 年，部队管理终于有了松动，星期天允许画画了，吴冠中很兴奋，马上托人从北京捎来颜料和画笔。他是画油画的，需要画布、画框，这些东西在农村没地方买，也没法制作。他急得满村转，想找到可用的材料。有一天，他终于在李村的小卖店发现了目标，这里有一种简易小黑板，是马粪纸压成的，这本是用来在田间地头写标语或临时写通知用的，很轻便，也很便宜，一块多钱一张，上面刷层胶就能替代画布了，他一下买了几十张。

画布有了替代品，画架怎么办？他用艺术家的目光继续搜寻，突然发现房东家的粪筐很有特色。这种用荆条编制的粪筐，一侧的背把大多是用剥了皮的小树干经加热弯成的，光滑、坚实、耐用，名为粪筐，并不是背粪的专用，老乡们下地干活儿，孩子们上学，总习惯挎着这种筐，拾柴、打草、捡麦穗、装菜都能用。

吴冠中背着粪筐到地里写生，高高的背把正好当画架，筐里边放颜料盒、画笔什么的，连画箱都用不着了，倒是很方便。

他在李村广阔的田野里，依着粪筐画出了一幅幅精美的作品，同学们羡慕不已，戏称他为"粪筐画家"。好多师生觉得这办法不错，纷纷跟着他学，星期天各自背着粪筐寻找庄稼地写生，这成了李村当时最具特色的景象。后来效仿的人越来越多，便形成了远近闻名的"粪筐画派"。

吴冠中出生在风景秀丽的江南，刚到李村的时候，看到一马平川的田野里，除了棉花、高粱、玉米这些普通的农作物，没有可入画的东西。时间长了，和这里的一草一木有了感情，才蓦然发现，这看似平淡的田园中蕴藏着那么多美的东西，老百姓单调的生活中也饱含着丰富多彩的情趣。

吴冠中在巴黎留学三年，看遍了欧洲的艺术馆，具备了发现美的眼力和素质，能从艰苦单调的环境中，看到大自然赋予的奇特美。在平凡枯燥的生活中，发现劳动人民的心灵美，这种美是纯净的、灿烂的、永恒的。

深秋，大田里的庄稼全部收割归仓了，路边的树叶也随着寒风飘落在地，偶尔飞来几只麻雀，落在光秃秃的枯枝上东张西望，在这萧条的景象中，吴冠中发现了独特美，他指着路边的枯树激动地对学生们说："看，多美啊，这就是造就艺术的源泉！"学生们还没看出什么可入画的景色，吴冠中心中已形成独特的画面。

他躲在隐秘的角落，悄悄用油画写生之技表现枝头麻雀，枝是线，雀是点，点、线入画，太美了！他沉浸在美的描绘中，心情格外紧张，恐怕这些小东西们不配合，扑棱棱展翅而飞。

麻雀是喜欢群居的鸟类，因繁殖能力极强，就成了一个大家族。它们的行动也很有规律，往往集体出行，一个不走，都会留下。在麻雀居住集中的地方，如果有其他鸟类入侵，它们会表现得非常团结，直至将入侵者赶走为止。

麻雀在育雏时的表现非常勇敢，俄国作家屠格涅夫在他的短篇小说《麻雀》中曾有过这样的描写："一只幼雀不慎坠地，母雀为保护它，面对一只凶恶的大狗而不退缩，这场面感人至深。"

由于母麻雀对幼鸟的成功保护，再加上它们对环境和气候要求不高，在数量上较其他鸟类都要多。新中国成立初期，作为以农业为主的中国还很贫穷，六亿多人口要靠天吃饭，粮食是头等大事。而麻雀实在太多了，它们主要以谷物为食，谷子成熟的季节，数百只乃至上千只麻雀会组成庞大的群体进入谷地觅食。所以，到地里撵麻雀就成了一项重要农活儿，有时撵不过来，会扎好多稻草人插到谷地里，给稻草人戴上顶破草帽，穿上件旧衣服，手里拿上根拴着红布条的马鞭，做出随时追赶它们的动作。但麻雀极为聪明，先到地里试探几次，见稻草人不动弹，马上胆子大起来，黑云压顶般扑向谷地，瞬间就能将大片的成熟谷穗啄得体无完肤，真是可恶至极！

麻雀总是在农民口中夺粮，自然成了公害。1958 年 2 月，在全国范围内发起了"除四害"运动，麻雀被纳入"四害"之列，全民共逐之。掏窝、捕打、敲锣打鼓放鞭炮，轰赶得它们既无处藏身，又得不到喘息的机会。这场人海战术，让麻雀陷入了"人民战争"的汪洋大海，它们没了落脚之地，只能不停地飞，最后累得坠地而死。

这场声势浩大的"除四害"运动，并没有让麻雀灭种。在我的童年，麻雀仍然是生命力很强的鸟类。所以，冬季捕麻雀就成了孩子们充满期待的游戏。尤其到了大雪天，四处白茫茫一片，麻雀找不到吃的，就会到农家院寻找食物。它们很少单独行动，总是十几只或几十只结成群体一起来，这给孩子们提供了最好的捕捉机会。我们会在屋檐下的空地上，或者在雪地里扫出一块干净地方，撒上谷粒，找个大筛子扣住，筛子的一边支根拴着长麻绳的小木棍儿，麻绳紧贴地面拉到屋里，然后关上房门，手持麻绳坐在屋地上，隔着门缝等待麻雀钻进我们布下的"天罗地网"。这些小生灵警惕性极高，从来不会一哄而上扑到包围圈去抢食，总是先有一两只围着筛子起起落落试探，小心翼翼落在筛子上面，东张西望观察，如发现破绽，马上展翅而飞。只有确定筛子下有足够的谷米，四周又没危险时才发出啾啾的叫声。麻雀们听到招呼，才陆陆续续钻到筛子底下快速啄食。看进去的差不多了，我们会迅速拽麻绳，筷子倒地，如果出手快，一筛子往往能扣住十几只。大人们会帮忙拿被单把筛子蒙住，从被单下伸进手，把麻雀一只只摸出来，用线绑住双腿，糊上黄泥，放到灶膛里烧烤，等闻到香味，把烧干的泥巴壳掰开，麻雀的皮毛早随着泥巴一起脱落，露出的是热腾腾、香喷喷的鲜肉。这是我们最快活的时刻，也是那个贫穷的年代孩子们最美的食物。我最早知道"人为财而死，鸟为食而亡"，就是母亲给我们剥烤熟的麻雀时常念叨的话，不知是同情麻雀弱小的生命，还是埋怨它们太贪食。

燕子和麻雀不同，它生来就是人类保护的吉祥鸟，是绝对不能伤害的。记得1966年邢台大地震，波及我的家乡，我家房檐下的燕子窝被震落在地，母亲竟然不顾余震危险，上前去抢救那窝燕子。当发现里边的小燕子全被摔死，心疼得直抹落泪。母亲找来一个旧纸盒子，把雏燕的尸体整整齐齐摆放进去，盖上柔软的茅草，埋在我家院里的一棵香椿树下。由此可见，燕子和麻雀的命运是截然不同的。后来麻雀虽然被平反，从"四害"中解放了出来，却永远享受不到燕子的待遇，它们随时都可能成为孩子们口中的美味。

不知吴冠中的童年是否有过捕食麻雀的经历，但在李村，在这个秋叶飘零的季节，这些受人类歧视的小生灵却激发了他的创作冲动，他小心翼翼地观察，迅速用颜料描绘，唯恐它们被惊动。这些麻雀似乎很乐意当模特，很想进入艺术殿堂似的，站在黄叶纷飞的树枝上，瞪着黑亮的小眼睛摇头晃脑窥视他。尽管秋风很凉，枯枝上没有任何食物，但它们仍不肯离去。吴冠中不知道这些喜欢集体出行的麻雀哪一只是首领，见它们这么配合，很激动，也很感动。这些顽强的小生命不会因人类的歧视而泯灭，也不会因受到不公正待遇而自卑，它们各自站在属于自己的枝头，无拘无束，无忧无虑，尽情展示自己的美丽，这是大自然的力量，也是大自然无尽的生机。

吴冠中迅速画成这幅油画，随手题款："秋来黄叶落，枝头见麻雀。"

用从西方学到的油画之技，表现河北农村的枝头麻雀，这是吴冠中油画民族化的探索，也是中西结合的创举。

吴冠中非常注重艺术和生活的关系，任何时候都能在生活中发现美、表现美。他很推崇清代画家石涛的"笔墨当随时代"，二十世纪九十年代曾提出"笔墨等于零"，在美术界引发过激烈的艺术争鸣。吴冠中认为这是好事，通过争鸣的方式，深入探讨中国画乃至中国艺术的前途和出路，是一件很有意义的事情。他说"笔墨等于零"并非全盘否定中国笔墨，而是强调笔墨应跟着时代走，时代的内涵变了，笔墨就要跟着变化，创造出新的笔墨。因为笔墨只是为画家服务的手段，是工具，而不是主体。凡·高的作品之所以有那么强的感染力，是因为他融入炽热的思想感情在里边，形成了自己独特的风格，才能让人心灵受到震撼，产生感情共鸣，如果脱离了具体画面的孤立笔墨，没有个性，没有思想感情，只是套用古人或西方的笔墨技法，这样的作品没有生命力，其价值肯定等于零。

吴冠中"笔墨等于零"的观点，不知是否融入了在李村创作的元素，但我从他在李村画的系列乡土作品中，明白了笔墨是随着画家的思想感情自然形成的，而不是用笔墨和技法去套感情。如果他用从法国画人体的笔墨和技法来画李村的高粱、棉花、玉米、冬瓜、丝瓜，绝对画不出这批艺术精品。因为在巴黎舒适的画室和在40多摄氏度的李村田野，所产生的思想感情是绝对不同的。

吴冠中在李村的房东陈吉堂告诉我，他见过吴冠中在正午的太阳地里画高粱的样子，汗水把背心湿透了，紧贴在身上，蚊子落在他胳膊腿上，咬出一个个大包，可他什么也感觉不到，只是不停地画。

此时他已全身心融入生活之中，根本不会研究什么笔墨技法。他甚至觉得自己也是其中的一株高粱，从种子在土壤发芽，到破土而出展叶吐穗，直至成熟衰老的过程，悟出人的一生是如此短暂，不能浪费每一寸光阴，而应通过自己的努力，为人类留下有价值的东西，笔墨只是随着他炽热的情感尽情挥洒。那红彤彤的高粱，在他眼里是鲜红的旗帜，是燃烧的火焰，引领着他的精神向艺术高峰冲刺。

据他的学生王秦生介绍："吴先生作品的成熟期在李村，这批东西他舍不得送给别人，而是留下来，捐赠给了各个博物馆和艺术馆，留给了国家，这说明李村这批作品，在吴先生心目中是多么宝贵。"

吴冠中在他的自述中说："我珍视自己在粪筐里的画在黑板上的作品，那种气质、气氛，是巴黎大师们所没有的，它只能诞生于中国人民的喜怒哀乐之中。朝朝暮暮，立足于自己的土地上，拥抱着母亲，时刻感受到她的体温与脉搏！"

艺术治好了他的肝炎

早就听说，吴冠中在北京吃中药西药都没治好的肝炎，是在李村靠画画治好的。这话听起来有些不可思议，我在采访中经多方考证，确属事实。

吴冠中来李村时，肝炎已相当严重，加之失眠、脱肛等多种疾病缠身，精神已到了崩溃的边缘。尤其失去作画自由之后，更让他痛不欲生。实在不能忍受时，他到石家庄白求恩医院住了一段时间，吃药、输液，只是暂时的，并没有驱除病痛，他认为自己已无药可救，沮丧至极，整夜整夜难以入眠。

偏在这时，听说当年和他同时出国留学、而后留在巴黎的老同学已成为名画家，回国观光时作为上宾受到周恩来总理的接见，让他受到强烈刺激。有人说，一步走错步步错，你当年要是留在法国，凭实力，说不定早是世界一流的画家了，回国照样会风风光光受到国家领导人接见，现在后悔了吧?

吴冠中是个从不服输的人，当年在法国留学，同学们为是否回国在一起激烈争论时，他曾慷慨激昂地说："留在巴黎，不过是在法兰西的大花园里增添一朵玫瑰或月季。回去，就能开出自己的蜡梅花，鲁迅眼里三味书屋的蜡梅花!"

这铿锵有力的声音至今还在耳边回荡。他不信在祖国的土地上开不出属于自己的蜡梅花! 只是这蜡梅花需要经受风雪严寒才能开放得更艳丽。

有人为黄山石隙中生长于苦寒天气的松树而哀叹，觉得它们的命运是何其不幸! 吴冠中却认为，那扭曲生涯构成的艺术性格是别处不能仿造复制的，这对于搞艺术的人来说，何尝不是特殊的生命体验呢。

在寒冬腊月盛开的蜡梅花，从来不羡慕温室里蝴蝶兰生存环境的舒适，因为在广阔天地迎风冒雪尽情绽放是它们应有的品质!

吴冠中胸中燃起了不可遏制的烈焰，不成功便成仁! 他想以画画的方式自杀，想用作品向世人证明，自己当初做出回国决定的正确!

河北的盛夏像火烤一样炙热，正午的温度有时高达 40 多摄氏度，吴冠中头上戴顶草帽，穿着背心、短裤，在田野里依着粪筐一画就是一整天，不吃不喝不休息。他的心里是凡·高《向日葵》中十个太阳竟喷狂热的壮丽及一群球体运转的奔放，他完全陶醉于艺术创作之中了……

凡·高是吴冠中崇拜的偶像，每当他向人们介绍凡·高其人其画时，总是先激动不已。每当听人不屑地说，凡·高不就是那个割掉自己耳朵的精神病吗？他愤怒得只想冲上去给人家两拳。他像爱护自己的眼睛一样爱护凡·高的艺术，不允许别人亵渎凡·高的精神。从凡·高的作品中，吴冠中强烈地感受到，艺术是人情的表现，向日葵再茂盛、再好看，也不会让人们因之而疯狂。凡·高的《向日葵》能让人痴迷到忘我的境地，是因为他从一个画像者进入了窥视感情深层的探索者，所以他的作品才赋予了让人为之疯狂的情愫。

在吴冠中看来，古今中外千千万万画家，当他们的心灵已枯竭时，手仍在不停地作画，言之无情、画之无物的乏味作品汗牛充栋。凡·高的作品，几乎每一幅都能让人感受到作者的心脏在跳动，他的技术也许不如象牙之塔中的艺术家画得那么细腻讲究、那么俏丽精致，但与人民的感情、与土地的融合是别人无可比拟的。吴冠中从小生长在农村，与土地和人民有着天然的联系，他第一次看到凡·高的作品就产生了强烈的感情共鸣，激动地跪在画前大哭。

凡·高"把自己埋到土地里"的观点，对吴冠中影响很大，只有埋到土里，接到地气，才能生根发芽，开花结果。生活是孕育优秀作品的土壤，人民是浇灌艺术之花的园丁。

在艺术创作上，吴冠中一向反对"无孕分娩"，他认为那种没有经过"十月怀胎"的作品，不管多么花枝招展、多么吸引眼球，也是纸扎的金童玉女，貌似华丽，其实只能糊弄鬼。这种没有感情、没有温度的作品，不会感染人，也不可能流传于世。吴冠中在画每一幅作品前，总要认真观察生活，对所选素材进行反复比较，精挑细选，然后在脑子里组织形象，挖掘意境，最后才下笔。他把这称之为"怀孕"过程，只要怀上了，总能生出个活蹦乱跳的娃儿来，不管八斤还是七斤，都是有生命力的。

吴冠中曾多次和学生们讲，从青少年时学画画起，他对凡·高的作品便一见倾心，此后多年一直热爱，这种感情从未有过丝毫减退。这种吸引力除了来自绘画本身的美以外，更多的是他火热的心与绘画对象结成了不可分割的整体。凡·高作品能打动人灵魂的主要原因，是形式美和意境美得到了自然的、自由的高度结合。

他一生不厌其烦地画向日葵，不仅仅是感觉"黄色何其美"的反应，更包含着他的信仰和追求。他认为黄色是太阳之光，是光和热的象征，他眼里的向日葵不是寻常的花朵，而是一群精力充沛、品格高尚、不修边幅、胸中怀有郁勃之气的劳苦人民肖像！看过凡·高《向日葵》的人，永远不会与世间无数向日葵所混淆。他倾心黄色，画《广阔的麦田》《麦田里的乌鸦》，那一望无际的金黄色，像太阳一样火热。

吴冠中认为，凡·高是伟大的人道主义者，他不但深深同情劳苦人民，而且将自己的命运同他们紧紧联系在一起。穷困的凡·高被视为流浪者，他生活在社会的最底层，资本主义社会里找不到他对号入座的职业，狂热的感情找不到依附，他像溺海的挣扎者抓住了一块救命的舢板，那就是绘画。他在自己创造的视觉艺术世界里，倾泻着热爱人间的血和泪。他热爱土地，把这种爱融到了自己的每一幅作品，他的画从来不是单纯的风景，而是人们生活在其间的大地，是孕育生命的空间，是母亲温暖的怀抱！他画铺满庄稼的田野、枝叶繁茂的果园、赤日当空下大地的热浪、风中的飞鸟……他的画面表现了一切生命都在滚动，从天际的云彩到田垄的沟，从麦穗到野花，都互相在召唤，这一切都源于画家的心在燃烧。凡·高的人生是短暂的，作品却是不朽的。

　　吴冠中对凡·高佩服得五体投地，一直怀着强烈的欲望想了解他的血肉生活，想钻到他的内心去，倾听他的呼吸，感受他心脏的跳动，他想做中国的凡·高。但从法国回来后，现实和他的艺术理想产生了错位，他的追求，他的抱负，一直没有找到合适的表现机会。

　　李村为吴冠中提供了实践凡·高精神的平台，在麦浪滚滚的金黄田野，在烈日炎炎的红高粱地，在蒸笼一般湿漉漉的绿色瓜园，在无边无际的洁白棉田……吴冠中脚踩滚烫的大地，终于感受到了凡·高内心熊熊燃烧的烈焰。他的躯体在烈焰中升腾，如凤凰涅槃般绚丽！没有病痛的折磨，没有人间的烦恼，没有疲惫和饥渴，眼前只有火焰映衬出的壮丽画卷，那种前所未有的幸福感让他彻底陶醉了。

　　房东见吴冠中到炎热的中午还不回来，着急地对他的学生们说："老吴真是不要命了，他是个病人啊，这大热的天，不吃不喝在地里画画，这哪儿能受得了啊？你们快去看看吧，别让他晕倒在地里还不知道。"

　　学生们理解房东的善意，可他们知道，吴冠中先生作画时是不许打扰的，房东一遍一遍的敦促让他们也很担心。

　　姜玉军曾和吴冠中一起住在陈吉堂家，至今谈起此事仍很激动，他说："我站到房东家的屋顶上，手搭凉棚四处寻找，夏日的中午地里几乎没有人，看到那块地里有人影，肯定是吴先生。我给他送壶白开水、拿个馒头，可他根本顾不上吃喝，说画画时胃是不工作的，吃了东西不消化更难受，有时只是喝口水润润嗓子，就让我赶紧走，怕干扰他作画。"

　　直到日落西山，吴冠中才满载而归，消瘦黝黑的脸上带着满足的笑容，瘦如干柴的胳膊腿上晒出一层密密麻麻的水泡，第二天就会脱掉一层皮。

　　头顶蓝天，脚踩大地，吴冠中心里很有底气，笔下也有了灵气。他对学生们说，只有站在祖国的土地上，才能真正看清这块土地的本质，理解在这块土地上生活的人民真实的感情，如果留在国外，无论如何不会有这样深切的感受和体会。

"你是麦子，你的位置是在麦田里！"吴冠中经常和学生们重复凡·高这句名言。他说，"鲁迅如果当年不从日本回来，不弃医从文，也就没有伟大的鲁迅。我是中国人，只有黄土地的养料适合我生长。我深信，人民，永远欣赏有真挚感情的作品！真情将跨越地区和时代，在世界各地唤起共鸣，我要在有生之年唱出心底的最强音！"

吴冠中找到了力量的源泉。在李村劳动锻炼的后期，部队已不再束缚他们作画，这让他积蓄已久的情感得到了爆发，他拼命地作画，不让自己停下来，作品也日益增多，《高粱与棉花》《瓜藤》《胡萝卜花》《野菊》《南瓜》《岩下玉米》《冬瓜》《柴扉》《苇塘秋雁》《喜鹊》《麻雀》《池塘》《双燕》《井》《硕果》《山花烂漫》……

吴冠中在疯狂作画中，多年中医西医都没治好的肝炎竟然不治而愈，到医院检查，肝功能各项指标正常。顽固的失眠症也减轻了，白天在田野做一天画，晚上香甜地睡上一觉，第二天又迎着朝霞精神饱满地再去作画，这样的日子对他来说太幸福了！心情好了，食欲渐渐增强，蜡黄的脸上呈现出血色，走路腰板挺了起来，腿上也有了力气。村里的老百姓见到他会好奇地说："老吴，你好像比刚来的时候长高了不少。"

吴冠中听到这话很得意，呵呵笑着连连点头说："谢谢，谢谢。"

身体的好转让吴冠中对生活充满信心，他又住院由一名医术高超的大夫成功为他做了枯痔手术，身体彻底得到了解放，艺术生命也焕发了青春的活力。

吴冠中靠画画创造了生命的奇迹，连医生都无法解释这种特殊现象。他们猜测，肝炎是一种病毒，吴冠中每天在 40 多摄氏度高温下画画，五脏六腑已被太阳晒透，病毒也被强烈的紫外线杀死了。

吴冠中晚年接受媒体采访时，记者问到这个问题，他的回答是："也许是疯狂作画，精神高度集中形成的一种特殊气功吧。"

不管是民间说法，还是吴冠中自己的想法，都只能是一种推测，也可作为医学研究的一个特例。

他的学生刘巨德说："吴先生在李村那么艰苦的生活环境中，仍能坚持不辍耕耘，是有种巨大的力量在支撑，那就是人民群众的真挚感情，这种感情是真诚的、无私的，给了他艺术探索的力量。他在生活中，在人民中，艰难地跋涉，不停地寻找美之所在。他坚信用心血浇灌的艺术之花，一定会绽放得最美，确信自己在艺术探索上已有了突破，做出了创新。他的作品后来产生的广泛影响，也证明了他的判断是正确的。"

吴冠中在创作上从来不搞"无土栽培"，倡导艺术家要立足祖国大地，扎根生活沃土。

有人曾问他："水仙无土也开花，你那些留在法国的同学，不也借助外国的大花盆开出了鲜艳的花朵吗？你回国后历经磨难，真的没有后悔过？"

吴冠中回答："世界上没有后悔药可卖，我也从来没有为当初的选择后悔过。我是扎根泥土的松柏，不具备水仙的品性，只有在祖国的大地上，才能生机勃勃四季常青。只是痛心双手被束缚，没有作画自由的生命浪费，一旦能放开手脚在自己的艺术田园里耕耘，我丝毫不羡慕外国的优厚待遇。"

这就是一代艺术大师的内心世界！

（节选自长篇纪实文学《沃野寻芳》，河北教育出版社 2016 年 7 月）

文 学 评 论

　　田建民，1958 年出生于河北深县。现任河北大学教授、博士生导师、河北大学学术委员会副主任、人文社科专业委员会主任、坤舆杰出学者。国家"万人计划"首批教学名师，教育部中文教学指导委员会委员，河北省省管优秀专家，河北省有突出贡献的中青年专家。河北大学中国现当代文学二级学科博士点，河北省省重点学科（中国现当代文学）原创带头人。主要研究领域：鲁迅研究、钱锺书研究、现当代文艺思潮研究。兼任中国现代文学研究会副会长，中国鲁迅研究会常务理事，中国当代文学研究会理事，中国茅盾研究会理事等。出版《鲁迅、钱锺书论稿》《诗兴智慧——钱锺书作品风格论》《张我军评传》《启蒙先驱心态录：〈野草〉解读与研究》等学术著作 11 部，在《文学评论》《文艺研究》《中国现代文学研究丛刊》《鲁迅研究月刊》《文艺争鸣》等刊物发表论文百余篇，其中 20 余篇被人大报刊复印资料等刊物转载。主持国家社科基金项目 3 项，省部级项目 3 项。主编《中国现代文学教程》《中国当代文学教程》《中国现当代文学作品选》《大学语文》等教材多部。获第五届全国高等学校科学研究优秀成果二等奖。多次获河北省社科优秀成果一、二等奖及河北省文艺振兴奖等。

启蒙的坚守与焦虑：《野草》重释

◎田建民

摘要：《野草》是以形象象征的方式艺术地呈现了鲁迅这一启蒙思想先驱在五四落潮这一特殊历史时期的复杂心态与情感。启蒙是《野草》的总主题。《野草》系列散文诗是从与旧文化和旧习惯势力的不妥协的韧性战斗和执着地揭露与批判、面对启蒙困境的困惑与质疑及对新的希望地不懈寻求等方面，表现了一个有着强烈的社会责任感和历史使命感的知识分子投身启蒙的执着与坚守以及面对启蒙的困境时的内心的矛盾与焦虑。取名《野草》不仅是作者的一种自谦，也不是象征婚外恋的"野花草"，而是诗人感到当时的精神文化界犹如漫漫的荒漠，根本无法生长出乔木，所以把自己的文章比作这漫漫的荒漠中能带给人们绿意和希望的生命力极强的"野草"。

关键词：野草　启蒙　坚守　困境　焦虑

作为一部真实地表现鲁迅这一启蒙先驱的个性和心态的作品，《野草》以其想象的奇特、意象的奇崛、对社会人生体悟的深刻及思想情感和文化意蕴的丰厚幽深而成为现代散文诗的经典绝唱。其经久不衰的思想艺术魅力吸引着众多读者学人通过阅读欣赏这部杰作而认识、体验和领略诗人的心路历程或探索真理的人生智慧。《野草》研究经过90年来几代学者的艰苦努力，特别是冯雪峰、李何林、孙玉石等学者所做的大量务实而基础的研究工作，为《野草》研究打下了坚实的基础并推动《野草》研究不断走向深入，使之成为鲁迅乃至整个现代文学研究的一个重要领域，或者说已逐渐发展为"鲁迅学"中的重要分支——"野草学"。不过，考察以往的《野草》研究成果，虽然从数量上看不计其数，但从质量上看却良莠不齐。在作品的分析与解读中充斥着人为的"拔高"、想当然的臆测、牵强的攀附等有意无意的误读或过度解读。大体说来，《野草》研究存在着三种主要的偏向。第一种是站在社会革命的立场上来"拔高"鲁迅，以革命的政治标准来衡量鲁迅，在赞扬鲁迅的不屈的战斗精神的同时，又批评鲁迅孤军作战，没有跟上革命斗争的形势，夸大鲁迅的"由个人主义思想出发的孤独和空虚"；第二种是以庸俗社会学的视角来"矮化"鲁迅，把鲁迅的批判斗争精神解释为个人化的爱好和个性，把鲁迅蕴含着丰富情感和思想内涵的作品理解为表现的只不过是鲁迅的私人情感或恋爱心理；第三种是攀附现成的理论，搬弄西方的理论话语来硬套在《野草》身上，使其沦为形形色色的西方文艺批评术语的注脚。其实，抛开政治的思维定式和各种现成的理论的牵绊，回到五四启蒙的文化场中去仔细品味和解读作品，我们就能够较为清楚地发现，《野草》是以形象象征的方式艺术地呈现了鲁迅这一启蒙思想先驱在五四落潮期这一特殊历史阶段的复杂的心态与情感。可以说，启蒙是《野草》的总主题。《野草》的 23 篇散文诗就是从与旧文化和旧习惯势力的不妥协的韧性战斗和执着地揭露与批判、面对启蒙的困境的困惑与质疑及对新的希望的不懈寻求等方面，表现了一个有着强烈的社会责任感和历史使命感的知识分子投身启蒙的执着与坚守以及面对启蒙困境时的内心的矛盾与焦虑。以往研究者在对《野草》所收作品进行分类时，有的分为"积极健康战斗的抒情作品""讽刺的作品"和"反映空虚和失望情绪及思想矛盾的作品"，[1]有的分为"韧性战斗精神的颂歌""心灵自我解剖的记录"和"针砭社会锢弊的投枪"[2]三部分。

这样的分类虽然对理解和区分特点相近的作品有所助益，但其不足之处是没有一个统辖各个部分的总主题和一个统一的分类标准，因而在内在逻辑关系上不够清楚明确。如"战斗的"和"讽刺的"两类作品，一是从作品表现的思想内容考虑，一是从作品的艺术特点考虑，二者并没有一个统一的关联点。其实，《野草》系列散文诗在启蒙的总主题统辖下可以分为两大类：一类是表现诗人对启蒙的执着与坚守；另一类是表现诗人面对启蒙困境时内心的困惑与焦虑。下面我们就从这两个角度来对《野草》系列散文诗进行简要的论述与评析。

先看对启蒙的执着与坚守。

鲁迅是中国 20 世纪最坚定的启蒙主义文学先驱。早在东京弘文学院学习时他就用文言文译作了爱国主义小说《斯巴达之魂》，意在以斯巴达人的勇武精神来唤起中华垂死的国魂。之后仙台医学专门学校的"幻灯片事件"，更是使他明确认识到第一要紧的是要改变国民的精神，而善于改变人的精神的则首推文艺。于是断然做出了他人生旅途上的一次重要选择，弃医从文。在创办《新生》受挫后，其文学启蒙的信念并未动摇。转而开始翻译《红星佚史》及《域外小说集》等"异域文术新宗"。撰写并发表《人之历史》《摩罗诗力说》《文化偏执论》等宣传科学与反抗精神、提倡独立个性、表达"立人"理想的论文。系统地介绍达尔文的生物进化学说及其发展的历史；针对中国当时"劳劳独躯壳之事是图，而精神日就于荒落"的现状，提出"别求新声于异邦"。[3]希望通过介绍西方的摩罗诗派这"新声"引出中国的"精神界之战士"，"作至诚之声，致吾人于善美刚健""作温煦之声，援吾人出于荒寒"；[4]针对 19 世纪末叶社会重物质、重多数而压制个人的"灵明"的"偏至"，提出"掊物质而张灵明，任个人而排众数"。[5]主张"洞达世界之大势，权衡较量，去其偏颇，得其神明，施之国中，翕合无间。外之既不后于世界之思潮，内之仍弗失固有之血脉，取今复古，别立新

宗，……则国人之自觉至，个性张，沙聚之邦，由是转为人国。"[6]认为
"是故将生存两间，角逐列国是务，其首在立人，人立而后凡事举；若
其道术，乃必遵个性而张精神。"[7]这些强调精神和独异的个人的力量可
以扭转乾坤的观点虽然有些偏激，但其以个性主义为武器反对封建束
缚，立足本国文化"固有之血脉"，放眼吸收"世界之思潮"的新文化
建设思路及"立人"思想，是极具启蒙的思想价值的。可惜由于历史条
件的限制这些超前的思想理论当时没有受到应有的关注。鲁迅回国后正
值辛亥革命的高潮期，他先是热情地投身于实际的革命运动，后来目睹
了袁世凯称帝与张勋复辟，对社会改革与发展产生了深深的怀疑和失
望。开始了他辑录金石碑帖，抄写和校订古书的消沉时期。然而，这种
表面的沉寂并没有压熄根植于内心深处的启蒙思想的火种，所以当五四
文学革命爆发后，经钱玄同的"劝驾"，鲁迅很快以文学为武器投入到
批判旧文化、旧文学，提倡新文化、创建新文学的文化启蒙和文学革命
中来，并且是一发而不可收。缘由正如周作人所说："鲁迅对于文学革
命即是改写白话文的问题当时无甚兴趣，可是对于思想革命却看得极
重，这是他从想办《新生》那时代起所有的愿望，现在经钱君来旧事重
提，好像是在埋着的火药线上点了火，便立即爆发起来了。这旗帜是打
倒吃人的礼教！钱君也是主张文学革命的，可是他的最大的志愿如他自
己所说，乃是'打倒纲伦斩毒蛇'，这与鲁迅的意思正是一致的，所以
简单的一场话便发生了效力了。"[8]鲁迅10年前在日本留学时的思想启
蒙的种子终于在五四启蒙的土壤里发芽、生长并开花结果了。这也使他
由最初的"听将令"和"呐喊"助阵的边缘逐渐走上了五四启蒙运动
的中心或领袖的地位。在五四落潮期，当年思想启蒙的风云人物陈独
秀、胡适、钱玄同、刘半农等如星云流散，只有鲁迅还在坚守启蒙的新
文化阵地。就像他在《自选集·自序》中说的："后来《新青年》的团
体散掉了，有的高升，有的退隐，有的前进，我又经验了一回同一战阵

中的伙伴还是会这么变化，并且落得个'作家'的头衔，依然在沙漠中走来走去。"[9]此间，鲁迅在创作和翻译之余，支持发起成立语丝社，成为《语丝》周刊的主要撰稿人。热情支持和帮助青年人组织的浅草社、沉钟社、狂飙社、未名社等文学社团。特别是团结高长虹、黄鹏基、韦素园、韦丛芜等狂飙社和未名社成员组织莽原社并亲自主编《莽原》周刊，注重"文明批评"与"社会批评"。他实际上团结和指导青年人组成了一个新的阵线，坚守启蒙的新文化传统，与旧习惯势力进行着不屈的抗争，对旧文化给予坚定的揭露与批判。作为本时期鲁迅思想与心态的形象化呈现的散文诗《野草》，从以下三个方面表现了诗人对启蒙的执着与坚守。

一、对旧文化和旧习惯势力的不妥协的韧性战斗精神。《野草》中的《这样的战士》《希望》《秋夜》《过客》《雪》《好的故事》《一觉》这几篇散文诗，均赞颂了一种面对强敌或困境而不屈抗争的不妥协的韧性战斗精神。《这样的战士》塑造得不蒙昧、不疲惫，不"乞灵于牛皮和废铁的甲胄"，而是无比清醒勇猛，不受敌人的蛊惑，永远高举着投枪同各色各样的敌人做短兵相接的肉搏。这一启蒙文化战场上的"精神界之战士"显然是诗人自己韧性战斗精神和不屈人格的形象化呈现。诗作表现的是鲁迅这一启蒙思想先驱在文化启蒙的战斗中产生的精神幻象，即把自己与"集体无意识"形成的强大的习惯势力决斗的心理体验幻化为艺术形象。诗作中描绘的"战士"的战场，不是政治斗争的战场，更不限定于"女师大风潮"的"战场"，而是当时整个批判封建传统的文化启蒙的战场。也就是说战士投枪指向的目标是旧传统、旧文化和旧的习惯势力。几千年来形成的以封建礼教为核心的专制文化和奴隶道德已经渗透到每个人的潜意识，深入骨髓，积淀为国人落后的"集体无意识"。在这种"集体无意识"作用下形成的强大的旧习惯势力无处不在，而人们对此却习以为常，甚至认为从来如此就是天经地义的，没有什么值得大惊小怪的。而在鲁迅这一启蒙思想先驱看来，这些浸透着传统观念和奴隶道德的"集体无意识"及由此形成的旧习惯势力，从头到脚都是难以容忍的问题，这就是他面对的"敌人"，而这"敌人"是无处不在的。诗人觉得自己置身于这些"敌人"的包围之中，虽奋力拼搏，但又觉得无可措手。也就是说，诗作中的"无物之物"就是鲁迅对自己感受或体验到的这些"敌人"的命名，是他面对国人顽劣的"集体无意识"和强大的旧习惯势力形成的心理"阴影"。在这一"阴影"的重压下，鲁迅寝食不安，时刻处于短兵相接的战斗状态。这是鲁迅改造国民性的强烈的社会责任感和承担意识使然。与《这样的战士》相似，散文诗《希望》里的主人公"我"在用"希望的盾"抗拒"空虚中的暗夜"失败后还要与之进行不屈的"肉搏"。诗作中的"空虚中的暗夜"，实际也是笼罩在诗人心头无法摆脱和驱散的旧传统文化和旧习惯势力的阴影。就像"无物之物"和"无物之阵"一样，是可以感觉和意识的幻象而不是看得见摸得着的实体。所以虽然诗人一直在抗拒着"空虚中的暗夜"的袭来，但当他真真切切地要"来肉搏这空虚中的暗夜"时，却又发现"竟至于并且没有真的暗夜"。诗人充满正义与悲情的勇猛抗战被强大的对手轻易地化为了一场堂吉诃德战风车式的闹剧，这使诗人感到荒诞而无可措手。《希望》的主旨既不是要否定绝望而肯定希望以鼓励青年或自我勉励，也不是表现鲁迅的恋爱心理，而是表现鲁迅这一启蒙思想先驱从"因希望而战"到"反抗绝望"的内心体验或心路历程。"反抗绝望"是对"希望"的期待与寻求，也是对自己个体的独立存在、独立意志与生命强力的确认与张扬。《秋夜》中枣树的意象无疑是鲁迅当时内在人格、精神和心态的外化。表现的是诗人的一种清醒孤傲、不屈而又无奈的心态与情绪。诗人感到了"奇怪而高的天空"——封建传统文化和旧习惯势力无所不在的强大和自己个人战斗的无力，但启蒙先驱的清醒和傲骨又使他绝不妥协和放弃，尽管带着"明知不可为而为之"的无奈与悲壮，还是永不屈服地顽强抗争。这就是"默默地铁似的直刺着奇怪而高的天空"，不受"圆满的月亮"和"闪着冷眼的星星"的蛊惑的枣树意象所蕴含的不妥协的战斗精神。《过客》中的"过客"不知道从哪里来，从记得的时候起，就只一个人，不知道本来叫什么，也不知道具体到什么地方去，只是执着地向前走。这既是作者强烈的荒原意识和执着地走出荒原的意象表达，也是对人生终极命运的悲剧性思考。他永不停息地顽强跋涉，既是和荒原世界势不两立地抗争和拼搏，也是反抗自己内心的孤独、绝望与虚无。"过客"总是听到有一种声音在呼唤他前进。这种呼唤是源于过客自己内心的责任感、使命感和社会承担意识及要走出精神文化荒原的坚定意志。过客说自己"有许多伤，流了许多血"，他的血不够了，要喝些血。这是指作者在反封建传统文化的战斗中"受伤"和"流血"。在对封建文化的永不停息的批判中，鲁迅感到了思想理论的透支与不足，急需新的思想理论的学习、补充和吸收。这就是所谓的"流了许多血"。感到"血不够了""要喝些血"的精神文化内涵。而"可是我也不愿意喝无论谁的血"，则显示了鲁迅清醒的价值选择取向。即他要寻求和吸纳的是符合他的"立人"标准和科学民主的现代启蒙意向的思想和理论。《雪》中把"暖国的雨""江南的雪"和"朔方的雪"人格化，用这三种不同的意象象征人生的童少年时期、青春时期、成熟时期这三个人生阶段或三种人生境界。以童蒙未开的幼稚期和激情美丽但不免幼稚脆弱的青春期来衬托作者心中人生的理想境界。以朔雪的"决不粘连""蓬勃地奋飞"的意象，来讴歌和礼赞一种战士的独立精神和战斗人格。朔雪的"决不粘连"的独立奋进的特性及旋转太空的强力，与鲁迅这一启蒙文化战场上的"精神界之战士"的决不妥协的精神人格相契合。当然，作品中表现出的"能够旋转乾坤的强大力量"指的不是通常人们理解的社会力量，而是一种真理与正义必定战胜强权与邪恶的道义力量。可以看出，鲁迅心中理想的成熟的脱掉奴性的人，应该是历尽社会风雨和人生磨难，有自己独立的思想、意志和人格，不畏强暴，奋发进取的战士。就像他在《淡淡的血痕中》所呼唤的出于人间的"叛逆的猛士"。"他屹立着，洞见一切已改和现有的废墟和荒坟，记得一切深广和久远的苦痛，正视一切重叠淤积的凝血，深知一切已死，方生，将生和未生。他看透了造化的把戏；他将要起来使人类苏生。"鲁迅所希望的这种人生境界，不正是他自己的独立精神和战士人格的写照吗？《一觉》写诗人在战乱中编校青年们的文稿，看到青年们的觉醒和反抗而感到欣慰和鼓舞，由此使诗人从五四落潮的失望、孤独、焦虑甚至绝望的心态中走了出来，把改革社会的希望寄寓在这些可爱的青年们身上，对他们的觉醒和反抗斗争精神给予热情的赞颂。

总之，无论是《雪》中的"无边的旷野"与"凛冽的天宇"，还是《这样的战士》中的"无物之物"与"无物之阵"，《秋夜》中的"奇怪而高的天空"，《希望》中的"空虚的暗夜"，《过客》中的茫茫荒野，这种种意象，都是笼罩在诗人心头无法摆脱和驱散的旧传统文化和社会习惯势力所幻化的阴影。而在狂风严寒的恶劣环境中奋飞升腾的朔雪、在"无物之阵"中勇猛冲杀的战士、"默默地铁似的直刺着奇怪而高的天空，一意要制他的死命"的枣树及《希望》中用"希望的盾，抗拒那空虚中的暗夜的袭来"的"我"，其实都是鲁迅这一启蒙文化战场上的"精神界之战士"，面对旧传统文化和社会习惯势力的重重围困而坚持战斗，决不屈服妥协的精神人格的诗意化呈现。

二、对旧文化和旧习惯势力执着地揭露与批判。批判封建旧文化是启蒙的核心内容。当时五四先驱者们认定维护封建制度的旧的伦理道德、思想文化是制约革新前进的最深的根源。它摧残人性，桎梏了整个民族的生机和活力，致使国家孱弱、民族危机。所以当时他们是怀着救国救民的强烈的历史责任感和社会责任感，以科学民主为武器，来揭露封建礼教吃人的本质，明确提出"打倒孔家店"。他们就是要对传统文化进行彻底地改造和重新建构，因为不破不立，不塞不流，不止不行。鲁迅认为目下的当务之急是："一要生存，二要温饱，三要发展。苟有阻碍这前途者，无论是古是今，是人是鬼，是《三坟》《五典》，百宋千元，天球河图，金人玉佛，祖传丸散，秘制膏丹，全都踏倒他。"[10]人们都知道鲁迅的《狂人日记》《灯下漫笔》等小说或杂文是批判封建礼教和奴隶道德的，其实批判封建传统文化和旧的习惯势力也是《野草》的主旋律。散文诗《影的告别》是鲁迅把自己的思想人格投放到"影"这一特殊的自然物象上，用拟人化的手法，通过"影"的言行和思想，批判奴隶道德及以奴隶道德为思想理论基础的世俗社会，表现"人"的独立意识和独立个性以及鲁迅这一启蒙先驱与旧封建道德文化决绝的孤傲心态。所谓"影的告别"，就是告别奴性的依附性和奴隶道德文化所孕育出的"奴隶时代"。《墓碣文》则以一种"复调"式的写法，用三种不同的形象或声音来表现批判封建文化的主题。首先是已经进入坟墓还故作姿态死而不僵的僵尸，这是封建旧文化的象征；此外是窥探或凭吊古墓中的僵尸的"我"，通过"我"所见的古墓的阴森破败和死尸的恐怖丑陋营造出恐惧和神秘的氛围，表达出对古墓与死尸（封建旧文化）的恐怖和厌恶的情感；而第三种声音则犹如电影的画外音似的墓碣刻辞，以客观的盖棺论定的姿态对墓主人（封建旧文化）进行解剖和评判。刻辞的阳文是作者在对封建专制文化主导下的"一治一乱"的社会发展规律的认识和把握的基础上，从总体上否定了过去与现存的社会制度和文化系统，表现出彻底推倒封建旧文化而重构新文化的诉求，揭示出封建统治者的愚民政策就是利用封建旧文化对自己的臣民进行精神的毒害和虐杀。而刻辞的阴文仍然是对传统文化的解剖和评判。是作者力图客观审慎地探究和追问传统文化的缺失与优长、病根与价值。《我的失恋》则蕴含着深浅不同的三层意蕴。表面上是对当时流行的令人生腻的爱情失恋诗的讽刺；第二个层面是诗人对自己想爱而不得的痛苦的婚恋生活的自嘲；第三个层面是对旧的诗歌传统的解构。诗人选择《四愁诗》这一典型的以"香草美人"的比兴手法来表达忠君爱国思想的古体诗来戏仿和反讽，用以俗抗雅的方式来消解传统诗歌形式的"华贵典雅"，用"由她去罢"的游戏姿态来对传统的以"香草美人"喻忠君爱国的文学观念进行解构。《失掉的好地狱》蕴含批判现实和反思历史的两层含义。从现实批判的角度看，作品中的"地狱"象征北洋军阀统治下的北京或当时整个黑暗的中国。而"天神""魔鬼"和"人类"对"地狱"统治权的争夺则喻指北洋军阀统治时期各派军阀为争夺权力和地盘而连年混战。从历史反思的层面看，鲁迅把整个中国的历史都看成是"奴隶的时代"。认为历史上的改朝换代都是换汤不换药，因为奴役人民的专制体制和文化根基都没有变，变的只不过是"天神""魔鬼""人类"等不同的"名号"或"旗帜"。《狗的驳诘》不是简单地对当时社会上像叭儿狗一样的一些文人政客的揭露和嘲讽。而是在对人类的道德自省的基础上，批判国人身上根深蒂固的奴性。诗作中"狗"所讥讽的"人"的势利，其实是一种在等级社会中形成的蔑视独立人格与平等权利而只讲尊卑上下的奴性心态。《聪明人和傻子和奴才》是以富于象征意蕴的寓言故事的形式，着重批判在长期的专制暴力压迫与封建礼教教化下形成的奴隶道德和落后的国民性中的奴性的顽疾。《淡淡的血痕中》揭露强权专制统治者们普遍的政治上的残暴和道义上的怯懦；批判"造物主的良民"们不思反抗苟且偷安的奴性，即民众愚昧落后的国民性；呼唤人间出现洞察一切的清醒无畏而又坚毅自信的"叛逆的猛士"，来揭穿这所谓"造化的把戏"，从而"使人类苏生"，使天地变色。《求乞者》所描绘的对求乞哀呼的孩子不怜悯、不布施，并且连布施之心都没有而居布施者之上，给予烦腻、疑心、憎恶。这是诗人站在对封建文化批判的立场上鄙视奴隶道德的同情与怜悯，而不是诗人缺乏怜悯和关爱之心，更不是他对底层劳动人民的冷漠和无情。诗人拒绝布施，包括他拒绝给予别人布施和拒绝别人对他的布施。因为只要求乞、布施和怜悯就陷入了奴隶道德的泥潭。所以在诗人看来，布施和怜悯是认同和助长奴隶道德，并且给予谁布施和怜悯就是对谁人格的侮辱。他自己如果求乞也是一种奴隶行为，别人如果对他的求乞给予布施与怜悯也是对他的人格的莫大侮辱。这就是当时鲁迅这一启蒙思想先驱超越世俗伦理的一种文化批判意识。《颓败线的颤动》以超现实主义的夸张的艺术手法，描写了一个"失贞"的妇女所受到的不公正的待遇及最后爆发出无言而又强烈的控诉与愤怒，让人们形象地感受到节烈这种陋俗和观念给妇女造成的难以言说的羞辱和难以忍受的痛苦。妇人因为"失贞"而不被社会所容，就连她自己含辛茹苦养大的女儿，她所挚爱的外孙因为受了这种节烈观的影响，对她也不谅解，也认为她犯下了祸及家人的无法弥补和救赎的滔天大罪。老妇人所忍受的羞辱和痛苦也是无人可以倾诉的，她所受的不公正的对待也是无处可以讲理的。她反抗或"复仇"的对象绝不是她深爱的女儿、外孙或其他亲人，而是造成这一切的那毫无道理的节烈陋俗或说是那以节烈陋俗虐杀妇女的庞大的社会群体和旧的习惯势力。面对强大的旧习惯势力和由庞大的社会群体形成的"无主名无意识的杀人团"，老妇人显得是那样的渺小、脆弱、孤独和无奈，她的冤屈赴诉无门，她的羞辱和痛苦只能自己默默忍受。当她深爱着的女儿和外孙也对她发泄不满和诅咒的时候，她意识到自己已经被整个社会彻底抛弃了。她绝望地离家出走，"遗弃了背后一切的冷骂和毒笑"。她一生所忍受的无法用语言表达和诉说的羞辱与痛苦化为极端的愤怒，她积蕴一生的羞辱、痛苦与冤屈化为一股愤怒的激流，驱动其颓败的身躯全面地颤动，以无词的身体语言来向苍天控诉封建节烈的昏迷与强暴。其激烈程度有如沸水在烈火上起伏跳跃，有如暴风雨中荒海的波涛遭遇飓风，汹涌奔腾。把强烈的情感化为奇崛的形象，达到一种感天动地、撼人心魄的艺术效果和批判力量。

三、甘愿以死来抗争与"复仇"的自我牺牲精神。钱理群在论到鲁迅的复仇精神时说:"真正伟大的复仇者,必定是伟大的牺牲者——请看鲁迅。"① 可谓知言。只有真正理解鲁迅精神与人格的人才能下如此深刻的断语。《野草》中的一些诗作就表现了鲁迅这种自我牺牲精神。如《复仇》,散文诗用超现实主义的极度夸张的笔法描绘出一幅奇异而引人深思的生活画面。一男一女赤身裸体,手持利刃,对立于广漠的旷野之上。不知是要相爱还是情死。路人们从四面奔来赏鉴他们的拥抱或杀戮。然而他们俩对立着,既不拥抱,也不杀戮,直至干枯。路人们终于因无聊而走散。而这对男女反而以死人似的眼光,赏鉴这路人们的干枯,而永远沉浸于生命的飞扬的极致的大欢喜中。诗作的主题不是对作者所一贯揭露和批判的看客心理这一国民性陋习的简单重复,而是对这一主题有重要的拓展和深化。所谓"复仇",表现了鲁迅这一启蒙思想先驱对愚昧的被启蒙者的"怒其不争"的愤激与宁愿以毁灭自己为代价来唤醒大众的自我牺牲精神。这是一种理想者或改革者的殉道,即为了实现自己的理想而杀身成仁。男女为了警醒世人,对立直至干枯。"以死人似的眼光,赏鉴这路人们的干枯,无血的大戮。"以自己的死为代价,看着看客们的陋习被瓦解与歼除。这种精神上的较量与歼除,就是一种"无血的大戮"。以牺牲自己换来看客的陋习被瓦解与歼除,完成了一种终极的抗争与"复仇",于是精神"永远沉浸于生命的飞扬的极致的大欢喜中"。这就是先驱者为改革而甘愿付出生命的自我牺牲精神。《复仇》(其二)写耶稣为了使他的同胞从罗马帝国和本地奴隶主的压迫下解放出来而宣讲"福音",由此被当时的统治者视为危险分子而被处以死刑。在耶稣被钉在十字架时他的同胞对他百般侮辱与戏弄,而他

---

① 钱理群:《心灵的探寻》,河北教育出版社 2000 年版,第 92 页。

却要分明地玩味以色列人怎样对付他们的"神之子",最后在死亡的体验中沉酣于大欢喜和大悲悯中。这表现的是一个具有坚定信仰的殉道者对殉道过程的精神体验。正是伟大而强烈的殉道精神使他从痛苦和死亡中来确认责任、使命与价值,从中体验殉道的精神满足与快感。对耶稣这个殉道者个人来说,死亡意味着自身责任与使命的最终付出与完结,意味着真正的解脱,意味着从"此岸"到"彼岸"的涅槃或新生,意味着对杀人者或旧的强暴势力以死来做终极的抗争和"复仇"。表明一切恶势力可以毁灭他的肉身而绝不能动摇他的精神和信仰。他的死,是以自我牺牲为代价,以期最后完成警醒自己同胞的责任和使命。鲁迅正是借助耶稣这一宗教殉道者的形象,来表达自己在启蒙中所遇到的困惑与尴尬时的复杂的思想情感和甘愿以死来抗争与"复仇"的自我牺牲精神。此外,《这样的战士》中在"无物之阵"中直至战斗到"老衰,寿终"的"战士";《过客》中明知前面是"坟"偏要走去的"过客";《影的告别》中的"影"不愿再依附于"形",表示"我不愿彷徨于明暗之间,我不如在黑暗里沉没"。也就是说,他为了独立宁愿被黑暗吞没或消失在光明里,也不愿再做一个丧失自我的依附于人的奴隶,表现出一种"不独立,毋宁死"的决心和意志。这些意象均蕴含着作者为了社会的改革而甘愿与旧势力偕亡的自我牺牲精神。

再看面对启蒙困境的困惑与焦虑。

在《呐喊〈自序〉》中,鲁迅曾以"铁屋子"的意象来与老朋友钱玄同讨论启蒙的成败与得失。鲁迅问:"假如有一间铁屋子,是绝无窗户而万难破毁的,里面有许多熟睡的人们,不久都要闷死了,然而是从昏睡入死灭的,并不感到就死的悲哀。现在你大嚷起来,惊起了较为清醒的几个人,使这不幸的少数者来受无可挽救的临终的苦楚,你倒以为对得起他们吗?"钱玄同的回答是:"然而几个人既然起来,你不能说决没有毁坏这铁屋的希望。"[11]鲁迅作为一个坚定的启蒙思想先驱,抱着冲破铁屋子的希望而执着地为唤醒沉睡的人们大声疾呼，勇猛地揭露和批判封建文化及封建吃人者的虚伪和罪恶。历史家笔下纷繁复杂的历史在鲁迅的审视下只是赤裸裸的"想做奴隶而不得的时代"和"暂时作稳了奴隶的时代"。被一些人啧啧称赞的中国文明在鲁迅看来"其实不过是安排给阔人享用的人肉的筵宴"，而"所谓中国者，其实不过是安排这人肉的筵宴的厨房"（《灯下漫笔》），满本都写着"仁义道德"的史书被鲁迅发现了"吃人"的实质。尽管鲁迅对封建传统文化的认识和批判是那样一针见血，那样精准地击中命门和要害，然而他义正词严的批判犹如独自在无边无际的荒原上的呐喊，他所面对的是"使猛士无所用其力"的"无物之物"和"无物之阵"。这使他清楚地认识到几千年来形成的以封建礼教为基础的封建专制文化和奴隶道德已经渗透到每个人的潜意识，深入到骨髓，其根深蒂固的惰性力量是难以撼动的；认识到"中国太难改变了，即使搬动一张桌子，改装一个火炉，几乎也要血；而且即使有了血，也未必一定能搬动，能改装。不是很大的鞭子打在背上，中国自己是不会动弹的"[12]。他在《呐喊〈自序〉》中说："凡有一人的主张，得了赞和，是促其前进的，得了反对，是促其奋斗的，独有叫喊于生人中，而生人并无反应，既非赞同，也无反对，如置身毫无边际的荒原，无可措手的了，这是怎样的悲哀呵，我于是以我感到者为寂寞。这寂寞又一天一天地长大起来，如大毒蛇，缠住了我的灵魂了。"[13]这就是鲁迅在 20 世纪 20 年代对现实社会精神文化的荒原体验。使鲁迅感到了"铁屋子"万难破毁的启蒙的困境。《野草》中的许多篇什表现的就是诗人面对启蒙困境时的困惑、反思、质疑与焦虑。散文诗《风筝》，表面上记述"风筝事件"引发的兄弟间的误解与冲突及日后的追悔与道歉，批判封建家长式管教对儿童自由、活泼天性的扼杀并由此表现鲁迅的自我解剖和自我批判的高尚情操，而深层面上却是借"风筝事件"表现鲁迅这一启蒙思想先驱面对强大的旧传统文化和习惯势力，面对启蒙者与被启蒙者的无法沟通的隔阂体验到的无奈与重压，抒发因"兄弟失和"而造成的"无可把握的悲哀"和内心巨大的隐痛。《好的故事》以诗人在"昏沉的夜"梦到了"无数美的人和美的事"组成的"一篇好的故事"，表现了鲁迅这一启蒙文化战场上的"精神界之战士"，对与五四文化精英们一起向封建旧文化宣战的五四高潮期激情澎湃的战斗岁月的怀恋与惋惜，同时也表现了五四落潮后，诗人找不到战友，独自"荷戟独彷徨"的孤独、寂寞而又坚定地与黑暗现实及旧文化和旧习惯势力顽强抗争的无奈与悲壮的心境。《过客》中执意要走出精神文化荒原的过客是启蒙者，而老翁和小女孩儿则是被启蒙者。与"过客"对立的"老翁"形象，表现出鲁迅对启蒙者与被启蒙者之间的隔膜与对立的深刻体验与思考。诗作中的"过客"与尼采笔下的"查拉图斯特拉"在思想和气质上也有某种相通之处。鲁迅的强烈地反对奴隶道德明显受尼采伦理思想的影响。尼采鄙视奴隶道德的同情与怜悯，甚至认为"爱和怜悯都是恶德"。这就是鲁迅"反对布施，而且拒绝布施，包括感激和爱"的思想根源。鲁迅在理智上接受了尼采的拒绝怜悯、布施，感激和爱的伦理思想，而他自小所接受的传统文化，特别是儒家的孝悌仁爱等，已经内化为怜悯同情、仁慈宽恕的道德情感，这就是鲁迅在理智与情感上的矛盾。小女孩儿送"过客"水和裹伤的布自然象征的是怜悯、同情和布施，这在情感和心灵上使过客得到了温情与慰藉。所以过客对女孩儿很是感激。但理智又告诉他，感激是跌进了奴隶道德的陷阱，所以又认识到感激对他是没有好处的。出于理智，过客说"倘使我得到了谁的布施，我就要像兀鹰看见死尸一样，在四近徘徊，祝愿她的灭亡，给我亲自看见；或者咒诅她以外的一切全都灭亡，连我自己，因为我就应该得到咒诅"。因为过客知道，怜悯、布施，感激和爱都是奴隶道德，谁对自己实施怜悯和布施就是对自己人格的莫大侮辱，而自己如果接受了别人的怜悯和布施也就是认同了奴隶道德，接受了侮辱。所以他说如果接受了谁的布施，就要祝愿她的灭亡，并且诅咒自己也要灭亡。但是，在内在情感上又接受不了让对自己施以同情和帮助的人全都灭亡这样残酷的事实，所以他转而又说"但是我还没有这样的力量；即使有这力量，我也不愿意她有这样的境遇，因为她们大概总不愿意有这样的境遇"。这种理智与情感的冲突，也正是当时鲁迅难以摆脱的内在的精神矛盾。女孩儿送给过客裹伤的小布片因为象征了怜悯、同情与布施，所以过客一再拒绝，认为接受了就等于认同了奴隶道德。他说"这背在身上，怎么走呢?"也就是说背负上沉重的奴隶道德还怎么特立独行地前进呢? 这里过客对女孩儿赠予裹伤的布片的拒绝与感激的情与理的对立，表现了诗人在启蒙中的两难选择与内心的困惑。散文诗《死后》所描写的作者死了，但这死只是运动神经的废灭，而知觉还在。因此遭到世人冷漠而粗暴的对待及苍蝇蚂蚁的舔舐骚扰难以忍受，但却无法反抗。这一意象其实是鲁迅"铁屋子"意象的延展与深化。如果说"铁屋子"意象偏重于表现在"昏睡"中被唤醒的被启蒙者的话，那么《死后》的意象就是偏重于表现启蒙者自身在启蒙中的尴尬、痛苦与无奈。这是鲁迅这一启蒙思想先驱在启蒙过程中的切身体验与对启蒙的反思与质疑。《复仇》中一男一女赤身裸体手捏利刃对立于旷野既不拥抱也不杀戮，直到干枯死去，以报复那些想在观看拥抱或杀戮中满足好奇或寻求刺激的无聊的旁观者——庸众，直至这些旁观者也在无聊中老死。《复仇》（其二）中，描写耶稣基督为启蒙民众而传递福音，因门徒犹大的出卖而被仇视他宣讲福音的犹太当权者拘捕钉在十字架上处死，而耶稣基督要拯救和启蒙的同胞们不但不对他施以同情和友善，反而满怀敌意地对他进行百般的辱骂、戏弄和讥讽。这使耶稣感到透到心髓的"大痛楚"。《聪明人和傻子和奴才》中描写"傻子"执着地要为奴隶们所住的黑洞般的房子开个窗，最后却被奴隶们打跑了。这些诗作深刻地表现了启蒙者与被启蒙者之间的隔阂与对立。《立论》

写一户人家生了个大胖小子，高高兴兴地过满月。大家来祝贺，说一番这孩子有出息，将来要发财要做官之类祝福的话。主人于是高高兴兴地对客人表示感谢。这是人之常情的"情"，而说"这孩子将来是要死的"，这虽然是必然的"理"，但却因不合情理而惹得人们不高兴遭到痛打。所以诗作表面上是嘲讽社会上的"今天天气，哈哈哈……"的社会现象和"持中"论者的人生哲学，而深层次上却包蕴着鲁迅这一启蒙思想先驱在思想启蒙中体验到的"情"与"理"的两难选择与内心的困惑。《死火》中的"死火"要么冻灭，要么烧完，也表现了这种两难选择。《腊叶》在写寻找美、发现美、怜惜和保存美的过程中，投射了诗人自己的精神和情感。在这种意义上说，"病叶"带着诗人自况的色彩。从身体的层面看，诗人很可能从被虫蛀蚀的"病叶"联想到自己被肺结核病菌侵蚀的病体。由"病叶"色彩的消逝联想到生命的脆弱与死亡；从精神性格层面看，诗人也很可能从残缺的"病叶"联想到自己的性格缺陷。鲁迅承认自己存在偏激与尖刻等性格缺陷。他在给许广平的信中说："我的作品，太黑暗了，因为我常觉得'惟黑暗与虚无'乃是'实有'，却偏要向这些作绝望的抗战，所以很多着偏激的声音。"[14]不过，正像"病叶"是一种"缺陷美"，由于有蛀孔而产生了斑斓的色彩和似乎能与人对视交流的明眸，鲁迅的偏激与尖刻何尝不是一种"缺陷美"呢！正是这种偏激与尖刻使得他在与封建文化和旧习惯势力的战斗中不圆滑、不中庸，勇敢地揭去那些正人君子的假面，使他们于"麒麟皮下露出马脚"。[15]所以，正是这种偏激与尖刻使鲁迅的生命绽放出异于常人的光彩。诗人在写对美的消逝的怜惜时，表现出的淡淡的无奈与忧伤，深层意义上蕴含着对人生苦短的感慨与焦虑。总之，鲁迅对其自身所从事的启蒙有着深切的体验与理性的思考。他深刻地认识到启蒙绝不是可以一蹴而就的事情，启蒙者也绝不是人们眼中振臂一呼，应者云集的受人们尊崇的英雄，反而往往是被人们误解、蒙受冤屈与羞辱、充满孤独与寂寞、忍受悲愤与痛苦的失败者。鲁迅一生都在致力于思想文化的启蒙，而他所具有的直面现实的怀疑精神，又使他在执着启蒙的同时也始终伴随着对启蒙的反思与质疑。他在《娜拉走后怎样》一文中说："人生最苦痛的是梦醒了无路可以走。做梦的人是幸福的；倘没有看出可走的路，最要紧的是不要去惊醒他。"[16] 梦醒之后无路可走，这一直是纠结在鲁迅心中的一个解不开的结。他不断地从启蒙者与被启蒙者这不同的角度对这一问题进行反思与拷问。

以上我们从启蒙的视角把《野草》系列散文诗分为表现诗人对启蒙的执着与坚守和面对启蒙困境时的困惑与焦虑两大类并逐篇做了简要的论述与评析。下面我们再来看《题辞》。《题辞》是鲁迅把在《语丝》杂志上发表的23篇系列散文诗编辑为《野草》时，模仿东汉赵岐《孟子·题辞》的形式为此书写的一篇自序。自序，一般要交代写作缘由和经过，书的内容、旨趣和特点等。但"野草"系列散文诗是用意象象征的手法来表现诗人对思想启蒙的切身体验与哲理思考，这种复杂而深刻的情感与思想，是不容易简单地概括和说明的，甚至有些内容还是"难于直说"的，所以诗人仿效古人以韵文体裁作题辞的形式，仍然像"野草"系列散文诗一样，用意象象征的手法来写了一篇自序——《题辞》。其意图就是要对《野草》的创作以及创作这一系列散文诗的一段特殊的生命历程进行回顾与总结，对《野草》的价值与际遇做出评价和预测并表明自己的看法与心态。最后，我们再来分析一下《野草》的命名，即鲁迅为什么把自己的散文诗集取名为《野草》呢？对此，大多数研究者认为这是作者的一种自谦。而从婚恋情感解读诗作的研究者却煞费苦心地把"野草"考证为象征鲁迅与许广平婚外恋的"野花草"。其实，鲁迅之所以把自己的系列散文诗比喻为"野草"，是由于鲁迅当时对中国的精神文化生态的强烈的荒原体验。他感到中国当时的精神文化界犹如漫漫的荒漠，根本无法生长出乔木，所以把自己的文章比作这漫漫的荒漠中能带给人们绿意和希望的生命力极强的"野草"。

注释：

［1］参见冯雪峰：《论〈野草〉》，1955 年《文艺报》第 19 和第 20 期连载。

［2］参见孙玉石：《〈野草〉研究》，中国社会科学出版社 1982 年版。

［3］鲁迅：《鲁迅全集》第 1 卷，人民文学出版社 1981 年版，第 65 页。

［4］鲁迅：《鲁迅全集》第 1 卷，人民文学出版社 1981 年版，第 100 页。

［5］鲁迅：《鲁迅全集》第 1 卷，人民文学出版社 1981 年版，第 46 页。

［6］鲁迅：《鲁迅全集》第 1 卷，人民文学出版社 1981 年版，第 56 页。

［7］鲁迅：《鲁迅全集》第 1 卷，人民文学出版社 1981 年版，第 57 页。

［8］周作人：《周作人自编文集——鲁迅的故家》，河北教育出版社 2011 年版，第 355 -356 页。

［9］鲁迅：《鲁迅全集》第 4 卷，人民文学出版社 1981 年版，第 456 页。

［10］鲁迅：《鲁迅全集》第 3 卷，人民文学出版社 1981 年版，第 45 页。

［11］鲁迅：《鲁迅全集》第 1 卷，人民文学出版社 1981 年版，第 419 页。

［12］鲁迅：《鲁迅全集》第 1 卷，人民文学出版社 1981 年版，第 164 页。

［13］鲁迅：《鲁迅全集》第 1 卷，人民文学出版社 1981 年版，第 417 页。

［14］鲁迅：《鲁迅全集》第 11 卷，人民文学出版社 1981 年版，第 20 -21 页。

［15］鲁迅：《鲁迅全集》第 3 卷，人民文学出版社 1981 年版，第 244 页。

［16］鲁迅：《鲁迅全集》第 1 卷，人民文学出版社 1981 年版，第 159 页。

（原载《鲁迅研究月刊》2016 年第 10 期）

　　胡景敏，男，1971 年生，河北滦州人，文学博士。现任河北师范大学文学院教授、博士生导师。主要从事中国现当代文学、影视文化研究。已在《读书》《文学评论》《中国现代文学研究丛刊》《文艺理论研究》《中国比较文学》等期刊发表论文 80 余篇，出版专著《巴金〈随想录〉研究》，参编著作多部。主持国家社科基金、教育部人文社科项目各一项，两次获河北省社科优秀成果二等奖。获河北省社科优秀青年专家称号。

　　马云，女，1954年生，河南信阳人，文学博士，河北师范大学文学院教授，博士生导师。主要研究方向为中国现代小说，在国内学术期刊发表论文80余篇，出版学术著作5部，先后获河北省社科优秀成果三等奖三项。主编《河北文学通史·现代卷》《河北新文学大系·小说卷》《冯健男文集》等。获河北作协"十佳作品奖"一项。主持国家社科基金项目两项，均已结项。

20 世纪中国文学中的罗丹与"思想者"

◎胡景敏　马　云

摘要：雕塑大师罗丹经由宗白华、梁宗岱、鲁迅等人的介绍进入中国，他是最早被介绍到中国的西方现代艺术家。罗丹本人也成为五四以后现当代文学反复描写的艺术形象。在中国作家的心中，他是创造者、沉思者，已经成为一座丰碑和不朽的雕像。罗丹的杰作"思想者"，其形象成为现当代文学思想者形象的原型。他的自然美学观、审丑观深刻影响现代文学的审美理念。罗丹的东传，是 20 世纪中外文学交流史的重要一页。

关键词：罗丹　20 世纪中国文学　思想者　自然美学观

西方雕塑艺术的发展可以粗略分为三个历史阶段：史前雕塑、古典雕塑、现代雕塑。古典雕塑和现代雕塑的分界在 19 世纪中叶。此时，开始于 18 世纪，强调人与个性高于一切，以强烈的主体情感和想象反抗理性统治和新古典主义规范的浪漫主义雕塑运动逐渐衰落。在法国，作为西方现代雕塑史上的第一股思潮，现实主义雕塑运动兴起，他继承了浪漫主义对人的关注，但是主张到日常生活中寻找题材，把表现心灵的真实作为雕塑的最高追求。进入 20 世纪以后，西方现代雕塑朝两个方向发展：一方面延续自希腊罗马以来的写实雕刻传统；另一方面，现代主义实验性艺术兴起，并很快成了主流。立体主义雕塑掀开了现代派雕塑的第一页，之后，未来主义雕塑、达达主义雕塑、超现实主义雕塑、存在主义雕塑相继出现，异彩纷呈。二战后西方的现代雕塑表现出对现代工业文明的强烈质疑，充满了焦虑、恐惧、绝望、孤独的情绪，作品给人的审美感受是反和谐的丑恶感和恐怖感。雕塑本质上是以三维形式呈现的空间艺术。它以石膏、石料、金属等硬质材料为载体；占据一定的现实空间并呈献给人们一种静态的实体形象；它以创作者的理念为内核整合各种形式要素，以构成有机的艺术整体；这个艺术整体在意义上的再生产最终依赖其所处的空间、人文环境。雕塑对文学的影响主要在它所表现出的人文内涵给作家精神世界带来的冲击和启示，进而影响到作家的创作。

奥古斯特·罗丹（Auguste Rodin，1840—1917）是西方雕塑史上的一座分水岭。在19世纪后半叶西方艺术的大转型时期，他是古典主义的最后一位雕塑家，用自己的作品将古典雕塑推向了极致；他又是现代阶段第一位雕塑家，他的出现为西方雕塑确立了现代方向。H·H·阿纳森在《西方现代艺术史》中说："罗丹的成就在于，他几乎是单枪匹马地重新设置了雕塑的教程，并且给艺术一个推动力，促动了一个重要的复兴运动。没有一个画家，甚至像库尔贝、马奈、莫奈、塞尚、凡·高或高更等人，在现代绘画中，能有罗丹在现代雕塑中所占的地位。""罗丹在现代雕塑解放中所获得的成就，是属于第一位的而不是属于哪一类的。他对于题材、空间、运动、光线和材料的处理，在他的同代人当中都可以找到原型和同类。但是，十九世纪里没有别的雕塑家，在雕塑的全部要素和问题方面，受到过可以和罗丹相比的在想象力和创造性方面的挑战。在他的时代，也没有别人能找到他这样杰出的答案。"[1] 罗丹对中国文学的影响是世纪性的。在20世纪的中国，他已经成为现代文化和文学中的重要因素，渗透到中国作家和文学创作之中。

一、罗丹在 20 世纪中国文学中的传播

罗丹是最早被介绍到中国的西方现代艺术家。1920 年,《新青年》第 7 卷第 2 号刊发了罗丹雕塑作品四幅:《罗丹自画像》、《黄铜时代的人》(今译《青铜时代》)、《用思的》(今译《思想者》)、《接吻》。同期刊发了张崧年介绍罗丹的文章《罗丹》。张崧年在文章中介绍了罗丹雕塑创作的反传统精神,他的创造性贡献及艺术特征。

宗白华是较早接触和介绍西方现代美术的中国作家之一。1920 年,他就写了《看了罗丹雕刻以后》一文,发表在《少年中国》第 2 卷第 9 期上。1963 年,宗白华又写了一篇学习罗丹的心得《形与影——罗丹作品学习札记》。晚年,他看到德国女音乐家海伦·娜斯蒂丝写的《罗丹在谈话和信札中》,很是欣赏,就把它翻译出来,发表在上海文艺出版社编的《文艺论丛》1980 年第 10 辑上。

1931 年,梁宗岱翻译出版了里尔克所写的传记作品《罗丹论》。译作初刊《华胥社文艺论集》,题名《罗丹》,由上海中华书局出版。1941 年,重庆正中书局为《罗丹》出版单行本。1962 年,梁宗岱在广州中山大学任教,重新修订全书,改写题记,但当时未能出版。直到 1984 年,才由四川美术出版社印行,书名改为《罗丹论》。这本小书一译再译,跨越半个世纪的风雨。梁宗岱在 1962 年写的《译者题记》中说:"专注的读者将在这里找到源源不竭的精神上的启迪和灵感——不独关于罗丹的,不独关于造型艺术的,而是整个精神上的启迪和灵感——是可以断言的。"当然,译者得到的巨大的启迪和灵感以及他对罗丹的无比崇敬也是可以断言的。

二十世纪二三十年代,中国的一些文学刊物反复刊发罗丹的著名雕塑作品。《文学》第 5 卷第 4 号刊发了罗丹的《巴尔扎克像》;《北新》

杂志第 1 卷第 17 号刊发了介绍罗丹的图片及作品四幅："罗丹博物院外景""工作室中的罗丹",《地狱的门》《加莱义民》。同时还刊发了唐劳的文章《罗丹博物院》。《北新》杂志第 2 卷第 22 号刊发罗丹的作品《黄铜时代》《巴尔扎克之首》;《北新》杂志第 2 卷第 23 号又刊发了罗丹《行步的人》。

鲁迅很推崇罗丹。他在《奔流》杂志第 1 卷第 4 号上刊发了罗丹作品《思想者》《塌鼻男子》《青铜时代》《巴尔扎克》。还发表了日本有岛武郎的文章《叛逆者——关于罗丹的考察》。鲁迅在编后记里说:"要讲罗丹的艺术,必须看罗丹的作品——至少,是作品的影片。"他介绍了美国和日本出版的两种书,并且不无遗憾地说:"罗丹的雕刻,虽曾震动了一时,但在中国却并不发生什么关系地过去了。"[2]鲁迅看到罗丹这样的伟大艺术家已经产生了世界性的影响,后起的有被称为塞尔维亚罗丹的南斯拉夫雕刻家伊凡·美斯特罗维奇;有被称为俄罗斯罗丹的苏联雕塑家柯宁科夫。他感到中国的艺术家还没有真正认识罗丹艺术的价值,罗丹没有达到他在中国文学艺术界应有的影响。事实上,这种影响是缓慢地渗透开来的,从罗丹被引入中国的那天起,这种影响可能随着时代的变化有所起伏,但是可以说从未中断。即使在"左"的思想横行,对西方现代艺术大加批判和排斥的时候,罗丹的潜在影响也没有完全消除,试想宗白华和梁宗岱都是在二十世纪六十年代那个思想高度政治化的年月里翻译罗丹的。

新时期以来,中国文学与西方现代艺术的关系重新接续起来。1993年春天,罗丹的雕塑作品从法国直接运送到中国美术馆展出,许多中国作家前去观瞻,掀起了一股不大不小的罗丹热。铁凝和蒋韵都专门写了文章记录她们观看罗丹和他的雕塑作品的感想。今天,罗丹在中国已经成为家喻户晓的西方艺术大师。在中国的城市广场,罗丹的"思想者"高高矗立;在书店,可以见到罗丹的各种版本的雕塑作品集,以及有关罗丹的传记和研究著作。罗丹作为他者，不仅仅是中国本土文化和文学建构的参照，而且直接参与了这一建构过程，甚至已经完全融入了中国本土文化和文学中。

有一些西方艺术家可能在某一时期对中国文学产生过巨大影响，但是随着时代的变迁和审美风尚的转换，其影响就会逐步减退，代之而起的是一个新的偶像的出现。罗丹在一时一地的影响可能不像有些艺术家那么热，但他的影响一旦产生就会沉淀下来，在他传播的土地上生根开花。在许多中国作家心中，罗丹就是一个精神的偶像和艺术巨人，在文学作品中把他描绘成生命的创造者、艺术之神。罗丹的《思想者》已成为中国现代文学中"思想者"形象的原型。罗丹的自然主义美学观与20世纪中国现实主义美学相融合，参与了中国现代美学思想的构建。罗丹与20世纪中国文学的关系是密切的，其影响广泛而深远。

二、20 世纪中国文学中的罗丹形象

罗丹太伟大了，中国作家从一开始就把他当作了精神的偶像，在作品里把罗丹当作圣人、伟人和艺术之神去歌唱。早在五四时期，郭沫若就把罗丹与古今中外的伟大改革家联系在一起热情地讴歌。在《匪徒颂》一诗中，他歌颂了十八位历史上重要的革命家和改革家，罗丹就位列其中。这首诗的第五节歌颂文艺革命的匪徒，他只提到了三位：罗丹、惠特曼、托尔斯泰。他首先提到的就是罗丹：

反抗古典三昧的艺风，丑态百出的罗丹呀！

在这里，郭沫若把罗丹视为现代艺术的先驱。赞美他超越古典艺术的唯美风尚，以丑为美，使艺术由审美转向审丑，给人以强烈的心灵震

撼。罗丹的艺术在当时不被世人理解，不断遭受攻击谩骂，而其后却获得了与古典艺术大师米开朗琪罗同样的不朽地位。郭沫若在诗歌《晨安》中，向宇宙和大自然问安，向歌颂自然的伟大艺术家问安，其中提到了四位艺术家：泰戈尔、达·芬奇、罗丹、惠特曼。在郭沫若的心中，罗丹就是一尊圣像：

晨安！你坐在万神祠前面的"沉思者"呀！

郭沫若就是这样对罗丹反复加以礼赞！可以想见，他在《女神》中表现的反叛思想在很大程度上是受到罗丹影响的。

象征派李金发对罗丹十分崇拜，他二十世纪二十年代在法国学习雕塑，在精神上师从的就是米开朗琪罗和罗丹这样的大师。他的第一本诗集《微雨》的封面装饰用的是罗丹的雕塑作品《永远的偶像》。

到了二十世纪四十年代，九叶诗人表现出对罗丹的极大尊崇。他们把罗丹视为艺术之神。如唐湜《罗丹》一诗：

当生命的流荡的姿
忽凝定于坚定的白云石，
当市民奋张的手张开，
忽凝定于一片无畏的爱，
罗丹啊，是你给我们说：
牺牲是壮烈的悲剧，为了爱，
喷泉奔涌出透明的水珠，
伞似的撒开一片奇异的光彩；

402

静谧是你凝聚心的力量，

探索每一条额上的皱纹，

探索每一个思想的诞生，

叫脉脉相通的肢体，

不断喷涌出欢乐和青春；

无比的光耀里，你在向

哪一个崭新的世界探望；

第一个拿全身丰满的筋肉

来深沉地思想的深思者，

叫他的血液在额上汩汩奔流，

踩着个完整，伟大的宇宙。[3]

诗的第一节描述的是罗丹的群雕《加莱义民》，六位市民为了保护城市中的全体市民，准备牺牲赴难，他们脸上的表情各异，有无畏，也有恐惧和犹疑。罗丹的这个作品开始时曾经深受误解和责难，但是现在人们已经理解了艺术家的创作意图。诗的第三节指的是罗丹的《思想者》的艺术丰采："踩着个完整，伟大的宇宙。"在诗中，罗丹被描绘成一个英雄哲人、施爱者、艺术的探索者。他是这样的受人瞩目和景仰。

唐湜还有一首诗歌咏罗丹的雕塑《春》：

多少荒凉的岁月，多少烟雾弥漫，

神的灵光久久给尘沙埋起，

生命是一片苍黄的落叶，阳光不见，

哪里能来一片绿，到天涯？

终于你跃出渐深，渐深的深渊，

403

高举光洁的肉身在荒原上呼喊，

雕刻家的手下有欲奔的姿，

突破中有着永恒的凝定。

金刚怒目，力士搏斗，

筋肉坟起的弓弦，

沉挚的思索的箭从眼窝里奔突而出，

如久被捆绑的生命的群魔，

从你们，两个生命的容爱里，

一片纯真的火花在静静地喷射！[4]

在诗中，罗丹被描绘为一个春天的使者。他抚去岁月的烟雾，将久被尘沙掩埋的生命激活，让光洁的肉身跃出深渊，并以沉挚的思索姿态凝定。

九叶诗人陈敬容也写了一首诗《题罗丹作〈春〉》，她在诗中赞美罗丹是一个生命的创造者：

多少个寒冬，长夜，

岩石里锁住未知的春天

旷野的风，旋动四方的

云彩，凝成血和肉，

等待，不断地等待

应和着什么呼唤你终于

起来，跃出牢固的沉默，

燃起久久埋藏的火焰？

一切声音战栗地

静息，都在凝神倾听——

生命，你最初和最后的语言。

原始的热情在这里停止了

叹息，渴意的嘴唇在这里才初次

密合；当生长的愿望

透过雨，透过雾，伴同着阳光

醒来，风不敢惊动，云也躲开。

哦，庄严宇宙的创造，本来

不是用矜持，而是用爱。[5]

这两首诗都把罗丹创作的过程描述为生命创造的过程。在这样的过程中，艺术家用的是爱和意志。诗人几乎把艺术家罗丹视为上帝的化身。

　　唐湜《巴尔扎克》是咏罗丹的雕塑，也是对罗丹的称颂：

巴尔扎克，孤傲的风景，

闪烁着远代的风，

远代的飘瓦的雨，

永在向低卑的荒凉山谷挑战！

你披着睡衣，粗犷的笑里

有纯真如黄金的心，

孤寂有如欧琴尼的爱情，

你梦中的道路叫人清醒；

可怜的高里奥老爹，

崇高的爱淹没于虚荣的市场，

当你丰厚的手扬起，

庸俗的布尔乔亚的血将在你足前匍匐；

你的音乐是地层下纯白的喷泉，

你人性的光属于过去，更属于未来的年代，

历史会洗净这一切大地的烟瘴，

你的塑像将永远庄严如青翠的峰峦！[6]

在这里，诗人讴歌巴尔扎克，赞美罗丹从精神气质上把握了巴尔扎克。这位法兰西作家的雕塑虽然披着睡衣，形象粗犷，但是却传达出了他本人宽广的胸襟和伟大的气度。实际上，罗丹对巴尔扎克的雕刻也是自我的写照。罗丹在中国作家的心中已经成为一座丰碑和不朽的雕像。陈敬容和唐祈各写了一首《雕塑家》，都是写给罗丹的赞歌。陈敬容的《雕塑家》惊叹雕塑家"把生命灌进本无生命的泥土"，"叩开顽石千年的梦魂"。唐祈称颂罗丹具有忧患意识，以受难者的面孔，忍受着地狱般的冰冷，"凝视着圣者的光辉"。九叶诗人如此钟情罗丹，因为他们的诗有一个共同的追求，即雕塑美。唐湜说出了其中的原委："现代诗的理想是音乐样的流动不居与雕塑样的宁静致远，二者正是生命的乐音样的青春期与坚定的成熟期的反映。"[7]因而罗丹在精神上成为他们心中景仰的导师，在诗歌艺术上也成为他们学习的典范。九叶诗人的创作自然产生了一种罗丹式浮雕的美感。

三、20 世纪中国文学中的"思想者"形象

　　罗丹的作品在中国文学中影响最大的当数《思想者》，其影响的广

泛性和深远性无论怎样估量都不过分，"思想者"已经成为中国现当代
文学中"思想者"形象的原型。当代小说家徐坤在她的短篇小说《鸟
粪》中，以调侃的方式形象地概括了罗丹《思想者》在中国的影响与
境遇。小说一开始就以象征性的笔法描述了"思想者"在中国城市中的
地位。

> 思想者坐在广场中央，以一种固定不变的造型，全身赤裸着，
> 供来来往往的众生浏览和瞻仰。……
> 广场是整座城市的心脏，思想者便正襟危坐在左心室或右心房
> 的位置上，亮出一身健康壮硕的筋肉，饱含着智慧的偌大头颅微微
> 上仰，怡然欣悦地打量脚下的这座沸声连天的城市。[8]

接下来，作者以诗性的激情和想象，描述了"思想者"的巨大魅力：

> 思想者此时正沉浸于自己的思想之中，思索得那么投入，那么
> 忘形，智慧正如闪电一样屡屡划破黑沉沉的意识之层，挟着他那滞
> 重的身体，跨越重重障碍，明亮而飞速地朝灵境驶去，身后传来难
> 题破解之后轰隆隆雷鸣和无比酣畅的雨声，他那脑部的褶皱因着思
> 想的丰富而更加密集地层层堆起，身上的肌腱因着智慧的折射而闪
> 动着耀眼的金属光泽。思想的光辉，逐渐透过遮蔽的凡尘，温暖而
> 蓬勃地显露出来，使他这人类而不是鸟群，又一次成为广场上最惹
> 人注目的中心。[9]

这里，作者抒发了她对"思想者"的崇敬，对人类思想的意义和价值的
崇敬。

然而，随着时代的变迁，"思想者"的存在受到忽视，思想的光辉

被乌云遮蔽。鸟群的狂欢惊醒了沉思的思想者，他感到了痛苦和孤独。他试图走进这个让他感觉陌生的时代，但扑面而来的是物欲横流，"思想者"遭遇难堪和冷遇。而且更让人难以容忍的是，竟然有两个不法之徒要将"思想者"肢解卖钱。"思想者"被阉割了。但是作者坚信："思想是永远都不能从人类头脑中连根拔除的"。最后，"思想者"仍然被安放在城市广场的中央：

> 以青铜的方式，庄严地存在，永远常驻广场中央，在铺天盖地的鸟羽的遮蔽里，以金属凄艳冰冷的光泽，昭示人类灵魂的亘古不朽！[10]

这篇小说象征性地喻示了罗丹《思想者》在中国的伟大存在。

但是，罗丹这样的伟大艺术家在中国，并不是每个时代和每个作家都能消化和吸收的。正如孙郁所说，鲁迅"从中国文人对罗丹的冷的反映里，发现一种高强度的艺术家在东方的境遇。因为无论从文艺还是思想上讲，中国美术家那时对文学史与欧洲史的理解，还停留在浅层次上。鲁迅其实已经感受到，没强力意志的生命感，是不会有罗丹式的气象的"[11]。罗丹在中国文学中的影响，与时代氛围和作家气质密切相关，不同的时代和不同气质的作家对罗丹会有不同的认识和感受。罗丹《思想者》在中国文学面临思想启蒙和思想解放的时期影响更大。比较大的影响分别发生在五四时期、四十年代，以及新时期文学中。

五四时期，是中国面临社会转型的时期，也是思想启蒙的时代。在这个时期，中国文学作品里都有一个思想者形象雄踞其间。鲁迅、陈独秀、李大钊、胡适等文学先驱都是思想者的化身，罗丹这样伟大的西方艺术家与中国的思想先驱者也许在精神上更接近。胡适在五四时期写过一篇小说《一个问题》，就带着一种思想者品格。小说主人公朱子平是一个大学教员，几年来，他一直都在思考一个问题："人为什么活着?"开始人们叫他哲学家，后来叫他朱疯子。他因为思想变得有些反常了。小说结束的时候朱子平遇到了一个老同学，就对他诉说自己的苦恼：

> 我每天上大学去，从大学回来，都是步行。这就是我的体操，不但可以省钱，还可给我一点用思想的时间，使我可以想小说的布局，可以想到人生的问题。有一天，我的内人的姊夫从南边来，我想请他上一回馆子，家里恰没有钱，我去问同事借，那几位同事也都是和我不相上下的穷鬼，哪有钱借人？我空着手回家，路上自思自想，忽然想到一个大问题，就是人生在世，究竟是为了什么？……我一头想，一头走，想入了迷，就站在北河沿一棵柳树下，望着水里的树影子，足足站了两个钟头。等到我醒过来走回家时，天已黑了，客人已走了半天了![12]

这个人物形象就是五四时期知识分子的代表，他们都在思考着社会和人生各种各样的问题。以冰心为代表的问题小说的出现就是在这样的背景下。问题小说都是从思想者的角度进行叙事的。

在这个时期，鲁迅小说的思想特质最具有代表性，也最能显现思想的魅力。鲁迅的思想自然是他生命的体验和天才的表达，是一个伟大思想家的自然呈现。但是，同时我们也应该看到罗丹对他的某种影响。鲁迅对罗丹的借鉴最重要的是小说中思想者形象的塑造。罗丹的《地狱之门》将思想者置于地狱之门之上，他低头沉思的坚毅表情为知识分子形象的塑造提供了一个足资借鉴的典范。鲁迅小说不仅表现出深刻的思想性主题，而且还有意设置一个思想者形象。《祝福》中的"我"是一个思想者形象，他对祥林嫂命运的关注，以及对知识分子启蒙的困惑，都表现出一个沉思者的特征。在叙述祥林嫂故事之前的叙述都是这位思想

409

者的迷茫和探求。面对祥林嫂这样的受苦人，是向她启蒙，告诉她人生的真相？还是向她撒谎，掩盖社会人生的真相？或是支吾其词，说一些模棱两可的话来搪塞？"思想者"无奈选择了后者。祥林嫂死亡后，"思想者"不断自责，表现了知识分子的责任感。

《故乡》中的"我"也是一个以思想者形象出现的人。当他面对儿时的童伴突然叫他"老爷"的时候，他不禁打了一个寒战，他感到社会等级制度的悲哀；当他看到闰土无奈地受到命运拨弄的时候，他想到改变他们的命运，他为下一代构画着未来的美好蓝图，并且想着切实地实行，走出一条新路。

鲁迅的《野草》是他人生哲学的表现，叙述者始终以一个沉思者的姿态在思考，而且这种思考是立于"地狱之门"的沉思。《失掉的好地狱》是鲁迅对于军阀混战的深刻洞察，所谓神魔之战，只不过是为了争得地狱的统治权，而地狱仍然是地狱，好地狱也还是地狱！鲁迅在《野草》中的作品许多是以梦的方式沉思。《死后》一文写人死后还在思想：他死了之后，听到有人说"怎么要死在这里？……"。他没有想到，死后还会碍着别人。"人应该死在哪里呢？"他想："我先前以为人在地上虽没有任意生存的权利，却总有任意死掉的权利的。现在才知道并不然，也很难适合人们的公意。"中国的无人权、不自由，由此可见一斑。他的身体在棺材里很不妥帖，但是也许就要很快腐烂，不至于有什么大麻烦。他想：

此刻还不如静静地静着想。

死后的沉思，使他发现：

万不料人的思想，是死掉之后也还会有变化的。

想想那些僵化不变的教条是多么地不切实际，人的思想是活的，是千变万化的，即使死后也要变。要求人们的思想一成不变是多么荒谬！罗丹的《思想者》表明了人与顽石的界线，他的人物大都是从顽石中挣脱而出。鲁迅的"思想者"也是对千百年愚顽文化的挣脱。

端木蕻良的《科尔沁旗草原》刻画了丁宁这个"思想者"形象。这个接受过新式教育的地主少爷，怀抱着改造草原的远大理想，看着家族的腐烂和农民的苦难，他不断思考着未来。何其芳的《画梦录》表现了沉思和独语之美，让我们感受到一个轮廓鲜明的"思想者"的姿态；九叶诗人创作中的抒情主人公犹如一个个"思想者"；丁玲的《莎菲女士的日记》以及她后来在延安时期的一些短篇小说中充满批判和质疑精神的形象，同样以"思想者"的魅力吸引着广大读者。

没有思想的文学是苍白的。如果要问 20 世纪中国文学的最大价值是什么，毫无疑问是他所产生的思想。可以说，"思想者"是 20 世纪中国文学的中心形象。正如铁凝所说："在罗丹面前我们无需语言，我们都已明白了思想着才是美丽的。"[13] 在中国现当代作家中，人们都以思想为美。

新时期的文学创作的思想精神是五四文学的再现，对历史的反思成为时代的思潮。文学所表达的思想成为一道照亮社会历史暗夜的启蒙曙光，成为社会思想解放的先导。张贤亮的《绿化树》中主人公章永璘就是一个"思想者"形象。在劳改农场精神荒漠的恶劣环境中，在食不果腹的饥饿折磨下，他没有忘记自己还是一个人，一个能思想的人。因而思想成为他的最大乐趣，思想成为他活下来的巨大精神支撑。他头枕着《资本论》睡觉，不断思考着人的命运和国家的命运，思考着阶级、思想改造等他想不明白的问题。每当他在劳作以后能够静下来思考的时候，他都感到是一种奢侈和幸福：

整部作品贯穿着他阅读《资本论》的感想和体会，使人物形象充溢着思想的魅力和光辉。这部作品在新时期文学中产生了巨大的影响。

张炜在《古船》中同样置入了隋抱朴这个"思想者"形象。他整天坐在磨坊里，不是算着永远也算不清的账，就是读着永远也读不透的《共产党宣言》，思考着家族的命运、洼狸镇的命运、私有制、基督教与社会主义等。弟弟隋见素认为哥哥抱朴"想得太多了，太细了""心放得太大、太远，结果自己过得那么苦"。但是正是这样一种思想者品格使这个人物和这部作品产生了巨大反响。

进入新世纪以来，文学退却到社会的边缘，文学的思想者气质受到来自后现代大众文化的严峻挑战。评论界对文学启蒙精神的减弱、文学思想性的淡化忧心忡忡，充满焦虑感。罗丹的"思想者"受到冷遇。徐坤小说《鸟粪》就是对这一文化精神现象的深刻反思。

四、罗丹与 20 世纪中国文学审美理念的创新

20 世纪中国现代美学思想的建构是多元的，其中既有中国传统美学思想的延续、马克思主义美学思想的强力引进，同时也有西方现代美学思想的自然渗透。在这些元素中，罗丹美学思想是其中的重要分子。罗丹美学思想与中国现代美学思想的结缘，很大程度上与中国美学推崇的现实主义创作方法相关。蒋孔阳、朱立元主编的《西方美学通史》一书谈到罗丹的美学思想时认为，罗丹的艺术论"读起来已经很有一种现实主义的味道，艺术家虽然还是先知先觉，头上笼罩着一圈光环，他对现实生活的感知，则在很大程度上已经摆脱华丽夸张的浪漫主义作风了。诚如罗丹本人的作品多以一种原始的美让二十世纪的观众醉心，他的美

学思想亦是预演了二十世纪美学返璞归真的特点。"[14] 作者认为罗丹美学思想正好迎合了中国美学的现实主义思潮，或者说罗丹是中国现实主义美学的先导。这部《西方美学通史》归纳了罗丹美学思想中最引人注目的两个方面："其一是艺术源于自然，源于生活的思想""其二是艺术可以化丑为美的思想"。[15] 这两方面也是中国现代美学最为关注，讨论最多的问题。在讨论过程中，罗丹成功的艺术实践，他创作的直观性和巨大的艺术影响力，往往为中国美学家津津乐道，成为一种艺术典范，有力地证明了"艺术源于自然""艺术可以化丑为美"的两大美学命题。

罗丹影响中国现代美学的首先是他的自然美学观。他说："我完全服从自然，从没想去支配自然。我唯一的野心，就是对自然的卑顺忠实。"[16] 罗丹对自然的崇拜正与中国传统美学对自然的深刻认识相契合。中国古典美学思想认为"道法自然"，把自然看得高于一切。五四时期确立的新的美学思想继承了这一传统，陈独秀和茅盾都曾大力推崇自然主义。自然主义美学一时成为时代的潮流。罗丹的自然美学观正好应和了中国美学的时代需要。宗白华由衷地赞叹罗丹对自然界的活力的捕捉与表现，而这个活力是一切生命的源泉，也是一切"美"的源泉。宇宙自然是一个动的世界，罗丹的雕刻表现的就是一个"动象"。罗丹自己深入自然的中心，直感着自然的生命呼吸、理想情绪，晓得自然中的万种形象、千变万化，无不是一个深沉浓挚的大精神。宗白华认为罗丹雕刻与希腊雕刻的区别在于，希腊雕刻注重形式的美，罗丹雕刻注重内容的表示，讲求精神的活泼跃动。所以，希腊的雕刻可称为"自然的几何学"，罗丹的雕刻可称为"自然的心理学"。宗白华看到，罗丹对自然的尊重并非机械地照抄自然，他表现自然重在其精神，使物质精神化。罗丹表现的是自然创造的过程、自然变动的规律。宗白华还指出："罗丹的雕刻，无所选择，有奇丑的媒母，有愁惨的人生，有笑，有哭，

413

有至高纯洁的理想，有人类根性中的兽欲。他眼中所看到的无不是美，他雕刻出了，果然是美。"[17]但在中国现代美学发展史上，对这种自然美学观时有偏离，在"左"的美学思潮中，人们往往会产生人高于自然、人战胜自然的思想。在某些阶段，自然主义甚至成为一个贬义词，以伪现实主义代称自然主义，反映在文学创作中则出现了"高、大、全"式的人物形象和虚假的艺术。这种虚饰自然的唯美主义正是罗丹反对和抛弃的，也为艺术的求真本质所不容。因此假的艺术是不能长久的。在新时期文学的审美倾向中，表现生活的原生态成为一种艺术的时尚，真正意义上的自然美成为现代美学的最高境界，因此，美学家把"返璞归真"看作是二十世纪美学的特点是不错的。这样的美学思想正是罗丹等自然派的艺术家奠定的。

罗丹以他的自然论美学观为基础，进而引出了一个关于审美现代性问题，即对自然中存在的"丑"的审视。他认为在艺术家的眼中，自然中的一切都是美的。在现实中，人们认为丑的东西，在艺术家手中会化丑为美，这样的表现是艺术的真实，而那些掩盖现实丑的艺术才是丑恶的作品，是艺术的造假行为。艺术表现自然中丑的东西更能显露它内在的真实。罗丹总结了米勒的写实主义的绘画和波德莱尔象征主义的诗歌，总结出了这种以审丑为特征的现代美学思想。罗丹的审丑美学观对中国美学产生了重要的影响，成为中国现代美学的一个审美范畴，同时也渗透到艺术实践之中。鲁迅的《阿Q正传》中的阿Q就是一个丑的人物形象，他通过对这一丑的人物形象的审视，深刻发掘和批判了民族的劣根性。二十世纪二三十年代乡土小说借鉴了鲁迅小说的艺术表现手法，揭示农村的落后与农民的愚昧，产生了一大批类似的以审丑为中心的小说作品和人物形象，诸如许杰的中篇小说《鼻涕阿二》、王鲁彦的《阿卓呆子》、王任叔的小说《疲惫者》中的运秧等。这一传统在新时期寻根文学和乡土小说中再次得以继续，如韩少功《爸爸爸》中的丙崽、阿来《尘埃落定》中的傻子少爷，都是以丑的人物形象作为中心人物和观察视角，以丑见真，以丑见美。

罗丹雕塑表现的思想之美和生命之美更是对中国现代美学产生了巨大的冲击，构成了新的美学元素，孕育着新的美学思想。

罗丹参与了中国现代美学思想的发展和演变过程，还由于中国现代美学家大都受到罗丹的深刻影响，如宗白华、梁宗岱、王朝闻等人。宗白华一直把罗丹当作他的精神和美学事业的引路人。梁宗岱对罗丹也一直难以释怀，对里尔克的《罗丹论》一译再译。王朝闻原来就是学习雕塑的，二十世纪四十年代在延安教过素描，五十年代在中央美术学院讲过雕塑创作，六十年代以前还搞过雕塑创作。后来他写过一本谈雕塑美的专著《雕塑雕塑》，其中对《罗丹艺术论》多有涉及。他说，二十世纪三十年代初，他还在杭州艺专学习雕塑的时候，鲁迅翻译的《近代美术史潮论》、曾觉之翻译的《罗丹艺术论》就是他常看的课外读物。[18]可以说，中国许多现代美学家是在罗丹的思想浸润中成长起来的，因此，当我们漫步中国现代美学的时候，常常会感到罗丹的美学思想无处不在。

注释：

[1]［美］H·H·阿纳森：《西方现代艺术史：绘画·雕塑·建筑》（邹德侬、巴竹师、刘珽译），天津人民美术出版社 1994 年版，第 50 -51 页。

[2]鲁迅：《〈奔流〉编后记》，《鲁迅全集》第七卷，人民文学出版社 1995 年版，第 166 页。

[3]唐湜：《罗丹》，《唐湜诗卷》（下），人民文学出版社 2003 年版，第 797 页。

[4]唐湜：《罗丹》，《唐湜诗卷》（下），人民文学出版社 2003 年版，第 781 页。

[5]陈敬容：《题罗丹作〈春〉》，《九叶之树常青》，华东师范大学出版社

1994 年版，第 294 页。

[6] 唐湜：《罗丹》，《唐湜诗卷》（下），人民文学出版社 2003 年版，第 798 页。

[7] 唐湜：《九叶诗人："中国新诗"的中兴》，上海教育出版社 2003 年版，第 164 页。

[8] 徐坤：《鸟粪》，《午夜广场最后的探戈》，作家出版社 2010 年版，第 47 页。

[9] 徐坤：《鸟粪》，《午夜广场最后的探戈》，作家出版社 2010 年版，第 48 页。

[10] 徐坤：《鸟粪》，《午夜广场最后的探戈》，作家出版社 2010 年版，第 55 页。

[11] 孙郁：《鲁迅藏画录》，花城出版社 2008 年版，第 44 页。

[12] 胡适：《一个问题》，《胡适文集：一念一笑（诗歌小说戏剧传记)》，北京燕山出版社 1995 年版，第 39 页。

[13] 铁凝：《罗丹》，《遥远的完美》，广西美术出版社 2003 年版，第 47 页。

[14] 蒋孔阳、朱立元主编：《西方美学通史·十九世纪美学》，上海文艺出版社 1997 年版，第 576 页。

[15] 蒋孔阳、朱立元主编：《西方美学通史·十九世纪美学》，上海文艺出版社 1997 年版，第 572 页。

[16] 罗丹述，葛赛尔著：《罗丹艺术论》（傅雷译），天津社会科学出版社 2006 年版，第 27 页。

[17] 宗白华：《看了罗丹雕刻以后》，《艺境》，北京大学出版社 1987 年版，第 27 页。

[18] 王朝闻：《雕塑雕塑》，河北教育出版社 1998 年版，第 27 页。

（选自文学评论集《20 世纪中国文学与西方现代艺术论稿》，中国社会科学出版社 2015 年 5 月）

　　桫椤，中国作家协会会员，中国文艺评论家协会会员，网络文艺委员会委员，出版评论集《阅读的隐喻》、专著《林海听涛与〈冠军教父〉》、随笔集《自以为灯》。曾获《芳草》文学女评委奖、"钱潮杯"首届青年创意家·网络文艺评论奖、孙犁文学奖、河北文艺振兴奖等。现供职于河北省作家协会，任《诗选刊》主编。

回到本体看网文

◎ 杪 椤

　　谈论网络文学最基础的前提之一，是承认它与所谓的严肃文学的差异，否则便没有必要再以"网络"对"文学"加以限定。这其中的差异性是什么？或传播方式上的，或文体样式上的，等等，但最显要的特质在于它的商业性，即所谓"不离市场，方得网文"[1]。因此在网络文学评价体系之中，"市场前提"不可或缺。但是仅有此是不够的，网络文学在文化类别序列之中，仍然归属于"文学"，因而文学性又是必须要考量的核心内容，这是网络文学的"内在规定性"。现在的问题是，我们对网络文学作品的文学性关注较少，当下网络文学中存在的问题与此有直接关系。光明正大地施之以文学性的观照，是网络文学品质提升的根本所在。

一、被遮蔽的文学性

　　有了市场的前提和文学的规定性，网络文学被作为"互联网＋文学"的产物而纳入跨门类的研究对象。老实说，我们只要稍具大众文学常识，阅读网络文学作品并对其给予基本的道德、历史和审美判断就不是难事。但在融合了互联网、经济学、传播学和文化产业理论的多重语境下，文学性反倒被遮蔽。网络文学的市场价值得到确认，但大部分作

418

品的文学性至今仍然存疑。网络文学诞生之初，就曾被斥为"粗制滥造"，现在仍然不脱留给社会的"泥沙俱下"的整体印象。所以在网络文学现场，就出现这样吊诡的局面：一方面我们大谈特谈网络文学的文化产业地位，多少版权被输出到海外，多少作品被改编为影视剧，又创造了多少货币价值；另一方面，当我们谈及网络文学的文学价值时，我们就说它们的语言粗俗，格调低下，迎合读者寻求刺激的猎奇心理，故事情节胡编乱造。这样相互"打脸"的说法，也是当下文学现场的奇观。问题是，缘何创造了巨大经济价值的网络文学还在文学性上如此低俗？这个"跨界"的问题无论其背后的深层原因如何，一个不争的事实是：文学性已被商业性遮蔽。

事实上，商业性并不是社会进化到互联网时代才有的，它是文学本来就有的外延功能。作为人类心灵活动的表达，文学作品是一种精神产品。从古至今，文学除了能够给读者提供精神慰藉之外，它还能以多种形式给作者带来物质或经济的俗世利益，也能够以载体交易的形式给产业链条的每个环节带来商业价值，后者在印刷术发展之后获益更多。晚近以来，社会世俗化加剧，生活和思想分野，大众文化得到发展，文学分化，其内容本身的商业价值增大。此一趋势在消费和商业时代迅速壮大，文学渐被资本的洪流裹挟，并与技术合流寻找到新的载体，网络文学应运而生，实现了至目前为止文学商品属性的最大化。资本利用其获取剩余价值、追求利润最大化的本能将文学的商品属性与其思想和艺术属性剥离开来，只注重它的经济效益，直接导致了网络文学商业性与文学性的割裂。当"文学公司"这样的组织出现的时候，凶狠的资本已经无视文学的社会和审美功能，试图以商业价值取代其精神价值，以便在接下来获得更大的经济利益，这已是尽人皆知的事情。

令人遗憾的是，文学没有抵挡住商业的侵袭，所以才出现了前述的"打脸"场景——首先是资本及其互联网替身形成了完备的利益攫取机

419

制，此后是网络文学创作者自主或不自主地进入这一机制链条，顺应资本规律，降低作品的知识水准和艺术境界，以吸引更多的消费者。文学作为人类的文化活动，尽管仰赖丰富的想象力作支撑，但首先是经验的反映，并不存在先验的文学；尽管文学可以反映人类遥远的理想，但并不存在超越现实的所谓先进的文学。所以，无论在思想价值还是在表现形式上，维系文学的力量应该是趋向保守的，它们表现为对人类生活中永恒部分的坚守，而不是对时尚潮流的趋之若鹜。对这一文学存在与发展规律的普遍认同是和社会成员的文化水平，以及整个社会的结构状态相关联的，网络文学之所以在中国大陆得到超乎寻常的发展便是很好的证明：资本控制下的网络文学是不可能在发达国家"攻城略地"的，普遍受到高层次教育的人群通过文学的保守性力量向严肃文学谋求精神抚慰；相对来讲，大陆经济社会正在经历世俗化过程，受教育层次偏低的读者，或者身负巨大生存压力的读者，更愿意通过阅读网络文学便捷地获得快感。

二、IP 价值源自文学性

网络文学首先遵循商业规律，其次才会有限地遵守文学规律。资本非常明白"曲高和寡"的道理，因而假如没有社会干预，网络文学是不可能获得自我提升的，因为这将减少读者群即粉丝数量，会直接影响作品的人气和经济收益。资本总是通过商品满足人的欲望来实现增值目的，人对商品的消费事实上就是对欲望的消费。所以，尽可能满足读者愿望，靠着给读者提供现实社会中无法实现的"白日梦"成为网络文学最基本的创作原则。但是，网络文学当前的问题，不是网络写手想方设法使用激发读者阅读欲望的写作方法或者严肃文学对此的质疑，而在于跨过文本对资本进行赤裸裸的膜拜。急功近利是社会世俗化的重要特征，网络文学多年来的打拼尽管过程传奇、现状繁荣而前途亦诱人，但都难消社会对它"拜金"的印象。

这是一种舍本求末的做法，但诸多创作者和研究者都曾乐此不疲。作者热衷于点击量或打赏的收入，网站追求影视改编权的推广，各种网络作家排行榜更将收入作为标准；而坊间所关注的现在只有一个要素，即它的综合 IP 价值。其实我们现在谈论的网络文学 IP 开发并不是什么新鲜事，传统的小说同样拥有 IP 价值，过去我们叫"影视改编权"，后来叫"知识产权"。现在被简化为一个英文简称，并被当作网络文学作品的主要价值追求和成功标志。比如艾瑞集团就曾发布报告，说 2015 年进入互动娱乐元年，而网络文学是最大的 IP 源头。当然，网络文学 IP 开发和过去的小说影视改编相比，形式更加丰富，遍及影视、漫画、网游或手游、有声读物、电子书等大众文化领域。文化产业从网络文学中寻找"金矿"，源自网络文学本身就有的大众文艺属性。拿影视改编来说，传统小说的故事情节及叙事本身带有陌生化、模糊感等不确定性和文字之外的隐含意义，在改编为影视过程中首先就面临着对作品主题、情节、人物的形象定格问题，这需要对原著做较大改编才能得以实现，而且编剧常常在原有情节的基础上做"加法"，增加类型化的因素，即将所谓纯文学意义上的小说通俗化才能吸引观众。在这方面，《白鹿原》从小说到电影的过程就是一个很好的例子。

网络文学改编为影视剧则更加直接和便利，它本身所具有的特质天然就是为大众文化消费而准备的。原文本的故事本身就有很强的情节性，人物形象性格鲜明，作品主题明确，叙述呈现较强的画面感，加之网络文学作品篇幅普遍较长，形成了复杂的故事群落和人物关系，足以为影视剧改编提供更多的可能性；《芈月传》则是在创意大纲的基础上同步进行的影视剧本和小说创作[2]。网络文学与影视的近亲性大大减少了改编的成本和难度，也就无怪乎受到影视界青睐。——尽管影视对网络文学的选择正是基于资本考虑，但那些受到读者和观众热捧的作品，却首先在最基础的语言、故事情节和叙事等文学品质上有着博人眼球的功力；无论是早期的《诛仙》《仙剑奇侠传》《诅咒》，还是近几年的《甄嬛传》《步步惊心》《琅琊榜》，正是基于一个优秀文本，其后期的影视或游戏产品才获得成功。

网络文学是文学商品化的极致，强调其商业价值无可厚非，但显然这不是文学所应追求的核心目标。尽管被网络"冠名"，但决定其商业价值高低的，恰恰应该是它的文学元素。网络文学对读者的吸引以及便利的 IP 开发，事实上只是文学性的外在反映，商业性并不能脱离文学性而存在，反而是与文学性成正比的。我们强调网络文学的社会评价体系是一个综合体系，是将网络文学作为一个具有严谨内涵和广阔外延的整体来评判，绝非只为商业利益鼓与呼。而从网络文学角度看，倘若不能给大众提供独特的审美体验，对读者失去了精神和思想的正向引导，随着社会成员受教育程度提高，社会整体审美水平随之提高，网络文学要么被纯文学收编，要么其 IP 收益大幅度萎缩，尽管这个过程不是很快。要化解危机，不是不断放大消费性麻醉读者和社会的神经，而要从根本上提升文学品质。

三、回到本体的可能性

当前，国家大力提倡繁荣和发展网络文艺，回到文学本身看待网络文学已迫在眉睫。这有赖于互联网以及文化管理部门、作家协会、理论界和创作者的共同努力。对此，除了高校为数不多的学者近几年来开展了一些针对文本的研究外，管理层面的体制机制上也有可喜的进展。2015 年中国作家协会建立网络文学委员会，相比之前全国网络文学重点园地工作联席会议制度的建立，对网络文学的关注从网站转移到"网络文学"这一艺术门类上，从文学制度角度将其与小说、诗歌、散文和报告文学等文学门类同等对待，终结了有关这一新的文学形态的有无之争和存废之辩，网络文学终于在文学制度内部获得了最为明晰的合法身份。同年，由中国作协组织评选的中国网络小说排行榜开始发布，评选过程综合考虑到了作品的思想性、艺术性和商业性，关注到了文学的共性和网络文学的特性，站在文学立场上向读者推荐优秀作品，在网络文学评价体系的实践和作品经典化上迈出实质性的一步。

或许还有一个问题，即对网络文学能否诞生像"四大名著"那样的经典文本的质疑。这个疑问背后的含义是：用文学标准去要求网络文学这种类型化、消费型文本能有多大成效。要回答这个问题，不妨看一看过去的大众文学，古典通俗小说为此提供了很好的传统。除去民间故事和隋唐以来的传奇和话本小说，自《三国志通俗演义》和《水浒传》"确立了'章回体'这一新兴小说类型的叙事规范"[3]之后，中国古典小说一直在类型化和通俗化的道路上前行，"四大奇书"以及后来的《红楼梦》等作品积累了丰富的形式和主题经验，它们应该是后来的典范，而社会也一直在期待，能够有网络文学作品达到这样的艺术高度。那么，目前制约网络文学品质提升的关键是什么？在我看来，既不是它的大众文学属性，也不是商业收费机制，而是网络作家的文学观念、思想境界和文学抱负。

在古典长篇小说中，作为幻想小说的代表作《西游记》和《封神演义》，从某种角度上看，可以算作中国网络玄幻和神魔小说的鼻祖，但它们的艺术成就和文学史地位却是不同的，前者远远高于后者。如果鲁迅在《中国小说史略》中说它"较《水浒》固失之架空，方《西游》又逊其雄肆，故迄今未有以鼎足视之者也"[4]的评价是依据所谓"纯文学"的标准做出的话，那么在普通读者那里，《封神演义》的不足则更直观："第一，作者在细节处理上却比较粗率……情节上前后不一、有头无尾之处颇多。……第二，人物形象大多单薄，缺乏个性，脸谱化的倾向十分严重，除哪吒等少数人物外大多不能给读者留下印象。第三，作为一部以斗争为题材的小说，战争场面模式简单雷同。……"[5]为什么会出现这些较为明显的缺陷？虽然《封神演义》"同样是一部先经时代累积，后由文人参与改写创作的作品"[6]，而且作者究竟是谁？许仲琳还是别人尚有疑问[7]，但是，我们从文本中分析，出现这些缺陷，一方面与作者自身的写作素养有关，这反映在情节前后矛盾、线索有头无尾，以及人物形象的塑造和场景的创设等技术性因素上；另一方面，是作者自身的思想观念所致，"作者自身思想逻辑、价值判断体系混乱，使作品缺少了思想层面上的感染力；在种种妥协之下，作品中的人物毫无独立意志可言，从而无法给读者以心灵的震撼"[8]。而通过整部小说看，作者是具备较高写作能力的，否则还是无法将故事写得错落有致、脉络清晰、布局匀称的，且作者的语言功底和想象力并不错，行文运笔文雅工整，想象奇幻，作品引人入胜。我据此相信，除了上述作者自身的局限性之外，放松自我要求和艺术追求，更是造成这部作品水准不高的重要原因。

尽管这样，对当下的幻想和神魔类网文具有直接影响的，不是《西游记》，而是《封神演义》，"（《封神演义》）还建构了一种双重世界的叙事模式……天上世界与人间世界平行发展，相互交织。……甚至在当代的网络小说中，这一模式也被借鉴、使用"[9]。就连前文引用述及的《封神演义》的两项不足，在网文中也是最为明显的缺陷——网文不仅继承了传统类型小说的故事范式，甚至连缺陷也"原汁原味"地收入囊中。出现这种"就低不就高"的现象，除了网文的生产创作方式和传播方式之外，比如追求速度和数量、不断被"催更"等原因，最主要的原因，来自网络作家自身的局限性和主观意识，可以说，犯了和《封神演义》作者同样的毛病。古代通俗小说也要追求读者偏好、主角至上，也要坚持欲望叙事和白日梦的策略,《红楼梦》就是典型的"yy"文,但是为什么既有《红楼梦》这样享誉世界的名著,也有《封神演义》这样的二流作品?显然,这不是类型小说这种文体决定的,而是由作者决定的——网络作品的文学性偏低,与网络文学的生成和传播机制并没有直接关联,而是作者能力不足和基于利益的自我降低所导致的。由此可见,推动网络文学经典化,用文学标准去要求网络文学不但是可行的,而且也将是有成效的。

注释:

[1] 血酬:《不离市场,方得网文》,收入《网络文学·评价体系·虚实谈:全国网络文学理论研讨会论文集》,作家出版社 2014 年 11 月版,第 209 页。

[2]《芈月传》版权纠纷白热化 http://cul.china.com.cn/2015 -11/26/content_8406262.htm

[3] 李剑国、陈洪主编:《中国小说通史(明代卷)》,高等教育出版社,2007 年 6 月版,第 1062 页。

[4]《鲁迅全集》第 9 卷,人民文学出版社 1982 年版,第 170 页。

[5] 同注 1,第 1063 -1064 页。

[6] 同注 1,第 1062 页。

[7] 同注 1,第 1061 页。

[8] 同注,第 1064 页。

[9] 同注 1,第 1064 页。

(原载《文学报》2016 年 6 月 30 日)

儿 童 文 学

　　吉葡乐，本名宋晓燕，现居河北衡水，写诗和童话。河北文学院签约作家，鲁迅文学院第 30 届高研班学员。曾获冰心儿童文学新作奖，台湾儿童文学牧笛奖，大白鲸世界杯幻想儿童文学奖，2016 "我最喜爱的童书"提名奖，河北省第三届"十佳青年作家"荣誉称号等。出版有《竹签里的甜精灵》《昆虫记桥梁书版》《月亮发芽了》《绽放自我——歪歪兔生命教育童话》，财商图画书《做最富足的自己》等七十多本书。

小木匠神

◎吉葡乐

红房子。

白栅栏。

绿树。

住着一个小木匠。

小木匠会做桌子、椅子、橱子、柜子、床。他做的家具又结实，又好看。因而也就很受欢迎。方圆十里八村的人们少不了来找他做木匠活儿。

"三木，给我做把椅子吧！"

三木是小木匠的名字。

三木接了活儿，就从一个精致的工具箱里取出他的小铁锤，小铁锤不大，看上去敲核桃吃正好。他拿好小锤子，对着地上的一根木料边敲边说："叮叮嗒嗒咔咔，请给我来把椅子！"

你猜怎么样了呢？

一眨眼，地上的木料就变成了一把椅子，又结实，又好看！

是的，这是一把小宝贝锤！

三木有一把小宝贝锤的事情一直都是一个秘密，人们只是偶尔会感到好奇，为什么三木不仅家具做得好，还做得那么快？往往前一天预订的家具，第二天就能来取。拖工的事三木从来不干。不过纳闷儿归纳闷儿，谁也没弄明白小木匠做家具的奥妙！人们只知道，他是一个了不起的小木匠。

可是，有一天三木拿出他的小宝贝锤，轻轻地敲着木料，说了十八遍"叮叮嗒嗒咔咔，请给我……"也没有管用。木料还是静静地躺在那里，一点儿变化也没有。

怎么回事？小宝贝锤的魔力消失了？三木不甘心，又接着敲，且敲的动静越来越大，叮叮！嗒嗒！咔咔！叮叮！嗒嗒！咔咔！叮叮！嗒嗒！咔咔！……

"敲什么敲，震死人啦！"

三木眼前突然出现了一个男孩儿，歪戴着一顶斗笠，穿着一件白边领口缅成 V 形的葱绿色袍子，宽宽的帽檐压着一张干净稚气的脸，一对眼珠乌黑乌黑，仔细打量，还有几分面熟。

"你？你是谁？"三木惊讶地问。

面前的男孩儿翻了翻眼皮，说："你不认识我，我可认识你，你不认识我，但一定认识我爹爹。"

"你认识我？我认识你爹爹？"

三木想啊想啊，也没有想起谁家有这么个男孩儿。

"提醒你一下，木！匠！神！——想起来了吧！"

"哦！原来你是木匠神的孩子！"三木霎时把眼睛睁得大大的，"那你是小木匠神了，没想到神仙也失言呀！"

见男孩儿没吭气，三木又问："你爹爹他可好啊？"

"不好，成天给你做家具，能好吗！"

三木的记忆一下回到很久以前——

那时，三木还很小，在小镇上有一个温暖舒适的家。他爸爸是一个木匠，专门做家具；妈妈是一个漆匠，负责往家具上刷漆。爸爸的手艺远近闻名，妈妈刷漆也刷得很漂亮，他们家的生意好得不得了。

每把椅子做好，三木都抢着坐坐；如果做的是衣橱，三木还躲到里面和爸爸妈妈捉迷藏。在三木幼小的心灵里，每件家具都很可爱，像一只只小动物，有四条腿支撑着身体，却不会走路，只是用来站着，好像永远也站不累似的。三木有时也会学家具，站着不动。

妈妈问他："你这是干吗呢？"

他说他在当晾衣架呢！逗得爸爸妈妈捧腹大笑。

可惜，那样的时光结束于一场大火。他们匆匆逃出来，三木童年的很多心爱之物都丧失在那场火中，只来得及带出一只心爱的弹弓。他手里紧紧握着弹弓，被爸爸妈妈拉着，一直跑到很远的小河边。

爸爸妈妈在不远处整理带出来的物品，三木想磕打一下鞋子上的泥土，就顺手把弹弓放在地上。等他抬起头的时候，面前就出现一个跪在半空中的男子，那男子穿着一袭灰色的袍子，白边领口缅出 V 形，看上去很是干净。

"谢谢你救了我，以后你就是我的主人了。"

三木眼睛瞪得大大的，遇见神还是遇见鬼了，他的心咚咚咚地跳着，像一面小鼓。

"我是木匠神，觉得你的弹弓好玩，就在弹弓里住了几天！大火烧起来的时候，谢谢你把我救了出来，我最怕火了呀！没有你，凭我自己逃不出来。"

"噢！"三木拿起弹弓瞧了又瞧，真不可思议，木匠神竟然住在他的弹弓里。

"主人，这把小宝贝锤就是我的令牌，以后只要你用它轻轻敲木头，你想要什么家具，我都能满足你。"说着木匠神就双手捧着小宝贝锤，恭恭敬敬地递给三木。

三木迟疑地把小宝贝锤接过来——真有这么神奇？

"记住呀，要边敲边说，'叮叮嗒嗒咔咔，请给我什么什么'，才会灵验。"木匠神说完这句话，越缩越小，越缩越小……

"难道火着起来时，你不会这么缩小吗?"三木忍不住大声问。

"火着起来，我根本不敢从弹弓里出来呀，我怕火，我比任何神仙任何人都怕火。"木匠神说完就彻底不见了。

后来，他们家就依靠小宝贝锤，重新开了家具店，盖了新房子。从那以后，三木的爸爸妈妈再也不亲手打制家具了。有了小宝贝锤，想要什么家具就有什么家具，何必再费力费时自己打制呢!

三木的思绪又回到现实，他看了看眼前的男孩儿，怪不得觉得有几分面熟，原来他就是木匠神的儿子小木匠神，细细看去，他的眉眼和木匠神真是像极了，只是要比老木匠神清秀文弱得多。

"怎么，你爹爹病了?"三木问道。

"嗯。他虽然是神，可是，神的能力也不是无限的。何况他的年纪也越来越大了。"小木匠神说。

"神仙原来也会老，这倒是一个听起来令人十分难过的消息呢。你现出真身，就是为了告诉我这些!"

"当然不仅仅是这些，我是来取回小宝贝锤的!"

"什么什么!"三木有些生气，"凭什么，那是我救了你爹爹一命换来的! 我是你爹爹的主人，他理应听命于我，这是当初他自己愿意的呀!"

小木匠神的眉毛竖起来，显得非常生气，似乎就要发火，但随后又温和下来，对三木说道："你救了我爹爹不假，我们一家都永远感激你，但是你知道我爹爹为了给你赶制家具所付出的辛劳吗? 每次，他一听见你的命令，就不惜消耗神力，昼夜为你赶制家具。长时间的神力耗损，以至于他的身体如此之差。他老人家都为你家卖了半辈子命了。如果说偿还你的救命之恩，也早还清了。今天，是我透支了作为小木匠神仅有的一点儿神力，将你持续不断的敲打和口令变成了一阵微微的小风! 才骗过我爹爹，他才没有再拖着病体为你赶制家具！"

小木匠神叽里咕噜说了一大堆，说得又快又急，想打断他也不能。

"怪不得，我怎么敲也不灵验，原来是你从中捣着鬼！"三木垂下脑袋，小声地抗议着。

"让我爹爹终生为你服务，直到累死，难道这就是你救我爹爹的本意吗？"小木匠神有些伤感地轻声问道。

三木摇了摇头，沉思了一会儿，有些羞愧地说："其实当时我根本就不知道救了你爹爹。他完全可以不让我知道，直接溜走。"

"爹爹是一个知恩图报的木匠神，怎么会溜走呢？"小木匠神顿了顿，又说，"但你实在是一个索求无度的人。"

"我以为神的力量是无限的，这下你爹爹可害苦了我！"三木想着最近接的订单，忧心忡忡！

"你可以自己动手啊！你也是有手有脚的，你也是有头有脑的。"

"我……"

"噢，我明白了，原来你是一个什么都不懂的小——还小木匠呢，我鄙视你！"小木匠神说着朝三木面前的地上"呸"的一声吐了口唾沫。

"我懂，谁说我不懂，我什么都懂！"

"懂，你就自己做呀！把小宝贝锤还给我！"

"那不行！"

三木说着又要敲木头，小木匠神看上去都要急了，冲过来就要抢。

三木把小宝贝锤举得高高的，小木匠神怎么也够不着，眼里顿时闪出泪花。

"求你把小宝贝锤还给我吧！"

三木的心一下软了，慢慢把高举着的手垂下来，将小宝贝锤递给小木匠神："好，还给你爹爹吧，对他说，我谢谢他。"

　　但是三木看看满地的木料，又有点儿发愁，答应给人家做的家具，该怎么办呢，三木在这方面从来没有食言过呀！而且，就像小木匠神所说的那样，三木其实对木匠的手艺，一点儿也不懂啊。

　　"也许，我可以帮你！"小木匠神说。

　　"对啊，你也是一个小木匠神，你一定也有一把小宝贝锤。"

　　"嗬，有，也不会给你啊！我说的帮是帮你成为一个真正的木匠！而不是把我自己变成你的奴仆。"

　　"不不不……"三木把头摇得拨浪鼓一样，"打家具一定很乏味，我可不喜欢乏味的事。"

　　小木匠神不理他，自顾自地从地上捡起一根木料，用手指轻轻地来回触摸，嘴里嘟哝着："这是上好的橡木啊，它这种纹理的细洁感，多适合给女孩子做一个妆奁盒啊！"

　　三木的目光也被吸引过去，是啊，多么好的橡木，以前怎么从没有注意到？小木匠神开始给三木一一讲解，听得三木一愣一愣的。有了小木匠神的讲解，三木这才注意到，不同木头的纹理是如此不同，有的纹理清晰，又细又直，像风筝线；有的纹理朦胧，又粗又弯，像大波浪卷。木头和木头的气味也不一样。细细闻上去，只凭着气味就可以分辨出，这块木头是松木，那块木头是杜木，而另一块木头又是黄杨木……还有，不同木头的密度也不一样，颜色也不一样，手感也不一样……三木渐渐对木头产生了兴趣。

　　小木匠神捡起一小块木料，放在耳朵边听，就像小时候，三木把海螺放在耳朵边那样，海螺螺旋状的耳蜗里会传来大海潮汐的声音，那么一块木头里会有什么声音呢？

　　"你猜！"小木匠神笑了，露出整齐洁白的牙齿。

　　"小虫子钻木头的声音？"三木茫然地说。

　　"你真乏味，那样木头会痛苦的，就没有点儿好的想象力吗？"

435

遭受到小木匠神的奚落，三木低下头，也默默把耳朵贴在一截竖立在地上的木料上，耳朵里依稀传来远方大地的声音，似乎是有一群马在跑过。

"哦，一群马！"

"哈哈哈哈，你总算对木头有了一点儿感觉，马跑过森林的时候，的确会在树的心里留下声音。而我听到的是一群鸟叫，当这块木头还是一棵树时，它的枝头上一定停留过斑鸠、百灵、黄鹂……它的枝丫间肯定有一个大大的鸟窝。鸟唱歌的时候，树木就把它们的声音记录在心里了。"

三木半信半疑地接过小木匠神手里的木料，放在耳边，闭上眼睛，一阵鸟鸣合奏曲隐隐地传进耳朵，就像夜空的繁星密集却有秩序地闪烁着。

"你真了不起！"三木不禁对小木匠神夸赞道。

"这有什么，你只要热爱这些，用心去感受，就会喜欢上木头、了解木头，你就一定能成为一个出色的木匠。"

"嗯，我想做一个出色的木匠，你来教我吧！"

"好！"

这样，男孩儿就开始教三木打起家具来，先根据要做家具的要求选好木料，然后把木料锯成薄厚均匀的板材，再用刨子刨光滑。当刨子刨下去，木头上卷起一个一个小木花，三木开心极了。他的笑就像这一圈一圈的木花，干净，快乐，简单。他还用木花做了一顶假发给小木匠神戴上。

物料准备好以后，小木匠神就教给三木使用墨盒，在光滑平整的木板上，根据需要，弹出黑黑的直直的墨线……再然后，三木的邻居就一整天都听见，三木家传来叮叮嗒嗒咔咔的声音。

一件、一件、又一件家具做好了，也许，这次是因为自己付出了心血的缘故，三木对每一件家具都有了感情，给它们一件件刷漆的时候，三木戴着纸折的济公帽，嘴里不时哼着自己编的小曲。

他哼着哼着停下来时，小木匠神就会给他鼓掌。

"当一个人尊重自己手艺，并且沉浸在自己手艺中时的样子最可爱、最迷人了。"小木匠神看着三木，眼睛闪现着亮晶晶的光。

"是在夸奖我吗?"三木突然腼腆起来。

"你现在已经是一个出色的木匠了!"

得到小木匠神的认可，三木开心得像个孩子。

一天一天过去，他们打制了很多家具。三木和小木匠神还一起做了一个精致的妆奁盒和一把古琴，这并不是为谁订做的，而是他们根据对木料的整体感觉，临时起意的作品。三木把这两个物件摆放在屋子里，它们好像会发光一样，使屋子都亮了起来。

"你这里缺少一个女主人呢。会弹琴，还善于操持家务的女主人!"小木匠神忽闪着黑白分明的眼睛，半是认真半是调侃地说。

"只是把它们安静地摆在这里，就感觉非常美妙了呢!"三木说。

"嗯。"小木匠神摸了摸琴弦，悠悠地说，"你这里现在不需要我了，我也要走了，我要把小宝贝锤赶紧还给我爹爹，他从此再也不用为还不完你的恩情，背负心灵的债务了!"

一说这个，三木又惭愧地低下头。

他还真有一点儿舍不得小木匠神，"就这么走了呀?"

"嗯。"

"去做一个小神仙啊?"

小木匠神却摇了摇头:"我再也做不了小神仙了，因为我泄露了木匠神的秘密，再也没有资格去做一个小木匠神了。"

"那你……"

"我甘愿被惩罚。"

"什么惩罚，重不重！"

"不算太重吧，就是好好做一个人呗！"

"啊！那你可不可以留下来？"

"你想好了再这样问我啊！我会把你说的话都当真的！"

"不用想，我是真心的！"

"好，要是有缘再相见吧！"男孩狡黠地忽闪着眼睛。

"那……好吧！"

三木见不能挽留小木匠神，就只好祝他此去一切安顺。

三年过去了，三木早已成为当地最有名气的木匠师。手下光徒弟就十好几个呢。他一直在等着小木匠神回来，小木匠神说过的，他做不了神仙，就会成为一个人。可是小木匠神就像蒸发了一样，几年来并没有任何消息，也许是小木匠神逗自己的吧，三木猜他正逍遥自在地做他的小木匠神。

最近一段时间，人人都在传，年老的皇帝去森林狩猎，突遇惊险，被一个身手不凡的女孩儿救下，女孩儿被皇帝带回宫中，收为公主。并且皇帝下了一道谕旨，要为公主挑选驸马，但公主的要求非常奇怪，去竞选驸马的青年，必须带一个妆奁盒和一把古琴。虽然有很多应征的青年按要求带去了这两样物品，但公主看罢，都只是轻轻地摇了摇头。

三木的朋友都知道三木也有这两样物件，纷纷劝他去竞选驸马。万一做了驸马，全天下的木匠都可以供他使唤，哪里还用得着自己再做木匠呢。

看着几案上摆放了三年的古琴和妆奁盒，三木想起了和小木匠神一起度过的时光，这两件不同寻常的器物，是他和小木匠神共同的作品。他舍不得，哪怕是去做驸马，哪怕是做皇帝，给他整个王国，他也不舍得。何况，他已经喜欢上了木头，喜欢上了木匠的职业。而这一切都是小木匠神教给他的，是小木匠神让他体会到做一个真正的木匠的快乐。

正当三木怀念着过去的时候，没想到，这天早上，戴着斗笠的小木匠神却突然出现了，和三年以前一模一样的打扮，在怔怔地发呆的三木面前，小木匠神突然把斗笠一摘，披下一头美丽润泽的秀发——原来是一个好看的女孩儿啊！

"你这个呆子，为什么不去竞选驸马啊，害我为你从宫里跑出来！"

"啊，公主原来是你——"

两个人互相看了一会儿，就哈哈笑开了，仿佛又回到三年前在一起的日子。

没错，这个女孩儿留了下来。后来，她成了三木的妻子。

作为木匠神的女儿，她没有一把有魔力的小宝贝锤，但她有两个小粉拳头，像小锤，总是轻轻地落在三木累了的肩上。

（选自儿童文学集《绽放自我——歪歪兔生命教育童话》，海豚出版社 2016 年 5 月）

附 录

第二届孙犁文学奖获奖作品名单

（2015—2016）

中 篇 小 说

《阅读与欣赏》　刘建东　《人民文学》2015 年第 3 期

《树上鸟儿成双对》　唐慧琴　《长城》2015 年第 5 期

《病人的私事》　阿　宁　《花城》2015 年第 2 期

《班车》　梅　驿　《十月》2015 年第 5 期

短 篇 小 说

《一百元》　张玉清　《人民文学》2016 年第 1 期

《群支付》　闫　岩　《小说界》2016 年第 4 期

《归去来兮》　康志刚　《朔方》2016 年第 5 期

诗　歌

《晴空下》　韩文戈　河北教育出版社 2015 年 8 月

《记忆的权利》　刘向东　《人民文学》2015 年第 8 期

《诗歌散记》　大　解　四川文艺出版社 2016 年 9 月

《藏锋》　孟醒石　《诗刊》2016 年第 5 期

散　文

《等一等日子》　张秀超　中国文联出版社 2015 年 11 月

《邯郸道》　桑　麻　北岳文艺出版社 2015 年 10 月

《流逝的岁月》　尧山壁　花城出版社 2015 年 1 月

报 告 文 学

《寻找平山团》　程雪莉　作家出版社 2015 年 8 月

《沃野寻芳》　周喜俊　河北教育出版社 2016 年 7 月

文 学 评 论

《启蒙的坚守与焦虑：〈野草〉重释》　田建民

《鲁迅研究月刊》2016 年第 10 期

《20 世纪中国文学与西方现代艺术论稿》　马　云　胡景敏

中国社会科学出版社 2015 年 5 月

《回到本体看网文》　桫　椤　《文学报》2016 年 6 月 30 日

儿 童 文 学

《绽放自我——歪歪兔生命教育童话》　吉葡乐

海豚出版社 2016 年 5 月

孙犁文学奖
获奖作品集

（全三卷）　　　王　凤◎主编

第三届

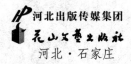

河北出版传媒集团

花山文艺出版社

河北·石家庄

C目录
CONTENTS

散　文

报告文学

文学评论

长 篇 小 说

　　贾兴安，1960 年 4 月生，中国作家协会会员，文学创作一级，现任河北省作家协会副主席。已发表文学作品 650 余万字，出版长篇小说、中短篇小说集、散文集、长篇报告文学等 16 部，作品多次获国家及省级奖项，转载或被改编为电影、数字电影、电视连续剧。主要作品有长篇小说《欲草》《黄土青天》《县长门》《庄园秘史》《啊，父老乡亲》《风中的旗帜》，散文随笔集《村庄里的事物》《乡村，颠覆的记忆》《万物的表情》《周恩来与邢台大地震》等。

啊，父老乡亲（节选）

◎贾兴安

第六章

一

听完崔大田对申保国的"控诉"，王天生沉着脸问："你说的这些，真的假的？"

崔大田拍着胸膛道："王书记，我对自己说的每句话，每个字，负法律责任。最重要的是，现在小商品市场的土地流转，二百多亩的土地，一亩才三百多块，谁信？他上下勾结，暗箱操作，损集体，坑百姓，肥自己。这算什么党员？算什么支书？"

王天生没吱声。

"他这支书，就是我们村最大的村霸。"

"早该撤了他。"

"他就是站在我们老百姓身边的腐败分子。"

"他有权有势，谁都不敢动他。"

"你刚来，可以到村里去看看。他干了三十六年村支书，看看他家吃的、用的、住的，再看看老百姓家吃的、住的、用的。他比过去的地主老财还老财！让大家说说，我崔大田有没有一句瞎话？"

拖拉机上的人嗷嗷吼着——

"他说的都是大实话！"

"我们不要祸害老百姓的支书！"

"我们要告他，告不倒就一直告！"

人们情绪激烈，嚷嚷成一团。

"别吵吵了，别吵吵了，都听我说！"崔大田继续对王天生说，"大家的话你都听到了吧？申保国在村里一手遮天，不让我们过好日子，我们只能联合起来到县里、到市里告他。你说你这双脚，从踏上白坡这块土地那一刻起，就是来为父老乡亲们办事的。那好，我问你，你有本事替我们老百姓撑腰吗？"

王天生一直在绷着脸听他们说话，这时突然松开了眉头，想了想，看着崔大田说："有！但是有一个条件……"

"说什么咧！大伙儿听见没有，共产党的领导，为老百姓办事还要条件！"

"当然要有条件！"王天生坚定地说，"没有这个条件，我没办法为大伙儿撑腰做主。"

有人说："大田，先听他说说，看是什么条件。"

王天生严肃地说："你们揭发检举申保国的各种问题，一定要属实，不能是捕风捉影，丁是丁，卯是卯，只要属实，该撤他的职就撤他的职，该法办就法办！但什么人都不能凭感情用事，也不能谁管事了得罪谁了，就跟谁过不去，就联合起来去起哄去闹事……"

"我们揭发申保国的事都是事实，没一句瞎话！"

"不是逼急眼了，谁吃饱了撑的，没事到处去告状啊！"

王天生继续说："这是第一个条件，保证你们所说都是事实。第二个，今天你们必须回去，不能去县里告状，丢白坡的人，丢我们乡党委

5

和政府的人，也丢你们自己的人。如果这两条答应我了，我就为你们撑腰做主。"

"你要是能为我们做主，我们就听你的。"

"好，那你们给我回去吧。"

"那你什么时候解决我们的问题。"

"调查之后，我不能听一面之词。"

"那好，我们在村里等着你去调查。"崔大田回过头，但又转了过来，望定王天生说，"还有一件事，你能不能快点管一管?"

"你说说看，看我能不能管。"

"我们村一块四十亩的宅基地，搁了十年了，至今没有分下去，乡里、县里早就挂了号，这事你听说了吗?"

王天生想了想说："有所耳闻。"

"听说了就好。"崔大田义愤填膺地说，"村里不少户孩子大了没地方住，一些人分家娶媳妇，逼急了就在承包的土地上盖房子，抢占耕地。王书记，我也是党员，你刚才也说了，我无故不到会，算是自动辞职，我是早就不想干了。我为什么自己撤自己的职不想干?是我没脸面对乡亲们，你到村里看看去，乡亲们十多年来没地方盖房子，娶不了媳妇，打着光棍儿，连个家都没有，心寒哪……"

王天生黯然神伤："噢……"

"王书记，你要真替老百姓做主，就主持个公道，先把这块宅基地给大伙儿分了吧!"崔大田眼睛里噙满了泪水，几近哀求地说。

人们热切而无奈地齐声呼唤着："给大伙儿分了吧，分了吧……"

"这……"王天生望着一片喊声，一时语塞了。

"我们想要一个家……"

"请给我们一个家……"

"好了，好!乡亲们，我答应你们……"一股豪情突然在王天生胸中荡起，他朝前跨两步，冲着拖拉机上人群，铿锵有力地说，"我，王天生，白坡乡的党委书记和乡长，现在就给你们一个明确的答复！五天之内，我保证把宅基地分下去，一个月之内，我查证落实申保国的问题。要是你们相信乡党委，相信我，就立马调转车头给我回去，要是不相信，怀疑我放空炮，挂羊头卖狗肉，你们就开上拖拉机上县里，我决不阻拦……"

说着，把电动车推到道边："如果不相信我，你们走吧，告状去吧！"

崔大田看看王天生，再望望拖拉机上的人们，高声道："大伙儿说吧，相不相信王书记？"

人们彼此看看对方，异口同声喊道："相信，相信！"

崔大田向人们挥挥手："那就调头回去，回去！"

拖拉机后队变前队，开始调头。

崔大田："王书记，大伙听你的都调头了，你可别说话不算话，糊弄我们。"

王天生毅然道："算不算数，咱们实际事上见！"

"好，我们回村里等你！"崔大田快步走到拖拉机前，刚要跳上车，又拐了回来，从怀里掏出一份材料，递给王天生说，"王书记，这是大伙儿告申保国的状子，他的事都清清楚楚地写在上面了，交给你，可别叫大伙儿失望！"

王天生接过材料，郑重地说："放心吧，我会还乡亲们一个公道！"

崔大田转身快步走到拖拉机前，跳上车，开始调头……

王天生望着逐渐远去的拖拉机，看着手里一卷沉甸甸的状子，把手支在车座上，低头闭目，长长吐了口气，自言自语道："申保国……申保国……"

忽然，远处传来呼喊"王书记、王书记……"的声音。

王天生从茫然中清醒过来，定睛望去，看见秘书小史和两个乡干部骑着摩托车快速朝他驶来……

到达跟前后，王天生迷惑地问："不好好开会，你们跑来干什么？"

"我们害怕闹事的村民把你给打了……"

"打我？为什么要打我！"

"告状的不讲理呗，从前没少打乡干部。"

王天生大怒："胡扯咧！一听说告状就害怕，就指责老百姓是刁民，不给人家解决问题，老百姓才气愤，根本就不是老百姓闹事，是我们有些干部不给老百姓办事，老百姓没指望了，心寒了，才到处去告状啊！以后，不准说老百姓不讲理！"

二

王天生又坐到了主席台上，微微喘着气。

村干部们在下边，都静静地坐在那里，等着他说话。

王天生喝了口水，放下杯子，平静地说："谢谢大伙对我的关心，申家庄的村民是通情达理的，他们是有权利反映问题的！关键是我们的干部，没有以身作则，自身有毛病、有短处。"说着，他瞥了一眼申保国。

申保国赶忙把脑袋耷拉了下去。

王天生收回目光，继续说："我们白坡乡的乡村两级干部，大多数是好的，但是在个别的村，比如白坡村的张希平，还有两三个村的支部书记，把我们党的形象给玷污了。他们心中里没有党，没有老百姓，没有责任感，更没有戒律，可以说是不守纪律，不讲规矩，不重名节，心里想的全是怎么贪啊，怎么占啊。你们说吧，这种官，老百姓不告他告谁呀？我看告得轻了，得狠告！狠狠地告！"

村干部们聚精会神地听着。

"……我来白坡才几天，可我却像是过了几年，感触很深啊！你们都是土生土长的白坡人，看看其他乡老百姓的日子，那才叫好日子！特别是'十八大'以后，风清气正，政通人和，中央出台了一系列的惠民政策，各级干部都以'人民群众对美好生活的向往，就是我们的奋斗目标'为工作准则，一切以人民为中心，向实现'两个一百年'奋斗目标前进，率领我们建设社会主义新农村，奔向小康，日子可以说是一天比一天好。但是，到了咱们白坡，我却一点儿也感受不到这些，这到底是怎么了？我想在座的各位比我都清楚。今天，来这里参加会议的，都是我们乡村最基层的骨干，是拿着国家津贴为群众服务的干部，直接跟群众打交道。常言说，村子富不富，关键看支部，我们白坡，自改革开放以来，这么多年了，怎么起色不大呢？怎么像是在鸡笼子里睡觉，一睁开眼睛，四处都是窟窿呢？走到外面，丢祖宗的人哪！你们说，我王天生说的是不是这么回事啊？"

村干部们默不作声。

"贫穷、落后、涣散，班子瘫软、村霸横行、告状成风，是制约经济发展，村子前进的重要原因。我们的父老乡亲，过得不好，过得不顺，有了苦，有了难，有了冤，找村支部，找乡党委和政府说说，这是好事，是群众信得过我们，我们应该把群众的问题解决掉，把矛盾化解在基层，这才是合格的村支部。我们要以人民的忧乐为忧乐，以人民的甘苦为甘苦，想群众之所想，急群众之所急，解群众之所困。可是，我们有一些村子的支书和干部甚至包括原来的乡党委和政府，是怎么做的呢？关键是原乡党委主要领导软、懒、散，作风不硬，自身说不起话，失去了战斗力。在白坡乡，党的形象已被某些党员干部所玷污，老百姓没见过大官，只认识乡党委书记、乡长、乡镇或村干部。他们有了苦难，有了冤屈，找到我们这些为共产党办事的乡政府，乡政府不但不管，还替恶势力说话。群众的心凉了、寒了、碎了，只好整天唉声叹气混日子。下一步，我们要建立健全基层民主管理机制，落实党务公开、政务公开、村务公开制度，让老百姓参与管理，参与监督。从整顿干部队伍入手，治瘫、治乱、治穷，齐头并进。在整顿村级干部班子中，我们决不心慈手软，该帮的就帮，该扶的就扶，该调的就调，该撤的就撤，该处理的就处理，必须尽快还老百姓一个公道。作为我个人来说，到白坡来任职，我的座右铭是：夹着尾巴做老虎！夹着尾巴，就是要严格要求自己，不贪不占，不以权谋私；做老虎，就是敢做共产党的'包青天'，办事公道为民伸张正义，坚决清除恶势力和腐败分子。回去以后，各村结合'两学一做'活动，重新自查自纠，有问题主动找乡党委汇报。同时，乡里要组成督导组，巡回到各村进行检查。现在散会，散会后，请申家庄的支部书记申保国同志留一下，散会后到我办公室。"

过了老大一会儿，申保国才走进了王天生的办公室。

在这之前，申保国去了一趟厕所，佯装拉屎在便池上蹲了一会儿，仔细琢磨了一番王天生找他的用意，左思右想之后，感到无非是告状这件事。像从前一样，申保国胸有成竹，嘴边放着一万句话等着为自己辩解，根本用不着再耗费心思。但是，现在与以往不同的是，对手变了，不再是那个"酒囊饭袋"邵金明了。这个王天生，说话硬邦邦的，大眼一瞪凶得吓人，一来就冒着咄咄逼人的气势，树标语、撤支书、截告状的拖拉机，还口口声声要当共产党的"包青天"，这不得不让人像藕一样多长几个心眼儿……这时，耿县长对他说的话，又响在了耳边："白坡乡是全县有名的百破乡，上访告状，县里、市里都挂了号的。何书记初来乍到，选王天生这个王大炮、王大胆来白坡，是她的杀手锏，也是她治瘫、治乱、奔小康打出的一张王牌，从这一点上，还不能不服咱们这位女书记的魄力和胆识。所以，你要处处小心，要和王天生搞好关系，配合他的工作……"

见申保国小心翼翼推开门，毕恭毕敬走进来，王天生连忙站起来，并给他倒水："申书记，坐，坐，随便坐，喝水！"

"好好……"申保国仍站在那儿不动。

王天生把水端过来，亲切地说："坐，坐！"

"王书记坐！"申保国见王天生坐下后，才坐了下来。

"申书记，把你留下，没别的事，是想了解一下你们村宅基地的事。群众意见那么大，到底怎么回事？"

申保国拘谨地说："王书记，以后你不能叫我申书记，叫我保国或者老申就行。"

王天生笑笑道："支部书记，也是书记嘛。"

"唉！我这书记，可不敢称书记，屁大一点儿……"

"我刚才问你的那个事，你说说是怎么一回事？"

"什么事啊？"申保国突然拍拍脑袋，"噢，看我这记性，你是问村里的宅基地吧？"

"对，说是十来年不分，群众意见不小。"

申保国笑笑说："这事怎么说呢？真的不是一句话两句话，能说清楚的……"

王天生说："那就从头说起，总能说清楚吧。"

"我是怕书记忙，没工夫听啊。"

"那就长话短说，我问你答，怎么样？"

申保国顿了顿："行，你问吧。"

"十年前，就该给老百姓分下去的宅基地，为什么十年了，还没分下去？"

申保国眨眨眼睛道："王书记，农村这点儿事你还不清楚？各家各户情况复杂，这家想多要，那家想要好地角，好地块，你说，这还怎么往下分？"

王天生追问："还有呢？"

申保国眯着眼睛，欲言又止道："还有……就不便于往外说了，说了，对领导影响不好，不说了吧，还是不说为好……"

"照这么说，真正的根子在上头？"

申保国不自然地笑笑："这是王书记你说的，我可没这么说，也不敢这么说。"

王天生笑笑说："那好，就算是我说的，你说，上头是指哪一级的头头啊？"

申保国也笑笑："怎么说呢，乡里、县里，包括市里，哪一级的头都有。你说，我一个小小的村支书，哪一级领导的话敢不听，敢不照办吗？"说到这儿，他长叹一声，屈委地说，"王书记，我心里的难处，只有我自己知道，有些事，我是打掉门牙往肚里咽哪……唉！我这难哪……"

"噢，原来是这样啊……"王天生托着下巴在地上踱步。

"王书记，你评评理，宅基地十年没分下去能怨我吗？"申保国看着不停走动的王天生，带着哭腔道，"你说我冤不冤吧？村里一些群众在上边乱找人，上边的领导，这个写条，那个打电话，指定让我照顾这个，关照那个。你说我这连芝麻大的官都不是，敢跟县里、市里的领导唱对台戏吗？所以，只好搁在那儿不分。"

王天生停下脚步："那就永远不分了？宁可得罪群众，也不能得罪上边的领导，是这样吗？"

"王书记，现在这社会，你是知道的，谁敢得罪领导啊？反正我是没那个胆儿，"他斜睨着眼睛，看看王天生说，"王书记，你刚才在会上不是讲吗，原话我说不好，不是要以群众高兴不高兴为工作的最高标准吗？"

王天生说："对呀，是这个意思，这是中央的精神。"

"我看这样吧。"申保国闪烁几下眼睛，微笑着说，"王书记，你既然来白坡了，就亲自到我们申家庄，把宅基地帮我们分下去，主持个正义和公道，也帮我们村干部解决一个大难题，去一块心病，这样，你也在白坡树一把威信，让老百姓给你叫个好！怎么样……"

王天生回头看着申保国，指着他说："老申，你叫我帮你去分宅基地，是诚心诚意呢，还是想给我出难题看我笑话啊？"

"王书记，天地良心，借我三个胆儿，我也不敢看你笑话。"申保国拍着胸脯子说，"你是我们的父母官，我们有难处，是在实打实向你求救呢。"

王天生不语，看着申保国笑笑。

"真的，你别笑，我说的是心里话，就凭你腿上拴铜锣，走一路响一路的魄力和本事，去我们村分地，还不是张飞吃豆芽，小菜一碟！"

王天生仍旧笑着："老申，你说的，真是你的心里话吗？"

"真的！我要是有一句瞎话，我就……"

王天生怔了怔，突然挥挥手说："那好，既然你真心实意有这个要求，我明天就去你们村分地！"

"明天？"申保国惊问。

"对，明天，咱们一言为定，明天一早！"

这时，王天生手机响了，他看了看来电显示，对申保国说："不好意思，我接下电话。"

"那我先回去了。"申保国站起身子说。

"不，先等等！"王天生示意申保国坐下。

电话是副书记刘金喜打来的，主要是向王书记汇报关于胡文东案子的进展。现在的问题，就剩下一个了，市纪委一位副书记答应，如果公安部门重新报来材料，认定胡文东的"嫖娼"不能成立，市纪委可以撤销要求县纪委对其处理的建议，但是，公安部门的违纪问题必须严肃查处。然而，市纪委如果要追究公安的责任，公安就不答应重新审理胡文东的案子，所以就僵在了这里。

"怎么办?"刘金喜实在没辙了，只得电话请示王天生。

"我听明白了，那意思是，如果重审案子，得让市纪委不能追查公安的责任?"

"是这样。"

"这……"王天生为难地说，"咱可管不了市纪委啊，这不是出难题吗?"

"谁说不是啊。"

"那需要再做通这位市纪委书记的工作，保证不给公安弄事，不追责。"

"对。"

"好，我明白了，你们都回来吧。"

王天生黑着脸回到了办公室。

申保国连忙站起来:"看你脸色不好，你有事就忙，我走吧。"

王天生出口长气，看着申保国说:"老申，就按咱们刚才说的，明天一大早我就去你们村。你马上回去，给我统计两个数字:一是总共有多少户要宅基地;二是要六间、五间、三间的各有多少户，明天一早，我到了之后你报给我。"

申保国应道:"好，我马上回去统计出来。"

"还有，今天晚饭之前，通知所有要宅基地的村民，明天一早八点整，准时到宅基地现场集合，谁不到算是自动放弃。"

申保国一愣，眨着眼睛问:"王书记，这地……你准备怎么个分法啊?"

"怎么分，我现在不能说，等明天，我会面对群众当场宣布。"王天生看看腕上的表，"你赶快回去准备吧，我有急事，要去县里一趟。"

说完，从抽屉里取出手包，又从墙上的衣钩上，取下一件外衣，边穿边向外走。

申保国怔怔地看着王天生，傻傻地站在那儿，喃喃道："他能用什么办法去分地……"

三

推翻胡文东"嫖娼"案，或者说启动该案重审，必须让市纪委承诺不追究公安方面的过失。这件事，跟别人说没用，没人能做主，只能去找赵书记。而赵书记作为市委常委，不是一般干部能找到或者说能去请示汇报的。

王天生在接到刘金喜的电话后，第一个反应就这事真是太难了，远远超出了一个乡级或一个科级干部能够"协调"下来的事情。但是，再难的事也要办，再陡的坡也要爬，天无绝人之路，总不能眼睁睁看着自己的"战友"，一个年轻的优秀干部，活活被某些权力部门，或者说被一个有权在握者因个人恩怨当作一枚"棋子"摆弄吧。万般无奈中，王天生突然想到了何书记，只有请求何书记出面去找市委常委、纪委书记赵玉峰，才有可能峰回路转，起死回生。

因为答应了申保国，明天要去申家庄分宅基地，因此，王天生下午抽出点儿时间，让周翔驾车，火速赶到县委面见何书记。

一进县委办主任宋云峰的办公室，王天生着急地说："宋主任，你帮个忙，让我先见见何书记，我有急事。"

宋主任笑笑用纸杯接了杯水，递给王天生道："你别急，何书记正在跟市检查组汇报工作，要想找她，怎么也得两三个小时以后了。"

"给领导挡驾不是！"王天生逗他一句，指指腕上的表，"现在下午刚上班，会就开始了？"

"大书记还不信我……中午的会就一直没停，吃完盒饭又接着开的。不信，你到会议室外面听听去！"

"那好，我去看看！"王天生说着站起身就走。

"哎，哎，你还真去呀？"宋主任在他背后喊。

王天生头也不回地走了出去。

"这个王天生，风风火火，什么急事啊……"宋云峰拿起电话拨号，低声道，"何书记，王天生说有急事，非要见你，我没拦住他，现在到会议室找你去了……"

王天生来到会议室门口，看看关紧的门，想敲又不敢，急得在外面搓着手转圈儿。

这时，何书记推开会议室的门走了出来，又轻轻带上，压着嗓子叫王天生……

王天生转过头，高兴地迎上去："何书记，实在对不起，耽误你开会了。"

"有什么紧要的事，你赶快说。"

王天生简短汇报了乡里对胡文东事件重新调查后所取得的新的发现，最后说："市纪委已经答应，如果公安方面重新报来材料，认定嫖娼不能成立，市纪委可以撤销对胡文东的处理建议，但公安方面的违纪问题必须追究。可是，市纪委要追究公安的责任，公安就不答应重新审理胡文东的案子，现在就僵到这儿了。"

"你的意见是……"

"这么做，必须跟市纪委赵书记汇报，取得他的同意。他只要表态不问责公安方面，那个派出所就立即重作笔录。"

何书记问："那你们赶快去找赵书记啊！这么着急找我干吗？"

"何书记，赵书记是市委常委，这事必须你出面。"

"我忙得很，没有时间。"何书记转身要回会议室。

　　"何书记……"王天生拦住了何书记，"求你了……我代表白坡乡党委和政府求你……时间太紧了，如果不趁热打铁，不赶快让公安重录笔录，说不定，又要节外生枝，那胡文东的'嫖娟'结论，就变不了啦……"

　　"唉！"何书记叹口气，看看手表说，"天生啊，你都看见了，我正在陪市里的项目用地联合调查组的同志，光市里各室、局的一把都四五位，真的是抽不开身。要不这样吧，我让县纪委郑书记陪你去一趟，就这么定吧，我这就让人通知他，你现在就去找他……"

　　"不行，何书记，我还是请求你亲自出面。"王天生态度强硬地说，"一是，你去有分量，显得县委对这起事件非常重视，县委书记都来了；二是，你和赵书记在一起工作过，能说上话，有面子；第三，这事如果别人去，万一协调不成，路就堵死了，返回后再找，就难上加难，弄不成了。所以，我考虑再三，你出面，拿下的概率是百分之九十，别人去，概率连一半也没有……"

　　"王天生，你要指挥我呀！"

　　"不，何书记，我是在求你……"王天生诚恳而激昂地说，"这不是我个人的事。从某种意义上说，也不是胡文东一个人的事。这牵涉到我们的党、我们的组织，关心、爱护或者说保护我们的干部的问题。这事处理不好，会影响我们整个乡干部队伍的情绪……"

　　"好了，不要跟我说大道理了。"

　　"何书记……"王天生见何书记着急了，突然怔在了地上，直勾勾地显得很陌生地看着她，眼里不由自主涌出一股热泪，声音沙哑但却是铿锵有力地说，"好，我说错了，也想错了，更是看走眼了！算我王天生无能，也可怜，我连我自己手下的干部都保护不了，还有什么脸再当白坡这个书记，还有什么能耐让那里的父老乡亲过上安宁和幸福的日子。现在，我先口头向您提出辞职，明天会有书面的辞职报告放到您的办公室！何书记，你忙吧，我走了……"

之后，他头也不回地大步往楼梯里走。

"王天生，你给我站住！"

王天生站住了，歪着脖子，但不回头。

半天没动静，王天生悄悄回头看看，见何书记拿着手包从会议室出来了。

"何书记……"

"你去叫上郑书记，咱仨一块去。"

"啊，何书记，你答应去了……"王天生喜出望外。

何书记笑笑："不去，你还不把我吃了啊！"

四

一行人见到市纪委赵书记之后，又是一场"苦战"。

情况一摆开，赵书记很爽快，直接说："这与你们无关，是公安部门的责任，你们回去等着吧。你们的这个副乡长，可以立即恢复他的工作，这不，郑书记也在这儿，明天，我让下边给他补个手续，就可以了，他也可以继续在市委党校学习。但是，有一点必须弄清楚，明天上班后，我会指示公安局纪委，调查桥南公安分局及他们下属的那个派出所，查清楚他们下边这些龌龌龊龊的'猫腻'，再下正式的结论。现在公安队伍里，有那么一些害群之马，胡作非为，利用那么点儿权力，想整谁就整谁，想怎么干就怎么干，好像他们就是党纪国法，尤其是利用打击'卖淫嫖娼'的机会，明目张胆地大肆'敛财'，还下达指示搞'创收'，不知道收了多少'黑心钱'，对此下边早有反映。这次市纪委利用这件事，结合'两学一做'和纪律作风大整顿，非抓他们个典型不可！你们回去吧，没你们的事了！"

王天生不敢吱声，连忙示意何书记。

何书记说：

"郑书记，求求您了，您这么一做，公安那边，是不会重新审理这个案子的，那就彻底把我们这个副乡长葬送了……"

赵书记说："我不是说了嘛，可以恢复他的工作啊！"

"可问题是，你一旦追究公安的责任，公安部门一害怕，有错也不会承认的，会千方百计维持他们对我们副乡长原来的定性啊！"

赵书记拍案道："他们敢，无法无天啊！敢给我撒弥天大谎啊！"

王天生在一旁苦笑："赵书记，可哪里有事实真相啊！"

赵书记瞪他一眼，问何书记："他就是那个乡的党委书记？"

何书记说："是的，叫王天生，刚把他派到那儿当书记，这不就出了事……"

"小王，我和你书记说话时，你不好插话。"赵书记喝口水道，"纪委就是搞事实真相的，还说没有事实真相！没有事实真相，你们找我干什么？"

王天生连忙道歉："赵书记，我说错了，我给您接杯水。"说着，端起水杯到饮水机上接水，又恭恭敬敬给赵书记放到了面前。

何书记说："你看，不叫你书记了，叫老兄吧！我也是到宁安县才一个来月，方方面面都不熟悉，正是打开局面的时候。现在摊上这个事，也让我很发愁，你说不管吧，基层的干部们都盯着呢，明摆着的冤屈不去管，那上上下下怎么看我这个新书记？老兄，想个办法，帮个忙，算是帮我了。"

"春红啊，刚才我说得多明白啊……"赵书记坚持说，"你那副乡长没事了，县纪委放了他，恢复他职务，继续去党校学习，没事了嘛。"

何书记想了想说："那好，老兄，那你一定答应我，等派出所重新拿出了笔录报来，你愿意怎么处理，你再处理他们好了。"

"不行，我不能答应你这个！"郑书记固执地说，"必须有一个是有问题的：你们副乡长没问题，那就是那个公安分局和那个派出所有问题；公安分局和派出所没问题，那就是我市纪委有问题。如果都没有责任和问题，那纪委怎么和你们这个副乡长交代？所以，必须有一个有问题的，必须处理人……"

大家终于听明白了，原来问题在这里啊！

"啊，原来这样啊……"何书记惊叫一声，不知所措地看着王天生，"天生，你看，赵书记这里也是有难处……"

赵书记真诚地说："春红，按说你刚到县里任职，作为老大哥，我一定得支持你的工作，正如你刚才说所，给你个面子。可是，你在市委大院这么多年了，知道我的脾气，我是原则性很强的人，就拿这件事来说吧，我再说一遍，事件出来了，谁都没有问题，那问题跑哪儿了？平白无故消失了？春红，你这不是让我为难吗……"

"赵书记，请求您，能不能让我说几句话……"王天生突然站了起来，给赵书记鞠了个躬，"就几句。"

"你说。"

"赵书记，为了这个所谓的责任和问题，我这位年仅三十四岁的副乡长，经过艰苦奋斗好不容易得来的政治生命，从此就要断送了，就要永远当这个人人唾弃的'嫖客'了，就要毁掉自己的仕途甚至整个人生了吗？就要诀别自己的家庭和所在的亲朋好友了吗……难道，一个责任和问题，会大过一个人甚至他背后不计其数人的命运吗……"

郑书记挑挑眉头道："你激动什么，我不是已经说过了嘛，保证他没事。"

"是的，他还没死……"王书记动情地说，"可是，你知道嘛赵书记，就是因为这个冤案，他的妻子，今天中午自杀了啊……"

"啊！"在场的人都大吃一惊。

赵书记一惊："你说什么！他妻子自杀了？"

何书记也惊叫："真有这事！"

王天生感慨道："好在发现及时，抢救过来了，可现在还在医院里昏迷不醒！你们把胡文东禁闭起来，可他的家人，现在口口声声在给我要人，他回不到他妻子的身边，不能面对现在所发生的这一切！赵书记，你是市委领导，你是大官，我一个小小的乡党委书记，无权与你对话，也无权要求你怎么做。可是，一个年轻干部那么不容易地成长起来，却因为个别人的别有企图，无缘无故做了牺牲品、替死鬼，你就这样眼睁睁地看着他无辜地被我们的党和国家抛弃吗？赵书记，你口中的一个'行'，可以送他去天堂，就能让他为我们的事业继续发光发热，您嘴里一个'不行'，可以送他去地狱，让他成为一摊不齿于人类的狗屎堆！我真不知道，这世界上事实何在！公理何在！良心何在……"

王天生越说越激动，似乎忘记了自己的身份："……今天，我的县委书记也在场，我豁出去这个乡党委书记不当了！赵书记，我恳求你答应我，总共两条：一、同意不追究公安部门的责任，让他们重新进行笔录；二、立即解除对宁安县白坡副乡长胡文东的隔离审查，恢复他的职务！郑书记，你如果不答应我，我今天就坐在你办公室不走了，何书记，请求你把我就地免职……"

"你看……"何书记鼻子有点儿发酸，看着赵书记说，"赵书记，怎么办……"

赵书记从桌边站起来，走到王天生面前，仔细望着他，之后扑哧一声笑了："哈哈，小子真能说呀，口才不错嘛，说得我浑身燥热，好像热血都沸腾了……"

"不答应我，我真的不走！"王天生挺起胸膛，目不斜视地谁也不看。

"怎么像个孩子……"郑书记朝王天生肩膀上拍了一巴掌，对何书记说，"春红啊，你没选错人，你这个乡党委书记，还真有点儿胆儿有点儿种呢！我好像看到年轻时候的我了……"

一串泪水从王天生眼里流了出来，他声音喑哑地说："不是我有种，是我走投无路了！赵书记，只有你能救他，能救白坡乡党委和政府了，只要能拯救我们的乡干部，我这个小小的乡官儿不当，又算个什么啊……"

"妥了，别感慨了。"

"还不快说谢谢赵书记。"

"感谢赵书记的高抬贵手！"

出了赵书记的办公室，何书记和郑书记都连忙问："胡文东妻子自杀的事，怎么没听你说，这么大的事，也不向组织汇报？"

王天生笑了："不这么编，怎能打动赵书记啊。"

何书记嗔怪他道："你这突然弄得一套套的，把我也说得晕头转向……"

"何书记，是你在场，才给我壮胆儿，也让我有了胆儿呢。"

晚上十点半左右，胡文东才得到被"解禁"的消息。

是薛科长接到电话以后，把胡文东"赶"走的，笑着对他说："胡乡长，搞定了，你被释放了，快给我走吧，听说还让你继续去党校学习。我呢，也该回家了。"

薛科长把手机交给了胡文东，正色道："以后，弟兄们可是朋友了啊，别忘了，我和你可是同居过，而且，我还给你当过两天秘书。"

现在的胡文东五味杂陈，恍若梦幻，短短几天的经历，像是过了几年。

胡文东紧紧握住薛科长的手，感慨地说："老薛，我不会忘记你的，你是个好人，在我挨整、被冤、最落魄的时候，你没有落井下石，像亲哥哥一样对待我，我胡文东没齿不忘。"

薛科长满不在乎地道："不落井下石，可不是因为我这人品格有多高，而是我有私心。我说过，我不得罪人，尤其是不得罪你们这些年轻人。现在流行三句话是，对比自己年龄小的，要巴结；对自己的同龄人，要尊重；对比自己年龄大的，要冷淡。嘿嘿，你知道了吧，年轻人，你以后会有发展的，说不定什么时候，我就用得着你了！所以不为难你，完全是为我自己以后办事方便。嘿嘿，老实小子，看看东西都拿走没，别丢下什么。胡大乡长啊，以后在政界混，多个心眼儿吧，这个阶层跟其他行当一样，什么鸟都有，有好人，像你们乡党委书记王天生他们，也有小人，有时候，小人黑了你，你不知道那脏灰是从哪里来的，小人臭了你，你也不知道那泡屎拉在什么地方……"

（节选自长篇小说《啊，父老乡亲》，湖南文艺出版社，2017年6月）

中 篇 小 说

　　单杰，女，河北阜平人，现就职于阜平县文联。中国作家协会会员，河北省文学院第十三届签约作家。曾在《小说月报·原创版》《朔方》《长城》《天津文学》《厦门文学》等刊物发表中短篇小说。2016年获"浩然文学奖"。

老鲁那年冬天的闹心事

◎单 杰

一

　　我父亲叫鲁忠实，没和我母亲结婚前是个卖大碗面的，和我母亲结婚后还是个卖大碗面的，只不过多了三四张桌子、七八条凳子。二十世纪八十年代末，阜平县城的东寺大街，还没有现在这么宽敞，街道两旁的买卖铺子还很稀少，除了老马的粮油店和老杨的大众理发店，就是我父亲的面铺子。面铺子虽然矮小，且陈设简陋，但比起街头摆摊儿卖豆腐的老田和卖肉又卖菜的老郭头，也算得上是一家冠冕堂皇的店铺了。

　　我父亲的买卖做得厚道，碗大、面足、汤肥，基本上一块钱一碗的面能叫你吃得滚瓜肚圆。因此，我父亲的生意，最能招揽四里八乡到县城赶集过庙的乡下人。图个实惠。乡下人到城里赶集过庙，少不了购买日常生活中缺七少八的东西，购买的东西不同，去的地方也不同，怕集会上人多，走散了不好找，总会约定个会面的地方，张嘴就会点到我父亲的面铺子："说好了啊！日落三竿，在鲁老拐的面馆儿门口见。"说得铜帮铁底，丁是丁卯是卯的。

　　过路不吃面的，有时候会到我父亲的面馆里歇歇脚，还可以舀碗热乎面汤喝。我父亲不欺生，也很慷慨。有时候歇脚的比吃面的多，我父

28

亲一样不烦不躁。人多，热闹，气场就足，买卖就火。我父亲鲁老拐的名字，在深山的阜平小县，挂着一号招牌。

我父亲的拐腿是从小落下的毛病。十岁那年上树掏鸟儿，蹬断了树枝，摔断了小腿骨。回家没敢言声，半个月过去，等家里人发现已经晚了，从此离不开一架木拐。我爹鲁老拐的绰号，就是这么来的。

我父亲鲁老拐个子不高，腿脚不灵便，可脑子好使，在选址面铺子的时候，一定费了不少心思。左边是卖粮油的老马，右边是卖豆腐的老田和卖菜的老郭头，铺子里缺啥少啥了，只需招呼两嗓子，面油肉菜就送到铺子里来了，费不了多少腿。就算是头发长了理理发，也不过几步道儿的事。

我父亲怕费腿，干啥先考虑道儿上的工夫。可是怕啥来啥，偏偏因为一匹马，跑细了拐腿，把以前半辈子省下来的道儿，一下子找补了回来。

二

那年冬天的一个傍晚，我父亲打扫好铺子，把大锅里的水烧得滚起浪花，泛起云雾。正是上客的时候，我母亲也早和好了一大盆面。因为天气冷，大街上又扬着白毛风，把面铺子门口的棉布门帘都刮得啪嗒啪嗒响。街面上看不到几个行人。

看着啪嗒啪嗒响的棉门帘，我母亲发起了牢骚。

我母亲见不得生意有半点儿冷清，抿着薄嘴唇："看吧，今天的买卖又不咋地，该上人的时候了，连个人毛儿都看不见！"

我父亲拄着拐走到门口："做生意就是个这，好三天，赖三天，哪儿有天天像过年的，那不发死了？"

显然也是有点儿沉不住气，他拿拐撩起门帘看看，街面上干干净净的，呼一阵风朝铺子里吹进来，忙收了拐，放下帘子。

母亲说："说得轻巧，面和了一大盆子。"

父亲说："天亮天黑，由不得你。不是还有明天嘛！"

母亲说："忙的时候忙个死，闲的时候，又闲得心发慌，这不是贱骨头嘛！"

父亲啧啧嘴说："骨头不贱命贱，你就是这贱命。"

仿佛生意不好了，都是母亲命贱惹的。

父亲这句话把母亲说恼了。母亲把薄嘴唇紧紧抿起来，脸色有点难看，却没再说什么。母亲忌讳在铺子里和我父亲拌嘴，和气生财，凭这点，母亲啥都能忍住。

沉闷了有一支烟的工夫，我父亲就挂着拐在门口杵了一支烟的工夫。突然，我父亲迫不及待地又拿拐挑帘子，我母亲就从撩起的半截帘子外，看到一个牵着马的人。那个人牵着马，正朝面铺子走来。

母亲一下子精神起来。

那人在门外的电线杆上拴住马，这才抄着袖子，抱着膀子，走进面铺子里来，闷头黑脸的，头发被风吹成了烂鸡窝。那人瘦高个儿，麻子脸，走路塌着腰，一副凄惶的样子。

我父亲忙拿袖子把就近的一把凳子又抹了一遍。

那人或是心不在焉，或是根本没瞧见我父亲的举动，找墙角儿的一张桌子坐下，还是闷着头黑着麻子脸。我母亲打来一盆热乎水，还没等走近，那人早挥了挥手。我母亲心领神会，折回厨房里扯面。

面醒好了，锅是开的。

我母亲扯一团面，在面板上揉揉搋搋，麻利地就把面条下锅了。

大碗面端上了桌，冒着腾腾热气。

那人一下子把小眼瞪成了大眼，一脸的诧异，或者是一脸的莫名其妙，或者是一脸的意想不到。

那人看看我母亲，然后把歉意的目光洒到我父亲的脸上。

那人满是亏欠地说："鲁老拐，啊不，我的鲁老哥，这面——我也没说要面哪！我，我——没说吃面。"

一句话把我父母两人说愣怔了。

我父亲回过味儿来，更是尴尬得要命，挤出个笑，都看不出笑模样来。人家进来，一个字儿都没吐，上赶着煮面端面，弄得阴差阳错，这要是让老马老杨们知道了，还不嚼出笑话来。这样一想，脸就红到了耳朵根儿。

我母亲不乐意了："你这人，不吃面也不言语一声儿。"

那人脸上满是歉意，嘴上却争辩说："吃面我言语一声儿，这不吃面——我言语个啥呀？"

说得我母亲一时对不上来。

我父亲忙说："算了，算了，怨不得人家。"

那人耷拉下脑袋："这天冷的，本来是想着，要一碗面汤喝喝。你看这事儿闹的！让你白煮了一碗面。"

我父亲又忙说："怨不得你，真怨不得你！不就想喝一碗面汤嘛！"

然后说我母亲："去端一碗面汤来，让这位兄弟喝喝。"

我母亲有点儿不情愿，但还是嘴里嘟哝着，收了那一大碗面。刚走了没几步，我父亲突然拐着腿赶过来，接过面碗，返回去，又放回到那人面前，弄得那人皱起眉，一时紧张起来。

父亲说："煮都煮了，趁热吃吧！"

那人吓了一哆嗦。

那人把衣兜掏得底朝天："今天走得急，没带着钱。"

我父亲说："这碗，不朝你要钱。"

那人抬起眼看我父亲："那哪能！"

我父亲一脸诚恳："不就一碗面嘛！看着你脸不生！"

那人说:"每回赶集上庙,都来你铺子吃面!"

父亲一下子受宠若惊了,说:"没带钱还吃不上面了?今天这面,就当抛绣球砸你头上了,免费送了!"

那人看看我母亲。我母亲嘟着嘴巴不说话。又看看我父亲。见我父亲还是一脸诚恳,没有半点儿开玩笑的意思。看看面,还冒着热气。我父亲见那人用舌尖深情地舔了舔嘴唇,似乎听到了他肚子里肠胃咕噜咕噜的怪叫声。那人的脸色红得犹如一碗酱油,但最终还是没有抵住一碗热面的诱惑。

吃着面,那人说:"鲁老哥,等下回来你铺子,还你这碗面钱。"

我父亲说:"说了白叫你吃,就得算数。"

那人吃着面,我母亲回厨房收拾灶火。我父亲拿了一把凳子,坐在门口的棉布门帘侧面,看着门口,时不时拿木拐挑起门帘看看。大街上被冷风扫得干干净净的,扫得连个人影都瞅不见了。

那人吃完一碗面,缩在角落里没走,愣愣地看着桌子上的空碗发呆。呆着呆着,眼泪就流出来了,流着流着,竟抽抽搭搭地哭出声儿来。

我母亲觉得晦气,说那人:"我们这是买卖铺子,讲究个喜庆吉利,你一个大男人,怎么不明事理?"

那人这才停住哭声儿,只一个劲儿抹泪。

我父亲是个心慈面软的人,见那人哭得鼻涕是鼻涕、眼泪是眼泪的,早生了恻隐之心,痛斥我母亲说:"但凡不是有什么过不去的坎儿,一个大男人,能哭成个泪人儿?都说女人心细,可啥时候能理解得了男人的泪!"

我父亲说着话,已经凑到了那人跟前。

我父亲说:"兄弟,这是怎么了?"

那人抽噎着不言声儿。

我父亲心里先有点儿急了："到底是啥事儿过不去？"

那人擦把泪："想着那口子都快不行了，我还有心思在这吃热乎面，心里有点愧得慌！"

我父亲问："你那口子怎么了？"

那人被我父亲一问，更伤心了，泪珠出溜出溜往下滚。

那人说："前半晌她到山上砍插菜园子的酸枣圪针，不小心砍在了胳膊上，砍着血管了，村里的医生看不了，我才用马把她驮进了县医院。"

我父亲说："既然进了医院，就不用再这么急慌了。"

那人无可奈何地说："医院说得接血管，输血，动大手术，押金得要一千块。"说着说着，眉头已拧成一个疙瘩，"来的时候走得急，就算不急又怎么凑够这么多钱！就算东借西借凑够了，那也不是一时半会儿的事，怕是流血也流死了。不是我不救她，想救她也来不及，家离着县城六十多里地呢！没办法救了！这眼睁睁地……"

我父亲焦急地说："县城就没个亲戚朋友，先借借，这可是人命啊，不能就这么放弃了。"

那人伤心得说话都没力气了："哪有什么亲戚朋友呀，没有办法可想了！受苦受累跟我生活了二十多年，还没享福呢，命先没了，这辈子对不住她，更没法儿和孩子们交代！"

说完，不知所措地拿拳头一个劲儿捣自己的前胸。

我母亲在一旁听着，早把那一碗面的不快丢到了脑后，也跟着一个劲儿唉声叹气。

我父亲更是焦急不安，拄着拐在面铺子里走过来走过去，一副绞尽脑汁苦苦思索的样子，仿佛那个住在医院里等待交押金的女人就是我母亲似的。走着走着，我父亲的脸上突然扬起了一种前所未有的使命感！

又走了几步，我父亲停下来，抬起眼睛看着满脸凄切的我母亲。我父亲说："这人命关天的，去把你箱底里压着的一千块拿出来先救救急。"

我母亲做梦也没有想到我父亲会做出这么唐突的决定。

我母亲脸上的凄切顿时消失殆尽，眼睛里开始不安起来。我母亲提醒父亲说："那钱不是给建华留着到部队上托关系用吗？"

那时候我哥哥鲁建华正在部队上服兵役，明年春天就该复员回家。在这之前我父母亲私下商量好了的，攒一笔钱到部队上活动活动，好到时候给我哥转个志愿兵什么的，留在部队上吃个公家饭当个公家差。

我父亲说："这不是不到时候嘛。离过年还有一个多月。"

我母亲说："一个多月还不是一眨眼的工夫嘛！"

我父亲说："再急能急过一条命？"

我母亲说："反正这钱不能动。"

我父亲把木拐往地上一戳："我说动就动。"

又问："这家——到底谁当？"

一来二去两人就戗起来了，然后吵了起来。坐在墙角里的那人坐不住了，走到我父亲面前，仰着麻子脸，扑簌着眼泪儿，说我父亲："鲁老哥，你这心意，我心里领了一万回了，可这钱——"瞄一眼一脸阴沉的我母亲，接着说："我真不能借。咱们不沾亲不带故的，就算是我亲爹，一下子这多钱，我也拿不动，更何况你也是有要紧事儿预备着用的。"见我父亲脸色铁青，又说，"我那口子，也就是这命了，死就死吧，我是没办法了。"

本来我父亲这人就是个好面子的人。我母亲遇事不和他吵，还有个商量，这一吵，商量的余地也没有了。可是今天这事儿，那人就在眼前，我父亲又救人心切，根本就没有我母亲静下心来和颜悦色地和我父亲商量的时间。再加上那人在我父亲面前说着可怜话儿，流着可怜泪，我母亲无论如何都不能改变我父亲的决定了。

我父亲三拐两拐，就拐进他们住的里屋，把我母亲箱底的钱拿了出来。

钱是用手绢包着的，我父亲往那人手里一塞，说："这是整一千，不用数，我们都数了好几回了。"

那人一个劲儿推让："不能，真不能。"

我父亲眼一瞪，说："赶紧的，交了押金救人！"

那人眼巴巴地望着我母亲，接不是，不接不是。

我母亲一屁股坐在凳子上不说话，薄嘴唇闭得紧紧的。我母亲跟我父亲半辈子，知道再说什么也不管用。自从开面铺挣了钱，我父亲开始一步步在家说了算。我父亲已不是以前的鲁老拐。现在我母亲根本做不了我父亲的主，而且遇事越阻挠越适得其反。我母亲只有不再理会，爱咋的咋的吧！

那人接过钱，手一抖一抖的。

那人一直流着泪，不知道是激动的还是伤心的。那人说："鲁老哥——"

忽一把抓住我父亲的一只手："我说啥呀！我说啥呀！啥也说不出来了，你就是俺的救命大恩人哪！"

说得我父亲气宇昂扬的。

我父亲说："这世上，哪有见死不救的！"

那人擦擦泪，说："鲁老哥，你这救命钱，我拿着。"说着指指门外的那匹马。一匹枣红马。"这匹马，我先押你这儿。我还钱牵马。这匹马卖卖也能卖个一千多，下午我到牲口市上转过，可这不是集不是庙的，牲口市上连个人毛都没有，碰不到买主。"

我父亲说："钱借给你，马我不押。我这不是当铺！"

那人说："你要不押下马，这钱我就不能借了。"

我父亲说："为啥？"

那人说："马押你这里，大嫂就不会担心我是个骗人的。"

说得我母亲一脸局促，不好意思起来。

我父亲执意不押马，觉得那样信不过人。那人坚决要押马，不押马钱就不借了。两人好一会儿争执不下。最后，我母亲顺水推舟，对我父亲说："押就押吧，你不押马，他不借钱，还救不救人了？"

我父亲这才勉强同意。

那人临走，我母亲送出门来。我母亲说："大兄弟，还不知你叫个啥？"

那人这才恍然大悟，说："唐大秋。唐朝的唐，大小的大，秋天的秋。"

又说："到炭灰铺黄草窑一打听，大人小孩儿都知道。"

我母亲嘱咐说："这钱你得早点儿还，你大侄子还等着用。"

唐大秋说："交了押金，明天就回去，朋友亲戚的借借，一半天儿的事儿，保准耽误不了你。"

又诚恳地说："误了大嫂的事儿，不叫个人！"

唐大秋前头走着，我母亲又嘱咐说："这一千块，我和你鲁大哥起早贪黑，忙活了两年多！"

三

唐大秋走的时候，天色已黑，街面上已经看不清人。我父亲拉着电灯，还坐在门口边儿上。一会儿掀起门帘看看，一会儿掀起门帘看看。从我父亲的神态上，看不出一点儿和往常不一样的地方。他在乎生意，可又不像我母亲那样，把生意的好坏挂在嘴上。我母亲这个时候早已经忘却了她和了一满盆的面，只纠结我父亲借出去的那一千块钱。救人没什么错，可她又总觉得那一千块钱，借得一点儿都不踏实。

说来也怪。我父母判断生意萧条的那个晚上，买卖却是出乎意料地红火。

唐大秋走后工夫不大，先是来了三个贩驴的。

这三个人是曲阳人，是我父亲面铺的熟客。说是熟客，其实一年也就吃个十回八回的面。因为三个人常年到山西的大同怀仁或者朔州一带贩驴，一个月顶多打一个来回。一年能贩个十趟八趟的，生意就够不错了。这三个人贩驴，从来不贩好驴，贩的都是从煤矿上退下来的残驴或者老驴，价格便宜。曲阳灵山镇一带的小驴儿肉便宜又实惠，有时候还卖不过猪肉价，都是这三个驴贩子的功劳。

三个人这是刚从山西贩驴回来，赶了有二十几头驴，高的矮的胖的瘦的，拴在面铺子门前电线杆上、老榆树上、马路桩子上，黑压压一片。有叫的，有咬的，有尥蹶子的，场面好不热闹！可再热闹也不过三碗面。

为首贩驴的叫庞三桩，个儿不高，圆乎脸。我父亲叫他老庞。老庞吃一碗面白多浇一勺肉汤不算，吃完了每回还得装我父亲两头大蒜。曲阳人出门爱占便宜，这个阜平人都知道。进门就是客，我父亲从来不和他计较。

每回吃完面，都不急着赶路。

老庞的第一句话总是说："可他妈算是回来了！"

这话说得有点儿远，可也算句实在话。**一进阜平**就进了河北地界，阜平东边就是曲阳县，进了阜平离家不过八十里。**贩**一趟驴来回一千多里地，全靠双脚，没白天黑夜地走，眼看到了家门口儿了，不是到家也算到家了。

快到家了，老庞和他贩驴的伙计，就不急着赶路了。吃完面，喝完汤，歇完脚，聊会儿路上的闲天，没两个小时出不了面铺。

这回却没有以前那么幸运。

三人刚吃完面，汤还没有喝完，"突突突突"开过来一辆拖拉机。拖拉机车斗上拉着一车民工，是从五台山上建寺庙下来的，高高矮矮胖胖瘦瘦的也有二十几个人。二十几个人比二十几头驴还热闹。关键是二十几头驴不吃面，二十几个人都要吃面。一下子屋子里挤得满满当当的，连个落脚的地方都没有了。老庞和他贩驴的两个伙计，这才不情愿地和我父亲草草打了招呼，赶驴走了。

本来担心一盆面卖不完，还糊里糊涂借出去一千块钱，我母亲的心里堵得慌，现在呼啦来了这么多客，一阵忙乎下来，盆里的面没了，一锅汤也见了底。我母亲擀完面煮完面，累得腰酸背疼的，心里却一下子敞亮了。我父亲递罢面又端汤，架着木拐在面铺子里穿梭得飞快，额头的汗珠都来不及擦。显然，生意一红火两人把所有的不快都抛到脑后了。唐大秋借钱的事儿，也早抛到九霄云外了。

送走一拖拉机民工，我父亲打扫着桌子，突然想起唐大秋押着的马来了。想起来那匹马，我父亲心里一激灵。送走民工的时候，印象中没看到那匹马。当时心思不在马上，也没往深处想。现在想起马，又印象中没看到马，我父亲心里就猛然紧张起来。

赶紧拐到门口儿一看，电线杆上光溜溜的，哪还有那匹马？

我父亲大声叫了起来："马怎么没了？"

我母亲赶紧跑出来看。我母亲也傻眼了。

我母亲扶住门框，心都哆嗦起来。我母亲说："那匹马，可还押着一千块钱哪！"

我父亲毕竟见多识广，遇事不是六神无主的人。他的脑子里开始搜索一切和这匹马有关的线索。他首先排除了唐大秋牵走马的可能性。一个急等着钱救命的人，不会做出卸磨杀驴的事情。那一拖拉机的民工更没可能。我父亲是用眼睛把他们送走的。既然在送走民工的时候，印象中就没有了那匹马，那马一定是贩驴的曲阳人捎带着牵走的。贩驴的老庞和他的两个伙计，虽然是我父亲面铺的熟客，但我父亲从来对他们都不放心。曲阳人鬼心眼子多，阜平人普遍有这么个评价。

往曲阳走的路是往东的一条大路，没有岔道。

我父亲架着拐一悠儿一悠儿就追出去了。

天黑，还刮着寒风，在耳边"吱吱"叫。我父亲什么都不管不顾了，不管驴贩子走多远，不管能不能追得上，三条腿倒腾来倒腾去，倒不显得比腿脚利索的跑得慢。我父亲一边追一边心里犯嘀咕。他嘀咕的并不是马丢了，唐大秋是不是还还他借出去的一千块钱。他嘀咕的是怪我母亲太多事儿，撺掇着押马，押了马还不得帮人记挂着看护着？这不是没事找事吗？我父亲越追越憋起一肚子火。

追出六里地，到青沿村口上，我父亲黑乎影儿看到前面像是一群驴，驴蹄子踏在马路上发着嘈杂的响声。我父亲加快了脚步。

近了，我父亲才发现，原来庞三桩和他贩驴的两个伙计，正赶着驴，往回返。这时候庞三桩也看到了我父亲。

庞三桩喊："鲁老拐，是你吗？"

我父亲紧赶几步："是我呀。"

还没等父亲问马的事，庞三桩说："走到半路上，数了数驴，一数多出一头，才知道多出一匹马。"

又说："这哪是一匹马？比一头叫驴不大！"

我父亲说："我估摸是你们把马当驴牵走了，这一通追。"

庞三桩说："既然你追上来了，省了我们再往回返走冤枉路。"

把缰绳递到我父亲手里，说："就为这冤枉路，鲁老拐，下回去你面铺里，俺弟兄仨得白吃一回。"

父亲找到了马，心里踏实了。

我父亲说："就叫你们白吃一回！"

在青沿村口分了手，驴贩子赶驴往东走，我父亲牵着马往回返。追的时候一溜儿小跑，跑出一身汗，棉袄棉裤都湿了。现在缓下来了，心缓下来了，腿脚缓下来了。又是迎着风走。风刮一回，我父亲就打个寒战，再刮一回，我父亲又打个寒战。我父亲觉得湿衣服冰凉冰凉地贴在了身上。身上冷了不说，胳肢窝也开始疼起来。架着拐跑出六里地，我父亲哪遭过这罪！好在我父亲已不在乎这些，能把马找回来比什么都重要。

走着走着，我父亲感叹地对马说："为个你，拐腿差点儿跑折了！"

可我父亲做梦都没想到，为这匹马费腿，他这才刚刚是个开始。

四

我父亲把马牵回去以后，就把它拴在了面铺子后面的晒条上。那根晒条是我母亲洗完衣服晾衣服的地方，现在给这匹马派上了用场。这匹马是匹老实马，不刨腿不尥蹶子，既来之则安之，处变不惊的样子，累了就趴下卧一卧，饿了就嚼我父亲扔给它的玉米秸。面铺子里冷不丁儿多了一匹马，这事儿叫谁都觉得新鲜。粮油店的老马和卖菜的老郭头都来看热闹，围着一匹马评头论足。

老郭头养过骡子，掰开马嘴看马牙。

老郭头说："是一匹马。"

老马说："蛋疼得你，谁看不出是匹马？"

老郭头说："是匹老马。"又回头对老马说，"有的骡子和马不好区分，我养过一匹。"

这话我父亲和老马都信，老郭头卖菜之前，在生产队里驾过骡子车。生产队包产到户后，分了责任田，连骡子带车，都分给了个人，这才改行卖了肉菜。

老郭头拍了拍马背，马就打了个激灵，浑身抖动了一下。

老郭头说:"这马不但老,身体还不好,大肚罗锅,一身癣斑,值不了一千块钱。"

我父亲说:"值不值我又不买,炭灰铺黄草窑的唐大秋,还指着它拉犁种田呢!"

老郭头摇着头,很是怀疑地说:"老弟,它拉得动犁吗?"

我父亲嗤之以鼻:"看你说的,好歹是匹马!"

老马对马不在行,但粮油店开了好几年,经历的事比一般人多,说马说不过老郭头,但对马之外的事,却有自己的看法。

老马是个齉齉鼻子,一说话还露一嘴黄牙。老马说:"论说你是办了件好事儿,但这事儿是好是坏,还得两说。"

我父亲问:"怎么个两说?"

老马说:"这一说是你真救了一条人命。"

我父亲再问:"那二呢?"

老马眨巴眨巴眼:"那个唐大秋挖了一个坑,让你跳。"

我父亲"扑哧"笑了。我父亲说:"你是说唐大秋是个骗子?"

老马说:"能把人骗了,也是门儿学问,要不叫你同情,要不就叫你可怜,装得叫你分不清真假。"又说,"西门儿上卖麻绳的小蒋,遇见一个老头儿买绳,多嘴问了一句买绳干啥使,那老头闷声回了一句,还能干啥使,抹脖子上吊。小蒋一下子惊住了。买自己的麻绳上吊,那自己不就成杀人凶手了吗?忙问老人出了什么事。老头说凑钱来县城赶年集,想买块猪肉过年,猪肉没买上,买肉的一百多块钱叫人偷了。不敢回家了,回去老伴儿知道了也是个上吊。钱是自己丢的,与其回去老伴儿上吊,还不如自己先上吊死了算了。小蒋好劝歹劝,借给了老头儿一百块钱,老头儿才不买麻绳了。借完钱,小蒋就再没见过那老头儿。"还感慨说:"小蒋那一百块钱,得卖多少条麻绳啊!"

我父亲听了笑得前俯后仰,鼻涕都喷出来了。

我父亲蛮有把握地说："我不是卖麻绳的小蒋，唐大秋也不是上吊的老头儿。"

又说："他要骗我，就不会死活押上这匹马了。"

想想又说："唐大秋在我面铺子里吃过不是一回面，一看那张麻子脸，就知道不是个生荏儿。"

老郭头和老马的话，我父亲根本没听进心里去。不但没听进心里去，还觉得老马有点儿可笑。笑老马并不是觉得老马讲小蒋卖绳的事儿可笑，而是笑老马自作聪明，凡事都觉得城府深、眼界高，常常是一个芝麻事儿，一经他的嘴，说着说着就成了西瓜。和老马走得近的，都知道老马爱传话儿，是个"长舌头"。所以，听老马的话，十回八回不能当真，当个笑话听听还行！

三天过去了，不见唐大秋来还钱。我父亲没当个事儿，我母亲沉不住气了。

我母亲一边和面一边说："这个唐大秋，说好了过不了一半天儿，这都三天了，还不见个影儿。"

我父亲说："这不是一笔小钱儿，唐大秋一个庄户人，东挪西借，也得有个时间不是？"

我母亲说："钱还不来，心里老记挂着，虚得慌。"

我父亲还是一点儿都不在意，说："你记挂着一千块钱，唐大秋还不得记挂着他那匹马？"

我母亲说："反正这心里不牢靠！"

午饭前，我父亲去铺子后面喂马，墙角有块露出半截的房界石，不小心绊了我父亲个跟头。绊个跟头不打紧，没碰着没磕着，我父亲拍拍身上的土就起来了。可没想到，我父亲起来了，那匹马却突然趴下了。原来那匹马正眯着眼打盹儿，被我父亲冷不丁儿一个跟头，给吓趴下了。我父亲拉住缰绳拽马，马哆哆嗦嗦，拽了几回才站起身来。这个时候我父亲意外发现，这匹马的乱毛底下，吓出了一层细汗。这匹马胆子怎么这么小呢？我父亲的心里咯噔一声。他想起了老郭头的话。难道这真是一匹老马病马？常言说，人强马壮，驰骋疆场。这匹马胆子这么小，不是身体虚弱，就是心脏有毛病。由老郭头的话，他又想起来老马的话。我父亲把老郭头和老马的话，都在脑子里像演电影一样清清楚楚过了一遍。这一遍过完，我父亲的脑子就被过乱了，他拄在地上的那架木拐，也不由得哆嗦起来。马哆嗦是身体差，拐哆嗦是心里乱。

吃过午饭，面铺子里的面客还没有走完，我父亲就撇下生意，到南街的大槐树底下，找韩桂章下棋去了。我父亲棋艺不佳，是个臭棋篓，但却分外痴迷。南街的大槐树底下，常年地摆着一副棋盘，县城里爱好象棋的老少爷们，常常聚在那里，一较高下。我父亲和高手过不了招，可和韩桂章能过招。韩桂章是派出所里的一个老公安。干了一辈子警察，比他干得晚的都当上所长了，他却还是个民警。棋友们拿他开涮，问他："人家小袁子比你晚来五年，都当上所长了，怎么还不见你挪窝？"韩桂章脸都红了，人却不恼，说："咱不待见当官，咱待见下象棋。"可韩桂章下象棋和我父亲一样，也是个臭棋篓。韩桂章家是平阳山咀头的，道儿远，星期日不回家，在大槐树底下消磨时光。韩桂章下棋不爱和别人下，爱和我父亲下，因为俩人旗鼓相当，分不出高下。这也正中我父亲的下怀。因此，一到星期日，我父亲就去和韩桂章下棋，无约胜似有约。

可今天我父亲说是下棋，却没往大槐树底下去，而是在东大桥上拐了弯儿，一直往北走了。

我父亲走得很急，迈一步左腿，荡一下右拐，右腿半拖不拖着，身体一晃一晃的，像一个刚从战场上退下的伤兵。顺着桥西街右岸的堤坝，走出三里，我父亲在县医院的大门口儿驻了足。三里地也走了我父亲一脑门子汗。

在医院的门口儿停住，并不是我父亲还有什么顾虑，而是到医院里看望病人，总不能空着个手儿，就掏两块钱，买了吴婆婆十个缸炉烧饼。有了这十个缸炉烧饼，我父亲这才不再怀疑自己千真万确是为了看望一个病人。

我父亲左手高高地提着烧饼，他能嗅到芝麻香喷喷的气息。

然而在医院的门诊上，他并没有打听到有那么一个砍伤了胳膊的病人。于是他到了后面的住院部，一个病房挨着一个病房找，一个病房挨着一个病房打听。三层的住院部走了个遍，我父亲也没找到唐大秋和他砍伤胳膊的女人。我父亲一屁股坐在楼梯的台阶上，走不动了，一步都走不动了。他此刻感觉到脑门子上一阵一阵冰凉。

那天晚上，我父亲失眠了。我父亲活了大半辈子，没做过一件亏心事儿，虽脚不利落，可睡觉睡得香。没见到唐大秋，心里就像个水面上漂着的葫芦，悠悠儿乎乎儿的。睡不着觉，我父亲就老翻身，正着躺一会儿，反着躺一会儿，烙了半宿大饼。

我母亲装睡，实在装不下去了，一骨碌坐起来。

我母亲说："老鲁，说实话，你下午干啥了？"

我父亲不耐烦："不是跟你说了，和韩桂章下棋嘛！"

不说韩桂章，我母亲不恼。一说韩桂章，我母亲恼了。一把扯掉我父亲的被子，把他扯了个光屁股。

我母亲厉声说："再说说？"

我父亲冷得牙打战，哆嗦着说："再说说也是去下棋。"

我母亲说："嘴硬得你，今天星期几？"

我父亲夺过被子，盖在身上，说："星期几、星期几？你管他星期几，咱开一个面铺，不是上公家班，你管他星期几干什么？你还巴望着歇个星期日吗？"说着说着，回过味儿来，吭吭嘟嘟说，"今天，不是——星期天吗？"

我母亲黑咕影儿里抿住嘴。

我母亲说:"不知道是你糊涂,还是我糊涂!"

我父亲不言声儿。

我母亲又说:"不知道是装糊涂,还是真糊涂!"

我父亲还是不言声儿。

我母亲拉长声音说:"我早知道,今天是个星期五。你倒说说,韩桂章星期五不上班吗?你和哪个韩桂章下的象棋?"

见我父亲还是闭住嘴不说话,一副死猪不怕开水烫的样儿,我母亲就气不打一处来:"你前脚刚走,韩桂章后脚就到了,倒不是找你,是到大街上贴省里下的布告,说跑了三个抢劫杀人犯,让大家见到了一定举报。"又说,"你要不信,你开门看看,外面墙上就贴着一张。"

一句话说得我父亲傻了眼。我父亲下午出门的时候,走得急,找韩桂章下棋也不过是随口一说,找个理由,根本没考虑今天是星期几,更没想到韩桂章会到铺子里来贴布告。现在让我母亲端了老底儿,无法狡辩,只有把被子一拽,连头都蒙了起来。

两个人开始生起闷气来。

我父亲生闷气,不光是在医院里没有找到唐大秋,还因为和我母亲倒瞎话儿,让我母亲逮住了。让我母亲逮住说一句瞎话,没什么好怕的,我父亲自从面馆挣钱挣得腰包鼓起来,就再没像从前那样怕过她。可让我母亲知道了没找到唐大秋,我父亲脸面上就挂不住了。借给唐大秋钱的时候,我父亲没听劝阻,现在没找到人,不是失了男人的威信,也是落下了话把儿。我母亲生闷气,是因为我父亲和她过了半辈子,苦不怕、累不怕,到了连一句实诚话也落不着听。生活了半辈子的男人,还在和自己倒瞎话儿。倒瞎话儿不要紧,要紧的是,逮住了都不肯说句软话儿。心软嘴不软。

闷来闷去,还是我父亲沉不住气先妥协了。

我父亲蒙着被子说:"我明天去一趟炭灰铺的黄草窑。"

我母亲不理他。

我父亲又说:"兴许,他们已经回家啦!"

我母亲不但不理他,还理直气壮地掉给他个后脊背。

五

冬天里日短夜长,外面还黑咕隆咚的,我父亲就起床了。我母亲吹旺炉火给他煮了一大碗面,还加了两个肥肉墩儿。趁我父亲吃着面,我母亲从衣柜里找出一身儿我父亲早年穿过的旧棉衣。

吃过面,换上旧棉衣,我父亲牵上马。

在面铺子外面的灯光里,我父亲说:"我去了。"

我母亲给他拽拽棉袄衣襟。衣服的前胸破了一个洞,白花花的棉花都翻出来了,像胸前挂着一朵小白花。

我母亲说:"哭穷不会吗?好说歹说的,啥可怜说啥。"

我父亲不说话,牵着马往前走。

我母亲说:"唐大秋筹钱筹不够,就不要急着回来,哪怕住个三天两头儿,别让几句好话打发了。"

我父亲只管走自己的。

走出一段路了,我母亲又对着背影嘱咐说:"铺子里没啥事儿,我一个人行。"

一匹蔫啦吧唧的马,一个拐拐巴叉的人,就这么一前一后地上路了。天还不见亮儿,大街虽然是柏油马路的大街,我父亲却不敢放快脚步,好在马是匹老实马,一声不吭地跟着我父亲。人快马快,人慢马慢。抹黑儿出了东湾,就算出了县城,再往北走,人家就稀少了,黎明前的寒冷似乎一下子更透骨了。我父亲感到最寒冷的,是他的两只手。

一只手牵着马，一只手架着拐，连抄起袖子暖暖手都做不到。穿过一个叫八里庄的村子，天开始放亮，眼前不再模糊了。我父亲的心里也豁亮了些。他看看马，马鼻子的四周起了白毛，两股白腾腾的气呼哧呼哧往外冒。以前不知道村子叫八里庄是什么意思，今天这一走，我父亲走明白了，到了这个村子，也就是走出县城八里地了。

阜平北边的邻县，是山更深处的涞源县，长途汽车站里，有通往涞源的班车，一天两趟，准时准点。坐上到涞源的班车，半途下车，就到了离炭灰铺不远的岔道口，比步行能省下三成的路程。可我父亲因为要牵着那匹马，不得不舍弃班车，捎着三条腿，与四条腿的马同行。

我父亲七八岁的时候，和我爷爷推着板车，到过炭灰铺。炭灰铺有县里唯一一座煤矿。阜平和山西交界，可又与山西大不相同。从阜平一进山西，是个山头就有煤矿，刮阵风都吃一嘴煤面子，而从山西一进阜平，煤矿就一下子消失得只剩下了炭灰铺一个，而且，还是个用筐背的小煤矿，像煤矿只是山西的专利似的。每年入冬前，不管老的少的、男的女的，推着板车，带着干粮和咸菜，都到炭灰铺煤矿上去拉煤。浩浩荡荡一支庞大的行军队伍！

后来我父亲废了一条腿，再没走过这么远的路。

除了三年五载偶尔瞒着我母亲，到三十里外我姑母鲁秀花家走一趟，我父亲几乎就没怎么出过县城。想起我姑母，我父亲的心里由不住翻上来一阵心酸。心里一酸，鼻子跟着就酸了。但我父亲的心里，什么都可以思想，就是不愿意想起我姑母，因此，我姑母的影子一在我父亲的脑子里闪现，我父亲就赶紧甩甩脑袋，把我姑母从他的思想里甩出去。甩出去后，我父亲尽量去想别的，怕我姑母的那张沧桑脸，再掉转头找回来。路途远，路上还没个说话唠嗑的人，虽然屁股后头跟着一匹马，可马就是一匹牲口，顶不了人说话。没有人说话，路走起来就沉闷，还不出脚程。既然是去找唐大秋，就想唐大秋借钱的事情。想事儿不光为甩掉我姑母，还为走在路上的一条拐腿。有事儿想着，注意力在事儿上，就不在腿上，费不费腿，吃不吃劲儿，也像甩我姑母的脸一样被甩掉了。

尽管在医院里没找到唐大秋和他砍伤胳膊的女人，我父亲也丝毫不愿意相信老马说的那样，唐大秋挖了坑让自己跳。他更相信唐大秋和他女人已经回了家。在医院里做了手术，回家养病去了。乡下人看病还不都是个这！谁有闲钱在医院里瞎折腾！至于唐大秋四五天了还没有来还钱，不用问，没筹够钱呗！筹不够钱，他有脸来见我鲁老拐吗？他有脸牵走他押着的马吗？

我父亲对唐大秋在筹钱上犯着难深信不疑。

由唐大秋又叫他想起了曲阳贩驴的庞三桩。都说曲阳人爱贪便宜，可庞三桩在那晚赶错了马，不是还返回来送马吗？一勺肉汤贪得，几头大蒜贪得，但在关乎像一匹马这样的大物件上，庞三桩和他的贩驴伙计，还不是有着自己的底线吗？还不是没越过底线吗？曲阳人出门做小买卖的多，免不了出个坏人，但不能把个别曲阳人的坏，都记在所有曲阳人身上。转而又想唐大秋，连庞三桩们这样走南闯北诡计多端的买卖人都做不出的事，何况他庄户人唐大秋！可见这天下事，好事难做，坏事也并不是是个人想做就能做出来的。不能因为买小蒋麻绳的老头儿，就觉得唐大秋也是个骗子。

他甚至计划着，见到唐大秋后，还了钱怎么办，筹不到钱怎么对付。不管怎么说，以后这好事也不能办得太揪心太唐突了！经一事长一智，功过自在人心，这也算是多长了一回见识，以后叫自己能多留个心眼儿。

平常人走一个小时，能出去二十里地，六十里地的路程，三个多小时怎么着也到了。我父亲瘸一条腿，还牵着一匹没精打采的老马，中午的时候，才到了炭灰铺，一打听黄草窑，还有十六里山路。我父亲虽觉左脚有点儿木，右胳肢窝有些麻，但也没歇脚。累的时候，我父亲打过马的念头，但这个念头又叫我父亲心有余悸，腿脚不利索，怕再叫马摔了。我父亲在摔上落下病根儿，一辈子怕摔。

那十六里的山路，我父亲走得很辛苦。路是土路，窄不算，在山间盘来盘去，还一溜儿慢坡。我父亲有些力不从心，走走歇歇。在一个拐弯处，踩滑了路上的小石子，摔了个前趴，两个手掌擦出了血，左膝盖的棉裤，还撕开一道口子。那一跤摔得我父亲坐在地上好半天才透过气来。

到了黄草窑，日头斜过去一竿子多了。这是个只有十来户人家的小村子，低矮的房子建在半山腰上，像十几个鸽子笼。村子的中间，是石板拼成的一片场地，耍个猴不见得宽绰。场地北面的墙根底下，圪蹴着几个老人，晒着太阳，东一搭西一搭地说闲话。

我父亲问山羊胡子的老人："大叔，唐大秋是哪家？"

山羊胡子老人拿手贴着耳朵："唐大秋？找人哪？"

我父亲说："是啊！哪个是他家？"

山羊胡子老人摇摇头："没这么个人。"

见我父亲满腹狐疑，另一个头发只剩下一圈白发边儿的老头儿说："黄草窑十三户人家，家家都姓夏。"

我父亲的心里一下子就被霜打啦！他是怎么走出黄草窑，怎么走出的十六里山路，一点儿都不知道啦！走到炭灰铺的岔路口，太阳都快落山了，我父亲才猛然想起，忘了那匹马。赶忙回头去看，那马就老实乖巧地跟在身后，缰绳拖拉在地下。

我父亲扭身就走。

我父亲说马："给你个机会，怎么不跑哇！"

紧接着，又恼怒地说："你怎么还跟着我呀？"

不过几步，想起那晚火急火燎地追出很远才在青沿村口找到这匹马，心里突然一阵憋屈。他停住，在地上拾起马缰绳，然后拍拍马脑袋，幽怨沉重神情凄凉地说了一句话："咱们俩——缘分哪！"

我父亲说完这句话，心里的委屈再也憋不住了，眼角的泪禁不住流下来。我父亲流眼泪不是因为这匹马老实，缰绳脱了还不知道跑，归根结底还在唐大秋给他挖的坑上。如果不是今天亲自到了黄草窑，一条五尺汉子，哭得鼻涕眼泪的，打死也不会相信他真是个骗子。除了这个，我父亲流泪还为自己。有心做一回好事，好事却把自己伤了，就像农夫救了蛇，蛇反咬农夫一口。憋屈得无处诉说。就算说出来还不是老马嘴里的一个笑话？我父亲既怨恨又自责，比早年我姑母跳墙头跟着唱老调的武生私奔，还感到窝火。

天不知道什么时候黑的。风不知道什么时候刮起来的。

我父亲摸黑走着。人无精打采，马也无精打采。远处隐隐约约看到村庄里亮着的灯光。我父亲不知道走到了什么地方。也没必要知道，反正离家还远着呢！想到家，他就想到我母亲。想到挣那一千块钱，我母亲比他付出的辛苦还要多，一盆一盆和面，一碗一碗煮，身体有个不舒服，还强打精神支撑着，男人不过是个门面，实际女人才是顶梁柱。但啥事儿还不是女人说了算。如果唐大秋借钱的时候，听女人一句劝，也不至于一千块钱就这么让自己挥霍了。况且，钱也不是唐大秋非借，都是自己一时逞能。

风擦着地面，吹得脚脖子都是凉的。透过棉衣打着脊背，我父亲禁不住打了个寒战。一个寒战打过，我父亲憋不住想尿尿。正好路边上一棵老杨树，我父亲就走到杨树跟前，让树身给自己挡着冷风，把尿尿了。尿完尿，刚扎起裤带，肚子里咕噜一声叫，饿了。这才想起来，这一天光顾着赶路，除了早晨天不亮一碗面，到现在一直水米未进。人一饿不要紧，还感觉累了，浑身散了架似的。累还不是最要紧的，突然左脚板上一阵钻心般的疼。而且疼得我父亲站都站不住了，木拐一松，扑通坐在了地上。坐下去我父亲就起不来了，黑咕隆咚的连木拐都不知道甩到了哪里。脚板的疼痛叫我父亲顾不得去找木拐，他三下两下扒掉棉鞋，拿手指摸摸脚掌，脚上磨了好几个铜钱般大小的血泡。有的已经磨破，流出黏稠的血浆。

我父亲揉揉脚，用棉袖子擦去血渍，穿上鞋想站起来，可脚一挨地，疼就钻到心里。试了几次，就是站不起来。我父亲一下子沮丧到了极点，死的心都有了。活了半辈子，让兔子蹬了眼，还活个什么劲儿呀！我父亲哇的一声哭起来。一个拐子，连路都走不了，还人前晃荡，装个什么大尾巴鹰啊！我父亲又"哇"地哭一声。过日子靠着女人，却摆着男人当家的谱儿，现在让人连皮带骨头骗了，和女人交代得过去吗？我父亲又"哇"地哭一声。三声儿哭完，我父亲拿定了主意。反正也没脸见人了，还活个什么劲儿呀！或许回去，女人不说什么，自己交代得了自己吗？一件事情，连自己都交代不了自己，这条命也算活到头儿了。

我父亲主意已定。一拿定主意，也不知哪儿来的劲头，一手把着树，居然站了起来。他抬头看看树，树杈离头不远，像正好给自己准备的。正应了水到渠成那句话。看来也算天意了。我父亲毫不犹豫解下了腰带。

正准备往树杈上搭腰带，一辆驴车从后面不紧不慢赶过来。因为天黑，又因为天高地阔，驴蹄子敲打在柏油路上，"啪嗒啪嗒"响得清脆。我父亲只好停手，靠在树上，等驴车过去了再行动。

驴车走近了，赶车人先是看到了路边的那匹马，很快也看到了靠在树上失魂落魄的我父亲。天虽然黑，但那满眼的疑惑，还是没有逃过我父亲的眼。

那双疑惑的眼，一直跟着驴车走远，在黑夜里看不见了，我父亲这才又拿出腰带。我父亲拿腰带的手抖着。人死的时候，居然连一条腰带，都叫人觉得那么沉重。他在手里掂量了掂量，感觉还该说一句话，可是该说一句什么呢？我父亲的脑子里一时又空空如也。想了半天，我父亲只想起这么一句："老伴儿，我没脸活啦！没脸见你啦！"腰带往树杈上一搭，挽上绳扣，麻利地就要把脑袋伸进去。

刚伸进去，我父亲就听见一个人喊："兄弟，你这是要干啥？"

这荒郊野外，四野静寂，冷风凄凄的，又是突然一喊，声音急促洪亮，我父亲吓了一跳。吓这一跳，我父亲腿一软，脑袋就被吊起来了。好在那人眼疾手快，上去抱住我父亲的腰，把我父亲抱了下来。

我父亲没有做一点儿挣扎。其实我父亲对死也是骑虎难下。

那人把我父亲抱上驴车，把马也拴在车辕杆上。

我父亲说："你不是过去了吗？怎么又返回来了？"

那人说："看你就有点儿不正常，走过去后悔了，返回来一看，你还是真要寻短见。有啥事想不开的？"

我父亲没回答啥事，但是想到刚才上吊没死成，也是吓了一身冷汗。都说寻死是鬼迷心窍，看来这话一点儿不假，也就是脑子一迷糊的事。再明白的人，也怕一时转不过弯儿来。我父亲擦擦脑门和脖子上的冷汗，再经冷风一吹，身子冷了，心里一下子明白起来豁亮起来。

我父亲看看驴车，车上拉着粉条和红薯。看来是个换粉条的。

我父亲心存感激，说："老兄，五丈湾的吧？"

那人赶着驴车不回头："五丈湾的，姓孟，人都叫我卖粉条的老孟。"

我父亲一眼能看出这人是五丈湾卖粉条的，是因为阜平的一个谚语。谚语说：炭灰铺的煤，东城铺的枣，龙泉关的野蘑，五丈湾的粉条。说的是阜平县北南西东四个方位的物品特产。五丈湾在县城的东面四十里，距离曲阳不远，生产队那时就开磨坊漏粉条，做出了特色，后来队分成组，组分成户，家家户户还漏粉条。那时粉条不兴钱买，活脱买卖赚人钱，时兴用红薯换，换回红薯磨成粉漏成粉条，漏成粉条再换成红薯，所以看到换粉条的，不用问，都是五丈湾的。

我父亲只字不提为啥寻死的事，老孟也不再问。

老孟说："听你说话离县城不远。"

我父亲说："东寺大街的面铺，就是我开的。"

老孟说："县城里赶集，看见过。"

我父亲诚恳地说："再到了县城，一定到面铺里坐坐！"

又说："面铺里一年用不少粉条，从今往后，再不用别人的！只认你一个孟字！"

老孟笑笑算是应了，扬起鞭子赶驴。驴和马八只蹄子，步调不一，在又黑又冷的夜色里，敲打出乱七八糟的响声。忽然一阵大风刮过，乱七八糟的蹄子声，就被风像簸箕般一下子抄起来，跟着风飘远了。

六

经了一回鬼门关，我父亲从此像变了一个人。万事再也不自己拿主张。没出事前，我母亲凡事都听我父亲的，出事后，我母亲虽然不拿唐大秋说事揭他的短，可脾气变得越来越急躁，遇事都得自己说了算。就连买老马的粮油和老郭头的肉菜，多了少了，贵了贱了，都得过问过问。我父亲低眉顺眼照章办事。人都说我父亲，不但腿越来越拐，脾气也变得像了那匹老马。

老马还拴在铺子后面的晒条上，不脱不跑，给啥吃啥。可这匹马有个毛病，晚上爱打响鼻，夜越静听起来越响。我母亲睡着睡着受不了了，她猛然从被窝里坐起来，一副受了惊吓的样子。

我母亲说："老鲁，赶紧把马牵走。"

我父亲说："这半夜三更的，赶明儿吧！"

我母亲的薄嘴唇开始哆嗦起来:"赶明儿?赶明儿我还睡不睡觉了,你现在就把它牵走。"

我父亲穿衣服起来,把马从铺子后面,牵到铺子前面,拴在电线杆子上。电线杆子离着床铺远,马就算把响鼻打出鼻涕,我母亲也听不到。

第二天一大早儿,我母亲起床刷牙,刚一出铺子,看到那匹马,脸色唰一下就变了,张嘴就喊我父亲。我父亲应声而到。

我母亲说:"老鲁,赶紧把它牵走,看见就心烦。"

我父亲赶紧把马牵到铺子后面的晒条上拴住。

从那开始,我父亲睡觉前把马拴到铺子前,天亮了再拴到铺子后。这还不算,马不是人,自己能找吃的,一天三顿还得给它张罗草料。东寺大街的南面,有一大片庄稼地,长着一拃高的冬小麦。在种冬小麦之前,种过玉米,麦田四周的水渠里,尽是庄稼人丢弃的玉米秸。自从这匹老马落了户,它的草料,都是我父亲从水渠里扛回来的玉米秸。一天三回往回扛,水渠里的玉米秸就一天比一天少。为一匹马,一千块钱打了水漂不说,连草料都成了累赘,总不能吃完玉米秸还买草料养着吧?就算我父亲愿意,我母亲也不答应。自从没找到唐大秋,我父亲面碗里的肥肉都不见了,更别说给马买草料了。

有天夜里,我父亲和母亲商量马的去向。说是商量,其实是和我母亲请示。一件事不和我母亲商量,我父亲都怕做错了。以前是我父亲睡炕头,现在是我母亲睡炕头。我母亲睡在炕头上,还总是背对着我父亲。

我父亲说:"玉米秸快完了。"

我母亲不搭话。我父亲以为我母亲睡着了,爬起来看看,见她大眼瞪得溜圆。

我父亲说:"问你事儿,怎么不言声?"

又自言自语说："都半个月了，也没打听到一点儿动静。"

从黄草窑回来，两人就商量过把马卖到牲口市上。商量半天不甘心，想着面铺子里客流广，兴许能从马的身上，打听到唐大秋的下落，就不相信唐大秋一个大活人，能从人间蒸发了？可半个月过去，但凡乡下来的客人，都打量过这匹马，都说没见过。一点儿线索都没有。我母亲不想再看到这匹马，我父亲的心也早凉了一大半儿。再说，再喂下去，草料还是个问题，我父亲的心里早动摇好几天了，就是憋着不敢说出来。但这么下去又不是个事儿！

我父亲说："你倒给句话儿呀？"

我母亲叹一声气："卖了马，钱就赔定了。"

一听到赔钱两个字，我父亲不敢言声了。

过了好一会儿，也许是我母亲思考了好一会儿。我母亲才用无奈的口气说："卖就卖了去，赔多赔少，眼不见心不烦，就当去一块心病。再看到那匹牲口，我都快疯了。"

我父亲说："年前集多，赶明儿我就到集市上转转。"

第二天我父亲起床，没把马往铺子后面拴，直接拉着马缰绳，就去了东大桥南边的大河滩，那儿就是县城里买卖牲口的市场，什么牛马驴猪羊狗，有买有卖，自由交易。走之前，我父亲怕在价格上做不了主张，特地征求我母亲的意见，我母亲正刷牙，吐着满嘴白沫子说："只要不是黑心压价，给到了称星上，爱卖多少卖多少吧！"我母亲对马烦心，对受损失的结果也迟钝了。

东大桥南面的大河滩，是个自发形成的牲口市场，土地包产到户后不知不觉冒出来的，有需求就有市场。赶集过庙，牲口市场总是闹哄哄的，十里八乡甚至更远的家养牲口，都拉到这里来交易。我父亲自认起了大早，可把马牵到大河滩一看，有利的地势，早被来得更早的牛马驴羊占据了。我父亲在最南边的一个角落，把马安顿住。太阳刚刚露头，早晨的寒冷一点儿都没有驱散。我父亲在马跟前扶着木拐圪蹴住，哈着白气，把两只手抄进袖子里取暖。

大河滩的中间，起着一堆柴火，也许是柴还发潮，火苗子不高，烟高。围着一大圈儿人，呛得每个人都咳嗽。但是每个人都还忍着呛，够着手往火堆上捂，像有便宜不占白不占似的，不肯叫人挤出人圈儿。

有个个子不高，穿着羊皮坎肩的人，突然从烤火的人堆里跳出来，使劲地揉着眼。揉着揉着，看到了我父亲身后的马。看到马有点犹豫。犹豫了一下，还是朝那匹马走过来。

我父亲看这个人，和自己差不多，也就是个五十不出头儿。他围着马和我父亲，转了一圈。

那人说："我是这牲口市上的老赵。"

我父亲站起来问："你买马吗？"

老赵眼盯着马，说："常年在这市上倒腾牲口，赚个差价。"

老赵又说："这匹马我上过三回手。"

我父亲一听这话，耳朵支棱起来。我父亲问："看来你是认得这匹马？"

老赵的眼睛被烟熏了，经手一揉，红得如两只兔子眼。老赵眯着眼看我父亲。老赵说："以前来卖这匹马的人不是你，是个瘦高个儿，还是一脸麻子。"

我父亲不光耳朵支棱着，心也跟着提起来了。

我父亲急问："你认得那个人？"

老赵摇摇头："牲口市上只认牲口，不认人，这是规矩。再说，一看那人就不懂牲口，连自己的牲口值多少钱都不知道。不懂吧还死性，少了八百不卖。连着蹲了三个集市，谁都不待搭理他。"

扭头儿又问："这马怎么落你手里了？"

寻找唐大秋的希望还是破灭了。这也在意料之中。如果不是已经不抱希望，也不会把马牵到市上来卖。但我父亲的脑袋还算机灵，不说唐大秋挖坑的事，让人觉得窝囊，还丢不起那个人。

我父亲说："那个瘦高个儿，是我亲戚。"

怕老赵不信，又说："他家离着县城远，把卖马的差事，托付给我了。让我给看着卖。"

老赵说："买卖不看人情，你想卖八百，一样没人要。"

我父亲问："依你看，它能值多少？"

老赵说："我给放过价，五百，不亏你！"

我父亲一嘟噜脸，一摇头："五百不行，给的太少。"

老赵再不废话，扭头走了。我父亲对老赵给出的价格，并未吃恼。前两天老郭头给估过价格，相差无几。但老赵走得坚定，我父亲不挽留有不挽留的道理。你稍沉不住气，买主还有可能压你的价。我父亲扶着木拐又圪蹴下来，两手抄在棉袖子里。

到了半前晌，牲口市场就开始异常活跃起来，喊的叫的、吵的闹的，大河滩里尘土飞扬。可这一切都与我父亲无关。自老赵走后，再无人问津。我父亲沉不住气了。

我父亲拄着拐站起来，开始在牲口和人群里找寻老赵。找半天看着了，老赵和几个人正在看一头老黄牛。我父亲想喊他，想想没喊，一悠儿一悠儿走过去，也佯装看牛。这事还得让老赵先主动。

老赵果然上了我父亲的小圈套。看到我父亲，老赵说："要是没出手，五百块钱我还要。"

我父亲未置可否，冲马努努嘴，示意他到马跟前说话。

看来老赵确有诚意，毫不犹豫跟我父亲回到老马跟前。

我父亲一脸渴望样儿："老赵，看你诚心要买，你就再加五十。"

老赵坚决地说："一分不加，我也是做个倒腾买卖，赔钱不干。"

反问："赔钱你干？"

一句话问得我父亲哭笑不得。老赵赔一分钱不干，自己却一赔就赔了个冤大头，还不能和人说。有时候，不是赔钱不能干，是不得不赔，是赔了也不能说赔。但既然老赵不认赔，又找不到其他买家，不卖给老赵也得卖给老赵。

我父亲干脆顺水推舟："行，看你是个实在买家，五百就五百，点钱牵马，先君子，后小人。"

老赵果然爽快。从羊皮坎肩里，摸出一沓红线绳捆着的钱，递给我父亲。我父亲数钱的当儿，老赵说："这匹马老弱病残，拉不了车，犁不了田，送进杀房，卖个肉钱。好马能卖个千儿八百，但这货不是那货。卖到杀房顶多挣你十块钱，这也就是碰上了我老赵！"

这些话，还是和卖菜的老郭头说的一个样。

回面铺子之前，路过老杨的杨记理发店。没看到老杨的理发店，想不起理头，看到理发店，觉得头早该理了。没经唐大秋这档事之前，就念叨过几回得空理理发，一经那事，这事早忘在脑后了。再说，一天三回往回背玉米秸，理了发还禁不住埋汰。现在马卖了，去了一桩烦心事，是该理了发精爽精爽，算是去去晦气。还再说，一晃儿到了年根底下。年根底下集庙多，隔一天有集，隔五天有庙，正是面铺子里生意最红火的季节，怕到时候腾不出手儿。

这样想着，我父亲拄着拐就进了老杨的杨记理发店。

店里没客，老杨正撅着腚磨刮刀。见我父亲进来，老杨放下刮刀，倒热水给他洗头发。老杨退休前，是国营理发店的职工，退休后闲不住，租了门脸儿，还干老营生。在东寺大街上，我父亲顶数和老杨走得远。不光是一年理不了几次发，见面的机会少，还因为老杨是个闷嘴，出门入门，从不和人过话，也不串门呆街，像他就没长着嘴巴。一个人不和别人过话，别人哪有多余的话和他过。话上没有，关系也好不到哪里去，都是礼尚往来的事儿。

洗完头开始坐在椅子上理发，谁和谁还是没有一句话。这也属正常。老杨要是和人打开了话匣，那才是不正常的。老杨年岁大了，眼神不好使，理发的时候，总是有意无意和客人挨得很近，怕离得远看不清，糟蹋了客人的头发。老杨这是好意。可离得近了，未免喘出来的气，会扑在客人的后脑勺上。扑一口，扑一口的，扑得我父亲后脑勺刺痒。

不一会儿我父亲就烦了。我父亲说："老杨，你不能离我脑袋远点？"

老杨离开点儿，却说："知道你今天气儿不顺。"

老杨开口说话，叫我父亲觉得有点儿意外。

我父亲问："你怎么知道我气儿不顺？"

老杨说："救人坑了自己，谁摊上都窝火。"

我父亲纳闷："你怎么知道的？"

老杨一边理着头发："老马说，西门的小蒋，东寺的老鲁，出的都是几辈儿人没见过的稀罕事儿！"

话出自老马，我父亲并不感到意外。

我父亲不屑地说："老马就是个长舌头！"

我父亲又说："反正事儿也到头了。我把马卖了。"

一听我父亲说把马卖了，老杨理发的手突然一哆嗦，停住了。老杨声音惊恐地说："还真叫老马说对了，你摊上大事儿了！"

我父亲回过身来看老杨："赔上钱够倒霉了，还能摊上什么大事儿呀？"

老杨说："你把马卖了，人家要是哪天拿钱来赎马，你马没了。人家还就要这一匹，你给得了吗？给不了没办法，叫你再搭上一千不是问题。下套还怕连环套。"说完又加一句，"老马说，你做好事落个累赘！"

老马这话听着气人，可句句都在理儿上！我父亲不琢磨不要紧，一琢磨差点儿吓傻了。头理了一半，抄起木拐就离开了杨记理发铺，三条腿倒腾着就往东大桥南面的大河滩里跑。好在老赵还没有离开，还没有把马卖进杀房。我父亲好说歹说，老赵才同意退还了马。

牵着马往回走，我父亲的心里喜一半悲一半。

看着温顺的蔫马，我父亲长叹一声："不光累赘，还是块儿狗皮膏药哇！"

我父亲头一回尝到了烫手山芋的滋味！

七

说着话就进了腊月。腊月初八，是个大集。县城是个小县城，几条街道又窄又小。赶上这几年，老百姓能吃饱肚子了，吃饱了肚子变得就不安分了，就不满足只赶乡下集，买个锄头扫把什么的了。都想着来县城的集市上见见世面。那时候没有航拍，如果有航拍，一定会拍到一个极其壮观的场面，东南西北通往县城的四条马路上，蚂蚁搬家似的，人们一大早就开始往县城里赶，有结伴步行的，有自行车驮人的，有赶着马车驴车的，偶尔还能看到冒着黑烟的拖拉机。不说赶集的，单说在集市上摆摊儿的买卖人，那就得头天傍晚在街道旁边占好地方，去得晚了，连个合适的位置都没有，干着急没办法。一个腊月，只有三个大集，初八，十八，二十八。一到这三个集上，人山人海的能把县城挤得水泄不通，脚尖碰着脚跟，走道都得一步步挪。不大的县城，一时间狂躁不安起来，就像个快被吹爆的气球。

我父母的面铺子，在这一天，也是最火爆最忙碌的。

面是我母亲天不亮就擀好了的，就这样还得一边煮一边擀，要不然就赶不上趟儿。我父亲不光端面，还在铺子前面的路边上存自行车。存辆自行车一毛钱，一天下来能多挣个十块八块的。

里边喊端面，我父亲就跑进屋里。

外边喊存自行车，我父亲就又跑到外面。

我父亲的手里挑着一提溜儿自制的小木牌儿，都编着号码，还是双份儿的。有人存自行车，车把上挂一个，给人带走一个。凭木牌对号取自行车，弄不乱。都说拐子的屁眼儿——邪门。我父亲的心眼子，不光活，还能用到正处，还都是些费腿少、挣巧钱的路数。

一大早起来，我父亲就开始里里外外马不停蹄。生意忙费腿，却不觉得累。

日头一竿高，过了早饭点儿，铺子里松闲下来，我父亲刚坐到凳子上歇一下脚，外面一个粗门大嗓就喊上了：

"存车子——"

大小是个生意，我父亲不敢耽误了，拿拐挑开门帘，出了铺子。出铺子一看，不是存自行车的，是外甥救生，我表哥。我表哥救生和我哥建华同岁，生日上比我哥小仨月。救生手里挑着一刀肉，冲我父亲咧着大嘴傻笑。有几年不见外甥了，冷不丁儿冒出来，我父亲的脸上不知是惊还是喜，心里有股说不出的激动。

心里激动着，嘴上说："傻小子，长出息了，外甥拿舅舅开涮！"

救生一个劲儿咧着大嘴。

救生说："跟舅舅开个玩笑！"

接着把肉挑到我父亲眼前："家里杀猪了，我娘叫我给你捎过来一刀肉。"

不提我姑母，我父亲有笑脸，一提我姑母，我父亲的笑脸没了。

我父亲说："别提你娘！"

说着把救生拉到一边，躲开铺子门口。我父亲小声和救生说："你舅母这些日子心正烦，点火就着，你就别添乱了。"他接过猪肉，说，

"该赶集赶集去吧！别叫你舅母看见。"

救生一听这是撵他走，大嘴咧到耳根上去了。

救生一脸委屈："我一大早起身，饭都没吃，就想着到舅舅面铺里吃一碗肉汤面。"一扭脸，说，"舅舅看着我不亲，舍不得一碗面！"

我父亲说："这不是瞎说嘛！舅舅哪会儿看着你不亲？"

又小声说："你娘和你舅母不对头，这你又不是不知道。你这不是让舅舅遭难吗？"说着从兜里摸出两块钱，塞给救生，说，"再说，早晨面已经卖完了，你到十字街上，买盘肉炒饼吃，一样香香的。"

救生看到两块钱，脸上露出会心的笑，笑里全是对我父亲的理解。

救生刚要走，却又像想起了什么事。

救生问我父亲："你家厕所在哪？这一路人多的，憋了一道儿，没找到个撒尿的地方。"脸上还挂着一些不好意思。

我父亲不耐烦了，冲着铺子后面努努嘴："后面就是。赶紧的，别叫你舅母看见。"

救生会意地点点头，探头探脑去铺子后面撒尿。

从厕所出来，救生走两步回头朝铺子后面瞅瞅，走了两步，再回头瞅瞅。拧着眉头，脑子里还想着什么。走到铺子前面，见我父亲还在那里等着他，知道是对他不放心，脸色就难看起来，咧着嘴，眼睛斜视着我父亲。

救生没好气地说："舅，你放心，不给你找麻烦。"

说完迈着大步就走。没走几步，又停下了，返回身子。我父亲一看他停下了，心里立马揪得把牙都龇起来，赶紧拿眼朝面铺子里瞄一眼。

没想到救生却说："别怪我多事儿，我得问你一句，那匹马，怎么拴在你这里？"

我父亲心里"咯噔"一下。那个咯噔的声音叫我父亲一下子心跳加速，血液沸腾。我父亲紧拐几步，走近救生。

我父亲迫不及待地说:"你认得这匹马?"

救生不假思索地说:"大凤见天杨树林子里放马,我能不认得?我还给这匹马喂过黑豆。"

我父亲急问:"大凤是谁?"

一提大凤,救生刚刚还板着的脸舒展开来,嘴咧着,眉毛挑着,露着一脸憨笑,还是一种得意的笑。

救生说:"大凤!大凤!大凤就是大凤,和你说也说不清楚。"说着说着还有些不好意思。

我父亲早沉不住气了。

我父亲问:"那唐大秋,可是你们半沟村的?"

救生面带得意:"唐大秋就是大凤她爹,大凤要答应和我好了,他还能成我老丈人!"

我父亲怕听错耳朵,再问一句:"是真的?"

问的是唐大秋是不是半沟村的。

救生更是一针见血:"是真的。"

答的是大凤如果同意,唐大秋还能成他老丈人。

"可是个麻子脸?"

救生说:"他麻子脸不假,大凤的脸可是白光光的。"

我父亲一下子兴奋起来,比得到我哥哥的立功喜报还高兴。为一匹马搭钱遭罪,本来已经失望了,已经不抱希望了,现在突然又有了消息,就像是枯枝发芽,就像是死而复生,我父亲此刻的心情,是喜忧参半,是失而复得,还是意外惊喜,一时无法言表,拄着拐杖,差点儿一下子蹦起来。我父亲对救生说了句:"你在这儿等着,哪儿都别走。"然后一蹦两步,向铺子里悠去。

走到门口,父亲意识到了自己的失态。唐大秋没影儿后,我父亲再不敢当家。我母亲理所当然,翻身做了主人。一个家庭因为事情的胜败，几易其主，也实属正常，可我母亲本就是个不苟言笑的人，一旦手里又掌控了实权，脸总是绷着，见不得我父亲有个笑脸，怕他再翘起狗尾巴。我父亲早些年怕我母亲，是因为我姑母，一怕就怕了十大几年。现在旧账新债加在一起，我父亲对我母亲的怕，早深邃到了骨子里，尽管意外有了唐大秋的下落，惊喜是难免的，但这种突然的失态，还是叫我父亲心里有几分忌讳。

我父亲平复了一下心里的激动心情，这才用拐挑起门帘。

我母亲正在和面，虽然是寒冬腊月，挽着胳臂袖子，还是热出一脑门子汗。铺子里的买卖，是我母亲脸上的晴雨表。铺子里买卖火，我母亲不怕累，忙得腰酸背痛，心里是甜的，一脸的阳光灿烂，就连左脸颊黄豆大的黑瘩子，也跟着闪闪发光。铺子里买卖稍有清淡，我母亲的脸色，也会清淡得没有表情。一早上就开始忙得不可开交，我母亲的脸色，必定是这几天里最灿烂的时候。

我父亲进门就叫："他娘，救生来看你了，还孝敬你一刀肉。"

说着还有意把猪肉高高提起。

我母亲迎着笑脸："救——"

"生"字还没有说出来，我母亲如梦方醒，脸阴了，薄嘴唇闭住了。

我母亲怒喝："别提那娘俩儿。"

以前是不能提我姑母，现在连救生都不能提。大人孩子一锅儿端。

喝罢，又反问："是不是看我今天心情好，给我添堵？"

我父亲赶紧耷拉下眉梢，附和出一脸似敢非敢的笑。我父亲低着声儿说："孩子是孩子，大人是大人，不能把大人的小辫儿，揪在孩子的后脑勺儿上不是？"又把声音压低些，说，"不光孝敬你一刀肉，还给你带来个好消息！"

我母亲嗤之以鼻："什么好消息？难道一个缺心眼儿，说下媳妇了？"

眼钉子似的盯住我父亲："是不是来通知你上礼钱？说了这辈子不理她，你别把我的话当了耳旁风！"

我父亲一脸冤枉说："不是那么个事儿！"

说着也没管我母亲同意不同意，紧走几步，挑起门帘招呼救生。

我母亲一跺脚："说了不见！"

可是已经来不及了，救生答应着跳进了屋里来。我母亲只有使出杀手锏，该和面和面，板着冷面孔，像根本不知道屋子里多了一个人。救生打小儿没和我母亲见过几回面，还都没给过好脸色，打心里就惧怕我母亲。跳进屋子前还活蹦乱跳，跳进屋子后，仿佛腿肚子都转筋了，躲在我父亲身后不敢露头。

我父亲虚张声势拿拐敲一下救生屁股。我父亲使个眼色儿："你舅母又不吃你，吓你个这样。"

又说："趁你舅母高兴，还不快跟你舅母说说。"

看着我母亲板着的脸，救生一时蒙了头："说……说啥？舅！"

我父亲又照屁股敲一拐："说那匹马。"

救生跳起来躲拐，情急之下说了句："那匹马，不就是俺们村唐大秋的赔钱货嘛！"

我母亲正把面团托在手里，听到唐大秋的名字，手像被火烫了，猛一哆嗦。面团"哐当"掉进面盆里。救生更是怕得跳到了我父亲的背后头，捂住头不敢见人。

我母亲一时尴尬不堪，过一会儿，才挤出一脸半生不熟的笑。

我母亲说："救生，你等着，舅母给你下一碗肉汤儿面。"

我父亲迫不及待地敲着木拐："急着吃什么面哪！还是先找唐大秋要紧！"

八

没赶成集，没吃上面，救生心里是一百个不乐意。可不乐意没办法，谁叫他怕我母亲像老鼠见了猫。救生对我母亲的怕没有理由。从小时候起，救生就不敢在我姑母跟前提我母亲，一提就急，欠着人钱似的，就像我父亲不能在我母亲面前提我姑母鲁秀花一个样儿。因此，救生自小就在心里留下阴影，对我母亲，无缘无故地怕。赶集还是次要的，热火朝天地奔着舅舅去了，奔着一碗肉汤面去了，最后什么都没落着。空手而归不算什么，往回走的路上，肚子咕噜咕噜叫，心里早气愤得受不了了。牵着马在前面走着，越走脸色越难看，把一张倭瓜脸，憋成了一个紫茄子。

我父亲走在后面，走着走着就拉开了距离。

我父亲说救生："救生，你走慢点儿，舅舅的拐腿跟不上。"

不提跟不上，还想不起来我父亲是个拐子。救生在我母亲面前胆儿小，现在离开了面铺子，鼠胆变成猫胆子，把吃不上肉汤面的委屈，全撒在了我父亲鲁老拐的身上。

我父亲的话音刚落，救生不但不慢，拽着马缰绳，撒腿就跑。

这使我父亲始料不及。半沟在县城南，因为妹妹鲁秀花，我父亲在二十三年前，就架拐走过。但那时候每走一回，都憋一肚子火。这次一踏上去半沟村的路，心情大不一样。意外有了唐大秋下落，走路不再觉得是个负担。心里没了压力，胳膊腿儿都是轻松的。能找到唐大秋，我父亲首先感谢一个人。这个人就是平时都是闷嘴儿的理发店老杨。平时闷嘴儿无关紧要，关键时候给我父亲点亮了明灯，我父亲从心底里对他改变了看法。但要感谢老杨，还得先感谢粮油店的老马，没有老马的指点，闷葫芦也不会开窍。老马舌长是舌长，但毕竟还是数他见多识广。

这个时候，我父亲最感念的就是老马和老杨。没他们两个，马早卖了，或许进了杀房，或许成了人们拉出来的一摊屎，再找到唐大秋，还有个屁用！

光顾一路想事儿，没考虑到外甥救生的感受，现在救生拉马前面跑了，我父亲只好撅屁股后面追。远远地在前面拐过一道弯，救生和马没影儿了。我父亲架拐追赶，腿蹬拐荡，胳肢窝里都出了汗，这才过了前面那道弯。拐过弯一看，不远处的马路边，马在啃吃路边的荒草，救生则抱着脑勺儿靠着山坡悠闲地晒太阳，还不时回过头朝后面路上扫一眼。

看到我父亲赶上来了，救生二话不说，拉起马又跑。

马路是随着山势走向修建的，山有几道弯，马路就有几道弯。三拐两拐，救生和马又没影儿了。

等我父亲快追上时，救生牵着马又要跑。

对付救生，我父亲有一套。救生出生时，难产，我姑母被一架平板车拉着，送进了县医院。该生的时候没生出来，在肚子里多待了几个小时，脑子里缺了氧。我父亲还瞒着我母亲去医院偷偷看过。虽腿脚没毛病，救生打小儿脑子反应慢。我父亲虽腿脚有毛病，可脑子好使。知道这么追下去，是上救生的圈套，傻小子这不是明摆着欺负舅舅腿拐嘛！说他缺心眼儿，还尽动歪脑子。

眼看救生又要跑，我父亲忙喊："救生——"

又急中生智，喊："我想听你说说大凤！"

一听到大凤两个字，救生没跑几步，果然停住了。等我父亲走近他，看着那一脑袋白腾腾的热气，这才咧开大嘴，不出声地笑了。笑出一脸的得意，笑出一脸的胜利。

我父亲喘口气："救生，你跑啥？"

救生仰仰头，有点儿不以为意，说："遛遛马腿。"

我父亲一举木拐："你是遛舅舅的拐腿吧！"

救生赶紧捂屁股。木拐却没落下，也不过是佯装吓吓他。

我父亲收住拐，擦把汗，说："知道你撅屁股拉臭屎，也知道你对人家大凤没安好心。"

救生一脸冤枉："我喜欢大凤，是心里喜欢，可大凤……"

不等救生说完，我父亲半截插住："大凤看不上你？"

救生又咧开嘴，一副万般无奈的表情。

救生突然脑子一转，说："舅舅，这次你到大凤家，能不能顺便给我提提？"

我父亲一听这话，脖子一梗，木拐一架，干脆走人。

救生追在屁股后面，一个劲儿哀求："不看我娘面，也得看外甥面，我都二十三啦！"

救生说："不是送你一刀肉吗？"

接着说："你要提提，明年还送你一刀。"

我父亲不回头："你舅母不稀罕！"

救生见说不动我父亲，跟在屁股后面，说话的语气更软了。救生说："看你累这一身汗，我扶你上马。"

我父亲一挥手："别，我怕摔着，好腿也不保。"

救生说："那我背你。"

我父亲又挥一下手："更别，指不定出什么幺蛾子。"

这不行，那不行，救生最后的一点儿耐心，都被我父亲折磨完了。没有指望也就不指望了。救生的脸说绷就绷了起来，说翻脸就翻脸。救生没好气地大声说："就知道你不是我亲舅，要是亲舅舅，也不至于叫我到现在饿得肚子咕咕叫。"

我父亲见救生真火儿了，知道救生脑子不转弯，倔驴倔脾气，再逗下去，真不知道能出什么差儿，回过头，佯装一脸恼怒："看这孩子，就知道卸磨甩脸子，舅舅这不是给你琢磨法子吗?"

一听这话，救生的脸不绷了，嘴也咧开了。阴脸说晴就晴了。

两个人情绪缓和下来，这才舅舅成了舅舅，外甥又成了外甥。肩并肩走着，也有了说说笑笑。我父亲的心里，始终恍恍惚惚，始终拿不准唐大秋这么个人。第一次去黄草窑找唐大秋，没到之前，自己不骗人，始终不相信唐大秋是个骗子，人心都是一块鲜亮热火的肉，不是说坏就能坏，不能见着井绳就当蛇。可去了一趟黄草窑，我父亲的心一下子凉了。今天虽然有了唐大秋的下落，但唐大秋认不认账，要不要泼，钱好要不好要，都成了没底儿的事。

心里没底儿，由不住问问救生："你们村唐大秋，到底是个啥样人?"

救生说："说起大凤他爹，说好不好，说赖不赖。"

我父亲问："这话怎讲?"

救生一说这个，情绪就激昂起来，眼睛都闪着光。救生说："三年前，大凤她爹做了件大事，怔住了一乡人!"

我父亲愕然。

救生说："大凤爹一心想要个儿子，可大凤娘一连六个，生的都是闺女，前年又偷着生了一个，可还是个闺女。生个闺女大凤爹够闹心了，没想到还叫管计划生育的知道了。做绝育手术和罚款，大凤爹一样儿不答应。管计划生育的也不答应。有天管计划生育的去抓人，大凤爹早准备好了，手拿菜刀，让大凤娘抱着小的和六个闺女排一溜儿，然后问计划生育管事的，让他们指出哪个是超生的，那意思，只要计划生育的人指哪个，他就杀哪个。管计划生育的十几个人，个个儿都吓傻了。从此再不敢登大凤家门边儿。"

我父亲倒吸一口冷气："真是个恶人!"

救生咂咂嘴，表示一点儿都不认同。

救生说:"说他厉害,那是抬举他。上个月,为地边儿一棵树,人家父子仨,把他一顿好打。理儿在他这里,却倒赔人不少钱。全村人没一个不说他窝囊。没儿子,大凤爹活得气短。"

我父亲感慨说:"此一时彼一时啊!"

又问救生:"你看唐大秋借我的钱,好不好要?"

救生一副思考样儿:"要说大凤爹,也不是欠钱不还的人。没分地那时,借我娘一瓢面,后来分了地,有了粮食,还记着还。"说着说着嗓子干了,咽口吐沫,接着说,"欠债还钱,是全天下的理儿,但也得分有钱没钱。有钱还你,没钱,拿不出来,还不等于是个还不了?"

这理儿我父亲心里早盘算过。但话出自救生嘴里,我父亲倒不觉得他缺心眼儿。

我父亲叹一口气:"见到唐大秋,再慢慢和他纠缠吧!"

"纠缠"二字一出口,我父亲似乎矮了半截。要回自己的账,有时候也不能理直气壮,还得软磨硬泡,还得好话说尽,还得苦苦纠缠,还得哭鼻子抹眼。这一切,我父亲心里都有过打算。这是办得什么事儿呀!

一路上忐忑不安,幸亏有救生说说话,倒没觉得怎么遭罪。日过中天,半沟村也就到了。半沟村就在马路边儿上,一条马路,把个村子劈成两半儿,一家一户的土坯房,顺着马路的两边和山势而建,既紧凑又杂乱,看上去有个大几十户人家。刚到村口,救生就把马缰绳塞给了我父亲,把唐大秋家指了指,自己缩头缩脑地回家了。带着人到唐大秋家要账,救生犯怵,我父亲知道他不是怕交代不过唐大秋,是怕交代不过大凤。打着人家姑娘主意呢!心里不虚才怪!

唐大秋家离着马路不远,从前排的一家墙角拐进去就到了。从大门进去,是三间脱了墙皮的土坯正房,椽子都被烟火熏黑了。西厢房只有一间,却是又低又矮。院子里有个五六岁扎羊角辫的小闺女,正蹲着撒尿，见有生人进来，撒腿往屋里跑去。工夫不大，屋里就出来一个抱小孩的妇女，四十多岁，一脑门子深皱纹。看看我父亲，再看看马，一脸的莫名其妙。

妇女问："你是哪来的？"

我父亲没回答，反问："你是唐大秋媳妇吧？"

唐大秋媳妇说："是啊！你找唐大秋吧？"

我父亲说："是找唐大秋。"

唐大秋媳妇再看看马，眼神里充满敌意。

唐大秋媳妇说："找唐大秋有事？"

我父亲说："来还他马。"

"还马？"唐大秋媳妇听了，冷笑起来，"你后悔啦？买卖不管赔赚，板上钉钉，说话得算数。再说，都卖出去一个月了，你现在反悔，有点儿迟了。还懂不懂个规矩！"

我父亲抖抖缰绳，说："这马不是我买的。"

唐大秋媳妇喷喷嘴："稀罕！不是你买的，怎么到了你手上？抢的呀？"

我父亲一听，这是要赖账啊！心里就窝上火了。可跟个女人说不清，有火儿也不能和女人发，闹僵了事儿还不好办。出门在外，不求人也得矮三分。我父亲压压火儿，说："你把唐大秋叫来就知道啦！"

唐大秋媳妇说："唐大秋不在，就是在，也不会叫你出尔反尔。"

正僵持不下，大门外进来一个十七八岁的大姑娘。细高个儿，大眼睛，脑后甩两条大辫子。我父亲一猜就知道这是大凤。大凤一进门，看到了这匹老马，眼睛一下子亮起来，几步走到马跟前，用手抚摸着马脑门，抚摸完了，用自己的脑袋和马头亲密地顶牛牛，像找到了失散了的亲人，又激动又不舍。一看就知道大凤和马有交情。

搂着马脑袋，大凤说："喂过草料了吗？"

大早儿起来没顾着马，我父亲说："没。"

大凤到墙根底下抱一捆草料。

大凤问："饮马了吗?"

我父亲说："也没。"

大凤就赶紧给马提一桶水。

唐大秋媳妇站在门台上，有点儿不耐烦了。唐大秋媳妇说大凤："这马不是咱家的了，你爹早卖给人家了，用不着你多操心了。没事给抱着七凤，一天抓不着你个人影儿。"

大凤不情愿地走过去，接过七凤，嘴里嘟囔："天天抱孩子，还不如放马自在。"

见娘正拿眼瞪她，这才不敢说话。

听唐大秋媳妇话里意思，我父亲听出了些门道。要不是有意要赖，就是真不知道这其中缘故。自己出门要账，和求人办事差不多，少不了与人低三下四，说些软和话。和人闹掰脸，对自己不利。

我父亲软下口气说："大秋家的，这马真不是我买下的。"

唐大秋媳妇还是一脸不悦："不是买下的，怎么到了你手上?"

我父亲就从头到尾，把唐大秋到店里吃面借钱的事，详细说了一遍。一遍说完，我父亲说："我说的没一句假话，不信，你问问唐大秋。"

唐大秋媳妇听我父亲说完，脸上红一阵白一阵的，喊大凤说："大凤，去叫你爹回来问问，看到底是谁说的假话!"

大凤应一声，抱着孩子去找唐大秋。唐大秋媳妇站在门台上，我父亲牵马站在院子里，一个不大的院子，一时间连空气都凝固起来。过了一会儿，不见大凤找唐大秋回来，唐大秋媳妇似乎感觉到了对来人有点儿怠慢，就说："要不你来屋里等吧!"我父亲说："算啦! 就不进去了。"唐大秋媳妇并不坚持，回屋里拿一个板凳，递给我父亲，自己回屋里了。

我父亲坐在板凳上就一直没起来。虽然进了腊月，但今天天气好，阳光漫不经心地铺满院子，身上也是暖丝丝的。老马走到哪里都是一副安稳样儿，眼神淡然，咀嚼草料的声音，弄得满院子"咯嘣咯嘣"响。我父亲的心里不上不下的，他一点儿也拿不准唐大秋回来，会对自己是个什么态度。日头不知不觉偏西了，身上有点儿发凉了，还不见唐大秋回来，就连大凤也一去没了影子。我父亲的心里，越等越烦躁，越等越着急。这种漫长的等待，对我父亲来说，比之前找不到唐大秋下落，还折磨得厉害。

眼看太阳落下山去了，我父亲坐不住了。他咬着牙拄着拐站起来。也许是坐得太久了，他站起来的过程，费了很大的力气，身体的各个部件，仿佛都僵住了，撑都撑不开。好容易站起来了，脚麻得又走不了道儿。我父亲难受地拄拐站在原地，身上不由得打了个哆嗦。

唐大秋的另四个闺女，背着书包一前一后放学回来了，大凤才抱着孩子回了家。

我父亲见着大凤就问："你爹呢？"

大凤大眼睛一闪一闪的。

大凤说："没找着他。"

说完赶忙避开我父亲尖利的目光。

这时候唐大秋媳妇听见大凤回来了，从屋里走出来。唐大秋媳妇问大凤："你爹不是在戏台底下和人唠嗑吗？"

大凤说："没他。"

唐大秋媳妇说："那小卖部那里呢？"

大凤抱着孩子，一边往屋里走，一边扬高声音说给我父亲听："都找啦！哪里都没他！"

唐大秋媳妇兀自骂了一句，"这个死人的！"回头对我父亲说，"她大伯，唐大秋不在家，要不，你改天再来？"

我父亲不说话。

唐大秋媳妇赶忙堆起一脸笑，说："你看这正在饭点儿上，我这就烧火做饭。你吃了饭再走。"

我父亲还是一言不发。

我父亲牵着马从唐大秋家出来，天色已经见黑了。我父亲并不是要回家，从出来时，已经做好了打持久战的准备。按说找唐大秋要不来账，就该赖在他的家里，吃他的，喝他的，还不了账不走人。可唐大秋家里，清一色娘子军，自己再耍混也不能混得没有自尊，再赖也不能赖到不懂情理。你不是躲着不露面吗？狡猾的狐狸哪能逃过猎人的眼睛。就不信了，癞蛤蟆跳进水里，还怕你没有上岸的时候！

我姑母鲁秀花已经烙好了大饼，等着我父亲。兄妹相见，本该热乎得有许多讲不完的话。可亲兄妹没有亲兄妹样儿，不见面心里互相有，见了面，倒像有一层窗纱隔着，有话也不知道从何说起。

吃完饭两个人坐在桌子的两头儿不说话，只有我姑母紧一声慢一声地咳嗽。

我姑母十几年前得的哮喘，病情厉害的时候，我父亲也曾偷摸看过她。这几年稍有好转，但咳嗽起来，还是住不了声儿。

我父亲忍不住了。

我父亲："这病不能耽误治！"

我姑母说："老病根儿了，治也不见效。"

知道我姑母心疼钱，该吃的药也早不吃了。自从我姑父白剑飞死后，娘儿俩日子过得紧巴，过日子都得掰着指头过。白剑飞是在救生十六岁上死的，为了给家里多挣钱，在村里后山上开洞挖蛭石，没料到洞子塌了顶。为七分钱一斤的蛭石丢一条命，我姑父白剑飞死得很惨。

我父亲声音幽幽的："该治还得治，你有个一好二歹，救生没人照顾!"

看起来不经意一句话,说得我姑母眼含了泪花。自从我姑母鲁秀花跳墙头跑了,我父亲就再没跟她说过这么暖心窝子的话。就算有什么牵挂和嘱托,也只会埋在心里,想起当年的鲁秀花,也实在是太气人啦!我父亲为了她一个"跑",做人的腰杆儿,不知道有多少年都挺不直。

我姑母擦擦泪,说:"我嫂子,身体可结实?"

我父亲回答说:"她呀!身体硬棒着呢!"

我姑母抹着眼睛抽搭起来:"不怪她恨我,这辈子越活越觉得对不起她!"

我父亲眼里也潮湿起来。

我父亲说:"都过去的事儿了,提它干啥!"

嘴上说着不提,可脑子里还是由不住勾出了我父亲对往事的回忆。

二十三年前,我父亲二十六了,还没娶上媳妇。不是出身不好,往前翻三辈,辈辈是贫农。说不下媳妇,不光因为父母死得早,没人帮衬,还因为我父亲是个拐子。邻居的吴婶,给我父亲张罗了一门婚事,是个换亲。县城里城厢岗上袁家,有个闺女袁玉琢,二十六了也没出嫁。袁玉琢没出嫁,并不是因为前辈儿上是地主,一个闺女,出身再差也不愁找婆家。全是因为可怜自己残疾的弟弟袁玉华。袁玉华本来是个精干小伙儿,浓眉大眼,干净利落。可那些年割资本主义尾巴,他爹死了,割不着他爹的尾巴,就割袁玉华的尾巴。有一回撅屁股挨斗,被泼了一身大粪。撅屁股挨斗能忍,被泼了一身大粪,没法儿忍了,夜里插住门闩,在屋里点了一把火,要把自己烧死。

袁玉华虽没死成,但身上却落下了大面积烧伤。身上的疤瘌穿上衣服还能遮住,脸上的疤瘌虽然做过植皮手术,但眼角拽下来,嘴角抻上去,怎么看怎么惨不忍睹。

旧社会换亲,都是当天换,怕的就是反悔。新社会换亲不敢光明正大，都得盖着捂着。我父亲初六娶媳妇，袁玉华初八结婚，挑的都是黄道吉日。张罗这门换亲的时候，我姑母鲁秀花满口应承，没让人看出个什么端倪。初六我父亲把我母亲娶回来了，初八的头天晚上，她却跳墙头儿跑了。

我姑母就是跟着我姑父白剑飞跑的。

白剑飞是县剧团从乡下抽上来唱样板戏的。因为唱杨子荣唱得好，一句高亢的"穿林海，跨雪原"，把我姑母鲁秀花的心收住了。我姑母和白剑飞偷着相好，我父亲一点儿音信都不知道。还觉得妹妹为了哥哥，嫁给个鬼脸儿人，自己心里有愧。白剑飞带着我姑母跑回了乡下，从此再不唱样板戏。

我姑母跑了，我母亲一跺脚，也挎着包袱回了娘家。

我父亲叫苦不迭。连着去接了几次，都被我母亲骂回来了。想着这事怪在自家，怎么着也黄了，也就死了心。心里虽恨鲁秀花，却是有苦倒不出来。可没想到又过了几天，我母亲自己挎着包袱回来了。我母亲和我父亲已经在一条炕上睡了两晚上。和人睡了觉，就已经是人家的人了，已经是横竖都没法儿改变的了。把我母亲委屈得，眼泪儿抓瞎的没了办法！

我母亲把包袱往炕上一扔，说："和我过也行，你得应我一件事。"

我父亲喜上眉梢，说："你说。啥事儿都应你。"

我母亲一跺脚："一辈子不理鲁秀花！"

我父亲咬着牙，应道："成。"

我父亲一想起这些往事的时候，心里都是翻江倒海地折腾。尤其是想到袁玉华四十多了，还光棍儿一条儿，就觉着欠着我母亲的债，一辈子无法还清。欠债还是次要的，重要的是有这么个短处就像让人手里捏着把柄，在我母亲跟前，总觉着矮着一截儿，说话都没有底气。

二十多年过去了，我父亲对我姑母的纠结，其实已被时光消磨得所剩无几。人这辈子，什么是对，什么是错，真是下不了定论。如果我姑母不是跟白剑飞跑了，而是嫁给了袁玉华，一辈子守着那么个鬼脸儿，过着不是心里想过的日子，我父亲的心里还得添一份愧疚和煎熬。人这一辈子，就得学会放下，心里有怨，心里有苦，只有放下了，才能过得清静，过得坦然。可话儿说着好说，做，又有几个人能做到呢！

有好一会儿，我父亲和我姑母都沉默着没有话说。但两个人的心里，却都又无法平静，弄得眼泪汪汪的。

抹掉泪，我姑母说："嫂子和我，结一辈子疙瘩！"

我父亲叹一声："好多啦！看不到袁玉华，很少拿你说事儿啦！"

我姑母问："那个袁玉华，现在好吗？"

我父亲长叹一声："在中兴街摆摊儿卖老鼠药和老鼠夹子。一个人过日子，好歹都能打发！"

我姑母的泪又掉下来："谁心里都有一碗苦水呀！"

说得我父亲心里没滋没味的。

我父亲抬头看一眼我姑母白了一半的头发。眼前的人，满脸沧桑和霜花，哪还有鲁秀花从前鬼灵精怪的影子啊！

头睡觉前，我父亲又去唐大秋家走了一趟。唐大秋还是没有在家。唐大秋媳妇和大凤，在昏暗的灯光下，不知道给哪个丫头补棉衣服。一条大炕，从大到小排列着另外六个娘子军。

没逮着唐大秋，我父亲并未多问，抹黑返回了我姑母家。一天不得闲，现在往炕上一躺，浑身像散了架。胳膊腿儿都不像自己的。偏这时候救生不瞌睡，满脸调皮，兴奋得不想睡觉。

救生捅捅我父亲耳朵。

救生说："舅，今天见到大凤没。"

我父亲说："见到了。"

救生问："大凤咋样？"

我父亲翻个身，面对救生："大眼睛，圆脸盘儿，也没她爹脸上的麻子，白白净净。"

救生说："在村里是数得着的好闺女，又好看，又能干！"

我父亲说："我看她不过十七八！"

救生喷儿的一声诡秘地笑了："刚十七。"

我父亲说："那这岁数差得可不少哇！"

"岁数算什么？"救生一本正经地说，"女大三，抱金砖；男大六，福不够。我大她六岁，这不是正好吗？"

我父亲说："那也得人家愿意才行。"

救生披着被子坐起来。救生说："以前她不愿意，没办法。现在她不愿意，我倒有个办法。"

我父亲问："什么办法？"

救生挠挠头，一脸不好意思，说："唐大秋借你的钱，我看是还不了，他家情况我有底儿。还不了不要紧，让他把闺女嫁给我，他的账我担着。反正这账你也要不出来了，他还不了白瞎，我还不了咱有亲戚连着，你外甥还能得个媳妇。"

今天我父亲到唐大秋家，看他的破败院落，也感到他家境并不宽绰。而且大凤去找唐大秋，迟迟不归不说，唐大秋还没了影子。种种迹象表明，这趟要账，看来绝不是风平浪静。我父亲的心里早已异常沉重，愁得不知该怎么办。可脑子不机明的救生，能憋出这么个想法，实在叫人出乎意料。

我父亲拿手摸他脑门："救生，你不烧哇！"

又拍一下他脑袋勺儿："你心眼儿，也不缺呀！"

我父亲翻身掉过背去，困意袭来，长长打个哈欠，说："睡吧，有什么好事儿，留着梦里想吧！"

救生一听知道我父亲说的都是反话，脸蛋一嘟噜，立马火儿了。往炕上一躺，说我父亲："就知道你不是我亲舅，办事不向着我。"又说："白送你一刀肉。"把被子往头上一蒙，不理我父亲了。

九

第二天天刚亮，我父亲就又牵着马去找唐大秋。唐大秋媳妇正把四个背书包上学的闺女，送到大门口上。见我父亲来了，忙让到院子里。唐大秋媳妇一改昨日的满脸敌意，变得和善起来。主动接过马缰绳，拴在院里的李子树上，然后堆满笑脸，把我父亲往屋里请。

我父亲没往屋里走。唐大秋媳妇既然把自己往屋里请，说明唐大秋压根儿就没在屋里。

我父亲问："唐大秋一夜没回吗？"

唐大秋媳妇抬起满头皱纹："可不是嘛！这个死人的，说走就走了，说不定又出门儿做生意。平时就是这么个不着调的人儿。"

我父亲说："既然他不在，我就不进屋里了。"

唐大秋媳妇不肯，说："那哪行，昨天你就在院里等了一下午。不管是买马也好，借钱也好，既到了家里，就是唐大秋的朋友。这大冷天的，怠慢了他的朋友，怕他回来了跟我急！"

不提朋友两个字，我父亲不恼，一提朋友两个字，我父亲脸都气歪了。

我父亲咬住下嘴唇吸一口凉气说："我把他当朋友，你问他，他把我当朋友了吗？"

我父亲话音刚落，就听见西厢房里哐当一声，不是摔了瓷盆子，就是碎了瓦罐子。这个声音有点儿突然。我父亲疑惑地朝西厢房看去，见屋门闭着，窗户掩着，并看不出里面发生了什么。唐大秋媳妇见我父亲朝西厢房张望，神情立刻紧张起来，脸色苍白，像里面摔碎的不是个普通物件。

唐大秋媳妇脸上挤出的笑，比哭还难看。

唐大秋媳妇遮遮掩掩地说："一只该死的老猫，逮老鼠，把罐子打了。"

我父亲半信半疑地说："那还不去看看，撒了啥东西。"

唐大秋媳妇更慌张了："没啥，没啥。一罐子烂盐。"

她越紧张，我父亲心里越明白。我父亲拿眼睛看她，她心虚得头都不敢抬起来了，一脑门皱纹，蹙成一个疙瘩。我父亲的心里一下子有谱儿了。看来这个唐大秋真是个属鳖的，把脑袋缩到王八盖子里啦。我父亲胸膛里的火，猛烈地烧起来了。

我父亲二话不说，三拐两拐，走到李子树下解马缰绳。

解着缰绳，我父亲怒气冲冲提高嗓门说："唐大秋，我鲁老拐到今天，算对你仁至义尽啦！你不是躲着不见吗？你不见，我还不找了，这就到公安上，告你个骗子，让公安用王法收拾你吧！"

我父亲牵着马刚一迈脚，西厢房的屋门吱扭开了，两扇门里，探出一脸麻子。唐大秋一边追出来，一边喊我父亲："鲁老哥，你留步，我唐大秋知道错啦！"话音刚落，早冲到前面，挡住马头。我父亲和他推推搡搡，执意不肯留步。唐大秋说："鲁老哥，我不敢见你，不光是为躲你，不是欠账不认，我是没脸见你呀！"唐大秋媳妇也是一个劲儿说软话："她大伯，唐大秋不是你想的那么坏，你就高抬贵手，别把事情闹大啦！"

我父亲得理不让，哪里肯依。不管是唐大秋还是他媳妇的话，我父亲是再也不能信了。

正僵持不下，大凤背着一捆干草料回来了。

大凤见状，对我父亲说："大伯，知道你昨晚没走，我一大早上山割马草。就算要走，也得让马吃饱料，你看行不行？"

说走也不是真要走，无非是个激将法。大凤说得真诚，再加上唐大秋两口子上下附和，我父亲这才就坡下驴，见好就收。

大凤去喂马，唐大秋两口子一边一个，连推带拉把我父亲请回了屋里。屋子里比屋外的气温高不了多少，我父亲被推着在炕沿上坐下。炕上没起炕的两个孩子，在一张被子下露着两个小脑袋。见有生人进来，两个小脑袋胆怯地缩进被窝里。唐大秋媳妇赶紧给孩子穿衣服，并吆喝着叫唐大秋烧火做饭。

锅头连着炕，唐大秋把风箱拉得"呼踏呼踏"响，柴草的浓烟，还是从炉膛飘进屋里来，呛得我父亲一个劲儿咳嗽。大凤喂完马回来，见屋里乌烟瘴气的，赶紧接过他爹手里的风箱。

唐大秋无所适从地搓着手，对我父亲说："老哥，你看家里这情况，让你见笑啦！"

我父亲心里憋着火，不抬眼看他，也不和他说话。

唐大秋媳妇给孩子穿着衣服，接过话茬："不出门看看，不知道和别人的差距，跟你过了半辈子，越过越看不到头儿。这都是过的什么日子啊！"说着说着气愤地在小的屁股上拍了一巴掌。小的没头没脑地挨了打，嘴巴一张，"哇"地就哭了。

唐大秋理屈地说不出话，只管把一张小饭桌放在土炕上。

大凤手脚利落，不大会儿工夫，就炒了一盆土豆白菜和一盘炒豆腐。我父亲脸对脸和唐大秋坐着。第一次看到这张麻子脸时眼熟，这次看着这张麻子脸，却突然觉得又遥远又陌生。他现在都不敢相信，自己当初怎么就鬼迷心窍，把钱借给了这么一个缩脑壳没担当的蝇头小人。为了面前人一句谎话，自己磨穿了脚掌，走了多少冤枉路？这且不说，单是为了他那匹老马，卖不得弃不得，像个烫手的山芋，还得一天三顿张罗草料，费了多少精力和心思。为一千块钱，在老伴儿面前抬不起头还不算丢人，可气的是，竟让长舌头的老马，传成一个笑话！越想越窝火，越想越气不打一处来。

唐大秋给夹菜。我父亲不吃。

唐大秋给我父亲敬酒。我父亲不喝。

唐大秋抬着麻子脸，举起酒杯，恳求我父亲说："老哥，我知道错了，你就别往心里去了，我也是一肚子苦水呀！"

他不说有一肚子苦水，我父亲憋一肚子的火，还发不出来。骗了别人，还把自己说得可怜见儿的，一副吃了大亏的样子。我父亲之前吃唐大秋的亏，还是吃在他那副可怜样儿上。我父亲的怒火终于憋不住爆发了。

我父亲咬着牙："唐大秋，你行啊！你把我一个拐子当猴儿耍呀！"

我父亲说："算你狠，一竿子把我支到黄草窑！来回一百几十里地，好腿也架不住这一遭哇！"

又说："你怎么不把你的姓名都改了？从根儿上就不该相信你！"

再说："你顶得住天，立得住地吗？"

唐大秋被数落得低着头，一句话说不出来。唐大秋媳妇抱起孩子，也数落起唐大秋："也不怪人家怨你，要不是人家鲁老哥找来，我还以为你真的是卖了马。这不是两头倒瞎话吗？你以前不这样啊？"

唐大秋低着头独自喝一口酒。酒一入口，牙花子就龇了起来，仿佛那酒有多苦似的。唐大秋对我父亲说："都说人穷志气短，没经历过穷，不知道穷有多难堪，恨不得走路都白捡一块金子。那天无意中借你一千块钱，就像天上掉个馅饼儿，自己都不敢相信！从你面铺里出来，我还用手掐了掐自己手背，不是做梦。"

我父亲说："我那不是吃饱了撑的吗？"

唐大秋说："怕就怕，前脚拿走钱，后脚找过来。不是怕找来要钱，借了钱哪儿有不还的，是怕来了也拿不出钱，还不是一样遭难嘛！"

我父亲问："我看你媳妇胳膊腕上，也没伤啊？"

唐大秋说："编这么个瞎话，想得到你的同情，也是不得已。但确实因为我，别人的胳膊腕才砍伤的，从你那得来的一千块钱，没进家门，就赔给了人家。人不能不讲理不是，人家伤成那样，不赔说不过去！"

我父亲一拍桌子，说道："你那些破事烂事，我不管。我来是为了要回自己的钱，拿不回钱，横竖住在你家里，我就不走了，回去也交代不了当家的。你不义，别怪我无情。"

怕说得不够分量，又说："为一千块钱，我那口子，差点儿上了吊。"

把他差点上吊的事说成了我母亲。吃了那回借钱的亏，我父亲也多了个心眼儿，为了要回账，倒瞎话也好，撒泼耍赖也罢，这都是没办法的办法。这一切我父亲都准备好了。唐大秋东躲西藏不是也想要这一套嘛！我这是借花献佛啦！我父亲这样想着，一反常态，端起酒杯喝酒，拿起筷子吃菜。刚刚还一脸怒气的我父亲，脸色一下子缓和下来，喝酒吃菜，优哉游哉的，俨然是一副要打持久战的样子。

听了我父亲的话，唐大秋和他媳妇顿时无声了。屋子里一下子沉闷下来。只听到我父亲喝酒吃菜咂巴嘴儿的声音。

也许是为了打破这个僵持局面，唐大秋清清嗓子，没话找话说："鲁老哥，你面铺不远，街边那个卖豆腐的，算卦算得真准！"

我父亲不以为然："你说卖豆腐的老田？"

唐大秋说："对对，就是他。我上县城头一天，想算算运气，反正买他一块豆腐，他白算一卦。卖豆腐的说了，我年根儿底下遇贵人。"

我父亲说："他就是个卖豆腐的，他的话你也信。白给人算卦，那是为了卖他的豆腐。"

唐大秋毋庸置疑地说："真的算得很准。在县城待了三天，马卖不上价，正愁得我没办法，就遇上了你鲁老哥！"

这一句话叫我父亲想起了马贩子老赵的话。我父亲的气愤劲儿又上来了。我父亲说:"在牲口市上,人家给你五百,你却跟我说你的马值一千,我打根儿上就被你骗了。"

唐大秋的麻子脸被我父亲说得黑红黑红的。唐大秋无奈且语气低沉地说:"没有一千块,挡不住人家医药费。再说……再说你也没压价呀,说了一千,你就借了一千不是?我不是也意想不到嘛!"

把我父亲悔的。钱借出去真是救了人命,就算要不回来,我父亲没什么后悔的,现在后悔是因为应了老马的话儿,把钱借给这么个骗子。我父亲说:"我算明白了,从头到尾都是我错了,不该不听老伴儿的话呀!"

唐大秋忙说:"鲁老哥,你没错,救了我的急,就算救了我的命,限期给不了医药费,就把我起诉到法院。你是我的大恩人哪!"

我父亲愤愤地说:"你的命是救了,可我落个什么?落个风箱里的老鼠——两头受气。"把酒杯往桌子上一蹾,不管不顾地说,"还是那句话,今天给不了钱,我就不走了,你看着办吧。"

一句话,又把唐大秋说得耷拉了脑袋。屋子里的气氛一下子又凝固住了。

唐大秋媳妇正抱着孩子吃奶,也被我父亲这句话说恼了。恼也不是恼我父亲,是恼她的男人唐大秋。她走过去,手指头点着唐大秋的脑瓜顶儿,一副咬牙切齿的样子说:"唐大秋呀唐大秋,说你个啥呀!鲁老哥说到这份儿上了,我看你怎么办吧!你怎么弄那一千块钱哪!过了那关,这关怎么过吧!"说完气冲冲地把孩子塞给大凤,气愤愤地出了屋子。

唐大秋头不敢抬,大气儿不出。

我父亲一眼看出,唐大秋原来也是个怕老婆的软蛋。自己怕老婆,是让老伴儿手里捏着把柄。唐大秋怕老婆又是什么原因呢?我父亲调侃说："看来你在这家里，做不了主吧？"

"看你老哥说的。"唐大秋被我父亲一句话说得急赤白脸起来，"往前退两年，点着我脑袋说话，吓不死她。出溜一个闺女，出溜一个闺女，连个儿子都生不出来，这家里哪有她说话的份儿。怪我这两年点儿背，贩马马赔，为地埂上一棵树，还捅个大窟窿，要不然我还不大巴掌扇……"

话未说完，唐大秋媳妇拿着板凳进了屋子。唐大秋赶紧低下脑袋，再不做声。唐大秋媳妇往锅里舀几瓢水，坐下来拉风箱。风箱"扑通扑通"不通顺，唐大秋媳妇肚子里的气，也越憋越大。

她拿烧火棍子捅捅灶膛，又开始发火儿了。

唐大秋媳妇说："你说你一个种地的，不老实本分种地，你做什么生意？就算要做买卖，你也做个小的，上手就是贩骡马的大生意。真是心比天高！"说着说着又开始朝唐大秋点手指头，"做买卖不讲实诚，贪人便宜，买回一匹病马，驾不得车，拉不得犁，砸在手里半年出不了手，要不是大凤精心照料，一匹病马，饿都饿死了。"

一件事儿刚说罢，又提及了另一件："咱家地埂上那棵杨树，虽然紧挨着齐老蔫家地边，但自打地分到咱家，把一棵小树苗，照料成一棵大树，浇水剪枝，村里大小人都知道这棵树是谁的。齐老蔫见财起意，仗着有三个儿子帮衬，胡搅蛮缠，说什么树长在他家地边上，树是他家的。这不是不讲理嘛！他们要砍树，你去阻拦，有什么错？齐老蔫砍伤了胳膊，是他自己误伤了自己，和你有什么关系？为什么咱要赔齐老蔫一千块住院费？"

唐大秋见媳妇对自己指手画脚，口无遮拦，又是当着外人面儿，脸面上有点放不住了。

唐大秋说："树是咱家照料大的不假，可那树根不是也长到人家地里去了吗？本来这就是说不清的事儿！"

唐大秋媳妇质问说:"齐老蔫自己拿着斧头,砍伤了自己的胳膊,这事儿也说不清吗?"

唐大秋说:"要不是我推他一把,人也砍不到手。"

一听这话唐大秋媳妇猛然在灶台前站起来,用手指戳着唐大秋脑门。

唐大秋媳妇气不打一处来,说:"人家有事,都往外推,你却都往自己身上揽。"

不戳唐大秋脑门,唐大秋还耷拉脑袋,这一戳脑门,唐大秋的脖子反倒梗起来了。

唐大秋推开她的手指,说:"本来就是那么回事儿。"

唐大秋媳妇的牙齿都咬起来了:"平时看你在家吆五喝六的,出门你就尿了,你是怕齐老蔫家那三个儿子吧!"

一句话说得唐大秋瞪起了眼:"你不尿,怎么没给我生个带把儿的,也让我威风威风!"

一句话也说到了唐大秋媳妇的病根上。

唐大秋媳妇的眼泪唰唰流下来,嘴里却不依不饶,说:"唐大秋,你也算个男人,在外面和外人处处讲理,在家和老婆却不讲理,一说话就揭短处,就戳我心窝子。"跺着脚,又拿指头戳着唐大秋的脑袋,说,"我还有什么过头儿呀!还活个什么劲儿呀!"唐大秋再拿手一挡,说一句:"别拿手指我。"这一挡不要紧,唐大秋媳妇不干了,突然咬住牙,忍无可忍地举起手里拇指粗细的烧火棍子,照着唐大秋的脑袋就敲过去。

这个动作太出人意料。就听见唐大秋哎呀一声,拿手一捂,血就从手指缝里流出来。

我父亲一时没反应过来。

大凤赶紧放下怀里的孩子,跑过去看她爹的伤口。唐大秋痛苦地

"哎呀"着不让瞧，疼得牙齿咬得"咯嘣咯嘣"响，眼睛里冒着仇恨的火一般，死死盯着面前惊呆了的女人。唐大秋媳妇举着烧火棍子像定在了那里，目瞪口呆，一时也傻了眼。

转眼间，唐大秋脑袋上的血就流进了脖子里。

大凤急得直跺脚，不知道该怎么办。我父亲喊大凤："还不带你爹到村医生那儿上上药。"大凤这才搀扶起她爹慌急慌忙出了屋子，去看医生。

大凤扶着唐大秋走后，唐大秋媳妇好一阵子发呆。刚才的那一幕，是她自己也意料不到的。她就那么两眼淌着泪，面无表情，脑无所想，除了眼泪是活的，似乎其他的都死了一般。

我父亲想劝慰她几句，可又不知从何说起。我父亲觉得，在这种场景，不管说什么都是多余的。

过了好一会儿，唐大秋媳妇手里拎着的木棍子，"啪嗒"落到了地上。

紧接着就是突如其来哇的一声大哭。

哭着，唐大秋媳妇自言自语说："过不成了，这日子没法过了。不和你过了，唐大秋！"说完就三下两下跳到后炕上，打开油漆剥落的衣橱，草草收拾了几件衣服，打成包袱，然后跳下炕，抱起小的，拉起大的，落荒似的出了屋子。

这叫我父亲又一次没反应过来。

刚刚还热闹的屋子，一下子安静下来，安静得能听到锅头上水汽蒸发出来的声音。

我父亲坐在那里，看着炕桌上的冷饭冷菜，一时局促不安起来。

他走出屋子，院子里也异常安静。老马在李子树底下埋头吃着草料，要不是它发出咀嚼声响，我父亲真感觉像做了一场梦，一场突如其来的梦。更使我父亲做梦也没想到的是，为了要回一千块钱，搞得唐大秋脑袋开花，唐大秋媳妇带着两个孩子离家出走。人算不如天算。本来打算要不到钱就赖在他家里不走，现在看来，这一步是行不通了。一千块钱固然重要，但总不能为了要回一千块钱，搞得唐大秋妻离子散吧！真到了那一步，那就不是唐大秋欠自己钱的事儿了，是自己逼得人家破人亡的事儿了。我父亲越想越心虚，越想越后怕，连心里都咚咚乱跳起来。

我父亲走到李子树底下，解开马缰绳。

一拐一拐地走出村口，我父亲耷拉着脑袋，那匹老马也耷拉着脑袋。

我父亲说："真不想再看到你个老家伙。"

马蹄无力地敲打着路面。

我父亲说："一千块钱，换你这么个累赘！"

老马摇晃着马头，一脸木然。

我父亲长叹一声："你说，这回去，和老伴儿怎么交代吧？"

老马甩甩耳朵，还是一脸木然。

十

任谁也没有想到，像一贴甩不掉的狗皮膏药似的一匹老马，在从半沟回来的第二天大早儿，说不行就不行了。我父亲大早儿起来解手，解完手的第一件事儿就是把铺子前面拴着的老马，拴到铺子后面去。解手前走得急，晃见老马在地上卧着，解完手出来牵老马，拽了几下缰绳它都不动弹，弯腰一看，才知道老马是不行了，只有出气没有进气，眼珠子发直，没有一点儿光泽。

我父亲没敢惊动我母亲，径直去找老郭头。

老郭头也是刚出摊，平板车上的菜和肉还没卸下来。

听我父亲一说，赶紧和我父亲去看马。

老郭头围着躺在地上的老马转一圈。

老郭头："是不行了。"

我父亲说："屁话，这还用你说。"

看着马肚子圆圆的，老郭头说："肚子这么大，像是肚子里的病。"

我父亲说："难道是昨天下午在大沙河边上喝水喝的?"

老郭头一脸好奇，我父亲接着说："昨天从半沟回来，走到槐树底，离县城还有十里，我是走不动了，这匹马也没力气了。在村子边的路旁，坐下来休息，不想蹿出来一条黑狗，又叫又咬。马平时是匹老实马，冷不丁儿受了惊吓，挣脱缰绳，撒腿跑了。我还没见它跑过这么快! 我撵屁股紧追，一口气跑了八里路，过了高阜口，在大沙河边上，我才看见它。正在河边喝水呢! 那一通喝!"

老郭头眨巴眨巴眼，说："这是炸了肺了。"

我父亲说："你看还能不能救?"

老郭头说："眼都直了，救不过来了。"

我父亲平时很少说粗口，但那天他说了句脏话。我父亲说："真他娘的，它要死了，唐大秋借我的一千块钱，还能要得回来吗?"

老郭头喷喷嘴巴："还想那一千块钱的事儿，你还是顾眼前吧!"

我父亲已经慌不择路。我父亲说："救都救不过来了，大不了它就是个死，看来唐大秋借我一千块钱，是我上辈子欠他的，它替唐大秋讨来了。"

老郭头说："趁它还有口气儿，赶紧杀了，还能卖个肉钱，等它咽了气，就是死马。"

又说："死马肉谁要?"

我父亲别无选择，拿木拐捣着地："这个讨债鬼! 这个讨债鬼!"扭过头问老郭头："杀猪的能找，去哪儿找个杀马的呀?"

89

老郭头自告奋勇说:"我呀! 在生产队的时候就杀过。"

我父亲说:"那就你杀吧!"

老郭头凑过脸来说:"卖马肉我可以帮忙卖,不耽误我卖菜。但撂下买卖杀马,你得给我工钱。咱一码说一码。"

我父亲木拐捣地。

我父亲说:"行,一天工钱,你下刀子吧!"

老郭头除了卖菜还卖肉,肉案上就带着刀子。老郭头去拿刀子杀马,我父亲则拐回面铺子里去,再不出来。

昨天我父亲回到家里,日头快落山了。我母亲看见他把马拴在门前的电线杆子上,就把去找唐大秋的结果,猜了个八九不离十。我母亲啥话也不说,该干什么干什么,和面擀面,端面刷碗,像跟前没我父亲这么个人似的。连晚上睡觉都是背靠背,各睡各的。我父亲不怕我母亲和他吵、和他闹,偏偏怕她不理人。女人都是冷战高手。她不理人,更说明她憋着火呢! 而且是一股无名火。我父亲打回来就大气不敢出,架着拐走道,都怕弄出响声,怕一不小心,点着了我母亲的导火索。

现在,那匹马没卖到牲口市上,没换回唐大秋借去的一千块钱,却被一肚子凉水炸肺炸死了。我父亲的肚子里,也早气得鼓胀起来,像自己也灌了一肚子水,随时要爆炸了一样。可碍于我母亲也憋着火,事由己起,孰轻孰重,他只好一忍再忍。

心里忍着,手上却由不住表现出来。

他坐在门口旁边的板凳上,拿木拐有一下没一下地戳门板。

戳一下门板,我父亲想,到了这一步,该怎么办?

又戳一下门板,又想,这借出去的钱,打不了水漂吧?

再戳一下,再想……

我母亲突然冒出一句:"再戳,门板都戳出窟窿来了。"

我父亲这才发现自己走神了,忙收了拐,装作若无其事地从门帘缝儿里向街上瞧风景。这个时候我母亲却走过来，举着两只沾满面粉的手，本来绷着的皱纹也松弛了下来。我母亲不绷着脸的时候，连眼角的鱼尾纹都是慈祥的。

我母亲放低声音，说："行了，别生闷气了。什么事儿都有个了，既然那匹马死了，这事儿也就到头了。"

我父亲说："当初不该不听你一句劝。"

我母亲说："既然过去了，就不提了。"

我父亲问："事儿可以不提了，那一千块钱，你也能放得下？"

我母亲叹一口气："以前放不下，现在马突然死了，一下子放下了。这都是该着破这个财。自从押了那匹马，你就没消停过一天，为它受了多少罪，吃了多少苦？你活半辈子，也没走过这么多冤枉路。一千块钱不算什么，不就是白辛苦了两年吗？把你折腾出个好歹，我这心里得后悔一辈子！我算想明白了。"

说得我父亲眼窝都有些湿润了。

眼窝湿润了也不光为我母亲眼前说的暖心窝子的话，还想起来这么些年，两人磕磕绊绊，你搀我扶，一起走过来的路。

我父亲说："你想开了，我心里也就豁亮了。"

我母亲说："咱安心经营着这个铺子，不怕日子过不舒心！"

我父亲立刻来了精神，从凳子上霍然站起。

我父亲："从今天起，那件事儿就当没发生。"

我母亲："我以后听你的。"

我父亲故意脸一沉，语气里颇有几分固执，说："那哪行，我这个人办事儿好面子，好冲动，保不齐给你惹什么乱子，还是你想事情周全，办事情稳重，我以后还得听你的。"

正说着，老郭头从门外闯进来了。老郭头满脸慌乱，沾着马血的双手捧着一个碗口大小，黑不黑紫不紫的圆乎乎的东西。看着老郭头这么冒失和慌张，我父亲本来放开的心里又一下子收缩起来，他瞪起双眼看着老郭头，不知道到底又发生了什么事情。

我父亲问老郭头："老郭，你手里血糊糊的是什么？"

老郭头还是一脸惊慌，哆嗦着嘴说："老天爷呀！你看看这是个什么？"

我父亲的脸上也被老郭头一惊一乍的神色搞得紧张起来。我父亲问："你快说说，这是个什么？别提着葫芦卖关子，我这心里受不了。"

老郭头说："我刚挑开马肚子，就骨碌出个这东西。"

没出别的事儿，我父亲的心这才平复下来。但看着马肚子里杀出个怪东西，也觉得好奇。

我母亲说："看着那匹马就是匹病马，难道是长了这么大一个瘤子？"

老郭头一撇嘴，一副鄙视我母亲没见识的神态。

老郭头说："我爹养了一辈子马，杀了一辈子马。轮到我，虽然是给生产队养马赶马车，但也杀过马，就没见过这东西，也没听别人说见过。"

又强调说："这东西，是百年难遇呀！"

我父亲催促问："是个什么，你说呀！"

老郭头托起怪球儿："牛有牛黄，马有马宝！"

我父亲的厚嘴唇也惊愕地张开了："你说这是马宝？"

我母亲迷惑地问："马宝是什么？"

"就是一味药材。"我父亲显然对我母亲的提问不耐心了。他凑近端详那个马宝，黑不溜秋瞧不出一二三来，拿手摸摸，说硬不硬，说软不软，还很有弹性。我父亲问："别弄错了吧？"

老郭头又一撇嘴。

老郭头说："鲁老拐，你哪辈子修的福哇！你发财了！"

我母亲惊愕地问："你给说说，它能值多少钱？"

老郭头摸着下颌沉思，说："值多少钱我不知道，但是，顶回你那一千块钱，一点儿都不是问题。"

说得我母亲心里，一下子欢腾起来。

这一下子成了我父亲鲁老拐的另一件稀罕事。整个小城的大街小巷，都知道我父亲得了个百年不遇的宝贝。认识的不认识的，都来看稀罕，来长眼见。人多的时候，面铺子里没几个吃面的，都是些看马宝的，能把个不大的铺子，挤得没扎脚的地方。

从不串门扎堆儿的理发店老杨，嘴儿闷得很少和人过话，也在有天下午铺子里没人的时候，低着头来找我父亲唠嗑。我父亲知道他也是来看马宝的。但他看马宝不说看马宝，说过来找口热水喝。我父亲知道老杨的用意。他的理发店里不缺热水。但我爹不是个拐弯抹角的人，不必让老杨挑明，自己就把马宝拿出来让老杨瞧。

马宝放在洗脸盆里，用凉水泡着。

老杨伸着手指头，摸摸捏捏。

我父亲问："是粮铺老马告诉你的吧？"

老杨弹弹手指上的水："也看不出有什么稀罕！"

我父亲说："就这么个肉球。老马没跟你说我借出去的钱泡不了汤吗？"

老杨说："老马说，这个马宝不该是你的。"

我父亲好不得意，说："老马这是心理不平衡。"

老杨说："老马还说，你要得了这个马宝，就是昧心。"

我父亲火了，"哐当"用盖子把马宝盖住。

我父亲怒道："老马嘴里，吐不出一句人话！"

我父亲得马宝的事儿，不光小县城里传遍了，还像长了脚，长了翅膀，很快传到了外地，把安国药都的药材贩子，也招来了。哪一行有哪

93

一行的道道儿，这话一点儿不假。药材贩子像是闻着味儿找过来的。

那天中午刚过。过了饭点儿，面铺子里就安静下来。我母亲洗刷盘碗碟子，我父亲擦桌子，安放凳子。这时候进来一个提黑皮包的中年人。这个人个儿不高，吊梢眉，走路还是八字脚。挑开门帘，见我爹正在码放凳子，小声问了句："还有面吗？"听声音，不是个本地人。做生意以来，我父亲从不放过一碗面。我父亲忙说："有，有。里面请!"又随口招呼我母亲煮面。

吃完面，这个人抹抹嘴儿。

这人问："你是鲁老哥吧？"

听那口气，这人认得自己。我父亲问："咱们在哪儿见过？"

这人说："不曾见过。"

我父亲疑问："那你怎么知道我是鲁老拐？"

这人啧啧嘴："现在谁不知道你鲁老哥!"

我父亲过意不去地摇摇头，表示自己不敢担当那句恭维话。

我父亲说："看你说的!"

又问："你也是来看马宝的？"

这人未置可否，自我介绍说："我叫牛拉犁，从安国来，是个贩药材的。"

为了表示自己见多识广，我父亲说："安国可离着不近，隔着好几个县呢!"

说完，问道："这事儿都传到你安国去了？"

"那倒不是。"牛拉犁说，"昨天在长城岭上收药材，听刨药材的老头儿说的。我是个贩药材的，只要跟药材有关的事儿，都想看个究竟。"又问："突然造访，不给你添麻烦吧？"

我父亲一听这话，来了兴头儿。虽说这东西是从马肚子里杀出来的，见过的都说是马宝无疑。但真是不是马宝，我父亲的心里一直敲着一面鼓。我父亲忙说:"兄弟,你来得正好,正想找个懂行的给参谋参谋。"

话没说完,早架着木拐走到里屋去,把放马宝的洗脸盆端了出来。

牛拉犁看看水里的马宝,脸上并未表现出一丝惊异。这叫我父亲很失望。看来来的这个药材贩子,不是不识货,就是不懂货。再说了,又有几个药材贩子,真正见过马宝贩过马宝的?看来自己是对这个牛拉犁期望太高了。

没想到牛拉犁看完马宝,坐回凳子上,摸了摸下颌上的青胡楂儿,对我父亲说:"老哥,这个东西,你可有意思出手?"

这问题我父亲确实没考虑过,一时给问住了。

赶上我母亲过来收拾大碗,听到牛拉犁的话。

我母亲随口一问:"要卖,你能出多少?"

牛拉犁摸着胡楂儿,一副沉思样儿。牛拉犁说:"要说这马宝,就从我们内行人里找,也没人贩过,说它值多少钱,真不好说。"看看我父亲,然后把目光再落到我母亲充满期待的眼睛里,说:"但人活一辈子,能见一回马宝,这本来就是上辈子积德修来的,单单从价格上考虑,谁心里也没个三六九。"

我父亲说:"这是句实话。"

牛拉犁的眼睛从我父亲和我母亲的脸上扫视而过。牛拉犁说:"这么着吧,你二位要打算出手,我给个价格。我也不是贩它挣钱,只为贩了半辈子药材,见了一回真家伙!"

见我父母都等着下文。

牛拉犁咬咬牙:"就算剃我的肋骨肉了,我出三千。"

"三千?"

我父母同时张大了惊异的嘴巴。

牛拉犁看到我父母异样的表情,心一下子虚了。牛拉犁的吊梢眉跳动几下，顿时满脸窘困。牛拉犁狠狠心说："你们要是不满意，我再加两千。"说完站起来提起黑提包，一副到了底线的架势。"二位好好合计合计，我明天这个时候带现钱过来，成不成就这一锤子买卖。"说完，不容置疑地挑开门帘，出了铺子。

出三千我父母已经大感意外，不等人反应过来，又加两千，我父亲鲁老拐和我母亲袁玉琢站在那里，身体都僵住了，仿佛成了两个被击垮的木头人。

第二天中午饭点儿过后，铺子里的客人还没走完，牛拉犁提着黑提包就来了。以往这个时间，面铺子里早收拾清了，今天中午意外来了三个大肚汉，每人都一连吃了三大碗面，还觉得不过瘾，像饿狼掏空了肚子，又像许久没吃过饭似的。牛拉犁来的时候，那三个人正在狼吞虎咽吃第三碗面。

牛拉犁进屋后，就近在一张桌子旁坐下，特意把黑提包蹾放在饭桌中央。黑提包明显鼓着个肚子。

牛拉犁挑着眉毛，说："鲁老哥，现钱我都带来了，你二位商量好了吗？"

我父亲正抹桌子。还没等他说话，我母亲早从里间屋里跑出来。

我母亲搭腔说："商量好了，商量好了，就按你说的，五千。"

听了我母亲的话，吃面的那三个人，也都好奇地朝牛拉犁放在桌子上的黑提包看了一眼。

牛拉犁高兴地说："这就对了嘛。你放在家里，它就是个东西，出手变成现钱，它就成了财富。"说着就站起身来，要拉提包的拉链。

没想到我父亲却突然冷不丁儿说了句："慢着。"

牛拉犁伸出去的手一下子顿住，疑惑的目光投向我父亲看不出端倪的脸。

我父亲拐几拐走到牛拉犁跟前。

我父亲铁青着脸，很有点儿郑重其事的样子。

我父亲说："这事儿，我们还得考虑考虑。"

牛拉犁说话都慌张起来："鲁老哥，不是已经商量好了吗？你……不是又变卦了吧？"

我母亲也不高兴起来，说："就是，咱不是商量好了？"

我父亲没理会我母亲的话，拿起牛拉犁沉甸甸的黑提包，塞到他怀里。我父亲说："是商量好了，可是刚才我突然觉得，这东西不能卖，真要卖了，我老鲁这辈子，腰杆儿就别想挺直了。"

牛拉犁埋怨说："鲁老哥，看着你挺畅快一个人，怎么办事儿不如个女人！"

我母亲更是满脸不悦："你这又是转哪门子筋？"

牛拉犁的激将法，对我父亲丝毫不起作用。我父亲不容分说，推着牛拉犁往外走。我父亲边推边说："我拿定主意了，不卖了，说不卖就是不卖了。"

被推倒屋外，牛拉犁还是不甘心。

牛拉犁说："你要嫌价低，咱还可以再商量。"

我父亲说："不是价高价低的事儿。"

牛拉犁不死心："要能商量，我再加三千。"

我父亲"啪嗒"把门帘撂下来，把牛拉犁挡在了铺子外。

牛拉犁依旧不肯走，隔着门帘说："好在这是冬天，马宝还能放些日子，时间一长，马宝烂了臭了，分文不值！"

我母亲见我父亲还是无动于衷，忙冲着外面喊牛拉犁："牛兄弟，你先回，明天再过来听消息。"

我母亲又一次做梦都没想到，我父亲只说了个不卖，就叫牛拉犁这个药材贩子，一下子涨到了八千。看来这最沉得住气的还得是男人。我母亲从心里觉得我父亲不是个简单人。虽说腿上有毛病，但论起担当和心眼儿，常人也不能和他比。我母亲心里美滋滋的。想马上就和我父亲商量商量，但是碍于那三个吃面的还没走，说话不方便，朝我父亲投个钦佩的眼神儿，压住心里的喜悦，回里屋收拾碗筷去了。

偏巧那天来吃面的客人像不断线的珠子，这个走了，那个来了，一直到晚上十来点钟才关了铺门儿。我父亲腿脚不便，这一天在铺子里忙来忙去，早累得双腿快抬不起来了，往炕上一倒，眼皮都懒得动一下。我母亲虽说也累得浑身像散了架，但有件事儿在心里挂着，内心的喜悦还是掩藏不住。

我母亲抬起我父亲的一条腿，放在自己盘坐着的腿上，给他揉捏着腿。

我母亲揉着捏着，说："老头子，我算服了你了！"

见我父亲眯着眼不说话，我母亲接着说："八千块钱哪！自己把自己都吓住了。贾六儿的狮子吼酒楼，生意做得那么大，也不敢说他挣下了这么多钱，咱这是几辈子修下的福哇！"

我父亲还是眯着眼睛。

我母亲说："这回拿定主意出手吧！我看这人也是诚心要买，别撑崩了，遇这么个买主不容易！"

我父亲这才睁开眼。我父亲问："你真想卖？"

我母亲说："发财谁不想啊！那不是傻了吗？"

我父亲挪开腿，坐起来。

我父亲一脸认真："我和牛拉犁说的，不是假话。"

我母亲不解，问："你什么意思嘛？"

我父亲不回答她，却郑重其事地问了句："你说，这马宝从哪儿来的？"

我母亲满眼疑惑地看我父亲，回答说："那匹马肚子里呀！"

我父亲问："那匹马哪儿来的？"

我母亲不假思索地说："唐大秋押给咱的。"

我父亲长出一口气，说："押给咱的，就不是咱的，你说这马宝咱有权卖吗？"

我母亲急了，说："他不是没钱还给咱嘛！"

"没钱还，咱就贪人家这么大便宜？"我父亲说话的语气从来没这么严肃过，"曲阳贩驴的庞三桩和他伙计，出门总爱贪便宜，在咱铺子里吃面，不多吃咱一勺肉汤，就得多拿咱两头大蒜，可那晚赶错了马，走大老远还送了回来。"见我母亲噘着嘴，还拿眼睛盯着他，也不回避，只管接着说下去："近了说老郭头，咱在铺子里忙，人在外面杀马，得了马宝，不说，偷偷藏了，咱能知道吗？别人能知道吗？可人老郭头，不是一样没贪吗？"

又说："咱要贪了这马宝，人前人后，还挺得起腰吗？"

实例摆在眼前，我母亲再不情愿，也无话反驳。

我母亲一气之下，拉灭了电灯，掉过背躺在炕上不理他。

黑暗里，我父亲说："明天一大早儿，我就把马宝给唐大秋送去。"

好半天听不到我母亲言声儿。

黑暗里，我父亲又说："牛拉犁来了，告诉他，要买马宝，到半沟村去找唐大秋！"

又等半天，还是听不到我母亲言声儿。

我父亲言出必行。在第二天一大早儿，就用一个黑蛇皮袋子装着马宝，去了半沟村。我父亲是坐长途客车去的。那时候到省城石家庄的长途客车早已开通，一天三趟对开。上一次去半沟因为那匹老马的拖累，费了不少腿脚。但那时候，但凡没有急事儿，宁可磨层鞋底子，人们也不坐客车，为的是省几块钱车费。这一回我父亲没费一点儿力气，半小时路程，下车就到。

我父亲送还了马宝，唐大秋也在马宝出手后的第二天，千恩万谢还回了借我父亲的一千块钱。我父亲起初不肯收他一千，因为老郭头卖马肉已经卖回了五百多，想再收他五百也就算了。可唐大秋死活不肯，说那五百就当给我父亲的跑腿儿费了。想想自从有了那匹老马，自己一个拐子，南征北战，腿都磨细了，确实吃了苦头，也就没再坚持。

我父亲和唐大秋从此互不相欠，再没有什么瓜葛，和那匹老马的恩恩怨怨也从此一笔勾销，可没想到在腊月十八的大集上，又因为唐大秋那匹老马身上杀出来的马宝，我父亲摊上了人命官司。

十一

本来腊月十八的大集上，我父亲够忙的，又是存自行车，又得照顾面铺子里面的生意，既上火又着急。偏偏这个时候，粮油店里的老马，不知从哪儿喝多了酒，摇摇晃晃地走到了我父亲的面铺子里来。

我父亲忙得顾头不顾脚的，见老马还一身酒气，就没理会他。

老马见受了冷落，面子上也是有点儿过不去。

老马眨巴着红通通的眼珠子。

老马说："老鲁，口渴了，给倒碗面汤喝。"

我父亲正忙着往里屋收拾碗筷，随口说："忙着呢，自己倒去。"

老马吧咂吧咂嘴，觉得不是味儿。在东寺这条大街上，两人虽然不是最过心的朋友，但面儿上都觉得两人关系处得好。以往老马来喝面汤，我父亲都是亲自倒上端给他。

老马也是喝大了，坚持说："喝酒口渴了，快给端一碗。"

我父亲还是没理会他，只管忙着自己的，说："顾不上，要喝自己端。"

这话把老马惹急了，又是当着一屋子客人的面儿。

老马觉得有失颜面："老鲁，你今儿咋和以前不一样啊？"

我父亲没顾上理他。

老马火儿了，上去拽住我父亲一条木拐。老马脸红脖子粗地说："你是不是卖马宝卖了八千块，发财了，心里没朋友了？"

我父亲本来心里就焦急，被他这一纠缠，也火儿了。

我父亲说："你心里要有朋友，就不到处传我的闲话了。"

两人你一句，我一句，由唇枪舌矛转变成推搡起来。我母亲听到后，赶紧出来拉，可又怎么也拉不开，最后还是吃面的客人中，站出几个来，才把两个人分开。老马还是气不打一处来，摇晃着站在门口上，不肯离开。

老马指着我父亲说："老鲁，既然你说我传你闲话，我也就不客气了。"

说完这一句话，老马觉得非常窝心。以前自己说老鲁的话，哪一句不是为他着想，却被人认为是传他闲话，心里就觉得冤屈。心里有冤屈，火更压不住了。

老马冲着屋里所有的客人愤愤不平地说道："大家认识认识这个人，平时人都说他是个好人，可背地里，心黑着呢，人家的马宝，他卖了发财。八千块呀！你们谁这辈子，见过八千块？"

所有的人都惊讶地看我父亲。

其中这里面，就有那三个看到过药贩子牛拉犁黑提包的人。其实这三个人自从看到那个黑提包后，每天都来面铺子里吃面，有时候也喝面汤消磨时间，只是我父亲怎么也不会想到，这三个人还会和自己有什么联系。

那天我父亲非常郁闷。晚上躺在床上长吁短叹。我母亲劝说半宿，也难解心头烦恼。平白背这么个大黑锅，我父亲更觉是长舌头的老马毁了自己一世清白。活了多半辈子，砸在老马手里，妄自把他看成朋友。要怪也怪不得别人，怪自己眼拙。想着从此再不进老马的粮油店，可又想到自己腿上的毛病，那样反倒给自己找不自在。就这么胡思乱想到了下半夜，才迷迷糊糊合上眼睛。

刚合上眼不久，我父亲迷迷糊糊听见有人敲门。一个开面铺子的，做的就是揽客的买卖，啥时候有人敲门，都属正常。我父亲眼睁开了，脑子还没清醒过来，哈欠连天地就把门打开了。

三个头戴黑面罩的人闯了进来，手里还拿着刀子。

我父亲吓了一跳，激灵一下，脑子醒了，想关门已经来不及了。一把闪着寒光的刀子，早架在了脖子上。我父亲觉得头发一下子竖起来，后背嗖嗖冒凉气儿。也不知是后半夜天冷，还是害怕吓的，我父亲一连打了好几个冷战。

另两个冲进里屋，一个拿刀子逼着我母亲的后背，押俘虏一样把我母亲押了出来，另一个开始在里屋翻箱倒柜。

拿刀子架着我父亲脖子的人小声儿对我父母说："别出声儿，我们只要财，不要命。"

不用他嘱咐，我父母压根儿就没打算出声儿。

可是里屋那人把犄角旮旯搜了个遍，衣服家什扔了一地，也没找出什么来。他冲出来走到我父母跟前，从黑面罩的两个孔里射出两道贪婪的寒光。

那人小声儿问："快说，钱藏在哪里？"

我父母吓得直摇头。

那人耐着性子说："我们已经说明白了，只取财，不要命，可你们要不交代，那就别怪我们不客气。"

又说："你听说过空手走的抢劫犯吗？"

我父亲虽然牙齿打战，心里却一点儿不糊涂，在这种时候，舍财保命是正确的选择。

我父亲说："水缸底下，你去拿吧！"

那人返回里屋，挪开水缸，果然看到一个布包。打开一看，也就一千多块钱。于是又走出来，问我父亲："还有呢?"

我父亲说："没了。"

那人说："看来是不说实话。"

我父亲说："真没了。"

那人阴森一笑："谁不知道你卖马宝卖了八千，快说，藏在哪了?"

我父亲牙齿颤抖得都发出声音来了。

我父亲说："根本就没那么回事儿。"

那人显然已没有了耐心。猛然从腰里也拔出一把刀子，说："看来你是不见棺材不掉泪。"说着就把刀子逼在我母亲胸前，掉过头对我父亲说，"不说就别怪老子不客气了。"说完把刀子往起挑了一下。

我母亲哎呀了一声。

这一声一下叫我父亲急红了眼。也不顾脖子上还架着刀子，也顾不得考虑什么后果，突然抬起木拐朝那个对我母亲扎刀子的蒙面人抢过去。我父亲的突然爆发连三个蒙面人都出乎意料。我父亲从十岁上就离不开木拐，就成了一个残疾，身上哪哪儿都没有力气，唯独一对木拐在他身上修炼了几十年，有使不完的劲儿。他连自己都不知道使出了多大力气。

那人应声而倒，脑浆崩裂。

另外两个一下子傻了眼，恐惧之中丢下刀子夺门而逃。

理发店老杨后半夜出来上厕所，听见面铺子里有动静，好奇地过来瞧瞧，见地上躺个死人，我父母也早吓傻了，也吓出一脑门子冷汗，赶紧去报了案。

天不亮，我父亲被公安上的人，戴着手铐带走了。

我父亲被带走了，我母亲急疯了。慌乱之中想起我父亲的棋友韩桂章，像抓住了救命稻草，急急忙忙到南街大槐树底下城关派出所找韩桂章。韩桂章也是刚起床，正蹲在院里花池边刷牙，听了我娘的诉说，也是吓了一跳，牙缸子都掉在了地上。韩桂章牙刷了一半儿就不刷了，回屋穿了外套，让我母亲在那儿等着，自己骑着一辆破自行车，到局里打探消息去了。

俩小时后韩桂章返回派出所。

韩桂章告诉我母亲，说我父亲已经被关到看守所里了。

我母亲泪流满面地说："是不是这回就没救了？"

"也不能这么说。"韩桂章考虑案情的重要，不便多透漏，只对我母亲说，"逃跑的两个人也已经抓住了，局里已经派人带着三人的照片去了省城，最快得三天才回来，你三天后再来找我。"

怕我母亲不放心，又说："我看老鲁没多大事儿。"

我母亲半信半疑地离开了派出所。

我父亲在看守所里一关就给关了三天。在这三天里，我母亲顿顿给我父亲包韭菜鸡蛋馅儿饺子。我父亲好这一口儿。可我父亲被关在看守所里，本来心里就七上八下的，哪有心思吃饺子，还一天三顿都是个这。

我父亲不耐烦了。

我父亲说："咋一天三顿饺子，是怕我以后再也吃不上了？"

我母亲流着泪说："要是真吃不上了，我也不亏心！"

说得我父亲觉得自己真要上刑场了似的，一脸悲壮。

我父亲吃着饺子，问："你的伤，厉害不？"

我母亲说："不厉害，划破点儿皮。"

我父亲说："只要你伤得不厉害，比什么都好！"

我母亲哭出声儿来了。

我母亲怪怨说："你连死活都不知道了，还惦记我这点儿伤！"

我父亲说："小时候从树上掉下来，都没摔死，我就不相信这回活不成了!"

嘴上这么说着,心里一点儿踏实的地方都没有。饺子在嘴里嚼过来嚼过去,觉得一点儿味道都没有。

第四天早上,因为天阴着,反倒觉得不怎么冷。我母亲收拾收拾铺子,去南街找韩桂章,还没进院子,却见韩桂章骑着自行车从外面回来了。韩桂章见到我母亲,说:"走,我和你一块儿去看守所。"我母亲坐在自行车后座上,由韩桂章驮着,往看守所去。看守所就在县城西北城厢岗的后面。

到了看守所,韩桂章从兜里掏出一张纸,让看守所里的人看了,不大工夫,我父亲就被放出来了。

三人往回走的时候,天上飘下稀稀落落的雪花。

我母亲说韩桂章:"这回多亏你帮忙!"

韩桂章说:"我能帮什么忙!老鲁是正当防卫,再说,那三个人是省里通缉的抢劫杀人犯,自己撞到老鲁枪口上了。我不过是公事公办。"

我父亲问:"知道是杀人犯,为什么还在看守所里关我三天?"

韩桂章回答说:"省里印发的通缉令上,三人的照片不清晰,这不是拍了三人的照片,特意到省城请专家鉴定,马不停蹄,也得三天。"

又扭过身对我母亲说:"要不是死的是个杀人犯,就算正当防卫,老鲁也不是一点儿干系都没有!"

我母亲连连点头。

韩桂章说我父亲:"老鲁,你也够大意的,三个犯人在你面铺子里好几天,你都一点儿没觉察到。贴在你外面的通缉令,没看到吗?"

我父亲摇摇头,叹息说:"这一冬天,为一匹马差点儿把腿跑断了,哪儿有闲心看什么通缉令啊!"

又说:"谁想到这杀人犯能躲到咱这种小地方来?通缉令上的事,谁不是当个笑话说说!谁还能真往心里去?"

韩桂章责备说:"一点儿防范意识都没有!"

在东大桥上分了手,韩桂章回南街的派出所。我父亲和我母亲,一前一后回东寺大街的面铺子。自从我父亲进了看守所,我母亲就把面铺子关了,没有营业,现在走进铺子里,冷冷清清的,像久未人居一般。我母亲收拾屋子,我父亲则到了铺子外面。我父亲只想在外面透透气。在看守所里一连关了三天,我父亲早憋闷坏了。

这个时候雪已经渐渐下大了。我父亲来到外面,并不好意思在街头上露面。所有人都知道自己打死了人,吃了人命官司,但其中的原委又有谁知道?我父亲懒得和人解释,也懒得和人照面儿。我父亲来到铺子后面。后面并没有多大地方,他架着木拐展开双臂长长地打个舒张。雪花落在脸上,凉凉的感觉。掉过头,他看到老郭头贴在后墙上的那张枣红色的马皮。这叫他又想起那匹从来都打不起精神的老马,想起自己牵着老马走过的漫漫长路。这些还是次要的,我父亲做梦也没想到这辈子手下还会出一条人命。虽然自己也是出于无奈和被迫,但有好几次梦里,都出现了那个血淋淋的场面。

后来由杀人犯的死,联想到了自己上吊的事儿。看来这人死人活也是在一闪念之间。又想起了五丈湾卖粉条的老孟,要不是老孟,自己也许早已经不在人世了。那日和老孟说好了,到了县城,一定到自己面铺子里来落脚。可小集大庙过了好几个,也没见老孟过来。一个卖粉条的,哪有不赶集不过庙的道理。人家只是不愿意给自己添麻烦罢了。越是这么想越是感念老孟。想着大年正月里,一定到五丈湾去拜访一下老孟,感谢他对自己的救命之恩。

在铺子后面站了好长时间,心里乱纷纷地想了好多事儿,身上冷了,我父亲才从后面走出来了。

路过山墙的时候,我父亲无意间看到了那张通缉令。通缉令的下边并排印着三个抢劫杀人犯照片,但是印得模模糊糊的,就算之前我父亲看过这张通缉令，三个犯人到面铺子里吃面，我父亲一样认不出来。好在有惊无险，钱没有抢走，人也都安全。这几天就抓紧时间，去一趟儿子参军的部队，找找关系，现在不管干什么事儿，哪儿都少不了打点打点。儿子的事儿不能再拖了。

我父亲抬头看看天，雪片子已经鹅毛般的了。一冬天没下雪，看来这一下雪，就是场大雪。

屋子里开始有人说话，我父亲隔着山墙细听听，觉得声音挺熟悉。

他这才架拐回到了屋里。

来的人果然是大凤。

大凤看到我父亲，哇的一声哭了。

大凤说："鲁老伯，我爹出事儿了。"

我父亲忙问："出什么事儿了？"

大凤抽抽搭搭。我母亲在一旁安慰她。

大凤说："我爹到镇上赶集，花钱买了一头小猪崽儿，可人家说给他的钱是假的，把我爹告到了乡派出所。"

我父亲说："那也不是什么大事儿呀！"

大凤说："派出所的人到俺家搜了，搜出一罐子假钱，就把我爹带走了。"

还不等我父亲说什么，大凤接着说："派出所说我爹涉嫌贩卖假钱，把我爹送到县城看守所了。"

我父亲没想到，自己刚从那里出来，唐大秋却又进去了。

看来，这事儿还得麻烦韩桂章。

我父亲领着大凤去找韩桂章。一路上我父亲的木拐捯得飞快。路面上的雪花已经铺了厚厚一层。我父亲边走边想，要想证明唐大秋的假钱不是贩卖的，首先要找到药材贩子牛拉犁。怪不得牛拉犁买那个马宝的时候，把钱不当个钱呢！继而又想到，既然牛拉犁给唐大秋的钱都是假的，那么，唐大秋还自己的一千块钱，还会是真的吗？想到这里，我父亲的心里猛然哆嗦了一下。我父亲的双拐，荡得更快了，恨不得马上飞到南街里去。

十二

那个冬天，我父亲没到部队上去。我哥哥鲁建华也于第二年春天复员了。我不知道他没能留在部队上当志愿兵，是不是我父亲没到部队上活动活动的原因。但是就在那年春天，我哥哥遇上了他人生中的第一件大喜事儿。我哥哥结婚了。媳妇就是小我哥哥六岁的大凤。

我哥哥婚礼的那天，我表哥救生喝得酩酊大醉。

他咧着大嘴，逢人就说："我舅舅偏心眼儿，我看上的媳妇，他说给他儿子了。"

（原载《小说月报·原创版》2017 年第 1 期）

　　虽然，原名李亚，河北文学院签约作家，写小说、散文、童话。曾在《中国作家》《上海文学》《儿童文学》《长城》《作家》《散文》《安徽文学》《芙蓉》等杂志发表中短篇小说多部，有作品被转载于《作品与争鸣》《儿童文学选刊》《意林》。已出版中短篇小说集《手上的花园》。曾获第三届叶圣陶教师文学奖、第四届金近儿童文学奖、第二届"小十月少年文学"散文组金奖。

花 开 时 节

◎虽　然

一

"唉！要是花里能开出女人多好！"鸡秋叔怅怅地说，海棠落了他一身。

没人理他。他这话说过很多遍了，看到什么花都是这么一句，人们说他想媳妇想疯了。

奶奶在海棠下摆好饭桌，放上一把箸子。弟弟坐个小板凳床，守着桌角玩箸子。他把两根箸子摆成十，又摆成二，摆成厂，又异想天开想让一根箸子立在另一根上头，两根箸子倒下来，发出很大的响声。他心虚地向两旁看看，见没人理他，又放心地玩下去。

摆好饭桌，奶奶又给鸡喂食，母鸡和公鸡啄着棒子粒，吃得十分高兴。再过一会儿天暗下来，鸡就看不清东西了，就跳到架在窝里的横木上睡觉。

鸡秋叔晚饭后都要来我家坐一会儿，就隔着一个猪圈，绕过猪圈就来了。他有话也说，没话也说，扯到实在没话说才回去。他来时抚着肚子，对我奶奶说："婶子，你这饭真磨蹭，得吃到半夜，早早吃了该干什么干什么去了，等什么呀？"奶奶说："你说的！干活的还没回来，闲着的倒先吃上了?"我妈在地里还没回来,饭在锅里焐着。这是我家的规矩,哪怕孩子饿得嗷嗷叫,也得等干活的回来才能吃,所以弟弟才玩箸子,我才看书。

奶奶见我抱着书不肯撒,提醒我:"惠妮,鸡上架就不要用眼了,再用就成近七眼了。"

鸡秋叔喷儿地一笑:"近七眼,还近八眼呢。近视眼!"

奶奶也笑:"反正鸡上架再用眼不好,管它是近七还是近八!"

鸡秋叔又说:"嫂子也是,干活挺上劲儿,舍不得回来了。她干什么呢?我去接她。"

奶奶赶紧拦住:"别,这就回来了。"说着往桌上摆饭,弟弟往桌前凑凑,我也帮着分碗。

我妈回来后在水井边洗了手,坐到桌前。鸡秋叔盯着她雪白的脖子,突然说:"嫂子,你天天晒着也不黑。"

我妈皱起眉。

一枝海棠伸到鸡秋叔脸前,他把枝子朝边上一推,叹口气:"唉,白开这么多的花!要是每一朵都开出个女人来多好,花一边开她一边长,花谢时她就蹦到地上。"

要是朵朵花里都长个女人,村里就没有光棍儿了,鸡秋叔也不用每天无聊地来我家串门了。

他似乎已过了三十,也相过亲,相来相去一场空。前几年还有人给他说人儿,他骑上车子带个篮子,篮里装着瓜子、糖,兴冲冲而去。他的嘴长,向前伸着,我说那是黄瓜嘴。不知是他的黄瓜嘴还是别的原因,没一个姑娘相中他,后来给他说起离婚的女人、丧偶的女人,也没合适的。

他时常来我家闲聊,来了舒服地拍拍肚子,说有一肚子笑话:"我有一肚子笑话,就是不能讲给你们听。"我就求他讲,他瞟一眼灯下做针线的我妈，又看一眼奶奶，开讲了。

"有个唱曲儿的瞎子，路上遇到一个人，要和他交朋友。瞎子问他叫什么，他说叫都来看。瞎子想这名儿有意思，就和他成了朋友，挣来的钱也让他花。两人走到一条河边，这人说：'我背你过河吧，你把衣服脱了放在岸边，回头我来拿。'瞎子一听：好哇。十分感动，依言脱了衣裳，和三弦都放在岸边。这人就背起瞎子朝河那边走，到了放下瞎子，回去拿衣裳，一去没了影儿。瞎子坐在河边等啊等啊，急了，就高声叫：'都来看！都来看！'过来几个洗衣服的女人，一看是个瞎子光屁股正使劲叫唤，就拿起棒槌揍他，把他赶跑了。"

奶奶笑起来，我妈也笑了。我气愤地问："后来呢？"

"后来他就跑了呗！"鸡秋叔轻描淡写地弹着肚皮，说这就是结尾。

"不！他应该告诉别人他受骗了，他是个可怜的瞎子，那几个女人应该把骗子捉回来，用棒槌打一顿！"我不依不饶。

"依你！我接着讲。瞎子跑了一会儿，想起没穿衣裳没法见人，就趴下磕了个头，跪在地上，对几个女人说：'大娘婶子们啊，可怜可怜我吧。我让人骗去了衣裳和三弦，那人名字叫都来看，你们要是能捉回他，还了我的衣裳和三弦，我给大娘婶子们唱三天。'几个女人听了，卷起裤腿，露出雪白的小腿还有大腿，下了水，蹚过河去找都来看。都来看正拿着瞎子的东西在集上卖，一个女人大叫：'都来看！'都来看扭头见是个女人叫他，应了一声。几个女人扑上去，抢起棒槌狠揍起来，剥了他个光屁股，连同瞎子的衣裳，都拿回来了。瞎子在村里唱了三天，她们听了个饱。这回行了吧？"他结束了这个故事，我转怒为喜。

再往下他就讲起荤的来，我妈让他滚，不走用锥子扎，他笑哈哈地朝外走，边走边说："真是，听听又听不掉你一块肉……"走了，隔天又来。

现在他对着海棠发呆，我妈和奶奶对看一眼，我读懂了这对看的含义：鸡秋叔又想女人了。我顿时觉得他十分可怜，想要一个东西要不上，多么可怜，他甚至盼着花里面开出个媳妇。如果花能开出媳妇，天下就没有光棍儿了，谁想要媳妇就种花吧，也不求多，只开出一个来就好。

我含着箸头问："叔叔，你是不是觉得孤独寂寞？"

奶奶朝我一瞪："吃你的！"她未必知道孤独寂寞的意思，但知道我好拿话戳人伤疤。

我回瞪奶奶一眼，接着说："叔叔！你要是觉得孤独寂寞，就在我家多歇会儿吧，吃了饭我给你念几个故事。"

他没吭声，站起来橐橐橐地走了，抻着脖子，伸着黄瓜嘴，走进幽黑的门外，绕过猪圈，回家去了。

奶奶说："鸡秋也说不上个人儿，真是。按说这家里还没出过光棍儿，比他丑的比他矬的都有了媳妇，他长短说不上。他娘还成天嘎嘎嘎地笑，也不着急。"

我妈说："他娘内里着急，装不在乎罢了。听说外村有买媳妇的，不知从哪拐来，几千一个，就怕待不住。"

我停下箸子："鸡秋叔也要买媳妇吗？"

奶奶说："他倒想买，去哪买？"她哄着了弟弟，又催我们睡，嫌费电。每天都这样，只要鸡秋叔一走，她就催着关灯关门睡觉，这叫"闲事少管，睡觉养眼"。

<h1 style="text-align:center">二</h1>

我放学回来，见鸡秋叔家人来人往，我妈从里面出来，手上扯着我弟弟，正往家走。奶奶随后也出来了。

我顾不得放书包，跑过去问："怎么了？这么多人，干什么呢？"

奶奶说："你鸡秋叔有人儿了。"

我也要进去看。妈拦住我："晚点再去，净大人们。"

奶奶往炕上一坐，叹着气说："怎么买了个这么小的？和惠妮差不多大，还孩子呢！"

我妈说："他去晚了，另几个让挑走了，只剩这一个。要不这个也买不着，别看小，六千。"

我好奇心大起，扔下书包就朝外跑。

好不容易挤进屋里，挤到前头，我朝炕沿上一蹦，坐下来，和她一比。肩齐着，腿都耷拉着够不着地面，是和我差不多大。她垂着头，谁也不看。

一个抱着孩子的嫂子笑着对我说："惠妮，别看个头差不多，人家十六，你才十一。你得叫人家婶子。"

我大大方方叫了一声："婶子！"瑞奶奶和大人们笑起来。她抬头扫我一眼，又垂下头。我见她脸上没一点儿喜悦，就自我解嘲对别人说："她听不懂咱们的话，不知道我叫她呢！"

瑞奶奶说："不管她从前的名是什么，我重给她起了个名，叫金莲。这名没碍妨，惠妮就叫她金莲婶子。"

我又大方地叫了一声："金莲婶子！"还去拉她的手。

她任我拉住手，依然垂着头。屋里又笑起来。

我坐到人走光，捕捉到许多信息：她是广西的，坐火车来的，只吃大米，不吃面……人走光了我还不想走，瑞奶奶轰我说："惠妮，你还不回家吃饭哪？走，我也去你家，有点事儿。鸡秋！"她扬声叫。鸡秋叔来到屋里，瑞奶奶说："守着你媳妇，我出去一下。"鸡秋叔坐在门槛上，双手合着垂在腿间。

我扶着瑞奶奶朝我家走，其实不扶她也可以，她来去自如，根本不用人扶。但现在新婶子来了，我要让她看出我尊老爱幼。瑞奶奶胳膊肥肥的，长着许多红瘤子，摸着很不舒服。她还脏，身上散发着灰土味，我不喜欢。出了门，我撒开她，三步两步跑回家，跳进屋子报信儿："瑞奶奶来了。"

我妈纳闷地说："这么晚了她来干什么？又借什么？"

奶奶也紧张地猜想瑞奶奶要借什么。她来我家就是借东西，东西借出去时一个样，还回来又一个样，不借又不行，怕她恼，预先知道借什么好找个理由拒绝。

瑞奶奶要借新褥子。她先嘎嘎嘎地笑："嘎嘎嘎嘎嘎嘎！没想到鸡秋这么快就有了人儿，也没提前准备着，被褥也来不及做，嘎嘎嘎嘎嘎！好歹是个新人，得有那么个意思是不？我有个新被套，套在被子上了，还差新褥子……嘎嘎嘎！"她知道我家新做了被褥，预备着给我爹替换，天冷了让我爹带回剧团。

奶奶脸上堆笑："这是喜事，借吧。"

我妈从箱里取出新褥子，让我抱着送过去。我也正想再过去看看，抱起褥子，褥子挡着脸，我只好歪着脖子看路。

鸡秋叔点着蜡，光焰跳动，炕上放着新被子，金莲婶子还在炕沿上坐着。我把褥子扔到炕上，突然体贴地想她也许想去厕所，坐了这么一大下午，肯定想去。我问："婶子，你解手不？"她茫然抬起头，听不懂我说什么。我用半生不熟的普通话说："婶子，请问你撒尿吗？"这回她听懂了，往炕下出溜。鸡秋叔跳起来："不用出去。"从门后拿出个深褐的新塑料桶，冲她指指，让我出去，他也出来，关上了门。屋里传出刷拉刷拉的尿声，我都替她浑身松快。

鸡秋叔呼出一口长气，伸着黄瓜嘴到我耳边，小声说："回去吧，明天再过来玩。"

我还想再练练普通话呢，不听他的，扭身就要推门进去。鸡秋叔把门一挡，小声说："走吧，让走就走，明天过来听故事，我有个好的，从没对人讲过。"听说明天有好故事听,我收回放在门上的手。

瑞奶奶在大门口坐着,听出是我:"惠妮,怎么不玩了?"

"叔叔让我回来,明天再听好故事。"我慢慢朝家走。

天上群星闪烁,没有月亮,小风轻轻吹着,飘来阵阵花香。我使劲闻了几下,觉得不像是海棠,海棠虽美,却没有香味。那么应该是紫茉莉,不知谁家种了。这种花一到晚上就开,一开一簇,每一簇都往外喷香气,香得惊人。

三

瑞奶奶双目不明,但耳朵厉害,鼻子也厉害,眼不好一点儿都不碍妨她看着金莲婶子。她耳朵一支棱,就知道金莲婶子干什么;耸耸鼻子,能闻出金莲婶子离她有多远。她的嘎嘎大笑也有特点,伴随着大笑,腮帮子上的两团肥肉上下哆嗦,凉粉似的。她和我奶奶是妯娌,比我奶奶小几岁,却当着嫂子。奶奶说她从嫁过来就吃香喝辣,百事不干,天天睡到日头大高,还在被窝里藏点心,偷着吃。

新褥子第二天就还回来了,她一手拄拐棍,另一条胳膊夹着褥子,交还我妈:"就铺了一宿,嘎嘎嘎,可能也没用上……"她走后我妈打开褥子一看,气坏了,上面斑斑点点好几处血,瑞奶奶鼻子那么灵敏,肯定闻到了血腥味。我妈立刻拆褥子,扔进大盆里又搓又洗,边洗边嘟囔。

我不管她们这些事,每天朝鸡秋叔家里跑。去了坐到炕上,和金莲婶子有一句没一句地聊。她认几个字,我写在纸上的简单句子也能看懂。我趴在桌上,又是说又是写,手嘴并用,一聊半天。

瑞奶奶坐在门槛上,支着耳朵,听我们说话。我用笔写几个字,金莲看了点点头,再写几个字,她摇摇头。瑞奶奶听不到音,问我:"惠妮，捣什么鬼？让我也听听。"

我就念纸上的字："你是拐来的吗？"金莲婶子点点头。"你想家吗？"她朝瑞奶奶看一眼，没吭声。瑞奶奶说："不用想家，这里就是你的家了。嫁鸡随鸡，嫁狗随狗，鸡秋不秃不疤，不俊不丑，能过日子。以后有了孩子，和鸡秋回广西看家。"我说："奶奶，那得什么时候哇？"瑞奶奶摸着鼻子，嘎嘎嘎地笑起来："说快就快，这有什么难的。"

我用笔支着下巴琢磨句子的时候，金莲婶子就发呆。她又黄又瘦，嘴朝上噘。鸡秋叔的黄瓜嘴是朝前伸，她的像是把朝前伸的嘴用巴掌搋了一下，于是改为朝上。我不觉得她好看，只是觉得新鲜。广西，桂林，桂林山水甲天下，她从甲天下的桂林来到一望无际的平原，该多么寂寞呀。村子里没有一个广西人，她举目无亲，多么孤独哇。

每天放学我就朝家跑，匆匆打个招呼就去找金莲婶子，把她的屋当成自己家，很不拿自己当外人，去了把桌上的东西往边上挪挪，腾出地方写作业，边写边和她说话。她坐我旁边，翻看课本，还推过缸子让我喝水。

水是甜的，放了白糖，我大喜，抱着缸子灌了两大口，又改为小口抿了几下，放回缸子。瑞奶奶听见我喝水，坐在门槛上问："惠妮，你喝糖水呢？"

"不甜，放的糖不多。"我抹着嘴说。

"不能多放，放多了腻甜腻甜的，就喝顶了。"瑞奶奶挺会说。

金莲婶子冲我皱皱鼻子，嘴角一撇，我们偷笑起来。

鸡秋叔家的茅厕在西墙外头，我从不敢去他家茅厕，怕漏下去。他家的茅厕似乎是为腿长的人设计的，四四方方一个大蹲坑，我试过，要解手得把双腿撇成近直角，难度太高。我领着弟弟去过一次，他蹲下，我站前头用手扯着他，底下的大黑猪向上一蹿一蹿，直朝屁股上够。我对瑞奶奶上茅厕一直好奇，她那么胖怎么蹲得下，怎么把腿撇成直角，怎么就漏不下去。金莲婶子上茅厕，瑞奶奶跟着，守在口上，侧耳听着，生怕她从茅厕里逃走。从茅厕回来，瑞奶奶把大门一关，顶门棍一戳，谁来都得叫门。我要是不来啊，金莲婶子得憋坏。

鸡秋叔砍回两车圪针，他骑在墙上，黄瓜嘴朝前伸着，小心翼翼地把圪针结结实实插满墙头。我和金莲婶子坐在炕上，透过窗户看他，明黄的夕阳打在他身上，像是涂了一层金。他插好一段，双手扶墙朝后蹭蹭，兴兴头头接着插，偶尔抬肩擦擦脸上的汗。他也回看窗户，见我们看他，还冲我们笑一下，干得更上劲儿。

四

他现在不来我家串门子了，也不抚着肚子说里头的故事撑得难受了。晚上我们去他家里，坐在凉席上听他讲故事。瑞奶奶早早入睡，她晚上睡足了，白天才有精神看着金莲婶子。她躺在东屋，响亮地打着呼噜，不时吧唧几下嘴。

我说："叔叔，讲故事啊。"

鸡秋叔抚抚肚子："我搜搜，看能搜出个什么来。"

我们等着他搜，终于搜出一个。

"有那么弟兄两个分家，老大分到了牛和马，老二分到了鸡和狗。这可怎么办？地里活也得干，老二没有牛和马，只好套上鸡和狗，他不用挥鞭，鸡和狗就又飞又跑，拖着犁干得很欢儿，比老大的牛马还卖劲。老大十分眼气，非要借人家的鸡和狗使使，老二只好借。老大套上鸡和狗来到地里，鸡狗都不肯给他干活，他一怒之下把鸡和狗抽死了。老二十分伤心，把死鸡死狗拿回家，埋在了院里。很快，埋鸡狗的地方长出一棵小柳树，老二就割下柳枝编了个篮子，里面放上米，挂在屋檐下，对空中飞过的鸟儿说：'东来的燕儿，西来的燕儿，吃个米儿，下个蛋儿！'东来西往的燕雀吃个米，就下个蛋，很快就是满满一篮子鸟蛋，老二拿到集上卖，也能养活自己。老大听说了，又十分眼气，跑到老二家来借篮子，也装上米，挂在屋檐下，说：'东来的燕儿，西来的燕儿，吃个米儿，下个蛋儿。'东来西往的燕子和麻雀吃他一粒米，拉一摊屎。老大兴高采烈拿下篮子，一看，满满一篮子屎，气坏了，把篮子扔到地上，踩了个稀巴烂。老二十分难过地把篮子拿回去，放到灶火里烧了。掏灰的时候，掏出一粒黄豆，就放进嘴里吃了，随后放起屁来，那叫一个香，他就上街卖香屁去了。"

我们大笑起来，哪里有卖香屁的？金莲婶子也笑。

"哎，接着听。老二正吆喝，恰好县老爷上街，听说叫卖香屁的，就让他来放一个，放得香多多给赏。老二冲县老爷的胡子放了一个，香得老爷捋着胡子连声说：'香啊，香啊！'给了老二许多银子许多布。这回老二可发财了，买了牛和马，过上了好日子。老大呢，听说老二卖屁发了财，又眼气起来，也砍下柳条做成了篮子，踩烂，放到灶里烧了，也掏灰扒出粒黄豆，吃下去，又灌了一肚子凉水，上街去卖屁。他一路吆喝到县衙，县老爷还念念不忘老二的香屁，听到又有人卖，忙叫进来，老大也冲着县老爷的胡子放了一个，只听一声巨响，臭气熏天，老爷的胡子上布满了屎渣儿。县老爷大怒，令衙役打了老大一顿，还不解气，又把他的屁股缝上了。老大挣扎回家，他媳妇迎上来：'银子呢？布呢？'老大摆着手：'别管银子别管布，快拿剪子拆屁股！'"

我们笑得前仰后合，在凉席上倒了一片。金莲婶子躺在鸡秋叔大腿上，笑得喘不上气。

她现在能听懂我们说话，她的话我们大致也能明白，不明白就问鸡秋叔，他当翻译。金莲婶子初来时只吃大米，鸡秋叔扛着麦子去换大米就说："二斤半麦子换一斤大米，这家伙把我吃穷了！"他乐颠颠地去换大米。现在金莲婶子也吃面条，吸溜得也挺利索。她胖了，也白了。我奶奶说："金莲才来时，脸黄漂漂的，现在才有了血色。"她说只有白面养人，大米不养人。白面越吃越胖，大米越吃越瘦。

我刚学了个成语：乐不思蜀。我想金莲婶子就是乐不思蜀。她在这里待得挺好，鸡秋叔接上电线，用上电灯，还买了电扇，茅厕改成了口朝家里，不用出大门就能进，那个大得吓人的蹲坑也改成了细长条。在他家里玩，比过去舒服多了。

金莲婶子的头发长了，她朝我要了两个皮筋，梳起两个小辫。这么一打扮，我妈说她和我很像。我拉着她朝镜子里照，个头差不多，都长了一截子，都是圆脸，都梳着两个小辫，乍看确实像。但我觉得她不如我好看，起码我的嘴不朝上噘。

吱喽带着他买的媳妇像模像样地提个篮子来走亲戚，他媳妇和金莲婶子一起从南方过来，比金莲婶子大得多，长得也好看。两人坐在炕上说话，我一个字也听不懂。金莲婶子突鲁突鲁地说了一串，她的老乡回头看我。我猜那一句是说我，但我一个字也听不懂。我顿时心里发闷，原来她们有另一套语言，这套语言把我隔在外面，切断了我和金莲婶子的亲密关系。我没意思起来，觉得不该赖在屋里，站起来灰溜溜朝外走。金莲婶子也没叫我，她正听老乡说话，那个女人真能说，流水滔滔，似乎要把两个月的话全倒在这里。

鸡秋叔和吱喽坐在院里，各抽各的烟，支着耳朵听屋里的动静，屋里的话外面一个字也听不到。我走到鸡秋叔身边，小声说："她们说话我一个字也听不懂。"鸡秋叔喷出一口烟，不说话。吱喽小声说："就怕有事。她天天和我闹，要回家看看。回什么？敢回呀？还不把我吃了呀？"鸡秋叔也小声说："我这个别看小，心眼不少。得盯紧，别落个鸡飞蛋打。"他这么一说我深有同感，金莲婶子她们用另一套语言，明显是防着我。她能听懂我们说话，我们却听不懂她，这让她扑朔迷离。看来不是她乐不思蜀，是我们太乐观了。

我蔫蔫地回到家里，我妈提醒我："惠妮，不要总去你叔家耗，耽误多少时间。你要不好好学习，哪天也让拐了，连封信也不会写，困在那里吧，和鸡秋媳妇一样。"

这话我不爱听，我这么机灵，怎么会让拐走呢？我是那么好拐的吗？

"那可不一定，背住扣儿了犯迷糊的多的是。你再学习不上心，哪天被卖了，卖给又老又丑的人，跑又跑不了，后悔去吧。"我妈说。

我琢磨着她的话，似乎她希望金莲婶子跑走："妈，你愿意她跑了呀？"

我妈一怔，匆匆向门外一看。

"怕什么。鸡秋叔家来客，都陪着呢。村里另一个买媳妇的领着他媳妇过来了，金莲和那女的说话呢，一句也听不懂。"我安慰她。

"这话你可千万别对人说。我当然愿意你鸡秋叔有个人儿。金莲太小，能不能待长还两说呢，俩人差十几岁呢！"我妈擦着写字台。

奶奶背着弟弟走进来，听了个尾巴，插话说："差十几岁也没什么，早先男的比女的大十几岁是常事。鸡秋的爹就比他娘大十五岁，多享福。该早点生个孩子，有孩子就留下来了。"

金莲婶子才十六，就要生孩子，照这么推算，再过五年我也该生孩子了。这怎么行？我还上学呢，还上大学呢。

奶奶笑着瞪我："这么大了，不知羞不知臊。"

我妈说："你当然要上学，金莲初中没上就不念了，才让人拐过来。你老往她跟前凑，别让她传得你也不想念书。"

这不可能。金莲婶子时常看我的课本，有时问个字。她还把原名写给我看：王灵燕。还有她家地址：广西桂林百色市朱拉乡那比村。写得端端正正，我看过一遍记住了。

写完作业我出去看羊。哑巴叔家这几天正剪羊毛，我想朝他要一撮，做毛笔。

还没进他家，一股羊骚味直顶鼻子，那些绵羊挤挤挨挨，咩咩直叫。我凑过去看他剪毛。

哑巴叔名叫哑巴，其实不哑，何止不哑，还有一副好嗓子，就是满脸麻子。有回我和鸡秋叔领着金莲婶子去药铺，他扬尘踢土去村外，见到我们，拉长嗓子喊："鸡秋媳妇，一百多斤儿，约约不够，回去挨揍！"我嫌他开金莲婶子的玩笑，双手一叉腰，回敬他："哑巴哑巴，不会说话！"他照空中甩了一鞭子，大笑而去。现在我又过来，想起那回事，担心他轰我。

我赔着笑说："叔叔，给我一撮羊毛吧？"

他咬牙歪嘴地说："要羊毛干什么？还卖钱呢！很贵的。"嘴角却露着笑。

我胆大起来，自己动手从剪下的羊毛里拿了一撮，嘿嘿一笑："做个毛笔，画画。"

他笑起来："大学生，你想学画画呀？"

这个"大学生"让我十分受用，我亲热地说："叔叔，我快升五年级了，明年秋天就要去村北念初中了。"

哑巴叔说："使劲念。你爹不供你，来找我，我把羊全卖了供你上大学。"

这倒不至于。我爹说只要我想念，砸锅卖铁也要让我念。

哑巴叔话头一转："当然也用不着我卖羊，你爹唱戏挣很多钱，回来就找我喝酒。鸡秋那个小媳妇怎么样了？"

"很好哇。她开始吃面条吃卷子，白了也高了，挺好的呀！"我想不出还有什么可说。

"听说外村买的媳妇跑了好几个，让他看紧点吧，别也跑喽！"哑巴叔有点幸灾乐祸。据说金莲婶子差点归他，鸡秋叔早他一步把钱拿过去，才抢着了。

我点点头，心想是这么回事，落个鸡飞蛋打得要了瑞奶奶和鸡秋叔的命。

哑巴叔慷慨地让我再拿点羊毛，让我妈给我做个小垫儿，拿到学校垫在凳子上，冬天不冷。我没拿，做个毛笔就够了，不要那么多。

我妈说金莲婶子过来找我了。什么？她自己出门？真是太阳从西边出来了。我妈说瑞奶奶跟着呢，怎么肯让她自己过来。

"她找我干什么？"我坐下来理我的羊毛，对金莲婶子的那套家乡话耿耿于怀。

"她给你送来两块点心，还说留了好东西让你去吃。"我妈简短地说，她已把一块点心给了弟弟，另一块放在盘子里给我。

我想了想，明天再去吧，得赶着把毛笔制出来，笔杆早已找好，现在有了羊毛，做出来就可以画画了。

五

瑞奶奶来借药罐子，这个我家可没有，我们从来没熬过药。

她走后我奶奶说："幸亏没有，要被她借走，别指着还了。"药罐子只许借不许还，谁用谁去要，这是规矩，不能提着药罐给人家送，那叫送病。

我还没见过熬药呢。

鸡秋叔买回煤球炉子，在门筒子里生着，把新买的药罐洗涮干净，拿出一个草纸包，在桌子上打开了，我赶紧凑过去看，草草叶叶，须须末末，看着毫不起眼。我发现还有老牛壳儿，这东西也能入药？

鸡秋叔往药罐里注上多半罐水，扣上盖儿，坐到炉子上，开始卖

123

弄："别说这个，就是蝎子、簸箕虫、潮牛牛儿，都是药材。没有不能入药的东西，指甲头发还能当药引子呢，一物降一物。"

金莲婶子对这药罐也很好奇，她长这么大没喝过草药，只知道很苦，已提前预备了红糖。自从上回老乡串门，她对我又亲近几分，似乎想弥补当时对我的冷落。我也见好就收，又背着书包来她屋里写作业。药味慢慢飘出来，飘进屋里，我耸起鼻子闻闻："挺好闻！"确实好闻，与花香不同。想到金莲婶子要喝这么香的药，我羡慕起来，盼着也能让我喝口。这药得多半罐的水熬到只剩一小半，才算熬好，我有足够的时间闻药香，就当喝药了。

"婶子，你得了什么病啊？"我想如果这病好得，我也得一回，让我妈也熬药给我喝。我觉得端着碗喝药挺不错。

"我也不知道。"她老实回答。

"他们也没说你是什么病？"我纳闷地问。

"去了就把脉，说我身子虚，气血虚。"金莲婶子竭力回想医生的话。

"虚就是弱的意思，吃药是让你不弱，让你强起来。"我推理。

"是这么个意思。拿了这么多的药。"她起身打开穿衣柜，高高一摞药包，这么多的药很让她发愁。她叹口气，关上柜门，坐回炕上。

鸡秋叔端着半碗药进来，用蒲扇扇着药汁。他一气往里面放了三大勺子糖，搅了搅，递给金莲婶子。

我站着看她怎么把这碗黑水喝进去。她先凑上去闻了闻，把脸朝后一扭，手在脸前扇着，皱起半边脸。喝了一小口，她立刻吐出舌头，干呕一声，嘴角和舌头染着一层黑黄。我立刻对喝药失去了兴趣，嘴里替她苦起来。鸡秋叔扇着凉，催她："猛一灌，一气喝下去！"金莲婶子眼一闭，头一仰，往嘴里一倒，咕咚，药水下了肚儿。她挂着两行泪，冲我一笑："好苦哇！"

鸡秋叔兴冲冲拿起碗向外走:"今天的任务完成了,不多喝,一天就这么半碗。"

我在门外踩了踩鸡秋叔倒掉的药渣儿,软乎乎的,那些熬走了精华的草药饱含水分。回家我对妈说金莲婶子喝草药了,我妈说她早知道了,那么浓的药味,就知道是给金莲熬的。

"说是气血虚,要给她补气血。"我学舌。

"说是补气血,不过是让你婶子早生孩子。"我妈漫不经心地说。

想到金莲婶子要生孩子,我还是觉得稀奇。我已经知道我从哪儿来,但金莲婶子这么小,肚子里也要有个娃娃,我还是很喜欢。我盘算着等她生了孩子,我就给她抱着,哄孩子睡,还要抱着孩子去村西岗子上玩。

"喊,亲弟弟你还不领呢,有耐心领别人家孩子?"我妈嘲笑我。

"你们不让我领弟弟。金莲婶子生出孩子就不一样了,瑞奶奶眼瞎,鸡秋叔得起早贪黑地出窑,我不帮她谁帮她?"我理直气壮地对我妈说,"妈,你该把弟弟穿过的小衣服小帽子全找出来,到时候送给金莲婶子的娃娃。"

我妈扫着地说:"你还挺会操心。药才吃头一服,顶不顶事还两说呢,太小了。"

我每天放学后赶着过去看金莲婶子喝药。她对喝药麻木了,药汁一灌而入,像是从这个碗倒进另一个碗。我想她的五脏六腑都被药水泡黑了,这样一个药人,生出孩子也得带药味。孩子的名儿我想好了,就叫李药,管他是男是女。

这期间发生了一件事,令鸡秋叔全家如临大敌,也让我家如临大敌。

吱喽的媳妇跑了。吱喽家兵分几路,往附近的各个车站去搜,搜了几天没收获,吱喽就来找金莲婶子问线索。

125

"那天她说了什么？她想往哪儿跑？有没有人接应？她还有什么打算？"吱喽抛出一串问题，恨不得双手卡着金莲婶子使劲摇，把她的实话摇出来。鸡秋叔和瑞奶奶紧张地听着他提问，帮着催问，生怕金莲婶子是同谋。

金莲婶子缩在炕里头，后背顶着墙："她没对我说跑，她说你长得丑，又脏，不洗脚，熏得她吃不下睡不着。"

吱喽一拍大腿，气愤地说："胡说！自从她来，我天天洗。"

"她说饭不好吃，舍不得放肉，什么也吃不上……"金莲婶子胆子大起来，把老乡的抱怨全倒出来。

"胡说！一集割一回肉，好东西尽着她吃，我都舍不得吃。"吱喽委屈地反驳。

鸡秋叔训他："你让她说完。她说你老打断。"

吱喽焦虑地用脚蹭着地，不停地舔嘴唇，嘴边一圈皮都舔没了。

"她说看见你就烦，没有说跑。我不知道她要跑。"金莲婶子终于说完了。

鸡秋叔长出一口气，瑞奶奶也大大松了口气。只有吱喽不甘心，他认定金莲婶子没说实话，急得指天咒地，声音像玻璃刮水泥。金莲婶子难受地捂起胸口，我伸手替她摩挲着胸，小声说："说不知道就是不知道，还不赶紧找人去呢，还赖着不走。"鸡秋叔赞赏地看我一眼，催着吱喽："再问也问不出来，你快印寻人启事去吧，趁着还没跑远。"

吱喽恨了一声，走到门口，突然扭回头，问金莲婶子："你怎么不跟着她跑？"

鸡秋叔恼了，上前一搡吱喽："哎你妈的自己看不住跑了，还想着我媳妇也跑哇？人和人能一样啊？"几下子把吱喽搡到院外，往回走时还气呼呼的。

我跟着他回到屋里，金莲婶子正小口喝药，桌上洒了一层红糖。鸡秋叔把桌上的红糖抹拉到一块，收起来又放回糖袋子，对我说："好好的一天让吱喽搅得不高兴。惠妮，守着你婶子，等着我回来拱猪。"

我喜欢拱猪，三个人玩最有意思。我从抽屉里拿出扑克，坐在炕上开始洗牌，洗了一遍又一遍，鸡秋叔还不回来。金莲婶子小声对我说："你去东屋要水，听听他们说什么。"

我也觉得鸡秋叔迟迟不过来有点蹊跷，就等着他呢，怎么耽搁住了？我放下扑克，走出屋子，蹲着挪过了窗户才站起来轻轻走，果然他娘儿俩正在东屋里说话。

瑞奶奶说："她八成也想跑，没机会。六千块哪，六千块，她走哪我跟哪，寸步不敢离。"

鸡秋叔说："大门上的锁还得换，就怕那个跑了的回来接应。还有，别让她靠近水瓮，万一往里面放什么药面面，迷昏了咱们。"

没想到鸡秋叔还有这么大胆的想法。金莲婶子能去哪里弄药面呢？除非我给她。我捂起嘴偷着笑了，他们这么防备挺有意思。

"还有惠妮，这个小丫头也不省油，又认几个字，得防着她传信儿。"瑞奶奶突然提到我，吓我一跳，她竟然说我不省油。

"哪天占上怀就好说了，盼着吧。不行再换个医生。"鸡秋叔打了个哈欠。

"惠妮！"我正听得入神，瑞奶奶突然叫我一声。她叫我干什么？我没吭声，防着她使诈。果然是诈我，瑞奶奶接着说："就怕这小丫头子和她齐了心。不过惠妮守着她也好，有个伴儿她还待得下去。"

我在门外跺了两下脚，走进屋里。鸡秋叔见我过来，一惊而起："你怎么也过来了？得有人守着你婶子哪！"大步流星去了西屋。

我冲瑞奶奶笑了："奶奶，才刚我走过来，好像听到你说我呢？"

瑞奶奶嘎嘎嘎地笑起来："惠妮！我哪天不对你鸡秋叔夸你个两三遍呢？要没你每天过来，你婶子和我这个瞎老婆子有什么说的？我常

127

说，别看惠妮小，这可是个有出息的，肝儿大着呢，嘎嘎嘎……"

我的怒气让她这番话化解了个差不多。我故意说："可不的！但我要念五年级了，毕业班了，学习紧了，可不能净过来替你陪金莲婶子说话啦！万一她跑了，你还不吃了我呀？"也不等她再嘎嘎嘎地笑，我摇着两条短辫跳出来，痛快极了。

六

金莲婶子终于怀上了，这可是大喜事，瑞奶奶告诉了她遇到的每一个人。她抹拉着尖嘴，挥着拐棍，东一戳西一点，夸医生的药灵，夸金莲婶子肚子争气，夸李家祖宗保佑，夸死了的老头子显灵，乱夸一气。鸡秋叔本来走路就抻脖子，现在更抻了，整个上身都朝前探，脚步富有弹性，一蹿一蹿的。

奶奶说："看鸡秋那个样儿，连跑带蹿，还刹不住车了呢。"

我妈说："也难怪，三十多的人了，喜欢得都不知道迈哪条腿了。"

我不解地问："他不是才三十吗？怎么三十多了？"

我妈哼一声："那是瞒着呢！你想，他比你爹小一岁，你爹三十五了，他多大？"

我迅速一算，怔怔地说："金莲婶子要知道，该怎么想呢？"

"你闲操那心呢！她知道又能怎样？这就要有孩子了。你可别说出去。"妈叮嘱我。

我当然不说。我知道的秘密太多了，谁都想套我的话，我可得拿住劲儿。金莲婶子问我瑞奶奶和鸡秋叔背地里说什么，我说没说什么。瑞奶奶问我金莲婶子想家不，我说不想，其实我已帮她写了封信寄出去了。这是打死也不能说的，金莲婶子叫我发了誓。我妈让对鸡秋叔的岁数保密，这有什么难的？谁问就说不知道。

金莲婶子平躺着，我趴在她肚皮上听，什么也听不到，但能看见她的肚皮突然这里一鼓，又突然那里一鼓，确实有个小东西在里头拳打脚踢。我问是男是女，瑞奶奶坐在门槛上，嘎嘎笑着说："看这架势得是个小子，酸儿辣女，你婶子只爱吃酸。"

我看不出小子有什么好，弟弟娇里娇气，出门就让大人背着，懒得一步不愿走。但我知道大人们看重男孩，不生个男孩不甘心。金莲婶子想生个什么呢？她说男女都行。

她怀上孩子也挺高兴，又白了又胖了，头发也长了，这回挽起来在脑后用卡子一别，露出白嫩的脖子。我觉得她不像刚来时那么丑了，自从吃起白面，她的嘴也不像从前那么朝上噘，双眼泛出了光彩。

我拿着毛笔和盛颜色的瓶子来找她，铺开毛头纸做的本子画画。

毛头纸太神奇了，小小一滴颜色落上去，立刻洇开。要想不让它洇，就在手指头上抹点油一搋，搋住的地方就不洇了，用这种方法可以成功地给鸡和兔子画上眼。毛笔软耷耷的，还不如一团棉花。我爹说要给我买两根真正的毛笔，用黄鼠狼尾巴上的毛做的，硬挺有弹性。我盼着他早点回来。在真正的毛笔到手之前，我还是很珍爱这支自制的笔，小心使用，不许人碰。

鸡秋叔说我陪金莲婶子有大大的功劳，他从集上买回瓜果，也有我一份。我吃到了小面梨，面得噎嗓子。吃了酸石榴，酸得鼻子和眼都挤一块了。还吃了酥瓜，这种瓜不能摔，一摔就成了碎片儿。金莲婶子说她老家的龙眼、荔枝、香蕉、菠萝，这里都没有。近来她频频提起老家，还提到米粉，又滑又软的米粉，坐在桂树下，凉风吹着，来那么一碗。鸡秋叔和我听得直咽口水，咽完之后，我们对视一眼："她这是想家了啊！"

我替她寄出的信一去无音，我都快忘记这茬儿了。金莲婶子没忘，她忧伤地抚着越来越鼓的肚子，趁瑞奶奶不在的时候悄悄问我："惠妮，你去大队看过吗?"我连忙说:"去过去过,把信全翻了一遍,没有。"她不死心:"你这两天还没去过吧?"我说:"到福爷说了,来了信立刻喊我,第一个喊我,听喇叭就是了。"她猛地抽噎一下:"妈妈肯定急疯了,妈妈啊!"哭起来了。

我扔下还没画完的小鸡,不知怎么安慰她。我想起有一回放学回家,我妈和奶奶带着弟弟串亲戚还没回来,我孤独地坐在门外等,浓浓的凄凉涌上心头。金莲婶子离家万里,被卖到这里,又不让出门,多么想家啊。我也跟着流泪。

她很快止住哭,一边擦泪一边向外指。瑞奶奶又走过来了,拐棍戳在地上,嗒嗒有声。她回屋偷吃了点东西,嘴角上还沾着渣渣。我擦净眼泪,盘算着带金莲婶子去哪里转转。我要对鸡秋叔说,他媳妇憋得慌,都憋哭了,说不定鸡秋叔会带着金莲婶子出去转转。这话不能对瑞奶奶说,说了她也不同意,她是恨不得把金莲婶子扣在手心里呢。

我妈也很关注金莲婶子的肚子,和奶奶商量等孩子生出来送点什么礼。奶奶说:"这有什么好商量的?生惠妮那会儿,你大娘给了二十个鸡蛋。生臭小那会儿,二十个鸡蛋外加三尺花布。她家添人也是二十个鸡蛋三尺花布,就这么走着呢!"

"我给金莲婶子什么?"我也得对她表表心意。

"有你什么事?歇着你的去吧。"奶奶说。

"我得送她一幅画。我们学过一首诗,《桂林山水歌》,非常美。我背两句你们听听:桂林的山啊桂林的水,情一样深啊梦一样美。我要把诗上的插图象鼻山画下来送给她,她就不那么想家了。今天她哭了。"我认真地说。

"这么个小姑娘,被卖到这里,又怀了孩子,不定多想她妈呢。"奶奶坐在长凳上,嘴里同我们说话,俩眼盯着院里,弟弟光着屁股站在鸡笼子外看鸡啄食。

"说实话，有时我真希望广西那边来个人接她走呢。吱喽买的那个有本事，说跑就跑了，听说是人贩子接应着，说不定是放鹰的。"我妈说。

我正要问什么是放鹰，院里传来一声异样的长啼，弟弟捂着裆弯下了腰。奶奶一跃而起，三两下奔到弟弟前头，拉起他的手一看，心疼地说："我那小子啊！"弟弟被大公鸡啄了一口，它可能对弟弟腿间那个微微摇动的小东西好奇，瞅准尝了一口。我妈抱起弟弟，对手执棍子打公鸡的奶奶说："算了吧，也没多大事，值当的呢！"

奶奶脸上竟然出了层汗。她扔下棍子，从我妈怀里抱过弟弟，亲着他的脸："我那小子啊！你可得好好的啊，指着你呢……"我愤愤地朝屋里走：怎么不指着我呢？瞧不起人怎的？

七

鸡秋叔领着金莲婶子赶了个集，在集上吃了碗饸饹，看了看要猴的，买了两只蝈蝈。金莲婶子把蝈蝈笼子放在桌上，让我喂它们丝瓜花。我们扒着笼子朝里看，蝈蝈用钳子似的大牙切碎丝瓜花，一块一块吞进肚里。我对她说，蝈蝈不能碰，一碰就从嘴里冒黑水。我说是口水，金莲婶子说是血。鸡秋叔说蝈蝈血是绿的，那么这黑水就是口水。

我跟着鸡秋叔去村南捉老牛儿。天快黑的时候去，打个手电，往大杨树的根上照，一捉一个，一捉一个。有的老牛儿好不容易从地下拱出来，脑门上还顶着一撮土，正冲着树爬，就被捉了。我把它放在手上，它的爪子挠哇挠哇，挠得我又痒又怕，赶紧把它放进瓶子。鸡秋叔抻着脖子伸着长嘴，耐心地搜寻。

他想起来就问我一句："你婶子还对你说过什么？除了想家，还想什么？"

我知道他又想套我的话，就拣让他放心的说："她呀，反正是不想回去了，那边都知道她被拐卖，回去也没人要了。又要生孩子，更不能回了。更主要的是，你对她好。"

鸡秋叔吸溜吸溜鼻子，晃晃瓶子，里面密密麻麻十几个老牛儿，你推我挤，都想爬出来回到树上去脱皮。他关了手电："回吧，够盘菜了。"回家把老牛儿分成两份，一份放到大碗里，盐水泡上，一份让金莲婶子看着玩。

我们把桌子上的缸子啊红糖啊挪走，摆上几只老牛儿，让它们比赛。它们拱肩驼背地爬啊爬，爬到桌子边上犹豫了，不知道该往哪里走。我就把它们调个头，让它们再爬。有的爬着跌了个跟头，费劲儿地又蹬又抓。我想它们肯定急得要疯，今天晚上脱不了皮，就只能死在壳里了。我把它们捏起来放到纱窗上，爪子钩着窗户，老牛儿们就迅速向高处爬，爬到认为安全的高度，停下不动了。我等不到看它们脱皮，得回家睡觉。倒是吃过几回炸老牛儿。老牛儿才泡进盐水里，还挣扎着往外爬，挣扎来挣扎去，终于不动了。鸡秋叔把泡过的老牛儿夹出来，放到箅子上，烧热油锅，倒进点油，把老牛儿往锅里一倒，老牛儿的肚子就变长了，脖子也长了，全身直挺挺的。挺好吃，又香又焦。

金莲婶子的肚子越来越圆，像扣着个小锅。瑞奶奶的心不再悬在嗓子眼儿，落回了肚里。我领着金莲婶子来我家，瑞奶奶见我们玩得挺好，就放心地回家。

我家有趣的东西多了。我先让她看我爹的戏装照，有戴着齐胸长黑胡子的，有举着大刀的，有戴着翎子的，我特意说翎子是野鸡尾巴上的毛，得从活鸡身上拔下来，才软和。还有一张古怪的，我爹扮了个丑角，鼻梁上一块白，头上贴着个朝天辫儿。这张照片我不好意思拿给别人看，但为了让金莲婶子高兴，给她看了。她还没见过我爹，觉不出多么好笑。我收起相片，拿出一个石头小碗，又掐了几朵大红凤仙花，放入碗里用白矾捣。金莲婶子来了精神，说她也会，我就让她捣。我从屋里拿出钩针和一个线团子，像模像样钩起来，至于钩什么，我也不知道。我只学会了起头，就一直起下去。

金莲婶子见我钩东西，问："惠妮，你怎么不画了？你不是要送我一幅画吗？"

"画不成。得专门学了才能画。毛笔也坏了，羊毛掉出来了。我想钩顶小帽子送给你。"我大言不惭地说。

"哟哟哟！你还会钩小帽子？我看你是钩小辫子呢！"我妈走过来，扯起长长的一条，笑了。金莲婶子也笑起来，她一笑还是很好看的，嘴也不朝上噘了。

我带着她去村西的岗子上走了一趟。小学就在岗子下，原来放了学我就从后门爬上岗子，和同学坐在软软的沙子上抓字儿。自从有了金莲婶子，我很长时间没上过岗子。

我和她舒舒服服地坐在平坦又干净的沙子上，背后是摇曳的艾蒿，散发出淡淡的清香。艾蒿正结籽，拽过一枝，捋下一把籽，随意在手里抖着，看它们纷纷落到沙子上。再把手向沙子里一插，向上一抄，说不定能抄出个老道儿。这是一种能用后腿挖沙子的小虫儿，灰色，很丑，打洞挺快，眨眼就能缩回沙子里。我还拽了两大条蜜蜜根，和金莲婶子一人一条，嚼着吃。

岗子上传来咩咩的声音，似乎一眨眼，哑巴叔就过来了。他站在艾蒿后面，一群绵羊簇拥着他。金莲婶子吃了一惊，手往肚子上一捂。

哑巴叔看清是我，问："惠妮，你怎么跑这里来了？她是谁？"

我站起来，自豪地说："我金莲婶子，鸡秋叔他媳妇！"

"噢，我说呢，看着不像这里人。"他从艾蒿后面走出来，朝金莲婶子上看下看，左看右看，酸溜溜地说，"鸡秋可真是捡了个好媳妇，越长越水灵了。他现在干什么活儿呢？"

我说:"他呀,每天早出晚归,出窑呢,可挣钱了。"

哑巴叔冲一只想跑开的羊甩了一鞭:"出窑最苦,累个半死。"他大概没想到又黄又瘦又小的金莲婶子会长成这样,眼光迟迟不肯从她身上挪开。我挡住金莲婶子,说:"叔叔,你给的那撮羊毛不顶用,太软,制毛笔得用黄鼠狼尾巴上的毛。"

他的目光绕过我,盯着金莲婶子看,像要一口吞下她。金莲婶子揪住一棵艾蒿站起来,哑巴叔的鞭子从手里滑落下去,他上前一把扶住金莲婶子,连声说:"慢点慢点,哎,慢点!别摔着,摔着可值多了!"一只手扶着金莲婶子的腰,一只手抓住她的胸揉了两把。

我跳上前,一把推开他,搀着金莲婶子往下走。哑巴叔喘着粗气站在岗子上,突然冒出一句:"喂,哪天鸡秋不要你了,找我。"

"找你妈!就是从一百里地外一步一个头磕着来,我也不稀罕!"金莲婶子小声骂他。

我走下岗子,回头一看,哑巴叔戳着没动。夕阳照着他,艾蒿随风摇曳,还有一群绵羊。我心里一酸,小声说:"婶子,回家别讲这事吧?"

她使劲攥着我的手:"好。谁也别说。"

瑞奶奶坐在门口的青石滚子上等我们,脚下的土都被她用拐棍捣了个坑。她放声叫我:"惠妮,你婶子呢?"

"这不正和我往回走呢,你听不出来吗奶奶?"我大声回应。

她侧耳听听,如释重负,坐回石滚子嘎嘎嘎地笑起来。

八

转眼就是冬天。路边的树上结满了银白的树挂,突然一绺树挂簌簌地掉进脖子里,激得我一佝偻,来不及用手去掏,它就化成水了。走到学校，刘海儿上、睫毛上沾着一层白，进屋子一哈气，这层白无声无息地化了，留下一层小水珠。雪有半尺厚，踩下去得往外拔脚，进屋要使劲跳两下，把雪踩下去。

冬至那天，我爹拿回一张消寒图，上面画着一树梅，共有九九八十一朵梅花，让我每天用毛笔蘸着红色涂一朵，等把八十一朵梅花涂完，冬天过去，春天就来了。他给我买了两支笔，一支大白云，一支小白云，说是用山羊须做的。我试了试，果然比自制的毛笔好用。放年假的时候，我已涂了四十五朵梅花，还给每朵花加上了金黄的花心。

金莲婶子说她是头一回见雪，可惜不能跑到雪上打滚。她现在都不敢出门，怕滑倒。我盛了一碗雪，端到屋里让她看，她蘸了点往嘴里一放，尝了尝："一股土腥味儿。"我也尝一尝："可不得土腥味儿。它们从天上落下，得把空中的灰尘沾下来，沾了多少灰呀。我爹不嫌土腥，还存了两大坛子雪呢，化了之后再烧开，泡茶喝。"我说屋里地脏了可以用雪扫，铲了雪撒在地上，再用笤帚一扫，又干净又不起尘土，还可以搓雪治冻疮。

我把手戳进碗里，手指头旁边的雪很快就化了。雪化的时候先是变松，又软又松，然后塌下去，塌下去，最后成了羽毛似的薄片。金莲婶子看着雪化，说广西最冷的时候也不过穿件薄毛衣。现在她得穿两个厚厚的棉袄，里面一件小袄，外面再套鸡秋叔一个大黑袄，长到膝盖，要多难看有多难看。

瑞奶奶说："这个时候都是凑合，穿什么也不好看。我怀鸡秋那会儿，也是穿着他爹的大袄，一凑合就过去了。等生了孩子，再做两身好衣裳。"她说话不可信，我曾听她对我奶奶说："生了这一个，还得接着生一个，两个拴着她，更保险。"这么说，金莲婶子还得生。我看着她越来越笨的身子，十分难过。从来到这里，她还没怎么玩过呢，没跳过绳儿，没踢过毽儿，除了拱猪打拖拉机，她没玩过别的。她的肚子上撑出了裂纹，在靠近大腿根的地方，一条又一条鲜红的裂纹，那里的皮薄极了，一捅就能捅破肚子。她扶着肚子有气无力地在屋里转，头发又铰短了，绑成两个短辫。这么冷的天，她只好睡觉。鸡秋叔把满肚子故事都讲完了，实在没可讲的，让我把课本拿来给他们念。

我喜欢念诗，就给他们念《桂林山水歌》："云中的神啊雾中的仙，神姿仙态桂林的山；情一样深啊梦一样美，如情似梦漓江的水……"金莲婶子来了精神，不等我念完，说起来了："我们那里有许多河，上下学要过河，不走桥，洑水过去再洑水回来，用手举着书包。还有溶洞，钻进去看不到头，只听到水声，叭叭叭地往下落。我们还对歌，阿哥阿妹都上山，这里一堆那里一堆，从白天唱到天又亮……"我十分兴奋，那正是我向往的地方啊。我摇着她："婶子，哪天你看家，也带我去吧。"她笑着朝鸡秋叔看一眼："肯定要带你去，我让你吃长角粽子，牛角那么长，米里面裹着肉。吃米粉，四两就吃得饱饱的了。"鸡秋叔嗓子眼里咽的一声，他咳了两下，想把那个"咽"盖住。我说："叔叔，你也想去了吧?"他哼一声："一方水土养一方人，说不定我还吃不惯呢。哪里也不如平原，旱涝保丰收，吃喝不愁。"

"但是咱们这里没有山也没有水，只有平原。"我翻出象鼻山让他看，"叔叔，你看这座山多么奇怪呀，既像大象，又像肥猪，还像刺猬。"

鸡秋叔说："等你婶子生了孩子，娃娃能跑了，咱们就去广西看看。头回去之前，照张相寄过去，让他们认认我，别用大棍子轰我。"

八十一朵梅花涂完之后，天很暖和了。杏花开过，海棠又开。我家院里的海棠开得很好，还招来几只蜜蜂，也不知道这金黄的蜜蜂从哪飞来，在哪里过的冬。它们绕着海棠嘤嘤嗡嗡，舍不得离开。然后就是梨花，百果园里几十亩梨树，折一枝两枝也没人说。我折了两枝给金莲婶子带回来，插在一个绿酒瓶子里。梨花有股淡淡的酸味，也很好闻。金莲婶子这是头一回见梨花，她扶着肚子站在梨花前呆呆地看，看了又看："要是生出来是个女孩，就叫梨花。"我哈哈大笑，现在起名，没人用花啊朵啊的了。叫了梨花，以后上学，老师一念名儿，不笑坏才怪。

奶奶对我很不满："惠妮，别把这个花那个花往你婶子那送，万一让花粉呛着，打个喷嚏，出了事怎么着？你呀，看她比看我还亲，你可是我从小抱大的。"

我脸上一热，反驳说："奶奶，金莲婶子从广西来这里，多么孤单多么寂寞啊。等她有了孩子，我也该上初中，想找她玩也玩不成了。"

"别忘了你要上大学就好，脑筋清楚，才不容易上当受骗。"奶奶背着弟弟向外走，我一看到五岁的弟弟还猴儿在奶奶身上不肯下来，怒从心头起，上去一把揭下他："奶奶！你不会让他自己走吗？又不是没脚。"弟弟站在地上，撇着嘴哭了一声。奶奶赶紧把他又放到背上："闲的你！我愿意背！"气哼哼走了。

瑞奶奶说算着日子就这几天了，让我妈时常过来看金莲婶子，看肚子朝下走了没有。我妈过去看了看，说："没呢！"她一天过去看三趟，早中晚各一次。金莲婶子的肚子依然那么大，不知道朝下走会走到哪里去。鸡秋叔挽着她在院里转圈，活动活动。

梨花谢了之后，暂时没有花开。凤仙花、对叶梅、七月菊得谷雨前后才种籽，还早呢。但是风里有花香，我问瑞奶奶闻到了香味不，她心神不定地说："什么香啊？我现在就闻着才生出来的娃娃的屎香。"金莲婶子闻了闻，对我说："是地里的野花香，小草花开了，忙着打籽。"我一想，也是。地里有许多我叫不出名的草，春天一到就开花。它们要是长在水多的地方，就叶子茂盛，花开得也晚。要是长在缺水的地方，才钻出地面就忙着开花了，花很小，也有蝴蝶和蜜蜂绕着飞。风中飘来的就是这些小花的香气。

我妈这样一天三趟地看了四天，对瑞奶奶说："不行让小汪过来检

137

查一下吧，她个子小，骨盆又窄，让接生婆看看，就放心了。"瑞奶奶抹拉着嘴，慢吞吞地说："头胎都不好生，可能是时候不到。她现在又不疼又不酸的。"鸡秋叔对瑞奶奶发作起来："找接生婆来怕什么？你那都是老皇历了。算着日子早到了，还不急着检查检查，拖什么？"瑞奶奶哎哟一声："我又没拦着你，想叫就去叫吧。是你媳妇，我又不心疼。"鸡秋叔沉着脸出去，一会儿领来个矮胖白净的女人，说普通话，是插队时留在村里的知青，生了仨孩子，镶着两个金牙。这么多年人们一直叫她"小汪"。

小汪一进门就哈哈大笑，两颗金牙熠熠发光。她一边朝屋里迈步，一边说："我看看鸡秋的俊媳妇！"拉住金莲婶子的手，拍着："咱们都是南方人哪，我云南，你广西！"屋里让她搅和得很热闹，热闹了一阵，我妈让我回家，这里要检查。

我闷闷朝家走，蹲在猪圈边看了会儿猪。鸡秋叔买了一只小黑猪，这只猪太小了，站在空荡荡的猪圈里，尾巴绕了个圈朝上翘着，看着很悠闲。我看看脚下，有一棵才长出来的死不了，很嫩很小，就拔下来扔给小猪。小猪看出我是给它喂草，十分欢快地跑了两步，低下头朝圈里拱，找到死不了，吃了下去。吃完还抬头向上看，盼着我再给它一棵。

我站起来朝家走，绕过猪圈，走到猪窝上面的小棚前，小棚很简陋，里头堆着磨碎了的山药蔓子。我有些纳闷，鸡秋叔家的猪圈怎么对着我家大门呢？而我家的猪圈在他家房子后头。要是把猪圈换一换，不都方便吗？我抠着小棚上的木头，想起去年夏天在这根木头上采过好几朵木耳。雨水大了之后，木耳就从这些朽木上噗噗地往外冒，似乎木头里藏了许多木耳，就等雨天才往外放。我守在这里等着木耳长出来，出来一朵采一朵，一嚼还发出脆响呢。

我妈回来后，说也就这一两天了，好不好明天就能生，得过去帮忙。我问："我也去帮忙吧？""你帮什么忙？这种事你别往跟前凑。还有，就是生了你也别去，你婶子得坐月子，月子里不让人打扰。"我妈说。

"那我什么时候才能看孩子呢？"我急了。

"十天往后再说。去了也不要抱，小孩儿的脖子软，抱不对出了事你可担不起。你要毕业了，多用功吧，看能考上村北不。"我妈把写字台抹干净，这就要我学习。

第二天早上鸡秋叔过来找我妈："嫂子、嫂子，快过来看看吧，不好受起来了。"我妈快步朝那边走，还不忘催我去上学。我看着她和鸡秋叔匆匆而去，心里十分煎熬。我心神不定地朝学校走，把书包带子勒在前额上，书包甩在背后，这样舒服。

金莲婶子折腾了一天才生出来。我妈说还算好生，上午就是等着，给她揠腰揉肚子，下午两点才疼厉害了，疼了两个小时，生了，是个女孩，一见面就睁开眼向四周看。我妈说："这种孩子聪明。惠妮出生的时候也是这样，先看看周围，才哭了出来。"我也十分兴奋，恨不得敲着鸡秋叔家的后墙说："婶子，我知道你生啦，还是个女孩儿。"

"就是我大娘不高兴，听说是个闺女，脸子沉下来。她这几天越来越懒，活儿也不愿意干。"我妈接着说，"鸡秋挺高兴，乐得嘴都合不上，张罗着要去爆棒子花。"

听说要爆棒子花，我跳起来："去哪爆？我也去！"

奶奶瞪着我："看你这不安不稳的样儿。一个闺女家，说话连蹦带蹦，不怕人笑话。"

我妈也说："人家爆棒子花你瞎掺和什么？安心学你的习吧！别过去串门，十天后再说。"

这十天里我朝鸡秋叔家张望了无数回，只见他家门外鸡蛋壳越堆越多。我奇怪怎么不把蛋壳扔进猪圈，奶奶说怕扎着猪的嘴。

我妈出去串门子，听来一件事。吱喽去广西找他媳妇了，找到老家一问，他媳妇没回，不知道去哪了。吱喽只好回来，他去时带着四瓶衡水老白干，又坐汽车又坐火车地送给老丈人。回来带了几盒糕点，十分精致。人们问他那里是不是很穷，吱喽说："穷什么？比这里还好呢！就是热，这里是春天，那里早是夏天了。我一路走一路脱衣裳，到了广西，脱得只剩背心和裤衩，光着脚。"他说还要攒钱，攒了钱接着找媳妇，丈人家那边承认他了，有了消息就来信。

九

我爹说我需要坐下来，不能再疯跑了，得安静下来。他买回一堆书：《西游记》《安徒生童话》《格林童话》《伊索寓言》。我觉得书里的故事比鸡秋叔讲的有意思多了，他翻来覆去那一套，没什么新意，全是老大懒老二勤快，最后老二发家致富，老大弄巧成拙鸡飞蛋打。

天渐渐热起来，新长的绿叶那么悦目，海棠树上结了十几个果子，也不能吃，年年长熟掉下来，我捡几个玩抓字儿。但今年我没心情看海棠果，我天天看书，十分上劲儿，天黑了也舍不得放下。没人提醒我该去看金莲婶子，她正安安生生地坐月子呢。月子期间最好让她吃了睡，睡了吃，好好养身子。她还要喂奶，辛苦着呢。

我在门外遇见鸡秋叔，他骑着车子去窑上，看见我，问："惠妮，你婶子天天问你，怎么也不去看她了？"

我迷迷糊糊地问："出满月了吗？我妈说月子里不让我去烦她。"

"她就盼着你去呢。你去逗逗孩子，长得可白呢！"他兴冲冲走了。他的嘴越长越长，我真害怕他的孩子也长这么个长嘴。

我轻轻走进鸡秋叔家大门，院里静悄悄的，南墙前的那棵大榆树上又长出一层黄黑相间的怪蛆，看着十分恶心，该拿花秸燎燎。不过我细心地看过它们，当它们喝够了榆皮上的汁水，就会变成蛹，然后从蛹里探出个绿光闪闪的头，头上顶着两只金绿的眼，随后两条念珠状的触角徐徐张开，美丽极了。变成飞虫儿后它们轻轻地飞，一点儿声音也没有，飞不远就落下，静静地沉思。想到它们的美丽，我心软了，还是让它们留在这里吧。

金莲婶子竟然瘦了，我还以为她胖了呢。她散着头发跪在炕上给孩子换裤子，是一个很白的婴儿，我趴在炕沿儿上仔细看她，心里又是羞又是愧。金莲婶子换好裤子，把孩子放好，给她盖上一个小毯子，问我："惠妮，你快毕业了？"

"还有俩月。要到外村考，得骑车子去。"我不知说什么好，就继续看婴儿，她长着和瑞奶奶一样的尖嘴，眼倒挺大，像金莲婶子。

我问："瑞奶奶呢？"

"谁知道。她不怎么过来。"金莲婶子突然咧嘴一笑。

"我叔叔这么早就上班了？他不在家伺候你吗？"我搜肠刮肚找话说，一只手无聊地拨弄着婴儿的小脸，小脸又白又嫩，很凉。

"他得挣钱哪，不挣钱喝西北风啊？"金莲婶子烦躁地说，两手在头发里抓来抓去，白色的头屑直往下落，"你去东屋看看她干什么呢。"

我出溜下炕，出了屋，悄悄走到东屋窗外向里望，瑞奶奶正睡觉，摊在炕上，伸着胳膊伸着腿儿，还打着小呼噜，睡得十分踏实。

我回到西屋，轻声对金莲婶子说："睡觉呢，大上午也睡。"

金莲婶子突然动手扒自己的衣服，一边扒一边说："你也脱，快!"她三下五除二扒下上衣，往我身上一扔。见我脱得慢，两把就扯下了我的长袖花褂子，往身上一穿。她穿好褂子，打量一下我的头发，利索地梳起两个小辫。她跳下炕，摁住我："惠妮，替我哄着孩子。我出一下门，一会儿就回来。"也不等我回答，她匆匆走出屋子，随手关严门子。我看到她向大门走去，听到大门轻响，落了锁。

我慢慢把胳膊伸进她的褂子。这件衣服倒也软和，就是前襟硬卡卡的，奶水湿了干，又了湿，一天就能浆硬衣裳。我趴下继续打量这个婴儿，突然想起没问她叫什么，不会真的叫梨花吧？不过她又白又瘦，还真像片梨花瓣。我用手拨拉着她的小脸，她竟然冲着我笑了，无声无息地笑，嘴里的粉红小舌头微微弹动。我全身过电似的，又酥又软，被这一个笑深深打动了，不由得脱鞋上炕，钻到金莲婶子的薄被内，侧着身子，一手支头，专注地看孩子。

我想金莲婶子肯定也是这么看孩子，看她柔软的小脸，淡黄的头发，鸡爪一样的小手，手上那么薄那么软的指甲。我轻轻揭开小毛毯，看见她肚子上还裹着一圈纱布，轻轻挑起一点儿朝里看，看到一个鼓鼓的肚脐，听说这叫"气肚脐"，一生气一哭就会吹气球似的胀大。我往上看，看到她的胸上那两个陷进去的奶头，轻轻地捏住给她挤了挤，她嘴一撇想哭，我赶紧轻拍她的肚子，嘴里"噢噢"地哄。

拍了几下，一首童谣冒出来，我突然会唱了："噢——噢——，睡觉觉。猫来了，狗来了，吓得娃娃睡着了。"我轻轻哼着哄着，整个身体都膨松起来，觉得这就是我的孩子，不是假的。不是做游戏时抱着的小枕头，是一个真真正正的孩子。我要是也有奶水喂她，该多好哇。我撩起褂子看看自己平板板的胸，想起金莲婶子那两只饱满的乳房，十分遗憾，没有奶水喂孩子的妈妈是多么不幸。孩子睁着眼，也不哭。金莲婶子走时才喂饱她，我放心地接着玩，想起该给她换换褯子。

炕头上放着一摞叠好的褯子。这些用旧秋衣秋裤剪成正方形的褯子软乎乎的，我拿了一块，把小毯子揭开，提起孩子的两只小脚，朝下一看，她没拉也没尿，不需要换。我只好放下褯子，再给她盖好，又拍着她唱了两遍童谣。她两眼发呆，似乎要睡，我还有点舍不得她睡，盼着她再哭一哭，闹一闹，我好把她抱起来拍拍哄哄，在屋里地上走着摇晃她，那才是真正的抱孩子。

孩子睡后，我无聊起来，看了会儿她的睡态，又把褯子拿过来重新叠了一遍，打了个大哈欠。我突然想看书，屋里没一本书，连片带字的纸都没有。我得找点有字的东西看看，想到鸡秋叔爱把卷烟纸塞在炕席下，我燃起希望，也许席子下面有报纸呢。我小心翼翼爬起来，掀起席子一角朝里看，果然有块报纸，抽出来看了几眼，没半点意思。我把报纸放回去，换了地方再掀席子，除了厚厚一层谷子秸，没看到什么。我不死心，再换个地方，还是什么都没有。我掀着席子发了会呆，实在不甘心，也许谷子秸下面有东西呢？随手一拨拉，还真看到了一角黑黄的东西，一抽，是个信封。管它谁的信，看了再说。

我放下席子，拿着信趴回炕上，看看孩子睡得很好，又随手轻拍她肚皮两下，当作我要看信的弥补。

信封上面一行写着：寄广西百色市朱拉乡那比村。中间一行写着：王信发（收）。下面一行：河北省大冀县里城道。我心里一阵迷糊一阵稀奇：这好像是去年我写的信，怎么跑炕席下了？我明明记得亲自送到大队，交给福爷，看着他扔进那个铁箱子里，八分的邮票还是我用舌头舔湿了贴上去的呢。我抽出信看了一遍，就是我写的，最后一行说：回信请写李惠林收。李惠林就是我，一点儿不错。我拿着信怔怔地想了又想，怪不得我和金婶子等不来信，原来这信根本就没寄出去啊。是谁把信劫回来了呢？

我再把信看一遍，要不是内容记得清，我都不信这是我写的字。我现在写的字比去年好看多了，自从练起毛笔，我的眼光突然高了。

我把信塞回席子下，想等金莲婶子回来后问问她，这信怎么回来了？但她迟迟不回，我困起来，觉得像坐到一个大秤上，前后摇晃着，舒服极了，然后我就睡着了。

婴儿的哭声惊醒了我。醒来的一刹那，我茫然无比。屋子不是自家的屋子，炕也不是睡惯的炕，耳边还响着孩子的号哭。这个孩子瘦是瘦，哭起来音特别大，还会发颤音，颤得我心都慌了。我爬起来，打了个激灵才醒透，庆幸这不是做梦。要是我也像金莲婶子这样被卖掉，一年之后也生个孩子，也这样窝在炕上听孩子嚎，我会发疯。

我想孩子可能是尿了，就掀开毛毯，提起她的双腿，哎呀，不但尿了，还拉了，金黄金黄的一大摊，腻腻地粘在腿上屁股上。我一阵反胃，赶紧放下她的腿，捂上小毯。金莲婶子还没回来，这是几点了？我爬到炕边朝桌子上的马蹄表一看，嚯，十一点了，她八点半出门，两个半小时了。

我跳下炕，穿上鞋，跑到东屋。瑞奶奶早就醒了，正盘腿坐在炕上吃东西，不知吃什么，只见嘴在动。我说："奶奶，孩子使劲哭呢。"

瑞奶奶稳稳当当地坐着："惠妮啊？有你婶子呢，急什么？她还弄不了一个孩子啊？"

"哎呀奶奶，孩子拉了一大摊屎，腿上屁股上全是，脏死了。"我眼前晃着那金黄的一摊，嗓子眼直往上拱。

"哪个孩子不拉㞎㞎？拉了擦呗，又不是没弄过，还让我过去擦㞎㞎呀？"瑞奶奶十分生气，"拉个㞎㞎还叫我，吃鸡蛋吃挂面怎么不叫我？"

我耳听着孩子绵绵不绝地哭，又心疼又着急，跳起脚说："我婶子早出门了，还没回来。我替你家看着孩子呢，你不擦谁擦？沤着她吧！"

瑞奶奶猛一晃身子："她出门了？什么时候？"

"早出去两个半小时啦！还把门给咱们锁上了。"说完我跑回东屋。这回瑞奶奶肯定会过来，看着她是真着急了。孩子可能觉得躺在温乎乎的屎里挺舒服，住了哭，一心一意玩起来，一蹬，一挺，再一划拉，弄得到处都是。

瑞奶奶爬到西屋门槛前，冲着我又哭又喊："惠妮，别管孩子了，快去叫人吧。你婶子跑了！"

我看着孩子在屎里蹬抓，又一阵迷糊："跑了？这就叫跑？"我以为跑得是金莲婶子在前面狂奔，鸡秋叔和一堆人在后头拼命追赶，她这样穿上我的长袖花褂子，梳起两个小辫，出门而去，就是跑了？

瑞奶奶爬进屋里站起来，拉住我就往外推："快！跳墙出去！找人！追！"她把我推到南墙，揉到大榆树上。

我从去年才不爬树了，从前也算是一个好手。我抱住榆树往上爬，也顾不得榆树上的怪蛆了。它们摁上去噼叭作响，在我手脚之下成片死去，怪味直冲鼻子，不用看我也知道手上粘满了黄汁。爬到齐墙高，我傻了眼，鸡秋叔栽在墙上的圪针密密麻麻，每根枝上的尖刺又长又硬，十分吓人。我哀鸣一声："奶奶！这么多圪针，怎么过去呀？"

瑞奶奶站在树下，仰着脖子，好像她真能看见我似的。她满脸是汗，一下又一下焦急地咽着吐沫，听到我叫，立刻说："没事儿，用脚一踩一跳，外面是你家的花秸垛，摔不着。"我一咬牙，斜着身子劈个大叉，右脚踏上酸枣枝子，左腿跟上去，猛力一推榆树，朝外一跳，跳到了我家即将用完的花秸堆上，几只在花秸里安家的老鼠猛蹿出来，逃命去了。

十

族里的男人们也像吱喽追他媳妇一样，兵分几路，奔向附近的几个车站，天天忙着打听搜查。忙乱了几天，没一点儿消息，金莲婶子跑得干净利索，没留下任何蛛丝马迹。

奶奶让我脱下金莲婶子的衣裳，原样还给瑞奶奶。我那件花褂子是去年做的，就当送给金莲婶子了。当她跑回老家，睹物思人，也会想起我吧？

我妈替瑞奶奶去商店买了奶粉奶瓶。瑞奶奶抱着孩子，连喂边骂："没良心！来的时候又黄又瘦，养了一年，胖了白了，扔下孩子跑了！

就不想孩子啊?"骂完想想,抬手扇自己俩耳光:"瞎老婆子,让你睡,睡! 遭报应了不是? 六千块呀,六千块! 还有高利贷!"

我妈安慰我:"又不是你放跑的,你从他家跳墙出来的。要怪就怪你瑞奶奶,嫌生的是闺女,不好好伺候月子,耍滑躲懒,你婶子才跑的。"

奶奶也说:"她一辈子好吃懒做,盯了这一年,早想偷懒了,可不让金莲逮个空子跑了。"

我说:"还有那封信。肯定是金莲婶子看见那封信,生了气。"

我妈赶紧止住我:"千万别再提信了,还怕不招麻烦吗?"

奶奶又说:"可不的,不怕一万,就怕万一。惠妮上下学都得多个心眼,人急了什么事干不出来? 闺女大了就是让人操心,没事不要出去玩了,社会越来越乱。"她想想还是不放心,说要接送我上下学。我闹腾起来:"都上五年级了,还让家里接送,不笑死人才怪。"

那几本书早看完了,我事乎乎地给我爹写信,让他再买几本回来。我妈说:"抽什么疯呢? 信还没寄到你爹早回来了。"

我偏要写。我郑重其事地在信里改称"爸爸",觉得叫爹太土气,信末"祝爸爸工作顺利万事如意"。落款是"您的女儿李惠林"。我把信装进信封,写上我爹的剧团名字,贴上邮票,朝大队跑去。

我把信交给到福爷。他问:"这是往哪里寄?"

"往县里寄,爷!"我怕他不信,给他念了一遍,"寄大冀县文工剧团。"

我又问:"爷,这信会不会寄回我家里呀?"

到福爷双眉一皱:"你说的! 贴了邮票,让寄哪就去哪,除非没人收又退回来。"

我看着他把信扔进铁箱子,放心了,信步往回走。

走到街上,闻到一股羊膻味,我想起很久没见过哑巴叔。自从上回在岗子上见他，一晃多半年，不知他的羊怎么样。我朝北一拐，向他家走去。

羊们全在圈里吃干草。大好的天，岗子上野地里全是茂盛的青草，哑巴叔竟然把羊圈在家里吃干草。虽然想过来看羊，但还是觉得把它们圈在家里太可惜。我扒着栅栏，挤进半边脸打量这些羊。羊的瞳孔是横的，这使它们看上去很冷漠。但这样冷漠的眼长在温顺的长脸上，加上一对耷拉的耳朵，又让我看着很放心。几只母羊肚子特别大，它们要生小羊了。小羊生出来就会跪着吃奶，我爹说这是因为小羊孝顺，感激母羊，才跪着吃。我观察了很久，觉得不是他说的那么回事。母羊不会躺，只会卧，只能站着喂奶，小羊个子高，站着吃不了奶，只好跪下。

我用一根小棍照着长犄角的绵羊头上捅了一下，它闷闷地抬头看我，嘴角淌着草沫。它的犄角太漂亮了，拧着长了好几圈，我伸手摸一摸，又硬又滑，用手摇摇，摇不动，就放开它，看别的羊。我想绵羊身上最肥的地方就是它的尾巴，据说"羊尾巴油"就是用绵羊的尾巴熬的。我用小棍捅最近的一个羊尾巴，这只羊不好惹，它咩咩地叫起来。也不知怎么回事，所有的羊都叫了，圈里一片沸腾，好像我惹恼了一圈羊。

哑巴叔从屋里一钻就出来了。他看到我扒着栅栏，吃了一惊。

我问："叔叔，这么好的天，你怎么不去放羊啊？"

他抄起叉子往圈里扔干草："这几天不得劲儿，脚上扎了个刺，走不了远道。没上学啊你？"

"今儿个礼拜日呢，想起你的羊，过来看看。"我看着羊吃干草，干草肯定不如青草好吃。现在的青草绿得流油，营养丰富。

"惠妮，你婶子找到了吗？"他拄着叉子问，眯缝着眼。

"没呢！孩子天天哭，我隔着墙都听得到。可怜哪！"我老气横秋地说。

哑巴叔把叉子往墙上一靠："惠妮，你赶紧回家吧，都晌午了。哪天下了小羊，我送你一只。"他匆匆向屋里走，临进门瘸了两步。

我松开栅栏，慢慢朝家走。哑巴叔说给我一只小羊，我根本不信，羊多贵啊，他怎么平白无故给我羊？给我也不敢要，平白无故要人家的羊，什么意思呢？万一我要了他的羊，他朝我要别的东西呢？这么一想，我很快把他的小羊抛到脑后。

这是金莲婶子跑走的第五天，出去找她的人都绝望了，说她早跑远了，说不定跑回广西了。我妈说那么远，她没钱怎么回去呢？奶奶说也许有人接应，接上头就好说了。人们胡乱猜测，觉得这些外地人真是神通广大，说跑就跑了，像长着飞毛腿。

下午我闷闷睡了一觉，醒来觉得很没意思，干什么也提不起精神，就在院里转了一圈，看看凤仙花，找到一个凤仙种子一捏，它叭地弹出几个籽，然后卷了起来。还是没意思，这几天我总觉得没意思，练字没意思，画画儿没意思，学习更没意思。我似乎丧失了玩的激情，时时被富有穿透力的孩子哭声惊到。

晚饭后鸡秋叔和瑞奶奶抱着孩子过来了。这可真是稀罕，孩子才出满月，他们抱着这么一个软乎乎的婴儿来干什么？我妈和奶奶预感有事，对望一眼，赶紧拿板凳床让他们坐下。

瑞奶奶揽着孩子，长叹一声："鸡飞蛋打啊！"

我插嘴说："这不留下娃娃了吗？"

我妈横我一眼，我知趣地闭上嘴，缩到海棠树后。

鸡秋叔带着哭音开口了："竹篮子打水一场空，我这几天一直想，还不如不买她呢。一个大活人，住了一年，说跑就跑了。像做了一场梦。"

我心里说："这不有了孩子吗？看看孩子就知道不是梦了。"

"唉——！"奶奶也叹了一声，她坐在竹椅上，弟弟偎着她的腿啃烧饼。

"这么小这么软的一点儿肉，能拉扯大吗？我眼又瞎，干不了活，鸡秋一个男的，带不了孩子，这可怎么着哇？她可要了我的命啦，哎呀我的天哪！"最后两句瑞奶奶唱着说的，唱完就哭起来了。孩子也"啊啊"地哭。

一时间，瑞奶奶哭，孩子哭，鸡秋叔哭，我也流了两行泪。我妈和奶奶对望几眼，猜测他们来我家哭用意何在。

瑞奶奶把泪收住，打了个嗝："这件事我也反复琢磨了，惠妮掺在里头，咱们可得说道说道。"

我坐在海棠树后一激灵：冲着我来了呀？怪不得来了先哭，想找事呢。

"要不是惠妮，她跑不成。惠妮十二了吧？又机灵又聪明，怎么就肯和她换衣裳呢？换了衣裳还帮着哄孩子，拖了两个半小时才过去叫我。你们说这里头有事还是没事？"瑞奶奶的声音能切断钢筋。

我奶奶噢了一声："你们过来是为这个啊？惠妮是个孩子，她知道什么？别说金莲和她换衣裳，就是换脑袋说不定也肯。你这伺候月子的躲在东屋干什么了？平时你耳朵灵得像条狗，怎么什么也没听见？"

鸡秋叔开口了："惠妮一直帮她的忙，去年帮她写信，得亏我拦下了，没寄成。这回难说不是有意。"

他们吵来吵去，谁都不来问我，瞧不起人怎么的？我从海棠后面站起来，大声说："去年是帮着写信，金莲婶子求我的。这回她跑了和我可没关系，我不知道她要干什么，她扒了我的褂子，我只好穿她的。"

奶奶一击掌："听到没有？听到没有？"

鸡秋叔说："惠妮要是不过去，金莲肯定跑不成。"

"叔叔，你说金莲婶子盼着我去，说你家娃娃长得白，我才去。"回想五天前那个上午，我口齿伶俐。

瑞奶奶怒了："他让你去你就去，让你死你死去不？"

"说话怎么这么难听？"我妈也怒起来，"惠妮一个孩子，她懂什么？你们苦苦逼她想怎么着？"

我双手一叉腰："还想让我赔你家一个媳妇哇？"

院里突然静了，奶奶恍然大悟："想昧账哪？买金莲借的那一千块，想赖呀？"我妈也明白了，这是想揪住我的错抵钱呢。

鸡秋叔把头埋入膝盖，哼哼地哭起来，像老牛叫唤，他身子上下耸动，哭得让人心慌。瑞奶奶把孩子放到地上，双手拍膝，边数落边哭："哎呀我的天哪，我可怎么过呀？我一个瞎老婆子啊，可怎么拉扯大这个小不点哪？哎呀我的天哪……"门外猪圈里的黑猪又是多半天没喂，饿得发慌，也吱儿吱儿地长嚎。

我又心酸又心烦，坐在海棠后默默发呆，心想这孩子真可怜，这么小就没了妈。金莲婶子，你真回广西了吗？到家了吗？

一个黑影扑进院子，直扑瑞奶奶，扑到她身边，双手一抄，从地上抱起孩子，急急解开衣襟，把孩子往怀里一搂，朝地上一坐，不动了。

我妈跳起身，拉亮灯绳，电灯照亮院子，照着金莲婶子。她坐在地上，搂着孩子无声地哭，哭得全身哆嗦。

我蹲着蹭到她身边，也哭了。

我的花褂子是瑞奶奶送过来的。她进门先轻轻地打了自己一个耳光，嘎嘎嘎地笑着："惠妮呢？别和我一样着，我越老越不值钱，净干尿鞋帮子的事。嘎嘎嘎嘎嘎！你要上大学了，水平高，别往心里去。"

我躺在炕上不理她。她把褂子塞进蚊帐，又拄着拐去找我奶奶赔不是，向我妈赔不是，说是急糊涂了。

我拽过褂子蒙在脸上，深吸一口气，褂子紧贴住我的鼻子。再呼一口气，它又鼓出去。一吸一呼之间，我闻到了淡淡的羊膻。

（原载《中国作家》2018 年第 11 期）

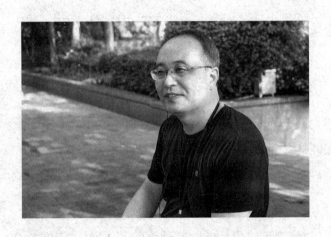

　　骆同彦，笔名左马右各。1966 年 10 月出生，1982 年 10 月参加工作，现供职于某大型煤炭集团基层煤矿。2014 年开始小说写作，同期开始写作文学评论。在《收获》《当代》《青年文学》《北京文学》《上海文学》《长城》《南方文坛》《名作欣赏》《文汇报》《文艺报》《文学报》等报刊发表过中短篇小说、文学评论和散文随笔等作品。中国作家协会会员。河北文学院签约作家。

面花年二

◎骆同彦

一

年二来了，就直接奔去西屋。

他走进的是镇上窑匠街的一个人家。窑田镇出瓷，是北方名窑磁州窑的烧制地。这镇上最有特色的是房子，由不同形状的锅盔砌垒而成，它们围成一个个家院，被蜿蜒交会的小街分开，便形成窑匠街像传说一般的错落景致。在窑田镇一带，传唱着一个民谣，准确点儿说该是童谣。它一直在通过孩子们的嘴唱出来："窑匠街，五里长，到处都是锅盔墙。锅盔墙，锅盔房，锅盔房里藏娘娘。"没人考证过窑匠街是否出过娘娘，谁也不知道这歌谣唱的是什么意思，但街上的女孩们跳房子、做游戏时都这么唱。

给年二开门的是牛姐，四十五六岁，微胖，有点儿双下巴，薄薄的单眼皮透着精明，她是镇上最大私营瓷厂老板田福光的女人。在西屋等着他们的一个女人是崔晓玲，这家的女主人，窑田镇委书记吴东的老婆；另一个女人是镇派出所所长张继卫的老婆黄玉桐。她们是好姐妹，都三十多岁。年二进门，白净像纸的脸上就开始如堆如涌地浮升笑意，那饱满的样子，眼瞅着就从眼角、嘴角、鼻沟和两颊往下掉。他这笑滑下脸，就揉进屋内的光影，洒在那两个女人心上。

年二和牛姐刚落座，崔晓玲就有点迫不及待地抓起色子，打点抓风。按自然风排序，东南西北，一阵椅子响动过后，他们重新落座。继续打点，崔晓玲点数最大，她是庄家。她双手把色子合在掌心，反复揉搓，然后抛了出去。两只色子旋转着碰到麻将牌，又转回来，停下。五点。自守。她抓起色子，摇动一番，又抛了出去。然后，按着两次色子的点数，开始切牌，抓牌。牌局开始了，年二的又一天，也开始了。

年二的时间，一月有二十几天待在这个院子。他脸像开花一样陪着这几个女人打麻将，扯闲话，虚度一种叫光阴的东西。其实没有光阴是虚度的，所谓虚度，也像是和某些东西隐秘地连在一起。人在过生活，会在某个时刻觉得虚无。但这虚无又都有着内容，只不过意义不同，便产生不同的感觉。感觉好时，一切都是满的；感觉不好，就虚无了。年二和这几个女人打牌，消磨时间，生活的意义几乎就是垒牌、摸牌、和牌，又垒牌、摸牌、和牌；然后是赢钱、输钱，又赢钱、又输钱。这个过程说着简单，要是像说的这么简单也就没意思了。人在麻将桌前坐下，也可以说一种人生游戏，就已开始。任何事，只要一有开始，也就有了意义。

自从进入这个圈子，上了道，年二的人生就被打上戳记。他的日子，冥定就在一张张麻将牌上。在那一面刻满饼、条、万、东西南北风、发财、白板、红中图案或字样的小方块上，就是年二生命的纷繁世界。他随便抓起的一张牌，都有像摸到自己身体某个部位的真实感。那里有温度，有心跳，还有呼吸。这叫什么，在年二看来，就是命。他的命。他这辈子的命。一个人把一种东西当作命来对待，这个人就有点儿可怕。在麻将桌上，年二就是一个可怕的人。虽然他满脸堆着友善、恬然、自在，像是永远也不会衰落的笑意。

和这几个女人一起打麻将，年二有一种难以言说的愉悦感。他不仅

153

融入得快，融进去得更快。不久，他们已是自己人了。这麻将场上的自己人，不比那些酒友、牌友、棋友、书友差，一旦知心，也是近得很。再说了，这是一个封闭的圈子。能被这个圈子认可，固定下来，年二感到满足。但年二是个谨慎的人，他从不张扬，外边没人知道年二还有这样一个秘密圈子。这也是年二让牛姐放心，让崔晓玲和黄玉桐敢大胆接纳他、戏谑他的基础。何况，年二天性中、骨子里就有一种被女人喜欢的禀赋。从劳教所出来，游戏几年社会，年二应付这种场合就更如鱼得水。天长日久，他们之间说话斗嘴、插科打诨、相互取乐就成为一种享受。牛姐爱拿年二说事，年二也给牛姐面子，附和着她，哄那俩女人高兴。其实，在他们这个圈子内，牛姐随意说贬年二，目的简单，就是讨好崔晓玲和黄玉桐。她和那两位说话，虽也不用嘴边挂锁，但要比说年二客气得多、讲究得多。牛姐人不高，说话嗓门却亮，音色也糙，说出来的话有股胡椒粉的麻呛味。年二一和牌，她就骂骂咧咧地说：

"操！你个'花年二'，老娘们的钱都叫你赢走了。"

她骂年二时，总有意无意地把"面花"前面的"面"字省掉，直呼"花年二"。这叫法后来又慢慢简化，直接成"花二"了。

年二这时脸上就笑嘻嘻地说："牛姐，别操……我……怕你。"他举起一只手，"庄重声明一下，只有你是老娘们。啊！这崔姐和黄姐还是小媳妇儿呢。"

年二的话刚从一张笑脸上挤出来，那两个女人就笑趴在麻将桌上。年二立即收住笑，严肃起来，很严肃的样子。但在这两个女人看来，年二这严肃起来的模样，比笑还要逗人，只不过换个方式。她们就仰脸俯胸、张牙舞爪地放肆着大笑起来。

牛姐也不急，就又骂一顿年二。快到中午，牛姐安排好送饭的人来了。年二起身兜起麻将，看一眼崔晓玲，瞄一眼黄玉桐，笑笑说："我伺候几位姐姐吃饭。"

吃完饭，这牌局接着来。崔晓玲高兴了，他们还要打通宵。崔晓玲想让年二陪她上床，十点以前这牌局准散。他们这几个人在一起行事，早已心照不宣。年二色胆大，敢上镇委书记的老婆。他不仅敢上崔晓玲的床，还上黄玉桐的床。不是年二不怕，是年二看出来她们不让他怕。要不是这样，给他一万个胆，他年二也不敢。他是被专政过的人。他懂得利害轻重。但这女人主动召他上床，年二就领会其中玄机。她们是拿他找乐，填心里的虚空。年二只要规矩，上了就当没上，就好。他没有必要怕。但他知道，该怎样顺着这两个女人的性子来。

有一次，年二和黄玉桐完事后。黄玉桐用手扒拉一下年二那软下来的东西，说："花二，小二。哪一天，你让我不高兴了，我就叫张继卫拿枪崩了你。"

年二就装傻："你这是说哪一天啊！"

"有那么一天。"黄玉桐白他一眼。

年二眼里晃着水意，盯住黄玉桐："那我先把这一夜过好再说。"

他这一夜就让黄玉桐很高兴。有时，高兴过的黄玉桐，就让年二拿她和崔晓玲比。她瞪着圆鼓鼓的杏仁眼瞧着年二问："我和晓玲谁好？"

年二想都不想，闪眼一笑："都骚。"

黄玉桐一愣神，揪住年二的耳朵："她怎么骚？"

年二用两根手指轻轻捻着黄玉桐身体一侧像精致的小粒花生米似的乳头，有点邪性地说："你怎么骚，她就怎么骚。"

年二这样说，黄玉桐不但没恼，还仰面躺到枕头上，大笑不止。

年二就支起身子，目光柔柔地看着黄玉桐笑，直到她在他注视她的笑盈盈的目光中安静下来。

这时，黄玉桐就会产生错觉，一种似是而非的恍惚感，她觉得年二身上有另一个她，这个她，走出年二的目光，落在自己身边，像她一样看着她。等她稳住神，便拿眼盯着年二看。她想看见那个自己。她没看见。

年二说："我说对了？"

黄玉桐点点头。

年二的身子压下来，黄玉铜的小腹一收，接住了他。

二

不是牛姐骂年二，是年二真赢她们的钱。但他也赢得不多，每次就赢那么几十块钱，多时百十块。年二还输呢。但他输钱，从没超过五十。这输赢还是有差额。年二不小气，他赢得钱，又都花在这几个女人身上。这几个女人越不在乎钱，年二越不能赢她们的钱。年二知道深浅。崔晓玲和黄玉桐，她们在乎的是和年二在一起的快乐悠然。尤其是年二那张让人看着舒坦熨帖的脸皮，一天不见，这一天就少点什么。牛姐是陪着快乐，她在这里陪着这两个女人快乐，她家老田就有钱挣。这账就她算得明白。崔晓玲和黄玉桐是日子没意思，打麻将消磨时间，找乐玩儿。俩人都还年轻，也有工作，但都不用去上班。在别人眼里，这是她们的男人给她们带来的福气。她们的男人，崔晓玲的丈夫吴东，黄玉桐的丈夫张继卫，他们都很忙。她俩也不知道他们都忙什么，有什么事，让他们忙得不回家，忘了家，和家里的她俩。像是男人不能和忙沾边，一沾边，这家也就不顾不要了。家里的女人，热身子也得放凉。年二没事，孤家寡人一个，有的最多的就是时间。年二陪着她俩，娱乐她们，也娱乐自己。反正就是玩儿，年二会，也懂怎么陪着女人玩儿。

但年二不能把整月的时间都扔在这里。那样他就不是年二了。他还要见缝插针地去干点儿事。他干的事，还是打麻将。他离开家，悄无声息地潜入夜色中，然后在一间烟气迷荡的屋子里，闪身出现。在这间屋子打麻将的都是男人，整夜输赢几千块。一个月内，年二都要出没这种场合，不多，就五六次。手气差了，输几千块钱；手气好时，再赢几千块钱。这输赢之间的差额，只有年二自己明白。他下这种场合，也就是来买明白的。他不白明白，一月下来，口袋中攒下的钱，能顶那时安心上班的人，一年的工资。

年二吃麻将饭，但他不贪吃。麻将是年二的命。年二珍惜他的命。他也把他这命想得很长，长到想起来就会感到一种虚无的美好。他时刻念叨自己：要脑子清醒。钱永远都是钱，人就那么几十年。这时代看似啥时候都是钱的世界，但内里有机巧。没钱不行，成了钱的奴才，更不行。这钱该赢就赢，该输就输。年二要是想赢，他就输不了。但他必须学会输，输得巧妙。年二天生有一个电脑一样的大脑，只要看过，就不忘。哪怕是麻将牌上有一点儿苍蝇屎，一圈不掉，他就能记一圈。桌面上的牌，不管你怎么用手搅和，年二从不会记错一张。他天生有一种"认"东西的能力。他在麻将桌上坐着，明眼是看自己的牌，暗眼都长在别人的牌上。他也不用看，就知道别人手里有啥牌。他打麻将，就和打明牌一样，但还要装出跟其他人一样的糊涂来。年二这种过眼不忘的"认"牌能力，有苦心磨练的功夫，但更像传说中那些奇人异秉一般，有天赐的玄机。前半夜，年二还是输家；后半夜，年二就像人们认为的那样，手气转了。手气转了，他再不赢钱，别人会说他傻。这一晚，年二就赢了。

年二掺和进崔晓玲她们这个圈子，全仗着牛姐。牛姐是谢庄矿嫁到窑匠街的女人。谢庄距离窑田镇三公里多，坐公交车也就两三站地。在谢庄，牛姐家住六道街，年二家住在八道街。年二不和父母住在一起，他和父母合不来，单住他哥年大勇的房子。他哥的房子和父母前后隔着一排房。大勇调入矿务局保卫处工作后，媳妇没多久也跟着调走。这空下来的房子，就让给年二住。那时，年二刚从劳教所出来，内心一片灰暗。他爹福祥看见他就烦，就生气，吃饭都不准年二上桌。自从年二出来，这家就再没有安静过。年福祥是五十年代的劳模，去北京见过大世面，登过天安门城楼的国庆观礼台，被大人物接见过。在年福祥心里，他的儿子，个个就该像年大勇一样优秀，不然对不起他这劳模身份。但他家偏偏就出了个年二，让他抬不起头。从年二被抓那一天起，年福祥就已经不认年二这个儿子了。年大勇无法说服他爹，按那偏老头儿的意思，就是让年二滚，滚得越远越好，别让他看见。年大勇费了天大的劲，才劝说老头子做出妥协，让年二暂时住他的房子。这样一来免得父母生气，二来能给弟弟一个安顿。大勇这样做，年二在心中感激。但他有时也莫名忌恨。那恨来得一点儿由头没有，就是恨。恨得年二都觉得自己不知好歹，不像是年大勇的弟弟。

三

年二被劳教，是在高中快毕业那一年。那时上学就和玩一样。高二刚开学，他就觉得发小胡军，每天放学后神神秘秘的，不知在搞什么。他有些奇怪，但也没太在意。有一天，他记得是个星期日。胡军来找他，说有一件重要的事。那天，他脸上的表情和往常不一样。他们走出家门。胡军的眼睛总是飘忽不定，还不断回头，像是他们身后除了他们的影子之外，还有什么跟着。那时，他们正迎着上午的太阳穿过六道街的一条胡同。他们要到九山水库边的小山上去。走出六道街，再横穿过马路，他们来到谢庄煤矿医院的大门前。他们进去，看门岗的人，连眼皮都没抬一下。进入一道绿漆大门，他们穿过一条长长的廊道。右边一个窗口，是挂号室；左边两个窗口，一个是取药处，另一个是交款处。往前是门诊，依次是内科、外科、妇产科、儿科，再往后是住院部的招牌。因为周日，医院里几乎没有人。廊道里响着他们空旷盲目的脚步声。走出廊道，他们来到医院后院。靠东墙一排房，是病号食堂，挨着它的南侧是总务室。顺着右边一个坡道，往下，走不多远，西侧墙角有三间平顶房。房子向东，开有一扇门。但那扇门紧紧关闭，挂着锁。那是太平间。他们要走近路，就得沿着一个焊死的铁梯子，爬到房顶上去。房顶上面拉着一道道生锈的铁丝，晾晒着沾有永远洗不净污渍的白色床单和被罩。那天有风，但不大，风吹着它们像旗子一样摆动。

年二和胡军，从平顶房南侧跳下去，就落在一片玉米地里。沿着一条下坡的小路，他们穿过一块又一块长满玉米的梯田，来到水库边。绕过水坝，他们到达对岸，找到那条在灌木丛中蜿蜒向上通往山顶的路。年二又问胡军，是什么事要来这里？胡军在前面低着头走路，头也不回地说，到了你就知道了。山不高，他们没费多大力气就爬上山顶。山顶上站着四个人。那个专注看着他们向上走的人，年二认识，他是任永忠，住四道街。他们一个班。另外三人，年二也都认识，他们是二班的。任永忠走过来，热情地搂住年二的肩。他给他说了一件事。他们要成立一个组织，希望年二参加。年二回头看一眼胡军。他在冲着他笑。之后他们还说过很多，但年二都不太记得了。他只记得他答应任永忠，加入组织。任永忠对他说，我们是同志了。这让年二有点儿奇怪，像是他忽然进入到某部电影的场景中，也让他感到要打破点儿什么的新鲜。一周后，胡军秘密地塞给他一个纸卷，年二展开一看，是自制的委任状。上边这样写着："兹委任年大志同志为'月亮党'特别行动队少将旅长。"他紧张地把那张纸折起来，压在书包底下。他是有组织的人了。不知不觉，他内心升起一种莫名的崇高感，这让他有些惶惑。

又过去一周，年二正在家中吃午饭，一群警察闯进他家。年二被捕了。事后，他才知道，是二班的一个家伙告的密。"月亮党"成员无一漏网，全部被抓。这起反革命事件，当年在冀南矿务局曾引起轰动。年二被判劳教三年。任永忠判得最重，十二年。他是"月亮党"的头头。年二被青春蛊惑的日子，就这样猝然结束了。

年二解除劳教后，没有工作，像是生活也没有方向。他整天窝在他哥年大勇的那间房子里不出来，谁也不知道他在里面鼓捣什么。谢庄煤矿挽救失足青年，特批安排年二上班。起初他还心存感激，满心高兴。再说每月挣七八十块钱，不用管家里要钱，能养活自己，挺好。可日子一久，他就烦了，嫌石料厂门岗这活绑得慌，太熬人。每天被圈在一个不足十平方米的小屋内，看进进出出的拖拉机，一张张脏兮兮的脸，听柴油机的"突突"乱响，呼吸呛人的粉尘，越想越没劲，他也就无心上班了。一来二去岗在人没，年二变成一个真正的闲人。而牛姐这时正需要找一个闲人，来陪书记老婆、所长媳妇。她看上了年二。年二那张开着花的脸，准保让崔晓玲和黄玉桐喜欢。这事和年二说了，一拍即合。

年二闲着，闷在屋子里干什么呢？其实他并没闲着，他在琢磨麻将和扑克牌。这小子几年劳教下来，什么也没学会，就学精这一手。一双又细又长又白净、长得像弹钢琴的手，玩弄起扑克牌和麻将来，不仅花哨，还带点艺术味。但这样的花活，他只玩给自己。用来解闷，享受。在外边，耍起扑克牌，跟别人一样，不笨也不灵活。打麻将也和常人差不多，只不过让人看着舒坦一点儿，优雅一点儿，文气一点儿。白天年二窝在家里，苦心磨练手艺。晚上，他就出入工人村的各种麻将场。起初进去，他只在麻将桌边一声不吭地坐着看。他不上场，只是看。年二勤快，不管谁喊一声，他都去，给他们跑腿，端茶倒水，递火点烟。他脸上永远挂着与己无关、与世无争、一脸和气的笑。时间久了，这"麻场"上的人，就都喜欢年二。年二这脸上的笑，也有了名气。不知哪一天谁说了一句：年二笑时，像脸上开着一朵面花。这话就越传越邪，谁看年二，就都觉得他脸上真是开着一朵花。年二不再是原来的年二，他变成了"面花年二"。

在麻将场上，遇到谁不方便，或想换换手气，年二就临时上场替两把，规规矩矩起牌、出牌，看着和别人一样。但只有年二自己知道，他整夜在麻将桌边坐着，看到过什么，记下过什么。而他一次次短暂上场，又实践着什么，检验着什么。这时的年二，已是太上老君丹炉中的猴子，炼过了。他还不慌，知道有机会上场。舞台永远是一副空着等人的德行。某一天，年二坐到麻将桌边了。他像是战胜了自己。他脸上还是笑呵呵的样子，规矩起牌、规矩出牌，输钱不恼，赢钱也不张狂。手气好时，赢个百儿八十；手气差了，输几十块钱。麻将场上，大家不是都这样吗？是这样没错，但绝对不一样。这"麻场"的牌桌上，有乾坤，也有秘密。年二出入"麻场"闹玩儿，闹的就是机巧，玩的就是玄机。他不会也不可能和别人一样。他是年二。他有账算，算一个月输赢的出入差额。每次打麻将的输赢，年二都记在一个小本子上。月底碰账，年二在点清一个数字后，总是默默一笑。那一笑有深意。这笑过后的年二，像是自言自语，又像是无限迷茫地说："这样就好。"谁也不知道他嘴中的"这样就好"是什么意思，就连年二自己也不清楚。他有时想，这是一句没有意义的安慰话。但他又不知道是要安慰什么。但不说这句话，他就觉得这一天的生活，少了些仪式感，一天也不完整。

四

三年的劳教生活，让年二真正懂得什么是自由。他不需要那种大到什么都可抛弃的自由。那太伟大，他承受不起。在很小的时候，他似乎有过盲目的冲动，也真的在时刻准备着。很多人都像他一样在心中听到过这种召唤。那是让人血液神秘激荡的热力。但他长大之后，这声音就不再那么真实，像是也从他身边越走越远。从劳教所出来，年二就想透了，他是一个微不足道的人，是很多微不足道的人中的一个。他是一个水滴，但不是大海里的水滴，也不是江河里的水滴，甚至都不是一池水中的水滴，他只是雨后路面积起的水洼中的一滴水，随时都会不留痕迹地被蒸发干。他来过这个世界，但经过后，很快就被人忘记。这是很多很多像他这样的人的命运。谁也没有能力改变。年二吃过亏，吃了亏，就要长记性。有人告诉他：在哪里摔倒，在哪里爬起来。这纯粹是他妈的屁话。年二想，说这话的人眼睛长到屁眼上去了。他没摔倒，只不过是走了一段弯路。别人说他错了，他也就真错了。他错就错在自己生活在一个不能犯错的年代。他反过革命。虽然这很荒唐，几乎和游戏差不多。但曾经是事实。年二是一个反过革命的坏人。他被盖上了戳。这戳按在心里，是黑的。黑得看不见，而且很重。

从劳教所出来，他在形式上恢复了做人的自由。但这不够。他卸掉工作的包袱，又自我自由一次。但他觉得仍不够。自由也不是这样的。他太想知道自由是什么样子的了。但他没有能力想清楚这件事。大概自由就是当下吧。年二有点儿模糊地想。每到想不清楚又经受内心折磨时，年二都这样安慰自己。他必须先过去今天。年二小心珍惜着当下的自由，也在胆小地羞怯地像贼一样窥望着外边的世界。他像狗一样，从逐渐松动的政治气氛中，嗅出点儿什么。那是他说不清的东西，像从某个缝隙漏过来的光，飘忽虚渺，但它在。年二看见了。但他还没有把握，只是小心向前迈着步子，用一层像是纱一样的笑，遮起自己。他想好好活着。活在还算自在的自由中。他只要抓住这光就行了。年二懂一个道理，干什么事，得把持住一个度。这个度是什么呢？它不在尺子上，也不是数字，它是感觉。说白了就是，干啥事，得悠着点。年二最要紧的事儿，是看紧自己别再进"局子"。好人不去那里面，去了那里面出来，就不再是好人。那是一条隐形的线，好人在这边，不好的人在那边。那线带电，有致人死命的高压。那条线又是虚置着的，还是摇晃的，稍不留神，人就到了那边。站到那边，再想回到这边，很难。而这边、那边，那看不清的分界，就是度。一种看似很虚、难说有无，但又具有无形杀伤力的东西。这个度，在年二心里，像准则一样在指导他生活。

　　谢庄煤矿工人村是个熟人圈子，它像小镇一样的规模，正好容下年二微不足道的人生。每月他赢钱的进项就那大几百块钱。这钱正好够花够玩。在年二看来，钱够花够玩，正好。他容易满足，也喜欢自己的满足。钱往哪里花？年二心中有数。他生活轨迹清晰，单身，事少，穿着只要简单、得体、干净，就行。吃更不讲究，吃饱为止。想犒劳自己了，他就会到街上"五香烧鸡铺"买只烧鸡，在自己的小屋里吞吃干净。年二需要女人。没人嫁给他，不怕。有人喜欢钱，年二就顺着这喜欢，满足自己。年二有让女人念叨的一点好处，只要是跟他上过床的女人，都暗地里喜欢年二那种疼惜女人的温存样子。年二和这些女人没有感情，但他又让这些女人感到年二在和她们做那事时，内心里充满真情。虽然钱产生的肉体关系有点脏，但年二还是愿意让自己站在一种充满幻想光芒的情境中看待这件事。他要无耻的美好。年二天生疼爱自己，这疼爱过剩，也就分出一点儿来疼爱女人。这无疑是告诉那些女人，年二跟她们的男人不一样。年二是男人堆里不一样的男人。他那被劳教的经历可怕，但他在女人身上的表现，让人喜欢。年二脸上一朵四季花的笑，不知让多少女人心里开花。偶尔会有女人在床上的某个癫狂时刻说出点"爱"啊"死活"的疯话来，年二从不对此做出呼应。哪怕是在最狂热痴迷的瞬间，他的嘴里也从未蹦出过类似的词语。反而咬紧牙关，像要赴死一般。在这方面，他守口如瓶。

　　这个爱字，年二只能对一个人说。但他不知道这个人在哪里。但他知道这个人是会和他结婚，和他生活一辈子的人。她在哪里呢？年二不知道。他想过结婚，但想着想着就怕了。结婚简单，跟着结婚来的问题复杂。复杂到他一想就怕。一怕，他就不再敢想。在这方面，年二是懦弱的。

　　每月这大几百块钱，在那年头，能把年二伺候得舒舒服服。但年二

163

不能只有这几百块钱。他除去需要女人外，还需要钱。他想自己总得有将来，而将来需要钱。年二有机会得钱，他有手艺。这手艺就是他的得钱秘技。而这样的得钱机会，他不缺。年二一次次出入那些规模大一些的麻将场，每月并不多，就那么几次，但输赢可不一样。有这不一样，年二就满足。他心里有道墙，年二从不鼓励自己翻过去。在墙那边落脚，他心中没谱。那也是底线，年二给自己画的线。脚要收在这条线后边，脚尖都不能踩线。他从不踏入那种让人眼热心慌的麻将场，那是赌场，不是玩儿场。在玩儿和赌之间，年二从不对自己心软，而是心狠得很。他不给自己开这口子，念想一出就掐灭。那些传说中煤老板一夜输赢几万、十几万的场合，动不了年二的心。他不是怕那场合，是怕自己在那场合迷陷。他懂，玩儿是日子，但赌不是日子。虽然他这样的生活和赌没什么区别，其实就是在赌。但这金额上的差距，又给人一种玩闹的假象。往麻将桌边坐的人，嘴里也都说玩闹会儿。玩闹是生活的一种滋味，有调剂无聊的意思。这样的日子人玩得起，闹得起，等玩不起了，闹不起了，人照样还能活，还能过日子。年二认为，这一夜输赢过千的场合就正好。

谢庄煤矿周围有那么多煤窑主、焦窑主、车老板、洗煤厂老板、饭店老板，他们就是活银行。这些人也都想着年二，经常托人捎话或打电话，约年二去玩儿。年二总是给人不积极上场，又不得不来的惶恐感觉。不管见了谁，都像一家人似的热乎乎地笑，张嘴不喊"哥"，就不开口；不管谁因输赢发脾气、骂脏话、砸牌，这都和年二没关系，他从不受这些影响，总是乐呵呵的一种局外人样子。这也让那些和年二在一起玩儿的人，都说年二牌风好，脾气好，人缘好，输赢不喜怒于色。这些人不在乎钱，年二就小心着赢他们的这点儿不在乎。日子长了，年二慢慢积攒下一笔收入。那进项说出来也有点儿吓人。年二已悄悄步入大"万元户"的行列，只是这事谁也不知道。

和他同住八道街的那些老人，都还在担心这小子怎么活。说起年二，这些老人一脸同情，觉着可惜，他们常挂在嘴边的半句话是："你说这好好的孩子，就让一件事给毁了……这狗日的啥事……"

同情完了，他们就拿年二找乐。只要看着他从街上过，都会或真或假地骂上他一句。

"妈了个巴子，上天哪！"

"二子，又去浪街呀！"

"狗日的，就这脸笑像人。"

"……"

对这些骂，年二从不回话，只是游移着目光，表示对这骂的领受，一脸飞笑地经过。他这开花一样的笑，只有过完这道街，才像衰败了似的落下来。但他脸上，仍挂着一层笑的影子，浮动着那有些神秘又像意犹未尽的韵致。

年二没偷、没抢、没祸害人，像瞎起哄一样被判三年劳教，人们在暗地里觉得这孩子冤，对他有点倾斜的同情，也就不奇怪。年二对这同情心领情。他从小在这条街长大，这些长辈是善良的，虽然有时也善良到无知、蠢笨、愚昧，但他们老了。人一老就是神，在年二眼里，这些老人和那些正在变老的人，早晚都会是神，不是这道街的神，就是其他地界的神。这些神怜悯他，他要领情，领情的表现就是脸上堆着笑，让这些神忘记人间的烦恼，心里舒坦地骂，骂他。骂完了再回到人的生活中，同情他。但对待那些一脸道德正义和装腔作势的人，年二的脸霜冷，像随时都准备用这张冷脸冻死他。其实也不用整张脸，就他眉毛梢头的寒意就够了。

五

年二被牛姐招进了一个全新陌生的圈子。这个圈子很小，也很隐蔽。甚至在某些时候，给年二的感觉是神秘的。也许是因为小，神秘，它让人隐隐感到一种排拒感。它随时都会无情地释放出"请你离开"的信号，且不容违背。它还极有可能简化到只有一个字：滚！但年二在进入这个圈子。他来了。他脸上笑意荡漾，但不轻浮；有点儿男人的魅，却不谄媚；他的笑不是浮在脸上，是从眼光深处溢出来的，有一股清澈真诚的暖意。真坐到麻将桌边，几圈麻将打下来，年二从容、安逸、闲适的情态，几乎是无敌地摧毁了崔晓玲和黄玉桐对年二的警惕和提防。她们哪里知道麻将是年二的命。年二没有表现出一点儿没见过世面的好奇、局促、兴奋或是那种小人得势的奴才嘴脸。他是年二。还是"面花年二"。他那传说中的"面花"能在任何场合绽开，并很快释放出一种让人安心的芬芳。很快他就在这个圈子里坐稳了。他的坐稳，让原来还在这个圈子边上的诸多候补，永远成为待诏了。由于年二的加入，这个圈子，真的是小圈子了。小到时常就是他们四人。而这个圈子给外界留下的缝隙越来越小，也容不下别人再挤进来。

　　崔晓玲打第一眼看到年二，就觉得内心有一层窗纸一样的东西，被捅破了。那豁口瞬间漏过来的光，刺眼、炫目，迷离在她暗淡已久的内心。这个人就是脸如开花的"面花年二"？他人并不英俊，也缺少男人的强悍。但他看着干净利落，尤其是下巴上的线条，有一种雕塑的质感。眉骨微凸，这样眼窝就看着深了些，眼有点儿像丹凤眼，但眼角又不像丹凤眼那样夸张上翘，中间过渡部位略宽，眼皮一挑，就让眼仁偏点黑灰的双眼闪出的目光，带有那么一点儿虚无飘忽的意味。但那眼神又在不经意地凝神一望中，像似咬住你点什么。崔晓玲就觉得她的眼神和年二的眼神相碰时，就有那种被咬住的感觉。崔晓玲的心有点儿荡漾了。她在幻想中更像是在一个梦里把自己铺在年二身下，开始奇异地享受他。年二打麻将抓牌、码牌、出牌包括和牌的动作，那样子，让人看着格外熨帖、舒坦。年二那张笑面下的嘴，说出来的每一句话，都有在这个女人心窝上砸出麻酥酥小坑的温痒。时间一久，崔晓玲在和牌、抓牌时就有意无意去碰年二白皙、修长、柔韧的手指。年二也小心回应着。慢慢两人就有心会，时常就让手指碰来碰去地电着玩儿。他们之间，慢慢有了像是看一眼就什么都懂的默契。现在，只差一个恰当的时机。

人想在一起，就有机会。更何况崔晓玲有的是时机。吴东整月不着家，他们又没孩子。她的日子跟个寡妇差不多。但她又不寡，还挂着个书记老婆像个砣子一样的金招牌，暗下里被无数男人女人嫉妒羡慕。对于吴东，崔晓玲开始有点儿恨，恨过一阵子，自己就连恨的力气也没了。她也不知道自己该恨什么，或为什么恨了。这个是她丈夫的人，在她心里越来越没有丈夫的形象。有时，她会觉得丈夫这个概念都在变虚。但这个变虚的丈夫，仍是她丈夫。他们还是夫妻。只不过吴东是与她无关的夫，她是与吴东无关的妻。他们这夫妻，夫是夫，妻是妻，很少再是组合在一起的夫妻。夫在外，不仅身体在妻子之外，慢慢这心也在妻子之外了。他们是夫妻，不仅不会像两个字那样亲密挨近，还在日益遥远。崔晓玲有时想摸一下吴东，随便身体的哪个部位，但也只能回到记忆中，或是在想象中像回到过去一样，把手伸出去。但她总是摸到空，还有冷。

起初不上班，她还有点儿解放的感觉。她甚至想，这样自己就可以一门心思画画，去追求那个在小女孩时就无限虚渺的梦想。但没过多久，她就扔掉画笔，开始恨了。她有点儿怀念工作了。那时，她每天不停地打草稿、画底稿、看画样、改画样，然后又把确定的画样，一笔笔认真地画到瓷胎上。等炉门打开，瓷瓶带着釉光重又出现在她面前时，她会惊叹，这是那只泥坯吗？它既没变大，也没变小，只是退去那层灰姑娘似的羞怯，亭亭成一个美人了。而这美人是在她的手掌心上像神话一样诞生的。那是多么美好的时光啊。但崔晓玲知道，她已没有勇气回到单位。即便是回去了，她都怀疑自己是否还能安静地拿起画笔，认真面对那一个个还是瓷的雏形的泥坯吗？那样的日子，在崔晓玲心里，像是永远也不会回来了。

这时，年二来了。他搅动着崔晓玲的心。晚上，这颗不再安静的心，在梦里就像敲小鼓一样跳荡。这声音有时会把她震醒。她摸摸自己露在棉被外边有点儿凉的身体，在想年二。她可以在夜里想，想得肆意饥渴，手淫。但白天见到年二，她一点儿都不会露出来。她要藏一藏这想法，把它焐得再热点。再说了，她怎么着也是有个书记老婆招牌的金砣子。还有碍于那些说不清的缘由，她需要等。等，不管等什么，都是让人烦的事儿。但有时，又是一件有意思有情调的事。夜晚，麻将散场了，回到空荡荡的床上，崔晓玲心中会蓦然升起烧灼的欲望。那一刻，她恨不得当下就把年二剥着生吞了。她在想象中不止一次生吞过年二的形象。这样的饥渴，总把她带入无法遏制的疯狂自虐中。等过去那阵子，心静下来，她就想，这样熬着玩儿，也挺有乐趣。这样，她就更有时间充分想象年二，设计年二怎样来到她身上，以这种、那种或什么意想不到的方式。她想得有点儿非非乐。

崔晓玲学的是工艺美术设计，曾是陶瓷研究所的美术师。她先天有一种想象美好事物的能力。吴东在她生活的缺位，对她是一种无形的伤害。她不恨了，就开始讨厌，什么都讨厌。她最讨厌自己。但这种讨厌，又说不出任何理由来。就是觉得没意思，干什么都没意思。她也不知道什么有意思，有意思是什么。她感到自己活得浑浑噩噩，那种什么都活明白了的浑浑噩噩。这时，崔晓玲就和大梦初醒一样，既不恨什么，也不讨厌什么了。她没什么恨的，也没什么讨厌的了。崔晓玲都觉得这变化奇怪。遇到年二，崔晓玲就想，她要是和年二身体黏缠在一起，是不是会有意思呢？那个意思，又怎么着有？而有了，又会是怎样？这想法有点让她着迷。这时，崔晓玲觉得自己失明很久的生活，忽然亮起来,有了趣味。想的趣味。想的有意思的趣味。她想年二的趣味。她在心里骂自己:变贱的女人的趣味。骂过之后,她心里真正亮了。

牛姐把一切都看在眼中。她要帮这个忙。这天,麻将打得正热闹,忽然停电了。晓玲说点蜡,牛姐不让,说这正好摸黑闲扯,说淡话。趁着黑,年二就讲了个故事。他说班上一个伙计,去厕所时被蚊子叮了。夏天谁还少了被蚊子叮咬,但这伙计被蚊子叮得不是地方,弄到那宝贝要害处了。年二刚说出"宝贝要害处"这几个字,就听见黑暗里有人"扑哧"笑出声来。年二没理会,手里轻轻倒腾着两个麻将子,在那有节奏的碰响中,继续讲。那地方又疼又痒,肿胀得不行,不能走路。直起腰,那地方就打伞。他比死还难受地坚持了一天,再也无法坚持了。他去找领导请假。问明情况,这领导张嘴就来了一句:"你小子真有艳福啊!这厕所内就一只母蚊子,那么多人,就让你碰上了。"

年二刚讲完,黑暗中的仨女人就都笑翻了。又闲扯过一会儿,还没来电。牛姐就说:"花二,你帮着晓玲收拾一下。玉桐,咱姐儿俩同路,搭伴先走。我家门口那一片黑,玉桐正好陪着我。"玉桐也是聪明人,牛姐这样一招呼,立即起身响应。

她俩走了。年二顺理成章地留下来。门锁啪嗒一声响后,崔晓玲觉得这声音软中带硬地碰在心上。那么轻的一下,就把她碰碎了。她内心某个地方像火柴擦过磷面,燃起火花。她在满是月光的院子中,有点儿迷茫。一切就这样来了?她想。一双手臂轻轻从后面圈住她的腰身。再想什么时,都已来不及了。年二的手,在引动着她,转过身。她终于独自面对那个让她有所等待和幻想过的人了。她现在有点儿虚幻地在他的怀抱中。年二的手臂,轻轻在她腰部一提,崔晓玲就顺势踮脚,仰起来脸。年二软热温湿的嘴唇在等着融化她。

崔晓玲都不记得她和年二是如何喘息着挣扎着来到里屋卧室内的大

床上。在客厅的沙发上，他们已滚在一起。就在年二顶住她的一瞬间，崔晓玲奋力从沙发上挣起来，发出像母狼低吼一般的声音："到床上去！"

她滞重的声音很低，却有着某种不容违背的坚决。年二抱起她，向里屋走去。崔晓玲想过，她和年二的第一次坚决要在大床上开始，结束。就像她和吴东的第一次一样。她需要有一个仪式，来完成某种像是心愿的东西。崔晓玲在陶瓷研究所工作时，凡是经她手设计、绘出的工艺陶瓷，哪怕只是一个小件，她都很认真地上手。有时一件瓷坯她要斟酌再三，才画下起始的一笔。崔晓玲在意这第一笔。她认为，这是必须的仪式。生活有时就是一种工艺。性也是。等年二刺穿她内心虚幻的等待，上了身，崔晓玲就觉出年二在这种事上是个懂女人、会心疼女人的男人。没几下，年二就找到进出她身体的一个秘密频率。他们有了谐振。她觉得整个人哗啦一声，带着响声散碎，散碎在一种虚渺的水波里。而年二又空飘飘地把她重新捏合起来。她的身子在年二身下，像一块转轮上的瓷泥，在轻微的晕眩中被塑造。而崔晓玲是那么愿意有人这样用心塑造她。还是个情窦初开的女孩子时，她懵懂想过的东西，这会儿来了。她隐在心中，埋藏多年的浪漫感也被唤醒。她克服掉羞耻心想：年二和她的身体纠缠在一起很艺术。

起初，她想过会和吴东很艺术。但吴东给她的感觉是，他们在一起，很政治。她也调侃过吴东。吴东就顺着她说："这是典型的上下级关系嘛。"

吴东的这句轻玩笑，让崔晓玲感到很受伤。她推下来吴东，压在他的身上："这叫什么？"

吴东稍一愣，冷冷地说："你这叫反动！"

崔晓玲有点儿撒娇地说："我就反动了，你能怎样？"

吴东一翻身，重把崔晓玲压在身下："你反动了，我就镇压。"

崔晓玲不再动了，也不再说话。后来他们之间这种带有政治感的"上下级"关系也越来越少，崔晓玲也没想过再"反动"。再后来，吴东和崔晓玲之间，只剩下一种现实的政治依存关系了。吴东走仕途，家不能有变，要保住家，必须有崔晓玲。而她只要服从吴东的必须，一切就相安无事。

年二不一样。年二是闲人，失足青年。他在被社会挽救。起初，年二很反感这种挽救。但后来他就麻木了。遇到有人挽救他，他就一脸让人喜欢的笑。他不上班了，那些想挽救他的人，就渐渐淡忘。只在偶尔想起时，像问空气一样问一句别人："年二现在干吗呢？"

六

麻将桌边的人平等。在麻将桌上，没人想挽救他。麻将桌上只有两个字：输赢。谁输了，谁就往外掏钱；谁赢了，谁就往兜里装钱。在麻将桌上，年二和别人不一样的是，无论输赢，他脸上都浮着让人顺眼的笑意。那是一种别人学不来，只在年二脸上开花的笑。同样内容的笑，在年二脸上出现，会没事，还可能招人喜欢。但换个人，这笑就有可能遭人骂。年二毕竟是年二，他和别人不一样。他叫"面花"，怎么能不笑。一种东西有了花的属性，即便是败落，仍有花的魂灵。

崔晓玲喜欢这笑。没事就琢磨这个脸上有像花开一样的笑的男人。他的前世该不会就是一朵花吧。一朵雄花。崔晓玲越想越觉得年二这人有意思，想得自己心里空，就恨不得把他装进来。她就真把年二装进来了。这个被她装进身体里的年二，就是她作为女人等来的飘过她身体上的云朵。她幻想过的，一直在她等待的天空飘着的云朵。也就在那奇妙的一个瞬间，崔晓玲有点儿死心塌地地喜欢上了年二。和年二肉体的融合让她产生第六感官之外的想象。她有了第七感。女人的感觉很奇怪，

171

往往就一个瞬间，一切便莫名其妙地被决定。

崔晓玲在年二睡着时，仔细看过那张脸。别看是睡了，年二脸上依旧挂着像是刚刚满足过点儿什么的淡淡韵致。那是不被摧毁的东西。崔晓玲忍不住想去抚摸那张脸。但她的手到半路又停下来。还是让他睡吧。没准这只手会伸到他的梦里，还会被他在梦里伸出的一只手捉住呢。年二在她身上时，她闭着眼。女人做这事，大多都不愿睁眼。睁着眼看什么呢？看一个男人在她身上摇晃，像一棵树晃动另一棵树。再说了，她睁着眼，在晃动中看另一个晃动着的人。一想这事，就发窘，脸颊烧灼。但她睁开过眼，只仓促地一瞥，就又闭上。她不能这样看。晃动不仅让她眩晕，还有一种就要出界的危险。她原想，自己能盯住年二，看一会儿，或是一直看到他做完。但她没有勇气。也不是没有勇气，是年二看她的眼神挡回了她。他在一直盯着她看，像在等她睁眼。那眼神一碰，崔晓玲心里就没有着落。她不敢硬硬地接住那眼神。她的身体能装下年二那个硬硬的货，但她的眼睛接不住它的主人的目光。但她偶尔还是忍不住，会睁开眼，看一下，像光闪过似的那么一下。相互看见后，再闭上眼。这相望的瞬间，让她有一种奇妙的心魂荡漾感。剩下的时间，她就闭着眼，想象年二在她身上的样子。想着想着，这想象就生出翅膀，带着她飞了。

崔晓玲还是研究所里的一枝花时，什么也不缺。他成为吴东的女人，开始也是什么也不缺。但后来不知为什么，她就觉得自己的生活一天比一天缺点什么。那种她需要的缺少。吴东给不来，也不会给的缺少。这让崔晓玲隐隐感到些许恐惧，日久天长，就觉着无聊。她觉得自己的生活被不知不觉腐蚀掉点什么。那是点什么呢？她又想不清楚。她褊狭地认为，人要想清楚一件事，很难。特别是这种总觉得少点什么、缺点什么、又不知道是缺少什么的生活。她到底缺少什么呢？想起来就如坠云里雾里。

年二是个什么也没有的人。他从进入劳教所第一天，不对，还要早，应该是被抓的那一刻，就认为自己什么也没有了。一无所有。他不是天生就没有。原来有的，但一只看不见的手，伸过来后，他就什么也没了。他被拿空了。年二害怕这只手。这只手在不停地伸向一个又一个自认为有的人。它拿空他们。让他们没有。年二还是觉得什么也没有好。自己什么也没有了，这只手就不再会伸过来。哪有一只手闲着没事，抓空玩儿啊。所以他像躲什么似的，班也不上。只要他和那个群体沾边，他就有。年二怕有。只要有，他就躲不开这只手。年二的没有，在崔晓玲这里就是有，正适合崔晓玲的缺。他们在一起，就是有缺互补。

年二补了崔晓玲心里的缺，她才明白，自己是缺年二这一点。只一点，别的没有。年二除去这点还有什么呢？崔晓玲想过，没想明白。不过有时人缺一点，就像是缺少全部。这一点会无限放大甚至膨胀，它能把什么都淹没，甚至摧毁。崔晓玲只想要这一点。而且这一点，最好永远停在只是一点上。不是其他。但像是没人敢给她保证。她自己都无法保证。她的心，不也在慢慢向着某个方向秘密倾斜吗？她似乎有点紧张，也有点怕。这似乎也是想不清楚的事。

想不清楚的事，就不想它。崔晓玲这样告诉自己。起码眼下，她喜欢，只要自己喜欢就好。她的喜欢是真的，但也只是喜欢。崔晓玲的几年艺专没白上，她知道喜欢是个什么东西。那是人需要，但又最不可靠、还能迷惑人的井。她现在就在这井台边转悠。她要留神。井水里的影子好看骗人，水桶一晃，就碎掉，水面下还是什么也没有。她要站稳在边沿上。人不能滑下去。年二的笑，像年二身体上的那个东西，能装满她的需要。再多，崔晓玲似乎也不想要。但要也是一种欲望，是欲望就会膨胀。她时常感到一种莫名的挤压。那种从自己身体内部向外传递的挤压。

年二清醒。他是真清醒。他心里清楚，这个被他甜着喊崔姐，大他三岁的女人，在犹豫着喜欢他。她在那事上，满是饥渴地需要他。但她又有点儿怕。怕什么，怕那事是个火药桶，会爆炸。那事怪异，诡谲。有时会让人迷障。像是一个谜底明摆着，但谁也不去猜，也不敢猜出的谜。猜出来不仅没人说你聪明，反而会让人觉得你傻。傻透了。这是生活的黑洞。都能看见，但谁也看不清。年二就认真地假戏真做一样迎合着崔晓玲的喜欢。

崔晓玲偶尔感慨着说："一辈子就这样好了！"

"我们一辈子这样过。"崔晓玲这话一说，年二就紧随着她一句。

崔晓玲就会呻吟着喊一声："花二！"

这一声软软的喊唤，让年二在无数个夜晚干瞪俩眼看着昏呼呼的墙面时想入非非。他像是在那样的瞬间也被感动过，会把"玲儿"俩字喊得让身子下的那个女人落泪。他们在一起的真情假面，就是个谜。谜面无解。

知晓到这层，年二做起事来，就从不越过规矩一步，该到哪里，就到哪里。这也让崔晓玲有安全感，便无所顾忌地跟他浪在一起。崔晓玲懂，年二不会是她一个人的。她也不能把年二弄成属于她的。那样不仅麻烦、危险，也很无聊。崔晓玲怕寂寞，怕无聊，但也不愿惹事。黄玉桐插进来一腿，或是年二在黄玉桐那里插一腿，正好。这样，年二就谁的也不是了。他只是年二。女人需要他时的年二。偶尔她会想，年二该是她一个人的。只是她一个人的。但这想法像闪电一样短暂。闪过之后，就熄灭了。她不能那样。所以，当她问年二，黄玉桐骚不骚？年二就回答说，她像黄玉桐一样骚。年二这样说，她既不意外，也不吃醋。一点儿都不吃醋。她私下里还稍稍有点儿得意。这才是年二。

她和黄玉桐一样骚。年二的话，让她不断有进入某种想象的乐趣。这多有意思啊。她的好姐妹，在一个男人身上，和她一样骚。这多有趣。人活着不就是为了有意思吗？这意思有了，才好。而这个意思又是那样深奥玄妙，引人猜想。吴东不是说她不骚吗？有女人给他吴东骚，她就骚给年二，像黄玉桐那样骚。在崔晓玲心里，"骚"这个字，也忽然生动了，像她以前画画时，偶尔画出意外喜欢的一笔。但她也不无阴暗地想：她崔晓玲变骚了。是个骚货。不要脸的骚货。

想到这里，崔晓玲有点儿黯然。她这个骚货，吴东视而不见。她和吴东的冷战有年头了，彼此几乎和陌生人差不多。但他们的彼此冷漠又有一种超级默契。他们成双结对出入一些公共或私人场合，给人一种"天仙配"的和谐假象；但一回到那个家，就形同路人。有时吴东冲动了，也偶尔"镇压"一回崔晓玲。崔晓玲的反应，让吴东一点儿"革命成功感"也没有。即便是这样，他还是在行事后感到那种隐约出现的高高在上的政治仪式感。他吴东习惯了这套。那些主动委身于他的女人，都喜欢和他搞政治，并表现出一种对上服从的庄严感。他和崔晓玲按说是没有这种障碍的，但就莫名其妙地有了。吴东也不知道是什么时候，他曾经疯狂一般追求崔晓玲的热情，就变成了冷漠。他们已经不应该生活在一起了。但却必须生活在一起。吴东搞政治，他懂，他的政治基础就是家。吴东很少回家，要是有任务、有事回家，必先打电话。他不难为崔晓玲。

就在崔晓玲和年二厮混上半年后，吴东升任冀南矿区区委副书记、区长。随即赴省委党校学习。三个月后，张继卫升任冀南矿区公安局副局长。

七

年二还是那样。一天又一天的日子，像日历牌一样翻着过。他不知不觉在把崔晓玲那里当成第二个家。其实他一个家也没有。八道街的房子，是他哥的；窑匠街的家，是崔晓玲的。他什么也没有，像个流浪狗。但他需要一个家的形式感，或者是家的虚无概念，来安慰自己。年二强迫自己认为，他是有家的人。年二心里清楚，他和崔晓玲，这真情假意的戏，不会长久。总有散场的那一天。但这会儿，还不会散。至于什么时候散，怎么散，他不想去想，也不愿去想。那是像死一样的东西，早晚会来。年二也动过念头，和崔晓玲过一辈子，会怎样？呸！你这个癞蛤蟆！你以为你是谁啊。他听见自己在骂自己。他脸红了，像是也在发热。但他偶尔也会被自己的想法感动，眼里悄悄滚下泪滴。还是这样过吧。了无牵挂，多好。

年二的日子被崔晓玲占住。有一段时间，谢庄煤矿工人村的麻将场上，已经找不到年二的影子。崔晓玲有点儿依赖上年二。她不再足够地警惕自己，想松开防线。但她害怕。不仅害怕，还感到恐怖。不可以。绝对不可以。这是另外一个崔晓玲在站出来说话。每逢这时，她就无声地支开年二几天。她躲到同在窑匠街的母亲家，让自己安静安静。

黄玉桐从不和崔晓玲争年二。她可怜晓玲。她只是听晓玲幽幽地神秘地说年二很懂女人，就纳闷、好奇。想知道年二怎样懂女人。张继卫不懂女人。那个武装棒子，粗糙得很。但她有一个儿子。这让她心里很踏实。她也不知道崔晓玲和吴东这些年为啥不要孩子。她暗下里猜，准是一个有毛病。不会是晓玲有毛病，若是那样，晓玲会告诉她。毕竟她们是好姐妹。是吴东吗？她悄悄问过张继卫，张继卫严厉地斥责她："老娘们见识，瞎打听。这事，不准胡说。"但看着晓玲和年二缠磨在一起，她又怕晓玲陷深了，出事。她就似是而非地提点晓玲，悠着点。晓玲就半开玩笑半认真地对她说，年二在女人身上很有一套。崔晓玲说这话，有点怂恿她去试试的味道。黄玉桐像被点到穴道一样，"唰"的就明白崔晓玲是什么意思了。晓玲要她给她解围，用一种奇怪的方式。

黄玉桐也想见识见识年二怎样懂女人，他如何让晓玲痴迷。黄玉桐的橄榄枝还在手里摇晃着，年二就猜出来她的想法。年二这时就觉得崔晓玲不是一般的女人。黄玉桐在招手，年二就像来到坡道上的驴车，顺势下来了。等年二像碾压道路一样经过了黄玉桐，黄玉桐才真切明白晓玲的苦心。这个年二，真是个让女人感觉不一样的男人。黄玉桐在陶瓷厂上班，管库。后来，张继卫当上派出所所长，她也不再上班，在家带孩子，闲过时光。说是带孩子，其实孩子大点之后，也不用她带，婆婆公公争着揽这活，黄玉桐就落个清闲。人闲了，就要找点不闲，来充填每天经过的时光。她和崔晓玲渐渐有了一个圈子。慢慢地这个圈子又有了年二。现在，年二上过了她的床。几次之后，黄玉桐就拿年二和张继卫比。在那事上，张继卫是下过雨后暴涨的河水，浑浊激荡，能把什么都裹走。年二像是渠水，清澈着不疾不徐地流淌，让人在涣漫中产生迷离的荡漾。年二懂得珍惜女人。张继卫不会。瓷厂里各种瓷都有，黄玉桐管库，精瓷、细瓷、粗瓷进进出出经手无数。黄玉桐在年二身体下，感到自己作为女人，像瓷厂的精瓷。她在张继卫手里，就是窑匠街的一把泥。这落差还真有点儿触痛黄玉桐。但她也明白，这只是游戏。

有时，崔晓玲明明知道年二去过黄玉桐那里，就装糊涂问年二去哪里了。年二也不避讳，诡笑一下，对她说，去黄姐那儿了。崔晓玲没有由头喜欢年二的这种诚实。崔晓玲就调侃着年二："你这小平和，听两头，来得美啊！"

她这样说，年二脸上就坦荡荡地挂起一层厚颜无耻又诚恳的笑。年二是有点儿厚颜无耻。他曾经私下拿崔晓玲和黄玉桐做过比较。两个女人的肉体在他身体下的比较。崔晓玲丰腴妩媚，有像游泳运动员一样肌肉匀称的修长身材，皮肤细腻、丝滑，一挨上，她酥软的肉体常带给年二一种恍惚感，仿佛他是在一种时空转换的迷离中不停地下陷，那里没有尽头，直到有个像光一般的呼唤到来，完全融没他。黄玉桐骨感，臀部翘起来，腰线一段，有媚死人的诱惑。他趴上去后，她的小腹自然收束起一个凹，像是软体动物的吸盘，给它承重的事物一个柔软吸附，又像是一个支点，无论他怎样晃动，都不会有掉下去的危险和尴尬。

崔晓玲的话，刺激了年二。他的身体热胀起来，脸上的笑愈发活泼。

崔晓玲用手抹一把年二的脸，想把那笑抹掉。但她的手刚离开，那笑像水纹一样又回到年二脸上。崔晓玲看见这水纹，也在年二的眼里生动，正一波一波荡漾。它渐渐漫过来，就要淹没她。她抵挡不住了，便分开双腿，让这流水通过。等年二在她身上像睡去一样不再有动静，崔晓玲抱住年二的头说："改天把玉桐叫来，咱们一块儿，好不。"

这话把年二吓一跳。他"噌"地支起身子，眯着眼看崔晓玲。

年二脸上的笑没了。崔晓玲觉得脸上没笑的年二，有点傻。空洞洞的傻。但仅过去瞬间，年二脸上凝住一层像霜一样的东西。这样的脸，崔晓玲从没见过。她伸手去摸，手还没挨到，年二脸上的笑又回来了。像是他刚刚打过个盹，这会儿醒了。

她这伸到半截的手，就顺势落在年二的肋下，捏了一把。

"一块儿！"她又轻声重复一遍。

崔晓玲的话音很轻，轻得像没说。但那话语却像砸在砧子上的铁锤，实实在在砸在年二心上。而那口气，又不像是闹着玩的。

说这话时，崔晓玲眼里有一种邪亮邪亮的光。

这光烧得年二害怕。但他还在笑。

八

年二的兄弟年大平在井下出事了。当有人找到牛姐，牛姐急忙忙把电话打到崔晓玲家。电话响过一万遍后，听筒那头才传来崔晓玲有些羞恼的声音。牛姐的一句话就把崔晓玲吓炸了，"年二的弟弟死了！"崔晓玲光着身子忍住两腿发软的紧张从客厅摸回到卧室，晃醒还在睡梦中的年二，把这消息告诉了他。年二足足在床上傻了有一个世纪，才像是从漫长的记忆中回到现实。

　　年家三兄弟在八道街是常挂在人们嘴上的话题。这兄弟三人，差分太大。有人就不怀好意地说，这兄弟仁，不是一个模子造出来的。说这话的人不道德，年家三兄弟千真万确是一个模子里的，且还都是年福祥的种。但劳模的种，造出来的不一定就是劳模。其实小时候，也没人议论年家三兄弟。那时候家家孩子多，吃喝都发愁，也没人关心他家这三个小子。谢庄煤矿工人村满大街跑的都是半大孩子，他们像没人管的庄稼一样疯长。等他们长大后，就像树一样显出区别，有的长得直，有的长得歪，有的斜楞。人们也开始在茶余饭后议论这些带着愣头青的急切和膨胀的欲望想加入大人行列的莽撞小子们。大人们喜欢小孩是真的，但对这些半大小子，就说不出喜欢，像是还在内心排斥他们，甚至暗暗憎恨由于他们的成长在加速着自己的衰老。年家三兄弟也无一例外地加入到这被评价和憎恨的行列中。由于这三兄弟差分大，就被格外关注。在谢庄煤矿工人村，关于这三兄弟的话题，像街里随处可见的坡道一样，从不同方向向着他们倾斜。

　　也难怪人们议论年家三兄弟。谁让他爹年福祥是全国劳模，是见过大世面、见过大人物并整天把见过大世面、见过大人物这事挂在嘴上，见谁都不尿的人。年二一出事，年福祥登时像霜打的茄子，蔫了。这事真丢人哪，比要了他的命还难受。他是全国劳模，家里却出了个反革命。年福祥一下子就衰老了。走路腰也挺不起来了，说话也像是泄掉底气。年二这个王八羔子，毁了他一生的荣誉。

　　有这样的老子，年家三兄弟自然就招议论。好在还有大勇这孩子，让年福祥有个安慰。不然，他寻死的心都有。这年大勇，跟个人精差不多。当兵，复原，当警察，现在是矿务局公安处办公室主任，科级干部,早早混出了人样子。老三年大平,虽没他大哥精明,但人老实忠厚,初中毕业,待业半年后下井,干电修工。这孩子工作踏实本分,肯出力气,也肯动脑筋,没几天工夫,就是一把干活的好手,毛病就是太毛糙。大平还有一个优点,就是父母说什么,从不顶嘴,使唤去干点什么,麻利着就去。年福祥有时闷了,就让大平陪着他喝两口,爷儿俩看着很投缘。年福祥在心里有点儿偏疼老三了。可就在这时,大平死了。年福祥就觉得自己这日子,"哐当"栽了个大跟头。这一个跟头就把他栽进医院去,差点儿没出来。

这年二跟大勇不一样,跟大平也不一样。他起名叫年大志,真是有点儿糟蹋这么响当当的一个名字。他爹都后悔,怎么当时脑子一热,就给他起了这么个名字呢?他不仅没大志,连人样也没有。在他爹年福祥眼里,老二不仅不是好人,连人都不是。

年二要是出在别人家也没事,怪就怪在他爹是全国劳模。他被劳教,自然就和别人不一样。谢庄煤矿工人村不是只抓出年二一个反革命,当年破获的是一个反革命集团。这个集团的成员,谁也没有像年二这样遭议论。他们反而被同情。年二也在被同情,只不过由于他爹的缘故,这同情被冲淡很多。年二和他那反革命同伙,在谢庄煤矿工人村人们的心中,只不过是形式上的坏人。他们坏到哪里去了?是啊!他们怎么坏了?这帮小子没坏到像臭狗屎的地步,人见人嫌恨。他们的坏,更像是有一点儿喜剧成分,有在舞台上演错角色的滑稽感。年二和他那一伙人,在谢庄煤矿工人村人们的眼里,就是一群不懂事、瞎胡闹的孩子。没人像恨真正的坏人那样恨他们。只是年二他爹年福祥表现得格外激烈而已。是他自己折腾出一些话头,让人们不断议论年家三兄弟。

其实,在谢庄煤矿工人村街头,年家三兄弟的话题,只是众多日常话题中极其平常的一个。在谢庄煤矿这个有着五十年开采矿龄的老矿,茶余饭后,有说不完的话题把工人村的街道、胡同装得满满的。而谢庄煤矿工人村的街道、胡同，像其他所有煤矿工人村一样，飘荡着厕所里一年四季不散的屎臭味、尿臊味，下水道的腥酸味，以及房前屋后的潮霉气味，还有夏日夜晚那些缠磨在一起的男人们、女人们身上散发出来的怪味。它们和年家三兄弟以及其他可以被拿来说道的东西混在一起，构成种种被痛恨、被怀恋、被记忆、被遗忘、被呼吸的生活味道。

年大平死了。他是在井下被电死的。原因很简单，他停电干活。别人不知道，就合上开关送电。结果正在干活的年大平，就被强大的电流击中，当场死亡。年二在医院太平间的水泥台上，最后看到弟弟大平。他有点儿不相信自己的眼睛。大平怎么会变小？紧紧抽缩成一团，像回到小时候那种害怕的样子。年二记得，小时候弟弟大平，总窝缩着身子，在昏暗的街灯下，像影子一样牵着他的衣襟跟在身后。不管是跟他们一起做游戏，还是要去一个黑暗的地方，弟弟大平永远都有一副充满新奇和恐惧的面孔。他经常因一件小事而紧张地发抖，这让年二从小就奇怪弟弟的行为，像是弟弟生来就怕什么。他在长大，弟弟大平也在长。他上高二时，弟弟大平上初三。他们都大了。弟弟不再牵着他的衣襟跟着跑了。他们都有自己的成长空间，彼此相忘着长大。他们虽然还在一个家中，但却彼此疏离，越来越远。而这种疏离发生得无声无息，像时光和流年静静地注入八道街的早晨和黄昏。忽然有一天，年二是个危险的反革命分子，他被捕。这把弟弟吓坏了。警察抓他那天，母亲吓呆了，弟弟躲在一脸茫然的父亲身后，用一双惊恐的眼睛，偷偷看他。然后，他突然像发疯一般冲向警察。年二被警察带出家门很远了，还听见弟弟在号叫："放了我哥！"

"放了我哥……"

现在弟弟再也不用害怕了。这个人世再也不能让他害怕。他去了那边。他解脱了。年二心里升起一种久违的温情。他坐在冰冷的水泥台上，一会儿摇摇头，一会儿又像是想起什么，目光紧盯着大平面容模糊的脸。没有人知道他想在那里看到什么，想给弟弟说些什么。大勇走过来，拉起被单遮住大平。那被单仅仅鼓起一个形状模糊的包，那是大平吗？年二第一次抱住哥哥哭了。弟弟死了。在艰难承认弟弟已死这个事实后，年二想不通，弟弟怎么会变小？难道他又感到害怕了？现在，他还有什么可怕的呢？他不用再怕了啊。弟弟是不是在遗憾，没能变得更小，变回母亲温暖的子宫内。

悲伤这种水，是不会在时间中停留很久的，它总要流走。即便它不流走，生活无聊的平静、庸常以及藏在这平静庸常中的隐形秩序也会把它带走。

年二很快就从失去弟弟的悲伤中摆脱出来。人生还在路上，谁也不能保证明天。但明天在，就在抬头看见的某个地方。

一天早晨，年二在街角商店的公共电话前，拿起听筒，拨通一个号码。一个小时后，年二就和崔晓玲赤身裸体滚在一张床上。那一天，他们什么东西也没吃，就在床上滚动、昏睡。等第二天上午，他们在晨光和鸟叫声中醒来之后，像是死过一回那样，心里充满对这一天一夜的艰难回忆。在偶尔的瞬间，年二想到过弟弟。他这会儿还害怕吗？

但很快，年二就把这忘了。

牛姐、崔晓玲、黄玉桐、年二又围在一起打麻将了。年二又回到之前的年二。他一点儿都没变。

没有人知道什么在变，或是什么变了。

九

牛姐给崔晓玲送来一台录放机。这台录放机就成了崔晓玲打麻将之外的乐趣。那个一按按钮，就会自动吞吐一个个小方盒子的黑洞，有着神秘的像是天堂一样的东西。它只要无声地转动起来，世界就不一样了。她痴迷它。犯罪片、功夫片、恐怖片、爱情片一股脑涌进崔晓玲的时间空间内，它们随意撕扯她、占有她。但还有一种片子，也来了。它叫毛片，也叫 A 片，或是黄片。这种片子更让崔晓玲感到兴奋、刺激、充满对生活的空幻感。她和年二一起看这种片子，慢慢地她就觉得年二和她跟片子中的人差不多了。他们做得很像。

有一天，崔晓玲看着电视上赤裸着的一男二女说："明天把玉桐叫来，咱仨一块看。"

年二心中像是被撞了一下。这一撞虽然很轻，但年二还是感觉心中像是又黑掉一些。他心里还有灯吗？即便是有，这灯光又能照亮点什么呢？年二在一种恍惚下坠的感觉中睡着了。他睡着后，心中所有的地方就全黑了。漆黑一片。

年二做梦了。

他不知道自己的梦是怎样开头的。梦也不会有一个开头。他对一个梦开始记忆的地方，就是一个梦开始的记忆。

年二清楚记得在梦中有个声音对他说：你不是年家老二。

年二！你爸妈也不是亲的。

接着那声音"嘿嘿"一笑说：你是石头缝里蹦出来的。

这话音刚落，他就看到一块有着腹部形状的巨石，它在开裂，缝隙越来越大。他不眨眼地盯紧那里看。果然就像那个声音所说的一样，从那个缝隙中，滑出来一个孩子。年二像看变戏法一样，看见一切。那个孩子脚一着地，就像葫芦娃一样长大一点儿。再往前挪一步，就又长大点儿。他又一蹦，就来到年二跟前。还没来得及躲避，他一下就撞到年二身上不见了。

那个声音说：我没说错吧。你看，他就是你啊。

真神奇呀！年二还没顾上多想，就在梦中来到一个四处都是铁栏杆像笼子的地方。不是劳教所，但劳教所的一个管教在，那个姓吴的管教。他人又黑又瘦，三角眼总是眯着，用不像看人的目光盯着大伙看。

这会儿，他正在笼子外，一圈一圈围着笼子转。你在笼子内，被要求跟着他的目光转。这样，他在外边转，你在里边转。你转得眼晕，想吐，但又不敢停下来。你感到天旋地转，身体像要升空一样的虚飘。结果你就升起来了。笼子还在地下，那个三角眼的吴管教还在。他看着你这样飘出去有点发呆。而这样的结果却令你满意，你再看吴管教，就像崔晓玲说她看你一样，他也很傻。

你飘着飘着，就碰见一团云气，白色的，柔软的，有着纱一样的质感，像崔晓玲床上的蚊帐。

它就是崔晓玲床上的蚊帐。在这层纱的后边，晃动着赤裸的崔晓玲和黄玉桐。她们的身体是绿的，像被风轻轻吹动的绿高粱，那样晃。你听见一种淫荡、闪着荧光的音乐响彻耳边。它和那纱一样的东西，一起摆动。你看见崔晓玲的头安在黄玉桐身上，不对，是黄玉桐的头安在崔晓玲身上。这也不对。是你的头，安在她们两人的身上。不对。不对。都错了。是你们仨的头，在各自身上不停地换来换去。你们像蛇一样缠在一起，又像狗一样滚在一起、舔咬在一起。

忽然，梦中断了，像是那台录放机在播放过程中遇到一段空白带。你的梦里闪满像电视屏幕上的黑白点。那是像星际爆炸一样的东西。一切都是碎的。这样的停留仅仅持续几秒钟，你的梦，又在电视屏幕上回来了。这时，你不在那里面了。崔晓玲也不在了。黄玉桐也不在了。但那里面有三个人。他们光着身子滚在一起。音乐还在。在像雨点敲打凉棚一样的节奏中，你和崔晓玲、黄玉桐光着身子，在电视屏幕之外滚在一起。不知是你们表演给电视机屏幕上的人看，还是电视屏幕上的人在表演给你们看。而你还有一种恍惚的感觉，一会儿，像是你们在电视上；又一会儿，像是他们在电视上。后来你就不知道是他们在电视机里面，还是你们在电视机里面。要不就是，你们都在里面。后来在一段像是彻底黑屏的空白中，一切都消失了。

只留下你在这黑暗中。

而那黑暗的中心却有一个明亮的让人恐怖的洞。没错，就是一个洞。你记得非常清楚。它把梦都照亮了。一个洞，很湿很滑很深的洞。它有电视屏幕那么大。可以清晰地看见那个洞壁上的血管，像是还能听见那里搏动着像心脏跳动一样的声音。年二感觉自己就像一只趴在碗沿上的苍蝇，趴在电视机的边沿上。他在看。手脚不是手脚，像是爪子紧紧抓住那个黑色边沿，带着内心像面临深渊一般的恐惧，探头向里看。忽然，手一松，他人就沿着电视机的边沿像从峭壁滑下一样往电视机里掉。面对那深不见底的黑暗，你发出绝望的吼叫。

你还在挣扎中吼叫着。并想在这持续让灵魂战栗的吼叫中抓住点什么。你什么也抓不住。也无法阻止你继续往下掉。你完蛋了。一个梦在粉碎着你。

他醒来了。身边没有崔晓玲，没有黄玉桐。没有女人。

那个噩梦还没走远，就在年二看到亮光的玻璃顶窗一侧。那里有一道缝隙，月光薄薄地从那里漏进来，梦的影子就在那里摇晃。那个像深渊一样带给年二恐惧的洞，就在那缝隙的中心。它还在摇晃。

十

崔晓玲怀孕了。起初，这让崔晓玲充满惊恐。但很快她就镇静下来。这个孩子带给她勇气。

崔晓玲一直想要一个孩子。她甚至有生一大群孩子的愿望。她在陶瓷研究所工作时，不止一次在瓷瓶上描绘过《百子图》。她有时会短暂产生幻想，瓷瓶上她刚画好的一个孩子，轻灵地从瓶胎上跳下来。这个孩子，先是跳到她的掌心上，然后又跳到桌面上，最后跳到她的脚边。

崔晓玲伸出手，就拉着这个孩子回家了。那条回家的路，都是孩子长大的脚步声，一声追着另一声记忆。

但崔晓玲没有孩子。黄玉桐的儿子两岁了，她和吴东还没有动静。他们都在怀疑对方。他们都坚持自己没事。也就在那时，崔晓玲和吴东的冷战开始了。

吴东对她没了热情。她对吴东也丧失希望。她耳边不断传来吴东在外边有女人的风言风语。崔晓玲对此无动于衷。她早已麻木这些。从她想要孩子这个愿望再也无法得到满足的那一天起，她对吴东和与吴东在一起的生活就麻木了。男人的虚伪和丑陋竟如此强大。她想过离婚。但这被吴东残酷地否决了。他告诉她，就是都死，也不能离婚。吴东保证给她一切生活的物质保障和人身自由，但唯一就是不能离婚。这是奇怪的强盗一样的逻辑。但崔晓玲接受了。

也就从那时开始，崔晓玲彻底蜕变了。她要改变自己。她原来不知道自己是什么样子，更不知道自己会改变成什么样子。但她要改变。

崔晓玲真的变了。她不再想有什么样子。样子已经不重要，重要的是她要让自己变。她不再去上班了。她学会了打麻将、抽烟、喝酒。她再也没拿起过一次画笔，来描摹从少年开始就在她心头藏起的梦想。梦想像一件绘有精美图案的瓷瓶一样，从高高的一个地方落下来。它还没有落地。但它在下落，它终有一天会落地。等着它的是落地的脆响和脆响过后的一地碎片。

崔晓玲知道，那是命运。她的命运。

崔晓玲在等待想象中的那一声落地的脆响。也想象着四处飞溅的碎片。就在这个过程中，她等来了年二。那个脸上永远有着开花一般温暖笑意的男人。

现在，崔晓玲怀上了他的孩子。这个孩子一定是她早年绘过的有《百子图》图案的一只瓷瓶上的一个。而他或是她又是哪一只瓷瓶上的一个孩子呢？她手绘过不下几十只有《百子图》图案的瓷瓶。但崔晓玲相信，这孩子就是其中的一个，正在从瓷瓶往下跳落的过程中。这个孩子会跳到她的掌心上，再跳到她的脚边，牵住她的手，等她领回家。

她没有告诉年二。她有过想把这消息告诉年二的冲动。他是孩子的父亲。但崔晓玲忍住了。

吴东的专车在一个深夜，驶回他在窑匠街的家。

崔晓玲把怀孕的事告诉了吴东。吴东一点儿激烈的反应也没有，只是说他想要这个孩子。他也希望崔晓玲留住这个孩子。现在冀南市委正在考察他，过完春节，他有可能升任冀南矿区区委书记。崔晓玲说她要离开窑匠街，跟他到矿区去住。吴东答应了。吴东没问这个孩子是谁的。

崔晓玲记得吴东出门前说："我们有孩子了，这比什么都重要。"

十一

年二母亲病了。她患有支气管炎，天一冷，就难受。她住进谢庄煤矿医院。年二要伺候母亲，就告诉崔晓玲说，这阵子他不能陪她们玩了。那个晚上，崔晓玲和他没看 A 片，他们看了一部充满温情的电影。一部外国电影。年二没有记住电影的名字。十天后，年二母亲出院了。

这天上午，年二像往常一样来到临街的商店打电话。他拨通电话，听筒内传出一阵忙音。他有点儿疑惑。这时，一辆公共汽车驶了过来。年二摆摆手，车停下，年二跳上去。在窑田镇，年二下车，他走进窑匠街，来到崔晓玲家门前。他看到了大门上的锁。门前的荒寂像是这里很久没人住过。年二找到牛姐。牛姐告诉他，就在年二母亲住院期间，晓玲搬家了。吴东要晓玲搬到矿区去住。晓玲让她转告年二，等她在矿区的家安顿好，牛姐就可带着他去找她。没过多久，黄玉桐的家也搬到矿区。

　　崔晓玲和黄玉桐搬走后，年二觉得窑匠街在他心里空了。原来在他眼里窄巴狭促的街道，像是没边没沿一样空阔。

　　他记起那天他最后一次走在窑匠街上的情景。他有点儿无聊也有点儿寂寥地走在小街深处。不时有一股风迎面旋来，又在他转过街角时消失。那风里，有着冬天让人无法躲避的寒意。一小群麻雀，在一道锅盔墙上懒散地停留。他走近了。那院墙有一个残损的豁口，从这个豁口，年二看见一个破败无人居住的院落。他再抬头时，墙沿上的麻雀一只也没了。像它们根本没在那里停留过。年二忽然觉得脸上有点儿湿凉。他停住脚步。他想停住脚步时，就停住了。而童年时，他总是无法停下自己的脚步。他觉得那时，他总被什么催着向前走。天空在飘下这个冬天的第一场雪。雪花很细很碎，有点儿像是雨丝的感觉。年二沿着空无一人的街路继续行走，有一点儿走在梦幻中的虚无温暖感。他不时仰起脸，带着脸上那捉摸不定的笑意，看一个高处，像在寻找什么。雪密集起来，雪片也在一点点膨大，像是天上飞满鸟儿轻盈洁白的羽毛。年二内心莫名高兴起来。下雪了。

　　下雪了，人就会莫名高兴。忽然从远处街口传来一阵童谣声："窑匠街，五里长，到处都是锅盔墙。锅盔墙，锅盔房，锅盔房里藏娘娘！"这声音的诱惑让人无法抵挡。年二兴冲冲地循着这声音的方向走去。但奇怪的是，这声音一直在他能够听到的一个远处，精灵一般带着回旋不散的音韵响起，但他就是走不到那里。他也看不到那些唱着童谣的女孩子们。

　　年二想，他一定是遇见了仙灵。

　　年二在等牛姐的信儿。他已经很久没去窑匠街了。偶尔去矿区，走在人流如梭的街上，年二会想，崔晓玲会在这人群渐渐汇集又逐渐消失的哪个地方呢？他肯定她在。没准，在下一个路口，他们会碰巧走个对面。然后，相互看见。崔晓玲笑了。她看见年二的脸后，那笑带着年二的影子翻印到她的脸上。崔晓玲领着他，走进一个街区，来到一扇陌生的门前。她打开了门。年二看见那扇门中的一切，全是新的。所有暂时远离的生活，又重新开始了。

年二是个懂规矩的人，他知道规矩的重要。牛姐的信儿一天不来，他绝不会主动去问，去打听什么。他有耐心等，也等得耐心。就是牛姐忘了他，忘记他在等，年二也不会多想什么。他知道牛姐会想起来，一定的。

年二在等她回信儿。

这天，牛姐的丈夫田福光被召到已是冀南矿区委政法委书记、公安局局长张继卫的办公室。张继卫找他谈国有瓷厂部分职工上访、围堵区政府大门的事情。张继卫很严肃，这让田福光有点儿意外。但他很快就摆正位置，进入角色。田福光此时已经兼并窑田镇四个最有实力的原国有瓷厂。他的福光集团，已是冀南地区最大的瓷业基地。而重振冀南瓷业是吴东升任区委书记后抓的重点工程。张继卫说："田老板，吴书记对你寄予重望。"

田福光赶忙点头称是。

张继卫接着说："吴书记强调指出，在稳定这件事上，一点儿不能出乱。"

他们谈了很久，田福光临出门时，张继卫叮嘱他说："这事，你懂得该怎么去做。"

田福光夹着黑色公文包，表情有点儿凝重地走出张继卫的办公室。

十二

这年夏天还没来，天就有些早热。年二虽然不再去窑匠街，但他的日子表面上仍安稳平静。他现在每天白天睡醒，就窝在家里看书，没有天塌下来的事儿，从不出门。谢庄煤矿工人村工会图书馆的书，都快让他借遍。图书馆即将退休的王姨，见人就夸年二。她不停地夸年二，每次去借书，年二喊王姨就喊得更甜，也笑得更暖。街上的大爷大娘、大叔大婶，因有一段时间没见到年二恭敬地从他们面前经过，脸上开着花等他们骂，还有点儿想这小子。他们嘀咕着，年二这狗日的，整天不出门，没准哪天出来，就会像鸡变成了凤凰。

年二白天闷在家里不出门，一到晚上，他就恢复了他是年二的面目。他既有麻将场可以消磨时间养活自己，也有女人在家等着他消受。他的日子排满得很丰富。年二身边仍有数不清的煤窑老板、焦窑老板、洗煤厂老板、车老板等这样的朋友。他也仍然小心地赢着他们的钱。他那一脸超然淡散的笑意，一如既往地漂浮在一间间烟雾笼罩、空气污浊的屋子里。年二坐在某个不断换来换去的位置上，身边是那些"麻友"，他很少说话，总是那么平静地码牌、抓牌、和牌。他的"麻友"可做不到他这样。他们发怒、骂人、摔牌，一脸苦相地出钱，大声咳嗽，喉咙呼噜响过一阵，把一口浓痰吐到地上，然后，再用脚腻掉。自摸了，有的家伙会跳起来，把一张经过无数双手摸过的麻将牌放在嘴边一遍又一遍地亲吻。点炮了，恨不得把自己脑袋揪下来当球扔了。

年二从不这样，他把一切都看得风轻云淡。牌局散了，不论输赢，他都一脸洒脱地离去。没有约定或是不想去找女人，他就回家。夜晚工人村的街道是阒寂的。风窜进街道里，又在一条条胡同中散去。他在寂静中，穿过一个街口，拐进一条胡同，又从另一条街路上出现。那些曾亮着灯光的窗户，现在一扇扇熄灭了。人们都沉在自己或深或浅的睡梦中。只有他和他在淡淡月辉与星光中的影子，像风一样在街道和胡同中晃荡。他在向着家的方向移动。他相信自己不会迷路。黑暗中，在那些什么也看不见的地方，生活像毒疮一样糜烂着。

年二没想那么多，他专心地走在回家的路上。家已经不远了。再拐过一个街口，前边就是。这会儿他停在一扇门前。年二到家了。他拿出钥匙，打开门锁。轻轻推开那扇门，又转身关上，插上门销。经过一个窄院，他又进入一道门。摸到灯绳，他用力一拉。屋里亮了。这亮光围拢的狭小空间，就是家。年二一个人的家。墙角放着一张大床，简单的被褥整齐地码在床角。被褥上，反扣着一本打开的书。床边有一张小桌，靠墙部位放着一摞有点儿陈旧的杂志，杂志上有本袖珍《新华字典》；小桌外侧，摆着酒瓶，一只玻璃杯。他拧开瓶盖，倒上一杯酒，仰脖，一口喝下去。再倒上一杯，又一口喝净。他转过身，走回到门后的洗脸盆架前，把脸泡在冷水里。过了几秒钟，他抬起头，用毛巾把脸擦净。他看见了镜子内的自己。

年二笑了。他在对着自己笑，这笑，像个仪式。

然后他回到床边，坐下，掏出衣兜内的钱，一张一张地数。钱数清了，这时他也有了睡意。拉灭灯。他脱光自己，或是和衣上床。不一会儿，他就像死一样睡去了。有时回到家，他也忍住自己，不去碰酒瓶，看像欲望一样空着的酒杯。或是，他什么也不看，进了屋，就倒身床上。倒在床上，让年二有一种人已经睡下的安全感。但他没有睡，他睡不着。他就在黑暗的包围中，睁着眼看。黑暗是神秘的，即便是他睁开内心的眼，也看不清、琢磨不透它。既然看不清，年二就不看了。他就又开始想，想自己那不知道在哪里的未来。他的未来永远那么真实、虚渺，又在真实、虚渺中吸引他看穿一切。慢慢地，他也就习惯这样真实、虚渺地想。年二偶尔也会失眠。那时，他就想得很累，很虚脱。像是他在离开自己，离开得很远，远得再也回不到自己那里。

年二很少想结婚的事。结婚是年二心里的矛盾，也可说让年二恐惧。居委会主任刘婶，那个热心肠的胖女人，经常来关心他。年二是她的帮教对象，她要挽救他。刘婶不仅动员他去上班，还积极撺掇着给年二介绍对象。她相信年二只要成了家，就会变个样子。家有力量改变一个人。年二碍于情面，还真去见过几次面，也有女人表示愿意和他来往。她们不计前嫌。但年二前嫌难释。刘婶说了，他就笑着满口答应，但只去见面，从不交往。

他没有勇气和一个女人走到婚姻的门前。他能上崔晓玲和黄玉桐的床，和别的女人逢场作戏，并不代表他有勇气把一个女人领进家。他要和一个女人经过那扇门，走进家，这在年二看来是一件困难的事。事实上，在年二住的那间屋子里，不能说没去过女人，但年二从未和女人在那里上过床。干那事，都是在屋子一角的沙发上解决。他总是想，这张床会等到一个女人，他的女人。他们会在这张床上。他和他的女人，赤身裸体、全心全意在这张床上。他们会结婚、成家、有孩子。但结婚这个词一出现，年二就感到莫名的颓废和崩溃。像是灯突然灭了。他之前建立的所有想象，瞬间就被摧毁。这是一股神秘力量，它抖动在一根时间的绳索上，一端在看不见的远处，另一端在年二手中。他不由自主又充满恐惧地握住它，由它牵着走向一个令人感到窒息绝望的黑洞内。结婚就是这样的黑洞。那黑洞让他怕。

十三

八道街猜想年二会由鸡变凤凰的那些大爷大娘、大婶大叔，不会有机会看见年二创造鸡变凤凰的奇迹了。

年二死了。死在谢庄煤矿工人村八道街他的那间房子里。他死后第三天才被人发现，尸体都有些发胀和轻微腐臭。他那藏在家中这些年靠打麻将积攒的钱财也被洗劫一空。

死了的年二歪着脸，身体有点斜向躺在床上。右侧脖颈斜着有一道二寸长的刀口，深及动脉。刀口外翻，那样子像一张受到惊吓而猝然张开的嘴。床内一侧，墙上留有一道像水柱射过一般的血线，它已干涸，颜色有点暗。锋利干净的一刀，把动脉中热滚喷涌的血引出，这血带着被肉体困束已久的野性，盲目地扑向一面墙。那面不算干净的白墙，记忆了瞬间获得自由的血，在那里的挣扎、绝望，还有它挣扎绝望后留下的痕迹。年二身体内最后的也是失去力气的血，沿着脖颈内侧缓缓流出，渗到床单下。年二流净血的脸，一片凝固的苍白、虚茫。但没有痛苦。他不像是死了，倒是像睡着后在梦着平静。他脸上那层浮动的笑意有一种抵达永恒的宁静。

七年后的春节前，在窑匠街一个普通街口，有六七个小女孩在跳皮筋。其中有一个小女孩长得格外漂亮，惹眼，穿衣打扮，也跟其他孩子不一样。一看就是来自外边的世界。她学着其他孩子，一边跳，一边唱："窑匠街，五里长，到处都是锅盔墙。锅盔墙，锅盔房，锅盔房里藏娘娘！"

她的声音渐渐没了怯意，嘹亮起来，普通话的声腔格外清脆、圆润。很快，在她的领动下，街巷里回旋起天籁一般的童声齐唱。在离这些孩子不远处的一个门楼下，站着一个丰腴妩媚的女人，她像刚刚出现，又像是在那里凝立许久；那样子，仿佛陷入无限凝滞的时光和记忆里。

就在此时，飘飘摇摇的雪花像是听到了人间招引，从遥缈的空际纷纷落下。

（原载《收获》2018 年第 3 期）

　　张红欣，1974 年生于河北秦皇岛，河北作协会员。曾在《小说月报》《文学界》《当代小说》《长城》《江南》《南方文学》等刊物发表小说及散文随笔若干。作品入 2015 年河北小说排行榜。已出版中篇小说集《裂帛》。现居河北唐山，从事财务管理工作。

孔 雀 草

◎张红欣

一

论坛上，她叫朱彧。写诗的笔名也是，电台的艺名也是。

网聊时方便一些，生僻字可以直接敲出来，顺便告诉对方，彧，谈吐不俗、趣味高雅的意思。东汉有荀彧，三国有万彧，南北朝有刘彧，都是这个字儿。要是面对面自我介绍，就比较麻烦，对方会故作醒悟状，哦，珠玉——珠圆玉润啊。

朱彧羞赧一笑，不置可否。人到中年，和大多数女人一样，她也不可避免地发了胖。不同的是，别的女人因为生产发胖，朱彧没生孩子，一样胖得水到渠成，原先瘦削的肩膀变得浑圆瓷实，腋下满是赘肉，胸罩拢都拢不住。人胖了就显白，她本来一张银盘大脸，如今更是面如满月，除了一副龅牙略微不雅，其他地方，倒也当得起珠圆玉润四个字。

别扭的是她爸，在机修厂干了一辈子电焊工的老朱。老朱从来不承认"朱彧"的存在。这个被电弧刺伤了眼睛的老头儿，常年梗着脖子，瞪着一双因为慢性结膜炎而流脓结痂的昏花老眼，高兴时喊她"大妞"，不高兴就直呼其名——朱卫红。

"朱卫红，去后院拔两棵大葱。"

195

这是一次小型家庭聚会，招待大弟朱卫国的女朋友常小毛。常小毛是农村人，十八岁在肉联厂打工时，被绞掉了一只胳膊，常氏家族集体出动，劳动局、仲裁办、医院、法院一溜圈闹下来，给常小毛弄了个转正名额。成为肉联厂正式职工的常小毛被安排到传达室，顶替五十四岁提前内退的刘大爷，干起了收发报纸、开关电动门、登记往来宾客的活儿。

然而，让老朱郁悒的，不是常小毛被绞掉的一只胳膊，而是已经鼓起老高的肚皮。半个月前，老实巴交、三脚踹不出个响屁的朱卫国，饭桌上吭哧半天，终于吐出一句完整话，"小毛怀孕了。"就是这句话，把正举着大葱蘸酱的老朱噎了个半死。

"你说啥？你你你……再给我说一遍！"

"再说一遍也是怀孕了，而且已经三个月了。"一向循规蹈矩、打个喷嚏都要看人脸色的朱卫国，平生第一次让他爸目瞪口呆。

"打掉打掉。"王桂英——就是朱彧妈，比老头反应快。这个从一开始就以常小毛的残臂为借口，高调反对儿子婚事的封建家长，说话向来干脆利落、一针见血，"怀孕又怎么样？她以为怀个孩子等于怀了把尚方宝剑，从此以后就能登堂入室了？"

"屁话！"老朱瞪女人一眼，闷头灌下一杯白酒。

朱卫国五岁时，被一辆马车轧断了腿。那是个雷电交加的大雨天，正在炒菜的王桂英差朱彧去打酱油，朱彧懒得动，便指使大弟。五岁的朱卫国一手撑伞，一手拎着酱油瓶子过马路，被一辆受了惊的马车撞翻在地，又顺势碾过。那几年，老朱夫妻带着儿子南下北上，遍寻名医，只保住了小卫国一条腿，另外一条，因为腓总神经受损，落了个高抬腿轻落地的内翻马蹄足，小腿肌肉随之萎缩，成了标准的瘸子。

王桂英强势了半辈子，大是大非上，倒也通情达理，打胎之说不过是逞一时口舌之快，看着眼前爷俩各自黑着一张脸，尤其儿子，窘迫中带着羞臊愧疚，也就不再说什么。朱家寒门小户，做人上却从不打折扣，老朱一辈子最讲究的，就是顺时听天，安分守命。

缺了一只胳膊的农村姑娘常小毛，就这样做了朱家的准儿媳。

常小毛已经过了孕吐期，朱彧靠着沙发玩手机时，她正跟王桂英在灶房忙活，听见老朱一声吆喝，忙不迭地跑出来，一边拿围裙擦着手，一边应和："我去，我去吧。"

朱彧也是做人儿媳的，知道丑媳妇见公婆的滋味，却实在不想敷衍，只懒懒地换了个姿势，从沙发这头挪到那头，顺便拽了个靠垫，塞在腰下。从窗户望出去，大弟朱卫国正瘸着一条腿，圪蹴在压水井旁，和那缺了一只胳膊的姑娘择着大葱。这是建于二十世纪七十年代的一户老宅，如今已经地基塌陷，门庭破败，木格窗棂上还挂了张凌乱的蜘蛛网。朱彧从包里翻出相机，以蛛网为背景，咔嚓两下，给院子里那对烟火夫妻定了型。

饭菜上桌时，二妹朱卫华才从外面赶回来。到底是亲兄妹，出差半个月的朱卫华见到她哥，当胸就是一拳："行啊你，挺能干嘛！"

这话可真够暧昧的，一语双关，朱卫国立马红了脸。

朱彧心里笑了一下。她常逛的不孕不育贴吧里，有个东北女人也爱用这个字眼儿，"我们一周干五次""这个月白干了，又没中标""他老想干，也不知哪来那么大精神头"。年过四十的已婚妇女，说起床笫之事跟喝凉水似的。可朱卫华才多大？就算天生一副假小子性格，就算赶上这个时代，就算面对她亲哥，这么说话也未免太放肆了。

朱彧从沙发上起身，冲二妹打了个招呼。

菜是传统的六凉八热，不卑不亢的待客规格。动筷前，朱彧拿相机对着桌子拍了几张照片。朱卫华见状，嬉皮笑脸地跳过来："姐，给我拍一张。"

三个孩子里，数朱卫华没心没肺。这个长得既不像爹又不像娘的女孩，天生两道扫帚眉，一双老鼠眼，朝天鼻，短下颌，朱氏家族遗传的龅牙，整个人看起来像老天爷捏残的一个半成品。朱彧举起相机，从不同角度给朱卫华拍了几张照片。

一顿饭吃得拘谨又缓慢。面对满桌佳肴，老朱依然守着一盘大葱。三个孩子，该生儿育女的迟迟不见动静，八字没一撇的倒早早报了喜，剩下最小这个，又是一副剑走偏锋的长相，晃荡人间三十年，男朋友都没捞到一个，老朱心里，没有一天是晴朗的。

王桂英则拿捏着姿态，不骄矜，但也不热情，谦让里透着生分，客套中带着见外。儿子的婚姻大事已成定局，做婆婆的这里，真正的戏码才刚刚开始。朱彧坐在王桂英旁边，一边玩手机，一边低头扒着饭粒。常小毛紧挨朱卫国，一会儿给这个夹菜，一会儿给那个盛饭，紧张得简直有点儿喧宾夺主。朱彧拍拍弟媳肩头，递过一只剥好的青虾："喏，多吃点儿菜。"

饭后自然要合个影。面对三脚架上略为上仰的镜头，质朴憨厚的农村姑娘常小毛，不但不知道侧身颔首，还将了将耳边的头发，羞涩地微笑着，摆正一张四方大脸，仅有的一只胳膊偷偷举到朱卫国脑后，做了个俏皮的剪刀手。

合影完毕，朱彧冲常小毛一招手："来，单独给你拍两张。"

二

朱彧的论坛、博客、微博、QQ 空间都是互相绑定状态。同一个帖子，没有绑定的网站，她会不厌其烦地再发一遍，几分钟后，若干个留言会从四面八方反馈回来。

比如这个晚上，常小毛和朱卫国联手择大葱的照片下，就有人这么评论："真爱经得起平淡流年。""爱情世界里，没有高贵与贫贱，没有显赫与卑微，肢体可以受损，真爱不会残缺。""我能想到最浪漫的事，就是和你一起经营柴米油盐。"

照片做过处理，扑满灰尘的蛛网看起来晶莹璀璨，像一根根银丝，衬在黢黑的木格窗上，蛛网后面，两个残疾男女俨然一对相濡以沫的贫贱夫妻，不离不弃。

第二张，老朱和王桂英正襟危坐，双手扶膝。大弟朱卫国悬着一条腿，旁边是耷拉着一只空袖管的常小毛。这张照片朱彧没做修饰，二妹朱卫华脸上，红肿一片的青春痘清晰可见。而最左边的朱彧，因为有准备地侧着身，不但龅牙不明显，连脸部曲线都玲珑了许多。照片是仰拍角度，正襟危坐的，或"危站"的，看起来都肃穆庄严，郑重其事，反倒是侧身而立的，有一股睥睨天下的气质，显得卓尔不群。

照片下面有一条评论："青春痘女孩，你妹妹？"

朱彧说："是。"

对方"哦"了一句："不像啊。"

也有比较直接的："姐姐比妹妹，可是漂亮多了。"

常小毛的照片下，就比较热闹，有好奇的："这是你弟媳？"有三八的："胳膊怎么回事？"有悲天悯人的："多好的姑娘，啧啧，天妒红颜啊。"有充满文艺范儿的："这姑娘身后，该有一个多么凄美的爱情故事！"还有打酱油路过的，什么都不说，只顺手点个赞。屏幕上，独臂姑娘常小毛垂手而立，冲大伙腼腆地笑着。

刘志强回来时，朱彧还坐在电脑前，逐个网站翻看大伙的留言。刘志强换了衣服，到电脑跟前晃了一眼："卫国媳妇？不错啊。"

"怀孕了。"朱彧关掉电脑，"不然我妈才不松口。"

"多般配。"刘志强不合时宜地幽了一默，"取长补短，取手补脚，互帮互助，互相扶持，你妈还有什么不乐意的？"刘志强规规矩矩一个人，平时寡言少语，难得说上两句完整话，像今天这种又生动又形象的调侃，简直就是破了天荒。但朱彧不喜欢这种破例，像水流平缓的湖面上突然变了方向的船，过左过右都不正常——刘志强显然被什么刺激到了。

朱彧抚住键盘，顿了几秒，起身去了厨房。

认识刘志强之前，朱彧和二妹朱卫华一样，是个三十岁的老姑娘。但朱彧的老和二妹的老又不一样。如果说扔人堆里，朱卫华属于让人看上一眼就过目不忘的，朱彧则属于看上十眼都记不住的，老朱的两个闺女，前者太惊悚，后者又太平淡。

十年前，人们的择偶标准还没完全"进化"到以貌取人的程度。除了身家地位、工作收入、容貌长相，品行修为还是要看一些的。朱彧就耽误在最后一条上。比如，同样高中毕业，朱卫华庸常至极，满脑子吃喝玩乐，朱彧则清高孤冷、悲悲戚戚，大门不出二门不迈，没事就猫家里看书——也不是多深奥的书，二十几岁的朱彧，阅读范围还局限在琼瑶、三毛跟张爱玲身上。经常，一家人坐一起吃饭时，朱彧会想起琼瑶小说里某个身世飘零的女主角，纠缠在一段缠绵悱恻的爱情中，欲罢不能。朱彧的泪，说来就来了。

每逢这时，王桂英都一副心绞痛的表情，发作不成，不发作又撒不出一腔怨怒，只好把手里一只饭勺敲得叮当乱响："这又抽的哪阵风？知道的是你看书魔怔了，不知道的，还当我这个后妈虐待了你——我是缺你吃了还是少你穿了？二十几岁的大姑娘，该上班不上，该搞对象不搞，天天窝家里哭丧，谁上辈子欠你了？"为了表达内心的委屈，她故意忽略了另外一层身份。朱彧泪光隐隐，垂着眼，一声不响扒掉半碗米饭，起身回自己小屋去了。反倒是王桂英，手握饭勺僵在原地，像个杀气腾腾的悍妇。

书读得多了，自然要写。朱彧上学时，别的学科一塌糊涂，唯独语文成绩一枝独秀。尤其作文，构思独特，立意新奇，语言又清新细腻，不落俗套。比如，她曾经把自己描写成一个孤儿，每天寄人篱下，忍受养父的猥亵和养母的殴打，比灰姑娘还灰。这篇作文被老师当成范文，在各个班级传阅了一遍。并且，在随后的期末考试中，当朱彧又一次因为挂科太多，被列入留级生名单时，那位年轻气盛又经验不足的语文老师，还专门做了一次家访，从法律和人性的角度出发，将老朱夫妇义正词严地斥责了一番。

那次，哭丧的角色变成了王桂英。送走老师，王桂英一屁股坐在地上，声嘶力竭，把全家老小从上到下逐个骂了一遍，骂到朱彧已经去世多年的亲娘时，腔调愈发悠长婉转："我那早死的姐姐哎，你可让我怎——么——办——哪……"

十岁的朱彧靠着门框，一脸漠然，像看一场蹩脚的独幕剧。

高考落榜后，朱彧开始写诗。伴随写诗之路的，是一次又一次高不成低不就的相亲之路。因为没工作，朱彧的相亲对象多是贩夫走卒、引车卖浆之流。心情好时，朱彧也会配合对方，简单介绍一下自己，不好时，便一声不吭，坐在肮脏的小饭馆里，把一双筷子从头玩到尾。偶有条件不错的，程序化地认识之后，朱彧会适时把话题引向诗歌，从席慕蓉聊到汪国真，再到舒婷、北岛，相谈不谓不欢，对方却总是一转脸便人去楼空，再没了音信。

"你这闺女，不是凡人。"这是又一次相亲失败后，王桂英跟老朱发的牢骚，被恰好回家的朱彧听到了。朱彧麻着脸，面无表情地拧身推开另外一扇门，留下王桂英和老朱杵在堂屋里，面面相觑，像两根晾得半蔫不湿的霉干菜。

朱彧和刘志强结缘，也跟诗歌有关。那天朱彧心情不错，相亲地点选得也好，在一家格调雅致的咖啡厅，名字取得很"琼瑶"，叫"一帘幽梦"。陷在咖啡厅柔软的皮沙发里，朱彧又一次跟人讲起了自己的身世，絮絮的，有点儿落寞，又有点儿漫不经心。窗外阳光稀薄，光线不

201

足的大厅幽暗静谧，像浮在时光上的孤岛。小城青年刘志强沉浸在朱彧不俗的经历中，像被人施了蛊，做了他平生第一句、也是唯一的一句诗："你是迷路多年的孩子，始终，找不着家的方向。"

朱彧愣怔数秒，忽然间就泪如雨下。刘志强像被咖啡烫到了，慌忙扔下杯子，隔着一张咖啡桌，握住了朱彧冰凉的一双小手。

十年之后的这个晚上，刘志强像一根绝缘的木桩，呼噜噜扒完两碗饭，也没发现妻子脸上隐隐的不快，把碗筷一推，嘴巴一抹，回客厅看电视去了。

"明天我们集体上访，晚饭你做吧。"收拾完厨房，朱彧又坐回电脑前。

"嗯。行。"刘志强一动不动，冲着屏幕应了一声。

三

市信访办位于城西青龙湖畔一幢独立的小白楼里，朱彧赶到时，楼前不大的草坪上已经聚满了人，都是她同事。平时体面的事业单位员工，三五成群出现在这个哀怨愤懑的场合，着实有点儿不伦不类。朱彧躲到一丛半人高的夹竹桃后面，从包里翻出提前备好的白背心，刚套上头，肩膀就被人拍了一下，随后，一串肆无忌惮的笑声传过来："怎么才来，就差你了！"

朱彧钻出半个脑袋，袁晓红嬉皮笑脸地站在她跟前。

"哎，别动！"朱彧拉下背心，袁晓红像发现了新大陆，马上拿出专业记者的姿势，举起挂在脖子上的相机，"别动，留个影。"不容朱彧反抗，袁晓红已经"咔咔"两下，将前胸印着"我要生活"，后背印着"我要吃饭"的朱彧在镜头里定了型。朱彧有点儿气恼，不能发作，只好拿出闺密间撒娇赌气的架势，去夺相机："删了——哎，你给我删了！"

"干吗，难得大家都穿成这样，多有纪念意义。"袁晓红不躲不闪，手一伸，反倒把相机递给朱彧，"来，给我也'捏'几张，要照得漂亮点哦！"

袁晓红穿着跟朱彧一样的大背心，像《超能陆战队》里温厚笨拙的大白，摇摇晃晃，冲朱彧展开一张憨态可掬的笑脸。朱彧接过相机，低头鼓捣一阵，找不到删除键，又将相机塞回去："先把我那两张删了。"

袁晓红冲朱彧扮个鬼脸，遵命删了照片，又将相机塞过来。

放眼望去，小白楼下人头攒动，满院子都是肥肥大大的白背心，草坪前两棵枝干遒劲的老槐树上，还扯了块刺眼的白条幅：还我工资，我要生活，我要吃饭。朱彧一阵眼晕心悸，接过袁晓红递过来的相机，胡乱给她"捏"了两张，又递回去："怎么你也穿成这样？"

"声援，助威。"袁晓红嘻嘻一笑，"电台兴亡，匹夫有责。"

朱彧三十岁那年，老朱托人靠脸，把闺女塞进了区广播电台。可惜好日子只持续了一年多，等朱彧和刘志强大婚完毕，蜜月还没度完，电台便开始了轰轰烈烈的改革，原来由财政统一拨款的广电局，员工分成了两类，一类仍由财政全额拨款，像皇帝的女儿，衣食无忧；另一类，就是朱彧这种，虽然也属于事业编，薪酬待遇却由广电局自收自支。这几年传统媒体受网媒冲击，电台逐渐入不敷出，朱彧他们有一年半没发工资了。

但袁晓红跟朱彧不一样。中文系毕业的高材生袁晓红，因为学历过硬，从一开始走的就是正统路子，改革后自然被划入财政口。如果说同样一件白背心，穿在朱彧身上是一层意思，穿在袁晓红身上，那就是另外一层意思。或者说，一件让大家都垂头丧气的白背心，越发显得袁晓红鹤立鸡群，更何况，这位吃财政饭的公主，脖子上还挂着一架全新的徕卡 M9——再有半年，袁晓红就是台里唯一的高级记者了。

"我得过去了。"朱彧垂下眼帘，指指小白楼前越聚越多的人头，转身离开了。

过不过去都无所谓。整个上午，朱彧被裹挟在熙熙攘攘的人群中，从东涌到西，又从西涌到东，除了一遍一遍往小白楼里张望，没人告诉她应该干点什么。职工代表已经进去了大半天，谈判情况却一无所知。十点多钟，小白楼里曾经出来过三个接待员，人手一沓表格，叫大伙填写各自情况。朱彧伏在一辆别克君威的后备箱上，逐行逐列填过去。

姓名：朱卫红

学历：高中

工作年限：10 年

岗位：播音

职业资格：技术工人

月薪：1800

被拖欠工资：32400

…………

最后一笔还没落稳，表格就被抢了过去，朱彧叫了一声："我还没写完呢！"戴米黄色无框眼镜的女接待员硬邦邦地瞥她一眼："等着！"

信访办不存在自收自支情况吧？顶不济也是个事业编，比起袁晓红刻意的插科打诨，神情倨傲的女接待员高调多了。朱彧退出人群，面无表情地站在花坛边，上一眼下一眼打量着女接待员，后者正抱着双肘，一副事不关己的表情，微微地，还带点儿不耐烦，仿佛草坪前这一干人等，都是冲她来讨债的。从二十岁以后，朱彧就不大发脾气了，内心越是激荡，脸上越是镇定，比如现在，朱彧打量完女接待员，就掉过头，看风景去了。

风景却都被破坏了。

小白楼前不大的水泥地上，丢满了烟头、纸巾、塑料袋、饼干盒、饮料瓶、折断的花花草草，还有几个挺大的泥巴脚印——又不是农民进城，哪来的泥脚印呢？朱彧摇摇头，慢慢踅到扯着横幅的老槐树下，却发现树干上赫然一口浓痰，或者是一抹鼻涕，挂在一块行将脱落的老树皮上，颤颤巍巍，将落不落。朱彧一阵恶心，赶紧又走开了。

女接待员好像忘了朱彧的存在，收好纸张便走，被朱彧追着拦住时，才翻翻眼皮，照例一副不耐烦的表情：

"叫什么？"

"朱彧。"

"没这个人。"女接待员把手里的表格翻了一遍。

"哦……朱卫红。"

"到底叫什么？"

"朱卫红，嗯，对，朱卫红。"

"自己找！"

女接待员将整沓表格都甩过来。朱彧找到"朱卫红"，岗位那一栏，在"播音"俩字后面，工工整整又加了"主持"两个字。

"有什么不一样吗？"女接待员歪过头，往纸上瞄了一眼，又抬头瞅瞅朱彧，不等对方回答，便麻利地收好表格，咯噔咯噔，昂首挺胸地走了。小白楼又恢复原状，像一座死气沉沉的古堡，庄严肃穆，直到中午，也不见一个人走出来，包括进去谈判的员工代表，都仿佛销声匿迹了。上访的人们三三两两，或蹲或站，散落在草坪上、花坛边、大槐树下。锅炉房旁，几个男人围坐一堆，心不在焉地甩着扑克，不时抬头往小白楼那边望望，骂几句娘。

中午时分，刘志强给朱彧打了个电话，问情况怎么样，节奏跟女接待员如出一辙，不等朱彧回答，便切换到另外一个主题："中午回来吃饭吗?"

"不怎么样。"朱彧说,"不回。"

还能怎么样?托尔斯泰说,幸福的家庭都一个样,不幸的家庭,各有各的样。上访也是,好的结果只有一个样,不好的结果,各式各样。挂了电话,朱彧瞥一眼院子里千篇一律的面孔,心里感喟一声,转身悄悄离开了。

<h1 style="text-align:center">四</h1>

下午,朱彧去了博雅书店。

博雅书店位于文化公园南头,和它的名字一样,里面装修得又博又雅,残荷、枯柳、折扇、砚台、青花瓷笔筒,一排簇新的长锋狼毫,应有尽有。二楼拐角处,另辟了一个狭小的格子间,迎面一张茶几,两把藤椅,显然是主客对酌之所,侧面不大的粉墙上,挂着裱好的"渔樵耕读"四条屏——老板姓柳,字耕夫,写诗,笔名"渔樵散人"。

朱彧在书架前流连时,渔樵老板在格子间陪人喝茶。朱彧冲两人微微颔首,脚步丝毫没有停下来的意思,反倒加快了。

渔樵老板对面的客人叫冷香。本地文学论坛"渔樵社"上,朱彧和冷香分别是"读书时间"和"红袖添香"的版主——总版主当然是渔樵老板。论坛名字取得私人化,身份却是官方的。据说筹划之初,市委宣传部主要领导都跟渔樵老板探讨过,比如板块的划分、版规的制定、人气的聚集、后期的管理等。作为一个精明的生意人,渔樵老板第一时间启动的是商业头脑,第二才是文学细胞。

至于冷香版主,在本地文化圈内也算小有名气。冷香初中毕业,家庭妇女一枚,走的却是美才女路线,琴棋书画诗酒花那一套,都不够用了,冷香诗人拿手的,是刺绣,当然不是十字绣,是高雅的苏绣。"小资生活"板块里，女人们争先恐后地晒美衣美食美景时，冷诗人晒的，已经是亲手缝制的团扇、荷包、香囊、扇袋、手绢之类的小物件了。

手绢也不叫手绢，叫帕子，林妹妹拿来吐血的东西。

华服美食方面，冷香诗人钟情的是旗袍、绣裙、斗篷，珠钗、步摇、玉簪，烧蓝镶金的花钿、翡翠滴珠的耳环，苏州的桂花糕、上海的酒酿饼、盐湖的藕粉圆子。虽然都是网上淘来的东西，但"淘"和"淘"也是有区别的，比起朋友圈里烂大街的咖啡拉花、甜品烘焙、红酒牛排、日式料理，甚至街头的麻辣小龙虾、新疆羊肉串，冷香诗人显然更加技高一筹。朱彧从不掩饰对冷香的不屑。具体表现就是视而不见。这个世界上，如果真有天生尤物一说，冷香诗人就是想成为尤物的尤物，因为用力太猛，过犹不及，都有宠物的嫌疑了。

今天也是如此。朱彧挪步过来，冷香诗人放下茶盏，意欲起身迎接。朱彧目不斜视，手指划过一溜经史子集大部头，直接奔着书架那边去了。冷香诗人倒也不讶异，重新坐好，顺手从盘里拈了一粒金丝小枣，搁嘴边，细细咬着。

"书号的事，我来张罗。"渔樵老板转头，冲朱彧打个招呼，回头跟冷香版主继续聊，"——咱们用香港的，北京兰竹传媒公司，老板娘是我朋友。"

"朋友遍天下呀，你。"望着朱彧远去的背影，冷香诗人浅笑盈盈，手指呈兰花状，递到唇边，吐出一粒枣核。

朱彧挑了四本书，聂鲁达的《二十首情诗和一首绝望的歌》、泰戈尔的《生如夏花》、阿多尼斯的《我的孤独是一座花园》、辛波斯卡的《我曾这样寂寞生活》。渔樵老板照例给打了九折。结账时，朱彧往格子间瞥了一眼，冷香诗人和渔樵老板还在聊天，鸡翅木的根雕茶几上，一袋金丝小枣已经下去了大半。冷香诗人颧骨过高，鼻子过大，要不是刻意挺着腰，还略微有点儿含胸，但这都不是问题，能从琴棋书画里另辟

207

一条蹊径的女人，风情都不会太差。尤其是，配着半袋金丝小枣，朱唇微启，玉指纤纤，有女红手艺打底的女诗人，操作起这套流程，简直轻车熟路。

回去的公交车上，朱彧把书摊在膝头，逐个拍了照片。虽然是静物，朱彧还是用美图秀秀把照片处理了一下，处理过的文学大师们，脸色一律浅棕暗灰，像蒙了尘的旧时光，沉着笃定。照片发到论坛上，朱彧又改了英国诗人兰德的一首小诗：

> 我和谁都不争，
> 和谁争我都不屑；
> 我爱大自然，其次就是艺术；
> 我双手烤着生命之火取暖；
> 火光猎猎，那是我的寄托。

十分钟后，袁晓红从 QQ 上跳了出来："你还和谁都不争?"

半晌，又笑嘻嘻抛过来一句："你敢说，你跟冷诗人也不争吗?"

朱彧连续关了两次对话框，三分钟后，又把 QQ 切换成离开状态。袁晓红一会儿都不闲着，马上又跳到论坛上，在渔樵老板一个帖子下，嘻嘻哈哈开起了玩笑——半小时前，渔樵老板发了个通知，博雅书店今年的秋季读书会，安排在国庆节举行，地点桃花山庄。通知内容简洁，语气平和，不热烈也不寡淡，诸君自便的味道。

和往常一样，发完帖，渔樵老板马上消失，后面的跟帖，都由各分版主负责回复。诸网友一片拥喝声中，袁晓红的跟帖格外扎眼："哎，读书的仪式感，我最弄不来。我是纯粹的'三上主义'读书派——车上、枕上、厕上，桃花山庄那么雅致的地方，我去了只会发情。"

帖子就此拦腰打住，足足半个小时，袁晓红后面无声无息，直到冷香诗人若无其事地打破了僵局:"好哇好哇!碧云天,黄叶地,红衰翠减,真真儿是极妙的景色。"

朱彧嗤鼻一笑,鼠标移到右上角,连论坛都关了。

袁晓红在 QQ 上的留言,溜溜挂了一个晚上。朱彧做饭,洗澡,打扫卫生,直到十点多钟,才在袁晓红的对话框中,答非所问地递了一杯咖啡。要不是同混"渔樵社",朱彧绝不会把自己的网络世界坦陈给同事,一脚网络一脚现实的袁晓红,像隐在云端之上的一双眼,让朱彧每发一条消息,都有如芒在背的感觉。

十一点,再次打开论坛,朱彧发现,冷香版主在她的照片下,不声不响点了个赞。小聪明与大智慧兼备的女诗人,轻轻一点,就是四两拨千斤的效果。朱彧闭上眼,几分钟后又坐直身子,在照片下写今天的日记:"今于博雅书店购书一摞……下午回,微盹车上,阳光甚好。回家沐浴更衣,做萝卜小丸子汤一钵……夫君值晚班,电话未回,心甚恐慌,又打到值班室,巧遇多年前我一个粉丝,故人般问长问短,奈何我寻夫心切,言语间颇为敷衍,放下电话后方觉失礼……"日记是半文半白的民国体,周作人——就是那位苦茶也能吃出滋味的知堂老人,就这么写。

朱彧逐字逐句敲完日记,对上午的情形,只字未提。

袁晓红跟冷香应该都睡了。日记贴出去,朱彧又转着圈刷了半天屏,帖子下面音信全无。凌晨一点,朱彧关了电脑,黑暗袭来,聂鲁达跟泰戈尔、阿多尼斯跟辛波斯卡、知堂老人跟诸位或真实或虚拟的网友,齐刷刷都不见了。

五

周五那天朱彧睡过了头,起来直奔单位,打完卡转身就走,连办公室都没来得及进。上个礼拜，朱卫华给她介绍了一家保健品代理商，说好今天面谈。朱彧先坐1路，再转2路，再转3路，下车后步行半小时，按名片上的地址，在城南一个破旧的小区里转了半天，才找到这家公司的临时办事处。其实就是一户普通民居的二楼，窗户上贴着暗污的玻璃纸。敲门前，朱彧从包里翻出香水，左右手腕各抹了一下。

开门的男人四十多岁，红领带，白衬衫，铁灰色西服，手戴一块硕大的三角形网状镂空盘腕表，一副成功人士派头，跟身后破旧的家具完全不搭。

但是跟朱彧很搭。尽管早上忙得四脚朝天，出门前，朱彧还是翻箱倒柜，找了一条及脚面的贴身针织长裙，一件黛紫色高仿 Maje 披肩，垂感十足的渐变色长裙配着五寸高的系带流苏矮筒靴，气场跟保健品代理商一脉相承。

"朱……彧？"捏着朱彧递过去的名片，男人一脸迷茫，"是或者的或吧？"

"彧，谈吐不俗、趣味高雅的意思。"朱彧说，"东汉有荀彧，三国有万彧，南北朝有刘彧，都是这个字儿……"

男人上下打量朱彧一遍："哦，请进，请进。"

屋子里散发着浓重的霉菌味儿。朱彧环顾四周，在一张老式榆木沙发上坐下。沙发略微后仰，像个陷阱，扶手光滑油腻，坐垫上还有一块颜色可疑的污渍。朱彧皱了皱鼻翼，轻咳一声。男人闻声而动，一个小表情都不让朱彧浪费："屋子乱了点儿哈，单身狗嘛！"

"单身狗——不也把自己捯饬得挺利索吗？"朱彧咬唇一笑。

"那是必须的。"男人找来一个烧水壶。朱彧这才注意到，老式榆木沙发旁边，还摆着一副黑檀木平板茶盘，一套缠枝纹青花瓷茶具，古色古香的韵味，不贵重，但好像也不那么便宜。男人像模像样地烧水、温杯、洗茶、分盏，专心致志，有条不紊。

他说"必须的"，幽默里带着点儿小轻佻，一点儿都不怕落了俗套。朱彧抿抿嘴，接过一只青花瓷茶碗。要不是对方随后转移了话题，她倒是更愿意这样聊下去。

男人收放自如，像一台频率稳定的收音机，很快回归原定频道。他们谈了会儿电台目前的状况、听众分布和收听率变化，朱彧接过对方递过来的一沓彩页广告纸，一张一张翻过去：李太医神油，让不举的男人重新勃起；让成功的男人更加强硬；让中年男人重拾火爆威猛，让中年女人重温欲死欲仙……朱彧抬头，轻轻瞥了男人一眼。

腕上，刚抹的香水还在散发着氤氲的香气，男人已经一副甲方面孔，开始介绍他们的产品：配方、功效、销量、信誉、口碑、市场占有率，像谈早起刚上市的白菜，丝毫不见尴尬。两百字的广告，每天播出四次，每个月，男人给出的价格是八千块。

"按正常播音速度，每秒三个字，两百字需要六十六秒。"朱彧一手托腮，一手轻轻捻着广告纸，"当然，我可以适当给您加快点儿速度，可是，就算压缩到一分钟，一个月也是一万零五百块，从一万零五百直接砍到八千——您对女人，一向都这样苛刻吗？"

男人微微一愣，直起腰，唇边渐渐浮起一个笑涡："当然不是。"

"去零取整。"朱彧眉尖轻轻一挑，"我可是饶了您六秒的。"

男人会意，笑涡逐渐加深，到最后变成一阵爆发式的大笑，交握在一起的两只手也慢慢松开："饶——这个字用得好。你对男人，也一向这么苛刻吗？秒秒计较的？"

"一般情况下，是。"朱彧也笑，含苞待放。

"那，你适合用我们的产品。"男人微微欠身，往朱彧身边挪了挪，大笑的余音变成了坏笑，带着热热的鼻息，扑到朱彧脸上，"我们的产品，那可真是精确到秒的。"

朱彧耸耸肩，笑着偏过头去。

"好吧，说正经的，去零取整。"男人坐直身子，从茶几下抽出另一张彩页纸，"不过，还要加上几句话——放心，就几句，不长。"

是一段肉麻的对话。朱彧接过彩页纸瞄了一眼。二十几个字，内容异常轻佻狎昵。男人靠着沙发，伸了个小小的懒腰，他的嘴角仍然挂着一丝狡黠的笑容，一半打趣，一半戏谑，笃定、机智、俗气。

"对话是有语调的。"朱彧说，"——语调，是要占用时间的。这位先生，您不希望我把人家小两口的床上调情，念成你我之间的谈判吧?"

"调情应该什么语速，嗯?"男人歪过头，盯住朱彧，他的眼底有一大波笑纹，像一池春水，只等朱彧一颗小石子投进去。朱彧终于忍俊不禁，噗一下笑出了声，随即转过头，拿手掩住嘴。眼前这男人，跟刘志强完全两个物种，如果说刘志强是一株植物，任由她从婚前的多愁善感、悲天悯人，发展到婚后的精骛八极、心游万仞，这男人就是一只动物，比如猫，只需一个手势，一个眼神，就能迅速上道。上了道的男人，半真半假，亦庄亦谐，先前的甲方风度，都不见了。

朱彧顾左右而言他："加上对话部分，一万块，我得跟领导请示。"

桌上的茶盏已经冷下来，借着续水的姿势，男人又往朱彧跟前蹭了蹭："没问题，作为已经初步达成意向的合作方，接下来，我们是不是该探讨一下调情的语速问题?"

一只软绵绵的手随即伸过来，搭在朱彧捏着广告纸的右手上。朱彧僵了一下，大脑跟着一阵迟钝。男人盯着朱彧，慢腾腾抽掉广告纸，搁在桌上，另外一只手，很自然地环了上来。朱彧闻到一股廉价的香水味，混着发胶味、油脂味、烟草味和淡淡的膻腥味儿。看起来矫捷精干的男人，一双手居然绵软修长，像水蛭，有点儿湿，有点儿凉，还有点儿——脏。

朱彧绷直身子，渐渐攥拢右手。

"调情，唔……这个速度，可以吗?"男人口齿混乱，喃喃地把一张脸贴过来，蹭着朱彧的鬓角。朱彧骤然一个哆嗦，挺直后背僵坐几秒，突然霍地起身，一把将男人推开。桌上，一只青花瓷茶碗被碰掉到地上，砰一下摔得粉碎。

"不对吧？大姐。"男人愣了，随即坐直身体，整整衣服，重新打量了朱彧一遍，那眼神，不像甲方看乙方，也不像男人看女人，倒像好好走着路，平白被人下了个绊子。

朱彧抓起手包，紧张地后退几步，转身就跑。想象中，一万个男人在后面追着她、撵着她，个个张牙舞爪。可当裙角被门框上一枚钉子挂住，朱彧蹲下身，抖抖索索去解时，才发现，身后的男人正跷着二郎腿，纹丝不动坐在沙发上，好笑地看着她。

饶是如此，解开裙角，朱彧还是很投入地跑起来，从二楼一直跑下去，跑出小区，跑到繁华的大街上，直跑得气喘吁吁，衣袂飞扬。

六

"读书时间"板块，朱彧开了个叫《购书录》的帖子，不管买了新书或淘了旧书，朱彧都会拍个照片，贴到论坛上。最开始，《购书录》的点击量很高，网友们在帖子下面展开议论，从书文内容到作者八卦，无所不谈。一年后，当帖子滚到三百多页时，才有人惊呼，这么多书，怎么看哪。

面对网友们的质疑，朱彧跟渔樵老板一样，采取了不闻不回的态度，买书贴照片的速度反而更快了。袁晓红真是神出鬼没，半夜都不忘来这里踩上一脚："我喜欢那本《我曾这样寂寞生活》，节制、含蓄、深刻、抽象、透明。"

朱彧盯了袁晓红的头像一会儿，伸手啪一下关了论坛。

转眼间，袁晓红又从论坛跳到了QQ空间。关了论坛再刷QQ，朱或看见，三分钟之前的袁晓红，刚好贴出了广电局职工上访的照片，底下配了几句简短说明："有时间要把这事做个专题，近水楼台，广电局就剩这点优势了。"

照片做了处理，几张清晰的面孔都打了马赛克，包括朱彧。唯独袁晓红自己，身着白背心那张，原形原貌，嬉皮笑脸，依旧一副玩世不恭的姿态。朱彧第一反应就是伸手点了个赞——虽然有违她网上一贯的性冷淡风格，但这次，必须得点。三分钟后，朱彧昨晚贴的日记下，袁晓红也回应了一句："羡慕，粉丝遍地啊，啥时候给我签个名呗？"

打电话到值班室，偶遇粉丝之说，并不是朱彧信口开河，朱彧只是把它稍稍演绎了一下——倒退十年，传统媒体占主流地位时，电台主持人拥有粉丝是很稀松平常的一件事情。

比如朱彧的前任赵小娥，一个相貌平平、资质也不甚出众的女孩，凭着一副好嗓子和一口流利的普通话，播音主持做到第三年，便被一位房地产大款看中，半年的围追堵截后，赵小娥嫁入豪门，辞职做起了全职太太。彼时，朱彧在老朱的活动下，刚由合同制转为正式工，一辈子呆板执拗的老朱，那几天脑壳忽然开了窍，招呼都没跟王桂英打一个，便自作主张，往中间人手里多塞了两万块钱，把朱彧调到了播音室。这一回，老朱脸上丝毫没了先前的拘谨生涩，取而代之的，竟是难得的笃定和自信："我家卫红，从小就讲普通话，那发音，比中央电视台的播音员还准，上岗都不用培训的……"

朱彧讲普通话不假，但不是从小就讲，平生最恨人说大话的老朱，关键时刻竟然无师自通了。这是关内临海的一个三线小城，方言又土又艮，从初中开始，朱彧便卷着舌尖，讲起了普通话。经常，老师在课堂上拿方言提问，朱彧在底下用标准的普通话回答，师生颠倒。不明就里的，还以为这孩子有多高远的背景。在家也这样，朱彧用一口越来越流利的普通话，把自己独立在众人之外，同时也把王桂英气得七窍生烟：

"舌头撸直了说话，你哪人，北京来的？"

说上岗不用培训也是夸张手法，实际情况是，事情办得差不多时，老朱又掏了两万块钱，自费送闺女去广播学院进修了半年，方言跟普通话的对峙自此告一段落。朱彧进了播音室，却没有像赵小娥那样赚来一帮粉丝——赵小娥主持的是晚间情感类节目，有嘉宾，有互动，有不定时的线下交流，而朱彧，十年来一直在广告栏目，拉广告，播广告，写广告词，连每月工资的多少，都跟广告业务量直接挂钩。谁会去粉一个广告播音呢？这就是袁晓红聪明的地方，看破不说破，比看破后的质疑还让人恼火。

朱彧转到阳台上，对着万家灯火，深呼了几口气。

"在吗？"三分钟后，书房里的电脑叮咚一声提示。

是论坛上一个叫梦竹的小学老师。朱彧发过去一个握手表情。

梦竹在"渔樵社"算新人，论坛各大帮派成形之后，她才没头苍蝇一样撞进来，进来也没什么过人之处，无外乎顶顶帖、灌灌水、说几句或赞美或不疼不痒的点评。

"干吗呢？"梦竹问。

花盆里，一棵丑菊开得正欢，花瓣拥卷，香气馥郁得能熏人一个跟头。朱彧随手拍了一张照片给梦竹发过去："赏花。"

随即又补充了一句："孔雀草。"

"不是丑菊吗？"梦竹说，"我们这儿，都管它叫丑菊。"

"孔雀草。"朱彧强调了一句。顺手从网上百度了两句古诗，配着照片，一并发到论坛里。照片上，粗生野长的丑菊枝蔓横斜，被美颜相机自带的光晕一染，竟弄出几分遗世独立的神韵来。诗配得也恰如其境：信手拈来无意句，天生韵味入千家。

自娱也行，自喻也行，都算别具匠心。

"真有闲情逸致啊，我今天，帮老爸掰了半天玉米。"梦竹不再纠缠花名，话题一转，到了自己身上。每次都是这样，所谓聊天，基本上都是梦竹在说，朱彧在听——前者说的，差不多都是后者爱听的。更何况，论坛上，朱彧一向少言寡语。

梦竹随即发来个帖子，朱彧点开，是一组秋日田间劳作图，梦竹和她的农民老公掰玉米，儿子在旁边捣乱，不远处的老爹，或者坐田埂上抽烟，或者拿镰刀砍玉米秸。照片拍得很随意，后期没做任何处理。照片下，还配了洋洋洒洒一篇文字，大意就是秋高气爽，阳光明媚，祖孙三代劳作田间，夫君拙朴、小儿顽劣之类。论坛上，梦竹老师一贯的形象就是不矫情、不造作，至真至纯，原汁原味。

当然，也不是没有刻意的东西，比如俏皮。

想到这个词，朱彧不禁嘴角上扬。如果说网络上，每个人都有自己的理想形象，梦竹想打造的形象，就是娇憨俏皮。可惜出身农村、师范毕业后又回农村执教的小学老师，求上不能，求下不甘，身份和所处的环境一样尴尬，娇憨也弄得不伦不类。大抵说来，就是娇俏不足，憨朴有余，稍稍地，还带着那么点儿没心没肺。

帖子下有人留言："劳作东篱下，悠然见南山哪！"

"悠个屁。"梦竹回帖说，"世界上总有那么一拨人，狭隘又偏执，人生还没写完一撇，就嚷嚷着要淡泊、要归隐、要宁静致远——要什么自己去要好了，还一天到晚在别人身上画圆总结、归纳拔高。我不是陶氏渊明，我承载不了那么多人的意淫。"

紧随其后，袁晓红贴了一串龇牙咧嘴的笑脸。

梦竹一边跟朱彧聊天，一边把朱彧的丑菊贴在袁晓红楼下："瞧，真正的高人在这儿呢——信手拈来无意句，天生韵味入千家。小隐隐于山野的，像我，多半是没招儿；大隐隐于朝市，又能坐听风起、闲看落花的，才叫真性情。"

"丑菊。"有人在下面说。

"学名孔雀草。"梦竹强调,"——或姐姐说的。"

手机突然响起来,急促而毛躁,像黑夜里凭空伸出的一只大手,一把将朱或拎回红尘俗世:"明天你去医院是吧,带上毛毛,她做个产检,卫国感冒了。"是王桂英,干脆利落地交代完儿媳,才想起问闺女一句,"对了卫红,你那个病,治得怎么样?"

屏幕那边,梦竹敲出一串问号:"怎么了???"

"没什么。"朱或说,"困,我先下了。"

纵使有一千个不如意,朱或也不会像梦竹那样,随便在网上倾诉。朱或是谁?电台主持、知识分子、诗人、文学爱好者、家庭美满、工作体面、情感细腻,以出世的情怀,打发着入世的生活。柴米油盐、吃喝拉撒、孩子老人——那是属于梦竹的形象。

七

新婚二十天,孕期五个月的独臂姑娘常小毛,怀的是单卵三胞胎。

五万分之一的概率。捏着一张孕产检查单,尤其在多年不孕、四方求医无果的大姑姐朱或面前,常小毛简直不知如何是好,一双厚嘴唇嗫嚅半天,才嘟囔出一句话来:"三胎,怎么会这样?"

常小毛的孕期检查,这是第二次。之前,朱或就提醒过她妈,说常小毛肚子大得不对劲,做过检查吗?王桂英说:"胖得呗,怎么没做过?彩色B超,一次好几百块呢,都是冤枉钱。哪个女人不生孩子?我一辈子生了你们仨,医院大门都没进过。"

说完这话,王桂英漫不经心地瞟了朱或一眼。

心情好的时候,她就说她生了仨,好像多照顾闺女感受似的。朱或双手抱臂,垂着眼皮,照例不做回应。四十年前,王桂英的身份还是朱或小姨,朱或亲妈——就是王桂英姐姐,死于产褥感染,王桂英拉扯朱或到半岁,在爹娘以死相逼的情况下,嫁给了老朱。对于这段历史,外人面前,王桂英都是半遮半掩的态度,发起飙来,就不管不顾了。朱彧的身世,反倒因此有了一个迂回渗透的过程。至少,接受起来没那么突兀。

电影里可不是这样。电影里,但凡涉及身世问题,都是千头万绪、盘根错节的,谜底揭晓那一刻,主人公都如五雷轰顶。这些文艺范儿的桥段,统统被王桂英掐死了,顺带着掐死的,还有朱彧的传奇感。比如相亲,虽然每次朱彧都尽量把身世描述得悲悲戚戚,内里,却始终波澜不惊——有什么好惊的? 生活是一本拖沓的书,王桂英是书里出现得最频繁的错别字,所有情节,到她这都打了折扣,三折两折,整本书都被她弄走了味儿。

现在,这个"错别字"正站在朱彧面前,气喘吁吁。号称生了三个娃都不登医院大门的王桂英,接到常小毛电话以后,半个小时就出现在产科楼道内。

"确定是三个?"王桂英问,"不会是医生搞错了吧?"

"要不您再查一遍。"朱彧说,"四维彩超,四百五一次。"

王桂英瘪瘪嘴,顿时噤了声。

"医生说,如果月份小的话,可以减胎。"常小毛犹豫着插了一句嘴。突如其来的事件,让这个朴实又毫无主见的女人一时之间有点懵。

"如果? 你已经没有如果了!"朱彧张嘴就把弟媳妇噎了回去,"早干吗了? 五个月孕妇肚子这么大? 产检的钱也省,生出个聋子哑巴怎么办,卫国呢?"

"减胎。"王桂英终于回过神儿来,"减胎,这事我做主,不用找卫国。"

常小毛不知所措地看了看朱彧。

"减一个,留两个。"王桂英说。

"减胎——您当这是摘葡萄呢?"朱彧倒吸一口冷气,"孩子五个月,指甲都长全了,那不叫减胎,叫引产,弄不好,胚胎组织吸收不全,孩子大人都有危险。"

"那,生三个?"常小毛脸都绿了,"怎么养啊?"

朱卫国的工作是民政局安排的,市火葬场清洁工,每月拿一份不薄不厚的薪水,撑不死也饿不着。常小毛那份少得可怜的收入,更是指望不上。王桂英没工作,家里全部开支都靠老朱一份退休金维持。怎么养?婆媳二人两眼发直,齐刷刷转向朱彧。气氛瞬间变得微妙起来,微妙之外,还夹着莫可名状的尴尬。朱彧脸红耳赤,浑身血液都往太阳穴涌去。

妇科门诊哗啦一下被推开,叫号的小护士探出头:"朱卫红。"

朱彧两腿发软,丢下王桂英婆媳,转身进了门诊。

妇科检查室里弥漫着刺鼻的消毒水味和一股说不清的咸腥气。朱彧刚躺上检查床,淡蓝色的布帘外,小护士又叫起来:"谁让你进来的,排号了吗?出去,出去——"

"我陪我闺女。"是王桂英的声音。

朱彧提起裤子,被手持扩阴器的大夫一把按住:"没你事。"

王桂英在外面跟护士大声解释:"我就是问问,我闺女这病,到底咋回事。北京也治过,天津也跑过,这边几个疗程,那边又几个疗程,拖拖拉拉十来年。我们家隔壁王二狗媳妇,原先也不会生,统共就治了半年,如今老二都会打酱油了……现在医学这么发达,你们到底会不会治?治不好就告诉我们。这么一把一把地扔钱,谁耗得起啊……"

朱彧侧身盯住布帘,几秒钟后重新躺下,颓然地打开双腿。

王桂英这副急赤白脸的关怀,还是在十年前,朱彧刚确诊时表现过,当着朱彧婆婆的面,仿佛闺女不会生孩子,是她当妈的责任。那时候的朱彧婆婆,还能做出一副豁达姿态:"治嘛,现在医学这么发达,试管婴儿都有了，输卵管粘连算啥，弄通了就行嘛！"

十年前的朱彧，想法和婆婆一样简单——或者说更简单，一边兜兜转转地治病，一边了解各地风土人情、民俗文化。那几年，跟《购书录》一样火的，还有一个《求医记》的帖子，发在散文板块。《求医记》重点不在求医，在乎点滴心情也：北京的小胡同，上海的石库门，西安的半坡村，南京的玄武湖——人头攒动的风景区太浅薄，朱彧着眼的，是每个城市沧桑的历史和厚重的文化底蕴。当然，顺带着，也算表明一下心态：家丑才不能外扬，能亮出来并且亮到公众场合的，都不叫事儿。

《求医记》贴了三年，网友们的留言，都围着各地风物展开。第四年，朱彧自己删了帖子。网友们依旧很识趣，没人追着朱彧问长问短，就连行动另类、每天低头不见抬头见的袁晓红，都一副知而不言的表情。反倒是她妈王桂英，嘴巴越来越刻薄："怎么你生个孩子就这么难？人家王二狗媳妇……"

"王二狗媳妇是人大代表？"朱彧剜她妈一眼，啪一下扔掉手里正择的一把芹菜。

比较来说，刘志强他妈属于含蓄型的，但含蓄归含蓄，中心思想一样表达得清清楚楚。大致意思就是，朱彧跟她儿子的婚姻，简直就是一个天作之合的骗局，说好的事业单位，结了婚就变成了自收自支；说好的播音员，一天到晚念的全是性病广告；说好的诗歌爱好者，除了一身不接地气的神仙做派，一分钱都赚不来……这些统统作罢，现在，就连她当奶奶的愿望，都直接落空了，并且一落十年，丝毫没有回转的希望。

下身传来缓慢的钝痛，像潮汐，一波又一波往四周蔓延，医生开始注射碘油。朱彧皱着眉，一声不吭。蓝布帘外，王桂英还在跟小护士掰扯："宫颈口狭窄，天生的吗？息肉是啥——电切？能切干净不……积水？积液？到底是积水还是积液？我跟他爸都没这毛病啊……"

造影结果依然不好，双侧输卵管扭曲，伞端粘连，宫腔积液，内膜异位。就是说，前面半年的治疗又一次泡汤。朱彧紧咬双唇，苍白着脸，下床第一件事就是把她妈撵出门诊。王桂英被闺女挟持着，一边倒退，一边期期艾艾，终于说出憋了半天的心里话："咱不治了，卫红。多受罪呀。等卫国的孩子生下来，送你一个，到底是咱朱家的骨肉，一举两得呀是不是？"

朱彧松开手，立定，上下打量王桂英几眼，转身走掉了。

八

论坛上，一帮人正为现代诗词的古韵和新韵问题吵得不可开交，袁晓红冲在前面，纵横捭阖，谈古论今，像个所向披靡的战士："……以现代普通话发音为标准，平水韵中，很多韵母相同的字是不同韵的，很多同韵的字，在普通话中韵母又不一样，宋代汉语源于客家方言，照楼主的思路，我们学诗词，要先学客家话，再背上一整套韵律用字系统？"

即使插得上嘴，对于这样的论战，朱彧也是向来都不参与的——平水韵是个什么鬼？朱彧从书橱里翻出一本《宋词精选》，又冲了一杯速溶咖啡，斜压在封面上，手机咔嚓响过，一幅深夜闲读照瞬间定格。照片下面，朱彧配了一首新近填的《临江仙》：

> 醒后孤怀真寂寞，当窗一寸余阴。
> 星河黯淡客房深。分明惊做梦，独自苦浮沉。
> 凝语人间谁会得，夕阳陌上黄昏。
> 夜半露水却沾襟。月华寒光冷，直照入眉心。

新旧韵争论不休的帖子下，马上有人说："主持人来了，播音主持对韵律问题是不是最有研究？"另一个说："是啊，欢迎主持人参与讨论，给大家指点迷津。"——是两个挺没眼力见儿的新人，见朱彧没反应，又跑到《临江仙》下面说了一遍。朱彧没接那俩人的话茬，仍旧一副高冷姿态，给自己回了一帖："小寒。冬夜。四周弥漫着明媚的忧伤，人生呵，一弹指四十刹那，一刹那九百生灭，珍惜当下，便是最好。"

同样不参与论战的，还有冷香诗人。冷香诗人刚绣了一件白麻衬衫，前襟各一枚小巧的福字香篆。"夫君他神色清癯，玉树临风，我埋首在他胸前，香腮染晕，暖玉温怀，执手相看，两两成痴。"痴完了，冷香诗人又端来一盘螃蟹，"——阿姐白日特特送的，伊说，螃蟹是寒凉之物呀，吃时定要熏上手炉，热热地烫点子桂花黄酒，切莫贪杯。"螃蟹吃完，诗人又"弄了点菊花叶、桂花蕊儿煮的绿豆面子，仔细把一双手洗了又洗"。

两个没眼力见儿的新人，又一头雾水地跳了出来："绿豆面子？"

另一个："你们家没香皂吗？"

连朱彧这么笑点高的人，都给逗乐了。刘志强闻声过来，好奇地凑到电脑前："笑啥？"朱彧起身，端着一杯凉透的咖啡去了阳台："没啥。"阳台上的丑菊已经枝凋叶散，枯萎的花儿像一簇小小的、倔强的焰火，至死都有种莫名的骄傲感。朱彧把一杯咖啡慢慢浇到花根上。她睡眠不好，真要喝一杯这玩意下去，后半夜就热闹了。

梦竹十点多才现身论坛，收麦子一样，各个帖子都顶了一把，实在没话可说的，就顺手点个赞。完成收割任务，才跟朱彧打了个招呼："在？"

朱彧说："在。"

《临江仙》下，梦竹贴了很长一段留言："彧姐姐的文字，看似冷淡，实则有着不动声色的大深情。这种深情，是从骨子里散发出来的安静与沉寂，不张扬、不抵抗、不突兀。它是一种气象、一种态度、一种味道、一种秘而不宣的心境。寂寂幽夜，茫茫荒垄，有念无人，有人无念，它不需要太多的应和，它需要的，是时间、是磨砺、是岁月的冲刷和荡涤。让我做最懂你的那个人吧，天真着你的天真，复杂着你的复杂，孤独着你的孤独……"

像一只温热的手，梦竹的文字，直接抚过朱彧心头。朱彧果然更加孤独了。孤独的朱彧坐回电脑前，给梦竹发了一个握手的表情："嗨。"

梦竹刚鼓捣了一篇散文上去，正不亦乐乎地收获各种回帖。教了十五年小学语文的梦竹老师，散文写得规规矩矩、一板一眼，结构、立意、中心思想面面俱到，抒情、哲理、拔高总结一样不少，完全没了刚刚留言的灵动劲儿。散文内容倒没什么大的变化，依然是吃穿用度，柴米油盐，鸡零狗碎，家长里短。语言是一贯的朴实无华。从这份朴素里，朱彧捕捉到了一丝寒怆——别人的寒怆——没什么比这种寒怆更能温暖人心了。

有那么几分钟，朱彧很想伸出手，去抱抱电脑那头的女人。

"孩子要吃肯德基，我刚拿去给他热了一下。"五分钟后，梦竹发过来一串热情的拥抱，"——熊孩子，十点还不睡，烦死了。"

"少吃肯德基。"朱彧说，"垃圾食品。"

"垃圾食品我们这也没有。他爸白天去城里，顺便带回来的。"

这句话，梦竹是语音发过来的。朱彧听见一阵噼里啪啦敲打键盘的声音。梦竹跟冷香都是本市郊县人，那个地方的方言最艮最生硬。不同的是，冷香诗人讲普通话——当然不是朱彧那种标准的、字正腔圆的"普通"，冷香诗人的发音，字不正，腔调绝对圆润，不仅有江南女子的软糯，还带着一股子二八少女的娇俏。相比之下，梦竹则是地道的方言，原本柔和细软的阳平调，从梦竹嘴里出来，一律变成了硬戳戳、格楞楞的去声。以朱彧专业的功底来听，声调切换间，还带着那么点儿滞涩。其实两人音色都差不多。所以说，女人还是要经营的，朱彧想，不管容貌还是身材，性格还是学养，情趣、品位，甚至声音。同样资质，经营与不经营的区别，就是天上跟地下、恐龙跟鲜花、白天鹅跟丑小鸭的区别。

梦竹还在那头唠叨着："其实他爸白天炸了一锅大棒骨，香着呢，又干净又有营养，多好是不是？可那破孩子，死活不吃。"

"他爸挺能干。"朱彧说，"还会炸大棒骨。我都弄不来。"

"他呀，也就这点儿出息了。"

话题转到这儿，梦竹成了刘志强他妈的翻版。朱彧找出那张秋日田间劳作图，赤白的阳光下，梦竹黝黑干瘦的男人正在掰玉米，一边是啃着玉米秸的孩子。这个和朱彧经历差不多的男人，运气远不如朱彧持久，同样靠父母安排的工作，梦竹男人只上了三年班，便被列入第一批下岗名单，八千块钱买断工龄，成了彻头彻尾的自由职业者。让梦竹更为气恼的是，失业后的男人并不急于筹谋生路，而是全身心搞起了艺术。

"木雕，知道吧——就是拿木头刻着玩儿。"说起男人的爱好，梦竹完全没了知识分子的气度，"一截木头他能玩上两个月。对了，还有桃核，每年夏天，他都跟我们村种桃树的大爷套近乎，就为了人家能把那些烂桃子送他，他一筐一筐背回家，扒皮剥肉，晾干了，挑里面品相好的桃核——不知道的，还当我们家吃不起桃子呢。"

和朱彧的诗歌一样，梦竹男人的木雕，也赚不来一分钱。

朱彧想起婆婆那句话：天作之合的骗局。这骗局转移到梦竹男人身上，居然让她生出一种短暂的安慰：瞧，这拖泥带水的人生，她还不是最倒霉的一个，或者说，她还是比较体面的那个——婆婆固然尖酸，老公却还厚道，金牛座的男人，除了相亲时浪漫了一句，剩下的日子，都平平淡淡、按部就班。这种天然呆的性情，自然合不上朱彧诗意的节拍。但，那又怎么样呢，既然远不如自己的人都在舞台上顾盼生姿，她有什么理由不好好生活着？

夜色温柔。朱彧克制了很久，才忍住跟梦竹一吐而快的冲动。

九

广电局集体上访事件，在小城沸沸扬扬炒了两个月，之后便泥牛入海，再没了声息。讯息大爆炸的时代，层出不穷的新闻每天都刺激着吃瓜群众，除了当事人，谁会有耐心从头到尾捋一遍别人家的事？人民群众要的，就是个新鲜劲儿。

上访结果出来，是五个月以后的事了。春节将至，怀着三胞胎的常小毛已经浑身水肿，圆成了球形。朱卫华神出鬼没，每天抛给王桂英的，都是一个裹着藏蓝色棉大衣的背影——三十出头的交通局女协警朱卫华，从二十出头开始，就一副风风火火的姿势。王桂英谁都指望不上，只好给朱彧打电话。她买了二十斤五花肉，要做腊肠。

袁晓红来电话时，朱彧正一手肠衣，一手漏斗地忙活。老朱把手机按了免提键，推到朱彧跟前。袁晓红好像在大街上，四周人声嘈杂："……息工，刚开的会——哎呀，也不是真正的息工，就是有事就来，没事在家待着，来一天考勤一天……名单上有你哎，卫红。"

老朱正靠着被垛抽烟，手一抖，半截烟灰掉在床上。

朱彧瞥他爸一眼，拿抹布擦擦手，拾起手机去了隔壁。

"召之即来挥之即去的意思。"袁晓红接着在那头说，"这帮人真行，治标不治本，这又能解决什么问题？大禹治水都不是这个治法儿……"

袁晓红的义愤填膺，怎么听都有点儿用力过猛。朱彧在这头没吭声。"名单上的人都在四处活动，托人情、拉关系、找领导，"袁晓红

225

说，"卫红你也早点儿下手，这事宜早不宜迟。"朱彧点了点头——电话这边的点头，袁晓红是看不见的，就是说，跟袁晓红长达五分钟的通话，自始至终，朱彧都是沉默状态，包括对方最后那句"再见"。

老朱历来含蓄，即使听了前半截电话，也没主动跟朱彧问长问短。不主动问的另外一个原因，是不含蓄的王桂英回来了，扶着肿成皮球的常小毛。最近两个月，王桂英婆媳在朱彧面前，都是一副无所适从的表情。"后妈难当"，这是朱卫华说漏嘴的话，没心没肺的朱家二姑娘，见她姐面不改色，还以为朱彧真没当回事。

"妈说了，这仨孩子，死活得给你一个。"朱卫华说，"你不要，就说明你跟她不亲，跟我哥不亲，对了——还有我，说明跟我也不亲。"

她居然才知道后妈难当。朱彧想。说明前四十年，她这个后妈做得，还是顺风顺水。这个号称一辈子幸福都被朱彧毁掉的女人，隔上一段时间，就会扒开伤口，有意无意地，给大伙看看。奇怪的是，这四十年里，她们居然从来没就此起过冲突，反倒是一些鸡零狗碎的小事，经常让娘俩吵得不可开交。王桂英擅长苦情戏，连一向威严的老朱，都怵她这一招。但朱彧不怕，如果说过去四十年，王桂英的鼻涕眼泪、哭诉、咒骂，像定期暴发的瘟疫，朱彧就是自备抗体的那个人，眼皮一垂，任她呼天抢地去了。

尴尬的王桂英婆媳，绕了半天才把话题绕到孩子身上。朱彧放下灌了一半的腊肠，收拾东西想走，被王桂英劈手拦住。

"躲，又躲。"王桂英说，"这事，躲得了初一，你躲得过十五吗？"

"初一、十五，跟我有关系吗？"朱彧气得嘴唇直抖，"这是孩子，不是小猫小狗，就算是小猫小狗，也不能强买强卖，你得征求一下它们父母的意见。"

"我没意见。"一旁的常小毛怔了一下，"送给大姐养，我放心。"表完态，常小毛飞快地看了婆婆一眼。这真是一对琴瑟和鸣的婆媳。

朱彧无话可说，伸手推开王桂英。

"什么叫跟你没关系？"王桂英一改刚才的手足无措，变得亢奋起来，"要不是因为你，我会嫁给你爸？要不是因为你，卫国会变成瘸子？要不是腿脚有毛病，年纪轻轻，谁会去火葬场上班，谁又会找这样的媳妇？"

王桂英说走了嘴，倒也不局促，瞥一眼身边大腹便便的常小毛，兀自滔滔不绝地声讨下去："卫国娶媳妇的钱，被你拿去买了工作，现在他有困难了，你在干吗？你在天南地北转着圈儿地撒钱——孩子呢，钱撒出去，孩子在哪？"

"疯了吧，你！"老朱捻灭烟头，"给我闭嘴！"

王桂英轻蔑地瞥老朱一眼："叫你闺女生个孩子出来，我马上闭嘴。"

"你确定，是为了我嫁给我爸的？"朱彧笑了，"——听起来好高尚的样子。"

四十年前，先锋公社红旗大队社员王桂英也是有心上人的，据说是本村一个贫农子弟，高中毕业，肩不能挑手不能提，是朱彧姥姥棒打鸳鸯，一哭二闹三上吊，逼着王桂英嫁给了朱彧爸，理由也是王桂英这个词儿：一举两得。老朱那时候是响当当的工人阶级，吃皇粮。"肥水不流外人田，"朱彧姥姥说，"谁爱嚼舌根谁嚼去，嚼舌根能嚼出粮票来？能嚼出布票来？还是能嚼出大米白面、红糖鸡蛋来？听蝲蝲蛄叫还不种庄稼了，真是！"

王桂英的心路历程，朱彧没法想象。倒是没流出去的肥水，扎扎实实养大了姐弟三人，偶尔，还能接济一下亲戚四邻。五岁那年，朱彧亲眼看见，王桂英把一袋白面、半罐猪油偷偷塞给了心上人，那个"老高中生"："拿去，早晚蒸点儿馍，少掺玉米面儿。"

那时候的"老高中生"，拘谨木讷，还会脸红，会感激。多少年后，当王桂英再次把两瓶白酒、一篮冻柿子递给心上人时，朱彧看见的，已经是一个才高行短、油腔滑调的无赖了。

"就这些？""老高中生"指指斗柜，"那个呢？那个不是给我的？"

"你就贪吧！"王桂英找出一张报纸，包了斗柜上的两只熏鸡，嗔怪着递过去。

四十年后，面对闺女的冷笑，王桂英先是结结实实打了个寒噤，随即两手掩面、长歌当哭。朱彧皱皱眉，一声断喝，彻底堵回了王桂英撒泼式的唱腔。

"别提我妈！"朱彧说，"别拿我妈当幌子，掩盖你那些见不得人的烂事！"

王桂英当即噎个半死，两颊由红变白，由白变青，嘴巴半张着，几乎没了声息。

"都给我滚出去！"一旁的老朱剧烈咳嗽起来，边咳边哆哆嗦嗦伸出手，指向朱彧，"你——也滚，给我滚得远远的！"

"爸您也知道，对吧？"朱彧满脸通红，看起来比王桂英还难堪，"您早就知道。可您为什么不说？为什么装聋作哑、自欺欺人？为什么还让她这么飞扬跋扈？为了我的幸福？我幸福了吗？这个家谁幸福了，卫国还是卫华？还是爸爸您？都不是，最幸福的，就是这个吃着碗里偷着锅里，还偷得这么仁义、这么高尚、这么理直气壮的泼妇……"

"你你你，我掐死你！"王桂英长号一声，扑向朱彧。

老朱从床上腾一下坐起来："滚，统统给我滚出去——"

一只枕头砸过来，朱彧错身闪开，装满实芯荞麦的枕头不偏不倚，正好砸在一旁猝不及防的常小毛身上。常小毛呆若木鸡，半晌才哇一声哭出来："哎呀，我的妈呀……"

十

冷香诗人的新书发布仪式，定在正月十五，元宵节那天。

论坛上，渔樵老板发了一个帖子，详细交代了发布会的时间、地点、出席嘉宾、具体流程，并贴上了新书封面和扉页、内里插图。封面上，冷香诗人一袭无袖高领青花瓷元素旗袍，发髻斜挽，粉面低垂，两只纤纤玉手拨弄着一架古筝。封面底纹是简单的水墨竹韵，隐在一派空蒙的江南烟雨中，也清丽，也脱俗，除了透着一股子"渔樵"劲儿。

诗集内页，隔三岔五，插着作者的照片，冷香诗人或低眉搔首，或无语凝神，或凭栏远眺，或于秋风中轻轻拈起一片落叶，深情而缱绻。照片底下，是疏落的幼圆字体，既占篇幅，又不失雅致。比如诗人低头刺绣那张，下面就是这样一段文字：

前世，我或许是一粒种子
一阵清风，一株植物，都好
来世，我还要活成这样
一花不与凡花同。还做女子
爱花花草草，丝丝线线
爱每一秒与每一刹的不同。

渔樵老板今天一反常态，发完帖，非但没有即刻消失，还在下面不遗余力地逐个顶帖。这在渔樵老板来说，简直是前所未有的举动。网友们如蒙皇恩，论坛因此格外热闹："古典的东方女子，路过琪花瑶草，路过山石乱叠，路过亭台楼榭，在安静的绣房里，人潮漫溯的时光中，绣出另外一个世界。你是误入凡尘的精灵，合着行云流水的古筝，于万千人中款款而来，水袖一扬，满天花落，回眸一笑，云淡风轻……"

下面，渔樵老板的回帖也相当下功夫："玉指如纤，心中生莲，莲开微半，一半清风，一半月圆。以针作绣，以线当墨，以诗为篇。一枝一蔓，一叶一帆。手随心走，意蕴缱绻。一颦一笑，都是贴心的暖。"

十点多，冷香诗人姗姗而至。心情大好的女诗人今天走混搭路线，忽而天真俏皮，忽而活泼娇憨，忽而端庄宁静，忽而又一副傻白甜的邻家小妹形象，像青花瓷瓶里倒出的一杯鸡尾酒，从里到外都让人耳目一新："被人懂得，真真儿是极妙的感觉，是慈悲、是怜恤、是呵护，是灵魂的着陆、思想的小憩，是春江花月夜里，未有曲调先有情的默契。"

袁晓红不知什么时候上的线，给朱彧发来一枝凋谢的玫瑰："今天论坛上情歌大对唱吗？未有曲调先有情——怕是未有诗集先有情吧。"

"怎么讲？"朱彧问。

"自费诗集，香港书号，两千五一个，加印刷费，五十克的书写纸，一千册印下来，全部成本超不过五千块钱……五千块钱搞定一个女人，还是精选爆款，炙手可热型，这生意，划算啊。"袁晓红说得兴起，恶作剧般篡了几句广告词，"——哎，五千块，五千块，真正的清仓，真正的甩卖，你不用问价，也不会被宰，散文诗歌顺口溜，圆你出书梦，统统五千块。各位美女才女，走过路过，不要错过喽！"

"有没有人说你像王熙凤？"朱彧说，"袁辣子，泼皮破落户。"

"没有。"袁晓红刻薄顺了嘴，开始不分对象，"倒是有人说你，像林妹妹，每天迎风流泪，对月伤怀，闲数落花，坐看云起——哎，你是真喜欢林妹妹吗？"

朱彧不再搭理袁晓红，随手点开"读书时间"板块，转了一篇《欧洲哲学发展史》读后感："哲学家们通常都是具有心灵广度的人，能够把私生活中的种种偶然事件置之度外。但即使是他们，也不能超出那个时代更大的善与恶的范围……"

摆明了冷眼旁观的态度，不但旁观，还要刷一下存在感。

袁晓红在朱彧的帖子下，贴了一串龇着门牙的笑脸。

冷香诗人在继续回帖："一个人，只有修行了青涩、成长、伤害、挫折、绝望、喜悦、得失、生离、死别，才能收获今天这份淡然，才能在这里，看时光流转，岁月蹉跎。愿我的人生，背景是鸟语花香，底色是山高水长，有照见，有懂得，有地阔天高，光芒、笃定、明亮，天真、大志、雅趣，自然、生动、可亲。故人不相忘，惜君如往常。"

袁晓红说："老天，这是抱着汉语词典写的吧?!"

朱彧笑而不语。

"撤了，我。"袁晓红发来一串晕厥表情，"你们这些'女纸'，一会儿柔柔弱弱、娇娇滴滴，一会儿安之若素、宠辱不惊，弄得我既插不进脚，也排不上号，哎!"

朱彧说："你这个时候撤，有嫉妒的嫌疑。"

"嗯哪，我嫉妒。"袁晓红调皮地吐了吐舌头。

论坛上一反常态的，除了冷香诗人和渔樵老板，还有梦竹老师——梦竹上线时，论坛已经趋近冷清，渔樵老板跟冷香都下了。和往常一样，今晚的话题，还是由梦竹挑头，朱彧应和，照例围着芝麻绿豆、鸡毛蒜皮展开，时间不长。数落完老公孩子、拖沓的生活、乏善可陈的教学工作，梦竹话题一转，聊到了冷香诗人那本诗集上。

"渔樵老板给弄的?"梦竹问，"出书这事，很麻烦吧，关系不够铁的话，谁管这个。"

朱彧想起袁晓红那个广告，到嘴边的话，只讲了一半："应该是吧，五千块，不贵。"

"五千块?"梦竹问，"谁说的?"

"哦——大家都这么说。"

"坊间传说的意思吗?"梦竹问，"反响不小啊——醉翁之意不在酒吧?"

"不在酒在哪?"

照这个节奏进行下去,梦竹应该像袁晓红那样,再爆个自己不知道的猛料出来。朱彧一粒葡萄在手里都捏出了汁,却不想梦竹一个急刹车,打住了:"孩子喊我,下了啊。"

朱彧是在凌晨才发现梦竹的异常的。夜里十二点的论坛,一片冷清,因为脑子里始终盘桓着袁晓红那段话,朱彧随手点开了冷香在论坛上的个人空间——即使一个小小的论坛空间,诗人也经营得别具一格,诗歌、摄影、绘画、书法、刺绣、美食,无所不及。签名档里,更是两句神仙笔法:一个游走在梦与现实边缘的女子,执笔取暖,煮字疗饥。

再往下,是注册时间、最后一次登录时间、登录 IP:中国铁通122.77.181.1。

梦竹老师也用铁通宽带,平时跟朱彧聊天,那边网络经常卡顿。"学校家属院统一装的。"梦竹说,"没办法,铁通公司把校长公关拿下了,别的运营商进不来。"朱彧随手点开梦竹的个人空间,照例是注册时间、最后一次登录时间、登录 IP:中国铁通。

留住朱彧视线的,是最后那串阿拉伯数字:122.77.181.1。

十一

广电局内网上,第一批息工名单已经公布出来,朱彧名列榜首。此前一个礼拜,朱彧抹下脸皮,给电台主管领导拎了两条"大中华",也没改变被息工的命运。"学历太低,"操着一口东北话的胖台长遗憾地说,"这么多年,你说你咋就不修个文凭呢。"

老朱那边,把原来的中间人也央求了一遍,结果如出一辙。王桂英像刚跟袁晓红接过头,连说话语气都一模一样:"挺大个人,刮风叹半天，下雨叹半天，日头出来叹半天，落下去又叹半天，上个月我养那盆月季死了，人家对着一朵花，生生哭了半天——你闺女是诗人哪，修文凭，那都是凡人干的事儿。"

常小毛被一只荞麦枕头砸得动了胎气，一周前生下耗子大小的三个男孩，从娘胎里出来就送进了保温箱。提前降生的小家伙像三位不速之客，打乱了全家人的生活节奏，就连被朱彧气急败坏抖搂出来的王桂英几十年的秘密，都没人关心了。

孩子出生那天，朱彧在医院露过一面，包了三个红包，前后不超过十分钟。王桂英沉下脸，转身去了开水房。保温箱的费用，每个孩子每天一千五，加上常小毛的住院费，每天五千块的开支，让王桂英觉得，整个世界都在跟她过不去。

半个月后，朱卫国敲开他姐家门，吭哧半天，才把要说的话表达清楚。朱彧转身，从床头柜里拿出事先准备好的两万块钱，递给朱卫国："她让你来的吧？"

"小毛没奶，出院后还得吃药。"朱卫国说，"生娃花了十几万，卫华那也没钱了。"

钱可以出，孩子坚决不要。朱彧看了看大弟微驼的后背，到嘴边的话又咽了回去。实际情况是，到后来，出不出钱，都不是朱彧能说了算的。腊月二十八，夜里一场薄雪，天刚放明，朱卫国再次登门，又一通吭吭哧哧，借五万块的住院费——三个孩子都得了硬肿症，其中一个还有肺出血。朱彧二话没说，披衣起身，拽着大弟的手直奔医院。

新年将至，平时挤破头的市妇幼保健院变得格外冷清，三个抱着孩子的大人火上房一般，在急诊和检验科之间来回穿梭。路过妇科门诊时，朱彧跟里面走出来的大夫撞了个满怀。

"原来你们是一家人哪。"女大夫说，"真巧。"

是朱彧的门诊大夫。独臂姑娘生了三胞胎的新闻，在妇幼保健院很是流传了一阵儿，女大夫知道这事。朱彧冲她点个头，抱着孩子想走。

"多好。"女大夫刚好也去检验科，一路跟着朱彧，像个话痨，"要不然你弟媳妇怎么生三个呢，正好送你一个。肥水不流外人田——心疼大姑姐嘛。"

全世界都认为她应该领养一个孩子。

朱彧胸口发闷，靠住检验室的白漆铁门，喘了一会儿气。

两天之后的春节，除了高血压的老朱，一家人都是在医院度过的。常小毛有产后抑郁倾向，基本帮不上忙。朱卫国憨钝木讷，除了打打下手，只会蹲在走廊里叹气。王桂英跟朱彧、朱卫华娘仨，白天晚上连轴转，每个人都累脱了形。照顾孩子的同时，朱彧还得跑民政局，看能不能申领多胞胎补贴。长假期间，民政局只有一个一问三不知的值班姑娘，预交的五万块住院费告罄时，朱彧才在龙腾小区停车场堵到了正准备出门的民政局局长。

"国家对多胞胎实行补贴或救助，这是大多数人都有的模糊印象。"年近五十还满脸青春痘的民政局长说，"可实际情况是，在我们国家，目前为止，还根本没有这方面的政策出台，民政部没有，卫计委也没有，像你们这种情况，只能考虑临时补助……"

临时补助一千块，需要提供身份证、户口本、个人申请书、授权声明、亲属户籍证明、家庭成员诚信承诺、家庭收入申报资料……朱彧不等民政局长说完，扭头就走。

第三次借钱，是一周后的大年初五，在医院走廊里，王桂英亲自上阵。这是娘俩冲突后第一次正面交谈，平时照顾孩子，都是有事论事，没事各自板着一张冷脸。王桂英显然还没从年前的冲突事件中走出来，借钱不像借钱，像讨债。朱彧一声没吭，转身从包里翻出一张银行卡，啪一下扔到她妈跟前："就这么多，您看着办。密码是我生日。"

从收费处交了钱出来，王桂英直奔病房，当着儿媳妇的面，把银行卡还给朱彧："两万块，三天的费用。三天以后怎么办，你就这么点儿钱？"

"这是我看病的钱。"朱彧说，"——我应该有多少钱？"

王桂英深吸一口气，像个运筹帷幄的军师，目不转睛地盯了朱彧一会儿："你应该有多少钱我不管，你应该出多少钱，从小毛住院那天开始，清单上写得明明白白。"

朱彧收起银行卡，慢慢合拢手包拉链。她很想像王桂英一样，做个又冷静又镇定的姿势，可是办不到。被一团寒气袭倒的朱彧，不光双手颤抖，连牙巴骨都开始哆嗦。三胞胎里的老大忽然针扎一样哭起来，咕呱咕呱咕呱，像早春冬眠刚醒的蛤蟆。王桂英叉着腰，意犹未尽地瞥一眼朱彧，跑去弄孩子了。

三天后，两万块住院费即将花光时，袁晓红联系的记者陆续出现在妇幼保健院儿科病房，实地报道陷入困境的三胞胎家庭。记者们分别来自本市日报、晚报、都市报和电视台。袁晓红说，纸媒记者，尚能卖她几分薄面，电视台方面，就全是渔樵老板的关系了。整个采访过程，朱彧一直躲着镜头，后来干脆推门走了出去——需要救助的是朱卫国跟常小毛，一个瘸子，一个独臂。而她，叫朱彧，珠圆玉润的谐音，才华横溢的里子。她可以在虚拟空间亮出他们之间的关系，论坛、博客、微博、QQ。现实中，绝对不行。

王桂英一副惊愕表情，直到记者离开，看热闹的人群纷纷散去，才回过魂来。这个在朱家逞了一辈子强的女人，第一次成了电视中人，经历了电视里才能看到的情节，简直比做梦还像做梦。回过魂来的王桂英一把抓住袁晓红，翻来覆去念叨两句话："好主意，好主意。这闺女脑瓜儿灵光。"

"找什么民政局，这个证明那个证明，等证明开齐了，黄花菜都凉了。白耽误时间嘛！"王桂英又说。

"办法是朱或想出来的——啊不，是卫红想出来的。"袁晓红轻轻抽出手，"卫红负责找民政局。我跟媒体熟，就联系了几个记者。阿姨您不要客气。"

王桂英如梦方醒，四下找寻闺女，才发现朱或早不在了。

第二天上午十点，第一笔捐款打到了朱卫国卡上。十点半，第二笔。五分钟后第三笔。朱或挨个摸了摸婴儿床里熟睡的三个小家伙，收拾好东西，头也不回地离开了病房。

十二

正月十五，冷香诗人的新书发布会如期举行。

会场自然安排在博雅书店。民间组织的新书发布会，排场却丝毫不输官方，各路记者长枪短炮，齐聚一堂。原本，朱或是不打算参加这个发布会的，但三胞胎筹款事件中，渔樵老板伸手相助之后，就不能不来了——银钱是债，人情也是债，不给冷香诗人面子，就等于不给渔樵老板面子，更何况，她本身还是论坛六位版主之一。

如此掂量着，朱或故意迟到了二十分钟。春节长假后，朱或一直赋闲在家，说好的"有事就去，没事在家待着"，变成了一直没事。越是赋闲，越不能表现出赋闲的样子，尤其今天这种场合。朱或跟渔樵老板抱歉地打了个招呼："不好意思，来晚了。"

随后，又冲一旁仪态万方的冷香诗人，微微一个颔首。

IP 秘密之后，梦竹老师神奇地消失了，发 QQ 不回，打电话不通。朱或百度了梦竹的全部发帖，才发现，小学老师梦竹，在"渔樵社"的所有发帖，都来自一个名叫"梦竹园丁"的新浪博客，包括图片。而这个"梦竹园丁"，身在遥远的黑龙江。就是说，论坛上土里土气的梦竹老师，根本就是冷香诗人的另一个化身，用同一个 IP，借"梦竹园丁"

的壳，出现在朱彧的网络世界中。那么，这个冷香诗人，她想干吗？朱彧背上，激灵灵升起一股寒意。还好之前，她跟梦竹——不，跟冷香诗人聊天时，几次欲言都止住了。朱彧是谁？电台主持、知识分子、诗人、文学爱好者，家庭美满、工作体面、情感细腻，以出世的情怀，打发着入世的生活。她的人生，只允许自己质疑，别人，谁都不行。

冷香诗人双手交垂，冲朱彧微鞠一躬："谢谢捧场。"

发布会上的冷香诗人，基本和诗集封面装束一样，无袖青花瓷元素旗袍换成了有袖的，外搭一件精白荷叶边羊绒小披肩，发髻斜挽，脑后松松地插一支檀木镂空梅花簪，在一堆浓脂艳粉当中鹤立鸡群，格外引人瞩目。

会场两侧各一排藤椅，端坐着本市文学圈内几位重量级人物，渔樵老板一个眼色，书店小妹又麻利地搬来一把椅子，推到朱彧面前。朱彧正欲礼貌谦让，被渔樵老板一把拦住："不可以，你今天是嘉宾中的嘉宾，一定要坐头排。"

发布会已经进行到第三个环节，冷香诗人声情并茂地朗读了一首新作，下面自然一片掌声。第四个环节，渔樵老板把朱彧请上了台——嘉宾中的嘉宾，朱彧已经习惯了，每年春秋两季读书会，朱彧的朗诵都是压轴戏，市电台主持人的身份虽然模棱两可，朗诵水平却也不是普通人能企及的。女诗人半软半糯的表演，跟她的朗诵，根本没有可比性。

朗诵内容是会务事先安排好的，诗集里的一首《谎言》：

> 每一片雪花都是谎言
> 风刀霜剑，地冻天寒
> 北风吹走了我的心事，却
> 吹不出你的视线
> 找一管唐宋的紫毫

捻一根秦淮的丝线

长发易剪，愁心难付

我是在等一个人啊

跟他执手相看，烟火人间

朗诵完毕，朱彧正琢磨诗歌里那个"他"时，渔樵老板大步上台，把朱彧请到了中间位置："刚才我说过，今天这个发布会，朱版主是我们'嘉宾中的嘉宾'，为什么呢?"

台下观众交头接耳，朱彧含蓄微笑。

"大家知道，前几天，我市媒体报道了一对残疾人夫妇和他们的三胞胎儿子，因为早产，孩子出生不久便患上了重疾，让这个本不富裕的家庭雪上加霜……"

朱彧还在微笑，嘴角半扬，矜持、蕴藉而内敛，大脑却轰隆一下，像行走途中，突然被人敲了一记闷棍，一瞬间迷离恍惚，丢了方向。

"……冷香诗人决定，发布会全部签售所得，都将捐献给这个多灾多难的家庭，为三个孩子的康复，贡献自己一份爱心。这份爱心，请孩子们的亲姨，我们的朱彧版主代为转交。同时，请捎上渔樵论坛全体网友的祝福，祝孩子们无忧无虑，快乐成长!"

发布会变成了募捐会，签售仪式变成了一场义演。朱彧呆坐一旁，看冷香诗人笑语盈盈，接来送往。记者们忙着各个角度拍摄。半天时间，诗集已经卖出了两百多本，不少顾客付完书费，又另外捐了一份善款。渔樵老板吩咐书店小妹逐一登记，再次致谢。整个过程，朱彧像一个跟此事毫无关系的路人——不，路人都在捐款，她是一个跟整个世界都没了关系的人。

发布会怎么散场的，朱彧完全不记得。她在街上漫无目的地走了两个小时。新年刚过，元宵节接踵而来，小城不宽的街道上，到处弥漫着鞭炮刺鼻的硝烟味。路过一个报刊亭，朱彧停下脚步，买了一瓶水，顺便跟老板借了电话，按下梦竹的号码。

电话响了很久才接通，一个软软糯糯的声音传过来："喂，哪位？"

朱彧默不作声。电话那头，传来渔樵老板的声音："别接了，别接了，市委宣传部王部长，你得敬一杯。还有，文联赵主席，日报社李总编……"

挂掉电话，朱彧付给报刊亭老板一块钱，转身踅进一条小巷，掏出手机，拨下刚刚的号码。手机那头，是一连串短促的忙音，嘟嘟，嘟嘟，嘟嘟……

带着冰碴的水，喝下去透心透骨的寒凉。朱彧灌完一瓶，又踅出小巷，重新买了一瓶。剩下的路，她是走回去的，公交车一辆一辆，慢吞吞从身边驶过，朱彧数着脚下的花砖，足足走了两个小时。下午三点推开家门，正好接到刘志强短信：午饭在锅里。

看完短信，朱彧关了手机。

按从前的风格，她应该倒在床上，睡个昏天黑地。这次却没有，扔了手机的朱彧从床底翻出两个编织袋，直接去了单位。元宵节，正赶上周末，除了保卫处，六层的广电局大楼空无一人。朱彧拧开办公室的门，开始收拾东西。她的东西多而杂乱，伏牛溪的鹅卵石、龟背山的崖柏件、窑神庙的香炉瓶、护城河的菖蒲叶……当然，最多的还是书，文学、哲学、艺术、心理、宗教，收拾到最后，两个大号编织袋装得满满当当，还有一摞，怎么都塞不进去了。

呆立半晌，朱彧拎起编织袋，快步出门，将它们统统扔进了垃圾车。

随后，朱彧开始逐个楼道转悠，新闻部、编辑部、外联部、财务部、专题组、大小会议室、储藏间、男女厕所，连人迹罕至的楼顶，也被她攀着一架竹木矮梯，爬了上去。早春的小城，风大而猛烈，从六层楼顶上往下看，广电局不大的院子像一块划分好的豆腐。十年里，她就活动在这个豆腐块当中，都没想过换个角度看看它。

朱彧环顾四周，深吸了一口气。

脚下什么时候聚了一群人，朱彧毫不知情，直到一辆警车呼啸着驶进院子。原来她已经坐到了一米高的女儿墙上，两手交叠，两脚悬空。楼下，乱成一团的人们仰着头，焦急地冲她挥手、叫喊。所有声音，一出来便被风声吞没了。朱彧迷惑地看着脚下，人群中，老朱捶胸顿足，继而虾米一样蹲下去，抱住了脑袋。而她妈王桂英，则软绵绵地倒在朱卫国怀里，被朱卫华和刘志强两人掐着人中。警察已经在草坪上拉起了安全网。没准儿，此刻，她身后还有某位消防员战士，正悄悄向女儿墙靠拢。猫一样，电影里一样。

暮色四合，风依旧在耳边呼呼吹着，裹挟着煤烟、粉尘、沙石、草屑和不远处黄记烧烤店里孜然熏鸡的味道。邻座高层，不知谁家孩子在弹钢琴，叮叮咚咚，咚咚叮叮，成心要把世界搅碎一样。朱彧转身，慢慢收回一只脚，接着，是另外一只。

生活如此轻薄，真怪不得她意马心猿。

（原载《长城》2018 年第 6 期）

短 篇 小 说

　　孟昭旺，1981年生于河北南皮，毕业于河北师范大学中文系，鲁迅文学院第34届高研班学员。曾在《青年文学》《长城》《十月》《西湖》《青春》等刊物发表小说。有作品入选河北小说排行榜及作品年选。已出版中短篇小说集《春风理发馆》。

寻 羊 记

◎孟昭旺

一

某些黄昏，当炊烟混合在乳白色的雾气中，渐次在董村上空升起时，少年孟毛总喜欢独自跑到村口的打谷场，打量夕阳下的村庄。

那时，太阳已经收起多余的光芒，而夏日蒸腾的热气尚未散去。躺在新堆成的麦秸垛上，孟毛习惯在嘴里叼一根麦秸，把一条腿搭到另一条腿上，迎着晚风悠闲地晃荡。

他似乎没什么要紧的事情做。一个十来岁的孩子，能有什么要紧的事呢？他来打谷场，不过是因为心里闷得慌。孟毛跟董村别的孩子不大一样，别的孩子总是整天嘻嘻哈哈到处疯跑，他们很少像孟毛这样，一个人到打谷场上发呆。打谷场平坦而开阔，有风从远处的田野吹来，吹到脸上，软绵绵的，孟毛心里就舒坦了许多。他喜欢来自远方的事物，比方说嘈杂幽暗的车站、建在河岸上的吊脚楼，比方说，冒着油烟的臭干子和有着白色绒毛的毛豆腐。事实上，孟毛从没见过那些东西，它们只出现在他的想象中，它们时常给少年孟毛带来一种错觉，那就是，他的母亲并没有走远，或者说，他其实一直在母亲身边，就像影子一样，母亲走到哪里，他就跟到哪里。

244

可是，母亲为什么要离开董村呢？孟毛总是对自己提出这样的疑问。

待得厌烦了，孟毛就跳到地上，在麦秸垛之间穿梭。他喜欢给麦秸垛起一些奇怪的名字："七月""竹筏""邮票""长沙"。它们之间并无联系，但他喜欢那些毫无联系的事物。孟毛游走在麦秸垛之间，就像走在虚无的梦境中。

在打谷场上，孟毛会不时朝官道上瞅一眼。如不出意外，他的父亲孟令学准会在这个时候轰着羊群出现在树影中。这个全村闻名的放羊人，保准儿是这副神态——头上戴着硕大的草帽，长长的旱烟杆要么含在嘴里，要么跟烟袋绑在一起搭到肩膀上。他一直是这副模样，不紧也不慢，就这么溜溜达达跟在羊群后头。总有好事的路人，明明已超过一段路，偏要扭过头来大声喊道：孟令学，赶快回家吧，你的侉子媳妇给你来信了！

孟令学知道对方在逗他，便像只胆怯的乌龟一样，迅速把头缩在草帽里面，继续低头走自己的路。

那人却不依不饶："孟令学，把你的羊卖了，到南方找她去，她不回来你就赖着她，实在不行就揍她，往死里揍，不信还有打不断的硬骨头。听我的，整天放羊有个屁用啊，难不成夜里跟羊钻一个被窝？"

孟令学没有回答，这么多年，他已经习惯把自己当成聋子，习惯把自己的嘴巴缝起来。

那人又说："实在不行就让'老鸨子'再弄一个过来，这小子太不够意思，收了你的钱，却弄个不着家的，啧啧，你这钱算是白花了。"

孟令学依旧什么也不说，他的头倒是缩得更低了。直到那人走远，孟令学才恨恨地朝地上吐一口唾沫，把鞭子高高扬起，在空中画几个敞亮的圆圈，甩得啪啪作响。

因为右腿有些跛，孟令学的行走通常会多花一些时间，等他在孟毛的视线中彻底消失，雾气越来越浓，天已渐渐黑下来。用不了多久，星星就会从天边冒出来，村子里的灯火也陆续亮起，孟毛便有些不舍地离开打谷场，怏怏地往家走。

村里的广播室就在孟毛家的胡同口，路过时，孟毛忍不住踮脚朝窗户里张望，负责送信的老朱冲他挥挥手说："别瞅了，瞅也没有你家的信。"

这些日子，孟毛看起来越发迟钝了。老师布置的作业，让把生词抄写三遍，他连一个字也没有写，倒是在作业本上画了些石榴啊花生啊之类的东西。孟令学再三嘱咐让他把羊圈打扫干净，撒上一层细沙土，他嘴里答应得好好的，一回头就把这件事抛到了脑后，整整一下午，都在举着竹竿驱赶屋檐下飞来飞去的燕子。原本跟同学约好一起去河滩挖泥鳅，他却一个人跑到打谷场上。

唯一不变的是，这些日子，他每天经过广播室的时候，总会忍不住停下脚步，朝里头张望。地里的麦子已经收割完了，新播种的玉米也已冒出嫩芽，可是，他的母亲却依旧没有消息。这让孟毛心里隐隐有些着急。

或许她会写封信来。孟毛想。

二

事实上，那个名叫刘桂花的外乡女人，留给孟毛的印象短促而模糊。这也难怪，从刘桂花被"老鸨子"卖到董村那天算起，她在孟令学家的土坯房里住过的时间加起来不过半年。把半年的时间分成若干碎片，放到十几年里头去——你见过把一杯水倒进水缸吗？倒进池塘呢？倒进大海呢？

有一点可以肯定的是，打心眼里，刘桂花是瞧不起董村的，她从来没有把董村当成她的家。她的家在遥远的南方，在四川达州某条河边的吊脚楼上，云南大理的一座寺庙旁边或是贵州毕节的山寨里。没错，在刘桂花的叙述中，她的家总是变来变去，她总习惯否定自己，用一个新的答案代替前一个，而她这么做唯一的目的，就是让人摸不清她真正的家乡究竟在什么地方。她无法给自己的出尔反尔做出合理的解释，因此，她给村里人留下了谎话连篇的坏印象。

人们偶尔提起她时，都会撇着嘴说：那个满嘴跑火车的女人！

在人们的印象中，擅长说谎的刘桂花似乎很少回董村，也很少跟孟令学联系。一年四季，她总是在忙，谁都不知道她在哪儿，谁都不知道她在忙些什么。总之，在人们看来，刘桂花是个野心勃勃的女人，董村对于她来说更像是一家旅店，他们无法确定她什么时候会出现，她像一个不太靠谱的远房亲戚那样，想来就来，说走就走。

也不是完全没有规律。比如说，每年麦收时节，刘桂花通常会回董村住一段时间。也不会太久，从地里的麦子开镰，到新播种的玉米钻出嫩芽，满打满算十几天而已——她可是大忙人，有很多更重要的事情要做。通常，她的出现毫无征兆，而离开的情形也差不多。她总是在某个安静的深夜，拖着沉重的行李悄悄回到董村。那些连绵而固执的敲门声，惊动隔壁邻居家的老黄狗，让它"汪汪汪汪"叫个不停。

孟令学自然是欢喜的，他的嘴巴咧着，满脸挂着笑，一瘸一拐的腿脚也变得轻快起来。他不声不响地到西屋抱来柴火，点起灶火，给刘桂花下一碗面条或煮一碗鸡蛋汤。他忙着做饭的时候，刘桂花就在里屋坐着，一动不动，她累坏了，她的身体像是锈在炕沿上，就连房梁上来回跑动的老鼠和爬到她肩膀上的蜘蛛，都没法让她打起精神。孟令学把做好的饭端到她面前，刘桂花也不客气，一口气把碗里的东西吃个精光，这才回过劲儿来。吃完饭，刘桂花从口袋里掏出一盒烟，递给孟令学一支，另一支给自己点上，慢慢地抽。孟令学呢，把烟夹在耳朵上，默默地站在她旁边，垂着手，低着头，不时伸手抻一抻炕单或是扯一下刘桂花的衣角。他像一只敏感的蜗牛，一边试探着伸出触须，一边随时准备退回自己的壳里。

刘桂花心情好时，情况会有些不同。她会主动跟孟令学提起自己在南方的经历和遇到的一些人。

刘桂花说，小区看门的老头儿可真奇怪，每天早晨，他总会穿着一件单薄的衣裳，爬到楼顶看日出，鬼才知道他是怎么爬上去的，他那么瘦弱，好像一阵风都能把他吹到空中。

刘桂花说，住在隔壁的那个姑娘似乎没什么事情可做，不用上学，也不用工作，不过，她从来不缺钱，她的衣柜里挂满了漂亮的衣服，还有，她似乎特别怕黑，即便在白天，也要把全部的灯都打开。

刘桂花说，楼下有个小男孩每天都要到电话亭打电话，他怎么有那么多话要说呢？哦，对，他除了说话还会唱歌，不过，他唱得可不怎么样，他总是从一首歌串到另一首。他的歌是唱给谁听呢？

他们的谈话大抵如此。刘桂花在说，孟令学在听，一边听一边不住地点头。他们彼此保持着足够的客气——哦，也并非完全如此。有一次，他们发生了短暂的争吵。那次争吵是从晚饭时孟令学把筷子摔到桌子上开始的。孟令学把筷子摔到桌子上，这样的事情可不多见。他不但把筷子摔在桌子上，还用手里的烟袋锅使劲儿敲着桌子。

他说："你能不能别去惹那些不干不净的人？他们给你多少钱？他们的钱跟他们的人一样不干不净。你干吗要那些不干不净的钱呢？"

刘桂花没有给他说下去的机会，她打断了孟令学，她说："长沙有一种有名的小吃，叫臭豆干，吃起来特别香，小时候总想买来吃，可惜，那时候的零钱总是不够花。"

孟令学没有理会刘桂花和她的臭豆干，继续说："你总要替孟毛想想吧，毕竟，他是你身上掉下来的肉。现在，他已经不小了，虽然他嘴上不说什么，其实他心里都清楚。就算你恨董村，就算你恨我，你也不应该恨他啊。"

刘桂花扭过头去，盯着院子里的石榴树说："嗯，今年的石榴长得不错，我最爱吃石榴了，在我们安徽凤阳，石榴可是金贵的物件——你最好把剩下的话咽回肚子里。"

孟令学下定了决心，他不但没有把话咽回肚子，反而在燃起的火苗上加了足够的油。他再次提到了孟毛，还提到了村里人的风言风语，提到了"脏"和"干净"，"要脸"和"不要脸"。刘桂花就急了，她从炕上站起来，指着孟令学的鼻子，毫不客气地骂他"瘸子"，骂他"软柿子"和"缩头乌龟"，她还把孟令学比作一坨牛粪，她说，自己跟了他，简直就跟插在牛粪上没什么分别。

她说："要不是看在孩子的分儿上，我早就，早就……"

那场争吵的结果是，孟令学气鼓鼓地坐在炕沿上，脸上挂着一片阴沉的云彩，他把旱烟袋含在嘴里，一袋接一袋地抽。刘桂花也同样阴沉着脸，她的脸上挂着另一片云彩。

好在，这样的状况不多，也不会持续太久。第二天一早，孟令学照例做了刘桂花爱吃的南瓜粥，端到刘桂花面前。两人吃过饭后，便一起下地干活儿了。

和回家时的情形相似，刘桂花的离开同样悄无声息。天还没亮，借着窗外的月光，孟令学和刘桂花悄悄起床，悄悄收拾行李，夜色掩盖了他们的样貌、表情和眼神，也掩藏了他们的一举一动。他们的对话低沉而简短，可有可无的样子。

"东西都带好了？"

"嗯。"

"身份证带了？"

"带了。"

"火车几点发车?"

"三点半吧,或者四点?"

"饿了自己买点儿吃的,身体要紧。"

"知道。"

"要是有空就往回写封信,呃,要是忙就算了,没事儿。"

"哦……"

只有在临行前,刘桂花才会想起孟毛。她在孟毛的额头上轻轻亲一下。这时候,孟毛的心就揪成一团,像只壁虎那样紧贴在被窝里,紧张得不敢动弹。房间里的脚步声渐行渐远,孟毛才会从被窝里钻出来。从窗户里朝外张望,院子里黑漆漆的,他只能看到两个模糊的影子,若即若离地朝外走。木门打开,随即被关上。孟毛就回到被窝里,沉沉地睡去。

这年夏天,少年孟毛并没有等到母亲刘桂花的出现。在众多的黄昏中,他只等到了归来的羊群和他的跛子父亲一瘸一拐地在夕阳下行走的身影。父亲在深夜里对着窗户唉声叹气的模样,使孟毛对刘桂花的期待越发强烈。糟糕的情绪牵绊着孟毛,让他的心里时而坠着一块石头,时而爬满了野草。

三

没人在意少年孟毛的心思,董村人都在忙。他们忙着给地里的玉米间苗,忙着除草和杀虫,忙着把收割下来的小麦卖个好价钱。

一个黄昏,正在庄稼地里忙碌的董村人意外发现,一列长长的马队正朝董村驶来。那些马可真漂亮,它们一律有着枣红色的身体和长长的鬃毛,马头上无一例外地系着辔头和红缨。红色的、绿色的、黄色的和黑色的旗帜插在每辆马车的最前方,田野的风把那些彩旗吹得呼呼飘扬。车上的樟木箱子都上了锁，一些粗大的铁架子摆在马车后面。马队缓缓驶进村子，喧闹的锣鼓声惊得屋檐上的麻雀呼啦啦飞向空中。

马戏团的掌舵姓崔，眉毛浓密，皮肤黝黑，一脸和气，见到谁都面带笑容，拱手，敬烟，说辛苦辛苦。那天傍晚，在大队门口的广场上，他向人们讲述了马队的经历：

河水刚刚解冻的季节，他们从家乡出发，穿过山谷和平原，一路北上。每走几天，他们会在沿途找个富裕的村子住上一段时间，至于住一天还是十天，则取决于村民对他们演出的热情能维持多久。遇到大方的东家，会包场给村里人看，三天五天不成问题，粮食可以敞开吃，菜也丰盛，临走还能挣些盘缠。当然，不是每次都有这样的好运气，有时走到地广人稀的地界，连续几天也看不到一个人影，在荒郊野外露宿或是废旧的砖窑里熬上几天更是常有的事情。崔掌舵说，有一次，他们在中途遇上大雨，每个人都被雨水浇得晕头转向，他们为此损失了两袋小麦、一口铁锅和一匹刚出生不久的马驹。崔掌舵说，那场大雨让好几个人得了重感冒，车夫老顾五岁的儿子，也是马戏团里最小的杂技演员，因为接连高烧失去了听力，而他自己则落下了风湿的毛病，每到阴雨天气，他的背头就会疼痛难忍，里头像是插满了碎玻璃。

最后，崔掌舵信心满满地说："马戏团里个个都是好手，你们就等着看好戏吧！"

外乡人的演出在董村引起轰动。很快，人们就不再谈论庄稼是不是该浇水，也不再关心新收割的小麦能不能卖个好价钱了，他们见面之后聊得最多的就是那些身怀绝技的外乡人。

他们说，那个崔掌舵可真厉害，他的眼睛像鹰一样精，他的皮肤像犀牛一样硬，你用瓦片扎他的胳膊，他也毫不介意，对他来说，那不过是挠痒痒而已。

他们说，那对双胞胎兄弟可真有意思，他们的手指被灰色的蹼连在一起，一双手看起来和鸭掌没什么两样，难怪他们能轻易地爬上木桩，把自己的身体像个瓶子一样倒挂在空气中。

他们说，真没想到，那个沉默寡言的马夫竟然擅长变戏法，一开始他在你身边和你聊金黄色印着铜钱的蟒蛇、聊躲在河道石头下面的螃蟹和溶洞里稀奇古怪的钟乳石，可是，只要一眨眼的工夫，他就从你眼前消失了。然后呢，他会忽然从某个地方（比如说箱子里、院墙上或者地底下）钻出来，面带微笑地给大家鞠躬致谢。

他们说，马夫儿子的表现一点儿不比大人们差，他有着松鼠的牙齿和兔子的耳朵，他的身子比泥鳅还要光滑。他最擅长耍杂技，他能用头顶住几十斤重的水缸，并像陀螺一样转来转去，要知道，他只有五岁，他的个子还不如水缸高。

他们谈论最多的，是崔掌舵的女人，他们说，崔掌舵的女人很了不起，她能够从牙齿里变出一条一条的彩带，只要她不想停下来，那些彩带就会源源不断地从牙齿中间飘出来，那些彩带一定是藏在她的肚子里。

他们还说，那女人长得像一只狐狸，你们见过长得像狐狸一样的女人吗？

四

比清晨更早一些的时候，当崔掌舵的女人踩着橘黄色的阳光推开那扇竹竿搭起的篱笆门时，孟令学正站在羊圈旁专心致志地撒尿。

石榴树密密匝匝的枝叶把他的身体隐藏在斑驳的光线中，他的目光正落在羊圈里渐渐扩大的泥泞上，夜里累积的尿液源源不断地从他体内流走，让他感到一阵轻松，紧皱的眉头慢慢舒展开来。

起初，女人的到来并没有引起他的注意，他以为身后飘过的，不过是晾在铁丝上的衣服或云彩游走时投下的暗影。直到女人像树叶般无声飘落到他身旁时，他才忽然意识到自己处境的尴尬。他不得不停止自己不光彩的排泄，极不情愿地转过身来。他脸上挂着的不快，透过清晨的薄雾清晰可见。

在孟令学看来，女人的突然闯入毫无道理，因而是不可原谅的。而同样的情绪也出现在女人心中。此刻，她距离面前这个男人只有一步之遥，这样的距离足以让她明白发生了什么，孟令学褪到一半的裤子和他白得扎眼的大腿，瞬间把她的脸涂成了红色。这样意外的场景是她完全没想到的，她站在院子里，进也不是，退也不是。清风吹过，石榴树枝上的露珠滴到女人滚烫的脸颊上，让她感到一丝难得的清凉，手里的空口袋在晨风中轻轻摇摆。

良久，女人从石榴树的阴影中走出来，走到雾气与阳光的混沌中。她把口袋举到孟令学面前晃了晃。女人毕竟是女人，脸皮要薄一些，夜晚的演出倒是放得开些，等到第二天，按照规矩挨家收粮食时，倒有些怕了，更重要的是，女人似乎还没有从刚才的窘迫中摆脱出来。

孟令学明白女人的意思，但他并没有打算立刻给她粮食。他看了看口袋，喏喏地说："你不该一声不吭地闯进来。"

女人一时没了主意，站在原地，嘴巴张了张，却没有说话。

孟令学指着自己湿漉漉的裤裆，一脸沮丧地说："我的尿都被你吓回去了。"

两人不再说话，时间似乎突然凝固了。

女人思量了半天，终于开口说："听他们说，你老婆去了外乡？"

孟令学不打算回答这个问题，他说："你一定去过很多地方吧？"

女人却没有停止的意思："你有多久没见过她了？你一直一个人过？"

孟令学不再说话。

女人继续说:"你经常到村口去等她?"

女人的话像一根一根的鱼刺,卡住了孟令学的喉咙。孟令学变得支支吾吾,他说:"哦,呃,嗯……你别听他们胡说,他们就会说三道四,他们……"

女人轻松起来,捂着嘴笑起来,女人笑起来的样子有些妖,有些媚。

她说:"看不出,你还是个要面子的人。"

"你叫什么名字?"

"他们都叫我四姑娘,因为我有三个姐姐。在我们那儿,女孩通常没有名字。"

"哦,四姑娘,四姑娘……"孟令学暗自嘟囔着。

"可怜的羊倌儿,你家里的羊可真多,晚上你跟它们一起睡觉吗?"女人的语气里有些挑衅。

"我……我……"孟令学感觉到自己被击败了。

孟令学拐着腿走到女人面前。他是故意这么做的,他故意把自己的腿呈现在女人面前。他的脸色很难看,几乎要哭出来了。

"你好像有点儿难过,小羊倌儿?"女人不依不饶。

孟令学选择了另一个话题:"你们在这里待几天?你能张开你的嘴巴让我看看吗?我想看看,你到底怎么从嘴巴里变出彩带来。"

女人笑了笑,张开嘴巴,里面没有彩带,只有一排洁白整齐的牙齿。

"看清楚了?"

孟令学点点头,又马上摇摇头:"没,没看清。"

女人咯咯笑起来:"真是个狡猾的羊倌儿。"

孟令学问:"他们说的是真的吗?"

"什么?"

"别以为我不知道，他们说你是只狐狸，狐狸走到哪里都会带着骚味儿。他们还说你为了粮食，竟然……"

女人伸出食指，放在自己嘴唇前边。孟令学适时闭上了嘴巴。

女人说："晚上到打谷场找我吧。不过，我先告诉你，那里有很多虫子，爬到人身上，痒得要死。"

孟令学说："你不应该在我撒尿的时候闯进来！"

女人用手在他的裤裆里摸了一把，说："是吗？那我应该什么时候来呢？"

孟令学慌了，他指着西屋，支支吾吾地说："粮食……粮食都在那间屋里，你随便……随便装，装多少……多少都行。"

女人笑吟吟地说："马夫老顾的女人怀孕了，几个月没尝到荤腥，能不能把你的羊……"

孟令学没有拒绝，他已经丧失了拒绝的能力。

女人突然紧张起来，她说："那个孩子是你儿子吗？他一直在窗户里盯着你，他好像有话要跟你说，他的眼神可真够吓人的。"

五

一只，两只，三只……

孟毛站在羊圈外头，喃喃地清点羊的数量。不出所料，跟昨天比，羊圈里的羊又少了一只。这几天总有羊失踪，这已是第三次了。

事不过三，孟毛想，太可恶了，一定要抓住那个长了三只手的家伙，一定要用镰刀一根一根割掉他的手指，就像割掉墙头上多余的茅草一样。孟毛于是想到了镰刀，在他的想象中，那把乌黑色的镰刀仿佛天空弯弯的月亮，它足够锋利，在暗夜里散发着冷清的光，伴随着骨肉割裂的声音，偷羊贼的指头掉在地上，秃秃的手掌露出白色的骨头，断掉的手指散落在地上，泥鳅一样缓慢蠕动。想到这里，孟毛得意地笑了笑。他朝屋里望去，他想告诉孟令学，自己需要一把镰刀，可惜，他并没有看到孟令学的身影。

孟令学最近似乎有什么心事，他的魂儿好像丢在了什么地方，他总是说一些莫名其妙的话，他说话时，似乎从来没有经过思考，他说出的话总是东一榔头西一棒槌。

早饭时，孟令学忽然没头没脑地说了句，董村要下雨了。孟毛朝外头看看，明明是个大晴天，太阳晒着屋顶，怎么会下雨呢？孟令学也被自己的这句话吓了一跳，于是赶紧给自己点了一袋烟，躲到里屋去了。过了一会儿，他像是忽然想起什么，一脸紧张地嘱咐孟毛说，最近没什么事就不要到打谷场去，场边的池塘里淹死了一对外地人，夜里能听到他们的哭声。除此之外，他嘴里还会忽然蹦出一些奇怪的词语：葡萄啊瀑布啊柳叶啊樱桃啊之类的东西，他还提到了小鹿，提到了跳跃的兔子和浑身骚臭的狐狸。孟毛不知道父亲在说什么，这些词语让孟毛蒙了一头雾水。

除了没头没尾的叙述，让孟毛感到奇怪的，还有孟令学的变化。这个跛子很少像现在这么臭美，他花了足足五块钱，在理发馆把头发染成了油墨的颜色，又用剃刀把邋里邋遢的胡子刮干净，他看上去精神焕发，就像三十出头的样子。每天傍晚，他准会把自己关在屋里，用清凉的井水一遍一遍地冲澡，把那些膻腥的羊粪味冲得一干二净。然后，他会从箱子里翻出皮鞋穿上。那双皮鞋是孟令学从部队带回来的，此前，他只在刘桂花进门的那天穿过一回。那双皮鞋足够气派，咔嗒咔嗒的响声像一首响亮的乐曲，他伴着乐曲走得满怀信心，他的跛腿因此可以忽略不计。尽管做了充足的准备，每次临出门前，孟令学仍要对着镜子照半天，左瞅瞅，右看看，直到自己心满意足为止。

一切准备妥当，他就扛着长凳到广场上去。外乡人的演出会在半小时之后准时开始。

那些日子，吸引人们注意的还有崔掌舵的女人。

围绕这个神秘的女人，人们心中的疑问一个接一个，他们乐于自作主张地为那些问题找到合适的答案，然后在新的问题上发生争论，吵得面红耳赤。

人们说，那个能够从牙齿中变出一条条彩带的女人，在每天的演出结束之后，就会变成一只妖艳的狐狸，她有着蓝色的眼睛黄色的鼻子，她的尾巴足足有九条，她身上骚臭的味道在几里地以外都能闻到。

人们说，那是一只神通广大的狐狸，她只需要在男人耳边轻轻吹一口气，他们就会被她迷倒，那只妖艳的狐狸不但吸走了董村男人的阳气，更吸走了他们家里的小麦、高粱和小米。

人们说，那只狐狸把董村彻底搅乱了。张铁匠昨天夜里下手打了他媳妇，可怜的女人整整叫喊了一夜，一大早便哭着回娘家去了；牲口贩赵三的老娘被他气得卧床不起，已经好几天不吃不喝，估计活不了几天了；放羊的孟令学每天都会牵一头羊交到那只狐狸手上，他的儿子孟毛正在四处寻找偷羊贼呢。

孟令学好像没有听到那些谣言。那些日子，他的耳朵变得越来越背，即便人们在背后指着他的脊梁大声说话，即便人们当着他的面咬耳朵嚼舌根，他也听不见。那些日子，他不再到外头去放羊，也不再到大队门口的石头上坐着聊天。他很少出门，他把自己关在家里，有时候在院子里焦躁地走来走去，有时候一个人坐在石榴树下发呆，有时候呢，就什么也不做，只是趴在炕上睡觉，从晌午一直睡到日头偏西。

只有晚上，孟令学才会恢复往常的模样，只有晚上，他那丢掉的魂

257

儿才重新回到他的身体里。那时候，他已经习惯了在夜里出去走走，他对孟毛说，天气太闷了，他感觉自己喘不上气来，他简直想把自己的肚子切开，在空气中晾一晾。他没有告诉孟毛，他去了哪里。但是，从他头发上挂着的碎麦秸可以看出，孟令学必定去了打谷场。这不是什么新鲜事，据说，村里的男人最近忽然迷上了麦秸垛里头的蟋蟀，他们三三两两地前往那里，目的是要寻找一种名叫油葫芦的大肚子蟋蟀。

还有人说，张铁匠就是在那里捉蟋蟀时被他媳妇发现的。

七

少年孟毛走在通往打谷场的路上，是在一个月色凄迷的夜晚。广场上的演出已经接近尾声，渐渐远去的锣鼓声混杂在四处弥散的雾气里，在空气中若隐若现。

因为有雾，孟毛眼前的事物模糊不清，田野、树木、村庄、河流都不再是白天的模样，统统蒙上了一层灰黑色的纱。孟毛走得不快，那些模糊的事物在他身旁，像一个接一个硕大的剪影，无声地轻盈地向后退去。在村口那条细长的黄土路上，隐隐约约地，孟毛的眼前再次浮现刘桂花飘然而至的身影。他看到的是一个并不确切的身影。有时候，他看见母亲在细雨中孤独地前行，湿漉漉的头发紧紧贴在额头上，她似乎正在抽泣，泪水混合着雨水，顺着脸颊缓缓流淌。有时候，他看见母亲正对着镜子梳头，她的房间狭窄而幽暗，她的身上散发出一股在北方不常闻到的茉莉花的香味儿，在凌乱的房间里，他还看见一双贪婪的手正在母亲身上游走。有时候呢，他又看见母亲跟董村所有的妇女一样，在田野里割麦子或是端着大盆在池塘边洗衣服。她干活的时候，显得心不在焉，她总是停下手里的活儿，站起身来朝四周看看，忧伤的眼神像流水一样。

正如想象中那样，邻近打谷场，他看见了一瘸一拐的孟令学。这个跛子今天心情不错，一边走，一边啪啪地打着响指，朦胧的月光照在他身上，并在他身后留下长长的影子，影子很浅，薄薄的如同一页脆弱的纸片，一阵风都能把它吹得支离破碎。孟毛没有出声，此刻，他不想扰乱满心欢喜的孟令学，他眼睁睁看着父亲从他身旁经过，消失在无边的黑暗中。顺着父亲来时的方向，孟毛看见在离他不远的麦秸垛旁，一只山羊正在低头啃食地上的月光。

他径直走向麦秸垛，他想看看，麦秸垛的里头，到底藏着怎样的狐狸，他想看看那只狐狸是不是真的像传说中那样，长着九条尾巴。他还想牵回那头羊，他曾经在心里发誓，一定要捉住那个偷羊贼，并让他尝尝手指被镰刀割掉的滋味。此刻，他距离麦秸垛只有三米、两米、一米……他的目光再次落到手里的镰刀上，镰刀的木柄有些松动，经过一个漫长的雨季，那把镰刀已经没有想象中那么锋利，刀刃上的锈迹让孟毛隐隐担忧，它能顺利割掉一把稻草吗？

麦秸垛后头，女人正不紧不慢地整理自己的衣服，孟毛就站在她的身后，他有足够的耐心等着她。他不想过于仓促，他熟悉打谷场的地形，想要从他手上逃走并不是件容易的事。他就这么盯着她，透过朦胧的月光，他看到女人模糊不清的背影。他还闻到一股茉莉花的香味儿，虽然味道很淡，但他还是闻到了。孟毛的心突然疼了一下，他再次想到了自己的母亲。在她回到董村的那些宝贵的夜晚，孟毛躲在被窝里偷偷盯着母亲。很多时候，他看不到母亲的相貌，他看到最多的，就是一个又一个这样模糊的背影。母亲回家的日子里，他也总能闻到这样淡淡的茉莉花香。

女人转过身来，随即发出一声尖叫。她被孟毛手里的镰刀吓坏了。

"你能不能亲我一下？"孟毛说。

"你说什么？"女人没有听清他的话，或者她听清了，只是不肯相信自己的耳朵。

孟毛忽然暴躁起来："我让你亲一下我的额头！不然我就宰了你！"

女人站起身来，颤颤巍巍地走到孟毛身旁。她把孟毛的头埋进自己怀里。她没有理由拒绝孟毛的要求，面前这个倔强的孩子令她恐惧。

孟毛从她的怀里挣脱出来，他忽然没了力气。就在女人正要亲他的一瞬间，他的眼泪突然失去了控制。这让他对自己感到失望，他又看了看手里的镰刀，他想，那真是一把令人失望的镰刀，也许带上它原本就是一个错误。

孟毛放弃了自己的要求，他从女人的怀里挣脱出来，像一只受伤的小兽那样，落荒而逃。

在跑回家的路上，孟毛把那把镰刀朝远处扔去，镰刀落到旁边的麦秸垛上，发出细微的声响。

（原载《十月》2017 年第 4 期）

　　张敦，本名张东旭，1982 年生，河北枣强县人。曾在《当代》《钟山》《花城》《长城》《作家》等杂志发表作品，著有小说集《兽性大发的兔子》。短篇小说《我要去四川》曾入选河北小说排行榜，短篇小说《月光大道》获第三届孙犁文学奖和首届贾大山文学奖。曾被评为第三届河北省十佳青年作家。河北文学院签约作家，现居石家庄。

月光大道

◎张　敦

　　天黑下来，我们全家看电视。十四英寸的黑白电视，演的是《封神榜》，妖魔鬼怪，很有意思，可我和姐姐心不在焉，看两眼电视，瞟一眼座钟。直到座钟时针指向九点，爹才说，走吧。我和姐姐火速奔向院子。姐姐推起自行车，随时准备冲到门外。作为大人的爹娘，则显得从容不迫，慢条斯理地牵牛套车。那头老黄牛更是拖慢节奏，还打着哈欠。爹终于甩响鞭子，牛车开动。街上已经有人，也在赶车，手电的光柱撞来撞去。大家点头示意，默不作声，就连牲口也不吭气。大人赶车，小孩有的坐在车上，有的骑着车子。我是步行，拿着手电，用一道白光跟住姐姐，她在车流中穿行，尽显高超车技，让我羡慕不已。我正学骑车，还没学会，不知何时能像姐姐一样自在飞驰。我用手电照一下天，天上一个大大的月亮。

　　我们往村北走，那里有一条正在修建的马路。施工队要给路面镶一道边，拉来很多砖，堆放在路边。我们要把那些崭新的砖块装到车上，拉回家，随便垒个什么东西。我爹想垒个鸡窝。家里的鸡挺惨的，没有像样的栖身之所，夜晚睡在枣树上。本来爹不知道这事，白天撅着屁股铲皮时，听二祥说起，才得知有一个大便宜从天而降，不占白不占，而胆大之人早已先下手为强。二祥和大禄哥俩忙活半宿，几千块砖到手，倘若再去干半宿，就能把盖偏房的砖凑齐。爹问，那么多砖，没人看着？二祥说，听说有俩人，可路线太长，看见有人来，也不敢言语，咱们人多呀，一人一砖头，能把他们砸死。爹说，那好，晚上我也去，够垒个鸡窝的就行。二祥说，大伙儿约好九点出发，谁早去谁不是人。

我在月光下奔跑，跑到新修的马路上，路面已经轧得平如镜面，泛着青光，只等铺上水泥沥青，变为电视里说的致富之路，或者小康之路。以前这是一条普通的土道，坑洼遍地，路边荒草茂密。西边村子有位大能人，在省城做大买卖，挣了大钱，大能人出资修路，把他的村子和省道连接起来。我们村就在这条路的旁边，可谓近水楼台。

这是 1991 年的夏天，我九岁，姐姐十三岁。我家里有一辆飞鸽二八自行车，是爹的坐骑。路不好，爹骑车又猛，车子被颠得松松垮垮，到处乱响。明年姐姐要去镇上读书，必须骑车。爹计划冬天卖掉家养的黑猪，买辆新自行车，旧的让姐姐骑。

这条路是去镇上的必经之路，姐姐盼着它早日修好，沥青路面多么平坦，即使是旧车子，骑在上面也不会乱响。我盼的是看见小汽车。我喜欢小汽车，别说坐，见也很少见，可就是喜欢。

月朗星稀。姐姐见大人们迟迟未到，又兴致勃勃地骑上车子。我趁机跳上后座。相比村里那坑坑洼洼的路面，这条马路无比平坦，姐姐快意横生，两条细腿猛蹬。没蹬多远，前面出现了一座黑影，那是一辆压路机，驾驶室开着门，里面空空的，好像马上会有人坐进去。我问，将来这条路上会跑小汽车吗？姐姐说，会的。我说，咱们骑到大路上去，那里有小汽车。姐姐说，今天不行。

姐姐往回骑，沿路找寻我家的牛车。牲口车一辆挨着一辆，人们搬着砖，一声不吭地码放车上。所有人都在干活儿，只有我俩游手好闲，让人无地自容。好不容易找到爹娘，在爹的斥责声中，我俩赶紧投入劳作。崭新的砖，几块摞起来，发出悦耳的脆响。装满一车，爹娘要运回家，把这些砖卸到院子里。我和姐姐留下，看守这块地方，以防被别人占据。

我看着月光下的大道，请求姐姐让我骑会儿车子。姐姐说，骑车子？你会骑吗？我说，快了。她说，你去吧，我在这看着。我兴冲冲推起自行车，站在马路中央，我有一种预感，在这么好的路上，我一定能学会骑车。我左脚踩着脚蹬子，右脚连续蹬地，让车子溜起来，溜上一段后，右脚踩到另一只脚蹬子上。动作一变，平衡被打破，车子开始斜着前进，我摔倒在地。我毫不气馁，扶起车子继续跑，再次蹬上去，又摔在地上。没关系，再来。转眼间，那个硕大的黑影出现在眼前。突然，黑影被镶上一圈银边，一团明亮的光从远方赶来。我心里一阵恐惧，再次失去平衡，摔倒在地。我听到小汽车发动机的声音，越来越近。我慌忙扶起车子，溜几下，蹬上去，用最快的频率，半圈半圈地蹬着。那团光从身后追来，照亮我前方的道路，路面上光芒万丈，映得我眯起眼睛。我努力加速，死命向前，要冲出这片光，躲到黑暗里去。

我竟然没有摔倒，车子似乎已被驯服。我感觉自己的生命仿佛迈上新的台阶。我的身体挂在车子上，两只脚奋力蹬着半圈，我相信，我很快就能蹬上圆满的一圈，继而可以翻身坐到大梁上。坐到车座上，不敢想，我的两条腿还不够长。

我听到发动机声音越来越近，快速回头望一眼。凭我此时的车技，回头有风险，稍有不慎，就可能摔倒在地。只见前后两辆车迅速逼近，车顶警灯闪耀。我以为，这两辆小汽车会把我轧死在路上，但它们并没有超过我，而是放慢车速，一直在我身后。我一边骑一边喊，来人啦，来人啦！不用我喊，他们早已看见灯光。兵荒马乱。人们在明亮的灯光下，拽着牲口，慌不择路。我前进的道路险象环生，很可能撞上人或者装满砖的车。我左躲右闪，大喊着，姐姐，姐姐！她冲过来。我说，快上车！她说，你会骑啦？我说，学会啦，快上车！她说，你刚学会，还是我带你吧。我说，来不及，你快上来吧！她只好跳上后座，车子一

扭，险些撞上旁边的车，幸好我已做足准备，及时稳住车把。姐姐说，
小汽车停下啦。她可以回头看，我不行。警笛声大作，像一阵冰雹，敲
在我的头上。我发狠劲儿闷头蹬车。一条条大人和孩子的黑影，不断从
我们身边跑过，他们撒开了腿，跑得比我骑车子还快。最慢的是牛车和
驴车，被我一辆辆抛在身后。不管那汽车有没有追来，我都不会停下，
等蹬到我家的大门口，姐姐突然跳下车，我猛然失去平衡，前功尽弃地
摔倒在地。

　　爹看着那一堆砖说，还不够垒鸡窝的。抬头看去，鸡高卧于枣树之
上，错落有致，倒也安然自得。牛不卸套，停在枣树下待命。爹走出家
门去打探消息。很大一会儿，他大踏步走回来，挥鞭赶车。爹说，警察
根本没下车，警察是不会抓人的，马路沿途各村子都在抢砖，就连大能
人的村子也在抢，法不责众，要抓人的话，只抓一两个怎么行，得把所
有人都抓起来，派出所装不下，公安局也装不下。

　　我们再次出发。这次骑自行车的是我。姐姐坐在牛车上。爹娘分别
走在牛的两侧，和同行的人大声说话。人们都在谈论刚才那惊险的一
幕。据说住在村东的老耐在听到警笛的第一时间，放弃驴车，率领全家
跑回家中。有人把老耐的驴车赶回来，院子里不见人，进屋一看，发现
老耐正换裤子。这件事在我们村成为典故。老耐，是吓尿裤子的代称。
从此，我们小孩是这样说话的：哎呀，老师一来我也吓够呛，差点儿
老耐！

　　我刚学会骑车，还不敢在牲口与车辆之间穿行，便昂首阔步地推着
自行车。与上次不同，紧张严肃的氛围荡然无存，大家开怀玩闹，欢声
笑语此起彼伏。路过老耐家门，老耐家大门紧紧关闭，大家敲门，要老
耐同去。老耐在门里喊，不去，不去，你们去吧！有人喊，老耐，你有
几条裤子？老耐问，什么几条裤子？那人说，如果裤子多，就不怕尿，

265

尿湿一条换一条，一泡尿换一车砖，值！大家哈哈大笑，一致要求老耐同去，别说尿裤子，就是拉裤子里，这买卖也值。老耐说什么也不出来，大门紧闭。

突然一阵轰鸣，三牛开着拖拉机冲出胡同。全村只有两辆拖拉机，一辆属于村东的铁生，一辆属于三牛。铁生家不光有拖拉机，还有一头驴，他是赶着驴车拉砖的。爹说，这表明铁生懂事——拖拉机声音太大，容易暴露目标，更重要的是，别人家都用牲口，你开一辆拖拉机，一次拉那么多，众人难免心生嫉恨。三牛的名字中虽有一个"牛"字，可惜他家没有牛，驴也没有。他排行老三，二十多岁，还年轻，不够懂事。

拖拉机的加入让队伍显得更加浩荡。大家怨声载道：你三牛这么做很过分啊，咱们这是去偷砖，不是去赶集，牲口都摘下铃铛，恨不得将蹄子包上棉花，你可倒好，直接开拖拉机去偷，声音传出好几里地，灯还那么亮，你贼胆很大啊。于是有人拦住我家的牛车，要求我爹去阻止三牛。我爹是三队队长，全村分三个队，三牛属于三队。

爹喊住我，抢过车子，骑上去，穿过牲口和车辆的队伍，来到三牛家的拖拉机前。我跟在爹身后，寸步不离心爱的车子。爹把车子推给我，翻身跳上拖拉机，坐在三牛的身边，机器声太大，爹扯着嗓子喊，三牛，你开拖拉机去干什么？三牛扯着嗓子喊，拉砖。爹喊，拉砖干什么？三牛喊，盖个茅房。爹喊，你野心够大的，我只想盖个鸡窝。三牛喊，你们家都有茅房，我家还没有，拉屎还得蹲在猪圈沿上。爹喊，大伙儿都用板车，你开拖拉机，这像话吗？三牛沉默无语。坐在车斗里的三牛媳妇喊，有什么不像话的？你们家都有牲口，我们家没有。爹喊，没牲口就用人拉！

爹跳下拖拉机，挡住道路，三牛只好停下。这是队伍的末尾，后面没车，倒是方便拖拉机调头。三牛敢怒不敢言，他媳妇嘟囔两句，也不再说什么。拖拉机缓慢地改变方向，冒着赌气的黑烟。

我骑到爹跟前，说，上来吧。上来的是一只手，拍在我的后脑勺上。我滚鞍落马。爹骑上车子，扬长而去。我爬起来，猛追几步，跳到后座上。我爹生得虎背熊腰，两臂一晃有千斤之力，身为皮匠，整日操练皮活儿，直练得手背上青筋暴起，好似一把钢爪。他这样的人，我肯定驮不动。

拉砖的人、牲口和板车，沿着路边绵延无尽。离村口近的砖所剩无几。爹感慨说，真是人多力量大啊。我们往西走，离村子远一些的地方，还有更多的砖。爹回忆起当年挖河的盛况。所谓的河，其实是一条水渠，在村子东边，三里地远。当年全乡所有精壮劳力会聚一起，挥锹抡锄，犹如一场大战。爹一直认为自己精壮的体格得益于那次充满革命热情的劳动。

路边的砖一堆接一堆，间距相等，每堆都被占领。我们往西走，迟迟找不到空余的砖堆。爹埋怨娘赶车太慢，落在队伍末尾。娘埋怨爹爱管闲事，三牛开拖拉机跟你有什么关系？要不等你，咱能被他们落下？爹说，你他娘的等我干什么，赶车往前冲啊！娘说，冲你娘个逼啊！爹正要回骂，突然看见前面红根一家刚装好车，正驱赶着驴往回走。那堆砖被拉走一半，还剩一半。爹兴冲冲地一指，就那里吧。娘把牛车赶过去。

我们还没来得及装车，红根一家又折返回来。赶车的红根大喊，你们不能装！爹说，怎么不能装？红根说，这是我家的。爹说，凭什么？红根说，先到先得，规矩。爹说，你拉完我拉，互不干涉，这才是规矩。红根不再说话，带着一家人站在路边憋气。他和我爹都是皮匠，平日里带着两拨人铲皮，算是皮匠中的两股势力，有点水火不容的意思。红根虽生得瘦小枯干，但兄弟众多，打起架来，一呼百应，也能做到战无不胜。爹不再理会红根，闷头装车。我们终于把砖全部装到车上，要往家走。

红根拦住我家的牛车，说，这砖是我家的，你拉到我家去。爹说，你放屁！红根一笑，往东边一指，一支队伍正快速移动过来，走近后看清楚，是红根的两家兄弟，为首的分别是红正和红苗。这弟兄三人联手作战已是惯例。

爹喊，二祥——大禄——

这两兄弟是爹的左膀右臂，统领着十多个皮匠，他们的对头，自然是红根三兄弟。前几日，双方打过一架，红根三兄弟略吃小亏，这次突然发难，也算合情合理。

爹喊过几声，无人答应。红根三兄弟哈哈大笑。爹对我说，你快骑车子找他们来！我心领神会，想到一场大战即将打响，不由得热血沸腾。一旦干起来，我的对手是大顺。与其父亲红根一样，大顺不大，生得又瘦又小，战斗力不值一提，可是他再拉上几个叔伯兄弟，恐另当别论。

我骑上自行车，向村庄的方向飞驰。因为刚学会骑车，还不熟练，总担心摔倒，路上车又多，可谓危险重重。我大呼小叫，他们吓得够呛，不住地问，警察又来啦？我喊，没来，我爹要打红根！他们说，打就打吧，打死这个王八操的。我说，还有红正和红苗呢。他们说，那你爹够呛。

我来到二祥家，二祥正卸车。经过两个晚上的努力，他家的砖已经堆积如山。二祥听完我的话，豪迈地挥手说，你先去叫我哥，我马上就去。我又来到大禄家，大禄和他媳妇也正卸车。他家的砖更多。大禄听完我的话，同样让我先走。我临出门时，又被大禄叫住，他说，你爹打架没兵器怎么行，你回家拿铲吧。

我认为大禄所言极是，如果没有兵器，爹肯定会一败涂地。我又往家骑，大门开着，爹的铲就放在屋檐下。这铲是爹干活儿的工具，整日拿在手中，几乎成为身体的一部分。钢铲天天磨，利刃吹毛可断。爹说过，我长大后，也会有一把这样的铲。说实话，我长大后不想当皮匠，可看样子不想当也得当，这是命。

兵贵神速，我意识到已耽误太多时间，十分着急。路上车流滚滚，节奏明显加快，近处的砖越来越少，竞争激烈。我被车流裹挟，想骑快些，可技术不行。刚到村口，突然前方大乱，人喊马嘶，车都停下，又像遭遇顶头大风，全都转回头，潮水一样涌回来。我躲在路边，让他们过去，转眼间，大路上空空荡荡。在汹涌而过的人流中，我没看见爹娘。他们应该还在原地。我骑上车子，快速冲到那条新修的马路上，不断高喊着，爹，铲来啦！我拐向西，只见两辆小汽车的车灯交相辉映，警察站着，我爹等人都抱头蹲在地上。

一个警察拦下我，接过我的车子，把我推入人群。爹、娘和姐姐脸上都带着伤。旁边的红根三兄弟，也都挂彩，最惨的是红根，满脸是血。警察拎着爹的钢铲说，这武器不错啊！他用力一掷，钢铲飞向装满砖的车，喤啷一声脆响，吓得牛魂不附体，头也不回，向西奔去。爹喊，牛！警察说，牛什么牛？爹说，牛跑啦！警察说，跑就跑吧，你老实点儿！

警察拿着手铐，分别给我爹和红根三兄弟拷上。本来我是不紧张的，可一看爹被拷上，我的腿猛地变软，当场老耐，裤裆先是一热，而后又湿又凉。四个戴着手铐的男人拼命呐喊，不能只抓我们！警察也是四个，正好一对一，一个按住一个，爹和三兄弟哑口无言，乖乖地钻进小汽车。我竟生出一丝羡慕之情，想像他们那样，也坐进小汽车里去。

娘向西跑去，要把牛追回来。小汽车向东开走。我和姐姐留在原地，不知所措。不一会儿，那些人和牲口卷土重来，再次会聚在这条铺满月光的马路上，从容不迫地向西而行，那里应该还有砖。

二祥和大禄来到我们面前,问怎么回事。姐姐说,墩子刚走没一会儿,红根三兄弟就动起手来,爹一个打仨,打不过,我和娘上阵,人家也有女的,也有小孩,娘对付仨女的,我对付仨小孩,都打不过……得亏有警察,要不然我们非让人家活活打死。

姐姐一边说一边打哆嗦,吓掉魂的样子。两兄弟弄清楚事情的来龙去脉,表示无能为力,让我们先回家去,他们还得去拉砖。红根三兄弟的女人们回过神来,重整旗鼓,仗着人多,仍然显得很有气势。三个妯娌大声商量——男人被抓,可女人不能闲着,砖还得拉,要是不拉,损失更大。

我找到爹的钢铲,对着月亮看,雪亮的刃口竟然完好无损。姐姐问,你拿它干什么?我说,把他们脑袋铲下来!姐姐吓得一激灵。眼下战事平息,钢铲显得毫无用处。我跑到一棵杨树下,挖一个浅坑,将钢铲埋进土里。

我和姐姐没有回家,混在人群中,往西走,去找娘。姐姐一直流眼泪,她一哭,我就更加垂头丧气。周围全是人,看着我俩笑。我骑上车子,让姐姐跳上来,冲出人群,沿着被月光照亮的大道,向西而行。正走着,迎面碰见三牛和他媳妇,三牛拉着车,他媳妇在后面推。我问他有没有看见我娘。他说,先是你家的牛拉着车跑过去,后来你娘又跑过去。我问,他们跑去哪里?他说,西边,刘庄。

我和姐姐总算离开村人的包围。路面显得亮一些。这是两座村庄之间的无人地带,没走多远,看见邻村拉砖的人,忙碌的景象与我们村一模一样,只是一个也不认识。有人喊,嘿,小孩,哪个村的?我不理,心里想着,狗操的刘庄没一个好东西。他们刘庄与我们张庄,两边孩子经常开战,隔着一条道沟,互投坷垃,远距离投射不够过瘾,拎起棍棒,短兵相接,直到有人被打破脑袋,哇哇大哭起来,才肯罢休。

前面终于出现娘的背影。她边走边打听牛的下落,刘庄的人都摇头，表示没看见。一辆无人驱赶的牛车，从这大马路上过去，怎么会没人看见呢？娘不信。她看见我和姐姐，哇的一声哭起来。我停下，姐姐跳下车子，搂住娘的胳膊，让她不要哭。姐姐说，牛会找到的。娘说，我不是哭牛，是哭你爹。姐姐说，我爹没死。娘说，当年为生你弟，我偷着怀孕，藏到你大姨家，干部来咱家抓我去做人流，找不到人，只好把你爹抓走，几天后他被放回来，蔫头耷脑的，一个月没怎么说话，跟傻子一样。姐姐说，为什么不说话？娘说，揍的。姐姐说，这事爹没说过，我也不记得。姐姐说，把你弟生出来后，人家要罚款，咱们交不起，交不起就拉粮食，拉完粮食就拆房，幸好村支书是个好人，没拆咱家北房，拆的是鸡窝，把砖拉到学校，垒成讲台。姐姐说，怪不得我上课时老闻到一股臭味儿。娘破涕为笑。

姐姐指着前面喊，咱家的牛！果然，我家的牛独自从对面走来。牛是黄的，身披月光，像一坨行走的金子。我们欣喜若狂，迎上去。牛沉默无语，板车上的砖一块不剩。娘没有生气，反而连声赞美刘庄人的高尚品德，人家没有连牛带车一起留下，已算仁至义尽。

我气不过，高声喝骂，刘庄人都是小偷！这句骂声惹来众怒，那些在路边忙活的刘庄人回骂道，小兔崽子，你张庄的吧，你们都是贼！他们人多，我不敢还嘴。娘连声说，对，对，都是贼，都是贼。

我们往回走，走到那段两村的空白地带，娘一拉缰绳，牛停下来。这里的砖格外喜人。隐约听见村人的声音，他们进度很快，正向这边迅速推进。相比之下，刘庄的速度慢一些，毕竟他们村是小村，人少。娘说，反正要回去，不如再拉上一车砖，好够你爹垒鸡窝的。我和姐姐同意，只是干劲儿明显不足。娘也是无精打采。牛嚼着嘴巴，任凭我们有气无力地把砖摞在车上。

没有爹，我们干活儿的效率就是不高。爹力气大，七八块砖，两手一夹就走。我一开始每次搬四块，后来减少到两块。姐姐更是不行，一次一块。娘体格单薄，但她毫不气馁，努力为子女做着榜样。

两边村人的速度比我想象的快。有人赶车过来，牲口和人一路小跑，仿佛在比赛。更没想到的是，三牛拉着板车，奔跑着，一骑绝尘，冲到我们近前。我和姐姐十分诧异——三牛拉砖的效率，简直不可思议。他注意到我们惊奇的表情，解释说，傻子才把砖拉回家，卸到自家地头不挺好吗？多近！娘说，还是三牛聪明啊！三牛说，今晚的事全耽误在这板车上，要是开拖拉机，这些砖我一家全包。

我们终于把牛车装满。加上家里那一车，我们一共有两车砖。这成绩不值一提，说出去恐怕遭人耻笑，更何况，我爹因此身陷囹圄，可谓得不偿失。可有这两车砖，我爹完全可以实现建造鸡窝的蓝图，也算聊以自慰。站在马路上，观望这拉砖的盛景，我突然生出参与某种大事的自豪感。

我们正要撤，突然传来争吵声，是二祥的声音，他与刘庄的人发生争执，对骂起来。那堆砖，到底是在张庄地界，还是在刘庄地界，谁也说不准，总之，正处于交界的地方，二祥说是我们张庄的，人家说是刘庄的，分歧很大，纠缠不清。大禄飞跑过去，一砖头拍下去，对方脑袋流出血来。

刘庄的人抱团，一人受伤，其余人都拎着砖聚拢过来。二祥和大禄一看不妙，忙向东逃窜，边走边喊，刘庄人来抢砖啦！我们张庄人也不是吃素的，抬头一看，果然有一群人正气势汹汹地冲过来，于是举砖迎上去。两边人相距十多米远，突然停下，不知谁的手没控制住，砖头飞了出去，砸在一个倒霉蛋的头上。这一下，仿佛触碰到开关，砖头纷纷飞上天空，又落下来，犹如一场砖雨，走在前面的人一个个抱着脑袋蹲下，走在后面的人没被砸到，冲到前面，又把砖扔出去，这下子，该砸到的都被砸到，刹那间哀鸿遍野。

第二天，我们很晚才起床。爹还没回来。日近中天，娘在做饭，不知道算是早饭，还是午饭。我和姐姐决定逃学一天。昨晚的事情很大，想必老师早已听说，我们不去，也不能怪罪。院子里有两堆新鲜的砖。鸡走来走去，还有两只站在砖堆上，拉两泡屎，又走下去。

我们吃着饭，忽听得大门一响，都以为是爹，没承想是红根三兄弟的媳妇们。这三个女人排成一列纵队，走在最前面的，是红根媳妇，脸上带笑，不像是来打架的。

红根媳妇看着我家的砖堆说，你家这么少？娘说，不少，够垒个鸡窝的。红根媳妇说，他们冤啊。娘说，我看活该。红正媳妇说，村里谁没偷？娘说，咱们光顾着打架，没顾上跑。红苗媳妇说，不行，咱们一块儿去派出所说理去，要抓就抓全村人！娘说，不去，关他们一阵也好。

这时，大门口传来咳嗽声，透着威严与自信，一个人披着中山装，摇晃着走进来。这人是我们张庄的支书，他热衷于大喇叭广播，每天喂喂来喂喂去，都管他叫老喂喂。

老喂喂说，喂喂，几个老娘儿们在商量什么？

娘连忙站起，把老喂喂让进屋来，顾不上回话，忙去拿烟，又吩咐姐姐端茶倒水。红根媳妇说，我们要去派出所讲理。老喂喂说，讲什么理？你们有理吗？警察一来，咱就跑，给人家面子，你们倒好，视而不见，该抓！几个老娘儿们，去派出所说什么？让警察来抓全村人？你们还想混吗？娘说，他们还没回来，怎么办？老喂喂说，派出所刚给村部打来电话，人家说，盗窃罪，关十天，不关也行，缴罚款，一人一千，你们交吗？娘说，不交，关着吧，不关不老实。红根媳妇说，不交。老喂喂说，那好，十天后人就回来，你们都给我老实点，别乱放屁！

几个老娘儿们都点头。老喂喂满意地晃出门去。她们长出一口气，开始咒骂老喂喂，说他一辈子作恶多端，光生女孩，不生男孩，违反计划生育政策，天理难容，家族香火难以为继，就是报应。骂痛快后，她们又跟娘嘻嘻哈哈，一点儿不像刚打过架的样子。

她们走后，娘若有所思地说，一千块，十天，一天一百，你爹是个皮匠，铲一天皮，最多挣三十，赶上没活儿，屁也挣不到，所以说，还是不交合算。我说，爹关上十天，出来后至少仨月不说话。娘说，那不挺好吗？

我推车走出门去，练习骑车子。昨晚的事恍然如梦，我有点怀疑自己，是不是真的已经会骑自行车。碰见的人都带着伤，大多头上缠着白色的绷带，仿佛戴孝的孝子贤孙。拖拉机咆哮着开过来，驾驶员三牛不但头缠绷带，脖子上还吊着一只胳膊，身残志坚的样子让人肃然起敬。车斗里满载砖块，上面坐着他媳妇。有人说，三牛真厉害，伤成这样都能开拖拉机。三牛说，砖扔在地头，不放心，我只要还有一口气，就得拉回来，这下我家有茅房啦。

还好，我没受伤，可以自由自在地骑车子。在大街上一试，我是真的会骑，技术还不错。我一直往前骑，骑到那条新修的马路上。阳光下，这条路显出本来面目，不再光滑如镜。路上布满各种花纹的车辙，甚至被碾出沟沟坎坎。路两边空空荡荡，只剩零星的砖块。我向东骑，右腿试着翻过大梁，如有神助，竟然成功，整个人坐在大梁上，再也不用像个猴子那样斜挂在车子上。

绕过那台压路机，只见一辆小汽车从远处飞驰而来。我停下车子，站在路边，盯着，小汽车越来越大，黑色车身映着日光，很是耀眼，尘埃扬起，腾云驾雾一般。没想到，小汽车竟在我跟前停下，钻出三个人，其中一个年纪大些，披着大衣，很有派头。他问，小孩，你是哪个村的？我指指村子的方向。他说，哦，张庄，就数你们村偷得多。他走到马路下面的草丛里，解开腰带。一股尿柱砸在半块砖上，四下飞溅。他系上西裤，走到我面前，说，你家偷得多吗？我说，不多。他问，不多是多少？我说，刚够垒个鸡窝的。他指着南边的村子说，你们村，就是个大鸡窝。他又指着脚下的路说，这条道该什么样就什么样，这些畜生不配走好道。

看对方缺乏善意，我落荒而逃，跨上车子，可就在这一瞬间，骑车的技术全数尽失，左摇右晃，碰到一个坑，整个人被颠得飞出去，一口啃在地上，又差点老耐。

十天后，爹回到家，瘦得像仇家红根，饿鬼一样猛吃猛喝。正如我所说，他果然一言不发，酒足饭饱后，默默地在院子里盖鸡窝。到晚上，鸡无视新居，仍然睡在枣树上。爹昂头看半天，突然蹲下哭起来。我们围住他，想知道他为什么哭。作为家里最强壮的人，一家之主，他是最不应该哭的。可他不管不顾，哭得酣畅淋漓，抬起淌满眼泪和鼻涕的脸，四下搜寻。

爹说，我的铲呢，快给我，我要磨快点，把那几个狗操的脑袋削下来！

娘问，你要削谁的脑袋？红根的还是警察的？

爹说，不是红根的，也不是警察的，是跟我关一起的那几个狗操的，四个打我一个，还不让我吃饭！

娘说，他们在哪里？

爹说，还在看守所关着呢。

娘说，你要闯进看守所杀人？

爹说，看守所我是不想再进去了，等以后有机会……

我一下子想起，那柄钢铲还埋在村外的地里。爹让我去找回来，我一个人不敢去，请姐姐陪同。我对自己骑车的技术深感怀疑，不敢再驮姐姐，只能让姐姐驮着我。

那条路依然是土路，据说再也不会变成沥青水泥路。仅仅十天的时间，路面变得坑洼不平，没有月光的映照，黑漆漆一片。我们好不容易找到那棵杨树，挖来挖去，怎么也挖不到爹的钢铲。明明埋在这里的，怎么会不翼而飞？

四下漆黑，无人可问。

（原载《作家》2018 年第 8 期）

　　李延青，中国作协全委会委员，河北省作家协会副主席，编审。曾结集出版《延青短篇小说集》、长篇系列散文《鲤鱼川随记》、报告文学《追踪开国英雄》、小说集《人事》。主编《文学立场——当代作家海外、港台演讲录》，"中国学者海外演讲丛书"——《境外谈美》《境外谈佛》《境外谈文》，《曾国藩日记》（全本注释）等。曾获河北省"文艺振兴奖"、河北省首届优秀编辑奖、《小说月报》第九届百花奖优秀编辑奖等奖项，短篇小说《匠人》入选2017年度中国小说排行榜。

发小们的病

◎李延青

一

张天民病了，这消息是逢时告诉我的。

距清明还有半个月，逢时打来电话说："青山，你准备哪天回来上坟哪？定了日子提早告诉我，我叫上天民咱一起聚聚。"

我说行。

奶奶去世后我家老宅就空了，再回村不是吃住在天民家就是逢时家，算起来还是在逢时家的时候多。天民常年打工，孩子们在外上学，家里就他媳妇桂英。每每看着我跟逢时往他家走，桂英就一脸不满地说："去吧，去吧，人家支书家饭好！"

说归说，一会儿她就跑过来和逢时媳妇剪子一起做饭了。

"不是你做的饭差，"我和逢时喝着酒逗她，"是你不和我喝酒嘛。"

桂英初中毕业就辍学回家帮娘给一家人做饭。在此之前她、天民和我一直同班。她一直把我当自己人，我和她说话也随便。

"算了吧，你是和我没话说，他要在家喝凉水也撵不走你！就你那点儿酒量还喝不住我哩。"桂英是那种泼辣干练的女人，果真端起一杯酒说,"来,我替天民敬你一杯。"

剪子在锅台那儿就笑出声来:"看看,惹祸了吧!"

要是碰上逢时不在家,我就让桂英给做饭。她娘家姊妹多,她是老大,磨炼得家里地里都是把好手。等她把饭做好,我坐着圈椅在方桌上吃饭,她却拿个杌床儿到门口坐下,手里不定找点儿什么活儿,开始和我不住嘴拉呱村里那些陈谷子烂芝麻的人和事。我喜欢这些东家长西家短的趣闻逸事,它们会和我的记忆融在一起,打消我对村里的陌生感。剪子温顺,不爱说话,我私下想或许逢时嘱咐过,不让她跟我乱说。逢时已经干了好几届支书,村里说这说那的都有。每逢我在天民家吃饭,剪子都会拎着一瓶酒过来坐会儿,说:"让桂英嫂子陪你喝,她能喝。"

"你给逢时留着吧,没人陪他喝,有饭吃就不赖了!"桂英拿出嫂子的架势来。其实天民才比我大两个月,逢时小我们一岁,低一年级。但上学那会儿,无论勤工俭学还是假期劳动我们仨总是在一块儿。他俩是我在村里最要好的发小。

我当然不喝酒,剪子走了,那瓶酒就留在天民家。

"逢时,还有别的事吗?"我知道逢时不会无缘无故打电话,长年担任村干部他已历练得颇有城府。

果然,略顿几秒钟他说:"天民,怕是……脑子出了毛病……"

"啊?"我心里一惊,追问道,"脑血栓还是脑出血?前天才和他通话……"

"他说你让他帮着找棵小核桃树……"逢时打断我的话。

"嗯,我想在墓地空闲处栽……我这就联系医院,你马上把他送过来!"我知道逢时有辆别克轿车。

"不是你想的那样,他是……精神上的事儿。"逢时迟疑了一下欲言又止,"你回来问问桂英就知道了。"

年过半百，最怕听说哪个亲朋故友突然病倒，这"突然"之后多半是悲剧性结果。但听逢时这么一说，我反倒放下心来。

桂英是个心直口快的女人，她的话当不得真。这两年每次回村她的保留节目就是控诉天民，张口闭口"精神病"，说他在外打工打得不通人情世故了——人家挣回钱来都是首先改善生活，他们家正相反。前些年是为供孩子们上学省吃俭用，如今孩子都上班了，天民却越发抠门，自己不花钱也不让别人花，该添置的东西不让添。她赶集买了件羽绒服，天民竟唠叨她半天；腊月她给娘家买了一捆粉条，天民也嫌没跟他商量；村里大多数人家都建起新房，他们家仍住着老房子……说着桂英眼圈竟红起来。我就一本正经揭她的短，说这份委屈你可是自找的。大学二年级那年我放暑假回来，她和天民刚订婚，逢时请我们吃饭。那时我和桂英说："天民可是牛脾气呀，表面随和，心里却有老主意。"她却喜眉俏眼地瞅着天民说："没主意那还是大老爷们儿？"桂英大概也想起当初的情景，扑哧一笑抹抹眼连我也骂上了："早知道跟你说屁用不顶，你们俩还不是穿一条裤子！"下次，她好像把这茬忘了，又开始从头诉说。

玩笑归玩笑，背着桂英我还是拉下脸批评天民，说你怎么这样不通情达理呢？桂英又是家里又是地里多不容易！一件衣服、一捆粉条才值几个钱哪，贵了她舍得买吗？人家年轻时可是村里一朵花，看看现在，满脸皱纹、一头灰发，都成老太太了。天民红着脸不好意思地嘿嘿笑道："青山、青山，我有我的考虑哩。"

天民就是这么个货！村里人背后都说他一根筋。

想到这些，我笑着说："逢时，他们两口子吵嘴又不是一天两天了，桂英的话你也信？"

"这回和以往不同！"逢时口气郑重地说，"如今天民不分白天黑夜地去外面转悠，白天上山，晚上在村边；不是东游西逛，就是在什么地方一坐半天，好像孤魂野鬼，常把遇上的人冷不丁吓一跳。有一回傻歹货去山上拾柴，碰见天民坐在一个树疙瘩上无声地流泪，歹货问他哭啥呢，他说哭屁股底下那棵树哩。歹货说那可是一棵大栎树，他小时候上去砍过羊草，后来粗得搂不住就上不去了。天民说他每年秋天来树下拾橡子。歹货问他，不是想上吊吧？天民说，树都没了我上哪儿去上吊？歹货说，你不上吊我就放心了。回到村里歹货和别人一讲，逗得人们到处笑传：歹货傻天民可不傻，不是发神经是什么！桂英起先只是觉得败兴，前些天她夜里一觉醒来，听见天民在自言自语，以为他说梦话哩，拉开电灯发现他大睁两眼瞅着屋顶。问他怎么了，天民却一翻身闭上眼睛睡去。桂英担心出啥意外，就悄悄跟我说了。我装着啥都不知道，问他是不是正在琢磨啥项目？你猜他怎么说，他说琢磨项目是你们村干部的事，我是在寻找记忆里的风景……"

记忆里的风景……这确实不像天民的语言。我脑海里浮现出他孑然一身在空旷的山梁上、在漆黑的村外出没的身影，心里不禁疑惑起来……

这两年，尽管这俩发小在我面前依旧有说有笑，但我还是隐隐觉出他们之间出现了隔阂。他们都尽量回避谈论村里的事，假如我不小心提起什么，说着说着他俩就开始拌嘴，倒弄得我不好意思地赶紧转移话题。歹货是个半傻子，有七十多岁了吧，但他不说谎。土地承包那年，一队原来的副队长金权去赶集买山药芽，嫌价涨了没买，回到村边又后悔，怕下集再涨价，就坐在路边哭起来。就为这点儿事他竟然在路边一棵树上上了吊。歹货是最后一个见到金权的人，这之后见到谁哭歹货都疑心人家要上吊！若是连桂英都担心起来，天民莫不是真出了什么问题？年前见面他跟我说，人不服老不行，今后就在家里种种地、侍弄侍弄果树，不再出来打工了。挺明智的打算哪，莫非受了什么刺激？

"你吃了摩罗丹见效不？要有效果，回去时我再给你拿点。"

我想反正过几天见到天民就真相大白了，就转了话题。别看逢时只是个村支书，却天天在酒里泡着，落下了胃疼的老病根儿。

"时好时坏，你甭惦记，上次你拿回来的我还没吃完呢。"他似乎有什么话不便明说，"……你这回回来咱俩先见个面。"

"好。叫我说，你还是把酒戒了吧！"这话说过无数遍，明知逢时做不到我还是忍不住要说。

挂了电话我就想，逢时想和我说的事八成与天民有关。

晚上八点来钟，天民也打来电话："青山，核桃树我给你找好了。"

"人家要多少钱？"我问他。

"不要钱。"天民得了多大便宜似的说，"人家当初栽得密，树长大了，谁要谁去刨，就是没嫁接。"

我心里装着逢时的话，没话找话和他闲扯了半天，最终也没听出有什么异常。精神出问题的人多数是思想上有了解不开的疙瘩，我几次想问问他是不是心里压着什么事儿，却不知如何开口。

"你哪天回来提前说一声，我先去把树刨下来。"天民考虑得很周全，"树不小了，省得耽误你回市里的时间。"

"嗯，初步定在 26 或 27 号吧。"老家风俗是长辈去世后头三年清明祭奠，新坟烧纸早于老坟。我一面接着电话一面踱到客厅的挂历前看日期，26 号是周六，27 号是周日，就说："具体哪天定下来我再告诉你。"

挂断电话，我立在那儿怔怔愣了半天。

二

我老家在太行山区一个叫鲤鱼川的深山里，山高地寒，春夏总比川外迟到半月二十来天。临近清明，川外的柳树早已挂满绿芽，返青的麦苗也已淹没蹦跳觅食的老鸹，川里却依旧是冬季模样：远山灰蒙蒙的，麦苗僵枯着，青草更不肯露芽……只有杏树不管不顾开出满树花来，在田边、坡脚、山洼远远近近随风招摇，不到近前任谁都不相信那是真花；村南村北的山坡上，丛生的野杏山桃粉粉白白地连成了片，远远望去就似云霞散落在那儿。

把车在村口停下已是十点多钟。原想早点儿赶回来，与逢时见过面好和天民去刨树，没料到星期天出游踏青的人那么多，市区车辆壅塞，结果"起了个五更，赶了个晚集"。

村西远处的河滩散放着几头牛，它们一动不动，像画家画在那儿来点缀风景，可这时节家乡还没风景；河坝内那几棵核桃树下有两个老人，看不清他们是在栽树还是刨树；村北山脚下有人正在新辟出的一片空地前用三马车拉石头垒石堎，是准备盖新房的样子……如今，在外打工长了见识的人们感觉出老宅院的狭窄，都跑到村外建新房，新房是卧砖到顶、水泥浇筑，外墙贴着瓷砖，和老宅院形成鲜明对比，村子看上去就似锦盒包装着一件老古董。村落静悄悄听不见任何响动。飞速扩张的城市仿佛魔力十足的磁铁，将农村充满活力的青壮年像一粒粒铁粉一样悉数收拢进城里，昔日乡间的喧闹和生气已荡然无存。

"青山。"一个低矮黑瘦的女人拉着个四五岁的男孩像从地下冒出来，突然出现在我面前。

"丙寅嫂！"我认出她来。

"还认得我哩！"女人笑出满脸皱褶，缺了上下门牙的大嘴咧着像个黑洞。

她叫多霞，是我家邻居，乡亲辈叫她嫂子。在我记忆里她还是当年那个娇小白净的中年妇女，夏天爱穿一件月白色碎花褂子，冬天则是天蓝色罩衣，显得干净利落。现在她穿着一身陈旧臃肿的黑色棉袄棉裤，完全变成了一个邋遢窝囊的老太太。丙寅哥年轻时在县里当邮递员，20

世纪 60 年代初国家动员干部职工回乡参加生产，从川外把她带回来。她天生娇小，做得一手好营生，却干不来地里、山上的活儿，很少参加生产队劳动。土地承包后村干部发不了补贴，就把祖辈几十年养护起来的山林划分成片，十万元、八万元让人顶下来砍伐了卖窑木，今天卖一条沟，明天卖一面坡。那年冬天丙寅哥上山替人砍树，被别人踩落的一块滚石砸死，给这个弱小女人留下一儿一女，还有半辈子的艰难时光。

我指着那孩子问："嫂子，这是谁家的呀？"

"黑子家老三。黑子，你还记得他不？"她说着把孩子往前推，孩子却使劲往她身后躲。

"黑子……记得。"黑子是她儿子，我在家那会儿也就比眼前这孩子大一点儿。

"他们两口子都出门去打工，把孩子们扔给了我。"她一面说，一面又去拽那孩子。

我问："你这是去干吗呀？"

"等你哩。"她脸上显出几分得意。

我诧异道："你知道我今天回来？"

"天民告诉我的。"她往北面的杨树沟一指说，"吃过早饭我遇见他拿着铁锨镢头说是去给你刨核桃树。"

初春柔弱的太阳正在靠近中天，我不想再耽搁时间，就直截了当地问道："你等我有事？"

"嗯，嫂子这回求你一件事。"她望着我问询的眼神，有些羞涩地说，"想让你跟逢时说说给我把低保办了。"

我说："嫂子，低保是有条件的……"

"我知道，我知道。"她说，"嫂子不是当年的嫂子了，又是胃病，又是心脏病，就是不敢去医院。你丙寅哥留下这一摊屎，我得拼着老命擦呀。"

我说："你没找过逢时？"

"找了。逢时也不说不给办，可就是总轮不上我。"她说着脸色尴尬起来，"嫂子一个妇道人家，不定哪里就得罪了逢时哩。"

我笑道："你和逢时有过节儿？"

"我不知道这算不算过节儿，从前年起逢时就想卖了俺家的地盖房子，我没答应。嫂子不是有意为难他，是觉得自己一个孤寡老婆子，有那二亩地心里踏实。"

我说："我理解嫂子。逢时不是那种小肚鸡肠的人，见了面我问问他吧。"

说着我抬腿就往村里走去。老太太撇开孩子一溜小跑追着我说："青山，我知道逢时听你的，嫂子这事就靠你了！"

我又随口问了句："你家承包地在哪儿？"

"八亩地。"她说。

一听说是八亩地，我心里顿时轻起来。鲤鱼川山多地少，连片成亩的庄稼地更少。八亩地紧靠村边，老辈子属于大地主侯家，是全村最大的一块水浇地，有条一尺多宽的水渠直通村西的月亮坑。两亩大小的月亮坑像是天然为八亩地生成的，坑底有泉，四季不干，春天一解冻坑里的水自然就流进水渠，途经八亩地潺潺流向村东。妇女们尽情地在渠里洗菜、浣衣，孩子们能从中捉到鱼虾，谁家的狗冷不丁会跑到渠边，伸出粉红色的长舌头哗啦哗啦地喝水。当然也有人家可以借此浇地浇园，却都是磨盘或土炕大小的地块，最受益的自然要数侯家八亩地。我想，逢时好歹是村支书，绝不可能去八亩地盖房，除非他疯了。

大约瞧着我神态异样，多霞紧张地说："青山，嫂子要有惹逢时不高兴的地方，你给嫂子圆圆场，让他别跟我老婆子一般见识。"

走进村街，我一路和门前的乡亲打着招呼，他们多数是和多霞年岁不相上下的老人。年轻的妇女和孩子们则好奇地瞅着我，他们不认识

285

我，我也不认识他们。光阴用它看不见的魔力，不知不觉就把人们磨得老去，当年生龙活虎的壮年人已逐渐消逝；而草芽似的孩子们却一个个长大成人，娶妻生子。不禁就想起那首诗："少小离家老大回，乡音无改鬓毛衰。儿童相见不相识，笑问客从何处来。"过去一直以为这是在描写落叶归根的自我生活状态，这会儿倏然意识到是在说冷漠无情的时光，仿佛看到一丝无奈悲凉的笑容挂在诗人苍老的脸上……街面上老辈子铺的鹅卵石如今已被水泥路面取代，不知为何反倒让人觉得街道变窄了、空落了。快到逢时家我才意识到，进村后没在街上看见四处觅食啼叫的鸡和乱跑的小猪。

三

拴在铁梯子上的那只大狼狗狂叫了一声就冲我摇起尾巴，眼里流露出亲昵的神态。前年，逢时家那只黑背在发情期跑丢了，他托我再给他找一只好狗。我从一个搞养殖的朋友那儿给他要来一只幼犬，喂养了两个多月才抽空送回村，没想到时隔那么久它仍能认出我来。

逢时家的暖气还没停，客厅显得暖意融融。一盆迎春花在方桌后面的条几上开得金黄灿烂，春天就这样提早走进主人家。

逢时面色蜡黄、无精打采地蜷缩在床上，显然胃疼的老毛病又犯了。

"逢时，到底谁病了？你还说天民，我看你病得比人家还厉害！整天就剩下喝喝喝，都什么岁数了，你不要命了！"不用猜就知道逢时又喝大酒了，一见面我就劈头盖脸数落他。回过头去又埋怨剪子，"他都这样了，你怎么不送他去医院？"

"人家听我的吗?!"剪子眼圈一红竟落下泪来说，"昨天夜里都晕过去了，死活也不上医院检查，就知道吃止痛药。"

显然一夜没睡觉，剪子两眼像白兔一样红。

"你俩别大惊小怪的行不？"逢时不耐烦地欠身坐起来，"病在我身上，我心里有数，不就是胃炎吗？唉，人不服老不行，这不是赶上村里出事了吗，多喝了两场……"

他说的"事"电视新闻报道了。前几天我们村发生了一起杀人纵火案。一个吊儿郎当的年轻人半夜从外村喝酒回来，走到距我家一百多米、距天民家三百米那个临街的商店前停下摩托车来敲门买烟，女店主带着刚满一岁的孩子住在店里，说睡下了不卖了。年轻人不由分说撬开窗户钻进去，强奸并打死了店主，然后放了一把火。

村里发生这种事，当支书的自然轻松不了。虽说案件有派出所、公安局负责，但两家当事人恐怕都要找他，喝酒自然是必不可少的环节。

"如今的年轻人咱真是理解不了，打破脑袋也想不到会发生这种事。唉——打人的木棒都烧毁了，他要一走了之，这案还真不好破。算了，不说这些破事了，本来今天想等你好好喝一壶，喝不成了。"逢时苦笑起来。

听他张口闭口不离喝酒，我就沉下脸来说："剪子，你收拾一下，下午你们跟我一块走，去省医院住下给他彻底检查一下。"

"剪子把酒和菜都送到天民家了，中午你们哥俩喝吧。我说让你回来咱俩先见面，是有事托付你哩。"逢时话锋一转切入正题，思忖了一下说，"这几年种庄稼不挣钱，家家户户都靠打工过日子，人们越来越不拿承包地当回事。从小咱俩都觉得天民是个老实耿直的人，哪知道他还挺有心计，竟然不显山不露水把八亩地买下了六亩……"

逢时刚说到这儿，院里的狗猛然狂叫起来，门帘一撩走进一个六十多岁的男人，看见我他愣了下，随即叫道："青山回来啦？"

"是三棒哥啊。"我认出来人，忙站起身去兜里掏烟。三棒年轻时是大队的拖拉机手。

"你坐，你坐。"他接住烟点上，转向逢时说，"我上回和你说的事，你给问了乡里没？"

"啥事？"逢时耷拉着眼皮并不看三棒。

"就是我们几家凑钱从南沟引自来水那事，你还拿手机照了相。"三棒也不往逢时跟前走，就远远地立在屋里地上，"听外村说这样的工程能向上面申请补贴。"

逢时黑着脸说："乡里说问问县里，还没给回话哩。"

三棒瞅了逢时一眼，阴沉着脸张了张嘴没再说话，转身一甩门帘走出屋，人到门外又撂下句："胡宅口村都有人领到这份钱了！"

逢时愣了会儿，自失地一笑说："当个支书就像欠了全村的，人人都是你的债主。你看看，这还是我本家叔呢！心里就自家针尖大那点事，哪管你是死是活！"

我瞅着病在床上的发小，同情地说："越是基层工作越难干，每天要面对一个个具体人、具体事，又都是乡里乡亲。唉！"

"村干部是老鼠进风箱——夹在老百姓和乡里之间，两头受气。"逢时摇着头笑了笑，接上刚才的话茬说，"还说天民吧，他供孩子上大学那是正经事，可你说他买地干吗呢？儿子都大学毕业了，你看看他那家，现在村里谁还住老房子？我想从他手里把地买过来，有钱了他好盖处新宅院，不承想我把地价都出到行情的两倍了，天民愣是不卖，气得桂英都骂他精神病！桂英和他一生气，他就去蹲在地头上抽烟。那地他要真有用我也不张这个嘴，问题是他啥用没有。我问他，你弄那么多地干吗？他说种庄稼。我说你看看如今谁还种地哩！他反问我，没庄稼农村还是农村吗？你听听这叫什么话！如今是见到我躲着走，天天去山上、村外转悠。咱仨是光屁股长大的发小，我想让你做个中间人，价钱你说了算。"

莫非天民的病和这件事有关？又想到刚才多霞的话，我问逢时：

"你买他的地想干吗？"

"我想把八亩地整个买下来，建座带花园的院落。"逢时眼睛一亮，直言不讳说出自己的打算。果然有这么回事！

"逢时，那可是基本农田。你是村干部，又不是不知道政策，你在那儿盖房子，就不想想上级和群众会怎么看你，怎么说你？再说现在这房子不挺好吗？"逢时的四合院过去是我们生产队的马号和羊圈，也有一亩多地，卧砖到顶，打着圈梁。门前的道路直通村中央大街，街埝下面是一方方豆腐块似的麦田，再远处则是河滩。屋后是面一丈多高的土石崖，崖上就是著名的八亩地。

"青山，你别着急，别看你成天编书哩，如今农村的事你不了解。"逢时笑着说，"这会儿上级提倡建设美丽乡村，我是想带个头儿。我喜欢八亩地居高临下，敞亮。咱这里自从 2000 年划为林业区，土地的事上级就统得不那么死了。过去大队还有个房基地审批权，现在土地、荒山都分到个人手里，有了条件人家直接就去承包地或是换地、买地建房。要是上面有关系，乡里县里都装聋作哑；要是没关系，顶多也就罚个钱了事。如今的事，大家都睁只眼闭只眼……"

或许划为林业区后国家放宽了土地使用权限的管理？这我还真不清楚，心里惦着天民那头的事，就说："这件事儿我可以做天民的工作，但你可不能犯错误。剪子，你准备一下，下午你们和我一起走。"

赶到天民家，他已经把那棵核桃树扛回来。酒和菜摆上了桌，桂英也做好了腌肉卤、擀好了面条。

我跟天民喝着酒说起逢时的病情，桂英在锅台前笑道："听他蒙你呢，他是昨天喝倒的。乡长家闺女出嫁，昨天回请各村的支书和主任。支书见支书无非是喝大酒，我看见是乡里的人把逢时从车上背回家的。"

聊着聊着，自然又说到刚刚发生的那个案件。天民是最早赶到现场的人，他一到就说："打110和120吧。主动报案算自首，救人算是悔过表现。"

那年轻人的父亲一听赶紧拨打了这两个电话。

"咱村也出杀人犯了！"天民喝下一杯酒喟叹。

我看了看他没作声，从见面起我就在默默观察他。

面对这桩突如其来的惨案，我相信村里人人都会震惊，替受害者惋惜、对杀人者愤怒也是自然而然的事情，作为街谈巷议人们肯定会议论很长时间。但天民感慨的却是这一恶性事件发生在我们村——我们村居然出了杀人犯！在他心里好像这种事不该发生在我们这个民风淳朴的村子，或是遗憾我们村的风气也变了！

天民从小就这样——举止言谈常常出人意料。

中秋节夜晚，他一抬头望见阴霾的天空，也不管大家正干什么，突然就说："'八月十五云遮月，正月十五雪打灯。'不信看吧，准哩！"还有一次，大伙在绿油油的谷地边撒尿，他异常欣喜地叫道："快能吃着新米啦！'六月六见谷秀，七月七吃新米。'"光顾高兴结果尿了自己一裤腿。另外，街上谁家的老人夜里死了，第二天他就说："昨天晚上，'呱呱幽'（猫头鹰）叫唤了。"乡俗认为猫头鹰能嗅到死亡的气息。

上初中时，天民露过一次脸。我们队将原来位于村里的羊圈改造为仓库，在村西口的马号旁新建了一处羊圈，这样不但羊群进出方便，街上也没了脏兮兮的羊粪。不料羊群习惯了旧圈，放牧归来仍然是奔旧圈跑，一连几天放羊汉挥舞鞭子东奔西跑往新圈驱赶，累得满身臭汗。晚上，天民把几块光溜溜的鹅卵石散摆在新羊圈，每块石头上撒一层盐末，羊们争相舐食。第二天放牧归来，羊群自动就往新圈跑去。这事连大人们都惊奇不已。

290

静静的夜晚，孩子们摸黑坐在街上聊闲天，天民莫名其妙就冒出一句，今年七月立秋，荞麦得晚种——六月立秋，提前十天种，七月立秋，错后十天种……

谁也说不清他脑子里这些乱七八糟的玩意儿从哪儿来的。但我知道除了从大人们嘴里拾话，他还藏有一本线装的《四时纂要》，遇到雨雪天气就在家拿着字典翻看。那本书装在一个专门的木盒里，我猜是他爹当农会干部时从侯家得来的。他私下借我看过，除了占候、择吉、禁忌等封建迷信的东西，书中大量记载着四时农业技术知识。然而，那些稀奇古怪的"知识"距离孩子们的生活和年龄是那么遥远，极少得到同伴的共鸣，而他却乐于去生活中体验印证。

不过，我们村确实没出过杀人犯。

我和天民都是1961年生人，从记事起我们村一共出过两个犯罪判刑的，但都不是死刑。一个是1966年毕业的高中生，回乡后不安心务农，仗着点一知半解的中医常识，时常装扮成医生跑到山西偏僻的山村去行骗。为了维持生计，他偷盗了一个孤寡老人家，案件侦破后被判刑。另一个是烈士子弟，快四十岁还打着光棍儿，村里派他去修水库，他竟然想炸毁战备公路上一座桥梁，嫁祸给房东，从而得到人家妻子，结果东窗事发被捕入狱。前两年倒是还有一个入狱的，却是因为意外事故：村里几个人合伙给外村修建一座石拱桥，有个人开着自家的三马车负责接送大伙，不料刹车失灵出了车祸，一死两伤。死伤者家属说坐车是出了油钱的，要么赔偿，要么就起诉。车主人赔不起钱，中间人又说和不下来，他就选择去住监狱。村里人"哎呀，哎呀"感叹如今的世态炎凉。这件事还是有一次吃饭天民给我讲的。

说到这起案件，桂英又开始埋怨天民多事——现在村里人都说打人的棒子都烧没了，只要人一跑这案准破不了。

"天网恢恢疏而不漏！"天民把酒杯往桌上一蹾，激动地大声责问，

"他能跑到哪儿去？"

我吓一跳，以前天民可不这么外露！

桂英撇了撇嘴，转身将肉卤面端上桌。

四

老家风俗是正午十二点过后上坟祭奠。

吃了午饭，我和天民把那棵核桃树运到墓地。祭奠完毕，我们一人点起一支烟，想稍稍喘口气再打树坑。

这是一块约四分大小的长方形山坡地，村里人管这片儿叫"坑坑地"。父亲在世时花七千多元从三户人家手里买下来，我又雇人对墓地前后的石堰进行了修整。现在爷爷、奶奶和父亲安眠在墓地东边，西面约三分大小空闲着。我就是想在那片空地中央栽下这棵核桃树。

我一面抽烟，一面打量这棵核桃树。刨树前天民已把乱蓬蓬的枝杈全部砍去，只留下主枝主干。这会儿它光秃秃躺在干土地上，就像一条小腿粗细的蟒蛇。过一会儿就有一阵风携裹着枯叶沙土吹过来，晃动着后面山洼和山坡上的核桃树、栗子树，只是失去了严冬的冷冽，那呜呜的呼啸像是虚张声势。风转瞬即逝，山野便陷入明净的沉寂，一只鸟在树林深处清亮地啼鸣，过一会儿叫一声，过一会儿又叫一声，大约间隔半分钟，直到下一阵风再次吹来。

"这是什么鸟？"我问天民。

天民蹲在墓地南边的石堰边上，侧耳听了听说："不知道——如今好多外来的东西连我也陌生。"

蹲着的天民像个老头，他已经几天没刮胡子。本来几个发小就数他身体壮实，今天一见面我发现他的背也驼了，想起少年时眼里那些老人，可不就是我们如今这岁数！

对面不远处的麦田隆起一座新坟，在尚未返青的麦苗中间那堆黑褐色的湿土显得异常醒目。

"那就是女店主的坟。"天民站起身对我说。

他抄起镢头开始打树坑。等他把土刨松，我就用铁锨把喧土铲到树坑周边，然后他再刨。

"孩子就在旁边哭着，他竟能做出那种事来！孩子再小也是个人哩。这个畜生！"天民把镢头狠狠刨进地里，用力将土翻起来，再狠狠刨下去，骂道，"还杀人灭口，猪狗不如！"

我从树坑里往外铲土，天民拄着镢把站在旁边说："有人说他喝醉了，有人说他是玩电子游戏玩的——把杀人不当回事了。我说，那他怎么不拿着棒子打他爹打他娘呢！"

天民骨子里是个一根筋，做事说话总不免让人觉得"认死理"。

我换了个话题，问："这回真不再出去打工了？"

他愣了下，旋即一笑说："不去啦。儿子一上班，我就在心里给自己办了'退休'。待在家种种地，打理打理荒山上的果树，也算是颐养天年！"

我点头说："这就对了，年岁不饶人哩！"

天民在建筑工地干的是架子工，三十来年他一直干这个职业。有一回请他吃饭，我说他能在架子工上显示出自己的优势，肯定与我们从小爬树砍柴有关，天民就开心地笑起来。我们少年时别说整棵树，就是树枝大队也不让砍，林业队每天在村口检查。星期天或假期我们常常钻进远山上浓密的青杠林、柞树林里去砍树上干枯的死枝。遮天蔽日的茂密森林中，檩条粗细的青杠树、柞树通常都有两三丈高，而一棵树上或许只有一根两根枯死的树枝，我们总是从这棵树上下来再去攀另一棵树。大家比赛似的把裤裆磨破了缝上，缝上又磨破。

树坑打好，天民和我把那棵核桃树抬进坑里，扶正树干，然后填土踩实，又用事先预备的几根木杆，呈三角形捆绑在树干上——这样可以防止树身歪倒。

"等麦地浇头水，我记着再来浇浇，一准儿能活。"天民拍着手上的土自信地说，"找树的时候我跟他们说，青山栽核桃树可不是为着吃核桃，他是不愿断了和村里这份感情。我说得对吧？"

天民这家伙生就一副简单、执拗的脾气，却偏偏懂得你心思。成年后，我发现两个发小的区别在于天民喜欢形式和过程，逢时则注重结果。每年农历七月，天民不定哪天就会给我打电话说："回来吧，该打核桃了。"他不是叫我帮忙，而是想让我在这个不冷不热的季节去体验收获的过程，重温熟悉的家乡生活。而入冬前后我总能陆续收到逢时捎来的一袋袋核桃、栗子和柿饼，他在电话里说东西不值钱，总是老家的物件。

我和天民收拾家伙下了坡，沿田边一条小路往村里走去。路两边都是水浇地，过去生产队一律种麦子，现在许多上好的地块闲置着，有的甚至丢弃着去年秋收后的玉茭秸。我不解地问起天民，他说："那是准备过一阵种土豆，或许干脆啥都不种——怕赔本。"他扳着指头从麦种、浇水、施肥、灭虫到收成和价格一项项算给我，最后得出结论：弄不好每亩地要亏一百元。

说话间来到八亩地，看上去整个地块至少有一半种着麦子，另外约四亩大小空闲着，我猜想那该是准备种土豆吧。不知道哪些属于多霞。天民走进麦田，弯腰去土里捯了捯，干涩的土层下面露出一簇绿芽，他满意地将土埋上，将军检阅队伍一样打量着整个麦田，一脸嘚瑟地说："再晚回来半月二十天，你就能吃上新鲜菠菜了。我在麦垄里套种着菠菜哩！"

"种麦子不是赔本吗，你还种？"我问他。

"我喜欢。"他递给我一支烟，瞅着我认真说，"小时候，你爱看小说、抄字典、背古文，你觉得书本里有乐趣；逢时领着一帮孩子捉迷藏、抓特务、'打鬼子'……他觉得那是快乐；我呢，喜欢独自到村外的庄稼地边转悠，听玉茭的拔节声，呼吸庄稼吐出的清新气息和成熟味道……心里就感觉天底下再没有比这更享受的事儿了。"

"孩子们大了，你也该考虑盖处新房了。"我开始往逢时托付的事上引，"要是手头紧，我先给你拿点儿钱。"

"你见过逢时了，这六亩地他都出到三十万了，盖处新房绰绰有余，我敢说就是再多要上五六万他也出。"天民下意识摇了下头，顿时神色黯然下来，"青山，我不卖给逢时不为别的，就是心里觉得农村没有庄稼就不像农村了！"

果然是这话！

"你看看山上。"天民抬手指着村南峰峦起伏的群山说，"和过去有啥不同？"

村南的泜河是小时候我们游泳、摸鱼的地方，现在夏季还没到来，河水干枯，裸露着满河床或青或白或赭红色的鹅卵石。河滩南岸的山脚蜿蜒着一条公路，路南就是重峦叠嶂的群山。近处稍低的山坡多半截呈土黄色，我知道人们已在那些地方开发栽种了核桃、板栗等果树；而山头则一律是灰色，那是疯长的荆棵、黄栌、山榆等榛莽灌木。这些山上过去遍布或疏或密的青杠林、栎树林。哪个山头有几棵树，哪面山坡是森林我们都熟悉，就像熟知村里谁家有几口人、是老是少一样。几十年来它们一直生长在那儿，已成为那座山、那条沟的标志。节假日我们结伴到山上打柴、割荆条、拔药材……拿着荆篮、布袋去栎树林里捡橡子喂猪，拾橡壳卖到公社收购站……森林是我们生活的一部分。初夏，人们聚到我家门前的"饭场"吃饭，聊着耳闻目睹或道听途说的各色话题。此时，南山上的森林在随风起伏，刚刚伸展的栎树叶背面还是浅白色，整面山坡在风中一会儿是嫩绿色，一会儿又变成浅白色，那情景真是好看！

没等我回答，天民又接着说："看着如今这光秃秃的荒山，我脑子里总是蹦出四个字：穷山恶水！过去'人定胜天'喊了多少年，大队每年冬天让社员们顶风冒寒在河滩里垫地修农场，如今那些地哩？不都叫洪水冲毁了！现在，森林砍光了，远山没办法，人们就动用钩机、挖掘机去开垦村边的荒山，那么陡的山坡，遇到雨水大的年份不弄泥石流才怪哩！现在你去山上走走看看，你不知道那种感觉：你就觉得你是走在一座死山上——有树木、有森林山才是活的——那是一个世界，生育滋养着各种生命，动物也好植物也罢，该生长的生长，该死亡的死亡，一年四季有着不同的模样、气味和声音，那里存在着生命。现在可好，一座座山光秃秃的无遮无拦，走上去你觉得人活在天地间无以为伴，孤立无援……这些日子我经常上山，看着那一片片被荒草掩没或长满苔藓的树疙瘩，就像看到一片片坟头！有的我能想得起那棵树当年的模样，我攀上去砍过柴，在树下拾过橡子；有的我已记不得它的模样了，就像面对一张似曾相识的脸孔，却无论如何叫不出他的名字……过去，夜晚站在庄稼地边能听到庄稼生长的动静和它们交头接耳似的窸窣声，现在……"

天民一张嘴就如打开了水闸，汹涌的洪流向我涌来。

家乡如同一张新拍的照片，已无声无息地改变了我熟悉的背景。这陌生令我不舒服，但我却没想过为什么。这会儿，天民似乎正在给我解析那"不舒服"的原因……

"我是觉得没了庄稼农村就没了魂儿，也许是没了庄稼我就没了魂儿。说不清，反正那感受就像这山上失去树木森林就会令人内心孤独、难受一样。和桂英一唠叨这些，她就说我精神病！连逢时也说我古怪，大概村里人都这么看吧。青山，我就想找一天和你念叨念叨，让你帮我分析分析，是不是我精神上真出了问题？"天民那双像牛一样温和的大眼瞅着我，等待着我评判。失落、伤感和忧郁在他的眼里无声地流溢。

家乡是深山区，缺乏可开发资源，过去守着青山绿水，却过着穷苦的生活！现在大多数人家经济条件好起来，却又失去了原来的生态环境。得也，失也？

"如今人们手里有了俩钱不假，吃喝穿戴也跟过去不可同日而语。但老祖宗留下的耕地和山林也毁了！"天民显然不知想过多少遍，他有板有眼地说，"想来想去，村里的事既是坏在逢时身上，又是坏在大家身上。土地荒山一分，各家都关门过起自己的日子，事不关己高高挂起，心里眼里只剩下钱！青壮年整年在外打工，家里就剩下老人、病人、妇女孩子和村干部，村子就成了逢时的天下。上面很多政策精神他不传达，大家也不知道、不关心。我对逢时的意见就在这儿，可咱仨好了一辈子，我张不开嘴说啊。就说这盖房吧，村里怎么就不能统一规划一下？祖宗留下的山林为啥就非砍不可——这是在吃子孙饭哩！"

"天民，你都成社会学家了！"我心里涌起由衷的感动，终于说出我的评价。

过去不管村里人如何议论他、看待他，我觉得都能把握他，我清楚他探究生活的目光能够看多远。现在，萦绕在他心里的这些精神和现实层面上的思考都是我不曾虑及的，我发现我已追不上他的目光了。

"你可不兴笑话我。"天民顿时紧张起来，尴尬地看了看我，赶紧把脸扭到一旁。

"不是笑话，是佩服你。"我郑重地说，"这些年，在我遇到的农民里，你是头一个有'魂儿'的人！"

"课文上那句话怎么说来？'肉食者谋之。'我一个小老百姓，也就自己想想，跟你说说。"我一认真天民反倒腼腆起来，他红着脸扭捏道，"我知道不管对错，反正你不会笑话我。"

我张不开嘴再和天民谈卖地的事了。记忆中那随风起伏的森林永远消失了，我觉得村边有一片绿油油的庄稼远比一座花园式庄院更美好。

297

我在心里背叛了逢时，却没有丝毫歉意。

"给你看个物件。"天民得意地一笑，掏出自己的手机，打开相册。照片是一副陈旧的木刻对联，尽管油漆剥落、满是污渍，但基本完好无损，估计能算得上古董。联语是："渔樵以乐勤俭传家久，耕读为本诗书继世长。"

他自得地说："这是老侯家的物件！老五媳妇翻出来准备卖给文物贩子，我看到了就花三百块钱买下来。咱村里的大户人家为什么都送子孙去读书？这些年工地一停工我就去装饰公司打零工，见识过各式各样的房屋。不是跟你吹牛，一看装修风格，我就把主人的年龄、身份、文化程度猜个八九不离十——人哪，爱好、趣味不同，说到底是教养素质不同。人活一世，毕竟不只是吃喝。"说到这儿他看看那副对联，试探着问我，"等再过两年我把老宅翻盖成二层楼，到时找个油匠重新把它清洗油漆一遍挂在门口。你说这样做好不好？"

几只喜鹊打我们头顶飞过，落在北面一棵硕大的黑枣树上，蹦跳着叫个不停。乡俗认为老鸹、猫头鹰晦气，喜鹊则会给人带来祥和喜庆信息。喜鹊飞走了，不远处传来一阵啄击树干的"砰砰"轻响，看到我在倾听，天民孩子似的一笑说："啄木鸟！"

五

逢时说什么也不跟我去住院检查，嫌我小题大做。

然而，刚过去半个月剪子泣不成声从县医院打来电话，说逢时得的不是胃炎是肝癌，已到晚期。我当即联系省肿瘤医院安排他住下，并找最好的大夫给他做了手术。我、剪子和大夫串通好，告诉逢时做的是胃穿孔手术。

出院那天我专门去送逢时，都坐上车了，他又落下车窗对我说：

"你也没做通天民的工作吧？唉，这家伙真是个怪物！"

"你先养病吧。"望着车窗里那张全无血色的面孔，我撒了谎，"天民说他考虑考虑。"

都到这地步了逢时还惦着八亩地！我心里骤然翻起莫名的悲哀，不仅对逢时，而是对所有人，包括自己。

好像整个秋天都在下雨，每天都是踩着湿漉漉水唧唧的柳叶、梧桐叶上班下班。秋雨秋风带来了寒气，似乎冬天已到眼前。这天中午，天民把电话打到我办公室，难过地说："你回来和逢时见个面吧，他……怕是不行了。"

尽管心里有准备，望着窗外湿漉漉的法国梧桐，我还是产生了一种恍惚虚脱的感觉。

第二天赶回村，逢时已昏迷不醒。他仰卧在床上，露出一张枯瘦黄黑的脸，原本五大三粗的人缩成了一个孩子模样。村里的医生默默坐在一边。

我进门时，卧在梯子后面的狗呜咽着摇了几下尾巴，显然已经好多天没人好好喂它了。

天民正和吴家长辈商量逢时的后事。见我来了，把我拉到另一间屋，说逢时这段时间疼得清楚一阵昏迷一阵。醒过来就说疼死了，黑白无常在轮番打他，静静的深夜街坊邻居都能听到他痛苦的叫唤。

天民脸上露出骇异的神情。

这时，神色憔悴的剪子走进来，说出一件谁都没想到的事情：逢时家的老坟已经葬不下后人了，得另找墓地。近两年逢时先后请过好几个阴阳先生勘找新墓地，这个说这儿好，那个说那儿好，逢时正值壮年，并不急于下结论，此事一直悬而未决。

我问剪子："他说过倾向哪里吗？"

剪子想了想，木然摇了摇头："他什么事也不和我商量。"

我瞅了眼沉思的天民，刚要问逢时和他提没提过这事，就见他把手里的烟头往地上一扔，果断地说："不用想了，就在八亩地吧，逢时准喜欢！"

说着他走出屋，一会儿工夫拿着一张纸返回来递给剪子。我凑上前，就见上面写道："张天民自愿吴逢时安葬在自己所属的八亩地，位置、面积由其家属决定，张家后人不得异议。张天民。"名字上还按着一枚鲜红的指印。

那张纸在剪子手里抖动起来，她捂住嘴无声地哭了。

六

光阴来得分明，人却过得糊涂，转眼就到了逢时一周年忌日。

这期间，我听到不少闲言碎语：有人说逢时的病生是让天民气的——人活着他不肯卖地，死后又假惺惺出让墓地；还有的说，乡里在动员天民当支书……

天民变得深沉而忧郁，一支接一支抽着烟。

午后，我俩一起来到逢时坟上。这墓址是剪子托我选定的，位于八亩地北端，背后是山，前面是开阔的八亩地和那条水渠。没有风，太阳把人晒得浑身暖烘烘的。霜一打，山前几棵柿树的叶子都掉光了，露出满枝红柿；山坡上高低错落的黄栌红黄斑斓，秋天正灿烂地向人们告别。我把酒、菜和酒具从塑料筐里一一拿出来摆到墓前，与天民席地而坐，倒上酒说："逢时，我和天民来看你了，今天咱哥仨喝一壶。"

说着我将一杯酒倒在逢时墓前，又端起一杯冲天民说："喝！"

天民手哆嗦了一下，杯里洒出些许酒来。

我说："老规矩，先喝仨。"

三杯过后，天民两腮红润起来。他说："唉——咱不该……逢时就伤在这上面。"

"放心喝吧！"我自信地说，"那边没肉身，酒再也伤不了逢时了。"

几杯酒下肚，天民的神情明显放松下来。

"青山，我是不是过于较真了？不就几亩地嘛，何苦惹逢时不高兴……"天民终于说到自己心病上。

我没接他话茬，站起身将目光投向前面的八亩地。破土而出的麦苗平平展展，宛如鹅黄色金针闪烁着一派嫩光。天空蓝得没有一丝云，两只喜鹊穿过偏西的阳光，从麦田上空悄无声息地滑落在南面的杨树上。

"今年套种菠菜了吗？"我问天民。

"没。"天民低垂眼帘说，"逢时一没，我觉得自己真是有病！"

"天民，"我用手按着他的肩膀朗声说，"逢时要有意见也是对我有意见。今天在这里我把话说开，他托我和你说买地的事，是我没办。从心里说，我不赞成他在这儿盖房……"

一个中年妇女从八亩地南头的路上走过，看到我们她停住脚朝这边望了望，又向东边走去。

"天民，逢时也会觉得这片庄稼地远比一座庄院好！你信不信？"我继续说，"你想想，孩子不在家，剪子要那么大一片庄院干什么？'居高临下'那是他当支书的感觉，不是剪子的感觉。"

"青山，不卖给逢时地还有一条原因，我一直没跟你说。"天民两眼哀伤地瞅着远处说，"我是不愿他的名声再坏下去，在村里留下一辈子骂名！"

"你做得对。"我点着头赞许道，"要是我也会这么做。谁让咱是好了一辈子的发小呢！"

"到'那边'该什么都明白了吧？"不知天民这句话是在问我、问逢时还是问自己。

"逢时会理解的。就是逢时不明白，剪子也明白。"我对他说，"剪子私下跟我说，幸亏你没把地卖给逢时。真要建起那么大一座庄院，她一个人可不敢住，乡亲们还不在背后戳一辈子脊梁骨哇！"

天民长长嘘出一口气，忽然问我："你能和农大的教授联系上吗？"

我心里一动："你真要接支书？"

"前段时间我去前南峪和岗底看了两个典型村，都是在农大教授具体指导下一步步发展起来的。那都是科学和眼界。我想让人家帮咱村把水土、气候等条件做个调查，看看到底该发展什么，怎么发展，再帮着搞个规划，请人家指导着干。从前咱们的森林面积倒是不小，但多是杂木，庄稼种植也太单一，经济效益差人们就不珍惜，就没了种植的积极性。咱得找到自己的优势，取长补短。"天民眺望着村南的山峦坚定地说，"这一阵我想通了，当年的森林不也是由小树长大的吗？逢时砍了，咱重新栽！咱这辈人欠子孙的债咱还，而且要还得更好！"

我眼里一酸几乎涌出泪来，弯腰倒满两杯酒，和天民一碰杯说："就凭这份心地和谋划，这支书你能当好！"

"乡里新来的马书记也这么说。"天民淡淡一笑，"我逗他说，每张选票一百元，我可出不起这个钱。他说，谁敢贿选拉票我开除他党籍！年轻人比我还着急哩。"

"哈哈哈……"我充满信心地说，"你用不着钱。就凭你的心地，就用你的规划，这支书非你莫属！只是……你'退休'的计划怕是要泡汤了。"

"呵呵呵……"天民站起身，幽默地说，"用你们公家的话，这叫'转岗'。"

太阳的余晖照在这个庄稼人身上，使他看上去就似一尊铜像。

（原载《长城》2018 年第 6 期）

诗　　歌

　　东篱，1966 年元月生于河北丰南。中国作协会员，河北省作协诗歌艺委会副主任，唐山市作协常务副主席，唐山文学院院长。已出版诗集《从午后抵达》《秘密之城》《唐山记》。曾获河北诗人奖、孙犁文学奖、红高粱诗歌奖等奖项。

唐 山 记

◎东 篱

读 碑
——在河北理工大学原图书馆地震遗址

这长方形的石盒子
原本是放书的
后来放了人
再后来是瓦砾和杂草

那一年一度的秋风
是来造访黑暗和空寂吗?

一本书
也会砸死一个人
一个人
终因思想过重
而慢慢沉陷到土里

如今，我不知道
是愿意让书籍掩埋
还是更愿意寿终正寝

M 形的纪念碑
有点儿晃
仿佛三十六年来
我一直生活在波浪上

如何能翻过这一页？
汉白玉大理石的指针
太重了

黄　昏
——在唐山大地震遗址

一天中最后一抹金色
被喜爱光阴的家伙
慢慢吞食掉了
世界的真相开始袒露

见不得光的
不全是鬼
人是黑暗中
最黑的一部分

家园

只剩几根黑黢黢的柱子

挺立的叫硬骨头

躺下的便成了废墟

在月亮出来前

我独爱这段静处的时光

我一次次地来

不为凭吊，不为对饮

面面相觑而已

雨中山叶口

树叶将落尽。零星的柿子

未免有些孤单

这些上帝赐予的华美灯盏

不知要悬挂到何时

雨珠只是轻轻滑过它们的肌肤

滚落到贩卖山货的散仙们发间

便不见了

翡翠绿的松针，被雨水冲洗后

越发峭拔尖利

似乎随时准备为裂缝的天空

飞针走线

在它眼里，乌云不过是一块黑补丁

亿万年前的石头，我们姑且还称之为石头

那大大小小被泥浆硬箍在一起的鹅卵

是石头年深日久的心眼儿，还是历史的眼睛？

泉水叮叮咚咚，答非所问

以今观古，多为奇妙

而以古视今，是否太可笑

比如此刻，我是海底行走的石头

身后的孩子们，是轰隆隆奔跑的鹅卵

家　园
——在唐山地震遗址公园

只有这里是静寂的

那些名字被刻在石头上的人

像列兵一样秩序井然

仿佛时刻都在接受上帝的检阅

不知他们即将开赴哪里

只有这里是静寂的

几副嶙峋的骨架

还在支撑那个家

深秋的黄昏，少数派的天空

布满了幽暗的精灵

只有这里是静寂的

当年一列绿皮火车

把那拨儿人带往了天国
抛下一截儿铁轨
一摊水洼
几块碎石
像星星一样被栽在大地上

湿 地 之 风

这时，鸥鸟最懂得——
好风凭借力，送我上青云
但这个践行者捎来的信息
总混合着鱼虾的味道

大海一定是暴君吗
是不是也有敢怒不敢言的时候
那满脸一波波一层层叠加的皱纹
在推送给谁看
岸边的沙石是他唯一的出气筒

野花野草并不完全是顺从者
不断被按伏在地，又倔强地挺起
如此一而再，再而三
屡败屡战
完成了他戏剧般的一秋

风来到我跟前时

戏谑地撩了撩我的衣角
我突然打个冷战
这并不仅仅是因为
被偷窥

地震罹难者纪念墙

比我们所居住的城市拥挤多了
三百九十六米长、九米高，这弹丸之地
居然安置了二十四万多人

没名字，姑且叫张三之子，李四之女
王五之外孙……也许早想不起来了
也许还没来得及起

但比我们有秩序
仿佛二十四万多根被砍了头颅的火柴
密麻、整齐、安静地排列在一起

他们依旧年轻、鲜活
而我日渐老去、衰亡

这冰冷、神秘的玄色世界多纯净
除了三十四年来挥之不去的尘埃

很多人来此寻找他们的亲人

311

但时空迢遥，人海茫茫

而我多年来一次次故地重历

仿佛是为了寻找我自己

叶落青山关

我爱极了这暮年之色

它由黄金、骨骼、光阴

月亮的通达和秋风的隐忍组成

群山有尘埃落定后的宁静

偶尔的风吹草动

不过是郁积久了的一声叹息

石头开花了，仿佛历史有话要说

张张嘴却咽了回去

我端坐其上，明白自己的修炼

远不及石头的一二

有观光者八九，御风而行

仿佛奔跑的草籽，急于找安身之地

（选自诗集《唐山记》，花山文艺出版社 2017 年 5 月）

　　白庆国，1964 年生于新乐，写诗，主要从事农业
劳动。中国作协会员。有作品入选年选版本。有作品
获首届《中国作家》郭沫若诗歌奖，贾大山文学奖。
已出版诗集《微甜》并入选中国好诗第三季。

微　甜

◎白庆国

多　么　美

午后的田野多么美
收割一半的田野多么美
刚刚割倒的麦子
它们顺着理想的方向倒伏
麦香乘着风溜进了村庄

一半的麦子割倒了
另一半还站着
倒与站之间的空地多么美

太阳放纵地照着
白雪距离我们还很遥远
寒冬也看不到踪影

这就是我生活的村庄

我一直守口如瓶
不轻易泄露它的秘密

雨 小 了

雨小了

我们要继续劳动

穿上刚才晾了一会的褂子

水汽明显小了

但袖口部分湿得要命

它紧贴着手腕，凉，沉，不随意

妻子说俺不干了

跟着你净受苦

我说，天底下受苦的人多

享福的少

妻子没有主意

还是提起了荆筐

被雨水浇过的妻子

更加悦目

她往日的疲倦没有了

那两只大眼睛比平时更加美丽

她走在前头

我跟在后头

她忧郁的脚步

表现了她此时的心情

我心里同样忧郁

我是一个笨蛋男人

没有本事，只热爱诗歌

不能让这个曾经如花的女人享福

感到内疚

突然，我被泥水滑倒

手被硬土顶了一下

沾了一屁股泥

妻子回过头来

咯咯笑起来

我让她拉我一把

我喜欢黑暗中闪光的事物

我喜欢黑暗中闪光的事物

在白昼他们不容易被发现

他们的光被其他的光掩盖

因为极其微小

他们是农民，母亲，针，草籽，铧犁以及父亲的烟锅

只有在黑暗中你才能看见他们

默默地发出本身的光

照亮针织、布匹以及衰老的皱纹

我看见母亲的手在黑暗中抖动

还看见父亲因生活中的一件小事

陷入深深的思考

我看见草籽在做梦
一棵草一生要走多远的路
才能留下更多的草籽
一棵草要飞多高
才能留下草香

只有在黑暗中你才能看见他们
无论你居住在哪里
只要安静地面向故乡
只要凝视
只要你能控制住泪水
就能看见他们
一点也不刺眼
温馨而朴素

这就是他们的面孔
平静，慈祥
无所它求

土

我天生的喜欢土
喜欢它春天的松软
喜欢它夏天的干燥

317

喜欢它秋天的潮湿

当然也喜欢它冬天的倔强

当它潮湿时我们可以把它攥成泥团

或者捏成各种动物的形状

当它干燥时我们可以抓起一把扬在空中

这样空气就会浑浊，它飞溅的尘埃有可能

飞到对面走来的人眼中

这样很不好

所以我们一般不会这样做

我最喜欢的是

把一粒种子放进土中

它会生芽，扎根，开花结果

重新留下种子

我喜欢土

无论我身上哪个部位沾上土

我都不会把它们轻易拍掉

在我心里它们比任何东西都干净

确　　定

我确定一到下午一切都会迎刃而解

阳光从打开的窗子进来

昨夜那一团凝雾迅即飘散

生活中的一团乱麻

有时需要

我们父子三人共同拉开

父亲不停地抽烟

耐心地听着三弟对问题的分析

社会的迅猛发展

凭父亲的经验已经不能找出最好的方案

父亲总是无端地

扩大问题的根源

给自己制造心灵上的阴影

三弟不是这样

三弟总是缩小问题的根源

逐一分析事情的来龙去脉

最后化解

母亲在一旁缝补麻袋上的一个口子

一言不发，但她一直耐心地倾听

她知道我们会找到正确答案的

而我只是一个记录者

铡 草

草料已经没有了

今晚要铡草

驴等着吃哩

父母一整天都在场院忙碌

很晚才回来

中午我一个人吃了剩饭就上学了

父母回家时

他们肩上都落满麦芒

那时我刚好提着书包迈进院门

他们洗了脸

用毛巾把麦芒扫下来

就去给驴铡草

我生气了，为什么他们不先做饭

后来他们铡草的声音

把我的怨气驱跑了

我忍不住扒到窗台前看

院子里的月光已经很明亮了

他们铡草的样子

好像一点也不饿

父亲把铡刀提起来时

铡刀的反光就射到我的眼里

灯燃亮以后

那个影子在我眼前消失以后

墙壁上的一盏油灯就亮了

那么小的灯头

不知何时把半个墙壁熏得黢黑

灯影里两个崎岖的头颅交谈了一会

小灯光把他们的影子印在对面的墙壁上很大，很高

但在白天，我从来没有见过他们如此高大

他们谈论的事情，我已经听了上百遍了

总是重复

就像每一个到来的春天

多一棵草叶或少一棵草叶

我在隔壁充满黑色的房间发呆

对于极度熟识的房间不需要灯光

我这样已经度过了三十个春秋

父母的交谈还在继续

他们无视我的存在

如果遇到重要事情

他们像两尊雕塑一样

不说一句话

面对灯光下的一个暗处

发呆

（选自诗集《微甜》，中国青年出版社 2017 年 10 月）

  王琦，男，1963 年 5 月 4 日生于承德。中国作家协会会员，中国诗歌学会理事，河北诗歌艺委会副主任。二十世纪八十年代初学习写诗，1989 年辍笔，2009 年重操旧业。先后在《诗刊》《人民文学》《中国作家》《民族文学》《人民日报》《青年文摘》《新华文摘》等报刊发表作品 500 多首。曾获 2010 年河北作协年度十佳作品奖、2014 年河北省文艺振兴奖、2015 年《诗选刊》年度诗人奖等奖项。作品被连续入选中国作协年度最佳作品等数十种诗歌选集，已出版《灵魂去处》《王琦诗选》等多部诗集。

马在暗处长嘶

◎王 琦

草 原 之 夜

打开门，放出青藏高原的火
只留梦境，花儿，刀刃上的寒光
我们要赶在天亮前，请出众神
神的雪山，给我们诗歌和马群

漆黑的夜挤在马背上，我们往雪山赶路
岩石的心滚烫，天快亮了
我们这一群幽灵没有肉体
肉体是我们脚下的土地

天快亮了，我们相互搀扶
赶往众神之巅，
我们背负沉重的舞蹈，匆匆赶路
篝火成为灰烬，马在暗处长嘶。

我要的不多

我要的不多，有清风，烛光

一日三餐，有几本书，一个可以回忆的角落

有一些亲人住在不同的城市

在我郁闷的时候拆开他们写来的书信

我还想要一个简单的早晨

什么也不想，看着曾经的童年从家里出来

当人们已经按照自己的逻辑

经历欢乐或痛苦

我只想得到静物一样的心情

我所希望得到的

还有一片面包，那些松软的质地

然后我会对着麦田

去猜阳光与麦穗的耳语

养育我们的一切，我都已经得到

一张床，一个家。

一件让我可以牵挂的往事。

我要的不多

真的，只有这些

风　　车

当我发现这架风车的时候

这些风已经闲逛了四百年
在这狭长的空间
它们吹往一个方向，无所事事

很长时间无所事事
如果不是风车遇见他们

风车很被动，一股无形的力量
横扫了苍凉的世界
风车快速地旋转起来
旋转中，呼啸的大风被它撕得粉碎

山河，都在风中
我们的季节被风吹跑
我在风中躬身前行
一些大风以外的人
默然地看着我，目光比风还要冷

他们要看一个被风吹跑的人
怎样倒下，在风中流离失所
他们要看
悲剧与喜剧交替发生

春天即将来临
风车有些颤抖，抽泣中的颤抖
风车很被动，大风不停

325

我很难睁开眼睛

这些风只是闲逛
从四百年前忽然刮来
风车也没有什么实际意义
只是朝着一个方向，不停地转动

但是，我几乎要倒下
紧紧弓着身子，前额将要贴到地面上

行云一样安详

今天的琴师
端坐在一杯茶中，他端着烟斗
让自己回到一种追忆
他经常以这种神态否定自己
他在想，行云是天上的流水

琴声不在身边
他就听流水在心中的响声
一直听到万籁俱寂，那些云彩软绵绵的
像他自己的身体被悬空
在时间里飘来飘去

这还是一个无风的片刻
他想，如果有一丝风

把自己吹散

天空会不会静止

那种安详，能否从琴声中分离

老黄牛和狗

老黄牛摇着尾巴从村里穿过

狗也摇着尾巴，跟在它的后面

这是一位农民离不开的两种动物

一个靠力气为主人耕地

一个靠忠诚为主人看管着老黄牛

老黄牛把自己的一生躬身前行

它听惯了吆喝也受惯了鞭子

它不耕地没有别的出路。但是狗不一样

狗是老黄牛的第二个主人

老黄牛稍有停顿，狗就扑上去大喊大叫

一位农民在两种动物之间左右为难

既不能让老黄牛累死，又要让狗有用武之地

他想直一直身子

看看老黄牛他想了想自己

看看狗他也想了想自己

天亮之前

凌晨四点，每天时钟走到这个位置
都会为我停顿一下，再有一个小时天就亮了
我要赶在天亮之前，回到一直未醒的梦里

那是一个远方的村庄，时针分针秒针围成栅栏
人们用清澈的水洗手，然后在田野上劳作
年轻的母亲抱着她的孩子，微笑像夜色一样迷人

或许我就是孩子的父亲，隔着栅栏我在辨认
那时我多么幸福，眸子闪着宝石的蓝光
身处一个心地善良的部落，遍地是纯洁的粮食

后来我睡着了，直到凌晨四点才能穿过幻觉
那些美好的事物集于一身，使我渐渐清晰
我如此真实的存在，与黎明只差一个小时

滴答滴答的响声，时针分针秒针的栅栏
天就要亮了，一匹骏马围着它奔跑
道路两边开满鲜花，马背上是我一去不回的信使

我看见一只山鹰
——致陈超

因为一只山鹰，天空变得很低
它在盘旋，在寻找可以落脚的一块岩石
或者寻找一块骨头，总之

它优雅的盘旋像一位兜风的歌手

有时，它逆着阳光向上飞
在终年积雪的山顶投下一行飘忽的黑影
有时它停在气流上，让羽翼张开
然后收拢翅膀急速下坠

这让我想到一位诗人的死，想到那纵身一跃
这是一个生命对天空的理解
那优美的弧线，该是天空最贴切的伤口
它藐视了我们的存在

我想，我肯定感觉到了那种疼痛
一种无声无息的引力
我也听懂了它不带隐喻的低吟
又回到一种自由，超过了我们的理想

牧羊的星星

今晚的草原异常安静
风在草尖上翻个身又躺下了
辽阔与空旷
从黑暗中看去，仅剩下羊圈大的范围
而我的目光正巧与最近的一颗星星相遇

这群羊也随之躺下，依偎在嫩草之间

星光的手柔软得像丝绸，没有一丝褶皱
那种滑爽的感觉比草原的梦更轻
这让我想到很多，想到天空压低了身子
想到小时候，妈妈在我做梦的时候
总会这样俯下身来轻轻吻我

俯下身来的星星吻着大地
这群羊在星光下睡得很安稳
哦，我要感谢这个不眠之夜
我多么愿意是这群羊中的一只
默默享受，母亲般的注视

天亮之前，有些星星已经隐去
相对于睡梦中的草原
这最近的星光，把天与地之间连成了鱼肚白
我发现羊群散落在星星周围
往一个方向移动
而这一切没有任何的驱使

（选自诗集《马在暗处长嘶》，长江文艺出版社 2017 年 4 月）

散　　文

　　刘云芳，中国作家协会会员，河北文学院签约作家，作品散见于《北京文学》《天涯》《散文》《散文选刊》《文艺报》《儿童文学》等刊物。曾两次获得香港青年文学奖，并获孙犁散文奖双年奖、河北文艺贡献奖等奖项。已出版散文集《木头的信仰》、长篇童话《奔跑的树枝马》。

木头的信仰

◎刘云芳

一

当年，母亲把我送到外省的学校之后，在火车上哭了一路。后来，她得知女儿要留在当地工作，又哭过很多回。她知道，我不会做饭、洗衣，不时还会生一场病，几乎没有任何自立能力。母亲总是将各种糟糕的状态放在我身上一遍遍想，在一个举目无亲的城市，女儿可怎么活？

我忘了自己编织了多少虚虚实实的经历，她才终于对我树立起信心，并确信我是个强者。其实，她与人津津乐道的那些事情只是我人生的凸面。我一直将那些凹面遮遮掩掩，各种美化，我曾在阴暗潮湿的出租屋里，像被困的老鼠一样手足无措的日子她永远也不会知道。她不会知道，我用几块钱给她打完长途电话以后，廉价的高跟鞋就坏掉了。我站在街口，思索着到底是光着脚走，还是一高一低往前走，我对两种走法进行评估，看哪种办法更能让我在城市的街道上像隐形人一般，不易被察觉，不易被人们的目光击中。可不管怎样，我最后还是回到了出租屋。幸好那时的通信设备不发达，否则没准就被谁拍照了。

我刚参加工作时，作为科室里唯一的女性，总被教育要在酒桌上"好好表现"。一次，吐得稀里哗啦之后，同事问我，你们这些农村姑娘来城里做什么？

是的，在老家，我同龄的姑娘都已陆陆续续嫁人，当时彩礼的行情已经超过五万，再怎么说也不用为一日三餐犯愁，更不必在没有暖气的出租屋里冻得发抖。我本能地拒绝一种与她们相同的生活方式，想让自己生命的色彩有所不同。所以，我千方百计要离开故乡。每当我穿越千里，从山区驶向平原，或者从平原驶过太行山脉，接近吕梁山脉的时候，我觉得自己是在两个世界里游离，我好像被那段距离与时间所分娩，在另一个区域里完成了投胎。在母亲面前，我用各种美好而善意的谎言编织了一棵茂盛的树，并在那棵枝上的小窝里，像一只努力孵蛋的小鸟，为了收获一丝的惊喜，稳稳坐窝。

那段时间，我接二连三地跳槽，在不同的出租屋里辗转。那些房子就像我在一个城市脱下的壳一样，在我走之后，它们本身与我没有任何关联。

二

在石家庄，我先后搬了十五次家。有时，把一个人的居住点称作"家"是漂泊者自欺欺人的方法。

我第一次租的房子，在一个小院里，为了安置我，房东用三排砖架起一个大门板给我创造了一张床。听说我还有个读书写作的兴趣，她好心地从一堆废弃物里，找来一张课桌，上边布满了"早"字的刻痕，便很满当了。屋里霉味很浓。本来就小的窗户，上半截是塑料纸，下半截是玻璃。白天如果不打开门，书上的字便会沾了水一般，粘连成一片。到处是潮虫和蟑螂，晚上，我能感觉到它们在不同的角度和方位交头接耳，谋划着什么事情。第二次租的房子倒还算干净，但男房东会时不时趴在窗外往里看，我睡觉时，也会留一根醒着的神经，在窗口探测、扫描。相比来讲，那次在公园边的住处已经非常不错了。

那套房子在闹市区，楼体很破旧，像一座弃楼。从楼门口一直往上，每层都布满灰尘，有的防盗门略新些，门外却堆积着各种杂物，破旧桌子，瓶瓶罐罐，还有煤球和铁炉子……我抬起头问正在前边迅速迈脚的房东，"没有暖气吗？"虽然已经上到六楼，可他一点儿也不喘，神情自若地说，没有啊，要有，就不是这个价位了。

相比它陈旧的外部，内里也好不了多少。到了阳台上，却豁然开朗。隔着一条街就是公园，传说曾是清代某家族的花园，能看到园内树木苍翠，湖泊清澈，几个白衣白裤的老人正在打太极。风一吹，对面杨树叶子上的风很快就会跳到我突起的鼻尖上，很轻柔，仿佛我的鼻子是一枚肉色的叶子。

房东指着破旧的窗帘说，这是他的亡妻缝的。他好像能看见她挂窗帘的样子似的，在窗前，他的手指下意识向前伸着摸了一下。但是很快就转过身，告诉我房顶有一个壁橱，他伸手进去，摸了半天又伸出来，一股子尘土像幽闭多年的妖精一样，借着他的手复活了，在阳光里，它们近似疯狂地舞蹈着。我躲到了里间的卧室门口。他显然不甘心，又伸进手去，随后，他脸上紧凑的五官渐渐散开，我以为他找到了什么宝贝，等他的手伸出来，才发现是一把笤帚。随着他的手不住晃动，更多的尘土飞扬起来，我看见他站在高凳上开心地笑，说，这是他们结婚时置办的。

我是因为那把笤帚带来的感动，不再讨价还价。

三

天黑之后，楼下不时有摩托声聚集，夜晚和墙壁都很薄，能清楚听到年轻人的哭喊，大约是醉了，他唱着悲伤的歌曲，哦，那实在不能叫唱，应该是吼，他狂吼着心声，大约还有一个异性的名字。有时候会听到酒瓶与墙壁碰撞的声音，有一种破碎掉的痛快。路灯把屋里照得明亮，我站在窗帘后边，看他们跟跟跄跄地往前走，他们的神态夸张，肢体与语言配合得过于协调，幅度也让人觉得眼熟，让我觉得那种醉态并不是来自他们自身，好像是从某些电视剧里学来的。

我租的这套两居室，其中一间是给弟弟准备的。他当时在上海，我流着眼泪听他在电话那头诉苦，大约源于姑娘，但他却极力掩盖，似乎为一个姑娘醉酒是不值的。他说着摸不着边的梦想，回忆他的过去，他十几岁时，就开过两层楼的饭店。但好景不长，就因为车祸躺在了炕上，而肇事者是我们的亲叔叔，所以不仅没得到任何赔偿，还让婶婶从此跟我们成为仇家，不再上门。弟弟用两年的时间才学会重新走路，之后学过电气焊，他从老家跑到厦门，又从厦门跑到上海。一天十八个小时自不必说，单就每天半个多小时的跑步，他就受不了。等他说晚安要挂电话的时候，我终于忍不住说，我给你寄去路费，你来找我吧。

我特地去电子批发城花二百多块买了一台组装电视，把墙角里弃用的墩布把又擦又刷，处理干净，接了天线，可以收到中央一套和另外几个地方台，图像并不清晰，飘着没完没了的雪花，好像银幕上那些人总是以喜怒哀乐的方式在这场没完没了的雪花里挣扎。

弟弟自己找了家饭店工作，他脚上穿着十元一双的廉价布鞋，厨房的地上潮湿，加上脚汗，用不了几天，那双新鞋就散架了。所谓的布只是它的外层，内里全是纸片。对于一双脚来说，这像唬人的假房子。

只要那双布鞋在，我便知道他回来了。更多的时候，他回来很晚，我听见他在另一间屋里开电视，用打火机点烟。不一会儿，便听见很大的呼噜声。我轻手轻脚走过去，找一条毯子给他盖上。让电视里的雪花停止飞舞。

在外边，我们说普通话，管那间临时的出租屋叫"家"，一旦关上房门，这间屋子好像瞬间穿越到故乡一样，我们说着家乡话，做家乡味的饭菜，说着家乡的人和事。其实，一个人不管走得多远，你所谓的新"家"也是故乡田野上的小花朵，只不过那条连接着根与花的藤有长有短罢了。

四

有段时间，弟弟所在的饭店因为一场官司歇业了，对方押着工钱，不让辞职。在城市里，一日三餐、电话费……生活到处在张嘴，对于在老家可以一觉睡到大半晌的人，也真是闲不起，但日结的工资并不好找。

我们几经商量，决定在出租屋里做快餐。早上，弟弟煎了玉米饼，我煮了粥，用箱子端了，出去试卖。看着箱子里的食物都变成零钱，信心大增。我们在附近的写字楼发放了宣传单，炒饼、炒面以及简单的炒菜，一份起送！很快就有电话打来，弟弟挥舞着随我辗转于各处的炒勺，叮叮当当的声音在屋子里响。中午下班后，我便从公司急匆匆出来，忙着去送餐，朋友们也不时来帮忙。攀爬六楼实在是浪费时间。于是，一根长绳系着袋子从六楼开阔的阳台上下往返。楼上是忙于接应的弟弟，楼下是我和我的朋友。在闹市区，一直仰头的样子极易形成群体效应，总有人站到我们旁边，仰着头往上看，直到确信并无什么吸引人的风景，才慢慢走开。

我觉得当时的自己一脸商贩气，一手拿着计算器，一手记账，对每一笔进账都兴奋不已，对每一分出账都心疼得要命。送完最后一份订单，弟弟光着膀子，把剩下的菜拼在一起炒了，我们给它取名"刘氏小炒"。

每当我骑着车子去送餐，就有一种力量从脚底升起来，我觉得自己像一棵藤一样，不住朝着某个方向伸展，这是那份体面的工作给不了我的。

我甚至想到辞掉工作，和弟弟合力把快餐事业做大，以后把父母接来。可是很多事情并不按照我们预想的轨迹前进。

弟弟因为感情的事，不得不回老家。他让我去饭店索要他在饭店的工资，老板拨弄着计算器，然后上唇与下唇一分一合，就说："没了。"他理直气壮，好像再算下去，我还需要往里搭钱似的。从饭店出来，我肚子、脑子都被气鼓了，像一只茫然的蛤蟆。

很快，那张订餐号码欠费，三个月后，空号了，那个时段的梦想就这样被清理干净了。我时不时还会站在楼下往上边看，那个拖把杆执着地指着天，好像要把太阳戳个洞似的，哎，不过是不同位置的视角假象。

五

朋友送了一包花籽，向日葵。

姥姥活着的时候，曾在她家那座山上，种过一片向日葵花海。那片花海在我梦里晃过很多年。

可在城市，尤其在顶楼，想拥有一片花海是多么不现实。我的好友堃建议，不如就在楼顶种。对于两个天天不辞辛劳加班，却敢时不时顶撞领导的人，有什么事能难倒我们？

于是，先在楼顶选址，接着铺上两层塑料布，又在四周围起砖，砖不够，就找过道上一截粗重木头顶住那个缺口，最终变成一个方形的坑。没有土，就向愚公他老人家看齐。每天下班后，我们从公园里挖两袋土，后来干脆挖四袋。两个姑娘往树林钻的情景少不了引人注目，其他钻树林的可都是情侣。我们才不管，一边猜测着别人的想法，一边哈哈大笑。树枝、钥匙，甚至指甲都可以当工具，两个人嘻嘻哈哈抱着袋子走出公园，又晃晃悠悠上楼，把土倒下去，铺匀。几天以后，一个不足两平方米的向日葵花池就完工了。为了庆祝，我们在楼顶一人捧半个西瓜，对着夜空唱歌。最后，我们等不得天明，像种下心愿一样把种子连夜埋进土里。此后，早晚浇水，一天探视至少三次。它们也争气，几天后，从土里顶出小脑袋来。

我们每天关注天气预报，神情颇似我在老家种田的父母。有一天，天气预报明明说晴，却又狂风大作，一场暴雨来了。我在单位无比心焦，盼到下班，急匆匆穿过街道，爬上楼顶，一片向日葵苗正托着圆润透明的"水晶"，列了阵迎我，悬着的心才终于落地。

有天上楼顶，脚下被什么东西绊了一下，回头一看，竟是那截围在花池的木头。堃在我身后瞪大了眼睛，手指着一堆散乱的砖头，泥土和塑料布已经乱成一团，花池早已经不见了。我们用手机照着侦察，却没发现一点儿线索。第二天一早，我看到那截木头竟然压着张旧席子，上边扔着一件白衫衣，烟头遍地，那件白衬衫像是蜕掉的壳一样，安静地待在那里。

我们收拾了残局，正准备把那些泥土弃掉的时候，发现竟还有三棵刚刚发出的嫩芽，急忙小心地将它们移植在花盆里，挪回屋内。

显然，最可疑的便是"白衬衫"，可是他却极其神秘，每个清晨，都能从那里看到一些空酒瓶、面包袋、烟头。一件白衬衫和灰衬衫交替存在，后来又看到几张招聘信息的报纸。我想，或许是一个正在找工作的人，刚出校园，或者来自他乡，正经历着我曾经历过的窘迫，因为没有钱或者不知道自己能否落脚，随便找一个"住处"安身。想到这里，我把房顶上的垃圾收拾干净，扔进了楼下的垃圾桶。

不知道大雨倾盆的那个夜晚，他是怎么度过的。大约一周以后，那张席子不见了，不知道是他有了工作与住处，还是离开了这座城市。

这段时间，那些向日葵伸长脖子，好像要跟路对面的树交谈似的。我每一天都为它们扭转方向，搬离了它发芽的那片水池，它们依旧执着地、疯狂地生长着。

六

我都说要出门了，可房东还是走了进来，他在两间卧室里来回转悠。他一副识破秘密的神情，问我，你跟男朋友一起住？我说，没有。那个男孩是我弟弟。

房东的耳朵好像灌不进声音一样，他接着说，男朋友是农村的吧？他坐在沙发上，像个侦探一样，进行推理。他把我和弟弟想象成一对穷困的正在同居的情侣。

他说，他老伴死了以后，他就一个人过。他有三套房子。退休金也不算少。孩子们都在外地，他什么都不缺，就是身边缺个人。他把浑浊的目光洒在我身上，说，报纸上这样的事情不新鲜，一个女孩跟着一个上了年纪的人，比跟着同龄人得到的总归多些。"我不在乎你贪我的钱！"我当时有许多种冲动，比如往他脸上泼水，比如打开房门，让他立马消失。可我却选择了装傻。好吧，我承认我是看在钱的分儿上，因为他手里还有我两个月的房租外加一个月的押金。

我忘了怎么把他请出去的，总之，那之后，如果有人敲门，我就立马警觉，如果是房东，便迅速关掉手机，装作不在屋里。

那时硕跟我一起住，房东有次来，她一人在家。他得知硕也来自农村，便念起自己的经：你们农村来的姑娘，靠自己的能力能买到房子吗？你们嫁一个同龄的年轻人，能得到什么？他的眼神迷离，好像马上就有人准备投怀送抱一样。

房东一厢情愿地觉着他这样的人才是穷姑娘的救星，他能让我们这样的人过上物质丰厚的好日子。就像他说的，你缺房子住，而我恰恰需要让人住进我的房子，这是多么简单的事儿！

房东自然有的是时间折腾，所以，我只能选择搬家。他在我提到搬家时，却又拿合同未到期说事，坚决不准我搬走。

我们坐在阳台上吃火锅时，就会忽然发现楼下正仰着一颗脑袋。朋友说，你骂他呀，什么难听骂什么，可这真不是我的强项。我在生气时的第一反应就是浑身发抖，该说的话在那一瞬间全都抖没了。

有天，忽然有个年轻男人来，拿着房东的合同找我们说事。我原以为他是房东请来的救兵，结果房东也来了劝说他不要管。我这才知道，原来那是他的儿子。房东担心我说出他平时的种种行为，以哀求的眼神看着我："房租我退你，这事儿就先别说了！我儿子可刚回来！"我明白，他担心自己的形象在儿子心中倒塌，他不愿意儿子看到作为空巢老人的他尴尬的那一面。我没再吱声。

事后，他把押金如数还给我，

把屋里打扫干净之后，我将那把有"历史意义"的笤帚放在空了的床板上。他站在他的亡妻缝织的窗帘前，问我，要搬到哪里去。我没说话，端着向日葵花盆下了楼。

绕过这个街角，便是我的新住处，从关门到坐在办公桌前，只需三分钟。加班更加便利，甚至谁来加班，忘了带办公室钥匙，也需要我下楼来送。因而，我得了"先进员工"的美名，也得到了令人羡慕的新岗位。

在那个夏末，那三棵向日葵终于盛开了，它们长得又高又壮，像三棵树苗一样。金色的花瓣非常醒目，最后有没有结籽，我竟然忘了。

（选自散文集《木头的信仰》，花山文艺出版社 2017 年 5 月）

　　蒲素平，笔名阿平，中国作家协会会员，河北省评论家协会理事，作品散见于《诗刊》《文艺报》《中国作家》等，著有《大风吹动的钢铁》《唐诗的另一种写法》《一个人的工地》等，获首届河北省文艺贡献奖、首届贾大山文学特别奖等。

一个人的工地

◎蒲素平

一

父亲在玉米地里劳动的时候，他自己就成了一棵玉米。我在工地上工作的时候，感觉自己就是一截钢铁。坚硬的、粗糙的、无语的，一切用在钢铁身上的词都可以用在我的身上。

久久地立在工地上，直到自己也分辨不出来哪个是角铁，哪个是我自己。

角铁与角铁的命运也不同，比如有生存在室内的，穿着精致的衣服，一生文文静静，不风吹雨淋。有的一生在野外，见风见水。我看见一根角铁在夜晚被露水打湿，露水珍珠一样缓缓划过角铁的皮肤，慢慢湿透它，它不言不语。一根角铁，被大风吹动，被雨雪袭击，被阳光暴晒，它不言不语。其实作为一根角铁，它知道自己的使命，站在哪里是一种选择，不一定是自己的主动选择，但不管怎么说，选择了就意味着使命，意味着一种坚守，这一点，我们许多人比不上角铁。尤其在这金钱盛行的年代，在这啤酒泡沫四溢的年代。

一个人做出选择，往往有各种理由后悔，但角铁能找出种种理由后悔吗？能自动离开它的位置吗？不能，除非一种结果，就是它报废了。

谁愿意无辜报废自己呢？不管是人，还是角铁，还是任何一个事物，都希望自己的生命延长些再延长些。

在工地上，一根角铁夹在许多的角铁中间，被人从汽车上用撬棍一拨，哐一声卸下来，砸在同伴或地上，发出单调的声响，从此，一根角铁开始自己的人生之路。

英雄不问出处，不管一根角铁它的过去经过了怎样一个成长过程，现在被卸在了塞外的工地上，它知道自己将开始一种新的生活，是的，一切都要从新开始。

它被一只手拿起来，看了看编号，被另一个人扛在肩上，走出几米远，咣的一声扔到土地上，砸起一小点儿狼烟。

几根角铁在工地上堆放着，一个人迈过去，忙别的事去了。角铁成为工地生活的背景，一个人走过来，又走过去，一个人和角铁习惯成为彼此的景深，照出彼此的映像。

后来，它被一只手拿起来，被一颗螺丝穿起来和另一根角铁连接在一起。它的周围是一截又一截的角铁，大的，小的，薄的，厚的，它们和螺丝连接在一起，组装成一基铁塔的样子，站在旷野，站在山巅。

一根角铁，就这样淹没在更大更多的钢铁之中，从铁塔下走过的人，分不清这根和那根角铁的区别，它们看起来似乎都差不多，只不过大小和位置不同而已。平原上、山尖上突然就增加了一基铁塔，一只路过的鸟都觉得很新奇，绕着铁塔飞来飞去，后来就把巢建在铁塔的横担上。鸟从路边捡来小树枝，从铁塔下捡起小小的细铁丝，然后开始编织，像我们小时候编织梦想一样，编织出了一个精美的鸟巢。甚至一只从南飞来的大雁，认错了标志，耽搁好长时间后，飞向铁塔旁边的村庄。

之后，铁塔成了大雁飞行的标志。

一根角铁，在荒凉的工地上扎根，接受夜的黑，风的冷，雨的淋，也接受阳光的照耀，鸟的赞美。角铁从不知道孤独，角铁组成铁塔之后，铁塔担起导线在肩的重任，一种叫电的东西开始通过导线传输过来。每每阴雨天或大雾天的时候，你从铁塔下经过，或站在导线下，便能听到刺啦刺啦的放电声。

这时候，有人会多看铁塔几眼，会发出赞叹声，呵，这家伙真威武！瞧瞧，这电声响的，一脸的敬意。

这时候，每一根角铁都直起了腰，每一根角铁都咬紧了牙齿，角铁知道自己绝不能因别人的赞叹而放松了自己的要求，更不能躺在地上享受赞誉。

四季的变化，在角铁的眼里，周而复始，自动轮回着。

一天，我去检修铁塔，我先绕着铁塔转一圈，用大扳手突然在铁塔的身上当当地用力敲几下，然后侧耳听听有没有呼啦呼啦的声音。就像一个医生用听诊器放在人的胸口，微微闭着眼，侧耳听。如果铁塔某个部位传来呼啦呼啦的声音，就说明有的螺丝松了，我会听出，大概哪个位置的螺丝松了，有时能听出是哪一颗螺丝松了。我就得找到松了的螺丝，用公斤扳手拧紧。我一边拧着螺丝一边观察，过去曾经锃亮的角铁，几年后变成了灰褐色，但依然棱角分明，依然腰板挺直。

我抚摸着角铁，依然冬天冰凉，夏天烫人。

在工地生活久了，我常常想，也许我也是一根角铁，一根短短的，在人群中默默无闻又沉默寡言的角铁。在风中迎接风的吹，在雨中迎接雨的淋，在阳光中灿烂，在春天里开花。

在工地生活久了，慢慢地，角铁的生活，似乎就成了我的生活，角铁的性格就成了我的性格。

这说不上是好还是不好。

二

据说坚硬的东西因缺少柔和，不互相缠绵，而不愿意扎堆，或者说因彼此的坚硬和独立，很少能紧密地融合在一起。但角铁除外，角铁生下来就是为了互相支撑，就像树枝，枝与枝之间有着天然的联系，生下来就是为了长出树叶，为了在天空舒展自己。

在工地上，角铁，一根一根地组装在一起，它们互相服务，互相鼓励，高处的、低处的，水平的、横向的，对于角铁来说无所谓，反正都是彼此撑起来，成为一基铁塔。这一点与人不太一样，在一个企业或团体中，不同的人总是有着不同的面孔，不同的地位。一些人被一些人管理着，管理者认为自己无所不能，管理者认为自己创造了一切，被管理者，恰恰不那样认为。

角铁就从不这么想。

在工地上，我看见一根角铁踩在另一根角铁的肩上，一根角铁正骑在另一根角铁的头上，一根角铁和另一根角铁拉着手。夜晚来临时，角铁在不停地诉说。

成吨的角铁，从一个铁塔厂出发，从一个线路器材厂出发，被火车运来，被汽车运来，被拖拉机运来，被卸在一个荒山上，这个荒山方圆几十米的地方就叫工地了，四周的石头寂寞地望着天空，多少年了？石头自己也不知道，也不想知道，知道了又有什么用呢？石头多少年没见过除了荒草外的其他事物了，石头突然多了邻居，石头有点儿小兴奋。

一个人寂寞久了，会不自觉向往另一个人的到来，这方面人与石头大约一样吧。

一些草正在干枯，一些草被角铁压在身下，时光让角铁由亮变黑、变锈，变得斑斑驳驳。任何人、任何东西都战胜不了时间。角铁能吗？

角铁知道自己也不能，角铁能的就是一旦成了铁塔，就要像一个铁塔的样子，完成自己的一生。

我常常想，一根角铁究竟要怎样才能敞开心扉让更多的人理解？

一根角铁在荒山上渐渐陷入深思。

三

不远处的山脚下，一辆卡车突突突地开来，卸下一堆角铁。一个人拿着一根撬棍，这儿拨一下，那儿拨一下，用足够的耐心让一切变得整齐。

一根角铁站起来，又躺下，后背冲着另一根角铁，另一根角铁就沿着它的脊背，啪，啪，啪地走过去，角铁将走向哪里？

其实角铁知道，自己被运到这里，就是要组装成一基铁塔，不管大角铁还是小角铁，都将通过螺丝的串接而成为一个新的生命。

也就是说，角铁排着队从城市里走来，走到工地这个地方来完成自己的使命。也就是说，角铁将按照图纸的安排，重新进行组合，重新找到自己的位置。

我们呢？

一只手摸索着角铁身上的编号，一个人在大声地喊着编号，一些角铁的位置被重新定义。

角铁与角铁之间的连接需要一颗或几颗螺丝，需要一把扳手一扣一扣把螺母拧紧。拧一下，一根角铁就与另一根角铁的距离近一些，几把扳手一起拧时，更多的角铁就以一种紧密的姿势连在了一起，成为一个整体。

你支撑着我，我支撑着你。

你扛起我，我扛起你。

角铁和角铁组合在一起成为一个坚强的团队，成为一个铁的拳头。

一根角铁挺挺自己的腰，在风中，在无垠的旷野。

生活呢？没有铁塔之前的电，是弱小的，是不禁风雨的。最初的铁塔也是小的，比如35千伏的铁塔，单薄、矮小，甚至有点儿弱不禁风，羞羞答答的，后来到了110千伏、220千伏、500千伏、660千伏、750千伏，今天到了特高压——1000千伏，不管是身高、能量，都与社会的发展进行完美的匹配，甚至从某种意义说，在引领社会的发展，是现代社会发展的能量之源，是杠杆，引领、拉动社会发生翻天覆地的变化。有人说，特高压的发展提升了中国能源战略，从重要序列上讲与原子弹和宇宙飞船并列，甚至比前两项更加令人振奋，因为它普惠着亿万家庭。

能为普惠着亿万家庭的事尽一份力，是一件光荣的事，我这么想，不知道角铁是否认同。

铁塔在迅速地发展着，长高着，与之匹配的绝缘子、金具、导线也随之发生了巨大内部和外在的变化。

一个人，站在这样的铁塔下，你不由得会收腹吸气，会仰望点头，会产生一种无与伦比的自豪。如果恰恰你就是做这个工作的人，那是多么得意的一件快事，好像自己真的干了一件了不起的事，一种自信和自豪会油然而生。

在工地的日子，我最喜欢在春天踩着冒着热气的土地，踩着刚刚钻出地面的小草，心情别提多高兴了。我一边唱着小曲，一边踩着小草走向铁塔。有时我是去组装铁塔，有时去检修铁塔，有时什么也不干，就是想去看看铁塔，看看曾经被我抚摸过无数次的角铁，看它们历经风雨之后的样子，和它们说说话，或者什么也不说，就是单纯地看看。

其实也不是单纯地看看，我有自己的使命，比如观察，比如记录。一个老农到自己的庄稼地里转转，不仅仅是为赞叹自己的庄稼，一个农学家到自己试验田里，不仅仅是为了看看风景，每个人都有自己内在的使命和外在的快乐。

我晃晃铁塔，我用力晃晃铁塔，铁塔一动不动，我知道是我的力气不够大，如果我是一个大力士，也许我就能晃动铁塔。那时，铁塔就像一棵树一样，树根不动，树梢左右摇动着。

我一松手，或者我真的累了，有点儿摇不动了，铁塔就停下来，就静止在那里。一根根的角铁，各就各位，依然是手拉着手，肩并肩。角铁就是这样，这一点值得我们学习。

这时候，如果你是一个陌生人或者你是一个对角铁感兴趣的人，你也会和我一样，已经感觉不到一根根的角铁了。角铁进入了忘我的状态，或者说角铁本身已经不存在了。

存在的只有我们，也许我们自己就是一根角铁，谁敢说不是呢。

做一根角铁吧，我一直对自己这么说，有着自己精神向度的角铁，不弯不曲，经风雨而自然平和。

四

在工地组装铁塔的日子久了，我对每一根角铁，每一颗螺丝都生出了感情，对每一根角铁都反反复复地抚摸，好让每一根角铁都感到我的在意。

在意不在意一颗螺丝、一根角铁，它们是感受得到的。比如有时累了，烦了，疲倦了，拿螺丝或角铁的手就显得随意，充满了怠慢。这时候，往往本来容易安装的角铁就开始在风的鼓动下扭动起来，很难顺当组装在一起，像一个不配合穿衣服的孩子。一颗螺丝常常从手里无端地滑落，扑通一声掉到地面上，这时候我知道得调整自己的情绪了，要把自己弄得高兴一点儿，快乐一点儿。人一旦快乐了，拿角铁的手就会专注许多，就会亲切柔和许多。

角铁有时像一个女人，对男人的感觉十分敏感。

横着、竖着的角铁，在工地站立着，一些施工的旗帜在工地上飘扬，高高低低的，特别令人瞩目。

一些人，在工地上走来走去，像戏台上的武戏，忙碌而充满了斗志，每一步都踩着鼓点，看着忙乱，实则有序，井井有条。

我见过一车一车的角铁，它们一群赶着一群，浩浩荡荡从铁塔厂里出来，浩浩荡荡坐上火车、汽车赶到工地，其数量远远超过我书本的宽度。在工地上我翻动角铁的手快速地翻动着书本和计算器，我紧张地计算着，电脑的处理速度，常常无法应对施工现场的变化。

我走出办公室到工地上去，到一基基铁塔上去，把角铁和螺丝重新组合，安装，成为一个新的庞然大物。成为一个新的生命。

没事的时候，我常常一个人长时间注视着角铁。

而角铁沉默着，冷静地面对一切。

更多的时候，我和角铁手牵着手肩并着肩，互相拥抱，互相支撑着站在无边无际的旷野，一天又一天。任凭风吹雨打，任凭岁月流逝。

有时想一想，在阳光下闪着光的角铁把自己交给了我们，就像爱恋的女人把自己交给了我们，这是多么重的责任啊！我常常暗咬牙齿，我得把自己当成角铁中的一员，尽管有时我做得并不好，尽管常常感到疲惫不堪。我的队长常说，和角铁打交道久了，你就会成为角铁，成为角铁，你就知道角铁其实也挺不容易的。角铁在工地上被组装的人固定一个地方，我们轻松地安排了角铁的一生。

谁又安排了我们的一生？

成为一节好角铁，不容易啊。我们得学会珍惜一种缘分，比如既然一生与角铁相遇了，与一个朋友相遇了，与一个女人相遇了，就要相惜。也就是我们常说的既有缘，必相惜，必在意，必有情。用一颗满含深情的心去感受一根角铁，一颗螺丝，一个朋友，一个女人。感受每一天的相遇，用一颗心去理解，去爱所有相遇的人和事物。

在工地施工时，我习惯于太阳落山之后，抓紧这小小的间隙再干上一阵，这时候太阳的余晖在西边的山后红着，一些树的影子正在回归树本身，一些鸟在空中飞来飞去，它们在做着一天最后的活动，大地正在趋于安静。

干完最后一点儿活，从几十米高的铁塔上下来或从几米深的基础坑里爬上来，用力拍拍身上的尘土，把工具一股脑放到拖拉机上，坐上去，突突地返回住地。

拖拉机一路爬行在乡间无人的道路上，树们开始窃窃私语，两边的庄稼在打着盹，似睡非睡，一些炊烟在空中互相绞缠着，分分合合，升起又消失，几只大小不一的狗趁着主人忙于做饭，结伴在村庄里转来转去，好像在巡查什么。

一路上，拖拉机上聊天的声音被风吹得断断续续，有时又飘得很远，一部分撞到树的身上，返了回来。

走着走着，远远近近村庄上的灯光，就开始毫无保留地照着一切，灯光其实多么像我们的生命，我们不知道它能照多久，不知道它有多明亮，也不知道它何时熄灭，但我们看见灯光就感觉到生命的存在和希望的存在。

灯光，在黑夜里亮着，照着一些树哇，草哇，照着我模模糊糊的意识。世界变得虚幻起来，安静、辽阔。

当黑暗彻底淹没时，我们就到家了，其实就是到了住地，就是我们租住的房屋，那里有食堂、有宿舍，有好酒。

而此时，拖拉机上一准有人在梦乡里出出进进。

（选自散文集《一个人的工地》，中国电力出版社 2017 年 9 月）

报 告 文 学

學文言術

　　冯晓军，笔名冯小军。中国作家协会会员，河北省散文学会副会长，中国林业文联《生态文化》副主编。著有"转型期笔迹"系列著作《别忘记这片树林》（报告文学集）、《打着水漂过河》（散文集）、《坐在后门槛子上好好想想》（诗集）和《林间笔记》《美在民间》《绿色奇迹塞罕坝》《绿水青山看中国》等著作。《纽约的城市森林》一文入编中学教材。作品曾荣获冰心散文奖，河北省"五个一工程"奖等。

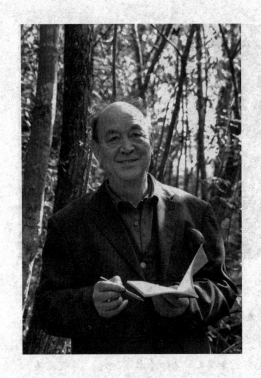

　　尧山壁，原名秦陶彬，中国作家协会会员，原河北省作家协会主席，河北省散文学会会长。著有诗集《尧山壁抒情诗选》，散文集《母亲的河》《百姓旧事》，评论集《美的感悟》等多部文学作品。曾获河北省文艺振兴奖、中国游记文学优秀作品特别奖、冰心散文奖等。

绿色奇迹塞罕坝（节选）

◎冯小军　尧山壁

塞罕坝人堪称种树英雄。面对恶劣的自然环境他们以百折不挠的毅力在塞北荒原上筑起了一道绿色长城，为阻遏不断南下的沙尘暴做出了贡献。他们的奋斗精神赢得了世界的赞誉，人们称赞他们创造了绿色奇迹。

一、内罗毕传来中国声音

2017年12月5日，著名的"阳光下的绿城"肯尼亚首都内罗毕阳光明媚，绿树婆娑。

这一天，联合国环境规划署内人头攒动，热闹非凡。来自世界各地，说着不同语言的人们聚在一起，共同探讨着世界环境和保卫地球的议题。

这一天，塞罕坝人因为植树造林保护地球行动取得非凡成就荣获了联合国环境规划署颁发的"地球卫士奖"。

就在这一天，塞罕坝英雄群体代表跨越千山万水来到肯尼亚首都内罗毕。此刻，环境规划署会议室里灯火通明，高朋满座，人们在轻松愉悦的氛围里期待着颁奖的重要时刻。

主持人在颁奖仪式上一次次宣读着获奖名单。当读到塞罕坝的名字时，来自塞罕坝林场的代表陈彦娴、刘海莹和于士涛先后走上主席台，当他们从联合国副秘书长兼环境规划署执行主任埃里克·索尔海姆手中接过奖杯时，会场上响起了雷鸣般的掌声。

掌声过后，塞罕坝创业者代表，73 岁的陈彦娴女士发表了获奖感言。她说："我代表三代塞罕坝人来领奖，激动的心情无法用语言描述。在今天的中国，习近平总书记提出的'绿水青山就是金山银山'重要理念家喻户晓。它通俗而深刻地讲清楚了人与自然的关系。塞罕坝人植树造林的故事印证的正是这样一个道理。如今的中国，还有许多像塞罕坝一样的绿色奇迹正在让古老的中国变得更加生机盎然。"地球卫士奖"授予塞罕坝，将激励我们去创造新的绿色奇迹，也将激励更多的中国人行动起来，争当地球卫士，环保英雄。地球这个我们共同的家园一定会在这种激励与行动中更加和谐，更加美丽。"

之后，埃里克·索尔海姆主任与陈彦娴交谈了很长时间。身材魁梧的埃里克·索尔海姆和身材矮小的陈彦娴谈话时不得不弯着腰，他是那样谦逊和热情，他俯着身子与"中国老太太"亲切交谈的模样永远地定格在了人们心中。

这一天，三位塞罕坝人是在掌声和羡慕的目光中度过的。总场党委书记、场长刘海莹说，最大的感受是世界对塞罕坝的关注远远超出了我的想象。

几位从大山里走来的造林人一时成了人们眼中的明星，他们有些不适应，前所未有的经历让他们激动不已。

塞罕坝人获奖的当晚，很多外国人主动走向他们表示祝贺，热情地与他们合影留念，有人甚至跟他们探讨起了在荒山沙地上种树的方法。

很多环保人士认为，塞罕坝精神在国际上具有可借鉴、可复制的意义，是对人类生态文明建设的重大贡献。

埃里克·索尔海姆动情地说，塞罕坝最打动人心的地方是用积极有效的方式让森林又回来了。他们筑起的"绿色长城"帮助数以百万计的人远离空气污染，并保障了清洁水的供应。

埃里克·索尔海姆的话不长，却抓住了当今世界保护地球生态环境激励与行动的要义。一个"又"字道出了在地球的一角——中国塞罕坝上发生的真实故事，恶劣的生态环境已经实现了逆转。

历史上茂密的森林又回来了，从黄沙漫天到绿树森林，这是多么振奋人心的伟大实践！极其简练的概括，揭示的却是人与自然和谐共生的道理。失去森林的地方得以恢复，人们赞誉它是绿宝石，绿色长城，绿色丰碑，它的成就依靠的是三代人驰而不息的埋头苦干，一张蓝图绘到底的持之以恒，献了青春献终身、献了终身献子孙的奉献精神。

回首往事，塞罕坝人用实际行动铸就的牢记使命、艰苦创业、绿色发展的塞罕坝精神，诠释了"绿水青山就是金山银山"的中国声音。

二、我深深地眷恋这片土地

初夏的塞罕坝，蓝天下飘着白云，脚下的草原盛开着繁星一般的野花。林子像一堵堵高墙似的，秀美的落叶松、亭亭玉立的白桦、绿得泛蓝的云杉宛如一片片绿云，笼罩在草原上。住在营林区，清晨起来走进林间，闻到浓郁的腐殖质味道，呼吸着清新、湿润的空气，欣赏着初阳普照的大森林，谛听阵阵松涛，猛然间我听到一声略带沙哑的歌声。循声望去，一个70多岁的老人迎面向我走来。他个子不高，面色中透出几许"高原红"，不大的眼睛眯眯笑着。边唱歌边在林间仰望树冠。

他是谁？……哦！想起来了，上次在场部见过。他就是那位因为个子太矮被人叫"小大哥儿"的吴景昌。我又想起了他还有一个"树痴"的雅号。

吴景昌1962年从东北林学院毕业来到塞罕坝，寒来暑往，其科技

359

兴林工作为人称道。在半个多世纪的风风雨雨中，人事流转几多变化，病逝的，调走的，升迁的，老了跟随子女到外地生活的，屈指算来，当年分配到塞罕坝林场东北林学院的 47 名大学生中，至今还住在塞罕坝平房里的老人仅剩他一个人了。人们告诉我，这位老人爱树到了痴迷的程度。他很少坐办公室，只要有空儿就往林子里跑，做他的科研项目，积累落叶松的生长资料。退休多年了，林场在围场县城盖了职工宿舍楼，单位也分给了他，可他仍眷恋着这里。只要天气不太冷，他还是愿意住在坝上。看那里的晨曦和炊烟，看那里一眼望不到边的森林。到撅尾巴河边儿走走，去附近千层板林场的落叶松林里看看，那个时候他最轻松惬意，全身心都会获得无与伦比的享受。他愿意和那些熟悉的邻居聊天，说说自己昨晚梦见的老同学，说说当年创业时候的往事。说着，交流着，便感觉舒心和踏实。哦！他的一生只做了一件事，那就是种树，把全身心都奉献给了塞罕坝。他深深地爱着它，恋着它，粘着它。

聊着、聊着，老人竟再次情不自禁地哼唱起来："我爱塞罕坝的山和水，山水多明媚。清泉潺潺绕山走，山山绿如翠……林海万顷绿浪滚，花香诱人醉。哎……哎……"老人一边唱一边深情地仰望大树，歌声悠扬，松涛鸣鸣，那样协调和动听！

家住沈阳市的李芳文怎么那么执拗呢？他对塞罕坝的情结怎么那么重？已经病入膏肓，医生告诉家人可以准备后事了，他自己似乎也感到医生不怎么给他用药了，知道自己的身体已经到了维持的地步。这时候他的一双儿女委婉地问他还有什么要求。他沉思片刻，上气不接下气地说，没啥旁的，就是想去塞罕坝。

孩子们怕他支持不住倒在路上，没有答应他。李芳文立时就少言寡语，没了精神。

转天他眼巴巴地瞅着女儿说："我昨天晚上又梦见塞罕坝了，怎么总梦见它呢？"

面对此情此景，女儿李幽燕和儿子李劲松嘀咕再三，再次征求老人意见，躺在病床上的李芳文那一双渴望的眼睛和几乎央求的表情，让儿女们无法违背他的最终愿望了。

塞罕坝林场老干部科科长李建军闻讯赶来，和李芳文一家人踏上了这次回家的路。李劲松自己开着私家车，李幽燕按照医生的意见做了最坏的打算。汽车一路向西，朝着河北，朝着塞罕坝飞奔。

途中，靠在汽车后背上的老人几次坐不住，身体出溜，孩子们只好拉他，抱他，帮他再一次坐稳。中途吃饭时儿子扶他下车，他竟连坐都坐不稳了。没办法，只好坐在儿子的怀里，象征性地吃了饭。儿女感到了他那不均匀的喘息，也觉察到了他那渐渐明亮起来的目光。

千辛万苦，终于上坝了。让人没想到的奇迹发生了，搀下车的老人一进树林好像换了个人似的，立马精神焕发。哦，老人安静了，人们听得见松涛了。李芳文一会儿拍打着那光溜溜的桦树，一会儿仰望着高大的落叶松，脸上出现了久违的笑容。

李建军早早通知了场领导，林场领导急忙赶来，紧紧握着老人的手，讲着林场的新变化，鼓励他多走走、多看看。老人摆摆手谢绝了。他竟哪儿也不去，只要求带他到大脑袋山去。到了山前老人边走边看，仔细辨认。正当人们感觉诧异，不知道老人在找寻什么时，老人对身边的一双儿女说："你们那死去的哥哥应该就埋在这儿啊！"老人语气坚定，陷入沉思。

李幽燕的鼻子一下子酸了，接着便撕心裂肺地哭起来！那哭声如决堤的洪水一样一泻千里，没有阻挡，在这高冷的山地爆炸般地冲撞开来，让在场的每一位都落了泪。

还是男人坚强，儿子劲松赶紧扶起倒在地上已经哭成泪人的姐姐，劝着，说着安慰的话。一定是为了缓解气氛吧，他和老干部科科长李建军说起了自己小时候的事情：他出生在塞罕坝，不了解外面的世界到什么程度呢？——"我小时候最爱吃的是西红柿！"

这句话又勾起李芳文的心思来。那会儿他在总场工作，下坝的机会多一些。但凡有下坝的机会，回来时一定给孩子们买些稀罕物件儿。什么最稀罕？其实就是水果和蔬菜。在父亲买回来的所有东西里，李劲松最稀罕的是西红柿："西红柿真好吃，我和姐姐抢着吃，感觉它是世界上最好吃的美味。"

他的话再一次勾起了李幽燕痛苦的回忆，她哭得更凶了。弟弟本来是想分散她的注意力的，这下可好，没有劝停姐姐，反倒起了反作用，自己也一时心酸，抽泣起来。

李芳文盯着远处的大脑袋山，坚定地说："错不了，你哥哥的骨殖就应该埋在这一片。我完成你妈妈交给我的任务了！你妈临走时，再三叮嘱我，你一定要去塞罕坝看看咱们的铁军啊！"老人的话刚刚停顿，幽燕和劲松姐弟俩猛地抱住父亲，三个人拥在一起。幽燕号啕大哭，劲松轻轻流泪。只有李芳文老人眼里没有泪水，反倒涌现出了光芒，儿子夭折的地方，那里生出了一片茂盛的森林。

……………

现在人们常常说到精神，这精神，那精神，让人听得耳朵都磨出了茧子。朋友啊，你可曾上心入脑地认真想过精神这两个字吗？精神，在我看来是神性的，凝重的，它不可以亵渎，更不容轻描淡写！

具体到塞罕坝精神，它的思想内核究竟是什么？在吴景昌老人那里我读出的是坚守，在李芳文这里我看到的是还愿和牵挂。有没有乡愁和寄托？我想，所有参加过塞罕坝建设的人，他们的每一个人都该有自己的思索和解读吧。终归该是一种安慰，一种心安！终归该是对自己奉献人生的不悔与欣慰！

森林不仅过滤空气，还可以过滤思想。

塞罕坝是一片精神高地。走进它，人的精神品质能够得到升华。

三、万事开头难

"大跃进"的年代处处"跃进",林场工作可谓马快枪急。总场领导和技术人员骑着马在雪地里调查研究,确定落叶松为主要造林树种,当即就安排人奔赴承德下板城和东北等地购买苗木。

1963 年春天,人工造林在大唤起林场行动起来。实验性的机械造林开始了,地址选在距离总场场部不远的燕子窑一带。哐、哐、哐,发动机一响,漫山遍野都跟着震动起来。机手们拿着《植苗机使用说明书》在现场研究、培训,每台拖拉机配置两台植苗机,每台植苗机配套 12 个投苗员,两组轮番作业。

为了提高成活率,技术员提出苗木根部沾水的要求。要沾水,投苗员就要穿雨衣、雨裤,戴风镜。

哐哐哐!哐哐哐!拖拉机发动了,植苗机走起来,投苗员忙起来,按着既定的程序,开始造林。

植苗机的轮子翻滚太猛,甩过来的泥水噼里啪啦,投苗员身穿防护服,头戴防尘帽,酷似防化兵。植树机运转起来,泥浆乱飞。他们身上很快就糊满了一层泥水,一个个变成了泥人。风镜镜片被泥水糊满了,看不清物件。冷风刮来,浑身泥浆,冻得人打寒战。

太遭罪了,人们感叹着:"有更好的办法吗?"回答"没有。"

没有就要坚持。于是多安排人,轮班干,一拨人坚持不住再换人。凭着年轻,凭着热情,他们有强有力的心气:让不可能的事情成为可能。

紧张地干了十几天,按小班统计下来,共计 1240 亩,人们看着这片新植的小树苗儿满怀希望。总场副场长王福明派人蹲点儿观察造林成效,一天、一周、一个月过去,活的苗木有限。过了三个月,喊来技术员清点，成活率不足20%。显然，这样的结果是不能大面积造林的。它告诉人们，机械造林失败了。

路口往往风大，关键处争论就多。

当时的塞罕坝机械造林，就像静默的池塘投进了一块石头，水花飞溅，波澜骤起。造林失败了，这块高冷的土地是否能够造林？林场能不能办下去？一时议论纷纷。

比较活跃的是千层板林场从承德农业专科学校毕业的一些人。按政策他们理应按干部身份对待，但是分配时却明文写着他们是工人待遇（后来人说，其实什么身份那会儿都一样参加体力劳动），他们因此很不满。加之现在机械造林失败了，各种因素促成闹起情绪来。不论是正式场合还是非正式场合，一些人说起了风凉话儿：

"在哪儿干哪？"

"发配'仓'州了！"（林冲当年发配沧州，这里喻指大脑袋山储存莜麦的仓库。）

"你呢？"

"圆氏县！"（河北省石家庄地区有个元氏县，这里用谐音和仓库的圆形暗指"冤死"，委屈。）

"你高就？"

"我可比你享福，料你猜不着！"

"拉倒吧！我还不知道你，不就是大脑袋'国'吗？"（喻指塞罕坝机械林场——原来是大脑袋山林场。）

也有直接主张下马的，却不愿意讲出自己想离开这个苦地方的理由，只拿造林失败说事。

"这么大的风能不抽条？"

"六七十天的无霜期，根本不行！"

"这鬼地方不适合机械造林。"

"蛮干是对国家不负责任。"

"早下马比晚下马好。"

更有本事人填了一首词：

"天低云淡，坝上塞罕，一夜风雪满山川；两年栽树全死完，壮志难实现，不如下坝换新天。"

其实，机械造林能不能成活尚无定论，即使两年都失败了，也不能就因此下定论。20%的成活率，毕竟还有成活的。从另一个角度说，只要找到失败的原因，改进措施，成功的可能性还是存在的。但是闹情绪的人不说这些，他们放大了造林失败的结果，想全盘否定，另寻出路。

总场书记王尚海和场长刘文仕很快发现了苗头，不过也一时嘴软。毕竟大脑袋山机械造林就没成功，现在千层板造林又失败了。事实摆在那，满身是嘴也说不清楚。

其实，那会儿的造林失败是机械造林失败，坝下地区的大唤起林场1963年人工造林2377亩非常成功，成活率高达90%以上。只是，这个林场的定性是机械造林。况且，那时候人们对机械造林是多么看重和神往啊！在有的情况下，所谓多数人的意见往往是少数人裹挟了大部分中间人形成的意见。

四、工棚里的哨谱儿

塞罕坝这地方有特点，它不但长树，还长文化，长哨谱儿。

啥叫哨谱儿？它近似胡咧咧，更像侃大山，基因在东北，塞罕坝人在引进獐子松的同时把它也带过来了。

哨谱儿是用嘴皮子打擂，是不动身手的较量。两个人或两个阵营运用艺术性的语言，用谐音和歇后语拐弯抹角地占便宜，通过调侃比高低，决胜负。

哨谱儿的过程有来有往，有点儿像南方少数民族对歌的性质，却带有北方人粗犷野性的特点。哨的过程中可以帮腔，允许起哄。水平高下全看围观人的掌声，一阵阵哄笑是最好的评判。

哨谱儿最终比的是文字功底和应变能力。特点是无黄不哨，好处是黄而不脏。哨谱儿也有规则，只要文斗不能武斗。常用的是歇后语，最好能合辙押韵。

比较常见的哨谱儿是用民间的歇后语打擂：

甲：猪八戒的耙子——远点儿搂着

乙：猪八戒的扇子——远点儿扇着

这样"哨"上三五个回合，一方没词儿的时候，承认败北，打蔫溜边儿。

实际上，"哨"和哨谱儿是两个概念。互相哨的语言才是哨谱儿。它跟歌谱、曲谱、食谱类似。只是人们说得久了，约定俗成地把这种活动本身叫哨谱儿了。

创业之初，塞罕坝人克服困难，第一代创业者住的是地窨子和马架子，吃的是黑莜面。乏味单调的生活造就了哨谱儿在这里成长的土壤。造林季节，按着国家规划和林场生产计划组织造林，干部带队，技术员督导监工，雇来大批季节工挖坑栽树。为了省时省力，一般在近水平坦的地方搭起马架子，生活、劳动全部野外作业。马架子里都是对面炕，晚饭后人们坐在屋里闲聊，聊着聊着就打起嘴仗来。

北炕上的职工小张挑起事端：哎呀，是要下雨呀还是炕太烫啊！我咋看老李的后背湿了？（夏天出汗本来正常，可这话从小张嘴里说出来就变味儿了，暗示老李是王八）

南炕上的老李听了立即回应：老太太脱鞋——你脚（觉）出来了？意思是你自己都感觉湿了，你才是王八呢。

北炕另一个小伙子接茬儿：你是"光腚推磨——转圈儿丢人！"

南炕也有人出头：你蝎虎鲁子拍巴掌——小打小闹！

正所谓"能说的站在人上头，不会说的站在人下头"。就这样北炕南炕，南炕北炕对决，直到一方卡壳了、结巴了。对家儿便轻松而又仗义地说一句：穿开裆裤的毛小子跟我哨？你还嫩点儿！败阵的一方虽说灰不溜丢却不忘还嘴：十坛醋泡一根黄瓜——你自己在那儿酸吧！于是一场哨谱儿结束了。

哨谱儿在塞罕坝机械林场之所以兴盛，一是因为这里的职工中有不少青年学子来自东北，即使临时雇来的"季节工"也是沿坝的本地人，他们有这种语言基因。二是因为这里一年有一多半时间天寒地冻，昼短夜长。闲得慌了一些精力过剩的人便找茬儿开"哨"，用诙谐幽默的语言排解内心的寂寞。哨谱儿类似曲谱，被一些有心人收集起来装订成册，大都藏在身上秘不示人。只在阴天下雨或晚上偷偷拿出来温习一下，烂熟于心，应对起来才会脱口而出。

塞罕坝哨谱儿都是在男人中进行，比思维敏捷，比脑子里储存的信息量，比记忆力。当然也比谁的段子更哏，能荤话素说，说得更形象。

哨谱儿往往招来一些人围观，人越多哨谱儿的人越来劲。一个哨谱儿能人不仅在自己的营林区被人看重，还会名誉传播。在林场，哨谱儿高手儿是有威望的。

在那个"交通基本靠走，治安基本靠狗，通信基本靠吼"的高寒荒原，那个缺乏娱乐活动的年代里，塞罕坝人在植树造林的同时，为改变匮乏的生存环境，结合木兰围场特有的民俗文化创造了颇具特色的哨谱儿，丰富了人们的文化生活，它是那个年代里塞罕坝人交流思想情感的一种润滑剂，是务林人精神世界里一道独特的风景。

即使今天，塞罕坝人身上依然保留着哨谱儿的基因，不信你去那里看看，听听他们说话，幽默着呢！

五、把一棵树的事做到极致

林子造起来了。长得怎么样？哪片需要修枝了？哪儿发生了病虫害？哪儿需要建设一处望火楼？哪片森林可以参与碳汇交易？自然保护区存在哪些问题？森林公园该在哪儿建设景点？间伐林木该在哪儿建设贮木场？人们说，三分造，七分管。一个管字，覆盖了所有的持续发展问题。

务林人心里装着多少事：采种、育苗、造林、营林、采伐、加工，说起来没完，归集起来很简单：一个字是木，两个木是林，数不清的木就是森了。

林业工作看似简单实际上很复杂。甭说树木，仅仅藤类就有几百种，林间的蘑菇几百种，林缘的野草几百种，林间的鸟儿几百种，林下的动物几百种。飞的，跑的，肉眼看不见的……一言以蔽之，林业又是一棵树的事。

一棵树就是一个世界：种子、苗子、林子……上到国家林业部，下到乡镇林业站，林场的营林区，成千上万的人管着五花八门的事。各个大专院校、科研机构那么多专家学者，研究来研究去，说白了也是围绕着一棵树做学问。树叶、树枝、树根，防火、防盗、防治病虫害，宏观规划、微观计划，成本核算、国际交流、引进外资……说来说去，删繁就简，还是一棵树的事！

塞罕坝的林子长啥样？请您看看马蹄坑会战时留下的"尚海林"吧。塞罕坝上150多万亩山林是一个典型的生物基因库。据统计，塞罕坝有各种菌类79种，植物659种，陆生动物261种，水生动物32种，昆虫600余种。高山、丘陵、湿地，针叶林、阔叶林，乔木、灌木、花卉、菌类，各种生物多得数不清。

主要树种有落叶松、獐子松、云杉、桦树、柳树、山杨等几十种，即使了解个大概也要半年吧。

马蹄坑会战后留下的是一片落叶松纯林，它长得高大挺拔，郁郁葱葱。

它们经历了怎样的生长过程，由毛笔头儿一样的小苗儿变成了今天的大树？让我们来一个慢镜头，回放一下它们生长的经过吧。

苗圃里，宛如婴儿胎毛一样的小树苗儿成活了，春风吹拂，它们醒来了，放叶儿了。进入夏天后它们长叶伸枝，挺了一截腰身。秋天来了，它们紧着积蓄能量，把嫩枝长结实。寒风来袭，它们勇敢地脱掉树叶儿，停止生长。在大雪覆盖之际安心地迎接考验，用一年来储备的能量应对寒冷。一春又一春，一冬又一冬，小树苗儿慢慢长粗长高。人们是这些小树苗儿的保姆，盼望着它们快快长大，发现周围的山草欺负小树苗儿了，便拿起镰刀"割灌"。他们会仔细地观察小树苗儿有没有生病，有没有长害虫，一旦发现了，就会适时防治。哦！这一片小树苗儿真幸福，它们高过了山草，超过了灌木，它们长大了。

1985年它们20岁，林业工人叔叔阿姨们有计划地对它们进行了第一次修枝作业。经过清理林下，修枝打杈，人们眼里的"少年"一下子变成了小伙子。

又过了两年，工人叔叔和阿姨们又来了，他们发现这个班集体有的掉队了，因为生长量比大家差，人们就采取措施，对它进行了第一次抚育间伐。它们这个"团队"共有760亩，25万个小伙伴儿。叔叔阿姨们按着胸径9厘米、树高8.5米的要求重新打扮它们。现在，它们生长得更整齐了，原来330人的班集体如今只剩下了155人。它们长大了，草本植物再也不能欺负它们了。

1991年、1996年和2000年，林业工人对"尚海林"经过三次抚育间伐，到 2008 年这个林分上的落叶松仅剩下了每亩 43 株，平均胸径达到了 21 厘米，平均树高 17.1 米，每亩的木材蓄积量达到了 11.3 立方米。

同年，这片落叶松被确定试行《河北省商品林经营技术规程》的实验示范林后，科技人员再次对它进行了大强度采伐作业，每亩保留下来 30 株。

到目前这片落叶松林的平均胸径已经达到 23.2 厘米，树高 18.4 米，亩木材蓄积量 8.8 立方米，林分蓄积量达 6688 立方米。该林分经过五次抚育后累计采伐木材 5294.8 立方米，以静态折算，每亩木材蓄积量已达 15.8 立方米。已经实现直接经济收入 260 余万元。

现在，"尚海林"的林分质量和景观品位和三大效能显著提高，生物多样性日趋丰富，林内草本和灌木茁壮生长，忍冬、稠李、野玫瑰、碱草、薹草、地榆等植物种类达到 30 多种，保留木的生长量明显加快，形成了乔、灌、草、地衣苔藓相结合的优良森林结构。

（节选自长篇报告文学《绿色奇迹塞罕坝》，河北教育出版社 2018 年 6 月）

　　苏有郎，河北邢台人，中国作家协会会员、河北文学院第十一、十二、十三届签约作家，报告文学作品曾获第二十九届中国新闻奖、全国报纸副刊作品奖、第十三届河北省文艺振兴奖等各种奖项数十次；出版有《苏有郎纪实散文》、《观音菩萨之谜》、《白雀庵史话》（"十二五"国家重点图书出版规划项目）、《国树》、《为"天下粮仓"上金锁》（中国作协2017重点创作项目工程）等著作多部。

好人乔奎国

◎苏有郎

许多事儿，近处看，感觉很不起眼，当你从远处看，竟然灿烂一片。

——引子

一、"都很平常的一些事儿"

"都很平常的一些事儿，没啥说的。要不别写了。"

河北省任县辛店镇桥东村委办公室，我正在采访村支书兼村主任乔奎国。乔奎国苦思冥想了半天，最后竟冒出这么一句。

"你做那么多好事，咋就想不起来了？乔三华，说说咋帮乔三华的。"桥东村计生办主任贾计肖快人快语。

"那有啥说的？"

"咋没啥说？乔三华娘去世了，不找别人，却找到你说：'没娘了，没人管俺了。'呜呜地哭。你连忙安慰他：'三华不哭，三华不哭！没事儿没事儿，娘没了也不怕，以后你缺啥了想吃啥了就找我和你婶。'你再三叮嘱家人，只要三华来，一定照顾好，别叫三华失望。这下好了，有事没事，乔三华就来了。娘在时，三华只要吃和穿，对钱不感兴趣。

自娘去世后，乔三华没人照管，靠拾荒维持生计，根本不够过活，你今儿给他三十，明儿送他五十，长年不断。这个事儿，村里谁不知道啊！"

"三华就像你家里人一样。"村委副主任乔会考插话说，"在乔三华眼里，你就是他的家人亲人，乔三华自己也经常这样说，这可不是别人说的。"

贾计肖迫不及待地想给我讲这个故事，不等乔会考停下，又抢过话说："其实，你跟乔三华没有任何亲缘关系。那天，你去参加一个朋友的婚礼，遇大街上乱乎乎的一堆人，你走近一看，人圈里一个三十多岁的男人，穿得破破烂烂，脸上脏兮兮的，东一言西一语，看着像傻子。人们正你一言我一嘴逗那人玩儿。你刚走近，就有人指着你对那人说：'想穿好衣服，跟他要，他给你。'原来，他叫乔三华，是桥西村人，有点傻。乔三华因父母年老，没人照管，整日在四乡游荡，可怜可怜的。你知道了乔三华的情况，当即到家里拿了几件衣服送给他。"

"你不但自己照顾乔三华，还嘱咐家属和两个十来岁的小儿子，经常送乔三华些吃的和衣物。乔三华可不知道客气是啥，桥西桥东一河之隔，他常去你厂子玩儿。来到厂里，直接就进了你的厂长办公室，一身邋里邋遢沾满尘土的衣服，这儿坐坐，那儿摸摸。有时一屁股坐在床上——他可不管什么厂长办不厂长办。只要不影响工作，你就随他便。厂长办大多数时间是你家属在，你家属是特别干净利落的人，但也是个好脾气，乔三华再邋遢，也不说他。工作人员嫌他把床单坐脏了。你家属却说，他多可怜啊，别撵他。他只来玩一会儿，就让他待会儿吧，不是多大的事儿。床单脏了，大不了再洗洗。"

贾计肖越说越激动："乔三华虽傻，也知冷暖远近，他跟你家属说：'婶子，我把户口拨你家吧，你在小区里给我买套房子。'其实，乔三华比你家属还大一岁呢。人们见了三华就烦他。你家属却说，三华不惹祸不骂人，天真无邪，见了谁都友好乐呵呵，其实挺可爱的。他衣裳脏点乱点，那是因为他心眼少没人照顾啊！他无非好向人要个东西，那是因为他没有啊！"

"常常，你家属正在吃饭，乔三华吃完饭就在旁边缠着你家属聊天，头都伸到碗边了，唾沫星子乱飞。每当这时，你家属只是用手掩住碗口，或者躲躲，从不像别人一样说'上一边儿去'。你家属从来不说这样的话。"

"一晃十几年，如今，三华都 52 岁了，你对他的照顾一直没有断过。"

"三华有两个哥哥，日子也都紧紧巴巴。二哥老实，一直单身，孤苦伶仃；大哥多年前，抱养了一个弃婴，不料这孩子患有先天性心脏病，长到七八岁，得到北京治疗，再不去就会耽误时机，可医疗费太贵了，他们掏不起，只能干着急。你听说后，马上送去两万块钱，说：'快去给孩子看病，不够我再拿。'"

"三华已经叨扰你多年，如今自己又让你帮助，三华哥嫂感激不尽，又没有别的报答办法，便让孩子叫你们两口子爸爸妈妈，外人还以为你又养了一个女儿哩。"

"孩子的病太重了，最终没保住，你全家像失去亲人一样伤心。现在，已经过去七八年了，每次提起这事，你都难过。"

贾计肖急于向我述说这个令她激动的故事，说得太快了，叽里呱啦一口气说了一大堆那一个个故事细节从她嘴里像崩豆子一样蹦出来。

"别老提这事儿。这有啥？三华他没人管，总不能让他饿着吧？乡里乡亲的。"乔奎国一摆手说。

"乔书记可不仅仅照顾乔三华一个人。"乔会考接着说。

"还有那个女哑巴。那是好几年前了，那天是北定村集日，那个哑巴竟然迷迷瞪瞪转到了十几里外的咱村，天都黑了，还在大街上乱转悠。原来，哑巴迷了路，一群人围着她看稀罕。这哑巴也有点儿脑子不够用。也是正巧你们两口子路过，有人指着你们比画着逗哑巴：'撺着他们走吧，他们能管你饭吃，保证你受不了屈。'这哑巴一看，高兴地来到你跟前，比画着就要跟着你走。你仔细一看，这人呜呜啦啦地连说带比画着，是个半哑巴，有些迷糊。你说，这样一个哑巴，半夜三更一个人在大街上乱飘可不是个事儿，又是个女的，万一有坏人欺负咋办，便向哑巴比画让她跟你回了家。"

"把哑巴带回家，你让家属给她洗了个澡，换了一身你家属的干净衣服，把她原来的衣服洗了。"

"晚上，你又跟家属说，叫她睡到楼上吧。楼上是工厂二楼的一间屋，那是你儿子放假回来住的房间。儿子都大小伙儿了，知道后会咋想？你家属便说，让她住旁边屋吧。旁边屋是工人宿舍，那里也有闲房。可是你说，不行，旁边屋工人多情况复杂，她又是个女的，不方便。你那家，二楼与一楼一个门口，上二楼，必经过你们两口子住的一楼，如果半夜哑巴下来，你们能听到动静，也好操点心。你还说，让人家住工人宿舍，也太简陋，好像咱看不起哑巴一样。再说，万一她半夜悄没声地走了，再迷了路咋办？反正儿子不在家。儿子屋里也整齐些。"

"这人只会呜呜哑哑地比画，说不清自己是哪里人，所幸她能写几个字，写了个'马'。你便打听附近哪村有姓马的，一直打听了三天，原来哑巴是前中魁村的。哑巴的爹得知闺女在咱村，被你收留，惊喜万分。哑巴家人来接她时，你却让我接待，你们两口子故意躲开了，你说怕哑巴家人见到你们表示感谢，嫌麻烦。"

"这事算不算？"乔会考说完又问。

乔奎国呵呵一笑："这都多少年前的事了，没啥没啥。再说也没多大事啊！谁都能干。"

乔奎国想了半天也想不起来自己干过啥好事，大家便你一言我一语地向我介绍起来——

一辆三马子满载着粮食，一边跑一边漏，撒了一路，而三马子驾驶人却浑然不知。乔奎国开着车迎面看到了，掉头就追。却不料，不小心反被三马子挂了。三马子驾驶员觉得过意不去，非要赔乔奎国 200 元钱，乔奎国说，怨自己不小心，咋能要人家赔。其实乔奎国那车 1000元也修不好。乔奎国虽然心疼车，可这是自己为别人帮忙哩，出好心哩，总不能叫人再赔自己吧？天下没这个理儿。五六年前，乔奎国路过太平庄，见到一个盲人，看着挺可怜，给了他 5000 元。乔会普女儿患白血病，乔奎国资助 2 万元……

最有意思的一件事是 2009 年大年三十。那天晚上，大雪纷飞，大约八九点钟时，一个十八九岁的年轻人骑着自行车直接冲进厂子，进门就说："赶紧给我做饭，我还没吃饭哩，总书记叫我来找奎国吃饭哩。"乔奎国没在家，他妻子刘艳峰仔细打量来人，明白了，这人精神不正常。他穿得挺单薄，冻得浑身发抖，便说："奎国没在，我给你做点吃的。"年轻人说："快做，饿毁了。"有个工人正在帮刘艳峰看小孩，一看这人不正常，就往外撵。刘艳峰急忙制止："别撵他，大过年的，赶紧给他做点。"工人说："我不做。"刘艳峰不好意思勉强，便说："我给他做吧。"扭头对这年轻人说："你先坐会儿，饭马上就好。"

刘艳峰煮了一些面条，把自家准备过年吃的鸡块、排骨舀了尖尖的一大盆，又为他蒸了三个大包子、热了一只烧鸡。这年轻人自然不客气，接过筷子，端起大盆，一阵狼吞虎咽，一会儿便一扫而光。刚吃饱喝足，乔奎国回家了，听了刘艳峰的介绍，连忙掏出 300 元钱送给年轻人。看他穿得单薄，拿出一件给工人发的崭新的棉军大衣，说："穿上吧，天这么冷。"这年轻人更不客气，把钱揣进内衣兜，穿上军大衣，连声谢谢也不说，高高兴兴大摇大摆地骑上自行车走了。自始至终，这年轻人没说他是哪里人、叫啥名字，乔奎国夫妻也没问他。

半路上顺便捎人是乔奎国多年的习惯，只要是老人和行动不便的人，认识不认识的，只要有时间，都主动送到家里。遇到这类事，他想都不想就做了。

不止一次，对方用怀疑的目光看乔奎国，迟疑着不敢上他的车——当今年代，半道上有陌生人主动要带自己，谁知道他安的啥心？不会是骗子吧？万一上了汽车被他拐跑了咋办？乔奎国看出了对方的心思，往往会笑着说："别担心，我不是骗子。你看我像骗子吗？上来吧，反正我的车空着也是空着，顺路的事，也不费啥劲儿。"对方看他一脸真诚，的确不像坏人，这才敢上来。

三十年前，他骑自行车；后来，换了摩托车；如今，他开汽车，更方便了。

…………

乔奎国做的大多是些小事，他说："经过了，路过了，顺手帮一把，谁老记那些。"

我终于听了个大概：30 多年了，乔奎国帮助了多少人？只能用"太多了"这个词来形容。事儿过去了，他从不往心里放，也就成了往事云烟，了无痕迹。有许多回，人家要感谢他，却不知道他是谁，因为他既没留姓名，也不留地址，不愿意让人知道。有些事，没法瞒，大家知道了，也就知道了，他不当回事儿。许多事都是受助者说出来或别人看到的。有的捐款，受捐方需将捐款者名字统一刻在石碑上，无法回避，他却只让写一个"乔"字，或者"好心人"。

有人感慨地夸赞乔奎国："你做好事一直坚持了 30 年，真不简单，太不容易了！"乔奎国却颇不以为然，轻描淡写地说："都很平常的一些事，谁都能做到。再说，我并没觉得需要坚持，碰上了，遇到了，赶上了，顺便伸伸手，良心上过得去、心里舒服，不仅没负担，恰恰相反，反倒有一种挺愉快的感觉。有时自己有急事没顾上帮人，心里可不得劲儿，好长时间放不下。"

二、"这一下子没默住"

　　也许有人会说，乔奎国帮助这个资助那个，是他家有钱，条件好，其实不然。

　　乔奎国生于 1968 年，20 世纪 90 年代中期，那时乔奎国才 20 多岁，正在一家私人工厂打工，一个月才挣 300 元。一天，他与一位自家长辈聊天时，听说本村广的家孩子要娶媳妇了，眼看大喜的日子一天天临近，可是广的家却愁云密布：广的父母一盲一拐，媳妇没活干，全凭广的一人打工支撑起整个家庭的开支，家里实在穷啊！孩子马上就要结婚了，咋也得给女方置办些结婚的必备品吧。说者无意，听者有心。乔奎国当即回家取了 500 元，对这长辈说："你把这些钱转给广的吧。我与广的平时没打过交道，一年见不上一面，如果我直接给他送去，他肯定不会接受，也有点儿唐突。"

　　早在 30 多年前，乔奎国刚结婚不久，与父母和兄弟全家挤住在一个老院里。乔奎国两口吃住就在一间不到 20 平方米的屋里。谁有事了，只要向他张口，无论借钱还是别的，或多或少，总不会让人的面子掉地下。一个邻居向乔奎国借钱，可当时乔奎国家实在太穷，但又不好意思拒绝，便说："你明天来拿吧。"借钱人走了，他发愁了，跟妻子商量："人不到难处，谁好觍着脸求人。咱一定要想想办法，多少给他凑点。"商量半天，实在想不出办法，只好让妻子向岳母开口，借给邻居 2000 元。这钱，是岳母的养老钱！本村有一人，妻子得了心脏病，乔奎国经常接济。虽然乔奎国家里也相当困难，但他对妻子说："自己再困难，也无病无灾的。乡亲的病最要紧。"

　　乔奎国常说："人家向自己张个口，得需要多大的信任、多大的勇气呀！如果拒绝了，人家会啥心情。人家向咱借钱，是人家觉得跟咱关系有那么多。"

那时,乔奎国家里虽然拮据,仍不断帮助比自己更困难的人,每年或几百元或上千元,总是尽已所能,没有间断过。

厂子不景气,只好自谋出路。1996 年,乔奎国自家开了个小作坊,经过艰苦拼搏,越干越大。2003 年,扩大经营,正式建起了自己的厂子,搞起铝粉加工。

有了厂子,乔奎国家里的经济状况渐渐好转,还有了自己的小轿车。这下好了,亲朋好友谁家过红白喜事需要汽车,找到他,只要没有特殊情况,有求必应。有时几家同时来借,车不够用,他另借朋友的也不让乡亲面子掉地下。朋友的车也借遍了,他租车也要借。

乡亲们都知道乔奎国爱做好事,每当遇到傻子、疯子、流浪者或有困难的人来到村里,就有人说:"找奎国去吧,他管你。"乔奎国来者不拒,不仅好吃好喝好招待,临走时,还不让他们空着手。

乔会考说:"我是从小跟奎国一起长大的邻居,伙伴们在一起下馆子,每次吃完饭,他都抢着说:'账记我头上。'那时香港著名电影演员成奎安挺火,总是演一个叫'大傻'的角色,我就跟他开玩笑叫他'大傻',他嘿嘿一笑,也不在乎,伙伴们也跟着叫起来。后来,越来越多的人都喊他'大傻',他也不在乎,慢慢就叫开了。他跟县公安局的人比较熟,但你去那里打听乔奎国,没人知道,你一问'大傻',老少皆知。你看我手机。"乔会考说着,把他的手机通讯录打开让我看,他手机里存着一个"傻子",尾号"4446",果然是乔奎国的手机号。

"别人挣钱自己花,你挣钱都给了别人,你真是一个大傻子!"有人感叹道。

对"大傻"这称呼,乔奎国家人也都不以为意,欣然受之,时间一长,人们以"大傻"称乔奎国,已没有丝毫戏谑的成分,更没有任何贬义,早已成为他的一个正常称呼,这称呼中已包含着亲切与喜爱、尊重与佩服。近几年，乔奎国当了支书，在一些正规场合，人们觉得再叫他"大傻"不太合适了，才渐渐改叫他本名。

有个亲戚颇有点儿愤愤不平地说乔奎国："你就像个眼子头（农村称傻子、光知道吃亏的人），人有啥事都向你家推。"这人话中含有贬低和不友善的味道，乔奎国立马严肃地连连摇手说："你可别这样说，这话我可不爱听。有事往我家里推，叫我管，是对我的信任，我不觉得我是眼子头，我觉得这样挺好。"

2017 年 11 月，在邢台出了一件事儿，在网络上引起了不小的轰动：程寨村一个叫高江国的拾荒者，不小心丢了 5000 元。高江国上有 95 岁的老母，下有未成年的幼女，妻子还多病，这 5000 元，是高江国家的全部积蓄。一个叫乔兵的网民，将这事发在了微信朋友圈。很快，有人与乔兵联系，让他代转给高江国 5000 元，捐款者再三叮嘱乔兵："一定保密，千万不要透露我的一切！"不料，第二天，捡钱者拾金不昧，主动送还高江国。高江国让乔兵把捐款者的 5000 元退还，捐款者却对乔兵说，拾荒人家里那么困难，别还了，就当给他家个补贴吧。这样的好心人，令乔兵感动，他抑制不住内心的激动，违背了好心人的嘱咐，将这个故事的整个过程发在了微信圈，迅即，这条微信成为人们关注的焦点，这位好心人也因此成为"网红"。不少记者要大力宣传，这位好心人连忙摆手拒绝：到此为止！再也不要宣传了。

不用说，大家肯定猜到了，这位爱心人士，就是乔奎国。

乔奎国叔家堂妹在网上看到乔奎国捐助拾荒者的事迹之后，感慨地在网上留言："哥，30 多年了，你一直默默地做好事，默了这么多年，这一下子没默住，一不小心给出名了。"

三、"家里的事是小事"

桥东村太乱了，上访告状的，打架斗殴的，邻里不和的，不仅在县里出了名，即使在邢台市委大院（任县属邢台市），也是有名挂号的。至 2013 年，老支书已经干了几十年，早干烦了，说啥也不想干了，坚决要辞职。

这可愁坏了辛店镇党委书记霍青国。谁能接老支书的班呢？他把桥东村所有人拨拉来拨拉去，翻了好几遍，觉得只有乔奎国最合适。霍青国跟乔奎国是老朋友，非常了解乔奎国，乔奎国不但人品好，威信高，还很有领导能力。多年来，他干厂子经营有方，一直红红火火。

霍青国找到乔奎国："你把村里这摊子挑起来吧。"

"我厂子干得好好的，当啥支书，不干不干！"乔奎国连连摆手。

"你仔细想想。"霍青国说。

"不用想，说不干就不干！"乔奎国毫不犹豫。又说："我当干部图啥？去费那个心干吗？"

"咱以前干些事，帮帮人，别人心里都感激咱。你当支书，你再帮人，就成应该的了。遇到事了，你就得拿主意，担责任，后悔都来不及！"妻子更是坚决反对。

"你又不想沾村里的光，当村干部不想得罪人也得罪人了，只会挨骂。""你小日子过得滋滋润润的，当那个干啥，能有啥好处！"乔奎国亲戚朋友一个也不赞成。

这一拖，就是几个月。

霍青国又找乔奎国："你只顾自己的日子，只想着自己发财。乡亲们过不好，你看着就忍心吗？"

"叔，你干啥哩？"正说着话，三华来了，见了乔奎国笑呵呵的。

"来，三华，给你个零花钱。"乔奎国说着，从钱包里掏出几十块钱给了乔三华，就像自家人。

霍青国趁机说："你不是想帮助人吗？当支书才能更好地为乡亲帮忙。你不当支书，就是只顾自己不顾别人！"霍青国故意把脸一拉，狠狠地说。

乔奎国心里"咯噔"一下。

他把霍青国的话说给妻子，妻子一听："霍书记说得有道理。"

但父亲仍不同意："我干了一辈子烟丝小买卖，当了一辈子平头百姓，只想凭本事吃饭，安安生生过自己的日子，管那么多事干吗？"

乔奎国明白父亲的心思，说："国家钱，咱一分不花，咱家有钱。"

父亲脸色一动，吸着烟沉思良久，最后慢慢地说："你要有这个心，也不是不能干。"

"当了干部可以更方便为百姓办事。"

"要干，就不能损害乡亲，不能让百姓有意见，好好干。"

"我不偏不向，为乡亲们多帮忙，乡亲们能有啥意见？还是试试吧，不行了再辞。村里太乱，我看看能不能稳住。"

可这村支书不是领导说谁干谁就能干的，得全体党员选举才算。

霍书记，我虽然答应了你，但只要有一个人反对，不是满票，我仍不干。到时你可别怪我不听你的。乔奎国心里想着。

全村 45 名党员，乔奎国满票！

霍青国乐了。

乔奎国忙了。

乔奎国一天天忙得顾不上着家，厂子也离不了人，只好叫在沈阳做生意的两个儿子兼管起来，自己一心一意地干起了支书。

"我这支书干起来了，就不能耽误村里的活儿。家里的事是小事。虽然收入受到影响，也只好这样了，谁让自己接了这个活儿呢。"乔奎国说。

八、"别把我写得太高尚"

因为常有人利用自身残疾来骗钱，就有人提醒乔奎国："那可能是个骗子，别上当了。"

"即使他真在骗人，但看在他是残疾人这一点，他在要饭，就不能把他当成骗子看待，就该给他，帮助他们就不能说受骗了。"乔奎国却说。

还有人提醒乔奎国："现在有些人就是利用人们的善良和同情心来骗人的，这些人专门欺骗的就是善良和同情心。"

乔奎国说："骗是他们的事，帮是咱自己的事。宁可帮错了，也不能错过了。"

帮助的人多了，经常有记者要采访他，乔奎国都婉言谢绝："这不值得宣传！千万不要给别人说。"又说，"自己只做好自己就行了，宣传啥？"

成为"网红"的经历让乔奎国也有了新的认识，他感到宣传正能量的确对社会影响挺好，能带动其他人。我也因此成为30多年来第一个采访他的人。可是，乔奎国仅说了几件事，就说："也没啥大事，别的我实在想不起来了。就说这些吧。"

接受我的多次采访，乔奎国是"被逼无奈"。县领导给他下了死任务："奎国，这是宣传社会正能量，是政治任务，你必须配合。"

我问他："你做好事这么多年，无意中成为'网红'，出了名，会不会对你和家里人形成一种负担，好比说——道德绑架。向你要资助的求帮助的肯定会多，怕不怕承受不了？"这是我很担心的一个问题。

出乎我的意料，乔奎国不以为意地说："这倒没啥，我也不怕，我不与人攀比，能帮就帮，不能帮的不帮，我不管别人咋说。别人说我好就努力更好，我还真没这想法。以前咋做的，以后还咋做。再说，我做这些事，本来就不想让谁知道，也不想让谁说好，更没想着出名。你也别把我写得太高尚。"

刘艳峰也坦诚地说："我们不为做好事去做好事，更不为名利去做。俺也不会到处找事做，不勉强自己。毕竟天下需要帮助的人太多了，我们的钱也不是多得花不完，我们的能力也有限。"

乔奎国与他的家人都对这些事看得很淡，全家都是以一颗平常心来看待这些事，他们自自然然，真诚做事，真诚帮人，无欲无求，不图名利，尽己所能，不去刻意为之——其实，这才是做人的最高境界！

古人说，为善欲人知，便非真善。为善而不以为善，才为真善！

"你帮助了那么多人，有没有遇到过故意来揩油的？"我问乔奎国。

乔奎国肯定地说："还真没有！"随后又补充了一句，"估计他们看到我这个样子，也不好意思吧。呵呵呵！"说完，自己不由先笑了。接着，乔奎国直言不讳地说："其实，我也不是随随便便就送人钱，总是看着对方确实需要才帮一把。我也有我的原则，对一些不正干的人，尤其是赌博、玩乐之类人，我不帮，我不怕得罪这些人。前不久，我接到一个陌生人的电话，想让我给他点资助，我拒绝了。我既不认识他，也不知道他是啥情况，我不资助。"

乔奎国帮助的人，大多是老人、残障人、特困户，或先天生存能力弱者，这些受助者，由于自身条件所限，根本无法回报他。

有些受助者想表示感谢，有的乡亲想表示对他的亲敬，送他东西，乔奎国有个原则：凡是不花钱的，都一一接受；凡是花钱买来的，如饮料、面包等东西，无论花钱多少，他一概婉拒。村里的乡亲们知道乔奎国经济上不缺，实在想不出表达心意的方式，一些老人就把自家里做的炸咸菜、从地里薅的野菜送给他。乔奎国都笑呵呵地接受了。

"你做好事得到过什么好处没有，有什么不同的感受，你在做生意时是不是也这样做？"我问乔奎国。

乔奎国坦诚地说："不！做生意是做生意，做好事是做好事。做生意就必须按生意场上的规矩来，来不得半点马虎，否则你别做生意。"

乔会考说："若说起做生意来，奎国还真不含糊。他的认真劲儿，也是没人可比。因为10块钱的价格，一桩买卖也可能谈崩。他的产品有全国统一售价，有好多人说，你请我吃顿饭得多少钱，连10块钱也不降。他说，一码是一码，买卖就是买卖，不是人情。谈好的1个月付款，29天你不付，他肯定会催账。超一天也不行。你可以把时间定长一些，但定好什么时候交货，就必须得交。只要定了，不能违反协议。他的生意多数是口头协议，一般一年一订，只要订好了，在他这儿，就不变了。别人降，他不降。别人涨，他不涨。如果影响到客户利益，只要对方不提前打招呼，他的货一分也不降。他说，这是在做生意，不是做好事。反过来也一样，他给客户付款，只要对方不主动去零头，他从来不去要求抹对方的零头，即使几毛钱的零头也不要求抹了。"

"做生意必须认真、讲诚信，否则咋赚钱？"乔奎国说。2015年，湖南浏阳一个杨老板给他发来一批货，他一数货，对方竟然多发来100多件，价值1.6万。问送货工人货对不对，工人肯定地说，没错，把出货单在手里扬了扬。乔奎国又给远在浏阳的杨老板打电话，杨老板肯定地说，没错。杨老板还以为少给他发了货，说不可能错。乔奎国说，你不是少给我了，是多给了我100多件。杨老板感激不已，第二次送货时，专门乘着货车带着土特产来表示感谢。

说起生意中欠账不还的现象，乔奎国说："我认为，真正欠账不还的人极少，一般都是有原因的。"

乔健深有感触地说："我最深的感受是，客户们一听说俺家的情况，都愿意跟俺家做生意。都说俺家人品好讲诚信，所以这么多年，俺家在生意上还是比较顺的。"

这时，乔奎国一脸憨厚地嘿嘿一笑："这倒是个意外收获，没有想到！"

我说："你这些事可以评上中国好人了。"乔奎国很惊讶地问我："就这些事也能评中国好人？"

（原载《中国作家·纪实》2018年第10期，有删减）

　　杨辉素，中国作家协会会员，石家庄市作协副主席，河北省文学院第12、14届签约作家，河北省第13届人大代表。在《小说界》《小说月报·原创版》《人民日报》《光明日报》等发表中短篇小说、报告文学。中篇小说《戏斗》入选河北省2017年小说排行榜，报告文学《坚持——"全国优秀人民警察"吕建江纪事》荣获首届贾大山文学奖·特别奖，新故事《亲不亲，一家人》荣获第十届中国民间文艺"山花奖"。出版有《永远还不起的债》等图书四部。

坚　持

——"全国优秀人民警察"吕建江纪事

◎杨辉素

山积而高，泽积而长。

高山伟岸耸峙，江河浩荡绵长。凡被人仰视或赞叹者皆始于积累，积累，是一种坚持，虽予境万千苦难不改其志。

自然界如此，人也一样，当一个人选择了坚持，他就有了山的伟岸，水的浩荡，生命的力量深沉无垠。

吕建江，就是这样一个始终在坚持的人。群众形容他是 24 小时不下班的好民警，他用从警以来日日夜夜永不停息的坚持，书写了一个民警生命的山高水长，温润情怀。

他做了数不清的好事，有的人知道，更多的人不知道。

他的同事说，老吕，带走了太多的秘密。

随着越来越多的受助者赶来述说"秘密"，老吕的"秘密"正被逐渐打开，它为人们呈现了一片广阔的坚持的世界。

吕建江，河北省石家庄市公安局安建桥警务站主任。

2017 年 12 月 1 日，吕建江因长期的积劳成疾，突发心脏病去世，终年 47 岁。

他是大山的儿子，是党和国家培养的军人，他把理想信念装在心中，云卷云舒中就有了笃定的力量——这是他对理想的坚持！

太行山重峦叠嶂，云水苍苍。

在山之深处，渺小一隅，有一个小小的山村——河北省井陉县南障城镇支沙口村。20世纪80年代，小山村蛰伏在太行山脉的缝隙中，交通不便，仿佛是被岁月河床遗忘的孤独石子。

读书，是山里孩子走向外界的唯一方式。吕建江每天背着书包从家走向学校，山路坎坎坷坷，他求学的热望从未衰减。从小学到高中，他的成绩都是班里最好的。他当班长，为班里搞服务，热天在地面洒了清水，清凌凌的湿气让人惬意；冷天在室内生起了火炉，红彤彤的炉火暖意融融。他小小的身影默默做着一切，妥妥帖帖，从不张扬。

他比同龄孩子表现出了更多的成熟、可靠、稳妥，这源于中国那句俗话"穷人的孩子早当家"。

他家里有五口人，三个孩子中他行二，上有一个患有股骨头坏死的哥哥，下有一个老实巴交的弟弟，一家五口就挤在两间破窑洞里。高二时，父亲患病离世，让这个家雪上加霜。以他的成绩，本可以考上一所不错的大学，但为了减轻家庭负担，他选择了去当兵。

军装穿在身上那一刻起，他发誓要做一名好兵，一辈子不给军人抹黑！

战友们说，他训练特别能吃苦，是他们的榜样；部队领导们说，他眼里永远"有活"，走到哪儿干到哪儿，是棵好苗子。

他一有时间就捧起书本学习，当兵第二年，就以优异的成绩考上了中国人民解放军第四军医大学。鲤鱼跳了龙门，他终于走出了大山，他可以在城市里结婚生子，前景美好可期。

然而他偏偏那么"傻"，考上大学的第一件事，就是向一直和自己书信往来的女同学崔利平表白。

她也是山里女孩，是他的高中同学。吕建江参军后两人鸿雁传书，早已情愫暗生。实习医院里的美丽女护士对他主动追求，他不为所动，还拿出崔利平的照片给人看。在很多人的摇头中，他就是认准了自己的选择，这一生要和她一起走。

山无陵，天地合，乃敢与君绝。

一个在都市上大学，一个在大山里望眼欲穿。电话尚不普及，只能靠书信联系。但一对年轻人的爱情历经时间和距离的考验，终于开花结果。

他军校毕业后，分配到潼关一个山沟里，山高林密，连队上的小卫生所坐落在山下，连队在山上。军人、家属和小孩下山看病非常不方便，他就每天背上诊箱徒步走到山上去巡诊。

工作一年后他们结婚了，没有钱操办婚礼，连请大家吃饭的钱都是战友们给凑的，但一对新人却无比知足。

婚后她第一次过生日，他买不起生日蛋糕，却也给了她一个惊喜。那天他端着一个盘子从厨房里走出来，盘子里磕着两个生鸡蛋，圆圆的蛋黄晶莹透亮，蛋黄的左侧，摆放了一根滚圆可爱的葱，形成数字"100"，在"100"下面，他用切得非常细的葱丝拼成了"生日快乐"四个字。

他说："老婆，祝你生日快乐！我们俩要在一起过 100 年，每一天都快乐！"

她幸福得满脸绯红，如山路边娇艳的花朵。

谁说憨厚朴实的人不具有浪漫情怀？他智商、情商都非常高。

婚后，崔利平没有工作，只凭他一个人的工资养活妻子和女儿，还要把一大部分钱拿出来照顾老人，可他从未后悔过。

他们在这深山大沟里生活了 10 年。那时的他，白天行走在军营里做医生，夜里捧着厚厚的医书钻研到深夜。窗外，高远天幕上的星星明亮闪烁，床边，妻女已在梦中发出甜熟的呼吸声。他看一眼她们，幸福和知足像春水般荡漾着。

他把清苦寂寞的生活过得有滋有味，因为他心中对物质和名利没有一丝要求。他更坚守着一个军人的职责，兢兢业业，心中是大地般坦荡无私的情怀。

山伟岸，山宁静执着。

　　穿上军装，他懂得"听党指挥，能打胜仗"；脱下军装，他更懂得"党在心中，要有钉钉子的精神，一锤接着一锤敲"——这是他对行动的坚持！

2004 年，吕建江从部队转业回到石家庄，成为留村社区的一名民警。

从医生到民警，这两种职业的跨度非常大，放弃热爱和精通的老本行，去从事一份并不熟悉的工作，搁谁身上谁能不纠结、痛苦、抱怨呢？

他的确也纠结痛苦过，但从无抱怨，因为他深记着军人的职责："听党指挥，能打胜仗"，既然组织上这么安排了，他就要在新的领域打赢一场新的胜仗！

吕建江在极短的时间内转换了角色，成为一名称职又投入的民警，诠释了什么叫干一行，爱一行。

他所管辖的留村是一个城中村，位于四县区搭界处，本村人口两三千人，外来人口一万多人，人口流动性强，治安相比其他地方可谓混乱。换了几任民警，都头疼不已。

吕建江刚去，现实就给了他个下马威。

他是个性格内向的人，嘴笨，一张嘴不是被村民们嘲笑就是被怼回去，他甚至被村民骂哭过。

他不想做个"孬警察"，他要改变性格、改变工作方式。

常言说，江山易改，禀性难移，要改变性格何其艰难！

可他硬是把自己从阳刚少言的性格，磨炼成婆婆妈妈的性格，说一句不行，他就不停地说。

他还在帆布包里装了四样东西：听诊器、测压计、照相机、笔记本。他到村里给这个量量，给那个听听，讲点疾病防治知识，还给村民免费拍照，把村民的诉求记在笔记本上。

渐渐地，村民都喜欢上了这个个子不高，眼睛小小，憨态可掬的民警。

家里有人生病了，找他；孤寡老人房子漏了，找他；居民煤气中毒，找他……大伙儿不再叫他"吕警官"，都改叫他"吕村长"了。村干部说，"吕村长"的威信比我们都高。

他的战友乔民说，吕建江的性格改变太大了，我们都太心疼他了，他三句话不离本行，一个人究竟达到什么样的境界才能做到这样？

天下之事，虑之贵详，行之贵力。

…………

他像一颗小太阳，不停地发出光和热，给人以温暖，给人以帮助；

他又像一个陀螺，不停地转，不停地忙，忙得顾不得家，顾不得他自己。

妻子心疼他，女儿劝爸爸不要太累了，他非但不听，还"没事找事"，又给自己增加额外的工作量。

他要成立河北省首个网上警务站——留村社区网上警务站，实现网上办公，方便群众。

他竟然花 3000 多元自费买了一台电脑，又买了电脑书籍，每天抱着厚厚的书本啃到深夜……

网站建起来了，要运营需要买域名，还要维护费，他又投入5000元。

那时，他一个月工资不到3000元，一下子就拿出两三个月的工资。而他家里正窘迫，新买的一套两居室的小产权房还欠着一屁股外债，妻子没有收入，女儿上学要花钱……

村干部李振杰对他说，你打个报告吧，我让村里给你报销。

他说，不用。

他在留村工作了6年，没在村里报销过一分钱，没在村里吃过一次"公款餐"。

这就是他，没有山的伟岸，却行得山样堂堂正正；没有海的浩瀚，却做得水样清清白白！

他说过："警察前边还有两个字——人民，干警察的就得在心中想着人民群众，警徽在头上，党徽在心里。"——这是他对信仰的坚持！

利民之事，丝发必兴；厉民之事，毫末必去。

2011年，一场警务改革在石家庄悄然启动。几乎在一夜间，石家庄市民突然发现街头矗立起了一座座玻璃房子。深灰色的钢架结构，透亮亮的玻璃窗，白色的大字书写着××警务站——是的，这是经市委、市政府广泛论证后，在全市创建的110座综合警务服务站。

110座，多么具有象征意义的数字！它们矗立在街头拐角，将市区划分为110个网格，繁华的城市多了风景，多了眼睛。

有人盛赞它是"群众家门口的派出所，永不打烊的服务站"。

当一个城市把人民的事情装在心中，这个城市的人民怎会不感到幸福？事实确实如此，石家庄这座城市7次入选全国幸福之城，不能不说有110座综合警务服务站的一份功劳，更是全市2640名民警和警务辅助人员的一份功劳。

吕建江，是这其中的优秀代表。

这年的 9 月 9 日，吕建江成为安建桥综合警务站主任。

吕建江更忙了。他 8 小时工作像压缩的饼干，没有一丝一毫的空隙。

8 小时之外呢？这时间应该属于个人，属于家庭，属于兴趣爱好，属于幸福人生，可是吕建江根本没有 8 小时之外的空闲，他把所有的时间都给了工作，给了群众，给了他内心的坚持！

他像一匹马，给自己压了一个又一个担子，他在不停地负重前行……他开创了多个河北警方第一：

第一个"网上警务室"；第一个"实名微博"；第一个"失物招领网"；第一个"能够保护车主信息的代码移车卡"；第一个"实名微信公众号"。

他成了"网络大 V"，这回，他又被网友亲切地称为"老吕""老吕叨叨"。

担任安建桥警务站主任的 6 年时间里，老吕和同事们抓获犯罪嫌疑人 220 多名，调解纠纷 1600 多起，为群众找回和发还物品 600 多件、现金及借款单合计金额 200 余万元。

2013 年 5 月 4 日晚上，老吕和往常一样，边吃饭边刷微博，突然看到一个网友发来的微博求助：一辆从邯郸广平县开出的救护车正在 308 国道上，车上病人腹痛难忍、几度休克，要转诊到省四院，询问路怎么走。他顾不上吃饭，给对方连发好几条私信："多大年龄？""内伤还是外伤？"……紧接着迅速从网上搜索出一条最快捷的行驶路线，连同自己的手机号一起发了过去。随后，他又与电台联系，请主持人空中导航。

病人家属又给他发来短信："到栾城了，病情不见好转，能不能用警车带个道？"老吕立即回复："你可急死我了，办了。"他立即安排值班民警驾警车前去迎接，并嘱咐："为了抢时间，在确保安全的情况下可以鸣警笛。"

当疾驰的救护车到达市区南二环，远远地看到闪烁的警灯和夜色中等待的人民警察时，病人家属热泪奔涌而出。

在老吕的协调下，这段正常行驶需要 20 分钟的路程，仅仅用了 5 分钟！

"为人民服务，就得永远保持在线。"这是老吕常和同事们叨叨的一句话。

他是医生出身，当然知道过度疲劳是在透支生命，他在 2017 年 11 月 10 日上午 10 点，发过这样一条微博：

又闻同行猝死，49 岁，惋惜！五加二、白加黑的工作状态谁愿意？可犯罪不会朝九晚五活动，案子不允许超期，在朋友圈每天看到养生的文章，什么"凌晨 1 点不睡是不要命"、什么"熬夜是慢性自杀"，有多少民警晚上不想睡？有篇文章说"每天说不想活了，每天仍拼命地工作"，确实是这么回事，这是在拿生命工作。继续巡逻……

他知道怎么保证健康，可他依然在继续工作。他无法预知，仅仅在 20 天后，他也步了战友后尘……一样因为积劳成疾，生命戛然而止！

　　他没有留下一句话，但他留下了不朽的精神；他两袖清风，但他留下了宝贵的财富，那是群众的口碑，是永恒的纪念——这是他对人生价值的坚持！

2017 年 11 月 30 日，天气晴好，湛蓝的天上有几丝淡淡的白云，一切都毫无预兆。那天，他晚上 7 点多才到家。妻子熬的玉米粥，他只吃了几口。妻子问他，怎么吃这么少？

他饭量大，不管什么饭，他都能呼噜呼噜吃一大碗。今天他很反常。他说，我有点儿不舒服，他便去沙发上躺着，但手机还不离手，在网上给群众答疑解惑。晚上 11 点多了，他还在安排工作。妻子看了他一眼，不忍打断他。12 点多了，妻子又催他，怎么还不睡？他说你以为我是在玩儿啊，我是在看巡逻车到哪了。他的手机上有定位，可以监督工作。

这就是他，前一秒还在工作，后一秒已经躺在了医院的病床上。他说，腿麻，好像穿着棉裤。妻子就给他揉腿，揉脚。她摸到他脚上又厚又硬的老茧。妻子哭了，她不知道，这得走多少路才能磨成这样啊？

她去给他拿药，等拿药回来，他已经昏迷了，没有给她留下一句话，再也没有醒来……

这天早晨，阳光如往日般晴好。安建桥综合警务站旁边的加油站总经理倪振兴和往常一样早早起床，他向警务站的方向望了一眼，往日这个时候，老吕已经拿着扫帚在打扫卫生了，可是今天，倪振兴没有看到他。他想，也许他倒班。

上午，警务站的侯龙给他打电话："吕主任走了。"

他说："哦，走了？去哪了？"他以为他只是出了远门。

"他去世了。"侯龙哽咽着说。

"怎么可能？昨天他还好好的！"倪振兴落泪了。

是啊，怎么可能？作为老邻居，老吕每天都要来他这转转，昨天加油站升级改造，他还进来叮嘱安全问题，倪振兴还记得他穿着警服站在那里说话的样子，怎么这么快就出事呢？

加油站所有的工人都哭了，他们太知道他有多好了。

按规定，加油站里不允许零售散装汽油，可总有一些汽车汽油耗尽误在半路。吕建江想出一个办法，用加油站的专用油桶灌了油，由民警亲自送到车上，完了再把油桶还回来。既解决了群众实际困难，又确保了打散油不出安全事故。没有谁规定他必须这样做，只要群众方便，他从来不怕麻烦。

在某医院做护工的丁忠光至今还记得吕哥出事前三天还给她打电话，问她工作怎么样，叮嘱她要保重身体。从在留村开始，他就一直在帮助她，先后给她找了三份工作，在她生活最困难的时候，他一次次拿出钱来帮她渡过难关。她一直想请他吃一顿饭，说了几次他都不吃。

他去世了，她第一次去他家，看到他家徒四壁，连张桌子也没有，他的遗像只能放在老旧的冰箱顶上，她更是失声痛哭："我要是知道吕哥日子这么艰难，我说什么也不能要他的钱啊……"

但是最伤心的，莫过于他的妻子和女儿。

他是她们的一家之主，是顶梁柱，只要他在家，就把妻子和女儿宠成了公主，给她们做好吃的，家务活儿他全包了。如今，生死两茫茫……

妻子说，他这一生对谁都大方，对谁都好，唯有对自己苛刻。夏天，他连一块钱的水都舍不得买，他的书包坏了用502粘粘，他的鞋底磨透了，去找修鞋的钉一块……他去了，妻子说，老公，到那别再那么节省了……

2017年12月3日，吕建江的追悼会在殡仪馆举行。

多少相识的、不相识的，本地的、外地的群众自发赶来，都来送他一程。

追悼会现场，哀乐低回。1500多人恸哭一片。年轻人举着条幅，叫着："吕叔，一路走好！""吕哥，一路走好！"

一位山西姑娘，更是泣不成声。她是连夜从山西赶来的，吕叔救过她的命。4年前的一天，这位姑娘通过新浪微博私信咨询吕叔"怎么自杀救不活"，吕叔在私信里劝了她5个小时，直到女孩放弃了轻生念头。两人约定，到石家庄吕叔请女孩吃饭，没想到第一次见面竟是永诀！

……………

太多太多的人，都得到过老吕的帮助，这从警务站里那厚厚的留言本中就可以看到。

他的妻子在微博中写道：

老吕，你生前把那么多爱的种子散播给那些个素昧平生的人，你像守护我们一样无私地守护着他们。如今，你离开后，他们敬仰你怀念你的同时，还把爱回馈给我们——你的爱人和女儿，那么多的安慰试着温暖我们，那么多的援手试着挽起我们……

这个冬天，一座城市因为一个人而感动，他像一道光，照亮了城市，温暖了城市，城市因他而幸福美好！

老吕，安建桥综合警务站以你的名字命名了；

老吕，你的微博又开始更新了，你的公众号又开始发送了，你原来做过的一切都有人继续在做，你没有做过的，也有人去做……

你在坚持，我们在坚持，大家在坚持，这是一场接力，生生不息，无穷无尽！坚持，是社会涌动的温暖的力量！

（本文发表于《光明日报》2018 年 3 月 30 日）

文 学 评 论

　　封秋昌，河北鹿泉人。1966 年毕业于河北北京师范学院中文系。1968 年后历任枣强县门庄中学教师、县文化馆干部，衡水地区文联副秘书长，《农民文学》杂志编辑，河北省文联《文论报》副主编、主编，编审。河北省第六、七、八届政协委员及文史委员会委员。1964 年开始发表作品。1991 年加入中国作家协会。著有评论集《审美中的感悟》《艺术形象论》，长篇论文《创造与想象》《文学想象与作家素质》《文学想象与作品的生命力》等。《审美中的感悟》获河北省文学学会第二届优秀科研成果一等奖、第二届文艺理论金鹿奖，《深沉凝重，内涵丰富》获 1982 年河北省文艺评论奖，《散文的繁荣》获河北省第三届文艺理论金鹿奖。

贾 大 山 论

◎封秋昌

　　1997 年 2 月 20 日，著名作家贾大山离开了人世，享年 55 岁，可谓英年早逝。二十年过去了，他的故乡正定没有忘记他，广大的读者没有忘记他。在他逝世一周年之后，河北省作家协会与正定县政府在正定联合召开"贾大山作品讨论会"，著名评论家雷达、《人民文学》资深编辑兼评论家崔道怡等专程赶来参加讨论会。为去世的作家召开研讨会，在河北尚属首次。鉴于贾大山的作品生前没有结集出版，河北作协决定编辑出版贾大山小说集。那时远在福建工作的习近平同志，写了纪念文章《忆大山》，刊载于河北的《当代人》杂志。2014 年 10 月，由花山文艺出版社出版了《贾大山文学作品全集》。2017 年 2 月 17 日，在石家庄召开"迎庆党的十九大——学大山　写人民　出精品"主题创作活动启动仪式暨学习贾大山创作精神座谈会。所有这一切，都说明贾大山是一个让人深深怀念和难以忘却的作家。

　　那么，贾大山为什么让人难以忘怀？这正是本文所要具体探讨的。

一、概说贾大山

　　贾大山（1942—1997）写有一篇《我的简历》，发表在 1990 年《长城》杂志第 1 期，从中可以了解贾大山的人生轨迹。1942 年农历七月出生于正定县城一个小商人家庭，小时候，因与戏园子为邻，爱上了戏剧。中学时爱上了文学，并开始写一些小小说发表在地方报纸的副刊上。高中没毕业因病辍学，1964 年作为知青到农村插队，1971 年调到县文化馆工作；1980 年在中国作协主办的"文学讲习所"（今鲁迅文学院前身）学习（文学讲习所恢复之后的第一批学员），1983 年任正定县文化局局长，后任正定县政协副主席。1997 年 2 月 20 日去世。

贾大山从 20 世纪 70 年代初开始文艺创作，主要写短篇小说，间或也写一些散文、创作谈、报告文学、剧本等。1972 年，发表散文《金色的种子》（《河北文艺》试刊第 1 期）；1973 年，发表短篇小说《窑厂上》（《河北文艺》第 1 期）。

以上两篇署名贾玖峰。1980 年代之初，写有河北梆子剧本《半篮苹果》和《年头岁尾》等。

贾大山在小说创作上所发生的几次变化，大致可以划分为五个阶段：中学时期的练笔阶段；《取经》阶段（1973—1979）；《花市》阶段（1980—1986）；《梦庄记事》阶段（1987—1990）；"县城人物志"阶段（1991—1997）。当然，这只是从贾大山创作发展变化的脉络上进行的划分，而在时间上，则是相互穿插的，比如，在《梦庄记事》的 23 篇小说中，19 篇写于 1987 至 1990 年，而《会上树的姑娘》《写对子》，写于 1995 年，《杜小香》《迎春酒会》写于 1996 年。按照大山的说法，《取经》阶段的作品，主要是写政治和政策的；1980 年之后，因为想写一些轻松的东西，才有了《花市》《小果》《村戏》等作品；1986 年，铁凝到正定，他给铁凝讲了几个农村故事，铁凝觉得很好，希望他写下来，这就是《梦庄记事》系列的写作缘起和动因。这些作品不再直接写政治和政策，而是展示极左政治环境下普通农民的人情人性；"古城人物志"阶段的作品，如《古城人物》（三题）和《西街三怪》（《药罐子》《火锅子》《王掌柜》）、《古城茶话》（《"容膝"》《书柜》《门铃》）

等，每篇重点写一个人物，历史和现实凝结在一起，在简短的篇幅内，往往概括了人物一生的经历和命运，且富哲理意味。

诸葛亮在《诫子书》中有言："夫君子之行，静以修身，俭以养德，非淡泊无以明志，非宁静无以致远。"但出山辅佐刘备之后，却能做到忠心耿耿，兢兢业业，鞠躬尽瘁，死而后已。我不知道贾大山是否读过《诫子书》，但他的淡泊名利在正定县是出了名的，也不爱抛头露面。记得有一次在苍岩山开他的作品讨论会，他却没有到会。开研讨会作者不出席，这在我参加过的研讨会中，是仅有的一次。后来他告诉我："开研讨会，到会的人往往是说好不说坏，尤其是当着作者的面，说不好也是浮皮潦草。我不去，人们就少一层顾忌，发言也会更客观，更实事求是。"

1982年，由群众举荐，又经领导多次做工作，贾大山出任正定县文化局局长。上任之后，事必躬亲，全身心地投入到工作之中。"上任伊始，他就下基层、访群众、查问题、定制度，几个月下来，便把原来比较混乱的文化系统整治得井井有条。在任期间，大山为正定文化事业的发展和古文物的研究、保护、维修、发掘、抢救，竭尽了自己的全力。常山影剧院、新华书店、电影院等文化设施的兴建与修复，隆兴寺大悲阁、天宁寺凌霄塔、开元寺钟楼、临济寺澄灵塔、广惠寺华塔、县文庙大成殿的修复，无不浸透着他辛勤奔走的汗水。"（习近平《忆大山》）

贾大山平易、幽默，多才多艺，博闻强记。他担任正定县文化局局长时，有时候亲自为参观者当讲解员，对古城正定的名胜古迹和典故如数家珍，讲得生动有趣，令参观者拍手称快。大山不仅爱好戏剧，而且曾登台演出，写剧本。《半篮苹果》《年头岁尾》等，在当时河北省的戏剧汇演中获得好评。我还有幸亲自听到他清唱京剧。那是1991年，大型杂志《黄河》《莽原》《长城》三家在山西联合召开"黄河笔会"。会议之余和参观游览的途中，唱歌、讲笑话，山西作家表现得甚是活跃，相比之下，河北作家却显得拘谨和羞涩，谁都不想开口，缺乏山西作家们那种略带点"野性"的奔放。为了扭转这种被动局面，大山悄声对我说："咱河北也不能显得太那个了呀！"说着站起来："那我就来一段京剧吧。"没想到，他一张口，那声腔，那韵味，那板眼，那表情，还真有专业演员的"范儿"，一下子把人们镇住了。一曲唱罢，竟然鸦雀无声，不知谁先说了句"好，真好！"，这才响起震耳的热烈掌声。

如今，音犹在耳，人早仙逝。不，大山并没有离开我们。因为，他的作品是具有生命力的；他的人品尤其值得我们敬仰、学习，并发扬光大。

二、在不变中求变的文学观

遗憾的是，贾大山的作品并没有受到应有的重视和深入的研究与评论，甚至有人认为他保守和落后。这实在是对贾大山的误读和不公。贾大山的被忽视和误读，主要是受当时文学思潮的影响。贾大山的创作盛期在20世纪80年代至90年代中期，而那时正是西风东渐，中国作家睁开眼向外看的时候，热衷于"拿来""引进"、追新逐异赶时髦，玩"方法"，而贾大山则是着眼于本土，采用的又是为许多人弃如敝屣的传统现实主义的白描手法。在那样的文学思潮成为主导倾向的历史时段，贾大山的创作自然是不会受到重视的。此其一。其二，新时期以来，中篇小说鹊起，短篇小说相形见绌，评论家更多关注的是中篇小说和后来逐年大幅度增加的长篇小说。短篇小说被冷落了，而贾大山又偏偏是只写短篇小说的作家。到了20世纪90年代中期之后，中国作家在"玩"了几年"方法"之后，结果是导致了广大读者对文学的冷落。这就迫使作家们不得不对文学与本土、与现实的关系进行思考了，头脑也开始变得冷静和清醒起来，于是出现了以刘醒龙和河北文坛"三驾马车"（何申、谈歌、关仁山）为代表的"现实主义冲击波"。但此时的贾大山，因身体的原因，已经很少写作了，也就淡出了人们的视野。

二十年过去了，《贾大山文学作品全集》的出版，为我们重新认识贾大山、研究贾大山提供了依据。我觉得，首先要弄清楚的是，贾大山的文学观是否保守和落后，问题在于，什么叫保守、落后？须知，文学不以"方法"论高低，而以对生活、现实描写的真实程度、深刻程度与独创性论得失。借鉴是可以的，但盲目效法、移植西方已经式微的所谓"方法"，让中国人演绎西方人的观念和意识，则是以旧为新，吃别人嚼过的馍；而文学贵在创新，贵在有真正的独到的自我。

贾大山是一个不随波逐流，勇于坚守自我的作家。在各种文学流派蜂拥而至的年代，当"全盘西化""彻底反传统"的声音躁动于文坛的时候，贾大山保持着冷静的头脑和审视的眼光，他不肯盲从，不肯随风转。贾大山宁可沉默，宁可不写，也绝不随声附和赶时髦。要知道，在那样的环境和氛围中，一个作家能够持这种冷静思考和审视的态度，是很难做到的。但贾大山做到了。具体来说，不管文学思潮如何变化，贾大山做到了五个坚持：

一是矢志不移地坚持扎根于本土；二是坚持从生活出发；三是坚持写自己真正熟悉和真切感受到的东西；四是坚持借鉴、继承和创新的辩证统一；五是坚持"弘扬真善美，消除假恶丑"。这是他写作的动机和根本原则。

然而，在20世纪80年代那种西风盛行的时代，贾大山的确有过困惑，一度觉得自己落伍了，赶不上了。于是，那个曾经和贾平凹并称文坛"二贾"的贾大山"沉默"了。对于他的沉默，有的评论者认为："贾大山的沉寂、徘徊，主要不是个人才力的强弱和工作职务的变化，根源还在他的文本和创作模式上。复杂化、现代化了的生活需要相应的艺术思维。这也就是贾大山在1980年之后遇到的最大困惑。"

的确，贾大山一度的沉寂、徘徊，不是个人才力的强弱和工作的变动使然。但把沉寂、徘徊的根源归结于"文本和创作模式"上，说穿了，这还是说贾大山运用的创作方法导致了他的困惑、徘徊、沉默和落后。但我们有理由认为，贾大山在 20 世纪 80 年代中前期的"沉寂"和"徘徊"，不是因为保守和落后，不是在新形势下找不着北的慌乱和手足无措，而是在吸收、借鉴的基础上，对自己的创作所进行的冷静自觉的反思和总结，是一种"蓄势待发"的积极主动的"沉寂"。因为，贾大山的所谓"沉寂"，出现在《取经》之后和写《梦庄记事》之间。而《梦庄记事》之后与《取经》阶段的作品相比，发生了质的变化和突破性进展。但变中仍有不变，即他的"五个坚持"没有变，"文本和创作模式"没有变，他所采用的，依然是传统现实主义的白描手法。

但贾大山并不保守和固步自封。比如在《西街三怪》之《药罐子》中，直接批评了于老对传统的迷信：于老时常生病，他是食品公司的退休职工，有了病却不到指定的医院看病，而是一定要找中医李先生；李先生死后，他就找李先生的儿子小李先生看病。这一次他病了，小李先生给他康泰克吃，于老说他这辈子凡是带"西"字的东西都不吃，杜老就反问他吃不吃西瓜、西红柿、西葫芦，于老说"吃"，引起人们一片哄笑。李先生也笑了，对于老说："中西两医，各有所长，各有所短，不能妄加褒贬；又说中医本身也是不断发展变化的，并非千古不变。东垣老人熟读《内经》《难经》，但又结合医疗实践，提出了自己的见解，创造了许多著名方剂。假如人云亦云陈陈相因，怎么会有'内经说''脾胃论'？哪来的'补中益气汤''升阳益胃汤''沉香温胃汤'呢？他的'小柴胡汤'也是因症配伍的，君臣佐使，不断变化。所以，医家和病家，也应解放思想，破除迷信，不可拘泥一法，死认一门……"但也有和于老相反的病人，感冒了就吃康泰克不吃别的药，杜老就说："我们不能迷信旧东西，但也不能盲目崇拜新东西。盲目崇拜新的，就会迷信旧的。李先生说是不是?"李先生说:"极是!天下万物,无旧不成新,无新不变旧嘛!"

《古城人物》中《王掌柜》中所写的王掌柜,以种"南仓大白菜"闻名,他同时又是个美食家。改革开放以后,昔日有名的各种风味小吃如马家卤鸡、卤豆腐脑、刘家烧卖又陆续上市了,但王掌柜在品尝之后,觉得名称依旧,却不是那个味道了,他对儿媳们说:"凡是好东西,谁也消灭不了,就怕自己消灭了自己。改革?那得看怎么改,改什么,马家的卤鸡,改了老汤行不行?刘家的烧卖,改了这张荷叶行不行?行是行,可就不是那个味道了!"

这两篇作品,前者讲医道,认为中西两种医学传统,一是"各有所长,各有所短",因此应同等看待,不能厚此薄彼;二是认为传统是在实践中不断发展变化的,因此不能迷信传统,拘泥一法,而要破除迷信,解放思想;三是认为"新"与"旧"不是绝对的,而是相互依存并相互转化的。"盲目崇拜新的,就会迷信旧的","天下万物,无旧不成新,无新不变旧"。而王掌柜讲的是种大白菜和品尝美食,实质是说继承和革新的关系,强调要在革新中保留传统中"好"的东西;否则,如果改掉了好的东西,就是自己消灭自己。其实,看病、种白菜、品尝美食的辩证法,同样适合于文学。我想,这也是贾大山对中西文学传统和继承与创新关系的看法。难道这种看法是保守、落后的吗?

那么,贾大山对文学的认识和创作为什么会发生深刻的变化呢?

首先一点,是他有强烈的求新求变的内在渴望。这是促使他的创作发生深刻变化的内因和前提条件。谁也不能否认,贾大山是一个有见解有才情的作家,这使他具备了超越自己的能力。至于说他保守、落后云云,纯属误解。的确,贾大山在变中也有不变,那就是前面提到的"五个坚持"。虽然他依然坚持现实主义及其白描手法,但这并非保守落后,而是他在对文学有了更深刻的认识之后所做出的适合于自己的选择。因为，他懂得：是内容决定方法，而不能让内容服从方法；适合其他作家的方法，不一定适合自己。

第二点，1980年在"文学讲习所"的学习，是他对文学发生深刻认识的重要原因。在《我的简历》中，他提到在讲习所认真地读了几本书，虽然我们不知道他都读了什么书，但这些书肯定大大拓宽了他的艺术视野。还有和同学们的交流讨论，智慧的大山肯定会从中受益。虽然他当时曾编写诙谐幽默的段子来讽刺"意识流"，这恰恰说明他涉猎了西方文学并有自己的研究，这无疑会引起他对文学和自己的创作进行反思和再认识。

第三点，铁凝对他的启发。前面提到，1986年铁凝去看他，他给铁凝讲了几个故事，他没想到铁凝认为"很好"。这"很好"二字，我想给了他醍醐灌顶般的启发，使他认识到，原来这些尘封在记忆中的故事和人物，才是文学所应该去挖掘和表现的。于是，从1987年开始了《梦庄记事》的写作。铁凝的提醒和肯定，对贾大山在创作上的质变和突破的重要性是不言而喻的。这使我想起了当年张庆田给铁凝讲故事的事。张庆田讲的什么故事我记不清了，但我记得铁凝听完后惊喜地说：这是很好的小说素材呀！张庆田惊讶地说：这也能写成小说吗？铁凝的"惊喜"和张庆田的"惊讶"，说明了两个人对文学的不同理解和认识。

经过"沉寂"之后的贾大山，最大的变化是文学观念的变化，这种变化可以浓缩为"写生活"和"不图解"。他在《我的简历》中，说《取经》和后来发表的一些作品，都是写政治、写政策的。他虽然谦虚，说自己不善于总结自己，但却明确地表示："我不想再用文学图解政策，也不想用文学图解弗洛伊德或别的什么。我只想在我所熟悉的土地上，寻找一点天籁之声，自然之趣，以娱悦读者，充实自己。"

他此后的作品，也的确如此。

这就是贾大山在不变中求变的文学观。

三、贾大山小说创作的基本特点

1978 年，贾大山的短篇小说《取经》获得了全国首届短篇小说奖。他是河北省第一个获得全国奖的作家。此后，他在长达二十五年的创作中，写出了八十个短篇小说，一部中篇小说。作品数量不多，可以说是个低产作家，但却是一个高质量的作家。他的短篇小说是真正意义上的短篇小说，并且形成了其他作家不可取代的独特风格：简短、精妙、深刻，且风趣、幽默、有味道。因此，在短篇小说的创作中，达到了一个很高的境界。具体有如下一些特点：

第一，真实深刻，小中见大。他的八十多篇小说，犹如一幅幅连环画，把正定县城乡从 20 世纪 50 年代解放初期至 1990 年代中后期农民和县城居民、基层干部的生活状态清晰可见地呈现在读者面前。此间经过了公私合营、大炼钢铁、"四清"运动、60 年代的饥荒时期、"文化大革命"，直至改革开放。时间的跨度长达五十年。尽管五十年的历史动荡起伏，运动频仍，但他从来不直接写"运动"，而是写生活在历史的风云变化中的基层民众的日常生活和具有鲜明时代特征的人情、人性、人际关系，以及社会风气的变化和表现形态。

"小中见大"、真实、巧妙，是贾大山短篇小说在艺术上达到的高度，从而使他的作品成了历史变迁的"真实见证"。许多作品，虽然真实，但失之于笨拙；有些作品虽然精巧，却给人刻意雕琢之感。贾大山的小说则是真实和巧妙相得益彰，就是说，在真实中看出巧妙，在巧妙中体现着真实，且能在看似微不足道的琐屑的小事中，揭示出微妙复杂的人性和普遍存在的世态人心，在单纯的事件和短小的篇幅中写出人性的复杂性，故而能"小中见大"。这是非常难以做到和了不起的。我认为，他的短篇小说应该被列入中国新时期一流短篇小说的行列。

第二，弘扬真善美，批判假恶丑。文学不能改变现实，但优秀的作品却能够影响现实，见证现实，特别是能在潜移默化中影响人的精神世界，净化人的灵魂，帮助人们分辨美丑善恶，提高人们的文明程度和精神素养，从而推动社会的进步。贾大山深谙此理。所以，向往真善美，批判假恶丑，既是贾大山的人生理想，也是他的小说一以贯之的主题。但是，阅读经验告诉我们，许多弘扬真善美的作品存在着道德说教的弊端；许多批判假恶丑的作品又往往存在着一种倾向掩盖另一种倾向的片面性。总之，这两种作品，都把复杂的生活和人性简单化了。而贾大山的作品没有这种片面性，相反，倒是让我们看到了真实、复杂、难以言说的复杂性。在这类作品中，具体表现为两个"交织"：一是美丑善恶像拧麻花一样相互交织；二是讴歌与批判相互交织。贾大山向往真善美，致力于在生活中发现真善美，但他同时发现，真善美并不是孤立地存在，由于或受极左政治，或受落后习俗和传统观念的影响，总是与假恶丑的东西相伴相生，以致使真善美的东西往往带有瑕疵，即有"美中不足"，甚至被极左政治、落后习俗和观念所遏制。《云姑》中的云姑，是个年轻的媳妇，长得十分俊俏，而且勤劳、快乐，又很会过日子。在梦庄，谁家的东西被偷了，妇女们有上房骂街的习惯。这一次，云姑拉来准备盖房的沙子被偷了，云姑就上房骂街。叙述者"我"，平时听到别人这样骂，"我感到很新鲜，很有趣；现在，听着云姑这样骂，我感到很难受，难受得想哭！早春的寒风里，她的嗓音多么清澈，淡淡的月光下，她的身影多么柔美啊！"因此，"我"劝云姑：千万别骂了，你这样骂，把你的美破坏了；你的嗓子也很美，那是唱歌的嗓子，那么脏的语言，真不该从你的嗓子里出来！《梆声》中的路大叔，推着小车卖豆腐大半生，以"诚信"为本。他不识字，有人赊豆腐，便掏出一个小本子让赊者自己记。他相信"我不亏人，人不亏我，没人糊弄我！"有一

411

次知青们打赌要比赛吃五斤豆腐，路大叔怕吃出毛病来，先是不卖，无奈知青们非要买，他便偷偷耍秤头子故意少给。一天夜里，路大叔给知青们送来那次少给的豆腐，并告诉他们，从明天开始不卖豆腐了：

> "上头说了，推着小车卖豆腐，走的是资本主义道路。"说完，他走了，去卖最后一车豆腐。
>
> 那天晚上，路大叔的梆子声一直敲到半夜里。那声音很沉闷，很紧急，仿佛就在我屋后，在我窗口，在我心里……

显然，梆声具有象征意义，它是美好人性的象征。但极左路线却不允许它的存在。小说在这里结束，叙述者"我"的无奈、惋惜、愤懑和对梆声的怀恋也尽在其中了。而这，又何尝不是贾大山的心绪呢！

贾大山的深刻之处在于，他不是把真善美从假恶丑中提取出来进行讴歌，而是把真善美放到它的具体生存环境中来描绘它的存在样态。所以，他的作品总是歌颂与批判并举：在赞扬中有批判，在批判中有赞扬。弘扬真善美来自他对文学使命的理解和内心渴望；批判假恶丑则来自他对假恶丑现象的痛恨和深沉的忧患意识。

贾大山的文学批判涉及农村日常生活中的方方面面：1. 以《三识宋默林》《老路》《花生》《亡友印象》《梆声》为代表的对极左路线的政治性批判；2. 以《取经》《分歧》《一句玩笑话》《钱掌柜》《夏收劳动》等为代表的对干部作风的批判；3. 以《花市》《阴影》《杏花》《离婚》等对不良社会现象和落后愚昧习俗的批判；4. 以《西街三怪》《俊姑娘》《丑大嫂》《容膝》等为代表的对人性弱点的批判。

即便是早期写农村干部的作品，也是既有肯定，也有批判和否定，二者往往能形成强烈的对比。今天看来，《取经》不是贾大山最好的作品，但与当时的作品相比，还是很新颖独特的。这篇小说在 1978 年获得全国奖，原因至少有两点：1. 他触及了当时一个普遍性的、关系到国计民生前途的，然而许多干部还心有余悸却亟待解决的大问题，这就是所谓革命和生产的关系问题；2. 作品的构思新颖巧妙。李黑牛的治沙经验和方法本来是王支书创造的，是李黑牛从他那里学来的，现在王支书反要来向李黑牛取经。原因是，王支书在压力面前放弃了自己正确的想法和做法，而李黑牛却坚持了向他学来的经验。在鲜明的对比中，对当时干部中普遍存在"看风向"所造成的危害性，进行了批评和嘲讽。这样的作品，现在看来依然是很有新意的。

贾大山的文学批判，有两个突出特点：

一是批判对象不是直接指向假恶丑的制造者，而是它的受害者，因此他的批判不是揭露、鞭挞和控诉，而是在含着眼泪的微笑中的善意提醒和昭示。如批判干部作风的作品，或表现为"看风向"；表现为不负责任的"研究研究"；或表现为脱离实际的空头政治；或表现为"等红头文件"看领导眼色行事；或表现为虽时过境迁但看问题还是旧眼光；等等。所有这些又不是有意为之，而表现为积习难改，是在不自觉中的习惯性流露。在《梦庄记事》及其以后的作品中，更是从个人无意识和集体无意识中，去透视心灵被污染、扭曲后的形形色色的表现，如《俊姑娘》《丑大嫂》《游戏》《枪声》《老路》等。

二是他的批判目光，不是集中在那些明显的一眼便可看出的恶行上，而能从正常的平常的甚至是司空见惯的事物中发现其中的"反常"或不正常；善于从"是"中发现其中的"不是"来，因此他的批判有催人猛醒的独到性。

《杏花》中的杏花，结婚时，因为家里穷，又是三年困难时期，尽管不满意对方，但因男方家里存有一布袋萝卜，在娘的劝说下就嫁过去了。所以，她这辈子的婚姻并不如意。然而，熬到自己要为儿子娶媳妇了，她相中了一个闺女，许诺给女方丰厚的现代化彩礼，也不管对方愿

413

意不愿意，下决心一定要争取胜利。一布袋萝卜与现代化彩礼有什么本质区别？杏花却要把自己经历过的不如意的婚姻强加给人家。《离婚》写一对结婚不久的夫妇闹离婚。而在梦庄，多少年来，只有结婚的，没有离婚的。梦庄人为此很自豪。女人不好，打、骂、拧、掐都可以，但绝不离婚，因为是花了钱娶来的；女人也不离婚，她们受了丈夫和婆婆的气，就是一个"熬"字，相信熬得丈夫老了，婆婆死了就好了。现在乔姐提出要和路老白离婚，男人当然不离，人们也要劝阻。但丈夫、村支书，甚至公社秘书劝阻离婚时的问话如出一辙：都是一问"吃得生古不？"；二问"穿得生古不？"乔姐回答说"不生古"。而劝阻的人认为，只要吃的、穿的不生古，就是有感情；至于乔姐说跟着路老白"不自由"，他们一致认为那不是离婚的理由。《枪声》写十六岁的小林，因为强奸女知青未遂而被枪毙。小林犯罪的真正诱因是看了一张治男性病的坏帖子。而小林的父亲和亲属都把责任归罪于"我"。因为我看到小林没上学，就教他识字，还给他讲人的祖先是猿猴等科学知识。这本来是好事，但他们怪罪"我"的理由是：如果"我"不教小林识字，小林就看不了坏帖子；小林不看坏帖子，就不会犯罪被枪毙；所以责任在"我"。而且，理直气壮。这三篇小说让我们看到，一些落后、愚昧的习俗已经沉潜为梦庄人的集体无意识，他们深受其害，却不以为非，反以为是。

这就是贾大山的善于从"是"中发现"不是"，以及善意而又发人深省的批判。

因此，从总体走向上看，贾大山的批判，越到后来越为深入，即从政治性批判走向审美性批判；从批判某些基层干部的不良作风走向对人性和落后习俗的批判；从显意识层面深入到潜意识层面，从中去透视更具普泛性的人性弱点。

第三，对人性弱点及其复杂性的深刻揭示。20 世纪 80 年代，许多作家热衷于写人性，特别是写人性的复杂性。人性的确是复杂的。但那时许多作品把人性的复杂性理念化和抽象化了。认为好人坏人都是人，在坏人身上挖掘善，在好人身上找毛病。比如，那时兴起了一股写土匪的热潮，其共同点就是忽视或略去土匪的"匪性"，而专写他们的善行，其言谈举止不像土匪，倒像文人雅士。相反，有人改编《沙家浜》，故意抹黑阿庆嫂，认为这样才符合所谓人性的复杂性。其实，这种对人性复杂性的认识及其作品，强调的是坏人的"好"和好人身上的"不好"。所以，实际上是把真实具体的人性的复杂性简单化和单一化了。

在贾大山笔下，同样揭示出人性的弱点和人性的复杂性，让我们看看他是怎么写的。《老路》写的是生产队杀老牛和审问"四类分子"的情景。老路作为生产队的当家人，对一头老牛是那样地爱，那样地富有人情味儿。在杀与不杀的问题上犹豫不定。相反，对"四类分子"，却是那样地不讲人情和凶残。为了震慑敌人，他特意从旧货摊上买了一双钉着铁掌的大头皮鞋。他说，穿上这种鞋，不仅能够直接地打击敌人，光是那咯噔、咯噔的声响，就能起到震慑敌人的作用。所以，听到抓住了逃跑的路大嘴，他就脚一甩，换上这双大头鞋去审问，先是一脚把路大嘴踢得像一堵墙一样倒下，然后就是如下的惩罚：请罪（向毛主席）、驮坯、跪墙头、互相帮助（"四类分子"互相打耳光）。

恰在这时，有人让"我"来问老路到底杀不杀牛。请看这段描写：

> 没有回答。他望着天上的星星，站了很久，咯噔，咯噔，咯噔，走到院子东头的牲口棚里。饲养员睡熟了，他没有惊动他，悄悄地蹲在牛卧处。夜暗中，他伸长脖子，努力地看它；看了一阵，伸出手来轻轻地摸它。摸它的角，摸它的嘴，摸它的背……摸了一阵，一滴冰凉的大泪落在我的手上。

在这里，贾大山把审问路大嘴和杀牛这两件本不相干的事扭结在一起同时交替进行，在鲜明的对比中，同时彰显了老路的既善也恶的复杂性，而且二者之间的转换是自然可信的。在老路身上，善良的人性和被扭曲的凶残就这样交织在一起而难以分割。善良是老路的本性，凶残是他中极左流毒的结果。诚如那位高僧所言："人之初，性本善，路公亦然。"《亡友印象》中的路根生，与老路则是同中有异。路根生打起"四类分子"来也是毫不手软，抓住犯了错的男社员同样说打就打，说骂就骂，这是二者的相同之处。不同的是，老路善恶并举的所作所为是不自觉的自然流露，心里没有任何疑问，觉得本该如此。而路根生心里是矛盾的，他打"四类分子"下手很狠，但又要把被打者脸上的血迹擦洗干净，因为他不忍心让那年迈的母亲看到儿子脸上的血迹。路根生从不打骂妇女，作为支书的他，却最爱给人娶亲、送亲，谁家办喜事，他总是有请必到，并且总是表现得很活跃，或指挥着一群孩子去扒新娘的腰带；或在贺喜的妇女中偷偷点燃鞭炮吓她们一跳。而妇女们嘎嘎大笑着满院里追赶他，用拳头捶打他。"一时间，她们忘了他是谁，他也忘了他是谁了。"路根生为什么最爱给人娶亲、送亲？他告诉"我"说："这些年，总是批呀斗哇，天天像打仗！给人家当一天娶亲的、送亲的，我感到很快乐，就像到了另一个世界。所以，平日我对妇女们，特别好。你想，假如没有妇女们，娶谁呀送谁呀，人间哪有这种快乐？假如没有妇女们，我们的生活就更他妈的干枝燎叶的了！"

平日里，作为村支书，路根生不得不过批呀斗哇像打仗的生活；但他内心向往的则是平安、和谐、快活、其乐融融的生活。这就是路根生的内心矛盾。现实中的他是凶狠的；理想中的他则是和善的，而他的和善又不是仅仅埋藏在心中，而是通过为别人娶亲、送亲把内心的渴望变为虽然短暂却美好的现实。而老路，没有这样的内心矛盾。他的复杂性不是表现为自身的矛盾性，而是爱与恨、善良与残暴两种人性因素在老路身上的对立统一，并在特定的条件下相互转化。

《俊姑娘》和《丑大嫂》所揭示出的，则是人们没有意识到却是普遍存在的人性的二重性，即嫉妒心（人性弱点）与同情心（美好人性）的并存与相互转化。当俊姑娘玲玲美貌惊人的时候，招来的是妇女们的普遍嫉妒，叫她小白鞋、水蛇腰，工分给评最低的"六分半"；当她在一次劳动中受伤变成"拐姑娘"的时候，人们又不约而同地同情她了，对曾经用来贬损她的外号和说法，这时候的解释都变成了赞扬性的，并评她为"五好社员"。丑大嫂的遭遇与玲玲恰好相反。丑大嫂姓祁，因为左眼里有个"萝卜花"，才叫丑大嫂。祁大嫂为此也很自卑。但人们喜欢她，信任她，即便和男人摔跤，也没人怀疑她的作风。有一天，祁大嫂戴了一副淡茶色眼镜出现在人们面前，人们没想到遮住了"萝卜花"的丑大嫂，竟有出乎所料的"美"。而变美了的丑大嫂，也因此失去了人们对她的好感和信任。有人说她像"女特务"，有人怀疑她不正经，眼镜是"挣"来的。祁大嫂气得摘了眼镜，并说摔了。于是，人们又恢复了对她的信任。两三年之后的一个晚上，有人突然发现了"敌情"，原来有人瞧见祁大嫂的眼镜没有摔，正戴着眼镜照着镜子自我欣赏呢！你看，人们不管祁大嫂因为有"萝卜花"心里有多么自卑，多么想由丑变美，就是愿意看到她的"丑"，就是不能容忍她变美。

无须再举例分析了。贾大山这些探究人性奥秘的作品，是当时的同类作品难以望其项背的。

第四，闲和精益求精的创作态度。前者是说他的创作心态，后者是说他对自己作品的要求。大山只写短篇，二十多年中只写了八十多个短篇，平均每年写三四篇作品。一个短篇写完，他不急于拿出去发表，而是压在褥子底下，让自己继续思考，不断地修改，直到自己满意了才肯拿出来，而自己不满意的作品，是绝对不发表的。大山曾接受编辑的建议写过一个中篇《钟》，《长城》杂志决定发表，大山觉得不满意要求撤稿，编辑部只好很惋惜地把发排的稿子撤了下来。在市场经济的条件下，一个作家在创作时能够做到"气定神闲"不是一件容易的事情，为名、为利而写作的作家，是绝对不可能进入"气定神闲"的境界的。若问，贾大山的写作动力来自何处？用他自己的话说，就是"好这个"。这个"好"，就是"爱"。而贾大山的"爱"，如前所说，既是对文学的爱，也包含着对家乡和父老乡亲们的爱。而这两种爱，又是互为因果相互依赖难以分割的。

四、高尚的人格境界与精神

人格境界的高低，对作家来说极为重要。俗话说：文如其人。一个人格低下的作家，其作品不会达到高境界。作家的人格境界决定着作品品位的高低。因为一个作家写什么，对什么东西感兴趣，对自己所要表现的东西认识的深浅，都是由作家的人格修养（包括知识及其生活经验是否丰富）来决定的。

人们为什么至今还怀念贾大山？就是敬重和怀念他的人品。而他的作品，正是他高尚人格的体现。

其一，力戒"贪、怨"之心。所谓"贪、怨"之心，可谓人皆有之，只是程度不同而已。一切贪污腐败的产生，其根源皆在于此。《贾大山文学作品全集》中的第一篇小说《容膝》，写一对从农村来的年轻夫妻卖"容膝"拓片的故事。"容膝"出于大诗人陶渊明《归去来兮辞》中的"审容膝之易安"，意思是说自己回到老家不嫌房子小，容下膝盖儿就行了，拓片则是朱熹留下的墨宝。所以这"容膝"拓片很是畅销。可夫妻俩"偏不肯多进货，每次只进三五幅，一幅挂起来，其余藏在柜台下面"。若有人来买，都要先打量一番、交谈几句，才决定卖与不卖。这天先后来了两位买主，都被夫妇俩以"没货了"而拒绝。原因是，一个住房富余仍有"贪心"；一个因住房少而有"怨气"，所以都不配挂这"容膝"拓片。女掌柜认为卖萝卜的老甘挂这拓片最合适，老甘却说自己要盖新房，还想要买这买那，虽然没有"贪、怨"之心，却没有做到"易安"，是有所求了，觉得自己挂也不合适。于是夫妇俩一齐说："老甘，大觉人也！"在这里，两个买主明明有"贪、怨"之心而不自知，这是他要批判和否定的，并以此来告诫世人。但他没有否定老甘合理的"有所求"，所以仍然称赞他是"大觉人"。

其二，严于律己的"慎独"精神和"容膝"意识。"容膝"意识就是不贪不占，而"慎独"精神就是自己监督自己的自律精神，就是在名利的诱惑面前不为所动的定力。比如，20世纪80年代初，家里能安电话的很少，大山辞去文化局局长的职务后，主动让机关把家里的电话掐掉了。我曾问他为什么要这样做，他说不为什么，就因为自己不当局长了。掐掉电话，他心里才能安稳和踏实。大山对佛学情有独钟。他不仅在佛法研究中造诣深厚，尤为可贵的，是他那种自觉地用佛家的戒律来严格要求自己的自律意识和"慎独"精神。

其三，"入世"的情怀和"出世"的淡定。表面看，贾大山似乎是很矛盾的：一方面，他信佛学佛，力图脱尽自己的世俗欲望，真正达到不为各种诱惑所动的宁静淡泊的人生境界，在精神方面他的确是"出世"的；另一方面，就他的作品而言，毫无疑问是"入世"的；在现实生活中，先后出任县文化局局长和县政协副主席等重要职务，这样的身份和工作又使他无法脱离世俗。但对于贾大山来说，这矛盾的两极却不是对立的，而是统一在一起的。那么，矛盾的两极为什么能在他身上统一起来？它的"黏合剂"是什么呢？答案很简单：就是他对家乡及其父老乡亲们那种发自肺腑的近乎敬畏的深沉之"爱"。因为这种"爱"，他舍不得离开正定而调到市里或省里工作。他对我说："离开了正定这块土地和我熟悉的人，我到了省里还能写什么？还能干什么？"而当他看到一些基层干部以权谋私，鱼肉乡里的种种恶行时，曾产生过竞选乡长的念头，想当个"好官"，亲自治理一方水土，让老百姓过上富裕舒畅的生活。这个愿望虽然没有实现，但却说明贾大山骨子里是"入世"的，其根源就是对家乡和父老乡亲们的"爱"。因此可以这样说，其"家、国"之爱，使他具有"入世"的情怀；而自觉的自律即"慎独"意识，又使他能够具有"出世"的淡定和超然。在大山身上，这矛盾的两极就这样既相辅相成，又相互制约地统一在一起。

五、作家应成为"时代的儿子"

什么是真正的作家？这是我在研读贾大山时感受最深和反复思考的问题。在这个网络进入千家万户的时代，"写家"的数量之多，超过此前的任何时代。但在我看来，写家不等于作家；作家的写作也不应该被说成"码字"。作家，应该成为正义、光明、社会良知的体现者。所以，真正可以称为作家的人，一定要具有高尚的精神和人格境界，应该是文品与人品俱佳，即所谓德艺双馨。

真正的作家，首先要有"德"。用郑板桥的话说，就是"明理做个好人"。

清人郑板桥，五十二岁方得子。他爱子心切，也爱子有道，教子有方，特别突出一个"德"字。他在家书中写道："夫读书中举中进士为官，此是小事，第一要明理做个好人。"一个封建时代的官吏，居然能把"学而优则仕"这样头等重要的大事视为小事，而把"明德""做个好人"作为真正第一等重要的大事来对待，着实令人敬佩！也不能不引起我们关于作家为人和为文二者间的关系的思考。

简言之，为文务先为"德"。

真正的作家，就像别林斯基所说的，应该是"时代的儿子"。作为时代的儿子，自然应该热爱自己的时代，热爱自己的民族，热爱自己的国家和人民，且又放眼世界，胸怀天下。因此，作家的写作，从本质上说，应该是为时代而写，为人民而呼，而不是为谋一己之利，抒一己之情。其职责是发现真善美，弘扬真善美；批判假恶丑，消除假恶丑，从而推动历史的进步，提升人类的文明程度。

前些年，有人特别强调作家"自我"，而不屑于"宏大叙事"，反对充当"代言人"的角色。是的，作家不可失去"自我"。问题在于，作为作家的"自我"，究竟应该是一个什么成色的"自我"：是纯粹的"小自我"，还是一个涵纳着人民意愿和时代精神的"大自我"？如果是前者，那就配不上作家这个称号，他只能叫"写家"，而算不上"作家"；如果是后者，那么，作家的"小自我"和"大自我"并不矛盾，因为小我中有大我，大我中包含着小我。作家的写作，就是通过"小我"写"大我"。这是古今中外一切优秀作家和作品一再证明了的不二法门；一切传世之作，都是小我和大我的统一。

既然如此，真正的作家，就不能津津乐道于只向"小自我"的内心世界"进军"或曰"挖掘"，而要把个人之心融入民众之中，去观察，去体验，体察民情民意，在充满矛盾的实际生活中，去辨别什么是真善美，什么是假恶丑，把握事物的实质而不被现象所迷惑，从而在乱花迷眼、矛盾重重的现象背后，看到事物的真相，要分清什么是主流，什么是支流，唯其如此，才能把感性认识上升到理性认识，也才有可能在感性认识的基础上把握到体现时代精神的重要特征。而这样得来的认识和感受（包括情感体验），既属于作家个人的主观体验，也是作家对特定的社会生活和时代精神的感知和体验。由此而写出的作品，才可能是真实的、生动的、深刻的，也才能起到帮助人们认识世界、认识生活、认识自己和净化灵魂的作用。这样的作家，才真正属于"时代的儿子"。

真正的作家必须要有"定力"。所谓"定力"，就是作家要有自己的正确选择和坚守，在各种各样的诱惑面前不为所动。"定力"对当今作家来说非常重要，但也不那么容易做到。从社会层面来说，当今是经济社会，人们追求的是财富、物质和利益的最大化；而且外面的世界很精彩，充满了各种各样的诱惑。就文学层面来说，是纸媒文学、网络文学、广告文学，以及各种文学观念多元并存、相互影响的局面。置身于这样的社会和文学环境中的当今作家，有两个问题是无法回避的：一是为什么要写作，为谁而写作？二是在多种类型的作家中，你做什么样的作家？这都需要作家做出自己的选择。如果你选择做一个"真正的作家"而不当"写手"，这就需要有"定力"，因为，我们就生活在各种诱惑的包围之中。如果名利之心、贪怨之心、攀比之心不除，所谓"定力"，何来之有？如果没有严于律己的"慎独"精神，其"定力"又何能持久？

除了名利的诱惑，再就是当不同的文学观念相互碰撞、彼此褒贬之时，你是否有自己的文学坚守？

上述种种，就是我从贾大山的为文为人中得到的启示。

贾大山已经永远地离开了我们。但他那高尚的人格境界和严于律己的"慎独"精神，那种对人民、对文学发自内心的爱，那种精益求精的创作态度，却是我们永远不能忘却和丢掉的！

（原载《长城文论丛刊》2017 年第 1 期）

　　杨立元，唐山师范学院文学院二级教授，中国作家协会会员、中国文艺评论家协会会员、中国红色文化研究会理事、唐山市作家协会副主席。1979 年开始发表作品，1994 年加入中国作家协会。在《光明日报》《人民日报》《文艺报》《求是》《文学评论》《文艺理论与批评》《小说评论》《红旗文稿》等刊物发表学术论文 400 多篇，多篇作品被《新华文摘》以及中国人民大学复印报刊资料中心的《美学》《中国现当代文学研究》《文学理论》等刊物全文转载。出版《新现实主义小说论》《河北"三驾马车"论》《创作动机论》《滦河作家论》等专著 23 部。出版长篇小说《滦州起义》、散文集《家乡戏》《姥姥门口唱大戏》、报告文学《辉煌的金字塔》《情酬苍生》等 10 多部文学作品，在《青年文学》《长城》《当代人》等刊物上发表文学作品 100 余篇，发表文字达 1000 多万字。作品获中国文联第一届、第五届文艺评论奖，第七届河北省精神文明建设"五个一工程"奖，第十一届、十三届河北省文艺振兴奖，第三届孙犁文学奖，第二届河北省文艺贡献奖，第四届、第五届、第六届、第十六届河北省社会科学优秀成果奖等多项奖励，获全国五一劳动奖、全国师德先进个人、全国曾宪梓教育基金会优秀教师奖、河北省高校教学名师、河北省"五一"劳动奖等。

新现实主义小说论

◎杨立元

第一章　新现实主义小说总论

新现实主义小说是发生在 20 世纪 90 年代中后期的一个重要的文学现象。它以"三贴近"为创作原则，以深切的人文关怀、深刻的理性力量、鲜明的时代精神和当下的话语立场，着眼于中国社会转型过程中的艰难处境和重大社会问题，揭示现实生活中关系到党、国家和民族命运的深层次的矛盾冲突，生动地表现了广大党员干部和人民群众为改变历史现状和生存境遇所做出的不懈努力和拼搏精神，真实地反映了社会本质与历史发展的趋向，并在创作中积极借鉴和汲取其他各种创作方法中的可利用元素，将其有机而深入地渗透到现实主义诗学传统中，从而继承和发展了现实主义创作方法。因其以贴近现实、反映人生的创作倾向而引起了评论家和读者的高度注意和赞誉，他们把这种文学现象的出现称为"现实主义的冲击波""现实主义的重构""新现实主义文学思潮""现实主义的回流""现实主义的复归"等。还给予了各种称谓，如"新社会问题小说""体验现实主义""新现实主义文学"，但"新现实主义小说"的称谓得到了更多人的认同。这些生气勃勃、弘扬正气的现实主义作品坚持"二为"方向和"三贴近"原则，因而得到了广大人民群众的认同和赞扬。所以，它不仅是现实主义的冲击波，也是时代精神和主旋律的冲击波，革命文艺传统的"复归"。当然这种"复归"不是简单的重复和回归，而是进一步强化了现实主义精神，延展和拓宽了现实主义创作方法，使之更加适应时代的发展和人民的需要，因而表现出愈加旺盛的生命力和强劲的冲击力。可以说，它是世纪之交这个特定历史时期的产物，是现实主义发展到这个历史阶段的集中表现。进入新世纪以后，新现实主义小说也发展到一个新的阶段，作家的创作激情和"改良社会"的目的逐渐收敛到文学本体内部，更加注意用审美的功能来取代显明的功利目的，题材范围逐步扩大，艺术手法逐渐拓展，主题意蕴愈加深厚，使得新现实主义小说的创作没有减退和被其他的文学现象所替代，从而显现出一种新的发展态势。

一、贴近生活，与社会发展和谐共进

新现实主义小说的出现和发展始终与社会发展、时代进步紧密地联系在一起。它坚持"贴近实际、贴近生活、贴近群众"的创作原则，直面现实，追求对社会生活的"当下"理解和表现，坚持为人民抒写、抒情、抒怀，热切关注国家、民族的现状和前途，深切关爱人民群众生活命运，深刻时代的进步要求和人民进行改革的伟大实践，以多重的审美视角和多样化的艺术形式观照和反映社会生活。

新现实主义小说发轫于 1995 年，其标志是刘醒龙的《分享艰难》、何申的《年前年后》、谈歌的《大厂》和关仁山的《大雪无乡》等作品的发表。在 1996 年以后，随着河北的"三驾马车"在文坛的迅速崛起以及张平、周梅森、陆天明、柳建伟、张宏森等人作品的集束出现，形成了强烈的"现实主义冲击波"，并产生了"反腐小说""官场小说""下岗文学""打工文学""新乡村小说""贫困大学生文学"等多种文学形态，出现了《苍天在上》《大雪无痕》《车间主任》《抉择》《人间正道》《至高利益》《中国制造》《英雄时代》等一系列作品，成为透析历史发展境况、反映现实社会形态的一面镜子，也成为文学发展的主潮。

新现实主义小说的出现并无理论的张扬，也没有官方的推举，更多的是民间和民众的认可。它在各种文学思潮和纷繁的文学式样的角逐中，于不经意间悄然崛起，迅速地填充了人们的审美需求，开拓出了一片崭新的文学空间。它以深切的人文关怀、当下的话语立场，切入转型期的艰难而苦涩的社会现实，在深刻的理性中，把"人民文学"与"人的文学"结合起来，把人民的历史主体性与个人主体性融会成统一的文学话语，从而开创了现实主义文学的新局面。

新现实主义小说在 20 世纪末的语境中突然崛起，"它们面对正在运行的现实生活，毫无掩饰、尖锐而真实地揭示以改革中经济问题为核心的社会矛盾，并力图写出艰难竭蹶中的突围，它们或写国有大中型企业，或写家庭化的私人企业，或写一角乡镇，全都注重当下的生存境况和摆脱困境的奋斗，贯注着浓重的忧患意识，其时代感之强烈，题材之重要，问题之复杂，以及给人的冲击力之大和触发的联想之广，都是近年来所少见。"[1]这些"作品充满了浓烈的当今实际生活的气息，表现出经济和文化转型过程中我们这个时代的勃勃生机，同时也写出了这一过程中普通民众的痛苦和艰难。转型作品在这一段时间里相对集中地出现，不约而同地提示出相似的矛盾和问题，形成一定的阵势，掀起一股现实主义的冲击波。这一股现实主义冲击波所传达的感情容量，突破了个人日常生活的琐碎、得失、悲欢，而表现出对我们共同承担的社会现实的真切忧思"[2]。新现实主义小说真实而深刻地表现了我们国家在社会转型期所经历的阵痛以及所面临的重大社会问题，尤其是基层广大群众的生活境遇和心灵创伤，让人感到了一种强烈的忧患意识和救赎的责任。同时也深刻地揭示出了 20 世纪末的中国物欲膨胀、精神萎缩，物质进化、道德退化这个阻抑社会发展的巨大矛盾及产生的原因和危害。这对我们深刻认知我们所生存的社会及如何疗救社会的弊病，无疑有着重要的启示意义。

进入新世纪以后，新现实主义小说表现生活的厚度和精神的力度较之以往都有所增强，使之更加贴近实际、贴近生活、贴近群众。过去有的作品显得促狭短视，缺少诗意的美感和史诗的厚重，现在这种缺憾经过新现实主义小说作家多年的心灵营养和艺术修炼之后已经有所改观，他们更加注意探寻人的心灵和时代的真相，追求宏大叙事和史诗意识，创作出了一些内涵厚重、人物典型、充满诗意的作品，如关仁山近年来深入农村、关注"三农"，创作了许多农村题材的小说。他说，自己如此关注"三农"这个题材，也是出于一种责任感，"实际上我写农民也是写这个大时代，这个大时代里农民的喜怒哀乐，人情变迁，命运史和精神史。""农民是我们国家的人口主体，现在城镇化解决农民进城的问题，对他们的喜怒哀乐和他们的命运我们要给予关注。"[3]何申的"乡镇干部系列"小说对乡镇干部美质的表现也在不断拓宽和深化，塑造了许多为建设社会主义新农村的乡镇干部，为新世纪文学画廊增添着一个个鲜活动人的形象，使这些肩负"三农"重任的基层干部群体愈来愈受到读者的瞩目和欢迎。如《乡长丁满贵》中的乡长丁满贵，《女乡长》中的乡长孙桂英，《调节》中的乡调解员包德林，他们为民分忧、为民解难，与时俱进，认真践行上级建设社会主义新农村的要求，成为社会主义新人，作者力图在这些人物的生命历程中注入丰富深邃的社会历史意蕴，使人物形象具有典型的生命意义和美学价值。再如，周梅森的《绝对权力》《国家公诉》，张平的《国家干部》，陆天明的《省委书记》，刘醒龙的《天行者》《圣天门口》，吕雷、赵洪的《大江沉重》，谈歌的《激情年代》，关仁山的《共同利益》，何申的《田园杀机》，阿宁的

427

《城市季节》《天平谣》，关仁山、谈歌的《人生在世》等，就是具有丰厚时代意蕴的长篇小说。这些作品的着眼点依然聚焦在时代的主旋律上，表现出了社会发展的前进方向和必然趋势。

无独有偶，中国新现实主义小说出现兴起的同时，在俄罗斯、美国等国家也相继出现了新现实主义文学现象。1992 年，俄罗斯文学理论家卡连·斯捷班尼扬在《作为后现代主义终结期的现实主义》一文中，肯定了一种新的文学现象，即后现代主义因素有机而深入地渗透到现实主义诗学传统中，两种好像完全对立的艺术体系相得益彰。他称此为"新现实主义"。1993 年，著名评论家巴·巴辛斯基在《回归：关于现实主义和现代主义的论战性札记》一文中，也同样使用了"新现实主义"这一术语，并把当代一些作家归入其中。他们的文章引起了很多人的应和。俄罗斯科学院高尔基世界文学研究所的文学理论和批评家谢尔盖·卡兹纳切耶夫发表《"新现实主义"和当代俄罗斯文学语言》，认为应当把现实主义作为一个不断更新变化的创作方法来看待。这样说来"新现实主义就是在当前的社会和文学语言发展阶段的现实主义"。同年，作家谢尔盖·沙尔古诺夫发表《反对送葬》，提出后现代主义濒死。"在年轻人的小说中……重又感受到以前的传统文学。新现实主义！"之后，作家朗曼·谢恩钦又在莫斯科作家协会成立大会上发表声明《新世纪第一代文学》。声明中称："我们文坛上统治了 10 年的后现代主义走向颓势……许多后现代主义的辩护士在他们最近的作品中都失望地转入现实主义的轨道。但今天的现实主义已经不再是 20 年前文学研究教科书上的现实主义，评论家给了它一个新的名称，虽然不是很合适，但姑且就用它一下——新现实主义。"2003 年 10 月，他又在《文学的俄罗斯报》上发表《新现实主义者们》一文，认为新现实主义是今日俄罗斯文学众多流派中的一个，它最年轻，也最具发展前景。一些评论家认为："关于 20 世纪末新现实主义的诞生应当引起足够的重视。这个消息会唤醒文学生活。评论界在痛苦的沉默状态下长久地寻找合适的词语，现在看来这个词语找到了，就是'新现实主义'。"[4]在王守仁主编的四卷本《美国文学史》中明确地指出："70年代以来，有一部分作家在坚持现实主义基本原则的同时，吸收，借鉴，消化实验主义小说的创作思想和方法手段赢得了'新现实主义'小说家的称号。"陈彦旭的《美国新现实主义小说之概念与特征初探》也指出，"在多部'美国新现实主义小说'中都蕴藏着一股强大的道德回归与重建意识，体现出了新现实主义小说家悲天悯人的情怀，直面现实的勇气，对秩序的渴望和对人性的充分乐观与自信。在美国新现实主义作家中菲利普·罗斯可以称得上开先河的一个人物。他的《美国牧歌》可称得上新现实主义的代表作。"高婷在《当代"伊甸园"的困惑——菲利普·罗斯新现实主义小说〈美国牧歌〉解读》中这样评价本书的作者："他既秉承现实主义传统，又吸纳运用现代主义，甚至后现代实验小说的某些技巧，逼真再现了几代犹太移民美国梦幻灭的过程，表现出明显的新现实主义倾向。"[5]

应该说，中国的新现实主义小说在世界文学的语境中与国外的新现实主义小说有许多相似和接近之处，它既是对传统现实主义的延续和拓展，也是对其他文学现象的纠正和反拨。它在现实主义精神的统摄下，把"人民文学"与"人的文学"完美结合，把人民的历史主体性与个人主体性相互融会，从而完成了世纪之交的文学从先锋到大众、从个人到社会、从调侃到关怀、从对生活表象的摹写到生活本质的开掘，因而得到了人民群众的认同和赞扬，写出了世纪之交中国的各个领域的真实境况。如反腐斗争，在《省委书记》中通过省委书记贡开宸这一为了党和人民的事业勇于牺牲、锐意改革、敢于同腐败作斗争，不计个人得失，积极扶持和提拔年轻力量的党的高级干部的形象，全面、深刻地表现了我们党的高级领导干部的思想境界和远大襟怀。他通过"大山子冶金公司"的亏损问题追查，追寻出了以省委副书记潘祥民为首的腐败集团，深刻地揭示出了腐败积重难返，就在于我们党的一些高级干部成了腐败的根源，他们深藏在幕后，以道貌岸然的假象迷惑人们，只有我们付出巨大的代价，甚至是牺牲才能取得反腐败的胜利。《大雪无痕》则是塑造了方雨林、丁洁、廖红宇等普通群众的反腐来表现反腐败的艰巨性的，他们把反腐败作为自己的神圣使命，坚信如果反腐败从我做起，腐败就不会得逞，也才能使腐败失去权力的庇护，达到防止和根除腐败的可能。正是这样一群在不同的工作岗位上，为了国家和民族的前途，为了党和人民的利益，敢于向腐败——这个最大社会问题进行殊死斗争，积极推进改革进程的无私无畏、性格鲜明的反腐勇士，给我们以前进的力量和信心，让我们看到了美好的生活前景，看到了我们党和我们国家的无限生机。再如农村改革，《天高地厚》深刻地反映了农民在市场经济的冲击下自身命运的变化和精神世界的拓宽，真实地摄录了农民在社会进程中行进的沉重步履和心灵流变的艰难历程。作品以三个家族、三代农民的感情纠葛、命运遭际为主线，表现出了农民对家园土地的深切依恋、保护和开发，对悲苦命运的不屈、苦斗和奋争，深刻地揭示出了古老的土地在今天巨大的历史变革中所显现出来的内蕴：传统意义的农民和传统方式的农业正在减少和消失，新一代的产业农民和立体农业、绿色革命正在形成和兴起。这就是中国农民和农业的范式和走势。作品集中塑造了有理想、有抱负的新一代农民的形象，在他们身上凝聚了中国农民的美质，鲜明地体现了农民的理想和要求，代表了先进的生产力和历史发展的必然趋势。《日头》生动地描写了冀东平原日头村近半个世纪波谲云诡的巨变，通过金家、权家、汪家、杜家几代人错综复杂、交缠纠结的关系图谱，鲜活地再现了中国社会转型时期北方农村斑斓多彩、震撼心魄的生活画卷，表现了传统乡村文明逐渐瓦解的过程和新的乡村文化建构的艰难历程，是"乡村中国的深度书写"。如《日头》获 2014 年度"中国作家出版集团奖"后的评语中所说的那样：

"《日头》是对中国乡村近半个世纪以来的一次完整的艺术呈现。在艺术上,作者将现实的探寻与精神的漫游、物质的批判与文化的想象、正史的端庄与野史的奇异有机结合,使小说焕发出一种别样的艺术魅力,为乡土中国文学提供了崭新的空间。"

由此可见,中国的新现实主义小说不是一种孤立的文学现象,而是在世界文学语境中与其他国家的新现实主义作品遥相呼应,成了一种世界性的文学思潮,并方兴未艾。因而,这需要我们对中国的新现实主义小说在更深层面,更广阔的范围内进行细密梳理和全面归结,以及较为完备的理论阐释、科学论定和体系建构。这不仅会给新时期以来中国文学史的续写提供重要参照,使现实主义在新的历史语境中得以开拓和创新、深化和发展,同时也会对 21 世纪中国文学的发展、繁荣产生积极的促进作用。

二、贴近群众,与人民"分享艰难"

新现实主义小说表现出了一种浓重的与人民群众"分享艰难"的人文精神。这种精神既是千百年来中国文人"先天下之忧而忧,后天下人之乐而乐"的忧患意识的延续,也是在 20 世纪末这个历史转型期所表现出来的一种具有社会新质的文学品格。

人文精神作为一个精神范畴,虽然在不同的历史时期和不同的国度、民族、地区有着不同表现,但也有一个恒定的要义和普遍的标准。周国平教授在国家行政学院的讲演中曾这样讲:从通用的角度讲,"人文精神是一种普遍的人类自我关怀,表现为对人的尊严、价值、命运的维护、追求和关切,对人类遗留下来的各种精神文化现象的高度珍视,对一种全面发展的理想人格的肯定和塑造",是"一种关注人生真谛的和人类命运的理性态度,它包括对人的个性和主体精神的高扬,对自由、平等和做人尊严的渴望，对理想、信仰和自我实现的执着，对生命、死亡和生存意义的探索等"。简而言之，人文精神就是以人为本，以文为魂。人文精神是人与其他动物的最重要的区别，是人性力量、文化素质、人类文明的具体表现。人之所以是万物之灵，就是因为它有人文精神。因此，人文精神是构成一个国家、一个民族、一个地区文化个性的核心内容；是衡量一个国家、一个民族、一个地区的文明程度的重要标尺。它突出地表现在社会实践中积极促进人的进步、发展和完善，使人的价值得以全面体现。也就是说人类在按照美的规律改造客观世界的同时也在不断地丰富自己、完善自己、拓展自己、提升自己，使之从"自在"的状态发展到"自为"的状态，从而成为一个人文素质不断发展、人文力量不断增进、人文精神不断提升、人文内涵不断丰富的全面发展的丰富的人。

在 20 世纪末这个特殊的语境中，对于所出现的下岗工人、失去土地的农民、贫困大学生、打工者这些弱势群体，新现实主义小说作家体现出了"一种对于人类发展前景的真诚关怀，一种作为知识分子对自身所能承担的社会责任与专业岗位如何结合的整体思考"[6]，用作品温暖着那些被人冷落的弱势群体的心灵，给他们以精神的抚慰，并发出了发自肺腑的心声。如同谈歌所说："经济体制改革打破了'铁饭碗'和'大锅饭'，使企业进入市场经济的漩流中，优胜劣汰的残酷竞争，使工矿企业和工人的生存状态明显分化。正是这种社会环境的变化促使我写这些小说，对于他们的困难、烦恼及欢乐，我不吐不快。"[7]胡学文也说：我们的文学作品应该"是一种心灵的疼痛和疗救密切相关的精神现象。它发现苦难和不幸，并通过诗意的手段，帮助人们超越苦难，摆脱不幸，最终获得内心的解放与安宁"[8]。对于新现实主义小说作家这种与人民大众"分享艰难"的情感向度，有的评论家这样赞誉道："这类小说之所以能够以情感人，是因为与作家们对待生活与艺术的认真态度有关。他们绝不游戏生活，绝不草率轻狂地玩弄艺术，无意奢求脱离生活背叛现实的、自以为是的个人价值与自我，而只是甘愿做芸芸众生中的一员，与他们休戚与共，为他们代言。……乐于对处于困难之中的普通人给予'真诚而深切的关怀和同情'，并进而去发掘'生命底蕴中的慈与爱、宽广与容纳'，对于无私分享艰难的'大善'进行热烈但又蕴藉的讴歌"[9]。

新现实主义小说作家首先将关爱的目光投放到在由计划经济向市场经济转型过程中付出了巨大牺牲但未获得应得利益却受到伤害的人们的身上，正视和同情他们的不幸，给了他们精神的抚慰和正义的伸张，为他们鼓与呼。关仁山认为："农民可以不关心文学，但文学不能丢掉中国农民。"他作为一位长久关注当代乡村生活变迁的作家，对当下中国农民的出路、中国人的精神状态和精神困境进行了深度探寻和思考。谈歌认为，在目前的社会境况中，"当代中国的作家，所承担的历史使命比以往任何时代的作家更为艰巨，我们应该也必须使人民群众真正成为文学表现的中心"。正是这份与人民分享艰难的浓厚感情使得他们在创作中书写人民群众的生存状态，热切关注他们的苦痛。如《抉择》中的在中纺干了一辈子的老工人、老劳模，穷困潦倒，住在 20 世纪 50 年代的小平房里，还有好多工人病了连药都买不起，他们的孩子连学也上不起，甚至连工资也得不到。谈歌的《大厂》中的"小魏的女儿得了白血病，要做手术"，却无钱医治；《年底》中披肩发女人的丈夫被车撞断了腿"在医院躺着"，"厂一年多不开支"，女人只好去陪舞挣钱。对这种生活现状，群众愤懑不平，困惑不解。如《年底》中车间主任老吕曾叹道："这改革越改越不像话了，改得工人医药费医药费报不了，工资工资开不了……我真是想不透。"作者不仅正面揭示了下岗的原因，也对下岗工人给予极大的疼顾和关爱之情。如作者所说：我的作品"是为工人而写作的"。应该说，市场经济促进了中国经济的发展，但也导

433

致了社会的不同机制在整个过程中的一些不平衡，这也就必然给生活在底层的群众带来物质和精神的一些不平衡。他们与白领阶层、企业主、名歌星影星们的生活距离愈拉愈大，甚至成为市场经济的"牺牲品"。下岗失业、打工受雇佣在他们那里随时都成为一种可能，不得不饱尝被人歧视和损害的包身工的滋味。作家们对此表示出了深厚的悲悯之情，并将这种情感灌注到作品中，呈现出哀伤和凄楚的色调。如《学习微笑》写的是为了不使工厂破产，厂领导让李小水等有姿色的女工学习"三陪"，强装笑颜去迎合港商的卑劣要求，反映了即将下岗的工人苦不堪言的现状。《太极地》里合资企业中的工人因受外商侮辱而联合起来反抗时其结果是中国民工向外商赔罪，在 20 世纪末的中国再次上演包身工的悲剧。《奔小康的王老祥》中 10 年前村干部因吃喝欠银行的款却硬性栽到簸箕沟 10 户村民的头上，使他们被迫去应诉，结果是法院判村民败诉，反映了时下的农民饱尝艰辛、不堪重负的境况。

新现实主义小说不仅展示了生活在社会底层人们生活的窘迫，也展现了他们的高尚的人文情怀。如《人生在世》描写了一些下岗工人所显现出来的积极奋争、自强不息的人生态度和行为，表现了人的命运无法选择，但人可以改变命运的坚定信念。刘大龙、牛子、郭秀敏等下岗工人以坚韧顽强的意志和不屈不挠的抗争精神创出了自己人生的一条新路，提升了自己命运的价值。表现出了"人生在世不容易，活好活坏在自己"的这一普泛的人生道理。这个生活在社会底层的弱势群体，是在困境中站起来挺直了脊梁的"硬汉"。作品中交织着亲情、友情、爱情的酸甜苦辣，流溢着人性、人伦、人欲的复杂情感。正是刘大龙这些生活在底层的下岗工人，一方面面临复杂的社会转型期的困惑和折磨，另一方面又默默地承受着物质和精神的重轭，艰难跋涉，奋力前行，较之那些庸俗和腐败的"肉食者"不知高贵了多少倍。如《老同学三篇·张建国》中表现了曾是大学毕业具有副高职称和当过副厂长的张建国在工厂破产以后，谢绝了他人的帮助，神情坦然地先是靠拉三轮后又在大街上擦皮鞋生活，不给国家也不给他人添麻烦。正是这样，这些作品所展示的不仅仅是基层群众下岗后的苦痛，更多的是在这种苦痛生活中的人们与国家和人民分享艰难与命运抗争的伟大精神。再如胡学文《透明的悬崖》中的小饭馆老板杨苗，在底层的生活苦斗奋争中，用自己所能做到的一切来尽全力看护好家乡出来打工的女孩子们。虽然一次次被伤害，但仍用自己的善良厚待他人。《极地胭脂》中的唐英以宽宏大度的态度应付他人的自私、狡猾，以勤勉敬业的精神影响着身边的人。她将金钱看得很淡，将工作看得很重。她精于医道，深责自己工作的失误。她拒绝名利，拒绝世俗，甘愿在底层当兽医。这些作品既让我们看到世俗现实世界的强大，也看到了底层人物人性的光芒。他们的这种行为更多是出于人性良知和中国传统道德的继承。尤其是《凤凰琴》《天行者》都是以大山深处的乡村小学为背景，生动真实地表现了他们丰富的内心世界以及灿烂的人性光辉，他们成为"在20世纪后半叶中国大地上默默苦行的民间英雄"，谱写了一曲感天动地的悲壮之歌。凡读过这些小说的人，无不为作家笔下乡村民办教师们质朴坚忍、无私忘我的生存毅力和精神品质所深深感动。尽管这些民办教师都想转正"吃皇粮"，竭力摆脱"民办"的桎梏，但是他们并没有因为转正而放弃自己的神圣责任，而是如牛负重般承担着繁重的教学任务，心甘情愿地担承着"身为人师"教化作用，生动地表现出了民办教师的伟大的人文情怀。

这种分享艰难的精神不仅表现在这些普通百姓身上，更表现在一些领导者的身上。基层领导者是党的政策的具体实施者和共产主义精神的具体体现者。在社会大环境失调的今日，他们的为官也是一种承受精神苦难和解决人民疾苦的艰难历程，甚至是充满悲剧色彩的生命和精神涅槃的过程。作为一个领导者，他们企望在国家、民众和个人之间找到一种妥协和共识，以化解困难，走出困境，但在现时的社会环境里，任何简单的解决方案或一步到位的措施都是难以奏效的，有时只能以他们的牺牲才能唤起民众，激扬民族弱化的心灵。如《城市》就充分显现出各级领导干部对下岗工人的关心和爱护。市长杨海民和副市长方与林虽有很深的宿怨，但为了解决全市下岗这个重大而又紧迫的社会焦点问题，俩人齐心协力，为民解困。在《城市行为》等作品中，也表现出了各级领导干部对下岗工人的关心和爱护。在这些作品中，作者对"下岗"这个焦点问题进行了深入的思索、透视，并渴望找出某种解决的途径，给人以精神的感悟和启迪。尽管这是一种情感式的方式，但作者的热望和期盼感人至深。这些作品更重要的价值在于唤起人们对社会共同的根本利益的体认，以凝聚起风雨同舟的社会情感。作者在告诉我们，在社会转轨时期，我们是要付出沉痛代价的，但人间真情不能丢掉。"人爱人、人帮人"的共产主义精神是我们推动社会前进的动力。只有发扬这种精神，才能保持和发扬企业职工的积极性和创造性，抑制市场经济带来的病毒，也能使企业摆脱困境，走向辉煌。《破产》中的副镇长高德安为了拯救濒临倒闭的城北轧钢厂，东奔西跑，化缘集资，力图扭亏为盈。他见到工人们为了救住院的孩子，有的去陪舞，有的去卖血以筹措治病的钱时，心如刀绞。他倾尽血力，以身殉职，但终未能挽救工厂破产的命运。因为破产的原因不仅在于经济环境的失调，最主要的症结是官场的腐败。社会的困境并不是某一个人所能消除的，但是这种实践主体在严重矛盾斗争中显现出来的强烈道德倾向和精神力量是撼人心魄、催人泪下的。

这种牺牲精神还表现在这些基层领导者对丑恶行为的被迫屈从和妥协上。他们置身于公共领域中，力图以多方面的沟通来化解矛盾，寻找凝聚团体的共识。可他们不是一呼百应的改革英雄，而是置身于世俗社会中的现实人。他们无法把自身的价值尺度和道德准则强加于人，而只能立足于当下集体发展的现实利益。所以在他们的身上背着沉重的十字架，精神也被裂变为双重状态：一方面他们要以人格的力量和牺牲精神感召群众；另一方面为了企业的生存，他们又不得不苟同世俗，屈从丑恶。《大厂》中的吕建国为了订合同，客户"要什么"就陪他们干什么，甚至客户因为嫖娼被关押，他还要托人弄脸去赎人。尤其是《分享艰难》中的孔太平为了保住全镇经济不崩溃而不得不放过强奸他心爱表妹田毛毛的企业家洪塔山，最后他只能跪倒在受害者面前乞求原谅。这又何尝不是一种牺牲呢？对丑屈从，对恶妥协，这种被迫无奈的结果使他们心灵遭受了巨大创伤。但这种行为绝不是故意放纵和随波逐流，而是在物欲横流道德欠缺的异化环境里所做出的极度痛苦的选择。对吕建国、孔太平等人的生存境遇和人生悲剧，我们不能不同情和感伤。他们不是救世主，也无力拯救"大厂"和乡镇经济，只能以这种巨大的牺牲精神和强烈的忧患意识与群众分享艰难，共渡危难，承受社会转型期的磨难和痛苦。这大概是他们的唯一选择。

三、贴近实际，深刻揭示社会生活的本质和社会矛盾的深层

新现实主义小说显现出了一种深刻的理性力量。这种深刻的理性力量一方面来自作家们深刻的感知力：他们能敏锐地洞视社会的发展趋势和阻抑社会前进的病因，揭示现行阶段的特殊规律及时代特质；另一方面来自他们深厚的情感力：他们饱含激情，同情弱小，鞭挞丑陋和恶行，直逼现实生活中的阴暗和腐败，并且能把这二者很好地融合在一起，正如别林斯基所说："在美文学方面，只有当理智和感情完全融洽一致的时候，判断力才可能是正确的。"[10]正因为如此，他们的作品才显示出了深刻的理性力量，揭示出了社会生活的本质和社会矛盾的深层，达到了一种对历史必然性的认识。这种理性力量表现在对社会矛盾的深刻认知和破解上。在中国由计划经济向市场经济的转轨过程中，不

仅使得社会转型，也给人们的生活方式和思想观念、价值追求带来了巨大的变化，各种社会问题也接踵而至。尤其是腐败问题成为最大的症结，如何反对和根治腐败也就成为新现实主义小说作家关注的焦点。初期的反腐小说，如《苍天在上》还仅仅局限于对腐败的揭露和批判，展示了反腐败的斗争的尖锐性和复杂性，而后期的一些反腐小说则更为深刻地揭示了更深层次的社会问题，对滋生腐败的根源和如何杜绝腐败的产生作深层的理性思索，并提供反腐对策的支持，让读者能够更为深刻地认识社会。如《大雪无痕》围绕股票行贿受贿案和北方某市常务副市长周密杀人案，展开了曲折复杂的故事情节，反映正义战胜邪恶的历史必然趋势，从独特的角度对腐败产生的根源进行了冷峻的思考和深刻的探索。《十面埋伏》则告诉我们："中国社会在法治建设的道路上充满了地雷阵。一个国家的性质由社会力量的对比所决定，到底是谁埋伏谁？是人民的法律埋葬了人民的败类，还是人民颠覆了人民的法律？法律是社会的保护神。"这样，作品就"在一个更深刻的意义上进行探究"[11]。在这一方面，《绝对权力》表现得最为突出，作品首先无情地揭露了"权钱结合、官商勾结"给国家和人民所带来的巨大危害。官僚用权力换取经济利益，成为腐败的资本；商人用金钱笼络权力，使自己有靠山，以获取更多的资财。这是腐败分子共同遵守的腐败模式："权力和财富的结合，不断创造着权力和财富的双重奇迹"。在这里权力成了商品，商品可以置换权力。作品还形象地揭露了这种官商勾结带来的巨大恶果：国有企业濒临破产，资不抵债，腐败者骄奢淫逸，花天酒地，工人们生活无着，面临下岗。这种严重的贫富不均，导致社会不安定和改革不成功。造成这种恶果的原因，正是中国目前的政治和经济体制还不完善，对权力缺乏有效的监督机制和法律约束，使得一些执政者上无"尚方宝剑"有力震慑，下无人民群众的有效监督，于是"一朝权在手便把令来行"，有恃无恐地把党和人民赋予他的职责变成了"绝对权力"。这正如有的评论家所说："《绝对权力》中表现了对中国当今不正常的经济现象的反思。正是因为中国目前的政治和经济制度还不完善，作品中这些具有高智商而又缺乏责任感的'管理者'们便可以胡作非为，有恃无恐了。"[12]作品在深刻地揭示"失去有效监督的绝对权力必然导致绝对的腐败"这一重要主题时，也告诉人们："坚决惩治和有效预防腐败，关系人心向背和党的生死存亡，是党必须始终抓好的重大政治任务。全党同志一定要充分认识反腐败斗争的长期性、复杂性、艰巨性，把反腐倡廉建设放在更加突出的位置，旗帜鲜明地反对腐败。"《抉择》则通过省委书记万永年的总结性讲话，对小说主题话语作了最为明确的宣示："目前发生在经济领域里的腐败，不仅正在腐蚀着我们的社会，腐蚀着我们的人心，而且正在腐蚀着我们的权力，腐蚀着我们的政党"，"只有彻底地清除腐败，搞好廉政建设，才能使我们的社会更加稳定，才能使我们的改革更加深入，才能使我们的国家更加繁荣，才能使我们的人民更加富强！"

新现实主义小说作家大都身处社会矛盾的漩涡中，他们也是社会磨难的经历者，所以能以自身的经历和感怀写出市场经济给社会结构和群众生活带来的变化，所以当他们的作品进入读者的审美视野后，立刻产生了轰动效应。一位工人读者称赞谈歌的作品"把国有企业在一个特定时期所经历的阵痛写得酣畅淋漓细致入微，把企业内外形形色色的人物塑造得栩栩如生、生动感人"，"这是我们身边的生活"[13]。但忠实地写出社会的实况并不是新现实主义小说作家的最终目的。对一个有强烈责任感的作家来说，重要的是对在社会进程中所出现的重大社会问题和矛盾给予及时的揭示，并寻出破解或疗救的办法。不仅帮助人们在生活上探求摆脱困境的出路，更要在精神上给他们找到走出困顿的途径。新现实主义小说作家做到了这一点。他们在用深切的内心体验审度深隐的生活实相后，也在用审美的形式提供一种解决的可能。如谈歌的"大厂"

系列小说中鲜明地表现了作者的审美向度和精神追求。那么，该如何解决工厂破产和工人下岗问题呢？那就是继承和发扬中国工人阶级长期以来所形成的无私奉献、团结友爱、互相帮助的优良传统，并赋予其新质，重新建构一种新的美德。用这种精神凝聚力量、召唤人心，战胜转型期的困难。在《大厂》及其续篇中我们看到了希望和力量，看到了人间的真心和真情。它的价值在于"写出了困境中人们的种种心态和不屈不挠的苦斗精神，写出了人们在患难中的真情"并"致力于价值重建"[14]。尤其是当红旗厂要被环宇厂兼并时，作品通过吕建国与章东民市场无情人有情的对话告诉我们：按市场经济规律办事，我们是要付出沉痛代价的，但人间真情不能丢掉。"人帮人、人爱人"的共产主义精神是我们推动社会前进的动力。只有发扬这种精神，才能保持和发扬企业职工的积极性和创造性，才能抑制市场经济带来的病毒，并使企业摆脱困境，走向辉煌。

中国农业是国民经济的基础，农民问题是中国的最大问题，是中国现代化进程中最紧要、最艰巨的症结，所以关怀农民、关注农村、关心农业的"三农"问题一直是新现实主义小说作家表现的重点和焦点。如何申的《乡长丁满贵》《大寒小寒又一年》《乡村英雄》《调解》《女乡长》，关仁山的"农村三部曲"（《天高地厚》《麦河》《日头》）以及《伤心粮食》《醉鼓》《红月亮照常升起》《平原上的舞蹈》《大雪无乡》《九月还乡》《太极地》《天壤》，刘醒龙的《挑担茶叶上北京》，刘玉堂的《最后一个生产队》，谢志斌的《扶贫》，谭文峰的《走过乡村》《扶贫纪事》，张继的《流水情节》《黄坡秋景》《乡选》，彭瑞高的《本乡有案》，胡学文的《飞翔的女人》《麦子的盖头》，贾兴安的《黄土青天》，毕四海的《乡官大小也在场》等作品，都是反映"三农"问题的优秀之作，有着深刻的理性力量。

《伤心粮食》《天壤》《飞翔的女人》是写农民抗争精神的小说。

《伤心粮食》中的农民王立勤因为粮食卖不出去，愤怒地用火烧了自家粮食，然后背起自己的老母亲离开了土地，奔向打工的地方。"丰收成灾、谷贱伤农"的悲剧正在农村重演，农民如牛负重，苦不堪言！它揭示了农民对粮食的伤心在于乡镇政权的腐败和苛捐杂税的重负。《天壤》揭露了农村的土地被开发商征用而长期闲置，农民只能靠打工在城市谋生活，失去土地的农民韩大勇被迫开辟荒山种地打粮养活自己。《飞翔的女人》写一个普通的农妇荷子为了找到自己丢失的女儿，倾家荡产，辗转奔波，历尽千辛万苦，身心备受摧残，连自己也被人贩子拐卖，但她九死不悔，用自己的生命与邪恶抗争。她虽然没有找到自己的女儿，家庭也被拆散，但她凭着自己坚强的毅力，锲而不舍地寻找追踪人贩子，并与之进行了殊死拼争，终于使其伏法，自己的意愿得以实现。她以一个弱小的生命与社会的丑恶现象作斗争，以慨然正气压倒了邪恶势力。这种敢于用自己的生命与邪恶和腐败抗争的性格正是当下的农民所需要的。它告诉我们，因为法制的不健全，农民正常生活甚至生命得不到保障。这些作品都从不同的侧面反映了"三农"问题的严重性。

《乡长丁满贵》《大寒小寒又一年》是写如何解决"三农"问题的小说。如《乡长丁满贵》中塑造了"一位想为农民多做好事不做坏事的干部"，"尽管他身上有缺点"，但为老百姓干真事、实事是他的为官之道。为了解决农民的经济问题，他绞尽脑汁、费尽心思找致富的门路，解决种大棚菜销路困难和小煤窑复工等问题。他坚持所干的事必须符合广大农民的根本利益，而不是少数人的利益。在这个原则面前，他可以不升官，甚至不做官、丢官。《大寒小寒又一年》中的村长秦五歌为了村子的发展和村民的富裕，致使个人的"地荒了树也干了"，家"往贫里返"。他不愿只个人过"小酒壶捏着小炒肉嚼着"的舒坦日子，而愿意"干那受累不讨好的破村干部"。《红月亮照常升起》则是解答农业该向何处去的问题。主人公陶立是一个受过高等教育、有创新精神的年青一代农民。她农大毕业回乡后，进行大规模的产业农业开发，利用现代科学技术降低农产品的成本，使用污泥发酵做肥料搞"绿色生态农业"，进行"超级大米生产和苹果嫁接"，积极开发绿色食品，推广名牌战略，进行立体农业的生产和开发，并将产品积极打进国际市场。她带领乡亲们致富兴农，使家乡的面貌焕然一新。陶立所进行的农业改革是中国农业发展的必然趋势，未来的中国农民也必然是陶立这样具有现代意识和创新精神的新型农民。

《挑担茶叶上北京》《扶贫》《走过乡村》《扶贫纪事》《黄坡秋景》《乡选》等则揭示了农村政权的腐败和扶贫政策的异化等不良倾向。《挑担茶叶上北京》批评了县、镇干部为了拉关系巴结上级领导，严令要求各村采集冬茶，造成茶农茶叶损失的做法。《扶贫》《扶贫纪事》揭露了扶贫中的严重问题，一些贫困县、乡利用乡村的贫穷争取来的救济款成了发展县、乡畸形繁荣的资金，而贫困群众却得不到分文。《黄坡秋景》通过黄坡镇党委书记黄大发为官的历程揭示了基层干部的品性、作为与其社会评价之间的悖论关系，以及现在体制中存在的某些痼疾。

这种理性力量还表现在作品深刻的批判力上。新现实主义小说所冲击的是社会的弊端，触及了转型期的根本问题——官场的腐败和人性的异化。这些问题都与金钱这个撒旦有关。在计划经济时期人们谈钱色变，这是一种僵化；在市场经济时期人们见钱眼开，这也是一种异化。在缺少了法律制控和道德评判之后，金钱的魔力无限扩大了。它使官场腐败，人性迷失，社会失衡。如《落魂天》中的渔民老顺子因为偶然捞了一具死尸得到了死者妻子 5000 元的报答，这使他在茫茫大海中找到了自己的生存位置和人生价值。捞死尸的招牌和公司经理的头衔，使他灰暗的人生焕发出亮色，也使他的心态发生了变形：他"特别喜欢看人躺倒的姿势"，把海边死人的日子看作"最欢欣愉快的日子"。作品以寓托式的手法触及了当代人最敏感最实际的问题：人性与金钱的倒错，存在与环境的失调。它将世纪末人格的分裂、灵魂的污染、生命的无奈揭示得入木三分。在《醉鼓》中鲜明地表现了这种物质进化精神退化的二律背反的矛盾。作品以鼓王世家祖传六角木鼓的兴衰荣辱为脉络，以老鼓一家人在商品世界的困惑、挣扎和追求为题旨，表现了雪莲湾人的生态和心态。老鼓视鼓如命，恪守鼓王世家的勤劳、正直、坦荡和尊严，最后却众叛亲离、走投无路，成为社会多余的人。他的儿子、儿媳却将鼓作为"摇钱树"，在神圣的醉鼓节里在鼓身上为靠坑蒙拐骗发家的大富贵张贴广告、背着老鼓出租渔船和六角木鼓。当老鼓发现以大富贵为首的赌徒在圣鼓上赌博时，气愤中领来了公安人员抓了赌。事后老鼓发现鼓皮被赌徒捅漏，里面藏匿着 4 万元现款。他不顾儿子、儿媳的劝诱纠缠，毅然将赌款如数交给公安局。可大富贵等赌徒却逍遥法外，村民们对他冷嘲热讽，儿子、儿媳离他而去。无奈，他流落到空寂的海滩上，在黎明中敲响了圣鼓，发泄着羞辱和愤懑。作者在老鼓身上表现的现实主义是十分理性的，他试图将老鼓塑造成一个理想的人物，但现实的境况又必然使老鼓成为时代的遗弃者。老鼓的悲剧是一种时代的悲剧，是被商品大潮冲击的结果。《太极地》的现实感则更为强烈。如果说《醉鼓》仅仅侧重于个体生命的异化，而《太极地》则是群体生命的扭曲。在"渤海湾沙岸与泥岸的衔接处"有一块神秘莫测的太极地，因盛产矿物泥而成为各种矛盾的胶合点。假引资的骗局，官场上的争斗，民工与外商的对抗，无一不是今日中国改革开放的现实投影。引进外资使村子成为小康村，却使"太极地完全丢了模样"，人也成了"歪斜的"。这种物质进化与道德退化的强烈反差，物欲膨胀与精神萎缩的鲜明比照突出了世纪末的矛盾。当我们看到有的干部借引资之名用公款"周游列国"，因贪外商的小恩小惠而慷国家之慨；有的外商把废弃不用的机器卖给中国人，大捞其资、大发其财；有的合资企业中的女性被侮辱被损害，在 20 世纪末的中国再次上演包身工的悲剧；有的干部为谋官位，尔虞我诈，不择手段。这些假引资的恶果，官场内幕的现形，群体生命的异化说明净化和美化被污化的社会环境，调整和疗治紊乱无序的社会心态是当务之急。

有些新现实主义小说可称为"谴责小说"。它们对世纪末的官场进行了形象而生动的现形，深刻地揭示出了官场腐败的内幕。如《绝对权力》深刻揭示了因为掌权者的"绝对权力"必然造成腐败的恶果以及官商勾结给改革带来的巨大危害。官僚用权力换取金钱，商人用金钱换取权力，这种为各自既得利益而相互勾结就造成了"权力和财富的结合，不断创造着权力和财富的双重奇迹"，必然给国家利益和人民利益带来巨大的损失。《无根令》和《另一种禽兽》也同样揭露了官商勾结的恶行，私有企业家对权力的充满欲望，用金钱对政权的强力渗透，他们可以操纵官场甚至政要，而官员们也正是为了满足钱欲而与商企相互勾结，他们沆瀣一气，共同谋取私利。这些作品还深刻地揭露了官场腐败给党和人民带来的巨大危害。如《破产》中所指出的城北轧钢厂破产的真正原因是官场腐败。正如作品中邓铁嘴所说："这些人哪，看看他们一天都干啥？上午你整我我整你，中午你敬我我敬你，下午你赢我我赢你，晚上你搂我我搂你，企业不破产倒怪啦！"同时作品还大胆地揭露官场腐败势力与社会黑恶势力的相互勾结也是促使企业破产的重要原因。"马镇长的大舅子，开了个公司专往各个厂子倒废铁，转眼间发了横财，有人马有刀枪，没人敢惹他。二邦子口口声声说，白天俺姐夫当家，晚上俺当家。"《日头》对当下乡间势力与资本势力、官场势力的合谋联手对农村生活环境的过度破坏，对乡村文明的深度摧残等进行了深刻地揭露和批判。日头村因为钢铁厂的建立和铁矿的开发，使得生态文明遭到极大破坏，美丽的披霞山"成了光秃秃的和尚了"，铁矿的粉尘使得日头村乌烟瘴气，"植被被污染得百年之内都不会再生长了"。

"燕子河污染成黑泥汤子河了，血燕喝了燕子河水毒死一片一片的"。由于污染，村里癌症病人也越来越多。逼使汪老七以自焚抗暴，使失地的农民变成失业的农民，只好靠打工或其他手段谋生；搬进楼房的农民因为没有牛棚，只好把牛赶进楼房的客厅来饲养。村里贫富悬殊在一天天拉大，权家和袁三定疯狂敛财，把资金转移国外，土地补偿款被权国金和开发商挪用和贪污，而村级集体资产却基本为零，村民上访告状无济于事。这些也都是目前农村所存在的严重问题。《挑担茶叶上北京》中的干部们为了贿赂上级，强令乡民冬季下雪时采茶，而"半斤茶叶就要冻死一亩茶树"，从此可见腐败对农民的危害。这些作品告诉我们：官场腐败是造成社会丑恶的万恶之源。它促使我们进一步认识到反腐败的重要性，大大增强反腐败的自觉性。

这些作品不仅揭露了官场的腐败，而且还揭示了官场腐败的一个重要原因是在于民间基础。如《本乡有案》是中通过乡长苗志高因嫖娼犯事进而被查出重大经济罪，描写了政府官员是怎样在权力和金钱的催化下，恶性膨胀，彻底堕落成为一个腐败分子的。同时，这篇作品还揭示出这样一个深刻的问题：苗乡长为什么能为所欲为、违法乱纪？就是因为缺乏监督机制，致使乡干部们早就看出问题，却没有一个人去制止。就连那些乡民，也明明知道吃的是他们血汗钱，嘴上却在说："苗乡长你们不容易，为了全乡两万人，天天受这号罪。""你们有吃有喝，就说明乡里有生意、有奔头……啥时候你们吃清汤寡水，我们也完了。"看到这些，不能不让我们感到悲哀。这种腐败有理、腐败有功的认识和看法正是我们民族性格的一种整体缺陷。这也深刻地说明了腐败难反根本在于强大的民间基础和群众的集体无意识。因为在中国的民间历来有"不以腐败为耻，反以腐败为荣"的民族心理，在社会的底层有腐败得以存在的条件和巨大市场。所以，反腐败必须从社会基层铲除腐败滋生的土壤，从民间文化的基础上来打破这种集体无意识心理的笼罩。只有这样，才能从根本上彻底消除腐败的根源。《说是高官》和《黄土青天》也同样揭示了官场腐败的基础是民间腐败的集体无意识。作品分别写一个省城高官和一个乡镇小官的为官境况。《说是高官》中的主人公霍永诚原是省城一所大学的教授，后来把他选到了省社科联驻会副主席的位置上，于是便有了"副厅级"的待遇。他的乡亲们也觉得有了身价，求他做的事情便接踵而至，这就使他陷入了两难困境：一方面是家人、乡人要以他的权力作为炫耀甚至是逞强的资本，另一方面是他不得不小心谨慎，严格要求自身；一方面是家人、乡亲三番五次地求他办事，另一方面是他竭力对这些人说明和证明他办事的困难，但被逼无奈也不得不去办。如当弟媳向他哭着求助时，他心软了，只好找人疏通，求人去办。但有时给他们办事并得不到同情和理解。当他"曲曲折折"给村支书的女儿要来一个上大学的机动指标而要交一万元钱时（其实已经少交了一万元钱），他弟弟"脸陡地僵住了"，张支书也"低垂着头"。他们认为这样的大官办事，还要交钱？这就是典型的民间心态。看到这些，不能不让我们对主人公尴尬处境感到同情。社会上这种腐败有理的观念正是我们民族心理的一种整体缺陷和劣根性。所以，反腐败不仅仅要从高官的层面进行，更要从社会的底层做起，这样才能从根本上彻底铲除腐败产生的根源。《黄土青天》写的是另一种情状：乡镇干部王天生受命于危难之际，以超人的胆识和智慧惩治腐败，却遇到了巨大的阻力，生命也受到了威胁。乡村腐败势力可以组织上千人围攻乡政府，可以利用大量的上告信迫使省委做出有利于腐败势力的错误决定。这充分说明在当今社会中，坚持正义、坚持真理是多么困难，也说明在长期积淀的浓厚的民间腐败集体无意识的制控下，反腐败又是多么艰难。这些作品深刻地揭示了一些干部腐败的原因是大众的集体腐败意识。这就为从文化的深层探究如何根绝腐败这一重大社会问题提供了参照。同样，《日头》中也深刻揭示出了乡间腐败势力横行无忌固然有多种因素，但有一个不容忽视的因素是民间腐败集体无意识纵容。如村民对权桑麻敬畏和羡慕，因为他是权力和金钱的象征，死后仍旧魂附权国金的身上，靠骨头给儿子传达指令，控制百姓，使得要补偿款的村民一听到他的声音，闻声色变，恐慌不已，"纷纷逃了"。所以，人们对权家父子唯命是从、忌惮恐惧。这不仅说明了权家父子的强势，也说明了村民素质的低差。正是这种民间腐败的集体无意识不仅使日头村的村民失去话语权，失去与腐败势力抗衡的能力，也对日头村以金沐灶为代表的先进力量有着强大的制约和阻碍力。这样，小说就从文化的深层探究了如何产生腐败以及如何根绝腐败这一重大社会问题。

除此，许多作品还揭露了社会世俗势力对美好事物的破坏。如《走过乡村》中写了在金钱的诱惑下，恶俗势力同流合污对美丽清纯少女倪豆豆的摧残。倪土改在强奸了倪豆豆后，买通权势，贿赂村民，给倪豆豆的父兄金钱并安排工作。这些人得到了好处都不再追究，使倪豆豆成了任人宰割的羔羊。作者用倪豆豆这一人生悲剧，揭示了乡村文明在金钱的侵蚀下变得毫无价值。村民们在金钱面前可以背信弃义，受害者在金钱面前则无能为力。在《九月还乡》中，美丽的乡下女九月怀着美好的理想进城打工，却被"不脱裤，就解雇"的恶霸厂长所玷污，后来被迫当了"三陪女"。当她带着用身体换来的钱回到家乡时，又被知晓她底细的村长所威逼，让她用身体去接待业户，给村里揽下业务；否则就将她当"三陪"的事告知全村。她被逼无奈，只好屈从。作者将这些美好的东西毁灭给人看，对人物的悲剧命运及造成这种命运的残酷现实做了深刻的揭露和批判。正如梅林克所揭示过的"在日常生活中的一种悲剧因素，它比伟大的冒险事业中的悲剧真实得多、深刻得多"。在这日常生活的悲剧中表现出了丰富而深刻的内涵。倪豆豆、九月们的悲剧是一种时代的悲剧。这种人生悲剧不仅引起我们对主人公的同情，还让我们去追寻产生这种悲剧的社会原因。

在新现实主义小说中不仅揭露了腐败，也真实地表现了我们党的领导干部为了实现全面建成小康社会的宏伟目标，为了广大人民的根本利益而与腐败势力勇敢斗争、不怕牺牲的精神。如《抉择》《国家干部》《至高利益》《绝对权力》《省委书记》《大雪无痕》等作品都产生了很大的反响，《田园杀机》《城市迁徙》等作品也颇有特色。如《抉择》中的市长李高成面对从上到下的腐败集团，认清了这样一个事实："摧毁和颠覆着改革的，把人们对革命的热情全部变为对改革憎恨的，正是眼前这一群人！""纵容和放过他们，都将是万劫不复的历史罪人！"作为一个共产党人，一个人民的市长，他无法做到让国家和人们蒙受巨大损失而无动于衷，纵容腐败分子任意胡为，并与之同流合污，最终他做出抉择，义无反顾地站在了工人一边，并同腐败分子进行了坚决的斗争。《国家干部》中的夏中民作为登江市的副书记、副市长，整天忙忙碌碌，为老百姓事情在奔波，全心全意地做人民群众的公仆，同损害老百姓利益的腐败行为作斗争，因而得到了人民群众的爱戴，他在抗洪抢险指挥中受了重伤，老百姓纷纷到医院看望，并在医院门前默默为他祝福。《田园杀机》中的田园公司总经理田元明和青远县委书记郎山为了使农民尽快脱贫致富，让农民培育良种以获取高收入，并不惜牺牲个人的利益和官位；而青远县人大常委会主任唐文儒和塞上市代市长秦宝江狼狈为奸，不择手段地打击、陷害甚至杀害异己，排除一切阻拦自己满足个人私欲的事物。从此我们可以看出，为民与为己这两种利益的斗争已不是权力和利益的角逐，而且是一场你死我活的争斗，刀光剑影的拼杀。为了人民利益即使付出巨大牺牲甚至是身家性命，真正的共产党人也是无所畏惧的。他们将农民的利益视为自己的根本利益，为此他们不怕丢官丢命。《城市迁徙》中的春江市委书记杨海民和常务副市长方与林为了贫困县的发展，缓解城市建设的压力，决定将市委、市政府等行政机关迁往完山县，这时各种矛盾接踵而至，尤其是腐败与反腐败的问题变得十分突出。大款想用金钱买动权力，左右政府，与官员们进行权钱交易；一些官员形成集团势力，拉帮结伙，挥霍钱财；一些干部贪图安逸、腐败堕落。这一切都成为迁徙的巨大障碍。但春江市的主要领导迎难而上，清除腐败，艰难前行，终于完成了迁徙的工作，使春江市得到全面的发展，以此带动周边贫困县的发展，使人民的利益得到保障和提高。

新现实主义小说正是以这种深邃的理性精神，深刻地揭示了 20 与 21 世纪之交的中国的社会现实，掘挖了民族心理的深层及其劣根，暴露出了民族精神的整体移位，给我们以精神的警示和灵魂的拷问，让我们去思考如何去解决现实生活中这个巨大难题，拯救处于物质和精神双重围困中的人们。

四、立足现实，真实地反映社会人生

新现实主义小说作为现实主义创作方法在特定历史语境中的一种表现形态，它继承、发扬和深化、发展了现实主义的创作精神。在创作精神上，现实主义要求真实地反映社会人生，严格地摹写现实生活。新现实主义小说作家坚守和发扬了这种精神。他们从生活中"搜集了许多事实，又以热情为元素，将这些事实如实地摹写出来"[15]。如周梅森在深入生活的同时，还广泛地涉及各个领域，这就给他的创作创造了有利的条件。他不局限某一特定的范围，而是进行多方面的探究。他当过矿工，挂职出任过政府官员，下海经过商，从事过房地产开发、实业经营、证券投资。所以，在他的作品中，有当下激烈复杂的官场斗争，有经济领域的明枪暗箭，有战场的炮火硝烟，还有股市、期货、债券等。他认为，"作为一个有责任感的作家，首先要热爱生活，要真心实意地投入到新的生活中去。投入生活的大海，必将获得大海的神韵。而远离生活，淡化生活，只能使自己的作品越来越苍白，离人民越来越远。""一个有责任感的作家就应该站在时代的前沿，全面了解和把握时代的本质；同时还有宽广的胸襟、超人的胆识和大无畏的勇气。"[16]正是如此，使他创作出了《人间正道》《中国制造》《至高利益》等深刻反映当代政治体制改革的长篇小说，给当下的社会以极大的冲击，产生了强大的社会效应。这是生活所赋予他的创作才能，这是他对改革时代的发言。从这里我们可以看到周梅森创作成功的秘诀："那就是不做生活的旁观者"，要"在现实生活中找到创作的支点"。[17]再如刘醒龙将全部身心投注到生活中，他认为"世界上没有什么学问比生活更深刻"[18]。他听说鄂西北有座城市的机关里曾发生这样一件事：一位精明能干的年轻人创办了这座城市的电视台，而且工作极为出色，深得同事们的拥戴，可上级就是不肯让他当正职，一再从外面调来平庸的正职压着他。他苦苦干了近十年后，心一厌烦，什么也不干了。玩了九年后，上级突然将其升为正职。他用此写成了中篇小说《秋风醉了》，后来几乎是原封不动地拍成电影《背靠背脸靠脸》。很多人都惊叹小说的深刻，其实这完全是生活赋予他的。他认为："作家不要太聪明，更不能自恃聪明，面对生活还是老老实实地将自己投入其中，这才是最要紧的。向生活学习，用生活来滋润自己，写作者才会永远有生命力。"[19]当然，这种忠于生活的创作精神绝不是描摹生活的表象和琐碎，而是要写出生活的本质。新现实主义小说作家把从生活中观察到的事实加以分析、综合，从而概括出社会生活中的某些规律性的东西。关仁山也一直忠实地记录"中国农民命运的沉浮和他们的心理变迁"，他长期以来一直关注和思考中国农业发展中的问题，尤其是"三农"问题。在创作中，他"以新的形象"，"关注和探询""农民的生命意义、生存状态"。他深刻地认识到，"无论是坚持在乡土进行变革的农民，还是弃农逃离家园闯荡都市的农民，都正在经历一场从没有过的灵魂的震荡与洗礼"[20]。他说看一个作家是否有力量，要看他从人民大众身上吸收了多少营养，看他与这个时代、民族精神生活有无深刻的联系。在创作中，他一直拷问自己："我是不是有人民立场？这个立场是不是能够真实记录农村改革20年来的辉煌历程？"他说："农民可以不管文学，但是文学永远不能不关心农民的生存。"所以他的作品始终在关注"三农"，用作品反映中国农业发展中的问题和中国农民的生存状态。在《大雪无乡》中表现的是农村如何进行乡镇股份制改革问题，《麦河》表现的是土地流转问题，《九月还乡》表现的是农民在改革大潮中抛弃土地进城打工而后又脱离城市回归乡土求发展的"精神返乡"的回归问题。尤其是在《天壤》中他写出了失去土地的农民如何寻找土地、开发土地的这个具有强烈的现实意义的问题。这篇小说源于他对家乡发生的农民追还土地的认真思考和探询。临近县城某村的土地被开发商强占了，本是售粮大户的农民现在却要吃国家救济粮。农民们愤怒了，拒领粮食，强烈要求归还土地，并集体上访告状。作家被震惊了，透过这触目惊心的生活现象，他又发现了更为深层的问题：几代甚至十几代的农民用血汗开发出来的金子般的土地被廉价地卖给了外商，而这些血汗钱却被一些村、镇干部肆无忌惮地挥霍一空。没有了赖以生存的土地，没有了以后用以活命的本钱，农民们怎么生活？那些弄惯了土地营生的农民，用长满厚厚老茧的手去收破烂、当小贩、打工，在城市中流浪，受尽了白眼，煎熬着生命。这些浸满血泪的辛酸故事，促使作家为农民代言，喊出了失去土地的广大农民压抑已久的呼声，写出了他们的生存现状和精神苦闷忧伤。同时，作者也试图为失去土地的农民追还土地，扩大土地提供参照等。他说："'三农'的困局需要解开，我创作的困局也需要解开。我走访中发现，农村的问题很多，农业现代化问题、土地所有权问题、农产品价格问题、农村剩余劳动力出路问题，等等。我感觉核心问题还是土地问题。这是一个敏感话题，农村走进了时代的漩涡。这个问题解决不好，农村非但不能跨入现代社会，甚至会出现混乱、停滞或倒退。"[21]可见，他情所系、心所牵的是一直是被种种复杂纷纭生活所缠绕的当下农村的现实问题。

新现实主义小说不仅立足现实，再现现实，而且"可能提高现实，使人能展望未来，从而加快发展速度的思想中心"[22]。因为真正的艺术作品应该是现实与理想的完美融合，这样才能体现它的审美特质。因为"真正美的东西，必须一方面跟自然一致，另一方面跟理想一致"[23]。如何申、关仁山、刘醒龙、谭文锋、张继等人的作品不仅写出了农村现实的严峻性，更看到了农村发展前景的广阔性，用作品给人们以生活的希望和信心。关仁山曾这样讲："最初我们把笔触逼近现实的时候，总是注意变革生活的横断面，注重一时一地发生的问题，如普通人生活的艰难、干群的矛盾、腐败和官僚主义等。一村一厂的困难，往往使我们陷入片面或简单的思考中，束缚着我们的视角和视野，很容易陷入模式化的老路上去。同时对困境产生某种悲观的情绪。可是我们的文学应该是鼓舞人，给人展示美好的东西。改革的火热和经济的飞速发展激发着人民群众的创造力，也同样感染着我们，使我们从更高的视点去考察现实的矛盾和冲突，而强化文学的功能。"[24]他善于从农村的大视野中观照生活中的美，并把它表现出来。如《红月亮照常升起》这篇小说中，他以前瞻性的目光对中国农业的发展前景做了客观而充满诗意的预测，对尚处在萌芽状态中却代表着农业未来走势的产业农业做了充满激情的描绘和展观。陶立从农业大学毕业后回乡进行生态农业的试验，成功地闯出了一条适合国情的产业农业之路。她所创造的立体农业是一种最有效的模式。尤其是绿色食品的开发和名牌战略的实施成为对传统农业模式的超越，成为农村的一次新的改革。这标志着中国农民包括新一代有知识的新型农民土地观念的变迁，人生价值的再度建立。如何申一直关注山乡的发展，他的《多彩的乡村》便是充满激情和理想的作品，塑造了一位新型的农村干部赵国强的形象，他为了改变乡村的落后面貌，不畏权势、不谋私利、不怕困难，打破了各种陈腐观念的束缚，用现代化农业的策略和方法带领乡亲们致富，走上了和谐文明、共同富裕之路。这个人物在改变落后村、社会主义新农村中有很强的现实意义。在新现实主义小说的作品中，出现了一系列改革者的形象，像李德林(《年前年后》)、陈凤珍(《大雪无乡》)、赵国强(《多彩的乡村》)、赵振海(《风暴潮》)、鲍真(《天高地厚》)、吕建国(《大厂》)、孔太平(《分享艰难》)等。这些作品还注重反映宏大主题，表现了在社会转型期我们的国家干部正确运用党和人民所赋予的权力，反对腐败，保持和发扬共产党的先进性，努力建设精神文明和物质文明的高度和谐的社会，特别是塑造了一些血肉丰满的新政治家形象，丰富了新世纪的文学画廊。如《国家干部》中塑造了夏中民这个不惧陷害、不怕牺牲、不辞辛苦、不畏邪恶、不怕挑战、不媚权贵，一心一意为百姓谋幸福，富有亲和力的政治家形象。他身为一个县级市的市委副书记、常务副市长，执政为民、鞠躬尽瘁，带病四处奔波，解决城市建设等问题。他关心群众，在风雨中倾听农民的哭诉，抚慰苦难的群众。他疾恶如仇，反腐倡廉，打击执政异化势力。小说不仅塑造了一个一心为党、舍己为民，代表广大人民群众根本利益的党的好干部的典型，也把政治题材的作品提升到了一个新的高度。这些作品都深刻涉及了当下最令人关注最敏感的问题，那就是为了国家和民族的前途，如何保持和发扬共产党员的先进性，加强党的执政能力，积极推进历史进程。这些作品给了我们前进的力量和信心，让我们看到了美好的社会愿景，看到了我们党和我们国家的无限生机。在这些人的身上集中体现了我们党的优秀品质和光荣传统，又集萃着锐意进取、勇往直前的开拓精神。这些形象是我们这个改革"时代的一定思想的代表，他们的动机不是从琐碎的个人欲望中，而正是从他们所处的历史潮流中得来的"[25]。在这些典型人物身上一方面具有所有那些在某种

453

程度上跟他相似的人们的最鲜明的性格特征，另一方面蕴含着"较大的思想深度和意识到的历史内容"。作者塑造典型形象的目的，就是向人们展示社会发展的必然规律和前进方向，给人们以鼓舞和为创造美好的未来而奋斗的信心和勇气。创造这种典型的意义在于："它的激情是全人类的幸福，是完美。它的信念是人是伟大的。它的道路一直通向那崇高的目的"[26]。

五、兼收并蓄，积极吸纳汲取其他创作方法的优长

新现实主义小说在继承和发扬了传统现实主义创作方法的同时增加了现代性，在坚持现实主义的前提下去追求表现手法的多样化，既注重高度关注现实又注重面对社会矛盾做主观精神的超越。这样既能够以写实的手法写出当下生活的真实性，又能以写意的手法表现人物内心的深层，使传统因素逐步融入现代性，表现出一个民族的现代化进程中传统的不可割裂性[27]。同时新现实主义小说在深化现实主义精神、继承传统现实主义的艺术方法的过程中，还主张在创作思维和创作方法上更加开放，有更大的包容性，积极地吸纳各种艺术创作模式，大胆地借鉴运用其他创作方法的艺术技巧，以丰富自己的创作方法。所以，新现实主义小说是以一种与时俱进的审美态势保持了与社会生活的同构顺应，能够超越社会现象的表层结构而切入现实社会和人的心灵的深层结构，来表现生活的丰富性和广阔性。这既是经济文化发展的要求，同时也是文学自身演替的结果。这就使得新现实主义小说在发展上出现了多元化和丰富性，显示出蓬勃生机和活力，以一种全新的姿态活跃在文坛。这也就使得它比其他创作方法更适合、更出色地承担起文学的社会责任，完成时代赋予的历史使命。

在表现方法上，新现实主义小说"追求对社会和生活的'当下'

理解和表现"[28]，在一些作品中采用了高度密集、时空交错、多条线索并行的艺术手法，表现出强烈的生活气息和高度的逼真感。如在《年底》《破产》《学习微笑》中，由于面临崩溃的边缘，在破产前夕的企业矛盾重重、危机四伏。工人们的困惑和呐喊，厂领导的焦灼和无奈，客户的刁难和挥霍，黑恶势力的凶恶和霸道，政府官员的腐败和无能等交织成一幅浓重的迷乱失序的工业风景画，成为20世纪末中国工业的真实记录。

在艺术形式上，许多作品大都采用喜剧的方式，在写实的基础上也成功地运用了西方现代派的一些喜剧手法，这主要表现为夸张和变形手法的运用，这对深化作品的内蕴和强化审美趣味是很有意义的。人生本身就是由一个个喜剧和悲剧构成的，但在世俗的社会中包含更多的是喜剧色彩。同时喜剧作为美学的一种表现形态，同样可以表现深刻的理性内容，如马克思所指出："实际上，喜剧高于悲剧，理性的幽默高于理性的激情，应该说使人发笑的艺术比使人感动的艺术更困难。"[29]这种喜剧形式有两种表现手法：一是以乐写乐，即把生活中的可乐之事用诙谐的手法予以表现。如《乡村英雄》中的"我大舅"参加国宴时，面对"红红绿绿"的菜"不敢下筷子"，因为他只知道吃"炖肉"。他在刷牙时"把鞋油当牙膏"，结果刷得满嘴漆黑。他去参加地区常委会，被服务员认为是要汕水的，这一切读来都令人忍俊不禁。这对当年突击提干、盲目造神的错误路线也有很大的讽刺意味和批判力量。二是以乐写哀，即以喜剧的形式表现沉重的生活可使审美效果倍增。如《学习微笑》中厂办主任让李小水等有姿色的女士学习微笑，"露出三分之一牙"，"好接待来厂投资的港商"。笑是人的自然表情，如果微笑也要学习模仿岂不是很可笑的事情吗？而此时的刘小水却怎么能笑得起来呢？公公闹了个脑血栓，父亲得了绝症，丈夫进了公安局，只得托看厕所的母亲代管才八个月的孩子，而自己前去赔笑；因为这决定着自身会不会被裁的命运。这真是笑比哭难。她们在陪港商跳舞时，被客人捏疼了屁股也不能叫喊，即所谓的"屁纪律"，让人哭笑不得。这种描述于诙谐中包含着辛酸，戏谑中流露着苦涩。

不仅如此，新现实主义小说还成功地运用了多种艺术手法，用来扩大作品的内涵和容量。这对多侧面地反映社会转型期纷纭复杂的社会生活和展示人们所承受的改革的阵痛，揭示社会异化和人的灵魂的畸变都有着非常重要的作用。如象征手法的运用，在《落魂天》中，渔民老顺子偶尔从海里捞了一具死尸，死者的家属给了他5000块钱。从此，他以此为营生，渴望多捞到死尸。见到死人就高兴，见到活人就心烦。这就深刻地揭示了这种物欲生存本能湮灭了传统的伦理道德观念，商品经济大潮浸溢了我们多年营构的精神围墙。这种独特的生命现象象征的是一种时代精神的整体错位。又如《学习微笑》选取了一个具有象征意味的时代表情，把工人们在社会转型期的困惑、无奈和抗争的心情表现得淋漓尽致。这既是李小水个人的心路历程的显现，也是我们国家和民族在前进过程中的坚忍和苦斗精神的具象化。除此一些作品还运用了戏剧表现手法，利用场面的宏阔和对话的繁多甚至是电影转换的蒙太奇手法来加大作品的容量和信息。这对打破传统的历时性的单线的结构模式是有着开拓意义的。如在《大厂》中就持续不断地成功地运用了戏剧场面和大量对话将当下工厂的矛盾：管理人员与工人、厂领导与亲属、工厂与业户、工厂与政府机关、工厂与农村、国有企业与乡镇企业种种矛盾都一股脑儿全面而又完整地表现出来。围绕工厂如何生存这一重大社会问题，作品几乎涉及了大半个社会。在《年底》《城市》等作品中也多用这种手法。有些作品还运用了戏剧的内心独白和大段议论等手法将作品中"我"的想法和看法直接地呈露给读者，这样就使读者可以直接地和"我"进行交流，对事件进行评判，如《乡关何处》。而在《国家干部》《至高利益》《省委书记》等作品中，则汲取了中外小说利用曲折复杂、离奇多变的情节来推动小说故事的进展，扩大叙事的张力，并成功地将反贪样式、侦破样式、爱情样式巧妙地结合起来，构建起多线索、多信息复合叙述的平台，使不同特点的故事反复交叉、穿插、融合，将读者吸纳到一个新奇而又惊醒人心的审美世界之中。由于借鉴、采用了上述多种表现方法，大大开拓了文学的审美空间，使得新现实主义小说在表现方法上出现了多层次性和繁复性，显示出蓬勃生机和活力。这也就使得它比其他创作方法更适合、更出色地承担起文学的社会责任，完成时代赋予的历史使命。

新现实主义小说还多采用民间故事、历史寓言、神话传说等，以增加作品的内涵，如刘醒龙的《圣天门口》通过历史寓言传达对历史、现实、人生的理解，寄予作家对社会的关注，实现了对现实的超越，表达了一种形而上的追求——仁善是人类的梦想、人类的追求、人类的福音。另外，他作品中的"大别山之谜"和"香炉山传说"的故事都丰富了作品的内涵，拓展了小说的文化空间。如关仁山的《日头》写了流传于日头村的追日传说，寄托着日头村人对光明和正义的朴素向往。"作者以此验证着人类的原始愿望，也相应在书中设置了来自天上的叙述。"[30]有的作品还多用象征手法，如《天高地厚》中的白、蓝、黑、绿、红五色蝙蝠有着丰富的内蕴，它们的奇诡和神秘，象征着各种人物的命运。作品还多用拟人、拟物的艺术手法。在《红月亮照常升起》中，作品用一匹枣红马作为老一代农民的象征。村庄改造以后，马随着进城的主人进了城，但它无法适应城市的生活，依旧深情地眷恋劳作一生的土地，临死的时候，又跑回了农村，死在了秋后收割完的地沟里。作品用此来象征农民对土地的深情。再如《山问》中的地质队长黄超远离家人、远离城市、远离幸福，伴随着孤独寂寞，长年累月跋涉在野山丛林，最后牺牲在井架下。因为他的死很平常而没有产生轰动效应，领导和同志们甚至很漠然，报刊也拒绝宣传而显得悄无声息。在价值失范的荒谬年代，他的死亡很具有象征的意味，在某种程度上象征着崇高、信念和事业等正义价值的消解。

新现实主义小说在语言的运用上，则大都较为平实、质朴、有一种来自生活的亲近和真实感，一些作品多用俗语、俚语，增加了幽默感喜剧效果。如《破产》的开头："冬天里，田北县破天荒没刮西北风，东北风却是越刮越硬了。这就使人想起毛主席的话来，不是东风压倒西风就是西风压倒东风。一穷露百丑，县城入冬以来出现了许多前所未有的现象：赌博耍钱的多，东北的陪舞小姐多，小偷小摸多。市场疲软，东北小姐的业务倒兴隆。城里妇女吃不住劲了，哭哭啼啼到县妇联告状，要求发起一场冬季运动，赶走东北虎，还俺好丈夫。"这种近似叙述的白描手法直白中带着趣味，平实中含着意蕴，既交代了故事发生的背景，又写出了世纪末的普泛形态。有的作品还运用了民谣或顺口溜的形式，既简洁幽默，又生动传神。在《乡村英雄》中当"我大舅"领着手下的人检查建高标准茅房时，社员们起初反对，便给编了个顺口溜："赵德印，农粪办，蹬着破车可处转，跟着两个邋遢兵，先看茅房后吃饭。"到后来，有了成效，社员们又赞扬道："农粪办，真能干，建起茅房一大片，多蹲多拉挣工分，气得猪狗满街转。"这种形式精炼生动，给人以审美的畅快。在有的作品中，运用这种形式是为了针砭时弊。在《最后一座工厂》中批评承办企业篮球赛和京剧票友赛的情况时说："上半年打球，下半年唱戏，就是经济搞上不去！球迷多，票友多。哪里比得上企业下岗工人多。"这生动地批评了一些领导不务正业，不顾工人的生活，想以一些娱乐活动来增加自己的"政绩"的做法。这种语言形式很适合大众的阅读口味，既能撩拨人们的兴致，又有丰富的意味。

新现实主义小说在前进的过程中，不断发展、不断创新，以适应社会的发展和人民的审美需要，表现出了独特的美质，在世界文学语境中确立自己的位置，以完成在新的历史语境中所应担承的历史使命，推动现实主义文学潮流向前发展。

（选自文学评论集《新现实主义小说论》，吉林大学出版社 2018 年 2 月）

注释：

［1］雷达：《现实主义冲击波及其局限》，《文学报》1996 年 6 月 27 日。

［2］张新颖：《文坛涌动现实主义冲击波》，《文汇报》1996 年 8 月 2 日。

［3］张薇：《关仁山：关注转型期农民命运，写农民也是写大时代》，光明网 2014 -08 -2809：13。

［4］侯玮红：《俄罗斯文学界掀起现实主义大讨论》，《文艺报》2005 年 8 月 30 日。

［5］高婷：《当代"伊甸园"的困惑——菲利普·罗斯新现实主义小说〈美国牧歌〉解读》，《山东社会科学》2010 年第 3 期。

［6］陈思和：《就 95 人文精神论争致日本学者》，见《以笔为旗——世纪末文化批判》，湖南文艺出版社，1997 年版，第 28 页。

［7］阚星光：《"我的作品是写给工人的"——谈歌访谈》，《唐山晚报》1997 年 11 月 23 日。

［8］胡学文：《小说的丈量》，《文艺理论与批评》2007 年第 3 期。

［9］青羊、直木：《反映生活，追踪现实》，《人民日报》1996 年 9 月 5 日。

［10］别林斯基：《别林斯基选集》，上海译文出版社，1979 年版。

［11］桑宁霞：《〈十面埋伏〉批评中需要澄清的几个问题》，《文艺报》1999 年 12 月 11 日。

［12］［27］傅书华：《"两结合"的艰难〈抉择〉》，《文艺报》1999 年 6 月 19 日。

［13］石生君：《这是我们身边的生活》，《作品与争鸣》1996 年第 1 期。

［14］《关于〈大厂〉及其续篇的话题》，《人民文学》1996 年第 8 期卷

首语。

［15］巴尔扎克：《人间喜剧·前言》，《文艺理论译丛》第2辑，第128页。

［16］赵绍玲：《与作家周梅森谈天》，《文艺报》2001年2月10日。

［17］周梅森：《不做生活的旁观者》，《放飞新世纪文学的希望——全国中青年作家创作座谈会专刊》。

［18］［19］刘醒龙：《仅有热爱是不够的》，《当代作家评论》1997年第1期。

［20］关仁山：《学习与创作》，《全国中青年作家创作座谈会专刊》，第115页。

［21］李洁非：《乡村叙事：物与想象——读关仁山新作〈麦河〉》，《小说评论》2011年第2期。

［22］卢那察尔斯基：《论文学》，人民出版社，1972年版，第57页。

［23］转引自《美的格言》，广西人民出版社，1982年版，第18页。

［24］关仁山：《拓展新的文学空间》，《作家通讯》2001年第2期。

［25］恩格斯：《致斐迪南·拉萨尔》，《马克思恩格斯选集》第4卷，人民出版社，1972年版，第343—344页。

［26］阿·托尔斯泰：《论文学》，人民文学出版社，1980年版，第19页。

［28］《何申的雄心》，《人民文学》1995年第6期卷首语。

［29］《马克思恩格斯全集》，人民出版社，1965年版，第15卷，第587页。

［30］《关仁山长篇新作〈日头〉：乡村叙事的思想力量》，《文艺报》2014年10月15日。

附　录

第三届孙犁文学奖获奖作品名单

（2017—2018）

长篇小说

《啊，父老乡亲》　　贾兴安　湖南文艺出版社 2017 年 6 月

中篇小说

《老鲁那年冬天的闹心事》　单　杰

《小说月报·原创版》2017 年第 1 期

《花开时节》　　虽　然　《中国作家》2018 年第 11 期

《面花年二》　　骆同彦　《收获》2018 年第 3 期

《孔雀草》　　张红欣　《长城》2018 年第 6 期

短篇小说

《寻羊记》　　孟昭旺　《十月》2017 年第 4 期

《月光大道》　　张　敦　《作家》2018 年第 8 期

《发小们的病》　李延青　《长城》2018 年第 6 期

诗　歌

《唐山记》　东　篱　花山文艺出版社 2017 年 5 月

《微甜》　白庆国　中国青年出版社 2017 年 10 月

《马在暗处长嘶》　王　琦　长江文艺出版社 2017 年 4 月

散　文

《木头的信仰》　刘云芳　花山文艺出版社 2017 年 5 月

《一个人的工地》　蒲素平　中国电力出版社 2017 年 9 月

报 告 文 学

《绿色奇迹塞罕坝》　冯小军、尧山壁

河北教育出版社 2018 年 6 月

《好人乔奎国》　苏有郎　《中国作家·纪实》2018 年 10 月

《坚持——"全国优秀人民警察"吕建江纪事》　杨辉素

《光明日报》2018 年 3 月 30 日

文 学 评 论

《贾大山论》　封秋昌　《长城文论丛刊》2017 年第 1 期

《新现实主义小说论》　杨立元　吉林大学出版社 2018 年 2 月